《篋雅》五百詩人本事輯考

下

Textual Criticism of Biographies and Anecdotes for 500 Poets in *Ki-A*

趙季　張景崑 著

人民文学出版社

下　　册

南彦紀　**字張甫,號考槃。忠景公在之六代孫。進士。有學行,除官不就。**

《星湖全集·考槃南先生小傳》:先生諱彦紀,字張甫,一字季憲。宜寧人也。生於嘉靖甲午。弱冠與其兄彦縝同學於李一齋,一齋亟稱之。後遊金河西、李退溪之門,聞人心道心之說。戊辰陞生員。仲兄彦經,世所稱靜齋先生者也,師徐花潭。兄弟三人家塾習業,俱著淵源,人爭豔之。時有掌銓者欲官之,因其叔父判尹致勤訪其志。先生曰:"仕有二義,爲道也,爲養也。爲道也則吾斯未信,爲養也則大人之祿已厚矣。願從所好。"竟拜童蒙教授、冰庫別坐,皆不就。於是銓曹盡囚其臧獲以強之。先生不爲動,閉門不出,鑿井而飲。父致勖八典大邑,清貧泊如。及諸子析居無餘產,遂往依外舅薛弘胤於同福。築於瑞石山下,營臺榭植松竹,自號考槃園主人,因爲歌詠自適。行道必攜琴笛以自隨,遇佳山水,下馬槃礡,或至竟日。又善草隸,嘗悅永字八法,各習一畫,皆至盈篋。我國自高麗忠宣王入元得與趙子昂交懽,多攜其書至,邦俗遂變,晉法幾熄。至先生與崔慶昌、白光勳三人銳意復之,蔚然並稱也。死葬同福縣高節洞。一子樸,光海時瘐死。遂不嗣。

《疎齋集·考槃遺編跋》:右《考槃遺編》者,南先生彦紀之詩文數十篇也。并其遺事而裒稡者,先生之伯兄承旨公之五世孫鶴鳴子聞也。付之剞劂而壽傳者,先生之女壻李公榮林之曾孫湖南左水使濟冕也。先生卜築瑞石之下,樂有水竹園亭之勝。所以寤寐永矢者,必詠爲歌詩。先生受學河西之門,并師陶山、一齋諸賢,所以憤悱講問者必著爲簡牘。先生之詩與文必多可傳,而先生歿而兵亂作,嗣續又絶。百年之後,旁親外裔之廑廑收拾者止此。吁其可悲已!雖其殘篇小詠一一瓌奇,惜乎無以使後人獲覩其全書也。然先生之風將與山水共其高且長矣,顧何待乎遺編也?異日有作《高士傳》者必先取斯。不佞之叔父西河公,以爲先生樂志如仲長統而老壽過之,豪氣如陳元龍而閒靖勝之。尚論者稱以名言善評。而若先生之專心性理之學,則又仲長、元龍之所未聞也。叔父又論先生之出處則曰"難與俗人言"。是亦默契其幽貞之志矣。夫明宣之際,卽國家中大之運。先生簪纓奕世,伯仲俱顯,而獨自超然於塵壒之表,此豈衆人之所可窺者哉?噫!小人之禍,亦先生耳目之所及,而空山痛哭之義,深有悲於先師者歟?抑明哲之識,或先見未來之喪亂歟?先生之心果出於此否。不佞冥行險途,方陷危阱,緬仰先生之高風遐躅,邈乎其不可攀矣。三復"農桑流落"之句,感歎而題于卷端,更竢識先生之心者。

《研經齋全集·逸民傳》:南彦紀,字季憲,宜寧人。美容儀,志氣豪逸。少從一齋李恒、河西先生金麟厚遊,論主敬窮理之說。又從退溪先生李滉聞人心道心之說。又與松江鄭澈、壺巖卞成溫、錦江奇孝諫等友善。嘗中生員試。宣祖招延草萊,不拘資格。吏曹判書李鐸欲官之,不肯曰:"願從吾所好。"拜童蒙教官、冰庫別坐,竟不就。其婦父薛弘胤亦高尚士也,家在瑱石山下。彥紀往從之,築室於同福縣沙坪村。水石甚美,名其亭曰考槃。日與賓從講道爲樂,而無求於外。時人謂其樂志如仲長統,豪氣如陳元龍云。

【按:南彥紀(1534—?)字張甫、季憲,號考槃。籍貫宜寧。南在六世孫。李滉門人。著有《考槃遺編》。其詩瓌奇。《箕雅》收其七絕一首。】

宋翰弼　　字師魯,號雲谷。翼弼之弟。

《朝鮮仁祖實錄》卷八:三年二月己亥。兵曹判書徐渻、副護軍鄭曄、菁川君柳舜翼、同知中樞府事金長生等上疏,請伸亡師宋翼弼之冤,上不許。翼弼,乃宋祀連之子也。祀連卽故相安瑭之奴,安瑭甚憐之,至於贖身除官。己卯士禍之後,祀連誣告安瑭之子處謙等謀叛,處謙就刑,安瑭坐死,士林莫不憤惋。逮至奸黨之敗,祀連已死,有子五人,乃翼弼、翰弼等也。白惟讓輩當朝,深嫉祀連,啓請其子孫還賤,翼弼等竟以流離窮厄而死焉。翼弼、翰弼有學術能文章,訓誨後進,一時人士受業者多。徐渻等亦其門生也,至是陳疏以爲:"翼弼等贖賤爲良,既久且遠,則一時還賤,不無冤枉云。"上令刑曹回啓。刑曹判書吳允謙回啓曰:"向前宋翼弼連三代良役,已過六十年大限,則其不可還賤,昭在法典。而只爲見嫉於白惟讓、李潑,則因一時威勢,越法還賤,舉族流離,竟死窮厄之中,至今有識之士莫不傷痛抱冤,三十年尚未伸雪。以翼弼通古今之學,未免奴隸之賤名,此豈但門徒之深痛,實爲昭代之大欠。其時宋翼弼還賤公事,勿爲施行何如。"上以爲事在先朝,似難輕議,不許。

《鶴山樵談》:(宋翼弼)弟翰弼,字師魯,號雲谷,亦能詩。……翰弼《偶吟》詩曰:"花開昨日雨,花落今日風。可憐一春事,往來風雨中。"

《小華詩評》:雲谷宋翰弼詩:"花開昨夜雨,花落今朝風。可惜一春色,去來風雨中。"權習齋詩:"花開因雨落因風,春去秋來在此中。昨夜有風兼有雨,梨花滿發杏花空。"意則一串,而各有風致。

【按:宋翰弼(朝鮮宣祖時人)字季鷹、師魯,號雲谷。籍貫礪山。宋翼弼弟。文名甚高,精通性理學。著有《雲谷集》。其詩清贍有風致。《箕雅》收其五絕一首。】

黃廷彧　　字景文,號芝川。長水人。明宗朝登第。典文衡,官至兵曹判書,長溪府院君。詩法典特。

《光海君日記》卷七六:六年三月庚辰。故府院君黃廷彧卒。廷彧文章高妙,然不自矜衒,人莫知者。盧守慎偶見其詩,延譽薦拔,遂柄文衡。以辨誣功封府院君。壬辰之亂扈衛王事,被執于會寧,拘于安邊。賊脅以上書通和,廷彧使其子赫故爲亂書以付之。及還自賊中,朝議以廷彧被執不死,爲賊上書,不書“臣”字,拿鞫遠竄。後雖放還,削其官爵終其身。

《芝川集·附録·行狀(黄赫)》:先君生於皇明嘉靖十一年壬辰四月二十六日戌時。幼與群兒嬉戲,自立一隊,不相混雜。曾祖贈贊成公常奇愛之曰:“此兒氣度非凡,他日必名世。”乃手抄杜詩五七言律若干首口授云。及長聰明絶人,沈潛讀書,氾濫子史,尤邃經學。不事口耳,涵泳于本源之地居多。且善屬文,雖一時應舉作,諸士子必相標録爲私集,模仿而取則焉。壬子中司馬試。戊午登博士科,分差承文院,卽選入藝文館,爲檢閲、待教、奉教。于時順懷世子在東宫,極選宫僚,移拜侍講院說書。辛酉陞六品,除戶曹佐郎兼春秋館記事官。卽屢擬清調,俄改禮曹佐郎,有以事見忤判堂,壬戌出補海美縣,士論惜其去。未幾移授本道都事,兼史職,旋以試場事坐罷,復敘爲禮曹佐郎、成均館直講。明廟末年,盡逐前後用事者,召集名流,思與更化。乙丑春拜司諫院獻納兼知制教。自是雖在閑局,常帶三字銜。既而被選,拜弘文館副修撰,由修撰爲司憲府持平,俄拜副校理,陞授掌令,還除校理。丙寅又以試場微細事落職,未閲月卽敘爲副校理。會言地一時左遷,先王特下教銓席曰:“何不以如黄某輩分擬兩司?”卽除爲掌令,移拜校理。時先王常在疾恙調攝中,不得以時引接臣僚,震位久虛,皆懷憂懼,莫敢發論。先君其在御史臺也,請博選才行之士,輔誨宗室近屬親,如韓允明、尹希廉、鄭承相芝衍其人也。其在玉堂也,一日僚席大會中倡議,與白麓辛公同挺身出,請上簡建儲。東壁數公頗酬酢,官長漠不可否。翌日移病不出,以是其議不果行。未久先王昇遐,開當寧之治。先君平日未嘗語及此事,弗類獲習于其時僚友,道其詳如此。仍以是仰稟所聞,乃曰:“果有是矣。”丁卯再爲獻納,旋以校理兼莅國葬都監。嘗以知遇先王,哭泣變食之節,極其常制,至如敦匠一事務盡誠敬。所進哀挽中有“秋風玉露凋蒲柳,一與臣心半死亡”之句,讀之可知爲忠悃悲慕之所發云。今上初年勵精求治,廣延名儒,日三聽講。先君長侍經帷,其進講也據經論事,辭約意盡,譬曉明白,上輒傾聽不倦。時盧承相蘇齋公與爲同僚,亟稱其講官第一云。嘗與高峰先生討論經傳,高峰服其詳確,逌在南中,語門人曰:“當今吾輩中講學精密無如黄某,爾等他日入都求其師,卽某其人也。”其年冬充書狀官赴京師。戊辰春由校理陞副應教,進時弊箚子,其目分十條,切中時病,亦不至傷訐。移授掌令,病免爲司藝。己巳陞執義,遞爲司成,兼春秋館編修官,參修先王

《實錄》。拜校理,移陞司諫。庚午春還爲校理。曾以文字言語間事積失同僚意,陰嗾持憲中傷之。上以黄某久在經幄,小無所失,不從,竟遞爲直講。未幾夜對,藥圃李公入侍,上問曰:"黄某久在予左右,未嘗見有過失。胡遽被論而去耶?"其愛惜之意溢於言表如此。由直講遷宗簿寺僉正,又改司成,歷判軍資監、司僕寺事。癸酉丁先祖妣許大夫人憂。服闋,便養乞補,出刺楊州。無何,先祖考贈議政公又棄世。首尾六年,讀禮之暇,旁及諸子書,孜孜探討,究極要歸。如星命堪輿、醫方算數諸家,無不參究。嘗謂弗類赫曰:"自吾居廬,心虚無別念,便覺學力長進,頗窺見古人微蘊。禪家所謂頓悟,良以此也。"戊寅畢制,判軍器寺,轉通禮院右通禮,病免,爲内資寺正。……己卯春,朝家以晉州多大俠難治,須得重望可坐鎮。啓請授之。裝治行,不意換授海州。庚辰夏,因逸囚事罷還永平別業,俄敘爲掌樂院僉正,移判禮賓寺,病在告。又出刺晉州,扶曳登道。未得達,辭病還家。言官以此論罷。壬午春,李栗谷建白筵中曰:"黄某頃以實病未及赴官,准期不敘。其文翰在當今罕比,可惜。幸上收用。"卽命敘復,除左通禮。……栗谷昔在海州石潭,弗類一日往候焉,謂赫曰:"舊時玉堂文僚中,辛君望坐不讀書,其才退。主公一味嗜學,其才倍,文不可當也。"及與詞人白光勳評隲國朝以來詩家曰:"黄某公詩發於經術,濟以自得,義理之文也。當與佔畢齋並驅,湖陰、陽谷不是及也。"及黄、王兩詔使來也,栗谷請屈爲相助。先君以他使事,辭不赴。癸未春,上出御春塘臺,試文臣通政以下,命題長律二十韻,刻漏爲限第高下。先君應制作獨超格,特命陞資通政,俄授掌隸院判決事兼知制教,旋擢拜忠清道觀察使。前此我國以璿系污蔑事節次陳奏,皇朝或許改正,而猶未詳悉。適值會典垂完,事機有待。甲申春,儒臣進言榻前,請擇遣一代文章士差爲奏請使,俾盡敷奏,須得請乃已。於是自湖臬召還,入銀臺爲承旨。朝筵上謂先君曰:"今此奏請,朝廷得人。予惟卿是望。"起辭謝不敢曰:"如臣筋力所在,死生以之。"旣入朝京師。皇上例下原奏,只說與該國陪臣知道云云,一行色變。先君面訴於禮部頓首曰:"陪臣將命遠來,要以伸先人之冤,雪小邦之恥。區區奔走道路,所不敢辭。至如皇言,豈敢以口舌傳信向寡君哉。"尚書于愼行曰:"此言良是,試可呈文。"先君卽具事情爲長書,淨寫呈進。尚書再三披讀,顧語左右曰:"好文字好文字。"仍問譯官洪純彦曰:"你宰相是宿構耶?何神速若是。"賞玩不已。備載先君所呈文字於該奏狀中,一無增削。得上聞,蒙皇上特命刊正,就將秘典所載,並令謄示,仍寫勅與之。宣勅時進陪臣於皇極門内,設拜席彩紅氈,使翰林學士將禮,蓋異數云。竣事還,上動喜告宗廟,赦殊死罪以下。特命加階嘉善,拜同知中樞府事,賜田宅奴婢,其一行員役以次頒賞有差,至解新御錦裘一襲以表之。遷刑曹參判，兼五衛都摠府副摠管，病免爲同知，旋授戶曹參判，未久病辭。遷禮曹參判，遞爲同知敦寧府事，除漢城府左尹，卽日轉拜兵曹參判，由兵曹病免，又入版曹爲參判。丁亥俞承相赴京，適先得《會典》一冊而來，其書我國宗系筆法，與先君所齎勑相符，昭雪無餘。上於是命超俞承相資三級，承文院諸提調，子壻弟侄中一人並皆官之，先君亦被恩例。因入侍辭謝請免，上慰諭曰："俞某幸以得成書一冊，故子乃顯其功。如卿先著鞭，雪祖宗二百年受誣之辱，今日之功卿爲首也。予未有以報卿。"先君惶恐拜謝不敢當。俄而特陞本曹判書。感激寵遇，盡心國事。適値歲惡民飢，大司農乏錢穀，而方面發廩之章旁午。於是殫精籌度，夙夜以之，生財移粟，靡有滲漏，俾民安業不壑。上方倚以爲重，有喜事者在臺端，欲微伺批根，頗有所論。上峻却之曰："近見地部所爲，多有盡心施措。忽被駁論，予未解，其愼之。"又斥講官一人言及者，其議立沮。先君三上章，控辭呈告至四，皆不允。不獲已出涖部事，後乃病免。爲知中樞府事漢城府判尹、刑曹判書，兼帶都摠管。刑曹主掌禁令，分遣吏卒於街市，譏察交易，不如法者抵罪，名曰禁亂。其實白奪商貨，干沒酒食之需。積習已痼，都民怨苦。先君坐曹，卽立約束除其禁，人人相與稱頌不置。遞爲知事，兼知義禁府事。己丑再長地曹。縣官帑藏單竭，如有朝家不時需用，皆倚辦于市民。先君每曰："我國調度，必于市人乎取之，民豈堪命？脫有變亂，市人其先叛乎？"以故科外之事一切不取市肆，至今閭閻父老頗能道其事。時有大家綱常獄，方逮繫，自執金吾按鞫，根柢相連，難於直發端緖。辭以病，仍遞本職判書及兼帶禁府，授知中樞。其年冬，月汀尹先生自燕京請得《會典》全帙，捧勑而來，上卽傳教曰："黃某曾有大功於國家，可特授崇政大夫，判中樞府事。"肅恩再控，辭以"道路往來微勞，實不敢累膺重賞"，仍略及時弊。上溫諭之曰："只恨卿功之大而予賞之小也。啓辭當留意。"……時文柄咸屬歸先君，會推適差落一圈點，上卽特命黃某、尹某除授兩提學。蓋上意微有所不滿於時典文，而爲異日宗匠地也。兼帶弘文館提學。其年秋，築壇爲歃血之盟，賜輸忠貢誠翼謨修紀光國功臣之號，超二級封府院君，仍行本曹事。賜廐馬、銀幣、田結、奴婢，同靖國功臣例。賜宴于闕庭，又賜宴于大平館。弗類赫亦以任子恩陞秩堂上，人莫不榮之。……壬辰夏，賊鋒長驅直上，警報日急。先君自田里馳詣闕略陳時務。……上方決意西幸，當扈從，趣爲裝。一日夜，有人急呼曰："黃某父子可急入聽傳教。"時都門已下鑰。驚惶待命之際，乘輿已出，追及於東坡站上謁，卽引見，命保護王子順和君入關東，仍可號召四方勤王，以期恢復。承命雪涕，進向鐵原，與士卒刑牲血誓，一邊傳檄八道糾合義旅，貽書檢察、元帥兩公，勉以大義。自樓院我師敗衄之後，兵火漸近，賊中細作旁出。乃由大嶺向關中，流聞賊一隊自慶州轉向東海地方，彼此途窮，奉王子崎嶇山海間，深入咸鏡北道爲可避。其七月到會寧府，叛賊鞠敬仁等與城裹徙民群不逞倡亂，謀執兩王子以下大小人員及京來將士，拘繫暗室，終乃累累縛致於賊壘，以須倭賊。自斷呼吸必死，謂弗類赫曰："吾父子鬚髯美好，不可並此受傷。"潛以小刀子截去，欲次第自裁。忽被邏卒所覺察，見守加密。及倭將清正入城，遇兩王子，稍加禮貌，待一行以鄰國大夫，別無拜揖酬答節目。此則其國俗蓋然也。上洛金相公貴榮與先君幽置別所，漠不何問，只以弗類爲王室忝親，一行大小事皆令督察。癡孫年八歲，被伊賊磔死。遇有我國軍兵消息，必使弗類通書。先君私謂弗類赫曰："觀此賊情，目前無可死之事。第文書間十分謹密，毋令倭奴得知我國式例，致有萬一難處之患爲也。"以故蒼黃傳報之際，率用眞僞二狀，僞以示倭賊，眞以傳行在。癸巳春，倡義使金公千鎰入送帳下人于王子前，諉稱起居，因要偵探都中賊勢。清正忽生一計，請王子報聞于行朝，乞與媾焉。謂爲平行長雖與天將沈惟敬講和，朝鮮獨與我通和，可即解歸。不爾，關白殿下領兵渡海，兩國干戈之禍魚肉矣。弗類赫但依伊賊所言而爲辭，非自我成狀，不書姓名，又不書臣字。兩王子亦依此別爲書一道，又以諺書陳賊情，呈送大內。陪官亦以蠟書具陳始末。其授狀倡義幕下也，使之投僞書而傳眞狀，丁寧戒囑。會天雨夜黑，倉卒失傳云。其時先君異處，未及與知，清正只使倭卒持以示之，瞥眼看過而已。倡義金公傳之體察使軍門，體察乃盡去王子諸狀不奏，只以所謂僞書謄書，單傳請罪。既而倡義公得覺，而轉報軍門無幾矣。蓋先君當在鐵原也，與時宰語及致亂之由曰："倭賊借道謀犯上國，凶狀已著。信使廉得于日本而來，乃不飭嶠南戎備，一敗塗地。當初主論通信者誰耶？使回而必保無虞者又誰耶？相與倡成和議，致誤國事，他日必有任其責者。"方圖草檄徵兵，會遇文士，令秉筆遣辭之際，語侵當路。其檄文中有"廟堂力主和金，秦檜之肉足食；奸臣首倡幸蜀，國忠之頭可懸"之句，展轉播聞，固已心嗛之。乘此事會，得以修郤於兵間文字之末，眩亂眞僞，聽者何能億逞？自釜山浦得荷天朝致力，還詣行都，乃指以成罪。遂置對力辨，命編管吉州。更誣以他罪，再詿吏議。丁酉特命解放，例宜收敘復秩，而又因宿構纖芥嫌者適在議讞之地，深文而陰遏之，只令田里閑住。上心猶有所眷戀曰："黃某乃太祖之功臣，非予之功臣。"再命放釋，而輒爲言者所阻。由關海還畿輔，四賜食物存問。而以病聞，即遣太醫齎賜藥物。俱上箋陳謝，最後謝箋落句有曰："長安北望，幸近天日之光；清渭東流，益注終南之戀。"見者以爲一字一淚云。丁未夏，輿病僑寓京口露梁，欲便醫藥。七月念間，偶感微恙。以八月十四日酉時，竟不起。享壽七十六。……先君……

文章詩規老杜自立門戶，尤以警拔神解爲主，有如水落而石出，源委極其深長。爲文本諸《六經》而出入諸書，骨氣雄峻，機軸自別，不爲蹈襲故常。常曰：“士不學詩鄙俗矣，是乃餘事。”不甚喜賦詩。居家不爲嶄絶崖異之行，不事交遊，無他嗜好，常以書史自娛。公退只奉伯氏相對談話而已。……平日所吟詠詩什及朝家大小述作，因兵亂散失殆盡，掇拾而餘存者蓋什一。所著有《約鑑便覽》十五卷。……先君常謂弗類孤等曰：“世其莫我知矣，知我者只有月汀在世。異日墓道之事可煩諸月汀公。”

《谿谷集·芝川集序》：維少也頗聞藝苑餘論，其稱近代名家詩必曰湖、穌、芝。湖謂湖陰鄭公，穌謂穌齋盧公，而芝川者，長溪黃公號也。及長，獲睹三家詩，湖之組織精緻，穌之氣格雄拔，篇什之富，蔚然爲大集。而《芝川稿》近體未滿二百首，古選歌行絶無傳焉，何其寥落也。然讀之横逸奇偉，名章雋句磊磊驚人。卽其獨造之境，眞可與二家相角。子美所謂“賦詩何必多”者，不其然歟？公以高才邃學早擅大名，中年頗與世塗抹摋，晚被宣廟知眷，奉奏帝庭，快雪璿系百年之誣，遂策元勳，進爵極品，提衡文柄，爲一代詞林宗匠。壬辰之變，酷遭奇禍，仍爲修郤者所甘心，以危法文致之，奪爵遷謫，抱枉未伸而沒。生平著述放軼殆盡，胤子承旨公裒集成編，藏之巾衍，世無別本。及壬子之獄，承旨公遭誣被逮，家藏文籍悉搜入禁中，隻字片紙無復存者。久之，中貴人從內裏得故紙數束以畀人，將充糊塗之用，《芝川稿》適在其中。或有識公名者偶見而認之，以告公之壻李鳳山鬱，遂用重價得而錄之。至今上當宁，既命復公官封，而外孫李厚源，卽鳳山之子也，爲丹陽守。始取公遺稿授剞劂，而以行狀及諸公所爲公文若詩者附刻焉。既成，請弁卷之文。維謂文章大業也，其得之也既不易，其傳之也亦不偶。若是集者，有必不可泯之實，遭必不得傳之變，既失而幸得之，將晦而竟顯焉，殆若有物陰相之者。吁亦異哉！公于文存稿尤尠，然都堂一書筆力縱横，一臠足以識全鼎，染指者當自知之。是爲序。崇禎壬申三月上旬，奮忠贊謨立紀靖社功臣資憲大夫新豐君兼弘文館大提學藝文館大提學知春秋館成均館事同知經筵事世子右副賓客張維謹序。

《鶴山樵談》：壬辰歲，倭寇陷京師，直逾鐵嶺。黃長溪廷彧登北青鎮南樓歎曰：“鄭立夫若在，倭子豈能逾鐵關乎？”七月被虜于會寧。長溪文章矯健不俗，國朝以來典文柄者，皆由於賜暇讀書之人，而長溪則否，世皆榮之。客歲之變，受禍尤甚。

《惺叟詩話》：余赴遂安日，黃芝川授以詩曰：“詩才突兀行間出，官況磋跎分外奇。總是人身各有命，悠悠餘外且安之。”殊甚感慨。公少日在玉堂時，李伯生、崔嘉運、河大而輩俱尚唐韻，詠省中小桃，篇什甚多，公和之曰：

"無數宮花倚紅牆,遊蜂戲蝶趁餘香。老翁不及春風看,空有葵心向太陽。"含意深遠,措辭奇悍,爲詩不當若是耶?綺麗風花,反傷其厚。

《芝峰類説》:崔簡易岦以能文,差奏請質正官,再赴京師,蓋爲宗系辯誣事也。黄廷彧贈詩曰:"萬里之行一可已,五年于此再何堪。官仍質正亦推重,事以疑誣須熟諳。落筆文章妙天下,當闕虎豹許朝參。歸來寶典昭新月,看取聲名北斗南。"此作人以爲佳,然格律不佳。

《晴窗軟談》:黄芝川廷彧深于文章,其詩句曰:"平生謾説歸田好,半世猶歌《行路難》。"意甚激烈。

《寄齋史草》:未正上御宣政殿,副提學金睟進講《綱目》東晉元帝紀。知經筵兵曹判書黄廷彧曰:"我國士子名爲攻文者,只以尋章摘句爲事,不務博覽群書。至於老莊等書見之者尤少,只以多出於諸書中,故士子不知其爲老莊而用之,似不可一一禁之也。至於先儒亦多用之。所可禁者,崇尚其道者也。"時上令禮曹禁士子科場用老莊語者,廷彧方典文衡,故因《綱目》老莊處下啓之。

《小華詩評》:世稱近代名家必曰湖、蘇、芝,謂湖陰、蘇齋、芝川。湖之組織精緻,蘇之雄發富贍,芝之横逸奇偉,真可相角。芝川《贈湖陰》詩曰:"春事闌珊病起遲,鶯啼燕語久逋詩。一篇换骨脱胎去,三復焚香盥手時。天欲此翁長漫浪,人從世路苦低垂。銀山松桂芝川水,應笑吾行又失期。"亦可見大家一斑。許筠云:"見芝川近律百餘篇,其務持勁悍,森邃沉謬,是千年以來絶響。覈其所彰化,蓋出於訥齋,而出入于盧、鄭之間,殆同其派而尤傑然者也。"

《東國詩話彙成》:妓玉香生少時爲清原尉韓景福所眄,文定王后命下金吾鞠治,謫義州。後公以詩贈之曰:"信陵豪貴狎游時,不道潯陽撫瑟悲。一落鴨江無去路,世間寧獨怨蛾眉。"此詩不無意味。但不近奩體,且以潯陽琵琶爲瑟,恐未妥。

【按:黄廷彧(1532—1607)字景文,號芝川,謚文貞。籍貫長水。黄赫父。善詩書,著有《芝川集》今傳。其詩横逸奇偉,與鄭士龍(湖陰)、盧守慎(蘇齋)並稱"湖蘇芝"。《箕雅》收其七絶一首、七律一五首。】

柳永吉　**字德純,號月篷。全州人。明宗朝登第。選湖堂,官至禮曹參判。**

《朝鮮宣祖修正實録》卷二六:二十五年十一月丁巳。同知中樞府事柳永吉詣閤門啓曰:"三道體察使鄭澈在忠清道有妓之邑,留連酗酒,迷忘職務,而主勢孤弱,無人論啓。左相尹斗壽材局非擔當恢復之人,其心不得至公無私。逐日所處，皆歸於無實，事有不忍言者，臣不勝悶迫敢啓。”上卽引見，與金睟俱對。上問啓辭意如何，永吉對如啓意外無他。上問睟以鄭澈事，睟對以澈欲圖京城時，留洪州，人心所望不如初到時矣。尹斗壽待罪郊外，再三辭免，上連下命召，慰諭就職。永吉本李樑腹心，初爲斗壽等所斥，以其族盛，故保全通貴，而不得長三司。嘗嫉鄭、尹諸人，至是覰上下有罅隙，有此攻訐，人殊駭之。臺諫仍劾論請罪，上不允。然攻澈之端，復自此始矣。

《愚伏集·柳月篷詩集序》：往在萬曆辛巳，月篷柳侯出宰吾尚。是時牧使西厓柳先生以副提學被召還朝，尚之民惄然如赤子之失乳焉。代之治者不亦難乎？而侯能呴濡撫摩之，使召父杜母之謠騰一境。余方弱齡，隨鄉父老後，以公事至其室而拜之。得其爲人簡淡而溫雅，可愛而不可慢也。侯素有詩才，時以製錦之暇，寄興於拄笏吟詠之間。長篇短什流播里巷，爲邑人所膾炙，余亦得而誦習焉。後此五十年，而今牧使至，則以先大夫之所以愛尚民者治之，民亦愛之如月篷焉。一日，出詩稿一帙示余曰：“先人之作蓋不止此。而惜兵火散失之餘，十不存一二。今欲入梓以壽之。子可以一言侈之耶？”退而卒業焉。則昔日之所誦習者皆在其中矣。噫！余非知詩者，且此詩非有待於人言而傳。不敢承命，顧其俛仰今昔之感有不能忘于懷者，遂書此以歸之。亦欲知公之所以名于世者，不專在於詩也。

《惺叟詩話》：仲兄……又言柳參判永吉詩雖境狹，有好處，如“錦瑟消年急，金屏貿笑遲”，“映箔山榴豔，通池野水清”等句，皦勁可喜。

《芝峰類說》：河應臨詩曰：“佳兒年十三，彈琴雙手纖。聞聲不見面，聲出桃花簾。”柳永吉詩曰：“臨道誰家蔭綠楊，一窗珠箔護雙娘。東風吹漏孤雲曲，枉使行人也斷腸。”此二作相似，而河爲優矣。孤雲曲，蓋謂伽倻琴也。

《小華詩評》：企齋《送人金剛》詩曰：“一萬峰巒又二千，海雲開盡玉嬋妍。少因多病今傷老，孤負名山此百年。”柳月篷《福川寺》詩曰：“落葉鳴廊夜雨懸，佛燈明滅客無眠。仙山一蹋傷遲暮，烏帽欺人二十年。”申詩傷其衰病，柳詩歎其纏縛。擺脫塵累，致身名區，若是之難乎！兩詩格韻皆清切，而柳詩起語尤警。

柳月篷永吉嘗與五山諸公到松都。時值八月，官池荷葉盡敗，只有一朶殘葩冒雨獨立。諸公各賦詩，月篷先成其落句曰：“憐似楚王垓下夕，旌旗倒盡泣紅妝。”一座閣筆歎賞。

《水村漫錄》：月篷柳永吉《詠春杵女》詩曰：“玉杵高低弱質輕，羅衫時舉雪膚呈。蟾宮慣搗長生藥，謫下人間手法成。”世稱佳作，《箕雅》亦選。而“手法成”三字無意義，未知其何所取也。

《於于集·與尹進士彬書》:曾聞崔岦之言:"以柳永吉之才,讀八百韓文全帙,而不能成一句文。專作詩而不作文故也。"

【按:柳永吉(1538—1601)字德純,號月篷。籍貫全州。文科及第。曾任正言、兵曹正郎等職。後爲平安道都事,因阿附李樑遭彈劾罷職。宣祖二十二年(1589)經任江原道觀察使、都總管等職,任賑恤使,受到言官彈劾被罷職。丁酉再亂突起,任行護軍、延安府使,歷任漢城府右尹、禮曹參判,後致仕。能詩文。著有《月篷集》。其詩格韻清切,皦勁可喜。《箕雅》收其七絕三首、五律一首。】

李忠綽　　字君貞,號洛濱。完山人。明宗朝登第。官至監司。

《朝鮮宣祖修正實錄》卷一一:十年五月戊子。前牧使李忠綽卒。忠綽孝行篤至,哭母哀楚出血,左目失明。戊辰年間擢爲承旨,臺諫論其形傷人不合近侍,請遞之。上曰:"今日朝廷,復有忠綽之目乎? 予取其目,爾等毋病也。"臺論乃止。忠綽早以文詞稱,居官清白,論事峻直。上高其行,每於注擬,雖居末,必進用,而以不入黨論。且嘗言:"李潑非吉人。"潑惡之,常置遠惡州郡,故不得大用。

《松溪漫錄》:庶孽李達頗有詩名,《題神勒寺僧詩卷》曰:"宿鷺下秋沙,晚蟬鳴古樹。舟歸白蘋風,夢落西潭雨。"李拙菴忠綽甫亦名於詩,次其韻曰:"日暮入招提,栖禽驚路樹。山人知我乎? 舊宿前江雨。"時人互相優劣,莫能定焉。余告拙菴,則答曰:"達也之詩雖似清高,浮虛無岸,何足取哉?"此則拙菴自許高於達也。

《芝峰類說》:李承旨忠綽詩曰:"白首龍驤衛,官閑晝掩扉。僧從三角至,求我五言歸。"頗近自然。

《林塘遺稿·李承旨忠綽挽》:"銀臺學士最清眞,天假貂蟬祐善人。夙歲孝思風撼樹,暮年羸病甑生塵。匡時直節知無補,傳世佳篇覺有神。稚子呼爺幼婦哭,東城日月自千春。"

【按:李忠綽(1521—1577)字君貞,號洛濱、拙菴。籍貫全州。文科及第。明宗十七年(1562)任著作,因孝行晉陞刑曹佐郎。任掌令時因論劾普雨流配。後任承旨,官至觀察使。詩才出衆,孝誠至極,母亡痛哭致失明。其詩閒適自然。《箕雅》收其五絕一首。】

辛應時　　字君望,號白麓。寧越人。明宗朝登第,選湖堂,參重試,官至副提學。

《朝鮮宣祖修正實錄》卷一九:十八年正月癸酉。弘文館副提學辛應時卒。應時字君望，號白麓。應時風神秀朗，器局峻邁，工於詞藻，早有才名。既登第，恬靜自守，不附權貴，不卑小官，惟勤於職事。久之爲侍講院說書，李樑忌之，格其遷敍，樑敗而始顯用。庭試文士七度居魁，賜暇湖堂，兼帶藝文應教。當上初政，與群賢彙征，久在經幄，隨事獻替，裨益弘多，上亦重之。晚見士論携貳，雖以先輩見斥爲沈黨，論議平正，絶去倚着之私。嘗曰："凡人之邪正是非，當就人人上求之。若以彼此爲是非，同異爲邪正，則進退用舍不系於人之賢否，而鋭意進取者勝矣。如是則名節掃地，而世道陵夷矣。"其後朋黨互勝，薰蕕無别，其言益驗矣。子慶晋亦爲聞人，顯於朝。

《宋子大全·白麓辛公行狀》：公諱應時，字君望，白麓其號也。世爲寧越人。……公以嘉靖壬辰生。……壬子中進士。己未秋，上御慶會樓親試，中丙科及第。公自幼有大名，久不第，中外皆稱其屈，至是皆以得人稱之。賜暇湖堂，拜禮曹佐郎。甲子移兵曹。聽松成徵士守琛卒，公於湖堂製進有《懷成處士》詩三十韻，具道先生安貧守道，養德丘園，國家宜加褒贈之意。上即命施行。後於徐處士敬德亦然。乙丑，選入爲弘文館修撰、知製教。自此旋遞旋入。丙寅正月間爲司憲府持平、兵曹正郎、司諫院獻納、禮曹正郎。丙寅登重試第。明廟末年，未有儲嗣，中外憂遑而莫敢言。時公與芝川黄公廷彧同在玉堂，倡議將建白，竟爲長官所沮。未幾明廟昇遐，公自以久侍經幄，特被恩遇，倍加哀隕。每朝退别處一室，面壁垂泣。家人不敢仰視。宣廟即位，慈殿命改御諱，使擇日傍字。其所行，公進擬也。每經筵進講，音韻洪暢，討論詳明。至於理亂安危之機，引喻古事，開陳剴切。一日，上問《皇明通紀》甚是好書。公啓曰："殿下從何得此書乎？筵中所講書外，一切勿觀可也。况其卷末所論有傷統序。"蓋以朝廷方議私親典禮，而《通紀》篇末極論興獻帝追尊之當理也。又言國家治亂，未嘗不由於君子小人之用舍。而用舍之要，必先嚴舉主之法。然後人不敢妄舉也。大槩宣廟初服，輔導啓沃之功，公實居多焉。慈殿嘉之，賜以表裏。戊辰，太監張朝、行人歐希稷來宣詔書，思菴朴公淳爲遠接使，公與李山海爲從事官。歐公見公儀表，語譯官曰："此實海東偉人，王國之寶也。"及以詩酬唱，益嘖嘖歎賞焉。己巳，翰林檢討成憲、給事中王璽出來，公又與鄭公澈、李公海壽從焉。義州有古津江，山水迅駛，又大雨漲溢，支供舟船觸石渰死者四十餘人。諸公所乘，繼以危急，舟中無不失色，公獨凝然不動。幸而得免，而公又夷然無喜色。諸公歎服以爲不可及。除吏曹正郎。庚午，嶺南大饑，上特命公審察。公受命馳往，出入村落，問民疾苦。有秩高守宰貪暴而人不敢誰何者數人，公皆劾去之。南人聳服。庚午冬丁内艱，究考禮經，必遵古人，而亦不爲駭俗之舉。

讀禮之暇，裒集《朱子大全論禮說》爲兩卷入梓行于世。服闋，還吏曹正郎，兼備邊司郎廳。廟堂每有規畫，諸公必以諮焉。以御史往湖南巡撫，守令望風震慴。至於南方士子爭覩，若鳳凰從千仞下也。歷議政府舍人、司憲府執義，以弘文應教兼藝文應教。蓋將以文衡屬公也。由典翰陞爲直提學，兼校書館判校。公久處經幄，眷遇益隆，乃效古人丹扆進戒之意，進勤學、愛民、親賢、納諫等六箴。上深納焉。甲戌正月，陞拜通政大夫承政院同副承旨。隨事覆逆，忠益甚多。時上命進黄蠟數百斤，公極陳以爲："凡上供之物，無非出於生民膏血，當於詳定，本有其數。一歲之入，自足以供一歲之用。或於經用之外，少加毫分，則其勢必至加賦於民。一加之後便成舊例，民將不堪。昔宋仁宗因夜飢思食燒羊，恐爲規例而終不索。况此物御供日例之外，更無所用之地。故外人或云聖上欲輸於鑄佛之用。此雖必無之事，而臣竊歎殿下取索若是之多，以來群下之疑，重貽生民之弊也。"時天顔不怡，玉音甚厲。公不爲屈，從容開導。而與栗谷李先生先後爭論，終得回天。宦官輩有横濫之漸，公據例防塞。宦官側目之。有臺諫協同權貴，以便其私。公論啓其誣罔之狀，遂與臺諫並皆遞罷。未幾，敍爲全羅監司。按節之初，先以舉廉能，黜貪汚，敦風教，袪弊瘼爲務。居未幾，全湖肅然。功敍方興，而忽嬰大病。又聞大夫人有疾，上疏遞歸。丙子拜成均館大司成。所居白麓有谿亭，年久坍塌，略加修葺。而忽有飛語上聞，命中使察之，以伐石禁山坐罷。人皆知公之無是，而公終始無辨焉。丁丑敍付軍職。爲親乞郡，爲延安府使。己卯秋瓜滿，還朝送西。庚辰由大司成又爲養乞外，爲光州牧使。公日治簿書，無少倦怠，而其於按獄尤盡心焉。有明火賊擊殺人，其人將死曰："殺我者某甲也。"其妻來告，卽捕某甲，訊之無驗，且多有疑端。公爭之於同推官及監司而不能得。未幾，有僧行劫，就鞫而服，仍歷數前後所殺，則其人亦在其中。其妻認其僧所取絛帶而號泣曰："是吾夫之物也。"於是某甲得免。壬午，翰林黄洪憲、給事中王敬民來頒詔。遞公差義州都司延慰使，蓋欲以文藝資助。遠接使有故，則仍以代之也。甲申再爲大司諫。時有玉非子孫推刷之舉，擾及數百家，士族亦在其中。臺諫爭之而上不許。公上劄極論，卽允之。非公則足以感傷和氣，朝廷無不感歎焉。秋拜弘文館副提學。詣闕疾作，舁歸而卒。乙酉正月某日也。年五十四。……嘗得一佳處於懷德之甲川上，欲營菟裘以爲終老之所，而終不得成，故慨然之懷屢見於詩什，公之雅懷清高於此亦可見矣。其爲詩骨骼開張，音調豪健，自成一家之言。有遺集若干卷刊行于世。

《宋子大全·白麓集序》：余幼也則聞有白麓辛公者，公于余先君爲姨妹壻也。始以爲公其戚也，故雖孺少，亦得以耳熟也。稍長聽于譚藝之士，則其秀句佳篇使人津津也，又意其公之所以爲公者在此也。壯歲獲游沙溪老先生之門，得見先生所爲《松江鄭相公行狀》，其篇末以一言蔽之曰："君子好之，小人惡之，則君子也。"當時惡公者，汝立、仁弘之老輩也；好之者，栗谷、牛溪、思菴、白麓諸公也。余瞿然自失曰：白麓之于諸賢，若是其班乎？則前日之所以知公者，不翅淺之爲也，直誤也妄也。然先生當日之教惟使務其向上之事，故未暇于諸公之詳也。其後得拜石室先生，竊聽其緒論，退而又見其述作，則眞所謂毁譽不苟之古道也。其敘里閈人物有曰"精金美玉推思菴，道德學問推牛溪，孝友清直推松江，洪深肅括推白麓"，然後又知公之規模氣象。其大略如此也。夫以松江之謗溢世延後，或以爲無狀小人。夫斡旋人之所謂小人者，以爲吾之所謂君子者，而其所以徵焉者，顧乃求之於公之族，而他有所不及。則公之所存所立與所交遊可以概見。而所謂洪深肅括者，又盛德之符也。宜不待他求而可以知公者已躍如矣。然則雖未知公必與牛、栗二先生相爲伯仲，而其在思、松諸老間，則又未知其必爲優劣也。此非後生懸度之言，乃諸老先生之論然也。公有詩稿一冊。附以雜著若干篇。……公之詞藻固已膾炙于人，何待於敘也。況其格力之高下，調韻之清緩，結體之踈密，皆非余之所敢議者，故余獨論其世如此。又戒夫後之觀公者，其毋蹈余之童觀，而於是乎又竊有所感焉。公以高才峻望，既不能展盡其所蘊，而遺編散逸，其嘉言懿訓殆就沈晦。而獨此寂寥篇章，廑廑於收拾兵燹之餘，豈不重可歎也。昔史遷記留侯，徵于畫工。況余之爲此敘，實本于諸老先生，則其可信而非誣也審矣。後之秉史筆者幸毋落莫乎公，而或有取于余言，則其於發潛闡幽之道，庶乎其無憾矣。公諱應時，字君望。宣廟朝官至副提學。其第在漢師之白嶽山下，故號白麓云。旹崇禎庚子八月日，恩津宋時烈敘。

《松溪漫錄》：辛學士應時甫《別歐天使希稷》詩："海國夢魂長北極，楚天煙雨又東風。"甚好，歐公乃楚人也。

《五山說林》：吾先君作宰高城，辛公應時《送別》詩曰："高城爲郡久，邑里太蕭條。西望山皆骨，東臨海不潮。丹砂招葛老，鳧舄送王喬。杜笏吟詩處，兼無簿領嚣。"

《芝峰類說》：辛監司應時有詩名，嘗作高城詩曰："北望山皆骨，東臨海不潮。"《菁川》詩曰："溪橋多臥石，山店半依楓。"爲兵郎詩曰："時清軍國渾無事，騎省郎官夜讀書。"又宣祖大王亮陰時，應制《杜鵑》詩曰："吾王方在疚，莫近上林啼。"順懷太子挽詞曰："金華已作傷心地，玉漏猶傳問寢晨。"時以爲佳。

《小華詩評》：辛白麓應時嘗以弘文修撰入直，時宣廟以《海棠花下杜鵑啼》爲題,使諸學士製進。白麓詩曰:“春盡海棠晚,空留蜀鳥啼。隔窗聞欲老,倚枕夢猶凄。怨血聲聲落,歸心夜夜西。吾王方在疚,莫近上林棲。”或傳宣廟時在諒諳中,覽至末句,深加讚賞。

《詩評補遺》:辛應時《青州館》詩曰:“百八盤初下,沿溪路始通。溪橋多臥石,山店半依楓。鳥度夕陽外,馬行秋影中。神仙如不妄,今夕倘相逢。”模寫逼真,對景想畫。

【按:辛應時(1532—1585)字君望,號白麓,諡文莊。籍貫寧越。白仁傑門人。刊行《朱門問禮》。奉享于白川文會書院。著有《白麓遺稿》今傳。其詩豪健闊大。《箕雅》收其七絕一首、五律一首、七律一首。】

河應臨　　**字大而。晉州人。明宗朝登第,官止修撰。**

《孤潭逸稿·東史八文章》:李山海汝受,己亥,韓山人,號鵝溪。文科,湖堂,主文,領相。策光國勳,封鵝城府院君。壽七十二。崔岦立之,通川人,號簡易堂。文科刑判。壽七十四。李純仁伯生,癸巳,全義人,號孤潭。文科。內翰,檢詳,藝文直提學,都承旨。策衛聖勳,封全陵君。壽六十。宋翼弼雲長,甲午,礪山人,號龜峰。壽六十六。崔慶昌嘉運,壬寅,海州人,號孤竹。文科。府使。有文武全才。年四十五。尹卓然尚仲,戊戌,漆原人,號重湖。文科。內翰,檢詳,戶判。策光國勳,封漆溪君,諡憲敏公。壽五十七。白光勳彰卿,丁酉,海美人,號玉峰。進士,參奉。年四十六。河應臨,晉州人,號青坡。文科。修撰。年三十二。

《清江詩話》:明廟朝,親觀射于慶會樓下,令侍臣作詩,翰林河應臨大而應制居魁,爲時傳誦。詩曰:“暖風晴日禁池東,粉革高張綠樹中。猿臂乍開星的滿,烏號俄拂月輪空。主皮豈是輸筋力?觀德要須奏奇功。西掖詞臣無伎倆,沐恩留得醉顏紅。”大而以能詩聞,筆法豪健,畫品亦奇,年三十三,官至司藝而卒。

《松溪漫錄》:河正郎應臨頗有詩名,《次新寧縣竹亭韻》:“日色已將山色暝,客心還與竹心空。”其他佳麗者不一。賤士姜允精少有能詩聲,其《阿房宮》詩:“虛費萬民力,圖爲三月紅。”《君山聞笛》詩:“落月未落江茫茫,一曲杳隨寒潮聲。”士林傳誦。吾友林君苾博洽群書,善屬文,尤長於詩。其《洛陽名園》詩“谷洛爲深塹,嵩邙作厚垣。幾吞三晉脊,都扼九州根。姬氏初開邑,唐人始立園。君逢全盛日,臣受太平恩。甲第齊雲列,危樓壓水騫。落花飛萬戶,垂柳掩千門”云云,此乃三十韻,多不盡錄。湖陰見之曰:“甚佳,甚佳。”此三人於詩學太多步趣,不幸皆康強早世。若天假之年,豈止於是歟?

《芝峰類説》:河應臨詩曰:"佳兒年十三,彈琴雙手纖。聞聲不見面,聲出桃花簾。"柳永吉詩曰:"臨道誰家蔭綠楊,一窗珠箔護雙娘。東風吹漏孤雲曲,枉使行人也斷腸。"此二作相似,而河爲優矣。孤雲曲,謂伽倻琴也。

《於于野談》:河應臨年甫十歲,以奇童稱。有長者指竹筍爲題呼韻,應聲而答曰:"平地忽生黄犢角,巖門初展蟄龍腰。安得折爾爲長笛,吹作太平行樂調?"及其少年登第,一時言才者以應臨爲首。嘗送客西郊,有詩曰:"草草西郊别,春風酒一杯。青山人不見,斜日獨歸來。"當時以"山中相送罷,日暮掩柴扉"並稱,而識者或言其年命不延。未幾而沒。

《東國詩話彙成》:大而以能詩聞,筆法豪健,書品亦奇。年三十三以司藝卒。清江李濟臣與之同庚,以詩哭之曰:"吾庚方妙歲,君獨至於斯。才絕詩書畫,天慳壽爵時。"

【按:河應臨(1536—1567)字大而,號菁川、青坡。籍貫晉州,文科及第。明宗十八年(1563)經副修撰,任禮曹正郎。善文,與宋翼弼等被稱爲"八文章",善書、畫。其詩筆法豪健。《箕雅》收其五絕二首、七絕一首、五律一首。】

鄭　碏　　字君敬,號古玉。磏之弟。蔭司評。

《朝鮮宣祖修正實錄》卷三七:三十六年七月乙卯。前佐郎鄭碏卒。碏,字君敬,號古玉。順朋之子,而磏之弟也。風韻清曠,才識俊逸。詩尚盛唐,又工草隸,旁通醫藥、賞鑑之技。自以家世之累,遺棄功名,托以麴蘗,浮游於遐外,人稱酒仙。至是卒,年七十一。有遺稿行於世。

《谿谷集·北牕古玉兩先生詩集序》:古玉少北牕二十七歲,其才識不及伯氏遠甚,而清夷冲澹,類有道者。喜吟詩,草隸亦工,旁通方藥風鑑之術,往往多奇驗。坐家累,身與世交相棄,遂托于麴蘗以逃焉。然公少從伯氏及守菴朴枝華學,通金丹秘要。中歲喪偶,不復娶,斷欲三十餘年,以老壽終。人稱爲酒仙焉。……古玉頗治詩。聲調清遠,時有唐人風致。

《松溪漫錄》:鄭上舍碏《送友》詩:"故人千里有行色,老子一春無好懷。"深得晚唐體。

《畸翁漫筆》:鄭古玉碏、成石田輅,皆年四十喪耦,不再娶,不近女色,終身鰥夫,棲息有似入定僧,惟酷嗜麴蘗,沉酣度日。古玉周流城市相知間,不醉無歸。起步字跡詠有云:"山林城郭兩無依,朝出常常暮醉歸。"蓋實跡也。石田平時杜門仁王山下,除官不就。亂後寓居楊花江上,與其女婿趙嶸相依爲命,得酒必以醉倒爲限,一朝無疾而卒。斯兩老能斷難制之大欲,而不能迢出醉鄉之外。豈其情欲分數有淺深而然耶？

《終南叢志》：古玉鄭碏《遊山寺》詩一聯曰："山如圖畫白雲外，路入招提紅樹中。"許筠賞稱"語有神助"。

《菊堂排語》：古玉鄭公碏一代異人也。宣廟朝己丑年八九月間，勸姜公燦乞郡居外曰："不過數月，朝廷大禍作。縱不及汝，不如遠避。"仍言及李公恒福云："此人當作黑頭宰相。但念入相時國家當大亂，必將搔首過日矣。"逆獄之起，倭寇之來，皆如其言。古玉，駱洞人也。壬辰亂後，駱洞題一絕句曰："城郭周邊落日斜，荒墟處處是誰家？東風立馬新橋畔，滿月傷心無主花。"

《小華詩評》：鄭古玉碏，北牕之弟，亦奇士也。嘗有《子規》詩曰："劍外稱皇帝，人間托子規。梨花古寺月，啼到五更時。遊子千年淚，孤臣再拜時。愁腸一叫斷，何用苦摧悲。"此詩膾炙一世。張瞽師順命嘗召禁中，宣廟問："汝近在何處？"對曰："流寓海西矣。"宣廟曰："聞鄭碏近在海州，此人嗜酒，其能得飲否？"仍誦《梨花古寺》一聯曰："佳作佳作，恨不見全篇，汝或記否？"順命誦之，御筆即書壁。

《詩評補遺》：至如鄭古玉"夜來自笑千般計，每到明朝便一空"之語，摸寫人情極到。

《東國詩話彙成》：從其兄得修煉之學，獨居三十年不近女色，嗜酒能詩，又深于醫方，多神效。平生不求進取，嘗有詩曰："鼎有淮王藥，人傳許掾家。"乃其家之實錄也。古玉兒時隨諸長者遊江閣，望見汀沙之間有兩白物依依而來，或曰人也，或曰白鷺也。忽聞橫笛聲，始覺其爲人。諸長者使碏賦之，應聲口占曰："遠遠沙上人，初疑雙白鷺。臨風忽橫笛，寥亮江天暮。"

其《送琴師李守種》詩曰"節迫三三三日纔，東風吹雨浥輕埃。故人千里有行色，老子一春無好懷"云云。又有其堂兄桂軒礎者，闡大科，歷敭華貫，後謝病杜門，研精金丹之秘。有天神降其室，以詩贈之曰："桂香方馥鬱，仙馭自天來。"軒以桂名，蓋以此也。

《星湖僿說》："劍外稱皇帝，人間托子規。梨花古寺月，啼到五更時。"此鄭古玉碏詩也。其始下有二聯云："遊子千年淚，孤臣再拜詩。愁腸一叫斷，何用苦摧悲。"李敬亭民宬謂之剩，鄭即肯之云。

【按：鄭碏（1533—1603）字君敬，號古玉，籍貫溫陽，鄭𥖝之弟。宣祖二十九年參與編撰《東醫保鑑》。其詩聲調清遠。《箕雅》收其五絕一首、七絕一首、七律二首。】

李義健　**字宜仲，號峒隱。完山人。進士。蔭直長。親歿後不仕，官至正郎，皆不就。贈執義。**

《象村稿·峒隱李公墓碣銘》：公諱義健，字宜仲，自號峒隱。系出璿派。五代祖曰璵，廣平大君，世宗第五子也。高祖曰溥，永順君，文章勳伐，爲宗英冠。曾祖曰嶸，清安君。祖曰千壽，定安副正。考曰漢，白川郡守。妣曰崔氏，慶州大姓，鷄林君漢洪女也。嘉靖癸巳生公。公生於紈綺，少任俠，逮省事，刮磨豪習，折節力學，有詩名。顧趣造高邁，視世之榮名利祿如秕穅土苴，不數數舉子業。嘉靖甲子始以大夫人命赴科，中司馬。一時名賢皆爲莫逆交，競尉薦，皆不就。晚以親老，暫屈爲敦寧直長。親歿不復仕。萬曆庚戌，李相國恒福奏公行，拜工曹佐郎，旋陞正郎，辭不拜。天啓辛酉，疾終，年八十有九。窆于廣州光秀山子坐之原，先兆也。公端粹寬和，得於天稟。……無嗜好，唯酷愛名山水。少遊楓岳、白雲諸山，遇佳境翛然忘返。爲詩冲澹，有陶、韋家致。筆法遒美，得大令法門。有所著稿藏於家。

《清陰集·峒隱先生李公墓誌銘并序》：先生諱義健，字宜仲，峒隱其號也。……天資恬澹冲雅，儀表玉立。力學自修，不事科業，不慕仕宦。年三十二始以大夫人命赴試，中甲子進士。諸公多薦者，累下除命不就。晚爲敦寧府直長，黽勉暫出。親歿不復仕。……第中別搆小齋，植梅竹列圖書，焚香靜坐，鳴琴詠詩。與先生接者自不萌鄙俗之心。少時與朋友各言所志，先生言結屋深山中，樹樊包澗，雪後萬徑俱絶，閉門高臥，此至樂也。聞者暑月若懷冰焉。好游名山水，探歷不倦。遇會心處，輒留戀吟嘯，樂而忘返。小築在白雲山，往來倘徉，以寄蕭散之懷。足不蹈利勢之塗，雖平生故人，方居要路，亦不往。詩學唐，書學二王，清婉端勁，如其人品。思菴朴相淳、頤菴宋公寅雅愛重之，李文成公珥、牛溪成先生渾、松江鄭相澈、月汀尹公根壽、守菴朴枝華、古玉鄭碏皆與之友善。牛溪、松江尤爲莫逆交，咸謂黄憲、徐稚再出。後來如白沙李相恒福、象村申相欽、月沙李相廷龜，無不亹亹傾嚮。至庚戌歲，白沙相請擢用以礪衰俗，超授工曹佐郎，又陞正郎，竟不拜。先生生於嘉靖癸巳，卒於天啓辛酉。壽八十有九。其年十二月，葬廣州治西光秀山午向之原。

《白軒集·峒隱集序》：夫談岳者遺培塿，談海者遺斷港，稱人之德義者遺其藝，其理一也。余少時從父兄及隣丈之側，聞公之風熟矣。語及公，輒稱其厚德高義，不聞其稱藝也。亦嘗望其儀，聽其言。時已老矣，鬚眉皓白，談話雍容，溫然而玉也，薰然而春也，其中退然若無能焉。既長而聞諸老鉅公之稱譽公也，往往有擬公於郭林宗、徐孺子者，於其詩亦引古之作者以况之。於是知公抱高才而爲德義之掩也，恨未得見其詞藻。乃者完南李相公，以公之從孫，訪余於苔巷。示以公之遺稿一卷，屬余序其首。又出其古名筆山鑱冢刻之搨聚者，公手跡亦在焉。余乃又知吾知之未盡知也。夫詩固一技，而不專業則不能工。若公者，今人與居而古人與齊，孔子讀而利誘絶。勉承慈夫人志，一就公車，中司馬後，不復事博士業。於雪月風花，亦未嘗數數。然而觸境陶寫，宮商鏗鏘，其音瀏瀏然而清，其致淡淡然而雅。就使專之者當之，殆瞠乎其後矣。乃知詩出於性情，得性情之正者，其聲亦正矣。《記》曰"溫柔敦厚詩教也"，韓愈氏之言曰"仁義之人其言藹如也"，其公之謂乎？嘗以薦紳尉薦，爲直長。親歿，絶不仕。白沙李相公以公行義聞於朝，擢授水部郎，至正郎而不拜。常自稱直長，人亦以直長呼。家著素饒，而喜散周急。或如懸罄，晏如也。無嗣，而乃謂以踈屬後，不若托兄子，祔於父母廟爲得。遂不立後。平生所與善者，皆一代賢卿相名人，而栗谷、牛溪兩先生尤相善。外富貴紛華，而獨好佳山水，蓬萊、方丈、妙香、天聖等諸名區無不遊歷，而白雲山則棲息最久。其有得於二樂者亦可謂深矣。公之德義，固岳之高而海之深也，其才又不止於培塿斷港，則自不得不昭著而垂諸後矣。其筆法亦有晉家風致，當與詩而竝傳也審矣。噫！知人易乎哉。余少也目擊而未得其全，今而白紛，始窺半豹。然亦何敢謂盡知之哉！言詩亦不易，姑書其槩，以俟後之君子云爾。

【按：李義健(1533—1621)字宜中，號峒隱。籍貫全州。司馬試合格。詩名甚高，書法出衆。著有《峒隱集》。其詩冲淡，有陶韋風。《箕雅》收其七絕一首。】

朴　漑　　**字大均，淳之兄。不事舉業。起亭于江上，每以輕舠乘月流賞，仍以煙波爲號。晚起，仕至金堤郡守。**

《芝湖集·煙波朴公行錄》：公諱漑，字大均，號煙波，姓朴氏。忠州人。六峰祐之冢子，訥齋祥之從子，思菴文忠公之伯兄也。自兒時嘗曰："人非孝，無以爲人。"及長，左右服事甚至，六峰公亦每稱其孝焉。初赴鄉試冠兩場。及入會試，見士子躪死，歎曰："夫爭一名至殺人而不顧，豈仁人事哉？"自此廢舉，惟事耕釣吟嘯。起亭於煙波江上，每以輕舠乘興游賞。有詩曰："裝舟載素月，擬價輕黃金。不向宦津繫，平生滄浪心。"性且好施與，置義廊義倉以收恤宗族待公舉火者，常五十餘人。宣廟朝，歷漢城參軍、高山縣監，以事陞緋玉，後爲金堤郡守，僅一年投紱而歸。日以琴歌，優遊歿世。其臨卒，出亭舍，亦竟夜琴歌。詰朝吟示一絶，意甚曠然。其詩曰："支離一疾差無藥，歸濯靈泉玉溜寒。從此便教毛骨改，碧天雲外駕翔鸞。"書訖便乘化，乃萬曆丙戌仲冬，距其生正德辛未，實七十六歲。葬于亭西震向原。行狀則奇縣監孝曾所述云。公無嫡嗣，只有庶出數人。

《研經齋全集·逸民傳》:朴漑,字大均,號煙波居士。忠州人。生而神彩秀徹,兒戲嘗爲泛舟之弄,及長學問日進。……搆亭於錦江上,名曰煙波,吟嘯自放。其弟文忠公淳,卜平遠亭於其東,以小艇往來蘆葦間。漑嘗有裝舟載月詩,宣祖方想延巖穴,聞而悅之,命近臣覘其隱曰:"昔謝安携妓東山,有蒼生之望。殆斯人乎?"自是屢除職而不起。弟淳嘗侍講筵,上謂曰:"予注意卿兄久矣,卿倘能爲予起之否?"翌日以漢城參軍召之,漑不得已赴職。加通政階,出爲金堤郡一年而謝病歸。絶口不道時事,然聞國家有謬政,輒憂形于色。年七十六而終。

《老村集·兩梨墅山水記》:龍淵之上小東爲松岳,思菴朴相公平遠亭古址在焉。松岳之山東西十里,緣江悠長,《十二詠》所云"鰲村暮烟"、"松寺夜鶴"者皆在其間。村以烟,寺以鶴者,村見而寺不見也。湧金之西爲大窟,石多丹色,古有寺今廢。大窟之西南一里,爲沙湖。山益高,石皆臨水崒,青翠縫絡,影搖水沚。有庵懸之曰玉簫,南州高士朴漑詩曰"小屋高懸近紫微,月明僧影渡江飛",以其境過高,僧徒不集,庵遂亡。庵之西爲大野,一水流之,至庵下與沙湖合。

【按:朴漑(1511—1586)字大均,號煙波居士。忠州人。朴祐子,朴淳兄。其詩清逸出塵。《箕雅》收其七絶一首。】

朴枝華　　**字君實,號守菴。旌善人。深於禮學。爲學官,壬辰之亂赴水死。**

《花潭集·附錄·門人錄》:朴枝華,字君實,號守菴。旌善人。嘗爲吏文學官,旋棄之。有學行,以禮律身。博極群書,所見精確。有《遺集》、《四禮集說》。先生有答論禮諸書。

《研經齋全集·草榭談獻》:朴枝華,字君實,號守菴。旌善人。少受《易》於花潭先生徐敬德。好脩錬之術,入金剛七年而返。弟子問其術,枝華曰:"此乃遺世獨行者所爲。非學者先務也。"與北牕鄭𥖝友善,𥖝弟碏師事之。宣廟癸未,許篈謫甲山。其夏有鬼妖,鉅齒蓬髮,右握弧左握火,邑發卒擊鼓以禳之。枝華聞之曰:"不出十年國大亂。始於南方。"後十年壬辰倭寇殘我,七年乃定。壬辰之亂,枝華年八十餘,子孫相失奔竄,入壽春史呑溺水死。斫木書曰"白鷗元水宿,何事有餘哀"。枝華常守靜。不以事物經心。性簡潔,文章亦如之。昔屈原自傷其潔清而不遇楚君,投汨羅之淵,君子謂之忠之過也。……朴枝華之沈淵,亦傷時之意也。古所謂水仙者近之。

《守菴遺稿·附錄·遺事》:學官朴枝華,號守菴,字君實。旌善人。自少遊名山,餐松絶粒。嘗與學者同棲山寺浹一月,常衣一布衣,夜則枕書而眠。十五夜左卧,十五夜右卧,布衣無稜如新熨。儒道釋三學着功俱深,於禮書最精博。其文章,詩與文高絶,嘗製《駙馬光川尉挽》云云,見《遺稿》。詞人鄭之升稱引不已。年踰七十,常杜門。居城市,坐一室,終日危坐,岑寂如山林。逮壬辰倭寇入京,避寇白雲山史呑村,與友人鄭宏偕。寇且至,鄭生挈家而去。守菴與之别曰:"吾老憊不得随。他日尋我於此。"後數日寇稍退,鄭尋守菴不得見。見溪上繫小紙於樹枝,書杜詩五言律一首,懷石自沈於樹下溪心而死矣。其詩曰:"京洛雲山外,音書静不來。神交作賦客,力盡望鄉臺。衰疾江邊卧,親朋日暮廻。白鷗元水宿,何事有餘哀。"觀此詩,事事相符,眞守菴自挽也。鄭得其屍,草殯而去。朴守菴枝華,有道之士也。年八十,精力異於凡人。壬辰倭變,避于楊根水濱。忽一日,斫木書杜詩一句曰:"白鷗元水宿,何事有餘哀。"投水而死,好事者疑爲水仙。

《西河集·守菴集序》:《守菴集》一編,未知傳自何人,而所存亦甚略矣。余聞守菴生於寒族,而學問詞藝名於明宣之際,一時諸老先生皆敬之,非常人也。蓋公聞花潭之風而悦之,所與游多道學名儒,往復講論,聞見甚博。隱居求道,不出城市,而專精修業,有守玄潛論之操,其所獨得於道義之奥,深探於象數之原者,必有妙契疾書,輝光明白,而盈溢簡策者。今其書若是寥落,何哉?雖然,觀其詩律,清高雅則,藴美而不自放,可知其爲有道之言。而於《答老仙》一書,尤見其沈潛玩索之實。斯亦足以想見其爲人矣。又何必多乎哉?獨其臨難赴淵,世或疑之。余謂其時國勢之危急,甚於屈平之楚。其不忍見宗國之淪喪者,與屈平何異也。國朝文明之運,初盛於英廟,而大發於穆廟之世。名德之士出爲世用者既已充積於廊廟朝廷,而光靈所被,異人竝生。草澤潛光之士,往往有奔軼絶塵而不可及者。若守菴之高志遠識,卓行絶藝,益可貴重。詩文之存不存,固不足以輕重此老,而亦不可不傳於世也。今龍岡守金君士肯得是編,亟加鋟梓,徵余以序引。其所以收拾表章,欲示久遠者,其意豈偶然哉!遂感而爲之説。崇禎紀元後甲子季冬,正憲大夫漢城府判尹兼知義禁府事弘文館大提學藝文館大提學知成均館事同知經筵事李敏敍序。

《松溪漫録》:吾友朴枝華《挽人》詩曰:"天高九萬騎鯨去,歲到三千化鶴回。"頗得詩法。

《惺叟詩話》:先君送行詩帖,蘇相有"白玉堂成久,黄金帶賜今"之句,人以爲佳。然朴守菴詩有"忽看卿月上,誰惜我衣華"之語,此乃警策。其挽眉巖詩:"千秋滄海上,白日大名垂。"何必杜陵?

朴守菴遊青鶴洞有詩曰:"孤雲唐進士,初不學神仙。蠻觸三韓日,風塵四海天。英雄哪可測,真訣本無傳。一人蓬山去,清芬八百年。"淵悍簡質,有思致,深得杜、陳之風。

《霽湖詩話》:朴學官守菴枝華,儒者也,其於詩非專門用力,而時時寓興之作,格高意玄,人莫能及。其《詠崔孤雲》詩曰:"……"深味之有不盡底意思。

朴相國民獻除咸鏡監司,一時詩人咸賦別章。一日蘇齋抵朴相第,展別章五十餘幅,皆瞥眼看過。時林白湖在座,蘇齋目白湖曰:"公詩安在?"白湖出諸袖而奉之。蘇齋一見,默然投之于諸稿中。朴守菴詩適在,蘇齋披玩,其頸聯云:"賓館夢回清獻鶴,塞門風落晏嬰裘。"三復歎賞,字守菴曰:"君實,君實。"白湖豪氣頓挫,面頸發赤,遂退走。蓋朴相之將往咸鏡也,有臺議舉不廉爲言。守菴欲白其不然,故語意如此,蘇齋之所以尤稱美也。

《於于野談》:學官朴枝華號守菴,詩與文皆高絕。常製駙馬光川尉挽詞,詩人鄭之升稱引不已曰"若人門地雖卑,於騷家地位最高"云。其詩曰:"天孫河鼓本東西,贏得人間五福齊。湯餅當年曾試玉,簫臺此日共乘鸞。諸郎秉禮廞儀舉,華館連雲象設迷。家在沁園相望地,不堪春草又萋萋。"

《畸翁漫筆》:朴守菴枝華出於寒微,能自讀書莊修,一時多所稱譽。壬辰倭變,避亂山谷間,一日家人不知其處,跟至一泓下,見其衣履蛻脱在水邊,得其浮屍而歸,衣帶間見有老杜一律,即"京洛雲山外,音書靜不來。白鷗元水宿,何事有餘哀"全篇也。豈亦《懷沙》之遺意歟?

【按:朴枝華(1513—1592)字君實,號守菴。籍貫密陽。徐敬德門人。儒道佛均造詣甚深,氣數學尤其出衆。著有《守菴遺稿》今傳。其詩淵悍簡質,得杜陳之風。《箕雅》收其七絕一首、五律一首、七律一首。】

李俊民　　字子修,全義人。明宗朝登第,參重試。官至兵曹判書。

《朝鮮宣祖實錄》卷三九:二十六年六月庚子。上曰:"我國儒生平日視武夫如異端,待之如奴隷,惟事迂闊高談。我國文弊極矣,其弊慶尚道爲尤甚。前聞尹卓然之言則'尚州只有射手三人'云。又有一言,昔在經筵,故宰相李俊民語及邊事,俊民曰:'上憂倭乎?倭不足憂也。'予曰:'何故?'俊民曰:'倭人短衫短劍,跣足以趨,他無長技。此豈足爲賊者乎?臣叔曹植常如是言之。'予曰:'然則有阿只拔都奈何?'俊民曰:'阿只拔都不料主客之勢,深入敵國。安能逃於太祖節制之下乎?此非豪傑也。'予曰:'唯唯。'俊民以儒將見重,其言尚如此。予意取生員、進士者,將以陞于太學也。孔子之教非射御乎?陸象山教人必使門人習射。今後取生、進時,幷試武藝,如貫革入格者取之。此不易之理,議啓。"備邊司啓曰:"人情賤武弁而貴文士,自古我國弊習。今者自上軫念武略之不競,思所以勸勵作成之方,至於生、進之科兼試武藝,其保邦禦敵之猷則至矣。然凡屬新立之規,必十分講究,然後可以行之無弊。此事宜廣收僉議,然後方可施行。此外必有勸奬之方,在徐思而審處之如何耳。"答曰:"知道。"

《藥泉集·左參贊孝翼李公神道碑銘》:以嘉靖甲申歲生公。諱俊民,字子修,號新庵。幼而岐嶷,長而卓犖,弱冠藝業大進。年二十六擢文科。三十三中重試,初隸成均館,薦入藝文館。内而正言、修撰、持平、掌令、大司憲,直講、司成、司䆃副正、司僕、宗簿、掌樂、奉常正,禮曹佐郎參判判書,戶曹參判判書,兵曹佐郎正郎參議參判判書,刑曹參判判書,工曹參判判書,漢城府右尹判尹,都承旨、左右參贊,知經筵、都摠管、知義禁府事;外而寧邊判官,良才察訪,黄海都事,寧越郡守,羅州牧使,江陵江界府使,平安兵馬節度使,全羅、平安、京畿觀察使,開城留守。階資憲。此公登朝歷職之序也。明廟乙卯,李樑以副提學始用事。公拜正言,將舉劾其專擅不道之罪。樑嗾其徒擠之,出貳寧邊,棲遲于外十餘年。甲子自羅州移江界,樑新敗竄其地。公上任日,持酒往慰。樑大感愧,請題詩畫屏。有"歲寒相對各無心"之句。其佐寧邊,日候戎幕,禮數謹甚。主將謝曰:"見公器度,非久於人下者。他日我必爲公管下。"後公擁旄關西,其人果以肅川府使負弩矢先驅。其莅寧越,有素不知書生請見曰:"方讀書雉岳山中,願得三年糧。"公不問姓名輒與之。復告難輸,命人載致之。後公長西銓,居貳席者自言:"我是當日乞糧書生也。"公隸泮館,有相識者在史局尉薦公。及其人居銓郎,衆咸言公宜入銓,不肯引。後坐事廢,母老貧甚,公分惠四時俸禄及養老之物相續。乃歎曰:"有友如此而不蚤知,今日之廢宜矣。"宣廟初,入侍夜對,語及神僊。上問:"世果有神僊乎?"左右皆言其虚誕。公獨曰:"臣則目見之矣。"上怪問之,對曰:"判書臣元混平生戒酒慎色,年及九十顔貌不衰,步履如飛。臣則以此人爲神僊也。"上爲之改容。公初入臺閣,以伉直忤權姦,荐蹈危機。至于白首,勁氣不少詘。宣廟中年,朝論岐貳。公惡其傾軋,一無所左右,惟敬服李文成公珥洗滌東西之論。及文成沒而黨人攻文成不已,公痛之如私仇,每於稠廣中顯言其誣罔。旁聽者莫不縮頸,而公視之無如也。黨人側目,爭欲齮之,而無以中之。然連蹇西樞,不躡要路。趙重峰憲疏中所謂"以李某之倜儻奇偉,一言賢李珥則使之杜門十年"云者,乃其目見時事而發憤言之者。此公立心行己之大致也。大夫人南冥處士植之姊也,性度頗嚴,而公事之有深愛,宛然有孺子慕。大夫人壽登九十,時公年亦踰耆艾,而服勤左右,無異少日。侍坐雖夜深,必俟就寢然後退私。鷄鳴而起,問安然後赴公。一夜風雪極冽,又宿中酒未解,侍妾請少休。公泣曰:"是何言也。親年已高,雖欲長侍,其可得乎?"鄭相國澈居隔牆,每曉聞公履聲,必起坐曰:"李判書詣大夫人所矣。"每見公必拜以致敬。公在外,有奉大夫人書至者,則雖奴隷必使上坐饋酒食。及其丁艱,過不致毁之年已久矣。執禮踰制,不覺不勝,纔闋服數月而卒。此公誠孝之出於天者也。公天姿軒豁,風調俊逸,與人交坦蕩無畦畛,而望之自不能窺其涯涘。長於談論,剖判是非,别白成敗,無不犂然當於事理,率常伏一座。多識前代故事,與人言有若身履其間而目見之者。遇事奮發激昂,雖坎穽在前,一無所撓避,屹然有壁立千仞之氣。居家子弟不敢仰視,莅官吏胥未嘗識面。性素簡儉,律已極嚴。歷官四十餘年,位登上卿,而家業不長尺寸。居常自著綠布衣,家人不許衣綵服,廄不飼善馬,庭不植花卉。於詩章有所不屑,而時或對景揮洒,豪健有奇氣如其爲人。善於射藝,嘗於瑞葱臺閲武居首,特賜仗馬。拜受右執,歸獻于大夫人,觀者榮之。剛腸嫉惡,多見忌於滄訾。而若論當世鉅人長德可以當國家大事者,則雖素不悦公者,不得不推公爲先。及其望實益隆,枚卜屬耳,天遽不憖遺,爲世道計者,所以重爲之惜也。此公素履風猷,可想其槩者也。公以萬曆庚寅十一月二十九日卒。弔祭如例,葬于楊州古靈山先兆之次。……賜謚曰孝翼。

《石潭日記》:秋大水,傷禾稼,遂爲凶年。八道癘疫不息,而牛馬之疫兼發,牛死尤甚,至於農夫代牛自耕,九人之力當二牛云。以李俊民爲平安道觀察使。時平安道癘疫,病死之民尤多。而西胡頗有窺覬之漸,方擇重臣鎮之。特以俊民陞資憲出按。權轍問俊民曰:"子何以鎮邊?"俊民曰:"若朝廷移民實邊,則當盡安集之策。若募兵增戍,當盡撫馭之策。今則不移民不增戍,只仍舊而已。有何良策乎?"轍曰:"聞兵使以軍保皆陞爲正軍云。此是良策。"俊民曰:"以三人爲一戶,然後可以應役。今者分三人各爲一戶,則民不堪役。此何異於破夾衣爲二單衣,而自誇多衣者乎?軍名雖多,而調發之際,必將使二人助一人之力,然後可以戰守。有加兵之名,而無其實矣。"轍曰:"然。"轍又曰:"移配之民凡七十戶,欲配于咸鏡平安兩道何如?"俊民曰:"自俊民觀之,今爲平安監司,當只以平安爲憂。自朝廷觀之,則平安、咸鏡無彼此之殊。譬如二子俱病,恩愛雖均,當先救病深者。今者咸鏡則病之急者也,平安則病之緩者也。七十戶于平安則有無不關,而於咸鏡則有少補矣。可盡送於咸鏡道也。"俊民退謂人曰:"我有何策可以鎮邊?寧效王欽若修齋誦經而已。"謹按:西北二邊俱可虞。幸而胡中無豪酋,不能作邊患耳。若稍有才勇者,乘隙而動,則孰敢禦之乎?邊虞如此,而大臣無策可救,只以破保添兵爲良策。且欲以七十戶流配之民爲實邊之資。嗚呼!荒哉。平安之民死於癘疫者不啻數萬,七十戶之增減,有何輕重乎?李俊民之言固是矣。但局外之人者發此言則可矣,今俊民身任其責,若有計劃則當告於君相,不聽則可以辭職矣。何故不言不辭,遽受重寄,而欲遵王欽若之跡乎?如俊民之滑稽浮薄徒能大言者,何足多責?時事之多傷,卜此可知。其寒心哉。

《松溪漫錄》:李相國俊民甫西關方伯時,有詩云:“每過香山山下路,山靈應笑往來頻。君恩不許歸田里,三度關西鬢髮新。”意思圓闊,有古人氣象。

【按:李俊民(1524—1590)字子修,號新庵,謚孝翼。奉享晉州臨川書院。其詩豪健圓闊。《箕雅》收其七絕一首。】

李海壽　　字大中,號藥圃。全義人。明宗朝登第,選湖堂,官至吏曹參議。

《朝鮮宣祖修正實錄》卷三二:三十一年十一月壬午。前弘文館副提學李海壽卒。海壽,故相鐸之子也。稟資剛正,操行峻潔,無一點塵累,一世輩流咸推重焉。事親至孝,務盡誠敬,每朝必朝服而參於家廟,雖夙宵赴衙時,未嘗或廢。家甚貧,只資俸祿,而絶無他營。工於詩,善隸書,文藝雖高,而爲節行所掩,人不以是稱之。平生直道自守,見忤於時,立朝四紀,位不過三品,又未享遐壽,士林無不悼惜。

《芝湖集·藥圃李公行狀》:公謙挹,雖不以詞翰自任,而然其爲哲匠之所推許則亦甚隆。奇高峰嘗與松江評論曰:“公詩雖有才調,而典重則不及藥圃。”公又晚與崔簡易岦酬唱,多有篇什。簡易後謂月汀曰:“藥圃之詩,雖與詔使對壘,當不相下,足以華國云。”月汀善於書,常自謂優於公。一日,金南窗玄成同在座,斷曰:“月汀書品當遜藥圃。”公之文藝筆札雖高出輩流,而多爲節行所掩,人有不及知者。

《藥圃遺稿·附錄·遺事》:先生少讀古書,經傳詞賦無不淹貫。則其往復師友書札及湖堂儐館酬唱詩什,莫非發於性情之正者,宜傳爲後學之模範。而初以家人怵於辛卯之禍,投諸水火。再以家屬迫於壬辰之亂,皆入兵燼。亂後收拾,藏于其家者泰山毫芒。而後之覽者亦徒以吟詠風月,泛讀流觀,而不知其中有至理之存。今以見於《松都雜詠》者言之。崔東臯示金靜厚詩有“太極故無極,化機天自弄。氣兮有翕張,理也無靜動。在人方寸間,心卽性情揔。先覺訓實揭,後生知或壅”之句,而先生和以答之曰:“上天無聲臭,默運有何弄。玆惟大道原,有靜仍有動。爲人卽一心,萬理於焉揔。活物自虛靈,感應無閡壅。”唯此數語實皆本於濂溪之《太極圖說》也。性命之原,理氣之說,亶在此矣。

先生爲學工夫篤實,研窮精微。至如當時公卿師友,學術同異,無不隨事以察,默識胸中,或有發於其吟詠之間者。先是,退溪文純公李先生嘗酬蘇齋盧相公詩曰："邈邈朱山嶽，滔滔陸海湖。中原及東國，回首一長吁。"蓋蘇齋之學漸染象山頓悟之說，而當時學士名以讀書者，其門路之差，頗與蘇齋之論不期同而同。蘇齋寄退溪詩首句所謂"欲者天之性，人所不能無"者，其不察於道器之際、理氣之辨，蓋可見矣。是以退溪既以詩答，以寓譏貶之意。而當時學士論學，亦多類蘇齋相國之說云爾，故退溪先生以此規而諷之也。其後栗谷文成公李先生與牛溪文簡公成先生往復論理氣長書，深闢陸象山、羅整庵之說，蓋亦以此也。癸巳，先生陪中殿至海州，與牛溪先生約會于石潭精舍，設靈位於聽溪堂而拜之。乃題詩曰："舉世滔滔趨象山，後生誰復尊朱子。九曲山中立小堂，已知先正有深意。"於此亦可見先生之學，得先正教外別傳之旨訣，而與退、栗源派一貫來歷云爾。

《藥圃遺稿·年譜》：（略）

《陶菴集·藥圃遺稿序》：然則公之所以爲公者不在於詩，而世之知公亦不待詩而後能也。然詩本人性情，其發於咳唾之餘者，足以知其志之所存。况格調清雅，如其爲人，誦之而其有不知者乎？

【按：李海壽（1536—1598）字大仲，號藥圃、敬齋。籍貫全義。詩、隸書出衆。著有《藥圃遺稿》今傳。其詩格調清雅典重。《箕雅》收其七絕一首。】

李山海　**字汝受，號鵝溪。韓山人。明宗朝登第，選湖堂，典文衡，官至領相、府院君。**

《朝鮮宣祖實錄》卷一八二：三十七年十二月辛亥。卜相，李山海、柳成龍、李元翼、李德馨、李恒福、韓應寅、沈喜壽。史臣曰："山海，文章之士也。氣量寬深，清謹著名，久秉銓衡，引進士類，一時重之。晚節與世浮沈，未免鄙夫患失之譏，蓋由於不肖子慶全交結匪人，造言生事之致也。"

《光海君日記》卷一九：元年八月辛未。鵝城府院君李山海卒。《備忘記》傳曰："鵝城以國家蓍龜，其宿德重望足以臥閣鎮物。予方待厥疾之瘳，欲作商家之霖雨，而遽聞訃音，不勝痛悼。凡治喪諸事，一依時任大臣例爲之事，言于該曹。"史臣曰："人君之惑於小人者，無若先王之惑於山海。而至於末年，則乃能覺悟，下教曰：'山海之心，路人所知。'至今朝野誦之。今者王至比於蓍龜、霖雨者，何也？山海則自擬於定策勳臣，而王亦謂有功於己耶？締結金貴人，承奉先王意，沮遏建儲之計者，山海謀主也，而王獨不能覺悟。不幸天討不行，老死牖下，舉國之人莫不喜其死而恨其暮也。至於下教曰'不勝痛悼'，此所謂拂人之情也。"李山海幼而慧悟，七歲能文辭，號爲神童。及長，深中多數，外若癡鈍，而機權之際，變弄如神。久秉銓柄，以至宰相，其始除拜庶官，絶去關節，門庭肅然，人或稱其無私。宣廟悦其柔和儉約，眷遇不疑。既得美名，遂執朝柄，其始擇用二三小人爲腹心，時於昏夜，潛招密議，品騭人物，或選用，或擊彈，舉有定論。然後其二三人聯次遞授於羽翼爪牙，故人莫敢指斥其所自來，上亦認爲一代公議。其所不悦者，則雖在權要，必以計去之；其所悦者，則雖在罪累中，必以計拔之，人號爲"鵝溪峴"，以其爲通塞要路也。及己丑、辛卯間，時勢屢變，而心迹大露。始附鄭澈，引與共政，既知其不容於澈，則又以飛語密通宫禁陷之，一掃其黨。由是朝野反目，市童村胥皆誦名嗤點。柳成龍諸人皆羞爲等伍，稍與爲貳，則又齕成龍及其黨去之。其用舍之術，皆以承迎讒巧，先得君上意，然後陰以逆名陷人。一時姦憸貪暴之類，任國老、洪汝諄、宋言慎、李覺、鄭仁弘、柳永慶，以至三昌之徒，雖或分背相攻，始終舛異，至於締結嬖幸、排陷善類，則大抵皆祖於山海。而其身雖或閑廢，其所陶冶布置，皆其黨與，以至廢朝，其禍滔天矣。反正之後，論者欲追正首惡之罪，而亦有所不敢焉，則其亦小人之雄强，係於氣數者歟！奇自獻嘗曰："李山海，其猶龍乎！自有朋黨，纔見此人。"蓋亦深服其智術而憚其難敵矣。

《漢陰文稿·輸忠翼謨光國推忠奮義協策平難功臣大匡輔國崇祿大夫議政府領議政鵝城府院君李公墓誌銘幷序》：萬曆紀元之三十七年己酉八月辛未，輸忠翼謨光國推忠奮義協策平難功臣、大匡輔國崇祿大夫、鵝城府院君李公卒于漢陽僦舍。壽七十一。前是，公病革，上遣承旨致問，內醫診治，賜與頻降。浹六箇月而公不起，上聞之震悼，輟視朝三日，特下哀教，飭有司供喪事，按儀無闕隱卒之典。吁其至矣。既殯將卜葬，嗣子刑曹參議慶全泣語其姊夫廣陵李德馨曰："願以先人墓誌爲托。"嗚呼！余忍銘諸？且公自六七歲，詞章筆翰名一國。事蹟彰徹，奚待誌而傳哉？"然幽堂所藏，終不可闕焉。知其行之詳，莫如在門館者。子之見屬宜矣。"嗚呼！余忍銘諸？敍曰：公諱山海，字汝受，鵝溪卽號也。其先出韓山之李，爲海東望族。麗季有文孝公諱穀號稼亭，文靖公諱穡號牧隱，父子入元朝中制科，擢省郎翰林，東還爲名大臣，聲烈焜燿史乘。牧隱之季子諱種善諡良景，於公爲六代祖。……公以嘉靖己亥閏七月乙卯日午時生于漢陽皇華坊。季父土亭公聞呱呱聲，喜曰："興吾門其是兒乎？"生有異質，未解語已知書。家有東海翁草書掛壁，引姆抱看，欣然指畫。五歲始受學，土亭公教以《太極圖》，一語便知天地陰陽之理，指圖論説。嘗讀書忘食，土亭公念其傷也，令輟讀待食。公作詩曰："腹飢猶悶况心飢，食遲猶悶况學遲。家貧尚有治心藥，須待靈臺月出時。"土亭公益奇之。六歲能作大字書，握筆蹣跚揮灑，字形壯偉若龍挐虎攫之狀。一時名公鉅人無不招尋求筆蹟，共指爲神童。如乙巳被罪諸賢，皆公所與遊者。己酉，出試場屋中第一，考官割試卷，將去爲寶。戊午中司馬。庚申明廟謁聖試士，公居首，命直赴殿試。辛酉中丙科，分差承文院。壬戌拜弘文館正字。翌日明廟引見，卽榻前命題景福宫大額，次陞副修撰。甲子拜兵曹佐郎，還除修撰。乙丑拜司諫院正言、吏曹佐郎。丁卯選差遠接使從事，詔使翰林許公嗟賞公詩筆，還朝寄問致款。歷吏曹正郎、議政府舍人、司憲府執義、尚衣院正、副校理，次陞直提學，常兼知製教、校書校理、藝文應教。賜暇讀書。庚午陞承政院同副承旨。辛未往省考病于清風郡。奉來終南第，色養五年。乙亥丁憂，歸葬保寧，執禮極嚴，哀毁幾不救，畢喪于廬。丁丑秋還朝。前後歷吏禮刑工曹參議、成均館大司成，轉陞承政院都承旨，每長薇垣玉堂。己卯特拜司憲府大司憲。庚辰拜兵曹參判。喪長子，病遞。秋特除刑曹判書。辛巳授吏曹，政極難愼，干謁頓絶。未幾丁外艱，歸保寧。終制之日，特拜議政府右贊成，歷判吏、禮、兵三曹，兼提學、大提學、判義禁府、知經筵春秋館成均館事。嘗謂："守令，民之所托命者。不擇守令，是殘民也。其忍爲哉？"每當一窠，必求得其人。得之則喜若家事，不得則晨夜思度。或秉燭箚記，待明而入。宰執不敢爲子弟乞官，親舊不敢有私冀。而草野之名一善者，無不詢諮力舉，畢置於百執事之列，仕路日清。臺官有欲吹覓政疵者，於臺席閲除目曰："政如是。何者可摘論？"至今談銓部之善擇人，咸曰："某公某公。"踈怨無異辭，宣廟亟稱。公言若不出口，體若不勝衣，一團眞氣充積於中，望之常起敬矣。批公辭章曰："聞卿爲吏判，門外雀羅可設。予將以報卿。"有一輪對官進啓："一人久秉銓柄，恐權勢偏重。"上怒曰："汝不聞吏判爲社稷臣乎？"後公臨政，每擬其人。上謂公曰："彼欲害卿而卿用之。卿量不可及矣。"戊子冬，左右相俱曠，首揆蘇齋盧公獨薦公拜右議政。同列咸喜，謂其作相曉矣。宣廟念公過遜，手教勉起，倚毗甚隆。是歲參錄光國勳，常帶鵝城府院君。己丑陞左議政，轉陞領議政。庭鞫鄭汝立逆獄，時朝論携貳，而逆變出於搢紳。其辟於一邊而執偏議者，欲因之擠異己而下石焉。章疏紛起，斥公爲賊之親黨。臺諫又以金沔、鄭介清等，皆公在銓席所褒啓學行而收用者，既被連逮，公不可獨免。至謂"與右相鄭彦信倡飜獄之説"，論鞫彦信益急。公出郊外待命。宣廟痛析其狀，而召公還鞫獄。歷歲波濫，公爲之愍痛，每歸舍廢食發歎，或掩戶垂涕。至庚寅春，傷瘁病劇，猶諄諄語口曰："殺一不幸猶不可。今士多死非罪，元氣澌矣。國其若之何？"累以病辭，宣廟慰諭不許。一日，與按獄之宰會中書曰："嶺南右道有一種論，指獄事爲虚。宜速啓知。"公答謂"我未聞矣"，仍與之辨，其議遂寢。已而參錄平難勳，非公志也。壬辰四月，倭寇逼京。群議欲移避關北，公料此賊非本國之敵，欲上西狩告急，未敢明言。宣廟召大臣議冊國本，委以監撫。時坤殿無嗣，上問誰可。公對曰："此非人臣所敢與。但在聖念，速降宸斷。"宣廟舉今上號，曰："何如？"公起拜曰："宗社臣民之福也。"卽命有司舉冊儀。諸官纔拜賀，而報賊已踰嶺矣。翌曉大駕西遷，儲宮亦隨發。公奉廟社主扈行。當是時，寇勢滔天，遠近崩潰，而民心有所繫者，以能定大計於倉卒之力也。至開城，兩司劾公首倡去邠罷職。到平壤，又請以重律，命付處江原道平海郡。乙未，宣廟諭侍臣曰："非某。予爲懷愍徽欽久矣。其命放還。"拜領敦寧府事，俄兼大提學，辭遞。己亥，還拜領議政。庚子，有一宰貪權横恣，望公同陞，而公不與，遂被仇陷罷歸。辛丑，還拜府院君。公配貞敬夫人趙氏，卽議政府左參贊貞簡公諱彦秀之女，領中樞院事文剛公諱末生之後。公世守清貧，不問有無。夫人能勤勞拮据，事育以周。甲辰夏，喪夫人。丙午春，喪子婦。戊申秋，孫翰林李久得危疾，公益憂懣，積敗頓衰。翌年三月病暴重，子姪親戚至，悲喜指認，口不能出言，終至於斯。嗚呼痛哉！公天稟極高，神通夙成，省庵公欲其崇深自持，保全美器，常戒以謙謹。公克受庭訓。立朝四十九年，未嘗以才智先人。言訥體遲，若無能者。土亭公每稱公姿質之美曰："學以充之，便是上智亞矣。"余及公門，公初除省庵公之服，見遺蹟而泣，几杖而泣，感痛孺慕不懈，終始益篤孝如此。平居對人，恂恂謹厚耳。至其深猷遠慮，臨亂不爽而確乎其操守，有賁育不能奪者。亂後，每言己丑冤枉，宜先伸雪，慰悅人心。此是大機恢復之策，不外於得人心矣。自幼脫略世情，憂傷之激，横暴之加，只反諸吾心而無所怨尤。故其流落在外也，或匹馬單童往來山水，直與孤雲獨鳥澹然於形骸之外。有時對景感時，寓興遣懷，輒形諸吟詠。下筆凌厲飛動，多自得者。善作水墨圖，不以示人。時遇古畫，融神賞會。看書十行俱下，亦未見嘗讀書也。河西金先生謂公之詩文"譬如空中樓閣，無非出自天分。若着工讀書，則便是塵土語矣"。平居製述甚多，盡喪於兵火，收拾若干稿行于世。少負時望，早致宰列，未有一瓦之覆，一壟之植。常僦屋以居，荒凉艱楚，客至或坐馬韉，天雨以席蔽漏，緼袍巖食，晏如也。參議悶公衰境不得節適，請搆一舍，則曰："毋。以全吾素性。苟心安矣，居處之陋，庸何病乎？"冬無一裘，夏欠剩衣。捐館之後，待贈賻而斂棺。嗚呼！公眞所謂神仙中人矣。夫人配公無違德，公之秉政，不一有私囑爲公瑕累。有侍婢受人苞苴而潛達焉，夫人怫然曰："吾其衰矣。此言何爲至於我耶？"卽火其書。貧而好施與，每以公祿周隣里親戚之窮者。祭祀必躬執饌具，雖隆寒盛暑，至老不倦。子弟請付諸女婦而休息，則曰："吾不執饌，猶不祭。我自盡誠，不爲傷也。"享年六十三而卒。有四男四女。男長慶伯，中庚辰謁聖科，權知承文院副正字，早死。次慶全。次慶伸，成均進士，早死。次慶愈，殤夭。女長適弘文館校理李尚弘。次適德馨，死壬辰亂，旌門。次適及第柳惺，先公死。次適韓山郡守安應亨。

《丁戊録》：柳惺，李鵝溪之壻也，得聞爾瞻會議厥叔永慶于山海家之說，惺往於山海家，作色而言曰："近日爾瞻會于丈人家，有構陷吾叔之陰謀。丈人送妻娚慶全於陜川仁弘家，陰囑上疏云。然耶？"鵝溪笑曰："豈有是事？吾兒慶全下往保寧焉。此狀則君家之所知。何出此言耶？"惺大怒曰："丈人枯膝落杖，有何快乎？"拂袖而去。鵝溪目送而言曰："柳獻納妄人耳。終難免大禍云。"厥後惺杖死。惺家與鵝溪家永絕，謂之讎家。

《石潭日記》：十月。以李山海爲刑曹判書。上疏辭職，不允。拜恩後辭免至三，皆不允。山海少有文名。出官途後踐歷清要，馴至六卿。爲人清愼少氣節，巽懦避人言，故無忤於上下，不失物望。自東西分黨之後，議論一從東人，不能樹立。如李珥、鄭澈皆是執友，而不恤相負，識者笑之。李珥語人曰："吾友汝受不久必作政丞矣。"人問其故，珥曰："我國政丞必淳謹無才氣，無所猷爲，而挾以清名者居之。汝受其然也。"

李山海謝病免不出。李珥往問之曰："公受國厚恩，當此國勢危急之時，當盡職以報君恩，何爲引退以孤士望乎？"山海曰："塚宰是一國重任。我何以當之？"珥曰："然則誰可當者？二品以上皆是闒茸充斥。如公幸拜此職，甚愜士望。公何強辭？且公既在六卿之列，必不能休官。則惟吏曹合於公才，他職則恐不能盡職。如戶曹刑曹，非公才可辦。吏曹則公必不循私，則張大公道矣。此豈少補乎？近來政事溷濁，願公勉出，一洗舊染之習。"山海笑曰："公何以細知吾才乎？公言甚切，我當更思。"不久而山海出視事，爲政不用請托，門庭冷落，如寒士家。珥聞之曰："汝受爲政差強人意。可以救得世道矣。"

《稗官雜記》：歐行人希稷之回到江上，從事官李正郎山海作詩三篇送之。其末篇曰："促道輕裝二玩隨，星軺西望疾如飛。天涯羈思迷芳草，日下歸心繞紫微。遼塞晚山當驛路，薊門春雨濕征衣。殷勤爲報新安老，一隔雲泥夢亦稀。"注於詩下曰："去年，以都監官從伴送新安許學士于江上，聞與大人有年分，故云。"

《松溪漫録》：嘉靖丙辰年間，大明人劉應基見執於倭寇，爲我國人所擒，到京作詩云："只怨干戈不怨天，離鄉去國路千千。愁纏病骨哀衰運，淚灑紅顏泣盛年。見月思歸西塞外，看雲心逐北堂前。旄丘見葛何多日？瑣尾孤身困此邊。"李宰相鵝溪公少時次其韻云："鯤海鯨波杳接天，南荊迢遞幾三千。流離異國惟孤影，飄泊他鄉是弱年。蝶夢有時歸塞外，雁書無路到家前。知君夜夜思親處，秋雨蕭蕭客枕邊。"時劉年十五六，鵝溪年十七八，年皆幼稚,詩已成章。自古早達者必夙成,鵝溪則今爲宰執,劉公亦既達乎?或言登第,未知果然否也。

《雲巖雜錄》:李山海少與澈交好,後澈爲人所攻,山海背澈,與李潑等同攻澈。至是潑等敗,而澈復入,山海懼甚,欲更與相合以免禍。時鄭彥信罷相,山海薦澈代之。與澈同治獄,事澈甚謹。遣其子慶全日夜在其門,如奴隸。且言:"前日攻君者皆金應南、柳某等所爲,非我也。"欲以嫁禍他人而自免焉。澈與山海宿怨既深,而且知山海反復甚,終不釋憾。時澈党滿臺閣,日事羅織,凡平日所不悅,一切陷入逆類。上頗厭之。山海連結掖庭,探知上意。又與洪汝諄等密謀傾之。先使李慶全結游士洪奉先、李晟慶等六人詣闕請對,上即引見問之。奉先言澈擅權亂政,上褒奬其忠。山海即令臺諫論之。其始臺諫之不知其事者,疑懼遲徊一二日。山海連使人促令速發,且曰:"機不可失,恨少遲耳。"蓋知上怒方盛,故云然也。啓入,即允。時汝諄爲大司憲,并論尹斗壽、尹根壽、李海壽等六七人,分竄北道,皆澈之黨也。李誠中、禹性傳非其類,而爲山海所惡,嗾汝諄等同論罷之。上仍命榜澈罪,掛之朝堂,又命圍籬安置。山海猶與澈相問不絕,且寄藥封云。……金氏弟公亮交結朝士,傳通内外之言,賄賂輻輳。領議政李山海尤附之,夜中騎驢往從,人多相值者。公亮賤人,而李以首相諂附,聞者莫不唾鄙。方東宮未建,而信城最有寵於上。山海又結申砬,每以女奴往來問遺,置書于柳器餅餤中,勿令人知,蹤跡甚秘,莫有知其所言者。不久信城夭卒,山海又廉知上頗屬意於光海,更結柳自新,自新女乃光海夫人也。時自新爲廣州牧使,山海爲其子慶伸求婚于自新,使政府醫高麒往請之。自新不許,而麒屢往不已。自新一婿趙國弼在城中,山海每親詣國弼致殷懃。其觀望無恥如此。山海又以女妻安滉之子應亨,上妹夫也。時新遭播越之禍,衆論喧騰咎山海,而金氏猶不斂束,在義州賄遺不絕,亦多人言。

《惺叟詩話》:近代館閣,李鵝溪爲最。其詩初年法唐,晚謫平海始造其極。而高霽峰詩亦于閑廢中方覺大進。乃知文章不在於富貴耀榮,而經歷險難,得江山之助,然後可以入妙。豈獨二公,古人皆然。如子厚柳州、坡公嶺外可知也。

《涪溪記聞》:李鵝溪,四歲能讀書,五六歲能解作詩書屏簇,名振都下。二十三釋褐,歷敭清顯,頗清愼得時望。既登臺座,生患失之心。有金公諒者,金嬪之弟也。金嬪寵冠後宮,山海奴事公諒以固位,昏夜乞哀,不恤吮舐,遂得罪清議。壬辰之亂,李以首相建西幸之策,大駕既西,從公論竄于平海,而聖眷不衰。乙未,鄭政丞琢請放還,蓋迎上意也。李求復入,時柳西厓當國,沮之。李怨入骨髓,與其黨謀去之。至戊戌,遂逐西厓而代之,濁亂朝廷。上覺之,命出門外,十年不召。

崔貳相滉精悍剛果,善攻人過失,有直名。然君上得失不敢言以爲恭,得寵宣廟。又善隨時低昂,東西分崩,互相勝敗,而公居清顯自如也。其卒也,鵝溪挽詩曰:"風浪急時持楫穩,路歧分處戒蹤偏。"公子有源大怒,裂而焚之。

壬辰李鵝溪爲首相,倡西幸之計,公議攻之。駕至松都命竄之。黄判書愼撰《諭軍民教》曰:"奸臣首倡行蜀,國忠之頭可懸。"指鵝溪也。鵝溪諂諛固寵,植黨倍公,其禍至於今益甚,罪固難赦。至以西幸之舉并爲罪案,彼豈肯心服哉? 升平日久,人不知兵,賊鋒未至,聞聲崩潰。以空闊傾圮之都城,市井不教之子弟,可以當秀吉之鋒鋭耶? 孟子"效死勿去"之言,非是之謂也。靖康之難,种師道請委城出避,衆議以爲老怯,竟取青城之辱。此固往事之可鑑者也。我意鵝溪西狩之策,其有功于宗社甚大,不可并致訾毁也。

《於于野談》:鵝溪李山海謫平海,聞封世子,有詩:"仁孝英明迥出倫,冲年德宇藹陽春。謳歌允屬吾君子,歷數應歸大聖人。法殿濫叨承策命,虚銜曾竊側僚賓。老臣願緩須臾死,親見康衢擊壤辰。"後有讒人以"末二句寫惡言"聞上,鵝溪即改之曰:"此身願化東風燕,飛趁龍樓問寢晨。"

《菊堂排語》:鵝溪李相公亭舍在露梁江上,山南不遠之地有小寺,京中儒生四人同處做業。聞亭舍酒熟,相公不來時,夜將半,四人步往亭舍,盗飲大醉。各占一聯書於壁上而去。"晉代踈狂畢吏部,風流千載付吾儕。偷來半夜無人縛,大醉還山月欲低。"相公見之曰:"四聯皆佳。而爲末聯者必先登第。"後如其言。

《壺谷詩話》:李鵝溪之詩過於軟媚,或以"死楊妃臥花下"爲譏。而絶句則妙矣,如"白雨滿船歸棹急,數村門掩豆花秋"之句,直是詩中有畫。

《小華詩評》:鵝溪有《詠昭君》二絶曰:"三千粉黛鎖金門,咫尺無由拜至尊。不是當年投異域,漢宮誰識有昭君?""世間恩愛元無定,未必氈城是異鄉。何似深宫伴孤月,一生難得近君王。"此蓋竊王荊公《明妃曲》"漢恩自淺胡恩深,人生樂在貴知心"之意,而李詩辭意太露,信乎言志,心之聲也。羅大經嘗評荊公此詩曰:"心不相知,臣可以叛其君,妻可以棄其夫乎?"朱子亦有評,以爲悖情傷理云。

《詩評補遺》:崔簡易以鵝溪詩爲無骨,鵝溪以簡易詩爲拙,此蓋出於文人相輕。以余觀之,俱未必然。豈可以鵝溪之富麗爲真無骨,簡易之遒健爲真拙耶? 然以大家高手,時或有疵累,此則李杜之所不免,亦何害於兩公之文章也。今摘兩公詩世稱警語者二聯,並論其瑜瑕。簡易《三日浦》詩:"三日清遊猶不再,十洲佳處始知多。"意深而語滯。李鵝溪《寒碧樓》詩:"紅樹白雲曾駐馬,亂峰殘雪又登樓。”有韻而氣弱。

《東國詩話彙成》:公年自髫齔能書大字,求者雲集,書罷足濡墨汁印跡紙尾,尤異之。十三赴湖西鄉試,爲解元。非大才能如是乎?目曰“神童”,聲名籍甚。纔逾不惑,位列九棘,不數年超陞亞卿。近世所罕。可謂才命同諜者也。

【按:李山海(1538—1609)字汝受,號鵝溪、終南睡翁,謚文忠。籍貫韓山。文章書法出衆。“八文章”之一。著有《鵝溪遺稿》今傳。其詩軟媚,有“死楊妃臥花下”之譏。《箕雅》收其七絶一〇首、五律三首、七律五首。】

金命元　　字應順,號酒隱。千齡之孫。明宗朝登第,壬辰爲都元帥,官至左相,慶林府院君。謚忠翼。

《朝鮮宣祖實錄》卷一五七:三十五年十二月丁酉。左議政金命元卒。命元,性善良,與物無違,風儀溫雅,知與不知,無不悦其爲人。小壯登朝,以將材顯,其所履歷,武職居多。壬辰之亂,身任元帥,無分寸功。上之駐義州也,收合餘燼,弊甲凋兵,鎭于順安,與李元翼協力,以備平壤之賊。及登臺輔,雖無建白,而其心休休,不欲害人。

《月沙集·左議政慶林府院君贈謚忠翼金公神道碑銘并序》:歷觀自古帝王之定大業戡大亂者,必有厖臣碩輔出而爲之左右。惟我昭敬大王卽位之二十六年,日本大勢兵乘我不備,遽陷三都。時則有以左參贊居憂在廬次,特起爲兵馬都元帥,乃能維持危險,弘濟艱難,竟贊中興偉績者。其人爲誰?姓金,諱命元,字應順。系出慶州新羅大王金溥之後。……祖諱千齡,魁進士及第,官至直提學。考諱萬勻,司憲府大司憲,娶順興安氏縣監尊義之女,生二子。長慶元,文科節度使。季卽公,生於嘉靖甲午。中戊午司馬。辛酉及第。直學都憲及節度公皆狀元及第,而公亦屢占解魁,竟中甲科探花,人稱狀元家。例授直長,卽選玉堂爲正字,陞著作博士。李樑秉國,公與節度俱被斥罷。樑敗命別敍。教曰:“玉堂闕員,以金慶元兄弟擬差。”卽拜副修撰。出入正言、獻納、持平、直講、校理,充書狀官,還拜修撰。戊辰巡按咸鏡道,條列山川形便防備事宜,刻之高山館壁。以持平召還,道拜鍾城府使,進階通政。瓜滿,移東萊府使。蓋欲試之邊遠,將以大用也。自判決事刑曹參議,又出爲羅州、定州牧使,旋拜義州牧使,特加嘉善。言官論其驟陞,宣廟教曰:“將爲節度使之人,不可改也。”無何,果自義州移鎭兵閫。踰年入爲戶曹參判,出爲全羅監司。朝廷方議以監司兼全州府尹,公狀啓辭職,且言府尹沈義謙有才局,請以自代。論者以爲非藩臣所敢言,請罪之。上只命追問,卽日赦出,拜漢城左尹、京畿監司、兵曹參判。甲申超資憲爲咸鏡監司,還拜刑曹判書、都摠管。丁亥拜右參贊。倭寇陷鹿島,以公爲都巡察使。賊退,移拜平安監司,復爲刑判、畿伯、左參贊,兼知義禁。參鞫鄭汝立,錄勳封慶林君,陞正憲。辛卯丁大夫人憂。壬辰變初起,復爲巡檢使。未久拜八道都元帥。大駕西遷,都人大潰。公墨衰臨戎,退守臨津。召集散兵,設栅防灘,形勢稍張,賊不敢遽逼,公亦按兵不動。朝廷疑其持重,遣使督之。諸將渡江,遇賊伏大敗。申硈、劉克良皆死。公馳到津口,收餘兵左次。及賊陷平壤,公駐箚順安。賊游騎日來斧峴,公晝夜不離行陣,衣不解帶,分布諸將於要害,以扼賊路,以衛行在,賊不敢西。天將史儒輕進而敗,一路大震,皆言賊兵且至。時大駕方駐灣上,或請公亟報行朝。公止之曰:"少待的耗非晚。"俄聞賊毋動,軍佐咸服。防禦使金應瑞知朝廷戒進兵,屢牒請戰以試公。公惡之,手署依牒施行。巡察使李公元翼在傍愕曰:"公何不稟于朝而徑許戰耶?"公不答。既而,應瑞出兵,徘徊不見賊而還。公亦不之問,但私謂李公曰:"此子心腸不直。愼勿輕信。"李公吐舌。癸巳,天兵來援,公策應周旋,動中機宜。天將倚而爲重,每戰必咨問。公引天兵薄賊窟,多方以撓之。賊窮蹙宵燔,松都、漢京次第收復。車駕還京師,公亦病,辭遞元帥。歷判戶、禮、刑、工四曹。參鞫宋儒眞,進資崇政。丁酉,賊再猘,公還拜本兵兼留都大將。明年陞崇祿,爲邢軍門接伴使,迓於義州,辭遞兵判。己亥復授。庚子特除左贊成,俄薦拜冢宰。銓注公平,黨議自息,公論韙之。居數月,鼎席缺,宣廟教大臣曰:"金命元寬厚有容,白首勤勞王事。予欲卜相如何?"僉議咸允,卽日拜右議政。明年陞左轄。又明年壬寅,卒于位。春秋六十九。……公資稟凝遠,器識寬平,自幼已有大人氣度。中心樂易,與物無競,平居未嘗有疾言遽色。內無城府,外絶修飾。其於榮辱得喪,一切付之膜外。官雖高,家益旁落。性儉素,居處飲食翛然如寒士。然遇客必置酒,傾倒肺腑,和氣藹然。敦睦出至誠,奉養外舅如事父母。少受業於退陶門下,學《易》頗詳敏,先生嘉之,許以大器,貽書勸學問。既以詞華名擅場屋,釋褐卽選玉堂。八年經幄,恩遇日渥。自巡按還,委公邊事,知其有將相才也。北憂虜則公北,南急倭則公南。衡人物掌邦政,非公不可,則公入判兩銓。宣王化鎭邊民,非公不可,則公出秉閫鉞。國家以公輕重者殆四十年。及其忠勞著於中外,望實孚於朝野。則金甌之卜,乃出於特簡,此尤異數也。領相李公恒福以詩語去位,公於筵中竭誠陳辨。讒者欲竝擠之,公不以介懷,人服其量。早習兵書,頗事弓馬,而不以將才自任。庭對之文,寓興之詩,傳誦膾炙,而不以詞翰加人。其韜晦又然也。

《甲辰漫錄》:大駕住在箕城時,金命元爲都元帥,領兵陣於臨津,以遏賊冲。六月初間,行在所以不克進攻京賊,命韓應寅爲都巡察使,來臨津督戰。未幾賊現形于臨津東北岸，遣將交戰大敗。元帥亦奔潰，賊遂向西路。是月旬後，大駕移御龍灣。

《紫海筆談》：金左相命元少時落魄于花柳，嘗眄一娼。娼爲宗室某妾，公每踰牆相從。一日夜爲宗室所縛，事甚急。公兄慶元時爲掌令，聞知公遭禍，即馳到。則門閉不可入。掌令大號排門而入曰："我乃金慶元也。吾弟氣豪無檢，得罪於左右，罪固當死。但方占式年初試，實學甚精，必捷大科。左右以義氣聞于一國，何忍以一女子殺一才子耶？"宗室素豪俠好義，即下階迎之曰："吾不料佳秀才有是事也。"即令解縛置酒飲酣。謂曰："君若登今科，我當以是妾奉公。"果擢甲科。三日遊街之時，詣宗室家謝其義。宗室遂以其妾歸之。其女後爲靈川尉所眄，以罪流義州。公方鎖直弘文館，遽出餞於郊。爲臺諫所彈。公之任情放達如此。

《寄齋史草》：十八日丙午，朝陰。早朝上發自定州，過郭山到宣川，傳於都承旨朴崇元曰："郭山郡守李慶浚當隨駕，而適遞差，其代速出。以宣傳官高曦爲郭山郡守。"時道路傳言賊必追及大駕而後已，列邑一空，惟亂民成群焚掠倉廒。高曦力辭其任，至於出涕，朝廷不之許焉。都元帥金命元馳啓曰："唐兵一千已爲渡江。而前面各官盡爲空虛，倉穀散失，軍卒逃匿，决無應接之路。今雖與李潤德等移文知會，而亦無使喚之人。臣本庸劣，自甘萬死而已。至李鎰、李薦薦自大灘不還，此必李薲，未聞所在。傳檄催促，使之嚮導唐兵耳。"命元善射，有風度，自少以將帥目之，遂歷典邊郡，關西總戎，嶺北方伯，一時躐躋。惟其與物無忤，弛緩玩愒，决非三軍之司命。而國家無人才，倉卒之際，起復授節。雖良將難可責效於數三日之内，而大賊逼江，萬事瓦裂，其自江漢臨津大同江，處處敗遁之狀，不可盡責於此人。而若其箕城失守之後，書啓之辭，惟有"萬死而已"之字。況李鎰屢敗之餘，精神耗喪。李薲尤以駑怯之方。臨津之敗，實由於此人之乘船先遁之無去處。何足怪哉？監司宋言慎以一道之主，自初失魂，不能措一事。及出箕城，尋向熙川家屬所往之地，了無形影。而命元之啓，只舉鎰等半死之武夫，其迂闊畏人，可哂也夫。

（壬辰五月）十七日，應寅盡其軍渡江。申硈統左軍先薄賊壘，樵采之賊望見奔回。金命元以下遙見其狀，皆以我軍乘勝而進。檢察使朴忠侃及督陣官洪鳳祥以爲我師必勝，歡呼踴躍，鳳祥則急渡江觀兵。已而賊七八赤身舞劍而出，直冲我陣。左右軍一時大潰，申硈以下四散奔走，盡投江而死，鳳祥亦死。時命元、應寅、忠侃并著青段衣，忠侃見事不成，遂騎馬去鞍而走。江上之軍見其走，一時呼曰："元帥走矣。"遂潰去。命元、應寅親出呼曰："我在此，我在此。"始得還集。軍士餘者僅千人。

《**再造藩邦志**》**:**是日賊先驅至漢江,都元帥金命元、副元帥申恪在濟川亭,望見賊勢浩大,漫山蔽野。士卒股慄,無意戀戰。命元悉沈軍器于江中,變服以逃。申恪亦以匹馬奔竄于楊州山中,大軍崩潰。從事官沈友正叩命元馬,泣而謂之曰:"今主上西幸,願守臨津,以遏其後。"命元乃向臨津。……金命元既到臨津,收合散卒,爲固守之計。馳啓前後潰敗之狀,且報賊兵入京之由。朝廷急調京畿黄海兵馬,添助元帥之軍,以遏西下之賊。

【按:金命元(1534—1602)字應順,號酒隱,謚忠翼。籍貫慶州。金千齡孫。李滉門人。儒學高深,善兵書弓馬。其詩感時傷事,情感真切。《箕雅》收其七絶一首、五律一首。】

李純仁　　字伯生,號孤潭。明宗朝登第,官至承旨。

《**孤潭遺稿·附録·孤潭先生李公神道碑銘并序(任憲晦)**》**:**公以嘉靖癸巳四月十六日生。生而英粹,舉止異凡兒。未齔,連丁外内憂,零丁孤苦,無人勸學。十餘歲,聞履素齋李先生仲虎開門授徒,自往受業,文學驟進,尤著力於性理書。同門諸人莫或先之,履素齋期望蓁重。乙巳,仁廟昇遐,人莫敢致如喪之慟,公詣廞衛望哭,時年十三,人皆吐舌。弱冠從退溪、南冥二先生游,得聞其緒論。栗谷、牛溪、龜峰諸先生亦皆推詡,相與講磨道義,由是德業日進,聲聞藉甚。甲子中司馬。翌年入太學,與諸生上疏,請誅妖僧普雨譸張異教、誑惑衆生之罪。上特命出普雨,毋令入京山。庚午,疏請寒暄、一蠹、静菴、晦齋四先生聖廡從祀。壬申捷文科,選入承文院。癸酉薦爲藝文館檢閲,轉奉教。甲戌因災異應旨陳疏,論時弊勉聖學,言甚剴切。時上有微恙,慈壽宫尼以内命作佛事。公又倡率館學上疏請廢淨業院。上皆優批。乙亥遷成均館典籍,司憲府監察。仁順大妃昇遐,上教以后嘗臨朝,羣臣當服三年。公與金黄岡繼輝、柳眉庵希春諸公力言其不可。議遂寢。有憲府吏執宫奴僭服者,宫奴反擊憲吏,走匿王子舍,憲吏踵門捉之。上大怒,下憲吏於禁府。公引避。栗谷先生獨啓伸救。未幾,拜兵曹佐郎,司諫院正言。入瀛選爲副修撰。經筵進讀,玉堂上番爲之,例也。上以公善於講論,特命進讀。丙子,四爲正言,三爲修撰。上覽南秋江孝溫所撰《六臣傳》,以爲誣辱先朝,將焚之,且欲罪語及是傳者。公與侍臣極陳六臣之忠,爲之下淚,上感悟而止。陞吏曹佐郎兼三字銜。丁丑遷典籍,俄轉正言。六月,恭懿大妃不豫,以還給柳灌、柳仁淑、尹任瑠職牒請上。上問于諸大臣,大臣依違不盡言。公責盧公守慎以不能盡忠正事,仍上疏請削李芑、尹元衡、鄭順朋、林百齡等乙巳僞勳。秋,以修撰復除銓郎。己卯爲弘文館校理,疏陳保合朝廷之道。庚辰拜司憲府持平。仁聖王后附太廟,上親行飲福禮,禮官將用女樂。公進啓曰："昔在太宗朝，皇使端木禮來聘，見女樂之設，以爲夷風，不許一陳。自是使臣宴及奉御會享禁用女樂。今此飲福之宴，承神之休，尤當肅敬將事，不宜聽淫褻之聲。"上以爲矯激不允。遂謝病免，歸於錦山亭舍。時扶安有大獄，朝廷選公爲推考敬差。未及辭朝，擢拜吏曹正郎，仍命往審獄情。公治核嚴明，竣事馳啓，即還錦墅。辛巳，連除副應教、執義。有白虹貫日之變，上劄陳弛災之道。是年冬，三司將論斥栗谷先生，公力言其非，引避不參。尋爲宗簿寺正、司僕寺正。壬午拜應教司諫，皆以病免。遷掌樂院正政府檢詳，忤時相棄歸。因詔使來，以製述官被召。連有應教、典翰、執義、司諫之命，皆不就。癸未復除宗簿寺正，黽勉就職，超拜直提學。召對經筵，講訖，因白三司構劾栗谷之狀，繼上章極言陰陽淑慝之辨。甲申，大諫李潑斥松江鄭公及栗、牛兩賢，仍及公。蓋潑，履素之子也。公自編髮相善，潑嘗爲黨議所痼，醜詆三賢。公責其牽私滅公，潑由是深憾，必欲擠陷乃已。公無意當世，大歸鄉里。丁亥始拜司諫，陞同副承旨，遷刑曹參議，間被承文提調之命，蓋極選也。以冬至使赴燕，禮部主事以宗系改正順付事索重賂，公牢拒，事得已。戊子，三爲承宣，陞至都承旨，轉禮曹參議，皆辭避。庚寅辛卯間，黨禍益熾，宵小乘時修隙，尤欲甘心於公。公自是斂跡息交，不言時事，雖門生故吏罕得見面。壬辰，倭奴入寇，公自變初決意殉國。遺書訣二子，以單騎扈駕西出。至東坡驛，與白沙李公勸上西吁天朝，路拜禮曹參議，承命衛廟社二主，侍中殿、東宫至成川。公素清羸多病，又以驅馳暴露，勞悴添劇，人或憂之。公曰："此乃人臣效命之秋。惟當鞠躬盡瘁，斃而後已。"西塞早寒，公單葛未改。人有遺以新衣，公曰："君父方在泥露，戰士尚未授衣。賤躬之寒，其敢恤乎？"却而不受。及疾革，無一言及他事，諄諄如譫語者，無非掃滅賊酋，興復邦國之事也。竟以是年八月七日卒於旅舍。享年六十。……公性度溫雅，植操端良。平居簡重，喜怒不形於色。常以幼失怙恃，罔克忠養爲平生至恨。當夫日，必隔旬致齊，滌溉烹飪，躬自監董，用盡如在之誠。奉内舅如事親，待寡妹如一己，皆孝之推也。愛君憂國，出於天性。當官盡職，湯火不擇。故白沙每有軍國劇務，必先以公注擬。雅尚廉潔，居處飲食，或有一毫苟簡，則必揮而去之，不使涴灒於斯須之間。位至三品，而惟謹守世業，無一畝一指增。性好山水，雖以眷遇未忍便訣，而其終老煙霞之志未嘗已也。公自登履素之門，勵志爲學，芬華之中，自持逾嚴。屋漏之際，謹獨益篤，卒爲當世之醇儒。而其踐履造詣之淵深，世遠猶有未盡詳者。惜哉。然方論議之歧貳也，確乎自守，無愧爲頹波之砥柱者，亦可見公學力之不可誣也。爲文章渾厚明白，與崔簡易岦、白玉峰光勳齊名。有遺稿若干藏於家，筆亦遒勁，逼二晉。

《孤潭遺稿·孤潭集序(韓章錫)》:所著詩若文皆清新而近古,典雅而不俗,若金石之鳴而淵海之蓄,可不謂之有言乎?但其篇簡放逸于兵燹之餘,所傳者特泰山之毫芒,是則可歎也。然珠玉之爲寶不以多,一臠之味足以知全鼎。況其德與功兼有之?用是而曰不朽也。

《孤潭遺稿·附錄·家狀(李鎮玉)》:方退翁之决意南歸也,先生追至江上,作詩贐行。退翁大加奬敬曰:“此詩能道我心事。”遂次其韻而留之,先生詩名自此益著云。蓋竊覸先生文章,本之經傳,下泊洛閩,絶無浮華雕繪之態,渾厚純正,明白峻偉。而至於吟詠情性,模寫造化,其源流有自來矣。筆劃遒勁古健,變而盡鍾王之妙,草聖則取張顛、懷素。而若其運意行法,有如變化鬼神之不可模象者,蓋其自得也。先生與崔簡易岦、宋龜峰翼弼、崔孤竹慶昌、白玉峰光勳、李鵝溪山海、尹重湖卓然、河青坡應臨,史氏稱“八文章”。而先生及孤竹崔公尤以詩格清確著,如《玉峰集》中所稱“崔李”是也。

《芝峰類説》:退溪先生南歸時,一代名士出餞于漢江。别章益多,而李純仁詩最佳,其詩曰:“江水悠悠日夜流,孤帆不爲客行留。家山漸近終南遠,也是無愁還有愁。”

李純仁《送人》詩曰:“一尊今夕會,何處最相思。古驛逢明月,江南有子規。”河應臨詩曰:“草草西郊别,臨分一把杯。青山人不見,斜日獨歸來。”此二作俱佳,而李猶近唐。

李純仁于詩專尚中晚唐,故詞氣頗有清致,所乏者雄渾耳。有《砥平題詠》曰:“縣門春盡閉,官吏日高衙。”唯此一句,亦知其非宋矣。金南窗玄成詩:“吏散閒庭初下鹿,客來空官欲棲烏。”亦自蕭散。

【按:李純仁(1533—1592)字伯生、白玉,號孤潭。籍貫全義。曹植、李滉之門人。與李山海、白光勳等人同被譽爲“八文章”。著有《孤潭遺稿》今傳。其詩清確典雅。《箕雅》收其五絶二首、七絶一首。】

柳成龍　　**字而見,號西厓。明宗朝登第,選湖堂,典文衡,官至領相,豐原府院君。謚文忠。**

《朝鮮宣祖實錄》卷一八二:三十七年十二月辛亥。卜相,李山海、柳成龍、李元翼、李德馨、李恒福、韓應寅、沈喜壽。史臣曰:“……成龍,早負文雅之名,歷敭清顯,大爲士類所推許。己丑之變,不救崔永慶之死,又交結禹性傳詭僻之人,士論以此短之。壬辰以後,七年當路,植立私黨,首唱和議,卒誤國事,蓋由於器小量狹,剛偏自用之致也。”

《朝鮮宣祖實錄》卷二一一:四十年五月乙亥。前議政府領議政、豐原府院君柳成龍卒。史臣曰:“成龍,慶尚道安東豐山縣人。天資聰穎,氣象端雅。早歲從游退溪先生門下,矜束以禮,見者器之。妙齡應第,譽望日著。夙夜之暇,又自力於學問。終日端坐,未嘗跛倚。應接之際,靜雅簡默。操筆爲文,一揮而就,若不經意,而精熟有味。博覽諸書,未嘗誦讀而過眼了然,片字不忘。論説義理,澄明群書,首尾精到,聞者嘆服。奉使朝京時,華士坌集而不能難,稱之以西厓先生焉。由是名位俱顯,寵渥隆給。及登臺位,倚爲安危。與鄭仁弘不合,仁弘每以公孫弘斥之,成龍亦惡仁弘之隘僻。士論攜貳,相攻擊如水火。成龍與趙穆、金誠一俱學于退陶之門。誠一剛毅篤實,風裁峻整,以直道不容於朝,而大節卓落,人無異議。歲在癸巳,盡瘁王事,卒於軍中。穆終身索居,篤學自修,遭國多艱,慷慨不已,亦以去歲卒。穆嘗多誠一而少成龍,晚年,頗憤成龍所爲,至作《絶交書》。然退陶門下,以此三人爲領袖。成龍立朝三十餘年,爲相者十年。上眷不衰,傾耳以聽。獻替經幄,言巽而意盡,以此上尤重之,常曰:‘予觀柳某學識氣象,不覺心服之時多矣。’然規模少狹,脊樑不牢,利害當前,未免動搖。故得君雖久,鮮聞謇諤之言;爲政雖專,不救偷靡之習。己丑之變,權奸幸禍,以逆獄爲機阱,羅織無辜,網打異己,山林善人相繼殄戮,而未嘗發一言救一人。而至於分疏自明,苟保身位。壬辰、丁酉之間,君臣拔舍,赤子殷盂,兩陵遭辱,宗社燒夷,通天之仇,九世必報。而謀猷不競,國是靡定。力主和議,通信求媚,使忘舊忍恥之罪,貽羞恨於千古。由是義士憤惋,言者藉口。副提學金宇顒《申救疏》中有曰:“成龍亦難得之人,但乏宰輔器局,無大臣風力。”斯爲的論也。戊戌冬,以辭難於辨誣之事,削其職,歸田里。其後,還授職牒。上聞其病危,遣醫治之,及是卒。”

《朝鮮宣祖修正實錄》卷四一:四十年五月癸亥。豐原府院君柳成龍卒。成龍,安東人,號西厓。從學于李滉之門,早負重望。丙寅擢第,歷華顯,出入經幄二十五年,遂入相。癸巳,以首相獨當中外機務。天將諮揭,日夕旁午,諸道奏牒,東西交集。成龍左右酬應,敏速如流。時申欽爲備局郎,輒使欽操筆,口呼書之,文如宿構,未嘗點綴。欽每語人曰:“其才未易得也。”然局量狹小,持論不弘,不能去朋黨之心。稍涉異己,則不容於朝。君舉得失,亦不敢抗言正告,無大臣氣節。嘗追記壬辰事,名曰《懲毖錄》行於世。識者以其伐己而掩人譏之。李山海與其子慶全久在廢斥,銜成龍,謀欲去之。戊戌,以主和誤國,厭避辨誣之行,被劾而去。在野十三年而卒,年六十六。成龍於壬辰亂後,建議始置訓煉都監,仿戚繼光《紀效新書》,抄選砲射殺三手,以爲軍容。修繕外方山城,修《鎮管法》,以爲備禦之策。成龍去位,皆廢不行,獨訓煉都監仍存,至今賴之。

《西厓集·年譜》:(略)

《東州集·西厓柳先生文集序》:公之文以六藝經傳爲本,發乎性理之原,資乎日用之實。卒澤之精義,純和粹如也。謂雲漢天章耶?布縷紵絮寒可衣也。謂金玉寶貝耶?菽粟粱稷饑可食也。江河之決,一瀉千里而本源不竭;風雨之集,頃刻滂濞而溝澮皆盈。出於己者無窮,而及乎物者普洽。如是而已矣,嗟乎甚矣。

《旅軒集·西厓先生文集跋》:今此文集,卽西厓柳相公之著述也。公自以挺秀之資稟,早受旨訣於退陶之門,既領得吾儒之眞正路脈矣。其見識也精,操守也貞,持心也平,奉身也清。孝友於家而忠良於國,凡其力量所及,未嘗不殫竭焉。此非公所有之實乎?試觀其詩則雅而潔,其文則暢而順。其無本源而有是哉?若夫逢時不幸,倭寇留亂七年于邦域。公擔當經理,不憚焦勞,接應天兵,獎振邦衆,竟致恢復之業,以至于今日。其詳具載於國乘,舉國之共知矣。然則詩文之發,豈徒言哉?

《蒼石集·西厓先生文集跋》:其積之於學而發爲文章,則地負海函而有足以貫穿千古,日光玉潔而有足以羽翊《六經》。有金石相宣之味,無葩藻靡語之飾。人徒見其英華發外之盛,而不知其本之有自。至於聲律之工雖所不屑,而間或感物興懷,形諸吟咏,則寄趣玄遠,靈味天成,未嘗爲一草一木而文貌之。使人彷徨追賞,起感於千古不磨之精采者,何待異世之子雲,然後知其爲大音也。

《海東繹史》卷六九:萬曆丁酉,邢總督未出關,及聞南原之敗,移諮朝鮮國王,策勵戰守。國王得諮,董率諸將分守漢江諸灘,又以漢江上流龍津等處系緊要,發遣京畿都體察使柳成龍巡歷沿江一帶,檢察守禦形勢。《兩朝平攘錄》

《石潭日記》:以柳成龍爲尚州牧使。成龍以母老,乞得近邑歸養。上曰:"爾出則我失一臣,固可惜矣。但母子情切,亦不可不聽。"乃命拜尚州牧使。士類皆惜其出矣。成龍有才識,善敷奏,經席啓辭,人皆稱美。但不能一心奉公,時有顧瞻利害之意。君子以爲短焉。

《涪溪記聞》:尹海平在明廟初,請印布《六臣傳》,上震怒,命曳出之。李栗谷宣廟朝又有是請,上怒曰:"家藏《六臣傳》以叛逆論。"左右震恐。獨柳西厓成龍曰:"國家不幸而有難,欲臣等爲申叔舟乎?爲成三問乎?"上爲之霽威。古人有以片言回天者,其近之矣。

柳西厓自少文章學行,爲一時所推。雖久爲三公,清貧如寒士。爲政公明,人不敢干以私。壬辰大亂之後,公以首相當國,拮据經營,焦心竭誠,凡可以利國家,不顧人言。創立都監,通融軍籍,改定貢案,至今賴之。激濁揚清,稍存形跡。卒以此爲奸人所譖。去國歸安東舊莊,家食十載而卒。朝野惜之。然素性謙遜,言語溫恭,未嘗失色於人,故少骨鯁風。責備君子者,不能無恨焉。

《紫海筆談》:宣廟嘗問侍臣:"予可比古何主?"鄭以周對曰:"堯舜之主也。"金鶴峰誠一對曰:"可以爲堯舜,可以爲桀紂。"上曰:"堯舜桀紂若是班乎?"對曰:"聖質高明,爲堯舜不難。而有自聖拒諫之病。拒諫自聖,桀紂之所以亡也。"上色變,徙倚龍床。左右震懼,柳西厓成龍進曰:"二人之言皆是也。堯舜之比,引君之辭。桀紂之言,儆戒之意。"上色霽,賜酒而罷。

《效顰雜記》:公狀之法,未知昉於何時。而一使臣到界,各邑各浦皆遣人持公狀待候於界上,而使臣之行禮延過期,則遠官之曠日留滯,絕糧困頓之狀不可勝言。噫!一張之狀,何關有無,而貽弊至此哉?一道如此,諸路可知。往在癸未年,柳西厓爲嶺南方伯,特除到界公狀留待,聞慶者舞蹈而歸。此吾所目覩者也。

《菊堂排語》:萬曆辛卯,西厓柳公成龍得一夢:景福宮延秋門灰燼。公徘徊其下,旁有一人曰:"卜地太平。今若改作,當稍高近山。"公驚覺,不敢語人。明年壬辰,倭寇至,車駕西幸,宮闕皆灰燼。衆疑恢復無望,公始於親識中言其夢,且曰:"夢中已議改作,此乃恢復之兆也。"癸巳,賊兵果退,車駕還都。

壬辰冬,提督李如松率大兵至安州,西厓柳公成龍以體察使袖平壤地圖請見論軍事。既退,提督題詩扇面寄體察使云:"提兵星夜到江干,爲說三韓國未安。明主日懸旌節報,微臣夜釋酒杯歡。春來殺氣心猶壯,此去妖氛骨已寒。談笑敢言非勝算,夢中常憶跨征鞍。"提督使副總兵查大受先往順安,紿倭奴曰:"天朝已許和,沈遊擊且至。"蓋沈惟敬曾與倭將平行長約誓而去,故僧倭玄蘇獻詩云:"扶桑息戰服中華,四海九州同一家。喜氣還消寰外雪,乾坤春早太平花。"

西厓柳公成龍聞有許復官爵之命,有詩云:"竹窓殘雪夜蕭蕭,千里歸心故國遙。白首縱霑新雨露,豈宜重誤聖明朝?"又云:"眼昏撥却看文字,脚劣仍難上下床。萬事從今皆放倒,難堪百結負朝陽。"其詩冲澹可愛。

《小華詩評》:柳西厓成龍有一絕曰:"竹窓殘雪夜蕭蕭,千里歸心故國遙。白首縱霑新雨露,豈宜重汙聖明朝?"東洲嘗誦此詩曰"雖非其所長,亦精切可愛"云。

《東國詩話彙成》:公以書狀官隨聖節使赴京,至皇都,方詣闕,少駐宣治門内。大學生數百人來聚觀,公問:"中朝道學之宗爲誰?"諸生曰:"王陽明、陳白沙也。"公曰:"白沙見道未精,陽明之學專出於禪。愚意當以薛文清爲宗耳。”有新安人吳京者,字仲周,喜而前曰:“近日學術汙舛,士失趣向。君乃發正論以斥,可見深有意於辟異端矣。”嗟歎久之。吳公訪公于玉河關,致殷勤之意。公以退溪先生《聖學十圖》示之。公還,吳公以序及詩送之。詩曰:“遙持使節謁楓宸,譯語何勞詢問頻。已訝立談開麗日,却憐豐度發陽春。鵷班鵠立情難訴,鴨水鷗飛恨轉深。別後音書那可得,神交夢寐獨傷神。”又於扇面畫兩人相別狀,以八分書“關山別意”四字以贈之。又其書有“山川間氣萃鍾哲人,丕繼道統,以弘濟於一邦。若孔門即七十子其人”云云。公和詩寄之曰:“燕雲鰈域杳西東,別處頻頻向小風。豈有音書能自慰,尚憐情義遠相通。神交不恨關河隔,精想要教夢寐同。百歲幾時重會面?甕雞無路逐飛鴻。”公又以古詩記之,其略曰:“寧知異地風馬牛,一言契合無薰蕕。居然許我七十子,作詩送我情悠悠。關山別意又畫圖,春草萋萋玉河洲。東還蹤跡隔雲泥,屢憑雙鯉伸綢繆。伊來消息久緬邈,萬事摧頹成白頭。相思賴有吳洲月,神交萬里君知不?”退溪先生以書賀之曰:“陸學懷襄於天下,公能遇諸生點檢其迷,不易得也。”

丹陽有地名雲巖,景致絕勝。曹適菴伸作小亭名“水雲”,亂後棄而不守,公以虎皮一張易之。戊戌自南還京,路出其下,題詩雲巖石上曰:“曹氏曾遊地,吾廬又卜鄰。谷深時見鹿,村遠不逢人。山水還成癖,煙霞欲養真。干戈滿南國,何處避風塵。”其後奸人有娼嫉公者彈劾公,至比於眉塢。公答人書曰“丹崖翠壁,亦入彈文”云云。

公遭彈南歸,至渡迷津有詩曰:“田園歸路三千里,帷幄深恩四十年。立馬渡頭回首望,終南山色故依然。”其後聞還給職牒之命,題詩曰:“竹窓寒雪夜蕭蕭,千里楓宸夢裏遙。白首縱霑新雨露,豈宜重汙聖明朝。”

白沙李相公恒福挽公詩曰:“此道久淪沒,斯人今又亡。精神傳簡策,糠粃鑄虞唐。得失身何與,行違事益章。無因睹玉貌,黃閣日凄涼。”又鄭愚伏經世挽曰:“河嶽中間生有自,退陶門下見二知。”又曰:“只緣大雅難偕俗,豈有中華不塈讒?”

【按:柳成龍(1542—1607)字而見,號西厓。謚文忠。籍貫豐山。李滉門人。道學、文章、德行、書法聲名顯赫。著有《懲毖錄》、《雲巖雜記》、《亂後雜錄》、《喪禮考證》、《戊午黨譜》、《鍼經要義》,編有《大學衍義抄》、《皇華集》、《九經衍義》、《文山集》、《精忠錄》、《圃隱集》、《退溪集》、《孝經大義》、《退溪先生年譜》。《西厓集》今傳。其詩雅潔冲澹。《箕雅》收其五律一首。】

金應南　　**字重叔,號斗巖。宣祖朝登第,選湖堂,官至左相,原城府院君。**

《朝鮮宣祖實錄》卷一〇七:金應南,寬大謹慎,清儉自勵。常爲銓相,門庭寂然，賄賂不行，推轂賢才，以明揚爲己任。但言論之際，未免固滯，士論短之。

《東岡集·大匡輔國崇祿大夫議政府左議政斗巖金公墓誌》：公諱應南，字重叔，號斗巖。原州人。新羅敬順王之裔。……以嘉靖丙午三月二十八日生于薰陶坊之苧洞。生而岐嶷，三歲能讀書，八歲能誦《詩》、《書》，通大義。年十四喪所恃，念家計清貧，須立揚奉親，攻苦爲文，日就月將。丁卯中司馬試。戊辰捷龍榜，選補承文院正字。辛未丁内憂，先大夫寢疾，關西公侍湯藥，衣不解帶，蟣蝨落地，刲股以進，禱天號泣。定州人至今稱之，有流涕者。廬墓三年，一不踐中門之内。癸酉服闋，薦翰林。以終制未久，不就試才。甲戌拜弘文館正字。乙亥陞博士修撰。丙子授司諫院正言，移兵曹佐郎，轉獻納。丁丑復拜修撰，陞校理，授司憲府持平。己卯拜吏曹佐郎知製教。賜暇讀書。庚辰授司憲府掌令。辛巳拜兵曹正郎，復入銓曹爲正郎，移弘文館應教。壬午陞典翰直提學，移執義，遞授司瓮院正，陞通政大夫承政院同副承旨。癸未，東西禍作，士類盡斥，三司爲之一空。公亦在指斥中，特除濟州牧使。公聞命卽陛辭引對，賜虎皮胡椒貂皮耳掩，慰諭而遣之。公感泣而出，渡海赴官。適値饑饉，道殣相望。公請粟以賑，再活一島之民。興學校勸孝弟，變獷俗知禮義。民至今稱慕，立碑以頌之。乙酉召還，拜右承旨，陞嘉善大夫司憲府大司憲。丙戌拜都承旨，移司諫院大司諫，遷成均館大司成，復拜大司憲。戊子拜吏曹參判，移刑曹參判。己丑，前修撰鄭汝立以謀叛誅，一時士大夫坐交遊被禍者無慮百餘人，公獨以謹愼免。庚寅出補安邊府使，俄遭臺劾罷官。涖職僅一月，而闔境感德，如失父母。其冬敍用。辛卯以聖節使赴京。時倭酋秀吉弑其君自立，志欲無厭，有射天之謀，脅令我國遣通信使，朝廷不得已遣之，猶未敢奏聞天朝。公臨行上疏曰："日本與安南琉球接境，且近福建，商舶絡繹。我國通信，寧有不知之理？中朝若問此事，臣將何辭以對？"上意亦以爲然，命議大臣，具由奏聞。初，上國聞我國通日本，果大疑。許閣老國曰："朝鮮禮義之邦，必無欺隱。聖節使不久當至，可問以驗之。"公行適及其際，禮部招問，公奏對詳明。又移咨于許公，許公見其帖曰："文辭甚美，字法亦佳。必文章宰相來也。"由是天朝釋疑，遂下褒嘉之詔。使還，上喜甚，特加資憲，手持金帶賜之，授漢城府判尹。壬辰，倭賊陷京城，大駕西幸。公以兵曹判書從，忠勤備至。癸巳拜議政府左參贊、禮曹判書、副提學、大司憲。冬拜吏曹判書，扈駕還都。經亂之餘，朝廷草創，奸黨尚熾，公議不行。公沈機不露，確志靡撓，收合士類，轉移世道。重恢之後，稍有陽復之望，皆公之力也。胡澤之來，始倡羈縻之說，公獨執不可，上箚以排之。甲午夏，陞崇政大夫議政府右贊成，行吏曹判書。其冬卜相,拜大匡輔國崇祿大夫議政府右議政兼領經筵監春秋館事。乙未陞左議政兼世子傅。和事不成,倭賊再渡海,迫令王子大臣入質。朝議依違,公建白遣鄭期遠等請兵于天朝以禦賊。湖西人宋儒眞叛誅,辭連者多冤枉,公白上釋任琦等。丙申,李夢鶴又叛,就捕,連逮平民尤衆。公爲推官,按覈詳明,申釋湖西二百餘人、湖南三十餘人,兩湖人心賴以稍定。丁酉,舟師敗衄,倭賊蹂躪兩湖,遂迫京城。天兵單弱,大小業業。蕭按察應宮挾沈惟敬來,欲遣詣賊營議緩兵。時皇朝以沈與賊通,方議其罪。楊經理、麻提督皆以爲不可遣。柳相以爲賊兵已迫,事無可爲,欲奏請遣沈,以冀萬一之幸。公毅然上劄爭之,以爲沈不可遣。若聽按察之言,輕自上本,深恐他日得罪於天下之公議。上從公言。俄而賊退。是年九月,公以延慰經理往還松京,感風寒失音。以國事方殷,不敢告病。十月以按撫使往嶺南,行至豐基,證勢猝劇,輿疾還京。經年牀席,藥餌無效,戊戌十月二十四日捐館舍。享年五十三。

《詩話匯成》:公出守濟洲,自于蘭浦乘船,風微,宿於楸子島,翌午到濟洲望京樓。詩曰:"好涉千層浪,閑登百尺樓。山高聳雲漢,海闊登瀛洲。君子能安命,男兒喜遠遊。平生學道意,此日聖恩酬。"權習齋擘聞而吟玩曰:"'好涉千層浪,閑登白尺樓'云者,前程萬里,此令公遠大氣象,又於詩見之。"又曰:"非久當作相矣。"

萬曆己酉朝家刊《續清丘風雅》於濟洲都廳,鄭參判協以公近體詩數十首進於大提學柳西坰根。西坰言:"金相之詩格清而未及圓熟。"不許鋟梓。鄭曰:"以金相名世之詞翰,不得一首,則人將謂有嫌隙而故不載錄。"西坰曰:"吾與金相素親厚,寧有此乎?"遂以《湖上有感寄金子瞻》詩一首錄之,詩曰:"東湖雲晦夜如何,獨對青燈感歲華。十月高風吹葉盡,五更寒雨渡江多。病知脚力年年減,老覺鄉心日日加。只是紫宸長繫戀,夢含雞舌到鑾坡。"

《寄漢陰》詩曰:"經簷短景易黃昏,凍雨蕭蕭枕上聞。老馬別群思故櫪,斷鴻無侶叫長雲。江湖小築憑先業,天地深息荷聖君。知己即今公獨在,一尊何日更論文。"

【按:金應南(1546—1598)字重叔,號斗巖,謚忠靖。籍貫原州。其詩格調清遠。《箕雅》收其七律一首。】

金誠一　字士純,號鶴峰。義城人。宣祖朝登第,選湖堂,官至監司。謚文忠。

《朝鮮宣祖修正實錄》卷二七:二十六年四月乙酉。慶尚左巡察使金誠一卒。時兵創民饑,癘疫大熾。誠一親莅賑救,宵晝勞悴,仍染癘以卒。一路兵民如悲親戚之喪,未幾而晉城陷矣。誠一剛方英秀,師事李滉,自少激昂慷慨,氣節過人。立朝彈劾無嚴,士大夫皆憚之。奉使日本,以禮自持,倭人敬服。而與同行相冰炭,誤奏敵情,幾陷罪辟。及蒙宥受命,憂憤感激,誓死討賊。平生不解軍旅,而至誠論衆,調劑官義諸軍,保全一隅踰年,皆其統率效也。臨死,言不及私。子渷在傍舍,同染疾危篤,一不問及。惟以國事勉其從事,人皆服其義烈。金沔、誠一繼卒。所聚軍兵,多散不收。韓孝純代之,軍政不及誠一。崔慶昌所領兵僅數百,饑疫死者相續。

《鶴峰集·附錄·年譜》:(略)

《龍洲遺稿·鶴峰先生集序》:上之二十年春,乏使,不佞以貳价奉使海外。路過嶺左,貣《海槎錄》於金鶴峰先生后孫所。柁樓上日讀數篇,擊節愉快,不知舟驅風上下出沒於鯨濤鮫窟之中也。後七年,金學士孝徵氏手《鶴峰全集》來,請不佞序引甚勤。不佞於文業縱非其人,生平慨然慕先生之爲人,願爲執鞭則有之。遂作而稱曰:其直如朱絲,其剛如鍊鏐,其特立如出壑長松,深叢孤羆,則先生天得也。勇往直前之氣養之以浩然,由孝移忠之性行之以義路,鑑空衡平肚裏不着一毫私,則先生學得也。先生游退陶老先生門,聞道最早,固已不屑於文學之科矣。而其發而脩辭者,亦不得自掩文質之彬彬。故處經幄十有餘年,凡所陳箚,同時學士無不袖手。惟先生所爲娓娓累千言,舉皆刳肝瀝血,格君補闕之事也。至若《海槎錄》則先生奉使日本時所著也,亡論持數寸柔毫,摧折狡倭之鬼膽,其往復同行中論議堂堂,雖自謂賁育不能敓者,豈非先生素所蓄者耶?逮乎壬辰,人咸咎先生不能如奉春君之先覰虜情,雖君父亦爲之投杼。於是時也,先生出入人鬼關者間不髮矣。受命於危亂之際,糾旅於糜爛之後,草遮湖嶺,沮遏方張之賊而后忠節自著。然先生之勞勩成疾,終致大星之隕者,蓋亦以此。不佞今讀先生《壬辰錄》,奮發乎其忠謀也,有味乎其喻象也,懃懇乎其奏議也。奚亶擊節而已乎?不佞猥以是評騭先生之文曰:"先生疏箚似董江都、劉中壘奏議,招諭之文似陸敬輿,其佗詞賦詩律亦皆平鋪洪暢,優入韓歐之室。"西厓柳相公嘗稱"士純《海槎錄》足以傳後",不佞於《全集》亦云。先生諱誠一,字士純。鶴峰,號也。

《菊堂排語》:金鶴峰誠一過海州芙蓉堂題一絕曰:"玉樓飛步趁輕涼,爽氣朝來接莽蒼。脚下芙蓉花未動,水心藏得幾莖香。"刻板懸壁。壬辰之亂,倭據本州,盡撤壁上詩,獨留鶴峰所作。蓋鶴峰奉使日本時,倭人敬服,故如此云。金藥峰克一,鶴峰之兄也,新寧縣竹軒題一絕句:"颯颯寒溪月,蕭蕭枯竹雨。夢驚掃地聲，落葉應無數。”詩才不下於其弟。

《涪溪記聞》：金鶴峰誠一從黄同知允吉等使日本，强項自持，少無畏慴。受書諸議，皆力爭矯正。同行縮頸，敵人敬歎，亦可謂畢命君子矣。至稱以“使四方不辱命”，則吾恐有愧也。夫所謂專對者，豈指僥倖節目之事哉。鶴峰既還，上問敵人情形。允吉等皆以爲賊來有徵，鶴峰抗言不然累千言，深攻允吉等，自以爲備悉賊情。明年賊傾國入寇，至於廟社不守，民生魚肉，兵禍之慘自古無有如壬辰者。其不得要領如此，謂之專對可乎？如遇漢高之時，難免前使十輩之誅矣。

金鶴峰誠一剛直敢言。宋判書麒壽以特進官詣經筵，其子應溉以玉堂亦入侍，應洞亦以注書同入。講畢語及乙巳事，宋公泣陳其冤枉之狀，悲動左右。鶴峰亦以正言在筵，進曰：“麒壽在乙巳間附麗權奸，至錄偽勳，享其富貴二十餘年。及今聖明在上，公論大行，乃以悲辭苦語指陳其冤，欲竊公論之名。真小人情狀也。”麒壽惶恐而退，三父子一時引疾。聞者縮頸，而公辭氣自如。

蘇齋之爲吏判也，金鶴峰以正言同侍講筵。鶴峰進曰：“盧守慎賣爵受貂，不可之大者也。”蘇齋首謝罪。朴相淳曰：“守慎清謹自守，斷無是事。守慎事母至孝，有言不敢違。而有不肖弟克慎，爲其母所鍾愛。是必克慎之爲也。”上釋然曰：“吾意正爾。盧判豈貨吉者歟？”鶴峰又曰：“守慎事母當以愉色，豈得以公爵爲私親悦？”蘇齋拜謝。其敢言如此。

《竹窓閑話》：宣祖御經筵，領相盧守慎與修撰金誠一入侍。金公啓曰：“領相盧守慎受人貂皮長衣。豈意盧守慎有如此事也？”盧相避席竢罪曰：“金誠一之言是矣。臣母老而多病，每於冬節不能耐寒，果求貂衣于族人邊帥處以給老母矣。”宣祖兩美曰：“大臣臺諫俱得體面。予甚嘉焉。”盧相素與金公相切，自此益加敬重。此乃祖宗朝美事。

《寄齋史草》：利害有不暇論，而以小事大，大義所在，豈可不爲之奏乎？朝廷不得已具奏。允吉等之還也，日本書契有曰：“自嘉靖年，大明不許日本入貢，此大羞也。明年二月，直向大明。朝鮮亦助我飛入大明宫乎。”辭不多，而悖慢極甚。允吉回到釜山，先啓書契。書契到之之日，適夕講也。上覽畢，即使入侍人等見之。判書尹斗壽亦在筵中，見訖首進曰：“此等即當具奏天朝，因陳我國通信本末可也。”上頷之。其後允吉等覆命，上歷問之。允吉曰：“觀其事狀，萬無不犯之理。”金誠一曰：“秀吉出入起居少無威儀，至於見臣等之日，手攜小兒，動作無常。以臣觀之，只一狂暴人也。其所言固未必皆然。而難使其言皆是，不過無紀律無智略一愚賊。何慮之有？”許筬則執其中，而稍右允吉之言。上曰：“三人所見若是不同，何也？朝廷亦不能指的。”金誠一與柳成龍素相親，成龍信其說，乃曰：“設令秀吉犯順，聞其舉止，似無足畏。况其書契之辭，要不過恐動。若未得其實跡而徑奏天朝，致有邊徼之騷擾則已極未安。而福建與日本不甚相遠，若使此奏落於日本人之耳，則難保其無致疑之隙，速纛蠆之毒。彼此俱無利益，而只有損害。决不可奏聞。”

《東國詩話彙成》：己丑秋間，朝廷將通信日本，偶占一律。其冬，乃膺副价之命，實是讖也。詩云：“日域千年地，三朝一介臣。風濤伏忠信，生死付高旻。海君清前道，馮夷殿後塵。槎遠一回首，萬里是通津。”壬辰，倭賊犯境，以慶尚兵使出都，知舊出餞乎江漢。公題詩留別云：“仗鉞登南路，孤臣一死輕。終南與渭水，回首有餘情。”

壬辰以招喻使到晉陽城中，寂無人影。公與趙宗道、郭再佑舉目山河，不堪悲痛。宗道握公手曰：“晉陽巨鎮，而今若此事勢，更無可爲，不如遄死。願與同沉此江，仍自引去。”公歎曰：“一死非難，徒死何爲。如其不幸，張巡之死守可也，杲卿之駡賊可也。君何處也？有如此江。吾非畏死者。”因詠一絕，相與大慟，而題矗石樓。其詩曰：“矗石樓中三壯士，不杯笑指長江水。長江之水流滔滔，波不渴兮魂不死。”公勞悴，卒於軍中。

【按：金誠一（1538—1593）字士純，號鶴峰，謚文忠。籍貫義城。李滉門人。奉享安東虎溪書院、英陽英山書院、青松松鶴書院等。著有《喪禮考證》、《海槎錄》。《鶴峰集》今傳。其詩平鋪洪暢。《箕雅》收其五律一首。】

尹根壽　**字子固，號月汀。海平人。明宗朝登第，選湖堂，典文衡，官至海平府院君，兼禮曹判書。謚文貞。**

《光海君日記》卷一〇六：八年八月乙卯。海平府院君尹根壽卒。領議政尹斗壽之弟也。爲人清白簡率，文章古雅，筆法遒勁，推爲藝苑宗匠。平生樂士好善，喜推轂後進。儐接王人，華聞甚著。早持清議，歷揚清顯，晚以文史自娱，絶意交遊。聞人有才，雖委巷必訪。策光國、扈聖兩功臣位。柱國三十年，環堵蕭然如寒士。年八十卒，王遣醫問疾，喪葬如禮。反正後賜謚文貞。

《月汀集·月汀先生集序（熊化）》：東國多閎博藻雅之士，中朝人士能習之，而其書概不多見。余以承命致賵，得抵其國。一時從余遊者皆極才俊之選，唱和諸什琳琅觸目。而問其先達聞人遺篇存者無遺焉，以壬辰兵燹之後也。漢江西湖之遊，羣賢畢集，俯仰指顧間，因而揚搉風雅，證覈今古，以及譚諧雜劇，分曹各出。而尹子固氏稍習華語，席次相比也，則時時揮麈向余。自先秦漢魏以降，迨我熙朝，如北地、琅琊、濟南、新安諸名家，無不究也。蓋子固鉥精經緯之業，垂老不倦。時方藉甚，心亦嚮逞之。然以報命之迫，不一再晤，别去矣。余既行之數日，而子固走書相及，致其稿二，且屬之曰："能爲我序者，其敢忘玄晏之賜？"余受而讀之。其一爲《朝天録》，大都皆戀闕懷君之什，澹雅沈鬱，得作者之體。其一則近撰序銘傳誄等，篇中所載多壬辰死事之臣，文核事該，取舍不謬，有古良史氏之風焉。嗟乎！余因讀其書，而重慨前美之弗備，而子固氏之業得從余致副京師，與北地、琅琊、濟南、新安諸名家竝列，是亦子固氏之幸也。有謂文章大業，顯晦固有命。然地或限之，故吳楚兩大國以擯於夷而不得附《三百篇》之後。意亦吳楚在春秋時，文身衽左之俗未盡革也。而其人方折鉤炙鈹，以自雄歈頤之音，或戾風人之致，是以寥寥千載耳。觀公子季聘魯稱《詩》，而《春秋》特表襃異之。豈其遏二國之英華，而獨彰一人以示異。而楚當懷襄之世，屈宋之徒，何其彬彬史冊間著也。中朝之隔朝鮮，衣帶水耳。獻見視諸内藩，非徼荒之比。疇範修明，昭代爲盛。而子固當庶袭之後，穎栗出之。典則溫厚，一洗激詭叫咷之習。世不乏桓劉，是書之必傳無疑也。千里走信，重違其請。而余實不文，何敢當玄晏之託？惟是藉手《三都》，以冀附名於不朽，則不佞之私願云。萬曆己酉仲夏十七日。賜進士第、行人司行人、欽差賜一品服、江右熊化書於龍灣館中。

《涪溪記聞》：尹海原斗壽、尹海平根壽及其兄子晛，迭居銓曹，頗有嗜貨招權之誚。金鶴峰爲持平，聞尹表弟李銖爲珍島郡守，船載米數百石遺三尹，將泊京江。密遣吏蹤跡伺捕，遂論三尹之罪，下銖及其弟淄于獄訊之。銖抵言貢税防納之米，非遺尹者。不服，獄不成。三尹坐削其職。時党論方盛，互相吹洗，異議者多不以鶴峰爲公論，黨怨益深。

《月汀漫録》：昔年余承敬差之命奉使嶺南，題僧軸云："鄉心迢遞白雲端，南國秋風道路難。馬上逢僧還一笑，滿山蒼翠要人看。"南冥甚賞之云。又有《贈山人》一絕："三峰不見已三年，逢著山僧一悵然。獨鶴孤雲無限意，影池何日弄潺湲。"

《畸翁漫筆》：月汀博雅好古，每對余言："宋祖終爲軾逆。"余少時莫曉，所以請其故。答云："史稱范質忠厚處曰：'質爲本朝，終始如一。是以終質之世，太后、少主得無恙。'以此觀之，范歿之後，終必遇害。"後考《言行録》信然。月汀云："昔見高峰，爲言少長鄉曲，苦無書冊，于史只見《綱目》，自以爲足。及到京中借人《資治》以覽，意思自别。"

辛卯禍作，月汀最後止於削黜。嘗自言平日口不道李家過惡，故當初送人，因子弟爲言，此時一番通問，則保無他虞。余答云："古人有言：'死生榮辱，義不可苟。'一時儕輩皆已行譴，而吾獨晏然，豈不愧於心乎？"

【按:尹根壽(1537—1616)字子固。號月汀、畏菴。諡文貞。籍貫海平。李滉門人。精通性理學,文章、書法出衆。著有《月汀集》今傳。其詩典則溫厚。《箕雅》收其七律一首。】

尹卓然　　字尚仲。漆原人。明宗朝登第,官至刑曹判書,漆溪君。

《朝鮮宣祖實錄》卷五六:二十七年十月庚申。前監司尹卓然到處貪汚,曾爲慶尚監司時,罪之小大者,皆以木綿贖之,嶺南之人謂之"贖木監司"。

《壺谷集·戶曹判書尹公墓碣銘幷序》:公諱卓然,字尚中,號重湖。漆原之尹。……生公於嘉靖戊戌五月十五日。幼有異質,穎詣出凡,學語便知文字,不煩提誨,藻思日進,世以奇童目之。及長,華聞日播,與同時李鵝溪諸公有八文章之稱。戊午中司馬。乙丑登謁聖第,由槐院薦入史局,旋移承政院注書。明廟疾,惟幾首相受遺教于內殿,招公書十八字。公書德興君第三子之三字,不三而參,人歎其周敏。一時應卒之才,與同寮黄大受並稱焉。戊辰陞典籍,歷司諫院正言。以千秋使書狀官朝京,還拜弘文館副修撰。自是出入三司,又兼三字銜。或正佐禮曹兵曹者,亦非一時。宗系之誣,歷世未伸,前後專對之任,必選詞苑之望。甲戌,以奏請使書狀官又朝天,還拜司憲府持平。嘗於筵中因事格非曰:"此晉簡文之所不爲也。"上厲聲曰:"爾何比予於簡文耶?"公徐對曰:"改過則爲堯舜,否則桀紂。豈特簡文而已?"上怒甚盛,賴洪相公暹力解,事得已。陞掌令,移校理,轉內贍、宗簿寺僉正。薦爲議政府檢詳舍人,迭爲亞長於兩司。乙亥擢東萊府使。明年丁內外艱,廬墓盡禮,哀孝動人。制除,除尚州牧使,有異績,蒙表裏之褒,去後州人碑而思之。庚辰特拜承宣。魁春塘臺文臣庭試,擢嘉善階,仍左承旨,陞都承旨,遞拜禮曹參判。時嶺南告飢,上才公特授,南土賴蘇。遞拜南宮,又移知申,仍兼同知春秋承文提調。未幾,特陞漢城判尹。其後三判秋曹,再領度支,職務之劇而難理者,莫踰於玆三任,而公處之皆裕如。於是人始知公之通才,不亶在於詞翰而已。辛卯,始策光國勳三等,陞正憲封漆溪君,特授備局有司堂上。壬辰,倭寇大逞,上西狩。公承陪王子往北之命,道中特拜檢察使。時賊已逼咸關,軍民皆鳥獸竄,事已無可爲者。而王子行入北邊,叛民執附於賊。公馳聞行在,召募軍兵爲復疆計。俄又特拜本道都巡察使。公洒泣宣教,聞者莫不揮涕。義聲所暨,遠近響應。公糾合義旅,進遻賊鋒,先後報捷相繼。先是,公遣長子慶元奔問行在,嘗寄書曰:"國賊未討,國恥未雪。藩多賀蘭,幕無諸葛。世受國恩,報以何物?只有一死,矢不苟活。獨守孤城,今四十日。日星下臨,神鬼旁質。成仁取義,孔曰孟曰。吾衣有贊，汝背當涅。”蓋公素所蓄也。冬，上念公暴露之久，特賜半裘一襲以勞之。卽上箋以謝，其曰“五月聞命，曾飲渡瀘之冰；中夜行師，更踏入蔡之雪”云者，亦記實也。公正當兵燹飢饉之餘，竭力規畫，移粟分賑，又啓寢抄師赴南之役，孑遺之民賴以全活。民恐其及菰而遞，至於控疏請借公之留北，蓋三載矣。積勞成病，以甲午五月二十八日告終于旅館。享年五十七。……生平不事交遊，且不喜偏黨，嘗賦一絶以示意曰：“生憎岐路有東西，雲與同行鶴與棲。乘興有時成大醉，醉顔何處向人低。”雖以此或有推擠枳挫之時，而亦不恤也。爲文未嘗刻意雕鎪而自然贍麗，人多傳誦，皆以未主文盟爲歉。

《芝峰類説》：先王朝廷試文臣《南薰琴》七言排律二十韻，尹卓然居首。其警句曰：“從知古樂猶今樂，莫道薰風是舜風。”然全用《詩學大成》對句，唯改“從知、莫道”四字耳。

《石潭日記》：試文臣通政以下，製述于慶會樓下。承旨尹卓然詩居首，命授嘉善。卓然非人望，而以藻繪陞品，人多不厭。諫院論請改正，不允。

【按：尹卓然（1538—1594）字尚中，號重湖，謚憲敏。籍貫漆原。李滉門人。能詩文，東史“八文章”之一。著有《癸巳日錄》。其詩豪暢不羈。《箕雅》收其七絶一首。】

趙　徽　**字子美。宣廟朝登第，官止縣監。**

《朝鮮宣祖實錄》卷一〇：九年三月丁酉。司憲府啓曰：“……工曹佐郎趙徽，人物浮雜，赴京往來之時，多有所失，請命罷職。……”答曰：“……趙徽事允。”

《芝峰類説》：趙斯文徽曾以書狀赴京，遇一面紗女人，顔色甚妙。趙與之狎坐嘲謔，仍贈以詩曰：“也羞行路護輕紗，清夜微雲漏月華。約束蜂腰纖一掬，羅裙新剪石榴花。”世以此少之，遂不躋清顯。李達《遺稿》中取爲己作，可笑。

《於于野談》：近年書狀官趙徽赴燕京，途中逢美人，以薄紗罩面而行。徽書一絶于白扇與之曰：“也羞行路護冰紗，清夜輕雲漏月華。約束蜂腰纖一掬，羅裙新剪石榴花。”徽，宕子也，追至其家。其色絕代，以紅錦爲袴，待徽極款。又有我國一文士如中原，見路上美姝坐驢車而往。士倚門而望，貼以兩句詩索美人聯句，曰：“心逐紅裝去，身空獨依門。”美人住驢續之而去，其兩句曰：“驢嗔車載重，添却一人魂。”

《小華詩評》：趙徽號楓湖。諸文士會獵，見山火奄至，各賦一詩。趙最後至，次其韻曰：“漢幟間行趨趙壁，齊牛乘怒奔燕軍。”可謂末至居右。

【按:趙徽(1543—?)字子美,號松坡、楓湖,豊壤人。宣祖丁卯生員、進士,戊辰文科,官禮曹佐郎。其詩婉麗多情。《箕雅》收其七絶一首。】

申　櫓　　字濟而。高靈人。生員。以先累停舉,終不第。

《惺所覆瓿稿·成均生員申公墓誌銘》:吾伯兄少許可慎交游,獨好與申公相從。時議方呰公,不許赴選舉。謗者竝謗交者,而兄不爲動,固已艷矣。己丑獄起,見君扼腕世事,痛白、李冤至爲涕,知其慷慨志士也,因往從聆其論。公爲人狷介不容物,性好潔,不合己度則不與交。閉門日讀古書,厭接俗事,又以識。世之呰者職此也。壬辰歲,同避兵於北方,慨念宗國流移,輒嗚咽垂淚曰:"吾輩雖不出仕途。受國恩累世,愛君之忱,奚間於肉食也。"至谷口驛,值明廟諱日,涕而寫詩于館壁,辭情悽斷。洪時可、金肅夫諸公見之嗟賞。到端川,勸郡守姜燦舉義,爲作檄文,聞者皆涕下。及賊擄二王子于會寧,君在圍中不屈,僅獲免。隱於石幕,與其宗人石潾勸鄭見龍等起兵,推評事鄭文孚爲帥,卒破賊復六鎮,皆君首謀。而其徇國之誠終始不懈如此。余語伯兄曰:"申公眞烈士哉。世之呰者竝及兄,殊可恨也。"兄笑曰:"知人本不易,人固未易知也。"癸巳冬以疾卒,年四十八。公名櫓,字濟而。高靈君文忠之後也。……公富文章,於書無所不慣。善古文,簡嚴有《左》、《國》法。而詩出兩陳,淵深警絶。尤工於四六,人方之汪、洪,傳者數百篇,後生悉誦法焉。中丁卯司馬。卒以簡伉忤於世,不得第。用北功授五品官,不就。以遺命書上舍于銘旌焉。公之弟桴以筠兄弟深知公,請文以藏諸幽。泣而銘曰:"君子之屯,以羸其身。俾遺乎後人。"

《鶴山樵談》:壬辰之變,申櫓濟而同向北方。明廟諱辰題僑窗曰:"先王此日棄群臣,末命丁寧托聖人。二十六年香火絕,白頭號哭只遺民。"意甚悲愴。洪益城聖民見之,不覺下淚。或改"絕"字爲"冷"字,意好而格不逮前。

《惺叟詩話》:壬辰六月二十六日是明廟忌辰,申濟而題詩于谷口驛曰:"先王此日棄群臣,末命殷勤托聖人。二十六年香火絕,白頭號哭只遺民。"觀者無不下淚。

《再造藩邦志》:李元翼慮禁衛單弱,請分戰士入衛。兵曹判書李恒福却之曰:"戰卒用以破敵,不必入衛。"乃别抄民丁,以補禁衛。又以義州居民驚散,請示其久住之意。湖南三路不知行在所在,宜急遣使諭令起兵勤王。上從其言。遣大司成尹承勳由海路往湖南宣諭德意。自是三南勤王之師及殉義之人稍稍起,而朝廷命令始通,士氣頗壯。無非祖宗深仁厚澤浹人骨髓,中興之業實兆於此矣。時進士申櫓字濟而,高原尉之曾孫。過谷口驛題詩曰:"先王此日棄羣臣,末命殷勤托聖人。二十六年香火絶,白頭號哭只遺民。"蓋六月二十六日,明廟忌辰也。觀之者莫不下淚。

【按:申櫓(1546—1593)字濟而。籍貫高靈。明宗二十二年(1567)司馬試及格。其《題谷口驛》詩悲愴感人。《箕雅》收其七絕一首。】

徐　益　**字君受,號萬竹。扶餘人。宣廟朝登第,官止義州牧使。**

《陶菴集·牧使徐公墓碣》:栗谷先生嘗疾革,口號北邊方略以授受命巡撫者。徐公益字君受,其人也。公還條便宜十二策以上。時先生已卒,朝廷不能用。重峰趙公憲上書訟之,不報。蓋公與先生爲道義交,又與鄭松江澈最善。一日松江自南造朝,候先生與語移晷。先生曰:"子見君受來耶?"其言論風采相類也。先生以東西相軋爲深憂,至誠調娛而卒不得。後汝立追攻先生,幷及松江。公在義州,慨然上疏爲諸賢辨誣,極論汝立前後反覆狀。且以一父遇諸子之變,置酒泣告,使諸子感動爲喻曰:"臣恐兩家子弟一成一敗,世世爲敵,爲殿下子孫萬世之患也。"上不省。比解歸,時象日乖,悒悒不喜在朝,棲遑兩湖間。高山山水清絶,公意樂之。置一亭,脩竹萬竿,仍自號曰萬竹。始汝立有盛名,公一訪之,知其隱慝,不見而歸。上疏言汝立外竊重望,内實陰詭,必將圖不軌,願早爲之徙薪。上焚其疏。及汝立伏誅,上始歎其先見。公歿已三載矣。命索其半稿于家,家無存者,疏遂不傳。公先出百濟,在高麗兵部尚書存最顯。其後貞壽,當我世祖時謫恩津,子孫仍家焉,於公爲五世。高祖熙、曾祖秀孫、祖進士寬、考震男,外祖直提學樽巖李公若海,己卯名賢也。公文藻夙成。十三魁湖試。甲子生員第二,時栗谷爲魁。己巳文科。於内歷兵吏二曹郎,弘文館校理,議政府舍人;外則舒川、安東、義州,而義州其擢也。嘗屢擬臺閣,上靳之。銓臣請其故,則曰:"其人太直,處以糾繩之職,恐朝廷無完人也。"公家乘散佚,其踐歷事業皆不可詳也。或傳公少讀書山寺,夜如廁,有魅犯之,叱之使退。一公館舊廢,使星過者往往睡魘不起。公獨明燭看書,見女鬼訴其爲人所殺,尸在屋樑上。檢覈其實,得其人誅之。安東吏獷猂難制,公命列馬木自門而階,呼羣吏冠之以陶器,使俯伏出其下,旬月而一變。義州民有三女盡嫁與中貴人。公將之官,中貴人造請饋酒,公諾之。其人來謁,公命以三杯訖,捽下數其罪而殺之云。其詩清健有格。上幸龍灣,見公客館一絶奇賞之,取其板以歸。公以萬曆丁亥正月十四日卒于益山寓舍。年四十六。墓在恩津東杜芝里向午之原。……公生當宣廟盛際,且以栗谷、松江爲師友。其正直之操,經濟之具,可以想見其略矣。卒之僨徊蹇滯,不克大有所爲。豈非天耶?余讀公義州時封事,忠愛藹然。其論朋黨之禍,誠若灼見於百歲之前矣。栗谷欲合之於將裂之初，而公則欲救之於既潰之後，其勢不已難乎？使公不死，終必與松江諸公受其禍敗無疑。其或視之以後世調停之術，則是不知公者也。噫！公之心，蓋栗谷之心也。銘曰："嶷嶷徐公，膽大智圓。矧是正直，天與其全。誰其師友，栗翁大賢。栗翁云喪，公亦迍邅。斂彼壯志，于林于泉。長白嵯峨，鴨水清漣。中間宦跡，滅如雲烟。惟有一封，輝映簡編。江河之大，始自涓涓。不有明見，孰識未然。我闡其幽，貞石斯鐫。"

《於于野談》：高敬命字而順在光州閒居時，徐益爲鄰郡太守。有一僧其相好，留其邑許多日，將向光州干謁於敬命，曰："吾當於某日往省高君。"寄聲丁寧。僧如光州謁敬命，仍致益辭，敬命待之頗款，次卷中詩與之。仍曰："徐君受近日作何詩？"曰："四韻詩四首矣。"曰："爾記其韻乎？"曰："能記之，蓋以'雲'、'濆'等字爲韻矣。"敬命知意，以爲君受若來，必以詩酒挑戰。揣其才不能臨場應卒，必預構若干首，要以窘我。所謂四首，必其日酒場之需也。敬命亦用其韻，預構六首而待之。至其日，果載酒如期而至矣。酒半酣曰："釣鯉者以蝦，即鹿者以由，我當先之。"遂書五言律四韻一首，即僧所稱韻也。敬命有若思者，遂和一首。益復用其韻題一首，敬命即次之。如是者已盡四首矣，仍以巨杯相屬，已經屢巡，猶不至亂。敬命曰："禮無不答，我亦有以酬之。"又押其韻，有曰："幽芳空谷裏，怪物大江濆。"餘忘之矣。益憚之，瞑目投杯，佯若沉醉。托以起旋，使侍婢牽之，已拂衣乘馬而去矣。

《晴窗軟談》：我國西京有江湖樓觀之勝，士女絃管之娛。使華冠蓋之到此者必流連忘返，幾至於沉溺荒亂者有之。麗朝學士鄭知常詩曰："雨歇長堤草色多，送君南浦動悲歌。大同江水何時盡？別淚年年添綠波。"一世爭傳，至今推爲絕唱。萬曆庚辰年間，崔慶昌嘉運爲大同察訪，徐益君受爲平壤庶尹，皆詩人也，步其韻爲《採蓮曲》。崔詩曰："水岸悠悠楊柳多，小船遙唱采菱歌。紅衣落盡西風起，日暮空江生夕波。"徐詩曰："南湖士女採蓮多，曉日靚裝相應歌。不到盈裳不回棹，有時遙渚阻風波。"其後高敬命而順、李達益之追和之，高詩曰："桃花晴浪席邊多，搖盪蓮舟送棹歌。醉倚紅妝應不忘，小風清揚幕生波。"李詩曰："蓮葉參差蓮子多，蓮花相間女郎歌。來時約伴橫塘口，辛苦移舟逆上波。"俱是一代佳作，而論者以李爲最優。

《小華詩評》：徐萬竹益《詠雲》詩曰："漠漠復飛飛，隨風任狗衣。徘徊無定態，東去又西歸。"以比改頭換面、隨勢翻覆者。

《詩評補遺》：徐萬竹益以詩鳴於世，謫去時送者滿船，各賦一章。徐次之曰："舟大容浮世，天長覆遠臣。"滿座驚服。

【按：徐益（1542—1587）字君受，號萬竹軒。籍貫扶餘。著有《萬竹軒

集》今傳。其詩清健有格。《箕雅》收其七絕二首。】

許　篈　字美叔，號荷谷。陽川人。宣廟朝登第，選湖堂，官止典翰。謫甲山，放還，病死於道。

《朝鮮宣祖實錄》卷二二：二十一年九月丙寅。前府使許篈遊金剛山，道卒于金化驛。

《荷谷集·荷谷先生年譜》：公諱篈，字美叔，生於辛亥六月二十五日。七歲知屬文。十歲通經史。作爲詩文，已自純熟成家。聰穎絶倫，凡看書一讀不忘。十八魁戊辰生員，詞學日富。壬申年二十二，三月庭試沈忠謙榜登科，授權知承文院副正字，俄選爲藝文館檢閲。癸酉賜暇讀書湖堂。甲戌拜禮曹佐郎，自請爲書狀官赴朝，與中州士大夫論難朱、陸之辨，薦紳先生莫敢屈，咸歎服焉。竣事回，拜弘文館修撰。乙亥拜吏曹佐郎。秋以事被彈，遞授承文院校檢，移司諫院正言，不拜。丙子除副校理，遷司憲府持平，轉校理。丁丑秋，薦除議政府檢詳，陞舍人，再轉司憲府掌令，再去爲舍人，移弘文館應教，兼藝文館應教。戊寅以御史巡撫咸鏡道。己卯拜掌令，俄除舍人，還應教。庚辰丁憂。壬午服闋，除司僕寺正不拜。累除應教、司諫、執義等官，皆不果仕。冬以遠接使李珥從事官迎誕生皇長子頒賀詔使黄洪憲、王敬民于義州。二使俱服其文章，臨别贈扇求詩，公一揮以進。二使擊郎嘆賞曰："佳作妙作。"黄太史謂譯者曰："使此子生於中華，玉署金馬當讓一頭。"癸未陞典翰。秋因上劄論事，特除昌原府使。纔下車，命流甲山。乙酉六月，疏放自便，入白雲山讀書，或住仁川，或往春川，放浪山水間以自適。戊子秋入金剛山，看九龍淵、毗盧峰，因寓大明庵。公素劇飲成疸，且過食酸冷，因得寒痰甚苦，爲就醫舁向東郊。九月十七日，卒於金化縣生昌驛，享年三十有八。友人徐仁元爲主倅襄其喪事，葬于霜草里先大夫塋西。……公剛方爽達，自守甚確，於事見得是，則執而不撓，雖千萬人麾之不可易。好善嫉惡，出其天性。忼慨論事，雖在上前無所屈，有時犯顔强諫，天威或震。傍人汗出，而公不爲動。其處官臨事雖若簡易，而徐觀其區畫則條理甚悉。風稜峻整，爲臺憲，爲御史，務舉頹綱，所至無不肅若者。平居不問生産，一室圖書自娱，不喜與時輩過從論議。溫凊之外，便展卷沈潛。雖值泥飲，少醒則必覓燈看書。文章典重溫雅，爲詩俊逸豪暢。嘗曰"吾服喪日讀《禮》千遍，在謫日讀騷李百遍，就得此詩文"云。其於經學深得藴奥，識見超邁，有非俗儒可到。世之惟以詞人目公者，亦淺淺乎知公也。所著有《朝天錄》、《北邊記事》、《荷谷粹語》、《儀禮删註》、《夷山雜述》、《讀易管見》等書。詩文因兵燹散失，只有遺稿若干篇，眞太山一毫芒也。蓀谷李達知詩，曰："公詩長篇短韻,清壯動盪,深得青蓮遺法。而五言亦清邵逼唐。獨七言近體,差未免蘇眉山口氣,若出二人手然。”誠爲知言也。噫! 人亦有言“無涯之智,結爲大年。日月經天,光彩常鮮。嗚呼何恨哉。”吾於仲氏亦云。

《鶴山樵談》:仲氏詩初學東坡,故典實穩熟。及選湖堂,熟讀《唐詩品彙》,詩始清健。晚年謫甲山,持李白詩一部以自隨,故謫還之詩,深得天仙之語。長篇短韻驅駕氣勢。李益之嘗曰:“讀美叔學士詩,若見空中散花。”仲氏不幸早世,未施長轡,遺文散落不能收拾。及壬辰之變,無暇搜出,並付之兵火。終天之慟,曷有其極! 余卜居鏡湖,驚悸初定,試憶所嘗誦念,則僅五百餘篇。欲寫以傳世,以期不朽。然亦泰山之一毫芒爾。

仲氏題慶興押胡亭曰:“塞國悲寒望,人煙接鬼方。山圍孤幛外,水入毀陵傍。白屋經年病,青苗半夜霜。登臨最蕭瑟,衰鬢葉俱黄。”林子順大加稱讚,欲和其韻,終日搜索,不可其意,寄詩曰“白屋青苗十字史”,言其三四紀實也。金城客館古人押“秋”字以釘板,崔孤竹次之曰“殘角生古縣,深河急暝流。諫燈楚客夢,半夜仲宣樓。寒雨雖逢霽,歸心更值秋”云云,仲氏賡之曰“行人萬里去,駐馬飲寒流。芳草遍官道,晚煙生驛樓。旅懷渾似夢,春事半如秋”云云。孤竹見之曰:“春詩壓‘秋’字最難,此句夐越前人也。”

仲氏評近來詩人:蘇齋相公爲大家,高霽峰敬命次之。李益之以仲氏詩文俱優於高公。論久未決,余及見權應仁質之,則曰:“李益之之言是也。”權應仁送仲氏謫甲山項聯曰:“家居丁卯唐詩士,降在庚寅楚逐臣。”用事對偶皆切當。仲氏寄西厓亦曰:“莫言甲子泥塗日,應值庚寅下降年。”

仲氏未謫時,在玉堂夢中作詩曰:“稼圃功夫進,煙霄夢寐稀。唯殘賈生淚,夜夜濕寒衣。”及秋謫於甲山。……人事前定,大數豈可逭乎?

明人滕季達,字晉生,吳人,能文詩,工書藝。踏遍天下名山大川,自號北海。韓小宰世能癸酉頒詔于東方,北海從而來。時權習齋擘、鄭文峰惟一、柳西厓相公爲從事。石峰韓濩以善寫,亦隨焉。北海與四相公相得歡甚,累以詩文酬唱。時仲氏爲太史入侍,記事捷給。詔使問孰誰,金宰相繼輝以翰林學士名某字某對之。北海求見而無便。甲戌,仲氏以价聘于周,相見朝天宫,恨其晚也。及還東方,北海累因使臣通書相訊。黄詹事洪憲、王都憲敬民壬午頒詔而來,北海傳書俾達于仲氏,且曰:“某之官次不爲宣尉,必作都監,二君不可草率相待。”詹事至義順館,問于通事郭之元,知其來,待也。出書以示,且贈手扇。仲氏亦韻律以謝。兩使相顧而歎曰:“藩國亦有人才。”及返,詹事語北海曰:“老兄實知人矣!”洪唐城純彦云。

黄詔使之詩,人皆短之。仲氏獨曰:“如此等才,自未易得。”人皆不信,及見《風教雲箋》載詹事之文，文法簡嚴，曲麗溫醇。仲氏可謂知才者。

仲氏曰："學文章須要熟讀韓文，先立門戶；次讀《左氏》，以致簡潔；次讀《戰國策》，以肆縱横；次讀《莊子》，以究出沒；《韓非》、《吕覽》，以暢支流；《考工》、《檀弓》，以約志氣；最要熟看《太史公》，以張其横放傑出之態。爲詩則先讀《唐音》，次讀李白，蘇、杜則取才而已。"

仲氏嘗恨曰："我平生坐熟讀樊川之罪，文章不高。"李益之亦曰："蘇黄之詩，著肺腑中已久，故造語無盛唐氣格。"然作詩當如二家而止，何必更企陶謝間邪？

仲氏論國初以來，文以景濂堂爲弁，而止亭次之。詩則冲菴之高，容齋之熟，皆不可及。余之妄見：冲菴則似生，容齋太腐，詩亦當以景濂爲首。

仲氏詩有"斗柄垂寒野，灘沙閣敗船"之句，蘇齋相公甚稱賞之，以爲不減唐人。

仲氏《居山驛》詩："長路鼓角帶晨星，倦向青州古驛亭。羅下洞深山簇簇，侍中臺迥海冥冥。千年折戟沉沙短，十里平蕪過雨腥。舊事微茫問無處，數聲横笛不堪聽。"因朔啓例入，宸覽嗟賞不一，至五六句，玉音曰："作句法，不當如是耶！"

黄樊忠詔使《詠車輦館蟠松》最下句押"韓"字，仲氏用韓宣子賦"角弓之事"作句曰："還同魯嘉樹，封植敢忘韓。"李叔獻先生時爲遠接，廢而不用。高霽峰大加惋惜。洪唐陵潛示之于黄公，黄公令手寫全篇而來，首肯者久之。中國之人知詩之用功如此。

余以脚病移疾岳家，仲氏嘲其不出，作詩寄之，一曰："天意憐君慕太王，故教雙脚遍生瘡。鄰家咫尺猶嫌遠，何況蘋洲十里長？"又曰："知君不駕短轅車，高處黄門大路隅。舉世若從公事業，人間何地覓潛夫。"蓋太王愛厥妃，故俗號愛妻者曰"太王"。黄門，則昔有一人酷愛其妻，其友嘲之曰："烈女立紅門以旌之，貞男當用黄門邪？"故用之。其風流談謔，類皆如此。

仲氏《贈無爲子》詩曰："天王峰上走如飛，手碎千年片石歸。可惜英雄空老去，碧山蘿月掩柴扉。"又曰："豆滿江邊木葉衰，孤山處處見旌旗。山中袖却擎天手，惆悵何人靳月支。"其推賞如此。又長篇首二句曰："無爲子，人中龍，前身擘海金翅鳥，霹靂夜下天王峰。"語甚崛奇，而全篇不記，必在無爲卷中。

《聞韶漫錄》：許篈美叔，草堂先生之第二子也。聰敏穎達，出人等夷。十歲前才華已發，名聞藉藉。十八歲中戊辰增廣生員壯元，二十二登壬申庭試及第。由翰院發軔，長在經幄。余久與作玉堂僚，觀其容止清逸，論議超鋭,不能自韜其鋒芒,知之者愛其非常調,不知者或病其太露,而甚者則乃摘疵而加斥焉。手不釋卷,過目輒誦,貫穿古今,靡遺絲毫,若詩若文,倚馬立就,雖飲酒大醉,便張燈讀書,然後乃寢。堂中凡有疏劄,無問大小,皆出其手。癸未秋間,斥論一大臣無餘力,其大臣以爲此必許典翰所製,使人探知,果然。未幾出爲昌源府使,又未幾謫甲山,路遇商山河道源,戊辰進魁,美叔同榜也。要于路,欲相見,笑謂之曰:"道不同不相爲謀。"不見而去。乙酉秋,賜環。丁亥年間,將遊楓嶽,道亡于金化之直木驛。初,人皆以才子許之,而及其巡撫嶺北,凡所設施合于時宜,且有計慮,始知有治世才。子瞻嘗戲美叔曰:"君詩雖佳而不清,必經謫居之苦可免俗態。"未幾,果有甲山之行,而詩才勝昔云。語讖巧中如是夫。

《芝峰類說》:許荷谷篈謫甲山,留別親舊詩曰:"深樹啼鴉薄暮時,一壺來慰楚臣悲。此生相見應無日,直指重泉作後期。"後雖蒙放,不得入城而卒。

《霽湖詩話》:荷谷許典翰篈以能詩大有名,不幸而夭,其詩播在人口者絕少,余不得見其累篇。近鄭畸窩弘溟謂余曰:"曾聞張內翰維論東方詩人'邇來文人才子中,荷谷之詩爲最'云。"余以張內翰必有所見,求得荷谷遺稿一卷,常手把貪玩,真絕代詩才也。調格之高同景樊堂,而無虛誕之病,厥弟筠雖贍裕不竭,格律甚卑,不可同日而道也。

《於于野談》:荷谷許篈性好色,謫甲山初還,與沈日樞家婢德介頗繾綣。洪可臣,儒者也,以"風馬"譏之,使其弟慶臣秉筆呼韻,即席作《風馬引》,不構思,連聲口占。其辭曰:"千牛閣下開天仗,太液朝暉映仙掌。絡首金羈照地光,徘徊弄影輕雲上。輕雲迢迢不可攀,一生夢斷玉門關。玉門關西河水流,萋萋芳草生其間。南風北風吹長夏,笑領千群戲平野。君不聞寧委沙漠憔悴骨,莫作金門仗前馬。"又嘗遣騎招德介,德介爲其主所挽不得致,以《惜婢》命題,慶臣兄弟又賦之,作長短句曰:"華堂遝白壁,繡柱圍黃金。暮雨隨東風,珠簾深復深。雙燕呢喃下夕陰,相思無路托春心。春心已矣空怊悵,斷雲虛勞人錦衾。"其詩敏豪如此。不載于《荷谷集》,故錄之。

《壺谷詩話》:許荷谷年少輕躁,一斥不振,其柳州之流乎!然詩則絕佳,且知古法,格高於筠。

《小華詩評》:蓀谷李達少與荷谷相善。一日往訪焉,許筠適又來到,睥睨蓀谷,略無禮容,談詩自若。荷谷曰:"詩人在座,而君曾不聞之耶?請爲試之。"即呼韻,達應口而賦一絕,其落句云:"小院寒梅零落盡,春心移上杏花枝。"筠改容驚謝,遂結爲詩伴。且如《贈湖寺僧》詩曰:"東湖停棹暫經過,楊柳悠悠水岸斜。病客孤舟明月在,老僧深苑落花多。歸心黯黯連芳草,鄉路迢迢隔遠波。獨坐計程雲海外,不堪西日聽啼鴉。"絕似唐人韻響。

荷谷許篈九歲《賦金錢花》詩曰:"化工爐上用功多,鑄出金錢一樣花。半兩五銖徒自貴,不知還解濟貧家。"噫!丹山之鳥五色于初生,渥窪之馬汗血於作駒。始知文章自有天才,非學力所可致也。且如《灤河》詩曰:"孤竹城頭月欲生,灤河西畔聽鍾聲。扁舟未到尋沙岸,煙霧蒼蒼古北平。"唐人絕調。

谿谷稱東國詩人中荷谷爲最。霽湖亦言:"絕代詩才。"余嘗見其《吉城秋懷》詩:"金門蹤跡轉依依,落盡黃榆尚未歸。塞角暗吹仙仗夢,嶺雲低濕侍臣衣。功名誤許麒麟畫,歲月空驚熠燿飛。憶得去年三署直,禁城銀燭夜鍾微。"讀此一詩,方信二人所言。

《詩評補遺》:荷谷嘗謫居甲山,有詩曰:"春來三見洛陽書,聞說慈親久倚閭。白髮滿頭斜景短,逢人不敢問何如。"令人不忍再讀。

《東國詩話彙成》:荷谷二十四遊關西,與方伯之婿同遊于浮碧樓。公年少氣豪,大張妓褻,相與跌宕。方伯夫人爲其婿恐或沉溺於酒色,使方伯盡囚其妓女及座中諸客。公憤慨不已,做《春遊浮碧樓》詩千餘言,不數月傳播洛下。方伯以此大遭物議而見遞,其婿爲儕流所棄,終身轗軻云。

【按:許篈(1551—1588)字美叔,號荷谷。籍貫陽川。許曄子。柳希春門人。編有《儀禮刪注》、《北邊記事》、《讀易管見》、《伊山刪注》、《海東野言》等。著有《荷谷集》今傳。其詩清壯奇絕。《箕雅》收其七絕三首、五律二首、七律四首、五古二首、七古五首。】

洪　迪　　字太古,號荷衣。南陽人。宣廟朝登第,選湖堂,官止舍人。

《久庵遺稿·洪荷衣行狀》:公諱迪,姓洪氏,字太古,一字遵道,自號養齋。名賢恥齋先生仁祐之子也。幼而穎悟異常,恥齋公奇愛之。六歲而孤,受學於叔父仁祉,不煩程督,自知勤業。年纔十歲,嘗陪洞中諸公遊駱駝山,時當盛暑,呼韻令作詩。有曰"鐵壁千尋冷欲秋",座中皆稱其有作者氣。丙寅丁卯,連中進士解額,隸業於東湖。鵝溪李公、松江鄭公已爲達宦,聞其才名,自讀書堂來訪,相與酬唱。公有"滿汀垂柳可藏鴉"之句,至今人多傳誦,時年十九。其爲名流所賞識蓋已早矣。是秋丁外憂,與其兄今唐興府院君進公廬于墓下,能致其哀。朝夕饋奠,必親自供具,不委諸奴僕,鄉閭稱其孝。恥齋公進學修業,常有《日錄》。公居憂中嘗自抄寫,因而感發,慨然有繼述之志,始從事於學問之事。一日,請教於恥齋公執友,得"君子所貴乎道者三:動容貌斯遠暴慢;正顏色斯近信;出辭氣斯遠鄙倍"三語,惕然起敬,淨寫粘壁,常目在之,以爲用功之地。每晨興盥櫛,終夕危坐,日記行事,以驗其勤怠。服闋將赴舉,有詩曰:"三載墳庵悔昔愆,只將存省慕先賢。如今一念名場上,空對春山獨憮然。"儕輩皆稱其志操。自是聲名籍甚,詩篇翰墨絶出等夷。庚午中進士,時人猶以未占魁元稱屈。是年夏,往嶺南謁退溪、蘇齋兩先生而請學,兩先生皆恥齋公道義之交也。退溪先生極加稱奬,以爲"應吉不亡"。應吉卽恥齋公字也。時國俗不好古,婚禮尤草草。婿至女家三日,始行同牢。公當再娶,議于女氏。婚夕,卽行交拜合巹之禮,其後士家爭慕效之,遂成俗焉。辛未,送蘇齋先生南歸詩曰:"赴召初心爲聖明,出城還使漢山輕。三春作客斑衣廢,千里思親白髮生。江寺落梅今夕恨,驛程芳草去時情。仙舟渺渺龍門闊,此後何因數寄聲。"蘇齋爲之稱賞不已。又與奇高峰相遇於東湖,累日講論,有詩曰:"奉醉扁舟非素計,執經函丈有微情。"未幾,高峰南歸,以五言近體送寄相思之意。欲和之,而高峰訃音繼至,因次其韻以挽之。壬申冬擢文科別舉,拆名之日,考官相賀其得人。未數月,有弘文錄。公自布衣時聲望蔚然,時未分館,而准點登選,例補承文院權知副正字,被薦史局。有所避不赴講。又賜暇湖堂。以權知被此選,前此金麟厚、安瓚二人而已,世甚榮之。此皆癸酉一年事也。甲戌除弘文館正字。唐興公同時被錄,已爲著作。以兄弟同在南床,深懼盛滿,辭疾以遞。乙亥復入爲正字。丁丑秋由著作陞副修撰。自此至癸未七年之間,暫歷春秋兩曹郎、司諫院正言,人騎省再爲二郎,而其餘皆在玉堂。爲修撰者五,爲校理者三。論思文翰綽有餘裕,人皆稱"眞學士"。癸未春,薦銓曹郎不除。公於銓選人望早孚,而連阻親嫌,遂至差池,物議稱屈。七月以修撰偕諸僚上箚論時事忤旨,時論事之人因皆落職補外或被竄,而公亦特除長淵縣監。親莅米鹽,不以爲勞。丙戌病罷。戊子還敍兵曹正郎。秋以灾傷敬差官往湖南。時鄭賊竊名士林間,虛譽方盛。公嘗惡其爲人詭誕,行過其門,寒暄之問亦不及焉。其後獄起,滿朝搢紳苟有一番往來數字稱念者,無能脫其連累之禍,而公獨超然得免。其先見明鑑類如此。己丑復入玉堂爲校理,尋薦授檢詳,陞舍人再選賜暇。蓋癸未外補時命汰之,而今復焉。冬陞執義。公嘗以門命,出後從叔父仁範。公生於名賢之門,早知向方,其於儒者事業已見其梗概。端良方正,動必以禮法律身,終始不渝焉。又能恬靜自守,杜門却掃。一室琴書,終日嘯詠,都無一點塵土之氣,人望之若神仙中人。是時搢紳已屬携貳,儕輩間議論,鮮免同異之私。而公獨介然特立,絶無詭隨之意。以是士論甚重,而不悅者亦頗有之。公於詩學用功頗深,清新奇麗,自成機軸,每以死語爲忌,古今詩播在人口者甚多。筆跡臨鍾、王體,行草俱有法。晚好懷素書,購得眞本而學焉,有時興至輒揮寫數遍以自遣。公好賢樂善出於至誠,聞名人碩士之亡,雖未嘗知,而必爲之素食,以寓斯道慟。此卽家法爲然，而特公之細行也。公生于嘉靖己酉，歿于萬曆辛卯，得年僅四十三矣。鵝溪李公、西厓柳公、漢陰李公、弼雲李公皆有詩以哭之。嗚呼！以公之才之行，降年不永，宦又未達，齎志而歿。寧不爲世道恨也。

《鶴山樵談》：仲氏嘗稱蓀谷《遊松京》詩"宮前輦路生秋草，臺下球庭放夕牛"之句，然不若洪舍人迪"臺空猶半月，閣廢舊瞻星"之切近也。

《玄湖瑣談》：栗谷先生嘗就洪荷衣迪家，金孝元、許篈兄弟方在座。荷衣示近作一絕："苔深窮巷客來稀，鳥啼聲中午枕推。茶罷小窗無箇事，落荷高下不齊飛。"栗谷極賞之，仍笑曰："詩辭盡好，而落句意頗不平，何也？"荷衣驚問："何以知之？"先生笑曰："有參差不正齊之意，如使胸中坦平，必無此等語。"荷衣笑謝曰："年少輩果有劾公之意，構成一文字，未了之際，偶有此吟，不謂公之明鑑至此也。"此正似蔡中郎螳螂捕蟬之意，詩之感發性情如此。

《東國詩話彙成》：公少時肄業於東湖，李鵝溪、鄭松江方在湖堂，來訪多所酬唱。有"滿庭垂柳可藏鴉"之句，二公驚歎。

公《送蘇齋先生南歸》詩曰："赴名初心爲聖明，出城還使漢山輕。三春作客班衣廢，千里思親白髮生。江寺落梅今夕恨，驛亭芳草去時情。仙舟杳杳龍門闊，此後何因數寄聲？"蘇齋稱賞。

【按：洪迪（1549—1591）字太古，號養齋、荷衣子。籍貫南陽。通曉經學，善詩文，弘文館稱爲學士全才。著有《荷衣集》、《荷衣詩什》。其詩清新奇麗。《箕雅》收其七絕二首、五律一首、七律一首、七古一首。】

李　嶸　　字仲高。完山人。宣廟朝登第。翰林。早卒。

《朝鮮宣祖修正實錄》卷一六：十五年六月丁亥。上臨經筵，謂大提學李珥曰："予欲講《綱目》，卿可預選才臣，俾專講讀，以備顧問。"珥以奉教李恒福、正字李德馨、檢閱吳億齡、修撰李廷立、奉教李嶸應選，上各賜内府秘藏《綱目》，又命五臣除吏文、漢語、試射等諸肄習，俾專文事。未幾，嶸以痘疫歿，上問知其有子，仍以所賜《綱目》賜其子，鄭昌衍代其選。嶸幼有逸才至行，從事李珥、成渾，二十一登第，卽入史館，越二年卒。嶸簡亢以名節自高，與李潑弟洩爲友，一時慕尚，被接者如登龍門，爲年少士類標首。及嶸歿，而黨事大作，士類分貳，士子不復以學問師資爲尚。

《栗谷全書·奉教李君墓碣銘》：李君名嶸，字仲高。系出國氏。太祖大王第三子益安大君諱芳毅七代孫也。曾王考，副護軍諱益蕃。王考，戶曹佐郎諱璋。考，司僕寺正諱彥怡。妣德水李氏，承義副尉諱元禎之女，左議政諱荇之孫也。君生于嘉靖庚申九月某甲，歿于萬曆壬午五月某甲，年二十三。越某月某甲,葬于某地。娶主簿尹世亨女,生一子,幼。君生而穎悟,學不勤師。弱冠已通經傳大義。十六歲厥考疾革,君籲天悶絶,斫斷指骨爲藥,創重幾死。居喪盡禮,事母誠文俱至,事兄得弟道,孝友稟於天者如此。二十一歲擢第。明年選入藝文館,例陞至奉教。君識度夙成,發軔趨正。衆論膠擾,必主乎善。朋儕推重,咸嘆不如也。秉筆入侍,因事敷奏明辨,上材之。曾從珥及成徵君渾有所質問,操戈入室。珥與成君樂其相長,且才堪壯行,期以遠器。嗚呼!短命死矣。士林固惜悼,而余二人之慟尤深矣。銘曰:"錫之以英才,畀之以彝行,若將栽培。胡一朝之不幸,我衣無華,我佩無光。九原有人,君孰與之翺翔。一丘幽宅,四尺其崇。有骨不朽,赤氣射乎秋穹。"

《效顰雜記》:李翰林嶸少年登第,頗以逸才自許。一日夢有使者謂李曰:"上帝重修玉樓,屬君作記。故來邀耳。"李曰:"製則臣也。誰可寫者?"使者曰:"已召白上舍光勲矣。"覺來以爲自上方營熙政堂,記必命臣矣。未幾白上舍先逝,翰林繼之。竟同李賀之夢,可怪也夫。

【按:李嶸(1560—1582)字仲高。完山人。朝鮮太祖八世孫。李珥門人。其詩流暢飄逸。《箕雅》收其七絕一首。】

李德馨　　**字明甫,號漢陰。廣州人。宣廟朝登第,選湖堂,三十一典文衡,三十八入臺至領相。謚文翼。**

《光海君日記》卷七一:五年十月癸巳。前領議政李德馨卒。時請罪之啓已停,德馨歸在楊根村舍,病卒。德馨早有公輔之望,文學、德器與李恒福略相等,而德馨官最先進,年三十八已登臺輔。壬辰以來,多著勞勩,漢人、倭人皆服其聲名。爲人簡而不刻,柔而能正。又不好黨論,外舅李山海在黨人中持論最偏,門下皆姦豪不法,而德馨一無所親。以此數爲小人所困。聞其卒,遠近嗟惜。

《蒼石集·贈大匡輔國崇祿大夫議政府領議政行正憲大夫吏曹判書兼知經筵義禁府春秋館成均館事弘文館提學贈謚文簡公李公行狀》:公諱德馨,字明甫,漢陰卽號也。其先出廣州。廣州之李爲海東望族。麗季有諱集號遁村,忠穆王丁亥歲登科,文章志節有名當世。恭愍戊申歲以抗直觸忤賊僧辛旽,旽將捕殺之,竊負老父投于慶尚道永川地。及恭愍辛亥歲,賊旽伏誅,始還家鄉,以得免慘禍。……辛酉二月十二日巳時生公于漢陽之南部誠明坊。公生有異質,沈毅醇謹,不事遊戲,人之見者無不奇之。八歲,公父始教《小學》書,至"元亨利貞",公請釋其意。公父曰:"此理微妙,雖釋之,非幼兒所能曉得。"公曰:"讀書必先詳其文義乃知意味。"強爲論說。十一歲受學於隣丈家，有盆竹枯死，隣丈呼韻使占一絶。卽對曰："春夏秋冬長作春，歲寒然後獨青新。如今憔悴群芳盡，恰似離騷澤畔人。"座客皆閣筆難和。十二能作表、策、序、記等文，意圓辭暢。文章夙成蓋如此。十四公從外舅柳相讀書於抱川地，一日，楊安邊士彦兄弟來過，與公論文，甚奇之。仍携往永平牛頭淵，安邊先占一律，公卽和曰："野闊暮光薄，水明山影多。綠陰白煙起，芳草兩三家。"仍唱和數十首。安邊深歎曰："公我師也。公之文章，非我敵也。"遂刻詩巖石而還。十八捷司馬初試魁，終屈於覆試。人皆怪訝，考官亦歎其失才。二十登別試乙科第一人，分差承文院，首被翰薦。以公婦翁及外舅相避，不得應講，遷陞本院著作。公外舅柳相於筵中啓曰："臣姪李某才望俱出臣右，以臣之故，久廢史官之路。妨賢不可，請遞臣職。"上曰："予素知李某之才終可大用，而大臣不可輕遞。"時大提學李珥選將來典文衡之人，而公與其選焉。時有一宰相夜訪栗谷，屏人曰："李雖有人望，未知意向。不可輕薦，致壞時事。"栗谷曰："李聲譽方盛，何可蔽賢？且薦人貴得人才，何論意向？"其人至夜分爭之，不能得。上命除漢語試射等事，各賜《綱目》一帙，使專意讀書，以備顧問。時詔使王公敬民遊觀于漢江，公以製述官隨去。有相工李時芳者，卽詔使之友也，見公語深服焉。言于詔使，詔使曰："朝鮮有李某，願一見之。"公辭以禮無私覿，詔使卽書贈一絶曰："吾友鍾峰李公，偶遇李吉士於舟中。風度氣象遠超凡群云。余未獲相接，書此以贈，爲神交焉。"其詩曰："風流李白元供奉，年少終軍更棄繻。百代聲華君不忝，通衢千里見神駒。"癸未北虜之變，公爲事變假注書，從仕累月，政院以病重啓遞。上曰："此時非此人之才不可。"特命調理行公。公歷撰其時事蹟以進，則上稱歎不已，其後特令公書進御覽題目。筮仕之初，人皆以公輔期之。二十四拜弘文館正字，被選書堂。公上章力辭，上優答以奬之。玉堂參下書堂賜暇，爲第一清選，至比登瀛。俄陞本館博士。上親幸瑞蔥臺，設文臣庭試，出《三箭定天山》二十韻排律，公應製居首。自是戰輒冠軍，無敢爭鋒。一日，判下文臣庭試，則同選爭道者先問政院："明日李某就試，又占高第耶？"公聞之，稱疾不試。論者謂戰必勝攻必取固難也，敵弱而韜鋒退舍爲尤難也。二十五陞副修撰，歷司諫院正言、弘文副校理、吏曹佐郎，又遷弘文校理。公欲爲讀書，上疏辭職。上嘉其意，命換閒官。公以成均直講賜暇湖堂，唯以讀書爲事。戊子歸省安峽縣。時倭使玄蘇、平義智等將出來，宣慰使該曹循例擬啓。則自上還下其望，仍傳曰："倭使接待，機關甚重。且聞倭使能文云。自古宣慰之任，必如金安國、蘇世讓等人差遣。今書堂官員中有文才可合人，極擇以送。"該曹以公爲擬。上命公乘馹上來，特除吏曹正郎，差宣慰使以遣。公前往東萊，留四日，倭使出來設宴接見,從容談話,以書相答,製詩酬酢。凡干施措,咸得其宜。倭使望其儀表灑然起敬。雖以蠻貊之無知,亦甚歎服。己丑倭使入京,請遣通信使,言辭不遜。朝廷深以爲難。公與禮判柳西厓商議,以圖善處,率倭使還下東萊。仍謂倭使曰:“兩國修好有年。頃者叛賊沙火同逃入日本,誘率賊倭寇掠邊民。此等賊若捉送,則爾國所望可諧云云。”玄蘇等留釜山,先遣卒倭。未滿一月,沙火同及被虜男女百餘名即出來。翌年,上嘉其功,超拜直提學,且賜銀帶。同年秋遷陞同副承旨。公以早陞堂上爲未安,上疏力辭。上不允。轉陞右承旨,歷大司諫僉知中樞府事、副提學、大司成、吏曹參議。辛卯又以歸覲峽縣乞由,上特賜豹皮阿多介,使之歸遺老親,眷渥之隆前古罕聞。同年超拜禮曹參判兼弘文館大提學。公以嘉善兼是任,曾所未有,且年少遽陞,又極未安,累上辭章。優獎不允。前是特陞嘉善者,蓋欲兼提學故也。壬辰春拜司憲府大司憲,遞拜同知中樞府事。四月倭奴動兵,直指京城。譯官景應舜持倭書出來,書契中欲見李某講定和事云。自上命會朝以議,朝廷莫知所處。公於榻前請往見賊酋,探問事情,少緩其勢。上甚危之,不忍明言。然事勢急迫,終乃遣公而去。及到龍仁縣,先送一譯于倭中,諭以欲見之意。譯官被賊鋒所害,無可見之勢。計沒奈何,還到京城,則大駕已西狩矣。公蒼黃狼狽,從間路追及行在於平壤。賊鋒已逼浿江,上揮淚語群臣曰:“卿等願爲祖宗,勉圖恢復之計。”公又自請往,以單舸見賊曰:“我國與爾國數百年通好。一朝有何嫌怨,而乃爲此舉耶?”賊盛張兵戈故示威勢,顔色不變,言語自若。賊即解兵威,仍語公曰:“吾欲假道,而朝鮮不許。如欲入人之家,先撤藩籬,勢所然矣。”公嚴辭峻斥曰:“爾欲犯我父母之邦,而以假路爲言。非但難從爾請,自此兩國將爲讎敵。”據理明言,終始大責。諸賊酋不敢復有所言。其後玄蘇亟稱公度量曰:“蒼黃之際,言語辭色少無異於昔日宣慰之時。人所難及。”公料此賊非本國所敵,與宰相李鼇城首出乞援上國之計。上可其議,仍遣公入遼東告急于中朝。中朝初疑本國與倭相通而有此請,不肯出兵救之。公呈文泣訴,竭力周旋。中朝始信本國危迫之狀,先遣摠兵祖承訓率三千兵來援。及至本國,賊勢甚盛,孤軍莫能敵。中朝繼遣提督李如松大發兵東征。公以大司憲爲提督接伴使,力贊謀議,親冒矢石,竟復三京。時倭奴遍滿浿江以南,郡縣空虛,許多蒭糧無計辦供。公周旋轉輸,俾免絶餉,終乃進戰以收偉功。癸巳拜刑曹判書。四月入都城。兵火之餘,腥尸載路,飢民塡壑。公搜聚餘餉,分給賑恤,所活不知其幾。又收諸處書籍及貨財,分送該司,以補國用。提督聽宋應昌之言,纔到忠州,旋欲班師。公曲勸南下,盡逐餘賊。提督令家丁出示應昌密通長帖曰:“事勢如此,不得不撤歸。”即拔帖以去。公瞥眼之間能誦傳啓,不錯一字。同僚見之者以謂若神明焉。公隨提督將送别于義州，適值大駕於黄州。公謁上，上曰："聞卿驅馳戰陣，備嘗艱苦，患疾深重。良用憂慮。"親賜御藥，使之調治以行。提督渡江，公卽旋歸，仍覲于通津縣。是年冬拜兵曹判書。時天兵撤廻，大駕還都，朝廷草創，萬事無形。加以南徼一帶盡入賊窟，國勢汲汲，朝不慮夕。公與西厓柳相公協力規畫，新設訓鍊都監，募聚良民，作隊教藝，逐日勸課，且給糧餉以濟其飢。公私兩便，軍額漸多，扈衛防戍始得成形。且造各樣兵器，皆法紀效之制。廣設屯田，以繼軍國之需。撫恤軍卒如愛己子。著念官務，有甚家事。晝夜思量，寢食具忘，憂國之誠出於天性。甲午夏丁憂，居廬于通津地，執禮過毁，幾不能起。及其襄葬也，都監諸卒裹糧自來，至誠赴役，猶恐或後。其德澤之入人深者蓋如此。同年冬，自上以爲國家危急，當此之時，非李某不能爲矣。今聞已過襄事，促令起復，以紓國難。且曰："予不以賊不退爲憂。以卿不出爲憂。"嚴旨累降，必欲出仕而後已。公九上辭章，泣血陳懇。自上特下嚴旨曰云云。終不得命，黽勉赴召，復拜兵曹判書。公官務雖劇，執喪愈嚴，居喪飲食一從禮文。咸謂三年之内必不能支保矣。乙未，逆賊李夢鶴出於湖西，時公聲名表著，爲賊口所浼。公席藁待命至於四十日之久。自上累下溫諭曰："予喜卿姓名出於賊口。若因此罪卿，適足以墮兇賊之計中。"公惶悚感激，出謝恩命，仍上辭章，多至十餘度，始乃得遞。丙申還拜兵曹判書，遷吏曹判書。注擬之際至公無私，每當一窠必求其人。得之則喜，不得則憂。箚記姓名，臨政以擬，王子宰執不敢有所私囑，親戚朋僚亦不敢有所希冀。而草野之名一善者，無不誠咨力舉，必置於百執事之列。丁酉倭奴再動，天朝大發水陸兵，以御史楊鎬爲經理朝鮮。楊公性峻氣俠，待之極難。及聞先聲，人無不大爲疑慮。朝廷以公爲儐接，往迎于鎭江城。經理與公論説軍國諸事，一見便卽推許，公之所言無不從焉。留住箕京，聞倭寇已犯湖西，公投呈稟揭，日累十度，請進住漢陽以遏賊勢。楊公果有其計，卽單騎馳到，督戰益急，大敗賊鋒於稷山地。賊之不再犯京城，皆公力也。公以爲倭奴雖退，尚屯兩南。一番掃蕩，勢不可已。曲勸經理，遂下嶺南。先拔蔚山賊窟外城，進圍賊將清正於内城，多至一旬之久，賊將勢迫幾降。天不助順，雨雪交作，人馬凍餒，三軍少退。時公暴露忘飱，效死不懈。經理深歎，顧謂諸將曰："李陪臣風度雅量。雖出天朝，亦做閣老。"俄而經理被言西歸，公亦隨還。戊戌，右相有窠。西厓柳相公薦公爲右議政，俄陞左議政。提督劉綎南下時，言于主上曰："願與本國文武第一人同行，料理諸事。"上曰："意有在耶?"相臣李恒福在傍曰："必李某也。"上許之。公又作南行，前到順天倭橋，指告提督急攻賊城。公亦不避死生，隨入戰場，交鋒大捷，賊遂退縮。城中賊酋行長在圍日久，糧盡勢窘,頻請出降,將不日捕獲。劉綎爲人性本驕詐,欲得僞功,密諭行長使之遁逃,有若敗走者然。公先知其意,即達夜急通于統制使李舜臣與舟師提督陳璘,要水路挾擊,大敗之。自征倭以來,前後獻捷,未有若此之大者。公深憤劉綎所爲,密啓于朝廷。群小據朝,故欲陷公,反示其狀啓於邢軍門。劉綎探悉其狀,大怒曰:"三十年功名,因李某都墜了。"怨公欲害之。人皆爲公懼,公往見劉綎,穩敍夙昔,不露聲色。綎雖內懷不平,外實尊敬,臨別至贈贐物留詩以美之。己亥,公被數三奸臣密劾,上章辭職。上曰:"卿之心事如青天白日。狂風怪雨雖或發作,其體固自若也。今卿所爲,內不愧心,外不愧人。劉氏之子焉能害于國匈于人哉?"天寵雖隆,勢不能安位,累辭得遞,移拜判中樞府事。辛丑春,自上軫念南事,以公爲四道都體察使。公承命南下,修舉軍政,務除民瘼,規畫百爲一出至誠,黜陟臧否一任公道,毫無容貸,方伯守令或有望風解印者。時倭使橘持正輩持書契出來,公以爲此是馬島所遣,日本必不能盡知,不許下陸,乃設館於島中使之留處。說稱"天朝方憤爾國所爲,善後兵馬尚屯國中。修好一事,安敢於此際開口。然爾國若革面輸誠,盡變前日之事,則終必有善處之端"。其後揭報軍門,累出諭倭告示張掛釜營,以折哄脅之言。邊事到今無事者,無非公周旋之力也。公素諳賊情,凡有度如合符節,少無差失。壬寅春還拜領議政。是年夏,逆變起於湖西。公以首相平反理獄,所活甚多。參鞫諸官以緩治逆獄必激上怒,皆爲憂懼。上又下教曰:"《春秋》,緩治逆獄,則是亦逆也。"諸官相顧失色,公怡然不動。以婉辭直言,備細覆啓。上怒即解,橫罹逮獄者得放釋。癸卯春,白虹貫日。上命二品以上各書啓所懷。時臨海有殺害宰臣之變,其子柳欲爲復讎,反被臨海所陷,并與捕盜大將邊良傑繫獄受刑,幾至死域。國人舉切嗟痛,天怒甚峻。大小之官緘口莫言。公甲辰春,不避私嫌,冒進長箚,極陳其冤狀。上怒益激,乃下嚴教,公即引疾呈告,三度得遞,移拜領中樞府事。其後臨海常怨公欲陷之。時勘定請兵扈聖宣武等諸功,上因元勳啓辭,傳曰:"李某當倭奴充斥之日,以扁舟見賊。非忘勞徇國者不能也。命收錄。"公入箚辭勳,上猶不允。公遞相之後,權臣專政,不錄公名,人皆憤鬱。而公自謂快於心矣。丙午,權臣當局,僞致犯陵賊講和而誤邊事也。公獻議累百言,痛斥其非。權臣甚疾之,終不能害公。戊申春,先王賓天。臨海之變,出於殯側。三司俱請以按律。公首發全恩之說,乃被時輩極斥,呈病在家。未幾,鄭寒岡以都憲亦疏陳是議。李完平、李鼇城相繼箚及之。時輩謂之護逆,禍將不測。夏,天朝欲查臨海狂病與否,出送嚴、萬兩差官,舉國遑遑不知所爲。一日,差官於御前請質臨海之事,入侍諸臣莫能發一辭以答,特命召公入。公即入對曰:"以弟證兄,於義不可。"一言明釋，差官深服公言，卽罷出。時天朝流言横播，有不忍聞。差官查質之外，又有多官會議之論。告訃之行，累月留京，趁不準請。朝廷驚惶悶慮，又特命公爲陳奏使。公乃自辟黄愼爲副，星夜奔馳，發行廿七日乃抵北京。逐日呈文，血誠號愬，每見閣老及該部諸官，泣陳本國悶迫事情，辭意懇惻。閣老及該部諸官亦皆動念，屢上催本。留館五箇月，竟得準事。而其往返一路也，天朝諸鎮之官或盛設酒饌出迎路左，或貽書贈贐，無不款遇護行。此二百年來前所未有，而公之見重於上國之人如此矣。還朝之日，卽命公父超陞堂上，拜判决事，且敍子弟爲六品職，給與田結奴婢以勞之。己酉秋，還拜領議政。壬子春，金直哉之獄起於海西，連及朝士名人。至癸丑年，朴應犀之獄繼起，事連宫禁。時事日漸危懼，逐日親鞫。絲毫以上，未嘗委有司淑問。又有奸臣作孽事，有至難不忍言者。公以首相日侍庭鞫，守正平反，棘棘不阿。若涉於無辜之人，則忘身趨出，至誠陳懇，多所生活。時三司交章，請誅永昌，且言三公宜率百僚庭爭。一日，兩司長官揚言於殿上曰："廷議以大臣不卽伏閤爲咎。"公聞此言，退而歎曰："天若助國，必無此事。"凝然不動。翌日，奸臣稱疾不來曰："不可與大臣苟同。"公聞之笑曰："其人不來耶？人各有見，任自爲之。"同僚大臣爲公危之，公曰："死生命也。"持前議不變。獄事日急，外間或傳言將廢母后。翌日詣闕，公語僚相曰："我心如焚，今日吾二人同進，先以克盡誠孝慰安慈殿之意反覆陳啓。因言時輩不道之狀。"僚相曰："徐觀事勢爲之。"已而，金悌男以國舅賜死，方議告訃當否。公引《春秋》子無絶母讎母等語爲獻，時議大愕。未幾，廷議請誅永昌。公進一箚，示其不可誅之意。時輩承望奸臣旨意，竟爲按律之議。三司同辭，逐日陳啓，逾月不已，竟至削職。八月，退歸于楊根村舍。乃於十月初九日，病暴重不救。享年五十三。聞公之訃，尺童走卒莫不垂淚，深山窮谷亦皆傷痛。公天稟極高，神通夙成，謙謹自持，若無能焉。立朝三十四年，未嘗以才智先人。而至其臨亂不爽，當變盡常，確乎其操守，有賁育不能奪者。居家奉先以誠，事親以孝，雖官高之後，滌器之事，灑掃之禮，必躬親之。公所著封事詩章甚多，而盡喪於兵火，只有若干稿行於世。少負時望，早致宰列，雅以國事爲憂，不知家人産業，一畝田一口奴無買占者。入閣幾廿年，家無擔石之儲。聞人之善，雖在微賤，必取焉。見人之過，雖在疎遠，亦未嘗出于口。有一邊倅，適公所舉人，以苞苴潛焉。公大怒，卽令還給，使子弟貽書大責之。自是其人遂絶跡於公之門矣。平生少交游，大小之官絶無非公事到公門者，亦不見公因私出入也。敦睦九族，顧護隣里。凡有婚喪，盡力救濟。每當受祿，必周其急。公配贈貞敬夫人李氏，卽議政府領議政諱山海之女，文孝公諱穡之後。事舅姑，奉祭祀，一從禮制。壬辰之亂，先公早世，旌門，享年二十八。有三男一女。

《漢陰文稿·附録·年譜》:(略)

《再造藩邦志》:上乃發嘉山,夕至定州。賊報日急,而天兵尚未出。上下遑遑,莫知爲計。上召群臣問策,李恒福、李德馨曰:"事急矣。臣等請入天朝上書求救。"二人爭往,至夜分,上猶沈吟不决。沈忠謙曰:"臣聞天下之事勢而已。今勢若可救,微二臣往,兵自當出。勢不可救,雖二臣並往無益也。二臣在國,人固信服,在中朝則不過一介陪臣。中朝何知其賢否,而肯爲此二臣者回已定之論?况恒福方在本兵,尤不可遠離。無已則德馨可遣。"上曰:"吾意政如此矣。"於是乃遣德馨。翌曉將急發,恒福送之南門,德馨曰:"恨無快馬兼程疾馳。"恒福卽解所乘馬與之曰:"兵若不出,君當索我於重泉。無獲相見也。"德馨曰:"兵若不出,吾當棄骨于盧龍,再不渡鴨水也。"二人灑涕而别。見者動容。……李德馨自定州晝夜馳二百餘裏,及至遼東,六上書乞出援兵。因到巡撫帳下,立庭痛哭,辭氣慷慨,終日不退。郝傑爲之改容,未及上奏,便宜調發本鎭兵馬五千餘人,以副總兵僉署右軍都督府事祖承訓領之,以遊擊將軍史儒副之。承訓號雙泉,寧遠衛人,以寧遠伯李成梁家丁也,驍勇善鬥,積功至是職。又以遼東調兵參將郭夢征領步兵五百人,廣寧遊擊將軍王守臣領馬兵三百騎,遼東遊擊將軍戴朝弁領馬兵一千餘騎,皆統於承訓。期以七月濟師。

《光海朝日記》:(戊申)二月初一日:宣廟病患危急,承旨等蒼黄詣差備門外。御醫許浚出言曰:"上疾極危,不可爲也。"大臣皆至,領相柳永慶方情跡不安出城外,故最後入來。日已夕矣,自内命大臣入聽遺教。原任大臣李元翼、李德馨、李恒福、尹承勳、奇自獻、沈喜壽,時任大臣柳永慶、許頊、韓應寅,都承旨柳夢寅、注書金時讓等入。宣廟當門而臥,加龍袍拖玉帶於其上,氣絶已久。德馨曰:"古禮不絶於婦人之手,請屏婦人。"德馨又曰:"當静而俟之。"大臣以下以次出舉哀,退就賓廳,日已黑矣,張燭而坐。承傳金鳳傳大妃之命曰:"啓字御寶,送於東宫。"則不受矣。大臣啓曰:"上在哭踴中故也,自當受之。"金鳳又以大妃命,來傳一封書曰:"去冬危急時所奉書也。"外面書"遺世子",内則曰:"視同氣如予在時。人有讒之,愼勿聽之。敢以此托之。"金鳳既入,而又以封書出來。外面書"柳韓申許朴徐韓",内則曰:"不穀忝位,負罪臣民,若隕淵谷。今忽得大病,修短有數,如晝夜之必然矣。夫復何恨?大君幼冲,不及見成長,以此耿耿耳。予百歲後,人心難測。萬一有邪說,願諸公愛護扶持。敢以此托之。"因言:"柳則領相,韓則右相,申則申欽,許則許筬,朴則朴東亮,徐則徐渻,韓則韓浚謙。此亦去冬危急所奉書云。"

領府事李德馨上疏:"伏聞告訃使通事,齎來禮部覆題之語。中朝該官雖爲福王而發此言福王卽中朝太子之弟,有跋扈奪嫡之漸,故云,其准許冊命之意,則必已定矣。至令臨海上讓本,而撫鎭差官面質,極爲怪愕。今當具陳。以爲我先王年長王子,只有嗣君與兄珒。而珒自少悖惡,早蓄羣怨。先王爲宗社付託之重,歎嗣君仁孝之行,夙定大計,而國人之係望亦久。壬辰之亂,先王命嗣君監國,而西行告急於天朝。于時諸處奔竄之人棄其妻子,爭相犇走跋涉,扈衛嗣君,助兵繼餉,以圖剿賊。珒則避賊入咸鏡道,頑戾之性臨亂愈甚,暴虐邊民,民不堪命。乃執以迎賊,陷沒經年。終賴天將之力得生還。知子莫如父,得乎民爲君。先王之取捨,民心之向背,足以知矣。況珒還賊之後喪性狂易,奪人女色,搶人財貨,殺傷人命,有同草芥。一國耄倪,盡爲仇讎。先王在時,珒許多罪狀,已爲難貸。而矜其病甚,置之不論。賓天之後,其慫慂之徒,恐其群怨爭起,難免刑戮,潛齎兵器,仄入廉坎。發覺就捕,凶狀昭著。群臣啓知慈殿,鞫治徒党,以正常刑。又欲以法處珒。而嗣君篤于友愛,曲全私恩,移置二日程,得以安住。珒自絕于先王於大妃於嗣君於國人,而嗣君之處珒至矣。嗣君自壬辰受委監國,不但民望俱定,某年月日先王具奏天朝,欽蒙皇上專勅,使之進駐全慶,簽軍助戰。全慶之民,終不離散,接濟大軍,以成天討。我先王又於某年某月遣陪臣某請封,又遣陪臣某申奏焉。皇上之勅諭明白如此,先王之定計預早如此,奏呈頻煩如此,國人之推戴已十七年於此矣。先王久病稍間,乃於二月卒革不救。臨終遺命于王妃,使嗣君襲位,而奔告於天朝。內自妃嬪,外及臣民,哀疚罔極之中,惟念皇上平日視小邦如一家,欽恤曲全,異恩稠迭。但俟准封之命朝夕遄降,而不慮其奏辭曲折有所疎漏。且陪臣發行,亦在珒之亂未作之先。國之實狀,恐未能暴白於該部也。本國壤地雖小,南鄰倭寇,北有虜警。早蒙冊命,晝夜儆繕,猶恐鄰敵之或伺釁。今典禮遲降,漸稽時月,舉國悶迫之情,曷能盡達於諫奏中耶? 竊杳該部覆題,軫憂小邦,臨事加審。茲將前後實狀,備細陳達云云,則似或宜當。臨海讓本一款,事甚無謂,非所議也。至於面質,則無可質之事,尤涉殊常。差官之來,令通譯解事之宰臣善辭鉤問,臨海前後之狀明白開諭,使知無可讓無可質之由。然後其間周旋,責之該官,則庶乎可也。我國大小之事,中朝無不洞知。頃年許多天將天使,徒見臨海君容貌言語之俱似人也,不知積惡蓄怨之至此,但以病風爲言。則聽之似不下語,當有商量。且凶逆之狀,措語不圓。則中朝之人善於臆逆,意謂凡叛者,必有衆助之爲急。若疑國人或有助臨海者,則恐似未妥。此亦詳量爲當。臣當國事莫重莫大之機,雖退伏私室,晨夜憂慮,敢陳淺見云云。"答曰:"省見憂國之誠,深用感歎。當議處焉。頃日之事,卿豈有嫌? 須以國事爲急,出而共貞。"

《龍洲遺稿·漢陰先生文集序》:於是不佞薰盥而窺其集,有韻之文三百有奇,表箚啓、辭教、書百一十有奇,獻議呈文如干有奇,書牘九十有奇,與唐將書七,答倭奴七,碑誌、祭文、雜著一卷。此非大集而何? 大冶鑪邊,失一二點金何傷。世之專精爲文,歲磨月鍊,不失隻字者,職其富有,不知孰與多也。漢陰先生文學,性也,卓然早成。二十登上第,掉鞅藝苑,人無不辟三舍。迨立之年,主盟文鼎,天下聞者不獨豔其詞藻,願一見其丰儀之盛。詎不韙歟? 當龍蛇大難,竭忠盡智,惟命之從。楊鎬經理至貴倨也,曰:"得李尚書,吾濟矣。"雀立秦庭,《無衣》之賦不竢終日。以是觀之,先生之嫺於詞,何讓屈左徒? 燕許大手,徒浮誇耳。甲午八條獻策,實再造吾東之藥石粱肉也。宣廟獎以有過人之智,明君知臣。信古人之言曰:"充才曰學,趣識曰才。"識非知之府耶? 自古大人君子功業顯著者孰不爲文? 論利害,達事情,舍智奚適? 漢陰先生閑閑之智,際會宣廟,朝暮遇也。不佞嘗耳剽先進談先生之文,文出《六經》,而《資治》、《春秋》爲準繩,洛建諸老言爲飣餖。詩自有德人深敍,自成一家云。傳言三不朽者,吾於漢陰先生集得之。上之九年龍集戊申仲冬,後學漢陽柱峰居士趙絅撰。

《海東繹史》卷六九:吳明濟《朝鮮詩選序略》:萬曆己亥,予自長安復征朝鮮,館于李氏朝鮮議政德馨也,雅善詩文。益請搜諸名人集,自新羅至今朝鮮,共百餘家。《列朝詩集》

《芝峰類説》:李漢陰爲李提督接伴使,時天將聽賊詐和,未免遲疑,致誤機事。一日,提督出示《赤壁圖》,漢陰作詩曰:"勝敗分明一局棋,兵家最忌是遲疑。須知赤壁無前績,只在將軍斫案時。"語有規諷,天將頷之。

《小華詩評》:李漢陰德馨十四歲時,楊蓬萊士彦來過,攜遊水石間,占一律,漢陰和之曰:"野闊煙光薄,水明山影多。"蓬萊歎曰:"君我師也。"由是華聞彌大。嘗過柴市有感,賦詩曰:"嶺海間關更起兵,英雄運屈竟無成。百年養士恩誰報,萬死勤王志獨明。虜主詎知容節義,市人猶解惜忠貞。招魂欲和汪生句,易水東流似哭聲。"使人凄婉感慨。

《詩評補遺》:李漢陰嘗以宣慰使再登嶺南樓,前則玩月,後則賞雨。亂後又以事過凝川,荒墟破郭,滿目蕭然,而獨江上風景依舊。仍次樓上韻曰:"建牙重到嶺南天,十二年光逝水前。人物盡消兵火後,江山猶媚畫圖邊。灘聲暝雜長林雨,月色清籠近渚煙。風景不殊陳跡變,白頭時夢醉芳筵。"詩格清婉。漢陰卒後,白沙以挽哭之曰:"釋褐當年遇李君,陽春座上自生溫。初敬澗柏昂宵直,竟見雲鵬掣海翻。歲暮北風寒栗冽,天陰籬雀自喧煩。哀詞不敢分明語,薄俗窺人喜造言。"或云白沙初作此挽,而嫌於言語呈露,以七絶只用末句,其詩曰:“淪落空山舌欲捫,聞君長逝暗消魂。哀詞不敢分明語,薄俗窺人喜造言。”只此一詩,可想當時時事。

《東國詩話彙成》:萬曆丁未,朝廷因倭請和,遣通使,舉朝爲詩以餞。其最傳誦者,李相國漢陰一聯曰:“臣子未湔陵寢辱,簡書先入犬羊天。”蓋倭寇掘宣、靖兩陵,爲萬世不忘之警故也。時宰聞之大忤。

《楓巖輯話》:李漢陰德馨,光海時抗疏,被削黜,即日出住楊根莊舍。方其去闕,世問傳奇之事甚多。一曰:有異人候江頭贈詩,其首句及第二聯忘之。而詩曰:“家在廣陵江水西。黄花黯黯節何脱,落葉蕭蕭風更凄。窗前杜宇催歸去,以識幽人戀舊棲。”一曰:真虎俯伏馬前,導行至家而去。又其臨歿,異雲蔽空,奇眩人眼云。

【按:李德馨(1561—1613)字明甫,號漢陰、雙松、抱甕散人,謚文翼。籍貫廣州。奉享尚州近巖書院。著有《漢陰文稿》今傳。其詩格調清婉。《箕雅》收其七絶一首、五律一首、七律一首。】

李恒福　字子常,號白沙。宣廟朝登第,選湖堂,典文衡,官至領相,鼇城府院君。光海時立節,謫北青卒。謚文忠。

《光海君日記》卷二八:十年五月庚子。前領議政、鼇城府院君李恒福卒於謫所。恒福豪爽有風度。少與李德馨齊名同進,以文學顯,鄭澈常比之祥麟瑞鳳。壬辰之亂,以都承旨扈從擢至兵判,功勞最大。平生不作關節文字,門絶贈遺。位在臺輔,家貧如寒士。戊申初政,閭閻多疑臨海作變。朝廷先動,德馨亦爲處置之論,而恒福獨凝然不動。時爲訓練都提調,或勸其密飭兵備,恒福曰:“臨海若叛,我以徒手取之有餘矣。”其後嘗謂門下曰:“汝等年少,當及見臨海伸冤時也。”果如其言,以其不主偏黨,隨世做事,士論或短其滑稽苟容。及大論收議,方待罪郊外。非與聞國事之時,而取筆草議,少無難色,其大節之不可奪如此。

《光海朝日記》:(戊申二月)十五日:禁府啓曰:“䙝定配事議大臣。”則李山海以爲:“珍島爲可。但固其防守,俾絶民害。嚴其津渡,以鎮國疑。”李德馨、李恒福以爲:“喬桐亦絶島,無關遠近。仍念䙝悖亂放縱,既聞之熟矣。謂之異謀,則姑未得其詳。放之不齒,已嚴公議。思以安全,合申私恩。倘水土霧露,震撼驚憂。守臣不謹護,藥餌無所及。使聖上友愛之情,長抱無涯之慟。則豈非有司之罪乎?今計置之官家近處,豐其餼資,免致困乏得矣。”判府事奇自獻以爲:“送其衣服妻妾,使之相依爲生。”傳曰:“依議施行。”

《續雜錄》:李恒福議:“臣八月初九日始得中風,身雖不死,精神已脱。

瞻天望日,分死自決。今垂半載,尚在床褥。凡幹公事,勢難仰對。此則國家大事,餘命未絶,何敢以病爲辭,嘿然而已乎?不審誰爲殿下畫此計者先廢後奏之計。君父之前,非堯舜不陳,古之明訓。虞舜不幸,頑父嚚母,常欲殺舜。浚井塗廩,危逆極矣。號泣怨慕,不見其不是處。誠以父雖不慈,子不可以不孝。故《春秋》之義,子無讎母之道。況爲伋也妻者,是爲白也母。誠孝之重,夫焉有間也。今欲以孝治國家,一邦之内,將有漸化之望。此言奚爲至於紸纊之下哉?爲今之道,體舜之德,克諧以孝,烝烝以乂,回怒爲慈。愚臣之望也。"議進,與自獻俱謫咸鏡道北青。臨行謂餞僚曰:"明年八月,當復還來,其時相見不相遲也。"因吟詩曰:"雲日蕭蕭晝晦迷,北風吹破遠征衣。遼東城郭應依舊,秖恐令威去不歸。"途中相與詼諧,以消憂勞。見出站處大噱曰:"若知待候,可以早來。"奇乘둥주리,鼇城騎浮担,謂奇曰:"令公은둥주리戹을맛낫。"奇曰:"令公은到处의浮谈이로다。"在北青有詞曰:"鐵嶺第一峰의자고가 져구룸아孤臣冤淚을비사마가져다가님겨신九重宮闕의 려본 엇더리。"其詞傳播都下宮人。光海聞是詞,問:"誰所作也?"宮人以實對。光海愀然不樂,猶不有召還之命。嗚呼!人心一誤,難悟至此。鼇城實是曠世大賢,東方名相,生於季世不能容,可恨!明年八月。果卒於謫所。有士子吟詩曰:"鼇柱擎天天妥帖,鼇亡柱折奈天何。北風吹送因山雨,我淚多於此雨多。"

《再造藩邦志》:又以柳成龍爲留都大將,使守京城。都承旨李恒福對中使顧謂盧稷曰:"駕命一下,宮中已空。出城之日從行必少,若西行不止,盡塞而止。則一水之外卽上國之疆,到此應有酬酢應變之事。方今廷臣明敏練識古誼善辭令者,左相一人。今大駕一移,則京城無可守之勢。左相留之,不過爲敗績之臣。扈駕必有裨益之事,啓請從行如何?"盧稷頷之。諸承旨齊聲應曰:"諾。"恒福卽構草,不暇淨寫,仍以草紙,授中使以啓。上卽允之。改命李陽元代爲留都大將。時内醫趙英璹、承政院書吏申德麟等十餘人叩閤大呼言:"京城不可棄。"俄而李鎰狀啓至。而宮中衛士盡散,更漏不鳴,得火炬於宣傳官廳,發啓讀之。内言:"賊今明日間,當入京城。"狀啓人來良久,而車駕先出,夜已四鼓也。都承旨李恒福促步入闕内,則宮中虛無人。天又大雨,夜黑如漆。中殿與侍女十數人,步出仁化門,恒福執燭前導。顧問是誰,侍女對以:"都承旨李恒福。"中殿嘖嘖良久,勉以忠義。恒福感激,益奮勵忘身。恒福字子常,其先慶州人,高麗賢相齊賢之裔也。父曰夢亮,官至參贊。恒福生而不乳者二日,不啼者三日,家人憂之。其父使瞽史卜之,其瞽賀曰:"無憂,當位極人爵。"稍長,岐嶷俊偉,識度迥異凡兒。其父奇之曰:"此兒必能大吾門。"八歲始授書,聰悟絶人。年十餘,驍健任俠,當道賈勇,人莫當之。其母知之,涕泣不食。恒福知其意,即棄所爲,折節向學,遂成偉人。時當危亂,竭誠盡節者惟恒福一人。

《谿谷集·白沙先生集序》:公才甚高學甚博,爲文章有奇氣,藻思湧溢,踔厲不羈。其至者去古人不遠,而不至者亦非今人所能及。顧公於此不甚屑意,所著述往往棄稿不收,故存者不能多。

《谿谷集·鼇城府院君李公行狀》:晚而嗜學,不規規於章句度數而獨契本原。嘗著《涵養銘》,詞意超詣,有自得之趣。又著《恥辱》、《書床》、《養夜》、《戒書》、《警夕》五箴以自省焉。爲文章有奇氣,邁放俊捷,不蹈蹊徑。筆跡豪宕有法。少解丹青,有妙致,既而輟不復爲。所著詩文集若干卷,《朝天唱酬錄》一卷,《奏議》二卷,《啓辭》二卷,類編禮經要語曰《四禮訓蒙》者若干卷,參合左氏内外傳曰《魯史零言》者十五卷藏於家。

《效顰雜記》:癸卯甲辰年間,多有石移之變,鼇城謂人曰:"作舍而鑿地植柱與排礎安柱,孰優?"或者對曰:"不如排礎之好也。"鼇城曰:"不然。鑿地甚好。"或問其故,曰:"若安柱礎上而石移,則宅必壞矣。不如植柱土中之無憂也。"聞者笑其滑稽。

《晴窗軟談》:余以夏官郎入直内省,時李相國白沙公以知申事亦直銀臺,寄一絕曰:"深室霾炎氣鬱紆,夢爲鷗鷺浴晴湖。縱然外體從他幻,煙雨閒情却是吾。"氣象甚好。

白沙公以疾辭相位,余勉出之,則寫近體一首以答曰:"中興作者足謀謨,老子何堪聖世需。自識孔君元齟齬,誰言吕相不糊塗。時名短拙關心少,身計差池入手殊。却怪晉家王太傅,白頭猶道宦情無。"蓋言時勢之不可爲也。

《菊堂排語》:白沙李相公恒福,光海朝辭相,退居東郊。丁巳冬,廢妃之論已定,公忼慨不食,忽大雷撼屋,公曰:"天其戒告之矣。"俄而樞府郎來收議,公方病,扶起奮筆以書議,至見者泣下。邸吏草公議手戰不能定筆。三司請絕邊圍籬安置。戊午正月,竄北青。

《小華詩評》:李白沙恒福八歲時,參贊公命以"劍、琴"作句,白沙應聲曰:"劍有丈夫氣,琴藏千古音。"聞者知其將大成。少時在江上,數日索舟不得,甚鬱鬱,戲作一詩曰:"常願身爲萬斛舟,中間寬處起柁樓。時來濟盡東南客,日暮無心穩泛遊。"可見濟川氣像。鄭湖陰論文翼公文曰"世不以文章稱叔父者,掩以功德故也"云,吾于漢陰、白沙亦云。

《詩評補遺》:李白沙恒福《單于夜宴圖》詩曰:"陰山獵罷月蒼蒼,鐵馬千軍夜踏霜。帳裏胡笳三兩拍,尊前起舞左賢王。"語頗豪放。

李白沙嘗以邢軍門接伴使到晉州,留連數月。一日,命妓來縫衣綻,本州兵馬使意其無聊，選一妙妓入送，故令遲縫以挑之，白沙即戲題一詩以贈曰："將軍熟讀圯橋書，料得客情如料敵。故教纖指懶縫衣，欲試先生腸似石。"至今傳誦，以爲風流話本。

《東國詩話彙成》：光海時，公爲小人所困，屏居廬遠村舍。月沙李公攜其子明漢佩酒往訪。公迎，謂曰："吾欲賞道峰泉石，未遇會心人，君適至矣。"乃以道中芒靴，騎驢而去。歷遍諸勝，因宿枕流堂。三叟月出攜出川上，公忽愀然不語，仰天長吁，使明漢誦《出師表》、《赤壁賦》，飄然有羽化登仙之想。逮丁巳廢母之論四起，月沙又出城訪公於東岡，曰："禍色甚急，吾等當見收矣！"公掀髯笑曰："死生，命也。或南或北，不相遠則幸矣。"月沙仍即口號曰："斜陽數行淚，立馬穆陵村。"公曰："以此爲訣，足矣。"月餘禍謫。

鄭相國彦信冤死於己丑之獄，其子慄痛父之死于非辜，因咋舌而死。公時以問事郎參鞫，目見其冤狀。與慄素非相識而哀其死，以詩哭之曰："有口豈復言，有淚不敢哭。撫枕畏人窺，吞聲潛掩泣。誰持快剪刀，痛割吾心曲。"云云。鄭家遷葬時得此詩於壙中，本集不錄云。

公遷居鄉墅，嘗微服遊清平山，至昭陽江。同舟少年爭不知爲相公也，多少侵侮，且詰其來由。公曰："聞此地名山水，欲棲托而來。"少年益驕傲，背指一山，曰："世傳此山浮來，故移來者多致富，爾能來住否？"仍俯耳語曰："此人鬢著玉貫子，必是納粟者。"言訖而去。公戲作詩曰："晚計昭陽下，同君一老竿。莫憂生事薄，自有浮來山。"聞者捧腹。

《楓巖輯話》：奇相國自獻嘗避寓閭舍。李白沙往見之，奇曰："寓舍甚窄，妻妾同房，苟簡甚矣。"白沙歸題一詩，以寄曰："不熱不寒二月天，一妻一妾正堪憐。鴛鴦枕上三頭並，翡翠衾中六臂連。開口笑時渾似品，側身寐處恰如川。中宵才罷東邊事，又被西邊打一拳。"一時傳笑，稱其善形容。

【按：李恒福（1556—1618）字子常，號白沙、弼雲、清化真人、東岡、素雲，謚文忠。籍貫慶州。奉享抱川花山書院、北青老德書院。著有《白沙集》今傳。其詩豪放詼諧。《箕雅》收其七絶六首、五律一首、七律三首。】

柳　根　**字晦夫，號西坰。晉州人。宣廟朝登第，選湖堂，典文衡，晉原府院君。**

《朝鮮仁祖實錄》卷一五：五年二月癸卯。晋原府院君柳根卒。根善詞翰，久典文衡，晚節有不廉之誚。

《宋子大全·西坰集序》：蓋我明宣之際，本朝之文治隆矣。公以詞學名家，與一時諸公潤色王猷，奎章鍾奏，郁郁乎洋洋乎，後世無能望焉。豈所謂天使鳴國家之盛者耶？其有才有時，何其全勝歟！蓋其才宜有其時也。公最與五峰李公詩名相埒焉。不佞雖未涉聲病之流，而嘗聞前輩譚藝之餘論："西坰不如五峰之天才，而五峰不如西坰之人功。"評者以爲知言云爾。不佞於此復竊有所感焉。集中所詠退陶先生者甚多，而其一絶有云"動察恒資静養多"，豈嘗摳衣於函丈之間耶？不然，當日微言何自而得也。前哲益遠，妙旨無傳，一言之幾乎道者不可復見。此余之所感者也。圭菴宋先生受禍最酷，親知莫或省顧。而公於其所寓遺宅吟詠發揮，以寓其追慕之誠。竊念前輩風流篤厚如此，而十數年間已有今無之嘆。此余之所感者也。凡集四編，所與酬唱蓋多中朝文苑之士。昔縞紵之事，猶爲今古之勝談，況珠璣錦繡之什，投報於皇華大雅之倫，相得如期牙，相須如壎篪，秀句佳篇脱於口而膾炙於天都搢紳之間。則其榮耀於今與後，奚獨公一身爲哉。

《海東繹史》卷六九：柳根字晦夫，壯元，自號隱屏居士，有《西坰集》。《明詩綜》

蘭嵎諸公以萬曆丙午使東藩，柳晦夫、李孝彦、許端甫爲館伴。公攜有唱和詩卷歸，墨蹟今在予家。《静志居詩話》

《於于野談》：文章之士，或言其文之疵病，則有喜而樂聞改之如流者，或咈然而怒知其病而不改者。奇高峰大升自負其文章，不肯下人。以知製教進應教之文，政院承旨付標指其疵，怒叱下吏，不改一字。柳根爲都承旨，李好閔有製進之章，根多付標請改，好閔或改或不改，猶遣吏請改再三，又於"欱"字付標，問："此何字耶？"好閔冷笑曰："柳也所讀東人詩文，不讀《文選》耶？"下筆注之曰："《文選》賦'欱野噴山'、'欱澧吐鎬'。'欱'，古'吸'字也。"又遣吏請盡改，怒而叱之。根慚甚，自此雖新進拙文，不敢請改，亦怒之也。根與沈相國喜壽爲大學士，人有摘指疵病，輒見於色，人莫敢言。

柳根按節湖西時，與諸倅大宴于北樓，徹夜酣樂，醉興方濃，忽聞雞鳴聲，問曰："此何聲也？"蓋嫌其夜已向曙也。有妓陽臺雲者故對之曰："此乃江邊白鷺聲也。"根喜其所對迎合己意，稱其敏慧，仍令座中賦詩。洪鸞祥，文士也，時以文義倅，亦與焉。先占一絶曰："酒半高樓畫燭明，錦城絲管正轟轟。佳人恐敗風流興，笑道雞聲是鷺聲。"方伯覽而稱賞，一時膾炙。湖西士人以末句作爲題，多有賦之者云。

《芝峰類説》：車五山之亡也，柳西坰根爲挽詩一聯云："老莊馬史偏多讀，李杜韓詩最熟精。"此雖記實，而爲挽語則未盡。五山博洽多聞，平生所讀而熟者不止於此等書矣。余亦爲挽詞有曰："功名一世還無分，宇宙千年始有君"，又"延津劍去天收彩，圓嶠鼇亡地失靈"，又"詞林活氣三春盡，學海長波一夕乾"。西坰見之乃曰："此句語足稱五山矣。"西坰蓋未嘗不知五山者也。

知事叔父諱希得年八十，蒙恩陞正二品，遂設宴以侈之。預宴者數十人，錦溪君東亮後至。諸公以晚到行酒罰，柳西坰根戲成一句曰："便浮太白眞多事，未至相如最少年。"滿座稱賞。時朴公年三十六，最少，故云。

凡爲詩者貴乎自得，而格有高下，才有分限，不可强力至也。唐以上人意趣自高，欲卑不得。宋以下人氣格自卑，欲高不得。是知天稟自然不能易也。尹海平、柳西坰嘗言"於詩全不曉格律"。余謂詩舍格律，何以哉？於二公之言竊有疑焉。

《菊堂排語》：西坰柳公根嘗按湖西，巡到稷山縣，都事亦來會。時新荷滿池，夜雨鳴簷。公謂都事曰："欲與君分韻賦詩。"都事曰："敢不惟命。諺云'弱者先手'，小生當先之。"即題七言絕句以進，公見"多事山風吹雨過，滿地荷葉作秋聲"之句，閣筆終不成。蓋公以都事爲不能詩而欲試之，乃反見屈如此。

《小華詩評》：柳西坰根嘗於松都遇一老娼，乃少時擅名京國者也。遂贈詩曰："瑤琴橫抱發纖歌，宿昔京城價最多。春色易凋鸞鏡裏，白頭流落野人家。"詞極凄婉，石洲稱善。

《詩評補遺》：柳西坰根于文章有自喜之癖，嘗按節湖西。時有一書生將有事湖營，請簡于李月沙。月沙曰："我教汝一計。近聞此令于拱北樓作詩得一聯自詑云。汝見此令，極贊此句，則汝必遂所願矣。"既到，以月沙書先容。西坰適開牙旌于拱北樓，延生入。生坐談間問："所謂蒼壁在於何處？"西坰指示之曰："此是也。"生嘖舌歎曰："小生曾聞相公'蘇仙赤壁今蒼壁，庾亮南樓是北樓'之句，嘗自擊節。今日登臨，始覺相公之詩摹寫逼真，雖老杜手段，何以加此？"西坰曰："君從何得聞？"生對曰："此詩膾炙都下，月沙、東岳諸宰莫不歎賞矣。"西坰大悅曰："君始可與言詩。"遂設宴待之，曲從所願。月沙聞之捧腹曰："果如吾計。"

西坰謂霽湖曰："吾得一聯'古壇生碧草，新月掛黃昏'，可方古人否？"霽湖曰："杜律云：'映階碧草自春色，隔葉黃鸝空好音。'公之詩意似出於此矣。"西坰笑曰："我知君意。"即改"生、掛"二字曰"古壇空碧草，新月自黃昏"。霽湖笑而伏曰："何敢！"蓋霽湖實欲改二字，而尊不敢顯言，舉杜詩以諷之。二字之改，天然頗佳。

《詩話匯成》：西坰儐天使在平壤，次韻曰："故國千年地，清尊半日留。雨暗雲葉散，風高浪花浮。赤壁蘇仙月，青山謝朓樓。江南宛相似，莫作異鄉愁。"天使言"西京風景與江南相似"，故云。

【按：柳根(1549—1627)字晦夫，號西坰、孤山，謚文靖。籍貫晉州。李滉門人。文科及第。宣祖二十年(1587)任正郎、左承旨等職。壬辰倭亂時扈從國王前往義州,任參判、判書等,錄三等扈聖功臣,封晉原府院君。光海君時期因反對廢母論削奪官職,後復官。丁卯胡亂時扈從王往江華,道卒。奉享龜山華巖書院。著有《西坰集》今傳。其詩清新凄婉。《箕雅》收其七絕一首、五律一首、七律一首。】

沈喜壽　**字伯懼,號一松。青松人。宣廟朝登第,選湖堂,典文衡,官至左相。**

《光海君日記》卷一七七:十四年五月壬子。前左議政沈喜壽卒。喜壽字伯懼,號一松,青城伯德符之後,仁順王后從弟也。美姿容、善談笑、聰穎絶人,諳練典故,文才夙成。盧相守愼,卽其父僚壻也,亟加鑑賞,妻以弟女。隆慶壬申登第,歷敭顯位。癸未在書堂作詠蓮一律,有"才子何年鑿小池,屋樑明月見容姿。陽和令節多甘澍,會見金雞下玉墀"之句。時許篈在玉堂,箚論李珥得罪流竄。上以喜壽嘗譽珥德行,至是探試主意以救篈,前後未免反覆,黜爲錦山郡守。爲人雖明潔少疵,然喜諧合、欠直截,器量不弘,黨論彼此多所染跡,再長銓席,未免脂韋之譏。然律己清約,唯以詩酒自娱,絶不經營家事,墻屋破缺,亦不恤也。嘗兼太僕提調,所納丘直,終始不受,太僕懸之屋樑,以表清節。宣祖嘗錄廉謹吏,拜兩館大提學。甲辰入相之後,能自樹立,持論守正,謇謇不阿。宣廟末年,因元朝日蝕,上箚陳得失,竝及王子臨海君賊殺柳熙緒之獄。由是忤旨去位,罷相。至光海戊申復相,周旋獄事,有所救活。及論許筠辨誣告廟事,大忤李爾瞻,被劾。直哉之變,鄭經世因誣被逮,以喜壽嘗抵書,極言時政,搜得其書,遂得罪削黜。己未深河敗報至,遂得蒙宥,一時以李德馨、李恒福之流亞稱之。己未復敍後,僑居城外,不入京第,屢請致仕,至是卒。無後。平日所著文章甚多,而不立門戶,頗欠體格,不大傳。

《樊巖集·大匡輔國崇祿大夫議政府左議政兼領經筵事監春秋館事世子傅贈謚文貞公一松沈公神道碑銘》:公諱喜壽,字伯懼,自號一松。青松之沈。……以明宗戊申生公。纔三歲,議政公捐背,贊成公鞠育,教導甚至。稍長,聘大人盧氏,僉正克愼之女蘇齋公之從女也。時蘇齋謫海島,公涉鯨濤躬進,請學性理文,不拘拘舉業。戊辰中司馬。庚午退溪先生卒。太學遣公致祭,公詩以輓曰:"玉色金聲程伯子,冰壺秋月李延平。"西厓柳文忠嘗曰:"南士見此詩莫不歎賞。吾於是定交云。"宣祖壬申闡文科。明年選入槐院爲正字。甲戌,承重居贊成公憂,守墓終三年。服闋,由著作博士陞典籍,除刑曹佐郎、咸鏡忠清兩道都事,不赴。庚辰知洪川縣。居三載,闔境稱治。癸未差質正官如皇朝,還,道拜弘文館修撰,賜暇讀書堂。公以博學通才妙齡釋褐,時適搢紳相傾軋,曰東曰西,標榜如建幟。公惟公平是執,不苟異亦不苟同。栖遲積十餘年,至是進塗始華顯。湖堂有小池,云是許荷谷篈所鑿。公見物懷人,偶占一詩,上覽之,以係戀罪謫臣,遞修撰,移授直講。甲申,丁母夫人憂。制除拜修撰。未幾,知錦山郡,有去思碑。己丑拜司諫院獻納。時黨人鍛汝立獄,構殺異己之有時望者,滋蔓甚。公度不可救,辭遞。累除校理應教。到時宰家,抗言獄多濫,激切慷慨,拂衣起出門。遇張公雲翼,雲翼挽公袖欲止之。公笑曰:"白鷗波浩蕩,萬里誰能馴。"盖公之字與白鷗同音,而雲翼字萬里,故誦老杜詩以睎之意也。當路滋不悅,擬三陟府使,欲黜之也。有以政例非所宜爲言者,遂止之。辛卯以應教差宣慰使往萊府,還拜掌令司諫。公在臺日久,遇事抗爭不屈。上諭選部曰:"賜暇湖堂者,前已命勿授臺職,爲不奪課業也。宜遞授他職。"遂移拜司成。壬辰,倭奴大入寇,公從事防禦使成應吉下嶺南之密陽。賊益急,成知公有需世才,不欲使死疆場,因事故遣公還朝,至則上已西狩矣。哭太廟墟,跋馬向西關,絶食四日,間關達行在。除弼善、應教,奉命爲御史,先赴龍灣治行宫。尋陞兵曹参知、承政院同副承旨。明年陞拜都承旨,仍加嘉善階。二月車駕還京都,命書扈駕諸臣自京至龍灣者以啓,而公以自嶺外追到,承旨柳夢鼎以公事後至,不與焉。柳對公有慍語,公徐曰:"君言無乃近希望者耶? 假令皇朝責我以國君死社稷之義,督過執靮諸臣者,公能自當之乎?"駕還,拜大司憲,復爲都承旨。乞解官營弟葬,上不許曰:"非不欲使卿少休歇。聞詔使至,有亢厲聲,非卿又誰能儐接? 爲予左右,不可無卿。"冬陞刑曹判書。國難以來,一歲中超遷至正卿,公實爲最。甲午轉戸曹判書,加正憲階。接伴宋經略及孫、顧二侍郎留灣舘。當是時,西土新刳於兵,歲又饑,民以塡溝壑。公與觀察使李公元翼議,力請經略設關市法,我人以破鐵故綿絮易粟米,賴以活者甚衆。丙申兼世子賓客、藝文提學、備局有司。明年以奏請使赴京,還拜禮曹判書。戊戌儐接萬經理。己亥加崇政階,拜吏曹判書,俄轉左參贊,兼兩館大提學,移右贊成,辭遞。時經理將下嶺南,公當伴行。經理移咨曰:"不宜無實職奉公。"遂拜禮曹判書。公以脚攣步澁辭,朝廷以公病告經理,然後始得遞。自是連拜左右贊成,兼世子貳師,加崇祿階。請釐正文廟謚號及從祀諸賢陞黜,一依皇明之制。上嘉納。連長吏工二曹,兼判義禁府事。甲辰元日,白虹貫日,公應旨陳疏,以爲諸王子攘民土地財帛,日以益甚,追呼之急,鞭撻之慘,有不忍言。瘡痍甫集之民重足側目,不願倭來,只願胡來。氣像之愁慘,果何如也。而舉朝專務括囊,輦轂之下,有投屍刦人之變而曾無以發之者。世道如是,安得不傷天地之和也。"疏入,人莫不爲公危之,上不以爲罪。頃之,以病呈告。上以藥院侍湯憂勞積傷,遣御醫診之,異數也。俄入金甌,卜拜議政府右議政。首陳士習溺功利不識義理之學,請命大司成教以《小學》、《心經》、《近思錄》等書,俾知趣向。上亟命行之。尤以開廣言路爲先務。嘗於前席,金公尚容以大司諫極論宮禁不嚴,上不答,玉色甚厲。左右皆縮頸,公進曰:"此事臣亦聞之,諸臣無不聞之,特畏懼不敢言。金尚容獨言之,可謂鳳鳴朝陽。"上爲之改容。丙午,泮中有投匿名書者,命逮捕學官及儒生泮隸。公以委官,力陳難明狀,事得已。及至公卒,泮人立祠祀之。尋陞左議政,箚陳諸宮家厲民狀,畧曰:"國家膏肓之弊專在於此,而人皆謂上所厭聞,主耳目之責者亦不能發口。尚何言哉?"上有未安教,遂三辭遞。有儒生疏請追崇大院君,下大臣議。公援據禮典,極陳其不可。事遂寢。戊申宣祖薨,光海嗣位。公與完平李公元翼同時復入相。先是,公以世子賓客儐萬經理西下也,臨行上疏曰:"輔導儲宮,誠今日急務。藉曰時事艱難,有所不遑。東宮實無當前機務,問安視膳之外,皆可以資善講學,豈容悠汎度日,以貽無窮之悔也。"有識以公有深慮遠憂。時李爾瞻等已顓柄矣。三司告臨海謀逆,爾瞻等請誅之。公屢請屈法伸恩,又與完平及鰲城李公恒福聯名陳箚,文則自公手出也。時言事者相繼被黜,又疏陳勤學問,納諫諍,愼用舍,明好惡,嚴宮禁,戒戚屬,正士習,修軍政,恤鰥寡,崇節儉凡十條。皆當世切急之戒。己酉,光海元年也。見羣奸已有碁間母后漸,公夙夜憂慮。乃上封事曰:"奉養慈殿,竭其誠孝,猶慮一事之或未盡,一言之或未行。不徒備其物,必務養其志。使宮庭之內常有和悅之氣,慈孝藹然,兩極其至。則雖宦妾凶險之類亦皆感化。誰敢一毫生心於讒間者乎。"已而,完平疏出,羣凶以公爲主論,亦議竄配,未果焉。遂引疾經年,連上章乞免。光海遣左議政李恒福諭起之,公黽勉出。極言時弊累數百言,因筵講《尚書》,反覆於虞舜成湯太甲商宗之際,以容直諫、廣聰明爲第一務。繼之以祈天永命之道。勤勤懇懇,必欲感悟而乃已。舉人任叔英對策,直舉宮闈事觸忌諱,諸考官相顧欲黜之。公以命官擢置第。光海命削叔英科,公言叔英狂妄而臣擢之,臣之狂妄有甚於叔英。遂請免,不許。命復科。壬子,鄭愚伏經世被逆囚誣引,逮入詔獄。公貽書獄中慰問之,坐罷。未幾,敍拜判中樞。癸丑,誣獄熾,爾瞻等指永昌爲禍本,欲置之辟。漢陰李公德馨擬以死爭,而鰲城謂是將及母后,吾輩當死母后,爲大君死傷勇,請出置永昌于外。公時在原任,爭之曰:"此大事,宜遍與諸大臣議。"時完平不肯與出置議,公欲引以爲助而卒不能得焉。則見鄭相公昌衍泣曰:"主上置大君膝,啖以果實而撫之曰'我在汝勿怖也'云爾,則可以慰先王在天之靈。而今忍爲此,必不得保我邦家。老臣恨不早死。"一言一涕,衣裾盡濕。甲寅，鄭桐溪蘊上疏訟永昌冤，光海怒下之獄將殺。公疏救之甚力。時久旱，公以爲今日之感傷和氣亶在誣獄，不在他也。遂極言曰："大獄纔經，誣訐相繼，太半是希功望賞。否則衆罪囚爲死中求生之計，以致中外士庶舉被捃摭，纍纍三木，駢首圜土，有情無情皆未暴白。人各自危，莫保朝夕。此豈明時之所宜有乎?"引漢寒朗、宋呂公著事以開陳之。光海稍悟，命議處獄囚。乙卯拜領敦寧府事，命按獄，辭以病。明年，許筠自皇城回，自言明人野史有宗系累，陳請洗滌，以是張其功，欲告廟賀。公惡之，乃言宗系累洞辨，已在己丑會典頒降時。今不當以此爲慶。前此完平竄，凶黨欲並與公擯逐，苦無辭，傍伺之甚密。至是，三司請削黜，允之。無何，大妃錮西宮。公出居屯山，自號水雷纍人。常對《羲易》，沉潛反復。如是者四年，始敍拜判中樞府事。公不復入國門，乞致事章十上，惟願速死。竟以壬戌五月十八日卒于寓第。……享年七十五。

《海左集·大匡輔國崇祿大夫議政府左議政兼領經筵事監春秋館事謚文貞公一松先生沈公墓誌銘并序》：文章典雅贍敏，並時詞苑鴻匠林立，而公三歲主文。兵難多故，掌誥之外，咨移文字多出公製。而左右酬應，沛然有裕，咸推爲舘閣大手。有《一松集》九卷行于世。

《小華詩評》：沈一松喜壽《襄陽題詠》曰："清礀亭前細雨收，斜陽馱醉海棠洲。沙鳴乍止方開眼，身在襄陽百尺樓。"沙鳴仙路，閉眼而過。此老此行，可謂虛度。

《光海朝日記》：右相沈喜壽上疏，以臨海全恩，法大舜處象之道開陳。答曰："予甚不幸，遭此罔極之變。日夜憂懼，不知所處。嗟嗟大舜古之聖人，處變之道，予何敢比擬? 卿等參酌善處，俾寡昧有辭於後世。"

《續雜錄》：刑曹判書許筠包藏禍心，欲先立功專執國柄，常幻無據之言，令朝家顛倒。至是回自京師曰："中原有《林居漫錄》，宗系蒙誣至今未雪。"光海聞而驚惑，卽令逆筠委往申辨。逆筠多載金寶，似往似來，僞署彼此御府文籍，定奪回報。光海大慶大赦，設增廣科，百僚朝賀。上尊號"敍倫立紀明誠光烈"。原任沈喜壽知賊情狀，謂同僚曰："前於己丑，已盡昭雪。不知今日又卞何誣?"筠賊甚銜之，構誣斥逐。喜壽出門潸然曰："出官非是棄官歸，回首江山何處依。欲買小舟無片價，傾箱猶有舊朝衣。"漢陰逝，完平逐，鼇城棄，賢相今又去。噫! 勳舊盡矣。

《詩話匯成》：公爲湖西伯時，愛妾一朵紅病死。公挽曰："一朵芙蓉載柳車，芳魂何處去躕躕。錦江秋雨丹旌濕，疑是佳人別淚餘。"

公嘗蓄名妓貞生，未久病沒，傷悼不已。壬辰六月，爲奏請使至咸從，有所盼贈詩曰："干戈天地一身輕，六月炎程萬里行。白首歡娛無處看，丹城還有後貞生。”可想歲久不忘也。

【按：沈喜壽(1548—1622)字伯懼，號一松、水雷纍人，謚文貞。籍貫青松。盧守愼門人。善文章、書法，奉享于尚州鳳巖祠。著有《一松集》今傳。其詩典雅贍敏。《箕雅》收其七絶二首、五律一首。】

尹繼先　**字而述，號坡潭。坡平人。宣祖朝登魁科，拜校理。旋貶瓮津縣令，早卒。**

《惺所覆瓿稿·司憲府持平知製教兼世子侍講院司書尹君墓誌銘》：丁酉歲，上視學取士，鼇城相爲考官，得君文吐舌曰：“奇而艷。必大家手也。”遂擢壯元，時二十一也。聲名藉甚中外，以得人爲喜，卽由儀曹連除騎省郎、司書獻納，入五堂爲檢討。庚子夏以持平入對。時上方怒二李之攻洪汝諄，完城相請上兩罪之。君面斥其持兩端，天威霆震，不少屈，進言益切。御批除君甕津縣令。時論惜君，君不介意，之縣奉職甚勤，清嚴明恕，吏民不敢以年少易之。又能力於官事，起其廢不煩而辦。方伯才之，啓褒受表裏。在縣得風痺，還家稍間。除平安都事，疾再作舁歸。甲辰卒。年二十八。君名繼善，字而述，坡平人。……君性卓犖不凡有大志，剛果不苟合，遇事敢爲，待人輒吐懷無表襮。交游以此多之。文章浩瀚，操筆立寫萬餘言。尤工四六，清贍俊逸。詩出入夢得、牧之間，壯麗聳人目。使假以年，則所就豈止是！惜哉！余最以文字親，爲之銘曰：“天或生才，若以有爲。胡奪之速，理難諶斯。不朽者存，余又奚悲。欲詳君故，視我銘詩。”

《菊堂排語》：尹斯文繼先有詩才，十餘歲時鄰丈呼韻令賦詩，尹押“尖”字曰：“人間事業狼胡大，世上功名鼠尾尖。”年十九魁庭試，所製表膾炙一時。李芝峰嘗奉事赴燕，尹爲書狀，行到山海關，留數日治行。適値鄉貢赴試，儒生齊會關內。聞朝鮮使臣留館，十餘人來見。茶罷求詩勤懇。芝峰以爲不可輕許，尹不勝技癢，卽書七言律二首，先示芝峰，芝峰曰：“佳作也！可贈之。”尹促令正書投示，芝峰亦次其韻以贈。儒生相與把玩，歎美不已。翌日，儒生輩爭持酒饌來餉，仍請題詩扇面。其時隨行譯官崔得宗道其事甚詳。尹後爲遂安都事，有詩云：“宦游千里蔗甘盡，世事一春花落忙。”觀此詩可知其非遠到之器也。傷於酒色，而天竟不能究其才。惜哉！

《小華詩評》：嬋姸洞在箕城七星門外，卽葬妓之處也，有若唐之宮人斜，騷人過此者必有詩。坡潭尹繼先詩曰：“佳期何處又黄昏，荊棘蕭條擁墓門。恨入碧苔纏玉骨，夢隨朱閣對金樽。花殘夜雨香無跡，露濕春蕪淚有痕。誰識洛陽游俠客，半山斜日吊芳魂。”權石洲亦有一絶曰：“年年春色到荒墳，花似殘妝草似裙。無限芳魂飛不散，只今爲雨更爲雲。”尹詩雖不及石洲,而音韻亦覺瀏瀏,但"夢"字未妥。

尹繼先,世稱鬼才,二十六而夭。壬辰亂後,過㺚川戰場,賦詩曰:"古場芳草幾回新,無限香閨夢裏人。風雨過來寒食節,髑髏苔碧又殘春。"

《詩評補遺》:坡潭子尹繼善壬辰亂明出兵來時,以詩贈天將曰:"君家二十四橋邊,樓上佳人三五年。征客未歸春已到,梅花應發玉窗前。"似唐人語。將士,即楊州人新娶作別者也。

《晚窩雜記》:尹坡潭過㺚川戰場(申砬敗處),詩曰:"……"其夜諸鬼迎謝曰"有詩皆領會,末句凄切不堪讀"云。

【按:尹繼先(1577—1604)亦作繼善,字而述,號坡潭。籍貫坡平。宣祖丁酉文科壯元,官至吏曹佐郎。其詩清麗俊爽。《箕雅》收其七絶二首、五律一首。】

崔 岦　**字立之,號簡易。通川人。宣廟朝登魁科,官至嘉善,承文提調。文章名世。**

《光海君日記》卷二八:十年五月庚子。前同知中樞府事崔岦卒。岦,字立之,號東皐。自知讀書,力學不倦。擢嘉靖辛酉科壯元。諸承宣以院中草木花石四十種令各賦一律。俄頃而成,語多警拔。累典僻邑,益肆力于文章。讀《班史》數千遍,遂成一家。前後除官皆以文藝擢授,至拜承文院提調。三赴京師,呈文禮部,諸學士擊節歎賞。劉贊畫黄裳每見其文,必薰盥乃讀。至撰出諮奏,則大臣以下點竄紛然,殆無完句。岦以是深恨,沉潛《易》學,自以爲深得本旨。宣廟朝,授《周易》校正之任。不肯拜,上疏乞便邑,以卒其業,遂得杆城郡。至官,專意成書,不恤官務,詞訟至前,則曰:"借汝郡成我書耳。"麾之不顧。書成上進,以與典傳義乖異,不果行。其文始取法于班固、韓愈,以爲至工。晚乃酷喜歐子文,動止自隨。岦家世甚微,而爲人簡亢,未嘗許可一世士。雖藝苑宗匠之作,一覽便擲,傲然無一言,以是多得謗議。岦本京城人,末年娶妾於箕城,遂寓居焉,號其堂曰"簡易"。卒,年七十四。子東望擢第,無子。史臣曰:我東國文獻之盛,有自來矣。新羅崔、薛以上,逸矣。自麗代崔承老以下,彬彬多士。李相國奎報最號大家,至季葉牧隱李穡之洋肆,亦擅當家。入我朝,文風益煽,若卞季良、李承召、姜希孟、金守溫、金宗直、成俔、金馹孫,近世盧守慎輩,不爲不多。雖大小闊狹之不同,俱足以擅一代之華。然審其體格,不無可議,與中朝諸大家,猶之華夏之别也。崔岦之文,刻意湛思,繩墨頗峻,意過深而寧晦,語過奇而寧澀,遂成一家體度。論其涯涘雖若狹迫,而准法揆則實有獨至之工焉。詩亦矯健有致,得黄陳句法。而用意太深,削除華藻,唯陳言之務去,故語多拘強,專乏詩人風致。爲晉州牧使六年,只賦一律而歸,其繩削如此。嘗有《怪石一絶》曰:"窗間懸一虱,三歲車輪大。我有一拳石,不向華山坐。"大致如此矣。

《谿谷集·簡易堂集序》:右文之化極隆于宣廟,文藝之士蔚然群起,而簡易崔公爲稱首。公天才絶人,結髮操觚,即爲古文詞。弱冠擢壯元,名聲大振。于書酷嗜班、韓,晚而好歐陽子。其爲文刻意湛思,一句字皆繩墨古作者,草稿不三四易不出也。意過深而寧晦,毋或淺;語過奇而寧澀,毋或凡。每一篇出,人皆傳誦。雖狃于陳言者,讀或不能句,然亦不敢訾警,曰:"此非今人語也。"詩律亦矯健有致。得黄陳句法。

《於于集·送崔簡易之杆城郡詩序》:古之能工文章以炫耀天下萬世者,無畏夫一世人不知之,是以刻金石書竹帛,學者傳讀之至百不曉,至千始粗解,至萬方融通貫釋,而當世人一見之便非笑之不暇。何者?耳目口鼻手足猶夫人,其視之率與渠齒,誰肯傳讀其書至百千萬乎?然則簡易翁不爲世人知,年至七十作郡嶺表。固也將焉悲。雖然,天下事無不對。自古文章冠一世者世一出,而亦無不對焉。有司馬遷而司馬相如對,有杜甫而李白對,有韓愈而柳宗元對,有歐陽脩而蘇軾對。余觀今之世有簡易翁,未知復有何許人能對之,抑未知彼對此乎?此對彼乎?或者其窮而與翁同乎?惟其人。知其人,幸的指之,無我欺也。翁將行,邀余言序而詩:"千里衣焦面目黧,歸來積謗與山齊。無因蓬島隨鸞翼,謾向河橋踠馬蹄。皆骨晴空磨玉簇,扶桑曉旭聽金鷄。知翁寸管掀溟渤,太史虚勞上會稽。"

《鶴山樵談》:崔中樞岦文章簡古,爲一時巨擘。時人或以爲詩不及文,然《祭河正郎應臨》詩曰:"伐木丁丁山鳥悲,獨來懸劍向何枝?才名不救當時謗,交道還應入地知。瀛海别回爲此别,驛亭詩後斷君詩。平生對酒須皆飲,倘省靈床奠一卮。"亦謹嚴奇健,孰謂不逮文乎?

《霽湖詩話》:昔余與車五山往謁鵝溪李相公,壁上掛一長律,即崔東皐岦詩也。其頷聯曰:"未期楚戶亡秦日,猶戒吳兵入郢年。"蓋傷時之作也。相公目余曰:"公試看此作,以楚比之誰歟?"答曰:"比之我國矣。"又問:"以秦比之誰歟?"答曰:"比之倭賊矣。"曰:"以吳比之誰歟?"答曰:"比之倭賊矣。""以郢比之誰歟?"答曰:"比之我國矣。"問答既訖,曰:"其可以如是乎?蓋秦、楚、吳、郢四字遝入於二句之中,比喻繁疊,此實詩家之所忌。東皐不深於詩學,故不免此等之失。"李相之言,實非妒才而發也。李相之不取崔詩,其來久矣。當高苔軒霽峰晚年改號苔軒以書狀官赴京日,崔爲質正官,沿道酬唱甚多。及高、崔之還也,李相借來其詩卷,見初面唱和數三首,甚厭崔詩,使人裁紙粘付崔詩,然後取見其卷,其厭之也深矣。李相未嘗輕侮人才,而至於崔詩,每發言輒詆之曰:"唯知者知之耳。"

《於于野談》:東皐崔岦于文少許可,以質正官赴京。李栗谷與鄭澈聯鑣並訪,詩人李達攜酒亦至,仍鼎坐談敘。達目栗谷曰:"公賦別章否?"栗谷出諸袖而示之,詩曰:"幽意忽怊悵,秋風生遠林。那堪抱歸興,更值別知音。路夐川原闊,天高雨露深。回程報殊渥,邦慶動宸心。"岦一瞥看過,却置右邊。澈曰:"叔獻之詩何如?"岦曰:"頃日盧相以善於策文,仰答聖問,蓋其長於策文故也。"澈曰:"此公爲文根於性理,豈容易哉?"岦笑曰:"學力吾未知也,若詞翰,安得望吾門牆?"其自負驕亢如此。叔獻,栗谷字也。

《晴窗軟談》:崔簡易岦爲文力追古者,餘事於詩,詩亦有奇健出人之句。余同赴京師,沿路唱酬甚多,嘗喜其詩句曰:"劍能射斗誰看氣? 衣未朝天已有香。"曰:"鳥繞上林無樹著,雁遵南浦故洲非。"曰:"終南渭水如常見,武德開元得再攀。"詞語精切矯健。

崔簡易《詠夷齊廟》曰:"只爲三綱當日重,非期五等後時榮。青雲作傳馳文字,一味論名見即輕。"前人所未發也。七言近體,而此其下二句也。

簡易公以全州府尹,征入爲西樞,專任事大文書。而槐院提調甚多,各持己見,每出一文書,點綴者太半。簡易心苦之,贈人詩一聯曰:"亂世用文方釋馬,從人安字轉成蠅。"語近善謔,而律呂天成。

《終南叢志》:延興府院君夏日設宴于南山挹白堂,一時文章詞伯大會,東皐崔岦亦與焉。酒闌,主人出華箋各置座前,要諸公吟詠。諸公勸崔先題,崔累辭不獲,遂援筆而成七言近體一首:"避暑風流傾北海,銜泥車馬簇南山。身忘國舅衣冠右,具取家人鼎俎間。桂醞盞愁蕉葉脆,冰羞盤訝水晶頑。佳招只爲憐能賦,白首其如夢錦還。"五峰、月沙以下皆閣筆。以今觀之,東皐之作圓渾雄贍,固是佳作,而五峰諸公之才至於閣筆者何哉? 蓋兩公皆具眼者,真知其善故耳。世之粗解押韻者,強次人韻,自以爲能,良可哂也。

天使朱太使之蕃遊漢江,作長篇一首,使首揆柳永慶次之。時東皐以製述官代製,其句曰:"漢江自古娛佳客,不能十里王京陌。"遠接使西坰柳根見之,改"王京"二字作"長安",東皐微哂之。及呈太使,太使大加歎賞,因拈出"長安"二字,謂之曰;"長安本非爾地語,亦萎弱,不若'王京'二字之爲妥。"西坰聞而深愧之。東皐詩一聯曰:"士羞不識龍灣路,文欲相當鳳詔臣。"此寄遠接使一行詩也。恨不使是老爲儐使,而直當鳳詔臣也。

《壺谷詩話》:崔簡易之文,列于佔畢、谿谷,爲國朝三大家。文則未知優劣,詩亦峭刻,兼以調響。如"磬殘石竇晨泉滴,燈剪松風夜鹿啼","士羞不識龍灣路,文欲相當鳳詔臣"等句甚奇。權石洲負詩名,自以爲無敵,往問於簡易曰:"當今文則當推令公,詩則誰與?"意其歸己也。崔曰:"老夫死則公可繼之。"權默而退。

國朝文章之士莫盛于成、宣兩朝,而詩才之盛宣廟朝爲最,比諸皇明,其嘉、隆之際乎? 宣廟朝詩文之兼備,當以簡易爲首。簡易《銀臺十二詠》,蓋李青蓮後白爲堂後時,呼新魁試才,使之一進退各成一律者,而篇篇皆有味。其中《枯木》結句"苔蘚作花蘿作葉,還知造物未全捐",語甚新奇。且延興府院君宴席所賦"避暑風流傾北海"一律,一時諸文人皆閣筆。以今觀之此作盡好,而知其好者必鮮,雖知亦不必閣筆,以長其聲價。蓋當時則有真知者,故爾。簡易自許以天下文章,不可草草自奉,以荏飼牛而食之,平居必錦帳繡袍,接待朝士極傲,而其時文人皆受以不忤,多有受業者。亦多推轂,至除槐院提調。此由於真知其文章之可貴故也。

《小華詩評》:崔東皋岦《十月雨》詩曰:"一年霖雨後西成,休說玄冥太不情。正叶朝家荒政晚,饑時料理死時行。"訏謨廊廟者可以自警。

崔東皋岦一號簡易,次文殊僧卷韻曰:"文殊路已十年迷,有夢猶尋北郭西。萬壑倚筇雲近遠,千峰開戶月高低。磬殘石竇新泉滴,燈剪松風夜鹿啼。此况共僧那再得,官銜七月困泥蹄。"此在東皋詩中稍似平穩,比諸公詩猶覺有奇健氣味。許筠以爲簡易詩本無師承,自創爲格,意淵語傑,非切磨聲律、採掇花草者所可企及。吾以簡易詩爲勝於文云。

崔東皋謾爲詩一聯曰:"禽非易舌無陳語,樹欲生花自好枝。"形容造化之妙,有活動底意。余謂非禽無陳語,簡易亦無陳語。

《詩評補遺》:崔簡易岦以新及第押至政院,注書李青蓮後白使之俯伏於前,出七言近體二十題韻,即刻題呈。岦應口輒對,捷若腹稿。曾未移晷,篇已就完,辭意俱絕。一座無不驚服。世所稱《銀臺二十詠》是也。今錄其一首《浮萍》詩曰:"泛泛紛紛點綠漪,閒時看作一般奇。遮來似爲藏魚躍,約去如知避鳥窺。只是無心浮更泊,何曾有跡合還離。憑君疑却虚舟說,身是浮萍世是池。"二十首近體,雖旬鍛月煉,尚不得成。况一瞥之間,操紙立就乎! 簡易之主盟詞壇,振耀一世,宜矣。世人看詩,精深奇古則以謂險怪,生弱卑近則以謂佳裕,可笑也。簡易《詠怪石》詩曰:"窗間一虱懸,目定車輪大。自我得此石,不向花山坐。"精深奇古。且如《詠瀑》詩曰:"紳垂九萬兒童見,尺可三千世俗談。"《次東坡詠雪》詩曰:"樓奢白玉教先碎,食淡蒼生下爲鹽。"語意亦皆迥出人表,不可企及。而世之雕篆者,或謂簡易詩木強不足觀,多見其不自量也。

《農巖雜識》:簡易文章名世,人謂詩非本色,而要亦蘇芝之流,其風格豪横質致深厚不及蘇齋,而鑱畫矯健過之。其警覺處,聲響鏗然若出金石,要非後來詩人所能及也。

《屯庵詩話》:李提督如松之歸也,要我國公卿命士,皆有詩爲別,篇什甚盛。車天輅作百韻排律,極意馳騁,意可壓諸公。最後崔簡易詩成,寂寥數韻耳。車就讀,不覺失色,窅然喪其百韻,遂自取其詩,裂去不出。簡易詩云:"推轂端須蓋世雄,鯨鯢出海帝憂東。將軍黑矟元無敵,長子雕弓最有風。威起夏州遼自重,捷飛平壤漢仍空。輕裘緩帶翻閒暇,已入邦人繪素中。"其沉健渾雄,宜有以服五山之浮誇。而五山服善之誠,亦可重也。

《東國詩話彙成》:中國文士文鑑甚明。朱天使之蕃曰:"朝鮮雖小邦,閣老之選文章極高者,首閣老柳永慶,文章最高。"每見其詩,擊掌稱善。曰:"東方第一文章也。"時領相柳永慶每令同知崔岦製之,《皇華集》以柳永慶爲名者,皆崔岦詩也。岦嘗與二宰聯名呈文于遼東,時御史顧養謙展帖橋上,引三宰相于前,曰:"高哉! 是誰文章?"曰:"第二宰相。"養謙熟視之,以手指點於帖上,曰:"是文中國亦罕倫也!"

《東詩叢話》:有一儒生遊金剛山日出巖,有詩刻石,因剝苔記誦。詩曰:"天地陰陰月落東,沒濤萬頃忽翻紅。蜿蜿百怪皆含火,擎出金盤赤道中。""月落東"言月落之東方。時有一宰相有詩鑑,問儒生曰:"子遊金剛作詩幾何?"儒以日出詩誦對之。宰相沈吟良久曰:"此非子之能爲,讀得《書傳》、《杜詩》、《莊子》皆萬遍,然後可以吐得如此口氣。顧今世更無其人,而若崔岦者庶幾矣!"驗之,乃崔岦詩也。

【按:崔岦(1539—1612)字立之,號簡易、東皐。籍貫開城。李珥門人。壬辰倭亂時,爲製定外交文書第一人,多次前往明朝,中國人極爲讚揚,稱爲文章家。詩才卓越。其文章與車天輅詩、韓濩書法稱爲"松都三絕"。"八文章"之一。著有《周易本義口訣附說》、《漢史列傳抄》《十家近體》。《簡易集》今傳。其詩矯健雄奇,爲宣祖朝第一大家。《箕雅》收其七絕三首、五律四首、七律一五首、七古一首。】

鄭　鎔　　**字百鍊。海州人。早歿。**

《鶴山樵談》:鄭鎔字百鍊嘗中風。一日自言曰,見一年少書生,戴蓮花巾,貌若玉雪,自稱"唐雅士姚鍇,與李長吉友善,棲雁蕩山將二百年。聞東方山水最佳,移棲漢挐近千年,欲向金剛山。與汝有緣,故來住三角山,已三十年,今始到此",作詩曰:"萬里鯨波海日昏,碧桃花影照天門。鸞驂一息空千載,緱嶺靈簫半夜聞。"又曰:"棲身三角三十春,日日每向南雲哭。松風不如龍吟聲,蘭雁又下三陵鶴。三陵鶴不來,蜀道峰前秋月黑。"或問蘭雁之義,則曰:"衰蘭之節雁來賓,故云也。"如此歲餘,魔去而病癒。李顯郁之魔長篇大作亦能之，至於散文皆圓熟。百鍊之魔格過於顯郁，而律詩且不及絕句，况其文乎？鍇之名不見於傳記小說，抑唐末以絕句名家者乎？仲氏愛其五言絕句，以爲不減盛唐。《題魯山舊宅》曰："人度桃花岸，馬嘶楊柳風。夕陽山影裏，寥落魯王宮。"《清明日贈人》曰："二月燕辭海，千村花滿秦。每醉清明節，至今三十春。"《春晚》詩曰："酒滴春眠後，花飛簾捲前。人生能幾何，悵望雨中天。"《秋日》詩曰："菊垂雨中花，秋驚庭上梧。今朝倍惆悵，昨夜夢江湖。"《聞琴》詩曰："佳人挾朱瑟，纖手弄柔荑。忽彈流水曲，家在古陵西。"益之又傳"明月不知滄海暮，九疑山下白雲多"之句，則已入夢境矣。百鍊之弟名鑑者，余之密友也，備聞其詳。

《惺叟詩話》：少日見鄭百鍊，自言病而遇鬼，能作絕句，其最警絕曰："酒滴春眠後，花飛簾掩前。人生能幾許，長望雨中天。"又曰："萬里鯨波海日昏，碧桃花影照天門。鸞驂一息空千載，緱嶺靈簫半夜聞。"其音韻瀏幽，自非人間語。

【按：鄭鎔（朝鮮宣祖時人）字百鍊。海州人。其詩音韻瀏幽，傳爲鬼詩。《箕雅》收其五絕二首。】

尹　渟　　字止叔。宣廟朝登第，官止吏曹正郎。

《朝鮮宣祖實錄》卷一九：十八年四月癸亥。有政。以……尹渟爲成均館直講。

《重峰集・辨師誣兼論學政疏》：而李珥壬申之疏，逆覩姦萌，隱憂浩歎，累數萬言，無一字一句不出於愛君之誠。……渾之行已，一惟持正，而好善之量，無遠近彼此之間，决不以毁譽動其喜怒者也。珥之秉匀，平心率物，人有一善若己有之。言己之過者率置清要。……又如辛應命之出判寧邊，柳拱辰之黜爲評事，尹渟、金權、金瑞生、李恒福、洪麟祥、尹暹之徒，一發賢珥是渾之口，無不排擯。不惟達官顯職一廢耆老白首之人，而新進揀擇一惟�、潑指揮，是欲率一世英秀之才而驅之不忠不孝之域也。臣竊嘆焉。

《小華詩評》：尹渟，宣廟朝人，職清要。在直廬欲推微細之物，將訴于官，同僚薄之。尹賦一絕曰："弊屣堯天下，清風有許由。分中無棄物，猶挈自家牛。"至今膾炙。然以巢父事歸許由，而世人不能看别，可資一笑。

【按：尹渟（1539—？）字止叔，坡平人，居漢陽。宣祖庚午生員壯元，歷任直講、佐郎、正郎。其詩清直高卓。《箕雅》收其五絕一首。】

李　瑀　　字季獻，號玉山。栗谷之弟，蔭正。善書畫，且工於彈琴。

《玉山詩稿・附錄・玉山傳（李端夏）》：玉山公諱瑀，字季獻。栗谷先生之弟也。生于嘉靖壬寅。十歲丁内憂,執喪如成人。辛酉丁外憂,三年不脱衰絰,手備祭膳,冬月則手爲之凍裂。丁卯陞上舍。己卯除御容殿參奉,不赴。癸未除冰庫别檢。時創修欽敬閣,以公曉星學,特兼教授。甲申遷司僕主簿,轉司憲府監察,除比安縣監。秩滿以民人借寇,留一年。己丑冬除監察,轉尚衣判官。壬辰除槐山郡守。言官論以驟陞四品,上答以"有才行人不可拘以常例",終不允。乙未病遞。庚子除古阜郡守。壬寅以監司親嫌遞歸。乙巳除軍資監正,病未赴。己酉五月卒。壽六十八。公天資仁厚,才調出人,文詞高古,兼工書畫。天文地理星命卜筮之法無不精通。嘗再中庭試,皆以字誤拔去。乃歎曰:"此天也。"更不赴舉。嘗隨栗谷先生,京鄉進退,必與之偕,未嘗暫離。栗谷嘗曰:"吾季才器過我。而恨不着工於學問,見得不如我也。"公善彈琴。栗谷每閑居,必與命酒聽琴。公按古作《琴譜》,古調之行於世者,皆公所定云。外舅黄孤山嘗曰"李君書法,壯過於吾而麗有不及。稍加工程,非吾所及"云。宣廟愛玩公書畫,大加稱賞,頻賜御筆書畫以寵之。歷典三邑,吏民莫不愛戴。其守槐山,值倭變,公率吏民入保郡北山谷,選丁壯防守賊路,偵賊往來,設械置伏,捕獲甚多。使老弱女子作農,一境賴之。他邑避賊者皆歸焉。歸功部下,至蒙超擢。而公不與焉,止錄宣武從勳。晚年歸一善婦家庄,修孤山梅鶴亭,漁釣自娱,號玉山主人。有遺稿二卷藏于家。崔監司俔著《一善志》,於公别立傳,錄所著詩篇,題曰"一善三絶"。

《宋子大全·玉山詩稿序》:玉山李公,栗谷老先生季弟也。諱瑀,字季獻。先生以禮御家,公濡染承率,怡愉湛樂,克宜其家。文質彬彬,非公藝、椿津之可比也。每先生燕申之時,上奉庶母及伯仲氏,子姪環侍,則必命公彈琴歌詠,節族雅亮,音調清壯。聞者自然氣平而心和,怨欲消散。先生嘗稱"季獻氣質,非余可比"。又筆法精健,如龍蛇飛動,得之者不翅如隋珠和璧也。卒蒙宣廟睿奬。而詩則公不甚自任,亦不甚稱於世也。蓋既坳而散落漂沉者十之八九。今寧海府伯東溟百宗,公之曾孫也。裒稡收拾,得若干什,將以付剞劂氏。余嘗得而讀之。意緒蕭散,詞致鏗鏘,往往能造作者藩籬。眞所謂零金片玉,愈小愈奇也。蓋嘗論之,公之所不見稱者猶尚如此,則其見稱之筆法必入於啄趯三昧,而老先生所稱氣質則又非筆法之可比也。世之覽此稿者,節次䠞上,則亦庶幾得公之大槩矣。崇禎甲寅月日,恩津宋時烈序。

【按:李瑀(1542—1609)字季獻,號玉山、竹窩。謚文憲。籍貫德水。李珥弟。詩書畫琴皆擅長,人稱四絶。書法尤出衆。奉享善山茂洞書院等。著有《玉山詩稿》今傳。其詩意緒蕭散,詞致鏗鏘。《箕雅》收其七絶一首。】

梁大樸　　**字士真,號清溪。南平人。學官。**

《清溪集·附錄·梁公傳(鄭琢)》:梁公,全羅道南原人。以詩鳴於世,負才自豪,談議偉然,一時皆慕與之交。在鄉里,嘗斥其有以周人之急。尤重然諾尚氣節,一出言人卽信服。公家故饒財,歲壬辰夏四月,倭賊陷東萊,乘勝長驅,嶺湖擾攘,無敢禦者。公慨然歎曰:"大丈夫不能建功立業垂聲萬世,猶當小設計慮敵王所愾。"於是盡散其財交結豪士,爲立約束,相與戮力禦寇。手自草檄,播諸邑守宰及士民,將欲自起爲將。旣而歎曰:"當此國事已去人心洶懼之時,不仗死友,無以濟事。"卽走書請高公敬命會潭陽射場,以定師期。自此公以召諭爲己任,苟有一人漏兵籍,身自往勸以義。於是列邑士人稍稍相應,其他丁壯可操弓執刀者千有餘人,又發子男二人及家僮百餘名,編爲行伍。器械資糧皆辦於私,日搥牛饗士,歃血而誓曰:"此賊未除,何以生爲?"及發程之日,文以告廟,哭以辭焉。與家人別,終無一言及家事。遂往潭陽,高公果至。公謀於衆曰:"不早建大將,無以鎭人心。"乃推高公爲盟主。六月初七日整軍,八日出師,次於全州,遠近應募者十百爲羣,來迎道路,衆至三千餘人。公前後召募,觸炎忍饑,幾匝一月。比至完山,勞悴成疾。臨死諄諄如夢中語者,惟討賊一事而已云。嗚呼!食土之毛,誰非王臣?而捧頭竄竄,咸懷苟活。獨公出萬死不顧之計,感慨首事,糾合義旅,欲以捍王室之艱,可謂頹波之砥柱矣。雖出師未捷其身先死,而一時經營,亦足使諸路之賊卷甲而遁逃,兩湖之地抗敵而全完。凡我軍國之需,戰守之備,無一不資于全羅一道,大爲國家恢復之根基者,秋毫皆公力也。以如此之功而官不爲恤,人不見知,名聲翳然,日就泯滅,是可哀也已。公名大樸,字士眞,少時自號松巖。晚愛青溪水石,築墅居之,改號爲青溪道人云。大匡輔國崇祿大夫議政府右議政兼領經筵監春秋館事鄭琢書。

《清溪集·青溪集序(熊化)》:往余聞蘭嵎朱公使東還之言曰:"鮮國有梁氏子者,吾嘗香湯盥手後讀其青溪堂詩云。"余甚灑異之。今余將命致賵,抵其國,有海美使君梁慶遇從儐迓余,手其先父青溪公《倡義檄》,謁余以序。余始嘖然驚曰:"是實耳之于蘭嵎者青溪子耶?"起而讀其檄。想已事飲血誓師,磨盾草檄,檣風陣雨,獵獵起紙墨間。及知躪倭於雲巖事,方略井然。懸車束馬,而矢石交集,不目瞚也。語其奇則狄之度昆關,韓之馳趙壁也。且奪赤子於刀輪中而與之項領,公有膚矣。蘭嵎徒以文得公,余則兼得公之文而武者。鮮之以文武才聞者信然。昔諸葛公出師未捷,大星遽隕。距今千百年,蜀江湯湯,此人此恨終不滅滅。何梁公完山之歿,酷類是耶?余於是方寸五嶽隱然弗平,連引大白澆之。然梁公之文武大業,得從余播傳中朝，流告遐代，與蜀之諸葛氏頏頡之，則是在梁公亦幸也。今其人雖死，精膂氣焰化長虹燭於山川，閱劫不死，此傳芭代鼓可以祭者。爲我寫一通，燔之於雲巖，以當國殤之招云。萬曆己酉仲夏十七日，皇明賜進士第欽差賜一品服行人司行人江右態化書于龍灣館中。

《惺所覆瓿稿·青溪集序》：不佞往在壬午歲，尚少矣，從荷谷坐，適蓀谷李達袖所謂《龍城唱酬錄》者一帙來質曰："達頃歲客帶方，與白彰卿、梁士眞、林子順同遊處，是集乃其時賡和之什也。四人之作孰爲高爲下耶?"荷谷吟諷久之曰："諸詩俱清新，但務勝故躓於詞。終不若梁公之圜轉純熟也。"蓀谷深以爲然。不佞始知南國有梁公也。暨讀滕北海季達藩京七子詩，梁公亦在其列。益知其人爲可貴重，恨不一識其面也。庚寅秋，獲覯梁公於和仲許愷許。愉乎其顏容若玉粹而春盎也，暢乎其動止若霞舉而雲停也。及聆其評古今成敗，賢豪用舍，瀏瀏乎若貫珠而决河注之海也。噫！亦異人也哉。不佞因締之交，數嘗過從。觀其作詩下筆滔滔，行者川流，峙者嶽立。材選法唐，波及江西，極千載騷人之雅致。不佞日聞所不聞，見所未見，私竊自幸也。壬辰避兵海上，逢南回人談公傾私帑募死士，授苔軒公以抗倭。其忠義慷慨奮發，鼓南方之士氣而殉諸國。不佞聞之不覺投袂起立，愈歎其節俠有古烈士風，不徒作區區文儒也。乃鄭左相《梁公傳》出，而後方知公以王事暴露遘疾，一捷而歿，又從而抆涕嗟惜之也。丁酉春，不佞忝魁宏詞。公家息慶遇子漸始薦賢書，以年誼來見。雍如穆如，富有文彩，能振其家者也。不佞覩子漸，尤覺公之餘慶逮於後嗣者若是光炫，此殆天之相善人，其報豈舛也哉！顧其文集尚未刊行，恒以爲歉然。一日，子漸以其稿托曰："先子之詩足以示來茲，方謀災木以詔不朽。今之世，磷才愛士，莫君若也。知先子而嗟賞之者，莫君若也。揚扢風雅以傳信於後者，亦莫君若也。願君以一言弁之。"不佞曰："君先子抱負超軼，而終未得展布所蘊，齎志沒地，是有識之所共歎也。其詩若文固可錄而序之。第以北海海內士也而贊之，荷谷慎許可也而亟稱之，藥圃明智相也而傳其行。不文如不佞，烏足以訟其概也。然于公家父子兩世俱得稱知音者，則其毋過於不佞，豈敢以蕪拙辭！因敘其平生覩聞而愛向者如右，以塞其請。至其詩文如菽粟布帛然，覽者人人具當自識而寶之，故茲不敢贅焉。旹皇明萬曆紀元之三十五載丁未菊月下浣。

《玄谷集·青溪集跋》：嘗讀杜詩，有曰"方丈三韓外，崑崙萬國西"，注云："方丈山在帶方東南三十里。"是知頭流山之爲方丈者審矣。若曰山川清淑之氣鍾以爲人，如維嶽降神之說，不無其理。則矧此三神山，必不與凡山介丘相匹，而釀靈孕秀，間出瑰奇雄傑之才者，如執左契焉耳。豈但產出金銀錫璧梗楠豫章而止哉？我固知兹山之扶輿磅礴之氣之藴毓含蓄於更千百年之久，而必待梁氏一家三世四人焉是鍾。吁其文章之輝映宇宙者，蓋有由矣。跡其牧使公以煒爗之文章，捷大科而擅大名。有子曰公，天才卓越，以詩名焉。少而學于湖陰得其宗旨，長而與思菴、林塘、習齋諸公相揚扢而印可，晚與孤竹、白湖、蓀谷、松溪爲詩社而大思量。于文章專尚老杜，旁及蘇長公，晚李以下鄙夷而不取。故其元氣混混，神變不測。至於雄深宏壯處如天王、般若兩峰相峙，撐拄半空，吐納雲煙。其富麗典雅處，如神興洞裏春日暄暖，百花爛熳，水石粼粼。其剛勁峻决處如青鶴高峰，霜落葉脱，大瀑垂空，萬壑雷鳴。蓋知一吟一詠皆出於頭流八萬四千之峰，而氣象雍容法度森嚴。觀公之詩，則亦可知方丈之形勝，以此益驗公之稟氣專出於兹山者，若是其章明較著矣。向所謂一時儕流推以爲騷壇老將而當執牛耳云者，非溢美也。公之子長城慶遇及正字亨遇俱以詩學業其家，而擅科第伏一世。吾友石洲常曰："伯之清高，仲之艷美，公或有讓。"豈無所見乎？

《鶴山樵談》：學官梁大樸能詩，平熟典實，嘗自詑一聯曰："山鬼夜窺金井火，水禽秋宿石塘煙。"詩句自好。

《小華詩評》：蓀谷嘗容游帶方郡今南原府，與白玉峰、林白湖、梁松巖同上廣寒樓。于酒席白湖林悌先賦一律曰："南浦微風生晚波，清煙低柳碧斜斜。山分仙府樓居好，路入平蕪野色多。千里更成京國夢，一春空負故園花。清尊話别新篇在，却勝《驪駒》數曲歌。"蓀谷次曰："清溪雨後起微波，楊柳陰陰水岸斜。南陌一尊須盡醉，東風三月已無多。離亭處處王孫竹，門巷家家枳殼花。流落天涯爲客久，不堪中夜聽吴歌。"玉峰次曰："畫欄西畔綠蘋波，無限離情日欲斜。芳草幾時行路盡，青山何處白雲多。孤舟夢裏滄溟事，三月煙中上苑花。尊酒易空人易散，野禽如怨又如歌。"松巖次曰："烏鵲橋頭春水波，廣寒樓外柳絲斜。風煙千里勝區在，詩酒一場歡意多。誰向筵前怨芳草，行看舊騎踏殘花。天涯去住愁如織，强把狂言替浩歌。"世傳諸公此遊，適值國恤。白湖以"歌"字先唱，欲窘諸公。玉峰之"野禽如歌"，詩人皆以爲善押云。林詩濃麗，梁詩圓熟，蓀谷、玉峰最逼唐韻，而蓀谷首末兩句却平平，不若玉峰起得結得皆磊落清新。

《詩評補遺》：梁竹巖大樸《清溪》詩曰："山鬼夜窺金鼎火，水禽秋宿石塘煙。"瀏幽奇健。

【按：梁大樸（1544—1592）字士真，號松巖、竹巖、青溪道人，謚忠壯。籍貫南原。擅詩歌書法。著有《青溪集》今傳。其詩圓熟典實。《箕雅》收其七律二首。】

申光弼

《朝鮮宣祖實錄》卷四四：二十六年十一月壬子。承文院啓曰："近日辭命之重倍於平時。咨文、揭帖逐日塡委，至於奏本則上達天聽，解紛達情專在於此，其重尤甚。能文之人同議抄啓，俾專述作，以重辭命。"上從之。抄啓製述文官申光弼、李魯、鄭經世、申欽、黃愼、李廷龜、李埈、安大進、李春英、柳夢寅。

《朝鮮宣祖實錄》卷五一：二十七年五月庚辰。遠接使尹先覺啓曰："臣與柳永吉備達危悶之情，得蒙令備邊司議啓之命，謂必改授他人，而畢竟猶夫前也。終必悞事，不占可知。且念從事官自前極選才望之士。今此天使，所關尤重。聞趙庭芝方以判校，從事文書，啓請帶行，而又取才華，追請許筠。筠則年少未經事，趙庭芝亦不知近事曲折，故曾請申欽，而政院以問事郎廳，啓遞。卽今朝議以爲，此人久在備邊司，往復中朝，大小事知之甚悉，求之名流，鮮有其比。况今獄事垂畢，請趙庭芝遞差，申欽帶去。"傳曰："雖非申欽，亦可爲也，不允。"先覺以禮曹正郎申光弼，啓請帶行。

【按：申光弼(1553—?)字隣卿，號郊峯，平山人。文科及第，禮曹正郎。其詩譬喻新巧。《箕雅》收其七律一首。】

黃　赫　　字晦之，號獨石。廷彧之子。登魁科，官至承旨。

《朝鮮仁祖實錄》卷一：元年四月庚午。命致祭權韠。趙守倫、崔沂、黃赫等錄用其子孫。赫，字晦之，長水人，長溪府院君廷彧子也。萬曆庚辰文科壯元，轉承政院承旨。壬辰之變，膺保護王子之命，至會寧，叛民執王子一行以與賊。及其歸，當路媢嫉者摘取陷賊時文字，中以深文。初謫理山，其後量移信川。至壬子，申栗教唆死囚，構成逆獄。蓋赫家曾與栗之祖點因事相詰，遂成仇怨。以此栗陰誘誣引，遂逮獄杖死。

《鶴谷集·贈吏曹參判獨石黃公墓碣銘并序》：公諱赫，字晦之。長水縣人。……考諱廷彧，宣廟朝光國元勳，主文柄，文章雄騖傑特，自成一家。妣貞敬夫人趙氏。公生於嘉靖辛亥九月辛亥。庚午中司馬試第二。庚辰登文科壯元，拜成均館典籍，遷稷山縣監，歷刑禮曹佐郎、咸鏡平安兩都事、禮曹正郎、知製教、奉常寺僉正、高陽郡守，再入憲府爲持平。庚寅秋以掌樂院正陞通政階，拜中樞府僉知、掌隸院判决事、戶曹參議、承政院同副承旨，轉至右承旨。辛卯士禍作，公削職黜門外。壬辰，島夷構亂，起廢，膺保護王子之任，趣北路號召。會寧叛民執王子及諸宰詣賊降。公被拘，輒與賊抗詞。賊怒刃擬者數，屠孫男以恐之，終不動。曁皇朝通和，公得歸。不悦者摘取在賊時文字，擠置之深文，栫棘理山者七年，量移信川者十四年。當昏朝壬子，廣張羅織。仇奸慄闖幾作孽，受楚毒備具至，絶無一語及亂。癸亥，今上反正，首贈貳銓，特賜祭。嗚呼！公之冤至此而少伸。公性孝友篤至，急人難不啻若飢渴。於嫉惡亦已甚，卒用此致禍。爲文華贍豪逸。號獨石。

《文谷集·獨石集序》：自古文章之士類多才命相仇之嘆，其生而致用於世固難矣，及其沒而殘膏賸馥能垂耀不朽者亦落落鮮覯。以余觀於獨石黄公益可信已。公，芝川公之冢子也。芝川文章世推爲大家，而公實承之，有鳳毛之稱。然公才氣俊逸，其於文天得爲多，不專出於弓箕之學也。既射策魁大科，歷踐臺省，駸駸且嚮用矣。使公循序而進，步武騷壇，建旗鼓執牛耳，豈遽出一時諸公下哉？不幸而一扞於辛卯之文罔，再陷於壬辰之機穽，終至冤死於壬子之獄而其禍極矣。平生所著述並隨而亡逸，今其得之掇拾者厘十之一二也。嗚呼！以公邁倫之才，既不能黼黻笙鏞以鳴國家之盛，反以身爲姦凶之魚肉，而至於鋪錦列繡之文片片零落，使後之人不得見其雕繪之全。公之有才無命，吁其甚矣哉！然公之所同受誣者，皆世所稱賢人君子。而其得洗雪，實在聖祖改紀之初，則即此而可以槩公矣。故其殘篇斷章，尚使人吟誦而不能已，其視戕賢害能之徒骨未及寒，而人聞其名而唾之者，得失果何如也？九原有知，亦可以自慰矣。奚足爲公憾哉？公家別業在永平之芝川。余屢訪永平山水，觀所謂獨石，即川中一巨石也，芝川公與公自號蓋取諸此。余過之，未嘗不慨然興感，想見其爲人也。今公外孫柳君時蕃以公遺稿鋟木而問序於余，余既惜公才命之不偶，且嘉柳君用心之勤，遂不辭而爲之敍。

《寄齋史草》：（壬辰）五月初一日……長溪府院君黄廷彧、護軍黄赫亦來謁，上命陪順和君於江原道。又命同知李墍與黄赫等偕行，仍號軍兵，蓋墍關東之望也。

【按：黄赫（1551—1612）字晦之，號獨石。籍貫長水。黄廷彧子。奇大升門人。著有《獨石集》今傳。其詩悲愴蒼涼。《箕雅》收其七律一首。】

林　悌　　字子順，號白湖，錦城人。宣廟朝登第，官止禮曹正郎。

《朝鮮宣祖修正實録》卷二四：二十三年四月壬申。古阜郡守丁焰以告捕逆黨，賞堂上階。時有寶城人金用男、金山重等，與古阜郡守丁焰同議，告羅州人林地及僧性熙，與逆賊吉三峰留松廣寺三日庵，同謀作亂。林地方歸順天買戰馬，三峰歸智異山。於是捕林地一家人及性熙等三十餘人、寺傍居民二十餘人下獄。鞫廳初啓曰："松廣寺距寶城六十里；距順天八十里；距古阜則乃三日程。性熙若與吉三峰相會，則朝廷方購捕吉三峰之際，用男等何不告于六十里寶城、八十里順天，乃告于三日程之古阜乎？郡守丁焰之妾,卽用男等之妹,其間情狀,有難測知。然旣發告,拿問爲當。”焰聞之,恐獄反緣坐,自其郡輸貨于京,賂禁府吏卒,誑誘性熙以自首則可免。熙信之,不服會議事,自以爲:“原與汝立同黨。”熙文書中有秘記文字,與汝立家藏本相類。熙云:“本用汝立家冊傳書。”且引鄭介清,其時同坐云。熙等正刑,林地受訊一次,配北道。丁焰賞加堂上階,用男等以次論賞。熙本狂僧。地,悌之子。(悌有詩名,而好武任俠,以豪傑自處。官至正郎。)輕俠縱遊,皆爲人所疑,故用男等生謀揑誣,而地雖自辨,上見悌文稿有《弔項羽賦》,詞語縱誕,甚惡之,地以此不免。熙實與汝立相知,故得以成獄。熙援引僧徒,多用嫌隙,香山僧統休靜亦被逮就鞫。靜有自著書,雅辭多祝釐君上,上卽命放釋,賜御書唐詩絶句及墨竹一紙,慰諭以還之。

《記言·林正郎墓碣文》:公諱悌,字子順,姓林氏。羅州人。……明世宗嘉靖二十八年十一月二十日公生。天才絶人,日誦累千言。文章豪宕,長於詩。神宗萬曆四年,我昭敬九年監試,獻《蕩陰賦》、《留犢》詩,擢進士第三人。其明年登大科第二名。文詞旣日有名於世,而於是東西朋黨之議起。士爭以名譽相吹嘘引拔,而公跅弛不群,又不喜卑事人,以故官不顯。時有當路人好持論,成敗人多矣。公嘗過其門而不見曰:“彼特人面而鬼跳耳,禍且及矣。”後數年果敗。樂遊名山澤,嘗入俗離山師事大谷先生。當時之士皆視公於法度之外,其所取者文詞而已。李贊成珥、許學士篈、楊使君士彥數人許其奇氣云。嘗以高山道察訪出北關,與楊使君、許學士、車太常天輅同登駕鶴樓,有酬唱作一卷。又爲西北道兵馬評事關西都事,皆在昭敬中。至今關塞間往往詩什多傳之。官止禮曹正郎兼史局知製教。萬曆十五年八月十一日歿,年三十九。楓江、白湖、碧山、嘯癡,皆別號。而晚年改之曰謙齋。楓江在錦城西,今有林氏舊業。白湖在玉果縣,謂之無盡藏云。恭人慶州金氏,大父諱千齡,有名,康靖時爲直提學。

《林白湖集·序(李恒福)》:惟厚賦而薄發者,吾友林君子順是已。君家世弓刀,斥弛不群。少嘗軒輊其才,慨然慕燕代之風。時於香奩酒肆漫浪以自適,或悲歌慷慨,人莫測其端。而常自謂功名可徒手取,樂弛置自放,縱謔不羈,不屑屑操觚以黔其口吻。世以是疑之,而亦以是奇之。中忽自悟,稍諱言俠。遂屈首書史,因遍遊名山,以佐其奔放豪逸。而洩之以詩,往往若晴虹之舒卷于空明而不可得以摸也者,雖由天造,而至於丹青緑繢得之樊川而弁髦之者多矣。今去公歿二十有餘年,其弟懽得君詩若干篇,屬余剞劂之。余嘗與公遇景酬唱,竊覸其所爲,先自胸中無滯礙。比物屬辭,固已脱然超乎文字之外,而能剔去根塵,涵而揉之。故意行言從,渙若不思,而水湧雲騰,自爲一家。若彩蜃浮海,結成空樓而忘乎斤斧矣。是豈非韓子所謂水大而物之浮者大小畢浮者乎？後之欲昇公堂者，如不欲歷階，而直將御風也，則惟善養其氣幾矣云云。

《鶴山樵談》：林悌字子順，羅州人，萬曆丁丑進士。性倜儻不羈，與世齟齬，因此不遇。早卒。官止儀制郎中。歿後人誣"與逆魁論項羽天下英雄，惜不成功，因相對涕下"。語傳三省，鞠其子地，地以所作《烏江吊項羽賦》投進，因得原，徙邊。其送李評事瑩詩曰："朔雪龍荒道，陰風渤澥涯。元戎掌書記，一代美男兒。匣有干星劍，囊留泣鬼詩。邊沙暗金甲，閨月照紅旗。玉塞行應遍，雲臺畫未遲。相看豎壯髮，不作遠遊悲。"絕似楊盈川。

余謂樓題懸板叢雜陳腐之詩，雖清新之句未易辨出，不必作也。林子順嘗過駕鶴樓，板詩多至萬餘。苦其啾雜，招館吏語之曰："此懸板官命爲之乎？抑不作則有罰乎？"吏曰："欲作則作，否則已。何有官命與罰乎？"子順曰："然則吾其不題也。"聞者軒渠。壬辰之變，賊燒官舍無餘，否則撤其板投火，抑亦天公之嫌惡詩在高壁乎？

林子順自號"笑癡"，仲氏嘗聚北里煙花，作志依和癡故事，凡二十四令。子順題七言詩曰："揀得名花二十四，笑癡之物一無之。人間萬事皆虛僞，處處風流説笑癡。"其文不多見，所謂《愁城志》者，結繩以來别一文字，天下間自欠此文字不得。

《惺叟詩話》：林子順有詩名，吾二兄常推許之其"朔雪龍荒道"一章，句可肩盛唐云。嘗言，往一寺，有僧軸題詩曰："竊食東華舊學官，盆山雖好可盤桓。十年夢繞毗盧頂，一枕松風夜夜寒。"詞甚脱灑，沒其名號，不知何人所作。世固有遺才，而人未識之。仲兄奉使北方，登壓湖亭作詩曰："白屋經年病，青苗一夜霜。"林子順極賞之，以詩贈之曰："白屋青苗十字史。"仲兄亦稱其"胡虜曾窺二十州，將軍躍馬取封侯。如今絕塞無征戰，壯士閑眠古驛樓"，以爲翩翩俠氣。

《五山説林》：楊滄海倅安邊也，林悌爲高山察訪。林悌謾爲滄海曰："德山驛壁上，見有七言絕句一首以拙筆書之，疑是此道邊將之所作也。"爲滄海誦之曰："胡虜曾窺數十州，將軍躍馬取封侯。如今絕塞煙塵靜，將士閑眠古驛樓。"滄海笑曰："此非武夫所作，必高山手也。"其後崔公慶昌以"將軍躍馬取封侯"改爲"當時躍馬取封侯"。

《芝峰類説》：林子順《訪友》詩曰："樵童野老行行問，流水柴門處處疑。"《香奩》詩曰："十五越溪女，羞人無語别。歸來掩洞房，泣向梨花月。"《山寺》詩曰："夜半林僧宿，重雲濕草衣。巖扉開晚日，棲鳥始驚飛。"又有警句曰："木落風無語，江流月有聲。"

石蛾，礪城尉家婢，以善歌名，《水月亭詞》所謂"絕唱佳娥"者也。朴枝華詩曰:“主家亭子漢濱秋,庚月依稀逝水流。惟有鳳凰天外曲,人間贏得錦纏頭。”林悌詩曰:“秦樓公子風流盡,檀板佳人翠黛殘。惟有當時歌舞處,春江水月映竹瀾。”礪城尉亭名水月,故二詩云爾。

林悌入俗離山,讀《中庸》八百遍,得句曰:“道不遠人人遠道,山非離俗俗離山。”用《中庸》語也。盧蘇齋平生讀《論語》,故其詩用《論語》全句處甚多。嘗言“我之詩文最於《論語》中得力”云。

《霽湖詩話》:林正郎白湖悌爲師學樊川,名重一世。蓀谷嘗論人詩品,及于白湖,目之“能手”,聞者皆以爲善喻。白湖年少時自湖西向洛,政當窮冬,風雪滿天,道上成一律曰:“大風大雪高唐路,一劍一琴千里人。鳥啼喬木暮煙冷,犬吠孤村民戶貧。僮寒馬病苦無賴,嘯志歌懷如有神。悠悠忽起故園思,錦水梅花南國春。”高唐,所過地名也。成大谷先生見此詩,願見其面,白湖遂造拜,甚歡。其後成先生牛溪爲銓曹亞判,憐其抱才沉滯,將欲吹嘘,邀而與之語,謂其有拔俗氣象,擬置諸清班。未幾病逝。其所爲詩絕無窮態,竟不振,何哉?

《晴窗軟談》:林悌子順有豪氣,能詩。嘗著《浿江曲》十首。其一曰:“浿江兒女踏春陽,何處春陽不斷腸?無限煙絲若可織,爲君裁作舞衣裳。”語甚豔麗,蓋學樊川者也。

《旬五志》:林白湖悌,羅州人,能文章,豪宕不羈之士也。將向湖南,時當仲春,路傍有鄉生輩作煎花會,方呼韻賦詩。白湖著蔽陽,衣藍縷,直趨而進曰:“行人飢甚,適值盛會,願沾餘瀝。諸措大辛苦吟詠,若有聽思,未知甚事?”諸生曰:“風月乃觸物起興,寫出即景者也。汝亦解字否?”白湖曰:“文字則余何敢解?當對以俚語,措大須以文字解之。”隨言隨書,便成一絕,其詩曰:“鼎冠撐石小溪邊,白粉清油煮杜鵑。雙箸挾來香滿口,一年春信腹中傳。”諸生相顧異之,問其姓名,白湖曰:“我乃林悌也。”諸生大驚,迎之上座。

《詩評補遺》:林白湖悌兒時出遊,逢一丫鬟有豔態,白湖見而悅之,躡後而往。丫鬟至一巨第,跳入於內,乃其主家也。林追至外閣,主公怪之,即使蒼頭牽致階下,曰:“汝是何兒,乃敢唐突?”林曰:“某是儒生,路逢佳兒,尾而隨之,未覺到此。冒犯實多。”主公曰:“爾隨我呼韻,即成赦之,不則笞矣。”仍呼“蕘、升、滕”三字,林應聲曰:“聞道東君九十蕘,惜春兒女淚盈升。尋香狂蝶何須問,相國風流小似滕。”主公大奇之,呼出丫鬟而與之。

林白湖嘗著《浿江曲》十首,其一曰:“浿江兒女踏春陽,何處春陽不斷腸。無限煙絲若可織,爲君裁作舞衣裳。”一時傳誦。申玄翁《晴川軟談》亦載此詩,稱其艷麗,謂學樊川。余見《詩學大成》,其中一詩與林作略無異同,而"長安"二字改以"淈江"。李鵝溪《詠流澌》詩:"應是玉龍鬥海窟,敗鱗殘甲滿江來。"余見《堯山堂記》,《詠雪》詩有此一句。而鵝溪改"碧落"二字爲"海窟",改"空"字爲"江"。鵝溪雖全用古人之句,亦可謂移步換形。至如白湖沿用上下兩句,只改"淈江"兩字,要名一時,蓋發塚手也。

《東詩奇談》:(鄭斗卿)嘗問于白沙曰:"世稱林白湖文章逼古,小子所見則尋常矣。"白沙驚曰:"少年何爲此言? 君之文章,地步雖大,而尚不識門戶,何敢妄論先輩乎? 余少也爲北評事,往辭林公。公方病,由女奴左右扶持,垂首閉目,氣息奄奄。余不暇長語,告别欲起。林公堇能出言,曰:'不可無别語,吾不能書,君其把筆。'遂口號云:'元帥臺前海接天,曾將書釰醉戎氈。陰山八月恒飛雪,時逐長風落舞筵。'書畢辭退。甫出大門,已聞臯復。臨絕口號之詩豪健如此,君可侮之乎?"鄭公不覺吐舌屈膝,以此自警,且戒後生毋得妄論先輩之文矣。

【按:林悌(1549—1587)字子順,號白湖、謙齋、楓江、嘯癡、謙齋。籍貫羅州。成渾門人。文章詩名極高。著有《白湖集》今傳。其詩風流俊爽,有杜牧風調。《箕雅》收其五絕二首、七絕七首、五律一首、七律五首、五排一首、五古一首、七古二首。】

車天輅 **字復元,號五山。軾之子。宣廟朝登第,官止奉正。爲文浩汗無敵。**

《光海君日記》卷三三:二年九月甲寅。副司勇車天輅上疏,大概顯膺徽號,以光祖宗,以彰中興之美,以答神人之望。事呈政院。(天輅以王爲世子時,有撫軍之行,請上尊號,此納諛上號之始也。蓋天輅有才無行,爲世所棄,至是以四六文得幸於李爾瞻,首發此論。)

《五山集·附錄·行狀(李冕宙)》:先生諱天輅,字復元,姓車氏。以延安君諱孝全爲中始祖,因貫延安。……考諱軾,受學於花潭徐先生敬德,貫通經史,又嘗遇知於金慕齋安國。文學愈著名於當世,與盧蘇齋守慎聯榜。蘇齋先生每推引公詞章,喋喋不虛口。中小成,登大闈,歷官内外,而恬於進取。故位不滿德,官止四品,號頤齋。妣牙山李氏,習讀繼允女,府使順命孫。生五男,公其第三也,以萬曆丙辰生。兄殷輅,七歲能屬文,未冠而夭。葬之日,見夢于父母曰:"上帝使我再爲父母之子。"明年公生。柳於于夢寅撰《頤齋先生碑銘》云頤齋歿夜,天輅哭泣昏仆。髣髴見公踞牀曰:"我往冥府,主壁大官厲聲曰:'何不以文章分與兩兒? 可速往分之。'"仍出懷中一物,瑩然如槃者,手劈爲兩段分與兄弟。跪受,因忽不見。公遂蘇。文章如江海滂沛,雲錦煒燁。白龍山公之先塋北有鼓巖,人言公之昆季生時,巖有大聲云。皆異事也。號五山,又號橘園。年二十二登謁聖文科。公以文章受知於宣廟,而嘗坐闌入,謫鏡城。將行,上憐其才,密遣中使持酒餞之道。仍出一箑,請題其面。援筆立書曰:"萬死孤臣罪,全生聖主恩。長沙何處是,千里雪山昏。"上歎其傾陽之心不替也,慮其憂悒輕生,密令節度使設宴慰之。不使知爲上旨也。後公知之,爲之感涕。庚寅以製述官從鶴峰金先生誠一同使日本,而有聯句三篇膾炙於世。南壺谷《詩話》曰:"公使日本,日人設白紋障蚊之帳,廣數間。一宿之傾,製各體揮灑遍帳。"壬辰之亂,天將李提督奉命來救,公作檄諭倭,平壤之捷作露布,倉卒立就。乙未,天將還,奉教作送李提督詩若序,長律百韻,四律一百首,一晝夜立草以進。丁酉中重試乙科,行奉常寺正、伴接使、奉直郎、三陟按察使。己亥行通津縣監。與金清陰尚憲、柳西垌根爲迎詔使。又與李月沙廷龜、李芝峰睟光、權石洲韠、韓石峰濩、金南窗玄成、朴南郭東說、崔簡易岦、李東嶽安訥、洪鶴谷瑞鳳多有唱酬篇。上疏請五賢從祀文廟,作《上尊號告宗廟九室文》及《冊封王世子定國本表》、《文廟重修記》,俱載本集。天使朱之蕃入箕城,使製懷古詩百韻,未曉以進。方短夜,無可能者。李白沙公曰:"非五山無可當之。"公請旨酒一盆,大屏一座,韓石峰筆,痛飲數十鍾,入屏內。石峰展紙濡筆臨之。公卽高聲大唱,水涌風發,夜未半百韻已成,鷄未唱進呈。天使秉燭讀未訖,所把之扇盡扣碎之。我東文章之著於中國,五山之力居多。公一日詣月沙相公,相公曰:"吾詩何如?"公曰:"大監之詩如太華峰頭,玉井蓮瀾漫輝日。"相公喜曰:"子詩何如?"曰:"吾詩聚鐵百萬斤,作一大椎。不論山川草木,馳走亂打,無不摧滅。""然則玉井蓮亦被傷否?"曰:"無怪。"其滑稽多類此。申象村欽曰:"五山文詞浩汗雄奇,滔滔不窮。"任玄湖云:"某詩如快鶻横海,衆鳥騰空。"《芝峰類說》曰:"雄健奇壯,如長江巨海,愈瀉而愈不窮。"栗谷李先生嘗與公同座呼韻,公應口對曰:"風健牙檣千尺直,月明漁笛數聲圓。"栗谷擊節歎賞。李白沙相公跋史纂略曰:"古今史記,一委於車斯文某。爲學海之一鉤也。"金三淵年譜曰:"我東詩人以車五山、李東岳爲大家宗正。"《東國名賢錄》曰:"公文章絶異。註《益州夫子廟碑銘》、《哀江南賦》,中朝使以文錦七段買之。"金清陰云:"五山詩高處,雖老杜無以過之。"公嘗自言:"貼紙於萬里長城,使我走筆。則紙有盡而詩不窮。"公家在長湍莎谷。壬亂,公與滄洲公坐草堂圍棊談笑,倭將過洞口相驚曰:"文章異人在此。"退陳越峴而去。後人名其峴曰違踰峴。有讀書亭遺址,有老槐一株,枯死久矣。逮聖上甲戌,復生一叢,童童成蓋,居人異之。以乙卯三月五日考終。其病也,奎星隕。占者曰"當有文士亡"。開城留守趙振解天文,謂季公曰:"近日奎星晦,文人必死。君伯氏無乃應此變耶?"不久公果卒。墓果川東別央里云。而失不傳,可恨。以扈聖原從勳贈禮曹參判。

《五山集·跋(洪良浩)》:國家承羅麗之後,掃除荒屯,大闢文治,彬彬乎比侔中華。而往在肇造之初,風氣渾朴,聲明未融,操觚之家既狃元季之衰音,或襲宋人之陳語,惟以適時用供館閣爲能。逮至穆陵光御,邦運鴻昌,宏儒鉅匠蔚然輩出,文章之盛上挽隆古。丁斯時也,車氏三父子竝出一家,以詩大鳴。而惟五山子奇才俊氣,特出流輩,壓倒當世。雄辭健筆,如洪濤之赴壑,奔驥之下坂。觸之者風靡,遇之者氣懾。矢口落筆,頃刻數千言。竝時諸公尸詞盟而負盛名者莫不逡巡却步,讓與一頭。故凡有大辭命副急應卒者輒屬之公。而詔使之儐接,皇華之唱酬,公未嘗不與焉。觀於集中《贈李提督》七律百首、長律百韻,一晝夜立草者可驗也。材力之雄富,句字之精鍊,非腐毫擢腸所可及。何其神耶?竊聞先輩相傳,公於興到神會之時,輒閉戶却客,解衣盤礴,專精注思。已而欣然伸紙,沛然縱筆,手未停而篇已就云。蓋其獨至之藝,自得之境,殆有神助,非可學而能也。是以名聞中國,走卒皆誦。可謂不世之英才也。後之論者或謂之鋒穎失之太銳,格力未能沈深。言固是矣。然語曰"尺有所短,寸有所長",造化之無全功久矣,何遽以此少之耶?試觀柳於于所撰《頤齋行狀》,有夢遺奇寶之事,殆如文通之花筆,豈不異哉!

《五山集·五山先生續集序(李冕宙)》:粤在穆陵初載,國家無憂,治校肸蠁,才傑彙征。天地文明之氣,鳶魚作成之化,炳然蔚如。一代黼黻文章之士項背相望,而五山車先生尤其杰然者也。蓋以其天降之才,承襲家庭之學,蚤登高第,蜚英特達。滂沛玲瓏之氣拔出萃類,壓倒羣髦。文鋒峻鋭,如秋原之下快鶻;筆勢雄富,若長途之騁逸駕。雖當時文苑鉅匠,莫不口呿心懾,讓與第一頭。耳谿洪尚書跋曰:"其獨至之藝,自得之妙,殆有神助,非可學而能也。"儘知言也。龍蛇亂起,朝廷多事,呼吸之間,有雷有風。而至於辭命之倉卒酬應,傾刻立就,非公則莫可任也。豈不韙哉!

《鶴山樵談》:車天輅復元時號雄文。而文以氣爲主,復元則掇拾敗碎;四六以典雅爲貴,復元則駁雜粗疏;詩則又下於是。其日本行稿多至千餘首,而無一句可詠。然謫明川時"天外怒聲聞渤澥,雪中愁色見陰山"之句,意自是雄渾,而全篇不逮。使復元少加以理,而不勝富速,則古人不難到矣!

復元製《李泌乞還衡山表》,有"屢犯客星於帝坐,常叨卿月於天閽",世稱切當。仲氏《送尹漆溪牧尚州》詩,項聯亦有"卿月暫辭天北極,福星先照洛東江"之語,比車表則似勝。

《遣閒雜錄》:文士車天輅以能文名於世,而最長者詩與四六也。壬辰夏,倭寇陷京都。車駕西巡駐義州,請救於中朝。帝命遣侍郎宋應昌、都督李如松討之。癸巳春,都督大破倭寇於平壤。夏,倭寇退屯於東萊、釜山等處。秋,都督還朝。臨還,求別詩于諸文士。天輅作序及七言律詩一百首,七言排律一百韻,律詩則上下平聲,各韻盡押,而二日作之。排律則押陽字韻,而半日作之。富贍敏捷,當代無雙,真天才也,其詩世方傳播焉。

《芝峰類說》:車五山天輅文章雄健奇壯,不事精練,如長江巨海,愈瀉愈不窮,尤長於對偶之文。少時見松溪伐石作橋,有詩曰:"青山飛禹斧,白石落秦鞭。"此古今奇語。嘗隨通信使往還日本,得詩四千餘首。其一聯曰:"天連魯叟乘桴海,地接秦童采藥山。"又曰:"東海波翻六鼇島,北溟風立大鵬雲。"可見一斑矣。

《霽湖詩話》:余與車五山行至龍灣,一日五山邀余往遊九龍臺,至則層崖矗立萬仞,臨之可以望中夏山川靺鞨地方,其下泓渟深黑,怒濤洶湧,即九龍淵也。五山命席坐其上,使侍者連粘紙五六幅,進筆硯,將欲以窮我。余竊料此翁不可與爭多,宜速賦一詩走避其鋒可也。乃書短律一首以示。時五山之作已就廿許韻也,以左手卷紙而韜其詩,側面而見余詩訖,吟呻數三聲,促令僕從整駕,遂還其寓。余又隨之強問其故,五山發笑曰:"吾之平生所喜用文字'六鼇'兩字,而君詩中既'六鼇'對'九龍',爲君所先,神氣忽沮,故罷還耳。"相對一笑。蓋余詩有"山疑六鼇戴,江到九龍深"之語,故云。

《畸翁漫筆》:車五山天輅牢籠百家,贍給無比。而聞其乘快揮洒,殊欠點化,終以亂棄,投在箱篋,未嘗再閱。此必不以傳後爲意也。

《終南叢志》:宣廟丙戌謁聖,五山車天輅以四館爲舉子路繼先代述,事覺杖竄北裔。及北兵使辭朝,上招差備門外,教曰:"車天輅雖以罪被謫,予賞愛其才,爾可善視之。"兵使赴任,待天輅極款,天輅怪問之,兵使曰:"自上有善視之命,安敢不爾。"天輅聞之感泣。未久放還。宣廟愛惜人才之盛意,吁其至矣。唐天使朱之藩嘗奉使我國,歸時以東方事實回奏于皇帝,其中一款曰"朝鮮有車天輅者,文章奇壯,嘗謫北關,有詩一句曰'風外怒聲聞渤海,雪中愁色見陰山'"云云,其見重於中國亦至於此。戊午年間許筠赴京師,有一星官曰:"青丘分野奎星晦彩,當有一文章亡。"筠欲自死以當之,急渡鴨綠江,聞天輅死,愕然自失云。

《菊堂排語》:五山車天輅《題杆城青澗庭》詩曰:"鼇背海空風萬里,鶴邊雲近月千秋。"《登鏡城水中臺》詩曰:"風外怒聲聞渤海,雪中愁色見陰山。"萬曆己酉詔使朱之蕃出來,以製述官在儐相柳西坰幕下。行到安州登百祥樓,時暮春中旬也。微雨乍晴,四望洞豁,妙香群峰清清一帶,歷歷指顧中。使相曰:"此壯觀也,非五山健筆莫能形容之。"即浮三大白以觴五山,令促賦雄篇。食頃之間,遂走五言排律五十韻。西坰壯之,問曰:"可能再乎?"答曰:"安敢辭乎?"又用前韻即成一篇。西坰曰:"今日始見君大手,宜盡君才,可以侈兹行。"五山又連賦五言二篇七言一篇,皆用前韻。逾出逾奇,押韻尤工,略無窘澀之態。自午向夕,凡賦五十韻排律五篇。而西之罪謫,北關本道監司辭朝之日,宣廟下教曰:"車天輅文才可惜,予雖不能屈法而貸之,毋使窮餓而死。"天輅聞之感泣。近來稍有文名者死後集皆出,難免後人之譏。至於五山集出無愧,而其子轉坤屢作邑宰,非但無意入梓,時文散失殆盡,可謂不肖子也。

《壺谷詩話》:五山之詩滔滔不渴,一夜或作百餘篇,成一集。或入屏中袒裼跳踴,作詩投屏外,則俄頃詩與屏齊。嘗使日本,倭人例設白紋障蚊之帳,廣可數間,而一宿之間製各體,揮灑遍帳。倭人易之,則又如之,至三而止。翌日取觀之,頗有悔語,蓋其疵纇之多故也。自言"貼紙於萬里長城,使我走筆,則城有盡而我詩不窮"云。蓋五山自是宇宙間氣,有如項王喑啞叱吒,獨當萬人,夫誰與敵?但蛟螭少而螻蚓多,傳後則實難。如"愁來徙倚仲宣樓"一篇,人所膾炙,而疵病亦多,瑕瑜不相掩,他皆類此。

《小華詩評》:李白雲嘗赴吳濮陽世文之邀,一時文士咸集。酒闌,吳出所著三百二韻詩索和,白雲援筆步韻,韻愈強而思愈健,浩汗奔放,雖風檣陣馬,未易擬其速。又五山車天輅文章,李奎報後一人。五山嘗爲兵曹假郎,廳戲題騎省壁上曰:"休將爛熟較酸寒,一枕黃粱宦興闌。天上豈無真列宿,人間還有假郎官。休看雁鶩頻當署,笑把蛟龍獨自彈。作此半生常寂寂,煙江閑却舊漁竿。"感慨激昂,世或病其蛟螭蚯蚓往往相雜。余以爲五山詩長篇大作滚滚不竭,其馳驟之際不遑擇言,雖有小疵,此猶鄧林枯枝、滄海流芥。

權石洲與車五山共次僧軸韻,到"風"字,石洲先題曰:"鶴邊松老千秋月,鼇背雲開萬里風。"自詑其豪警。五山次之曰:"穿雲水冒雨,乾衣智異風。"其壯健過之。

《詩評補遺》:荷谷有盆梅,折一枝,得"月出虧前影"之句,苦吟未得的對。五山突入,謂曰:"何不道'風來減舊香'?"荷谷稱歎不已。

五山、石峰並生松都,文章筆法振耀海內。石峰死後,五山嘗夢見石峰,而感作詩曰:"玉樹霜催墨沼翻,羊鞭何忍打西門。三年地下無消息,一夜天涯有夢魂。叵耐白雲空眼冷,不須長笛更聲吞。篋中未沬蘭亭字,却向秋風拭淚痕。"又贈石峰子敏政詩曰:"潦倒誰憐老太常,故人相對又斜陽。滿城花柳青春盡,過眼悲歡白髮長。子敬箕裘今墨妙,次公談笑舊星狂。石峰冥漠寧馨在,此夕何辭酒十觴。"讀之愴然。

余見五山詩稿，皆所手書者，其詩汪洋麗豪，率多未精。如《奉使日本》詩爲人所稱，而亦未免疵累。其詩曰："愁來徙倚仲宣樓，碧樹涼生暮色遒。鼇背海空風萬里，鶴邊雲盡月千秋。天連漢使乘槎路，地接秦童采藥洲。長嘯一聲豪氣發，夕陽西下水東流。"既曰"海空"，又曰"采藥洲"，又曰"水東流"，一何水之多也。况"采藥"下"洲"字尤爲未妥。蓋五山文章牢籠百家，贍給無比而然耶？

《玄湖瑣談》：車五山才調極高，東溟對人輒誦其所作"華山北骨盤三角，漢水東心出五臺。無端歲月英雄過，有此江山宇宙來"之句曰："天下奇才。"栗谷先生嘗在江郊，五山適在座，栗谷呼韻，五山應口對曰："風健牙檣千尺直，月明漁笛數聲圓。"金清陰亦稱"五山詩高處，雖老杜無以過之，如'餘寒冰結失江聲'之句，今人何嘗道得"云。

《屯庵詩話》：車天輅《五山說林》記其弟雲輅《挽金將軍》詩一聯謂爲膾炙當時。其曰："死節將軍忠貫日，投降元帥罪同天。"余竊疑之。夫古人詩亦固有直書事者，然其中亦自有韻折，未有如此句之一口直下沒成頭腦者，有何好處？雖古詩亦非佳法，况律詩乎？

《晚窩雜記》：五山車天輅自鏡城量移洪陽時，東岳爲邑宰，文酒淋漓，令妓松月薦枕於醉中。翌日，坐妓十餘問所狎，車不知其面，索箋書一絕曰："燕透踈簾醉不知，滿廳松月影參差。朝雲不入襄王夢，十二巫山望更疑。"

【按：車天輅（1556—1615）字復元，號五山、蘭嵎、橘園、清妙居士。籍貫延安。車軾子。徐敬德門人。其漢詩與韓濩書法、崔岦文章被稱爲"松都三絕"。著有《五山集》、《五山說林》今傳。其詩轟浩豪雄，且詩思敏捷。《箕雅》收其七律三首、五排一首、七排一首。】

崔慶昌　　字嘉運，號孤竹。海州人。宣廟朝登第，堂上府使。詩學唐。

《朝鮮宣祖實錄》卷一七：十六年三月戊戌。經筵官李珥啓曰："崔慶昌以防禦使從事官上京，中道身死，請令一路護送。"允之。

《南溪集·孤竹詩集後敍》：世采嘗觀歐陽公所述蘇子美、石曼卿事，每惜其風流才力不得用於當世，使人往往感歎想見其人也。及讀程朱二夫子書，以謂曼卿"樂意生香"語爲能形容浩氣，又謂其胸次極高非他人可及。然後益知歐公所以見賞非偶然者。况其生于偏季，能以才氣詞章被諸賢所推，仍且上而遇知明主，遠而名聞中華如孤竹崔公者，其盛美曷可少哉？公諱慶昌，字嘉運。文憲公冲十八世孫也。天資豪爽俊邁，風采聳然，見者恍若神仙中人。少與玉峰白光勳游，學松川梁公、青蓮李公之門。未弱冠，同栗谷李先生、龜峰宋翼弼、東皐崔岦諸才子唱酬于武夷洞，世號八文章禊。

既而同松江鄭澈、萬竹徐益諸名流游三清洞,人又稱二十八宿會。其文藝夙成,交游親附爲一時艷慕者可知也。二十三歲登上庠。隆慶戊辰闡大科。久之歷北評事、禮兵二曹員外郎、司諫院正言。萬曆丙子贊价朝京師。還,出守靈光。公既才高氣豪,不屑屑於功名,益以廉白簡貴自厲,與世寡合,其視脂韋躁競者不啻若浼己也。公素及時宰李山海相驩,後見其秉心不公,因絶還往。至是許篈在要地,持論頗僻。然悦公文才,連一旬來候。公深惡之,未嘗有假貸色。許怒甚,累泥瀛館銓部之選,仍黜補外郡,思菴朴公爲之周旋不能得。豈亦所謂趨舍大節,無一悖於理者然耶?明年棄官歸,復貶爲大同察訪。壬午春宣廟特授鍾城府使,臺諫論以驟陞,不從。乃赴官。會北帥納讒,馳啓言戎政不修,臺論始發,始命改正。授直講。道卒于鏡城客館,實癸未三月某甲也,年堇四十五。葬于坡州某原。初李先生際遇宣廟,時輩如李潑者多浮慕尊事之。公知其險巧難信,作《養虎詞》以寓諷。比公歿而先生果被敲撼,潑又累死逆獄,人服公先見焉。公於詩天才絶高,必皆軌範于盛唐,操觚家以爲國朝所未有。兼通書射,書法清遒勁緊,殆與玉峰相埒。其佐北幕,軍帥金禹瑞亦以射名,約與較藝,各中四十九矢,最後金復中侯,公遽號曰“將軍負矣”,遂中鵠。宣廟嘗會文武士試才,有一善射者心憚公。公笑曰:“無憂。吾今日病矣。”乃虛發一矢,善射者卽以魁陞緋,公居其次,受皐比廄馬之賜焉。又妙琴笛,少時寓居靈巖,値倭冦猝至,乘舟以避。賊圍之急。時月光如晝,海波不動,公取所藏玉簫朗吹一闋,聲更清越。賊衆聞之,皆懷思還鄉,瞿然相顧曰:“此圍中必有神人。”遂解一面,公得脫歸。其才高旁通多此類。第今距公世遠矣,言行實迹殆無所徵信。惟東皐公之言曰:“吾嘉運才儁風流,可謂少却盛之白玉堂者。其或放迹在外,猶得高牙大纛,輕裘緩帶,橫槊賦詩逞氣象也。”至李先生嘗以詩贈公曰:“俊逸清新子庶幾,穿楊又道似君稀。金鑾未著詞臣迹,玉帳還伸虎旅威。”此實並世君子目擊而心挹者,固不減於歐公序表之所賞矣。况公當被物議時,宣祖教曰:“崔某有文武全才,吾將大用。爾等敢爲是耶?”斯又可以觀公君臣之際者。其後皇朝學士蘭嵎朱公奉詔東來,得公詩亟加歆歎曰:“當歸布江南,以彰貴國文物之盛。”今見於《列朝詩選》者是已。然則公雖挫揠棄外於當時,乃能卒以才氣詞章獲上而施遠如此,其視蘇、石二公徒得前後諸賢所爲悼惜稱賞者,是爲愈信而愈久也。嗚呼盛矣!公之曾孫碩英以世采粗知慕公,請敍其本末,俾有後考。玆謹不揆而爲之辭。

《宋子大全·孤竹集序》:余少也則聞孤竹詩詞是近世絶調。時余未能曉事,不知他求於公也。壯歲,得依金文敬公門牆,獲與公嗣孫鎭安公父子游,因想像公家法之懿,風流之美,而惜其只以詩聞也。及其老也,遍閱公遺事,又從先輩長者得公之事蹟尤詳。然後乃喟然而歎曰:“是將以人掩詩,而乃反以詩而掩人耶?”自恨其淺之爲知公也。蓋撮而言之,則公之所與游,牛、栗兩先生也,朴思菴、鄭松江、辛白麓諸公也。古語云:“不見其山,願見其木。”斯實語也。栗谷嘗以“冰霜素履”稱公,蓋其清苦之節,人有所不堪,而處之悠然。見山海等閃奸之狀,便絶舊要。以故玉堂、湖堂、銓郎之選皆被阻遏,而終不悔焉。其以先見之明諷切栗谷,又似獻可之于司馬文正,而其言之符合如左契焉。然則公之爲人,不待臚列而可知也。公之詩雖逼于天寶元和,豈足以掩其人乎?抑公之詩,栗谷先生稱之以清新俊逸。有人合刊于白玉峰詩集,則崔簡易岦以爲非所班,而著說以難之。華使朱給事之藩歎賞不已,並與鄭圃隱諸賢之作刊佈於中朝。若是者,詩可以掩人乎?人可以掩詩乎?必有能辨之者矣。公,海州人。諱慶昌,字嘉運。孤竹,其號也。隆慶戊辰及第,官止鍾城府使。鎭安公諱振海,今收輯公詩而繡梓者。其季胤碩英,嘗游文敬公門下者也。鎭安公亦清踈喜爲詩,文敬公嘗稱其固窮之節云。時崇禎癸亥仲夏,恩津宋時烈敍。

《簡易集·訂玉峰孤竹二稿合刊之議不是小序》:蓋有恆言曰:“誦其詩,讀其書,不知其人可乎?”亦既或與之同平生,目擊而心挹焉矣,可相欺耶?吾彰卿,信南國之美,炯然孤照者也。然壹事夫詩,而韻格逼唐之外,恬澹醞藉,復如其人可愛也。要其雅情不復有所睎慕事業,使其久於世,吟作秋蟲到白頭,非固自取之耶?若吾嘉運之材雋風流,則可謂少却盛之白玉堂者也。其或放跡在外,猶得高牙大纛之下,輕裘緩帶,從容橫槊賦詩逞氣像也。若夫詩則得之天機也多,往往警絶流麗,迭見其長,初不祈得名作詩人耳。而高苔軒倡爲“二君稿可合以刊行”之議,何其少之也?苔軒在時輩中,其可謂殆百官倉廩具焉者也。然以韓子所稱“豐而不餘一言,約而不失一辭”者率之,則不啻未至矣。何得主盟而儗人以倫乎?余誠未允斯論也。兩家子弟不甚思惟,齊應曰:“然則未可也。”而今征余以合刊序跋,又何遽也?姑以是說復焉。

《西河集·崔孤竹集跋》:國朝以詩名家者,雖有鋪張藻麗之稱而才不逮意,氣局而語卑,罕能自拔於流俗。先生力追先古,深造正始,翛然清遠,卓爾高蹈,發揚振厲,而不入於狂怪;隱約閒靜,而不病於枯槁。靄然有一唱三歎之遺音,嗚呼盛矣!此乃天機之自動,正色之自美耳。豈郊、島之倫雕琢絺繪,以求知於一世者比哉?

《鶴山樵談》:隆慶萬曆間,崔嘉運、白彰卿、李益之輩,始攻開元之學。黽勉精華,欲逮古人,然骨格不完,綺靡太甚。置諸許、李間便覺傖夫面目,乃欲使之奪李白、摩詰位邪?雖然,由是學者知有唐風,則三人之功亦不可掩矣。

崔慶昌，字嘉運，隆慶戊辰進士，歷官至知鍾城府。以事降階，授國子直講，卒。嘗赴京作詩於朝天宫曰：“午夜瑶壇掃白雲，焚香遥禮玉宸君。月中拜影無人見，琪樹千重鎖殿門。”又曰：“三清露氣濕珠宫，鳳管徘徊月在空。苑路至今香輦絶，碧桃紅杏自春風。”有道士秦姓忘其名，亦能詩，大加稱賞，追至通州河清觀，請題其卷詩曰：“碧宇標真界，玄壇近太清。鸞栖珠圃樹，霞繞紫微城。寶籙三元秘，金丹九轉成。芝車人不見，空外有簫聲。”此詩傳播中原，王鳳洲先生甚加推賞。其《題楊忠壯公照之墓》曰：“日沒雲中火照山，單于已近鹿頭關。將軍獨領千人去，夜渡遼河戰未還。”此詩不減唐人高處，宜乎見賞于中原也。

《惺叟詩話》：孤竹詩篇篇皆佳，必煉琢之，無欠於心，然後乃出故耳。二家詩余選入《詩删》中各數十篇，音節可入正音，而其外不耐雷同也。

《芝峰類説》：崔斯文慶昌赴京時，中朝總兵楊照，名將也，廟宇在寧遠衛。公題詩曰：“日暮雲中火照山，單于已近鹿頭關。將軍獨領千人去，夜渡遼河戰未還。”此乃佳作，而但鹿頭關非遼薊地，且雲中、遼河，地名似重疊矣。且《贈白光弘舊妓》詩曰：“錦繡煙霞依舊色，綾羅芳草至今春。仙娘去後無消息，一曲《關西》淚滿巾。”白光弘曾任平安評事而卒，其所製《關西别曲》至今傳唱，“錦繡”、“煙霞”、“綾羅”、“芳草”，乃其曲中語也。

成斯文某爲楊州牧使，蓄一妓名梅花，沈惑廢衙。崔慶昌贈詩曰：“官橋雪霽曉寒多，小吏門前候早衙。莫怪使君常晏出，醉開東閣賞梅花。”蓋用何遜事以譏之。

《霽湖詩話》：余嘗以製術官隨柳爺西坰向龍灣，行至平壤，李蓀谷年逾七十，客居城中。老官奴、老官妓頗能説李少年時行樂，云在昔徐學士益爲大同查訪、崔學士慶昌爲本府庶尹，館李于浮碧樓，選妓中最有名者及善歌琴者凡十餘人，令擁侍不離。崔庶尹每夕公務稍屏，與徐察訪肩輿到浮碧樓行酒賦詩，盡歡而罷。逮崔秩滿還朝乃已。其不論貴賤，優愛才華至如此。浮碧樓板上，有鄭知常絶句“雨歇長堤草色多”之詩，古來傳以爲絶唱。一日崔謂曰：“吾三人每賦詩於此樓上，山川魚鳥嘲詠殆盡，盍命題賦一絶？”徐曰：“以《採蓮曲》命之可也。”崔曰：“以板上詩爲韻可也。”三人各把筆沈吟，務勝刻苦，崔、徐既書，李乃繼就，竟推李作爲絶唱，其詩曰：“蓮葉參差蓮子多，蓮花相間女娘歌。歸時約伴横塘口，辛苦移舟逆上波。”崔、徐之作，未讓於此，而特以李作爲第一，其崇獎布衣之意，益可見也。此則蓀谷爲余備言之。以愚見言之，“相間”二字似未妥當矣。

《於于野談》：近來學唐詩者皆稱崔慶昌、李達，姑取其善鳴者而錄之。

崔慶昌過李長坤故宰相家,有詩曰:"門前車馬散如煙,相國繁華未百年。村巷寥寥過寒食,茱萸花發古牆邊。"又如中原有將軍戰死,作挽詞曰:"日沒雲中火照山,單于兵近鹿頭關。將軍自領千人去,夜渡瀘河戰未還。"李達過崔慶昌于靈光,有所眄妓。適見商人賣紫雲段,即走翰呈慶昌曰:"商胡賣錦江南市,朝日照之生紫煙。佳人政欲作裙帶,手探妝奩無直錢。"慶昌報之曰:"若論此詩價,豈直千金錢? 縣小資不能稱意。"遂于一句准白粒十石,合四十石遺之。其他,客海上有詩曰:"碧海波空雲影涵,白鷗無數上苔巖。山花落盡不歸去,家在石峰江水南。"又有曰:"寒林煙碧鷺絲飛,江上人家掩竹扉。斜日斷橋人去盡,滿山空翠滴霏微。"又慶昌詩曰:"茅庵寄在白雲間,長老西遊久未還。黃蝶飛時踈雨過,獨敲寒磬宿秋山。"皆清淡可尚。但此人等,只事小詩,元學不裕,終不大鳴如古人,可惜。

崔孤竹慶昌尋僧舍,入山谷忽失路。口號一絕曰:"危石才教一徑通,白雲獨自秘仙蹤。橋南橋北無人問,落木寒流萬壑同。"其失跡棲遑之恨在於言表,吟之悵然。

《小華詩評》:崔孤竹慶昌《題駱峰人家》詩曰:"東風雲霧掩朝暉,深樹栖禽晚不飛。古屋苔生門獨閉,滿庭清露濕薔薇。"清麗如畫。嘗與蓀谷共賦《虛舟繫岸圖》,蓀谷詩落句曰:"泊舟人不見,沽酒有漁家。"孤竹詩曰:"遙知泊舟處,隔岸有人家。"孤竹不下"人不見"三字,而無人之意自在其中,崔孤竹爲優。

余常聞諸先輩,我東之詩惟崔孤竹始終學唐,不落宋格,信哉。其高者出入武德開元,下者亦不到長慶以下語。如"春流繞古郭,野火上高山"則中唐似之;"人煙隔河少,風雪近關多"則似盛唐;"山餘太古雪,樹老太平煙"則似初唐。不知今世復有此等調響耶?

《晦隱瑣錄》:崔孤竹《贈洪娘詩序》曰:"萬曆癸酉秋,余以北道評事赴幕,洪娘隨在幕中。翌年春,余歸京師,洪娘追及雙城而別。還到咸關嶺,值日昏雨暗,仍作歌一章以寄余。歲乙亥,余疾病沉綿,自春徂冬未離床褥。洪娘聞之,即日發行,凡七晝夜已到京城。時有兩界之禁,且遭國恤,練雖已過,非如平日。洪娘亦還其土,於其別,書以贈之詩二首。其一曰:'相看脈脈贈幽蘭,此去天涯幾日還。莫唱咸關舊時曲,至今雲雨暗青山。'"聞諸孤竹後孫。洪娘即洪原妓愛節,有姿色。孤竹殪後,自毁其容,守墓於坡洲。壬癸之亂,負孤竹詩稿,得免軼於兵火。死仍葬孤竹墓下,有一子。《孤竹集》中載其詩,而序不載,後人何以知"咸關舊時曲"之有謂耶? 聊記之。

【按:崔慶昌(1539—1683)字嘉運,號孤竹。籍貫海州。與李山海、宋翼弼等合稱"八文章"。詩學唐,與白光勳、李達被譽爲"三唐詩人"。詩、書法出衆,擅吹笛。著有《孤竹遺稿》今傳。其詩警絶流麗,俊逸清新。《箕雅》收其五絶一首、七絶一四首、五律八首、七律二首、五古五首、七古一首。】

白光勳　　字彰卿,號玉峰。蔭参奉。詩筆俱有名。

《文巖集·玉峰白公墓碣銘并序》:公諱光勳,字彰卿,玉峰其號也。生而穎脱,藝業夙成。八歲能屬文。伯氏評事公光弘亦以文章名,嘗對策占魁。公讀其試卷無所礙滯,評論得失一一中窾。傍觀者嘖嘖歎曰"文章兄又有文章弟"云。一日,長者拈春字,使以古詩應之。公卽對曰:"江花樹樹春。"長者詰其出處,公曰:"此在唐詩,顧未察耳。"仍誦全篇曰:"夕陽江上笛,細雨渡江人。餘響杳無處,落句云云。"長者信之。旣又自言其率口應猝,一座驚異。其後具眼者見之,咸謂"置之唐音中誠不易辨也"。年十三,以詩贈僧歸楓嶽。林石川億齡批曰"謫仙復生"。是歲發解鄉試,自是詩名大振。遊青蓮李公後白之門,與崔孤竹慶昌迭倡騷壇。又從伯氏于京,質業于梁松川應鼎。南歸往拜盧穌齋于沃州謫中,盧公有"神交久名聞,義合可年忘"之句。甲子始捷進士試。公素無榮進意,自此遂廢舉子業,惟以山水自娱,凡無聊不平必於詩發之。壬申,韓、陳二詔使之來,穌齋膺命館伴,請於朝,以公爲白衣製述官,遂赴馹召。延譽諸公間,名卿大夫皆折官位輩行願爲交,造門求識面無虛日。隨儐至灣上,華人見公詩筆莫不聳歎,至有稱以"白老先生"者。明年丁外憂。服闋,屢以薦拜官,不起。丁丑始拜宣陵参奉,移拜全州影殿参奉,又移靖陵禮賓寺、昭格署等参奉。公雖僶俛仕宦,所思不存。嘗遺諸子書曰:"行將擺棄而歸,與汝輩諷詠先王之風,耕釣以終其生足矣。"雅意未遂,竟以壬午五月十四日病卒于京邸。壽僅四十六。

《玉峰集·附錄·年譜》:(略)

《玉峰集·序(柳根)》:玉峰白公爲詩善學唐,一時詞客咸以爲莫能及。余自少時已知有玉峰,一再從之遊,悼其早世。歲丙午,余忝擯相朱、梁二詔使,公之胤上舍振南能繼家聲,余請于朝,偕往來西路。每語及其先人詩灰燼之餘收拾無多,余甚惜之。今年秋,乃將印本一卷來示余,要余爲一言。詩凡若干首。噫!玉峰詩眞能學唐而有得焉者也。蓋聞凡爲詩以氣爲主,東方人生於偏壤,其氣弱,若欲效唐詩音調,其詩薾然不可觀。《三百篇》之後,詩莫盛於唐。學之而不類焉,則反歸於淺近衰颯,終不若從事蘇黄兩陳之爲愈。此説之行久矣,宜學唐者之鮮,而學之而彷髴焉者爲尤鮮也。玉峰乃能奮于百載之下,追蹤乎古人,振響於絶代,一字一句有不稱於意,不欲出以示人。平生咳唾流落人間者,人重之如瓊琚,公於聲韻殆天得也。公旣以詩鳴,筆法遒勁。逼于鍾王,世稱爲二絶。爲人清苦,不屑舉子業。壬申韓、陳詔使之來,館伴穌齋盧先生請于朝,以白衣爲製述官。公之詩名重於世如此。世之論詩者以公爲學唐而得其正派。盛矣哉!仍竊思之,余偶閱牧隱先生詩,有曰"唐詩氣頗短,稍平惟蘇州"。蘇州詩學陶詩,非不冲澹高古,牧隱猶謂之稍平。豈牧老所願學者,李杜詩萬丈光燄也耶?後之人欲學唐者,以李杜爲軌,則亦未免落於蘇黄格律也耶?余未及以此説質之玉峰。九原難作,爲之三歎。遂併書所感于懷者。爲之序。萬曆己酉至月晦,忠勤貞亮效節協策扈聖功臣輔國崇祿大夫晉原府院君兼知經筵事西坰柳根書。

《月沙集·玉峰集序》:人聲之精者爲言,而言之精者爲詩。詩必正其趨向,不雜煩聲,方可得聲之精,而能入作者之域矣。蓋自詩道之屢變,郊寒島瘦,各有其體,而尚奇者傷於僻,務贍者流於雜。門路一差,格力日卑,詩之正聲幾乎熄矣。國朝盛文章,大家名集,彬彬輩出。近世有白玉峰以詩名於湖中,湖中人士莫敢望焉。早抛舉子業,好遊名山大川。既與時不諧,凡無聊不平必於詩而發之。嘗以布衣被選製述官,馹召隨儐詔使,延譽諸公間。名卿大人折官位輩行願爲交,造門求其面識者殆日無虚也。尤工於絶句,深得盛唐風格。詩未脱稿,人皆口相傳以熟。又以墨妙擅盛名,咸謂長吉復起,逸少再生。未幾公死,蓋公之死而其詩益可貴重,片言隻字皆膾炙人口。余嘗拾聞於流傳,未嘗不一唱三嘆,恨未得見全稿也。頃歲先王命詞臣裒選東國詩文,余於撰集廳始見所謂《玉峰集》。句法精鍊,音調響亮中律度,讀之鏘然有金石聲,眞所謂正其趨向而得聲之精者也。獨恨其天不假年,不得大鳴於時,而瓊霏玉屑散落於兵火之餘者僅能十之二三,又恐從此浸遠而無傳也。逮戊申春,尹公季初出按湖節,過辭余曰:"欲刊書籍,當先何集?"余首以斯集勸之。居無何,季初公馳書告功訖,徵余文弁其首,公之胤上舍振南氏又踵門勤以爲請。余既慕公之風,而又嘉上舍能以詞華筆法世其家業,遂書此敍其顛末云。萬曆己酉季冬上浣,正憲大夫禮曹判書兼弘文館大提學藝文館大提學知春秋館成均館事同知經筵事世子右賓客李廷龜謹序。

《象村稿·白玉峰詩集序》:我東以詩聞者其家非一,而唯崔、白二子以正音鳴。異時諸學士大夫苟用文章自命者,則必顯重而稱説之。雖以欽之面墻,猶得習誦其遺韻。曁白子之胤子振南氏裒厥稿而梓之,屬欽序其首。欽既受而卒業矣。其氣完,其聲清,其色淡而古,其旨雅而則。噫!其得於天者耶?詩非天得,不可謂之詩。業嘉祐以下者不必論,至於號追踵古風者,若無得於天者,則雖劌心鉥目,終身觚墨,而所就不過咸通諸子之優孟爾。譬如剪綵爲花,非不燁然,而不可與語生色也。詩道之難固如此,則白子之詩信乎其爲正音也。試擊節而歎之,則渢渢者宫,鏗鏗者商,讀之者心澈而腸潔,古所云"乾坤有清氣,散入詩人脾"者,白子其近之歟?昔人有言"寧玉而瑕,無石而璠",如其玉也,瑕亦可也,玉而無瑕,其有不爲世之瓌寶也乎?有志於詩而欲得其門者,於斯焉徵則幾矣。崔、白方駕主盟,而白詩獨先傳。抑非幹蠱能世其業歟?尤可尚也已。玉峰姓白,名光勳,字彰卿。玉峰其號也。萬曆歲舍辛衣陽月下澣,崇政大夫行禮曹判書兼知春秋館事同知經筵成均館事藝文館提學東陽申欽書。

《玉峰集·後序(尹光啓)》:始余弱冠,親拜玉峰於其室。見其居水石皎潔,竹几藜榻皆極濟楚。見其人冰壺玉映,無一點塵埃。家貧屢空,常若自足,不以一毫干於人。此則惟吾能言之,而不特詩之可傳。而議者不察,或欲妄加雌黄於其間,多見其自小也已。觀其筆法遒勁,世稱右軍再出。雖以韓石峰之善書獨步一代,以至中朝王世貞亦稱其第一。於文集中至於銀鉤玉索,凜然獨秀,如古人所謂瑤臺嬋娟,粉黛無施,則亦不敢比肩也。嗚呼!玉峰之於斯技,其可謂至極也耳矣。

《鶴山樵談》:白光勳字彰卿,字法逼二王。筵仕命參奉禮賓。嘗過弘慶寺題詩曰:"秋草前朝寺,殘碑學士文。千年有流水,落日見歸雲。"壬午年病卒京邸。蘭雪姊氏《感遇》詩有曰:"近者崔白輩,攻詩軌盛唐。寥寥大雅音,得此復鏗鏘。""下僚因光禄,邊郡悲積薪。年位共零落,始信詩窮人。"

《霽湖詩話》:白參奉玉峰光勳,先執也。先君每言其才格之高孤。林白湖始登第也,節度公白湖尊府君也牧濟州,白湖越海榮覲,還時由海上至龍城,將向洛下。其時府使孫汝誠邀聚文人賦詩廣寒樓上以餞之。玉峰、蓀谷、白湖暨先君在席,一時之盛會也。其所唱酬合作一部行於都中,遂成紙貴。方其會也,孫府伯賦一長律,玉峰次韻,其詩曰:"畫闌西畔綠蘋波,無限離情日欲斜。芳草幾時行路盡,青山何處白雲多。孤舟夢裏滄溟事,三月煙火上苑花。樽酒易傾人易散,野禽如怨又如歌。"時當國恤,坐無聲樂,咸以"歌"字爲難,而其落句尤美,真佳才也。或者以"滄溟事"之"事"字爲未妥。余嘗語五山以此詩,五山亦疑之。近閲《唐百家》,李益詩有"别來滄溟事,語罷暮天鍾"之句,方覺痛快矣。

《於于野談》:白光勳以能詩善草書鳴於湖南,爲第一。其過扶餘縣,縣監方船載酒,借公州妓樂以要之。至則布衣一儒生,貌寢少風采。妓中有一人名將本善俳諧,曰:"曾聞白光勳之名大於山,及得見之,釣龍臺耳。"扶餘白馬江有釣龍臺,名爲蘇定邦白馬餌龍之地,而不過塊然一小巖而已。當時以妓言爲善形容。光勳有一小詩亦鳴于時:"青山重疊水空流,不是金宫即玉樓。全盛至今無處問，月明潮落倚孤舟。"以余觀之，詩亦釣龍臺也。其子振南，進士，亦襲父業，善草書，粗能詩。

《壺谷詩話》：崔、白優劣，簡易序已定。謂崔曰"炯然南國之孤照"，謂白曰"吟作秋蟲到白頭"，意可知矣。絕句崔果優，而七律無可傳者，至若"紅藕一池風滿院，亂蟬千樹雨歸村"一聯，則崔讓于白矣。律絕最優者，其蓀谷乎！

《小華詩評》：白玉峰光勳《弘景寺》詩曰："秋草前朝寺，殘碑學士文。千年有流水，落日見歸雲。"雅絕高古。《題僧軸》詩曰："智異雙溪勝，金剛萬瀑奇。名山身未到，每賦送僧詩。"清婉可喜。且如《三義松月》詩曰："手持一卷蘂珠篇，讀罷空壇伴鶴眠。驚起中宵滿身影，冷霞飛盡月流天。"瀅澈無滓。

《南遷日錄》：白玉峰，湖南詩人也，與孤竹齊名，詩至今膾炙，詩談者皆曰"崔白"，而其人則未知如何也。南來後得見其家箴書牘一帖，則訓誡諸子者極其嚴正，多有格言，雖禮法之士無以過之。平日行己大方尤可想見，有不可只以詩人目之者。蓋前輩文人雖風流詩酒傾動一時，而其實地所存非後人所可及如此。但其子孫殘微，不能表揚於世，爲可惜也。

【按：白光勳(1537—1582)字彰卿，號玉峰。籍貫海美。白光弘弟。自幼有詩才，善寫永和體。著有《玉峰集》今傳。其詩學唐，清婉雅絕。與崔慶昌、李達並稱"三唐"。《箕雅》收其五絕三首、七絕九首、五律五首、七律一首、五古二首。】

李　達　　字益之，號蓀谷。庶孽。詩學唐，有名。

《惺所覆瓿稿・蓀谷山人傳》：蓀谷山人李達，字益之。雙梅堂李詹之後。其母賤，不能用於世。居于原州蓀谷，以自號也。達少時於書無所不讀，綴文甚富。爲漢吏學官，有不合，棄去之。從崔孤竹慶昌、白玉峰光勳遊，相得懽甚，結詩社。達方法蘇長公得其髓，一操筆輒寫數百篇，皆穠贍可詠。一日，思菴相謂達曰："詩道當以爲唐爲正。子瞻雖豪放，已落第二義也。"遂抽架上太白樂府歌吟、王孟近體以示之。達矍然知正法之在是，遂盡捐故學，歸舊所隱蓀谷之莊，取《文選》、太白及盛唐十二家、劉隨州、韋左史暨伯謙《唐音》伏而誦之。夜以繼晷，膝不離坐席。凡五年，悦然若有悟。試發之詩，則語甚清切，一洗舊日態。卽做諸家體而作長短篇及律絶句，鍛字鍊聲揣律，靡有不當於度，則月竄而歲改之。凡著十餘篇，乃出而詠之諸公間，諸公嗟異之，崔、白皆以爲不可及。而霽峰、荷谷一代名爲詩者，皆推以爲盛唐。其詩清新雅麗，高者出入王孟高岑。而下不失劉錢之韻。自羅麗以下，爲唐詩者皆莫及焉。寔思菴鼓舞之力，而其陳涉之啓漢高乎？達以是名動東國，貴之而捨其爲人，稱譽不替者詞林三四鉅公也。而俗人之憎嫉者比肩林立，屢加以汚衊，寘之刑網，卒莫能殺而奪其名也。達貌不雅，性且蕩不檢，又習俗禮，以此忤於時。而善談今古及山水佳致，喜酒能晉人書。其中空洞無封畛，不事產業，人或以此愛之。平生無着身地，流離乞食於四方，人多賤之，窮厄以老。信乎坐其詩也。然其身困而不朽者存，豈肯以一時富貴易此名也。所著殆失盡，不佞粹爲四卷以傳云。外史氏曰："朱太史之蕃嘗觀達詩，讀至《漫浪舞歌》，擊節嗟賞曰：'斯作去太白亦何遠乎。'權石洲韠見其《斑竹怨》曰：'置之青蓮集中，具眼者不易辨也。'此二人者豈妄言者耶！噫！達之詩信奇矣哉。"

《鶴山樵談》：崔、白、李三人詩皆法正音。崔之清勁，白之枯淡，皆可貴重，然氣力不逮，稍失事厚。李則富豔，比二氏家數頗大，皆不出郊島之藩籬。崔白早世，李晚年文章大進，自成一家，斂其綺麗歸於平實。仲氏亟稱曰："可與隨州比肩，亦不多讓。"予曰："文章與世升降，宋不及唐，元不及宋，勢使然也。安有度越二代與作家爭衡之理乎？"仲氏曰："退之，唐人也，子厚以爲直須與子長馳騁。子厚豈徒言之士乎？益之亦若是也？"余終不以爲然。

李益之少以花柳之失，忌才者從而謗之，有云"不待聖善而帷薄不修也"，嘵嘵不已。楊蓬萊莅溟州之日，待以賓師禮，媢嫉者又飛語于先大夫，先大夫移書勸謝絕之。蓬萊回劄曰："'桐花夜雨落，海樹春雲空'之李達，設若踈待，則何異于陳王初喪應劉之日乎？"其後亦頗不設醴，益之留詩以別曰："行子去留際，主人眉睫間。今朝失黄氣，舊宇憶青山。魯國爰居饗，南征薏苡還。秋風蘇季子，又出穆陵關。"蓬萊驚悔，待之如前。

李蓀谷益之《寒食》詩"梨花風雨百五日，病客江湖三十年"，《贈林龜城》詩"頻年作客衣還弊，數月離家帶有餘。誰憐范叔寒如此？自笑蘇秦困不歸"，《魯山墓》詩"東風蜀魄苦，西日魯陵寒"等句，對偶天成，沉着頓挫，世或以風花病之，抑未之思歟？

明人詩，蓀谷以何仲默爲首，仲兄以李獻吉居最，尹月汀以李于鱗度越前二子，論莫之定。鳳洲之言曰："律之獻吉而高，仲默而暢，于鱗而大。亦不以某爲首而某次之也。"益之嘗出一律而示之，曰："此仲默之逸詩。"初不覺真贋，則曰："此詩清絕，選律者不當遺之，必君之擬作。"益之不覺盧胡。詩曰："客衾秋氣夜迢迢，深屋踈螢度寂寥。明月滿庭涼露濕，碧天如水絳河遙。離人夢斷千重嶺，夢漏聲殘十二橋。咫尺更懷東閣老，貴門行馬隔雲霄。"間架語句酷似大復，具眼者亦未易辨也。詩乃上月汀相公之作也。

李益之從崔嘉運游靈光,有所眄妓,欲買紫錦而未得價布。益之乞以詩曰:“商胡賣錦江南市,朝日照之生紫煙。美人欲取爲裙帶,手探囊中無直錢。”嘉運曰:“蓀谷之詩,一字千金,敢惜其費乎?”乃逐字各直三匹以需其求。其愛才如此。

東坡詩:“惆悵沙河十里春,一番花老一番新。小樓依舊斜陽裏,不見當時垂手人。”蓀谷《悼亡》詩,亦襲坡語詩曰:“羅幃香盡鏡生塵,門掩桃花寂寞春。依舊小樓明月在,不知誰是捲簾人。”穠麗稱情,不覺用前人語。益之以花柳之失見謗於人,而乃爾牽情如此耶?

唐張祜、崔涯題詩于娼樓,譽之則結駟盈門,毁之則杯盤失錯。申次韶先生贈妓上林春詩曰:“第五橋頭煙柳斜,晚來風日轉清和。緗簾十二人如玉,青瑣詞臣信馬過。”妓因此聲價十倍。李益之嘲妓玉河仙詩曰:“頭如刷帚色如銀,默坐無言似鬼神。遍體綺羅疑借著,只宜終嫁郭忠輪。”忠輪乃瞽而富者也。妓本有名,而益之詩出,門戶頓寂。同是名娥,而一詩能增減起價,豈獨妓人邪? 夫士亦若是也。

益之詩世或以“花欠實”病之。然其《洞山驛》詩曰此:“鄰家少婦無夜食,雨中刈麥草間歸。青薪帶濕煙不起,入門兒女啼牽衣。”田家食苦之態若親睹之。《拾穗謠》曰:“田間拾穗村童語,盡日東西不滿筐。今歲刈禾人亦巧,盡收遺穗上官倉。”饑歲村民之語若親聆之。《嶺南道中》詩曰:“老翁負鼎林間去,老婦攜兒不得隨。逢人却說移家苦,六載從軍父子離。”其賦役煩重,民不聊生,流離辛苦之狀備載於一篇中,使牧民者睹此而惕然驚悟,施行惠活疲癃,則其爲補於風化者豈淺淺乎哉? 爲文不關於世教,則亦徒作而已。此等製作,豈不賢於瞽誦工諫乎?

益之嘗賦《落花》曰:“惆悵深紅更淺紅,一時零落小庭中。不如留着青苔上,猶勝風吹西復東。”語意含蓄。又賦《感懷》二絕曰:“城闕參差甲第連,五侯歌管沸雲煙。灞陵橋上騎驢客,不獨襄陽孟浩然。”又曰:“好爵高官處處逢,車如流水馬如龍。長安陌上空回首,咫尺君門隔九重。”《渡龍津》曰:“秋江水急下龍津,津吏停舟笑更嗔。京洛旅遊成底事,十年來往布衣人。”意甚悲感,真不遇者之詞。

《惺叟詩話》:盧相見僧軸有孤竹及益之詩,題曰:“當代文章伯,唯稱李與崔。”蓋非溢辭也。仲兄亦言:“李之詩,自新羅以來法唐者無出其右。”常稱其“中天笙鶴下秋宵,千載孤雲已寂寥。明月洞門流水在,不知何處武陵橋”之句,以爲不可及也。

崔詩悍勁,白詩枯淡,俱不失李唐蹊徑,誠以千古稀調也。李益之較大,故苞崔孕白而自成大家也。

《芝峰類説》:李達詩曰:"風泉響落秋山窗,石門月出踈鍾後。道人讀罷黄庭經,夜掃天壇拜北斗。"崔慶昌詩:"午夜瑶壇掃白雲,焚香遥禮玉宸君。月中拜影無人見,琪樹千重鎖殿門。"此二作俱佳,而崔詩末句押旁韻,可惜。

李達《挽南格庵》詩曰:"鸞馭飄然若木津,君平簾下更何人?床東弟子收遺草,玉洞桃花萬樹春。"格庵,南師古號也。師古曾從異人受真訣,遂通秘術云。若木津,蓋誤用"析木津"之語耳。

柳參奉錫俊,余弟婿也。嘗薄遊湖西,遇李達於逆旅中,有所佩刀甚善,達欲之。柳曰:"聞子能詩,若即席賦詩,當以相與。"達輒成一句曰:"愛劍如徐子,能詩愧杜陵。"乃大喜,不待成詩遽脱贈之,次其韻曰:"論文逢李白,解劍學延陵。"其豪爽若此。

《芝峰類説》:李達,洪州人,副正李秀咸蓄州妓所生者。其詩膾炙。……《寒食詞》曰:"白犬前行黄犬隨,野田草際塚纍纍。老翁祭罷田間道,日暮醉歸扶小兒。"逼唐可喜。

《霽湖詩話》:蓀谷詩有曰:"弄荷閑摘葉,臨水獨題詩。"松溪評之曰:"蓋閑摘荷葉,題詩其上之謂也。以一句而成兩句,詩中之妙法,觀者詳之。"余讀杜詩,至"石欄斜點筆,桐葉坐題詩",知蓀谷之工於襲取也。

崔學士孤竹慶昌以評事赴咸鏡道,蓀谷以《塞下曲》三首送之,其一曰:"都尉分兵夜斫營,漢家金鼓動邊城。朝來更聽降胡説,西下陰山有伏兵。"一時傳詠。余嘗閲唐于鵠詩,有"渡水逢胡説,沙陰有伏兵"之句。權松溪遊海上人家,有"鴻飛誤入欄"之句,余見何月湖《環翠閣》詩曰:"沙禽占水閑相趁,誤入踈簾静却回。"昔劉原父戲謂歐陽公曰:"永叔于韓文有公取、竊取者,公取者粗可數,竊取者無數。"蓋松溪約七言兩句成五言一句,只襲其意,可謂竊取。至如蓀谷全謄古句,略加數字,要以一時驚人,而非止公取、竊取,蓋發塚手也。

《詩評補遺》:唐李覯作詩曰:"人言落日是天涯,望斷天涯不見家。已恨碧山相掩映,碧山更被暮雲遮。"人謂此詩有重重障礙,意恐時命不偶。後果如其言。蓀谷《撲棗》詩曰:"鄰家小兒來撲棗,老翁出門毆小兒。小兒還向老翁道,不及明年棗熟時。"鵝溪評之曰:"此詩摸寫雖工,語意峭刻,無厚重底意思,非達語也。"後竟以窮終。詩之可以占人窮達如是夫。

《東國詩話彙成》:蓀谷年逾七十,客居平壤,城中老官妓頗能説李少時行樂。云在昔徐學士益爲大同察訪,崔學士慶昌爲本府庶尹,館李于浮碧樓,選妓中最有名者善琴歌者凡十餘人,令擁侍不離。崔庶尹每夕公務稍屏,與徐察訪肩輿到浮碧樓行酒賦詩,盡歡而罷。逮崔秩滿還朝,乃已浮碧樓板上有鄭知常絶句“雨歇長堤草色多”之句,古來傳以爲絶唱。一日崔曰:“吾三人每賦詩於此樓上,山川魚鳥嘲詠殆盡,盍命題賦一絶也。”徐曰:“以《採蓮曲》命之可也。”崔曰:“以板上詩爲韻也可也。”三人各把筆沉吟,務勝刻苦。崔徐既書,李乃繼書,竟推李作絶唱。其詩曰:“蓮葉參差蓮子多,蓮花相間女娘歌。歸時約伴橫塘口,辛苦移舟逆上波。”崔徐之作未讓於此,而特以李作爲第一。其崇奬布衣之義益可見。此則蓀谷爲梁霽湖備言之。

《二旬錄》:我國文章以明宣爲盛際。蓀谷李達出於庶孽,以詩鳴世,尤長於七絶,殆逼唐調。與孤竹崔慶昌、叢桂子鄭之升並驅騷壇,時人以“三唐”稱之。蓀谷欲一見金剛,貧不能辨治行具,常以爲恨。適往友人家,見輕裘掛壁,駿馬立廄,謂主人曰:“欲迎某人返魂,而所著甚薄,且無所騎,專恃來請。”主人果許之。蓀谷衣裘乘馬,直出東門,仍作金剛行,題一絶曰:“乘君之馬衣君衣,萬里湖山雪正飛。悄悵此行無送別,興仁門外故人稀。”以詩書於東城,謂城下人曰:“後日若有尋裘馬者,以此指示。”其主怪其不還,送人於其家,則其家亦不知去處。數日後,聞出東城,又尋之,只有此詩。遍踏諸勝,屢月而歸,裘已弊,馬則疲矣。

【按:李達(1539—1612)字益之,號蓀谷、東里、西潭。籍貫洪州。朴淳門人。文章書法出衆,與同門崔慶昌、白光勳等形成唐詩派,被譽爲“三唐”。著有《蓀谷詩集》今傳。其詩清新雅麗,沉着頓挫,爲三唐之首。《箕雅》收其五絶三首、七絶一七首、五律六首、七律七首、五古四首、七古二首。】

鄭之升　　字子愼,號叢桂堂。礦之從子。停舉不仕。

《研經齋全集·草榭談獻》:鄭之升字子愼,號叢桂堂,又號會稽山人。溫陽人。父碏。其伯父號北牕。北牕清眞冲虛,明三教,好棲逸,世所稱異人者也。之升狀貌瑩然,善爲詩。與李五峰好閔、林白湖悌遊,名出其上。居龍潭縣,常騎大龜而行,止則龜自藏巖石間,背有雲氣覆之,其奴輒跡而牽。至之升將歿,龜徘徊庭際,鳴聲如雷。宅畔設臺祭天,甚縹緲,頂有一松。至今傳叢桂子設醮所。牛溪成先生曰:“鄭公豈詩人而已?其學精微而力量雄偉,蓋諸葛孔明、王景略之流亞也。”其孫曰斗卿號東溟,亦以詩名。

《玄谷集·叢桂堂集敍》:余少也與鄭同福元亮爲騎竹友,日游戲於其門庭。時映墻壁,望見叢桂堂之儀範。玉貌瑩然,文彩動人,綽約如姑射上人。至今每恨齒尚癡騃,而不得攝齋以升,親承伽陵仙音也。時公聲名動京師,一時名流無不奔波,而獨與林白湖、李五峰爲詩社,酬唱篇什傳播人口,而二公率常在下風。公志在煙霞,厭其囂塵。一朝載書冊入茂朱山中,擇其幽絶處,緣崖架壑,搆一草堂,名之曰叢桂堂。逍遙偃仰,日哦其中,有飄飄然出塵之想。奇花瑤草蒽蒨庭除,怪禽異獸衛護藩籬。且有神龜高廣數尺,出自堂後,來伏階前。因以鐵環穿其兩旁,有時騎行,興盡而止。止則退隱于巖谷,吐氣成雲,以此識其去處,招來驅策。此亦山中之一奇事也。一日徘徊庭畔,引頸長鳴,聲如巨雷,移時而去。是日公歿。吁亦異哉!時成牛溪先生抵書於公曰:"結廬於萬山之中,彈琴讀書,足以無求於外。是以其志豪而逸,其調清以壯,有不可窺斑者。敬嘆之極,書拙句而還之。"其詩曰:"不坐詩窮氣自豪,興來拈筆水滔滔。無由咀破凌雲句,占得仙山地位高。"其詩道之見重於一時如此。不幸早世,遺篇逸句流落於人間者甚尠。元亮裒集其若干首,每囑于余曰:"子於吾先集,不可無一言而弁之。"余以不文辭而拒之矣。後見古玉,問叢桂之詩。古玉稱以高品,嘖嘖不已曰:"此吾家千里駒,眞射鵰手也。非老夫所敢議。"又見牛溪問曰:"先生何以稱叢桂堂之詩若此耶?"先生曰:"世人徒知鄭公之詩,而不知學術之精微,力量之雄偉。天若假年,其文章德業之成就何可量乎?雖比之於孔明、景略亦不多讓云。"余聞古玉、牛溪之言,始知叢桂堂之爲人也。嗚呼!歲月易流,人生幾何。自古玉至元亮,三世已作故矣。元亮之胤三人,皆以文科擢第趾美。而校理之詞源出於叢桂,駕古玉軼北牕,而駸駸乎漢唐,文學遷而詩逼杜。是何文章之世不乏人,逾出而逾奇也。今校理公纍然在憂服之中,而累次求索先集之序文如是其繾綣者,非以老僕之文字能發揮先集也。爲其閱歷先世,詳知終始,而且有元亮之請故也。於是忘其荒拙,略序聞見而識之。

《清陰集·叢桂堂世稿序》:《叢桂堂世稿》者,溫陽氏之所述也。世稱溫陽氏長於詩,松壤公、古玉丈人皆其先詣,余後不及見叢桂堂,而與其胤民部君游,竊記其一二。間又聞詞苑諸公言,皆推叢桂堂詩調爲過人,人人無異口。繇是益嚮往之,思欲盡窺其閫而未獲也。乃今者民部君諸胤,遠示此編,求一言敍之。敍則吾何能焉,猶自幸夙心之見諧爾。既受而卒業。高才麗情,有味乎其言之昔者所聞,似有不能盡之者矣。顧其志不專於詩,而年又厄之,所記錄止於是。惜哉!然詩貴多乎哉?不多也。尚可與知者論之。若民部君之附尾,足以見世論之匪溢,而寔出於孝子思顯之意也。因書此以歸。

《鶴山樵談》:鄭上舍之升善詩,林子順輩甚推奬之。世傳一詩曰:"草入王孫恨,花添杜宇愁。汀洲人不見,風動木蘭舟。"《送僧》詩曰:"爾自西歸我亦西,春風一別路高低。何年明月逍遥寺,共聽東林杜宇啼。”又一聯曰:“客去閉門惟月色,夢回虚岳散松濤。”恨不見其全集。

《芝峰類説》:鄭之升詩曰:“草入王孫恨,花添杜宇愁。汀洲人不見,風動木蘭舟。”混書唐詩集中,以示崔慶昌諸人,皆不辨云。又嘗有警句曰:“南貧置酒朝醺足,北富熏天夜笛高。”

鄭之升遊嶺南,只成一聯曰:“十室仁同縣,千峰智異山。”更著一句不得而還。

《霽湖詩話》:鄭處士天游之升以詩鳴於世,其叔父古玉碏尚稱其才調絕等曰:“‘鳥鳴春有意,花落雨無情’者,非仙語乎?”以余所見,上句近兒童所誦聯句。古玉舉是爲言,未可曉也。常聞林白湖誦天游一絶曰:“草入王孫恨,花添杜宇愁。汀州人不見,風動木蘭舟。”爲近世絶唱,自以爲不可及,是則果然矣。天游本洛陽人,少年時不得於世,卜地龍潭萬疊山中,草堂顔以“叢桂”,遂終焉。

《於于野談》:余少時遇詩人鄭之升于外舅申家,問曰:“鄭士龍遊金剛山無佳作,獨一小詩絶句爲絶唱,信乎?”之升曰:“古人賦楓岳,無有放象楓嶽之面目者,至於湖陰詩‘萬二千峰領略歸,蕭蕭黄葉打秋衣。正陽風雨燒香夜,蘧瑗方知四十非’,信是佳作,但此詩雖于香林、淨土賦之亦佳。香林、淨土兩寺,京山俗刹也。獨權近詩二句:‘削立亭亭千萬峰,碧雲開出玉芙蓉。’此則善形容金剛面目者。”今而思之,真所謂可與論詩者也。

鄭之升幼時未有室家,有所私娼女。父母憂其妨業,奪冠履,囚之密室。其友以女簡通之,之升以詩答之曰:“梨花風雨掩重門,青鳥飛時見淚痕。一死可能忘此别,九原猶作斷腸魂。”之升隨其舅如德川,始與魚川察訪論交,以折簡相問,用俗間書辭爲詩曰:“謹承書問慰難勝,保拙無非下念仍。細柳營中初識面,生陽館裏更挑燈。孤雲落日同相憶,斗酒長篇獨不能。餘祝萬安懷縷縷,伏惟尊照鄭之升。”其發言成詩,才氣蕩溢如此。時有僧自逍遥山遊香山而歸,之升於德川途中相遇,題其詩卷曰:“爾自西來我亦西,春風一杖路高低。何年明月逍遥寺,共聽東林杜宇啼。”香山、逍遥山,余所愛玩者,尤於此詩不忘也。惜乎!之人也,以如此之才,而不成一名,早夭,甚歎。

《小華詩評》:鄭叢桂之升《留别》詩曰:“細草開花水上亭,綠煙如畫掩春城。無人解唱陽關曲,惟有青山送我行。”李芝峰睟光詩曰:“寂寞扁舟鴨綠津,風光渾似昔年春。誰能解唱陽關曲?惟有江波送遠人。”叢桂、芝峰生並一世,未必蹈襲,而何其相似?鄭詩比李頓勝。

《詩評補遺》:叢桂堂鄭之升詩一聯曰:“客去閉門留月色,夢回虚閣散松濤。”許筠嘗稱“神語”。

【按：鄭之升(朝鮮宣祖時人)字子愼，一字天遊，號叢桂堂，會稽山人。鄭礦從子。其詩豪逸清壯。《箕雅》收其五絕一首、七絕一首、七律一首、七古一首。】

韓浚謙　**字益之，號柳川。清州人。宣祖朝登第，選湖堂。都元帥。仁祖朝以國舅封西平府院君。謚文翼。**

《朝鮮仁祖實錄》卷一六：五年七月辛巳。領敦寧府事西平府院君韓浚謙卒。浚謙字益之，號柳川，清州人也。風儀秀偉，器量宏深，早負公輔之望。嘗按節北方，先刊《家禮》、《小學》，翻以諺釋，又倣《儀禮》作鄉飲酒、鄉射之禮。出入勤勞，宣力四方，大得士民之心。及按嶺南也，惡鄭仁弘之爲人，巡過其門，一不通問，竟爲其黨文弘道所搆捏，罷還。癸丑之變，逆臣爾瞻以先王遺教七臣，保護永昌，而浚謙亦在其中，嗾死囚朴應犀上變，浚謙遂被逮。人勸其以與延興不相厚爲辭，浚謙曰：“死生，命也。賣人自脫，吾不爲也。”及爲國舅，益加謹愼。及卒，人皆惜之。

《東州集·領敦寧府事西平府院君韓文翼公墓誌銘並敘》：天啓七年秋，領敦寧府事西平府院君柳川韓公卒。……嘉靖丁巳八月生公，諱浚謙，字益之。幼有異質，體器宏遠。六歲解綴文，髫齡而學業已成，見者嘖嘖稱公輔器也。己卯捷生員壯元，進士第七名。明年議政公卒，致毁踰制。喪畢，東銓屈公補泰陵直。丙戌擢文科，即選藝文檢閱。宣廟御題試儒臣，公詩居首，又次御製以進，俱加蕃錫。大學士李山海稱引特盛，由注書奉教。己丑陞典籍，丐外得衿川縣。宣廟詢其有母，然後乃許除。朝議惜其出，至論劾銓官。秋，賜湖堂讀書暇。十月，鄭汝立謀反事發，以其甥用薦入史局，逮公下理。宣廟察其冤釋之，遽命復敘，猶爲言者所持，遂盡室歸原州。買田明農，爲終身計。壬辰變起，遙授禮曹佐郎、正郎、侍講院司書、江原都事，路梗未及達。原州敗，即拜公爲牧使。煦摩剔搔，闔境賴完。乙未，始以司憲府持平赴召。自是連除侍講院弼善、司諫院正言、弘文館校理、知製教。文忠柳相國素重公，辟爲從事。軍國巨細，咸資贊決。唯朝廷亦欲不次用公，纔擬副修撰，復擬嶺南方伯，古未嘗有也。丁酉歷檢詳、舍人、應教、司諫，兼參校、輔德、執義、典翰。秋承宣缺，上破資格擢同副承旨。時賊鋒內逼，天將麻提督邀上渡江，督發重臣調蒭輓甚急。上命公往提衡戎政，襄益弘多，沿路設撥，日夜通警報，著爲永制。冬，以右承旨特進嘉善階，觀察京畿。群不逞既逐西厓相，百計沮撓公不已。竟露章自免，拜大司成。己亥按嶺南節。鄭仁弘瞷知公薄之不與通，嗛前後憾，嗾其黨劾公。庚子敘兵曹參判、同知春秋館事。辛丑，兼副體察使。壬寅全羅監司。癸卯遞禮曹參判。國家新去亂，疆域踈虞，上朝而問將，首揆漢陰李公薦公職秩雖卑，望實雅隆，廷臣罕出其右，遂拜四道都元帥，從亞卿超序制閫，而一時譚藝苑者亦以歸公。由是再爲副提學、吏曹參判、世子賓客。乙巳，視師南服還，特陞戶曹判書。翌年詔使至，館儐供億，經調有裕，移大司憲，同知經筵。尋觀察平安道。戊申，遭大夫人憂。既除，歷大司憲、漢城判尹，出爲咸鏡道觀察使。至則重建定和陵碑，竪石於龍潛舊地，教民以敬，首先闡風化，禮高年，旌異行，奬進蒙學，提誨不倦。譯文公《小學》、《家禮》，分佈勸講，北俗丕作彬彬，質有其文。滿三歲不許代。至癸丑朴應犀獄起，誣殺國舅延興公，幽永昌大君，株連善類，機穽四發。初宣廟大漸，知光海不克保骨肉，手書遺教略曰："大君幼稚，未及長成。人心難測，願諸公愛護保持。"書封若將付公等七人者，實未嘗出也。及是，爾瞻謂非先王御筆，文致七臣罪，囑柳活削公等仕版，又誅死囚鄭浹，濫引名公卿，朝序盡空。公被囚將置對，或愍公且不測。以公與延興纖芥可證，勸之款實。公不肯曰："死生有命。吾惡夫賣人蘄免。"爰書上，放歸田里。出圜戶卽就湖莊。伯參議公已謝事歸休，對舍相依，昕夕怡愉，安時委順，不以患難置懷。凶徒慕公名，有欲參尋候問，則斂身自避，又不以震剝頹其守。爾瞻既顓朝柄，愈欲廢母后。追戮延興，論竄七臣。公責忠原縣，塞兌屏跡，五年不踰閾。辛酉移黃驪。未幾建虜覆遼左，羽報踵聞。廟堂舉公爲督，起徒中擢五道都元帥。公輿疾而趨，控辭闕下。光海曰："無庸大寒索裘晚矣。"於是黽勉開府于中和。知時事已去，唯和節持衆心。癸亥春，今上靖内難，中宮殿下位坤極，進公輔國崇祿大夫領敦寧府事，西平府院君，亟召還朝。前後兼留都都體察使、都摠管、知春秋館。俱引肺腑嫌，固讓不拜。丁卯，奴賊闌入海西，東朝南下。公以陪衛大將從，仍掌撫軍司。寇退，奉詣行在。南還京，舊風復作，至七月益甚。纊息已微，猶命遷寢正席以終。上聞訃震𢥞，輟三日朝。王世子出次舉哀，臨吊加禮。卿士大夫下逮臺輿走卒，莫不失聲齎諮曰："國將如何？"自始殁比葬，官庀喪事，中使監護，度支致賵，儀部致祀，太常議易名之典，贈謚文翼公。春秋七十有一。其歲九月，厝于原州陰枝村。

《柳川遺稿・年譜》：（略）

《柳川遺稿・序（李植）》：西平韓文翼公少以詞業進，富有篇什，而燼於倭亂。中年出入勤勞，置稿不全，而又佚於甲子之訌。其後所追拾尚有若干卷，而頃值江都陷覆，竝與公私文籍而亡焉。嗚呼！斯文厄矣，豈惟公之遺稿爲不幸也。玆者大胤林川公搜訪于士友間，獲詩若文數十篇，分類爲帙。既懲前之無副本而致散亡，則亟謀入板行布，且命植撰次敍引。植艱棘之餘，神志衰落，其何能發輝萬一，少有效於幽明知遇間耶？姑受而卒業。就加証定數處而歸之。仍念公天才高而學問博，其爲文章氣渾理勝，調格純熟，自成一家語。計其一時塤篪，若漢、鰲、峰、垌諸鉅公，殆無以出其右。而乃後來文衡之薦，藝苑之評，則反居諸公之次。豈非師垣重望有以掩之故耶？然公平日未嘗與人論兵家成敗時務得失，其所籌畫特見之行事而已。顧獨喜與文人學子敍述談詠不倦。噫！公於此藝豈有所偏好而然。蓋其謙德弘量，愼言而默識者，乃其行業文章之根柢，此豈俗儒賤見所能測哉？然如植之麽眇賤僻，而幸得升堂覿奥，到于今尚論其髣髴者，初不過以文墨小技被接引焉。則文之不可已而亦不可不傳于後者，有如是夫。是集也雖不足以盡其全體，且以余所僭論者逆之，則亦可以得其涯涘矣。是爲序。時崇禎己卯抄秋下浣，嘉義大夫行司諫院大司諫德水李植拜手謹序。

《樂全堂集·柳川先生集序》：林川守韓侯會一氏，間就余垂淚而語曰："吾先君平生著述甚富，不幸亡於兵火。今所摭拾爲編者卽千百之十一，不可謂成書，猶欲梓而行之，得子一言以敘之。庶乎罪我知我。"其辭恭，其意甚戚。而數書更僕，其請彌勤。余辭不獲，乃愾然作曰："凡世之以文章自鳴者何限？而其傳諸久遠，垂之不朽，不在於簡篇之多寡。而況有德者之言乎？余不佞以家庭之故，獲習諸先進長德，而自幼游白沙李相國之門。相國常字先生而謂之曰：'某甫一世之偉人也。'及聞諸先進長德之論，亦莫不然。余則已私識之，稚昧不識所謂偉人者何狀。雅觀《晉史》以謝安、桓冲爲江左偉人，常試以二子之跡求之。幸而受知於晚際，許以通家之誼。十數年間，得於熏灌者蓋不淺。亡論其宏宇邃識自有人所不可及者，而處窮達禍福之際，屹然不動。平居望之，嶽峙淵渟，崖岸莫測。卽之盎然和煦，與物同春。余於是始知偉人者果如斯。而顧乃以先生之德，考安石公、元之績，當時特舉其風流志業系望之隆而言之。若先生問學之博，秉禮之正，足以範世而敦俗，有非晉人所可擬者。先生而端委巖廊，任開濟之責，則其澤施可易概哉？噫！先生真一世之偉人也，文章在先生固是余事。然少年登場，一戰而霸操觚，而當先生之世者咸斂衽而讓其桴鼓。天之畀先生之德之才可謂全矣。其詩若文猶有源之水决而爲瀾，逢陽之柯敷以爲華。不煩機杼，粲然成章。信乎有德者之言也。遺編之入梓者，雖出於摭拾，崑璧隋珠，愈小而愈珍。其傳諸久遠而垂之不朽，後之讀是集者，必恕余言之非諛也。"

《鶴山樵談》：韓益之以事落職歸田，渾家下原州，乘船到宗室順致守之墅。守方射帿取樂，馳人問是誰，益之不對。送一絕以謝曰："公子風流自不群，春來漁釣杏花村。扁舟過客勤相問，我是衿陽舊使君。"守取船逐之，不可及。時益之以衿川守罷去，而順政卜居於衿，故云。

《旬五志》:西平府院君柳川韓浚謙有四婿:李正幼淵,次呂參判爾征,次玄谷鄭監司百昌,次綾陽君。綾陽君即仁祖大王在潛邸時君號也。西平嘗各作别號以戲之,皆用字戴冠者。以李稱牢之,言其肥鈍也;以呂稱宫之,取其姓也;以鄭稱蜜之,謂其姓性燥也;以仁廟稱寵之,以其氣像非常也。鄭嫌其比之于蜜,常恨之。及西平被竄,玄谷謂西平曰:"聘君曾稱我蜜之。聘君則今爲竄之矣!"蓋以鼠譏之,西平不覺發笑。

《東國詩話彙成》:西平未釋褐時,自稱"内禁衛",訪荷衣迪於湖堂。荷衣遊寢,學士申光弼獨坐,西平謁之。申曰:"何爲者?"西平曰:"生鄉曲武夫,名隸禁衛,冒尊唐突,不勝惶恐。"申曰:"無傷也。吾欲作風月,君可呼韻乎?"西平曰:"失學操弓。何以呼韻?"申曰:"第呼所知之字。"西平曰:"請以所業呼之。"仍曰:"鄉角弓黑,角弓之弓字。"曰:"可矣。"即賦一句曰:"讀書堂畔月如弓。"西平曰:"順風逆風之風字。"申曰:"奇哉!同韻。"又賦一句曰:"醉脱烏紗倚岸風。"又曰:"更呼之。"西平曰:"邊中貫中之中字,可乎?"申曰:"奇哉!三字同韻。"遂成落句曰:"十里江山輸一笛,却疑身在畫圖中。"俄而,荷衣睡覺,謂西平曰:"君從何來?"申曰:"韓内禁之呼韻,奇哉!奇哉!"仍道其事。荷衣笑曰:"自見欺也!此吾妻甥韓浚謙,即新科壯元也。"申愕然,甚愧其見瞞。

【按:韓浚謙(1557—1627)字益之,號柳川,謚文翼。籍貫清州。仁祖岳父。著有《柳川遺稿》今傳。其詩悲壯沉雄。《箕雅》收其七律二首。】

權　韐　　**字汝明,號草樓。擘之子。**

《光海君日記》卷一〇四:八年六月辛丑。刑曹判書許筠上疏,大概:"柳燦納招時,以臣之小札進呈云。臣初聞成汲之言,知臣一家人亦入於崔沂招辭,而權韐參看知之云。欲知誰某,即簡問於韐,且請其來,則韐來言之,始知其詳。但沂之納招時,增減人名,與元情初草有異,欲爲鉗人口,免己罪之計,指嗾厥壻,以其投韐之札,自爲奇貨,至於上達其簡中數語,不過欲詳問人名。且以爲從實直招,則自就好逕云耳。因此搆臣,敢陳曲折事。"

《陶谷集·贈吏曹判書權公謚狀》:韐,主簿,贈參判,號草樓,亦能詩,與弟石洲韠俱負藝苑名。

《悔軒集·左參贊權公行狀》:韐,宗簿寺主簿贈戶曹參判,號草樓。

《終南叢志》:權韐,韋布寒士,石洲之弟也,號草樓。其《松都懷古》一絶曰:"雪月前朝色,寒鍾古國聲。南樓愁獨立,殘郭暮煙生。"一時膾炙。權嘗遊三角山僧伽寺,時諸名士來會飲酒賦詩。權與座談詩自若,座中侮之曰:"今日名官之會,彼書生何乃唐突也?"權笑曰:"諸君之爵,豈抵吾一句哉!"諸名士異之,請誦其句,權即朗吟"雪月前朝色,寒鍾古國聲"之句,諸名士乃大驚,上座而敬之,飲醉竟日。

《小華詩評》:權韐:"幽人偏愛澗邊石,山鳥不驚林下僧。"幽修超絕,可壓前數聯。

又權韐所遇鬼詩云:"樓臺花雨十三天,磬歇香殘夜闃然。窗外杜鵑啼有血,曉山如夢月如煙。"音韻皆高絕瀏幽,自非人間語。豈鬼神亦自愛其詩,往往有警作,則必借人傳世以彰其才歟?

【按:權韐(1562—?)字汝明,號草樓。權擘子。權韠兄。其詩瀏幽超絕。《箕雅》收其五絕二首。】

權 韜　　字汝晦。韐之弟。

《光海君日記》卷一一〇:八年十二月癸卯。傳曰:"罪人權韜放送,玄今、玉善依律文爲拏放送,鄭忠男、申孝業、高大觀竝絶島安置,順慶絶島圍籬安置,他援引人等竝參的定配。"(權韜,韠之弟。以交私沈友英謫南方,仍謁鄭仁弘得幸,仁弘力陳其冤,故得放。)

《澤堂集·贈禮曹參判習齋權公墓碑銘并序》:前夫人有男一:曰韠,別坐。後夫人有男五:曰韌,縣監;曰韞,經歷;曰韐,主簿;曰韠,即石洲公,光海朝坐詩案死,今上朝追贈持平;曰韜,進士。

《凝川日錄》:光海乙卯九月廿二日。左相引見時啓辭大概:白惟讓等伸雪事,權韜冤枉事,朴致毅姑停逮捕之令事,任兗可用之人事。因政院啓稟。傳曰:"白惟讓等事事在先朝,徐當熟量以處。他餘事令推鞫廳議處。"……光海丙辰十二月初七日。傳曰:"罪人權韜放送。"

《小華詩評》:權韜"杜鵑聲苦春山晚,枳殼花殘古寺幽",詞極清警。

《詩評補遺》:有韠、韌、韐、韞,石洲之兄也;有韜,石洲之弟也。兄弟六人皆以詩鳴,古亦未聞,奇哉! 今各取一篇錄焉。……韜《贈僧》詩曰:"爾家本在水雲間,偶入風塵久不還。時與病翁相對坐,一燈春雨說仙山。"

權韜光海時被謫三嘉,有詩曰:"臣罪如山死亦甘,聖恩猶許謫江南。臨岐別有窮天恨,慈母時年八十三。"爾瞻惜其才,奏其詩,特原之。宋時有人不悅于秦檜,嘗試謁之,檜問:"從何來?"對以"道由沅湘"。檜問:"有詩否?"曰:"有之。"仍誦曰:"東風吹雨草萋萋,路入黃陵古廟西。帝子不來春又去,亂山無數鷓鴣啼。"檜愛其才,改容禮待。與爾瞻之白原權韜古今一揆。雖以檜、瞻之惡,亦能愛才。世之不愛才而忌疾反害者,能不愧此兩人乎?

【按:權韜(1574—?)字汝顯,安東人。權鞸弟。其詩詞句清警。《箕雅》收其七絕一首。】

車雲輅　　字萬里,號滄洲。天輅之弟。宣祖朝登魁科,官止正。

《朝鮮宣祖實錄》卷一四九:三十五年四月壬子。旋有輪對。漢城判官曹胤禧、奉常判官車雲輅(門地雖卑,而爲文壯麗,尤用力於經傳、古文,《四書》、《六經》無不貫誦。其兄天輅文詞優於雲輅)、工曹佐郎趙玹、戶曹正郎安復善、軍資判官李擎廈入對,各以其司之弊陳奏焉。

《於于集·贈禮曹參判行平海郡守車公軾神道碑銘竝序》:生五男三女:……次曰雲輅,癸未文科壯元,亦僉正奉常寺。

《松都記異》:車斯文軾。松都人也。……二子天輅雲輅俱登第……雲輅亦有文名,官至寺正。

《於于野談》:正月十五日,農家候月,未著于古記。而東民占其歲豐歉,見驗如神。車滄州雲輅嘗作《農家候月》一近體四韻曰:"農家正月望,常候月陞天。近北豐山峽,稍南稔海邊。赤疑焦草木,白怕漲川淵。圓滿深還黑,方知大有年。"

《小華詩評》:車滄州雲輅《竹棲樓》詩曰:"頭陀雲樹碧相連,屈曲西來五十川。鐵壁俯臨空外鳥,瓊樓飛出鏡中天。煙霞近接官居界,風月長留几案前。始覺真珠賢學士,三分刺史七分仙。"讀之爽然。且如《山行即事》詩曰:"峽墮新霜草木知,寒江脈脈向何之?老龍抱子深淵裹,臥教明春行雨期。"詩意清奇,道人所未道。評詩者以滄州優於五山。滄州嘗自論詩曰:"吾則精米流脂五百石,家兄則皮雜谷並一萬石耳。"

《詩評補遺》:車滄州雲輅《浮碧樓》詩曰:"浮碧層樓接絳河,朝天猶記石盤陀。雲橋俐落拋金輦,霧窟消沉斷玉珂。半壁寒花爭錦繡,幾年芳草鬥綾羅。歸僧蕭守客回棹,千古興亡愁奈何。"詞極遒緊。且如《三月三日》詩:"老去真難養性靈,詩憐吟詠醉憐醒。三三又得纖纖雨,天意分明助踏青。"詩翁佳致,字字可見。

【按:車雲輅(1559—?)字萬里,號滄州,天輅之弟,籍貫延安,宣祖十六年(1583)文科及第。二十九年任全義縣監,經奉常寺判官,至校理。與其兄天輅善文、詩、書。著有《滄州集》。其詩遒緊俊爽。《箕雅》收其七絕一首、七律二首。】

玄德升　　字聞遠,號希窩。宣祖朝登第,官止司藝。

《冠峰遺稿·與鏡城同宗》:高祖參判公之從氏諱德升,號希菴。光海初登第,《國朝榜目》云八莒人。窃念其時去古不甚遠,希菴公又以文章節行聞於當世。當昏朝孽臣秉政,以直講棄歸天安。反正後拜持平,不就。其意葢有在也。至今鄉黨稱頌不衰,至有俎豆之議。

《柏谷集·見歸田錄序偶題》:蓋就陰玄德升西湖人,以文章鳴世者。作官湖南,與金公喜共爲詩。見其詩而美之,取以來播傳之。

《月沙集·倦應錄上》:吾詞友玄聞遠,自號希菴。號所居櫟巖,蓋巖上多生櫟樹,取其樗散以自況也。撮居之佳致爲十八詠示余曰:"上八句景象,下八句事業。"要余題詩。顧余悤悤不暇盡構,且景象則吾未嘗寓目。而事業與我頗相類,故先以下八首寄題,亦所以自道也。

《谿谷集·題希窩玄公詩稿三十韻》:"昔交徐秀夫,始聞玄公名。聞名未識面,自歎虛此生。蒿里寄哀挽,愴然空沾纓。節孝與玄晏,擬倫良不輕。徐生輯遺稿,就我要批評。長短古今詩,二卷猶未盈。盥手一披讀,聲韻何琮琤。碧瀨少淵泓,清激心神醒。瓊樹美柯條,不願充筳楹。野逸林魏儔,刻厲郊島幷。陡覺牙頰爽,越茗滌葷腥。亦復喜使事,搜剔窮窈冥。縱非陶猗產,臚列頗縱橫。獨怪清澹姿,未謝丹白情。苦語不忍讀,一字一涕零。艶語一何麗,夢魂留餘馨。才子或多情,何嘗累堅貞。閑情出國風,未可疵淵明。生平嗜麴蘗,五斗堪解酲。苦乏種秫資,無以滿缾罌。津津語不厭,風調令人傾。皇天賦萬品,予奪多不平。有才苦無命,借問誰使令。才名四十年,窮獨依林坰。百事不如意,貧病相纏嬰。畢竟奪童烏,誰復傳玄經。文章獨不朽,百代存典刑。秋懷和余作,壓卷最精英。莊惠激雄辯,郢匠相待成。神交付冥寞,持此慰潛靈。"

【按:玄德升(1564—1627)字聞遠,號希窩、希菴。星州人,居天安。宣祖庚寅增廣試文科。著有《希菴集》今傳。其詩清淡野逸。《箕雅》收其五律一首。】

崔　濈　　字彥沉,號楊浦。進士,早夭。詩筆俱奇。

《白沙集·成均進士崔公墓碣銘》:昔我宣宗大閱于西郊,余與隣友萆山而竊窺焉。日旰觀止矣,俄聞呼趍且辟,避入道傍空舍。先有冠童數十人,倦從仄徑來,游服放紛,或褰者袒者,夷踞族談而讙呶者,若生駒之群騰于槽而相蹄齧焉。見有間行一小生,鳳眼星煜,德宇淵停,出班而揖余,同行者睥睨。語移時,視下言徐,如類有心者。余心異之,肘之問誰。友人曰:"子不識耶?是世所稱神童崔氏子濈也夫。夫九歲辭家,負笈海州,從栗谷受詩史。筆追懷素,詩類青蓮,餘事音律。傍通繪事琴嘯笙笛之戲,梅竹蘆鴈之妙。凡諸曲藝,允臻其極,駸駸乎有古作者遺韻。異時張吾羣而主夏盟者將在於斯。”明年乙酉,聞成進士。後五年己丑冬,人以訃告。余愴焉失圖,若掌珠之墜于淵也。又後二十有二年,其胤子有海。以其家狀逐臭於老夫。按狀:崔出海州爲望族。高麗文憲公冲位冢宰,時稱海東孔子。其後有諱堉,卒官禮曹佐郎。生諱文孫,司憲府監察。生諱瓊,訓鍊院都正贈兵曹判書。生諱汝雨,渭原郡守。娶尚州李氏,以隆慶戊辰生君。靈苗既秀,粹乎其生色也,若皓月之揚輝。家人殺鷄,聞其聲,惻然却不食。家兄勸學,抶其不勉,輒自進夏楚,受罰唯謹。及兄亡,瘠色洵涕,越禮心喪。十四中貢試。及入禮圍,則栗谷爲考官。心以師生爲嫌,詩成而竟不薦。聞者益知有隱德焉。及長,傑然有向道之志。澡身飭志,過言不再。羣居稠坐,不見崖岸。嘗製深衣幅巾,燕處欽欽。刮磨俗習,離經辨志。或曲肱假寐,或通宵靜坐,妻孥未嘗見惰容。嘗見道家書,心欣然庶幾有萬一冀。其卒之年,入聞慶陽山寺,閉戶深居,課更讀《易》,因以成疾,遂不起。得年二十有二。吁!短哉。當時執友考業於君而取益者,在今若太宗伯申公欽,掌邦禮以序天人;大司徒黃公愼,掌邦賦以登萬民。是皆精神治理,羽儀朝端,將以稱於天下曰“本朝多名士”。幸而天假君數年,義益精,仁益熟,得與二君子者馳騖於一時,則其所樹立何如也?君字彦沈。配高靈申氏,郡守鴻漸之女,駱峰先生光漢之孫。與君同年生,少聰慧,頗識《小學》等書。既以未亡自居,斷髮溢糜,竟以是終。葬在楊州紺坡。君初葬龍津,戊申十月,移葬于紺坡。有一子,即逐臭者,亦嗜儒。天將以是償之耶?銘曰:“有有之而不施者,無無之而能施者。無而妄施者灾也,有而能施者宜也。嗚呼崔君之有,天若將以有爲也。其止於斯者,竟歸之誰歟?”

《月沙集·楊浦崔彦沈遺稿序》:嗚呼!此吾亡友崔彦沈稿也。彦沈在世二十二年,其稿固自尠。下世今二十五年,亡失亦應多。嗚呼!宜其少矣,抑何必多也。其詩清逸有韻,恰得唐人風致。雖語或未鍊,而天分自高。有似丹穴鳳雛聲纔出吭,已足驚人。讀之往往風籟爽然,殆非煙火食人語也。此所謂隋珠崑玉,愈寡而愈珍,亦何必多也。使其少假以年,則將役僕百家,睥睨騷雅,豈特張門戶樹旗幟而止哉?惜矣惜矣。嗚呼!彦沈豈獨詩乎?丰姿德器,嶽秀淵停,峻節霜寒,和氣春溫。至今使人森然在眼中。蓋賦質既粹美,而早從栗谷先生學。飭躬刻志,從事實踐。未弱冠,凝凝已自大儒。若詩章筆蹟,人誦而家揭,則彦沈固不屑也。豈非重可惜也?嗚呼!才足駕一世,而屈於上舍;志不滿萬古,而促於短途。使後人未見其光輝充實之盛,而徒寓想於寂寥斷編之中,豈造物者故有意於與奪,而不較倏短於其間否耶?彦沈有一子,曰有海。砥行力學,有父風,人謂彦沈不亡。一日,手遺稿示之曰:“小子未免懷而失先子。先子遺稿,拾聞於流傳者若干,恐其又失也，圖所以剞劂之。已倩南窗筆寫一通，非公莫可序此卷。敢泣而請，庶死骨不朽。”嗚呼！古人云：“思元賓不見，見所與如元賓。”況其遺稿乎。顧忍書哉？而亦不忍不書。遂書爲楊浦遺稿序。彥沈名澱，楊浦其號。萬曆癸丑臘月。

《鶴山樵談》：崔澱彥沈有神童名，早歲嘗遊金剛，因覽嶺東山川，至鏡浦題詩曰：“蓬壺一入三千年，銀海茫茫水清淺。鸞笙今日獨飛來，碧桃花下無人見。”仲氏亟稱之，賡其韻焉。不幸而夭。

《小華詩評》：王弇洲作《文章九命》，其一曰“短折”。仍舉古今賢人有文而無壽者四十七人，余讀而悲之。嗟夫，天之生才也不數，閱千百載才一二，而有苗而不秀，秀而不實者，何哉？余取我東有文而無壽者十二人，各選一首而附之。……崔澱，有才，早夭，號楊浦，九歲時從栗谷自坡州返京，馬上栗谷呼韻，崔即口對曰：“客行何太遲，不畏溪橋暮。青山一片雲，散作江天雨。”

《星湖僿說》：崔楊浦澱《鏡浦臺》詩：“蓬壺一入三千年，銀海茫茫水清淺。鸞笙今日去不來，碧桃花下無人見。”人謂古今絕唱，後人不敢續也。宋時魏仲先有詩：“尋真誤入蓬萊島，香風不動松花老。采芝何處未歸來，白雲滿地無人掃。”崔詩殆活剝生吞手段也。東人每依仿古語以爲己作，而無人辨得出，往往如此。

【按：崔澱(1567—1588)字彥沈，號楊浦。籍貫海州。李珥門人。詩文出衆。擅花鳥、書法。著有《楊浦遺稿》。其詩清逸出塵。《箕雅》收其五絕一首、七絕一首。】

金止男　　字子定，號龍溪。宣祖朝登第，官止監司。

《龍洲遺稿·監司龍溪金公墓誌銘并序》：不佞少也聞諸長老言：“國家文明之化至宣廟朝而極，亡論褒衣韋帶譚道義者蔚然輩出，如晏殊、楊億神童之稱指亦多屈。”龍溪公卽宣廟朝神童之一也。神童而有位有年，固古今之所患㝡。公位躋二品，年終七十三。庸非受氣於天，不亶蚤成而已歟？公諱止男，字子定，號龍溪。光山人。公生七歲能詩。十三次昌黎《南山》詩，朴梧亭蘭批之曰：“此捕龍搏虎手也。”至十四十六，數獲雋學製間，名聲藉甚。公姊壻李公梀以古文辭鳴世，欲以難試公，用《易》“鼎覆餗”爲題。公應口作古詩十四韻，又作賦四六五十餘句。李公歎曰：“吾當遜汝一頭地。”萬歷辛卯秋成進士。冬登別試大科，分隸成均，物論惜之。壬辰島夷入寇，上西幸。公以老母病甚，不能執靮，羈旅湖內。召集義旅，爲遏賊計。詳見趙憲抗義篇。佐建義大將沈相守慶。癸巳，自幕府赴行朝。大臣啓改分館，移公槐院，俄薦堂后。冬十月，大駕還都，選補藝文館檢閱兼春秋館記事官，奉命檢首陽設版，與監司柳永慶不相能。及柳用事，公之累躓由此云。其后戊申，宣廟昇遐，攻柳者鵲起，引公爲助。公不從，識者稱公長者。甲午丁内艱。服闋陞奉教，辭。其年冬遷水部郎。丁酉以兼春秋承命守江都史庫。夏黄州判官。己亥京圻都事，遷户曹正郎，自秩郎改平安都事。無何，參弘録。辛丑由秋官郎轉司諫院正言，參校《易解》。嘗以正言登對謁上過，人稱眞諫官。武夫李時彦判京兆，賤臣鄭德珪授内乘，皆劾之。又論内奴貢違惟正，陞獻納。坐論嶺儒疏詆成文簡公事，遞拜禮郎。壬寅以謝恩使書狀朝京。丙午日本源家康殲平爲關白，遣橘知正請和，稱執犯陵賊以送。朝廷選接慰官，公往焉。到釜山馳啓曰："橘是馬島人。非關白使臣。與之均拜則恐損國體。"報可。公坐受橘倭再拜禮。復命，雖柳相亦稱接待得體。戊申由江原都事拜直講，遷持平，辭弘文修撰。公草箚陳時弊六條，貳於僚議，不果上。己酉拜掌令。月餘，入玉堂上箚請寢營建。夏衣繡關西，還掌令，遷校理，又還掌令兼侍講院弼善。庚戌拜修撰，上箚請寢追崇恭嬪。移校理，又上箚請去女樂。自是年至壬子，於憲府執義者三，於講院輔德者三，玉堂校理者三。由校理拜司諫，轉應教，俄拜執義，卽癸丑夏四月也。時捕盜大將韓希吉執無賴賊徐羊甲，誣以推戴永昌大君。鞫獄大起，遂煽動慈殿。造、訒等又於臺席發廢大妃論，大司憲崔有源咨公以立異之道，公乃舉《左氏傳》鄭莊公事曰："莊公賴潁封人食舍肉而悟，君子稱潁考叔爲錫類之孝。母子天性之親，誰敢間之議之。"有源大然公言。其後造又拈遷武后時胡氏論示之，左右默然。公又曰："胡氏之意，欲令五王誅二張，告唐宗廟而處置武后，與今不同。且武易唐爲周，廢君鴆母。今日寧有是?"造無以應。遂避啓，略陳人臣愛君以德之義，且言母后非人臣所敢議者。玉堂處置副學李惺、校理吴翊、修撰鄭廣敬能執猗，請遞造、訒。光海心雖不平，亦無奈何。廢論由是留禁不行幾數月。六月遞執義，由司成、司諫、司藝轉軍器正，還執義辭。九月拜司諫，拄兩司還收復故相李德馨官爵論。於是兩司齊怒攻公，公卽引疾去。甲寅拜輔德，請告，又拜執義，仍陞同副承旨，轉左副，病遞。除判决事，有關西人與内需寺訟奴婢，公直其屈，人皆快之。乙卯夏拜參知。秋由銀臺右承轉左。丙辰以癸丑獄完，加百官資。公例陞嘉善。上疏辭，不報。夏拜謝恩副使朝京。冬還，李爾瞻欲牢籠公，委造公，繼遣吏曹參判柳夢寅餂公意。公作戲語以答，求外補甚力。柳、李俱不悦。丁巳拜分兵曹參判。戊午正月，政府率百官庭請廢大妃，不參者罪之。公蹌升入直分司故免。夏除南陽府使。己未改尚州牧。瓜熟，拜慶尚監司。時土木内興，支用無算，授閫典郡者椎剝民膚髓，爭售能市寵。公慨然曰："方面之任，聚斂而已乎？得罪非吾懼也。"疏陳嶺南疵瘼至再，民力賴紓。東萊府使尹挾宮掖勢縱貪虐，公初按道卽劾絀，一道相賀。癸亥，仁祖大王反正。諸道臬臣以昏朝除拜舉罷，特命仍公瓜遞而歸。上疏請還。丙辰資拜兵曹參議，遷順天府使。甲子遞，又拜兵曹參議，又改左承旨。乙丑病遞，旋拜兵議。丙寅告遞，又拜左承旨告遞。丁卯拜刑議逾月，出爲清風郡守。郡僻而俗陋，公不鄙夷，行呂氏《鄉約》，又以民瘼十五條疏列。上優答，特蠲其弊七。己巳以事罷。庚午拜禮曹參議。當穆陵遷寢，望哭禮與望闕禮交，公以爲哀慶不可并行，他僚不信。會鄭愚伏經世箚與公議合，朝紳服公諳練。辛未二月七日，考終于乾川洞正寢。訃聞，上遣官賜祭，蓋經二品也。某年月日，葬于廣州梅莊里孤山下巽向之原，從先兆也。公之文學詞章拔出流輩，與娣子月沙李相相上下。取科第踵相躡，聲名大噪。至其仕路瞠若乎相公之后，人或歎公蹇連。及乎戊申以后，名位陡盛。時與命使之然歟？……公所著詩文千有餘篇。

《西坡集·龍溪詩集序》：詩可以觀，蓋言考其得失，觀其事迹也。苟不先立乎其大者，則雖有言語之工，藻繪之華，抑末而已。觀詩之道豈可直以詩觀之哉？自漢魏唐宋來，歷數古今諸家之以詩鳴者，其辭麗，其趣深，其風調音節瀏亮而清婉，可膾炙一時輝映千古者，殆充棟汗牛，指不勝屈。而若其本之倫彝性情之正，文章氣節儷美而雙全者，閱累百世而蓋罕覯焉。以余觀於近代，奮直舌於昏亂之時，而有霜凜日烈之風；挺絶藝於髫齔之年，而有金鏗玉鏘之語者，龍溪金公卽其人乎？……公於詩蓋天得。十三次韓昌黎《南山》詩，以神童稱，名大噪一世，譚者謂不當在晏殊、楊億之下。長益肆力，晚而所詣愈深，長篇近體并造兼臻，古雅遒逸，駸駸乎古作者閫域。

【按：金止男(1559—1631)字子定，號龍溪。籍貫光山。著有《龍溪遺稿》今傳。其詩古雅遒逸。《箕雅》收其五律一首。】

宋枏壽　　字靈老，號松潭。恩津人。蔭郡守。

《象村稿·宋通川墓碣銘并序》：公諱枏壽，字靈老。氏出恩津。……嘉靖丁酉生公。十六歲而參議公捐館舍，公奉母夫人盡誠敬。後十年而遭母夫人喪，守制蹈禮。萬曆戊寅，通籍爲司圃署別提，歷義盈庫直長、尚衣院主簿、司憲府監察、定山縣監、宗簿寺主簿、尚衣院判官、平市署令、戶曹正郎、通川林川郡守。凡所莅皆有績，通民至豎石頌德。在林川也，丁倭寇，被帥臣誤劾下理，將抵軍律。朝廷察其冤得釋。自此不復仕，歸桑梓老焉。丙午，陞折衝副護軍。丙辰，以年八十例授嘉善。天啓丙寅，公九衮矣，因子弟乞恩，特命進秩嘉義。異數也。是年冬終于莊舍。得年九十。翌年春窆于公州沙寒里乾坐之原。先兆也。公有雅操,平生無疾言遽色。早抛舉子業,而頗喜書史,不釋手。不修飾邊幅,而能篤行。祭先極其虔,教子弟以方,待同氣以至情,孝友之著於家如此。在京師,家終南山下,有軒扁曰賞心。左右圖書,焚香正坐,於世累泊如也。及還鄉,重修雙清舊業,雜植松菊梅竹,嘯詠其間。聞某水某丘有佳境,或携壺獨往,或命侶俱遊,不知倦也。日與親戚相對,不設畛域。信義交孚,鄉黨悦服。諸有疑事,必來請教。築室於先壟下,有披雲寮、七級臺之號,長安名勝。遞筒酬唱,以侑其樂。良辰令節,子姓滿前,置酒張樂以娱公。公以大耋之年,婆娑優佚,人以地上仙目之。爲詩冲澹,作字有法。雖耄期之後,遺人翰札,必細書成行。

《農巖集·松潭集跋》:《松潭集》二卷,詩凡四百幾十首,尤齋宋先生爲之序。其稱述事行甚備,而詩則不論也。其意蓋曰詩在集中,觀者當自知之,抑又不若論其人之爲大也。然試論其詩,則聲韻之溜亮,體調之諧暢,雖刻意專業者未能遠過。而思致乃更清曠,人或疑公素不以詩人名而其詩能如此。余謂詩者,性情之物也。惟深於天機者能之。苟以齷齪顛冥之夫,而徒區區於聲病格律,掐擢胃腎,雕鎪見工,而自命以詩人,此豈復有眞詩也哉! 序稱公自少游宦四方,輒喜游佳山水。中歲倦而歸鄉,日灑掃雙清堂,蕭然清坐若神仙。蓋生歲八九十,未嘗有皺眉之事。此公之爲眞詩人也。遇境觸物必發於吟詠,佳辰美景,治酌命儔,談讌嬉怡,無非詩者。此公之所以爲眞詩也。以此而言,則序雖無一語論詩,而亦無一語非論詩。讀者亦不待見其詩,而知詩之必佳矣。然世苟有善觀詩,如季札之觀樂者,則其讀是集,又不問誰氏之作,而則必曰是風流澹蕩愷悌人也。若然者,雖無序可也。况又徵之以序,其不尤信矣乎。公玄孫夏績以族父參判公命,來謂昌協綴一語序下,輒爲發其餘意如此。參判公,卽序所稱觀察使者也。

【按:宋柟壽(1537—1626)字靈老,號松潭、五道山人、賞心軒。籍貫恩津。著有《松潭集》今傳。其詩聲韻溜亮,體調諧暢。《箕雅》收其五律一首。】

洪慶臣　　字德公,號鹿門。宣祖朝登第,官至副提學。

《朝鮮仁祖實錄》卷三:元年十月庚辰。上晝講《論語》于文政殿。刑曹判書李時發曰:"臣曹罪人故副提學洪慶臣之妾弑夫之狀,更爲推閱,而未得其實,事甚可疑。"上曰:"其母其婢旣已納招云,則不可謂不得其情也。"慶臣先見朝,以文學見稱,老而喪妻,得妾酷愛之,其人本非良家女。慶臣有疾嘔血而死,遍體青黑,親戚疑其置毒。旣葬,其妾久往其母家,慶臣之子采往見,則方與閫客對歡酣飲。采見而憤慨,益痛其父之非命,率其第呈狀于刑曹。刑曹鞫慶臣之妾及其母與婢，婢卽具服，其母亦言其平日行淫之狀。及再鞫，變其前説，獄久不决，故采等上言，語侵刑官，李時發上疏辭職。上答曰："欲復父讎，人子之至情；斷獄愼重，有司之公心。卿無所失，人言何足相較？"

《凝川日録》：光海庚戌四月初七日晴。初五日，懿仁王后改題主祭祝文，不書追上"貞憲"二字，憲府請罷色承旨。卽允。左承旨洪慶臣應罷禮貌官，亦允拿推。……八月十　日晴。有政。柳希奮特陞工判，崔東立拜承旨，洪慶臣大諫。……甲寅二月二十九日。去夜傳曰："李順慶放送，金興國、洪慶臣削職放送，任兗放送，期於必捕朴致義。"

《鶴山樵談》：仲氏嘗稱"洪德公、李明甫之詩皆可名家，而洪之長篇，李之七律尤善"。又曰"明甫必主文"。後明甫年才逾三十，授主文柄，官列大宗伯，"主文"之言始驗。洪則屢屈場屋，蹉跎末官，才命之不同如此。

洪德公《蓬萊楓嶽歌》，仲氏晨夕吟一遍，擊節歎賞，其詩從太白《天姥吟》中來，而縱横抑揚，無一字塵垢態。《飯筒投水詞》、《沂澤謠》等作，皆豪放有氣力，而律絕差不及長篇，文亦簡嚴。《雲賦》、《擊球賦》等作，楊蓬萊大加歆豔，曰："可與司馬長卿頡頏於千載之下也。"

《於于野談》：荷谷許篈性好色，謫甲山初還，與沈日樞家婢德介頗繾綣。洪可臣，儒者也，以"風馬"譏之，使其弟慶臣秉筆呼韻，即席作《風馬引》，不構思，連聲口占。其辭曰："千牛閣下開天仗，太液朝暉映仙掌。絡首金羈照地光，徘徊弄影輕雲上。輕雲迢迢不可攀，一生夢斷玉門關。玉門關西河水流，萋萋芳草生其間。南風北風吹長夏，笑領千群戲平野。君不聞寧委沙漠憔悴骨，莫作金門仗前馬。"又嘗遣騎招德介，德介爲其主所挽不得致，以《惜婢》命題，慶臣兄弟又賦之，作長短句曰："華堂遝白壁，繡柱圍黄金。暮雨隨東風，珠簾深復深。雙燕呢喃下夕陰，相思無路托春心。春心已矣空怊悵，斷雲虚勞入錦衾。"其詩敏豪如此。不載于《荷谷集》，故録之。

《於于野談》：副提學洪慶臣弱冠有詩名，萬曆己卯年間遊三角山，有詩二首。　曰："五六春衣潔，青山步履徐。雲臺崔瑩上，石闕愍王居。緑樹藏啼鳥，清流出戲魚。迷花不知路，何處訪秦餘。"其二曰："華嶽多奇勝，春來興更牽。人隨流水入，寺在亂峰前。夜露滋三秀，大風動萬年。高僧時過我，相對不知眠。"其格調近唐，若使進進不已，豈止今日之慶臣？不可使之無傳焉。

《小華詩評》：余問東溟以玄翁、芝峰兩子詩優劣，溟老曰"玄翁行文雖優，詩非本色，故不及芝峰、鹿門"云。鹿門洪慶臣與芝峰齊名，鹿門之《東江即事》詩："日落江天碧，煙昏山火紅。漁舟殊未返，浦口夜多風。"《江行》

詩:“黄帽呼相語,將船泊柳汀。前頭惡灘在,未可月中行。”《明妃詞》:“青海城頭白雁飛,塞風吹落漢宫衣。朝來一倍琵琶怨,昨夜甘泉夢裏歸。”格韻雅潔,有似唐家。

【按:洪慶臣(1557—1623)字德公,號鹿門。其詩格韻雅潔。《箕雅》收其七律一首。】

宋英耉　　字仁叟,號瓢翁。鎮川人。宣祖朝登第,官至兵曹參判。

《月沙集·同知中樞府事贈禮曹判書宋公神道碑銘幷序》:公諱英耉,字仁叟。鎮川宋氏。……生公於嘉靖丙辰。自幼倜穎卓異。甲申登第,薦拜注書,仕滿例陞。而叔母夫柳公根爲吏曹郎,格於親嫌,西敍爲司果者四年。丁亥丁參判公憂。未幾連遭外艱。服闋,代祖母喪。前後處散者凡六年。至壬辰,松江鄭相公爲都體察使,辟公爲從事官,拜禮曹佐郎。公募兵千餘人直趨行在,道聞除侍講院司書,卽以兵付幕僚。單騎赴難,蹠穿虎穴,僅達行朝。遷正言改持平。充聖節使書狀官朝京,還卽歸完山。三爲持平,再爲獻納,皆不就。己亥除忠清都事兼掌舟師。修起廢墮,軍民賴之。巡察以其狀聞,留一年。入爲持平兼文學,俄薦拜吏曹佐郎,陞正郎。政府薦拜檢詳、舍人。未幾拜司諫。言事出爲清風郡守。甲辰,解印歸。左遷大同察訪。踰年病還,復出爲星州牧使。時仁弘盜名横州里,牧是州者必先詣其門,事皆咨稟而行。公至則絶不通問。其族人有藉勢者,公縛而笞之,其徒大駭,誣劾公罷。庚戌敍拜弼善、司諫、輔德、同副承旨,陞左副,病遞,拜刑兵曹參議、參知,尋遷大司諫,拜慶尚道觀察使。政成還朝,以聖節使朝京。時天朝方疑本國交通日本,公呈文痛辨,陳白明懇。禮部嘉之,所奏皆蒙允許。復命,用是勞陞嘉善,拜同知中樞府事。丙辰分兵曹參判。時賊臣擅國命,重公名,必欲鉤致。日相造請,公不直視,終不報謝。閉戶沈吟,若有所思念,人莫窺其際。逮廢母之論起,百僚庭爭,公抗言力斥,終始不參。兇徒令在家獻議,公書給樞府郎曰:“此事須於義理上十分講究。”臺官合詞,論請遠竄。公卽日出東郊,憂憤成疾。粤三年庚申,卒于寓舍,春秋六十五。癸亥反正初,我上命追贈禮曹判書,遣官致祭。公風神秀朗,論議正直,性又剛方不能容人過,人皆嚴重之。初爲持平,有嬖人恃權貴恣行。公囚之,都憲欲緩之,累請於公。公曰:“吾持三尺律而已。”竟置重典。權貴怒陰中之,遂有燕京衆避之行。其出麾爲清風、大同、星州也,世皆嗟惜,而公則略無幾微見於色辭。殫誠奉職,所至民懷吏畏,稅節賦時,公私裕足。按使上治績,再有褒錫。潔修砥礪,敦行孝誼,不事家人產業,妻子常苦飢寒,處之晏如。性好施人,有以匱告者,罄橐與之,不問有無。親族之不能自存者,館而廩之,一如己出。

《瓢翁遺稿·瓢翁先生遺稿序(金鍾秀)》:瓢翁宋公,牛溪門下士。當宣祖盛際,歷踐清華。與白沙、秋浦、月沙諸公左右儕倫,誠一代之名流也。逮立節昏朝,以罪名終。則月沙銘其墓,許以萬古綱常。今其七代孫前持平文述,以公遺稿眎余。余惟士大夫無樹立以見於今與後,而欲以文字求其傳則末也。公之樹立亦已偉矣,又何待於文字哉?然公雖不以詞藻自命,而斯稿也辭達理勝,沖澹贍暢,有足以見公爲人大致。則文亦不可以無傳也。嗟乎!古今人文集行于世者多矣。而文章之工,適以增後人之嗤笑者,往往有之。苟其德業名節有可稱,則文章之工不工有不論焉者。重其人以及乎其文也。由是觀之,人能重其文,文不能重其人。嗚呼!士亦可以知所釋矣。持平要余係一語卷首,余因書其平昔感慨于中者如此云。上之十七年仲秋之月,清風金鍾秀謹序。

《瓢翁遺稿·瓢翁遺稿跋(李敏輔)》:瓢翁宋公遺稿,散佚殆盡於兵火之餘。其後孫持平君收拾斷爛,僅得詩二百餘首,文五六篇,竝附錄年譜,繕寫爲一冊,將刊行。夢梧金相公爲之序,稱引甚盛。余又何加焉?獨余謂公之詩不規規於聲病態色,而直寫出胸臆,往往有樸茂勁渾,淋漓豪放之趣。文亦不取裁於古人,不蘄合於作者。視詞人才子以一藝自命者,不可謂無間。而卽其毫墨所形,想見公之爲人。疏潔簡直,毅然自樹,有不以利害榮辱撓其中者。河汾王氏所謂文士之行可見者,不其信歟?雖然,公之大節著於昏朝,至今論公者歸之以倫常名義之重。今欲以詩文輕重公則謬矣。乃余之屢致感歎,愛玩不已者,以公能不失情性之正,而當日所樹其本在是。嗚呼!後有善觀者,必以余言爲不誣。崇祿大夫前任判敦寧府事延安李敏輔跋。

【按:宋英耇(1556—1620)字仁叟,號瓢翁、一瓢、暮歸、白蓮居士,謚忠肅。籍貫鎮川。成渾門人。奉享全州西山祠。著有《瓢翁遺稿》今傳。其詩慷慨雄渾。《箕雅》收其七古一首。】

申　欽　　字敬叔,號象村。平山人。宣廟朝登第,仁祖初首拜吏判,典文衡,官至領相。配享仁祖朝庭。謚文貞。

《朝鮮仁祖實錄》卷一八:六年六月戊午。領議政申欽卒。欽,字敬叔,號象村,平山人。欽爲人莊重簡潔,善文章,早負儒林重望。受知宣廟,致位正卿,遺教以保護永昌大君。及光海嗣位,以此爲罪案,謫春川。反正初,首赴爲吏曹判書兼大提學,遂至大拜。而益加謙慎,連姻宮禁而不渝寒素。於國事不喜紛更,嘗曰:“法祖宗足以爲治。”所著有《象村集》六十卷行於世。

立朝四十年,歷敭華顯而疵吝未嘗及,經涉危厲而名義不小玷,士林以此重之。贈謚曰文貞,辛卯,配享廟庭。

《樂全堂集·先府君領議政文貞公行狀》:大夫人夜夢大星入懷,翌日生府君于漢城府之北部彰義洞第,嘉靖丙寅正月二十八日庚申也。生有異表,廣顙大耳,目如明星,右頰有赤痣如彈丸狀。幼時嬉戲不凡,動止端重。七歲大夫人卒于松都任所,府君隨喪行數百里,目不忓視,纍然悲咷,行路諮嗟。俄而議政公繼逝,毁慕倍之。外王父參贊公提而鞠之,八歲始授書,參贊公聚諸孫令作句語,以春字爲題。公應口曰:“天地萬物,春爲長者。”參贊公歎賞,期以遠到。受書數卷,文義大達,不復師受。強記絶人,十歲讀《論語》、《離騷》,數遍卽背誦,不差一字,參贊公驚異之,輟篋中新妝《論語》一帙與之。十三遍觀經史子集,能摛詞屬文。柳西厓成龍奇其文,爲來訪之。十四悉取濂洛諸賢遺書,旁及佛老,無不推研,領會其旨。參贊公家多藏書,簽軸滿數楹。府君常入其中,閉戶觀之,至忘寢食。象緯堪輿,律曆算數,陰陽岐黄之書無不涉獵。庚辰委禽于清江李公濟臣之門。清江公號治《易》,府君請益。清江公講數傳,遽遜師席曰:“已見大義,復奚益焉。”……乙酉中生員第八名進士第三名,丙戌捷文科。時朝議方植黨,斥逐異己,黜補成均館權知,出爲慶州訓導,移廣州。戊子除司宰監參奉,以事罷。攜書出棲於東湖,講學以自適。己丑冬,選入史館,病不應講。庚寅拜藝文館檢閱,序陞至奉教。辛卯例轉司憲府監察,薦授兵曹佐郎,坐事罷。壬辰,倭寇長驅薄都圻,敘府君爲良才察訪,柄臣欲擠之死地也。卽日辭朝赴馹,兵馬雲興,郵遞皆空。巡邊使申砬素威猛,所至人咸股栗莫敢何。府君入見砬從容陳弊,砬亦敬憚無所責。隨砬赴鳥嶺陣前,砬敗。大駕西狩,京師大亂,府君欲追至行在,路阻不能達。迤往峽中,秋由間路舟下江都,要得便趨朝也。鄭相國澈以都體察使來,便宜行事,辟爲從事。府君辭不赴,相國曰:“豈以非朝命耶?”遂具聞,府君乃應辟,從體察樓船下海莅湖西。相國才府君,以三南機務一委之。府君召機警吏習文法者十數輩分授簿牒,齊聲白之。且令軍民陳不便狀,案牘繁宂,控訴紛嚣。府君目覽耳受,口詢手判,縱横膠轕,莫不中窾,幕府戎事皆立辦焉。……府君鑑識明悟,揣事懸合,國家機宜,人物始終,籌之無不符者。凡朋游一定交,至白首無貳。黄秋浦、李白沙之喪,爲位而哭,久而愈傷。平生語嘿有節,起居有常,人不敢傲戲于前,有望而却走者。然不設防畛,胸次洞達,遇會心人,輒欣然傾倒,間以雅謔。辭氣之間,藹然若春溫也。……府君少號敬堂,又號百拙,或曰南皐,易之以玄軒。别業在金浦之象頭山下,一號象村居士,晚號玄翁,歸田稱放翁,在謫扁“旅庵”。聞白沙之逝,悼世之無知已者,謾爲《玄翁自敘》曰:“玄翁者,何許人也？以文名於世，而翁不以文爲事；以官顯於朝，而翁不以官爲心；以罪竄於外，而翁不以罪爲撓。無所嗜好，無所經營。視貧猶富，處豐如約。與人交，人不得以親疎；接乎物，物不得以拘絆。少志於學，旁通九流，粗涉其源，未竟其歸。晚好《羲易》，有會于邵氏天地萬物之數，而亦通其崖略而已。書無所不觀，書籍之外，翛然終日，俗物不敢干也。交遊盡一時勝流，知翁者多。或知其文，或知其行事。有白沙翁與翁比鄰，能知翁趣造。翁亦知白沙。白沙以直言得罪，貶卒於北荒，翁有絶絃之歎，無意于人世矣。"府君爲文章本於《六經》。幼嗜昌黎，既壯悉取古文讀之。晚乃自辟堂奥，秪取《左》、《馬》、《莊》、《騷》、《禮記》、《周禮》、《古樂府》、《文選》，詩李杜唐諸家置左右。而頗愛明諸家書法遒媚，然未嘗爲人操筆。癸亥之後，不屑于文墨，公退静坐而已。所著詩文《象村稿前集》十策，《後集》二策，《續集》四策，《別集》六策，《餘集》三策，《内集》一策，《外集》一策，《漫集》六策，《先天窺管》一策，《求正錄》一策，《和陶詩》三策。

《象村稿・附錄・諡狀(張維)》：公於文，少嗜昌黎，晚乃出入百氏，自闢堂奥。文取西京以前，詩取唐人，而頗愛明諸家。書法翩翩遒媚。然皆非所數數也。

《月沙集・領議政贈謚文貞申公神道碑銘并序》：公之文章本於《六經》，操筆立成，渙若不思。而老成典重，絶無瑕點。人謂文勝詩。詩尤冲澹有趣，絶摹擬洗蹊徑。亦云詩勝文。要之，兩臻其美，居然一大家也。

《芝峰集・議政府領議政申公墓誌銘》：其爲文章本於六經，老成典重，人不敢瑕點一字。自少歲已然，晚乃更闢堂奥，詞致益工。冲澹超洒，脱去筆墨蹊逕，亦可見其稟高養深。而字畫之妙，特緒餘耳。

《象村稿・年譜》：(略)

《象村稿・自序》：《象村稿》有六：前也，後也，續也，別也，内也，外也。自己丑至癸丑春二十五年之作八策爲前稿，立朝時著。自癸丑夏至丙辰冬四年之作二策爲後稿，歸田後著。自丁巳春至辛酉春五年之作四策爲續稿，在纍所著。辛酉夏以下爲別稿，恩放後著，不知當爲幾年幾策也。内稿言志，外稿言事，亦不知當幾策。前後續別内外具，而象村之跡備焉，窮達欣戚可見其槩也。古之著書立言者，太上藏之名山，不祈重於時，而祈重於後。其次際遇昌期，效鳴於世。祈於後者信乎己，鳴於世者因乎人，信乎己者其托也奥，因乎人者其望也膚。又其次蛩音草間爾，又其次漫瓿耳矣。迺余作漫瓿者也。既不得乎人，且不祈於後，而顧次而爲策者，以帚視千金者也。不鑿之食祀天，稿秸之席薦廟，其或有當於後余之朝暮者耶？其奥也，其膚也，姑毋論已，唯記余獨知之契云。天啓元年歲舍辛酉臘日書。

《谿谷集·玄軒先生集序》:公於文詞蓋得之天授。其在朝時著述甚富而頗放失。自癸丑來,居困處約者踰十稔。遂專精覃思,上下千古,蔚然成一家言。其爲詩不主一格,大抵出於唐人,而雜取中晚以及盛宋諸子,舉皆割棨而攘揄焉。唯古樂府,自隆古漢魏以至隋唐無不擬議,往往有酷肖者。亡論羅、麗所未有,卽前代名家多所未逞,而公爲之綽然有餘地。古文詞遒逸俊發,光芒絢爛,時或步驟皇明諸大家,殆欲與之角壯而爭驅。内外篇或譚道妙,或析世務,多精詣獨到之見。至《先天窺管》一編,蓋入邵氏之門而闚其宎奥,非可以文字論也。夫功言之不能兼樹也,詩文之不能兩至也,自古昔以然。而公身生衰季,種學居業,卓然有立。名理爲士林之標凖,位望繫國家之安危。而詩聲文軌各擅詞場,邃識微言,直探理窟,往喆之所未全公則備焉,諸家之所偏造公則兼焉。若公非所謂全才大雅高視百代者耶?

《山中獨言》:新構小茨在山中深谷,當夏綠陰四垂,遠浦極目,獨坐終日,惟聞流鶯送聲,口占一絶:“綠陰如畫罨庭除,檻外江光漾碧虚。何幸聖恩天海大,謫來猶得反田廬。”又占一律:“瀟灑茅茨愜淨便,葛巾烏几坐蕭然。銜來燕子晴泥凹,浴罷鳧雛碧浪圓。一壑已專成晚計,餘生猶喜保長年。海山兜率俱虚語,卽此幽居是地仙。”

余經世變既多,漸不欲觀前史。蓋前史所在,治日少而亂日多,見之只疚懷。余嘗有詩曰:“書到會心惟有《易》,時論上世不言湯。”此余所存也。

《晴窗軟談》:我朝作者代有其人,不啻數百家。以近代人言,途有三焉。和平淡雅,成一家言者,容齋李荇、駱峰申光漢,而申較清、李較圓,大家則徐四佳居正當爲第一,而佔畢金宗直、虚白成俔次之。如訥齋朴祥、湖陰鄭士龍、蘇齋盧守愼、芝川黄廷彧、簡易崔岦,以險瑰奇健爲之能,至於得正覺者猶不多。思菴朴公淳近來稍涉唐派,爲詩甚清卲。

東坡有詩曰:“周公與管蔡,恨不茅三間。”余每詠之,輒長歎,使姬旦復生,當作何如懷也。昔年,余嘗拜夷廟有詩曰:“君臣義廢商周際,兄弟恩壞管蔡時。却笑巢由何事者,一生清潁避堯爲。”見者或言其過高,而實非過高之論也。

《象村雜錄》:宣祖大王命玉堂校《周易》古經,彙集春秋左氏程氏胡氏,仿四傳《春秋》之例,繕寫以進。余以副學實掌其事。二經既完,又命諸儒臣譯解《周易》。一時名官不問能通不能通,或有不識八卦方位者皆與焉。各持見解,黨伐同異,不勝其紛挐,終無以啓發肯綮。閲數年,始成書投進。既成見之,則其不必改而改、當改而不改者難以縷舉。《易》是何等書,而乃令擿植冥行者擅定于立談耶?白虎、石渠之所論著諸經,猶不得爲後世。則況偏邦後學耶?

《**芝峰類說**》:申玄翁自少時爲文章便自成家,人不敢暇點。嘗贈余別詩曰:"世間萬事竟奚有,海内百年爲我曹。九鼎何曾異瓦釜,泰山本自同秋毫。新陽暖暖韶華嫩,遠客悠悠行色勞。握手出門倍怊悵,茫茫漢水春波高。"其詩亦老成典重如此,非他人所能及也。

《**竹窓閑話**》:申相國欽號象村,天姿英敏,高材間世。年才十餘,文名已振。時有宋君眉老頗解東坡,又有能詩聲,世之學東坡者皆歸焉。常聚學徒試詩賦,年少才名之士聞風爭赴。有同贊序戰藝之場,公時年十四亦預其中。容貌玉雪,舉止端雅,人皆起敬,不以童丱待之。方其製述也,分明別類,吟詩詠賦,詞鋒正鬧。公静坐一隅,不持一卷書,不觀他人之作。日既方中,獨自展紙,書賦既訖,連寫詩篇,滔滔傑製,筆不暫停,兩篇俱成,詞氣老蒼。滿庭多士咸來聚觀,嘖嘖稱嘆曰:"此必真仙降世間,寧有此等奇才乎?"皆閣筆斂手,氣色摧阻,莫敢相衡也。宋君讀來,不覺擊節曰:"文章手段已成,非吾所敢下手。必稱天才。"竟置魁。欲招公見之,則公已還家,蓋厭其稱譽也。公與余同庚,始識面於宋公家。後同直玉堂,言及當時試製之事,相與敍舊。公年二十中司馬一等,二十一登第。清名雅望朝野倚重。年僅四十,已躋六卿,嘗典文衡,位至領議政。享年六十三,謚文貞。一生清白,秉心忠亮,世稱賢相。有集行於世。

《**小華詩評**》:申玄翁欽自少爲文章便自成家,評家或卑之亦過矣。其《龍灣》詩曰:"九月遼河蘆葉齊,歸期又滯溟關西。寒沙淅淅邊城合,短日荒荒雁翅低。故國親朋書欲絕,異鄉魂夢路還迷。愁來更上譙樓望,大漠浮雲易惨凄。"濃厚老成,不可輕也。

《**詩評補遺**》:申玄翁欽一絕曰:"百年大節金時習,一世高風南伯恭。若著當時人物論,勳名不數狎鷗翁。"蓋伯恭,南秋江之字;狎鷗,即韓明澮之亭名也。二十八字,衮鉞兼備。

玄翁《江上錄》云:"余逐而東也,作詩有句曰:'孟德豈能容北海,幼安還欲老遼東。'未久,閲《東坡集》,乃坡翁全句也,喜其暗合,仍存而不改之云。"所謂暗合者,雖語意酷似,似無字字相合之理。或意凡人看書,若眼目已慣,則後雖不能記誰氏作,而吟詠之際忽然流出,有若自己所出者然。玄翁此句亦出於不覺其自來而來耶?余嘗有《詠雪》一律,其頸聯曰:"寒光宇宙銀千里,霽色樓臺玉萬家。"後見《芝峰集》亦有此句,而但"江城"字與"樓臺"字有別。芝峰詩余曾所未睹,此句偶合,於是始信玄翁之暗合於坡作,亦無怪也。

【按:申欽(1566—1628)字敬叔,號玄軒、象村、玄翁、放翁、敬堂、百拙、南皋,謚文貞。籍貫平山。與李恒福等編撰《宣祖實錄》,通曉象緯律法、算數醫卜,善文章,與李廷龜(月沙)、張維(谿谷)、李植(澤堂)並稱朝鮮中期四大文章家"月象谿澤",善書法。配享仁祖廟庭,奉享春川道浦書院。著有《象村稿》、《晴窗軟談》今傳。其詩冲澹超洒,濃厚老成。《箕雅》收其五絕一首、七絕六首、五律六首、七律八首、七古一首。】

李廷龜　**字聖徵,號月沙。石亨之曾孫。宣祖朝登第,典文衡。官至左相。謚文忠。以戊戌奏文名聞天下。**

《朝鮮仁祖實錄》卷三一:十三年四月戊申。前左議政李廷龜卒。廷龜,字聖徵,號月沙。萬曆庚寅登第,大被宣廟所眷遇。戊戌升亞卿。辛丑以禮曹判書典文衡,在宰列凡四十年。廷龜氣度英爽,見識通明,平生無疾言遽色,常持大體,專務包容。爲文章,雖高文大冊,操筆立成,似不經意而出,輒膾炙人口。蓋其天才敏捷,人所不及。當昏朝爾瞻弄權之日,廢母之論方張,廷龜終不參庭請,臺論甚峻。出江外待命,而終能免大禍。反正之後,恩遇益隆,遂至大拜。至是卒,年七十二。廷龜九長春官,再典文衡,身登黄閣。兩子一婿,皆登顯秩。内外諸孫,幾數十人。及卒,上遣承旨致吊,世子亦以廷龜曾爲師傅臨吊。其家世莫不榮之,然人或以模棱短之。

《谿谷集·左議政月沙李公行狀》:公以嘉靖甲子生於城南青坡寓舍。其生之日,有虎當晝來伏戶外,人皆驚走。公既生而虎亦去,聞者異之。自學語已知文字,言動不凡。奇自獻與公同閈,公七歲時,奇嘗解錦帶以與公。公不受,或問其意,公曰:"奇帶豈可受也?"八歲賦詩有警語,稍長,博學強記。嘗讀昌黎《南山》詩,次其韻。既而又用其韻成七言,觀者稱以神童。十一歲,丁金夫人憂,執喪如成人。十四歲,魁泮宫陞補之選,名聲大起。中乙酉進士。庚寅文科,選隸承文院,薦入翰林。方洪汝諄用事,謂公在太學嘗撰疏請留成牛溪,論削其薦。壬辰倭難,宣祖西狩,公間道赴行在。到成川,拜侍講院說書。癸巳,從光海迎大駕於定州,拜藝文館檢閱。上曰:"講官重于史官,其還授說書。"宋經略應昌移諮行朝,令選送文學士,以備講學。公與黄公慎同被選。經略素主陸氏學,當講《大學》,不許襲用程朱說。公辨析同異,著說數十篇,經略稱善。巡按御史至,宴於統軍亭。提督以下諸將皆不得與,經略與御史獨請公及黄公,慰奬甚勤。臨罷,以書勖之曰:"東國興衰在世子,世子賢否在公等。"尋陞司書。經略還,公自義州歸,拜兵曹佐郎、成均館典籍。華使司憲來,李公德馨爲遠接使,辟公爲從事,以病不就。拜吏曹佐郎。華使之還也,遠接使又辟公從事。備局以公方管槐院文書,啓留之。遠接使尋又再辟,政院又以公善華語,啓留之。公之才諝爲時所急如此。……公立朝四十六年,遍歷六卿,而九長春官,再秉文衡。禮樂儀章多所考定,高文大冊,事大交鄰詞命,出於公手者,皆鴻菀可觀。其赴京師儐華使者各四,艱危之際,周旋應對,竭慮盡誠,紓國難雪國誣,增國家之光華者赫赫在人耳目。故雖當昏朝奸讒齮齕,必欲致之死地,每值國有憂虞,事關中朝者,不得不舉公以應之,以故屢廢屢起,終得免於奇禍。公於學問,未嘗規規於章句講說,而樂善好德,誠意藹然。有可以爲斯文地者,輒自盡其心力。其見於文字事爲者,可考而知也。其文章天才絶人,贍敏暢達,絶無艱辛滯澀之態。宣廟最悦公文,謂一時名能文詞者舉出公下。初以辨誣奏見稱於中朝,東征諸將見其奏者,每對上必稱"好文章"。魯訒者,我人也,漂到江浙還,亦言南方士子多傳誦者。今歲賀節使臣,還自燕京,亦言"玉田有儒生出示公奏本,寧遠寺僧亦誦公所贈詩,問月沙亡恙否"。嘗撰楊御史碑,楊得墨本大喜,衆中誇示曰:"朝鮮李尚書文也。"汪學士輝既得公詩鋟行,署丞葉世賢當奉使滇南,以其板本自隨曰:"當廣布江南,以爲鄉里榮耀。"公嘗赴燕,鎮江守將丘坦聞公至,出候道左,設彩棚供張以迎。熊御史化請公宴於其第,執禮甚恭。其爲華人所敬慕如此。所著詩文集二十五卷,又有《書筵講議》一卷、《大學講語》一卷藏於家。

《月沙集·序(汪煇)》:今之言詩者,輒以漢魏三唐爲云云。不知一代有一代之詩,一人有一人之詩,不相肖也。意各寫其眞,情各標其勝,韻各領其奇,法各窮其變。非志超古今,學邁往聖者,不能吐胸中之錦繡,發玄奧之精華。頃讀李君號月沙聖徵者之佳製,音韻宏亮,氣概超群。若綴之華重其新,既槁之葉復其潤。生意洋然,神理煥發。卓異曹劉,駕軼李杜。而上之陵漢魏,下之逾三唐者也。余仰嘆之,李君眞人傑者乎? 竊意君之爲君,不啻詩之爲詩也。蓋君再柄文衡,六典禮曹,父祖子孫,青雲繩武,相接揚芳。且也君之壽臻南極,福竝東華,儼稱千載一時之盛。名譽重於鄉邦,聲實隆於中國。勤勞王事,盡節輸忠。旋乾轉坤,奠社稷于靈長之慶;調元贊化,撫黎庶于於變之天。立功立德,名垂不朽;建勳建業,奕世流芳。吁! 李君眞詩中之白眉者哉。余再玩之,不覺心悦神怡。勉爾續貂,敢以一言爲序。皇明賜進士第奉政大夫左春坊左諭德兼翰林院修撰汪煇撰。

《月沙集·序(姜曰廣)》:予以今皇帝之年銜命朝鮮。未旬日,復以他命行。獨館伴李君周旋差久。一日,月沙手詩一帙,屬予序之。余既卒業,作而嘆曰:"美哉彬彬乎! 我國家之文治於斯爲盛矣。"昔人有言,聲詩汙隆關乎世運。豈不然哉?《詩三百篇》非聖臣名佐之筆,卽田畯紅女之詞。大以昭其功德,微以寫夫性情。初未嘗抽繪章句,臨摹繩墨,思欲爭千秋於藝苑也。然而質契神明,休符造化。後之才人詞客鏤心刻腎,曾不得窺其堂奥焉。揆厥所由,時則大和元氣盎溢,在三代宇宙間故也。惟我國家號稱極治,文德之矢於今二百餘年。沕潏曼羨,郁郁乎煥哉,直與唐虞三代比烈矣。風美所扇,人文鬱流,雲蒸霞變,說者謂詩道極衰於宋元而大備於昭代,非虛語也。東國沐浴文化,比于時夏元氣之所鼓盪,故其學士大夫率能振和平之響,以鳴一代之休。而李君以家學淵源,素稱此中名宿。其大業彬彬,見推中朝宗匠,不亦宜乎。隨遇臻變,獨造眞境,汪先生斯爲不佞矣。且夫詩道豈易言哉。胸情直舉,多任流移,則氣格不振;法律嚴持,好作矜莊,則風趣頓傷。是以兩家各以所長交相爲譏,卒亦不相爲用。何人鮮備善?亦元氣既漓,天實生才,有至有不至也。宗自然之說者,哆口"關關睢鳩"出於何典,得毋受人之形,復求人道於空桑乎?然衣冠土木而卽具然命以爲人,亦誠有所不可。何則?以其君形者不存焉耳,此則倣古之過也。原其所指宗,以究其所踵,受兩家疵累,斯可得而論也。夫惟有溫柔敦厚之旨,而無卑靡纖促之習,難矣哉。《詩三百篇》往往可歌可詠,所以爲盛世之元音也,若李君者庶幾近之矣。《詩》曰:"鳳凰鳴矣,于彼高岡。"言瑞應也。鳳凰鏘鏘之鳴,中律中呂,誰爲爲之,感于其氣然耳。元氣所召,有物來相,聲歌之發,不求工而自工,所謂作者不自知其所至而工焉者,顧失之乎?李君于是乎能鳳鳴矣。夫陳詩達俗,正使臣之職也。予持是編,歸將藉手以獻明庭,登諸紀載,用昭我國家之文治騰衍海外者如此。嗚呼!豈不盛哉。皇明賜進士第欽差正使翰林院編修起註經筵展書官南州姜曰廣拜撰。

《月沙集·序(梁之垣)》:夫詩,言之文者也。言發於志,文生於情,如噫氣吹萬,于喁自鳴,總屬天籟。各國之詩名之曰《風》,彼其途歌巷吟之音,非必學士詞人之調,而聖人用以冠詩首。文貴天然,是之取爾。《三百》後,詩盛於唐。其時家列鼓吹,惟太白稱爲仙才。豈非以口頭妙辭,一派天機,獨風人之致乎?晚世之詩,悖烈祖而禰近宗,推敲摹擬,以爲此輞川也,此少陵也,刻畫愈工,天趣愈索。若隋園之剪綵,終謝春華,無問秋實矣。東國之於詩學若性之者,穉子女流咸嫺聲律。而李月沙夙慧奇穎,早主文盟,奚囊之蓄更富。予索之,止覩其紀行一帙。圭復數過,則見夫豪宕而無傷蕩,飄逸而無傷媚,精工而無傷巧。兼衆善之美,發正始之音,其青蓮之後身耶?彩毫之嫡派耶?然予觀月沙有進於詩者。學包二酉而不論文,胸藏萬甲而不言兵,玄參五派而不談禪。落落於世境之中,矯矯於風塵之外。朴之未雕,玉之在璞。吾無以相其爲人,其性地覺有異焉。吐鳳天成,雕虫餘緒。詩也云乎哉。是爲序。皇明欽差宣諭監軍道河南按察司副使東牟梁之垣撰。

《谿谷集·月沙集序》:公自布衣時已有盛名,甫釋褐,攝官起居注。宣廟臨朝,見公記注贍敏,爲倚案注目,久之不覺研滴墜,水沾公衣,命黃門拭之。此公受知之始也。兵亂後,恒管槐院文書,每一篇進,上未嘗不稱善,錫賚相踵,或命錄進草本。及辯誣事起,特命進秩充副使。所草奏本,同時應制者凡數人,而獨公作稱旨,華人見者萬口傳誦。至廷臣覆議,稱其明白洞快,讀之令人涕涔涔欲下。自是公之文名遂震耀寰宇矣。無何而踐八座握文衡,爲一代宗匠。論者謂文人遭遇之盛,古今鮮公比云。……公于文詞,天才絶人,雖高文大冊,多口占立就,而辭暢理盡,自中繩墨,宣廟嘗稱之曰“寫出肺肝,溫籍典重”,其知公也至矣。噫!公之文章不唯國人知之,天下之人舉知之。晚生末學強欲贅以一言,是何足爲公重哉?然維嘗觀皇朝汪學士輝敘公《朝天》詩,有曰“生意洋然,神理焕發,卓異曹劉,駕軼李杜”。夫汪公身生華夏文明之會,其所見者大矣。而《朝天》一稿,在公特豹文之一斑耳,然其稱道乃爾。如使汪公盡見其所未見,其爲說豈止於是耶?夫文章世固不乏,若公雍容大雅,得質文之備,内以明主爲知己,外爲中華所稱慕,施之廊廟則藻飾治道,用之急難則昭雪國誣,名實純粹,照映竹素。古人所謂“經國大業,不朽盛事”者,非公其誰當之?公之詩文以卷計者八十有一,而續集不與焉。國朝名家集未有若是多者。《易大傳》曰:“富有之謂大業。”不如是,何以稱大家數?嗚呼盛哉!

《芝峰類説》:李月沙廷龜《題淮陽板上》詩曰:“天擁重關險,江蟠二嶺長。雲煙護仙窟,日月近扶桑。秋膾銀鱗細,春醪柏葉香。瓜時倘許代,吾不薄淮陽。”至乙巳大水,一境沈没,詩板漂到江華地,爲漁人所得,還揭於壁上。余次之曰:“己巳災無古,連城水害長。蒼茫人化鼈,傾刻海成桑。天爲詩名重,神慳寶唾香。沈碑彼何者,辛苦笑襄陽。”連城即淮陽舊號也。一時傳誦,以爲異事。

《菊堂排語》:萬曆壬寅,天朝詔使出來,月沙李公廷龜爲遠接使,從使官南郭朴東説、鶴谷洪瑞鳳、東岳李安訥,製述官石洲權韠、五山車天輅、南窗金玄成,寫字官石峰韓濩,延慰使五峰李好閔、李晬光,宣廟朝人才之盛如此。有《東槎集》行於世。

《小華詩評》:天使熊化于太平館閑坐賦詩,得一聯曰:“白晝一花落,青天孤鳥飛。”自以爲有神助,館伴諸公和之者甚多,天使皆不掛眼。獨于李月沙廷龜“清香凝燕座,虚閣敞翬飛”之句始吟詠再二,曰:“此有唐韻。”

《詩評補遺》:李月沙廷龜《題中興寺僧軸》詩曰:“僧言入夏無佳景,磬罷仙龕苦日長。山影樓中露頂坐,木蓮花落水風凉。”因僧言記事,而句法渾然無斧鑿痕。且如《戲贈同庚僧》詩曰:“莫恨年同跡不同,乃公心事亦宗風。秋來鬢髮驚凋謝,等是人間一秃翁。”亦有意味。

月沙晚年在城東第,一日倚案微睡,有一青衣童騎驢造謁,請學《周易》。月沙辭以不知,童子強之。遂歷舉數段設疑問之,月沙略爲解說。童曰:"吾嘗讀此,其意不如此。"因以己見說之,義甚洞然。月沙大驚,與語良久。時月出東嶺,月沙謂童曰:"爾試爲我賦之。"童即曰:"明月大如盤,白雲峰上吐。盈虧幾萬年,爾獨知今古。"仍辭去。月沙使人躡其蹤,莫知所之。此作似仙似鬼,而"爾獨知今古"五字自有恨不如明月之意,决是鬼語。

《東詩叢話》:李月沙以上使朝天時,月沙文名播震東華,訪王弇州。弇州時爲銓部兼文衡,門外懸十牌,以通來客。一曰文章牌,二曰名筆,三曰名畫,四曰名弓,其餘曰名唱、名卜、名醫等牌也,而外此者不許刺謁。月沙取文章牌通焉,一府盡傾,弇州待以高賓。明日邀至名樓,拈韻共賦。忽見一少年騎驢而至,一座盡傾,少年攬筆先題,其一聯曰:"蒼龍倒掛秦川雨,石馬長嘶漢苑風。"蒼龍,指橋樑也。月沙不能成章。其少年乃李于鱗也。

【按:李廷龜(1564—1635)字聖徵,號月沙、保晚堂、癡庵,謚文忠。籍貫延安。尹根壽門人。與申欽等並稱"月象谿澤"朝鮮四大文章家。著有《月沙集》今傳,編有《書筵講義》、《大學講義》、《南宮錄》。其詩豪宕飄逸,流麗精工。《箕雅》收其七絕六首、五律七首、七律九首、七古一首。】

李好閔　　字孝彥,號五峰。延安人。宣祖朝登第,選湖堂,典文衡,官至延陵府院君。謚文僖。

《朝鮮仁祖實錄》卷三〇:十二年閏八月辛亥。延陵府院君李好閔卒。好閔號五峰。英爽有文章。及擢科,宣廟稱其才,俄選入書堂。壬辰扈駕至龍灣,咨、奏、揭、檄,多出其手,宣廟益嘉之。及還都,錄扈聖功,歷敭華顯,遂主文衡。逮昏朝,被蜚語,幾不免,乃屏居郭南,以詩酒自娛。至是卒,年八十二。

《東州集·延陵府院君李公好閔謚狀》:公諱好閔,字孝彥,姓李氏。……公生四歲而孤,夙性開悟。七歲知讀書,占句奇警。嘗一覽二百榜目,闇記不錯一人,時年十二,見以爲神童矣。己卯魁進士,聲譽騫鬱。李文成公珥詔使,盛揀幕屬,公布衣豫選,辭不赴。癸未,宣廟試多士,又舉第一,直赴殿試。遂以翌年甲申釋褐探花,初補成均館。穌齋盧相國衡一世文士,知公才任辭命,爲言於上,尋拜注書。一日,上偶問"苯"字何義,左右默然。上謂公:"聞爾富文學,爲我言之。"公辭謝曰:"是出《西京賦》苯蓴蓬茸,茂盛之貌。"又對巢車舊制甚悉,上甚悅之。轉内翰,賜讀書暇。上曰:"此人奇才,培養不可拘常規。"命脫禁直,專意學業。上庭試儒臣,公再居魁陞資,及前後應制輒爲冠,薦蒙蕃錫。丙戌弘文著作。戊子以後,屢授修撰、正言、持平、校理。至壬辰,拜吏曹佐郎。而寇警猝急,扈駕西出。泣與大夫人訣,觀者哽咽。到博川,賊鋒踵後,倉卒不知所往。西厓相請幸龍灣,爲歸依父母計,公力贊其决。既至賊益迫,則有渡遼之議。上簡願從者,公哭曰:"臣既忍絶裾,願以死從衛。"秋,遷應教、典翰、執義。以搶攘中宣達辭令必資于公,常帶承文院職。又以負藝苑重望,兼藝文應教。其冬,李提督檄偏師嘗敵,公匹馬晝夜馳詣遼陽,籲請濟師。提督見公血誠,許以正月進兵,於是有箕城之捷。初,平壤賊騰謾書,要以助逆犯順。公勸上聲大義逆折奸謀,中朝人覘國者歸報大司馬,我情益白,大討乃行。時事變錯出,諮奏旁午。公副急應卒,不躓不竭。天將黄應暘招募遺民,臨行索諭檄甚遽。上以命公,立草成文。嘗撰罪己教書有曰"龍灣一隅,天步艱難。地維已盡,予將何歸?瞻彼長江,亦流於東。思歸一念,如水滔滔。遐邇雪涕,義旅扼腕。感奮世以,比興元詔"云。李提督既破賊,宋經略尸兵柄,各欲僇功,將觀我國報捷爲之形勢。公兩俱推功,不左右其手,語極揚厲,二人者意皆滿甚得,謂"東國有人矣"。於是擢同副承旨,侍上左右隨事贊益,上常以職呼而不名。兵部尚書石星以亂久不解,計欲許倭款,雖我邦人亦思羈縻。公曰:"不共戴天之讎,一朝許講,何以歸謁宣、靖兩陵?"言未已,上厲聲曰:"終始不慴於賊,唯我與爾。"奉朝命候李提督于開城,過省大夫人病,已遭喪,奉柩歸葬。公既去,箋牘紛委,無管理者。命奪情起服。公十上疏,懇乞終喪。上以辭命得失實關存亡,不准辭。至曰:"條達事情,敷陳明白。拯濟艱危,表裏戰功。詞鋒豈下於兵鋒耶?"慰諭備至。乙未服闋,拜承旨、參知、大司諫者再,副提學者四。丙申冬特授嘉善大夫大司憲,舉正王子臨海君容庇奸宄之罪。上曰:"父子之間,卿能盡言。風采可尚。"丁酉,由大司憲、都承旨兼弘文館提學。八月超資憲判禮曹。己亥,監軍御史陳效卒於軍,公爲儐使,操文以祭,有曰:"伯玉過宫,不是舊車之音;王孫不歸,長爲暮出之兒。"一軍掩泣。既還,再疏乞退,蓋時議齮齕西厓相甚力,流謗波及。上察其狀,優旨不許曰:"卿忠孝貫日月,何忍棄予以去?"辛丑,學士顧天峻奉詔東來,上命擇義州延慰使才任主文者,公膺是選。翌年春,果代李廷龜爲遠接使。使還,拜兩館大提學。癸卯陞崇政階左參贊。甲辰,策忠勤貞亮效節協策扈聖功臣,延陵君,俄進府院君,位正一品。乃控解宗伯及文衡兼局,杜門却掃,擺落世務,超然如未嘗在事。申文貞公常稱知命之後謝事就閑,達識高邁,人自不及。戊申,宣廟陟遐,公如京師告訃,且請繼襲。朝廷以光海未正世嫡位號,不卽准封。纖人之醜正效諂者組織爲使臣罪,擬律慘礉。光海初不從,竟用鄭仁弘讒訐,罷公職。未幾復敘。光海在位數年,愎諫滋甚,斥逐言官相繼。公因鄭蘊外補,上疏保留。且言:"金玏先王朝舊臣,七十之年流離嶺南。李埈論事不容,片舸甫歸。沈諿、金致遠連貶遠惡。臣知所惡於言官者非暫而久也。"疏入不省。壬子,侄壻金直哉被死囚,鉤引家覆,公亦逮繫得釋。而仁弘嗛前憾不已,又發戊申使事。三司承頤下氣,連章請竄。光海重違仁弘意,又愍公無罪,不卽批下。自是待命郊外者七年。公始立朝,用文雅受知人主,迪簡騰踔,致位極品。及是而遭罹否運,天地黔曀,連蹇挫閼,動扞于文罔,其亦天也。僦地南郭,結宇棲止。蕭條屏散,絶耳目之營,雖頹然處順乎。見倫彝喪敗,諸名賢一時流迸,而白沙相得關北,就別途决,相與賦詩悲慨,聞者傷之。及今上卽位,以公先朝耆宿常見優禮。公時登大耋,蹈履已慫,約諸老爲雅會。肩輿還往,風流可賞。公始號五峰,晚乃居閑息念,闔眼終日,又號爲睡窩。甲戌閏八月,感疾卒於寢。距其生癸丑,爲八十二歲。宮庀襄葬,禮官致吊,祭具視例,窆于楊根郡北馬遊山之麓。……公詩文以氣爲主,翩翩豪逸,作新杼柚。寧瑕而璧,寧蹷而千里也。有非筆墨摸儗所可到。然旣脱稿,不許子弟藏收曰:"古人書具在,不得更爾。"以是見集僅若干卷。

《蒼石集·忠勤貞亮效節協策扈聖功臣輔國崇祿大夫行禮曹判書兼弘文館大提學藝文館大提學延陵府院君李公墓誌銘》:其爲文則體裁之正,不假繩削;步趍之高,由於格力。霞輝星燦,不繪而麗;鳳彩龍章,匪繡而奇。斐然成一家之言,煥焉與大雅同流。豈非其根本之始於聞道,而非文章之末枝;藻飾之由於大業,而非才調之小長也。嗚呼!公之文章之盛,有足以黼黻聖猷,而公常謙挹,有若無文者然。埈甞見公不許子弟收拾雜著,問所以,公曰:"古之以文而鳴於世者,孰不經緯兩儀,流誦百代也。而一再傳之後,僅止於如鳥音之過耳。况燕石之假而欲混隋珠耶?"於此而可見其曠達之識,於名藝泊如,不但含章晦彩之爲美也。噫!公之所以不朽於世者固自有在,文章乃其餘事。

《東州集·五峰李公文集序》:當宣廟朝,國家承乂安之後,學士大夫舍詩書無他業。則業以操觚呻佔畢,童習而白紛,孰不欲踔厲高蹈,以自奮一世,功見業著,聲施於春秋?而咸寂寥湮沈,人骨之與俱朽,道屈于當年,風隤於百代。彼其得之天者有限,而不可強以至焉故耶?若五峰李公,豈不誠傑然特達哉?公始釋褐,卽被宣廟不世之遇,亟以奇才稱之。每當課試,公名輒居冠首,錫賚稠迭。及壬辰兵起……公密侍帷幄,代草絲綸,用黼黻之文,宣哀痛之旨。不惟驕將悍卒聞之感激泣下如興元故事,卽尫羸癃疾係虜餘喘,以至婦孺赤童,莫不豎髮嚼齦,凜凜有向敵意思,與之俱斃。裂裳揭竿,自號爲義兵特起者所在雲合,與中朝大兵協勢齊筴,迄殲巨寇。而中朝將官自總督以下大小幕府左提右挈,操皇命之重,而責拯濟之德,以輕重我恩怨我者奚止十數。我國方喘喘脅息,仰其喉下氣,不得不卑辭以承之,又不得不量義以裁之也。則陰陽從違之際,至難者固存也。公於詞命往復,劑適機宜,不激不隨,人人得其驩然無忤。斯又非陸敬輿所遭。而維匡財輔,傾否亨屯,以光贊中興之烈,果誰功也?世之以儒者選耎寡用,無所關於成敗之數,而欲進以介胄者,亦悔其易言之也。宣廟嘗謂公詞鋒不下於戰鋒,蓋灼知忱恂,而所稱忠孝貫日月者,又以見聖主知臣之明矣。……公資稟甚高,七歲解屬文發語驚人,出遊場屋每舉屈其儕流,無敢亢者。然既早貴,又值搶攘多故,以事業著庸,未嘗大肆力於鉛槧。然而爲文章不肯襲前人軌轍,作新杼柚,自成一家。致用而收功實於當世,立言而傳不朽於無窮,豈非得之天者全而人不可強以至焉者歟?

《樂全堂集·五峰別集序》:先生受穆陵不世之遇,掉鞅藝苑,人以爲謫仙。從君於艱,代草制教,人以爲内相。洎乎功成名立,致事優遊,則風流高致擬之疏、白。余小子獲幸於晚際,時已大衰,而容貌辭氣之間侃侃不替。嘗伏其雅度,而恨不及見其壯也。及讀其全集,益知其所存。亡論黼黻王猷,翊亮文德,其結撰之法,不倍乎古作者,自而運機杼,錯落奇拔。雖單辭片言,注以精神。其合者如嶽峙河決,人不可狎遊,則可見其大也。

《澤堂集·五峰李相國遺稿後題》:植又嘗與聞,相公之學本諸《論語》,博采《禮記》、《左氏》、《班史》之長,故其文有質有華,雖不囿於格而意明理暢,自不墮陳言臼壘中。其詩絶去常調,尤忌死語,奇峭挺拔,得老杜夔峽之音,而夐出筆墨蹊逕之外。宜乎世之取青媲白以爲工者之見之也,或不省爲何等語也。要之,後來當有隻眼之評。評則植豈敢?識焉而矣。

《菊堂排語》:鼇城李相公,權判書栗之婿也。年少氣豪,燕爾之初近其待兒,一家缺望。公出舍江滸移山久不還。聘宅屢送人邀來。五峰李公聞其還,寄一絕句曰:"江潭逐客歎量移,長嶺霜風若濕衣。昨夜城中新詔下,玉門關裏許生歸。"故令誤徹權公,見之大笑曰:"李郎朋儕皆才子也。"

《壺谷詩話》:李五峰以天才鳴世,晚年才盡。多窘于應待華使時。而盛年所作。如"東南間氣金臺盡,宇宙英風易水長","天心錯莫臨江水,廟筭凄凉對夕暉"等語,一時儕友皆莫敢望焉。

《小華詩評》:壬辰大駕西遷,李五峰好閔扈從,在龍灣聞下三道兵進攻漢城,作詩曰:"干戈誰著老萊衣,萬事人間意漸微。地勢已從蘭子盡,行人不見漢陽歸。天心錯莫臨江水,廟算凄凉對夕暉。聞道南兵近乘勝,幾時三捷復王畿?"世傳宣廟覽至第二聯,不覺流涕。可謂詞感帝王尊者也。

五峰適見急雨打窗,忽得一句曰"山雨落窗多",仍續上句曰"澗流穿竹細",遂補成一篇,寄示鵝溪。鵝溪只批點"山雨"之句而還之。後問其故,鵝溪曰:"公必值真境,先得此句,而餘皆追成一篇,真意都在此句耳。"其詩鑑如此。

《涪溪記聞》:李延陵嘗鑷白,漢陰謂曰:"公位至崇品。復何所望而去白耶?"延陵曰:"非有他意也。漢法至寬,殺人者死。白髮好殺人,故不得不除。"漢陰大笑。

《光海朝日記》:告訃兼奏請使李好閔等在北京,使通事齎禮部諮本出來。蓋中朝以爲舍嫡越次,欲使本國大臣會同軍民秉公詳議,萬口一辭,神人相合,然後明白具奏。且使遼東撫鎮官差員面質,且令臨海上讓本事也。王大妃金氏據文武耆老宗室及散班儒生軍民等聯名狀啓,具奏文一本。領議政李元翼等會同文職陪臣海平府院君尹根壽等三百九十五員、武職陪臣知訓煉李時言等四百五十六員、散班陪臣李成祿等一千二百員、內禁衛全季玉等三百二十六、兼司僕高應祿等一百一十六、成均生員申得淵等九百八十、五部軍民高得昌等一萬五千八百八十三,具奏文一本。宗室定遠君琈等二百二十五員,具奏文一本。專差陪臣李必榮兼程馳赴,奏聞于皇帝。……兩司啓曰:"李好閔等只令推考,臣等請反復焉。嘗聞主憂臣辱,主辱臣死。今日之事,豈但憂辱而止哉?使我無憂而憂,無辱而辱,非天朝爲之,好閔等爲之也。風癱之言,何所聞而發。居喪次之說,何所據而對也。况退讓一語,尚忍出口。而面質之詰,專由於此。不知好閔等之意,以爲自何地而退何地,將何有而讓於誰耶?讓本具來之請,發於狀啓,則果是偶然言語間做錯之比乎?今日差官之來,舉國犇走,首相伏候道傍親自呈文等。馬跡之下,覩此章色,不覺心腐。好閔等誤國之罪,至此尤極。請命拿鞫。"答曰:"不允。"……(戊申三月)使臣李好閔、吳億齡、書狀李好義,並命罷職。

《東國詩話彙成》:五峰少時以《自起開籠放白鷴飛篇》詩魁進士,時柳川韓俊謙、李慶伯諸人皆入優等,而每愧居下,各自爲高。登第後,五峰、柳川俱選湖堂,賜暇東湖。一日,鄰有科儒數輩,夜詠東詩。兩人約曰:"吾輩《白鷴》之作未辯甲乙,今夜依旗亭聽歌古事,當以彼儒之評决雌雄。"遂潛往竊聽,諸生方詠三詩,忽一人讀至五峰"西風一夕起,霜月沙棠來",扣扇高唱曰:"奇哉奇哉!生子當如李好閔。"李大窘而走。

【按:李好閔(1553—1634)字孝彥,號五峰、南郭、睡窩,謚文僖。籍貫延安。詩文俱著名。奉享知禮道東鄉祠。著有《五峰集》今傳。其詩豪氣縱逸,奇峭挺拔。《箕雅》收其七絕四首、五律一首、七律七首。】

吳億齡　　**字大年,號晚翠。同福人。宣祖朝登第,選湖堂,官至參贊、提學。謚文簡。**

《光海君日記》卷一三四:十年十一月丙申。前判書吳億齡卒。億齡,字大年,號晚翠。端雅明哲,内行淳備,長於詞翰,且工筆法。壬午擢第,遍歷臺閣。賜湖堂暇,由直提學,爲吏曹參議,屢長三司。弘文提學,久處講筵,從容開對,宣廟稱之。平生無纖毫矜衒傲慢之色,自處莊簡,如婦人室女。而至當義分,卓然有樹立。清慎節儉,敝裘數十年不改。宣廟嘗錄廉謹吏四人,以勵在位,億齡與焉。平居靜默,未嘗爲覈論。雖黨議分岐,而無所指目,故人以爲善避嫌疑。自乙卯,見光海政亂,且爲鄭仁弘所詆,屏處郊外以卒,年六十七,官至刑曹判書。三子翊、竫、竱,俱通顯,善楷法,而翊書最有名。

《谿谷集·故議政府右參贊吴公墓誌銘》:公諱億齡,字大年,晚翠其號也。吴氏出同福。……公生五歲知讀書,器度如成人,占句輒有警語。七歲而能綴文,人稱以神童。稍長,才益進,筆翰亦工。中庚午司馬。辛巳,以公薦除典牲署參奉,明年擢第,即拜藝文館檢閲。宣廟將講《通鑑綱目》,命選才學臣五人,各賜《綱目》一部,公實與焉。因令毋責以漢語吏文等冗藝,俾專其業,以備顧問。一時榮之。例陞戶曹佐郎,旋入吏曹爲佐郎。賜暇讀書。歷正言、持平、弘文館修撰、校理。在言地,不妄彈一人;在銓曹,不妄進一人;在經幄,以善講義稱。由吏曹正郎陞應教,轉司成,出爲慶尚道安撫御史。時方治鄭汝立逆黨,人多疑懼。公所至宣布德意以撫綏之,一道大安。累遷司諫、執義、典翰。倭使玄蘇來,以公爲宣慰使。玄蘇初頗傲慢,既而賦一律示公求和,公詩立就。蘇驚服,乃更爲恭遜。初公未見蘇,道聞蘇明言“來年將大舉,假途犯上國”,即具所聞馳啓言倭寇必至狀。時當國者主偏聽,謂倭必不動。凡言倭情有異者,輒論以生事。公之馳啓至,朝議大駭,遂啓遞之。公既還,進《問答日記》,又悉錄前語。子弟多諫止,謂且速大譴。公慨然曰:“賊兵將至,舉朝擁蔽。吾何忍畏禍不言,以誤國事?”以此益忤時議。俄拜議政府檢詳,陞舍人,坐微事罷。旋敍復典翰,又坐微事罷。敍爲司成,以陳奏使質正官如京師。是行不當有質正,而時相欲擠公,啓請差遣。壬辰四月還,道聞倭變,宣廟已西狩。公復命于松都,遂扈從抵義州。拜直提學,擢拜吏曹參議,旋移同副承旨,序陞至右副。上嘗語及變前事,顧謂公曰:“曩無一人言賊來者,獨承旨言之。先見明矣。”轉大司成兵曹參知、工曹參議、副提學、吏曹參議。尹公根壽接伴經略宋應昌,請公爲副使,凡文翰酬應多出公手。經略褊心喜嗔怒,而每得公呈文,輒悦嘖嘖稱善。還爲大司諫、右承旨、禮曹參議、兵曹參議。再爲都承旨,出納稱旨。屢以疾辭,不許。李夢鶴等逆獄起,上命公參庭鞫,公據故事固辭。蓋近例都承旨或以參鞫蒙賞,公以爲嫌故也。承旨二人有陞秩者,當居公右,吏曹以稟,上命遞陞秩者以留公。時天將滿城,上每接待事有肯綮,輒以咨公,公應對甚敏。上愈以爲能。丁酉春，特命陞嘉善階，病遞。拜大司憲，屢轉禮曹參判、大司諫、副提學，間兼副摠管、同知義禁。拜吏曹參判，被不悦者論遞。徐給事之來我也，上欲以公充伴使。尋下教曰："吴某有老父。可遣他人。"其恩遇之隆如此。爲親乞外，授江華府使。尋徵還，爲户曹參判兼左副賓客。出爲黄海道觀察使，時難久兵不解，民窮財竭。公策應撫摩，各得其宜，海西大治。懿仁王后駐駕海州，宦侍輩或有例外徵求，公一切裁之以正，内外肅然。遞歸，又拜大司憲副提學。懿仁王后之喪，上既成服十二日，禮官言當釋衰進麻布帶。公在玉堂，進箚論其非禮，識者是之。上命簡朝臣廉謹者以風厲百寮，選者四人，而公居其一，力辭乃許。辛丑，遭議政公憂。服除，拜吏曹參判兼弘文館提學。公自丁酉進秩，至戊申，計爲大諫副學者各五，都憲、參銓者各四，貳宗伯、長成均者各二，其乍拜乍遞及散官多不書。丁酉以前歷官益多，唯顯者書。宣廟上陟，公爲告訃副使。時皇朝有所嫌忌，不卽准封。當事者歸罪使臣，加以重劾。未幾，敍復。自兵曹參判陞資憲大夫、漢城府判尹、兼同知春秋知義禁。自是五爲都憲，三判刑曹，或遞知西樞，而常兼弘文提學。公於司寇出入三歲，决疑獄伸冤枉，執法平允，有古人風，姦吏爲之屏氣，獄訟衰息，都人翕然稱之。歷議政府右參贊，出爲開城府留守。痛革秕政，以蘇凋瘵，百廢俱舉，治理流聞。會鄭仁弘追舉戊申事，攻公甚力。公引疾遞歸，則遠竄之論已發矣。公之歸，松都民老幼闐擁號哭，欲止公行。既不可得，則相與作爲歌謡，又伐石立碑以頌美德政。光海久寢臺劾，公待命郊外者凡四載。戊午十月某日以疾卒，享年六十有七。以是歲十二月某日葬于原州某山新卜之原。公天資粹美，早以才敏名，而能有志問學，常以操存踐履爲本。而談議講説，不甚數數。嘗語子弟曰："士君子事業至大，文章特餘事耳。"

《晚翠集·年譜(吴挺緯)》:(略)

《東州集·晚翠吴公文集序》:嗚呼！年運而往，漸冉人代。俛仰朝暮，尚論其世而已。當穆陵在宥，風厲學士之路甚廣。翹楚之彦，咸豹變而龍躍。咀嚼芬華，得成其佔畢之業；發揮鴻猷，執牛耳涖盟騷壇者，並世而起。時則晚翠吴公諱億齡字大年，由諸生奮用儒雅，擅名博學修藝能。始掉鞅於場屋，既通籍嚴禁。以文行致庸，玉署鑾坡，無施而不可。賜暇視草，受知於明主。踐歷華貫，進位八座，兼弘文館提學，廩廩班三事矣。屬時昏噎，九流渾濁。尸譏柄者以公爲的，遂深中以微文，屏跡江湖者五年。爲戊午歲，竟至凋隕，壽僅六十有七，士林爲之短氣。未幾，聖上龍興反正，群枉畢伸，而才淑已瞑目重泉，不及覩清明之世矣。末俗貿貿，人物眇然。先輩風流，一往不復。此鄭僑所以流慟于櫟摧也。公爲文典雅贍舉，以《六經》爲本。其左右敷納之辭，臺閣駢偶之體，無蕪言無剩語，率不越乎義理之正。詩詞亦精緻練要，無浮華流蕩之氣，足爲近世名家。獨恨其嗣世零替，又患荐更鋒焰，所收錄至尠，使後人無所尋逐。可勝歎哉！公三子俱才，俱盛玉堂，不幸俱無祿早世。其季校理公溥號麟洲有至行，操履篤實，喜讀莊馬書。無子，取族侄挺緯爲後，今爲觀察湖西，摭拾公詩文放佚，僅成一帙。以不佞嘗受知於晚翠公，而於校理公生歲相亞，交至驩也。謂不佞去就釐校，付之剞劂。而麟洲遺什若干篇附於下。方不佞羸癃精敝，無能爲役，重違觀察公孝思之至。勉而爲之序。

【按：吳億齡（1552—1618）字大年，號晚翠，諡文肅。籍貫同福。善文章書法，奉享白川文會書院。著有《晚翠文集》今傳。其詩精緻練要。《箕雅》收其七絶一首、五律一首。】

李睟光　**字潤卿，號芝峰。全州人。宣祖朝登第，官至吏曹判書、提學。諡文簡。**

《朝鮮仁祖實錄》卷一九：六年十二月壬子。吏曹判書李睟光卒。睟光，字潤卿，號芝峰。弱冠擢第，歷敭清顯，人謂“不事交遊而得銓郎，惟睟光”云。久在詞掖，辭命製作多出其手。其聘上國也，安南、琉球、暹羅使臣皆求見其詩文，至以其詩傳佈于其國。我人被俘於日本者，隨賈舶到交趾，交趾人出示其詩曰：“爾知爾國有李芝峰乎？”其見重于殊俗蓋如此。光海追崇所生母，睟光上劄論其非禮。時以言爲諱，而睟光獨言之。癸丑之後，睟光不欲染跡，優遊散班。及反正，進階資憲爲大司憲。遇災上劄，條陳十二事，其言明剴痛切，鑿鑿中窾。識者謂“中興章疏，無出其右”。睟光貌若不勝衣，言若不出口，而繩檢甚嚴。雅性恬退，除命每下，必逡巡辭避。于聲色紛華，泊然無所好。接人和遜，而人自不敢以狎進。立朝四十四年，屢經世變，而出處言行，無少玷纇，人莫不多之。

《谿谷集·弘文館提學李公行狀》：以嘉靖癸亥生公。……五歲就學，開口輒有奇語。十三通《四書》二經。十六舉初試，才名藹蔚。十七遭判書公憂，過毀成疾。服闋益自奮，攻苦力學，文詞益進，栗谷李文成公亟稱之。壬午中進士選。乙酉擢文科，權知承文院副正字。戊子陞正字，冬薦拜藝文館檢閲。公少負儁望，擢第四年始入史局，論者以爲遲。己丑遷待教，因事罷，尋敘奉教，序陞成均館典籍，遷司憲府監察。庚寅拜司諫院正言，戶兵二曹佐郎兼知製教，差聖節使書狀官朝京師，還爲黃海道都事。明年以親病解歸，拜禮曹佐郎，遷正言，遞爲戶曹佐郎。庭試高第，賜虎皮，選入弘文館爲副修撰，轉司憲府持平，冬拜吏曹佐郎，銓曹世稱極選，不能無籍援引而致之。而公簡靖自守,不事交遊。白沙李相公深相敬服曰:“絶意名宦而得銓郎者,今世唯有李某耳。”尋罷。旋敘爲校理,復入吏曹,壬辰又罷。夏四月倭寇至,中外大震。慶尚防禦使趙儆辟公爲從事官,欲藉重以自佐。既而憫公無兄弟,而太夫人老且病,爲公設方便,欲令毋行。公謝曰:“食君之食,臨難而苟免,非人也。”遂馳至金山,則李鎰之師已潰,諸軍相繼陷敗,事已無可爲矣。公在戎幕屢當鋒鏑,適有天幸,得無他焉。朝廷初拜公修撰,未幾宣廟西狩,太夫人避兵北地,防禦使兵敗不能軍,公獨立無所歸,匹馬從間路奔問行在。八月謁世子于成川,仍詣行朝,卽拜副校理兼備局郎。九月上疏乞訪老母存沒。宣祖下教曰:“咸鏡一路自變後未通朝命,李某可充使以送。”於是差宣諭御史踰嶺抵明川,得太夫人所在。時北路叛民劫執兩王子及從行宰臣,殺將吏以應賊。所在屯據,道路梗塞,公挺身馳入,草檄文曉以逆順禍福,聞者莫不灑然革心,義旅感奮,列城回應,賊亦不能久留。癸巳正月覆命,屢拜持平、校理、兵曹正郎、司諫院獻納。故事臺諫不得兼備郎,至是相臣以變後死節諸人事實屬公纂集,請令仍帶以卒事。秋,陞侍講院弼善、司憲府掌令兼春秋館編修官,又陞執義。上箚條陳十弊,上嘉納之。冬隨駕還都。時軍國多事,辭命繁委,凡製作之急就者多出公手。甲午夏,承旨缺,上命政廳資格未准者得并擬進,蓋意屬公也。遂超陞通政大夫承政院同副承旨,序遷至左副,遞授大護軍兼承文院副提調。乙未拜右承旨、兵曹參知。丁太夫人憂,秉禮視前喪,葬祭之具畢盡情文。制除,拜右承旨、成均館大司成。倭寇再逞,天將楊元軍南原,以公爲分戶曹參議管餫餉。卽日陛辭,上察公羸甚,命勿遣。皇極殿災,以進慰使如京師。戊戌春還朝,又拜右承旨。自是歷禮兵二曹參議、左承旨、僉知中樞。己亥冬拜吏曹參議。會時事驟變,西厓柳相公既被逐,并及完平李公,不安於位。公引疾自免,因言朝著之亂,大觸時諱,幾不免彈劾,遞爲大司成。庚子夏拜司諫院大司諫,而李爾瞻爲獻納,奮其朋勢,蜚謀設巧,撼撓公不已,公不爲動,竟辭遞。辛丑春拜弘文館副提學,考校古經《周易》以進,命賜廄馬,尋遞爲大司成。難定且十年,文廟尚未重新,公始請營度之,廟殿講堂次第告成。夏遷兵曹參議。濟州賊吉雲節誅,上遣御史安撫之,趣命玉堂草教書。諸學士大窘,章久不就,遂屬之公。文無滯思,諸學士乃大服。皇太子冊禮成,詔使將至,以公爲都司迎慰使,實文翰極選也。行到平壤,墮馬傷遞迴。壬寅再爲吏曹參議,皆以病免。夏復拜副提學,同諸儒校正《周易諺解》,書成,賜廄馬。宣廟將冊妃金氏,《五禮儀》缺廟見一節,公上箚請遵古禮,事報聞。冬拜大司諫,尋遞。癸卯夏又拜副提學,校正《史記》纂以進,又賜廄馬,拜吏曹參議。甲辰夏遞爲兵曹參議、大司成。自丁酉來,公爲兵曹者八,爲大司成者四矣。

公之在銓也，進用士流三人者，皆當路所不悅，至被彈去。而時相有侄子素無賴，欲驟寘之通顯，公執不可。會廷臣請上尊號，公意獨不肯。以此積忤時議，乞外得安邊府使。乙巳春抵任，夏旱，公禱雨卽應。府地舊無蓮，楊蓬萊士彥爲守鑿池種藕，蕪廢數十年，至是復生，父老稱以爲異事。秋，嶺外大水，壞民田廬無筭。北邊新中虜，徵發旁午，日不暇給。賴公撫摩有方，民得安業。事聞，特賜表裏一襲以褒之。明年以疾解官歸。丁未冬始敘爲洪州牧使，專以清靜爲治，聚邑諸生於鄉校，教課有法，鄰邑學子聞風四集。己酉夏又以病去。秋敘僉樞，遷兵曹參議，拜都承旨。庚戌夏宣廟升祔，禮成，特加嘉善階，爲禮曹參判兼承文院提調。秋拜大司諫、大司憲，皆辭遞，授西樞。光海遣使奏請世子冠服，以公爲之副，八月如京師。公凡三聘上國，冰蘗自厲，如書籍香藥，絲毫無所近。在燕與安南、琉球、暹羅使相遇，皆從公丐詩文。安南使得公詩，歸而傳佈其國中。趙完璧者我人也，俘於日本，隨賈舶到交趾。交趾人出公詩以示曰："爾知爾國有李芝峰乎？此其作也。"完璧後得歸國，具道其事。公之文章見重于殊俗蓋如此。使還，進秩嘉義，歷拜大司成、大司諫、大司憲、兵曹參判兼同知春秋館事，爲副提學。術士李懿信用堪輿家進言曰："漢都氣竭山童，交河形勝，宜建都。"光海入其說，令廷臣集議，人情疑惑，頗有承望傅會者。公率館僚上箚駁之，反復數百言，詞理甚正，事遂寢。光海追崇所生金氏爲王后，請冊命于天子。公又上箚，引經義論其非禮。時光海政昏，臺閣以言爲諱。而公屢進讜言，士論服其持正。再授憲長皆不拜。無何而癸丑之禍作，李爾瞻嗾死囚上變，起大獄，殺永昌大君，夷國舅金悌男，幽大妃於西宮將廢之，貶逐先朝舊臣幾盡。公不欲染跡，自是優遊散班，絕口不談時事。嘗拜大司成辭遞，兼同知成均，唯強起一謝而已。至丙辰秋，出爲順天府使。公乃曰："脫身世網，吾其爲吏隱乎？"玄軒申公，公之莫逆交也，放逐在江外，公就別焉，相視悲吒，竟夕而後去。至官，勤於吏職，以身率物，民皆悅而從化。自學校丘井，以及魚鹽薪芻之微，措處有方，皆可爲後法。己未秩滿歸，民追思，爲勒碑頌德。公之歸也，屏居於水原田舍，閉戶不出，家人罕見其面。前後授大司成、分兵曹參判、同知中樞、詔使迎慰使，皆不就。光海以公不肯仕，下教切責，辭極峻厲。公上疏自陳病憊不任狀。壬戌春，又下教令招赴都觀察使，勸駕敦迫甚至，公爲一至京卽還。癸亥三月，今上卽大位，悉收召舊臣。公拜都承旨兼弘文館提學，歷大司諫吏曹參判，遞爲工曹參判。明年，李适反，兵逼京城。上南狩，公舁疾隨駕。賊平還都，又拜大司諫，進階資憲大夫，爲議政府右參贊、大司憲兼知春秋。太王太妃進徽號，公撰玉冊文，特加正憲階。又歷左參贊、知敦寧府事、工曹判書兼同知經筵。乙丑冬又爲大司憲。會上因災異求言,公以爲上之求治切矣,治效未臻,禍亂相仍,無他,誠未至故也。卽誠至矣,以實心行實政,致實效,靡不如志。遂上萬言箚,條陳十二事:曰勤學、正心、敬天、恤民、納諫諍、振紀綱、任大臣、養賢才、消明黨、飭戎備、厚風俗、明法制。而要歸之於懋實。其言明剴痛切,鑿鑿中窾,識者謂中興章疏無出其右者。上優旨褒答。丁卯春奴夷大舉入寇,列鎭皆陷,賊遂長驅深入。議者謂京城不可守,三殿將幸江都,先命王世子分朝南下。上令老病朝臣任便擇所往。時公屬疾沈綿。而長男聖求名隸分朝。次男敏求方守林川郡。所親多勸公姑隨分朝南去者。公毅然曰:“人臣一息尚存,安敢辭難就便?”遂扈駕入江都,拜大司憲。大賊甫退,朝家多故,後進氣鋭,務持核論。公常以寬平調御之,人稱得宜。……還都,屢轉知樞、左右參贊。戊辰七月拜吏曹判書。先是每塚宰缺,公名必在薦剡,及是乃膺簡命。三辭不獲命,出謝而乞免,章五上皆不允。乃歎曰:“吾其以職死矣。”於是屏請屬,抑僥倖,清流品,振淹滯,尤以選任循良爲重。凡散吏之有聲績者,長弟甄敘。官方澄肅,輿論翕然。公嘗以疾不赴政堂,僚宰擬公醫局提調,欲其便藥餌。公以備位銓長,奈何自占便署,再控辭。上諒其意特允之。居無幾,暴風疾甚,上命御醫就私第視疾,藥物取給内局。長男聖求時觀察湖南,未得代,不敢歸省。上愍之,諭令遄歸毋俟代,皆異數也。公病日劇,猶以重任未釋爲深憂。兼帶掌樂院提調,有月給騶直,亟戒家人無輒受。二子上疏陳公意,乞解職,得遞爲知樞。竟以十二月二十六日屬纊,得年六十有六。……公爲文本諸經傳,典雅有體,不尚諸家險僻語。詩取初盛唐,曰:“前乎此者體格不完,後乎此者卑弱無力,至五言古體,則有漢魏樂府,其盡善哉。”公所著詩文二十三卷,《采薪雜錄》一卷,《讀書錄解》一卷,《題辭》一卷,《秉燭雜記》二卷,《警語雜編》一卷,《剩說餘編》二卷,《芝峰類說》二十卷,《昇平志》二卷。所纂錄群書五部二十五卷藏於家。……簡易崔岦亦曰:“斯文之託其在是矣。五山車天輅、南窗金玄成……曰:“閑淡溫雅,有正人君子氣象。”

《谿谷集·芝峰集序》:及今上踐阼,征庸耆喆。而公登朝通顯,爲清流儀範。維亦幸聯武朝列,時時獲私於公。公不以晚進見鄙,輒爲之傾倒。揚搉理義,品騭藝文,以至古今世務靡所不講。維於是益服公邃學博識,測之而彌深,酌焉而不竭,蓋古所謂大雅君子,華藻之美,特其土苴耳。居久之,進拜塚宰,凜凜有臺鼎之望,而公遽卽世矣。公少而嗜學,於書無所不觀,於文詞無所不工,而尤深於詩。其爲詩常疾世俗佻儇噍噪之習,必以唐諸名家爲法則。故其聲調諧協,色澤朗潤,有金石之韻,圭璋之質焉。文亦主於雅馴,不作近代僻澀語。玄軒申相公嘗稱公詩“神而化之”,五山車天輅、南窗金玄成亦以爲“格高語妙,句圓意活,優入盛唐閫域”。其見重於藝苑如此云。傳曰:"德成而上,藝成而下。"夫文章亦藝也。世固有飾羽而畫,以梔蠟自售者矣。惟深於天機者不然,意發而後詞見焉,質立而後文施焉。美在其中而暢於外,故曰"詩可以觀",若公之爲者是已。不如是,何足以列于立言而稱不朽哉?

《樂全堂集·芝峰集跋》:《芝峰先生集》成,其嗣聖求責翊聖以剞劂之役,顧非其人,且非其任,惡有所效?然竊嘗有所聞矣:"持之恬處之靜,守之確修之潔。知幾介石,難進易退,當于古賢中求之。學問之超詣,識度之簡遠,自有不可及者。而才分極高,論詩甚古,成於心而裁於法,其至者殆將雁行于開天諸子。其爲古文詞絶無蹈襲馳驟之語,根極理道,精練雅馴,成一家言。要之經世而垂後者。"此吾先子之言也。吾先子與先生束髮定交,合志同方,塤篪不足以喻其和,止水不足以喻其澹。而進退信詘,白首無差。至於名位始卒,亦略相符。今而兩家之籍並懸于國中,後死之感爲如何哉?噫!先生晚歲志吾先子之墓,殆絶筆也。翊聖每讀之,不覺涕涔淫下也。昔程叔子謂門人曰:"後之欲知我事行者,須考伯氏之狀。"言其道同也。則讀吾先子之誌,亦可以知先生矣。調合則尚友千古,知希則垂竢百世。而生平賞音互爲定論,而世不得疑其誇。吁亦盛矣。先生之名跡,自有當世能言之者。只掇從家庭所聞知者以爲跋。

《月沙集·芝峰集序》:《芝峰集》者,故吏曹判書李公潤卿著也。芝峰少耽書,于古文辭無不工,而尤長於詩。公退杜門謝事,沈潛書史,或棲遑州郡,或斂跡郊扉,一室蕭然,吟灑不倦,凡遇憂愁困戹不平無聊一以詩遣。雖屢遭禍機,終始自靖,完名保哲,超然于文罔之外。逮際昌期,位望隆顯,而居寵若驚,不以爲榮,以簡制煩,以靜制動,本源澄澈,微瀾不起。以故發之於詩者,一味冲澹,無繁音無促節,其聲鏗而平,其氣婉而章。每一讀之,宛然想見其人。傳曰"詩可以觀",不其然乎。其文發於六經,根於性理,如菽粟如蒭豢,絶無浮華僻澀之態。至如務實十二條,萬言封事陳說國體,切中時病,眞是中興第一箚。公雖靜坐譚詩,若無意於世務,而精神文采之發爲經綸事業者乃如是。噫!公之在世也,公之詩已播於天下。安南、琉球之使亦聞公名。既沒,而公之籍益大行于國中,不啻家傳而戶誦,若公可謂能化今而能傳後者也。然則公之著述只是詩若文耶?余觀公《學誡》及《白新箴》,則可見公晚年工夫專在學問上,文章特其餘事耳。吁其可敬也。

《澤堂集·芝峰集跋》:今先生績學既富,文體咸備,蔚然爲一代大家。而乃其詩簡古清絶,出入三唐,雖累韻迭篇,而終不失調格。此誠古人之所稀有者,倘非恬靜研究之效歟?

《芝峰類説》:余赴京時,遇安南國使臣馮克寬,有唱酬詩集,其中一聯曰:"山出異形饒象骨,地蒸靈氣產龍香。"只以交趾出象牙及龍涎等香故云矣。後被擄儒士趙完璧者自倭中還,言隨商往安南,則其國人稱頌余詩而示之曰:"吾國有出象之山,所以爲佳也"云云。余聞而訝之。後按《綱目》注,安南出象處曰"象山"。又《楊妃外傳》"交趾進瑞龍腦香"云。其實偶合也。

《象村集》:李芝峰與余遊今四十年,雅操出塵,歷盡世變未嘗少挫。亦能見幾而作免於機阱,真所謂"金玉君子"也。

《晴窗軟談》:其出守順天府時附送其詩卷,卷中有近體二首:"暮年身世宰炎鄉,治郡無能坐嘯長。春燕不來閑院落,晴波欲滿小池塘。紅梅影下文書靜,綠橘陰邊几席香。衙罷閉門人跡少,隔窗啼鳥又斜陽。""檻外池光染綠苔,一簾微雨欲黃梅。衙居寂寞門長掩,公退尋常印不開。盧橘香邊山鹿睡,石榴花下怪禽來。軒窗盡日清如水,輸與騷翁晝夢回。"格韻清麗,自不可及。

《壺谷詩話》:李芝峰一生攻唐,閑淡溫雅,多有警句,而所乏者氣力。如"風聲九塞秋橫劍,雪照三河夜渡兵","窗聞小雨天難曉,城枕寒江地易秋"等句皆佳。其子觀海敏求尚明,而有格調,或可謂跨灶耶?然造詣未必及。

《小華詩評》:《芝峰類說》多載己詩數十句,曰"世所稱道者故錄之"云。以余觀之無可稱者,惟"林間路細纔通井,竹裏樓高不礙山"一句差可稱意。如本集所載《棘城》詩"煙塵古壘雕晨落,風雨荒原鬼晝行"一聯,句語奇怪,有足可稱而不錄於其中,豈以世不稱道故闕之歟?車滄洲嘗評芝峰詩"如草屋明窗,賓主相對,酒旨肴佳,而一巡行杯,更問餘幾?則只有一杯,無以更進。歡意索然"云。

《詩評補遺》:李芝峰睟光《挽李統制舜臣》詩曰:"威名久振犬羊群,智勇堂堂天下聞。蠻祲夜收湖外月,將星晨落海東雲。波濤未泄英雄恨,竹帛空垂戰伐勳。今日男兒知幾個,可憐忠義李將軍。"蠻祲夜收、將星晨落,皆記實也。芝峰嘗以此詩誦語簡易。簡易曰:"今日之日字可改爲'古','可憐忠義'四字可改爲'令人長憶'。"芝峰喜曰:"古有一字師,子可爲五字師。"

詩固未易作,詩評亦未易也。玄翁、芝峰兩公皆深於詩家,而所著古人詩評,間有未妥處。余表以錄之,以俟騷壇公議。玄翁《晴窗軟談》曰:"北海之雄,出子美上。"又曰:"王勃之《秋夜長》、盧照鄰之《長安古意》,太白則優爲,子美恐輸一籌。"無乃其予奪太過耶?昔敖陶孫評論漢魏以下諸詩,至杜甫則曰:"如周公制作,不可擬議。"《芝峰類說》曰"子美《岳陽樓》

詩‘親朋無一字,老病有孤舟’,與上句不層,且于岳陽樓不相稱”云。是大不然。凡律格,有先景物而後事實者,有先事實而後景物者。豈必以景物徹頭徹尾也哉。蓋此詩子美避亂到此而作也,上一聯全言景物,下聯敘述其情,乃詩之體也。芝峰所謂不層不相稱,何哉?唐子西云:“余過岳陽樓,觀子美詩,不過四十字耳。氣象宏放,殆與洞庭爭雄。”豈不信哉。

《逸史記聞》:辛亥春,左贊成鄭仁弘上劄,極毁晦齋、退溪兩先生殺王子娼妓之失。館學儒生李棨等五百餘人上疏伸救兩賢,且陳仁弘誣陷先生之罪。光海震怒,特命禁錮疏頭崔有淵、李敏求、韓必起三人。削仁弘儒籍。齋任等五人。諸生皆空館而去。李芝峰晬光以知館事承命敦諭,至館中詠一絶曰:“絃歌聲斷讀書齋,向晚東風響古街。微雨一庭芳草合,夕陽無語下空階。”

《東國詩話彙成》:僧惟政號四溟山人。倭奴自壬辰後不敢通和,至癸卯,請信使。人皆憤惋,朝廷恐生釁,倩山人試賊。山人遍求別章於縉紳。公贈之曰:“盛世多名將,奇功獨老師。舟行魯連海,舌騁陸生辭。變詐夷無厭,羈縻事恐危。腰間一長劍,今日愧男兒。”五山見之閣筆。

公爲洪州牧使,其前任即李東岳安訥也。東岳留詩贈公,其尾句曰:“小技却慚非大手,謾教人比鄭蘇時。”蓋嘉靖中,鄭士龍、蘇世讓相代爲牧使,故云。公之次曰:“追蹤昔時吾何敢,唯幸交承得共時。”二詩俱載《洪陽錄》中。

【按:李晬光(1563—1628)字潤卿,號芝峰,謚文簡。籍貫全州。擅詩文。著有《芝峰集》今傳。其詩閑淡溫雅,簡古清絶。《箕雅》收其五絶一首、七絶六首、五律四首、七律七首、五排一首。】

洪履祥　　字君瑞,號慕堂。豐山人。宣祖朝登第,選湖堂,官至大司憲。

《光海君日記》卷九五:七年九月壬辰。前留守洪履祥卒。履祥初名麟祥,後避兇人名,改今名。少受學於閔純,以儒學顯。在宣祖朝,久侍經幄,宣祖稱爲講官第一。宣祖命廟堂薦公輔之器,履祥與李恒福、李德馨等俱被薦。壬辰扈行,力陳嬖倖干政之罪,請誅之,由此忤旨,數求補外以出。爲人端方溫雅,論議不偏,或遇朝廷大議,持正不撓。至是,棄開城留守,輿疾還家卒。

《月沙集·大司憲洪公神道碑銘并序》:壬子年間,群兇內訌,謀釀大禍。慕堂洪公以都憲力求外出,爲松都留後。至癸丑獄起,一時儕流多被逮繫,相繼流竄,而公獨免及。仍投紱歸松楸,再不入都門,逾年遂卒。公之處危邦可謂能見幾矣。公之病亟,余方廢逐西湖,馳往省之。則公執手而歎曰:“世道至此,子之擯却宜矣。却恨吾死之不早也。”相對一涕而訣。居三日而公之訃至,公其得正終矣。……公初諱麟祥,字君瑞。後改履祥,字元禮。慕堂其號也。洪系出安東之豐山縣。……以嘉靖己酉生公於高峰下。莊重寡言笑,動止自矩。甫齔已通經史。成童之年屢魁庠塾。然其志不在科臼,聞杏村閔公純開講訓後進,遂負笈往從之。研窮義理,獨契妙悟,諸生莫敢望焉,杏村亦自以爲不及。癸酉中司馬,名聲益彰徹,泮中爲傾。時齋中用新舊榜,公抗言曰:“明倫之地,豈可無長幼之序?”遂定年齒坐。戊寅魁大庭對策,賜直赴殿試。己卯又擢壯元。宣廟謂筵臣曰:“今觀壯元之策,甚得庭對之體。非近日科舉之文。”盧相守愼從而讚之,尹公斗壽亦曰:“臣知其爲人。操行佳士,不獨文也。”自是上意嚮重,朝望藹蔚。自禮戶郎轉正言,登筵論事剴切,斥宮闈近習無所廻避。充賀至官朝京,一切裁以法,行中肅然。還拜弘文修撰、知製教。辛巳丁贊成公憂,上命加恩賻。異數也。服闋拜修撰、兵曹佐郎,俄薦天曹爲佐郎。選詞臣賜暇湖堂,選儒臣校正經書,公皆與焉。上命三公擇堂下文官中有學行才望者各舉所知。鄭相惟吉首以公薦,拜校理。一日筵中,鄭賊汝立極詆栗谷,公進曰:“汝立常師事而遂背之。聞其辭說悖慢,此輩當深惡而痛絶之。”宣廟然公之言,其後下教曰:“汝立可謂邢恕。”自持平再爲吏曹正郎,逾年超陞司憲府執義。自是爲應教、執義、太僕正者再,爲司諫者三,爲舍人者五。鄭逆之變,爲問事郎,俄出爲海西安撫御史。辛卯春,遂自直提學陞拜承旨。故事,有堂上書堂,世稱文衡養望,蓋曠世重選也。公及三人與焉。命大臣擇可合宰輔之人,被薦者六人,公其一也。御筆特拜吏曹參議。壬辰夏,以禮曹參議扈駕西行,移拜副提學。到松都,面陳嬖豎干政之罪,請斬以謝國人。宣廟變色,諭以實無是事,至有“國可亡不可枉殺無辜”之教。而公日日伏閤爭之不已,人皆爲公危之。到平壤,陳疏乞尋母,諭各道監司沿路護送。公觸冒危險,遂得將母。赴成川分朝,拜兵曹參議。癸巳,兩宮會定州,拜大司諫。甲午,以聖節使朝京還,再爲左承旨,特陞嘉善,拜慶尚道觀察使。時賊居海上,兵機交急,公至則撫摩瘡痍,廣開屯田,設義勝軍,操鍊得宜。治績上聞,秩滿仍任。丙申出按畿節。及瓜,又仍一年。遞拜刑曹參判兼副摠管,移拜副提學,兼備局有司堂上。天朝布政梁祖齡擇儐臣,宣廟特命公往。玉堂請留,而重其任不許。及還,增秩嘉義。己亥拜右尹,轉左尹。曾在玉堂爲養陳疏。至是,拜春川府使,律己惠民,興學敦倫,未朞月化大興。時洪汝諄恣貪虐,公惡之,屢形於色辭。其黨具義剛爲御史,承望構捏,民如失父母,立清德善政碑。敍拜大司成,世號師儒得人。辛丑兼左副賓客,移拜戶曹參判、大司憲。時嶺儒文景虎受鄭仁弘嗾疏斥牛溪,以爲網打士類之計。奇自獻同聲和附,公力爲辨解,遂遞職。旋出爲安東府使。比秩滿棄歸,敍拜戶曹參判,兼同知春秋館事,移拜大司成。丁未又爲養出牧清州。光海初政,以公先朝經幄舊臣,以大司諫召。移拜大司憲、副提學。時銓長缺,首相李元翼從人望薦三人,光海三却之,竟點用戚宰。公議譁然。任兗與朴汝樑引"立賢無方"之語以解之。公在玉堂上箚,斥任、朴,又論趙挺不傳御札之罪,群小側目。己酉辭遞,拜禮曹參判。夏拜大司憲。時光海久廢經筵,群情皆菀。適有大臣引對,公亦入侍極言之。光海嘉納。顧謂相臣曰:"朝著不靖,大臣須知此意,勿用浮薄喜事之人。"李相恒福曰:"此實當今痼疾。雖賢者當之亦難猝變。"公曰:"調和鎮靜,責在大臣。使大臣能盡其職,君上之責也。近來朝家用人,大臣不得預知。此爲巨弊耳。"言甚嚴正,士論韙之。詔祭天使熊化出來,禮官欲諱宗號,密啓請造假主。公劾禮官曰:"皇上遣使致祭,此何事也。乃敢設假主以享乎?"議遂寢。議者歎服。辭遞,拜大司成。秋又拜大司憲。十月丁大夫人憂。辛亥服闋,即拜副提學。壬子春拜大司諫、大司成,兼同知春秋館事。公見時事日非,無意榮宦。雖公議不捨,歷踐三司,而乍拜乍遞,一力丐外。九月出爲開城留守。辭朝日,光海引見,公極言朝廷朋黨之禍。光海曰:"去河北賊易,去朋黨難。不其然乎?"公正色曰:"此乃昏朝亡國之言也。人君先立本原之地,以卞邪正,則黨禍自去矣。"乃以《大學》誠正之功,《洪範》建極之說明白陳戒。李相德馨出語人曰:"宰相須用儒臣。洪某筵中之論,我輩不能及矣。"時賊臣已秉權植私黨,公決去就,故有是言。既至任,屢上辭章,不獲遞。曾有小築在松楸相望之地,瓜滿直歸,臨水構一軒,日與鄉隣宗戚觴詠以自適。人或以朝廷是非官長得失言者,輒揮手止之。癸丑以後,時事罔極,公達夜不寐,或涕下沾襟曰:"吾願早死,不見此景象也。"乙卯四月,寢疾,輿還城西外舊宅。却藥不飲曰:"死生有命,服此何益?"臨沒意氣安閒,與親友訣曰:"得全而歸,何恨?"九月十九日卒于正寢。春秋六十七。葬高陽高峰下辛坐乙向原。

《耳溪集·慕堂遺稿跋》:惟我先祖慕堂先生,當穆陵休明之運,奮起蓬茅,平步雲路。暨一代名碩並鑣聯武,華貫峻選,莫之或先。齒爵俱尊,德音無瑕。當時負山斗之望,後世登俎豆之享,傑然爲中興名臣。而子孫蕃昌,冠纓蟬嫣,福履之盛,罕與爲比。第於平日守謙避名,雖再魁大庭,早選湖堂,而未嘗以詞翰自任,故著述不富。且佚於兵燹,百不存一,識者恨之。逮我聖明御世,尚德右文,靡遠不曁,於我先祖尤惓惓焉。既命錫以美謚,又下親誄,許其不祧。蓋遠溯發祥之所自,深感積慶之有源。揚厲表異,風勸來世。俾厥遺裔敬承先訓,與國咸休。猗歟盛哉!於是諸孫相與謀曰:"今我先祖之德之美既顯既彰,靡有餘憾。而獨其文章無所傳後,終使嘉言盛蹟放失湮沒。則其敢曰有後乎?"遂校讎家傳詩文各一編,附以世系年譜,繼之以祭文、挽詞、言行錄、碑誌,而又採遺事於曾孫晚退堂及七代孫樂舜所蒐輯者,合成三卷,付之剞劂。噫!其少矣。然先生以德行,則篤於孝友,嚴於繩墨,早從有道,爲士林模楷。以學術則本源經傳,啓沃君德,穆陵嘗稱之曰"講官第一"。以名論則犯顔斥倖以靖人心,排衆衛賢以張國勢。以出處則特立於黨目之外,見幾於危亂之際,完名碩德,百世共仰。奚係文章乎輕重?然而言議行藏具載於零編斷牘,可稽可師。凡爲吾先祖後者,率乃攸行。在家在邦,克敬克愼,毋墮我懿範。則豈不美哉?

《於于野談》:洪鸞祥,履祥之弟也,詩才敏妙。履祥製月課,使鸞祥代構《治聾酒》七言絕,其詩曰:"良辰康酌味偏長,不待扁俞驗妙方。醉裏厭聞塵世事,小槽獨愛滴清香。"時李山海典文衡,考置居首。一日逢履祥曰:"子之課製中,《治聾酒》一絕極佳,令人詠歎不已。"履祥曰:"非吾自製,乃舍弟代作耳。"山海驚曰:"賢季之才,吾何聞之晚也?"即回轎委訪,極加敬款而去。

《小華詩評》:諱履祥號慕堂,余曾伯祖也,嘗受知于栗谷。及先生卒,以挽哭之,曰:"斯文宗匠國蓍龜,海內名聲走卒知。洛下正逢司馬日,蜀中新喪臥龍時。青衿不耐摧樑痛,丹扆偏深失鑑悲。何意挺生何意奪,蒼天漠漠問憑誰。"每讀此詩不覺隕涕,况親炙之者乎?

《詩評補遺》:余伯曾祖慕堂公嘗次《長歌客》韻曰:"哀之欲哭樂之歌,我欲痛哭君何歌?君歌甚於我之哭,不須痛苦宜長歌。"公之友芋園金允安詩曰:"長歌長歌復長歌,萬事不如吾長歌。聲聲激烈徹寥廓,天上人應驚此歌。"歌有爲歌,哭有爲哭,俱有無限意思。

【按:洪履祥(1549—1615)初名麟祥,字元禮、君瑞,號慕堂,謚文敬。籍貫豐山。閔純門人。著有《慕堂集》今傳。其詩抒情慷慨。《箕雅》收其七律一首。】

李慶全　**字仲集,號石樓。山海之子。宣祖朝登第,選湖堂,官至行刑曹判書、提學。**

《朝鮮仁祖實錄》卷四五:二十二年五月庚寅。李慶全卒。慶全,山海之子也。爲人詭譎,挾其父兄,簸弄朝權。始與李爾瞻同惡相濟,驟登崇秩。及爾瞻肆行威福,乃與相背,以此反正之初,得免斥黜。在散地二十餘年,詩酒自娛,儉素自奇,而與勳臣相善,取容於世,至是卒。

《樊巖集·崇祿大夫行議政府左參贊兼判義禁府事知經筵事弘文館提

學韓平君李公神道碑銘》:公諱慶全,字仲集,石樓號也。李本韓山著姓。麗季有文孝公穀號稼亭,文靖公穡號牧隱,於公實九代八代祖。入我朝……皇考諱山海號鵝溪,事宣廟,位至領議政,勳封鵝城府院君。妣貞敬夫人楊州趙氏,左參贊貞簡公彦秀之女。以隆慶丁卯生公。土亭公之菡,省庵之弟也。奇公甚,錫名曰"全",蓋先知世將亂而卜公之能全其門戶也。五六歲,學于土亭。靈慧天得,不勞而神思自透,有《詠雪》、《詠橘》、《詠犬吠》詩。議政公歎曰:"非吾所及也已。"萬曆乙酉中司馬試,一時知名士皆願一識面焉。與金公斗南、李公貴、鄭公廣成數十人出街路,戲爲《登東築杵謠》,一世傳稱之,比之東漢風流。己丑,主獄者索性鍛鍊,李東巖潑亦被逮來,公毅然出漢江上要見之。及李公拷流,又出東門外爲別。自是不樂赴舉。庚寅,以父命赴增廣試、登第,分隸槐院。辛卯由掌樂院直長,賜暇湖堂,極選也。上疏辭,宣廟批曰:"爾家咳唾皆珠玉,勿辭。"明年倭寇急,上西幸。議政公奉廟社主扈駕,公徒步隨,達平壤行在。黨人乘機躍入,以議政公首陳去邠策爲罪,貶關東之平海郡。居四年蒙宥。公始調漢城參軍,尋遷禮、兵、刑三曹佐郎。時南北之說始行,力求外爲瓮津縣令。明年改兵曹正郎,民立碑以寓不忘。自是三拜持平,兼講院司書。入弘文選拜副修撰,兼講院文學。間以繡衣廉兩湖嶺南,勸懲咸得宜。公以文章結主知,爲文不構思,其出如陣馬風檣。當是時,天使絡續,凡謝賀揭帖歌謠等作多出公手。及天將振旅還,宣廟出餞弘濟橋,公以詞臣從。天將臨發,宣廟握手汍瀾,命公製別詩以送,輒應口而對。又命卽地次《琵琶行》,天將逐其韻呼之,以其隨韻隨應。或疑其宿構,至"商人婦"之"婦"字,換以"夫"字呼,公應之曰:"傷時自古有志士,恨別從來無丈夫。"天將曰:"神作也。"使家丁善讀詩者和凱歌以誦之,按轡徐行焉。邢都督玠怒本國不以元功歸諸己,督責漢陰公益急,禍將不測。議政公命公立構軍民謠,屬韓濩書之,使漢陰公手呈。都督覽之,至"登壇祭旗,天地爲之感動;出師誓衆,神鬼聽其指揮"之句,擊節歎賞。事得以解。以校理授吏曹佐郎。庚子再爲直講,兼校書校理。由吏曹正郎移議政府舍人。時洪汝諄以奸壬所行多不厭,公臨政塞都憲望,被陰中削職,至八年不敍。甲辰丁母憂,毁甚幾滅性。服旣闋,不以世故嬰心,惟吟詩對酒以自放。戊申,仁弘在陝川,疏請柳永慶謀危國本之罪。公時適省掃母夫人墓,柳誤疑其往陝川,劾公配江界。未幾召還。拜司諫、執義、典翰、司導寺正。其在諫院,極言己丑冤死諸名流亟宜伸雪,朝廷莫之省。尋擢承政院同副承旨、弘文館副提學、成均館大司成、吏曹參議。公常以爲破朋黨一彼此,爲當今急務。及爲政,輒收一代人望。爾瞻惡之,嗾臺官劾以專擅,卽辭遞。自此不復當銓任,連拜刑曹參議。己酉丁議政公憂,時光海元年也。方侍疾，累月不解帶。及喪，執禮如前喪，祭必躬執饌，日必哭于墓，雖大風雨不廢。辛亥制終，復拜承旨、兵曹參議。壬子出爲忠清道觀察使，按廉一以法，雖久要以不法聞，不少貸，一路肅然。尋以長子喪辭遞，陞嘉善階，襲封韓平君。時爾瞻益用事，策戊申翼社勳，欲以銜觝斥柳永慶之功。如一代名碩白沙、梧里、漢陰諸公及議政公並勒置勳籍，公亦入其中。蓋奸臣借重之計也。公抗章言臣父不知，臣亦何知？固辭以免。爾瞻怵以禍福，莫之奪。……癸丑，斥補全羅道觀察使。爲政，文武咸聳，民吏俱得。借留三載，樹碑以頌焉。甲寅進資憲階。明年入拜議政府左參贊、刑曹判書，又兼五道都巡察使。丙辰爲六道體察使，往留全州府。戊午復還，拜左參贊。公之庶叔山光，倜儻人也。善詩酒，於稠人廣衆，佯若醉不省，唾爾瞻面。爾瞻益忌疑。公是歲復使兼體察，往留全州。蓋自壬子至十一年之間，在朝無多月。公冰蘗礪操，蕭然若布衣。及還，破屋壞籬，所居不堪湫隘。家人欲稍改寢房，公曰："非吾志也。"後朝家擬選清白。公以曾按湖南，取十斛麥賙家飢，辭其選。庚申復拜左參贊，兼知經筵、春秋館、弘文提學。時第三子進士阜以太學掌議，獨上疏請斬爾瞻頭，以清朝廷，以安宗社。疏竟留中，逐田里。公自是益無意於世，與李少陵、李竹泉諸名公倘佯水石間，青楓修禊，作帖以藏，人以爲勝事。以館伴使儐接劉、揚兩天使，劉、揚嗟賞公唱酬詩，後因舌官寄書問訊者數。癸亥，聞國有事。時夜正黑，卒惶急不知爲反正。意謂臣子義當死宗廟，衣白衣直往廟門外，伏以待。仁祖以是夜踐大位，亟召公以別雲劍入，帶參贊提學如舊焉。朝廷將遣奏請，使難其人。申象村欽、金昇平瑬皆以爲當世文章專對莫如李某，素閒中國事亦莫如李某，首薦之。於是公膺使命，踔遼海萬里入中國。前此毛文龍、孟推官相繼上本國事，侵詆無不至，諸科道論議頗甲乙。公至則見閣老葉向高，葉老與公語，大奇之。所奏請無不言下肯諾。仍令留玉河館，待查官回自本國，許國王封典，賜以蟒龍衣一襲，令使臣無敢坼視。公以爲此天子所以寵國王，其貴且重何如。陪臣名以使，不能審視而去，義所不敢出。固請之。及坼，乃七章衣也。公據理爭辨，遂以九章改封。甲子，始復命，仁廟大嘉悅，賞賜臧獲田賦。公曰："臣何功？"只出奴一口，餘皆辭不受。命加崇政大夫。丁卯，扈大駕避寇江都。丙子，執靮入南漢城。丁丑，清兵解圍去，令我國立碑三田渡以頌其功德。上命館閣負文望者撰進。張公維、李公景奭、趙公希逸及公被選焉。公乃三上箚，辭以久抛筆硯，蓋嘗聯參斥和疏，故不欲前後異其操。上知其意，亦不強之。遂得免。以扈從勞，加崇祿階，拜刑曹判書，移判敦寧府事。是後累長秋曹，兼判義禁府，皆以老病辭。臺評以要免清國質子之役，請罷之。公或往湖西，或寓近畿，有優游卒歲之樂。以甲申五月二日卒于私第。享年七十八。

《丁戊録》:丁未宣廟違豫之中,下世子傳攝之教。永慶終始防塞。爾瞻、慶全輩潛會山海家陰議曰:"以永慶防塞傳攝之教觀之,則永慶易儲之陰謀昭不可掩。"爾瞻聽山海、慶全之指嗾,使門客送於陜川,勸鄭仁弘上疏,請討柳永慶謀危宗社動搖東宫之罪。則以諫院李具之啓,遠竄仁弘爾瞻輩之後,金大來、李惟弘等將有鄭仁弘庭鞫之啓矣。宣廟昇遐,光海即位,鄭仁弘黨登用,所謂柳黨慘被大禍。

《霽湖詩話》:洪斯文千璟號盤桓,自少業文章,名擅南中。數奇蹉跎,五十後始得司馬。又未幾擢第狀元。在廢朝時爲碧沙丞,又差募粟之任,得粟優於他,階通政。反正之後,爲時所棄,不成一官而没,哀哉!平生喜賦詩,往往奇健。至如科場之作,落筆風生,語可警人,亦一時豪才。石樓李爺體察湖南,時以馬官隨後,呈一詩,其頸聯曰:"重來樓閣題詩遍,過眼山川識面曾。"李善其詩,待之以禮。

《壺谷詩話》:李石樓慶全之詩豪放,或不循彀率,而如應呼絶句最佳。如《題畫鷹》曰:"欲向畫中容一倩,世間狐兔太紛拏。"《題雪》曰:"三等土階編白玉,帝堯曾是簡中奢。"又鍾城守乘暮往辭,乞别詩,而時適舉烽,則口呼曰:"門對終南管燧祠,北來消息最先知。知吾捲箔思君處,正是譙樓擊柝時。"意甚新奇。

《小華詩評》:李慶全號石樓,九歲時,鵝溪抱置膝上使作即景,其詩曰:"一犬吠,二犬吠,三犬亦隨吠;客乎,虎乎,風聲乎?兒言山外月如鏡,半更疎雨過殘梧。"作《杭州圖》詩曰:"楊柳依依廿四橋,碧潭春水正迢迢。妝樓珠箔待新月,江畔家家吹紫簫。"鵝溪早以神童稱,而石樓之髫齔奇藻又如此,可稱其家兒也。

《詩評補遺》:石樓李慶全《挽友人著作郎妻》詩曰:"有生如此無生可,聞説驚心莫説宜。著作官高幼長到,堪榮處不堪悲惜。"語懇到,一時膾炙。

【按:李慶全(1567—1644)字仲集,號石樓。籍貫韓山。李山海子。文筆出衆。著有《石樓遺稿》今傳。其詩豪放新奇。《篋雅》收其七絶二首、七律四首。】

柳夢寅　字應文,號艮庵。興陽人。宣祖朝登第,光海時吏參,仁祖朝凶死。

《光海君日記》卷一二六:十年四月丁酉。吏曹參判柳夢寅啓曰:"臣冒忝亞銓,至於四年之久,懇辭至三,自擬不遞,不出,至於竢命數月,猶未蒙允。忽因投書告變之獄,不獲已强出,只待鞫獄稍定,可以自處,當此逆變疊出，非臣子遊衍之日。而臣連參此獄，獄情似非大段，臣潛痛，作孽者何人，而成此百人之獄也？適於今月初四日，臣之妻四寸鄭晦，持酒賞春于臣之家上南山麓。臣之洞内有少女銀介者能唱歌詞，招之使唱，其兒首唱《毛詩》共姜《栢舟篇》，又唱《鹿鳴》諸篇，皆兼誦大旨，非其日席上創教而唱之也。臣等方聽之時，下人走告，推鞫坐已迫，臣笑曰：'如此佳辰，何物姦鬼，敢爲此匿名告變，使我不得畢此懽耶？'卽促駕顛倒而去。於路上口占一絶，入鞫廳索紙筆書之，其詩曰：'滿城花柳擁春遊，玉手停盃唱《栢舟》。壯士忽持長釼起，醉中當斫老姦頭。'此作雖出於醉中，豈是有意而作？《栢舟》則渠所常唱，渠家有此等詩篇，及《古今歌詞》一卷，皆主人李升亨自五六年所教唱者，考其冊則可知。老姦之語，本指假作朴致毅，而生變如安處仁者是也。其兩款語，有何可捏之端？而李時亮上疏，至以不道之語，請治臣罪乎？臣反覆思量，不得其由。但臣不勝春酒，題詩於不當題之處，傳播外人，致有脣舌，無非臣不謹之致。且臣忝竊遲廻，久未辭退，人言之來，臣實召之。伏地待罪，請亟釋臣本職、兼帶，以謝人言。"答曰："亞卿非浮薄之任，鞫廳非賦詩之所。事甚駭異，退竢公議。"……四月戊戌。大司憲南瑾啓曰："頃日鞫廳之會，同知事柳夢寅被酒末至，坐未定，急呼下吏曰：'欲寫所占詩句，覓紙筆來。'臣卽正色責之，以吟弄風月，此非其地。夢寅離席少退，大書七言絶二件，一件送于南山會集所，一件傳示座上，果有'栢舟老姦'四字，一座齊問，老姦指誰云，則答以安處仁兄弟，至於栢舟，則自言小兒能唱云，故看過不問矣。昨日李時亮之疏，以臣等不知君臣大義斥之，加以兩司護黨爲言，臣實未知其意，第不以作戲於公廳之罪，旋卽糾劾，則臣之所失亦大，不可仍冒以正他人，請亟命罷斥臣職。"答曰："勿辭。"

《於于集·附録·贈資憲大夫吏曹判書兼知經筵義禁府事弘文館大提學藝文館大提學知春秋館成均館事五衛都摠府都摠管行嘉義大夫吏曹參判兼同知經筵義禁府事弘文館提學藝文館提學同知春秋館成均館事五衛都摠府副摠管於于堂柳公行狀（徐有防）》：公字應文，於于其號也，一號艮庵。柳氏系出興陽。……公以嘉靖己未冬生。稍長，眉宇端嚴，才思穎發，長者期以遠大之器。配高靈申氏，判官栻女。牛溪成先生與判官公有通家之誼，一見公奇之。自是文望漸蔚，尤好氣節，讀史至古人伏節死義處輒擊節悲慨。中壬午司馬魁。己丑增廣第。庚寅，由藝文檢閲出爲江原都事。旋以質正官赴京。明年壬辰，復命于西狩行在，俄遷司書。間與月沙李公周旋經略幕府，歷薇院、栢府，選入瀛館。時八路創殘，朝廷以公練達，輒授繡衣，或巡邊按撫之任，遍行諸道。己亥丁母夫人憂。服闋陞階授同副承旨，移大司諫，歷銀臺及諸曹佐貳。丙午出按海西節。戊申陞拜都承旨。二月，宣祖昇遐，仁穆大妃下先王手教於七大臣，公在院即頒之。爾瞻等嗾凶黨攻公甚力，公退居西湖。己酉，以聖節使兼謝恩使朝京，遇琉球國使，琉球使聞公名，驚曰："作《行窩記》柳某耶？"便下床拜。辛亥左遷南原府使。癸丑除同義禁。凡爲西宫而得罪者，一切平反，凶徒側目。自是公不樂於仕。拜吏曹參判、藝文提學、漢城左尹，或一再膺而非其志也。嘗遊南麓有詩曰："滿城花柳擁春遊，玉手停盃詠《柏舟》。壯士忽持長劍起，醉中當斫老奸頭。"書揭京兆府璧，盖指三昌也。凶黨欲構詩案而未果。戊午，廢母論起，收議在廷。公抗言曰："有大臣焉臺諫焉，散官非所當。"與爾瞻等共擯斥之。公乃放跡湖山，深棲楓嶽，不問山外事者五六年。公之從子副學公瀟亦同時屏居，與李月沙及李東皐、朴南郭諸名流作甲禊，有時痛飲，相視歔欷。盖自己酉至壬戌十四年，叔姪雖名寄朝籍，無一資半級之推遷焉。癸亥，仁廟改玉，公以此時之不可偃處，卽日下山。别同寺高僧，歷敍古今死節之臣。如子路、荀息之死亦不爲非。題詩于寶盖山寺壁曰："七十老孀婦，單居守空壼。慣誦女史詩，頗知妊姒訓。傍人勸之嫁，善男顔如槿。白首作春容，寧不愧脂粉。"徑還西山之楸下，語其子修撰瀹曰："我志已堅，今不可改。汝則不必效我，須佐明君，保我家聲而已。"有文晦李祐者上變告曰："奇自獻一隊人謀復光海，柳某父子亦入其中。"於是公父子同時被逮。修撰先公栲死，公供曰："光海之必亡，媍孺亦知。今王之有聖德，奴隸皆誦之。豈有背明君復昏主之意哉？"委官曰："何往而不參賀班？"公對曰："往在西山。"又曰："父無賢愚而子當盡力，君無明暗而臣當致命。夷齊、方孝孺所遇不同，而不事二君一也。願從方孝孺遊於地下。"回誦《孀婦詩》曰："以此爲罪，死無所辭。"委官李梧里元翼欲義而釋之，元勳金瑬獨以爲其在嚴隄防之道，不可不殺。遂論以極律。公侄副提學瀟、承旨淶、檢詳活坐謫邊表，後蒙宥，除騎堂、承宣、畿都。公無他子，只有側出女。公之親屬斂公遺骸，葬于加平榛坪里西坐原。

《於于集·後集後敍(柳榮茂)》：先生之平生著述，多出於憂國傷時，而簡而嚴、贍而實，亦可謂國語也。詩，史也。且有徵於諸賢之所批評，野史之所記載。而至若投詩而觸神龍，焚文而走衆魑。黑風雪意之詠，南麓柏舟之唱。怡釋摻袖之語，舅山題壁之句。不徒續《梅月堂集》，不徒寓《離騷》遺意，堪與《採薇》歌並傳，而亦足爲血淚交流之詞。可藏之名山，可布之通邑大都，可傳之天下後世。而中國人之紗籠懸板，琉球使之下床便拜，庶復覩於來世。竊有感於斯，敢以言："志節義夷齊方正學，文章左馬杜工部。卓乎千古於于翁，天下皆知東國柳。"八世旁孫榮茂謹識。

《於于野談》：《皇華集》非傳後之書，必不顯於中國。天使之作不問美惡,我國不敢揀斥,受而刊之。我國人稱天使能文者必龔用卿,而問之朱之蕃,不曾聞姓名。祁順、唐皐,錚錚矯矯,而亦非詩家哲匠。張寧稍似清麗,而又脆軟無骨,終歸於小家。朱天使之詩駁雜無象,反不如熊天使化之萎弱。其他何足言?然我國文人每與酬唱,多不及焉。信乎!大小之正偏之不同也。遠接使徐居正對祁順敢爲先唱,若爲挑戰,然終困於"百濟地形臨水盡,五臺川脈自天來"之句,栗谷譏之曰:"四佳有似角戲者,先交脚,後仆地。下邦人待天使,宜奉接酬和而已,何敢先唱?"此真識者之言。我國待華使,鳩集一時文人稍能詩者以酬應,而擇焉不精,貽笑天人何限?鄭士龍雖稱騷將,而其詩未免傅會成篇。獨李荇渾然成章,而調格甚卑,有類應科之文。每作暫時仰屋,應手沛然,而其對宛轉無疵,非閑熟於平素,能如是乎?蘇世讓、李希輔雖見屈於當世詞宗,不可與今世讀東文習四韻如柳根者齒,文章之漸下如流水之逝,可歎而已。

余於往年宿松泉精舍,夢覺聞有聲如雨,驚問寺僧曰:"雨耶?"僧曰:"瀑聲也,非雨也。"遂口占曰:"三月山寒杜宇稀,幽人雲臥靜無機。中宵錯認千峰雨,僧道飛泉灑石磯。"後日,有客來言鄭松江一絕曰:"空山落木聲,錯認爲踈雨。呼僧出門看,月掛西南樹。"上年八月十四夜,洪慶臣游楓嶽,宿表訓寺。夜將央,同遊琴者朴生曰:"雨矣。"慶臣聞而覺,明月滿窗,視之天無點雲,只簷外刳木取泉,風吹飛沫,作雨聲矣。慶臣笑而遂口號一絕曰:"崖寺無塵秋氣清,滿空明月夢初驚。淙淙一壑風泉響,錯認前山夜雨聲。"諺稱"詩人意思一般",信哉!

昔余寓連山家中,童僕患瘧,余戲作四韻律一首傅其背,瘧即愈。其詩曰:"土伯盤困九約身,峨峨雙角柱穹旻。龍脂亂沸千尋鑊,虎戟交摐萬甲神。哆喙吸來塵渤澥,張拳打破粉崑崙。可憐水帝孱兒鬼,星鶩風馳地外淪。"蓋瘧鬼水神,而土克水,故用《楚辭》"土伯"之語也。其後家中有病瘧者,以其破紙傳相傅背,無不立效。自是鄰里有是病者,謄書而付,一邑皆然。至於恩津、石城、扶餘、公州、鎮岑、錦山之間,互相傳寫,雖積年老瘧,無不一紙見效,可笑之甚也。

中國文士文鑑甚明。朱天使之蕃曰:"朝鮮雖小邦,用閣老必選文章極高者,首閣老柳永慶文章最高。"每見其詩,擊案稱善曰:"東方第一文章也。"時領相柳永慶每令同知崔岦製之,《皇華集》以柳永慶爲名者,皆崔岦之詩也。岦嘗與二宰相連名呈文于遼東,時都御史顧養謙展帖轎上,引三宰相于前曰:"高哉!是誰文章?"曰:"第二宰相。"養謙熟視之,以手指批點於帖上曰:"是文,雖中國亦罕倫也。"余嘗赴天朝時,我國有喪,請免宴,呈禮部。禮部牢却不許,七郎官傳示其文,相顧動色。舌人立於庭,終朝至日昃而不皂白，只巡觀者三四回。舌人請還其帖，郎官曰："留之部中。"其年鄭經世呈文禮部，郎官稱善，允其請曰："此事甚難，爲使臣文章之佳，特允其請。"諸郎官極稱引，相與言："此文雖佳，不如前來使臣柳某之文，其文高古倍此，而以事體不當，不准其請。東方信多文章士也。"其年，余過永平府萬柳莊，莊即鴻臚丞李浣之别業也。余題七言律十六韻於粉壁，時日昏秉燭而題，一老秀才來觀曰："唉！佳作，佳作。"韓御使應庚，李浣之妻弟也，與鄰居文士白翰林瑜來觀稱譽，刻板懸之壁。自古中國文士少我邦人，數百年來，沿路數千里無一篇我國詩懸於板者。懸板自我始，榮矣。余觀題詩萬柳莊者前後幾百篇，余所題又非有大異者，而中國文人獨于此揭之壁，其文鑑亦異于我國之文士也。其詩曰："巾我河車指玉京，諸天無際是三清。朝來失路清河迴，物外霑衣白露生。怪石當溪蹲老虎，暗鍾隱郭吼長鯨。茅龍展尾紆清磵，遼鶴舒翎抗畫甍。翳日凉陰藏小店，拂天高柳滿平坰。臨風嫋嫋齊垂線，匝地森森亂擢莖。嫩葉正濃紅女織，新枝初暢葆葳傾。酡顔繫馬尋芳興，玉手攀條惜别情。徑糝白氈飄落絮，門張翠幄擲流鶯。凋霜啄木秋聲急，殘緑寒蜩夕吹輕。萬里三遊人不識，天高地迥我何征。神仙縹緲吾身是，山海微茫上界行。繡闥朱門清晝掩，寒林衰草暮鴉鳴。風煙淡淡愁山色，歌曲悠悠送水聲。鶴背明朝参北極，鼇頭歸路杳東瀛。煙波夢斷盧龍塞，鄉客應尋舊姓名。"

《癸亥靖社録》：前吏曹參判柳夢寅。合啓："陷附凶魁，久秉銓衡，貪黷無厭。請命削黜。"後謀逆伏誅。

《小華詩評》：柳於于夢寅《伊州》詩曰："貧女鳴梭淚滿腮，寒衣初擬爲郎裁。明朝裂與催租吏，一吏才歸一吏來。"分憂子民者可以爲鑑。

柳於于夢寅《送李校理日本》詩曰："鯨瀑東溟十二年，馬洲蕭瑟隱重煙。城頭畫閣催紅日，臺上華筵近碧天。秋日賓盤饒島橘，夜風漁笛識夷船。書生正坐談兵略，醉舞龍泉看站鳶。"只此一詩，可見所立卓犖。且如《山行》詩"蚌螺粘石何年海，蘿葍生山太古田"，"躑躅背巖多白葉，狌鼯食栢或青毛"等聯，皆極幽奇。

柳於于少時閲書録，見簡冊中有蠹魚浪藉，遂作一絕曰："秦王餘魄化爲蛆，盡食當年未盡書。等食誰知當食字，一篇私字食無餘。"蓋有所激而云，豈獨憎蠹魚也哉？

於于於獄中書進《孀婦詞》曰："七十老孀婦，端居守閨壼。家人勸改嫁，善男顔如槿。頗誦女史詩，稍知妊姒訓。白首作春容，寧不愧脂粉。"竟坐死。論者稱於于之於簡易老熟雖不及，才調過之。簡易固有依形而立者，於于皆出自機軸，變化無窮，此最難處云。於于平生所著述不止數十萬言，而惜其被禍,文集不行於世,良可歎也。

古今詩讖,如《詠珠詩》"夜來雙月滿,曙後一星孤"之類甚多,不可勝記。而洪監司命耈兒時作一句云"花落天地紅",鶴谷大夫人見而歎曰:"此兒必貴,然似當夭折。若曰'花發天地紅',則福禄無量,而'落'字無遐福氣象,惜哉!"後公以平安監司戰死金化,時年四十二,卒應其讖。鶴谷大夫人即柳於于夢寅之妹也,於于受業之時,從旁竊學,其文章絶世,然自以婦人不宜吟詠,故絶無所傳。唯"入洞穿春色,行橋踏水聲"一句傳於世。

《詩評補遺》:柳於于夢寅被禍而死。平生著作散落無傳,今取傳於人口者數首錄之。其《題天柱山人詩軸》詩曰:"淫霖連月苦,江叟莫開懷。懸釜魚兒出,翻巢燕羽差。衆趨吾獨避,真境往誰偕？寄語西僧共,庭柯夕鳥喈。"又曰:"天柱鄰新卜,雲煙日夕通。茅齋魚鳥有,荒隴綺紈空。羈夢玄洲月,歸帆漢水風。楓林秋賞晚,華嶽與君同。"《送李校理朝天》詩曰:"萬里修程始一鞭,青山復復路綿綿。鴨河撑艇蘆中入,遼館封書果下還。驢吼棗林遲日昃,柝鳴榆塞晚風顛。天西大火吟邊盡,回軫行看雪滿氈。"《送李養久赴北》詩曰:"三尺烏號豹作韜,龍泉新淬鸊鵜膏。將軍擁甲江邊陣,老虜收兵漠外逃。嶺雪渾埋千丈檜,海風時立百層濤。胡姬勸酒胡兒舞,醉臥紅氈塞月高。"諸篇皆奇詭。且如《詠畫帖》詩曰:"汝筒汝荷我竿持,細雨春江無不可。行行回語莫爭隈,磯上苔深隨處坐。"東溟以爲絶好。申象村嘗于東郊與諸客送友人喪,於于亦往。有一客曰:"世間有免此行者乎?"象村指於于曰:"惟令監能不死矣。"蓋稱於于文章,死而不死。又曰:"於于以高才且多讀文章,非東國人所可企及。如吾輩恨不少年多讀。"

《東國詩話彙成》:於于在光海朝爲吏曹參判,仁廟改玉,東西轉徙,不恒其居。戊辰逆獄之起,辭連被逮。初不知其所在,或謂已亡命,旋得於西山。相臣問曰:"汝何爲謀逆？又何以亡命?"於于曰:"光海之必亡,婦孺皆知。新主之有盛德,奴隸亦知。豈有棄聖君厚庸主之意哉？且我非亡命,但居西山爾。"

【按:柳夢寅(1559—1623)字應文,號於于堂、艮齋、默好子,謚義貞。籍貫興陽。成渾門人。文科及第。小說大家,擅長書法。奉享興陽雲谷祠。著有《於于野談》、《於于集》今傳。其詩奇詭,自出機杼。《箕雅》收其七絶二首、五律一首、七律三首。】

鄭經世　**字景任,號愚伏。晋州人。宣祖朝登第,選湖堂,典文衡,官至吏曹判書。謚文肅。**

《朝鮮仁祖實錄》卷二八:十一年六月戊子。前吏曹判書鄭經世卒。世子爲舉哀,禮曹以爲,舉哀之節,當行於師傅,不當行於賓客。上以此人曾爲輔養官,多有盡心教誨之恩,特爲舉哀無妨。經世,慶尚道尚州人,字景任,自號愚伏。爲人謹厚,博通經術,且工文詞,與西厓柳成龍有師友之契。在宣祖朝爲銓郎,有植黨之譏。光海時爲權奸所逐,廢居田野。反正後,首被擢用,歷敭華貫,長天曹、典文衡,出入經幄,多有規益。當追崇之日,忤旨還鄉,累召不至。至是卒,年七十。

《同春堂集·愚伏鄭先生經世行狀》:以嘉靖癸亥九月十四日申時生先生于栗里第。幼有異質,穎悟絶人。七歲讀《十九史略》,八歲讀《小學》未半,文理自通,餘皆迎刃而解,落筆皆驚人語。又能知俗學之外有用力之地,作《從善如登》詩以自勉。從祖復齋公素負鑑賞,每見先生所賦,歎曰:"句句如花開。大吾門者必此兒也。"西厓柳文忠公知州事,先生執贄請益,文忠一見異之,告以爲學之方。先生敬受而藏之心,終身不敢忘。十六選鄉解兩試。二十中進士。二十四登謁聖及第,皆佔第二名,所試諸作皆膾炙於世,選補承文院權知副正字。戊子夏薦入藝文館爲檢閲,俄陞待教。一日上講詩傳,問"委巷"之義,諸講官不能對,先生進曰:"此出《檀弓》,猶言陋巷。"上悦,及退,目送之。仍問:"鄭某誰人子也?"己丑春陞奉教,參弘文録,賜暇湖堂,蓋極選也。既而上教吏曹催塡玉堂南床闕員,吏曹以望不備爲啓,於是特命以先生爲正字。旋魁文臣廷試,有恩數,一時榮之。冬,汝立獄起。先生曾在史苑,誤薦賊甥震吉,同西平韓公下吏,尋宥南歸。庚寅夏遭贊成公憂,柴毁幾不勝。壬辰夏島夷難作,列鎮瓦解,先生與若干同志募集村兵,設伏斬捕。猝遇大賊,中矢墜崖。李夫人及先生之弟主簿公皆被害。事聞,朝廷以倡義討賊可嘉,陞拜禮曹佐郎。先生上疏陳情辭,遍走兩湖召募兵糧,一以復讎討賊爲志。行到公山,遘痘疾幾殊。癸巳冬下教本道,使之敦諭赴朝,與贊辭命。又上疏辭不赴。甲午服除,拜禮兵曹郎,俄改弘文館修撰。下旨召,乃入都謝恩。冬拜司諫院正言,尋還修撰。時當大亂之余,國憂方殷。先生入對言:"……"辭意剴切,聲韻洪鬯,上怡然傾聽。時喪亂甫定,始開筵講《周易》。先生進言:"……"後上又問揲蓍之法,先生令内侍折枝以來,信手揲扐,若不經意,而其進退多寡之數一皆先命而響合。上甚驚異之。先生曰:"此非奥妙難知者。"因推衍其所以然之故,上亟加奬賞,至以"國士"稱之。白沙李文忠公每自講筵退曰:"鄭某眞侍講才也。"乙未春兼侍講院司書、知製教。自是雖他遷仍帶。時宣祖厭經喪亂,不樂在位,命光海攝政。先生與同僚上箚,力爭得允。夏,病褫爲典籍,陞直講,俄還修撰,兼侍講院文學。秋陞校理,上箚請立志自強。……丙申春拜吏曹佐郎,持衡審權,未嘗爲人作輕重。以御史巡按嶺南防戍,俄拜校理。……遷吏曹正郎,兼校書館、承文院校理。丁酉春,西厓以體使辟爲從事,上疏乞解本職,專力於復讎事。不許。秋,拜議政府檢詳,例陞舍人,俄還校理,兼弼善。時閑山失守,賊有再動之形,中外凶凶。先生與同僚上箚請守都城以牢人心。還拜舍人,改司憲府掌令,以御史巡檢嶺西。還朝,差奮義軍,將辭本職,褫授司藝,旋還校理。又出嶺西催運軍餉。冬拜司諫院司諫,尋陞通政大夫承政院同副承旨,承命往候楊經理及麻提督于嶺南。戊戌春轉至左承旨,四月嶺南方伯缺,上於榻前指先生曰:“此人有才局。可差遣。”大臣協贊。時南服新刳於兵,公私赤立,而外則賊壘相連于江海之澨,内則天師彌滿于湖嶺之間。先生焦心竭思,盡其才誠,威愛著洽,兵民胥悦。時議方攻厓相,并侵先生。先生不自安,連章控辭。冬,褫授副護軍,尋除青松府使,不赴。庚子春除寧海府使。冬棄官歸,坐罷。明年特敘拜左承旨、禮曹參議,皆不赴。時先生家食將二稔矣,乃與同志謀曰:“維摩詰非有位者也,而能視人之病猶己之病。吾徒皆有志澤物,獨不念康濟同胞耶?”遂各出錢設醫局,以需鄉閭之急。取明道“存心愛物”語,名曰存愛院。尋以校正廳堂上召被參。初鄭仁弘起鄉兵,名以義旅。賊退猶擁以自衛,殊有不戢之聞。先生偶以所聞言諸李公貴,李公疏論仁弘罪,將先生語證之,仁弘大嗛。至是爲憲長,揑出不近之謗以劾之,李公上章辨之。先生益無意世事,卜地於愚伏山中,愛其巖壑瑰奇,溪潭潔清,築室而居之。左右圖書,研精覃思,忘寢與食。間或相羊水石間,其自得之趣發諸吟詠。甲辰冬敘授副護軍。先生以吾東道學倡始于鄭圃隱,集成于李退陶,中間有若金寒暄、鄭一蠹、李晦齋諸先生相繼而作,而皆蔚興於數百里之内。本州又在嶺之上游,遂倡諸生建一大書院于洛江之濱,合祀五賢,號其院曰道南。自製樑文,使後之學者知道脈之在此云。丁未春除大丘府使。寒岡鄭文穆公宰鄰府,每稱大丘之治,悃愊無華,可爲吏治師。戊申二月,宣廟賓天,光海嗣位。先生因求言上疏累萬言。大要恤民之實,在於寬其力厚其生,而二者之本又在於節儉。且論宮闈不嚴,仕路混濁,至先王末年而極矣。正始之日,所宜惕念而澄省之。且論新政闕失。……疏入,光海大怒,覽未畢命焚之。諉以語逼先朝,將鞫問。大臣李恒福等以爲其言雖過,非内懷至忠不能也。只削職。六月還職牒。八月敘拜副護軍。己酉以冬至使朝京。藩使朝見,依品服朝服,載在大明《集禮》。而前後使臣並用玄盤領,從事因訛襲謬。先生以爲盤領剏於後代,玄即齊服,非所用於朝賀大禮。呈文禮部,請易以朝服。又請於兵部許貿焰焇,年例外增數。明年春奉勑還,光海大悦,命加資。上章辭,不許。夏拜成均館大司成,乞暇省墓,累辭褫,授副護軍。先生不樂於朝,求外。冬除羅州牧使。未幾陞拜全羅道觀察使。辛亥秋又被參。……壬子春金直哉獄起,先生被引就理中,使搜家書以進。光海見其家間尋常書劄語及君上處必別行高書,雖諺書亦然。謂左右曰:“安有敬謹如是而黨逆者乎?”先生長男檢閱公甫成童,并被逮。光海親問:“汝父教汝以何事?”對曰:“只教以忠孝二字。”光海尤奇之,無何得釋。秋陞嘉義。……時光海政亂日甚,先生乞外,得江陵府使。逍遙于金剛鏡浦之間,又愛其俗之質而願也,先教而後罰。率邑中子弟講授禮書,其民樂趨之。乙卯秋又爲沈憬妄引被逮。光海雖燭其情,故遲其决,以待贖鍰。門人舉後漢魏劭事質之寒岡。寒岡曰:“無傷也。古人有行之者,散宜生是也。”先生聞之與之書曰:“此與今日事異。君子愛人以德,如有復言者,請無相見也。”或有勸子弟訟冤者,先生又痛止之曰:“死生命也。非人力可容。”久後始保放。再更冬,益取聖賢書研窮體驗,樂而忘憂。任踈菴叔英累來訪,送桔梗寄詩有“中黄外白兼文質,始苦終甘慣險夷”之句。丙辰冬始削職以放。丁巳夏還職牒。戊午夏命敘。癸亥三月仁祖反正。親政授弘文館副提學。下旨召。四月入謝上章辭。批曰:“卿之上來,予日望之。勞苦遠來,予甚喜悦。”……李适舉兵叛,賊鋒日急。先生白令三司諸官宿衛禁中,且論入江都非計。大駕遂南巡。先生承命檢察嶺南,上狀請毋貸奔北之將,以振軍律。請把截漢江。既踰嶺,通諭遠近,召募兵糧,未幾賊平。三月覆命。……壬申,先生年滿七十,引經乞致仕。批曰:“此非先朝舊臣辭退之時。體予至意,調理上來。”二月移卜于梅湖。三月上疏乞解本職及兼帶,許之,俄授知樞。六月仁穆王后昇遐,先生以病未赴臨,上疏陳情。九月拜大司憲,上狀辭。癸酉正月病革而蘇。六月丁丑易簀。……先生長身廣顙,目光炯炯射人。天資豪爽俊偉,清嚴好禮,立心以忠厚寬仁爲主,進學以精思實踐爲本。私淑于退陶,遡本於考亭。想像歆慕,以爲準則。充養既厚,英華自發。望之崇深,若不可犯。及至接人,則胸襟洞豁,和氣藹然,聞風覿德者不覺心醉而誠服。……先生文章出於六經,根乎性理,絶不使險語奇字。尤長於疏箚,渾厚典雅,明白懇到,有足以感動人主,論者謂近世稱大家數者未有能及之云。爲詩精切鍊琢,能說出人所不能形容處,然必待境而成,不屑屑爲也。常謂“詩是小技,豈可費心力於無用處也”。筆法端重嚴密,雖急遽倉卒,掌蹄小劄,皆有法度,無忙亂意。先生性喜簡靜又謙,不以師道自居,然一時學士大夫與東南之士講學論禮,率皆就正,聞其教而知所向者不知其幾人也。

《愚伏集·附録·墓誌銘并序(李埈)》:其爲詩心得而手應,能說道人所不能形容處。然待境而成,未嘗強作。蓋謂詩是小技,不可於此而枉費吾心力也。

《愚伏集·附録·墓表(權愈)》:公爲文絶不作浮靡語,要使言不羨乎情，豐約惟所適而理達指明，有足感起人者。不喜爲詩，然遇境寄興，體裁正而音韻諧。凡古人制造，目想意解，靡所不通。公之修身功藝能如此。

《同春堂集·愚伏鄭先生經世年譜》：(略)

《東國詩話彙成》：公少時嘗赴舉洛中，路過丹陽。夜失途，投山谷間。約行十餘里，路逕漸微，松陰參天，不知所之。忽見燈光隱映于林間，投身進去，則只有數間茅屋，而闃然無人。遂從窗窺，則有一老人明燈看書，神采清矍。公推户而入，老人掩卷問曰："何來？何客深夜到此？"公具道其由，且告之饑。老人曰："山中無食。"因出橐中一圓餅，與之。乾滑如柏子，而不知爲何物。吃未半，充然覺飽。仍問曰："觀主人形貌，有異凡人，何不顯名當世，以圖不朽；徒守此空谷，與草木同腐爲？"老人曰："子所謂不朽，豈非如立德、立功、立言者與？"公曰："然。"老人歎曰："世所稱道德者，莫高於孔孟；語功烈者，莫盛于管晏。然求之今日，其人與骨皆朽矣，獨其名在爾。況文章小技，遷、固以來作者無數，而如蛩吟秋露，鳥弄春陽，炫耀暫時，而及其芳華謝盡，霜霰交集，則聲沉響絕，寂寞無聞，惡在其不朽也！吾所謂不朽，異乎子矣！"公曰："願聞其說。"老人曰："草死而腐，木死而朽。皆由於死。如其不死，安可朽也？"公曰"世固有不死之理歟？"老人曰："固有之矣。諺曰：'子不夜行，安知道上有夜行人？'今子不遇不死者，亦安知山澤之間有不死者存乎？誠若按法運火，千日功畢，能延年益壽，白日升天，脱屣塵世，歷萬劫而獨存，吾所謂不朽者，此也。豈若子之求不朽於腐朽耶？"公曰："果若所教，願學焉。"老人熟視良久，曰："子骨骼未成，做不得。且由科第，則今行利矣，但不免三入王獄，然終必無憂。後七年，國有大亂，萬姓魚肉。後三十年，又有大賊從西方起，都城不守，宗社幾覆。子身親見之矣。"因顰蹙曰："自此天下事可知矣！"公再三請其窮其說，老人曰："當自是知之。"又問姓名，曰："有失怙恃，不知姓名耳。"至夜深，公困劇而睡，朝起視之，不知去向。詢諸主人，則曰："其人自稱生員，時或來過，愛好山水淨僻。或留數日，而未嘗見其所食。登陟岡巒，行步如飛。"公聞之惘然若有失。是年，果登第，即萬曆丙戌也。後壬辰，倭亂大至，甲子適兵八京城，丙子建虜侵我，甲申大明亡。公嘗以李震吉、金直哉、金夢虎之獄，果三入逮繫，一如其言。公嘗有詩曰："賦命每鄰三不幸，行身何啻七宜休。東華允作風塵客，欲向丹丘訪道流。"公之門人榮川□官權垕以爲嘗親聞於公如此，囑其勿泄，故未嘗浪傳云云。

公以巡查使到全州，次圃隱《萬景》詩云："一字吟來一涕横，短篇能使我傷情。昏庸自爲叢驅雀，險固無論鐵作城。豈不識天親有德，只應視義重於生。懷君戀闕貞心在，長與雲煙護舊京。"

【按：鄭經世(1563—1633)字景任，號愚伏、一默、荷渠，諡文肅，改諡文莊。籍貫晉州。柳成龍門人。其學問本源在於諸子學，繼承李滉，通曉禮論，與金長生被稱爲禮學派。善詩書，奉享于尚州道南書院、大丘研經書院、江陵退谷書院等。著有《愚伏集》今傳。其詩精切鍊琢。《箕雅》收其五律一首。】

李春英　**字實之，號體素齋。全州人。宣祖朝登第，歷翰林，官止奉常僉正。**

《朝鮮宣祖實録》卷一七六：三十七年七月己巳。諫院啓曰："先王朝《實録》監校之事，爲任極重，苟非曾經侍從，聞望已著者，不可人人冒兼，參見秘史。兼春秋中，非曾經侍從者，令該曹一一汰去，極擇差出，以重其選。代述王言，其選極重，自古必擇詞章名望兼備者授之。所謂三守字華銜，良以此也。工曹正郎李春英，雖有能文之名，而爲清論所棄者久矣。今被製教之選，物論莫不駭愕。請命汰去。……"答曰："允。"

《象村稿·體素集序餘稿》：李生時材行其先大夫體素公遺篇，屬余曰："希音待賞，至寶須價。敢以累吾子。"余受而卒業曰：吾能知公之生歿，惡不實其跡？記余舞象之年，僑居西郭外。有秀才羸僮，蹇衛挾策，躡屩款余門者。起視之，非素際也。迎而坐，詢其名，卽公也。時公聲譽藉甚章甫間，余固目擊而莫逆矣。精華溢發，酋酋射人，語纚纚不竭，衰鉞今昔數百家而獵取之。未數年，已掉鞅薦紳先生間，爲一世重。又數年，釋褐登廷，爲翰林。俄鎩翮賦牢愁矣。又一年而敍，徘徊郎署。旋復扞文罔，再遷于裔。又數年而敍，纔躋四品卒矣。其才若是乎高，而其遭若是乎奇，何哉？方公之少也，咀嚼《左》、《馬》、《莊》、《列》，下逮韓蘇，馳騁數千載，必極其所如，往而後已。陸海之藏，富於鰲頓，而氣之積也衍㔯弸敷。譬如逢春之木，生色自悅，而其榮則葩；有本之瀾，一瀉千里，而其匯則淵。達而爲通衢長術，嵬而爲駁娑靈光。其在嶺海之陬，風呻雨喟，醉駡眠囈，無非可誦而可歌也。駸駸乎大家矣。惜不得登之明堂間，奏於鈞天萬舞中，以章大雅。豈與夫持尺而裁幅，竊似而假眞者同日道哉！儉者服其博，偏者驚其全，隘者望洋，拘者失操。丮公之堂而嚌公之胾者其難矣哉。假公以年則其有不神而化之也乎？公性易直踈亮，放逸不拘檢，面斥人過，至顔騂心悖不饒也。挫榧敲撼，淪沒不振，蓋坐是也。公處田廬，時入城市，馬首輒指余所。炊黍買苦，握手罄歡，揚扢一世，忼慨悲吟，豪辭錯出，雜以調諧。談天炙轂，公不多遜。誰之不如，而止於斯。人亦有云"豐玉荒穀"，言其時也。如公之才而不能玉於豐，不能穀於荒，其天也哉！然沒而言立，古稱不朽。有時材而行公之文，則公亦不朽也已。顧余愧非子期、西賈。天啓六年歲舍丙寅孟秋下浣，大匡輔國崇祿大夫議政府右議政兼領經筵事監春秋館事東陽申欽序。

《清陰集·體素集跋》：嗚呼異哉！疇昔之夜，夢體素李太史示余所述《二奇士傳》，讀之淋漓浩汗，若風雨集而江河流也。太史豪亢自負，世無可當意者。方其對朋友，把酒拂鬚，抵掌談藝，旁若無人。間有牢騷憤激之氣，遇者洒然失容。夢中所見如平生焉。記太史胤子方伯君屢過余，有玄晏之託而未敢應，今乃發於夢寐如此。豈其有相感者存也？太史少學成文簡公，聰明過人。既長泛濫群書，自經史百家靡所不讀，讀不過千百以上不止。以是爲詩文鴻巹俊逸，一時操觚之士莫敢望焉。惟其偃蹇不偶，轗軻以沒，世共惜之。至於不朽之業自能傳後，何待於人也。余今年八十少二，疾病沈痼，文字非其任。顧太史雁行之契不可忘，而重方伯諸君之請。因有所感，一語附尾。見者以爲何如哉。丁亥孟秋上浣，石室山人金尚憲題。

《畸菴集·體素集跋》：昔在甲辰乙巳年間，弘溟隨仲氏江陵公自京南歸，道出完山，寓城中奴舍。時玉城張公觀察湖南，北渚金公爲半刺，俱開舘迎納。兩公於仲氏有相舊，相得驩然。張燭促席，吐露心肝。適見體素李丈客遊兩湖，不期而會。傾蓋合堂，津津意動眉宇間。談討古今事跡，了然若燭照數計，窮數晝夜不猒。日聞所不聞，千言萬語，今難悉記。可記者，弘溟敢乘間唐突問曰："方今執詞壇牛耳者有幾，公可公心稱停否？"公默然移時，徐而哂曰："文卽崔東皐其人，詩如權汝章不易得。但汝章坐不讀書日退，吾多積博發日進。且汝章論詩未免偏枯，舍蘇取黃是其病耳。"若此酬答言語不一而足。居常歆艶，着在心腑，至今四十餘年猶隔晨事。今湖南伯李公子範，寔公承家子也。駐節棠陰，無所事事，攬轡餘暇，歷訪弊廬。相對傾倒，道及先故，喟然太息良久，仍探袖中一卷書以示。取而寓目，卽其先公體素遺稿。乍閲覺其光餤爇天，膏馥襲座，令人汒焉如駕艑舶浮渤澥，不知其津岸所在。眞所謂稀有之物，不置之寶耳。因閲是編，有感于中者。天既完公之氣富公之才，而何獨阨其命而嗇其壽，令千古詞人墨客於是悲哀賫咨涕洟而不自已耶？既而自解曰："衆萬之生於兩間何限？從古及今，率皆清者少而濁者夥，高易折而卑自伏。豈古所謂天之君子，人之小人者非耶？付之無可奈何，置而不論之爲愈耳。"今是編之出，其能同我懷者有幾，其能咀嚼玩味得其言外之意者有幾？其無乃口悅腹誹，簧鼓雌黃，傳會於古昔椒、蘭、絳、灌而不知悔耶？今因識公之稿，輒敢奮筆，吐出胸中不平之氣。觀者幸恕其狂妄。歲丁亥日南至，延日鄭弘溟謹書。

《潛谷遺稿·體素集跋》：余少時聞體素子以文章名世，及長受詞賦於公。瞯公之作，始知非近代諸人之所及也。公既歿，其文益可貴重，常恐不朽之托未有所也。崇禎戊寅,出按湖西,抄選爲一冊。歸謂公三子曰:"文章之傳,不必在多。余老矣,時事多艱,恐未及見此集之行於世。已付諸剞劂,諸君若少之,則畢刻於異日。是余之本意也。"後十年,公之仲子時楷爲湖南伯,盡取遺稿而刻之,分爲上中下三卷。期年而其季時楳又按此路,正其訛謬而成之,於是乎爲全書無欠缺焉。嗚呼!以公雄詞健筆,不能施於館閣,奏之清廟,而爲世所齮齕,困於竄謫,沈於下僚,齎志而沒。古所謂"文章憎命達"信非虛語,豈不可慨也哉!玄軒、石室之序跋已盡之矣。然公有三子能繼其業,鳴玉清朝。常棣、皇華,壽公文於萬世。玆豈非天之愛惜於公而厚報之者耶?公諱春英,字實之,系出璿源。初爲我伯姑夫,姑早歿。觀察公兄弟皆繼室出,余親愛如外兄弟。今從余求一言,余以前後再刻之意,書以歸之。

《惺叟詩話》:近日李實之能詩文,雖似冗雜,而氣自昌大,可謂作家,然不逮汝章多矣。實之眼高,不許一世人,獨稱余及汝章、子敏爲可。其曰"許飫,權枯,李滯"亦至當之論也。

實之賞亡兄之文曰:"深知文章者,許美叔也。"余嘗問:"後孰繼吾兄也?"曰:"申玄翁可繼之。清亮不逮,而穠厚過之。"

《晴窗軟談》:李春英者字實之,號體素。白參贊仁傑之外孫也。少受業成牛溪之門,已好爲時論,抵掌而談,人以此輕賤之。謫三水,又謫定平。蒙放敍,授僉正而卒,年四十四。爲詩平鋪富贍。酷好蘇長公,所就傑然。文優於詩,近來操觚者莫不瞠然退舍。遺文僅三卷藏于家。

《芝峰類說》:李僉正春英力于詩文,而所向不高,可傳者少。萬曆庚寅余赴黃海都事,贈余詩曰:"芙蓉堂冷餘殘雪,孤竹空城只暮煙。"乃一懷古之作,語似不稱。及壬辰變後,隨大駕駐紮海州,則所見景象如詩中語,可怪也。

《畸翁漫筆》:少時體素李公過海西仲氏所,村中士子治舉業者聞其至,各至所讀冊子羅列於前,左右問難。體素把酒掀髯,酬應如響,有如老吏部決之爲,亦自喻快。

《壺谷詩話》:體素性傲,嘗於衆坐臥聽月沙燕行諸作,一無許可。至"春生關外樹,日落馬前山"之句,始起坐曰:"聖徵可與言詩,須勉旃,勉旃。"其簡亢如此。

李體素多讀博發而未盡精煉,如《永保亭》諸篇可繼挹翠。月沙之詩平鋪如水,象村之詩組織如錦。或曰:"月沙詩勝文,象村文勝詩。"而亦或有未必然者。

《小華詩評》:李體素春英眼高少許可人,嘗與月沙隔牆而居。一日,體素過月沙門外,立馬呼"聖徵"。月沙出應之,體素遙謂曰:"吾今日聞汝有'春生關外樹,日落馬前山'之句,頗有步趨。似可學詩,汝其勉之。"遂著鞭而去,其自重傲人如此。

李體素春英爲文章浩汗踔厲,自成一家。言嘗作《永保亭》詩四篇,今錄其一,曰:"雉堞縈紆水樹間,金鼇頂上壓朱欄。月從今夜十分滿,湖納晚潮千頃寬。酒氣全勝水氣冷,角聲半雜江聲寒。共君相對不須睡,待到曉霞晴漫漫。"極其縱横,步驟挹翠。

《詩評補遺》:南雪蓑以恭構一亭於廣陵津上,扁名"夢烏",邀集一代文士飲酒賦詩,李體素春英先成一律詩曰:"長松偃蓋石層層,十二雕欄向晚憑。漢水秋風吹客棹,斗津踈雨亂漁燈。五雲西北瞻宸極,一島東南認廣陵。物色付君籠絡盡,老夫才退百無能。"諸公稱賞閣筆。趙竹陰希逸嘗往體素家,談話間有人以月課詩題書懇體素,體素使竹陰執筆,口呼頃刻而就,文不加點。竹陰大驚服,茫然如有失。還家不能作一句詩。常語人曰:"體素真作者手段。"

【按:李春英(1563—1606)字實之,號體素齋,謚文肅。籍貫全州。成渾門人。能詩文。追贈左贊成。著有《體素集》今傳。其詩平鋪富贍。《箕雅》收其七絕一首、五律一首、七律五首、五排一首、七排一首、七古一首。】

禹弘績　　字嘉仲,丹陽人。宣祖朝登第,官止承文正字。壬辰倭亂被害。

《惺所覆瓿稿》:早年達官者:十九:李大海、李墣、李厚爲文科,吳栯爲武科壯元,禹弘績爲進士壯元。

《芝峰類說》:禹弘績,余同年進士狀元,有詩才,其贐別之作曰:"歸思嶺南雲,離愁江岸草。直待興盡時,許君方上道。"李五峰甚稱之。

《於于野談》:禹弘績早有才名,年七歲,長者以"老"字"春"字使爲聯句,弘績曰:"老人頭上雪,春風吹不消。"衆皆奇之,識者默知其夭折。友人鄭象義爲永崇殿參奉赴箕都,弘績贈詩曰:"鄭虔才名三十年,秋風匹馬向西關。愁絕浿江千象義,白雲千里漢南山。"無人知此意,到箕都未久,聞喪,而當時以爲詩讖。

《清陰集·黃海道觀察使南郭朴公墓誌銘幷序》:以嘉靖甲子生公。自幼異凡兒,稍長才思日進,與李廷龜、禹弘績齊名,又與之齊年,一時稱三才子。

【按:禹弘績(1564—1592)字嘉仲,號長谷,丹陽人。宣祖壬午進壯,辛卯以參奉登明經科,官止承正。有詩名。其詩簡潔高遠。《箕雅》收其五絕一首。】

成　軺　　**字仲[重]任,號石田。昌寧人。進士。有高行。**

《研經齋全集·逸民傳》:成軺字重任,昌寧人。幼而穎秀,從文清公鄭澈遊,有能詩名。中進士遊泮宫,言議侃侃然,爲一時名賢所重,行誼著聞。授司饔院參奉齊陵參奉,皆不起。會澈爲時輩所攻,軺遂無意於世。醉輒悲咤歌呼,不知者或誚其狂。家在西湖之上,謝絶人事,隣人置酒相邀則輒詣之飲。常戴蔽陽子,自號曰平凉子。嘗自序曰:"先生見水底有石狀甚奇古,水清則見,水濁則不見。因以爲號。又號三一堂。三一者,民生於三,事之如一之義也。"事母至孝,常衣直領以侍。母病憂之甚,鬚髮爲白,及病已還黑。與詩人權韠友善。權韠坐詩案死,軺悲之。一夕盡焚其詩卷,斂跡遐世。遂自全於昏亂之世。

《白軒集·處士成公行狀》:公諱軺,字重任。其先昌寧人。……生公於嘉靖庚戌。幼而穎秀。纔勝冠,受業于松江鄭相公之門,有能詩聲。中庚午進士,游泮宫。言論凜然有正直氣,多士推重。自少時已無宦情,不事舉子業。乃書"九容九思"揭諸座右,常自省察。所與友善多一代名公卿。行誼著聞,薦剡交加。初授司饔院參奉,再除齊陵參奉而皆不起。松江爲時輩所吹毛,公以其門徒亦困於唇舌。益無意於世,惟麴蘖是托。醉則悲咤歌呼,放形骸於風塵之表。好善嫉惡出乎其性。如其人之善也,則雖踈如舊識,笑語訢訢,惟恐其不我欲也。如其人之不善,則羞與之同席,叫號傲睨,若無覩焉。知公者謂公放達,不知公者誚公之狂。所著詩篇動盈箱篋,而一夕盡取以焚之。今所存一卷,收聚於散逸者耳。家于西湖之上,謝絶人事。隣翁置酒相邀,則輒造飲。自號石田,亦曰三一堂,曰潛巖。常戴蔽陽子,又自稱曰平凉子。公嘗自序曰:"先生不知何許人也。見水底有一石狀甚奇古,水清則見,水濁則不見。因以爲號。又號三一堂,三一者,民生於三,事之如一之義也。又號石田,蓋取其土薄不用也。性嗜酒,自謂陶靖節死後獨得其妙爾。抱迂守拙,無意人間事。又不喜讀書,只解作絶句,自吟自遣。好談仙方。醉酒則高聲放歌,或長吟'景翳翳而將入,撫孤松而盤桓'之句,唏嘘歎息。年老而氣不衰,遇酒必大呼痛飲,人皆笑之而不知人之笑之也。平生有詩曰:'男子心懷一嘯中,仰看天日俯書空。'"此其大略也而,然見此則可想其氣槩矣。公十三而孤,奉偏親以禮,朝夕進飯,必先嘗躬奉。已食,必斂其盤器,盛之一櫃。晨昏愉惋,滫瀡備供。亦不苟求人,以誠饋。侍側不以褻服,常衣直領衣。嘗有親癠月有旬餘,日夜憂煎,年未四十而鬚髮爲之白。既復常,白者還黑。壬辰,慈親患目疾不能視,且足病不良。逢亂,親負以避。得船便,自江都轉往湖南海隅。蚩氓猶知感慕,餉遺相繼,甘旨之奉得如平日。戊戌丁憂,公年已衰而致毁不少懈。公以少孤不克秉禮,至老孺慕不衰。家廟朔望之參,大小之祭,靡不致慤,且必親莅。公有一妹,有無共之,於其所求無所靳焉。至於生產,未嘗留意。倭變時,見友人子被俘,欲贖無銀,爲之解裝,盡與其五六大銀器。其輕財重義類此。常願不作呻吟,醉臥長逝。一日飲酣而寢,仍不起,傍人莫之覺。卽萬曆乙卯三月五日也,得年六十六。月沙李相公賦挽以哭之,谿谷張相公操文以祭之。是年五月,窆于高陽某村某山某向之原引儀公墓左。……公有才有行而自放於江湖之上,托跡於無何之鄉,一臥長寐,竟如其願。公可謂不羈之士不凡之流,殆非俗兒曹所可窺其涯者也。然公之不赴舉不拜職,非果於忘世,蓋不偶於世也。而若無天只之諒焉,則亦何得而從其所好?夫惟公之素行,有足以感慈親之心。慈親之愛信之也,亦克度越乎常情,故廢科而不之勸,不仕而不之强,酣飲而不之禁。卒使潛魚泳水,倦鳥歸林,息偃俯仰,惟意之適。又何奇也!公與石洲權公特相好。石洲坐詩案死,公常悲痛涕泣。其焚稿在於甲寅年間,自此不復出庭外。癸丑以來時事大變,搢紳名勝之骨機辟者踵相接,而公獨斂蹤逃世,危遜隨時,全歸於昏亂之際。非有見識之遠,烏能如此哉!謹據家狀,撮其梗槩云。

《晴窗軟談》:有成輅者,字重任。爲詩清苦。少從鄭松江澈學。松江敗,遊其門者無不反面逐時好,自媚飾以取容。輅捐棄世故,與世絶迹。構小茅於楊花渡口,簞食瓢飲不繼。舊日相識者皆莫之問。閉門却掃二十年而卒,年六十七。蓋古之介士也。

《南溪集·西湖三高士傳》:成輅者,字重任,自號石田。昌寧人。性狷介高潔,然篤於内行,牛溪先生成渾屢稱其節操。少受業鄭澈之門。及澈敗,遂與世相絶。結茅于楊花渡口,二十餘年優遊自守以終。客或携酒過之,輒相對飲盡懽。語及澈事,又輒悲泣淚數行下以爲常。素善權韠。後韠坐詩案以死,輅不得已爲一往哭之東門,嘆曰:"汝章浼我矣。"輅雖游於酒人乎,士大夫多高仰之。光海時群小忌其名,使人竊瞯所爲。旣至,會値輅着平凉子詣梅花樹下,各置酒巵於其前,仍與飲醉,作勸酬之禮,如賓客然。人以歸告,群小疑其清狂,遂不究。輅嘗除參奉不起。妻死不再娶,無子。

《石洲集·師友錄》:成輅,字重任。庚午進士。嘗爲蔭官,不屑就。平生尊鄭松江爲師。早喪妻,不再娶,獨居三十餘年。家貧嗜酒,不拘檢束。而天品高朗,人自不可及。

【按:成輅(1550—1615)字重任、子重,號石田、潛巖、潛谷、平凉子。籍貫昌寧。鄭澈門人。著有《石田集》。其詩清苦。《箕雅》收其五絕一首、七絕一首、七律一首。】

崔鐵堅　　**字應久，號夢陰[隱]。完山人。宣祖朝登魁科，官至大司諫。**

《朝鮮宣祖實錄》卷一二八：三十三年八月丙申。承旨崔鐵堅(爲人庸愚昏闇，不合近密之任。頃進逢迎之言聚歷清顯，人多鄙之)啓曰："凡干秘密，例入密匣入啓，而昨日咸鏡監司秘狀，以紙中封，循例示於政廳承旨，而往復之間，下吏仍爲徑入，無非臣不能詳察之致。惶恐待罪。"傳曰："此出於偶然，勿待罪。然秘密文書，以紙中封往復，宜其漏洩。後勿如是。"

《象村稿·觀察使崔公神道碑銘》：欽未通籍，已識夢隱崔公。身長八尺，容貌傑魁，翩翩濁世之好丈夫也。謂公必發揚蹈厲，致身巖廊；否則當擁旄建節，樹功於萬里外。必不數數徒索長安米爲也。及欽登第，歷郎署。萬曆壬辰，被辟於體察使戎幙，佐巡湖南。則夢隱公方爲全羅都事，日相與處。同事干戈之際，益知公可當一面。而因而得聞公壬辰事云。當倭之捲土以來也，觀察使李洸率十萬衆，不見賊而潰，不復爲北上計。公奮憤誓不與賊俱生，布告全州士民曰："賊入京城，主上西幸。湖南一隅，豐沛獨全。捨此焉往？事若不幸，埋我於此地。"遂出死力以守之。俄而朝廷罪洸，權公慄代之。旋陞元帥，進軍畿輔，李公廷馣繼代之。公統衆守南原。天朝參將駱尚志自順天聞晉州見屻，來會公于南原。賊騎已逼傍縣，南原人洶洶縋城出。有一舌官勸公避，公不撓。駱將義之。公約駱將設外陣，遣兵勦歸賊，南原賴以得完。且大運一路餫餉，以給權元帥軍。事聞，躋公秩獎之。有忌公者沮之。後數年，欽又爲權元帥幙僚，則權公歷言壬辰之力於國事者，必曰"崔公崔公"云。公諱鐵堅，字應久，夢隱其號也。崔出全州。……嘉靖戊申生公。早喪怙恃，鞠於外氏。能自礪爲文。稍長已知名。丙子中司馬。乙酉魁別試。歷典籍、監察、刑曹佐郎、司諫院正言、兵曹佐郎、大同察訪。庚寅復入兵曹爲正郎。以書狀官朝京師，還爲直講，兵曹正郎，出爲全羅都事，以勞績進兼豐儲倉守。癸巳拜光州牧使。丁酉授水原府使。己亥入爲內資寺正。拜正言、掌令、弼善、司諫兼輔德，遞爲禮賓寺正。露章陳時瘼，宣廟嘉之。未幾拜執義，躋同副承旨，加通政階，尋爲大司諫。辛丑拜黃海觀察使，遞拜戶曹參議。甲辰除春川府使，以疾解歸。戊申，宣廟昇遐，以風水家言，山陵久未卜。公封疏言之，廷議遂定。晚有美疢，屏居近十年。至戊午冬，竟不起，年七十一。翌年己未，葬于楊州松山亥坐之原，先兆也。夫人晉州鄭氏。進士允弸女也。先公七年亡。與公合葬。有三男四女。長曰行，郡守。次曰衢……公恬靜不事進取，平居不以產業縈心。好看書，手不釋卷。藻思甚富，操筆滔滔，立成累百言。嘗爲承旨，宣廟奇其文，至問其所尚。旣有才若器，而不究其用。天之報施其何如也。欽之男翊全爲公壻趙君之東床郎,欽之於公,非特同朝契好之篤而已也。銘曰:“如必以施,而乃不偶。嗇之于身,而食於後。鬱彼東阡,萬年之藏。我銘非諛,賁兹玄堂。”

【按:崔鐵堅(1548—1618)字應久,號夢隱。籍貫全州。著有《夢隱集》。《箕雅》未見其詩。】

成以敏　　**字退夫。**

《朝鮮宣祖實錄》卷七六:二十九年六月壬子。接伴官成以敏(爲人輕躁浮薄,中無所主)。

《研經齋全集·昌寧成氏世譜》:察訪公季子以敏,號三古堂。舉文科壯元。已而忤時相柳永慶,見擯不用,官止郡守。文名重於世。

《效顰雜記》:崔猊山《詠雨荷》曰:“胡椒八百斛,千載笑其愚。如何碧玉斗,盡日量明珠。”近者成斯文以敏《詠魚腹燈》曰:“楚水流無極,靈均怨不平。至今魚腹裏,留得寸心明。”語意不讓於猊山矣。

【按:成以敏(1565—?)字退夫,一作退甫,號三古堂、天游。籍貫昌寧。文科壯元。宣祖二十九年(1596)任戶曹佐郎,爲明朝遊擊將軍陳雲鴻接伴官,後爲沈惟敬接伴官。因從倭營逃亡獲罪流配,後任工曹正郎、韓山郡守等職。詩才出衆。著有《三古堂集》。其詩語意高卓。《箕雅》收其五絕一首。】

權　韠　　**字汝章,號石洲。擘之子。倜儻不仕。光海時坐詩案冤死。仁祖朝贈持平。詩爲正宗。**

《朝鮮仁祖實錄》卷一:元年四月庚午。命致祭權韠。……韠,字汝章,號石洲,安東人,故參議擘之子也。爲人倜儻不羈,言論爽豁,力學能文。尤工于詩,格律清麗,造語精妙,近世論詩家上乘,必以韠爲首。早抛舉子業,除官不就,放浪江湖間,唯以詩酒自娛。凡有壹鬱不平,必以詩發之。每聞朝家得失,亦作詩嘲之,以故《詠柳》一絕忤于戚畹。及至壬子,坐詩案,被刑以死。

《明齋遺稿·童蒙教官贈司憲府持平權公行狀》:先生姓權,諱韠,字汝章,號石洲。安東人。文忠公近之六世孫也。祖承旨諱祺,生二子。長曰擘,官至參議,號習齋。次曰擎,生員。先生以習齋子爲生員後。先生生而雋異。九歲能綴文。十九魁發解,覆試又魁。以一字誤書見黜,自是不復應舉。壬辰四月,與友人具容詣闕抗疏,言“柳成龍、李山海主和誤國,實今日之秦檜、國忠。請斬之以謝百姓”。不報。辛丑,華使顧天埈、崔廷健頒詔來,月沙李公廷龜爲儐。將行,啓曰:“自前待華使,必廣選文人爲製述官。

幼學權韠甚有詩才,雖在布衣,名聲藉甚。請帶去。”上允之,因傳曰:“權韠之名今始聞之。其所製詩文可得見乎?”政院以詩稿數十篇寫進,上大稱賞,仍命與官。遂除順陵參奉,不拜,以白衣從事。時東岳李安訥、鶴谷洪瑞鳳、南郭朴東說、南牕金玄成及車天輅等皆以文章自名,同爲幕僚而皆讓先生一頭。其後柳尚書根爲儐,亦請以先生自隨。先生辭以病,不赴。月沙判春曹,愍先生貧,除童蒙教官。例當束帶詣該曹參謁,先生聞之曰:“爲斗升折腰,非素志也。”即棄去。流寓於江華府,築草堂五川之上以居。學子摳衣日造門,至有贏糧躡屩,千里而來從者。先生家貧,不能供給。群弟子躬執樵爨,皆無厭色。府人梁澤者,弑其父。里中列名告官,澤多行貨賂,告者將反坐,一府莫不憤惋而不敢言。先生上疏正其罪。還于玄石江上,閉戶絶遊,唯東岳公及體素李春英、玄谷趙緯韓數公與之相還往。光海卽位,爾瞻、希奮等用事。爾瞻慕先生名,嘗欲請交,先生辭不見。一日遇於友人家,踰垣以避。瞻甚銜之。先生處昏濁之世,好危言覈論,或於杯酒之間作詩譏刺時政。踈庵任叔英對策極言闕失,光海命削其科。先生聞之慨然有詩曰:“宮柳青青花亂飛,滿城冠蓋媚春暉。朝家共賀昇平樂,誰遣危言出布衣。”詩出傳誦,流入闕中,光海覽之甚怒。會承旨黄赫被誣告刑死,其壻趙公守倫辭連繫獄。光海命搜趙公家文書,至則《宮柳》一絶偶在一冊面上。遂命逮先生。先生入獄,趙公已受拷,在隔壁地字呼先生曰:“汝章由我而死。”先生欲答之,則已死矣。先生呑聲一慟,明日就鞫。光海親詰之曰:“爾所謂宮柳,指何人耶?”蓋疑其斥戚畹也,遂命杖訊。白沙李公恒福時參鞫,避席啓曰:“權某,一方外士也。以詩案獲罪,大非盛世事。如彼癯儒倘被重刑,難免殺士之名。不可以拷掠加之。”光海不聽。李相不忍見,遂趨出。明日又陳啓力爭,得減死,編配慶源。出崇仁門外,歿於路傍民舍。卽壬子四月七日也。先生生於己巳,至是壽僅四十有四。遠近聞之莫不痛惋。門人沈㦮等悲其無辜,多捐科,與世相絶焉。葬于高陽渭陽里先塋之側。後十二年天啓癸亥,仁祖卽位,首贈先生司憲府持平,遣禮官賜祭。配宋氏,湖南高士濟民之女,後先生二十四年崇禎丙子之難逢賊,自縊死之,祔葬于先生墓。男曰伉,亦有能詩聲。早中進士,官至清河縣監。……謹按先輩之論先生者,已有之矣。象村申文貞之言曰:“公清踈邁往,不拘小節,放浪物外,詩酒自娱。”月沙李文忠之言曰:“公風流英發,俊語驚人。氣隘宇宙,眼空千古。其所抱負非俗人所可窺測。既與世抹摋,不欲隨人俯仰。懷奇負義,忼慨濁世。”谿谷張文忠之言曰:“公廣顙哆口,踈眉目,貌偉而氣豪。言論磊落動人,間雜詼謔。性酷嗜酒,酒後語益放,傲睨吟嘯,風神散朗。”噫!此三君子皆文章鉅公,人物權衡,而月沙則先生莫逆之交也,其言皆信而可徵。以此三言推之,先生之爲人蓋可想見矣。先生事後母金氏至誠,有疾侍藥,不脫衣帶,達曉不寐。家甚貧,親朋之作宰者或遺以食物衣資,盡歸之金氏,不留一物爲私蓄。常自疏食菜羹,妻孥不免飢寒。而處之裕如,略無滯芥於胸中。昆弟五人俱善詩,與之遊戲翰墨,以爲眞樂。平生少許可,如名利之徒,綺紈之子,尤不肯引接。於富貴芬華泊然也。嘗遇華人與我國一士人語,俱不知爲國諱惡之義,先生叱之,皆慙服。此先生懿行之可見者,而從孫某官諿、某官說之所記也。先生嘗答友人書曰:“思將退伏山野,收心養性,以求古人所謂道者。於是取有宋諸賢之書讀而思之。雖不敢自以爲得,而其文義之間,似有犂然當於心者。决意向學,于今六七年矣。”先生時年三十一矣。晚與朴潛冶先生遇,悚然心服,片言許以師表。潛冶亦甚敬重。及先生歿,悼惜之不已曰:“汝章有曾點之志,捨己從學,將成破竹之勢。曾未半歲,天降僭禍。吾道之不幸也。”碣銘所謂“回頭轉身,從事性理,斯文先達,許以浴沂”者,即指此也。其於詩也,蓋出於天才,後來作詩者推爲第一。谿谷以爲公“以豪傑之資,用志不分,專發之於詩”,遂歎其遇於世也,只一當華使而已。奇禍之憯,竟亦由是致焉。天之畀公,匪以榮之,適以禍之。而碣銘所謂“終不可以詩觀先生”者,則固以先生之詩爲先生之餘事矣。嗚呼!我朝人才之盛莫尚於明宣之際。先生晚出,雖以一藝鳴,亦卓卓然無及之者,可謂絶異間氣矣。一變至道,殆庶乎横渠之勇,高明透詣,不日可造上達境界。而其不遂者天也。然誦其詩而聞其風者,皆灑然有賤名利而起頑懦之志。則其有補於世教,亦豈云淺鮮哉?

《谿谷集·石洲集序》:余生後公幾二十年,弱冠幸得從公遊。爲人廣顙哆口,踈眉目,貌偉而氣豪,言論磊落動人,間雜詼謔。性酷嗜酒,酒後語益放,傲睨吟嘯,風神散朗,即不待操紙落筆,而凡形於口吻,動於眉睫,無非詩也者。及其章成也,情境妥適,律呂諧協,蓋無往而非天機之流動也。公雖以詩酒自放,然天資甚高,内行甚飭,讀濂洛諸書見解通明,雖老師宿儒無以遠過之。宣廟聞其名,命進所爲詩,大加稱賞,至以布衣佐儐使。光海政亂,屢以危言忤權貴,竟中蜚語,坐詩案以死。

《宋子大全·石洲别集跋》:原集要删,其説具在附錄中,澤老書可考而知也。其詩所餘六百餘首,文亦若干,當時澤老亦非疵棄也。蓋曰“以俟後日”云爾。今湖南案使李公東稷將取以入梓,以爲别集。先生曾孫以李公意來,以示余曰:“亦有可以取捨者乎?”余曰:“然矣。昔之視今,亦猶今之視後也。”遂選其百餘,道以寄之。其少時戲作,洎與緇流酬唱幻語,及澤老所謂譏刺已甚者,皆不錄。而其皇華時諸作之無所謂遺者,以今世不復見此事也。嗚呼!世之以詩看先生者,淺矣。先生内行淳篤,晚又用功於洛建諸書，以爲定本。故其見識云爲，與少年時若二人焉。其詩往往亦迫眞於濂洛風雅，此老成先輩所以不以詩看先生，而愛其詩亦絶異於餘人之詩也。李公之爲此役，不特世誼之重，亦所感者深矣。時崇禎閼逢攝提格孟夏日，恩津宋時烈跋。

《凝川日錄》：（光海君壬子四月）初三日備忘："前教官權韠無君不道之罪，所當嚴刑鞫問。而勉從大臣臺諫之言，除加刑遠竄。……權韠到東大門外物故。"

《霽湖詩話》：權教官石洲韠，成癖於詩，不事科業。其詩祖老杜，襲簡齋，語意至到，句法軟嫩，一時能詩人皆推以爲莫及。近世詩人之得盛名者，石洲爲最矣。聞中州人刊東國詩，石洲長律數首與焉。其一曰："江上嗚嗚聞角聲，斗柄插江江水明。早潮侵岸鴨鵝亂，遙舍點燈砧杵鳴。客子出門月初落，舟人掛席風欲生。西洲千里自此去，長路險艱何日平。"自坡山將往江都時所作也。見此一篇，足以見其才美矣。當廢主時，柳氏諸人借內勢橫恣無忌，一時朝臣皆諂媚乞哀。任持平叔英時以擧子對策，多觸諱，將削科，幸而中止。石洲有詩曰："宮柳青青鶯亂飛，滿城冠蓋媚春暉。朝家共賀升平樂，誰遣危言出布衣。"其後有別擧，朴自興登第，自興之父承宗、自興之婦翁李爾瞻爲考官，人不敢議其循私。其時許筠亦以考官取其侄所製之文與於榜中，被罪遠竄。石洲又有詩曰："設令科第有私情，子婿弟中侄最輕。獨使許筠當此罪，世間公道果難行。"及廢主親鞫，石洲以詩案受刑被竄，擔出東城外，見主人家窗板上書李長吉《將近酒》末句，而變"勸"爲"權"，實出於誤書。其時政當暮春，桃花滿庭，石洲臨沒，連飲三杯酒，日欲西而瞑。一字之誤偶然成讖，豈不異哉！

《畸翁漫筆》：理氣無先後之說，先儒已盡言之矣。昔見權汝章，偶及此事，汝章因言"鄭一蠹以《中庸》首章注'氣以成形，而理亦賦焉'二句，以爲朱子有先後之辯，殊失本旨"云。

近代文人至宣廟朝而盛矣。詩學如權石洲者，才思絶倫具眼者，觀其遺稿可知。但石洲酒後多戲言，論文殊無定價。余一日偶與從容問其本色，則答云："自國初至今，述作或有過我者。若其心眼俱到，透得妙解，無如我者。"其自負不淺。

《石洲詩集》元數不多而抄選太慳，今其行於世者是已。其家藏私稿，自爲批點者，曾一批閲，可堪把玩。聞已見失於兵禍云。可惜。

《終南叢志》：權石洲韠以白衣從事，從儐相月沙至西關，相得歡甚。後石洲自京將還江華，就辭于月沙。時適日暮，月沙秉燭呼酒，白洲在側，使之呼韻，命石洲賦詩，石洲辭以行忙，月沙強之。白洲遂呼"昏"字，石洲即應聲曰:“寒天銀燭照黄昏。”白洲又呼“門”字,即繼應曰:“鍾動嚴城欲閉門。”白洲欲窘之,呼“髡”字,石洲又隨呼應曰:“異禮從來慚始隗,清樽何幸獨留髡。”石洲又隨呼應曰:“未將感激酬高義,空自周旋奉緒言。”末句呼“論”字,石洲揮袖曰:“末句當闊展矣。”仍朗吟曰:“明日孤舟江海闊,白頭愁絶更堪論。”作畢即出去。月沙深服,每對人輒言其才不可及云。

《菊堂排語》:姜沆,湖南人,爲人聰明強記,爲文章下筆滔滔,未嘗起草。其兄死于非罪,祭之以文曰:“黄粱人世,百年草草;青史是非,千載昭昭。”壬辰被擄入日本,因華人之還者上疏,有“遠托異國,昔人所悲”等語,宣廟憐之。還日,文諭被擄人謀與同還,辭甚凄婉。權石州韠有詩云:“未盡新知樂,居然怨各天。鍾儀雖在晉,王蠋不降燕。節爲看羊落,書終賴雁傳。相思千里夢,迢遞海雲邊。”後得還,官直講而卒。

金德齡,湖南人也。壬辰倭亂起義兵,遇賊必破,號翼虎將軍,賊懼不敢近。李時言忌其功,讒之,竟死於獄中,至今歎息。權石洲韠夢得一小冊,乃金德齡詩集也。其有一篇曰:“醉時歌一曲無人聞。我不要醉花月,我不要樹功勳。醉花月也是浮雲,樹功勳也是浮雲。我心只願長劍奉明君。”覺而記之,作一絶句曰:“將軍昔日把金戈,壯志中摧奈命何。地下英靈無限恨,分明一曲醉時歌。”

《壺谷詩話》:國朝東槎之盛莫過於龔用卿。時容齋爲儐使,湖陰、暘谷、安分李希輔爲從事,俱得人也。壬寅顧天峻時,月沙爲儐使,東岳、南郭朴東説、鶴谷爲從事,石洲以白衣,車五山、梁霽湖慶遇以製術,金南窗玄成、韓石峰濩以筆從。各藝之盛,此行反復勝矣。五峰、西坰柳根爲迎慰,簡易適僑居於箕城,時人謂之“文星聚關西”云。初月沙薦石洲於榻前,請帶去,宣廟欲聞其詩,即誦《夢具容》一絶以對。其詩曰:“幽明相接杳無因,一夢殷勤未是真。掩淚出山尋去路,曉鶯啼送獨歸人。”上大加稱賞,命徵詩稿以入。簡易《贈石洲》詩所謂“聞説至尊徵稿入,全勝身到鳳皇池”者,此也。宣廟愛而不名曰:“石洲與具,友道之深幾許,而詩語之悲若此也?”當時布衣之榮,不下於李供奉矣。

許筠評石洲詩曰:“汝章之詩如絶代佳人,不施鉛朱,以遏雲聲唱羽調、介面調於燭下,曲未終而起去。”蓋指詩語自然可愛,久而愈不忘也。

權石洲爲詩家正宗,而其遊戲之語亦皆出人。嘗遊一寺,適有盲客至,石洲以詩贈之曰:“遠客來山寺,秋風一杖輕。直入沙門去,丹青四壁明。”蓋方言以盲爲“遠”,又稱“盲者之一杖”,又有“盲人直入門”之語,又有“盲人玩丹青”之語,故云。又《贈盲人》詩一句曰:“百中經事業,三尺杖生涯。”又有鄉客能作行詩而不能於律,能飲濁醪而不能飲清酒,石洲嘲之曰:“律詩如鼠本,清酒作貓頭。”雖以俗語誹諧,而無不佳妙。

《小華詩評》:天使顧、崔之來,權石洲韠以白衣從事被迸。宣廟命徵詩稿以入,置之香案諷誦之,其《寒食》詩“祭罷原頭日已斜,紙錢翻處有啼鴉。山溪寂寞人歸去,雨打棠梨一樹花”,詞極雅絕,且如“人煙寒食後,鳥語晚晴窗”,《閱舊》詩:“謝遣諸生深閉戶,病中惟有睡相宜。”谿谷曰“余見石洲凡形於口吻,動於眉睫,無非詩也”云。蓋石洲之於詩真所謂天授者? 惜乎始以詩受知于宣廟,終以詩得禍於光海,士之遇時其幸不幸如此哉! 詩非天得不可謂之詩,無得於天者則雖劌目鉥心、終身觚墨,而所就不過咸通諸子之優孟爾。譬如剪綵爲花,非不燁然,而不可與語生色也。余觀石洲詩格和平淡雅,意者其得於天者耶? 其解職後詩曰:“平生樗散鬢如絲,薄宦凄凉未救饑。爲問醉遭官長罵,何如飯赴野人期。催開臘甕嘗新醞,更向晴牕閱舊詩。謝遣諸生深閉戶,病中惟有睡相宜。”詞意極其天然,無讓正唐諸人。

《旬五志》:古稱天下無無對之語,故雖極巧極難之句,必有其對,然亦有無的對者。唐天使顧天峻書“煙鎖池塘柳”一句,送儐相五峰李好閔使續對。五峰不曉其意,甚易之,將欲對送。時權石洲以從事在座,難之曰:“此不可續對,莫如謝而入送。”五峰始悟,如其言。皇使歎曰:“東國亦有知詩如此者,未可輕也。”蓋煙者火也,鎖者金也,池者水也,塘者土也,柳者木也,一句之中具金木水火土五行也。

權石洲韠詩名籍世,兒童僕隸皆識姓名。嘗過鄉村,遭雨留滯於座首家。籬底有鄉士五六輩會飲賦詩,石洲著藍縷進拜席末,座中問曰:“爾是何人?”石洲曰:“鄙生無與文武,只業販貸,將往萊州。適值盛會,倘沾殘杯以潤饑腸。”諸士方把杯吟哦,謂石洲曰:“爾能知此味乎?”石洲佯爲遜辭曰:“若余貧賈,安能知之? 不審諸公吟哦,有甚意味耶?”諸士曰:“此乃觸物起興,模寫風景,蓋詩中之活畫。”一人誇其所作曰:“我之此句,雖李白必讓一頭。”一人曰:“我之此聯,實杜甫所未發者。”一人蹙眉而言曰:“吾詩恐折也。”左右曰:“何謂也?”曰:“觀夫木乎? 至高則爲風所折。吾詩甚高,恐亦折也。是以憂之。”相與抵掌較其優劣。因與石洲酒曰:“爾雖不文,須以俗談作句,以發吾輩一粲。”石洲飲訖,即題一絕曰:“書劍以來兩不成,非文非武一狂生。他時若到京城問,酒肆兒童盡誦名。”諸生覽畢曰:“怪哉! 爾能作此,誠不偶然。”一人笑曰:“詩則佳矣。但爾名有誰知之? 試言之。”石洲曰:“鄙生乃權韠也。”諸生相顧驚愧,下席羅拜。噫! 自古賢人達士潛光玩世者多矣,莫有辨于驪黃牝牡之間,其不爲鄉生之待兩公者幾希矣。

《詩評補遺》:權石州有詩一聯曰:“安得世間無限酒,獨登天下最高樓。”成牛溪聞之曰:“醉無限酒,上最高樓,而不與人共之,甚是危語。”石州果坐詩案拷死。

石洲《抱兒有感》詩曰:“赤子胡然我念之,曾聞爲父止于慈。白頭永隔趨庭日,想看吾身似汝時。”亦讀之嗚咽淚下。

有人謂石洲曰:“蓀谷詩高處止于晚唐,豈若子之逼杜?”石洲曰:“否。”仍誦蓀谷《寒食》詩一聯曰:“‘梨花風雨百五日,病客江湖三十年。’語極超豔,余何敢爭衡?”蓀谷之于石洲,其章僅伯仲間,而自謙如此。其視世之不自量而妄訾勝己者亦遠矣。

詩固未易作,知詩亦未易也。石洲《蕩春臺》五言一律,深有古法。澤堂主選本稿而不載此詩,未免有遺珠之歎。近又刊出別集,而亦未選焉。自古遇知音果如是之難耶?以澤老眼孔猶且見失,其他又何足道哉。余故惜而錄之。詩曰:“步出北門外,有村三兩家。洞深喧水石,山晚雜雲霞。古岸依依柳,平林豔豔花。醉歸乘小雨,城上已昏鴉。”鄭東溟嘗曰“我東詩人,惟石洲得其正宗”云。

《東國詩話彙成》:石洲、東岳文章齊名,難可優劣。七言律詩權固多讓李矣,至若五言律、七言絕句,李亦不可當。李常自評曰:“若以三國人才論之,吾其爲司馬乎!”蓋言詞家血統有歸也。且贈權氏詩曰:“吾友永嘉子,今時諸葛侯。”則必以孔明歸石洲也。

東岳聞公枉死,作詩一聯曰:“浩蕩神農藥,蕭條大禹謨。”又過東城隕命處,有吟曰:“行過郭東花落處,故人詩骨至今悲。”可謂一字一淚。

【按:權韠(1569—1612)字汝章,號石洲。籍貫安東。鄭澈門人。詩才出衆,爲同時第一。奉享光州雲巖祠。著有《石洲集》今傳。其詩和平淡雅,自然可愛。《箕雅》收其五絕二首、七絕一〇首、五律一九首、七律一一首、五排一首、五古九首、七古五首。】

具　容　　字大受,號竹窓。綾州人。蔭縣令。

《石洲集・跋竹窓遺稿》:《竹窓遺稿》者,亡友具容之所作也。君天才甚高,未嘗苦學,而所得兼人。其詩清俊典麗,往往逼古。不幸早死,秀而不實。嗚呼惜哉!余從其家求得百餘篇,撰爲一卷,傳之同好,庶幾無致泯沒。君爲人純厚質直,有長者風。在家無纖毫過差,居官能以愛民爲心,與朋友交義而信。嗚呼!其不可泯沒者,豈獨詩而已哉?君卒之明年壬寅仲秋,石洲題。

《東岳集・憶具大受》:百里鸞棲問幾年,邑氓猶頌使君賢。錦囊詩句留千首,玉樹風標隔九泉。知己世間誰復在?結廬湖畔最堪怜。懷人可待山陽笛,才渡澄江雪滿顛。澄江,卽澄心江。君家別墅在楮子島,余家田莊在廣津,常約結隣以終老焉，故及之。亡友綾城具君容，字大受，號楮島。少能詩，弱冠中司馬第三名，擅名場屋，人皆以公輔期之。未及釋褐，爲貧而仕。歲丙申，出倅于是縣，未幾罷去。遺愛在民，民至今思之。後數年，又宰金化。辛丑三月歿于官，年甫三十三。以不世出之才，不幸短命。奈何乎天？書以志哀云。

《小華詩評》：具竹窓容與石洲遊楮子島，有詩一聯曰："春陽一邊雨，落照萬重山。"一時傳誦。

《詩評補遺》：竹窓具容《題李都督碑》詩曰："征東勳業冠當時，一夕居庸戰不歸。莫道峴山能墮淚，行人到此盡沾衣。"情婉可詠。

【按：具容(1569—1601)字大受，號竹窓、楮島。著有《竹窓遺稿》今傳。其詩清俊典麗。《箕雅》收其七絕一首。】

任　錪　　字寬甫，號鳴臯。蔭□□[參奉]。

《光海君日記》卷七：卽位年八月甲戌。遠接使柳根啓曰："前參奉任錪博學能文，製述官稱號，欲爲帶去，而時無職名。令該曹相當職除授，以便帶去何如？"傳曰："允。"

《陶菴集·參奉任公墓碣》：自古詩人多浮薄而少氣節，人或輕之。然如澹庵之直氣，後山之苦節，亦不免詩人之目。由是觀之，則所謂詩人者，豈可以一例論之也哉。國朝詩運，莫盛於穆陵之世。而有鳴臯任公者，與石洲齊名，固亦所謂詩人者。而攷諸先輩叙述，實是忠義節行之士，今得其遺事讀之信然。公諱錪，字寬甫，鳴臯其號也。少從牛溪成先生游，先生稱以慕學善士。平居篤於孝友，家甚貧，處之晏如也。三除寢郎皆不就。壬辰之亂，車駕西狩。公始避兵東峽，與同志者慨然有執靮之志。路塞不得通，聞湖南倡義使金千鎰住兵江都，往從之爲書記。天將謀擊京城賊，公以倡義命，作《都城圖》以進，且獻二十韻詩。天將賜座褒賞之。後倡義死於晉州城守，公往哭於其家，與幕下舊僚伐石記績于江都，作文通諭湖南。公雖在亂離顚沛之際，眷眷師門，精誠屢發於宵寐，於其《日錄》可見。公素嫉柳永慶、鄭仁弘爲人，居常大言憤罵。及至昏朝，見時事日非，惟以潔身危行爲志，所與游皆士林名勝。而凡有不平無聊，一發於詩，深得杜陵忠愛之意。公歿後石洲詩禍作，公家人取平日所爲篇什而悉焚之，是以不能多傳于世。昔放翁幾見染於胄，朱夫子憂之，至有"天津胡孫"之譏。嗚呼！若公者，可謂拔出汙濁之中，一洗詩人之羞者矣。公嘗倣李白《古風》，有"蘇黃亂風雅"之句，蓋深惡之也。其婦翁尹判書自新，以公不逐時好，見屈公車，手書蘇、黃詩以勸之，公不肯觀。其志尚如此。公卒於萬曆辛亥，年五十三。後以扈聖從勳，贈司憲府執義。墓在楊州笥谷坐艮之原。……銘曰："詩出情性,有正有邪。於此觀人,庶不或蹉。公之爲詩,就實去華。曰蘇曰黄,號爲大家。舉世奔趨,而獨不阿。中抱正音,一埽淫哇。維此節行,所原匪它。滕仁齊烈,將比孰多。農老有評,我又何加。爰作銘詩,永世不磨。”

《霽湖詩話》:李斯文春英號體素,以文翰自豪。其文其詩專尚富麗,滔滔不竭。每于衆會中論人才長短,奮臂鬣髯,高聲大叱。雖文人才子側其旁,皆不敢與之頡頏。任處士錪號鳴皋,一生用工於詩,而所讀李白、《唐音》而已。亦善於談詩評句,聞者側耳,平生所不取者,體素之詩也。兩人論議交角,至死不相屈。體素登永保亭有詩曰:“月從今夜十分滿,湖納晚潮千頃寬。”句圓意足。鳴皋於于道上有“斷靄孤城夕,寒蟬老樹秋”之句,淡雅可詠。見此兩聯,知其果不能相合矣。世之知詩者論及兩翁,謂體素爲“粗豪”,鳴皋爲“寒儉”,未知此論如何。

《小華詩評》:任處士錪號鳴皋,工於詩,而平生所讀李白、《唐音》而已。嘗有作,句雖好,調響若不類唐,則輒不示人。其《江干詞》云:“三竿日出白煙消,江北江南上晚潮。隔浦坎坎齊打鼓,郎船已近海門橋。”淡雅可詠。

【按:任錪(1549—1611)字寬甫,號鳴皋。其詩寒儉淡素。《箕雅》收其五律一首。】

姜　沆　**字太初,號睡隱。晉州人。宣祖朝官至佐郎。丁酉被俘于倭,全節生還。**

《朝鮮顯宗實錄》卷一四:九年四月辛巳。命追贈金麟厚正卿、姜沆、金德齡等堂上。……沆,壬辰以戶曹郎往湖南,爲倭所擄,居日本十餘年。及還本國,不容於世,而先正諸臣多稱其節義,其所著《看羊錄》行于世。德齡,壬辰亂義兵將也,世稱翼虎將軍,死於逆獄,蓋時人忌其勇力,搆而殺之。校理李端夏以三人行蹟,上疏言之,於是有是命。(謹按:沆當壬辰難,爲倭所擄,以傭保而見黜。聚倭子弟,教書受米以度日,十數年後,盜船奔還,宣廟棄不用。謂之降於倭則過矣,有何節義之可稱哉?端夏痼於黨論,敢請追贈,眞所謂吾誰欺,欺天者也。)

《童土集·睡隱姜公行狀》:公諱沆,字太初,自號睡隱。姜氏,晉州大姓。在麗朝曰啓庸,以國子博士佐金方慶幕。征日本凱還,掛冠不仕。三世而至晉原府院君昌貴,始大顯。功宗名勝,代有其人。又三世而至淮伯,入我朝爲東北面都巡問使,號通亭。生知敦寧府事碩德,謚戴愍,號玩易齋。生左贊成晉山君希孟,謚文良,號私淑齋。三世以文行濟其美。司評公卽文良之子也,坐事謫配靈光郡,子孫因家焉。別提公年二十八,隨舅申文景公用溉朝燕京,道卒。護軍公齔而孤,司評畏其不壽,不以文墨課率。既長,質直忼慨，鄉里皆稱善人。崔斯文晛銘其墓。司果公少倜儻自喜，表叔沈相國通源擬以蔭職，固辭。養閑林泉，惟教迪子姓是務。年八十七而終。金氏性行貞順克執婦道，未嘗有疾言忤色。以隆慶元年丁卯五月十七日生公。幼有異質，記性絶人，自知爲學，不煩提誨。五歲能屬文。辛白麓應時見而奇之，以脚字命題使賦之。公應聲對曰："脚到萬里心教脚。"辛公改容驚歎。甫九歲已成章蔚然，製《幼成若天性賦》，辭理俱到，人爭傳誦之，咸謂"世家文章有種子矣"。十四遭内艱，哀毁過制，弔者莫不稱服，蓋其慈良素性也。制畢，以對策高等中鄉舉，聲名出流儕上，雖前輩宿儒皆自以爲不及。丁亥發解三場。戊子中進士二等。伯兄瀣以文學著名，爲世所指。辛卯，士禍作，被搆枉不免。公心傷痛之，斂迹自守。癸巳，監國駐全州，設庭試取士，公遂擢丙科第五名，分隸校書館，辱置下流，坐黨錮也。公不少挫，獨行不顧。時牛溪先生慍于群小，門下寥落，而公遠往省之。先生稱其端諒。以銀臺假郎入侍筵席幾二十數。時當喪亂之後，武號森列，奏復旁午。諸臣獻議，辭說紛糾。而公耳剽目攝，心想手追，記注如流，若有神助。嫺辭敷文，無訧瀯處。上驚異之，降問公姓名，深加贊賞焉。例陞博士。丙申轉成均館典籍。冬除工曹佐郎，移拜刑曹。丁酉春乞假歸覲。夏，天將楊摠兵元屯兵南原，李參判光庭以分戶曹督其餉，請承于朝，以公爲從事。公沿檄往赴。李公使徇海邑，催發搬運。糧餉既集，而八月賊鋒已犯南原，摠兵突圍而去。公謂作人幕府，不可以不知主司去處，自咸平一晝夜馳至淳昌。聞南原定陷，李公前已北上，乃還到靈光，與巡察使從事官金尚寯傳檄列邑，收召義旅，至者數百人。而賊兵已踰蘆嶺，海甸無一片防守地，而烏合之衆旋即星散，從事亦奔迸上都。新巡察使黄公愼又辟公爲從事，檄方到而路已塞矣。九月，賊入郡境，大肆焚掠。公不得已將父入海。船小人夥，分載二船。父與諸父同一船，公與兩兄濬、渙及婦翁金琫等同一船。又聞水倭千餘艘已到右水營，而統制使李舜臣遵海西上。乃聚族以謀曰："舟中壯士合四十餘人，可附統制軍，且戰且退。縱使不成，不失明白死矣。"議已克定，而篙卒有異圖者乘夜疲寐，因風解纜，瞥眼遂與父船相失。彼此尋聞，彷徨海曲，猝遇賊船。公自度不得脱，解衣墮水中，兄弟妻子一船同溺。艤岸水淺，盡爲賊所執，齊縛於船欒，回至務安縣一海港。賊船六七百艘，彌漫數里許。賊帶舌人問曰："水路大將今在何處？"公答曰："泰安安行梁，水路之天險也。天將兩游擊領戈船萬艘，横截梁上下。游船已到群山浦，統制使與之合勢矣。"賊徒相顧色沮。是夜，金琫潛解公縛，公裸身赴海。賊群譟，即句出，公問舌人曰："執我者誰？何不殺我？"曰："伊豫守佐渡之部曲信七郎者也。以公爲官人故，欲生致之。"蓋賊初欲得邑倅，擬劍問俘以倅處。俘懼死，詭指公所故也。自是，縛公益急，徽纆入膚，手背皸瘃，仍成三年之瘡痕，終身不滅。踰三日，賊移公兄弟嫂妻牢置船中，而餘人十數皆遇害。撥船南至順天左水營。公自被虜至此凡九日，水漿不内口，而猶不死。越數日，兄弟謀竊小艇載出。賊覺之，卽奔告佐渡，載公等於一大船，押送于倭國。船發順天八日，而至伊豫州大津城，留置於一館，令卒倭朝夕供給。我國男女前後至者千餘人，公密諭挺身俱奔之意，而莫有應者。冬至，集句爲詩以紓懷曰："去歲玆辰奉御牀，戴星先捧祝堯觴。今年留落丹心在，一日愁隨一線長。戊戌歲朝。"表年紀號以寓尊王之意。正月晦，始聞天兵大至，掃蕩賊屯。賦詩曰："聞道王師至，全湖半已平。吾君無疾病，老父尚康寧。鯨海天威動，蜂屯月暈成。哀情逢吉語，喜淚作河傾。"二月初，聞賊將請款納命，降者相繼。又賦詩曰："聽說凶鋒折，降書日日聞。湖南空荐食，嶺外只孤軍。鯨浪清東海，狼星拱北辰。孤臣雖萬死，白骨有餘欣。"五月，公與京城竹肆居人被擄於壬辰者共爲西奔之謀。與二兄出，夜行八十里，兩足流血。過板島，懸大書于城門，數倭君臣之罪，借天命以警動之。未幾，而賊魁自斃。公之言蓋驗矣。行三日，忽逢佐渡之部曲，知公等潛出，曳至板島市門外，乃賊中槁街也。適一賊援劍止之，送還于大津城。有倭僧好仁者，哀公而禮貌之，示以倭國題判。公乃謄寫其方輿職官，又因舌人摹出佐渡家所藏倭國地圖，合爲一錄，兼敍賊情及方略，卽以付蔚山人金石福，俾達于朝廷。六月，佐渡勒公等赴倭大坂城。公舟中賦詩曰："平日讀書名義重，後來觀史是非長。浮生不是遼東鶴，等死須看海上羊。"七月，自大坂又移于伏見城，卽賊魁秀吉之新京也。公自再執之後，常在拘係中。守倭悲之，許令公兄弟甥舅相質出入，公於是得間矣。時秀吉旣死，賊奴情狀與前頓殊。公慮我國區畫或失機宜，出與被虜人金禹鼎、姜士俊等共貿銀錢，雇得舌人方津，遣使聞于我。書未發，而群倭已撤還矣。己亥，天朝差官茅國科、王建功等來館於和泉界，公與被虜人申繼李等往叩其門。賂守者，得入。天將引公對座，進酒極溫。公泣請曰："聞倭奴整船將送行李，願備舟中一卒，得以卽刑於故國。"天將哀憐曰："吾將通于家康，使佐渡送君。"繼李卽高聲曰："秀吉死，倭國將大亂，倭賊將盡死。"舌人奔告，倭將縛公及繼李，將轘之。天將再三申解曰："彼來問老父消息，非有他也。"倭將重違王人，釋之。公日夜謀歸，無以自濟。知倭俗有錢可使，乃從僧舜首座者傭書得銀錢五十餘，與金禹鼎、申繼李等潛買一船。濬與舌人先往船所，水邊倭告于佐渡，發卒搜捕，復囚大坂。舌人皆死，濬以不解倭言，爲人所誘得解。秀吉死，埋於北郊，其上作黃金殿。公嘗過之，題其門曰："半世經營土一抔，十層金殿漫崔嵬。彈丸亦落他人手，何事青丘捲土來。"舜僧見之曰："何不自愛也。"賊割我國人鼻,積成一丘。公爲文以祭,有“鼻耳西峙,脩蛇東藏。帝羓藏鹽,鮑魚不香”之語。公悲憤積中,辭氣激發,雖在虎口,不復憚畏。或時手搏賊卒,以挑其怒。賊亦服公之義,不敢加害。公欲詗賊中虛實,常與游於諸僧,其中解文字者莫不敬重之。倭俗重僧,自關白以下皆尊師之。公之前後濟死,皆賴乎僧也。舜首座者,倭將廣通之師。頗聰明識事理,於書無不通。實慕中朝我國之風,特厚公而敬愛之。廣通亦好經書,效禮俗,皆從公求寫《六經》大文,而償銀錢,以助西歸之資。庚子春,公以書贈佐渡曰“十口空養,爾無所益。四年孤囚,我不如死。倘不欲殺,願許出門。不許出門,生無所欲”云云。倭僧慶安力勸佐渡曰:“思親懷土彼此一樣,倘許出門,或有歸便。”佐渡乃許之。公既得出,即招曾與約束者,以所辦銀錢備船及糧,圖載西歸。將行,舜首座爲請廣通書,以備沿路關市之譏。又遣篙工善水者以導水路,送至于對馬島。公遂與二兄及家屬十人、同約者三十餘人以四月發倭京,五月抵釜山。其在伏見也,又具手疏,并錄其輿圖官號及賊強弱之勢,加詳於付石福者,作爲二封。一封付我國人辛挺南等,一封付王建功以送。其疏略曰:“臣以漢南布衣,冒忝科第。職秩雖下,履歷雖淺,自頂至踵,盡歸造化。生成大澤,未補塵垢,而遽陷於絶域之外犬豕之窟。一日偸生,萬死無赦。鴻毛之命,豈敢顧惜。片時之痛,非不堪耐。而顧念一時滅名,有同溝瀆之自經,况被虜而圖後者?在昔忠臣烈士如文天祥、朱序者俱不得免,前史不以爲非,而予其全節者,良以身雖被虜,而所未嘗被虜者猶在也。臣之陋劣雖下古人萬分,而願忠之志不讓古人一頭。螻蟻之命一息尚存,則犬馬之誠萬折不已。即當百計逃還,就顯戮於王府之外,縱令身首横分,猶勝死葬蠻夷。况醜奴情狀,已落臣阿堵中。萬一天假其便,釁有可乘,則即當以不費之身,首三軍之路。憑國家之威靈,上雪山陵廟社之恥,下灑秦臺燕獄之痛。然後伏首司敗,以謝今日偸生苟活之罪。此臣之按劍中夜,腸一日而九回者也。其倭情所錄及擬上賊魁死後奸僞,并錄如左。伏願殿下勿以小臣之偸活無狀,而竝棄其言云云。”建功一封得達于朝,宣廟大加嘉歎。啓下備局,遠近瞻聽,莫不驚異誦慕,皆以爲蘇中郎不死矣。權石洲韠有詩曰:“鍾儀雖在晉,王蠋不降燕。節爲看羊落,書纔賴雁傳。”至是,又上《賊中聞見錄》一冊。宣廟即召至京師。公詣闕下,席藁待罪。宣廟特令中官賜醞於差備門外,悉問賊情,公更條陳一通以啓之。宣廟申命給馬,歸見老父。公萬死生還,得全素節,皦然本心,天鑑所燭。而于時黨禍猶甚,群怨堵立,毛垢雌黃,不勝其嘵嘵。金石福者,以翌年秋始歸,呈所賫疏本於體府,而亦不克達于上矣。公自以歸骨故國,復見君親。志願已遂,行乎患難之事,有未易一二爲俗人言也。遂以罪累自處,廢伏田里。惟與昆弟躬稼養老,安命任分,忘其窮約,以終身焉。辛丑,李相國德馨開府嶺南,檄召公。事係應倭,公不得不一赴。適倭書至,委公草答。辭義嚴截,實破賊膽矣。壬寅,朝廷敍公爲承議郎大丘教授。蓋是時匪人專政,知聖意注公,不可終棄,故示收用,以嘗試之也。公已無當世念,而爲收錄,係是恩命,黽勉之任,旋卽還歸。丙午,回答使呂祐吉等入日本,日本人輒問:"姜郎中今做何官?"因盛稱公忠義之節不愧於古人云。使還,具載《東槎錄》以奏之。於是士林恰然傳誦,益信公之素守不變於死生,能行乎夷狄。而娼嫉者猶惎之不已。公嘗以《酒家惡狗》爲題課試學子,有不逞讒諸權柄曰:"乃譏斥當路也。"大被疑喝,幾做奇禍。公則夷然不以爲動。戊申,李相廷龜判西銓,沙溪金先生與書曰:"回答使之行,倭人莫不稱姜節義,至比於蘇武文天祥曰'文山陷賊,三年不下樓。沆之執節,堅固過之'云。犬羊無識,猶且見服。而我國人心偏私,不知節義之褒揚。極可痛也。黃思叔、宋德求與竝稱美,見錄於聞見事件。思叔、德求,則朝廷與國人皆知其節行,不必更褒。姜獨不興奬勸,若有罪者然,棄而不收。豈非朝廷之大欠乎?"時世道益艱,正論日孤。諸賢雖欲爲之揄揚,而不可得也。親舊或勸之進取,公笑而不應,爲瘤戒以示意焉。俄復順天教授,不赴。遂以書謝所知曰:"郡文學雖曰散官,而於僕得之則華銜也。但俘虜餘生,不敢當皐比之席。况僕之私情實有難動者,不但此一行而已也。何則?凡人之情,孰欲陷身於不測之虜哉。而一經患難,萬事瓦裂,衆目睢盱,皆厭劉輿之膩。以此益欲祕迹巖藪,以盡餘喘。嗚呼!人或有讀書萬卷而不得一名者,或有僅得一名而不沾一命者。某則冒忝進士及第,前所得尚書郎,已是福過災生。竊惟渡海之日,視鼎鑊爲歸。而聖恩如天,復置平地上。衣食於王土,齒列於平人。粉身碎首,無階仰答。秪祝堯算而已。顧念僕之災眚實非自作,而《春秋》許人改過,《綱目》予人徙義。華元書其來歸,孟達錄其死節。僕雖無狀,實非賣國偸生者。萬死之餘,一息猶在,則忠臣烈士之遺躅或可希冀。而一世之人,不可家到戶列。嗚呼!悠悠天地間,長不過爲六七十年客耳。况僕雖在世上,而厭厭如九泉下人。輪回之說,萬一不虛,則惟願速死,早得他生。若今生則無復望矣云云。"公不偶時命,棄捐平生,而繫心君父,一飯不忘。每當慶節代人賀箋,輒述其眷顧願祝之辭,以寓左徒《離騷》之意。及宣廟禮陟,以情居痛,卒哭以前,不爲食食,自悼身遠不得與於哭班,望闕而朝夕臨之。仍服三年方喪,作《怨歌行》一篇,自敍其蒼梧之思。談者或意其過節,而亦可見公之志行也。乙卯丁父憂,年已非致毁,而一執文公禮不懈。服闋逾年,遘疾不起,戊午五月初六日也。享年五十有二。以其年十月葬于佛甲山坤向之原。……公之文才得之天賦。自幼少時已有作者手。沈詞怫鬱,浮藻聯翩。既而飽飫經史，旁通百家，雄深敏妙，亹亹不窮。下筆成篇，滔滔若河決海翻。人有求文字者，對使立就，不復點竄。雖宏篇巨作，涣若宿搆，未嘗屬草稿。看書甚敏，人未盡一兩行，已翻書葉，眞所謂十行俱下者也。作字雖不取姸，亦不草糊。凡所纂集，皆手寫忘倦，不日而已成卷矣。四方學者坌門溢座，公以教誨爲己任，日與之講說不輟。南土之有名藝志業者多出於公之門焉。每語學者曰："小技非壯夫所爲。不如沈潛經學，希慕聖賢事業也。"晚年工夫專以實地爲務，其於修辭隨手達意而已，不爲雕飾藻繪以自珍焉。由是日用酬應篇章多散佚不收。《雲堤錄》數卷，家人之所裒也。《巾車錄》一冊，亂離中所記也。《綱鑑會要》、《左氏精華》、《文選纂註》若干卷，皆以資擊蒙者。此豈足以盡公之蘊也哉！

《睡隱詩話》：作詩非難，注詩爲難。作文非難，評文爲難。評文有三：病可言而不言謂之吶；口可止而不止謂之添足；面貌形容有目者俱見，而吾復爲之點額，謂之贅疣。外皮相而得神情者，自古爲難矣。

注詩有三難：世之相後，地之相距，當時事蹟後人難悉，故得其事爲難；箏郭師已與不可傳者死矣，今之所存惟紙墨之糟粕，故得其情爲難；古人于詩文遣言下字各有其體，故得其體爲難。"遙聞叔孫子，已致魯諸生"，"廟堂新掃舊巢痕"，范石湖猶不能知，而放翁之所以不敢注坡也。

余見唐劉言史《過春秋峽》詩"不知何樹幽崖裏，臘月開花似北人。"《三體詩注》以"似"爲"送"。春秋峽邈在嶺外，北人過之，其零丁牢落之狀正似臘月之花。訓"送"則全無意味矣。

國朝佔畢齋彙集《青丘風雅》而間間自注，崔猊山謫長沙詩："三年竄逐病相仍，一室生涯轉似僧。雪滿四山人不到，海濤聲裏坐挑燈。"佔畢齋訓"海濤"爲"松濤"。余見長沙古縣正在西海上，潮水出入於蕪城之下，所謂海濤正是海潮也。

詩家之注莫深於《三體》，國朝文章莫高於佔畢齋，而猶不免三難之病，詩文果可易言乎哉！

《東國詩話彙成》：其在日本爲文，喻被虜人，謀與同還，辭甚淒惋。有曰："我罔爲臣僕，且念宋微子之微言；死則葬蠻夷，豈忍李少卿之胡鬼？矧故鄉之可念，乃常物之大情。蜀禽催歸，越鳥巢南，羽族乃爾；冰狐首丘，代鳥依北，走獸猶然。況我體仁之人，豈無反本之志？彼岵彼屺，需憶父母之瞻望；某水某丘，盍記童子所釣游。冷雨殘煙，孰非傷心之邑？鳴雞吠犬，盡作斷腸之聲。宿草先塋，孰薦一盂之麥飯？喬木荒閭，已入三年之禾黍。是用依依，焉能鬱鬱！涼秋塞外，不堪吟嘯之成群；暮春江南，遐想雜花之滿樹。嗟我流離瑣尾之屬，孰無哀痛憤惋之心？云云。"

被虜在船中，夜半聞鄰船有女子哭罷而歌，聲似裂玉。自一家之沒，兩眼已枯。此夜衣盡濕，仍占一絕曰："何處竹枝詞，三更月白時。鄰船皆下淚，盡濕楚臣衣。"又一日，賊船掠而過，有女子疾呼，出而問之，乃公之愛妾也。分載之後，謂已爲鬼，至此始知其生。千般哀訴，耳不忍聞。自是夜輒痛哭，竟不食而死。遂賦一絕曰："滄海茫茫月欲沉，淚和凉露濕羅襟。盈盈一水相思恨，牛女應知此夜心。"

賊魁秀吉死，埋於北郊，其上做黄金殿，撰其門曰："大明日本，振一世豪。開太平路，海月山高。"公常出遊，以筆塗抹，題其旁曰："半世經營土一抔，十層金殿謾崔嵬。彈丸亦落他人手，何事青丘卷土來?"倭僧舜，首座者，謂公曰："向見大閤塚殿所書，乃足下筆也，何不自愛?"云云。

先時，全羅左兵虞俟、李曄被虜於清正，送之秀吉。秀吉待之極厚，帳御飲食皆如伊所居，曄盡散錦綺，交結被虜人，買船西出。行至赤間關，追者已至。曄引劍自刺，墮海中。賊鉤出其屍，掛樹上。曄頗能文，將發船賦一詩曰："春方東到恨方長，風自西歸意自忙。親失夜筇呼曉月，妻如晝燭哭朝陽。傳承舊院花應落，世守先塋草必荒。盡是三韓侯閥骨，安能異域混牛羊?"公仍步其韻曰："將軍氣概與天長，何者翻論此去忙。義骨樂沉東海底，清風遙接首山陽。筇頭好受秋霖洗，埋土寧教塞草荒。萬卷書生無面目，兩年窮髮牧羝羊。"

有一倭僧極知禮，贈一絕曰："初逢賢聖夢耶真，堪惜高人客裏身。見月見花應有恨，扶桑銷盡戰爭塵。"公次曰："雪髮霜眉創見真，胡雛羌老見前身。清詩洗盡泥中恨，帶劍諸奴隔幾塵。"後得還官直講而卒。

《晚窩雜記》：丁酉亂，姜沆全家被陷，再投水，爲人救，不死，自倭國脱還。沆在倭時，一倭將寄扇，以詩謝曰："一幅溪藤陣陣風，寄來深荷丈人情。偷生每恥看天日，從此殊邦掩面行。"倭人稱歎。

《東詩叢話》：姜沆，號睡隱，五歲能屬文。丁酉之難，被所執，不屈投水，因水淺未死。有詩曰："平日讀書名義重，後來觀史是非長。浮生不是遼東鶴，等死須看海上羊。"及秀吉死，公放還。權石洲以詩爲訂曰："鍾儀雖在晉，王蠋不降燕。節爲看羊落，書應賴鶴傳。"

【按：姜沆(1567—1618)字太初，號睡隱。籍貫晉州。成渾門人。通曉經史百家，傳性理學於日本，培養甚多名儒。其人物畫亦著名。著有《看羊録》、《雲堤録》、《巾車録》、《綱鑑會要》、《左氏精華》和《文選纂注》。今傳《睡隱集》。其詩雄深敏妙，正氣凜然。《箕雅》收其七絕一首。】

尹忠源　　**元衡之孽子。**

《光海君日記》卷一一八：九年八月甲辰。傳曰："尹忠源兎山縣監除授……忠源,乙巳權奸元衡之賤産也。李爾瞻薦爲教授。忠源納基新闕,多行賄賂,至有特除之舉。”……八月壬戌。司憲府啓曰:“納基要功,爲人則在所不問。泰川縣監尹忠源旣授堂上之加,已極過分,至於除實職,又至於爲守令,物情莫不駭怪。如此之輩,行路指笑,吏卒羞爲之下,非但决不可臨民。乃父元衡,萬口咸曰權奸,尚在罪籍,雖是嫡子,非有卓異才能,不可通仕路。况其孽産而人亦酒妄乎?我國先觀門地所出,賤卑如此判然,詎能堪任?請亟還收成命。”答曰:“參酌除授,何至不堪?毋庸煩論。”

《光海君日記》卷一一九:九年九月癸亥。司憲府連啓:“尹忠源非但權奸之子,非文武發身而且是孽産也。鄭澈雖曰權姦,亦異於元衡。而其嫡子宗溟,以文科壯元,見擬於守令之望,先王下其望而嚴譴銓曹。其時判書緣此被遞,事在不遠,人孰不知?忠源特以納基之故,至授實職,又授臨民之官。設使非權姦孽子,人亦可用,而因其所納除職,豈但有乖於政體?渠不敢舉頭於稠中,比肩衣冠之列也。人主酬勞之典,不在於官爵。名器一溷,朝著不清,非細故也。請尹忠源還收成命。”……答曰:“不允。”

《光海君日記》卷一二〇:九年十月甲午。司憲府啓曰:“……臣等於尹忠源,請還收成命者,實出於惜名器,而重臨民之任也。若換畿甸之邑,則雖有饒瘠之懸,同是六品,而皆實職也,皆守令也。其父何如父也,其母何如母也?所可道也,言之醜也。古有銅臭之說,爲千古所譏,豈意土臭、石臭之言,又出於聖明之世?請亟還收成命。”答曰:“尹忠源事,朝廷旣已許通,酬勞除職,則此非固爭必勝之事也。毋庸强煩。他餘事依啓。”(尹忠源初除泰川,憲府論之,特命與畿甸守令相换,故復有此啓。)

《光海君日記》卷一二一:九年十一月癸酉。禮曹啓曰:“詩學教授,必得能詩人所共知者,然後擬望,故三望亦不能備,而只以一人啓請矣。尹忠源遞任之後,尚未塡差,童蒙每每來訴。前教官池達海,本以詩鳴世,年雖已老,精神不錯,操行亦高,可以師表群蒙。請今政,詩學教授,依尹忠源例,單望差下。”傳曰:“允。”

《光海君日記》卷一三三:十年十月己卯。以……尹忠源爲同福縣監。(忠源,元衡側室子也。以納基,至陞堂上,除授守令。)

《光海君日記》卷一五二:十二年五月辛卯。司諫院啓曰:“民生休戚,係守令賢否。而其虐民貪饕者,雖或彈劾,自上例下‘徐當發落’之教,仍令監司查覈以啓,是重監司而輕臺諫也。爲監司者一循私意,查覈不公,使貪暴之輩仍存其職,益肆侵漁,無告之民已至流散。其蠹國病民之害,莫此爲甚。自今以後,請勿降‘徐當發落’之教、‘監司查覈’之命。守令仍任之弊,本院既已陳啓，至於蒙允，而曾未數日，以同福縣監尹忠源，又下仍任之教，臣等不勝驚惑之至。况忠源以家代至蒙聖恩，屢受莅民之任，渠當盡心職事，而縱酒虐民，民不堪命，如在水火之中。如此之人，决不可一日仍在其職。請先罷職，還收仍任之命。……”答府院曰：“徐當發落。”

【按：尹忠源(朝鮮光海君時人)，尹元衡庶子。其詩宛轉有致。《箕雅》收其七絶一首。】

梁慶遇 **字子漸，號霽湖。大樸之子。宣祖朝登第，參重試。常爲製述官，官止縣令。**

《朝鮮正祖實錄》卷四五：二十年八月辛巳。右議政尹蓍東啓言：“壬辰義兵將梁大樸、其子慶遇，身後褒尚之典未免寂寥，宜有加贈。”教曰：“此人倡義先於贈領相高敬命，勇斷優於忠武公李舜臣，而殺身危忠與兩人同歸。一閲遺集，英爽勃發，如見其上馬討賊，下馬草檄之狀。向於禮判入侍也，以朝家崇報之尚欠稱當，并其遺集之板本，不戒于火，指示丌上斷爛謄編而咨嗟之。卿之所奏，政合予意。贈戶曹參判梁大樸加贈正卿，賜諡祭。內藏《青溪集》及《倡義錄》，令內閣下送道臣處，開板印進。其子太常正梁慶遇，忠勇勁直，政是肖子。文章、筆翰，猶屬餘事。况棄官於戊子，遯跡於癸亥，節義圓全，豈或泯然？加贈一階，其所著《霽湖集》，一體印進。”

《海石遺稿·贈判中樞府事兼兵曹判書梁公大樸謚狀》：子慶遇號霽湖，官太常正。有文章節義，克趾其美。壬辰，從高公軍于漂陽。乙未，募民粟七千斛以濟天兵。癸丑，當光海政亂，棄官不起。至是特贈吏曹參議，與公同旌一閭曰“父子忠義之門”。

《霽湖集·序(金塗)》：梁正字燾儼然在憂服中，自龍城走人抵京師，書謂余：“吾先祖蚤從事於詩，游遍諸名公間，然莫如公之親且舊也。今將裒集其遺稿若干卷，入于梓而壽其傳。請公之一言以弁之。”又曰：“吾先祖之行與事，卽公之素所知也。黯黮受誣，飲恨而歿。地下之目將不得瞑矣。願公之一言而白之。”余喟而曰：孝哉梁子也。夫孝子慈孫之於其父祖也，猶欲是非而修之，有亡而張之，况是是而有有者乎？於乎！唐詩之不傳於世久矣。近世操觚之士或有意於唐，而不過掇拾晚唐之餘，似追躡其影象，氣則漓而下矣。梁君子漸獨慨然於古曰：“士生天地間，與其不能鼓皇風振大雅，鳴國家之盛亡。寧作草間之秋蟲以自鳴其不平爾。如欲尋絶響於象外，得津筏而泝流，捨唐而何從哉?”乃取格於中晚，取法於西崑，自成一家之言。而尤工於近體五七言，以此名一代。世之名公卿大夫苟能致力於詞翰者，皆欲使出其門，而非君意也。吾舅西坰柳相公儐接朱、梁兩詔使，辟君爲製述官。及余之忝儐姜、王兩詔使，又以是辟之。此是詞人之極選，人人之所目屬而心豔者也。前後檄召獨及於君，名之所在，謗之所歸，忌娼者群起而呶呶，坐此坎壈，終不能自振。豈古所謂詩窮者非耶？雖然，偃息逍遙，惟適是安。嘯傲江山，吟咏風月，耳之所得，目之所寓，無非詩也。以此終其身名後世，則向之呶呶之謗如風於水，如雪於晛，漫瀾消釋，都不見形迹。烏在其爲窮哉？余以爲非詩之窮子漸，乃所以成子漸。世必有能辨者矣。丁亥七月之上澣，北渚金瑬序。

《清陰集·梁子漸詩集序》：帶方之梁，世以詩名。迨余所遇，有點易子者，字子漸，其受才益高，造辭益清，議論非盛李以上不厝舌。至眉山諸家，視之無如也。每一篇出，好事者爭相傳以誦，一時詞苑名流無不折行爲交。蓋少時從其先人與聞崔白之論，及與鳴皐任錪合，常曰："詩不貴多，惟當直溯眞源，以不失千古正脈耳。"昔余從西坰柳公遠迎詔使于龍灣，竹陰趙公怡叔、五山車君復元同在幕中。兩人世所稱鴻匠鉅筆，頃刻累千言，意氣甚豪。子漸在傍不少降色，獨尋窅遠之境，探驪得珠，自以爲喜也。約以私稿一本寄余，以余之好之也。遽成存歿，遺恨九泉。今者其孫正字爀繼其父志，謀壽梓傳，發篋抽秘，務以歸之至精。千里走書以敍請余曰："此祖父顧言也。"余方負茲飾巾待期，奚及乎文字也。特以夙好係心，且嘉其子若孫能嗣家風，代管略述如此云。丙戌仲冬第三日，石室山中七十七歲翁序。

《霽湖集·跋(自撰)》：嘗聞鄭湖陰自六十輟賦詩，以氣衰也，況其餘人乎。余今年亦六十矣。搜出向前詩稿陳篋中，盡刪去之。十取二三，彙爲詩二卷、文一卷，令兒輩書之，以遺後嗣，欲踵湖陰之意也。從今絶筆，勿令傷垂老心肝。然或被人苦索，不免略有吟詠，則當作續卷矣。半生做功於無用之地，到老思之，只堪一哂。士生斯世，自有心學上樂事，何必區區詩律爲哉？丁卯冬書。

《霽湖詩話》：余與車五山行至龍灣，五山邀余往遊九龍臺。至則層崖矗立，萬仞臨之，可以望中華山川、靺鞨地方。其下泓渟深黑，怒濤洶湧，即九龍淵也。五山命席坐其上，使侍者連粘紙五六幅，進筆硯，將欲以窮我。僕竊料此翁不可與爭多，宜速賦一詩，走避其鋒也。乃書短律一首，先以示之，五山之作已就二十許云。以左手卷紙而韜其詩，側面而見余詩訖，吟呻數三聲，促令僕從整駕，遂馳還其寓。余又強問其故，五山笑吐實曰："吾平生所喜用文字即'六鼇'兩字，吾詩中既以六鼇對九龍，爲君所先，神氣忽沮，故罷還而。"相對一笑。蓋余詩有"山從六鼇戴，江到九龍深"之語故云，儐相聞之爲一捧腹。

《菊堂排語》:古今人賦雪何限,而"天空飛有態,江闊落無痕"之句,天然無斧鑿痕,不知何人所作也。霽湖梁慶遇詩"歲盡寒逾苦,窮廬掩病軀。酒錢誰借與,詩興亦全無。雪徑才通井,風枝不受烏。北來梅事晚,歸夢繞南湖。"摸寫雪中景亦工。

天啓丙寅,詔使姜曰廣、王夢尹出來,昇平金公瑬爲遠接使,鄭畸翁弘溟、鄭玄谷百昌、李玄洲昭漢爲從事官,迎慰使鶴谷洪公瑞鳳、澤堂李公植,製述官梁慶遇,亦一時人才之盛也。梁爲五言律呈儐相:"戍鼓傳更促,殘蟾隱孤城。邊聲何夜静,旅夢此時驚。忽忽愁難遣,區區計未成。幽窗不肯曙,鵾鷄最先明。"儐相次之曰:"促傳趨王命,攜書臥塞城。危衷易自感,虚彈向來驚。幕府添才俊,詞壇讓老成。龍泉欲一斫,休作不平鳴。"畸翁亦次之曰:"夕雲遙慶塞,晴月進臨城。絶域此相見,衰顔各可驚。石村餘舊業,水榭問新成。静想懸簷磬,風來夜自鳴。"

《小華詩評》:霽湖梁慶遇曰:"李東岳宰秋城時,與僕登俯仰亭賦詩,僕敢唐突,先手領聯云:'殘照欲沉平楚闊,太虚無閡衆峰高。'自以爲得雋語。東岳次曰:'西望川原何處盡,東來形勝此亭高。'下句隱然如老杜'海右此亭高'語勢略似。可謂'投以木瓜,報之瓊琚'云。"以余觀之,東岳詩雖似圓轉無欠,終不如霽湖新清突兀。豈故作耶?霽湖嘗作詩曰:"殘花杜宇聲中落,芳草王孫去後青。"以爲警聯。東岳見而笑曰:"此詩直說無曲折。"因誦自家詩曰:"海棠花下逢僧話,杜宇聲中送客愁"。李、梁詩雖無淺深,作法自有巧拙。學詩者於此的有所見,則可與言詩。

《詩評補遺》:梁霽湖慶遇工於詩,必百煉而後乃出。其《夜吟》云:"病葉敲秋盡,愁窗得曙難。"《途中》詩曰:"古墓山花落,春田野水分。"又云:"臥犢眠猶齕,饑烏噪更飛。"《逾天嶺》云:"谷禽巢在穴,叢木禱爲祠。"《七月夜》云:"愁繁旅枕秋逢雨,癖在雲山夢見僧。"《愁院》云:"村童拜客唯相笑,野婦簪花不解愁。"《初夏》云:"桑葉掩籬蠶滿箔,麥芒齊屋燕迷巢。"《夏吟》云:"眠蠶入繭桑園静,乳雀將雛麥隴深。"皆極其工致。鄭畸翁嘗過雞龍山下,於霞霧中忽然有聲曰:"文章梁慶遇亡矣。"後聞霽湖亡日乃其日也。豈其山神來報耶?吁亦異哉!此語嘗聞于東溟鄭老。

【按:梁慶遇(1568—?)字子漸,號霽湖、點易齋、蓼汀、泰巖。籍貫南原。梁大樸子。張顯光門人。宣祖三十年(1597)以參奉別試文科及第。由竹山、連山縣監陞任判官。光海君八年(1616)文科重試及第,任校理,後陞至奉常寺僉正。追贈吏曹參議。著有《霽湖集》今傳。其詩清新突兀。《箕雅》收其七律二首。】

朴慶新　　**字仲吉，號寒泉。宣祖朝登第，官至監司。**

《光海君日记》卷一八二：十四年十月壬午。以吳汝檼爲副應教，朴慶新公洪道觀察使。（……慶新丁酉年爲全州府尹，賊陷南原，天將楊元敗遁。慶新望風逃竄，宣祖遣使誅之，慶新從間道上京，因緣唐將得免。至是，潛結宮禁，累叨方伯，稱以助工，多獻米布，以固其寵。）

《東閣雜記》：丁酉天朝發兵來援。大將楊元守南原，陳某守全州。賊大舉攻陷南原，兵使李福男、府使任鉉、接伴使鄭期遠等皆死之。楊元突圍，僅以身免。全州府尹朴慶新聞南原失守之奇，稟帖于天將，請棄城而去。不從。州人至殺把門唐兵，慶新斬關而逃。於是賊蹂躪下三道郡邑，長驅至稷山，京城洶洶。

《效顰雜記》：朴斯文慶新，戊己年爲嶺南方伯，爲政頗有所憾。而猶聞慶一縣以殘弊之故，得蒙寬假。縣民德之，立碑馬豐院路上。刻曰“慶尚道巡察使朴慶新善政碑”。議者曰：“朴之政偏於一縣，不咸於一道。‘新’字下‘善’字上當添‘聞慶縣’三字也。”人有作一絶曰：“甘棠治化擬無爲，六十餘州一縣知。莫笑殘民留片碣，勝他元祐黨人碑。”

《艮翁集·晚峰先生朴公墓誌銘》：五代祖諱慶新，禮曹參判，贈左贊成，號寒泉。

【按：朴慶新（1560—1626）字仲吉，號寒泉、三谷。籍貫竹山。文科及第。壬辰倭亂時任密陽府使，殿試表現卓越受褒賞。丁酉再亂時，身爲全州府尹棄城而逃，被罷職。後任刑曹參議、光州牧使，光海君時爲判決事，贊同廢母論。仁祖反正被罷職。李适之亂，因未扈從仁祖之罪遭門外黜送。文名甚高。其詩氣象濶大。《箕雅》收其七律一首。】

尹安性　　**字季初，號冥觀。坡平人。宣祖朝登第，官至兵曹參判。**

《朝鮮宣祖修正實錄》卷四〇：三十九年十二月乙未。遣回答使呂祐吉、慶暹、書狀官丁好寬等入日本。家康累請信使，而朝議難其名，久不許。至是，家康致書固請，遂以回答爲名而遣之，人皆以國讐未復，徑許信使爲非。前參判尹安性作詩，贈別祐吉曰：“使名回答向何之？今日君行我未知。試到漢江江上望，二陵松栢不生枝。”一時傳誦。時柳永慶久執朝權，賄賂公行。有南邊水將以一舡米遺永慶，而稱以訓鍊都監軍餉，都提調李恒福聞之，取其船所載，輸入于都監。又一武夫納賂於永慶，得除萬戶，有同名者來爭肅拜，聞者無不失笑。安性又有詩曰：“都監坐得全舡米，萬戶來爭肅拜名。若使此言聞塞外，東倭北狄自然平。”

《白軒集·兵曹參判坡陽君贈吏曹判書尹公墓誌銘》：公諱安性，字季初,號冥觀。坡平人也。……公以嘉靖壬寅生。登萬曆壬申文科。癸酉補成均館職,出平壤教授。甲戌遷成歡察訪。丁丑例兼奉常寺職。己卯坐事罷。辛巳轉典籍。壬午宰抱川縣。癸未以儒將拜北評事。時北鄙聳,中外恟懼,人多規免,公聞命卽行。危公者爲之言,公怡然曰:“不有今日,何以展素志?”乙酉拜刑曹佐郎。丙戌出慶尚都事,歷平壤庶尹漢城判官。己丑除南原府使。壬辰之變,亂民相扇,劫掠官倉,大肆屠戮。公卽挺身躍馬,且射且斬。吏或手轡曰:“此何時也? 獨不念屬眷乎?”公厲聲曰:“有官守者寧顧家!”遂立斫數十人,一府乃定。於是收拾餘燼爲死守計,方伯引爲中後營將軍。龍仁方伯宵遁,公一晝夜馳還府中,殫竭心力,收集散卒,鬚髮爲之白。甲午以軍資監僉正出忠州牧使,入爲濟用監正。乙未歷軍器寺正、司憲府持平、知製教,加階爲穩城府使。有胡騎千餘搶掠邊氓,公使判官追之而畏不敢。公乃奮發督戰,遂大捷。威信竝著,人皆畏慕。官滿將歸,藩胡等願借一年。宣祖降旨褒之曰:“知爾持身清謹,愛民如子,盡心官事,凡百一新。所屬藩胡愛戴感慕。予甚嘉之。”遂賜表裏一襲,仍任焉。旣一年歸。己亥以聖節使朝燕還,除承旨辭遞。庚子復拜同副承旨。辛丑自右副承旨至左承旨,遞拜戶曹參議,知製教常帶焉。出尹慶州府。壬寅陞嘉善,爲北道節度使。胡人相慶曰:“尹令公又來矣。白髮清德,活我遠人。”癸卯病遞,秋出海州牧使。有殺人之獄疑不能决者,積年所,公至立决,一州服焉。甲辰解歸。乙巳判决事兼副總管、同知義禁。丙午拜兵曹參判,遞直總府。聞回答使辭朝,遂題一絶曰:“使名回答向何之,此日交隣我未知。試渡漢江江上望,二陵松柏不生枝。”大忤當路,仍辭遞。戊申復兼副總管、同義禁。秋觀察湖南,陞嘉義。巡歷水陸,不遺深奥。亂後邊將之移駐村閭者,督還舊所。旬月之間,器械一新。時守令有以辦糧械覬賞者,公以其職分當爲,絶不褒聞。常以虛譽欺君爲戒。己酉遞授同知中樞兼副摠管,遷漢城右尹左尹。庚戌刑曹參判。辛亥自西樞出襄陽府使。公素甚疾惡,逆賊金直哉怨之久矣。乃於壬子之獄,搆誣極慘,事將不測。光海卽釋之曰:“先朝老臣,恐瘐死獄中。”故放之。癸丑錄翼社功臣三等,封坡陽君。冬出洪州牧使,以官謗罷歸。乙卯六月疾病,家人爲迎醫治之。公不許曰:“八十之翁,何所不足。而乃見醫爲?”九月十四日卒于青坡里第正寢。得年七十四。贈資憲大夫吏曹判書兼知經筵春秋館成均館事、弘文館大提學藝文館大提學、世子左賓客。是年十一月大葬于江陰縣南春明山第二岡乙坐辛向之原,家塋也。……公七歲丁內艱。九歲丁外艱。常曰:“先君撫我曰‘我命當有貴子。汝有政事才,必其人也’。今竟頑然,恐負先君望。”言輒流涕,至老不衰。事伯仲如嚴父愛敬兼篤,每暫別,依依然不忍相捨。及沒,切切焉哀未已。性喜潔静,蒲團烏几不留點塵。閑居好植松竹,又最愛鶴,常以一隻隨之。爲文辭去陳言,尤長於詩,不事掐擢而韻格清警,一時詞林推以爲首。讀古史至歷代危亡處及見人忠義,輒悲慨不自勝。平生好看《出師表》、《離騷經》,書諸左右,諷詠不輟。爲州郡必建精舍,扁曰"夢君捧日"。公餘,日吟"危樓望北辰"之句。京第鄉居,皆以"亦樂"揭號,蓋取窮亦樂之義也。

《漫浪集·冥觀集序》:嗚呼!此故參判尹公冥觀居士之遺藁也。詩若干文若干,幷彙爲一卷。公於翰墨早成堂奥,擅名當世,膾炙人口亦盛矣。今之篇竹若是其不夥何也?蓋公平生未嘗留心於章句之末藝,而毅然直以兼備之材自負。雖其褰帷南服,按節北鄙,身都亞卿之位,而不足以展素抱也。於是有憤懣慷慨者則肆筆揮灑,有無聊不平者則寓興吟詠,俊逸清越而有傲世之高致,切直明白而有傷時之雅操。游戲跌宕,自發於言語文字之際,而使人聽聞便可起立。抑何必縱臾藻繪,役用精神,務夸耀耳目如俗儒之爲哉?故公卒之日而巾衍不藏,篋笥無貯,散逸殆盡。所存而傳者,特諸子之收拾一時之騰誦而已。然則求知於人,固非公之志也。而善述之道,有不可不剞劂而行之者。昔紫陽朱夫子謂陳宗之曰:"先祖有美而子孫不能知,是不明也。知之而不能暴白以傳於後,是不仁也。"又嘗編韋齋之遺文。豈可使爲公之雲仍者,獨泯泯焉無聞乎。見其書思其貌,思其貌體認其心,斯爲善矣。噫!文章雖餘事也,而由中著外,亦足以觀其性情。如"二陵松柏不生枝"之詩,據此一篇可以概想公忠義慣發之氣像也已。公坡平人,諱安性,字季初,冥觀其號也。公之仲氏僉正君諱存性,亦以詩鳴于世。今有三篇得諸亂藁而附之末云爾。崇禎元年三月日,昌原黄某謹識。

《效顰雜記》:三十年前,余與尹斯文季初論色欲,余曰:"以蘇武之勁節而猶娶于胡,李陵所謂足下胤子無恙是也。"尹曰:"此當時杜撰,而或後人僞增之言也,何可取信?"余不能對,後讀《名臣言行錄》者,洪适所言,則"武之子死于上官桀之亂,遠贖胡出,使奉其祀"云。則李陵之書非杜撰僞增也明矣。意者天不欲絕蘇氏之後,誘其衷而使之然歟?

《逸史記聞》:丙午冬,日本國王源家康修書通好,縛送犯陵賊二名。其一名年二十餘,壬辰年未五歲也。領議政柳永慶設三省于司僕寺,鞫問而施刑,自以爲雪國恥,人皆笑其謬妄。遣吕佑吉、慶暹、丁好寬爲回答使如日本。參判尹安性作詩送之曰:"使名回答去何之,此日和親意未知。試向漢江江上望,二陵松柏不生枝。"此作傳誦於洛下,而爲識者所歎賞。

【按:尹安性(1542—1615)字季初,號冥觀、亦樂。籍貫坡平。著有《冥觀遺稿集》今傳。其詩俊逸清越,切直明白。《箕雅》收其七絕一首。】

朴東説　　**字説之，號南郭。羅州人。宣祖朝登第，官至監司。**

《朝鮮宣祖實録》卷一五九：以……朴東説爲議政府舍人，……（東説爲人兇譎，與其弟東亮皆慕毒澈之爲人，以其戕賢逞憾爲能事矣。）

《朝鮮宣祖修正實録》卷三七：三十六年二月戊子。以朴東説爲議政府舍人。爲人凝重醇厚，未嘗有傾軋偏黨之心，而《實録》斥之以戕賢逞憾，記事之不公甚矣。

《二樂亭集·議政府右贊成朴公墓誌銘》：議政府右贊成朴公諱説，字説之。生于甲申，終于丁丑，壽五十四。有名望賢德而年未遐，嗚呼痛哉！朴是密陽著姓。……公自少好學，早年成就。中成化癸卯生員試、弘治己酉文科。選補承文院副正字，轉陞正字、著作、博士。乙卯拜司憲府監察，選入弘文館爲修撰，遷吏曹佐郎兼承文院校檢。自是至陞堂上，常帶承文職。丁巳中重試，爲弘文館副校理，尋遷戶曹正郎。己未陞司宰監僉正，歷承文院校勘，拜司憲府掌令，復入弘文館爲副應教。庚申還拜掌令，轉陞軍器寺副正、司饔院正、奉常寺正、弘文館直提學兼藝文館應教。藝文應教，必選將主文衡者授之，乃高選也。壬戌陞拜副提學。癸亥拜承政院右副承旨，轉陞都承旨，特授嘉善階，尋遷刑曹參判，歷戶工兩曹參判、同知中樞府事兼同知春秋館、成均館事。戊辰拜吏曹參判。己巳特陞工曹判書，尋拜司憲府大司憲，又陞爲議政府右參贊兼都摠府都摠管。庚午遷禮曹判書兼知義禁府事、弘文館提學。未幾遷吏曹判書，轉歷工刑兩曹判書、左右參贊、大司憲、吏禮曹判書。丙子陞拜議政府右贊成。嗚呼！公之操守有方，所得於中者不淺。其措諸事業，自有規畫。早年歷敭，出入臺閣、經帷，再判工禮兩曹，三判天官，四長憲臺，五爲參贊、贊成，人望愈重。公少喪嚴親，追慕不衰，奉慈氏誠孝益篤。處兄弟友，待朋友信。謹愼自檢，與物無忤。其修於外内者如此，眞整飭君子人也。嗚呼！使斯人不久於世，天理冥冥，其終不可信耶？卒于是年之二月十四日，越四月二十五日，窆于高陽郡治南多院里某坐某向之原。哀哉！

《象村稿·觀察使朴公神道碑銘》：公不力於文而詞致素高。涉獵典墳，一下數行。自經史百家，以至皇明國朝典章故實，人物出處，無微不涉，而能折其衷，雖博士掌故莫及焉。其當製誥，華而能典。爲詩清新有法，廢居松楸，鼇城李公亦屏迹東郊，嘗來往方羊。李公之竄也，公贈小絶曰："平生竹如意，相送子陵臺。"蓋用謝翺送文山事也。措語悽激，人爭傳之。

【按：朴東説（1564—1622）字説之，號南郭。籍貫潘南。朴東亮兄。著有《鳳村集》。其詩清新有法。《箕雅》收其七律一首。】

朴東亮　**字子龍，號梧窓。東說之弟。宣祖朝登第，二十六拜知申，官至判義禁，錦溪君。**

《朝鮮仁祖實録》卷三一：十三年二月丙戌。前錦溪君朴東亮卒。東亮少通敏，有才局。壬辰之變，以兵曹郎扈駕西狩，臣僚盡散，東亮常兼六曹郎及内乘、備局郎，協贊廟算，宣廟大器之。年二十五，自吏部郎，擢拜承旨，三十而陞宰列，策勳二等。光海朝以判義禁參鞫壬子獄，務欲平反，見忤削爵。及癸丑禍起，武人鄭浹自誣服言"國舅金悌男與七臣共謀，推戴大君"，竝下獄。初，宣廟大漸，宫人用巫卜妖說，詛呪裕陵，諸朴欲捕治其行凶者，悌男不許，故常憤之。至是，東亮供辭引其事，以明平日與悌男不相能，而丁巳廢母論起，兇徒掊摭東亮供辭，以爲罪狀慈殿之地。及反正，言者以此請罪，安置極邊。久之量移，尋放歸田里而卒。

《樂全堂集·錦溪君朴公東亮行狀》：公諱東亮，字子龍，梧窓其號也。朴氏系出羅祖。羅社既屋，諸朴散居四方，而受籍於潘南者爲最大，潘南後隸羅州。……公自在孩提，穎拔出群，識量類成人。三歲染痘幾殆，能強進瞑眩之劑。稍長受書，不煩課讀。九歲夜寢，忽遇暴雷雨。起整衣坐，誦古人必變之節以自警，人咸異之。從諸父廬墓，先意奉承，執事敏恪。世父牧使公應川家法素嚴，且有鑑識。設問以觀公志，公對輒當理，期以遠到。纔成童文譽藉甚。十七發解，自是試輒高等。己丑中生員。庚寅釋褐。辛卯分隷承文院補權知正字，俄薦藝文館檢閲，序陞待教奉教。是年秋日本書契誖甚，宣廟御朝，引群臣論奏聞當否。公以史官秉筆入侍。大司憲尹斗壽力請奏聞，左相柳成龍執不可奏，諸臣互相和附，辭說紛然，日晏乃罷，而記注者不能記一語。及上徵注書記注，承旨強索公所草以進，收錄詳盡。上詔之曰："此翰林書經筵位次筆也。"時機柘日甚，善類迸竄，公與崔沂僅備左右史，議薦李公廷龜。憲府遽劾李公削薦，而并及舉者。崔沂緘辭，頗涉推諉。而公乃盛言李公才地合薦，竟以是罷免。冬敍復奉教。壬辰正月陞戶曹佐郎，尋移兵曹。四月倭寇大至，將士出征，兵甲轉輸皆取辦於公。公應副無缺。西狩之舉，出於倉卒，天又大雨。夜四鼓下，公隨駕暮抵坡州。路且百里，上下餒乏。上爲小留，公與同舍郎一人，發橐茹糗，追至則駕已渡臨津。船艤北岸，有令鑿沈津船。東岸只有一船，篙工捩拖離岸丈餘。公望見舟中有憲官列坐，一躍而登。一手拉倒篙工，一手援同舍郎入船，相趣而進。夜已深矣。上獨御單舸，環衛散亡，無復威儀，命公同都承旨李恒福召收擔夫。公手一炬，行且呼，得夫六十人以報，車駕始成行。公失馬，與同舍郎并騎一騾馬，始達東坡。至松都，公與判書金應南直宿行宫。衛卒夜驚大噪，金公亦倉黄驚噫，排門欲出。公力持之，良久乃定，服公膽勇，兼帶備邊郎。五月拜司諫院正言。大臣以備邊事重，啓遞正言，仍兵曹。駕留平壤月餘，臨津師潰，賊鋒日逼。宣廟召群臣議去住，皆以咸興可往。公以爲我往寇亦往，與尹公斗壽、李公幼澄請守浿江，爭之不得。平壤民猝聞大駕將出，相率遮路，叫噪亂擊曰："棄我而去，是殺我也。寧死於駕前，毋飽賊刃。"公入見承旨謂民情如此，須姑停行，慰諭然後方可發也。遂稟經，書"停行"字揭示，亂民稍退。駕次寧邊，決渡遼内附計。命光海奉廟社主分朝，大小臣僚先已遁去者多。分朝之後，扈從大駕僅僅十餘，郎屬止公一人。公既綰六曹通符，又兼備邊郎春秋館漢學教授内乘等職。至博川，天黑樹密，前衛單甚。公從曹判書李公恒福騎，掠御馬過，領前茅先導。宣廟問知爲某某，益重之。大憲公以老病屬分朝，到定州。勞暴下，臥不能起。公疏乞留侍，手批許之，賚以成藥。大憲聞之，蹶然而作。疏陳："臣老病不任從上行，不忍臣之子先父而後君也。"公遂扈大駕而發。辭決之際，悲動左右。七月授吏曹佐郎知製教。十月陞正郎。事務轉殷，上承下授，手書口酬，渙然若神，宰相無不器重之。車駕久住義州，天兵出援，賊勢小戢，朝臣之散去者稍稍來集。醜正之徒窺覬媒進，或投疏或進啓，陰嘗天心，以惎當事者。論議憤激，勢將波及於李文翼公德馨、金相應南等數公。公在銓地持平其間，務在鎮靜。擬授李文翼以都憲，喜事者滋不悦。公遂謁告不出。先輩長者如梧陰、藥圃諸公貽書勸駕，而牛溪先生書最爲宛篤。至躬自過存，勉以世道之責。義州爲狹邪都會，從行朝士，久客經歲，自非篤老，胥不免狎遊。公鄙之。非公事，未嘗造請。昏夜則輒閉門不出。癸巳五月移成均館直講。七月復吏曹。公素習華語，從上接對天將，日或十餘遭。每當酬酢，悉咨於公。恩意款密，有若家人父子。公嫻於辭令，敏於周旋，天將無不目屬之。十月回鑾次海州。承旨缺，超公八階授之。公聞命震惕，累辭不許。序至左承旨，時年二十五矣。甲午遞授護軍兼承文院副提調，轉刑曹參議兵曹參知。秋拜都承旨。以知申地望崇重，非年少所宜據，不拜。復授刑曹，俄拜參知。乙未以接伴使赴義州。冬以病還拜兵曹參議。丙申移户曹。相臣啓授備邊司副提調，爲公特設也，力辭獲解。以成均館大司成，充冬至使朝京師。丁酉復命，拜兵曹參議。倭警復急，中殿出次遂安。公以兵官扈行，用宗室攝摠管宣傳官，糾率侍衛，夜濟麻田前津。夜深船小，宫人相失。公杖箠指麾，賴以利涉。冬以都承旨召還。聞朝廷將南下堤川，策應天兵，而謂天將實欲挾上戎行。從臣之與選者咸有懼色。公拜疏請從。戊戌加嘉善階。賊報稍緩，爲親老乞郡，得延安府使。爲政數月，吏民稱神明。七月大憲公病不起，與二兄從治命，返葬于楊州先塋。以寇亂未靖，奉几筵及林夫人，寄寓於安州村舍。庚子移駐延安。六月懿仁王后上昇，公扶衰赴臨。九月公除以護軍兼摠管入朝。以大臣不能鎭定妖說，山陵之役愆期未就，疏論之。俄拜大司憲，糾正官邪，臺端肅然。辛丑移吏曹參判。一意愼簡，必先耆宿。尋以同知春秋館事，奉安《國朝實録》于妙香山，兼同知經筵事。還拜禮曹。六月出爲京畿觀察使，病辭遞。宣廟遣御醫齎藥餌輟御廚以賜之，至冬而穌。遂具疏與牋陳謝，且乞郡。宣廟讀至牋文"與死爲隣，莫保蟻命；可生之道，專荷鴻恩"之句，諷詠良久曰："對偶語意俱極切當。斯人雖久病，精神不減。"手批勉以將息，不許外補。壬寅春，詔使涖境，賂金之窾大啓，民不堪命。拜公京畿觀察使，措處獲宜，得華人歡，而民力用紓，一道稱之。幕官欲行非道，見沮於公，反造言中之。公乃辭遞，拜禮曹參判。冬出爲江原道觀察使。巡歷之餘，遍訪名區。携一二布衣故人，觴詠甚適。過寧越郡，酹魯山墓。暨納節侍經席，進啓魯山之墓香火久斷，斧斤不禁。中廟嘗遣承旨申鏛致祭，宜舉廢典。宣廟亟遣承旨祭之。秋拜都承旨，遞拜戶曹，俄移兵曹。甲辰録扈聖、宣武、靖難三功臣。公建議吾輩執羈靮者猶謂之功，出生入死辛勤戎馬者勞績何翅萬倍？宜加録武將，以慰戰士心。識者韙之。已録正勳，當收原從。公兼綰扈從宣武兩局，宣武則水陸征戰，請援輓漕，接應天將。籲奏祈恩，色目如毛，眞贋混淆，號訴塡咽，文簿轇轕。公曲加辨别，取舍不紊，胥服其公明。時倖相首發上尊號之議，政府率百僚伏閤而請。宣廟執撝謙，久而不許。首揆尹承勳欲因此停論而未决。一日公以公事詣尹公第，尹公以是諮公。公曰："此爲大段義理，相公何難而持難至是。"翌日尹公赴朝堂，集諸宰詢之。言人人殊，公適後至。促召問之，公笑曰："但觀義理所在處行之。何用問爲？"公之所謂義理，特申昨日之論，以勉夬斷。倖相嗾臺官劾首揆，而反以公義理之說爲證案。公恥之，遂引入。七月始行功臣封賞，賜公忠勤貞亮效節協策扈聖功臣之號，超階資憲封錦溪君，兼知春秋館事。未幾，拜議政府右參贊。夏拜戶曹判書，挈舉財本，綜理微密，欲定經費量入爲出之式。遽拜平安道觀察使兼都巡察使以去。林夫人曾隨仲子黃州牧任所，叔子守信川，來往有煒。至公按節關西，路繇黃岡，以板輿移奉。箕京相距不三舍而近，遞進稱壽，兒孫滿前。樓觀江湖，遊跡殆遍。魚軒每出，士女聳觀，世稱盛事。公裁决酬應，沛如江河，不勞神觀，事無惉滯。雖盤錯交值，未嘗皺眉。程士校武，興起成就。館穀賓客，周濟親舊。情文俱至，各厭其意。斥絶私干，賄竇遂塞。巡閱邊徼，延訪疾苦。弭節亭障，興滯賑急。深冬警備之辰，積冰於要害之地，一如天朝冰城之制。堂姪燁爲府庶尹，赫赫著治聲，而性酷嗜殺。公檄致之，立庭下爲杖首吏，而猶不悛。則啓罷之。節度使成允文結援倖相，驁而横，擅自分定於列邑，督徵銅鐵。其妾弟殺人，亡匿其營中。公發吏搜捕，移繫他邑。且詰擅自分定之故，俱自首伏。列其實狀以聞,允文竟絀,邊氓獲蘇。丁未秋秩滿,復勳封。戊申宣廟棄群臣,公爲守陵官。精白將事,敬戚交至。唯以太夫人年高,思慕鬱結,寢食爲損。十二月,林夫人以疾棄養於仲子忠州牧之衙舍。公徒跣出陵外,呼天擗踊,以候朝旨。朝議不許遞,而光海特許之。政院執不下,公聞遞音奔去。不二日達忠州,已而有旨促還。公處齋室,不出外廊。方喪天喪,兼致其極。太夫人將葬,公拜疏視窆而還。己酉宣廟初朞,進階正憲。秋用拜陵恩進階崇政。庚戌宣廟再朞,進階崇祿。馳歸太夫人喪次,與二兄守制。辛亥服闋,復勳封。尋兼判義禁府事、五衛都摠府都摠管。鄭仁弘疏詆退溪、晦齋兩先正,大臣師儒連章爭辨,而公疏最切直。上下交憾。壬子三月,鳳山倅申慄捕得金濟世者,脅以禍福,誘使自伏。以與前博士金直哉父子謀逆,馳遞上之。濟世者本行丐偸兒,流轉兩西圻輔之間,籍人姓名,詿謬無據。而平壤人前府使金臺佐、正字田闢、嶺南人前觀察使鄭經世、京城士大夫丁好恕、丁好善、丁好悌、崔有海等咸被逮。濟世謂與丁好恕謀逆,乃在某年某月。公卽言好恕其時赴京。承旨洪瑞鳳亦言臣爲使臣,好恕爲書狀官,辭朝復命日月可考。濟世語塞而曰:“是好悌,非好恕也。”公又因大臣之問,言金臺佐篤老沈病,田闢早捷大科,名聞西方。又言崔有海年少儒生,不閑吏文,直須以口語置對。公雖不敢遽白諸人之冤,其痛惻而至隱之者,不復自閟。李爾瞻以大司憲與公分席,偶伏睨睇者累矣。翌日光海下教曰:“人臣護逆,宜同逆律。判義禁某敢於榻前營救逆賊,其遞金吾。”爾瞻使其黨趙存道論請拿鞫,光海只命削爵。冬敍復勳封。癸丑四月,朴應犀之獄起。應犀者,故相淳之孽產也。與徐羊甲輩結爲死黨,出沒上游,殺越人于貨。事覺就囚,從死求生。爾瞻之徒李昌後與應犀有連,乃唆使上告延興府院君金悌男欲奉永昌大君謀不軌。其所排定巧密,人無能脫者。先是宣廟賓天之日,下手教二通。一以畀光海“視同氣如予在時”,一以畀七宰臣,只書姓字“柳、韓、朴、許、徐、申、韓”。而“大君幼冲,煩卿等保護”,以此七臣之目行。而群兇煽俑,謂閔闇希騫與柳永慶矯作遺教,譖蠱積年。駴機垂發,而卒發於羊甲之招。大司諫李志完、獻納柳活論七臣奉矯旨,不卽辨明,甘心承順,削去仕版。武人鄭浹誣伏,廣引公卿大夫,有若自上變者,而亦及遺教之說。光海始命逮受遺諸臣,以與延興水火相捄爲問目。公之置對,承問目爲辭,陳其曾與延興情誼阻隔之狀。蓋丁未年間,宣廟寢疾彌留,巫卜謂疾祟在裕陵,群往陵下作禳事。而宮奴女巫之主張其事者,實裕陵時受恩人也。朴氏闔門必欲正其罪,而兩人托跡宮禁,有忌器之嫌。使人微諷延興,延興不答,自此朴氏恨之。庚戌,公之表姪李公顯英爲持平,立捕女巫囚之。李公用他事遞職,不果究治。及公置對,據實指陳,本無語犯宮闈之端。李文忠恒福、申承旨應矩洎吾先君,亦不以是爲異。原公本情,可質天日。而不幸宫中咀呪之獄繼起,兇賊以裕陵事滚成一端,拈入頒教,以爲藉口。傍觀者不復究其事之本末,生平不相悦者因起而下石,傳訛爽實,遂爲禍階。公出獄之後,捲歸通津田廬。丙辰秋廢大妃之論復熾,以受遺諸臣爲注。徐𣷣、宋文奎受爾瞻旨,投疏請罪。鄭造、尹訒、柳濂分據三司,合辭請竄。五月猶不止。光海命中道付處,遷牙山縣。辛酉宥還。癸亥今上反正,復公勳封。時議追咎癸丑供辭,訾語騰聳,至請圍籬安置,配康津縣。公承讁怡然,唯命家人多齎衣衾,以備身後,而無幾微見色,談笑如平日。但飲酒數杯而止曰:"罪名汚衊極矣。不敢用酒自寬耳。"乙丑撤籬。丁卯量移扶安。壬申内徙忠原。癸酉放歸田里。十年之間,四蒙宥典。公乃戴恩而歸,買墅於西湖,倘徉卒歲。而神觀精力如少年時,飲啗甚健。乙亥二月夜寢,忽覺痰壅,竟不淑。公生於隆慶己巳,得年六十有七。某年某月某甲,禮葬于某邑之某原。……其爲詩文,操筆立就,以暢達精當爲宗。能疾書姿媚,搶攘之際,咨揭寫本,多出公手。

《再造藩邦志》:上到碧蹄,上下沾濕不能行。上入憩驛舍,少頃卽出。衆官自此多還入城中。侍從臺諫,往往落後不至。過惠陰嶺,大雨如注。宫人皆騎弱馬,以青白之物蒙其頭面,號哭而行。歷馬山驛,有人在田間望車駕痛哭曰:"國家棄我輩而去,我輩何所恃而生也?"至臨津雨不止,上下相失,莫知所之。兵曹佐郎朴東亮追至津頭,則上已渡在北岸。只有一船,篙工掠拖,離岸已丈許。東亮望見舟中有憲官列坐,一躍而登,一手拉倒篙工,一手援同舍郎入船,相趣而進。夜已深矣,上獨御單舸,侍衛散亡,無復威儀。都承旨李恒福與東亮徒步召收擔夫於泥淖中,手持一炬,且行且呼駕始成行。……駕既發,東亮與同舍郎並騎一羸馬而馳,始達行在。夜深黑不能辨色。臨津之南麓舊有丞廳,恐倭賊取材作筏以濟,故命焚之。光照江北,乃能尋路而行。三更始到東坡驛,則坡州牧使具孝淵以支待差使員來在其處,略設御廚。扈衛之人,終日饑來,亂入廚中,爭先搶奪以食,將闕上供。具孝淵大懼而逃。夜,兵曹判書金應南率佐郎朴東亮等直宿於行宫。夜半衛卒皆驚呼,有崩潰之形。金應南亦蒼黄驚囈,排門欲出。朴東亮力持之,良久乃定。……車駕乃發向嘉山,時左議政尹斗壽未還,領議政崔興源承命陪東宫而往,右議政俞泓自隨東宫。行在無大臣,惟原任大臣鄭澈、柳成龍從行。夜既深矣,天又大雨,黝黑如漆,林木參天。兵曹判書李恒福慮有倉卒,與佐郎朴東亮疾驅先導,騎掠御馬而過。上知爲某某而益重之。恒福道中有詩曰:"倉卒天難恃,權宜策未工。人心猶拱北,馬首欲向東。一路去何去,千山重復重。孤雲在嶺崎,吾與爾相從。"時朝臣皆往分朝,從駕者才十餘人。朴東亮遂兼綰六曹通符,又兼春秋館漢學教授内乘等職,酬應衆務,無不中窾。東亮字子龍,羅州人。新羅之裔。禮曹參判應福之子。幼而聰穎絶人,長而敏達英鋭,人比之周公瑾,時年二十四矣。車駕至嘉山,則已五鼓也。

《谿谷集·錦溪君朴公墓誌銘》:幼而穎秀,甫成童,文藻蔚然。……少而強記,觀書數行俱下。視遠甚明,能於二十里外辨認人物。乘除星命,射御諸藝,多所旁通。晚歲居閑,唯以黄卷自適。爲詩文操筆立就,而調暢有致。遺稿二卷藏於家。

【按:朴東亮(1569—1635)字子龍,號梧窗、寄齋、鳳洲,謚忠翼。籍貫潘南。朴東説弟。著有《寄齋史草》、《寄齋雜記》、《放逸遺稿》。其詩暢達精當。《箕雅》收其七律一首。】

錦山君誠胤　　**號梅窗。成宗大王四世孫。光海時抗疏,謫南海卒。謚忠貞。**

《光海君日記》卷一五九:十二年十二月戊午。錦山君誠胤卒于南海配所。(誠胤有行誼文藻,爲士流所推許。憤世嫉邪,知宗國必亡,丁巳春,與龜川君晬率諸同志宗戚,慷慨封章,極言李爾瞻奸邪,俱被竄逐。而誠胤首發正議,且疏辭出其手,得禍最深。晬竄順天,誠胤安置南海,南海非人所居,至者輒死,無一還者。誠胤憂憤激烈,且感水土,至是卒,人以比劉向、屈原云。)

《孤山遺稿·錦山君墓碣銘并序》:公諱誠胤,字君實。翼陽君之曾孫。翼陽諱懷,康靖大王第九子也。翼陽之子荒壤正諱壽麟,荒壤之子曰青原都正諱侃,青原娶光州金氏郡守麟士之女生二男,長曰孝胤,爲光山守。公其季也。以隆慶四年庚午正月二十二日生。宗室既冠皆有命秩,故十五初授錦山守。昭敬大王二十五年壬辰,卽萬曆二十年,公年二十三。夏四月,倭寇薄京師,主上西遷,舉國奔竄。青原少有風疾,謂二子曰:“宗社有難,主君播遷。我宗臣不可後。不幸有疾,不可以力。汝其行矣。”二公受命退相議曰:“親有瘵,兄弟不可俱行。”於是公涕泣辭父兄,匹馬獨行,從駕至開城府。于時禮官有獨啓上,埋安廟社主穆清殿殿庭,而從臣莫有知者,是五月壬戌也。翌日,公在路聞知,駐馬痛哭。至晝停所,公語在從諸宗臣,且曰:“國之於宗社,存亡與俱。豈可埋宗社主而獨以國遷乎?我且遮駕固請。請不得則退守宗社瘞所,死不違之。諸公有與我俱者乎?”一二人外咸有愠意曰:“朝廷大事,非小子所敢知。”西陵守銛叱公曰:“稚幼何所知識,而敢肆搪突。”公厲聲曰:“論事得失,有係於老少乎?公雖老,懵於國體,而乃輕年少。且公於我爲庶流,何敢衆中辱我?”銛慙忿出悖語,發所佩劍向公將擊者。班中亂,適會大臣幕次近,聞知爭競之言。相臣崔興源目招寧山令禮胤謝曰:“錦山之言是也。事出倉卒,吾以宗廟提調亦莫及知。而上之可其請,蓋緣一時蒼黃。吾當陳達。公子且安寧山以語。”公喜遂止。是日至平山,上命以尹自新爲宗廟提調,與禮曹參議李廷立、黃海都事尹明善馳還開城,出奉廟社主暨金銀玉鐵諸室寶,追行在及平壤。六月壬寅,駕至寧邊,與世子分朝。時光海爲世子,奉廟社向山峽。朝廷以公能盡忠於廟社,特除宣傳官從廟社。宗班之拜宣傳,無前異數也。入雲山歷熙川至古寧遠,尹自新又欲權埋廟社主於僧舍,公復固爭不可。崔興源力保公言乃止。是歲十月,公在分朝,聞青原疾劇,乞歸視父。世子愍之,使卒二人送之。時賊兵隨處充滿,道路梗絶,每宵行潛穿賊藪。嘗遇賊,公之奴被死,二卒分散。公棄馬步走投水,夜分抽身。衣盡凍,匍匐往依巖間,頃間馬自尋主至。向曉,兩卒意公必死,跡之得公會合。復行至金城峽裏,乃得家所止。青原卒已踰時,殯掩山間。家人逼於寇已行矣,留一奴守之。公拜哭權塋訖,復去求母夫人及兄,久乃得會。賊退,乃以喪返。萬曆三十三年,朝廷錄扈從之功,號扈聖功臣,一時從行之人咸被錄焉。獨公以奉廟社從分朝,不在錄中。居四歲,昭敬陞遐,公選入永慕殿,守制卒三年。超授都正,陞階明善。光海四年,又錄分朝從臣曰衛聖,公參其二等,封爲錦山君,階躋承憲,俄兼司饔提調。光海立後政事昏亂,日欲廢母后,殺其弟永昌大君,戮后父金悌男,幽廢母后西宮。嬖臣李爾瞻左右逢惡,日夜謀所以傾西宮者。且又牽摟百官,在庭合請去其名位爲庶人,謂之庭請。怵異議者以禍福,朝紳畏威,無敢後者。公獨不造焉。爾瞻既奸邪巧佞,得主寵,其勢日張。久判禮曹,兼典文衡,以科舉好爵聚廣其黨,兇孽集門,爲其所卵翼,布滿朝廷。屢起大獄,賢良之士誅死竄逐殆盡。威福由己,人皆屏跡脅息。公憤母后之失位,懼爾瞻之傾國,率宗室龜川君睟等十八人上疏,以爲爾瞻奸回邪毒,黨與已成,太阿倒持,邦命將傾,恐有王莽之禍。疏入,主怒批曰:“聽誰指嗾,誣陷我共安危重臣。”三司響發,請安置公及睟絶島,餘皆削職。主以疏專由公,其辭與寫皆公手,睟以齒序爲疏頭,付處睟中道,獨公安置南海縣加圍籬。公謫既絶島,而爾瞻勢焰熏天。爾瞻之於縣令,率皆頤指氣使如庸奴。縣令之於爾瞻,率皆先意承顔如孝子。人皆爲公懼。然而公在謫四年,竟無意外之患。豈非天定勝人而保佑善人者也。然公爲國憂憤成疾而卒,實萬曆四十八年庚申十二月十五日,享年五十一。……國制宗室限四代不許赴科第通仕路,故宗室子弟生則惟狗馬琴棊雜藝是事,未有操筆爲文辭者。公性好學,讀遍群書。見鬻書者,脫衣市之。自幼至老,疾未至病,未嘗一日不觀書。其詩文清切可傳。

其筆法摸擬鍾、王。脱略貴習,淡若儒素。居處恭,無妾媵。不飲酒,不蓄玩物,不樂宴樂。一時文學清名之士皆其朋游,門外多高軒。……素愛梅,自號梅窓。

《鶴山樵談》:宗室錦山守誠胤,字君實,學于仲氏,詩尚溫李,得嚌其胾。其香奩體曰:"芙蓉城外蕊珠宮,鸞馭來迎許侍中。鸚鵡賦吟明月夜,鸕鷀裘掛錦屏風。寒重繡幕添香獸,夢罷銀燈結玉蟲。傳語雪衣頻揮客,莫教雲雨散匆匆。"《姮娥》詩曰:"雲母屏寒寶帳虚,露華偏濕玉蟾蜍。姮娥縱得長生樂,爭奈年年恨獨居。"殊有富貴佳致。壬辰之變,辭親扈從,備嘗艱苦,可謂不負所學。

《續雜録》:宗室龜川君睟、錦山君疏:"胤伏以臣等俱以宗戚之臣,其於朝著間事,有同盲聾,百不知一。而有或粗聞一二,而其害之不至於宗社危亡,非臣等所敢言也。至於是非得失有大關於宗社危亡,則臣等皆是國在與在、國亡與亡之人,安得坐見宗社之危亡,而畏禍含默,若越人視秦人之肥瘠乎?自近年以來,禮曹判書李爾瞻奸回邪毒,偏愎巧詐,廣植私黨,屏黜忠良,擅弄國柄,威權日盛。附己者,則雖頑鈍無恥言行悖理者,必引而進之。不附己者,則雖明經行修爲世所重者,必斥而退之。勢焰熏天,道路以目。忠良結舌而縮頭,邪佞攘臂而雲集。大小朝臣雖或有不附於其勢者,若終始不謁其門,則鮮能保全。故夜則仰屋長歎,晝則婢膝其門如歸市焉。……伏願殿下亟黜一權奸,以安宗社。治三司黨惡之罪,則宗社幸甚,生民幸甚。"疏呈,皆遠竄。錦山在南海,辛酉春病卒。上憐之,命四道監司護喪禮葬。

《詩話匯成》:任踈菴以詩哭之曰:"海雨蠻煙限謫居,冤魂萬里倘歸歟。幾年強進惠州飯,連歲曾看溢浦書。天意亦如憎逐客,主恩猶許賁幽墟。無由一哭孤墳下,淚向東風自滿裾。"

【按:錦山君誠胤(1570—1620)姓李,字君實,號梅窓。太祖曾孫。其詩尚溫李,有富貴佳致。《箕雅》未見其詩。】

趙緯韓　　字持世,號玄谷。漢陽人。宣祖朝登第,官至知事。

《朝鮮仁祖實録》卷二一:七年九月丁酉。以趙緯韓爲弘文館校理。緯韓少有文名,善諧謔,多爲禮法之士所詘。昏朝時作《流民歎》,備陳其時政亂民困之狀,一時傳之爲絶唱。

《宋子大全·玄谷趙公神道碑銘并序》:玄谷趙公卓詭嵬岸,早歲蒙難蠖屈,遭遇明時,又率意言事,用舍相半焉。……公諱緯韓,字持世。漢陽人。……公生數歲,祖母吳夫人愛其誦書朗然,曰:"此吾耳邊絲竹也。"十歲作詩已有思致。十有六歲徧讀先秦古文,場屋屢居上游。己丑丁憂,才殯殮，而母夫人疾革。嘗泄痢，又割指進血。甲午，喪母夫人踰禮。辛丑中司馬試。癸卯除重林察訪，平遷至主簿、監察。遂登己酉第。先是十餘年間，倭寇猶未平，嘗從金將軍德齡試軍旅事。天將有愛公者，公欲隨入中朝，博觀天下。朝中先輩知公遺落世事，並與權石洲韠除官以縻之。旣闈大科，則光海主初卽位。群小益横，以公嘗上疏訟鄭松江、黄芝川也，怒且忌公才。抑置宂閒，猶處以製教。奉命朝天，畢使，卽出爲北青判官，未幾罷歸。無何値國舅誣獄，公與諸名卿同被逮囚廢錮。時廢母議張甚。戊午，大歸南原地，有《和陶辭》以見志，又作《流民歎》一篇，極道人民愁苦邦家顛覆狀。主見而惡之，物色之不得。後修《光海實錄》時，史臣收入爲信史。仁廟反正，收用賢俊。公自司成歷尚衣正，入憲府爲掌令、執義。凡除拜，公頗引却。及被湖堂選則不復辭也。公以新化舉措頗未厭人心，多所爭論。又駁椒親鄭百昌，言雖行而上亦不悅。遞正尚衣院，因出守襄陽。李适反，領兵至京師。願與王師討賊，主將以文吏不許。丙寅，從遠接使金公瑬往迎詔使。丁卯又赴寇難，聞寇退解兵歸。未幾罷歸，敍復舊踐。自是屢入筵席，盡心啓沃，亦論勳貴之失。上將崇奉私親，朝議力爭其不可。公獨以爲今事與漢之定陶、宋之濮園不同，遂與諸公凹凸。誚謗四起，而公不顧也。因虹變，與諸僚上箚請納諫諍，息聚斂，去奢侈，戒偏私，益勵初心，懋加克復。上嘉納。壬申，由執義陞承旨。有臺章上不許，蓋臺臣疑公以私親議當上心也。歷兵曹參知，復爲承旨。上疏自劾，移兵曹參議。自是數年之間，不離政院兵禮曹。丙子，與政院諸僚因災異上言曰："殿下誠能以至誠對越上帝，以至公赫臨下土，振肅頹綱，激勵群工。則朝廷正而人心悅，天地和而災沴消，政令不期舉而自舉，修攘不期盡而自盡。此不在殿下一念之間乎？嗚呼！幽獨雖深，不謹則影響於外。殿下旣已知之，其於修身治國之道，思過半矣。"上又善之，以病辭遞。冬，虜變猝遽。公以命先往江都，聞上改轍入御南漢城，公自中路追赴不得入。竄伏奔遑，備經危險。事定從舊職。壬午，特陞工曹參判。蓋上念耆老久淹也。丙戌，以八袠陞資憲，知中樞府事。己丑正月，公曰："昔先君以是年棄世矣。今歲行適逼，我其殆乎？"竟以其廿一日終焉。上聞驚悼停朝市，祭賻皆如例。三月葬于坡州七井里。公俊偉雄豪，眼空一世，善謔以諧。然又尊賢取友，律己制行，自有規度。孝友出於天性，年已耆艾，語及父母，必嗚咽涕下，至使受業者廢《蓼莪》篇。與兄弟大被燕嬉，不忍相舍，有時出入履發相從，家人時失其所在。疫癘死喪之威，其所行，人方之庾衮而有餘矣。牛溪成先生嚴重莊肅，然善公家行，終始親愛之。名公鉅卿前後舉其實行，遂有棹楔之旌。常有不忍之心，倭寇時適見戰士無辜就戮者，多以布衣請見元帥而活之。爾瞻將加罪於癸丑七臣，公亦就見，力爲之地。可比之弔暨全邦之功矣。及其出身,隨事納約,傅以經義,當宁傾聽,裨益甚多。惟其不立崖岸,油油以相處。兼且無虚口,人不甚畏憚。然其中自有理致,聽之者多所警發。蓋其意象超脱,胸懷坦夷,亦無屈首風塵之趣,而可以遊神於事物之表者,固爲諸公之所推許。而其憂愛慷慨惻怛感發之誠,則固非他人之所可窺測也。光海時遊楓嶽,夢侍宣祖大王,詳陳衷曲。覺吟近體一篇,有"萬死孤臣淚,千峰獨夜心"之句,而枕上有斑斑處也。清陰文正公嘗爲群小所慍,因併治其儕流。公聞之悲咤憂憤,殆乎成病。公爲文詞,主於莊騷韓馬戰國少陵,而以下則不屑也。故其所作雄渾峻發,如河海涵泓,山岳停峙。論者謂如其爲人。權石洲韠嘗曰:"吾於詩家軌度粗有得焉。而其根基恢拓,氣焰盛大,則何敢望某?"黄芝川廷彧贈公曰:"風霆歷覽無窮際,王伯論才更著高。"又有"天下奇男王適至"之句。然則公之見推於人者,不止於詞藻已也。嘗曰:"東人不喜溫公《通鑑》、晦庵《綱目》,是以墻面也。"其老年所編《拔奇》一書,則又主於《六經》而下及諸子也。

《白軒集·玄谷集序》:公與季氏玄洲蚤以能文章鳴。自未釋褐時,已與諸作者竝驅詶唱,氣摩詩壘。雄篇大作汪茫奮肆者,直從《馬史》中來。詞律聲章清健贍蔚者,得之於杜韓。蓋其韻宇踈曠,風流豪逸。於書無所不覽,先秦兩京魏晉之文擷英嚌胾,涵涵而停,秩秩而積。其吐辭而注於手也,如水之挹於河,藻思娟趣,類其風槩,有非飾采澤鬪靡麗者所可侔擬。相與莫逆而雲龍氣合者,權石洲李東岳;賞音而交口吹奬者,車五山滄洲也。玄軒申相公嘗爲之序,語省而意該。一時諸名公宗匠之所推許也如此。崔簡易亦嘗贈公以文,有曰"先生見說爲文章,當使時人著黄面卷看。固已壯而信之矣。及屬就鴨島觀銍艾日,治詩於吾,愛其風韻雅致"。夫以簡易之具眼,既信而愛之矣。又以公之才學方諸良玉利刀。孰玉之良刀之利而不爲人所珍也哉?如余者宜無所贅焉。抑余竊有所睹記,公之可稱者獨文乎哉?公素倜儻負氣義,脱人於厄而不自色。在昏時,爲世所齮齕,幾危得醳。絶跡仕途,浮遊湖海。東登蓬萊,南窮方丈,棲遲於帶方之野。癸亥改玉之後,始登臺閣,由玉堂入銀臺,以亞卿增壽秩,拜知樞。公與先伯兄孝敏公最相善,時時爲昆弟飲。公微醺輒放歌,其聲雅而亮。白鬚韶顔,皓鶴如也。其益老而病也,余造候焉。尚能倚枕手《綱目》不釋。時年踰八衮,其志氣未嘗衰也。然此亦末也。本之則行惇百源,《南陔》、《白華》之詠使人興感,早見稱於宗族鄉黨。先王之所嘉歎,當宁之所褒異。表厥門閭,事光簡策。亦可謂彬彬然矣。公諱緯韓,字持世,自號素翁,晩又號曰玄谷。屬余去取之而徵弁語者,公之胤高山倅億也。

《**龍洲遺稿·玄谷集序**》：吾宗人玄谷翁生當隆、萬盛際，稟氣固厚。纔結髮，喜文章，文非先秦兩漢不讀也，詩非開天大家數不眼之也。其所嚌胾最深於太史氏及戰國弘辯之說，以助其氣，以資其筆勢。繇是名噪一國，人不敢顔行抗其氣。掉鞅藝苑，破的澤宫，名標一頭，殆無虚歲。主司以得失翁爲憂樂，同進之士以莫先翁爲戒。顧坐時命，屢屈公車，至髮種種乃始得之。然翁則猶然笑之，不少挫其氣。八角磨盤之勇愈往愈壯。天啓年間，不佞忝入玉署，與翁同僚直，是時翁年過耳順矣。聽其譚論，則河决而峽潰也；視其符彩，則巍然靈光也；叩其竹素之業，則惠施五車不足當其意也。不佞作而面歎者良久。……詞賦上規相如，下襲仲宣。飛章走檄箋誄銘頌，俱有奇氣。其他庭對大策，步驟鼂董之域。朝天記行，方丈、蓬萊幽討有韻之作，譬如騏驥脱覊，怒氣横空。率是以往，累百餘篇未見其氣之餒而竭而躓。翁之於斯術可謂盡矣。噫！豐城劍氣出古獄而貫牛斗者，始籍昆吾之鑄而終借雷煥之眼。觀翁之師友之間，亦猶是也。汀皐、溪院諸老先生，折輩行許以少友。石洲、東岳、五山車氏以能詩聲最鳴於世，而與翁結爲詩社。磨礱浸灌，婆娑娱嬉，戲笑怒罵，無非養翁之氣而揚翁名也。翁之甚老而疾病也，不佞往造焉，翁已倦於言語，而《資治》一卷尚在枕邊。隱隱眉睫間，有好氣象不肯泯者。奇哉奇哉！不佞今借玄晏之序《三都》，則舍翁文氣，無他適也。翁弟玄洲公亦以文雄竝峙，翁實昌其氣而及於友于哉。著雍閹茂大簇上浣，柱峰散人趙絅謹敍。

《**玄谷集·序(鄭斗卿)**》：玄谷趙公以倜儻奇偉之資，貫穿百家語。發爲文章，詩名與權石洲、李東岳相埒。及登第，時際昏虐，倫紀滅絶，姦佞滿朝。公横罹罪網，屏處于湖南之帶方郡十有餘年。癸亥反正，擢置臺省，出入論思，致身宰列。以公德言之，位雖不滿，亦不可謂不顯者矣。若公眞可謂邦無道窮，邦有道通者哉。公以孝旌門，百行原孝，行己其有本矣。斗卿以故人子常侍門下，已過四紀。公氣像之豪逸，談論之高爽，追慕至今。今公胤子高山明府億，先集序囑余。余以爲公文章，尹月汀、黄芝川、崔東皐、車五山皆眼空一世，到公未嘗不服，稱絶代奇作。前輩有定論，余不更贅。只志公出處，爲《玄谷集》序。溫城鄭斗卿撰。

《**惺叟詩話**》：趙持世常曰："我國地名入詩不雅，如'氣蒸雲夢澤，波撼岳陽城'凡十字，六字地名而上加四字，其用力只在'蒸''撼'二字爲工，豈不省耶？"此言亦似有理。然盧相詩"路盡平丘驛，江深判事亭"、"柳暗青坡晚，天晴白嶽春"亦殊好。其在爐錘之妙，何害點鐵成金乎？

《**菊堂排語**》：趙判參緯韓善諧謔。少時，月汀尹公根壽年老頭童而梳之不已，趙問之曰："無髮而梳之，亦有益乎？"公曰："吾常頭部患寒，逐日梳之便覺寒祛,不爲無益。”趙曰:“然則背寒症亦可梳而治之?”聞者捧腹。

崔參判思吉新得美妾,時以同副承旨久鎖直,不得出。懇乞替直於右承旨趙緯韓。趙曰:“令公餉我柿餅,則當許之。”崔即通於家“蒸熟柿餅來”。趙不能飲,嗜餅者也。吃之幾盡。俄而漏局人告申時,院吏唱:“右令公出。”崔曰:“今日許我脱直,而令監違約出去。何無信如此耶?”趙曰:“令公之餅柿少矣。”院中絶倒。

《壺谷詩話》:趙玄洲纘韓、玄谷緯韓兄弟文才發越,詩則皆讓于石洲。而如《土泉》、《黄溪》、《訴懷》等聯句,如出一手,實同昌黎之於郊、籍也。

《小華詩評》:趙玄洲緯韓《叢石亭》詩曰:“叢巖積石滿汀洲,造物經營杳莫求。玉柱撑空皆六出,蒼龍偃海幾千頭。輪來豈是秦鞭着,刻劚元非禹斧修。不念邦家乏樑棟,屹然何事立中流。”雖稱佳作,未若金冲菴“千古高臯叢石勝,登臨寥落九秋懷。斗奎散彩隨滄海,月宫借斧削丹崖。巨溟欲泛危巒去,頑骨長衝激浪排。蓬島笙簫空淡佇,夕陽搔首倚天涯”之詩,嶮絶奇語,令人眩眼。

古人贈僧詩多矣,湖陰詩曰:“踏盡千山更萬山,滿腔疑是碧孱顔。他年縱未超三界,猶與婆娑作寶關。”東臯詩曰:“白雲涵影古溪寒,松月時時上石壇。詩在此中自奇絶,枉尋歧路太漫漫。”東岳詩曰:“老年何事喜逢僧,欲訪名山病未能。花落矮簷春晝永,夢中皆骨碧層層。”踈菴詩曰:“儒言實理釋言空,冰炭難盛一器中。惟有秋山薜蘿月,上人清興與吾同。”鄭詩奇健,崔詩精深,李清麗,任超脱,各臻其極。大凡詩與文,貴有淵源。其所謂奇崛者,淡雅者,雖其才之不同,而惟源深者,欲奇而奇,欲淡而淡。趙玄洲緯韓平生爲詩,奇怪險崛,其《詠玩瀑臺》詩曰:“深藏睡虎風煙晦,倒掛生龍霹靂噴。”有捕龍蛇搏虎豹之勢。至如《贈槐山守吴翻》詩則曰:“新燕不來春寂寂,故人將去雨紛紛。”殆平淡雅絶,無險截之態,非其源之深博者,能若是乎?

趙玄谷緯韓有《點鬼簿體》詩曰:“文章曾學月汀老,典雅常師簡易公。每與長溪論正始,相隨蓀谷辨汙隆。長篇誰似五山子,絶句無如古玉翁。最是石洲名不朽,應同體素擅吾東。”月汀即尹公根壽,簡易即崔岦,長溪即黄公廷彧,蓀谷即李公達,五山即車公天輅,古玉即鄭公碏,石洲即權公韠,體素即李公春英。

【按:趙緯韓(1567—1649)字持世,號玄谷、西巒、素翁。籍貫漢陽。名篇《流民歎》膾炙人口,著有《玄谷集》今傳。其詩奇怪險崛,清健贍蔚。《箕雅》收其七律一首、五古一首。】

李安訥　**字子敏,號東岳。荇之曾孫。宣祖朝登第,官至禮朝判書、兩館提學。謚文忠。詩與權石洲齊名。**

《朝鮮宣祖實録》卷一三七:三十四年五月辛亥。李安訥(爲人陰險,室家之内多有悖戾之行)。

《朝鮮宣祖實録》卷一四三:李安訥爲遠接使從事官(洪命元適有故不能行,代以安訥。安訥,荇之曾孫,文章有乃祖風)。

《澤堂集·禮曹判書贈左贊成東岳李公行狀》:公諱安訥,字子敏,號東岳,或號東廣。而東岳最顯於世。故門人從而稱焉。……隆慶辛未六月辛亥,生公於漢京城西里第。……公幼有異質,自學語即曉文字,晨夕吾伊,絶不爲兒戲,嶷然如長者。進士公提抱教肄。十歲博誦經史,學爲詩賦,詞義卓然。與朋友唱酬,編就十餘卷,搢紳傳看,稱爲奇童。十六以騷賦屢魁泮試。宣廟一日問大司成金公應南,諸生中可合異日主文者,金公獨以公對。宣廟歷問公家世年甲,大奇之,以姓名識諸榻上。十八魁進士初試,連中漢試,聲名大振。有同進媢忌者造誣飛語,將赴省闈,忽被停舉,物論甚駭,造誣者亦屈。然公以童年負才名横被玷蔑,已知世道之難,不復事舉業,益肆力爲古文詞。所交遊皆一時才俊,相與砥礪名節,傍睨若無人焉。未幾,監察公、進士公相繼卽世,旋遭倭難。奔播顛沛之中,克謹喪制,不廢學問。服闋,歸京師。與鄭古玉、權石洲輩觴詠湖山間。先輩詞宗月汀、五峰諸公皆造門爲忘年交。所親多規以堂有老親,不宜自佚,仍復求舉。中萬曆己亥庭試第二名,權知承文正字。數月,陞秩爲北道評事。明年謝病歸。敘歷刑、戶、禮三曹佐郎,陞禮曹正郎。辛丑以進賀使書狀官朝天。冬,復命,選知製教,遷成均館直講。顧、崔詔使之來,遠接使月沙李公辟爲從事,月沙遞而五峰代之,酬酢兩使多用公詩。兩使倨傲少許可,及讀公詩,拱手讚歎,稱其好妙。遷禮曹正郎。秋爲忠清道試官。仍以按核御史檢田關西。還朝,復爲禮曹正郎。冬末,出爲端川郡守。郡以產銀稱腴,自兵興費廣,禁弛吏饕,民受其害。公惟擇任監史,整頓簿書,而目不視坑冶秤量。扁所坐軒以“不易心”三字,揭銘示戒。人以爲公之清操文采,果不下吳隱之。而隱之遇亂撓節,則不及公遠矣。公以塞邑僻陋少文,重修鄉校,勤課儒生。設養老會,敦倫礪俗。　境歡謠,聞於朝廷。備局薦之,擢授古川牧使。憲府論以驟陞,改秩仍郡。頃之,因公事忤臬司,卽自劾免,賦歸田詩以見志。丁具夫人憂,守禮致哀,國人益加敬歎。服闋,仍居墓下。付西班祿,不就。丁未秋,始復禮曹正郎,俄出爲洪州牧使。復用備局薦,進秩爲東萊府使。先是,馬島復款邊,乞通好日本。全陽柳相當國,决議遣使,關白源家康禮待甚厚,僧使玄蘇踵至,直欲詣京進禮。時宣廟昇遐,柳相竄死,廟堂恥與倭釋仇,又恐上國知之,止令境上館待。而蘇意甚鋭,宣慰使不知所對。再申於朝,朝議亦不能堅。欲以慶州稱爲東京,而迎致受禮。已行會到府,公曰:"許至慶州,是已開路,終必上京乃已。即此止之無難也。"密令譯官宣言:"和事,本先朝相臣謀也。今王大更政化,相臣亦被誅。你雖煩惱,恐反有害也。"蘇時已微聞朝廷有所變,置而疑之。得此諜,益憂懼自沮,不敢復言上京。公接宴定約之際持以禮法,間用辭辯,折抑奸萌,宣慰使倚以竣事。迄兹三十餘年,境上接慰永爲恒式。馬島歲遣貿易船四十只,公費賜賚甚侈。公定爲十四隻,今雖稍稍增加,然比舊僅半,皆公之力也。萊府首被兵火,荒墟陶復,遺氓無幾。而復爲館客都會,賓价商旅所走集,便民固圉,視昔尤難。公涖印未期,治理周徧。觀察使啓其儉約自奉,勤恤邊氓,田野開闢,利興害去,一境之人安居樂業。遂有褒旨,賜表裏一襲。未久辭病罷還。庚戌春,復爲潭陽府使。居一年,觀察使、節度使啓其治績,並賜表裏,褒諭如例。公以潭俗豪梗,頗繩以憲綱,有仕於朝者亦絓法造謗。公遂乞暇歸京,憲府劾其曠官罷之。敘復西班,會仲氏以石城縣監被黜,大夫人僑寓傍縣,公即求守錦山,便道奉迎。在郡三年,觀察使啓其廉謹自將,褒賜如前。陞遷慶州府尹。時倭使到界上問公起居,怪公左守錦郡,故朝廷特薦之云。逾年,坐爲監試官舉入敗場,與同列俱坐罷。乙卯春,敘復户曹參議兼承文院副提調、承政院同副承旨,俄陞右副。庭試文士,公居第二,有廏馬之賜。是時權幸擅國,士類在朝者絶少,許筠又同席,公恥之,數引疾不出。三牌招,不進。既遞復拜,猶辭免不已。筠知其意,嗾臺論罷之,敘爲分司承旨,拜忠清監司,憲府劾遞之。冬末,復拜承旨。丙辰,海州獄起,光海主親鞫。公目覩殘虐,憂憤成疾。每入侍即告病歸院。主有所疑滯,使史官歷問左右。公俯首對曰:"病眩不知所對。且此獄根委原無聞見。"史官殊愕,聞者大爲公懼。再以親病上疏乞遞。未久還拜,累辭得遞。丁巳爲禮曹參議,辭遞,復爲承旨。力求補外,備局薦爲江華府使。用在政院參典禮恩例,進階嘉善。又以江華爲保障重地,陞拜府尹,委以營建行都。於是工役並興。公治務簡静,民不知勞。適與檢察使公事相貳,劾以違慢。臺論繼發,光海以公有政績,難其代,不許。公辭職,又不許。秩滿乃遞。翌年春,大夫人李氏卒。公自以出繼不得盡制爲至痛。既反哭,還即墓下廬居,朝夕拜哭。時年五十餘,不食油醬,終三年。例附西班,兼副摠管,未就。中朝將遣監軍田某經略我國,備局薦公爲接伴使,借銜正卿,開府置屬,一依儐詔使例。公疏辭以不任重寄,不許,遂行。癸亥三月,方留定州等候,會今上反正,除禮曹參判。監軍竟不來,還朝辭職,遷刑曹參判。乞暇下鄉,久之拜户曹參判兼承文院、司譯院提調。初公預聞元勳密議,而辭以西行。還朝又嫌於攀附,再辭病就閑。會濟州缺牧，公謂銓官曰："當此新政，不可尸祿。請守濟州，得以蘇殘自效。"銓曹疑公不滿内職而有是言，謗由是起。公恒謂反正改紀，乃千載一時。而朝廷命德討罪，多徇私意，國綱不振職由於此。嘗以特進官入侍，極言是非不一，賞罰不公，指斥名官，辭甚激切。朝士多以此辭避，當路譁然非之。自是辭特進官，不復入侍。廢世子之跳出也，諫院以不卽論斷見遞。銓曹使人私於公曰："公當首擬諫長。須力主此論。"公大笑撝謝。於是不悦者從而構扇，謂公自貳于新政，已有譏察其動止者，而公殊不自疑。冬，皇朝差官到毛鎭，查問廢置狀。大臣舉公爲查文齎進使，屬以專對。與接伴使金德諴偕赴皮島，會李适叛于寧邊。驛書秘報，金遽欲告毛帥請兵。公曰："方以國人請命質告於查官，而忽報大將内叛，此疑端也。查官當不日發歸，且需後發之未晚。"金不能強。既而查官准查歸朝，賊兵竟深入犯京。公與金相對涕泣，馳還鐵山，共謀起兵赴難。俄而賊敗報至矣。公之在行，嚴束譯胥，使不得虚耗國幣。而金不能然。公每規切之，又摘金所使譯官盜蔘罪。金方負時望，及見提策，反疑公輕己侵官。内積忿憾，外示親昵。常同幕共飯，陰察公語言。及還京，其子卨方在瑣闥。父子上下飛謗，應教朴炡等先發論，完城相方主論譏察，遂與炡等議合，聲勢翕赫，臺論靡然從之。金又上疏證之。然朝廷素不信毛帥，雖聞請援，竟不出兵，反以掣後自功，要責報謝，朝廷患之。故臺論亦不以止請兵罪公。但謂公揣摩賊情，有不祥語，遂下公於理。公一一自辨，引同館使臣尹毅立求爲證，且請與金對卞。炡等恐金詘於理，倡言李某之獄，臺論實先之，金非告者，不可追對。以此脅持。廟堂大臣及禁府諸宰心傷其冤，而恐復觸激，無敢貳辭。惟尹毅立承問狀啓："李某之爭止請兵，只爲恐妨查事。懸料賊情，出於憂慮。必無他意。"由是上意稍解，命竄北邊。甲子四月，就配鏡城。朝廷莫不駭歎。久之，炡等以立黨伐異，被責出外。勳臣近臣及儒生等相繼言公之冤。乙丑春，量移洪川。丁卯，因虜變大釋罪錮。公得報，追赴江都。士民聞公至，爭來餽餉，街巷塡咽，又上疏陳公保障之勞。上見行宫供張諸具，皆公莅府時所儲置，特簡記焉。會金卨坐教人投疏謀陷儕類，辭服被謫，父子失勢。炡等又悔甲子事大爲卨所誤矣。戊辰夏，廟堂薦江都留守，議並及公。上命敍用除授。罪廢五年，再任重莞，中外咸喜。暗行御史啓其清儉勤惠，命褒賜表裏如例。秩滿仍任。辛未春，始遞拜刑曹參判。追查江都儲備營繕，功最進階嘉義。俄出爲咸鏡巡察使。逾年又被當事者詆疵，累章辭遞，道拜刑曹參判，充奏請副使，爲章陵追典也。時海路有孔耿寇梗，又改路鐵山觜。使船新敗，漢船亦阻絶，應行者皆祈免。公耆年遠宦，辭病在途，而銓曹強遣之。人謂公必不堪。公入都數日，卽促行期。冒雨潦下海，無幾微見於色。同行使臣逐日祭神，祈禱甚瀆。公自製祝辭，只一祭發碇。累遭颶風，安臥不起，賦詩不輟，舟人恃而無恐。既到皇京，宿戒左右曰："禮曹若以國王嗣位已久，追奉大事，今始奏請爲疑問，則此不可以國論不一對也。當云國中歲事軍旅，不遑縟禮。嗣子已冠，而尚未請封者，爲此奏未先故也。"既而禮官果詰其由，譯官對如公指，禮官釋然。公曾于辛丑朝天賀班中，記識衍聖公名字。至是，魯國孔聞譚提督館扃，公以書述前聞，仍問譜次。提督歡喜往復，時封衍聖公孔胤植聞之，通帖願交，相接以賓主禮。二公頗工詞翰，得公詩文，唱酬甚款。故因提督介於禮部尚書，奏覆無閡，得完封典。皆公指導也。自廢朝時，譯官城社弄奸，幾有奏請動費數萬金，名爲贈賂而實自肥橐，至是窠窟盡露，反造言虛喝，必欲盡其帑。一行恐生他變，復恣其出入。公執不能回，然猶公費不滿萬。以三千兩還納度支，譯輩大怨構謗。人恐復如甲子時，公終不爲動。既奉恩誥歸奏，上頒慶褒賞，超資正憲，賜臧獲土田。公辭。不許。俄拜禮曹判書兼藝文館提學，將漸於大用矣，以恩賞使事，非眞際遇也。辭歸沔川鄉墅，銓中又不悅。除忠清道觀察使，秩滿仍任。督奸勵廉，州郡肅然。會有詔使之役，度支需責刻急，公務持寬恤，不悅者從而糾摘，被責罷還。是歲，漢城府申禮曹言公孝友行義，禮曹上聞，命旌表門閭。丙子夏，命選廉謹，如祖宗朝清白吏例，廟堂錄啓五人，而公預焉。加資崇政，敘復西班。公懇辭，不許。兼弘文館提學，俄拜刑曹判書。公已患痰癖，謝恩卽辭。冬，西報急，上諭朝臣老病者先入江都，公獨不肯曰："扈從云者，謂從後也。吾雖病，不可先也。"翌日，車駕轉幸南漢，舁載從入。寢食苦薄，疾遂劇。從還都，竟不起。丁丑三月二十九日也。用從駕恩典，贈崇祿大夫議政府左贊成兼知經筵春秋館成均館事弘文館大提學藝文館大提學。遣官致祭。是年四月日，葬於某縣某里某村某原。公配礪山宋氏，掌令承禧女，有男輒不育，以同宗侄柙爲後。側室有三男：栖、楑先歿，其季杙也。公資稟雄偉，識度高邁，自少忼慨有大志。嘗曰："丈夫得志則經濟一世，失志則漁釣一壑。豈希世沽榮，徒爾干沒終身哉？"篤于自信，不肯少徇流俗。其爲舉業，直以古文攄己意，不作場屋纖巧卑陋語，視得失如浮雲然。既登第，交遊甚簡，介立不倚。雖以文會友，或被指目，實無比周論議，助爲聲勢者。故長爲時流所左。及從州郡著績，用以至大使，屢當艱巨，率以辦稱爲廉吏材臣。然其所至，糾違鋤梗，動被中傷，輒自引去，故終未極將相大位。其不遇於世。率以此故也。公生長京華南山下，有甲第名園，親戚朋友咸望公在京進取，公視若籠絏。或歸鄉墅，或住江村，出身垂四十年，終歲居京僅二三年。由不忘平生言也。……其爲文章亦然。初讀古文詞，自本及末，熟復誦貫，沈浸蘊畜，然後措意下筆。既已完料成章，而復徧示知友，必得人人厭服，方入正稿。稍不滿意輒棄之改撰。故其詩見存者幾萬首，首首精煉，一字一句皆有來歷。鋒釯雄健，聲律諧適，如千百首選一首。其多而能辨，衆而能整，古未嘗有也。讀書必以千百番爲數。嘗聞金慕齋言："書必萬讀，文方入神。我朝惟容齋公萬讀，故其詩亦入神。"公心服其說。及謫居無事，重讀杜律有至萬三千徧者。其老而志篤又如此。

《樂全堂集·東岳集序》：余自幼稔聞先進緒論，咸推東岳詩爲大家數。而吾先子嘗謂："德水之李，自容齋未百年而又出東岳，異哉！"余已心識之。稍壯，得東岳公所著述讀之，雅欲執鞭。顧公與世抹摋，徊徨州郡。余亦罹罔廢居，絶造請餘十年所。每獲公詩，輒忘寢食，懼當吾世而失之也。歲丙寅，公從峽累得賜環歸。余馳一騎，訪公於郊扉。公乃大愉，席地命酒，輸瀉生平。遂稱忘年交，余逡巡不敢當，而自是益習於公。公之愛士出於天性，其所傾向，出肝肺相示，不計死生利害。於其所不契，不少假色辭，可見然諾之重。往往酒間揚扢古今，意氣骯髒，時露其奇，而嘻笑唾罵無非詩者。然其一字一句，摺擢彌日而就，然後知公深於詩道，非人所能及也。高世之行，絶人之操，足以範俗。峻局宏材，有大過人者，而不少需於世。僅用其政術於民社，所至稱神明。而綜理微密，有陶士行之風。豈其詩道亦能旁通於吏道哉？晚際位遇，遂躋宗伯，步武文衡，屬望方隆。而公竟謝病不拜，自投湖節，杜門養痾。丁丑以後，尤無意於世。一日盡發其籍示余，握手感欷。余於公晚合乎？不可謂不受知也。公歿而全集始行，澤堂公問序于余。噫！先進之論已定於公集未行之前，無所待而自不朽矣。後死者誰敢任其責？第惟本朝作人之盛莫盛于成、宣兩朝，卽東方聲明熙洽之會，英翹林林，孰不欲各辟堂奥，自鳴一家言？而歷數兩朝大家，皆歸於德水。蓋其地靈毓秀，黼黻一代之文治，理固然矣。以天下之大，唯巴蜀號多產文章士。雄、褒之後，青蓮勃興，至三蘇挺生，眉山草枯，爲千古盛事。容齋、東岳雖出於偏邦，祖孫趾美，澤堂後出，又主詞盟。德水之於眉山，奚多讓焉？此吾先子之所以興歎也。公自謂"少善賦誄，棄之治古風，涉蹊徑又棄之。七言律最難工，用力於斯數十年"云。是以世之操觚者於公律法尤無間然。《易》所謂"富有而日新"者，其庶幾焉。

《澤堂集·東岳集跋》：先生抱負經濟材志而早躓於世，其所慨然以古文詞自奮者，猶是第二件事業。而又不及提衡藝苑，儀式儒林。初年僅一當華使，暫知外制而罷。至於棲遑厄窘，出入賢勞，鞍馬舟楫之間，感興諷刺，發之以聲律者，乃先生之下駟，而世亦莫之先也。卽諸公所爲所寶惜，欲壽其傳者，夫豈徒哉？先生文會傾一世，雕龍之評不無異同。以余所耳剽者，白沙李相公稱其詩"拓基軒地，噓焰熱天，渢渢乎正始之音，元白以下不論也”,滄洲車公萬里雲輅稱其“出韓入杜,雄拔鉅麗,望之如衡岳無雲,洞庭不波”,九畹李公立之春元常私謂植曰:”子敏少與汝章齊名,然子敏積學築址,由鈍而鋭,其詩如黄鍾大吕,今非汝章倫輩也。”先生亦嘗戲言:“若以諸君詩比之三國人才,則吾爲司馬氏矣。”竹陰趙怡叔良以爲然。植於先生,從子也,徒弟也。竊慕桓譚、侯芭之贊楊子,略採數家説,以證後來公案。若其德行才術,出處大致,則有傳誌在,玆不贅。歲舍庚辰正月上元,嘉義大夫吏曹參判兼弘文館大提學藝文館大提學同知經筵成均館事植謹跋。

《惺叟詩話》:人謂子敏詩鈍而不揚者,非也。其在咸興作詩曰:“雨晴官柳緑毿毿,客路初逢三月三。共是出關歸未得,佳人莫唱《望江南》。”清楚流麗,去唐人奚遠哉?

《霽湖詩話》:李學士東岳安訥詩格渾厚穠麗,實罕世之才。其宰秋城之日,偕僕登俛仰亭賦詩,僕敢唐突先手,頷聯曰:“殘照欲沈平楚闊,太虚無閡衆峰高。”自以得雋語。東岳次之曰:“西望川原何處盡,南來形勝此亭高。”下句隱然如老杜“海右此亭古”語勢略似,可謂投以木瓜,報之瓊琚。顧天使時,以儐相李月沙幕下到龍灣,登統軍亭有詩曰:“六月龍灣積雨晴,平明獨上統軍亭。茫茫大野浮天氣,滚滚長江裂地形。宇宙百年人似蟻,山河萬里國如萍。忽有白鶴西飛去,疑是遼陽舊姓丁。”此豈非大手也。

《菊堂排語》:李東岳安訥甲子繫獄時,夢騎病馬率一小奚行到磨雲嶺,峻途極險,逶迤而上,顛頓駹瘂,進退有礙。及至奏讞,以遠竄判下。初配湖南,俄有改配鏡城之命。及至磨雲嶺下,了了如前日夢中事。公歎曰:“北關人言,富寧有兄弟巖,故官北路者,後必重來,或再或三。余曾爲評事端川,今謫鏡府,乃三行也。人世事皆前定,豈非天耶?”遂題一律曰:“半空懸磴出雲陲,一徑中盤九折危。龍角遠迎軍佐日,隼旟新赴部衙時。人間萬事皆前定,嶺外三行果後朝。跨蹇却思梁獄夢,楚臣甘分復何悲。”

《壺谷詩話》:東岳恩怨甚明,常以月沙爲知己。而甲子繫獄時,月沙判金吾,多有救解於爰書,而猶憾其不盡力也。到謫所寄一律,其一聯曰:“退之不負裴丞相,白也難逢郭令公。”用事甚精切。

月沙辭遞儐任或云“許筠不參從事,嗾臺欲論”云,五峰代之。顧使亢甚,見儐詩若無見,時或抹改。到百祥樓,因東岳“崔顥題詩黄鶴樓”一律始蒙許可。伊時免辱國賴有此耳。有如許之才,而終不借金鑾一步地,使之徊徨於州郡,昏朝則不足言,竊爲清時惜之。

車滄州評東岳詩曰:“子敏之詩如衡嶽無雲,洞庭不波。”蓋謂詩格雄拔巨麗,而差小奇巧造化之意也。權之“空山木落雨蕭蕭”,李之“江頭誰唱美人詞”皆爲鄭松江而作,而俱是絕響,世不敢輕重。蓋權之首句,有如雍門琴聲，忽然驚耳，使人無不零涕。李之末句，有如赤壁簫音，不絕如縷，猶含無限意思。

石洲、東岳文章齊名，難可優劣。七言律權固多讓於李矣，至若五言律古、七言絕古，李亦不可當。李常自評曰："若以三國人材論之，吾其爲司馬氏乎！"蓋言詞家正統有歸也。且贈權詩曰："吾友永嘉子，今時諸葛候。"則必以孔明歸石洲也。石洲詩如"忠州石"、"天何蒼蒼"、"君不見"等七古《古意》諸篇，五古及五律中奇妙者，皆李所不及。東岳七律中"六月龍灣積雨晴"、"春深宮柳綠勝苔"、"一日競魂抵十春"等百餘篇，非但權所不及，亦可以壓一世而集大成矣。五律"萬里琉球國"最奇。

我朝之有權、李，如唐之李、杜，明之滄、弇。而李之慕權，又如子美之于太白，元美之與于鱗。少時作詩，不就正于權則不敢示人。及聞枉死，作詩一聯曰："浩蕩神農藥，蕭條大禹謨。"又過東城殞命處有吟曰："行過郭東花落處，故人詩骨至今悲。"可謂一字一淚。

《小華詩評》：圃隱《題永川明遠樓》詩一聯曰："風流太守二千石，邂逅故人三百杯。"

李東岳安訥嘗到此見而歎賞。欲和，意甚難之，終日沉吟，得"二年南國身千里，萬事西風酒一杯"之句。李詩雖清絕，終不逮鄭詩宏遠底氣像。

李東岳安訥與體素、石洲相善，二人俱逝。其後兩家子弟共訪東岳于江都，遂感而賦詩曰："藝文檢閱李僉正，司憲持平權教官。天下奇才止於此，世間行路何其難？陽春白雪爲誰唱，流水高山不復彈。皓首今逢兩家子，一樽江海秋雲寒。"詞甚遒麗。體素初擢第，直拜檢閱，終於宗簿寺僉正。石洲曾爲童蒙教官，今贈司憲持平。兩君年皆止四十有四。

澤堂一日往拜東岳，適有二緇徒來在。時維正月之初五，而前三日連雪，東岳即口占："春天五日雪三日。"澤堂諦視，姑俟其對句如何，東岳又吟："遠客四人僧二人。"儷偶極妙，澤堂驚歎不已。

沈判官輯乞養除安邊，壽大夫人。東岳席上賦一律，其頷聯曰："卿月遠臨都護府，壽星高拱大夫人。"文士李進見之歎曰："真《六經》文章也。"余問東溟曰："石洲、東岳詩誰優？"東溟曰："石洲甚婉亮，東岳甚淵伉。比之禪家，石洲頓悟，東岳漸修，二家門路雖不同，優劣未易論。"

《詩評補遺》：壬辰倭亂，浙江人有以東征來者，翌年始得家書而泣。東岳李安訥書贈一絕曰："一望家山萬里餘，今年始得去年書。書中不恨天涯別，只恨當年學劍初。"東岳後登第，以書狀朝京。沿路華人謂之"一望家山萬里餘公入來"云。又嘗除錦山郡，有一伶人年七十餘，自言少時善擊腰鼓，累入內宴。及老，退還鄉里。東岳贈詩曰："白頭伶叟病還鄉，自說先朝入上陽。一曲升平與民樂,錦溪花落月蒼蒼。”此何減“天寶年中事上皇”一絕。

天使崔廷健登百祥樓賦詩,使儐伴諸公次之。東岳詩曰:“崔顥題詩黄鶴樓,後身來作清江遊。清江之上城百雉,城頭畫閣臨江流。群山際海地形盡,芳草連天春氣浮。忽見新篇更佳絕,東韓千載名應留。”時天使幕中有區姓人者,即天下文士也,見詩大驚服,更不敢作詩酬唱云。

吴晚翠億齡之喪,東岳往哭。時靷日已近,月沙方在坐。諸棘人私謂月沙曰:“先人之于東岳未曾相識,臨吊已感。而東岳當世鉅手,欲得挽語以賁泉路,而不敢耳。”月沙爲致其意,因于座間呼韻。東岳應韻立號曰:“平生性癖似嵇康,懶吊人喪六十霜。曾未識公何事哭,亂邦當日守綱常。”造次立語,深婉激切。月沙稱賞不已,以爲諸挽之第一。晚翠名節,以此一節而尤重於世。

崇禎壬申,王父參贊公以奏請使赴燕京,時東岳爲副使。玉河館遇正朝,東岳作《憶仲氏》詩示王父曰:“宿昔元無弟,如今只有兄。兩身分萬里,衰齒遇新正。我每懷坡館,君應憶麗京。當時別離色,隔歲益關情。”蓋二公赴京時,東岳仲氏追至坡州,王父伯氏追至松京而別,故云云。王父亦次其詩曰:“看雲應憶弟,夢草每思兄。一別驚周歲,三陽值夏正。陟崗瞻故國,同被阻神京。萬里層霄月,分明照兩情。”華人每見二公酬唱,輒稱王父詩曰:“閣老詩忠厚有宰相氣象。”蓋王父以右臺假銜而去,故華人稱閣老。

《晚窩雜記》:澤堂李植每不許東岳詩,東岳恨。及東岳尹慶州也,有人有事請簡於澤堂,澤堂曰:“君見東岳叔如此如此,不須請簡,必得力矣。”其人至慶見東岳曰:“來時見汝固學士,則盛稱令公近作詩‘蘇仙赤壁今蒼壁,庾亮南樓是北樓’,‘春空欲雨雲陰駁,野燒無煙草色斑’句語逼老杜云云。”東岳心中大喜,曰:“子有何干事耶?”曰:“某事。”東岳極力周旋。及遞迴,東岳出詩示之,澤堂無雌黄。東岳着急曰:“與前作如何?”澤堂:“無甚異同。”又誦蘇春二聯,曰:“此句如何?”澤堂曰:“此乃叔主之本意。”東岳知見賣,恨歎之。

【按:李安訥(1571—1637)字子敏,號東岳,謚文惠。籍貫德水。李荇曾孫。擅長詩書,死後錄選清白吏。著有《東岳集》今傳。其詩遒麗。《箕雅》收其五絕一首、七絕九首、五律九首、七律二一首、五排一首、五古二首、七古三首。】

李景顔　　字汝愚,號松石。德水人。宣祖朝登第,參重試,官止郡守。

《詩評補遺》:德水之李,世出文章。蓮軒以後,容齋、東岳、澤堂皆執耳騷壇，其餘諸公亦多得一斑而拔儕流者。今取諸公詩各一首以附之。李正言景顔《塞下曲》云："陰山獵罷萬夫歌，獲得三狼載橐駝。督尉醉中輕下馬，自將金簇洗黄河。"寫得豪放之氣。李判書景曾《病中惜春》詩云："病客無心問酒家，一年春色閉門過。東風半夜吹踈雨，滿樹飛花入檻多。"可見其詞采。

【按：李景顔（1572—1614）字汝愚，號松石。德水人。嘗任藝文館奉教、正言等職，參修《宣祖實錄》，署禦侮將軍行忠武衛司果銜。其詩豪放高邁。《箕雅》收其五七絶一首。】

金　瑬　**字冠玉，號北渚。順天人。宣祖朝登第。仁祖反正爲元勳，典文衡，官至領相，昇平府院君。謚文忠。配享仁祖廟庭。**

《朝鮮仁祖實錄》卷四九：二十六年三月庚午。前領議政昇平府院君金瑬卒，謚文忠。瑬得疾彌月，上連遣內醫視疾，數賜藥物。及疾革，瑬上箚陳謝，因曰："朝暮入地之臣，更無圖報之路，撫躬悲咽，泣涕如雨。仍竊伏念，臣今永訣聖明，而終無一言，則負聖明大矣。臣精神昏錯，雖不省人事，區區愛君之誠抵死不泯。惟願聖上敬天怒以祈永命，恤民隱以固邦本，抑私意以納忠諫，進賢才以重名器而已。臣數月沈痼，委頓床席，終不得更瞻天門，九原之下，目必不瞑，此爲微臣之一大恨也。"上覽之愍然，答曰："觀卿之箚，予甚驚悼。訓戒之辭，無非至論，予雖不敏，當書紳力行，以副卿至意焉。"又遣承旨往問其疾，世子亦遣宫僚，而瑬已不能語矣。卒年七十八。命賜長生殿棺板。瑬嚴毅有器局，早負公輔之望。癸亥策靖社元勳，爲一代宗臣。判吏曹，典文衡，兼都體察使，五入相府。追崇及姜獄時，皆守正不撓，終又贊成大計，以定國本，可謂偉矣。然性好自用，短於從善。丙、丁之難，授敗子以重任，終致家國之覆敗，可勝痛哉！"

《白軒集・領議政昇平府院君金公謚狀》：公諱瑬。字冠玉。號北渚。其先順天人。……以隆慶辛未生公。纔晬而未能語，忽見蝶骨蛛絲，便曰："蜘蛛食蝶。憎哉。"聞者異之。七八歲能解文字，氣象不凡，長者命賦聯句，即應聲曰："軍聲動天地。"見者知其爲遠器也。既長，文日益進，聲譽藹鬱，而不以科名爲急。嘗於夏月開試場，公謂必傷人不赴。從先生長者遊，留意於性理上，識者大其志。壬辰遭外艱，甫過朞而丁內憂，病甚，松江鄭相公澈以書戒之："俾毋滅性。"蓋重公而惜之也。嘗魁監試解額，又冠別試。宣祖覽其科製，謂筵臣曰："年少儒多使兵家語，亡亦知兵者耶？"朝廷錄死事孤，除康陵參奉。中丙申文科第二名，選補槐院，無何因無妄革職。俄敍復，從復讎召募將金公時獻出入湖嶺間。因公幹往忠州，主倅乃武人也，不見禮於公,大以爲憾。嗾其姪之爲臺官者,至削仕版。忠州諸生及湖西士人等相繼訟其冤。事下吏曹,初以非該曹所知格之。後請議大臣,領議政李公恒福、右議政金公命元、海原府院君尹公斗壽皆以爲能文章有行檢,實爲可用。左議政李憲國以其時憲長待罪,漢陰李相公德馨冤公之事,嘗以伴臣南下陛辭時,請伸枉收用。上亦褒其能文而不卽許。辛丑春,都承旨金公時獻上章證以目覩,極陳冤狀。上答曰:"金汝岉死於國事,心常矜愍。既耳目之所覩記,惜乎不早陳也。"下其疏于吏曹。吏曹又請議大臣,大臣未及議,公名適入於玉堂新錄,乃參下極選也。上有"朝解則夕可錄,午未解則已未可錄"之教。遂命削其錄。既大臣議又如前,上始命敍之,卽選爲檢閱兼春秋館記事官,且兼世子侍講院說書。壬寅移注書。鄭仁弘爲大司憲,更舉前論罷公職。旋有敍命,復入翰苑,辭遞。癸卯,例遷成均典籍,轉刑曹佐郎。尋以收稅官奉使龍灣。人皆賤其任而圖遞,公不色之,奉職惟謹。絶去聲妓,兀坐讀古書,公館闃然。甲辰官滿而還,除忠清都事,病不赴,拜禮曹佐郎,兼帶春秋館記事官知製教。出全州判官,時方伯新兼府尹,一府之事判官實管之,簿積務劇,賓客雜遝。而公左酬右應,目閱口授,案無留牘,公廨一新,倉庾告溢。莅任之日,有一民詐呈狀以試之。公欲罪之,則已逸矣。後公適出城東門,見一牽馬人,卽曰:"此前日呈狀者也。"其人乃伏,吏民神之。丙午,方伯脅公以非道。公執不可,方伯恚之,乃黜公。州人爲之勒石記烈,至今稱公不衰。丁未敍拜成均直講。戊申轉戶曹正郎。時光海親鞫臨海獄,公爲問事郎,未既病遞。己酉,咸鏡方伯張公晚願得公同事,聞于朝。吏曹以公爲咸興判官,病不赴。復拜直講。都體察使白沙李相公辟公爲從事,副使黃公愼薦之也。東萊、義州之缺輒擬公,蓋以不次待公也。以從事往關西,察關防形勢,多所設施。庚戌還朝參玉堂錄,拜司書,再往關西。爾瞻方爲義州尹,傲然自大,不爲出迎計。公至城門譙責之,爾瞻具軍禮以逆,而銜之深矣。拜副修撰,轉副校理。是時,光海欲追尊所生母恭嬪,公與同僚陳箚爭之。遂辭遞。辛亥復拜副校理。仁弘上疏誣詆文元、文純二先正不宜與文廟祀,太學生削仁弘名《青衿錄》中。其黨朴汝樑爲持平,攻訐之。光海命覈首倡者禁錮,諸生乃捲堂而去,公與同僚相議空館而出。光海怒革職,既敍處散地。壬子,用體相薦,爲江界府使,超通政階。及瓜而還,陞嘉善。丙辰以聖節使如京師。戊午賊臣筠射檄西宮,將網打一世士類,目以三清結義。三清卽公之所居洞也。光海方且鞫問,乃集兵衛闕。公與洪相公瑞鳳、金相公尚憲、張相公維、趙參判希逸共待拿命。適首相奇自獻自鞫廳直向嶺東,行且陳疏,疏意指斥賊筠。以此趁未之鞫。且朴承宗與爾瞻相軋,欲發筠奸以及爾瞻,揭榜城門,懸爵賞募能告者。有武人閔仁佶素與筠善，知筠事甚細，乃疏陳其狀。事得寢。先是，爾瞻嗾死囚朴應犀從獄中上變，搆誣永昌大君，欲其連累東朝。於是臺官造、訒輩承望風旨，首倡凶論，欲廢母后。造爲大司諫，與大司憲李覺等罪狀慈殿而請廢之。相臣孝純、承宗、弘耈、挺等率百官庭請。兩司合啓，不參庭請者竝請遠竄，公名亦在其中。斥公以"其心所在明若觀火，不參庭請，有不可論"云。是時，倫紀斁絶，天地閉塞。公常燕居痛慨，志在匡復。平城申相景禛適來見公，公知其人沈毅，可與同事。乃涕泣言曰："古今安有無母之國乎？李氏宗社朝暮移於莽、卓之手，吾輩以世祿之臣，奈何畏滅族之誅，坐視其危亡而莫之救乎？況吾二父同死於國，吾二人不同死於社稷，其何以見先人於地下乎？"申公扼腕促膝曰："此吾志也。"公仍謂曰："欲舉大事，必先戴眞主。然後事乃濟矣。"申公卽指今上龍潛時君號而答曰："先王諸孫中，文武神聖，無可與比。殆天意也。"公曰："此乃宗社臣民之福也。"遂定大計，相勉以死。日夜與之謀畫者，平城及完豐府院君李公曙、綾城府院君具公宏、綾川府院君具公仁厚等也。辛酉秋，完豐出宰長湍。新置重鎮，麾下卒且數百餘人。公使子慶徵再往湍，爲之約。壬戌，延平李公貴及完城崔相公鳴吉、新豐張相公維等又與之合謀，勢益張。公爲諸公所推大將，號令出於公。已而延平爲平山府使，會有疑延平者泄其謀，兩司同請拿問。故約日未發而群情沮矣。時平城出爲曉星嶺別將，綾川亦出守珍島郡，公憂大事之不成。一日招諸公更諭以戮力，無不樂從。訓鍊大將李興立以張紳之婦翁，得聞密謀而疑信半之。及往拜公，聞公言，始信而從之。哨官李沆亦聽公之爲。癸亥春，上在潛邸，時枉顧公第，達宵談論。時公未嘗私覿，有所稟事則令子慶徵往來，至是始躬詣上謁。公與諸公會于玉城張公之空第，凡所布置之方，殆盡規畫。乃以三月十二日爲期，先通于諸處。至期日，公與子慶徵及申景裕、景禋、趙瀹、李聖淵等率力士往西郊。李重老自伊川任所領其偏裨馳到坡州，與長湍兵來會。公令軍中聚將士之散處者結爲一陣，受諸將禮訖，由彰義門而入。有一宣傳官以光海命來察城門，公命前行斬之，一軍震肅，遂入闕中。奉主上御仁政殿廡下，率諸將以次行禮。光海犇迸失其處，賊黨逃竄未捕，公卽請分遣將士蹤跡之，且令漢城府譏察奸細之徒。於是請招集百官，疏釋冤獄，又請上親幸慶運宮。以慈殿下教頒示于大小臣僚，差定尚瑞院一官奉護御寶。上卽位而光海不卽廢，公建白曰："世祖卽位而廢魯山，中廟反正而廢燕山。是皆爲宗社也。不有廢也，其何以興。願早夬斷。"上謙讓不許，又以非可擅行，必欲須慈殿之教。復難其廢字之下。公與禮官相議而啓之，久而後始乃勉從焉。反正初，贊揚設施大抵出於公者居多。夙宵劬躬，罄竭神思。數日之間，鬚鬢盡白。拜兵曹參判兼同知義禁。不數日擢拜判書，公陳章以辭。上答曰："此時司馬之任，非卿其誰？出於公議，非予私授。"尋兼藝文提學、同知春秋館經筵事，仍知義禁府事。反正初，募集兵丁，以備非常。諸別將各有從事官，戎服帶劍，建旗而馳。乘時逞憾擅作威福者，間亦有之。公力陳其弊，請罷募兵禁戎服。後有議者，欲以募軍作隊扈衛，公以爲都監軍足矣。上從公言，竟罷之。公又啓曰："内奴二人有罪者，自上特命梟示，人民莫不歡抃。齊家治國，各有次第。故内奴伏刑，國人皆悦。臣不勝欣賀。"公言如有入告之事，不時登對。上曰："非但此時。雖常時可以面對。一日十請，庸何傷乎？"上方勵精圖治，首以振紀綱革偏黨爲務。公以爲百隸之怠慢已久，宜趁此時先振朝綱。兩司卽紀綱之所存，臺官無朋黨之論，糾正一出於公。則人人敬謹，誰敢不正。而近日護黨之習已痼，紀綱何得以立乎？上曰："若有護黨之人，便當斫頭，以警他人。卿等雖有大功，如有所失，則斷不饒貸矣。"公再拜頓首而對曰："自古作良臣不易，爲權臣甚易。雖如臣者，他日或不無恃權之事。如有罪過，聖上豈可容赦？"蓋公之有意於打破朋黨者久矣。延平以所管甚多，筋力不逮。事係軍務者，皆屬之於公。繼以此意啓達於上。公曰："李貴雖以軍務歸之於臣，李貴不可以私與之，臣不可以私受之。必須啓達然後可也。"上命以軍務歸之公。初上因公啓，命擇淨室以處光海，而朝夕之供甚備。及其將入江華也，風日不佳，公以水路爲憂。上使之由陸而行。時廢中宫在魚水堂，上謂公曰："慈殿下教廢主夫妻，使之各處遠島。而予雖受責，不忍爲也。"公起拜曰："聖念至此，誠有辭於天下後世矣。"應命製進王妃玉冊文。加正憲階，兼弘文、藝文兩館大提學，知春秋經筵成均館事。是年冬，策勳公爲第一，賜奮忠贊謨立紀明倫靖社功臣號，超拜輔國崇祿大夫昇平府院君判義禁府事，兼帶仍舊。甲子正月，李佑、文晦、金光[illegible]等上變，告賊适、明璉及奇自獻、李時言等表裏同謀之狀，逮囚者三十餘人。及适叛報至，或謂公曰："此賊與外寇異。諸囚若不早斷之，則内應必矣。須速啓稟。"問事郎諸人從而請之，如其言。鞫廳諸宰亦然之。公遂與諸臣入侍。上聞公等之言，卽令處置。事急也。大駕將南狩，囚人之罔赦者，使刑之于禁府門外。金克銓、克銘、李煜等八九人及逆瑅家奴打破獄門，大噪而出。都事尹有吉僅以身免。煜，時言子也。墨其白馬以迎賊。賊敗，爲官軍所縛斬，前言驗矣。方賊兵漸迫，公請自出征。上以公爲揔督軍門，使節制元帥以下。朝廷重公出，請寢之。公以本兵之長，又兼軍門，扈駕而南也，常寢處于行宫之門。駕次天安，賊敗報至而逆魁犇逸，公乃申嚴警備，設伏益遠。完平相公服公能應變也。上駐駕公州，方賊之未及傳首也，議守山城，以委之公。公從上上城中，立於上前。手拔所佩劍，指畫城内外形勢，論防守之策甚悉，群情倚以爲固。賊既就滅，車駕還都。公勞瘁病劇，乞遞兵判。上教曰："此時此任，非卿則實無其人，决難遞易。但念卿病中，以曠職爲念，則必有妨於調治。不得已勉副卿意。須善爲調理，勿以少愈而忽之。"未幾，拜議政府右贊成，兼帶如故。疾少損肅謝，引見慰諭，賜以錦段。乙丑兼吏曹判書。公嘗慨然於黨論，故逮秉銓，專以調劑爲志。常謂人曰："吾輩出萬死反正者，爲宗社也。今若植黨扶私，吾身則固利矣。奈非反正之本意何？"以此不分色目，雖平日擠公者，隨才甄敍。後輩多不悅。先是吳相公允謙爲銓長時，欲擬南以恭於清望而未果。完平李相亦以爲南以恭雖與柳、朴相親，乙未年間重被罪罰，且無大疵纇。而不見收用，誠可惜也。公初擬以恭於大諫也，問諸玄軒申相。申相曰："曾聞大論初發，人有探試其意者。以恭曰'寧斬吾頭去。不忍爲此。'吾甚壯之。"完平又贊之，公意乃决。至是，南以恭爲大司憲。朴炡、俞伯曾、羅萬甲等在玉堂上箚劾之，上嚴責不允。且以玉堂無長官而無端斥臺諫爲非。時鶴谷洪相爲副提學，上章引舊例，自列其不能力止炡等之徑行。公於筵中備陳以恭平生長短，且曰："昔諸葛亮用許靖曰：'無其實而有其名者靖是也，此不過鎮人心之計耳。'唐太宗之於王珪、魏徵，亦皆捨其罪用之。臣之用以恭，取其長也。當以恭柄用之時，臣爲其輩所搆誣甚矣。以常情言之，則臣當攻以恭而釋憾，不當用以恭以致謗。而只以今日惟思奉公耳。"因求遞職，語甚懇。已而上下嚴教以朴炡等不可仍在論思之地，竝遞其職，令該曹隨闕補外。諫院請還收遞改補外之命而不允。繼而延平入侍，措語失當。上震怒。朴炡等特命遠竄。因相臣陳箚，寢不行。居無何，三人皆補外。公於筵中啓曰："羅萬甲有偏母年將八十，目不見物，惟萬甲是依。而以其邑近塞，不得俱往。或遭終天之慟，則有乖於孝理之政。請移近邑。"上不許。是年秋，辭遞吏判而拜贊成。元子入學，時以大學士行博士事。丙寅春，復拜吏判。翰林學士姜曰廣、給事中王夢尹奉詔來，公爲儐。詔使見公周旋中禮，敬重之。和進詩章，輒稱其絶妙。及其歸後，因我使行，寄公以書卷葛布。曾所罕覯也。公西儐時，以朝命見都督毛文龍于島中。公嘗爲毛撰其碑文，毛甚禮貌之。所言皆從。丁卯春。金兵入平山，大駕將出巡江都。完平以都體察使辟公爲副使。公先入江都，整理隄備，且進戰勝方略數千言。俄拜八道都體察使。四月還，以我國險阻山城爲最，遣從事李景曾于兩西，審形便之尤者，圖畫以來，建明于朝。兩西及畿輔山城，盡令修築。西民之播流者，募屬幕府，稱以牙兵，給糧而養之，事定後各送于本土。又就兩西空曠之地廣設屯田，歲得穀萬餘石，餽兵賑饑，多有賴焉。西民頌其德。秋有一名官懷躁進計，陰誘鄉人金垣上疏，誣陷一代士類而公爲之首。又投一疏，竝攻其人以亂之。上覺其詐，命使政院試垣以文，果不識字。遂下理鞫問,得其狀。垣與其人竝竄之。公以此不安其位,章屢上而不獲辭。進拜議政府右議政,仍兼都體察使,文衡亦特令仍帶。凡八箚始得解。戊辰夏,拜左議政兼世子傅。時有一臺官論罷樂安郡守林慶業,蓋慶業以偏裨餽歲于公,其實無多而一種兩名,名種煩演。論者以爲言。其論慶業,亦出於困公也。公卽引入,上命使摘發發論臺官而削罷之。公不勝驚惶,連章屢辭。其疏曰:"增長大臣之氣勢,消沮臺諫之風采。自臣始。"上以公不安,爲施輕罰。己巳秋,仙源金相公尚容判東銓,景奭先伯兄孝敏公見擬於諫長,羅萬甲見仙源子弟,言其擬望之遽。且金公世濂素有雅望,而一時年少之論,或沮其銓郎之議。公聞而駭之。是時,上以銓郎權重,下教于吏曹曰:"已遞郎官之薦。不可更用。今番罷格勿用前薦,以公正之人擇擬。"公因朝講入侍啓曰:"聖明欲矯郎官專擅之弊,此則宜矣。而但棄此四五人,別擇他人。豈不難哉?"上曰:"郎官爲任極重,所用浮薄,則舉朝皆尚浮薄。名雖郎官,所係如此。"公曰:"舉朝之人,豈皆公正?豈皆浮薄?惟在柄政者擇而用之耳。"因歷陳朝著不靖之弊。且曰:"金尚容以持論和平,亦失年少之心,至有動搖尚容者。"上問知其爲羅萬甲,欲縲之。公以爲但有其漸而跡則未著,遽施重罰,亦似未妥。姑令補外,使之自新可也。上以公之論太緩不從,後乃命萬甲遠竄。公又上箚乞收成命。既不得請,則乃呈告。遣承旨諭之。庚午,青雲君沈命世用堪輿家進言,至謂穆陵壙中有水氣。其言遂行,將遷陵。議者以英陵弘濟洞爲可。公爲揔護使,建言"健元陵第二岡,既有先王之教,今不可撓",衆議乃定。竟遷奉于第二岡。人謂公有大臣風。辛未三月,上招公及延平于便殿,待以家人之禮,仍賜小宴。宴半,上顧謂東宮、大君曰:"汝輩視此兩人,如視父兄。"蓋曠世異數也。四月,上引見大臣,議追崇之禮。公力諫。上下嚴教。公惶恐卽出江上,陳疏待罪,三告而遞,體察之任猶帶焉。六月,金兵入清北,一日再召,公顛倒詣闕。未幾疾作,至秋始瘳,杜門屏居。癸酉春,復爲左揆兼都體察使。冬分遣從事朴潢、李景義、尹鳴殷于三南,點閱軍兵器械糧資,廉訪守令賢否。甲戌秋,有元宗祔廟之命。公又上箚諫。翌日,嚴教又下,公出城外待罪,再辭而踏啓字。竝遞本職及兼帶,扈衛大將尋亦特遞。乙亥七月,有大風之災。上遣承旨敦諭曰:"災異疊出,艱虞日甚。須速入來,輔予不逮。"公感激承命入城,而謝客猶夫前也。丙子三月,金國稱帝,遣使要我以難從。群情奮激,章奏紛沓,迭請斬使。金使聞之,愕然馳還。識者憂其禍急矣。四月,起公爲四道都體察使。五月,爲八道都體察使。七月,拜領議政。時朝廷已絶和矣。金乃貽書責以敗盟,公以"今日敗盟,咎實在彼而反歸曲於我。此不可不辨"。請遣胡譯持國書以入,仍使詗探其情形,而臺論非之。譯官之行,留滯灣上。公又請催送。及還,難從之請有加於前矣。公以爲“斥和人執送”等語,彼既發端,未必中止。宜速遣使,以示我國不爲輕絶之意。而不果卽送。及信使將發,三司爭執謂不可復事羈縻。公深慮事機之急,又請速遣。公以冰合之後倉卒有警,則遠道之兵徵發未易。前所團束三南及江原先運精抄軍五千名,後運一萬三百餘名,請令兩南兵使及春川營將等領率,趁季冬旬前,各駐境上,以冰泮爲限。且令操練,仍備緩急。而未卽見施矣。公見敵情異前,請勅邊臣,如有敵人復來,而其數或至百千,則雖稱和好,勿許縱入。若不見從,使之干戈從事。十二月,義州報變書至,公卽啓請徵發三南江原咸鏡南北道兵,又請下諭西邊諸將,令敵不得過安州。而或致深入,則毋得以城守辭。追躡其後,使不聽直突。於是,令摠戎使整頓畿輔之軍以扈駕,且言廟社主不可不預爲之所。江華圍籬,亦請移于喬桐。頃之,西警益急,烽煙已斷。金先鋒數百,三日而薄京都。時李相聖求爲體察副使,公謂李公曰:“晝夜兼程,不數日而入我腹內。此兵家所忌。募死士逆擊之,則可以挫其氣矣。”遂選幕下林坦壽等五人,率訓局馬兵及御營砲手四百人,使之邀于要路。旋因講和之議,不戰而退。上將幸江都,未出南城,而金候騎已踰沙峴。上駐駕于崇禮門樓,議所幸,遂入南漢。公與諸將會議,審其面勢之險易,稟上而分守之。都監軍軍東城,水原軍軍南城,摠戎軍軍西城,御營軍軍北城。軍兵僅一萬三千餘,城大而兵不足。乃以帳下軍校牙兵分屬虛堞,又令軍官朴幹男等領精砲數出戰,斬馘頗多。城圍日甚,汗又繼至。雲梯重甲,迭襲三面,大砲攻城,日夜不止。而外絶援兵,內乏見糧。當此之時,金亦未嘗不求成而使屢往望益深,朝廷議其報書而難於書式。公曰:“此事極重,人不敢顯言。臣雖頑,然亦豈全昧名分。而國存然後名分可議,國亡則將安所議名分乎?當此危急之時,臣則只以奉聖上脱重圍爲急。今日此事臣請擔當。”公泣,上亦泣。一日曉,金人招我使臣,李相弘胄往見而還曰:“其志必欲質世子而得斥和之人也。且首倡斥和者,金人自言已知。”上曰:“何可忍此?”公亦言其不忍之意。既城上三面之軍,捨堞而聚行宮外,請出斥和人,諭之而不可止。俄傳敵兵數百餘上望月峰,崔相鳴吉入啓曰:“敵上東峰而我兵空堞,何以爲之?”上曰:“事已急矣。世子之入送,彼既自初言之,世子請自行。今可送人諭以此意。”公曰:“聖上難於送斥和之人而以世子之入爲易,此心足感天意。而世子雖出,事不可辦矣。”及江都敗報至,上泣謂諸臣曰:“計將安出?”公曰:“君臣上下同死社稷,實是古人之格言。而君臣父子之間,何忍爲此事也?”崔相曰:“須於今日早決。明日急通,庶有萬一冀矣。”公曰:“若或緣此而得續宗祀,則幸莫大矣。”於是出城之議乃定。丁丑春,車駕還都後,公乃引咎陳情乞免者非一再。而既未之獲,則當禍亂未定之時,身爲大臣,無可去之義,故黽勉供仕,久於臺席,非公意也。杞平君俞伯曾曾在山城,因北城之失利,疏斥公甚峻。公將退伏待罪。上遣史官召公入,公深自責,且云:“慷慨之士,忠憤所激,有何可怪?”諭之以安心察任。上欲重治伯曾,而以其扈入圍城中,不欲論以一切之法,只命罷職。是年五月,俞伯曾又上疏斥公以誤事,兩司從而論之,請削黜公。七月罷職,八月削奪。而命自內司致月廩,亦異數也。冬俞伯曾爲都憲,又請圍置。御批有曰:“大臣與庶官不同。設有所論,語宜斟酌。繼有以予揆之。似非公言之教。”又以守城爲公之功,而閱月而論不已。上勉從之而只許門黜,同時臺官以其論爲已甚,不參者有之。玉堂以請竄大臣而通議於三司,終不進箚。戊寅冬,中殿正位,加恩內外,公卽蒙放。敍命繼下。庚辰冬,清使龍骨大到義州。清陰金相公尚憲以前判書在嶺南,爲清國所指斥,被催甚急。公與原任諸老聯名陳箚,請送一介行李,備陳前後曲折。另差一官,稱以護行,俾無驅迫之患。上嘉納焉。甲申三月二十日夜半,訓鍊大將具仁厚率黃瀷、李元老,就公臥內,具陳“器遠叛狀已著,多聚力士,都監將官及內三廳武士,入直闕內,內應者亦多。少緩之則事不可測”。公從容指敎,卽令詣闕上變。又勑大將毋守常程急發軍聲其罪,先翦其羽翼。器遠率死士數十人馳入闕,手撫劍目死士,欲將有所爲。見其黨已被縛,始乃擲劍於地而就捕焉。應機於蒼黃之際,立絶其大禍者,公之功也。先是,有朴應晟者告變“于一勳臣家,諸功臣往會”。欲就議於公。公以爲告變者,自當詣闕上聞,豈可自私家先問。遂却之。又有一名宰之子,方宰交河縣。縣人林碩幹將上變。名宰率碩幹往公第,公嚴辭斥之,復如前。及聞器遠之變,公乃當之。緩急異也。四月,復拜領議政。公以負罪辭,上教曰:“卿功高德厚,輿望素重。弘濟之任,捨卿其誰?”遂不許。策討逆功,賜效忠奮威炳幾決策寧國功臣號。嘗於孝立之變,陽陵君許預通于公,公多有周旋之勞。策勳時,公名且在二等首。公懇祈鐫免,上知不可強,特許之。至是,公又辭勳,前後上箚凡八度,辭甚懇迫。而終不允。冬請告,上遣承旨諭曰:“國事日漸危急,而領相久不出仕。予中夜無寐,憂悶俱極。須勿困我,速出論道。”大司諫閔應亨請對,極論公罪,至比之盧杞。發簡于兩司,論議參差。連日一會,論以請遞。未久而大司憲洪茂績停合啓之論,再上箚請削新錄之勳。公出江上,呈告凡二十上。上知公意堅,遣史官諭曰:“卿辭至此。今姑勉從。”公又連疏乞削勳籍,不允。乙酉春,復爲首相。公再箚乞解,上教曰:“古人云自反而縮,雖千萬人吾往矣。朝著之間,設有餘黨,卿無不縮,何足懼哉?”夏昭顯世子卒逝。元孫幼冲,人多以爲憂。六月。上引見大臣及六卿三司長官。下教曰:“予病作歇無常,氣力漸不如前。艱危日以益甚,國有長君,社稷之福。予意欲於兩大君中擇封世子矣。”公請問于群臣,上曰:“此事領相決之可也。”公曰:“臣於癸亥,奉聖上撥亂反正者,爲宗社也。又於山城,定計決策者,爲宗社也。今日之計,亦係宗社之存亡。臣何敢有異議?”上曰:“卿意與予同矣。”公又請明白下教。上曰:“予有二子,而必有優劣。大臣定之。”公曰:“此非臣等所敢定。然以長順矣。”上曰:“領相之言是矣。”乃命鳳林大君爲世子。金益熙、沈熙世等以銓郎薦事不相能,爲一鬧端。沈熙世、金振、趙珩、林墰,特命遠竄。二司爭執,久未得請。公與僚相二上箚伸辨,上爲施輕罰。冬,前察訪李重馨疏陳數百言,比公於柳、朴。其一款謂公於定策之日,瞻前顧後,含糊兩可,有所希冀於彼此。既定之後,則歸功於己。上震怒下教曰:“領相以元勳大臣,爲國盡瘁,少無濁亂之事。而渠敢比於希奮、承宗。頃於擇嗣之日,皆瞻前顧後,莫敢將順。而領相獨不防啓,終始擔當。可謂有大臣氣像。而渠敢以含糊兩可有所希冀於彼此爲罪。所謂彼者,抑何人哉。然則其時持難者,合於渠等之意耶?其心所在,誠不可測。意者失志奸兇,不勝憤怨,教誘此輩,作此無狀之舉也。其爲設心,殊極駭慘,所宜拿鞫,以正國法。而今姑不問,從輕施罰。”乃命邊遠定配。公席稿五疏,優批繼下。一則曰:“奸兇之輩設或逐日投疏,人之視之,如見肺肝。非徒無益,必有大害。”一則曰:“因予不辟讒說殄行,卿勿介懷。相其惟終。”辭又五上,而遣近侍者三矣。公惶感而出。丙戌春,有逆姜之變。公與諸大臣及六卿會賓廳,啓請減死。而辭意聽瑩,未能振暴其罪狀。嚴旨乃下。公退伏呈告五入,遣史官諭遞。三月,聞湖西逆變,趨朝肅謝。鞫逆既畢,再疏乞解兼帶。不聽。自丁亥冬,疾病常多,禮于家廟,觸寒添感,入春而益危重。上遣御醫日夜視疾。在外之醫亦令驛召,内藥御膳,絡絡於道。一家人以公所處室不合調養,奉移他房。及病革,乃曰:“吾年將八十,位極三臺。此病必不起,遷于正寢以終可也。”卒于正寢。乃戊子閏三月初五日也,享年七十有八。……其文章天才絶人。詩主少陵,兼取西崑,間以長公之豪逸輔之。韻格清健,精鍊無鑪,七言近體膾炙於世者尤多。其文沈浸乎史遷,潤色之以昌黎氏。爲古文辭,氣力雄渾,法度森然。墓道之刻得公所爲,則人亦以爲幸。筆亦取骨而不取肉,其法出於二王,往往輝映於碑版屏障者,公手跡多焉。所著詩文千餘首,盡逸於兵燹,得之於餘燼者若干卷。

《白軒集·北渚集序(李景奭)》:逮昏朝兇論之張,絶不迹于廷。臺議峻發,請蔡公經年不已。公反關兀坐,終日吾伊。詞源演迤,尤深於詩。朝哦一篇,暮輒傳學士大夫口。公猶欿然益肆力於文章,群籍諸家,擷英咀華。於文喜讀西京書,詩不作長慶以下語。意與境會,文質彬彬。氣豪而程古,調諧而造理。餘事筆蹟,亦甚遒逸。若公可謂材全而能鉅者非耶?……記余猥以宫師入瀋也,辱贈七言近體而手自書之。到灣上,清陰相公覽而留之累日,乃曰:"詩筆俱佳。"且謂:"此老詞律,晚節益工。"今此文集,亦清陰公所删定者也。鶴谷洪公、谿谷張公語及公詩,輒亟稱而盛贊之,其見重於一時儕流鉅公如此。蘇子瞻之言曰:"文章如金玉,各有定價。"公集奚待贅論而重哉。只以稔聞於前輩者略識之,以竢後之君子云爾。甲午冬十有二月,大匡輔國崇祿大夫原任領議政李景奭謹序。

《北渚集·序(鄭斗卿)》:文章則本諸《六經》,參諸百家。積而爲沈鬱,發而爲豪逸。深博若江河,炳蔚若虎豹。文逼太史公,詩入少陵之室。謂公非山川之間氣,文武之專才,可乎?霍子孟事業類公,有不學之譏,不及遠矣。兼文武可爲憲萬邦者,惟尹吉甫與公耳。公與吉甫非直才相埒,跡且相類。厲王暴虐,周室大亂。宣王中興,吉甫佐之。光海無道,倫紀滅絶。仁祖反政,公佐之。豈不相類哉?蓋天將興國,必挺生英傑爲之佐耳。惟其挺生自天,故氣稟間氣才爲專才。嗚呼!此豈偶然也哉。公所著詩無慮數千餘篇,盡失兵火,今之所存特百之一二。可惜也已。然傳後之作不必在多,吉甫詩載周《雅》者,只《崧高》、《蒸民》兩篇,然千載下,孰不知其風肆好者。戊戌月日,門下士溫城鄭斗卿序。

《荷潭破寂錄》:丁巳李爾瞻欲廢大妃以固寵,其黨著儒冠者上疏,在臺閣廷論,請亟定安宗社大計。光海命廷臣獻議,竄異議者李恒福、奇自獻、鄭弘翼、金德諴等於北邊,遂幽閉西宫。人心憤惋。申景禛與李曙等密謀推戴以安宗社,以謀告于金瑬及崔鳴吉,共推瑬爲長。……光海方與宫人宴樂,而告變之章上,故置而不下。日既暮闕門閉,承宗等不得已,與禁府官退于闕門外備邊司以待。既夜金瑬等會於弘濟院,李曙時爲長湍府使,以長湍兵至,從李适部分。三更奉主上正部伍,斬彰義門而入。光海逃出,入直承旨將官等皆逃散,朴承宗、朴自興、李爾瞻皆踰城走。翌日尋得光海於人家,詣西宫啓大妃廢之。斬金尚宫、朴鼎吉、李偉卿、韓纘男、白大珩等。

《小華詩評》:姜木溪渾《臨風樓》一聯:"紫燕交飛風拂柳,青蛙亂叫雨昏山。"金北渚瑬《客中》詩:"遥山帶雨池蛙亂,高柳含風海燕斜。"北渚詩蓋源於木溪,而豪縱終讓一頭。

申東淮嘗得《上林圖》于瀋陽,屬金北渚賦詩曰:"紫閣昆明一掌中,武皇車馬若雷風。六丁有力排天外,三絶無端落海東。去趙嘗爲和氏璧,輪韓亦是楚人弓。獨憐上林猶秦地,誰經襄王賦《小戎》。"清陰、觀海皆次之,觀海嘗云:"此老此詩甚奇健。但未知'輪韓'二字出處。"客曰:"'韓'字莫非'三韓'之'韓'字乎?"觀海笑曰:"非也,若是則大誤矣。此老必有所見耳。"

《旬五志》:. 天使姜曰廣出來也,出一對曰:"一張琴上七絃條,彈出五音六律。"使遠接使北渚金相公瑬續對,一時儐泮諸公皆難之。畸峰鄭弘溟曰:"不得的對,則反不如早謝之爲愈也。"北渚如其言。天使笑語舌官曰:"以我中國之人尚難此對,况爾國乎?"噫! 天使此對雖不容易,非"煙鎖池塘柳"之終無的對,當時諸公俱一代詞匠,而奈何莫有對者,以取天使之小視耶? 若使與其席者對以"百花叢裏三春色,妝得萬紅千紫"則不知天使謂何如耶? 余非敢曰的對,今姑錄此,以補藝苑欠缺。

《詩評補遺》:金北渚瑬《挽黄芝川》詩曰:"萬事蒼黄日,孤忠屈曲勞。是非終自定,安危急相操。愍錫停追賻,恩封缺舊褒。只今盤血地,猶見泰山高。"由此名振。

黄義州一皓嘗以恤視入中原人崔姓家,爲彼所覺,終被極禍。其死之日,天日慘澹,風色凄迷,都人莫不流涕。北渚以挽哭之,其警聯曰:"扶持力少神明屈,生殺權移聖主悲。"又曰:"高天日月星辰變,大地山河草木悲。"語甚悲壯激烈。

石洲詩:"古宅何年廢,牆垣半已傾。空廚有餘粟,白日鼠縱横。"北渚詩:"盎粟何曾滿,篝衣亦屢穿。無由除碩鼠,吾欲罪烏圓。"兩人當昏朝,豈有所激而發歟?

【按:金瑬(1571—1648)字冠玉,號北渚,謚文忠。籍貫順天。宋翼弼門人。善詩、書,著有《北渚集》今傳。其詩韻格清健。《箕雅》收其七絶二首、五律二首、七律五首。】

洪瑞鳳　**字輝世,號鶴谷。南陽人。春卿之孫。宣祖朝登第,選湖堂,參重試,典文衡,官至領相。益城府院君。**

《朝鮮仁祖實録》卷四六:二十三年八月丁亥。左議政洪瑞鳳卒。瑞鳳爲人聰敏穎秀,長於詞藻,爲儕流所推。癸亥反正,參靖社勳,長兩銓,典文衡,及爲相無所建明。穆陵之變,附會欺誣,秉銓之日,頗通賂遺,人以是短之。

《鶴谷集·附録·行狀(朴泰淳)》:公諱瑞鳳,字輝世,號鶴谷。姓洪氏。南陽之洪爲海東大姓,其先蓋中國人。唐末黄巢之亂浮海而東,家于南陽,仍爲籍焉。……公以隆慶壬申十二月二十一日亥時生。是年春,有卜者韓億齡占之,得彩鳳飛雲之兆。賀曰:"來月必得濟世奇男。"既而娠公。及彌月不解,又占之曰:"天降貴人,必擇吉辰。翌日亥時最吉。"及期公果生焉。公之錫名,蓋取其占辭云。公生明秀,岐嶷異凡。甫三歲,承旨公捐館。

公匍匐於承旨公平日坐臥處遍尋之,家人指木主曰:“此乃而爺也。”自是,公見神主輒號哭。見者皆嗟異之。六歲就學外師,自知屬文,往往有驚人語。季父益城君聖民試呼貓字,使之作句,公應聲曰:“貓鳴驚千鼠。”益城大奇之曰:“此兒非徒能文章。小人必畏之矣。”一日,與隣兒同詣師家,逢猘犬噬衣盡破。公從容還家易衣而往,受業如常。師已聞知,問曰:“犬咬汝乎?”對曰:“衣破而身無傷也。”“汝何自若而不言也?”對曰:“衣破非關於受業。是以不達也。”聞者咸歎異其器度。乙酉春,讀書於江上。松江鄭公澈歸湖南,路過公所。問姓名曰:“若乃吾故人兒也。盍以一言贐我。”公卽席製詩十五韻,意皆箴諷。松江大加稱賞。戊子,委禽於獨石黄公之門。獨石,乃長溪府院君芝川公之胤子也。芝川見公著述,歎曰:“年雖少,有異才。我不如也。”庚寅中司馬試。壬辰,倭寇至。公奉柳夫人避于關東。先是,公知亂將作,與親知經營避地計。時方昇平,人多笑之。及是倉卒,無不顛頓者。長溪公父子陪兩王子向北關,遇公於鐵原。給馬要與同北入,公辭不行,人頗訝焉。及長溪公遭難於北路,一行無得免者,衆皆服其先見焉。甲午登文科別試,入承文院,自正字例陞著作博士,兼奉常寺直長。丁酉,受由省覲於平壤。時柳夫人避兵於關西,未及奉還故也。俄而倭寇再至,朝廷論罪朝士之聞亂逃避者,吏曹判書許筬素不悦公,遂以公名混抄其中。至榜示朝堂,人皆駭憤。己亥復拜承文博士,陞成均館典籍,移刑、禮兩曹佐郎,皆以病免。庚子拜司諫院正言,遞拜弘文館修撰,移吏曹佐郎,兼侍講院司書,選知製教。辛丑,詔使顧天峻出來,月沙李公廷龜爲儐使,極選僚佐,朴南郭東説、李東岳安訥及公爲從事官。車五山天輅、金南窗玄成爲製述官,權石洲韠又以白衣從行。文章之盛,一時艷稱。酬唱詩文,刊行於世。壬寅,一番人用事。鄭仁弘爲都憲,公爲所駁罷。癸卯拜禮曹正郎,轉成均館司藝,差京畿左道量田御史。時兵荒之餘,經界皆亂,案帳無存。公隨地均賦,輕重不失,畿民賴之。甲辰出牧星州。丙午罷還。丁未復拜司藝。戊申拜弘文館校理。宣廟昇遐,差國葬祔廟都廳,又兼延接都廳,遞校理,拜成均館司成,移弘文館應教。賜暇湖堂。遞應教,拜護軍。中重試甲科,陞堂上。自石壁公至公,三世皆被選湖堂,中重試,世罕有也。己酉,以都司迎慰使往龍灣,還拜江原道觀察使。公在星州,治頗尚嚴。及莅東關,見民事凋殘,未嘗輒事榎楚。每行部時,屏去導從,跨馬垂鞭而過。遇之者不知其爲方伯也。嚴明黜陟,蠲減賦徭。一方之内,惠化大行。解歸之後,吏民月送節産,終公世不止。許筠之亂,傳聞公將避地於東,備馬聚糧,掃廬舍以待於境。其遺愛如此。庚戌拜承政院同副承旨,又兼承文院副提調,遞拜禮曹參議。以聖節使赴燕京,還至長墻上,遇建州夷人貢者。先是,夷人遇我使行輒肆劫掠,故一行皆駭散。至是,夷人駐馬呼譯,只問燕中蔘價而去。行中皆來賀,公愀然歎曰:“夷虜劫掠,乃其素性。今者鈐束如此,可見其法令之能行。此天下之憂也。爾輩乃以得免劫掠爲幸耶?”壬子又拜同副承旨。光海引見平安兵使李守一,公適入侍。陳建夷可憂狀,仍言中朝城制甚悉。光海謂守一曰:“承旨所見是矣。備豫之策,卿其盡心。城池規畫,亦宜 如承旨之言。”守一赴任,改築寧邊城,而蓋亦倣公所言云。是年夏,誣獄起,獨石黃公罹禍。公上疏乞免,光海特罷之。自是,公絶意世事,杜門屏居,惟以詩酒自娛,家雖屢空而晏如也。公之外黨群從,方乘時用事,列於權要。每勸隨世低昂,以利害怵之。公答曰:“欲令我爲白首賊耶?”聞者縮頸。嘗過相知家飲酒,朴鼎吉適來到。公聞其來,卽陽醉倒睡。鼎吉素慕公名,爲之喚醒。公惡之,起吐於其面,鼎吉慙怒而去。公引滿哦詩,不以屑意。李爾瞻、許筠輩欲盡芟一時名流,百計搆陷。又投書西宮,公與北渚金公瑬、清陰金公尚憲之名皆在其書中。人莫不危凜,而顧公名德自持,無釁可摘,卒不能加害焉。公屏廢既久,而聲望素重。每當有事時,輒有起用之議。毛文龍始至也,難其擯接,備局請以公差送。啓草既具,爲忌疾者所沮。後又以詔使將至,欲藉公華國,請起廢用之。仍竝擧一時坐廢諸公,因此多被甄收。而獨公及北渚金公、清陰金公、愚伏鄭公經世竟寢不下,蓋惡其守正不撓也。時彝倫既斁,昏亂日甚,先朝舊臣皆迸散在外。公日夜憂憤,嘗以一絶寄象村申公欽,有“夢唱定風波”之句,意有所在,而申公不答。公與北渚金公素相善,至是遂與密謀匡濟。因申公景禛、具公宏諸人,聞仁祖大王有君人之度,乃定推戴之議。糾合義旅,大會於弘濟院,奉仁廟正位。寔天啓癸亥三月十三日也。卽拜公兵曹參議,旋移吏曹。是年夏,因外舅獄,力辭得遞。俄拜司諫院大司諫,遞拜右副承旨,又兼承文院副提調。秋,論定靖社功。蓋撥反之際,公之勳勞實多。有因公家得聞密議,誤以宣露者,非公過也。然而坐此爲三等勳,物情稱屈。賜奮忠贊謨靖社功臣之號,進資封益寧君,陞左副承旨。公之在右副,例兼刑房。時大獄連起,公隨事敷奏,平反甚多。上甚任之。自是在銀臺凡二年,終不換房。甲子正月,李适反,臨津守兵潰。上倉卒南幸,命公扈衛慈殿,仍以標信二度付之曰:“臨急,以此便宜從事。”公受命而出。馳至崇禮門,夜已深矣。守門將士皆散去,城門閉。大駕且至,前隊阻不得出,人馬騈闐。公令從人持大石至,欲撞門鎖。有一宰臣止之曰:“人臣何敢撞國門乎?鑰匙在兵曹,可急取來也。”公廻指大内火光曰:“都民已亂,宮闕被燒。兵曹可得至乎?事急如此,而乃欲膠守常規乎?事定之後,撞破城門之罪,吾自當之。”遂促令破碎。門既開,軍馬如水决而出。公先至漢江,民皆逃散,持船者皆中江下碇,呼之不應。有武人禹尚中者，從公行。公素知其多力善水，使往取其船。尚中卽游至中流，攀舷入。擊仆船人，船中皆慴伏。遂喝令刺船，得五六艘以來，乃得利涉。時夜尚未晨，燈火明滅，將士與從官相紛挐，將欲潰散。公謂大將申景禛曰："至尊尚未登舟，而擾亂如此。賊若猝逼，則不可爲也。公宜急收軍陳於高阜，建旗鼓，明燈燭。賊雖來，見我有備，必不敢輕犯矣。"申公乃促隊整伍，結陣於左右山上，懸燈擊柝，衆心始定。是日微公事幾殆。時慈駕尚未至江上，人情憂疑。公慨然謂從者曰："慈駕不至，乃我之罪。吾當先投江水，以謝不忠之罪。"終乃至誠導扈，以達行在。及賊平返蹕，以勞加嘉義階，陞右承旨，遞拜兵曹參判兼同知經筵成均館事、世子右副賓客，又兼籌司堂上。俄拜弘文館副提學，移都承旨。丙寅，詔使姜曰廣出來，又以副學，差鐵山迎慰使。丁卯春，邊遽至。上出幸江都，公以都承旨扈從，上疏請邀擊於平瑞之間。報聞。秋，復拜副提學、大司諫、成均館大司成、吏曹參判。戊辰正月，柳孝立等謀逆，分遣其黨變服載兵器入城，刻日犯闕。許聞其謀，前一日走報於公。公急通于廟堂設機擒捕，諸賊皆伏誅。策勳二等，賜號爲竭忠效誠炳幾寧社功臣，超正憲階，拜漢城府判尹兼知義禁府事，俄拜司憲府大司憲。時罪謫者多在北邊，公以疆域未寧，慮有他虞，啓請移之內地。未幾，梁景鴻、韓玉等潛通虜中，事覺伏法。人皆服公遠識。移拜禮曹判書。己巳遞拜議政府右參贊兼弘文館提學，復移禮判兼知經筵。是時國家多事，軍需罄竭，諸衙門各自興販射利之際，擾民者多。公白於筵中曰："自古軍興之時，需用無窮，故先理財貨。南宋時，張浚、韓世忠皆於外國興販。況此艱虞之日，尤當辦出財利，然後可以接濟也。此雖不可廢，然民窮財盡之時，一毫一粒皆取於民，故民甚不便。今者貿販衙門其數不一，民力不能支。如非不得已事，則貿販姑令停罷，以休民力。似合便宜。"其言縷縷，務在便民，識者韙之。是年秋，羅公萬甲以通塞事，語侵銓相。大臣上章論之。上疑有專擅之漸，遽命竄流。張公維上箚救萬甲，則上怒甚，竝補羅州。以此朝著不靖，將有岐異之端。公於筵中陳白曰："自上處置羅、張二人以來，雷威所施，不無過重。群情惴惴，景色不佳。臣甚憂焉。萬甲言語之間，雖或有不擇之失，其心斷無他腸。豈有專擅之事乎？此不過萬甲年少氣勝，言不愼重之致。而自上至用流放之典，廷臣舉皆驚惑。而至於轉及張維，則尤極未安矣。竊觀維操心和平，處事信實，無一毫私底心。豈有偏護萬甲而忍爲欺蔽乎？且以朝廷事體言之，曾經吏判之重臣出補州牧，甚駭瞻聆。臣曾聞先正臣李彥迪爲親乞郡，中廟特命除授。而其時臺諫，以經幄重臣不當出外論啓，不送。今番事體貌所關，不敢不達。自上當洞察兩臣心事，平心處之，似爲允合群情矣。"上頗嘉納焉。自是累拜大憲禮判。庚午冬拜吏曹判書。

辛未,慈殿違豫,既而平復。以侍藥勞陞崇政階。時上欲追崇章陵,廷臣爭之不已。延平府院君李公貴素主追崇之議,而傅會者皆見斥於清論。以此發怒於銓地,遂於榻前斥公曰:"如此之時,洪某豈可爲銓長耶?"仍醜言詆公。至以生者爲死,政目無名,而謂之注擬。其虛妄如此。大臣陳其誣狀,上既已燭其冤,因公辭疏,累下溫旨。公連章力辭,而疏中有"朴彭年忠臣之語"。上怒命推考,因此遞職。癸酉復拜左參贊,移禮判。甲戌拜兵曹判書,又兼藝文館提學。以文衡坐次有妨,辭遞提學。詔使盧惟寧出來,公爲館伴。乙亥,元宗大王祔廟禮成,公以都監堂上陞崇祿,復除禮判,兼拜兩館大提學,又兼判義禁府事。是歲,變異疊出,朝野頗憂之。公以特進官,嘗於書講極論曰:"古人云'元日至人日,陰晦時多則最可憂'。今年則正月以後,天無開朗之時。日月告凶,變異非常。而若嚮者虹貫之變,非但往牒罕有,自反正以來,此變每不虛生。凡與國休戚者,孰不深憂而遠慮也。至於社稷祭省牲時,祭牛迸出,逼傷祭官。此亦古所未聞。古語云'不見其形,願察其影'。此則甚於察影。君臣上下,正宜惕然交修,講求弭災之道。對越一心,凜凜不懈。則陰沴之氣變爲休祥,在於聖上一念而已。應天之實,雖不可以一端論之。若言路不塞,乃當今第一務也。近來以言獲罪者頗多,其狂妄則有之。但渠則不計自己利害,唯懷一端愛君憂國之心。言雖過激,不用而已,何至深罪?"及至七月,京城大風,折拔太廟內巨木七十餘條。公於筵中進言曰:"變不虛生,必有其應。而風動物也,多係兵象,其應尤捷。宋將劉錡遇暴風曰:'此乃虜至之應也。'整軍以待,得大捷。風之應於兵,尚矣。辛卯年間,京都亦有風變,延恩門鐵鎖至於中斷。而翌年倭寇大至。今虜釁如此,風災甚於辛卯,臣竊畏之。不可無先事之戒。"其說反覆不已,而卒不得有所施行。丙子擢拜議政府右議政,仍兼仁烈王后山陵摠護使,俄陞左議政。夏,司諫趙絅上章,誣公以受人賂馬。其說無根,上疑之,令政院詰問其言誰所受。絅不肯首,因亂舉他事,詆公益甚,皆捃摭無其實。上愈疑之,欲下絅吏,詢于諸大臣。北渚金公及仙源金公尚容以謂:"臺諫雖重,不過與宰相等耳。今絅所陳大臣事,非細故,不可不究覈處之。"於是上遂下吏問之。時公因絅言,出在江上,陳章待罪。聞絅之就獄,上疏言:"絅之不爲的指言根,亦守自己體面。國家二百年待臺諫之道,緣臣取謗而壞了。後雖有可言之事,言官以敢言爲戒,緘口而已。則非國家之福也。"言者亦多以拿問臺官爲未安,事得已。蓋絅之爲銓郎,公有所不韙者。及其薦中書,公又顯言斥之。絅聞而銜之,乃誣公如此。清陰金公時爲吏判,上疏陳卞,仍極言人心世道之不可爲,遂棄官歸田。公前後辭疏十餘,上呈單至四十度,始許遞免。是年冬十二月,清兵大至,上將出幸,復拜公左議政。公扈駕入南漢山城。翌日,有移蹕江都之議,上命公留守本城。大駕已出而不果行,旣而長圍合。上命公往其陣議和,公聞命卽出。親朋送之者皆瀉淚,公則怡然不變也。自此清人數至城下,求見城中人,上輒命公出應之。公隨事爭卞,清人無以絀也。前後往返凡十二,冰雪塞路,山坂峻滑。公徒步上下,足指皆凍,觀者無不愍然。丁丑,隨駕還都。三月,將送使瀋中。上引見大臣六卿曰:"今者使臣之入去,與彼問答之事。卿等已區畫揣摩乎?其中助兵一款,最是難從者。將何以應之?"公對曰:"我國與大明有父子之義,一朝以兵刃相加,所不忍者也。"廷臣議有異同,而卒不能如公言。俄遭內艱。戊寅,倭書來,多有探試之語,朝廷難於爲答。時當大亂之餘,人情洶洶。公自以義同休戚,不可以身在憂服之故,有所恝然。遂上疏備陳接應之道,上優批答之。己卯,服闋,拜領議政。庚辰冬,清人疑我國潛通上國,責致首相吏判都承旨於灣上。先數日,日官言:"臺星西流。臺位當有行役。"已而公果西行。旣至拘留數月,窘辱備至。公無所撓屈,清將歎服。乃慇懃告別而去。辛巳春,以風疾乞免,不許。壬午,又固辭,遞爲益寧府院君。甲申復拜領相。未幾,以坐次降左相。乙酉因風變,上疏極陳弭災之道。時元孫冲弱,儲位久虛,上以孝宗大王有聖德,欲冊立爲世子,詢于群臣。首相北渚金公旣知上意所在,對無異。公進曰:"聖意以宗社爲重,有此非常之問。而刱業之後,世守宗統,是乃經常之道。小臣不知所達。"於是判府事沈公悅、贊成李德洞皆言公言是。判府事李公敬輿曰"左相之言,萬世之經常也。"上竟從首相議。是歲,火入東井。日官言:"大臣厄。"七月,公患脚疾,日益危苦。上遣右承旨金尚問疾,命內醫不離看病。疾革而精神不亂,侍者有問之者,公曰:"自腰以下已化矣。"俄而,恬然而逝。八月初八日也。享年七十四。……文章早成,奇健深奧。尤長於詩,出韓入杜,自成一家。李東岳詩名振一世,見公詩輒彈指曰:"骨子骨子。"嘗贈公詩,有"昌黎文後益寧詩,……芝川……簡易……公能鼎立"之語,蓋心服也。所著述皆逸於兵燹。胤子觀察公蒐輯散亡,有《鶴谷集》若干卷刊行於世。

《鶴谷集·序(李景奭)》:近世之譚藝苑之盛者,必以宣祖朝爲最。宣祖朝華國之盛,又莫如顧、崔兩詔使時儐幕之選。蘭風郢雪,更唱迭和。當其時也,公之名藉甚諸公間。公所與游皆詞林哲匠,而莫不推公重。余自少時往往聞先輩緖論,以公詩筆力可以扛鼎。其見許於一時詞宗如此。余竊妄謂詩道固繫於世道,而亦繫於其人。苟其人豪逸而拔俗,則其詩亦自有雋致。況不襲古人餘馥,而自出機杼,成一家之則者,詎不卓犖尤異也哉。公乃冠冕之胄,文翰之家,大父叔父俱以文章著大名。公以穎異之資,學識淵懿,重以擩染。雄硬蒼古雖是天得,沈深老健厥有源委。早致青雲,竝驅高衢。湖堂長暇，鮮或方駕。宏詞甲第，寔趾祖美。遻昏而蓬累，瀕危而璧完。逮癸亥靖社之時，有親扶日轂之勳。乃與耆喆鴻碩，後先騫騰，歷判二銓。由兩館大提學晉登臺鼎。雍容端委，潤色廟謨。若公可謂功言俱立，其亦盛矣。公與吾先伯子孝敏公甚驩，余以稚弟侍酒所數矣。及余立于朝，以下僚事公於臺省者久矣，瞯公精容風采甚熟焉。其毅姿爽氣如快鶻之當秋，和風逸韻若仙鶴之離塵。雖或遭嚚嚚之言，廓然無所介於其中，若未始聞其語者然。是不亦爲冲襟偉量也哉？因以味乎其詩，則藻思之奇，無一陳言，格律超邁，法度嚴密。信乎類其人矣。古所謂勁氣沮金石，正聲諧韶濩者，公其近之矣。今龍安宰朴君承健卽公之侯芭也，將梓集而行。公之彌甥朴大世柱手詩文，屬余引之。詩凡幾篇，文幾篇。公平生所著述不止此，而逸於兵燹中，此特其千百之什一耳。噫！余而弁公卷哉。抑慕公如余，而喑無一語，則惡乎寓其誠？於是乎書。覽者宜恕其僭也。公位至首揆，勳封益寧府院君，號曰鶴公。稱公者，不稱其位與封，而必稱以鶴谷云。大臣輔國崇祿大夫議政府領議政兼領經筵弘文館藝文館春秋館觀象監事世子師李景奭序。

《菊堂排語》：鶴谷洪公瑞鳳奉使將赴京，李東岳安訥餞其行。月沙李公廷龜、芝峰李公睟光、石洲權韠、五山車天輅皆來會，即壬寅東槎諸公也。仍與聯句，月沙首爲之曰："十一年前事，龍灣舊勝遊。"芝峰續之曰："星槎曾半路，杯酒此高樓。"月沙又爲之曰："深樹風全息，虛庭雨乍收。"石州終之曰："如何歌吹地，忽復動離愁。"石州又爲之曰："綠樹陰濃晝閣深，"五山續之曰："雨餘微月吐遙岑。一樽談笑賒清夜，"鶴谷終之曰："離愁還自入新吟。連年慣踏曾遊處，幕府青衫鬢雪侵。"一時盛會，至今傳說。

《小華詩評》：洪鶴谷瑞鳳，爲詩沉鬱豪健，然時病澀癖，每作一首，必費數日。嘗到醴泉郡，得"簷留如客燕，池謝似郎花"之句，終日苦吟，終未成篇。奉使關西，《贈龍川老馬頭》詩曰："當時從事未生鬚，醉騁驊騮爾輒扶。三十年來相見地，吾豪爾健一分無。"老而益健。

鶴谷《挽朴錦溪》詩一聯云："搏鵬一失扶搖勢，病樹虛經爛漫春。"澤堂《挽南雪蓑》詩云："一炊爛漫邯鄲夢，萬斛撐過灩澦堆。"人稱兩句造意鑄思相同。

《詩評補遺》：余外曾祖蓬萊君鄭相公家在終南山下，鶴谷洪瑞鳳嘗往訪，適見上山而去者，占一絕曰："瞻彼上山者，終期上上頭。默思下來苦，不如安坐休。"詩意蓋謂仕宦者不必求高位也。然鶴谷畢竟位至上臺，亦非上上頭者耶？

鶴谷贈義州妓安介詩曰："四紀重來獨斷魂，繁華陳跡更誰論。村婆尚喚三從事,不識人間上相尊。”鶴谷曾以第三從事到此,故云。見故宫人出家爲尼者,作詩曰:“一洗紅妝脱繡裙,袈裟直拂石壇雲。秋來岳寺多紅葉,莫寫閒情惹事紛。”人稱佳作。

《閒居謾録》:湖州蔡尚書裕後,少與鶴谷洪相瑞鳳情厚。洪公與議靖社,欲拉蔡公共其事,而不知其意之如何,以詩試之曰:“少日風波異,風波亦已多。今宵睡足處,夢唱定風波。”蔡公茫然不知其意,洪公遂不敢告,及勳集,蔡公始覺之,曰:“我于其時,若知其事。將何以處之乎?其不能覺得者,天相我也!”

《續雜録》:(仁祖十五年正月)十七日。清人急請大臣,洪等出去。清給答書,末端云:“欲生則出城歸命,欲死則出城一戰,以聽皇天之命。”蓋其書中所言,耳不忍聞,口不忍言。清將曰:“奉獻爾王,依此爲之。”瑞鳳曰:“書意余未得知,願聞其略。”龍馬等僻左右語崔鳴吉,又書略物示之。龍胡云:“他人知之,則有大罪矣。愼勿出口。”又云:“爾國文書皆以賊稱之,兄弟之義果如是乎?”瑞鳳曰:“我國之人侵於貴境,殺戮擄掠,則貴國之人亦必以賊稱之。”馬胡又云:“爾國謂我奴,請質於掌隸院。”又云:“曳船冰上,將入江都。”又云:“十九日二十日最吉,將與決戰。”此皆恐劫之言也。

【按:洪瑞鳳(1572—1645)字輝世,號鶴谷,謚文靖。籍貫南陽。著有《鶴谷集》今傳。其詩沉鬱豪健。《箕雅》收其七絶四首、五律一首、七律五首。】

金尚憲　**字叔度,號清陰。安東人。宣祖朝登第,選湖堂,參重試,典文衡。丁丑立節。又執詣瀋陽,不屈。官至左相。謚文正,配享孝宗廟庭。**

《朝鮮孝宗實録》卷八:三年六月乙丑。大臣輔國崇禄大夫、議政府左議政兼領經筵事、監春秋館事、世子傅金尚憲卒于楊州石室之别墅。臨歿,上疏曰:“臣本庸姿,幸蒙累朝之恩,位躋崇班,未效涓埃,徒積罪戾。丙丁以來,絶意仕宦,中更禍患,備嘗艱辛。不意先王起之田廬,致于臺司。感激思命,黽勉一出,而積釁餘生,無望陳力。退伏松楸,沒齒爲期。逮乎聖朝,遇被異渥,衰朽之質,報答無路,只欲明揚士類,振舉綱維,以補新化之萬一。而不幸事與心遠,志未少伸,孤負聖德,狼狽而歸。疾病憂傷,輾轉沉屙,及至今日,大命垂盡,再睹天顔,此生已矣。瞻望宸極,只增隕越。伏願殿下益勵初服之志,不替好賢之誠,登進善類,以出治道,克修實德,以恢大業,丕基我東方億萬年無疆之休。則臣雖在九原,庶無遺恨。臨簀氣短,不知所云。”上下教於政院曰:“天不憖遺,喪我元老!痛悼殊切。覽茲遺疏,辭意懇惻,訓戒切至。爲國忠赤,至死罙篤,深用嘉歎,可不服膺焉? 予不任悲愴,以諭近臣耳。”尚憲,字叔度,清陰其號也。爲人正直剛方,貞介特立,家居篤于孝友。正色立朝者殆五十年,遇事必盡言,無少回撓,言不用輒辭而退。見惡人若將浼己,莫不敬憚。金鎏嘗謂人曰:“每見叔度,不覺汗沾於背。”在光海朝,仁弘誣詆先生李滉,乃陳啓以辨之。見倫紀晦塞,杜門不出,述《野人談錄》以見志。逮仁祖反正,以大司諫上劄論八漸,累千言,辭甚剴切。以大司憲論追崇之非禮,被嚴旨,即還村舍。未幾,拜冢宰文衡。忤上旨,又退歸。丙子之難,扈入南漢,力陳死守之計。諸臣請以世子求成,尚憲痛斥之。及出城之議決,崔鳴吉撰降書,尚憲哭而裂之,入見上曰:“君臣當誓心死守,萬一不遂,歸見先王無愧也。”退而不食者六日。又自縊,傍人救之,得不死。上既下城,尚憲直歸安東鶴駕山下,構數間草屋於深谷中,扁以“木石居”。常切慨然於心,雖中夜不能就枕而眠。著《豐岳問答》,其書曰:“大駕出城之日,子不從,何也? 余應曰:‘大義所在,一毫不可苟。國君死社稷,則從死者,臣子之義也;爭而不用,則退而自靖,亦臣子之義也。古人有言:“臣之於君,從其義,不從其令。”士君子出處進退何常? 惟義之歸。不顧禮義惟令是從者,乃婦寺之忠,非人臣事君之義也。’又問:‘賊退之後,終不奔問,此義如何?’余應曰:‘變亂之時,流落草間,不得扈從。則賊退義當奔問,余則同入圍中。言不行而去之,日之終當不可俟,何區區小禮之必拘乎? 子家羈曰:“貌而出者入可也,寇而出者行可也。”古人于出入之際斷之以義,有如此者。’又曰:‘子言大義不可苟,則然矣。世祿之家,受國厚恩,獨不念祖宗之遺澤乎?’余應曰:‘吾之從義不從令,欲扶二百年綱常者,所以不負先王教育之澤。我國素以禮義聞於天下,一朝遇難,不能誓心自守,爭勸君父屈膝于寇仇之庭,何面目見天下士大夫? 亦何以見先王於地下也? 嗟嗟今之人,亦獨何心哉?’”上疏辭山城賞資,其疏曰:“臣隕心於擢髮數罪之書(即降書也),失性於天地反覆之際,形存神死,有同土木。方駕住山城也,大臣執政,爭勸出城。而臣敢以死守之義,妄陳榻前,臣罪一也;降書文字,所不忍見,手毁其草,痛哭廟堂,臣罪二也;兩宮親詣敵營,臣不能碎首馬前,病又不得隨行,臣罪三也。負此三罪,尚逭刑章? 豈敢與諸臣之終始羈靮者均蒙恩數也。且臣伏聞寒暑不輟,則裘葛不可廢,敵國未滅,則戰守不可忘。伏願殿下克礪薪膽之志,增修保障之地,免使國家再辱焉。嗚呼! 勿信一時之要盟,勿忘前日之大德,勿過恃虎狼之仁,勿輕絕父母之邦。誰能以此爲殿下懇懇陳戒乎? 夫以千里爲仇人役,古今所羞。每思先王奏文‘萬折必東’之語,不覺泣涕沾衣也。”其後柳碩、李道長、李烇論以遺君請流竄,只命削職。清人將以我師西犯,尚憲上書,極言其義不可從,其疏曰:“近聞道路言,朝廷從北使之言,將發兵五千,助瀋陽犯大明。臣聞之,驚惑未定,不以爲然。夫臣之於主,亦有可從不可從。子路、冉求雖臣于季氏,孔子猶稱其有所不從。當初國家勢弱力屈,姑爲目前存國之計。而以殿下撥亂反正之大志,臥薪嚐膽,今已三年於兹。雪恥復仇,庶幾指日可望。豈意愈往愈微,事事屈從,終至於無所不至之地乎?自古無不死之人,亦無不亡之國。死亡可忍,從逆無可爲也。有復于殿下者曰:‘有助寇仇攻父母。’殿下必命有司治之。其人雖善辭以自解,殿下不赦,必加以王法,此天下之通道也。今之謀者,以爲禮義不足守。臣未暇據禮義以辨,雖以利害論之,徒畏強鄰一時之暴而不懼天子六師之移,非遠計也。自丁丑以來,中朝之人未嘗一日忘我國,特恕其亡救而敗,拜戎,非本心也。關下列屯之兵、海上樓船之卒,雖不足于掃氊裘、復遼疆,而其於禁我國之爲梗,則有餘也。若聞我國之人爲倀鬼於虎前,問罪之師雷奔霆擊,帆風一日,直到海西圻島之間,勿謂可畏者惟在於瀋陽也。人皆曰:‘彼勢方強,違之必有禍。’臣以爲名義至重,犯之亦有殃。與其負義而終不免危亡,盍若守正而俟命於天乎?然其俟命者,非坐而待亡之謂也。事順則民心悦,民心悦則根本固,以此守國,未嘗有不獲其祐者也。太祖康獻大王舉義回軍,建二百年鞏固之基;宣祖昭敬大王至誠事大,被壬辰年拯濟之恩。今若棄義忘恩,忍爲此舉,則縱不顧天下後世之議,將何以見先王地下?亦何以使臣下盡忠於國家哉?伏願殿下赫然改圖,亟定大計。勿爲強鄰所奪,勿爲邪議所怵,以繼太祖、宣祖之志,以副忠臣義士之望。”凶人以蜚語構於清人,被拘入瀋。道過京師,上特賜貂裘以慰之。及到瀋,清人詰之甚急。尚憲臥而不起,曰:“吾守吾志,吾告吾君,何問爲?”清人相顧嘖嘖曰:“最難老人!最難老人!”久始出,置灣上。其後爲申得淵、李烓所構,又被執在瀋中。首尾六年,終不少屈。清人義之,稱之曰“金尚書”,不敢名焉。仁祖末年,擢拜左相,來謝即還。及上即位,有大有爲之志,復召爲相。清人以復用横議之臣責之,尚憲遂決意而歸,竟不得展布其志,朝野惜之。爲文簡嚴,詩亦典雅,有《清陰集》行於世。嘗製壙銘,銘曰:“至誠矢諸金石,大義懸乎日月。天地監臨,鬼神可質。蕲以合乎古,而反盭於今。嗟百歲之後,人知我心。”卒年八十三,謚曰文正。史臣曰:“古人謂文天祥收宋三百年正氣。世之論者以爲,文天祥之後,東方唯尚憲一人而已。”

《清陰集·朝天錄序(李康先)》:蓋聞奉皇華之使者,嘗有有懷靡及之心,以故爰諏諮度,即其所歷之境地,所遇之情形,山川城郭,無不可發爲文章而焕其志氣。要以蹙上國之思,懷耿光之想,而寔與於冠裳玉帛之會者,蓋難其人。方今聖天子在上,運正當午,文泉甫壯,凡夫楮卿墨客與夫騷人羽士一吟一詠,無不足以翔洽大化,鼓吹休明。頃有朝鮮使君金,偶出其所著《朝天錄》,閱之識趣高邁,襟懷寥廓,有工部之深思而不湮于排鬱,有謫仙之瀟灑而不流於狂肆,有五柳之澹蕩而不淪於寂寞。至其音律之鏗鏘,對偶之金石,大有聲振林木,響遏行雲之致。其所以鼓吹我文明之化,而光寵其主之休命者豈淺鮮哉。余故樂爲之敘。益以見聖世維新之治,窮荒絶域舉爲聲名文物之鄉,而况隸在屬國之下者乎?他日重譯之朝,余當以是編爲券。天啓丁卯歲仲春日,禮部署部事左侍郎兼翰林院侍讀學士李康先書於嘉樹軒之署中。

《清陰集·朝天錄序(張延登)》:朝鮮賝貢我天朝職方,令由遼左榆關入。自建酋蠢動,壅閼弗通。陪臣春秋有事,浮海方達登萊,是漢樓船將軍楊僕所開路也。於是朝鮮行人爲東海之波臣。余里輪蹄孔集,冠臺笠者踵錯於廷矣。丙寅冬,余方杜門讀禮,使臣金子叔度偶游余日涉園,得識余仲子萬選。比事竣還轅時,已改歲春暮,則掯摭其廷次憑吊唫慨及入都後早朝燕會之什彙爲一冊,總名曰《朝天錄》,因萬選乞言于余。行人有辭,何可違也?夫朝鮮箕子舊封,襲冠帶以藩諸華,世守忠孝,入天朝尤爲昵就。丁酉中患於倭,我神祖皇帝遣重臣經略其地,倭是以不得逞志於鮮人,是我之成也。今建酋自寧遠挫衂,狡焉寇掠。江東鐵山不守,羽報狎至。叔度聞之,自烏蠻邸中上書。天子哀其意,爲檄寧遠撫臣便宜行事,速以偏師尾其後。鮮人自可恃以無恐,而借箸之臣猶鰓鰓過計,懼奴滅之無時焉。昔延陵吳季子聘魯,請觀六代之樂,歌《二南》歌《二雅》,歌《邶》、《鄘》、《衛》,歌《王》歌《豳》,歌《魏》歌《唐》歌《頌》,皆有歎美。獨至《陳》則曰"國無主,其能久",至《鄭》則曰"細已甚,民弗堪",至《秦》則曰"是謂夏聲,能夏則大"。其辯十三國之興亡如指諸掌如數白黑者,此何也?古樂章皆詩也。詩之爲教,發乎性情,止乎義禮,如天籟之鳴自然而然。小而一身之動定,大而世運之升降,靡不由之。《三百篇》之旨大抵如此。札蓋審音精微窈渺,非淺見拘迂之儒所能測也。余鹵莽,識不逮札,如何瀟然。讀叔度詩,見其事有所感,情有所會,神與景合,氣從意暢,亢不傷調,抑不病格,有優柔之韻,無衰颯之音。使世有精識如札其人者采而歌之,必將曰:"美哉!其箕子之舊乎?"况其請救一書痛切回天,不減包胥之哭。余卜其國有人,未有患也。叔度歸報命,其宣述聖天子懷遠洪恩。君臣益自振厲,練兵秣馬,與寧遠撫臣掎角殲此惡奴,通復舊貢道,車書一家而後朝食焉。豈不休哉?遂序而畀旃。天啓七年歲次丁卯初夏,濟南黄山居士張延登濟美父題。

《清陰集·自序》:余年九歲始學於家庭。逮事外王父林塘相國,獲承謦咳。伯氏仙源先生、堂兄休菴先生勤加提誨,稍稍知向方。十六謁尹文敬公請益,又游玄軒申公、月沙李公、西坰柳公之門,以廣所聞。與鶴谷洪公、東岳李子敏、竹陰趙怡叔、谿谷張持國相切劘。通籍蘭臺石渠,探金匱之藏,窺寶笈之秘。亦嘗衹役耽羅,左符榆塞,价儐龍灣,間出東南,上金剛,道鳥嶺,浮舟渤澥,歷青齊燕趙之墟,以蕩其胸。接遇中朝諸老先生,粗聞緒論。雖不敢自謂有所得,而其浸灌淵源蓋亦有所從來矣。顧其才品凡短,讀書甚少,且多爲人所強。發華摛藻,不能盡如其思。自視鮮有當意者,烏足與論於不朽之盛事也。聊置巾箱中,以志雕篆之悔焉。崇禎丙子杪秋,書於石室書齋。

《菊堂排語》:乙亥,始有栗谷、牛溪從祀文廟之議,儒生之從其議者仍在館中,不從者退聚於東學。館學之疏一時並呈,景象不佳,輾轉激發,遂空館不做,終致增廣無館試。丙子秋,監試二所,鄭斗卿爲試官。舉子輩以爲鄭侮辱先聖作拏罷場。清陰金公尚憲陳劄請於一所加取兩試各百人,以補二所之數。苟且甚矣! 識者非之。

《詩評補遺》:金清陰尚憲,我朝之蘇武也。自燕獄還,退居花山,月夜徘徊。有詩一絕曰:“南阡北陌夜三更,望月追風獨自行。天地無情人盡睡,百年懷抱向誰傾?”有無限感傷意。

《續雜錄》:(仁祖十五年正月)十八日,圍城之賊來到山頭,急呼曰:“有所言。”城中不答,賊下去。崔鳴吉撰國書加“陛下”二字,大司憲金壽賢請去之,上從之。瑞鳳持國書出去,日已暮矣。龍胡曰:“馬將出去,明日再來。”不受國書,瑞鳳還。

十九日。鳴吉又撰國書入闕,禮判金尚憲奪取裂破,因爲痛哭。兵判李聖求入曰:“令公雖得萬古清名,將置兩殿於何地耶?”尚憲曰:“令公方爲副察使,惟當一戰而已,何事於和乎?”聖求曰:“以今日事勢觀之,可戰乎? 可和乎? 令公之意若此,則何不出去清陣,自明其斥和乎?”尚憲曰:“令公執余遺賊。”聖求出,東陽尉撫劍曰:“令公力主和議,當拔此劍斬之。”午後瑞鳳病,以李弘胄代爲右相。鳴吉持國書出去,龍馬受而見之。至於出城一款,大怒曰:“不可以此書啓達矣。”弘胄等力陳其難從之意,龍胡曰:“當力圖以報,留待門內。”李等信其言而還,待之至夜無消息。二十日未明。清人急呼之,李等出去。清人曰:“斥和人出送,卽當解圍矣。須入去稟定。”弘胄曰:“斥和首倡洪翼漢,以其罪遠竄矣。”龍胡不應,李等乃還。金尚憲、鄭蘊待罪曰:“臣等以斥和陳疏,欲出賊陣而死矣。”

《逸史記聞》:庚辰冬。龍賊等得聞柳碩、李烓啓辭何論,而未詳金尚憲之名。與梧木道來駐龍灣,求索斥和臣至斜陽,則我國以國中本無斜陽之名對之可也。而都承旨申得淵舉金尚憲之名書示龍賊。以正曹漢英、幼學蔡以恒等相繼欲以並書其名,以恒皆令入送。則朝廷送清陰於義州,付與龍賊。龍賊探問,扶入龍賊之前,偃臥其側。則龍賊曰:“汝有何犯? 汝可一一言之。”清陰曰:“吾則不知。有若歷指而言,則吾其對之。”龍賊曰:“國王之出也。汝何不從乎?”曰:“吾以老病不能運步,所以不從。”龍賊曰:“不受職名何爲也?”曰:“以老病朝廷初不授職。除授何職而吾乃不受也云,汝等從何處得聞此說乎?”龍賊曰:“汝之勸國不許舟師何也?”曰:“舟師之不許,吾雖勸國王,而朝廷不用吾言。且君臣間私相告語之事,他國之人有何可言之理乎?”梧木道等相顧言曰:“最難老人也。”與曹漢英、蔡以恒等入瀋陽拘留別室。申得淵亦見拘囚。

【按:金尚憲(1570—1652)字叔度,號清陰、石室山人、西磵,謚文正。籍貫安東。孝宗四年(1653)追贈爲領議政,顯宗二年(1661)配享孝宗廟庭。奉享楊州石室書院、尚州西山書院。著有《清陰集》今傳。其詩高邁典雅。《箕雅》收其五絶一首、七絶三首、五律二首、七律四首、五古一首、七古一首。】

鄭　蘊　**字恢遠,號桐溪。草溪人。光海初登第,甲寅抗疏省鞫,大靜圍置。丁丑又立節。退歸卒於山中。官至吏曹參判。謚文簡。**

《朝鮮仁祖實錄》卷四二:十九年六月乙丑。前吏曹參判鄭蘊卒。蘊,安陰人,字輝遠,號東溪。少師事鄭仁弘,後覺仁弘之惡,痛絶之。光海朝疏陳永昌大君冤死狀,請斬鄭沆,光海大怒,下獄將殺之,竟安置于濟州。反正初,即放還,累官至吏曹參判、大司憲。天性質直,敢言有大節,在南漢城中,力排和議。聞出城之舉,作贊詞,繫之衣帶,拔所佩刀,自剚其腹,血流漬席,傍人救之,得不死。又上疏,請勿納國璽,辭氣激烈。出城後,歸于鄉舍以卒。

《桐溪集·附錄·行狀(許穆)》:公諱蘊。字輝遠。姓鄭氏。其先本八溪郡人。……明穆宗皇帝隆慶三年我昭敬大王二年己巳二月六日,公生於感陰縣嶧洞里。自孩提有識,事父母必承意順適,一如成人之行。既就學,勤苦自力,博讀經史,行業日修。十五六時法度已成,好危坐對卷終日。先先生隱居教授,弟子日進,皆莫之先也。初見葛川先生名益買,先先生教訓有法,未嘗崖異以爲驚俗之行。故公爲學,事親順而交友忠,樂與人爲善,而臨事峻正,鄉人父老皆敬憚之。我昭敬大王二十五年,有倭寇,兵革大起。後四年,先先生沒,哭泣幾滅性,雖在奔竄流離中,持喪之節未嘗少懈。既卒喪,亂離未定,事母夫人,身親鄙事,以供奉養。暇則讀書,樂從當世之名人達者。嘗遊月川、寒岡之門。而初鄭仁弘持重名于南州,接引江右諸生,號爲來庵弟子,而繩墨嚴切,公亦嘗師事之。後上書梧里李文忠公,深相識。三十四年舉進士。其明年以行誼被薦。又明年,鄭仁弘攻柳永慶得罪,公從草野上疏訟之。時有臨海君上變事,公抵仁弘書,言臨海謀逆未著,力陳全恩事。又論朋黨偏私之弊。臨海君竟殺死而獄成,仁弘反有力焉。時縉紳已有全恩之說,而反目之日,覬覦王室,大臣杜門,賢者屏跡矣。廢主元年己酉,除光陵參奉,不就。後年,又除奉慈殿參奉。秋別試及第。辛亥二月除侍講院兼說書,辭去。秋又除兼說書,尋復以說書,召命再至,乃入謝。其十月升司書。後月遷司諫院正言。是年昌德宮成,移御未久。有妖言,以新宮不利於上,將還居慶運宮。群臣皆曰不可,惡無辭。時兩宮已有間,太妃尚留慶運宮。辭以問寢,實欲留居之。公力爭言,觸忌諱,斥爲鏡城判官。自光海以來,用事者日以威福制人,士大夫皆苟容於朝,諛佞成風,無諤諤敢諫者。及公以直言貶,人擬之鳳鳴朝陽。鏡在絶塞窮北之境,去王化甚遠。邊帥皆武人,率多麤悍不法,民多怨。又前年北路大浸,鏡尤甚。公近臣一朝左遷,常退讓無矜氣,事主將有禮,而御吏臨民曲有恩信。賑窮乏革弊政,其民大蘇。以先王嘗欲易世子,廢主既得立,以爲大臣謀其事,心德殺柳永慶。於是李爾瞻等亦自以爲功,力誇矜,論功賞。公亦嘗力言鄭仁弘得罪事,以故卒有召命,爲掌樂院僉正。自以無功,上疏辭之。爾瞻慍言曰:“此其意以勳盟爲不久也。”公以爲徒無益,乃止。時大獄繼起,人人重足仄目,雖牛馬之盜,辭窮望幸者,以告變或得恩澤。於是有死囚上變言金悌男欲擁立永昌,日夜爲謀。獄詞滋漫,縉紳大陷。於是用事者造爲辭說,以永昌一則曰奇貨,一則曰禍本,爭言必殺以爲功。公見爾瞻曰:“孺子之無知而尚有謀叛逆者乎?且聞大妃日夜憂泣,恐不得偕死。萬一不幸,諸公尚有辭於他日乎?”爾瞻厲聲曰:“亦且并廢太妃,誰復有不可者也。”怒欲起。公笑曰:“毋起,我且去矣。”遂絶。公益見世道危險,蹤跡益疏,欲以微故去。嘗於朝會犯憲令,得劾罷。奸臣既執國柄,時事日亂,公鬱鬱欲一言感上意,以爲徒取禍無益。且念大夫人在,默默常自傷。一日,侍大夫人,具白其所欲盡者。大夫人曰:“勉之。毋以老母故變其心。”公喜甚。時公迸居已累月,時議益非之。不得已一至都下而歸。其月除成均館司藝,以疾不就。冬又除侍講院弼善。居講院月餘,不與時議相俯仰,尋遞付副司直。彼銜怒日深,構煽萬端,指爲黨逆,日夜陰察其所爲。前年,永昌既禁閉江都。二月使府使鄭沆陰殺之。聞者莫不憐悲其死。於是公乃上疏,極言幼稚實無謀叛狀,鄭沆迫之令死,此殿下假手于麤悍之武夫也。不殺鄭沆,殿下無面目立先王之廟庭也。請追復爵位,許以禮葬。佈告四方臣庶,以昭殿下友愛之本心。又曰:“㼄已死,殿下于大妃復何疑間之有?如有奸細之徒交構兩宮者,宜付有司治之以大罪。殿下亦宜恭爲子職，務得大妃之歡心。頃者鄭造、尹訒、丁好寬等首發廢母后之議，以圖其身之富貴，爲人臣是可忍也。請罪此三人者，以正三綱五常之道。”疏凡累百言。疏出，莫不失色，或有感激流涕者。廢主大怒，下政院以凶疏不沮却上達，承旨主納者先罷，而餘並推考。於是三司請安置絶島。廢主曰：“往者故相李德馨上箚，無大失言，而三司請按法。今鄭蘊上疏，其言大不道，而以安置科罪。無君護黨，如是甚矣。”三司請按法。廢主雖甚怒，而惡殺諫者名，故令諸大臣雜議，必欲假群議而殺之也。右議政鄭昌衍獻議爭之，而原任大臣李元翼、沈喜壽等皆以爲不可罪。而時適有大禮，大臣持之卽不鞫，以故禍少弛。然時議益怒，論之以大逆。又令館學生徒等上疏請罪，而鄭仁弘亦上箚以爲其言不道，必毋赦，以礪群臣之爲異議者云。廢主乃大悅，欲庭鞫。領議政奇自獻曰：“鄭蘊不過狂妄，無他罪。不可鞫也。”廢主怒謂曰：“然則欲不鞫乎？”曰不可。廢主曰：“且不問乎？”曰不可。且曰：“此非叛逆大罪，姑徐之。右議政出仕，然後議之。”廢主不得鞫，猶按問然後復繫之。至七月，復按問。命安置濟州之大靜。公自三月逮繫，至七月始出獄，繫械已經春夏。鏡父老聞之歎曰：“此前日吾賢宰也。民賴其賜甚厚，義不可負也。”來助患難。湖南儒生宋興周等亦上疏言無罪。時直公者皆被譴，而陷公者接跡得顯仕，爭相媒孽，危禍日迫。而公未嘗憂歎諮嗟，常自若。及庭訊，廢主盛怒以待，左右皆懼。公辭氣不亂，慷慨愈切。鄭沆亦對獄，惶怖失次。既出，遣人謝之，因憂恨發病死。丁好寬見其疏，深自恨曰：“吾爲罪人矣。”日縱飲不食，病醉乃死。大靜，極南海中窮島，自京城至海南千里。自出獄并日迫行，六日到海南。候風十九日，海中阻風，又三十八日乃得達。邑最地濕卑下，多蟲蛇毒螫。自春夏之交，或淫雨連月，或盲風毒霧，一日異變。或窮冬不寒，或盛暑不燠，風氣與中土絶殊。公咄咄曰：“宜負罪者居之。”自號鼓鼓子。公既得罪，而用事者益怒，日令三司館學論之不已。其九月，焚其疏于闕下，削名盟府。李彦英、姜大遂皆以論列得罪。吴長指爲黨人謫死，朴明榑禁廢，南士一言及冤者皆抵罪。於是江右横議，皆主仁弘。公既不悦於仁弘，爭付者益激爲禍，人人仄目。其後果有廢母后事。奇自獻知不可獨爭，請廣收群臣議，竄北邊。於是宗室貴臣多竄逐，而竟不得逞，號口西宮而已。修撰尹知敬自公得罪，因不肯仕，飲酒酣歌，托於佯狂。公拘囚海島，苦心勵行，操守益堅。時宋象仁、李瀷皆得罪遷謫至此，宋象仁彈棋，李瀷學琴，以暢其壹鬱。而公常讀書，於是訂經史，摭前言，上自殷之末世，下至南宋，其間聖人賢人之困厄憂患，心危慮深，不失其正者凡五十有九人，輯爲《德辨錄》以自省。又作《元朝自警箴》。以囚徒日給廩粟苦不繼，令僕隸日傭賃取資。天啓三年三月,上克大難,釋公爲司諫院獻納。前時永昌之獄,大妃家既族滅,母盧夫人流濟州,沒爲官婢,至是召迎。其奉使者來而具言其事。且勞苦曰:“盍一日撤棘以自便乎?”公辭不得命,見有旨然後乃出。公居圍籬十年,嘗作《圍籬望北斗詩》、《白雲之歌》,聞者悲之。既出,鬚髮盡白。涉海,乞先就老母,時大夫人年已八十餘矣。見者莫不感歎泣下,而大夫人曰:“今日乃得見吾兒耶?”執手笑與語,不一見遠別悲思之色。人賢之曰:“有是母,然後有是子。”五月。以司諫入謝。因進言曰:“《禮》:悼與耄,雖於其身親犯其惡,不加刑焉。鄭仁弘八十耄荒之年,被極刑死。恐傷聖德。而實且親戚嫁禍,昏耄可哀。”又自以平日師事罪人自辭。大妃廢時,弘雖爲事首,當議大臣多不從。知人心不與,爲兩端說曰:“君臣母子之名義,出天而不可易。今之爲殿下爭之者,惜此名義也。臣獨未曉,分府分曹分院,有若兩朝廷兩君上者然。使忠實之士,屯兵守之。彼孀居一婦,不過包荒中一個人而已。”議未上,其客聚謀,以禍福動其族類,私易其語,議遂決。當時有竊言者,而弘當誅。且欲自言云。以故公上疏言之。後月,有告廢世子掘地事,合司請法。公以前日骨肉之變,微感上心忤群議,卽去。大司憲吳允謙引避曰:“臣前日之啓幾誤殿下。臣若執迷,臣鄭蘊之罪人云。”其六月爲南原都護府使。冬特加通政,入爲吏曹參議。明年正月,李适叛入京城。上出幸公州二月。李适敗死,車駕還京。賞扈從諸臣,公升嘉善,拜刑曹參判。於是追贈三世爵位,以親老乞歸。冬爲大司諫。時有上變者,諸囚或引仁城君亦知其謀。於是三司請法,公執全恩之論。既不合,因啓曰:“不問義理之當否,形跡之虛實,一以獄詞而已,告變殆無虛歲。仁城雖除,豈無仁城!噫!先王之子盡之矣。廢朝雖昏亂,不殺骨肉,不廢母后。雖以殿下之盛德,不能一朝居此位也。三司之請,適足爲奸人藉口之資耳,非宗社長遠之計也。後之視今,猶今之視前也。”卽遞大司諫去。明年三月復以大司諫召之。七月入謝,尋遷承政院都承旨。政院故事,承旨由同副以次例升,而今由諫院直拜本職,出於特恩。據故例力辭,上不許,尋賜告歸。九月又召,至京師益求去,以老母爲言。上不許,而令以老母來養。公上疏辭謝,因自言久爲時論所排擯,義不可苟進云。時有宰相建白以爲,材能多屈,廣開庶孽之路。而又以邊兵不足,納粟多游丁,議悉發防邊。公又曰:“此壞名分,失信斂怨於民。”極言之。於是庶孽縱恣,而士大夫皆怒。裁抑爲計世法。明年春賜告歸。行出圻甸,上疏自陳,因論國君服私喪之禮,請從群臣言。時有啓運之喪,而上斷行三年之制,群臣多爭之不能得,故因疏及之。四月,以啓運葬禮來,拜刑曹參判,尋改大司憲。上飭言民瘼。於是戶曹經用竭,責四結出布,布匹至四石。極言傷農病民,以邦本爲憂。後月,上以公有老母,特拜嶺南觀察使。有獄事訟冤當理,公至按核其事。及啓聞有不悦者,故以他事劾之。其冬復拜大司憲,辭不至。明年正月,虜犯我西鄙。自我中興之後,與虜絶和親,益兵塞上,以爲戰守計。又有反閑言,姜弘立老母妻子皆已僇死,弘立深怨之,謂朝廷於我已負,實嚮導東犯云。關西節度使南以興既戰敗死之,而平壤已潰。報至,上出幸江都,而世子分朝南下。士大夫多三南人,多從分朝。而或少年慕奇功者爭趨之。既去行在,隔海頗遠,於是奸人反造爲疑間,人心懼之。公聞亂,出湖南道路,騷動相傳,虜已塞路,必不得達。而皆以爲分朝近且便。公曰:“君有難觀望,非人臣義也。”直趨行在,聞者義之,而人心倚以爲重。虜求和親,必以王子重臣爲質。姜弘立來,公上疏言:“弘立背義負國,罪當誅。且虜不可和。”仍論我兵力形勢曰:“但恐殿下無堅定之心,而群臣無自任者。”三月,虜既成約誓而去。公以同知中樞移漢城府右尹,入京城。俄以兵曹參判返行在。四月從車駕還京,上疏乞歸養。上勉留之。五月以母病去。自此數年之間,爲都承旨,爲大司諫,爲大司憲,皆不就。己巳四月以吏曹參判,一入謝而去。明年三月,太廟之木震,上自責求言。公上疏曰:“臣聞獄刑者,天下之大命也。獄刑不中則冤氣生之,所以傷天地之和,召水旱之災者也。反正之後,投竄四裔者不知其幾何也。罪人之多,非國家之福也。一夫叩心,有五月之霜。一婦含怨,致三年之旱。況環一國叩心含冤者,不止一夫一婦而已者乎?宜命有司,凡罪在當赦者霈然疏滌,無所系吝,則亦弭災之一助也。嗚呼!凡人無辜尚如此,況先王之子乎?珙之無罪,臣已陳於前矣。若使珙叛逆已著,惟當置之絶島,待之以不死。則殿下罪罪親親之道,可謂兩得而俱全矣。臣竊爲殿下惜之。然死者已矣,使其老妻稚兒尚在海島,以綺紈膏粱之養,而一朝饑寒困頓,哀號而不恤,幾何其不至於無噍類也。天人相與之際,甚可畏也。人事失於下,天變應於上。殿下待骨肉如此,災異之生不足怪也。若不改圖,災異無時無而國不爲國矣。臣請追釋其冤,復其封爵,還其子女,令毋失其婚姻。”又曰:“殿下寬之,既釋其母。而母老子病,戀戀不相離,陳情乞留。臣聞之,深感殿下之仁,而悲其不忍離之情。”於是兩司交論,以爲附會災異,眩亂是非,劾之。時大夫人年九十三,而公爲六十二矣。雖已貴,必躬親服養,亦不以老故少懈。兄弟二人皆老,相愛藹然。其七月,大夫人没,哀毁逾禮。既葬,廬於墓側。其居處哭泣,賢者見之,莫不曰“君子之善於禮也”。不肖者見之退自省,猶恐其不盡於反報也。其葬在加祚縣之龍山,去嶧洞七十里,今山下有龍泉精舍。公嘗曰:“古人曰養則觀其順也,喪則觀其哀也,祭則觀其敬而時也。此三者,某嘗見於先君子,而某又得之于先君子云。”崇禎五年六月,仁穆王后昇遐。十月葬惠陵。公入臨,既發引歸。其十一月拜大司諫,辭疾不就。明年春又以大司憲召之。三月入謝。時有以私怨上變者,公論之,諸被誣者皆赦。而其上變者無罪,公爭之不已。四月以王子嘉禮,上命繕治昌慶宮。公執不可。上從之。五月遞授大護軍,陳情乞退。上不許而賜告歸。秋,仁政殿震。公居家上封事,論君德以及災異。七年春拜吏曹參判,夏改大司諫,皆不至。秋又爲大司憲。上既承大統,功臣等多以爲上中興功德高於列聖,宜追尊考妣,享之宗廟。於是請於帝,既尊封諡,方議祔廟典禮,言者皆得罪,而大臣去位。公適爲諫官,皆望公之一言。九月,公行至龍仁,改都承旨。既入謝,因上疏求去。又論祔廟失禮曰:"……"疏入不下,於是連辭,遞都承旨。旋拜同知經筵,又力辭疏三上,卽去歸。八年春,有上變者,獄事連累及公。上令勿問,而公猶待命月餘。拜大司諫,卽入謝,因求去不已。六月,穆陵、裕陵皆有變。大臣奉審二陵,啓陳其狀。而功臣等更與大臣謀曰:"非震也。因雨崩壞。"陵寢郎洪有一,反以誣罔得罪。於是修陵之節未舉,而禮曹涓吉以章孝祔廟,慶禮先行。公上封事,責大臣之咎。又斥言曰:"繕工提調臣景禛、禮曹判書臣瑞鳳掩匿災異,以負先王之恩,而陷殿下于過舉也。"仍論罪人多枉,以及佶、億、健無罪,請哀憐骨肉之命。時議大忤,兩司交章,論劾月餘。上竟不聽。念久不受祿,令該曹饋米饌,以爲周給云。公謝曰:"此殿下不以廉恥待臣也。"尋移禮曹參判,上疏辭之。時又有大風,宗廟、社稷之内拔木尤多。上疏論災異,以及生民之困瘁,後苑遊宴之娱。上優答之。罷圻内、關東量田,以待有年。後日上御經筵,公以特進入侍。上曰:"鄭經世已死,張顯光老矣,卿不可去也。"公亦辭以老病,因對災變,以及三南量田多欺罔。其月遷副提學,連上章辭之。其三疏極言朋黨之弊,前古以來,未有如此而不亡人之國者也。自此求去益力。九月,司諫趙絅言大臣之貪污,得罪。公上箚乞寬貸。上從之。嘗召對,因進曰:"殿下經筵日倦,漸不如初。"上曰:"當勉之。"後在經筵,講《齊風》之《東方未明》。辭謝曰:"禮,君有過則臣下固不憚譏刺也。古者樹誹謗之木,亦此意也。"仍言三南量田多怨。而必先賦三南,三南之民益多怨。連爭之。及與户曹判書崔鳴吉爭論於上前,户曹已頒新結于三南。公曰:"此法,廟堂既與七路之民有一時頒行之約。"崔鳴吉曰:"初無此約。"再詰之,再匿之,公不能下,出而問之,關已再下矣。公又上疏言之,大臣不可,竟不行。……二月拜禮曹參判,尋遷大司諫,前後累辭,政院皆不納,因上疏自陳。時虜將僭位號,虜使方來,故其疏又曰:"答書必峻絶斥之,毋令以我爲藉口。西㺚新叛中國,父母之賊,子雖不閉關絶之,接之以從胡之列。不問其所從來,彼雖陽示之怒,而其心必曰我有人。"三月移副提學。上箚首言君德,以及當時之極弊,又曰:"功臣握兵柄,不念外禦。幾察日密,將士解體,狼顧脅息。以爲有功亦死,無功亦死。故南以興臨死恨之曰:‘吾爲將在邊,不敢練一卒習一戰,卒至於敗。’此悲痛之辭也。由今之道,無變今之弊,雖有孫吳之將,不能爲一朝用也。殿下以此屬反正,以此屬亡國。”夏改大司憲。以長陵葬禮,出謝。尋自引嫌遞,既反哭卽歸。六月拜吏曹參判。七月移副提學。九月又改大司憲。十一月復爲吏曹參判,不得已入謝,因求去不已。上不許。以爲遠客賜米鹽,以示加意。而庖廩之人已怠矣。十二月,虜大舉來侵。長驅三日,前鋒已過鳳山矣。前年,都元帥金自點率大軍鎭井方,據險自守。而副元帥申景瑗出行兵,遇賊候騎,軍散見擒。上將出幸江都,以宗廟、社稷、妃嬪、諸姬先行。賊已迫都城,上卽馳入南漢。急,百官多徒步從之,而或道亡。申景禛率精兵數千騎馳過,望見公,呼曰:“事至此,是誰之過也?公重臣,何不一言以安社稷乎?”公笑謝曰:“公率此勇士,不一擊賊,將安用乎?”景禛去曰:“若是哉迂也。”勤王之師連敗陷沒,山城受圍四十餘日,公上箚請斬元帥,以激礪將士心。時城中請成已久,虜不許。及崔鳴吉密啓上,往虜中。公又上箚曰:“外間喧傳昨日使臣之行國書,有稱臣之語。可謂痛哭。前後國書皆出於鳴吉,而其卑諂畏約,實降書也。然猶不稱臣。今若稱臣則是君臣也,既爲君臣,而不從其令則國亡矣。鳴吉以爲一稱臣,則城圍可解也,君父可全也。此婦寺之忠也。况萬萬無此理。自古天下國家,有不亡者乎?虜無厭,降亦亡,不降亦亡。曷若守禮義,死社稷乎?况君臣父子背城一戰,萬一有完城之理。我之於天朝有父子之恩,義不可背之。”虜既得我書,責斥和者爲言。公聞之,請自往。於是大臣往來議事。夜軍亂守闕,願得斥和者以甘心云。亂者皆出於三大將麾下,而獨守禦兵不動。守禦將李時白曰:“吾非禁令軍中,軍中無從亂者。”三大將者,申景禛領三手,具宏主摠戎,元斗杓爲御營將矣。明日,列書前後諫臣十餘人。崔鳴吉往虜中,有白上者曰:“諸臣皆一時重望,恐人心不服。”上命促反之。於是聞江都陷敗,留都相金尚容自燒殺,諸王子妃嬪宗室貴臣妻妾子女皆已被驅,而其餘屠殺殆盡。城中益無鬬志,而虜攻城益急。崔鳴吉又至虜中,約明日車駕下城。公怒曰:“寧亡國。以君降虜,吾恥之。”拔佩刀自刎,刃沒腹中矣。城中皆大驚,而莫不悲其義。上令御醫視之,而命州官供給救之,令必至於無死也。上將出城,公殊而不絶,猶仰首號曰:“鳴吉使殿下出降虜,將變易其舊。求我傳國之瑞,此受之於大明,相傳且三百年,當獻之天朝,不可許也。求助攻王師,大明於我有父子之恩,虜亦知之。子不可攻父,亦不可教子攻父。虜雖凶狡,必無辭而強之。以此二者爭之,毋得罪於天下後世。”二月舁至鄉里。嘆曰:“主辱矣,臣死已遲。更以何心與凡人齒,供賦税,食妻子之養乎?”乃入金猿山谷中,披草爲屋,命曰鳩巢,而耕山種秫以自給。於是國家不用皇明正朔,故每歲換,不近新曆日,逃世絶俗。花開草長,以驗時序。居山中三十七甲子而沒,崇禎十四年辛巳六月二十一日也。

《桐溪集·附錄·年譜》:(略)

《桐溪集·桐溪先生文集序(趙絅)》:其集爲秩四,詩三百七十四,書、序、記、傳、論、祭文三十六,疏箚三十一,神道碑、墓誌、跋二十二,富哉言乎。……今見《桐溪文集》,則譬如江河之有源而不窮也,譬如松柏之貫四時而柯葉不改也。而况一字一句有非格君憂國之語者乎?先生本不屑文藝之末,家且世儒,聞道最蚤。及其爲文,根柢於《六經》,鎔范于孟韓,就有道而正焉,則趙月川、鄭寒岡兩先生是已。方其刻厲也,伊吾不輟,焚膏繼晷,絶昌黎韋編不知其幾也。古語曰:"見功深者收功遠。"先生此集必與魏玄成《諫林》,陸敬輿《奏議》並行千載也無疑,肯與夫僥倖一言之幾乎道者同日語哉。先生嘗坐直栫棘眈羅者十年,先生夷然安之,讀書譚道,比平昔有加。談者咸以爲先生雖畸于人,其實合於天。天其或者阨先生命,而長先生文學歟?不然,何先生島中述作,分明長一格價,殆類蘇長公嶺外、杜工部夔州以後作者。信先生于文,實有因直道而得者存。而至於有韻之語,則實不免高蜀州之晚,而得力于杜韓者多,亦異哉。噫!先生事業獨文也乎哉。安子順之言曰:"讀諸葛孔明《出師表》而不墮淚者非忠臣,讀李令伯《陳情表》而不墮淚者非孝子。"不佞亦曰:"讀鄭桐溪《甲寅疏》而不泣數行下者,亦非忠臣也。是乃所以爲先生其人,而所以爲先生其集也。"上章困敦南吕上浣,七十五歲老人柱峰居士趙絅稿。

《桐溪集·桐溪集跋(許穆)》:乃讀其遺文,孤忠直道,傳之百代而不沒者文也。公之道上之與日月爭光,下之愚夫愚婦出涕,非至誠不能也。誠則專,專則直,直則至死不變。故君子有犯大難而不懼,確然成萬夫之望,亦偉矣哉。天下之物,山岳有時而崩,金石有時而毁,至誠不毁。公之文,其百代不毁者歟!其百代不毁者歟!上之八年仲夏日長至,孔巖許穆謹跋。

《桐溪集·桐溪先生集重刊序(鄭鴻慶)》:蓋其道德積於中,而文章彪諸外。前後章奏,無非胡澹庵之直筆;坐臥悲歌,皆是文履善之正氣。是豈文人墨卿蜚華掞藻者所可髣髴也?觀其原本,文簡公龍洲趙先生序之,文正公眉叟許先生跋焉。後生膚淺,何敢贊一辭於其間乎?

《菊堂排語》:丁丑出城時,清陰金公尚憲、桐溪鄭公蘊,節義堂堂,壁立千仞。扶得二百年綱常,兩臣心跡一體。而一邊人在樓閣論清陰遠竄、桐溪罷職,此何意耶!余于其時爲持平,不忍同參其論,立異而退。於是人以余爲黨西,誠未滿一哂。生今之世,免被指目難矣。

《續雜錄》:(仁祖十五年正月)三十日上出城,南漢受圍,四十七日而敗。鄭蘊呈劄略曰:"臣欲自決,不忍見今日事,而一縷殘命,三日猶存,臣誠怪之。鳴吉使殿下稱臣出降,則君臣之分定矣。臣之事君,不徒以順爲恭,可爭則爭之。至於國寶受於天朝者二百餘年,如不得已,奉獻天朝,决不可許於清。且助攻天朝事,則天朝之于我國乃父子也,教子攻父,有關倫紀。攻之者固有罪矣,教之者亦不無罪。以此爭之,則彼之凶狡,亦必諒矣。爭之不已,則無罪於天下萬歲矣。"龍胡來坐城門,入送藍緞戎衣曰:"宜著此服而來。"因劫上促出。留城百官拜辭門内,哭聲震動,下至軍兵奴隸亦莫不流涕。鄭蘊以小刀入衣内揕其胸,未及心,不死。禮判金尚憲、及第李嘉相、禁都權順長自縊還生。

《東國詩話彙成》:公丙子扈駕至南漢圍城中,作詩曰:"炮聲四震如雷動,撞破孤城士氣洶。唯有老臣談笑聽,擬將茅屋號從容。"又云:"生世多崎險,三旬月暈中。一身無足惜,千乘奈云窮。外絕覲王士,朝多賣國凶。老臣何所事,腰下帶霜鋒。"

公聞《國書》中稱臣乞和,憤曰:"主辱至此,臣何敢愛死?"晨起慟哭,正其衾枕而臥,拔佩刀刺其腹,侍者開衾視之,刃沒腹,鮮血迸出,氣咯咯絕者良久。朝紳相識咸來救之,得不殊。公笑謂人曰:"吾平日讀書鹵莽,不知伏劍之義乃至是也。"聞上出城幸虜營,病不能從駕,上劄以辭,臥竹便輿而南,不處其家,曰:"吾不死南漢,何面目自安妻子之奉。"遂入德裕山某里谷,結茅舍耕林田以度朝夕,終畢命於此。《書崇禎十年曆》曰:"崇禎年號止於斯,明歲那堪異曆披。從此山人省一事,只看花葉驗時移。"《偶吟》詩曰:"揮刃初期一死遄,如何殘命尚頑然。仲連高潔終難企,元亮田園可省愆。"《示諸子》詩曰:"登山采蕨應知死,因樹爲家亦豈安?當日未聞諸子沮,從來孝道在承歡。"

仁弘當爾瞻力主廢母論也,桐溪以仁弘門人上書力諫,不可,謫濟州。而仁弘反上可廢之疏。時仁弘之子作宰,星山有人題無名詩於仁弘門曰:"千古綱常恢遠筆,百年宗社爾瞻拳。丞相欺秦當萬死,李由何事又三川。"恢遠,桐溪之表德也。仁弘見之曰:"吾不得令終矣。"

公於光海朝上疏請斬鄭沆曰:"不斬鄭沆,殿下無面目入先王廟廷。"光海大怒,拿鞫,仍命圍籬安置於大靜。權韠以詩送之曰:"罪在難容死亦甘,聖恩猶許謫江南。臨此別有窮天痛,慈母時年七十三。"韠即韠之弟也。

【按:鄭蘊(1569—1641)字輝遠,號桐溪、鼓鼓子,謚文簡。籍貫草溪。鄭仁弘、鄭逑門人。追贈爲領議政,奉享濟州橘林書院、咸陽藍溪書院等。著有《桐溪集》今傳。其詩慷慨悲歌,忠憤充溢。《箕雅》收其七絕二首。】

李春元　**字立之，號九畹。咸平人。宣祖朝登第，官至監司。**

《童土集·觀察使九畹李公行狀》：公以隆慶辛未七月十五日生於漢城薰陶坊。幼而能遜弟，舉止異凡兒。祖母崔夫人有明鑑，謂公當作宰相，取諸孫而自養之。雖鍾愛，訓迪必以義方。公和氣婉容以承之，一似成人。不勞勸戒而自好學，誦讀日孜孜，六歲能屬文。一日，贊成公與客會坐，指庭雪團作人樣，命賦之。公即制《雪物贊》以進之，一座驚其佳妙。嘗上山寺，同隊多出浪嬉，而公獨靜坐耽讀不輟。老宿歎曰"此兒才行不凡，必成大器"云。及長，專心講習，博學無方。初從洪斯文至誠學，徒無能出其右者。後就朴思菴于永平，學業益廣。出遊翰墨場，詞藻名一代。弱冠，中進士第四名。宣廟於講筵下詢近日之士誰最才者，尹文貞根壽對曰："曾忝考官，則李某之才當世無比。"遂誦其詩以聞之。丙申擢文科庭試，調承文院正字。丁酉除分司注書，扈内殿于遂安。戊戌以茅遊擊接伴官赴安東。己亥拜兵曹佐郎、知製教，冬補海美縣監，錄弘文之選。辛丑拜禮曹佐郎，旋移兵曹，遷侍講院司書，轉司諫院正言。壬寅以陳請官赴密雲，軍門所問之事，舌人失辭，盛怒責讓。公乃以書辨對甚悉，軍門遂稱善而好遇之。癸卯拜文學，改直講，遷兵曹正郎，授御史，閱武於湖西。甲辰拜司藝。乙巳出爲長興府使。政尚清靜，雅喜文教，誘掖多士，考課以時，執冊請益者提誨不倦。府本武鄉，絶無操觚之士，而自此成才與選者多，人比之文翁教化。所著詩律爭歌詠之，至今以爲懷州曲云。丁未特命陞秩爲東萊府使。先是，長興有暴豪宗強恣睢者，公一斷之以法。故飛謀釣謗，竟騰白簡。公乃辭遞而歸。戊申出按關東。令牧之怙侈貪縱者，抑絀之不少饒。時新經水患，居民蕩析，公惻然勞來之。且陵谷變遷，峽棧汜絶。公捐私俸募緇徒，使之開鑿，躬自跋履險阻以董治之。於是流氓還集，行旅復通焉。時公尚少，人咸稱誦曰"妙年監司也，而贍智博仁何能乃爾"云。己酉以母病陳疏歸侍。俄拜承旨，轉至右承旨。庚戌丁憂，葬祭盡禮，廬墓三年。服闋，復入銀臺，至左承旨。時永昌大君才七歲，奪取慈殿膝下，被迫離闕之際，孺慕悲號，慘怛耳目。公不覺哽咽下淚。同席者駭視而惡之于元兇，厥後儒生趙潖抗疏辭極凜烈，同席者欲沮却之。公爭之強，遂捧入之。以故爲所傾陷，竟遭斥罷。甲寅復敘，自承旨移兵曹參議。未幾，復除承旨。時許筠還自燕京，手一冊子，稱以野史，語皆不經，公抑絀之。李爾瞻爲大提學，於事大之文語多不善，公屏去不奏而請推考。兩奸俱憾，必欲逞志，而賴公議得不發。乙卯陞嘉善階。公之在政院前後六年，遇事輒以直道行，不撓於群小。故敲撼挫揠，數被中傷，是年替出之後不復入焉。時適有所避忌，改名春元，字元吉。丙辰爲副總管、分曹參判。丁巳拜忠清監司。戊午被參而歸。時孽臣倡廢母后,錮閉於西宮,盡貶損去徽稱。而公乃於節朔進膳之文,備書尊號。故始請遠竄而止於削奪。己未敍爲同知敦寧府事。庚申朝京賀聖節。辛酉迎慰詔使于安州。不幸遘末疾于百祥樓,右體偏廢,遂不復仕。淹沈幾年,契闊益窘。而在貧如客,無戚於色。若遇知舊,則必命酒酣暢,盡醉爲度,甔石罄匱而不復顧恤也。或戒以節飲攝養之道,則輒笑曰:"吾年已周甲矣,在世能得幾時?且人所以蕲生者,以其能樂也。今斷此朋知之展,而欲何待哉?設令隱約畏忌而延數年之命,吾不屑也。"有知識秉銓衡,來相勸勉曰:"公病在於形骸,而心則不病。盍宰閑僻以將息乎?"公曰:"已乎已乎!扶而起,植而行,以之從政,人其謂何?昔嘗見人有如此者,心竊恥之。男兒行世,不可若是其苟也。且公門百事,皆有期會。治則敝精,忽則廢事。于公於私,兩無所益云。"及臨政以春、清見窠相示,令自擇。公固拒不應曰:"吾豈若晚食安步以遠恥辱哉?"暮年沈痼,不復留意於醫治。子弟親戚交謁更諫而不聽曰:"死生修短皆天命也,曷爲長事砭焫自苦如此?吾當優遊酒賦間,以終餘年耳。"每逢花辰令節,雖獨坐必把酒怡悅,悠然自適。其達理安命有如此者。甲戌七月二十六日卒於家,享年六十四。以是年九月十七日葬于廣州治西甘泉里先壟之右壬坐丙向之原。其在初喪,傾朝來吊,無不出涕。其在殯也,自上遣禮官賜之祭,哀榮備矣。公早失所怙,事母至孝。左右致養,克盡愛敬之道。友于兄弟,睦于宗族,仁于妻子,遜于朋友。性慈良忠厚,與物無競,溫雅和平,不好臧否。苟其親也,雖不肖,收之如賢。苟其賢也,愛之如親戚焉。故人皆懷樂敬愛而傾慕之,惟其所在,其來如歸。從母見絕於夫,窮蹙如寡,公禮省而奉養之,終身不衰。伯兄鰥扁頹踣,不能自樹,公奉先廟於家,替奉享祀,極其誠敬。其在縲絏也,釋位而憂之。及竄北塞也,踰嶺而送之。其子之未嫁者,取養之備禮以歸之,恩均乎己出,而軫念則過之。公之持服也,兄子往依廬側。其夫患痘垂死,臭穢難近,而一夜九起以視以藥,數月以活之。其仁慈隱惻之出於至誠者類如此。窮族之不能嫁娶者,罄資以救之,死喪亦如之。一門感悅,以爲厚德君子宜享多福云。公白皙美姿顏,雙眸炯炯如明星,風神俊爽,識度清曠。平生未嘗作皺眉事,所還往皆當世名勝。號公謂之三玉,以其心如玉貌如玉詩如玉故也。人之未獲見者皆願一識,既獲見之,則如坐春風而飲醇酎也,莫不以巖廊公輔相期待焉。喜觀書,雖夙夜供劇之時,未嘗輟書史,或至夜分不寐。如得嘉言麗什,則輒呼子姓而教告之。善飲酒,終日夜而不及於亂,但頹然就睡,然後人知其醉矣。其立朝也明允豈弟,不爲崖嶄。而若當大節,則慷慨奮發,自申於闇,不爲邪說所奪。其治郡也清淨平易,不取苛刻。而若有強禦,則必抑挫之以扶其弱，在多遺愛之傳。其接物也薄厚踈戚各適其宜，未嘗失人好樂，後進及門，接引皆有恩意。其家居也主於和易，不尚威厲，未嘗以家事相干，一委之中婦，不問其有無，任真推分，澹如也。公精魄邁倫，不惑而無畏。十一歲嘗入大麓，值兩虎交鬥於前，冠者亦皆驚倒絶氣。而公能陞木縱觀，待其解去而下，神色自若云。及爲郎當直騎省，府胥告曰："舊室有魃，久已廢矣。請宿他所。"公不聽，固入處，夜分後果有怪物從板子而下，蒙戎突窬，直來旁狎，軗摩遍體，冷氣襲人。公任其揶揄，凝臥不動，則良久自去矣。其在公營，嘗于潦漲時泛錦湖。篙師失法，舡頭打碕而劈，浪沒舡舷。客皆狂奔抱叫，而公獨安然無遽色曰："若其不免，雖號哭何益？"適得小舟移出。人服其量矣。雅好山水，探幽選勝而不知疲。每逢佳處，必形諸句語。氣格清高俊逸，出人意表。而其模寫處的當情景，無少虛駕者。由是一時輩行咸推服，以爲不可及。蓋其所好最著于《楚辭》，深得騷人之趣操，不專在於聲韻之末而已也。然所製作不留草稿，故盛壯之文舉佚不收。今其所存，只得之世所傳誦者及晚年酬應而已也。公值其門衰替之餘，能自樹立揚名，致位九卿，推恩三代，燕及七族，斯已難矣。其平生言行之可記可法者，未可一二舉，而觀於此亦足以審其德矣。嗚呼！公以金玉之姿，蘭雪之操，才高乎當世，行出乎古人，而位止于斯，壽止於斯。天乎人乎？時耶命耶？公娶海平尹氏，海平尉延命之玄孫鎭之女也。壬辰避兵時猝遇賊，而驚竄于林莽，失公之處。或誰傳公已被執去矣，夫人卽引佩刀自裁，適有天幸不至絶吭，得不死。公由是益敬禮之，平生不衰。閫內嘻嘻而終無吝悔，生五男三女。

《九畹集·九畹先生詩集序(李敬輿)》：凡詩之難，非協聲批韻之難，非工譬善喻之難，又非耀采色賁飾之難也。得之心而肆焉，天機自動而無待於物，氣爲之主而大小畢舉，神與之偕而宮商自叶，是爲難耳。夫氣也者，天下之至大者也。神也者，天下之至精者也。凡天下可喜可愕，精粗奇怪，以至性情之感事物之變日接於前。以氣致之，以神攝之，羅列顛倒，了然於心手之間。嗚呼！是豈偶然哉。九畹李公當宣廟右文之日，宗工鉅匠各立門戶，不相讓能。公位不甚顯，獨以能詩擅其聲，出諸公上，亦已難矣。而數世之後，文人墨客名堙滅而不稱者多矣。公之名至于今益著，皆知宣廟時有九畹公。公之餘唾猶騰於藝苑之誦，其與建旗鼓南面騷壇者肯爲後殿耶？若非公之能不難於人之所難，則何以得此於梁楚間哉？公之詩翛然清遠，不蒙世之垢氛。率其意之所發，亦不守古人約束。縱横自放，極其往而通其變。神閑氣定而常有餘巧，境與才會而意態自饒。人或見公談笑揮灑，不苦心極力，而謂公之易也。孰知夫其難若彼哉。或謂公之詩宜富有廣蓄，使膏漑後世，而收拾散亡者不能十百之一二，若以病公之少也。一臠可以比大鼎之味，不朽之業奚以多爲？公之諸子謀所以久其傳者，以余有兩世之好，徵余一言。且余曾拜公於文酒之間，風度掩暎，和氣襲人。余益知公詩之非外得也。雖然，歐陽公不云乎："文章如精金美玉，市有定價，非口舌所能輕重。"余於是亦奚以多言哉？只道詩之所以難，以見公之不易，使後之覽者相與盡心服玩於是集云。丙申孟秋，完山李敬輿序。

《九畹集·九畹先生詩集序（鄭斗卿）》：國朝右文之化，至宣廟而盛。上嘗問司貢舉月汀尹公曰："當今士子孰爲能詩者？"月汀薦九畹李公。宣廟朝文才鬱興，自謂佩荊玉握蛇珠者何限？獨薦李公。公之詩名雄一代，一代人才皆出公下可知已。公詩冲澹雅健，不假雕飾，氣格之高，律度之整，自有不可及者，月汀之獨薦者此也。公大節有垂後世不可磨滅者。若稱文章，不稱大節，是不知公者也。向在廢朝，主昏臣佞，佞姦滿朝，倫紀夷絶。幽母后西宮，錮其宮門。草野士有抗疏直諫者，時公在銀臺，同席欲斥疏不入。公力爭之，坐此罷官。其後奸黨請去母后尊號，盡革東朝儀，内外莫敢不從。時公觀察湖西，獨守舊儀。公素爲姦黨側目，至是大怒，將加重律，幸免。然坐此削職者三年，少無恨悔，此非大節垂後不可磨滅者哉。昔屈原際楚溷濁，資菉葹盈室，服艾盈要，謂蘭不可佩。原也獨滋蘭九畹，滋之于不可佩之時。所好背世，擯斥宜矣。然九死而不悔，體解而不懲，溘死流亡而不爲，古人節操其如何哉。此屈原泥而不滓，與日月爭光者也。向者廢朝溷濁甚楚亦懸矣。公爲姦黨側目而不懼，扶草野之正議，守東朝之舊儀，獲罪是甘，其與屈左徒不服資菉葹若艾，獨滋蘭九畹，擯斥于世，九死不悔者何異哉！公號九畹，志有所在，非苟而已也。九畹乎，眞公之號哉。人之行事與其號相背者甚多，有至老死奔走名利，以溪山爲號者，若是乎人與號之不相稱也。余恐後之人徒知公文章，不知大節，又不察九畹之微意，同視走名利而以溪山爲號者。故於其序集也申言之。丙申孟秋日，溫城鄭斗卿謹序。

《小華詩評》：李春元《金剛山》詩："氣像秋冬春夏異，精神一萬二千同。"語頗遒健。

【按：李春元（1571—1634）原名信元，字元吉，小字玄之，號九畹。籍貫咸平。朴淳門人。著有《九畹集》今傳。其詩清高俊逸，出人意表。《箕雅》收其七絶一首、五律一首、七律一首、七古一首。】

許　穡　　字子賀，號水色。陽川人。宣祖朝登第，官至陽陵君。

《水色集·序（許筠）》：吾家文學，在前朝藉甚。文敬公最著稱，而功德掩之。文正公及槃堂先生亦擅名一代，至今人能道之。入我朝，忠貞昆季俱能品，而文貞尤雅麗宏深矣。我先人理學淵深，詞章清峭，而伯氏能嗣其業。

仲氏羅穿百代，力復古則。文若先秦、二京，詩若六朝、開天。姊氏又有天仙之才，二難競爽，雄視千古。長轡未騁，而芳蘭遽隕。豈勝悼哉。不肖筠雖竊家學以自鳴於世，於父兄無能爲役，而厚享重名，愧汗塞吻矣。唯吾再從兄子賀氏，少小攻古文，一志勤苦，晚透天竅，遂爲上駟。文章甚簡重，而詩出入於漢樂府魏晉古詩景龍開元近體之間，勁悍幽邃，倔然自成一家。其賦最峻麗，深得楊馬鮑謝之旨。國朝以來，作賦者莫之逮焉。世之人非徒不知貴，又從而詆之。毋其名位不能動人而然耶？亦可嘅已。子敏亢不滿人於目，而推子賀氏爲最杰，而石洲亦以古瓦尊銅彝比之。二三子之尊之者極矣。世之論者，則卑其價於二三子，此與耳食奚殊？昔劉孝綽一家父子姊妹諸兄弟俱有文學，自詑以爲愈於茅土珪組蟬聯赫奕於一時者。矧吾家累葉文章行誼，有出於孝綽家，而科第七百年，世有聞人，冠冕簪裾，相襲不絶者乎？余得兄《尚古集》一帙，美其命名之意。而愁讀之喜，倦讀之醒，不忍釋。既卒業，僭加批點以還之，因志盛事于顛，以規來昆云。

《記言·水色集跋》：文者，天地之精也。自古文學之徒何限，而其秀者不能千百，其傑然傳後代者又不能百十，文爲難。我孔巖之族文敬公子孫，多稱才學之盛。當麗之末世，文正公判典理公最著名。逮我盛朝治平之際，忠貞文貞繼之。近代草堂荷谷之門多奇才。及讀陽陵《尚古集》，其文章最簡奥勁悍，能繼躅魏晉氏而倔然成一家，爲東岳、石洲之所畏，而石洲至比於古瓦尊銅彝。以其才驕騫空一世，而猶不敢抗如此哉。故其序曰"天才峻麗，尤長於詞賦"云。以余魯鈍，不敢窺其奥妙，特書其所感，以爲陽陵《尚古集》後題。上之九年二月癸巳，臺嶺遺民許穆眉叟書。

《惺所覆瓿稿·前五子詩》：余羈於世，不能締交於公卿當路者，惟以薄藝見知於文盟二三兄弟。惟日夕過從，或倡酬或談讌，以相切磋，以優游卒歲。其人卽權韠汝章、李安訥子敏、趙緯韓持世，而余再從兄許禘子賀，曁少時昵友李再榮汝仁。五人者文章俱稀世，而窮於時亦同。豈文人結習，例厄於命也歟？遂作五子詩以揚風雅，以述交情，而時覩之自釋焉。其按次則年以記之，終以地云。

《荷潭破寂錄》：柳孝立，希奮之兄子也，謫堤川，與大北餘孼之網漏者密謀復光海。……約以戊辰正月初四日夜舉兵犯闕，許逌預其謀。逌，許禘之從子也。禘知之，馳書言于洪瑞鳳。崔晛以不發仁居之罪繫禁府，禁府羅卒密言於晛子山輝曰："今日監司當自獄。"山輝問其由，羅卒以孝立謀言之。山輝大驚，急往言于沈命世。瑞鳳、命世等以聞，是四日夕也。朝廷大駭，金吾郎四出逮捕，而發都監兵設伏於三門外以俟。許逌等載兵器乘夜入來，皆被捉。孝立及其從弟斗立就服而斬。錄許禘等功，賜勳券曰寧社。瑞鳳、山輝皆預焉。

《小華詩評》:夫娼情冶思之作,有正有邪。正有可説,邪亦有哉? 李東岳嘗按察北道,有妓善歌,遂贈以衣資,題詩以贈曰:"莫怪樽前贈素衿,老人寧有少年心。秋空月白思歸夜,一曲妍歌直萬金。"許水色禘嘗于楚山有注意兒,作詩曰:"擬將今日死君家,魂化春閨箔上蛾。長在玉人纖手下,不辭軀殼似蟬花。"

《詩評補遺》:宋王荊公詩曰:"卧分黄犢草,坐占白鷗沙。"蓋卧則分黄犢所卧之草,坐則占白鷗所坐之沙。古人以此爲巧。我東許水色禘詩曰:"草黄眠失犢,沙白動知鷗。"蓋草與犢俱黄,眠則失犢;鷗與沙俱白,動而知鷗。其措語比前尤巧。

【按:許禘(1563—1641)字子賀,號水色。陽川人。其詩勁悍幽邃。《箕雅》收其五律一首、七律二首、五古二首、七古八首。】

朴 燁　字叔夜,潘南人。宣祖朝登第。昏朝時爲平安監司,仁祖初被誅。

《朝鮮仁祖實錄》卷一:元年三月癸卯。下諭于都元帥韓浚謙,誅平安監司朴燁、義州府尹鄭遵于境上。又命誅諸道調度使金純、池應鯤、金忠輔、王明恢、權忠男、李文賓等。燁賦性鷙酷,行事悖戾,以柳德新女壻,附托宫禁,曾爲守令,以私獻取媚。及爲平安監司,逢迎固寵,無所不至,奇技玩好之物日輸宫掖,衣服飲食僭侈無度,徵斂暴刻,殺人如芥,一道赤立,怨入骨髓。及其梟示之日,一道之民莫不相慶,至有剖棺臠屍者云。

《青莊館全書・耳目口心書》:朴曅字叔夜,爲人豪舉。少時善蹴踘,有幹能,料事如神。嘗遇神人,告曰:"活千人可善終。"誤以爲殺千人,恣行殺戮。事光海君,許爲平安監司十年。凡八年癸亥,仁祖靖難,遣使誅之。曅殺人凡九百九十九。方臨刑,大同江邊,有大童過之。曅回首叱之使入水,童不敢避,蹈波而死,乃滿千矣。威令行於西道,建虜猖狂,不敢加兵於我者,曅之力也。嘗遣刺客偸建酋帽珠,賣於番市,虜由是慴服。臨死嘆曰:"何不活我十餘年。"盖逆覩丁丑之難也。嘗召匠搆宅,將上樑,忽使鑿孔於中,人莫知所以。後,曅營新門之闕,無樑。或言曅之家樑最大,工往撥其瓦,見而止。其家尚在會賢坊。

《鶴山樵談》:近世士人以禮爲蘧篨,非徒談誦虚無而已,乘醉結駟出入平康,不復拘忌,以至莊人雅士亦染其跡。時有朴燁叔夜者,能詩文,薄幸秦樓,嘗效僕之字跡與詩法到處書壁,後人來看,則必曰某之書也。其《傷春曲》曰:"妖紅軟緑含朝陽,鶯吟燕語愁人腸。苔痕漬露翡翠濕,杏花撲雪胭脂香。""鳳衫輕薄春寒襲,斜倚銀屏怨離別。藁砧一去歸不歸,屈指東風又三月。"《題仙子障》曰:"白玉花冠素霓裳,手拈棋子費思量。經年不下神仙着,想是蓬萊日月長。"《題月殿》曰:"花苑夜蒼蒼,移燈賞海棠。露華侵絳帕,香氣襲紅裳。鯨制黄金銅,螺雕白玉樁。行雲著行雨,歸見楚襄王。"《殘春》詩曰:"屏暗下留塵,凝雲護綺輪。斷絲縈落絮,雛燕語殘春。睡思生紅頰,啼痕染翠巾。盤龍玉堂鏡,只待畫眉人。"《仙洞謠》曰:"青鳥翩翩錦字通,玉簫吹咽廣寒宫。情知洞中如花女,笑指風流許侍中。"詩格與余彷彿,而字劃莫辨真贋。人固惑,余因是得出入花街之名。可笑!古人茶肆酒坊亦義不入,况有甚於此乎?西晉之末士尚清談,而五胡亂華;唐亡之際俗喜煙花,而七姓爭立。兼斯二者而國之不亡者,幸也。

《壺谷詩話》:至若朴燁則不是作者,而如"歌低琴苦别離難"等句近於絕調,或云"得詩魔"云。

《小華詩評》:朴叔夜燁極有文才,號藥窗,未釋褐時過某邑,主倅饋以烹雁,朴即題盤面曰:"秋盡南歸春北去,溪過羅網忽無情。來充太守盤中物,從此雲間減一聲。"嘗爲平安監司,贈入京使臣曰:"歌低琴苦别離難,隴樹蒼蒼隴水寒。我與雪山留此地,君隨西日向長安。"有才如此而終枉其身,可惜也。

《詩評補遺》:朴燁嘗過延平嶺有詩曰:"延平嶺外是昌城,殺氣連天鼓角鳴。敗馬殘兵歸不得,夕陽無限大江横。"延平嶺即金應河敗績處也。

《二旬錄》:朴燁十年西伯,專事威猛。每坐練光寺,辟除大同江越岸行人。故沿江十里林藪,人不敢騎馬。嘗一人獨犯之,燁大怒,捉來數之曰:"汝以何大膽,敢犯吾座前乎?"其人謝曰:"鄉曲寒士不識事體,有此得罪。恭俟笞撻。第粗解文字,願以詩句自贖。"燁呼韻即應曰:"百尺高樓送目遥,中原王氣日蕭蕭。書生白髮心猶壯,落照江天倚大刀。"時清胡作亂蕃遼之間,故以此賦之矣。燁見此稱讚,急令賜冠上座,使妓進之。其人作色曰:"男兒豈以碌碌小杯飲之?"燁更令以大碗,又辭曰:"尊公以此爲大也?"燁曰:"何如杯始使可稱之?"答曰:"數杯器稍可近之。"燁壯而怪之,命俞東海滿酌紅露以進,始喜曰:"此器始可僅稱耳!"舉手欲飲,還復停之曰:"酒禮不當如是,豈有主人不酌而使客獨飲乎?"燁亦巨量,若不飲,慮見陵,引以先飲。及至半傾,酒器上邊已至額上遍面,不見其外。其人潛起,外出策馬而走。燁既無分付,故下人不得挽止。一器盡飲之間,自然移時,飲畢見之,已無蹤跡。燁自歎曰:"彼不飲而使我獨飲,是罰我也。我國之人决無欺弄我如此,此必清人也。"

《西京詩話》:朴燁畜無君之心,欲因全長福爲腹心。而長福固自外。

欲殺之以事,而又不忍,爲之低回首數矣。朴素善博,長福亦高手,互勝負。然長福慮其不測,潛爲一骰子,作四面六孔,常囊佩之。朴于一日浿江舟所敕長福:"汝勝我,當重賞;不勝,死是。"福勢甚急,乃詭告曰:"這骰子不慣手,請以宿物試之。"朴不知,頷之。福一擲得六,即投于江。朴雖疑怒,然業已首,不柰何。

朴燁按箕臬者六年,潛懷暴圖。聞椵島有姓梁爲麻衣之學者,腆禮幣邀之。及門,朴故設威而見之,梁升堂却立不拜,熟視良久,索紙筆書"莫浪殺,劍在頸"六字,朴大怒,命曳出之。亡何,朴竟伏法死。先一夕,朴乘月至法首橋,忽得一絶云:"一代關西伯,千年法首橋。只應今夜月,終作可憐宵。"其讖若此。

朴燁有鬼妾,每告其凶吉,若曰:"活千人則王。"朴誤認爲"殺用嚴"。刑戮枉濫。將殺人,必捫其左耳。吏民候之,判其生死。

朴燁居,有耳目探虜情。一日,敕隸卒授以燒酒、蜜果、牛脯而語之曰:"北牆外一丈夫,衣葛而項鼠皮、戴蔽陽者,以此付之。"如教而得之其人,問"誰送者",答以:"布政使所送。"其人遽授而如飛,乃洪太始也。

【按:朴燁(1570—1623)字叔夜,號菊窗。籍貫潘南。文科及第。宣祖三十四年(1601)任正言,遷任兵曹正郎。光海君時任咸鏡道兵馬節度使,修築城池,北邊防禦十分堅固。後任黄海道兵馬節度使、平安道觀察使等職。仁祖反正後因虐政罪被處刑。其詩勁悍,然亦能爲香艷之體。《箕雅》收其七絶二首。】

尹　暄　**字次野,號白沙。海平人。宣祖朝登第。官至平安監司。丁卯不能禦敵,被律。**

《朝鮮仁祖實錄》卷一五:五年正月壬辰。尹暄馳啓曰:"賊兵已至肅川,本城軍兵魚駭鳥散,獨坐空城,計無所出。只領軍官四十餘人退住中和云。"癸巳。合司啓曰:"平安監司尹暄,外示固守之計,内懷奔避之心,及其賊逼,開門自潰,退縮便地。其忘君負國,棄城逃走之罪,若不依軍律處斷,則黄州、平山兩城必次第奔潰。請梟示境上,振肅軍律。"答曰:"已令拿鞫,勿煩。"二月癸丑。上以夜深後,梟示尹暄。

《白下集·高祖考都體察副使白沙公墓表》:公諱暄,字次野,姓尹氏,號白沙。善山府海平人。高麗司空諱君正之後。祖諱忭,軍資監正贈領議政海澄府院君。考諱斗壽,領議政海原府院君,謚文靖。妣貞敬夫人昌原黄氏,參奉大用之女。公少負儁才。十八魁萬曆庚寅進士。丁酉登第,隸槐院歷翰林、注書、工戶二曹郎、玉堂兼春坊知製教,至吏曹郎。宣廟末年爲奸黨所擯，常棲棲内外者殆十年，始陞東萊府使。至光海世，枳塞愈力，終不得顯用。鄭仁弘之誣退溪也，公以承旨，請正其罪。光海怒，特除黃海監司。公又奏鳳山金直哉之獄，胡亂不實。光海大怒，罷公職。爾瞻於是迎旨論削官，後按嶺南。聞母后幽閉貶號，痛曰："寧違令獲罪，其忍貶諸？"書尊號進常供如舊。凶黨大駴，連歲請遠竄。不從。仁廟反正，陞嘉善，差陳奏副使。完封典還，加嘉義，歷兵曹参判、同知春秋舘義禁府事、副捴管、大司諫。乙丑以體察副使兼觀察關西。丁卯，建虜猝至，城方新修未完，守卒皆市井子弟，洶駭無固志。一夕驚訛言，號哭緇散，勢不可鎭。公獨與麾下數百人，痛泣相誓，爲死守計。洪從事命耈曰："坐此空城何益？"與公之子注書公，力勸公出收中山諸郡兵，伺賊過浿，以全師斷其後，諸路兵扼其前，入腹之虜可必勝耳。如其不利，死未晚也。公然其計，移屯三登界，悉發旁郡兵，會前所徵北路及江邊騎卒皆來會，軍勢大振。覘賊過平壤，將以來日二月朔，復入據平壤，引精兵尾擊賊。臺閣誤聽道路流言，公之未離城，已以不禦賊搆公罪，竟及於禍，享年五十有五。嗚呼！公之計不患無死所，特不欲徒死耳。兵不厭奇，事在垂成，而公已去軍將。公之不幸歟？抑國事之不幸也？况國朝儒將之遭軍法論者何限？而其卒罹罔極，惟公一人而已。不亦痛哉！公之被逮，李月沙保其必有所以，請毋易他將。後命之下，延平、昇平諸公請對力救，洪從事亦疏白公無罪，並不省。洪公又哭之以文曰："公之心事，皇天后土實所鑑臨。若知如此，使公徒死而無遺憾，當時强公之出，雖悔何及？"及其殉節金化也，語人曰："吾今日不負尹體察矣。"亂定，李公景義以御史至關西，得公收兵設施及離城狀，歎曰："尹公有何罪？"歸白公冤。嗚呼！以數公之所以處公者觀之，夫責公不以空手捍賊者妄矣。而千載之下，亦必悲公之不幸也。竊嘗聞其時臺議亦覺其爽誤，將寢啓。而上遽允之。讀啓者至驚愕失措，不覺帽落。議者以此益知公之爲冤也。公風儀凝遠，宇量恢弘，少問學於牛溪成先生，先生許以公輔器，告以爲學之方。孝事親以善喪聞。涖郡按藩，所在皆治，屢蒙褒典。未嘗以詞翰自命，而詩格遒健，同時諸公盛稱之。臨命，婦侄青雲公抱公大慟，公笑曰："死生命也。何戚也？"顔色如平日。

《續雜錄》：（仁祖五年正月二十一日）平安監司尹暄在平壤，聞賊鋒已迫，不爲戒嚴，軍民盡散。……二十四日，以金起宗爲平安監司，鄭忠信爲平安兵使兼副元帥，遣都事拿致尹暄。（二月）十六日，梟示尹暄于江都市。

【按：尹暄（1573—1627）字次野，號白沙。籍貫海平。尹斗壽子。著有《白沙集》。其詩格力遒健。《箕雅》收其七絕一首。】

洪命元　　**字樂夫，號海峰，南陽人。宣祖朝登第。官至京畿監司。**

《光海君日記》卷二六：二年三月壬辰。以……洪命元爲副修撰（有才望，與時論不合，久屈州縣，至是始入清班）。

《宋子大全·京畿監司贈左贊成洪公墓碣銘幷序》：海峰洪公，其高才偉器天固生之。出入篝焰，不鑠而煉。以際興運，則若將有爲。而天又奪之，未究其施。使朝紳野處出涕相弔，以謂天理之甚爽者，斯豈獨公之不幸耶？公在家而孝，又善兄弟，避亂而行，甘旨畢給。愍弱弟重繭，負而涉險。小妹入悍波，不懾幷命，盡死相救。侍親癠不脱冠，割指以和藥，喪制一遵文公家禮。骨肉有孤惸，教養舍業如己子。掃灑於王父者，雖賤微，奉之如母。公之於爲人，其根基已自深厚矣。年二十五闡文科，由槐院參玉堂錄，蓋極選也。入翰苑，移説書、司書，帶三字銜。爲校理，上箚言本朝五賢，可腏食聖廟廡下。爲獻納，以譏誹權倖，北黜爲都事馬官，凡三年不離北路。入爲春官郎，兼管訓局，超拜竹州府事。築州北山城，以當東南之衝。召爲修撰、弼善、掌令。白沙李公恒福爲體相，以西路殘破，當畀其人，白遣公及金公墪。公陞通政爲定州，已而又陞秩，移尹義州，仍例贈公先考參判，母夫人固在受眞誥。入拜同副承旨，以至左副。爲親丐養光州，以前勞加嘉善階。使者上其治行，有表裏之褒。仍加任一年，以從民願。時彝倫斁塞，母后閉錮西宮。一時持正之人皆驅以爲分司官，以宿衛之。公自光歸海谷，不樂仕進。則勒隷西宮，且使儐接王人，使不得退閒。廢朝與金虜稍有情迹，被天朝覺察，大懼誅及，以公充使奏請。天兵臨庇灣上，其實所言非所欲，人皆爲公代怖。公不爲懼。既至，帝可其奏，將大發遼左兵以來。公以本國情形呈文該部，盡其方便，其事遂已。而將別遣行人劉時俊發帑幣東馳，以勞君臣，蓋欲以微察也。公又見諸大人，具言接應之艱。諸大人嘉其辭直，即奏請勿遣行人，其帑幣仍付公以歸。廢朝聞之大喜。賊臣爾瞻嗜媢詆公，以阻遏皇恩。亟遣黄仲允，更請行人頒賜。公奉詔幣以歸，聞仲允行，止中江不敢歸，以待皇上後命。仲允至燕，竟不得請。公於是始歸。時金虜屢致慢語，朝廷議報其書，而皆疑沮首鼠。公極陳峻斥之義，辭氣凜然，士論倚以爲重。仁祖反正，兇徒多網漏，或慮變起郊楸。公以文武全才，觀察畿輔以鎭靖之。公立朝廿七年，盡心奉職。常不任威州，而吏民稱以神明。其解歸，闔道號泣，至不得行。儀表凝遠，氣度深偉。口不道俚語，身不近聲色。雖不設畦畛，而自治甚嚴，故人不敢慢易焉。朴燁、鄭遵管西任，恃寵驕恣，過關者無不被其侵凌。而對公不敢平面視，供億惟謹。在燕日，皇朝諸學士，咸稱以長德君子，所言無不印可。主司提督必戒飭館人："毋視如前日也。"公接物寬恕，而其不可於意者則如將殼焉。廢朝時醜而貴者數輩，求與公昏，公一皆謝之。雖衆怒俱齎,而公一髮不動。所與塤篪者,金公坴、趙公廷虎數公而已。每到官,超然有琴鶴之趣。家無長物,只書籍數簏而已。田園第舍,終不以綴意。每公餘靜對經籍,門巷寂然,如寒士家。公文主兩漢,而詩專盛唐。族父鶴谷公瑞鳳評藝甚亢,而每歎公才出古人。一時主盟詞壇者皆服其格力俊逸。公諱命元,字樂夫,南陽人。……曾祖春卿,以文行標望絶人。……(公)萬曆癸酉十二月廿四日生,其歿在天啓癸亥五月十七日。上爲輟朝,遣官臨祭,官庀終事。贈吏曹判書。後以仲男從勳,加贈贊成,兼職如例。

《畸翁漫筆》:洪命元字樂天,益寧洪相從侄也。器量峻整,才諝敏達,詞華亦不讓於流輩,人以公輔期之。屢典州府,治績茂著。癸亥初,爲畿伯。未幾,卒。

【按:洪命元(1573—1623)字樂夫,號海峰,籍貫南陽。洪春卿玄孫,洪瑞鳳族侄。善文章,尤精通漢詩,著有《海峰集》今傳。其詩格力俊逸。《箕雅》收其七律一首。】

沈　詻　　字重卿,青松人。宣祖朝登第。官至吏曹判書。

《朝鮮孝宗實錄》卷一:卽位年八月丙午。領敦寧府事金尚憲上箚曰:"……竊聞東銓長沈詻以累朝舊臣,受國重任,不畏公議,專用私情,其一家子弟,有相避之人,公然除吏,不止一二。傍觀者惡其專輒,奔競者藉爲口實。聖明在上,豈容聽其自恣,以墜憲章也?臣實痛之。"

《朝鮮孝宗實錄》卷一三:五年十二月己巳。前判書沈詻卒。

《白軒集·吏曹判書青松君沈公諡狀》:公諱詻,字重卿,自號鶴溪。沈出青松爲望族。……公生於隆慶辛未。四歲而朴夫人卒。甫七歲,家有燕會,座客奇公姿貌。使前之作駢句,呼扇字,卽應曰:"歌清客打扇。"客驚異之。比舞勺,文藻蔚然。十四五時誦讀《綱目》一帙,筆蹟亦遒麗,已有大儒之稱。甲申從荷谷許公篈學,名人長者皆折輩行與之遊。連歲棲于白雲及清平山寺讀書。中己丑生進兩試。壬辰,奉大夫人避賊于朔寧地。及賊鋒逼,或勸往嶺北。公以爲家尊扈駕而西,何忍遠入。遂潛于深谷中以全。癸巳隨青溪公于春川任所。古玉鄭公碏寓其地,公多與之酬唱。古玉才公,許以忘年。丙申登庭試第,選入槐院,又選入翰苑。丁酉遷注書說書,還翰苑,又選錄弘文。會乏備擬,未盛玉堂。光海爲儲時,公以兼說書入朝筵,柳相成龍爲師講論,廣引經傳,其說甚多,公記之甚悉,見者歎服。楊經理之之南也,宣廟送于江外,公以翰林從。經理目之久,問知其爲翰林,乃進之而問姓名,又使年之。甚嘉之曰:"眞翰林也。中朝亦難其匹。"仍索別章。而經理遽卽發,使之赶送,公卽製七言律徹御覽。上以爲佳,命躬進。公追至金山陣上,經理見之,大驚曰:“何乃遠至於此也。”遂贈之以金,而使之遄歸。蓋是時賊援大至,勢甚危矣。公發纔一日,而天兵左次。戊戌轉主尚方簿,改司書修撰。時天朝主事丁應泰誣我國甚,朝廷方急辨雪。柳西厓以首揆不卽請行,宣祖震怒。不悅者乘之,大肆搆揑。公將與諸學士伸之發簡,則李爾瞻以校理陽應。先呈攻訐之疏,玉堂上箚而夜深始下之。箚辭藏頭處,盡爲付籤使釋之。公獨禁直,釋之以對曰:“某也如此,某也如此,柳相斥不使顯云云。”以此見疾尤甚。臺彈儒疏,迭發攻公。公往從進士于通津先山下而晨昏焉。己亥,公以曉漢語,備御前之任。柳希發附麗爾瞻,謂公陪光海接天將,出語人以光海終必爲漢之桓靈,遂削去仕版。壬寅丁外艱。甲辰又遭進士公憂。丁未爲高山察訪。戊申,宣廟上僊。因公幹入洛,病免。己酉出監結城縣。設大同祛積弊,一境安之。庚戌坐事罷歸。辛亥丁內憂。癸丑,賊臣爾瞻嗾死囚朴應犀上變起大獄,公之孽叔沈友英連累死,公坐謫江界。時昇平金相公爲府使,與公同庚同榜,少相善,日與之觴詠,有《酬唱錄》。居數年,清風君金公權坐立異廢論,謫是府。公素相親,朝暮過從。戊午移配盈德。李參判命俊嘗坐孽弟之累謫是縣,判書徐公渻、判中樞金公時讓同謫寧海。俱是親舊,地亦相近,往往會話于兩境之峴。癸亥仁祖反正之初,公長胤光洙馳歸告之。則公垂涕先問舊君之處,及得其詳,喜甚。已而召以修撰,轉副校理,乞郡爲養本生繼母,卽進士公再室宋氏也。出牧尚州府,政務便民,民甚幸之。纔三朔以憂去邑,民無不悲歎。居憂于公州地,乃公遷謫時繼妣寓居之所也。賊适反,車駕出狩。公驚號曰:“身雖服衰,何得退伏?”遂馳到州城外,瞻拜於路左。翼日賊敗報至,乃還。丙寅進階通政,拜同副承旨。其陞資,以乙丑年功臣會盟例也。轉右副辭遞,拜安東府使。丁卯之亂,聞大駕幸江都,處于外。日夜點兵轉餫,親領軍交解尚州。而又簽遺丁及吏卒輩,將犇問行在。聞敵請成退,止焉。當是時,吏簿軍書,雲委叢萃,剖判擘畫,聲響立應。官軍義旅,無使矛盾,士民皆喜。戊辰,不及瓜數月而歸。民相聚環守,公獨抽身而行。旣不得留之,則士人等乃相率上京,封章請借。上命公還莅,而公竟辭焉。己巳拜承旨,辭遞,拜刑曹參議。庚午出守錦山郡。郡素稱山水絕佳,官事且少。公餘或騎或航,嘯詠於雲水間。壬申秩滿而歸。癸酉出爲春川府使。寔公之外鄉,亦以山水名。放衙便招親舊,逍遙乎山川之阿,村閭亦晏如也。甲戌,公壻吳公端之女,爲麟坪大君夫人。上以其父方持服,使公主昏,換授仁川府使。乙亥秩滿遞,由戶曹參議爲承旨。丙子兼內局提調,用賞加嘉善階,用承襲封青松君,仍爲左承旨尋遞。自是遞職,輒還君爵。是年十二月,敵兵猝至,大駕將幸江都，至是急乃入南漢。公方在散地無從人，獨乘一騎，與其子光洙追詣山城。翌日，體相金公瑬請上幸江都，大駕下城。城中洶洶，或言由仁川入紫燕島而舟行，則江都可以易達。公以爲危急存亡之際，當與君父同之，何可之他，卽隨駕行。會上知其難，回駕而入。宿夕而城已圍矣。公日趨造行宮外，上巡堞則步隨之。一日夜半，敵叩城，有言莫如先自縊。公以爲君父至此，何可徑死。卽詣行宮，俄而敵敗退。其臨急循義如此。丁丑正月，上出城。公攀叫失聲，幾絶而退。二月，追入京，兼摠管加嘉義階，以扈從也。拜開城留守。新經兵燹，閭巷空虛，官屬只有數人。公撫綏勞來，鳥散者稍稍還集。居無何病遞，稚耋相携哭曰："失我賢留守，何以得活？"公直往春川居焉。累除兵曹參判漢城府右尹，兼同知義禁府事右承旨，皆辭遞。拜江原觀察使。戊寅春，視篆。秋坐事，罷歸春川。冬命敍。己卯春除都承旨辭遞。冬授同知經筵事，乞免不許。庚辰春入京，移禮曹參判大司成。頃之又拜都承旨兼掌樂院提調。夏辭遞都承旨，歸春川。秋授兵曹參判兼同知義禁府事，且聞季氏之訃而入，仍肅謝。冬遞兵曹。辛巳春爲禮曹參判。光海卒，公請舉哀。有一勳臣陳疏攻之曰："沈某欲爲報恩地。可斬。"臺臣以爲十年遷謫，有底可報之恩。上寢其議。公乃辭遞，後坐禮曹時微事，罷歸春川。冬給職牒。壬午六月，敍復勳爵。秋拜右尹，移戶曹參判。癸未兼副摠管。甲申春除咸鏡觀察使，再以老辭得遞，拜兵曹參判兼校書館司譯院提調、同知義禁。冬除大司諫大司憲，皆辭遞。同義禁亦遞而復除。乙酉春又授大司憲。病未趨召，遞爲大司成，改大司諫，又爲大司憲。箚論政疵民隱，以至袞闕，靡不歷陳。而其歸以敬大臣、重臺諫、崇儉輕繇爲立綱致治之要。優批納之。辭遞，又拜都承旨。是時，前吏書李景曾坐譴罷，命杖之。副學李棨以儲位擇定時稱病先出，亦被譴。公疏陳宰臣不宜杖，李棨非讆言之狀。忤旨辭遞，就閑久。丙戌兼左副賓客，授大司憲，辭遞。又爲大司憲，病未赴召罷。無何敍復君爵，兼校書提調，進階資憲。以參會盟祭也。至是入耆老所。丁亥春判刑曹。疏釋滯囚，囚無冤焉。移都憲，辭遞。秋爲判尹，改右參贊。冬判禮曹。戊子春又爲都憲辭遞，還判禮曹兼宗廟提調知經筵同知春秋館。合巹回年，實維是歲。公與夫人同年生而月亦同，偕老而俱無恙，子孫設盛宴爲壽，以慶重牢。公卿大夫金紫滿座，莫不艷歎，相與賦詩以美之，一時傳以爲盛事。冬辭遞大宗伯，拜左參贊兼成均館事。己丑春判東銓。公旣辭遜不獲，則杜絶犇競，務甄幽滯。武弁之才而屈者，聞除目之下，初自驚訝，後乃服其公云。五月，仁祖禮陟，公處於闕門外，朝夕於哭班，人不知其衰焉。公不欲久處權要，今上卽祚之後，上箚屢辭。不許。因微事抵罷。冬敍拜右參贊，再辭而遞。又爲右參贊兼知義禁府事。庚寅春，辭遞禁府,以大耋超陞崇政。異數也。陳疏以辭,上以優老答之。冬辭右參贊,又判禮部。辛卯春,三告加由,陳疏得遞,拜左參贊兼祔廟都監提調,屢辭不獲。禮訖,又兼尊崇冊禮兩都監提調,引年辭免,用祔廟都監賞勞陞崇祿。冬咀呪獄起,拜判義禁。義不敢辭,俄而引疾免。壬辰春又爲大冢宰,疏凡五上得遞,拜右參贊兼判義禁。鞫逆譯李馨長,獄畢,三陳辭箚。不許。已而徒年罪人金信忠擅入京中發露,有司奏當全家徙邊,又有全家罪人鄭士俊任意行走,其罪當斬。有教斷信忠同士俊,公引律執之,以爲法不可輕重,信忠律不當死。上怒拿囚都事,公待罪闕下。上令大臣諸宰雜議之,請推考。遂奪告身。甫踰月,特敍兼校書館提調,拜左參贊。冬又判吏部,辭疏至四而不遞,出而爲政者再,僚寀歎其精審。公自以年迫九十,豈合秉銓,三辭而未免。則又繼之以三章得遞,前所兼賓客仍帶焉。宣廟朝侍從臣存者無多,於是公特蒙恩數,賜以食物。癸巳夏知中樞府事,再上章乞遞樞府及兼帶,只遞賓客。秋判工部,遂遞賓客。甲午,以耆老特加輔國階,有疾陳疏乞免職。不許。命内醫問之。次子光泗嘗令陽川,坐殺人,獄事編管,至是命釋。其教曰:“以慰老臣垂死之懷。”公感涕扶拜,病因以瘳。九月,長孫柏中司馬試,設慶酌,公歡燕而罷。自初冬末疾沈綿,公曰:“吾病甚。於世間事,萬念休矣。而獨耿耿者,國恩未報,欲陳一言而死。而神昏氣短,辭未盡意,可就聖心上最緊切處獻規,庶蘄猛省。”乃令子操筆,口呼十無字之短箚曰:“無自聖輕視臣僚,無遽怒刑罰失中,無諱過惡聞直言,無舉枉重失人心,無偏係取捨不明,無怠忽有始無終,無近佞用啓私逕,無徒名事歸虛文,無尚侈以壞制度,無傷財以困民生。”且乞解職於未死之前。上答曰:“箚中所進十無之誨,非但言甚切實,允矣肝肺之言。可不嘉歎而服膺焉。卿其安心調治,勿爲固辭。”醫問又至,其當服之藥在内局亦乏少者,而特賜之。賴以少愈,感祝益切。添得別證,冬轉劇。遂令布席遷臥室中,盡出婦人,而亦令前而永訣,不許進藥。以十二月十二日考終,壽八十四。……公之兼察也,提修墜典,廣布書史。如《韻會》、《周禮》、《小學》、《史略》、《史漢一統》、《二程全書》、《參同契》、《名世文宗》、《國朝寶鑑》等書,皆公所命印者也。……朝起輒處於外,不輟看書,若嗜欲然。晚年手寫杜詩抄爲三卷,又選唐宋文八大家爲九卷,與夫綱史纂要之書,常置案上。

《壺谷詩話》:沈尚書詻爲高山督郵時,柳塗爲文川守。文川有同年生三名姝,而柳皆私之。沈過行,惆悵作詩曰:“妹城三甲總名姬,太守風流亦一時。多少行人斷腸處,教坊南畔柳如絲。”甚有風調。

【按:沈詻(1571—1655)字重卿,號鶴溪,謚懿憲。籍貫青松。其詩甚有風調。《箕雅》收其七絕一首。】

趙希逸　**字怡叔，號竹陰。林川人。宣祖朝登第，選湖堂，參重試。官至禮曹參判。**

《朝鮮仁祖實錄》卷三七：十六年八月庚戌。前府使趙希逸卒。希逸，承旨瑗之子也。少有雋才，能詩工書。早擢科，又捷重試，預湖堂選。昏朝時爲李偉卿所搆，竄謫累年，反正後由玉堂陞承旨。未幾以居鄉不謹，被劾於朴炡，坐此蹭蹬，見阻清路。希逸爲人貪吝，且有恃才夸傲之習，故終以是敗焉。最後歷參判，出守江陵，罷歸而卒。

《宋子大全·竹陰趙公神道碑銘》：公諱希逸，字怡叔。生而頂骨有蓮花象。七歲作七字詩，先達稱之曰："讀李白三日，已能傳神矣。"廿歲丁憂，時兵荒孔棘，奉大夫人祭奠晨昏，不廢其禮，暇日則讀書不輟。萬曆辛丑爲進士解元，仍魁進士，宣廟見公試卷大加稱賞，一時膾炙，以爲賦與筆皆如蘇、趙赤壁云。宣廟嘗造一素屏，妙選筆家，時韓石峰濩、金南窗玄成皆退縮不敢當，公承命寫進，甚滿睿鑑。上字公先考而曰："趙某筆勢道緊，今其子過之。"翌年闡大科，入槐院，以著作奉使龍灣，入承政院爲注書。帝遣翰林院修撰朱之蕃、給事中梁有年來頒慶詔，儐使柳西坰根歷選從事，無出公右，而公官不中選。遂剳請陞品，以禮曹佐郎從迎於境上。既還，上見公詩文曰："元氣渾渾然也。"歷數官爲侍講院文學、司諫院正言。中重試。宣廟薨，翌年己酉，自湖堂又從西坰與金文正公尚憲迎賜謚詔使熊公化。公問詔使玉笥峰去老爺家近遠，詔使愀然謝曰："玉笥是我主峰，今見語及故山風物，怳然在目也。"仍稱賞公詩，而問公讀《馬史》幾許。蓋公於書無所不究，而《左》、《馬》、《詩》、《書》等書尤用力焉，迴圈熟讀，坐臥不置，婢僕幾於相杵，而亦致詔使之問也。連入司諫院爲正言，由刑、禮曹郎官復爲正言。時光海初立，時人追論己丑治獄時諸公，公立異遞職。復爲侍講院司書、文學，選入玉堂，拜吏曹郎。課製連四次居魁，陞正郎。公抗厲不與奸黨唯諾，賊臣李偉卿又公內弟也，嗾死囚鄭浹陷公，公與金仙源尚容諸公對吏。越三年丙辰，西宮有投書之變，書中悉數光海罪惡，光海大怒。其實賊[illegible]所爲，而偉卿等棄疾於公。公安置理山。公婉辭慰解大夫人，怡然就道曰："死生命也。"既至，日以讀書哦詩自遣焉。時有虜警，朝廷悉移西北徒流于東南，公徙河東縣。及筠事發伏法，公遂得清脫，己未放還。公南遷時，歷拜大夫人于安山。至是奉侍京江村舍。其季冬丁憂。既葬，廬於墓下。服闋，寓居湖西之德山。癸亥三月，仁廟卽位，誅除群凶，卽拜公爲弘文館修撰，改校理，陞副應教。嘗于經席，上曰："予欲打破朋黨。"對曰："不可。"上怫然。又對曰："此事歐陽修論之詳矣。以爲必有君子之朋，小人之黨。惟在人主辨之而已。”時判東銓者非其人,公論遞之。李相元翼與其人甚相親,然以公言爲是。於是極擇時望,以申象村欽代之,公又言其循私。蓋公時出入三司,無所回避,物論多之。由議政府舍人爲典翰,極選也。旋陞爲承旨。時諫臣有欲論公者,金文正公守夢、鄭公曄相繼申白,以爲“某文章俊才,士類中人”。象村亦上箚理公,時議兩美之。然公不安於朝矣。甲子,自公州扈駕還,陞嘉善,出爲光州牧使,召入爲禮曹參判。丙寅,書啓運宮誌石。夏,受命延慰詔使姜曰廣于安州,用寫志勞,特陞嘉義,移兵曹。時張公晚爲判書,公力陳軍卒徵布之弊,因言變通之策。又以白上,而事竟不行。丁卯,虜賊犯境,扈駕于江都,又出守潭陽邑。有穀不當徵者,公卽因方伯聞于朝,永蠲其五千斛。又釋其典吏在囚者,闔境歡頌焉。遞復入禮曹,接伴毛將於椵島。毛將以隱語微示意,要以誣陷本朝。公折之曰:“蓋蘇文弑君之賊,何必云云。弊邦實父師設教之地,而禮義猶有未備。本朝康獻大王掃清麗季昏亂之風,義理修明。壬辰之變,倭酋有假道西犯之計,我昭敬大王據義斥絕。雖以此宗社幾亡,而禮義益著。光海昏亂,不能奉承宗廟,寡君承母后命,入承大統,彝倫復正。公何以出此言耶?”毛將無以應。庚午以刑曹參判兼槐院、備局提調。俄而復由禮曹出爲慶尚監司。自宣廟朝,沿海公私賤,並定船格,明有受教。而廢弛已久,公亟行整頓。雖國舅家奴僕,一切不饒。有怙勢圖免者,公不聽,以此卒致口語。翌年移疾遞迴。甲戌復入禮曹。程副揔龍來住南漢城,承命往設慰宴。副揔曰:“中朝時飽聞文章盛名。”仍求詩甚勤,走筆以贈之。丙子爲江陵府使。冬,聞虜入大駕幸南漢,卽出居迫陋處,招集軍民,灑泣募人,奔問行朝。難已,以監司狀啓就理,蓋由舊憾云。上察公冤,卽釋之。時朝家將豎碑城下,以應副虜言。極選撰述人,公以病辭免。戊寅七月,有疾。八月二十日沒,壽六十四。隱卒之禮備焉。始葬高陽之先塋,後改窆于坡州惠陰里乙向之原。公長身偉幹,神彩發越。仍且佩服庭訓,其高才峻望絕出等夷。……金北渚瑬嘗稱公文曰:“入海窺龍,倚市閱貨。”清陰則曰:“鴻匠巨筆,頃刻累千萬言。”及授文衡,於人有“東鄰亦有屠龍手”之句,蓋指公也。一時推許如此。而竟阻牛耳之執,至今爲文苑之所嗟。

《宋子大全·竹陰集序》:昔在宣廟朝,文章之盛可比貞和之世。而宣廟獨稱竹陰趙公諸作曰:“一團元氣渾渾然也。”可謂冀北馬多天下,而先影之才獨先定價也。自後汙隆不常,榮辱相互。而至於仁廟初服,賢俊彙征,濟濟洋洋。而公起廢爲政府舍人、玉堂典翰,此爲選地之十分盡頭矣。又有清脫其洗索之言,如金清陰、鄭守夢諸君子,則不待評而人可知矣。

《竹陰集·序(金壽恒)》:自古文章之士,名盛矣而實或不副,材優矣而用或不究，尚論者不能無歉於斯焉。至若名與實具全，而不獲展其才而究其用，則豈非尤可惜也。觀于近世，若竹陰趙公是已。公自弱冠已以觚墨擅聲，及魁司馬，賦辭逼古，筆法亦殊絶，諸考官咸嘖嘖稱賦眉山而筆吳興也。宣廟覽之，手批以獎之。於是國中之人相與膾炙傳誦。未幾釋褐，凡文事所關，人遲其至。既再辟儐幕矣，再以文鳴矣，既又賜暇道山，而演綸鑾坡矣。無非極一時之選，需他日之用。華問奕奕，大振朝端，藝苑諸公皆斂鋒退舍，莫之先焉。公之名可謂盛矣。公天得逸才，聰明絶人，兼且氾濫群書，大肆其力，自經史百家靡不含英咀華，發囊胠篋，以爲己有。其發而爲文，無論長篇短章，下筆連數十篇，水湧飇馳，動若神助，傍觀者自廢。至其論議之高，則文非西京以上不厝舌，詩非盛李以上不取則也。志尚之奇則寧瑕而璧，寧蹶而千里也。故其大小述作率皆宏贍俊爽，有古作者氣格。公之材可謂優矣。

《壺谷詩話》：趙竹陰希逸與清陰、鶴谷泛舟賦詩，押"三"字，至累篇。竹陰詩曰："壺誰送九百，船恰受人三。"座中皆稱之。

《小華詩評》：趙竹陰希逸，嘗以從事官到瑞興，時蓀谷李達新亡所眄妓，諸公適會驛樓，爲蓀谷賦悼妓詩，竹陰先題曰："生離死别兩茫然，恨入嬋妍洞裏綿。飛步無仙蹤珮冷，殘花不語曉風顛。美人冤血成春草，神女朝雲鎖峽天。九曲柔腸元自斷，驛名何事又龍泉。龍泉，瑞興館名"諸公皆閣筆。

《光海朝日記》：壬寅年，始登科第，絜家上京。……平生不妄交遊，雖朋輩之間，訪問稀闊。爲白乎旀。公卿之家，歲時投銜，時俗通行之事，而矣身亦不爲之。此則公卿間無不知之。而人或以固執病痛，目之爲白齊。

【按：趙希逸（1575—1638）字怡叔，號竹陰、八峰。籍貫林川。善書畫、詩文，著有《竹陰集》今傳。其詩宏贍俊爽。《箕雅》收其五律一首、七律三首、五排一首、七排一首、五古一首。】

任叔英　　**字茂叔，號踈菴。豐川人。光海時登第，以直言削而復仍。仁祖初弘正，官止持平。儷文名世。**

《朝鮮仁祖實錄》卷三：元年十月己丑。持平任叔英卒。叔英，字茂叔，號踈菴。天性樸直，志操貞介，聰悟絶人，十歲能作詩。博覽群書，過目不忘，一見生進新榜，即背誦無差，人驚以爲神。國朝典故、氏族源委及山川道里、風謠財賦靡不諳悉，至於天下輿圖，歷歷如親行其地。爲文章操筆立成，尤長於四六，所作《統軍亭序》見稱于中朝學士，以爲千年絶調復出海外。嘗慕李奎報三百韻，作律詩六百韻，人服其大手。自遊太學，疾惡揚善，談辯風發。辛亥，封策數千言，極言時事。考官沈喜壽欲擢第一，爲同列所沮，遂置丙科。光海大怒,謂非程文,命削其名。於是三司爭論累月,相臣李德馨、李恒福等入對切諫,光海不得已從之。已而選入槐院。時鳳山誣獄起,薦授鞫廳假注書。叔英稱病不仕曰:“予不忍爲誣獄原從勳。”及癸丑之變,百僚庭請處置永昌大君。叔英托脚病終不出。往往危言,激烈不少挫。爾瞻輩益嫉之,目以謗訕,遂削黜於外。自是退居於東湖之上,矮屋短褐,饘粥不給,而處之怡然,雖一介不以取人。時以營建財匱,大開贖放之科,人皆應命。親友欲爲叔英鳩財以贖,叔英不許,移書切責。反正初,首入翰苑,轉玉堂,陞拜持平。言事鯁直,人皆想望。一日,感寒疾,友人藉以長衾,得少汗,便束置其衾。及卒,親友就視,短衾露兩足,其介潔類如是。時年四十八,遠近聞者莫不嗟惜。

《疎菴集·言行録(李植)》:公於四六法律精嚴,非唐以上材則不用。所引古事,必用本書全文要語,一字不苟安排。至於行文未嘗作偶儷語,專務平順暢達,眞所謂筆端有口。詩則不拘格法,直攄胸懷,務去雕飾,別是一體。大篇排律則四六之餘也,廣博奇僻,古未嘗有。其所引事料要爲一部祕監。西坰柳公以詩跋之,勸其自箋解,公嘗自註未終而卒。

《疎菴集·言行録補遺(任有後)》:辛酉遼陽之變,公蓋不食者累日矣。有僧踵門求詩,公題其軸曰:“山僧忘却世間事,他事雖忘此可忘。聞道遼陽陷于賊,吾今不食熱中腸。”公嘗愛驪湖,有遊賞之志。是年秋,有後適在江上,以書奉邀。公答曰:“夫上流吾樂也。又得吾弟爲主人,固不待請而往。顧遼陽已陷于賊矣,天朝之路不通,左衽之辱將及,此正吾輩痛哭不欲生之日也。又何心遠游哉?然天之假借兇逆,必不久焉。安知不卽就撲滅也。然後浩然相得於江湖之上,鼓枻而爲滄浪之謳,信可樂也。”自是公憂憤每形于色。天順土木之變,河緯地感慨曰:“天子蒙塵,天下所共憤。我輩雖外國陪臣,豈可恬然不與其憂。”常處外寢。烈士志行,前後一揆。

《谿谷集·疎菴集序》:茂叔才甚高,記性絶人,於書無所不覽,覽卽無所不記,故其學甚博,爲文章多腹稿立就。……觀斯集者,於排律大篇可以見其富,于駢偶諸作可以見其精,於《讀國策》、《遊水鍾》等文可以見其識,雖其遊戲漫興,皆可以見趣操之所存。嗚呼!是足以不朽矣。使世有良史,將傳《卓行》、《文苑》,則疇能先茂叔而標名者?不然而徒欲操空文以傳遠者,抑末矣。

《甲辰漫録》:辛亥三月,別試文科殿試,儒生任叔英所製之策條四件,對之頗草草。而篇末別鋪張,極論時事,不少回避,筆勢浩汗。試官或以爲不中規程,取之未妥。右相沈伯懼力主取之,置榜末。《備忘記》曰:“策士應制之文,自有程式。古人雖或有危言讜論,皆就所問中題目,仍爲理欲公私之下而已。近來人心極惡,唯以詬辱君上爲能事,無理甚矣。予見舉人任叔英之文,其所對非所問,而别爲題外悖惡之語,肆然無忌。試官又從而取之。爲叔英之君者,不亦病乎?渠若有所懷,或上章極言可矣。乃於場屋敢做題外之文,醜詆無所不至。若取此文,則末流浮薄之徒,必競宿構辱君之文,以眩惑試官之目,而仍爲决科之地矣。弊將難禁。任叔英削科。予以眼疾,不卽省觀,故今始言之。此意言于該曹,政院三司皆啓累日。不允。至於兩司合啓累朔,至六月大臣引見時,李領相德馨啓請。蒙允許給科。”

《終南叢志》:五言排律始見於初唐,而杜子美爲一百韻,麗朝李相國奎報爲三百韻。至我朝踈菴任叔英爲七百韻寄李東岳安訥。其詩廣博奇僻,真千載傑作也。雖以老杜大手,尚止百韻,後世詩人亦無如此大作,而踈菴始創之,可見其囷廩之富也。東岳以一律答之曰:“萬曆皇明己未秋,任公七百韻吾投。自從唐漢未曾覷,縱有杜韓哪可酬?奧理庖羲卦外括,秘文蒼頡字前搜。是年大旱燋山嶽,定是天驚地亦愁。”此蓋欲以小敵大也。未知孫仲謀三萬兵可敵曹公八十萬否?

《菊堂排語》:任踈菴叔英文章節行,重于一時。光海癸亥登别試及第,觀其對策中直斥戚里驕横,光海命削科,賴大臣論列,復科被削黜。處於江湖間,以詩酒自放。癸亥反正,歷敭華顯,年四十八,不病而逝。是夜,鄰嫗夢一青衣吏人持赤管訪任持平家,正屬纊時也。又湖西儒生夢有人來言“任某謫下人間已久,自天上當爲召還,爾宜急往受學”。儒生至洛,踈菴忽焉。吁其異哉!有《踈菴集》行於世。

《壺谷詩話》:排律創于初唐,沈、宋、四傑諸人之作皆妙。至老杜至於百韻,則已患其多。弇州挽滄溟之作亦百韻,而不無疵病。麗朝李文順巨筆滔滔,而亦不過三百韻。任踈菴乃有七百十六韻,此古今所無,而韻字多有韻書所無者,嘗欲自注其出處而未果云。奇則奇矣,然亦未必奇也。又以《觀漲》爲題,押强韻,至七排百韻,而以一意三次之,尤奇。蓋任踈菴之詩不及儷文,而惟溫、李體酷肖。

《詩評補遺》:任踈菴叔英癸亥反正後《齋宿有感》詩曰:“戮盡群凶正大倫,周邦雖舊命維新。一千再睹黄河澈,四七重逢白水真。賈傅召還宣室夜,蘇郎歸謁茂陵春。齋房忽罷依稀夢,蜀魄聲中泣老臣。”其忠讜之志,此亦可見。

任踈菴嘗往山寺,見念佛僧達宵誦咒,作一絶嘲之曰:“天竺荒遐萬萬程,土風殊異又堪驚。真能遣爾憂應甚,莫向彌陀乞往生。”雖是戲吟,亦可爲崇信異道者之戒。

《詩話匯成》:公之文長於四六,車五山稱其小篇與王駱相上下。《統軍亭序》流入中朝，翰苑學士傳語我國使臣云："千年已絕之調出於海外。"

【按：任叔英(1576—1623)字茂叔，號踈菴。豐川人。其詩直攄胸懷，創作空前絕後七百韻排律，廣博奇僻。《箕雅》收其五絕一首、七絕二首、五律一首、七律三首、五古一首、七古三首。】

成汝學　　字□□[學顔]，號雙泉。蔭別坐。

《光海君日記》卷九一：七年六月癸巳。禮曹啓曰："我國接待華使之際，專以詩律唱酬，至於華國，豈曰小補？前日臣爾瞻啓辭中，請以李、杜、《文選》爲監試輪講者，正爲此而發也。近來詩學專廢，閭閻間初學之士雖欲業詩，無從傳學。曾以進士成汝學，願爲詩學教官，呈文於本曹者非一。請依私教官例，專掌詩學，善誘童蒙，以期作成之效。"傳曰："允。"

《鶴泉集·鶴泉成先生遺集序(李墪)》：詩出於性情，而得其正者爲難。《三百篇》以後，《十九首》謂爲近古。至於變而爲律，則綴句協韻，固有一定之則，而格力調響亦不免隨風氣而高下矣。古今談藝者皆以唐爲宗，而初盛中晚，評之者已詳矣。詩豈易言乎哉？鶴泉成公諱汝學，生於詩禮之家，又值文明之運，自少時聲望已譁然於一世。以書史自娱，不屑屑於舉業。嘗謂"詩至盛唐無以加"，攻詩專尚盛唐。清高俊爽，無一點塵俗氣。一時名勝如芝峰李公晬光、竹川李公德泂皆許與之深。芝峰則至抄其警句著於《類說》。華使之來，月沙李公之外孫都正韓公諱厚明，即余表叔也，淨寫一本，遺囑甚至。適家弟壄出按嶺南，捐俸付之剞劂。其必有後世之如子雲者出而賞之矣。噫！公之詩可以傳後，公之志可以礪俗。當世主文盟之大家鉅擘，豈無可以揄揚序引者？而以余而敢不辭而當之者，庶幾觀乎是集而有以知余言之不私于公焉爾。崇禎後六十三年丙戌，外裔孫嘉義大夫行弘文館副提學兼經筵參贊官同知春秋館事李墪謹序。

《於于集·贈右議政行同中樞南窗金先生行狀》：先生於財利脫略也。從弟李應佑、甥成汝學俱貧，闕樵汲助，捐己有分與兩僮。人咸難之。……汝學字學顔，官別提。學甥固窮，倡詩傾一代。寔夢寅髫齔友也。

《久堂集·記聞》：成別坐汝學號鶴泉，詩人也。年五十餘始得司馬。晚益坎壈，官終別坐。芝峰李尚書與爲詩友，蓋亦　時之郊島也。居于楊州綠村，草衣茅屋，家至屢空，泊如也。余少時隨外大父赴鐵原，邀成而館之。使授余《杜詩鄉本大全》十六卷而歸。有寄銀溪許督郵之句曰"文章驚世凌丁卯，節序催人逼丙寅"，又曰"豈料玉堂揮翰手，却爲銀館苦吟身"云，而使余綴其首尾。又有詩云"歲暮雲陰連北陸，雪中梅影又南枝"，又云"綠水連澄渡，青山近洛陽"，見者頗以爲有唐人詞致云。記其全篇則臨別贈余短律

“葭管灰初動，楊州客未歸。那堪終歲疾，都負百篇詩。松老猶知節，梅寒不願肥。遲遲故濡滯，祇爲與君離”云。

《芝峰類説》：成進士汝學號雙泉，自少攻詩，而爲造化兒所困，年六十不得一命，惜也。其警句曰：“草露蛩聲濕，林風鳥夢危。”“寒樹鳥無夢，暗窗蟲有聲。”“缺月棲深樹，寒禽穴破籬。”“雨意偏侵夢，秋光欲染詩。”其清苦如此。

《霽湖詩話》：成教官汝學，金南窗之甥也。自幼成癖於詩，着力既久，往往有佳句。其“露草蟲聲濕，風林鳥夢危”爲人所稱，如“面唯其友識，食爲丈夫哀”者，窮語也。余嘗往來其家，每見其破衣矮巾，滿鬢衰髪，獨依一間書齋，盡日授書童子，真一世之窮士也。“詩能窮人”者，殆爲成教官而發也歟！

《於于野談》：夫雕鏤萬物，使萬物各賦其形者，天之才也。擺弄造化，能放象萬物之態者，詩人之才也。惟莫工者天，而何物詩人，奪天之工哉？是知才者無命，是天之所使，天亦多猜乎？既賦之才，胡使窮之哉？吾友成汝學詩才之高一世寡倫，而至今六十未得一命之官，余常怪之。其詩曰：“露草蟲聲濕，風枝鳥夢危。”又曰：“面惟吾友識，食爲丈夫哀。”又曰：“雨意偏侵夢，秋光欲染詩。”其語雖極工，而其寒淡蕭索，殊非榮貴人氣象，豈獨詩使其窮哉？詩亦鳴其窮也。又有李廷冕，洪男之孫也，身短而面有皻，自號“短皻”。嘗於雨後有詩：“庭泥横斷蚓，壁日聚寒蠅。”其友李春英，文人也，每稱其妙而斥其窮。後果登科，未幾而死。蓋庭泥斷蚓，賤之讖也；壁日寒蠅，夭之征也。余與尹修撰繼善於詩人尹孝源家小酌，繼善即席題詩，其一聯曰：“宦遊千里甘蔗盡，世事一春落花忙。”坐中皆稱其美，余曰：“年少人何作此語？”果未久而夭。吁！詩者，出自情性虚靈之府，先讖夭賤，油然而發，不期然而然。非詩能窮人，窮也故詩自如斯哉。但有才者，天亦猜之，于世人又何尤焉，惜哉！

《小華詩評》：挽鼇城相公詩甚多，而當時評者以“鼇柱擎天天妥帖，鼇亡柱折奈天何？北風吹送因山雨，雨未多於我淚多。”爲第一云。或云成汝學所作，或傳金昌一所作，未知孰是。金昌一以南行爲清道郡守者。

《詩評補遺》：雙溪成汝學工于詩，居楊州時，爾瞻聞成所作，大加稱歎，欲爲汲引要，見其私稿。成即賦一律以謝曰：“綠蘿深處夜迢迢，一枕翛然萬慮消。遠岫雲生還掩月，小溪潮滿欲沉橋。身無簪組貧猶樂，腹有詩書賤亦驕。怊悵曉來金井畔，碧梧秋氣雨蕭蕭。”詞韻清豔，寫意譏刺，且有自守不阿之色，可尚也已。

【按：成汝學(1557—?)字學顔，號鶴泉、雙泉。籍貫昌寧。成渾門人。

其詩清苦，寒淡蕭索。《箕雅》收其五絶一首、七絶一首。】

尹喜元　　字公度。卓□[然]之子。早夭。

《龍洲遺稿·漆原處士尹公墓碣銘幷序》：於乎！吾尚忍銘尹公度也？公長我十年，我之得交也，卽萬曆戊申年前也。公居陋屋，以席爲門，客至則班荊于地而坐。視其貌，敷腴白晳，粱肉者不如也。豈非近於道者耶？吾與之往還數十年，未嘗見其眉睫間有幾微喜愠色，其胸中坦蕩何如也。公素不喜交遊，雖隣里親戚亦罕見其面。然不見其穿榻伊吾，唯時得會心友詠歌古詩，其音若出金石聲，可聽也。絅以辱知之深故，造焉頗數。叩其所有，則內而《六經》，外而馬班莊列諸子書，靡不貫穿。詩之李杜韓柳難解處，如誦己言。至於東方韻士名作，倍文幾萬餘篇無疑，記性天得也。聞公於先尚書，最少子也。鍾愛異夫他子，不甚課督教學。嘗授《史記》於體素李春英所。始讀《蘇秦傳》，才訖一番輒成誦，不錯一字。李亦歎服。公自結髮咀嚼古文史若嗜欲，舉子業時文非其好也。爲詩以開天爲則，長慶以下不論也。於七言近體用功深，其送人赴三陟曰"樓橫北極知天近，山坼東溟得月先"。又賦大風曰"浪涌漸看冰柱立，谷翻還似土囊開"。五山車復元擊節稱賞。然公守"非其人勿傳戒"嚴，故一時見其詩者尠。唯五山最爲知音，其持論亦相上下。踈菴任茂叔每言"公度詩清如其人"。嗚呼！文章特公餘事耳。公內行最篤，養大夫人以十年如一日。及其疾革也，割指和藥以進，疾良已。其後群居，必縮其手，恐人之或覼也。昏朝時廢母后論起，偉卿等煽兇於館學，欲驅儒籍充庭請，其説日凶凶。時公方伏枕，獨念一朝見逼，至廢寢食。走女奴問我者日必再三，蓋欲同我出北門也。其恐染汚世之色，至今數十年如在阿堵中。公之死孝苦節，世寧復有兩人哉！其誰知之。公諱喜元，公度其字也。尹出漆原。遠祖松碑，中郎將。孫吉甫，爵贊成，勳三重大匡。五六傳有諱碩輔，事恭僖王，以清白著，官直提學。生文亨，生伊，生卓然，公皇考也。生有異質，以神童稱。及長，聲譽藹蔚，以注書當明廟顧命時。奉旨書字中處變，世皆偉之。參光國勳，封漆溪君。文衡之望與黄長溪竝。公胚胎前光，受才加雄，顧出語無適俗韻。故與世抹摋，平生食糠籺不厭。食年堇四十四。歸砦何處？其命也夫。昔之文人之窮者，島之寒郊之瘦，儘雕肝擢腎，宜自取其窮也。公之詩則不爾也。豈造物者亦嫌其高絃獨張耶？吾又未可知也。公內子海州鄭氏，贈海城君欽之女。柔嘉淑明，後公三十年卒，享年八十二。無子。取公從弟郡守復元第二子安基爲后。某亦良士，擢己卯明經第，嗣其家業。不幸未克永世，官卒成均直講。初公之歿，卜葬于廣州先塋側。甲午，移窆丙坐壬向之原，亦不離先塋南也，以內子祔焉。安基娶生員黄省身女,生三子二女。子遇成,出繼人後,生三子一女。次遇宣承重,生三子一女。次遇殷,生一女。女長適幼學李熵,生三女一子。次女適幼學李命錫,生一子。内外諸孫男女凡十九人。來求銘者,承孫遇宣也。銘曰:"神清而王,喆人之常。懷瑾不市,良賈之藏。死孝而生,雅道之長。斷璧何小,厚夜之光。"

【按:尹喜元(1576—1619)字公度。漆原人。尹卓然子。其詩清壯不俗。《箕雅》收其七絕一首。】

金　搢　　字記仲。光海時登第,官至堂上府使。

《凝川日錄》:光海君壬子八月十一日。正言金昈避嫌大概:"檢閱金搢本以卑賤之人,性且輕妄,且其母被汙倭賊。欲爲越署論啓,爲同僚所沮云。大諫以下亦避。憲府啓遞金昈。"

《逸史記聞》:丁卯正月。奴賊八萬餘騎夜襲義州,姜弘立爲之嚮導也。先是韓潤亡入虜中,欲激怒弘立,乃云國家反正後,姜氏一門皆戮死。弘立含憤,勸奴酋興兵嚮導。弘立所領之賊亦極精鋭。弘立前爲元帥時頗得民心,西路之民聞弘立之爲先鋒,不戰自降。義州之陷出於不意,府尹李莞、判官崔夢亮之敗,麟山僉使金濟鼎之死,似不足怪。至於綾漢之潰,安州之敗,未必非弘立所誘而致之也。賊兵有生致金搢於弘立者,弘立得聞厥叔厥兄之生存,始知韓潤之所賣云。定州牧使金搢在綾漢山城爲賊所擒,平安兵使南以興、安州牧使金俊、永柔縣令宋圖南皆入安州督戰城頭,知事不濟,自焚火藥而死。

《菊堂排語》:金僉知搢年十歲時,隨其父兄遊洛東江。座中令金為序文記其遊。遂操筆立就:"萍水相逢,客三年之千里;篷風不定,秋八月之孤舟。"此句一時。天啓丁卯爲定州牧使,虜賊夜襲義州,急圍凌漢城,金即守將也。虜送書招降,金焚其書,爲死守計。其視棄城走避者不可間日道也。及城陷終不屈。虜乃剃頭以而送之。遠謫多年,始得放還,遂爲廢棄之人。戊午之役,從官司李民窠隨元師姜弘立投降,虜留弘立,還民窠。丙子亂後,至授李戶曹參議判决事等職,而金則終不收用。其故亦可知也。金少有才,多讀書,文章老成。其詠秦始皇詩:"韓賈謀成夢客親,諸生土宿《六經》塵。豈知天下銷兵地,猶著江東學劍人。""銀海却容三月火,金泥不貨百年人。濁涇自是群流下,國到危亡總一秦。"今上三年敘命始下,而年已八十矣。

【按:金搢(1585—?)字記仲,號秋潭、訓齋、詠齋。籍貫光山。光海君二年(1610)文科及第。四年任説書、檢閱,次年任奉教、正言。爲定州牧使時丁卯胡亂爆發,作爲大將在凌漢山城之戰抗戰時被捕。遣俘後爲禮安縣

監,但因降伏罪名,充軍後被捕。編有《新補彙語》。其詩多感慨興亡。《箕雅》收其七絕二首。】

柳　塗　　**字由正。宣祖朝登第,官止府使。**

《朝鮮宣祖實錄》卷一九七:三十九年三月丁酉。以……柳塗(爲人淫狡,行己悖戾)爲文川郡守。

《霽湖詩話》:柳斯文塗有詩才,少時遊戲青樓,嘗以一絕書娼家壁上曰:"半世青樓食,熏天衆謗喧。狂心猶未已,白馬又黄昏。"一日鵝溪相公自宴所歸醉,勢未能及於家,借道傍人舍而止歇,即娼家也。既醒,見壁上題而大驚,逢人輒及之,滿城一時傳誦。其所膾炙落句也,而鵝相曰"青樓食之'食'字最難下"云。柳嗜酒廢讀,竟不究其才,可惜也。

《於于集·與榆岾寺僧靈運書》:余於庚申年寒食掃墳,往西山,過高陽途中,遇幼時友李貴。作一絶曰:"天下皆如李貴愚,淳風猶可挽黄虞。囊中尚有金蝺帽,好作田園老丈夫。"時柳塗見此詩笑曰:"子以李貴爲愚乎?天下黠者也。渠何以挽黄虞之淳風乎?"今以思之,所謂"淳風挽黄虞"者,可占吉語也。或者新王將有復古之治乎?

《東國詩話彙成》:柳公爲文川守,文川有三名姝而同年生,柳皆私之。沈尚書諮以高山督郵行過文川,惆悵作詩曰:"姝城三甲總名姬,太守風流亦一時。多少行人斷腸處,教坊南畔柳如絲。"甚有風調。

《苔泉集·記聞》:丙辰間,時輩欲廣樹黨與,至於闒茸愚騃昧丁之類皆得參弘文錄,多至五十餘人。一時嗤笑。有柳塗者謂友人曰:"吾適過墟墓間,聞悲泣聲甚苦,乃問之。則答曰:'我乃文官石擎日也。'問:'何故泣耶?'答曰:'以文官不幸而死,不得參於丙辰弘文錄,故悲耳。'"蓋石擎日者,只誦七書章句而已。至於落張之處,亦不之知,連上下而讀之。式年殿試,策問以灾異松蟲旱蝗。其捄弊曰:"南山往之,竹杖揮之。殺而埋之可也。"以此,人數其沒學問文官,石必居首。故塗以此嘲之。

【按:柳塗(朝鮮宣祖時人)字由正,號歸盤,文化人。宣祖辛卯別試文科。嘗任龍岡縣令、長水縣監、海美縣監、文川郡守、成川府使。其詩灑脱不羈。《箕雅》收其五絕一首。】

李元衡

《明齋遺稿·大司憲贈領議政松郊李公行狀》:時國家因警急,疏放在罪籍者。公與憲府合司以爭曰:"……李元衡、權誼、任器之、韓晝、張世哲等終始擔當於廢母之議,此實倫紀之賊也。當初寬典,已極失刑。到今全釋,寧有是理?請命還收。”上使量移,公力爭,竟寢之。

【按:李元衡(朝鮮光海君時人),光海君時擁護廢母之議,仁祖反正被收。其詠史詩頗警策。《箕雅》收其七絕二首。】

趙國賓　　字景觀。光海時登第,官至刑曹參議。

《朝鮮仁祖實錄》卷二六:十年三月辛丑。憲府啓曰:“刑曹參議趙國賓有侮法之失,掌令李惟達、正言李元鎮連日呈病,顯有避事之迹。請竝遞差,呈辭捧入時當該承旨推考。”答曰:“依啓。承旨別無所失,宜勿推考。”

《菊堂排語》:趙參議國賓能文章,嘗有詩曰:“玉露調傷金井梧,九秋佳節即須臾。乾坤有意生男子,歲月無情老丈夫。少日交遊俱寂寞,異鄉蹤跡復江湖。家貧衆口多鵝雁,赤手荒年活計迂。”誤以頷聯爲逆豎朴宗胄之作,至入於鞫廳問目中。可笑。

【按:趙國賓(1570—?)字景觀,號雪竹,豊壤人。嘗任行忠武衛司果、假注書、刑曹參議。其詩格律工穩。《箕雅》收其七律一首。】

石陽正霆　　字仲燮,號灘隱。善畫竹。陞君。

《月沙集·月先亭記》:人謂石陽仲燮三絶。蓋仲燮詩學杜,筆得晉人法,畫尤名天下故云。夫夫雅有高致,嘗築室於公山,顔其亭曰月先。屬余爲記曰:“吾廬遠不足以辱吾子。吾且言吾亭之勝,子爲我文之。”其言曰:“錦江南流,鷄岳西支。迤爲一大村,曰萬舍陰。亭在村之高處,臨野之迥得百里。山遠近環之,若脩眉,若飛鳳,若列屏障几案者,曰彌勒山、德裕山、朱華山、天登山、龍溪山、漢苊山、金山也。水橫流遶村,走入花津者曰曲火川也。巃而爲丘,窪而爲池,呀然而壑,蔚然而園,坦然而臺。庭無雜樹奇花,只二松千竹儼立如環衛。又有十樹大梅近軒,軒名十梅以别之。風動月浮,香與影滿室。此皆吾廬之勝也。每良辰勝日,負杖登臯,童子後先,臨流觀魚,魚小大可數。呼鷹逐獸,耳後生風。濯足於溪,石可坐,沙可步。暝色自遠,村煙夕起。人語砧聲斷續於霏靄之間。余倦而歸,山光滿簟,夜深靜臥,松聲竹籟泠泠入耳者。此吾亭勝之所獨享也。鶴報客至,呼兒點茶,有酒酒釃,有飯飯香。果取園木,筍折竹林,蕈採松根,蔬摘春畦。客留則棲於軒,客去則送於臺。此則吾亭勝之與人共者也。吾亭不旣勝乎?”余應之曰:亭若是其勝,而必以月先名者。何取焉?噫!余知之矣。夫月,一無價物也。而山必得月而高,水必得月而清,野必得月而迥。月先於亭,則地之高可想。地旣高而又先得月,則亭之勝蔑以加矣。漁與獵,子固樂之。然必氣動而興隨,興盡而神疲。夫豈若月之不邀自至,無心可猜者乎?梅與竹,子固愛矣。然必榮悴有時,不能長存。則夫豈若月之窮天地貫寒暑而卒莫消長也哉!亭之名得矣。想其山日初沈,暮景蒼然。子未開戶,月先在軒。白髮綸巾,弄影婆娑。山河寂寥,天地晃朗。斯時也,月沙老仙馭風而至,把杯相屬,笑傲於其間。則子復以爲如何?嗟余病矣,只空言耳。遂書此以寄之。

《碧梧遺稿·謾記》:宗室石陽正霆,字仲燮。襟韻清灑,墨竹爲當世絶筆。崔同知岦嘗卷黑綃爲小軸,倩石陽以泥金寫竹,各態俱焉。崔自爲跋,韓正郎濩以泥金書其卷尾。

《研經齋全集·題石陽正畫後》:石陽正名霆,字仲燮,王孫也。素善畫蘭竹梅。壬辰亂後,遭倭刃,幾折臂僅續,而猶益工畫。此帖乃崔東皐所記,且有詩識其下。而我外先祖梨川相公書之。可謂三絶。

《芝峰類説》:宗室石陽正霆于高城有詩曰:"千里客遊三日浦,百年人倚四仙亭。"又朴斯文慶新《九月山》詩曰:"山名九月宜秋賞,寺在深源幾日尋。"此似優矣。

【按:石陽正霆(1554—1626)姓李,字仲燮,號灘隱。全州人,朝鮮王宗室。官石陽正。其詩學杜甫。《箕雅》收其五絶一首。】

申翊聖　　字君奭,號東淮。欽之子。宣祖朝駙馬,東陽尉。

《朝鮮仁祖實錄》卷四五:二十二年八月丁巳。東陽尉申翊聖卒。翊聖,文貞公欽之子也。尚宣祖大王女貞淑翁主,尚氣節,善談論,文章、筆法皆絶人。在昏朝不參廢母庭請。及反正後追崇、講和之議起,而翊聖皆竭力排之。其後竟以斥和被拘瀋陽而還,士論多之。但性不恬靜,且有營産之誚,人以是病焉。

《清陰集·東陽尉申公神道碑銘并序》:宣祖之世最多禁臠,而最稱多才譽,至其最儁偉杰然終始以名節自持者,無如東陽申公。此寔士大夫間公言,而至公身後益顯以彰。公諱翊聖,字君奭,自號樂全堂,又號東淮居士。故領議政文貞公之長子。文貞公諱欽,德行事業備載國史。母曰全義李氏,考諱濟臣,世所稱清江先生者也。萬曆戊子生公。在娠有異夢,自幼奇邁,文貞公愛之。擇於諸友使就學,文義日進,奕奕有聲。十二,選承貞淑翁主,封東陽尉。丙午兼拜副摠管。上欲試其才,一日在禁直命和時人大手篇,故使中涓促成。公立草以進,大加稱奬,卽賜御坐白馬,由是恩眷益隆。光海四年癸丑,孽臣爾瞻等大起誣獄。先朝故老名臣駢首圜扉,文貞公亦放逐歸田,公削跡隨往。及請廢母后,驅百寮造庭,公守志不從。使之獻議,又不從。客有以禍福訹公者,公曰:"得正而斃,所甘心焉。"終不動。奸黨爭請遠竄,待命者數年。癸亥丁内艱。今上反正,褒錄守正諸臣,加公一階。李适反,特命起復,再辭不許。事急,禫服從戎。上賜寶劍弓矢,扈衛三宫。會天黑道相失,倉卒事多危疑。公語江都體察,得挽誤機。承徽旨馳往江裔,奉回慈駕。慈殿初難之,公辭婉理順,始得聽許。及謁見于舟次,上甚喜賜坐,慰勞備至。仍教:"卿不可離予左右。"駕次水原,上召公謂曰:"國事至此,卿須戮力以奬王室。"公辭謝。仍陳:"立體統振威靈,以警衆心。間道召西路帥臣,以掣賊後。合兩湖勤王兵,爲掎角之勢。"上曰:"卿言良是。"議者多言大駕駐秃城,三宫分駐内浦,以固形勢者。公力辨其不可,議遂寢。特授公都摠管稱扈駕使,分領體府游兵,號令諸營。蓋是行也,贊籌決策,多賴公計畫也。上以公近屬,且才足任,欲有所付畀,數問大臣。左相尹公昉語公覲上意必重用公。亡何,賊平還朝,上疏乞終喪。因陳時弊,鑿鑿中窾。上嘉納。以扈從勞加一階。丙寅,翰林姜曰廣、給事王夢尹頒詔回,公承命餞慰于箕城,文苑之選也。明年,西虜入寇,上出幸江都。諭公保護世子南下,賜廄馬弓劍。賊退,隨世子謁行在。召對,又賜上尊廄馬文豹以勞之。戊辰,文貞公捐館。庚午服除,具箚進遺集,條陳"御物以誠,慮事必慎,戒自用,廓言路"等事。又因遇災求言,應旨陳箚。進《誠齋易傳》,御札褒諭。公每有啓辭,輒蒙嘉奬,備示優異。凡所以尊禮信嚮之者,在一時貴近中無兩焉。時將舉私廟追崇典禮,議久未定。上問公,對曰:"可爲而爲之,孝也。不可爲而爲之,非孝也。"及百僚庭爭,公所製文字言益剴切。上前已内咈公言,至是下教切責。公出郊待罪,已無所譴。公乞暇往浴高城之湯泉,遍遊關東諸名山而歸。所經題詠流播,人多傳誦。仁穆王后喪,提調殯殿都監,復拜摠管。癸酉,虜警虚喝,朝議洶洶。公上書陳計,上卽召入臥内咨訪便宜。丙子冬,虜傾國入寇,不十日薄都圻。公以摠管扈從南漢。虜築長圍逼城,誘以論媾。廟議頗信之。公言:"自古和議乖事,請堅守四壁。"責勵諸將,以示必守。上自出巡城,進公問:"此城可守乎?"公對:"上無搖動之意,下有敵愾之志則可守。"上爲之動容。下教:"申某專摠宫城護衛。"後數日,柄臣勸上請和益力。上問公:"卿意何如?"公對如前。且言"彼必以難從之事要我"。翌日虜果索世子爲質。廟議皆欲許之,公上箚:"世子國本,決不可許。請焚虜書,亟定戰守計。"既而公言不行。公復入對言:"雖不獲已,中朝不可絶,椵島不可攻,國寶不可送。必盡還俘係,緩輸歲幣然後可聽。"辭氣激烈,涕淚被面。時天顔慘然,首頷而已。上將下城,主和者以公異議,去名從列。公聞夜半叩閤請曰:"脱有非常,願以身殉。"上乃許從。及還都,柄臣反以守正諸人爲浮議誤國,竄配大司諫尹煌等十餘人。公請與同罪,不究。尋以扈從勞加一階。宗廟題主,又加一階,於是位與宰相班。戊寅,特授揔管,不拜。自此屏居墓田丙舍,輟朝請。虜使我國紀前日事,立石南漢之壄。上命公篆額,公恥之,辭病。不悦者陰泄之瀋中,謂公爲大明守節。久之賊臣烓爲邊吏潛商,事發逮去,將論死。烓辭窮,遂揑造惡言謗國,因顯告公及弟與四三名大夫,俱如向所陰泄者指覬以自解。於是竝被拘鎖,幽諸瀋館,事將不測。見者無不氣慴,公夷然無少變,彼亦不敢有所加。會世子明其見誣,事遂已。得釋既歸,猶屏居郊外。甲申春,偶示𤸃。聞大臣有謀逆者,彊入城。疾漸亟。顧子弟命筆書箚,進《皇極經世》、《東史補編》,雅所用力擬投獻者也。上優答,下儒臣校讎梓行。醫問絡繹。至八月二日丁巳,告終于明禮坊第正寢,春秋五十有七。……文章鴻暢朗俊,讀之令人神聳。詩格高調逸。文不顓一家,悉取先秦史漢,擬議成變。文貞公於文少許可,見其所爲,稱之曰能。父子間常自爲知己。書法無所不規,小楷駸駸二王,兼工八分篆籀。一時金石之刻,以不得公書爲媿。國家玉冊寶篆銘旌神版誌文,公之跡十七八,恩賚不易數,積閥閲崇資峻級,多繇此至焉。亦可見其才之美也。有集卷藏于家。

《東州集·東陽尉申公文集序》:東陽公幼通籍禁掖,襲綺紈爲豪舉,而於藝苑閫域一超便詣。雖非有銖寸積累之素,而無所不如古人。一取韓柳歐蘇氏及盛明諸家之軌度繩尺以爲已有,尤長於短長議論之文,揚厲儁偉,敘致贍舉,法無不備,理無不晐。豐而不支,典而不拘,放言而不流,近言而不俚,腸肥而腦滿,氣盛而貌澤。江河之源一瀉千里而其色蒼然,清廟之樂九變以成而其音繹如。從觀其節制之師,韅靷鞅靽,張三軍以武臨之,彼其背鄙之卒,誠不足以一當旗鼓,周旋於鞭弭之次,敝甲凋兵顧何能爲役?其于韻語雖嘗自以爲未至,而冲融曠遠,不假琱鏤剽襲。性情所發,悉自元氣中流出。又非抹月批風,組織以爲工,撏撦以爲生活者所可追尋其蹊徑。吁謨定命,高掩于楊柳依依,曷可少哉?自魏晉以來,天家以尚主爲高選,風流器業,代有其人,而獨其文華之譽寂寥無聞。豈非以湯沐脂膏之奉富厚自養,未暇以斯文不朽措意故歟?以今概昔,可謂千古獨盛矣。今公集將行,其諸子委不佞就加刊定,且序其卷首。則猶臨滄海窺巨浪,攫然自喪其所守,逡巡却走,不啻三舍之遠,固不可強而至焉。公又工於六書八法備極王趙之趣,亦可見公材全而能博矣。昔蘇長公嘗與駙馬王晉卿交,謂其書畫之妙,不足以盡晉卿之美。不佞于東陽公亦云。公以崇禎甲申歿。後十年甲午,東州李敏求序。

《樂全堂集·樂全居士自敘》:余十二儀賓,宣廟殊加眷愛,許出入禁闥無間也。時父母兄弟俱存,先君方官宗伯。余每朝回,庭闈之樂融融如也。如是者十年所,而先王棄代,名臣故老駢首就獄,先君亦被放逐,歸金浦墓下。余削跡隨之,耕釣以爲養。五年而禍復作,編管春川。戊午奸臣議廢母后,驅廷臣以爲請,余不從,論以遠竄。又五年而反正,蕩滌昏朝罪籍,余父子俱被恩數。未幾先君捐館舍,余自此無意于人世,求趙州參法。是以四方老宿聞之,皆來參證,余因其證而覺其非真也。丁丑以後,不能安於朝,遂築舍於墓傍。地饒秫,魚鼈甚賤。時時退居,閉門却掃,所接引不過村翁野老而已。中外目之以爲爲大明守節,流入瀋陽,遂加鋃鐺鎖去。人謂必死,亦竟不死焉。世稱粗解屬文,而余實未嘗讀書。少時見《太史公書》,心喜之,抽出敘傳若干篇讀之,口熟而止。傍及左國莊騷,皆略知其體裁,不復深究。然爲序記碑誌文字,先君以爲能,謂有作者氣。于詩道尤不著功,瑕瑜不相掩。先王愛才,多出紙筆課書者數年,是以于書法頗有功程,而以懶廢卒無成也。性喜山水,所遊歷妙香、西嶽、五臺、金剛,躡毘盧望北海上諸山,循海而東登大嶺。其他域内名山大川,跡殆遍也。既大觀而歸臥其舍,乃復自笑曰:"所遊觀大則大矣,雖然,非吾物也。"收拾古籍,得洛閩諸書,瞿然若自失曰:"記吾跡失吾志殆半生,始返吾故居,讀吾古書,則宿愆未可補也。"汗蓋浹背矣。先君嘗欲以東國事蹟補入于邵子《經世書》而竟不果,小子遂編摩成書十卷,摭古笥得平生所爲古今詩一千七百有奇,雜文序記銘贊志碑四百有奇。承命爲篆寶章銘旌,爲闔玉冊陵表題木主,錄在史官。東陽申翊聖君奭識。

《菊堂排語》:東陽尉申公翊聖,自號東淮,卜築于廣州龍津上,有白雲樓、蒼然亭,以詩酒自娱。暮春觀魚于江,有詩云:"清明之後穀雨餘,磨腮魚隊上灘初。乘時盡物非吾意,故使兒童結網踈。"閑興可見。

《詩評補遺》:東陽尉申翊聖號東淮,其《廣陵》詩曰:"月溪之下斗湄旁,茅屋數間臨方塘。老人攜書坐白石,童子鼓枻歌滄浪。流雲度水滿平壑,幽鳥隔林啼夕陽。紅稀綠暗覺春晚,惟有山憎來乞章。"膾炙人口,然兩聯句法相同,尚非無瑕之璧也。

《農巖雜識》:東淮父子詩才皆劣,季良詩尤不佳,既乏聲調,又無氣力。集中古律絕無佳者。東淮差勝,而亦不及象村也。

【按:申翊聖(1588—1644)字君奭,號樂全堂、東淮居士,謚文忠。籍貫平山。申欽子。宣祖女貞淑翁主駙馬,封東陽尉。斥和五臣之一,被囚瀋陽,孝心忠義至極。善文章、書法。著有《樂全堂集》今傳。其詩冲融曠遠。《箕雅》收其七絕二首、五律一首、七律二首。】

朴 瀰　　字仲淵,號汾西。東亮之子。宣祖朝駙馬,錦陽尉。

《光海君日記》卷六六:五年五月癸酉。東亮供云:"臣雖無識無狀,迹連椒禁將至四十年,其間耳聞目覩,感激願忠之心,自與外臣爲别。壬辰之變,懿仁王后密贊先王聖算,早正儲位,自此之後,臣一門雖在亂離之中,有若私親,區區之心,只欲效死而已。懿仁王后常常教諭門中曰:'不特今日宗社大計,得成磐石之安,吾家一門亦將永荷天地之私。'以此門中無老少,願忠之心藏諸衷曲矣。戊申年,鄭仁弘上疏之後,有未安傳教。臣子錦陽尉瀰雖年少稚騃,亦知悶迫惶駭,與海崇尉、東陽尉二人馳往仁嬪家,極陳利害,反覆洞陳,則嬪變色亟入,有頃而出曰:'自上亦已洞察,將有好處置。'退見翌日朝報,則有吾兩宫和氣藹然之教。臣之一門臨亂忘身之狀,據此可知。"

《南溪集·伯父錦陽君朴公行狀》:公諱瀰,字仲淵,號汾西。蓋其別業舊在分津,故寓以次山浯溪之意,因自號焉。晚歲又號睟翁。……以萬曆二十年壬辰九月六日壬戌生公于加平郡之望日山,時避兵本邑故也。公幼則敏透,數歲受書,便自迎刃而解。已能作句語,往往驚人。丁酉倭警復急,隨閔夫人出駐延安府。會天將有軍是府者,愛公夙慧,日相邀至軍,使卽席賦詩。公應聲以對,有"杯中畫花酒亦香"之句,天將益奇之,大賚潤筆資。久之讀《十九史略》秦紀,乃手爲書上白沙先生,題其外封曰"李丞相宅"。先生寔爲閔夫人季舅,而得書甚喜笑曰:"異哉此兒。吾姊氏有宅相矣。"未幾還京城,遂請業於白沙洎玄軒申文貞公,二公迭加稱賞不容口。間從他師學昌黎《南山》詩。偶不暇程讀,翌朝又革一過目而背誦不錯,其強記類此。十一歲赴陞補試入格。翌年被選儀賓,尚貞安翁主,授順義大夫錦陽尉。初懿仁王后爲宣廟元妃,壼德甚備,唯不宜子。宣廟從容謂之曰:"願結昏姻以續舊歡。"懿仁后對以有從弟某,當難執靮最勤,今其女已長可嫁也。既而懿仁后上陟,公姊亦早圽。宣廟不欲已宿諾,遂有此選云。宣廟素愛才,諸駙馬多詞翰夙成,而公尤出倫。嘗以御製命和,月率四五遭。至其稱旨,則内書法醞錫予便蕃,或撥御廄馬以奬之。會用功臣冢子進資義階。丁未復以上卽位四十年,推恩進通憲階,兼五衛都摠府都摠管。無何宣廟賓天,而時事益變。後數歲徐羊甲獄起,參贊公累罹禍流遷,公輒從之。匹馬單僕,跋涉數百里,祁寒暑雨,定省不廢。遇之者不識其爲貴人。及光海議廢母后,奸臣令百官造庭,設鼎鑊以胥異論者。公義形于色,遂約同志東陽、晉安二公不參,且不獻議。群小怒甚,嗾言路合啓,並李尚書廷龜、金同知瑬等數人目以十奸,請遠竄。光海不從。時參贊公在謫,而公於此無所撓,人以爲難焉。癸亥,仁祖既靖内難,褒錄守正諸臣,進奉憲階。……尋以參功臣會監祭進崇德階,復帶摠管。甲子李适舉兵叛,公時在參贊公謫所。星夜赴難,迎駕公州弓院。翌年丁内艱。丁卯聞虜警,公念世受國厚恩,不敢以心制爲解，馳到湖西境。遇分朝南下，已聞上有起復之命，請赴大朝。世子不許，特賜馹騎以自從。和議成，始赴行在。自是數歲，參贊公累蒙恩徙，放歸田里。至乙亥卒于西湖。公竢上謁章陵，上章伸辨其冤，命復官爵。久之金寇急，上議幸江都。公方守制，意欲先往以待駕至。路聞移蹕南漢山城，遂慟哭從廟社入江都。及城陷，轉泊諸島。事定奔問，還京城。服闋，用參贊公扈聖功，襲封錦陽君。翌年奉使赴瀋陽。時纔屈於虜，銜命者輒見折辱。公處事明剴，不可奪，故卒能竣事歸，而彼亦禮之有加。後特除惠民署提調。公稟本清羸，數遭喪亂，阨困抑鬱，益無意於斯世。或值平生親故，必命酒沈酣以爲懽，久而成疾示憊。甲申夏得中風之症，閱歲愈劇。遂以崇禎十八年乙酉正月十五日易簀于所居太平洞之第，壽堇五十有四。……其文章奇奧贍博，匠心師古，涵蓄充溢，肆然自放，以勒成一家言。少卽刻意出入上下先秦兩漢唐宋諸子，其於莊杜用力最深。粵自月汀、玄軒數公倡爲古文詞，後來操觚士接蹤，舉多左袒皇明一二大家，蓋出同文之義也。公輒酷好滄溟、弇州、太函，有味乎其言之目習心會，步驟範圍，以極其趣。至時出而爲之，殆欲與之角壯並驅，其亦可謂曠世神交矣。間與谿谷張文忠公揚搉，張公必以流出胸中肆然成章爲主，公乃加規曰："是道則然，奈今世多茅靡之習而少鼓振之氣何？"其意實在修古云。觀書十行俱到，下筆頃刻數百千言，引物連類，曲盡事情，尤長於用大。記序銘述，或具腹稿。根基閎厚，光芒絢爛，至不可窮。詩律益造雅健，其出之若神。嘗奉使道箕京，酒酣試吟數十首，其敍次故實，俯仰興感之旨，使人幾乎流涕。及過遼陽有一絶曰："亭亭白石塔，無語立斜暉。爲報遼東鶴，于今城郭非。"其辭意深遠，不專詞藻如此。性強記該貫掌故，毋論古今九流百家名物事蹟靡所不涉，如指諸掌。其商確之際，辨釋疑惑，證據切實，議論明白。亦多發明，以至微辭僻語人患難曉者，肯綮立解，造次成讀。是則繇谿谷公推爲不可及。嘗取昌黎語，以生死文字自命，蓋實錄也。會丁丑文衡缺，往返辭命，責望尤重。張公謂崔完城相宜請於朝，以某及東陽二公爲之。完城以破格爲難，遂止。公事白沙誠心悅服，必隨事稟承，爲其準則。白沙以公精敏，邃於文學，甚愛重之。凡所動靜小大，皆使與聞。及歿，遺集行實，大抵出公手。權石州韠與公邂逅，賞其標致。後介人求見甚切，會以事未諧。亡何詩禍作，公殊自痛恨。所與遊如烏川、德水諸公，號稱國士交。於張公所爲推轂，非特文章然爾。卒以志業行誼相砥礪，至老白首無少變。公作《五子詩》略見其意，已而並和之。獨張公被外舅仙源金相戒以迹涉標榜，故闕焉。它如延陽李公、白江李公，盡一時名德。而諸公交相傾倒愛慕，不啻布衣之驩。公亦曰："孟子所謂不失赤子心者，唯敦詩庶幾乎。"人以爲知言。平生清踈自適，唯於親戚飢窮，舊故急難之義，一事救卹，雖脱驂分宅無吝色。或當把酒吟詠，風流映發，意無傍人也。至其自持謙遜和易，至忘其身之居禁臠，而與士最賤者鈞禮。其見他人好以貴勢觚墨誇詡自矜驕者，未嘗不深恥之也。書法蓋出吳興家法，然蒼鬱縱橫，自闖堂奥。又善篆額，一時金石多歸焉。嘗自撰墓誌，未及更定。所著文集五冊、手編二冊藏于家。

《詩評補遺》：錦陽尉朴瀰號汾西題畫帖詩曰："屋下清江屋上山，青簾輕揚樹陰間。柴扉晝掩尨聲定，曾是漁翁買酒還。"畫中有詩，詩中有畫。

《詩話匯成》：錦陽君朴瀰字仲淵，嘗奉使過遼陽，有一絶曰："亭亭白石塔，無語立斜暉。爲報遼東鶴，於今城郭非。"

【按：朴瀰（1592—1645）字仲淵，號汾西，謚文貞。籍貫羅州。朴東亮子。朴漪兄。朝鮮宣祖女貞安翁主駙馬。封錦陽尉。從李恒福受學，與張維等交友。改封錦陽君。自幼能文藝，擅作詩，稱爲後五子。擅長書圖，遺筆流傳於世甚多。著有《汾西集》今傳。其詩雅健清踈。《箕雅》收其五律一首、七律一首。】

尹新之　　**字君又，號玄洲。海平人。宣祖朝駙馬，海嵩尉。謚文穆。**

《朝鮮孝宗實錄》卷一八：八年五月丙午。海嵩尉尹新之卒。故相昉之子，宣祖朝駙馬也。善文詞工書畫。子墀、坧皆顯。風流福祿，爲一世艷稱。未幾二子先歿。自是杜門謝事，幾二十年而卒。

《畏齋集·海嵩尉尹公謚狀》：公諱新之，字仲又。尹氏系出善山府海平縣。……以萬曆壬午十二月十五日生公。長于文靖公膝下，幼而聰穎絶人，不勞而文義日就。文靖公深器之曰："此兒異日必大貴顯。"癸巳，侍文翼公于臨湍廬所讀經史，窮日夜矻矻幾二年，所學大進。自是諸子百家靡不淹貫。乙未，來京師治舉業，一時流輩咸斂衽推服。丙申年十五，膺儀賓選。文靖公歎惜曰："吾家失一壯元郎。"初謁宣廟於慶運宫，命給紙筆，書所誦詩句。公寫進杜工部《早朝》一律，上覽而嘉之曰："爾書法勝我。"賜内廄驄馬，被以御鞍，命乘而歸。公時未冠，上賜所御騣，笠以冠。貞惠翁主上所鍾愛，思得佳耦而難其選，及得公甚喜，錫尉號海嵩。釐降以丁酉春，服飾屏金珠錦綺，蓋宣廟方以儉德刑家邦，而亦所以體公家法也。是秋倭寇再犯，命陪中殿避兵于成川。己亥移駐海州。庚子冬，子墀生，上賜詩志喜。辛丑還京師，詣闕起居，承命賡御製詩。御札褒嘉曰："爾詩清新俊逸，常居勤學可知。"更加勉力不怠。仍賜虎皮。壬寅拜副總管，入直廬。賜酒饌，仍降御製。時夜已二鼓，公應命即和進。上批之曰："和章詞旨既佳，鏗然太和之音。蔚爲希世之才，此足於華國之用。更宜專心學問，勿以文藝自滿也。"

命賜御馬及玉鞭。癸卯,丁母夫人憂,上遣中使弔慰,内賜棺槨布帛。乙巳外除。丙午,以卽位四十年,推恩陞資。丁未,復以總管在直。上命進近日所爲詩,公繕寫十餘首以進。上手批曰:“萬丈光焰,恐成虹而射天;凌雲志氣,欲超世而出群。”又書絶句于下有曰:“清詩泣鬼神,讀罷渾如玉。”前後睿奬之隆如此。時光海在東宫,上預憂其不克負荷。公常偕諸儀賓入見,上教頗露旨意,諸人俯伏不敢對。及退,有一僚直往柳自新家,具言上教,傳入於東宫。而公未之知也。他日光海接見公,屏左右問曰:“頃日上教云何?願聞其詳。”對曰:“上雖有所教,不命臣告東邸,臣何敢傳達?”光海曰:“我已聞之。卿何獨諱?”公曰:“居凡人父子間,尚不可傳口語。况天家乎?東邸如已聞之,惟當益盡誠孝而已。不宜問詰,煩人聽聞。”仍辭退,光海甚恨之。逮光海昏亂,文翼公以不參廢母論爲群兇所毒螫,禍將不測。公拘於形跡,黽勉時造朝謁。而平居杜門,罕與人接。癸亥反正,以别雲劍入衛禁中,推恩加通憲。是冬,親祭仁嬪私廟,命製進祭文。甲子逆适叛,駕幸公州。還都論扈從勞,加奉憲。乙丑,因災異求言,公應旨上箚,仍進宣廟御筆。其略曰:“……”是日講官等入侍,上出箚本以示曰:“觀此箚子,辭甚忠讜。且欽玩先王規警筆迹,不覺感發興起。合有酬奬之典矣。”講官等對曰:“箚辭激切,有足感動天心者。非臣等所能及也。當此求言之日,臣等未能進一言,使尹某先之。不勝慙汗。”時端夏先君子以參贊官入侍,其所對揚,寔我先君子之辭也。翌日下教曰:“海嵩尉尹新之首進格言,又進先朝御筆,俾寡昧得以感發觀省。其於修身應天之道,不無所補。不憚進戒,拳拳宗國之誠極爲可嘉。特加一資,以廣來言之道。”遂陞授崇德。丙寅,姜王兩學士來頒詔,公以迎慰使赴安州。皇華迎慰,文苑榮選,國朝儀賓膺是任者,礪城與公二人而已。時公仲父陶齋公爲平壤迎慰使,季父白沙公按關西,文翼公以左議政赴碧蹄迎慰,一門冠蓋,聯翩道路,人艶稱之。碧蹄之宴,詔使問於象舌曰:“頃日安州迎慰使禮貌容止酷似今日議政,得非一家人耶?”對曰:“安州迎慰卽議政公之子,而平壤迎慰及監司皆議政公之弟也。”兩使相與笑曰:“果是果是。吾見不差矣。中朝亦無此盛事。”大加稱賞云。丁卯虜變,扈駕入江都,拜都總管,特賜内廏馬二匹。三月隨駕還都。是歲遷奉章陵。進挽詩,辭旨精切深婉。上覽之,流涕者久之。庚午,將遷穆陵,特除繕工監提調。與總護使金公瑬相視畿内諸山,還卜於健元陵内第二岡,卽先朝治命也。上箚論陵寢象設之制曰:“……”上命釐正文武石尺度。奉教製進遷陵挽詞,上命内侍錄一本以入。陵工告成,加階陞光德。壬申,改奉章陵,以都監提調董役,陞成祿。在陵所,承召上京,寫進元宗大王玉册文,命賜馬。是年六月,仁穆王后昇遐,又授都監提調。竣事,賞加綏祿,與大臣齊列。時文翼公以首相押東班，公居西班之首。自以父子盛滿，恐招尤速災。每當公會，多稱病不參焉。乙亥，受修改陵寢之命。上箚言諸陵改莎，爲流來痼弊。數片枯損，必盡改陵上。使年久盤結之根，遍被除去。新舊土交，堅脆之力不齊。而新莎未及着根，卒然値水，則滲潰之患在所必至。今後如非大段枯損，只補缺勿盡改，永以爲式。則莎根堅固，可免滲水之患。而改莎頻數之弊，亦可除矣。上從之。是歲，仁烈王后上昇，復受命敦匠工訖，賜馬。丙子冬，虜兵猝入逼都城，駕幸南漢。命公同老病宰臣，陪大君入江都，住近竹津口。隔岸見虜騎往來探津渡形勢，而守津官兵僅十五人。入言於留守曰："敵情叵測，亟宜添守津兵，嚴守備。"留守張紳辭以無兵可添，請公召募避兵士民以助聲勢。分司遂畀公以竹津召募大將，公方病甚而義不辭難，即與閔仁佶、李長英、權嶷等及宗室十餘員，募聚八百餘人守竹津。翌日敵兵大至，紳所將水軍在廣津尚未登舟。公急遣人催督，且馳報城中。時文翼公奉廟社在城中，因人還勖之曰："謹守信地，毋暫離。"及晩，聞甲津先潰，兵薄府城。公將引軍赴死城下，別將安世耇止公曰："甲津距城六七里，而此去幾二十里。勢已無及矣。"公叱之曰："賊已薄城，廟社在圍中。不即赴難，其義何居？若遲留此地，終爲亂兵所驅脅，則死不明白。況我有老親在城，公等不從我，則我當獨赴。"乃以衆屬別將閔仁佶，使之追及。獨上馬疾馳，行數里回顧，步卒皆散，只閔權數三人趕來。到仙源嶺底，撞遇敵兵。恐見執辱，乃投崖以求死，墮數仞下。閔權等望見，謂公已死，遂哭而散去。公殊而甦，歐血數升。有一奴竊負，迤向江岸。俄聞文翼公從大君如虜營議和矣。及車駕還京，一種憸邪之論，誣文翼公拜虜王，公在城出走。然其時兩都諸臣入虜營不拜者，惟文翼公一人。大君實證之。其詳具文翼公碑版。上軫公被誣，命問于同事諸人，得其實。下教曰："各人所答明白。快賜昭雪，以伸至痛。"嗟乎！文翼公暨公之遭變，所自處無可指摘疵議者，而不免乎横逆之加，何哉？蓋門戶之隆赫，寵眷之優渥，致人忌娼者已多。而公二嗣子早登臺閣任，淑慝臧否，多所彈刺，卒爲修郤者所中。微聖主明其不然，則其何能獲免於機穽也哉？庚辰八月，文翼公捐館。公年已耆耋，而居廬執喪無違禮。服闋，病不能造朝者累月。上遣內醫問疾，繼而賜內廐馬，特除繕工提調。乙酉，昭顯世子之喪，以都監堂上陪進墓所。丁亥，以修理都監提調營造昌德宮，並賜馬。己丑，仁祖賓天，又受都監堂上之任。公自荐罹喪慼，抱痾羸頓，殆不支，而力疾晨夕監董。不虞輂杠在堩，牽掣生罅隙。都監諸臣并就理，而上念公老病，只命推考。辛卯，坐文翼公諡狀文字失察削職。狀中記江都事，只據其時位號，用嬪宮二字。不悦者在喉司，搆以私尊廢姜，公與伯氏判敦寧公及撰狀人趙相國翼並被罪。而丁丑，一種人餘論再退,至請改所賜諡。上不從。是歲九月,特敍詣闕謝。上命內侍扶掖上殿,慰諭曰:"比來病患何如?今日入來,得無添傷耶?頃者文字間不察,實出無情。而事係重大,不得置之。至今不安于心矣。"公起拜謝。仍奏曰:"先臣一生清德大節。其在江都爲國盡忠實狀,賴先王照燭,已盡昭洗其誣枉。而今者人言又及既骨,如非聖明在上,則寧免抱冤於泉壤乎?"上曰:"先卿江都時事,本無未盡者。肩輿入陣,終始不拜。予以大君詣虜營,實親見。此豈惜死者?其意專在保廟主及救活予兄弟耳。使一島生靈不盡魚肉,尹相力也。人之文致已甚,予深歎之。"公復拜謝曰:"聖教及此,臣死亦無憾。"遂辭退。命賜豹皮。公嘗除惠民提調,至是再授。蓋爲公老病,資其藥餌也。公素患痰火,丁酉夏,因外感病革。上命御醫齎藥診視。以五月初三日卒于正寢,壽七十六。……其忠君憂國,傷時愍俗,一寓之於詩以發之,有杜陵詩史之遺音焉。……一時儀賓有以豪俊自命,廣交遊馳名譽者。而獨恬靜謙退,闇然自守。所友善者只有浦渚趙公翼、畸菴鄭公弘溟、東溟鄭公斗卿,而與我先君子交契特深。公於數公以道義文章相切磋,玄江之上搆亭數間,宋桷不斲,丹艧不塗,時以角巾野服逍遙其中,仍自號玄洲散人。又卽其居第正堂門側闢齋三架,庋書軸畫,閣筆硯諸具于左右。公退默坐翛然,若遺外軒冕而出於埃壒之表。一日先君子就晤,竊歎公早處榮貴華腴,而能不滯其志有如此者。仍思道經"雖有榮觀宴坐超然"之語,請以爲扁。公喜而許之。先君子爲作齋記說其意。蓋公宅心如此,故逮榮辱得喪,懽愉悲苦之備嘗,而其中窅然而靜深,不隨外境以遷,殆將與造物者遊矣。其爲詩深於老杜而參以宋朝大家,雄渾沈鬱,嶽峙而淵匯,一洗輓近綺靡浮淺之習。文主太史氏,氣力豪健宏肆,絶無餒乏之態。宣仁二祖之所深賞鑑奬與者。而我先君子嘗手題公百祥樓一律於座右,吟歎不已曰:"天才天才。"公嘗寄東溟子詩,東溟閣筆曰:"此所謂絶唱難和者也。"此可以知公所造之槩矣。有詩文雜著若干卷藏于家。心畫遒逸自得,不爲法縛。旁及繪事,亦臻其妙。尺縑片楮,人爭葆之。

《詩評補遺》:海嵩尉尹新之號玄洲,《宿安洲五美軒》詩曰:"湖山歷歷曾相識,鬢髮星星半已明。人世十年如走馬,江樓五月又流鶯。輕陰垂野草連渚,急雨驅潮波撼城。會待天仙高宴罷,御風長擬下蓬瀛。"流宕不窘。

【按:尹新之(1582—1657)字仲又,號燕超齋、玄洲,諡文穆。籍貫海平。尹昉子。宣祖女貞惠翁主駙馬,封海嵩尉,丙子胡亂時進入江華爲召募大將。能詩書畫。著有《玄洲集》、《破睡雜記》。其詩雄渾沈鬱。《箕雅》收其七律一首。】

李聖求　**字子異，號汾沙。晬光之子。光海時登第，仁祖朝領相。謚貞肅。**

《朝鮮仁祖實録》卷四五：二十二年二月壬戌。領中樞府事李聖求卒。聖求爲人，純厚凝重，當昏朝廢母之日，立異於造、訒之論。癸亥初，首蒙拔擢，十餘年間，致位正卿。丙子之亂，扈駕入南漢，遂至大拜，而素無見識，且偏於黨論，以是病之。

《東州集·伯氏領議政分沙李公神道碑銘并序》：公諱聖求，字子異，號分沙。……公幼鞠于太母柳夫人，親授小學。始就家塾，造語輒驚人。舉癸卯進士，戊申大科，其發解俱居一甲。初闖承文院，選入翰苑，兼春坊說書。辛亥陞典籍，轉監察。明年歷諸曹郎，入玉堂爲校理。自是屢踐館職言官。時文簡公長憲府，弟敏求處玉堂，而公爲獻納。歎曰："一家三人并列三司，殆哉！"方奸臣構大獄以及母后，臺諫鄭造、尹訒創爲别處之論。公持正議不撓，壬人已側目矣。白沙李相國嘗任鄭浹邊倅，浹坐逆死。論者以是持白沙公罷相。公爲持平，抗言浹之薦用，安能逆知反狀，波及大臣爲已甚。奸黨嗛前後憾，且以公將入銓席，劾罷公。甲寅，外敘伊川縣監。翌年，丁太夫人憂。制除，拜永平判官，寄治抱川。事多新刱，設施中窾，公私和輯。其秋，白沙相死累所，歸葬抱川，邑人立書院以奉沙公。不悦者因是大噪，以公倅其邑捃摭爲案，罷職不敘，終始齮齕如此。權凶柄國既久，欲以計調停遊散，求速化者不能無濡跡。公壁立頹流，斥言其非僻。癸亥反正，初政擢拜司諫，剗弊伸枉，辨遏邪正。如寬縱濫繫，弛禁都門，焚沈香山罷遣女樂，皆公首發以贊新化。遷議政府舍人。薦儒將，由副應教又薦爲江華府尹。乙丑春以同副承旨征移禮兵參議、大司諫。徐公渻長夏官，亟言于申文貞公曰："參議公近與共事，當大任者必是人也。"丁卯春參議吏曹，扈東朝南下。既還，薦更吏議、大司諫，兼承文院副提調。明年以左承旨試武科吉州。疏陳民瘼十六條，用鞫獄勞，進嘉善階全南監司。其冬文簡公暴風疾革，上爲發宣傳官，諭以急歸無待代。仍遭大故，服闋，卽其日拜大司諫、都承旨。冬特除吏曹參判兼副總管、經筵春秋館事、世子右副賓客。癸酉特授兵曹判書。則俞伯曾引葭莩微嫌論改之，士論甚其巧詆，卽拜大司憲、刑曹參判，按畿輔。歷大司憲、副提學、都承旨。乙亥正月，天官卿缺，上命并薦從二品以授，公兼知成均。丙子遞拜刑曹判書、大司憲。夏判本兵體察副使。舉用必公，兜鍪胥悦。十二月，清兵輾烽疾驅，三日而傅國都，輿駕遽幸江都。未出城，候騎踰沙峴，上轉入南漢。則敵兵日益滋，闔城無人色。獨公舉止安重如平素，上下倚以爲重。與諸將分城以守，大冠戎衣挺立大旗下曰："我欲明白死。"或見大事已去，請早從降議，免使八路糜爛。公曰："王師一未交鋒,外鎮幸全,何可遽議降款?”既而城中益急,定計出城,副君入質瀋陽。諸大臣老不任行,乃進公右議政,仍陟左揆。既使朝廷委公更定約條,而彼中情形與我大別,則人以爲棄命廢事。一子羈丱被俘,公見之若無情。及其勒索驅遣,則人以爲贖子啓後弊。兼論體臣主兵誤國,并及公罷職。葺草屋東郊,打頭容膝,處之晏如。賦詩曰:“田中苦菜猶嘗膽,郭外茅茨當臥薪。”所存可知也。戊寅復敘領敦寧府。庚辰又奉使清國。辛巳十月,拜領議政。公居位務全大體,不爲刻核之論。每從讞獄,多所平反。而至當國家大事,挺特不撓,無依違去就色。龍灣人崔孝一自拔歸明朝,清將以府尹黄一皓振贍其家族,將加刑戮。公爭之甚確。清將怒曰:“苟如是,不得三日作相。”僚相見彼意堅,欲止無辨。公曰:“雖不能一日作相,視人無罪入死地,何可不出力以救?”自公秉政,備歷危險,左右矛楯,動不得如意。人或規公宜少降志循時以濟事者,公歎曰:“作事在我,成事在天。烏可枉己而求合?”壬午秋,史官引進非人。公騣其私,削其薦剡,於是敲撼四發。承旨洪茂績盛氣横詆,所言尤慘礉。公引疾,章十上,乃遞拜領中樞。始公在翰苑,僚員引戚畹入史局,公執不可,獲罪罷。其重史職,不慴於權貴,至老不變。其冬,清人至鳳凰城,以李烓任宣川時接遇南船,鎖以去,仍逮在事諸宰,舉朝震駴。道臣具鳳瑞言李烓納赫蹄書,悉輸我國陰事,上下憤嫉。既誅李烓已,又議收族。公曰:“烓罪固宜萬殞,至其漏言之云,獨出於鳳瑞一人,而灣上諸臣李景曾等狀啓與相抵迕,宜核實以處。”時議指公爲護逆,始請削黜,至加流竄。上只允革職。僑寓楊花江上,榜其庵曰“晚休”。嘗曰:“遭逢數十年,汩沒波流,晚得閒適,甚愜心賞。”籃輿竹杖,逍遥散朗,自同寒士。家嘗失火,出坐田間曰:“酒甕無恙否?”因命酌以謝鄉鄰,餘無所問。癸未敘領中樞府,納祿謝事,若將終身。越正月,聞世子回轅,強起迎駕,因感疾遂不起。始歿,白氣上漫天不散,光燭地夜明,觀者異之。官庀葬如禮,厝于楊州長興里。

《詩評補遺》:東州嘗語余云:“亡兄文才,實非我類。昏朝時,諸士攜京上妓連夜行游爲樂。癸亥初,亡兄以司諫建罷京上妓,未久還舍人。嘗於蓮閣雨中得一絶曰:‘奏罷梨園爲諫名,却來蓮閣負風情。池塘水滿芙蓉冷,獨憑危欄聽水聲。’蓋戲語,然詩極清切可愛云。”所謂亡兄,即李相公聖求號汾沙。

《續雜錄》:承旨李聖求疏:“刷送民必叛,不送賊必來。臣之愚計,宜將中外重罪人若干名送之,曰逃還人。聞刷送之語,遠避不現。拿其親族入送,以固約誓,以存信義云。則彼必喜之。渠亦既免其罪,又有續還之路,不必以實告之。設使虜人知其情僞,惟幸我國之從其言,必不至詰責也。原昌君之非王子，彼豈不知而以王子待之乎？”

李聖求還自瀋陽。當初江都之敗，聖求妻夫人權氏死節，一子被擄。至是見於瀋陽，論價願贖。其主以白金一千五百兩言之，給五百兩許之。一時率來。

《東國詩話彙成》：自國初舍人宴蓮堂，則招集城中娼妓，責出供具丁米布衙門，飲酒賦詩，乃太平盛事。而反有弊，故汾沙公爲諫官時奏廢之。及自爲舍人，古風掃地，無復有風流氣像，悵然悔歎。乃題詩蓮堂曰：“奏罷梨園爲諫名，却來蓮閣負風情。池塘水滿芙蓉落，獨憑危欄聽雨聲。”汾沙之名聖求，即東州之兄也。

【按：李聖求(1584—1644)字子異，號汾沙，謚貞肅。籍貫全州。李睟光子。著有《汾沙集》。其詩清切可愛。《箕雅》收其七絶一首。】

金蓍國　　**字景徵，號東村。清風人。光海時登第，選湖堂，官至禮曹參判。**

《朝鮮孝宗實錄》卷一五：六年十月戊寅。前參判金蓍國卒。

《澤堂集·金景徵東槎詩稿後序》：金景徵之佐儐相往來關西也，錄其沿道所賦詠百餘篇，歸而示諸植曰：“子舊悉吾不腆之詞矣。今以是較前作孰優？”余謹受而卒業，且復之曰：“其格則未變也。其氣則變而新矣。何以言之？子前在京都，所遊踐不過城陌，所出入不過省署，所偃息不過房闥，其境與事無所變，卽十年之遠猶朝暮頃也。故其詩但能精雅老成，而若無以充其氣者。今子逾三江抵二都，窮鴨綠之關以瞰燕遼之界，其間名城大邑，樓亭形勝以十數。屬春夏之交，時物之紛葩啁嗷，皆能以紬繹興緒，而重之以羈離之思感慨之懷，其境與事一日百千變。故其發於詩者，通朗俊逸，往往奇彩呈現，前後若出二手。所未變者，特其格耳。”噫！胃待食而飽，肺待酒而潤，肌膚待絮而溫，至於心獨無所待而充乎？氣，宰乎心者也；才，命乎氣者也。陳無已曰：“萬物者才之助。”子長之遊，蓋由是道也。景徵其幾是歟？或疑景徵紹大介聯英髦，周旋皇華地，親見漢官威儀，聲明文物，極一時盛。模寫贊頌，亦景徵能事耳，今篇中不少概見。顧乃流連光景，散暢情懷，似於灞橋驢背上得之，何耶？余謂景徵平日寄情冲素，視纓弁如土苴。雖嘗歷金門上玉堂遊公卿間，吾未嘗見其用一言半句以自矜飾。況今佐儐迎詔朝家大使事，有司者旣治之矣，太史氏旣書之矣，非惟景徵不欲言，亦非景徵所當言也。嗟呼！詩可以觀，豈特觀其撰造之妙氣格之富而已哉。天啓辛酉杪秋旣望，澤堂病夫書。

《敬亭集·送金正字景徵省覲西京序》：詩三百十一篇，其言有善有惡，未必皆正。而夫子斷以“思無邪”之一言，何也？夫詩以言志，其善者足以感發其善心,惡者足以懲創其逸志,要不失性情之正。是三字者,實《三百篇》之大指也。當時列國有採詩之官,而大師氏職之,於以考風俗之美惡、政治之得失焉。其所採之多宜倍蓰於此,又逸詩之雜出於傳記者不爲不多,而刪而不錄,則聖人之去取可謂嚴矣。苟其合於勸戒,則不以鄭衛之靡、曹鄶之細而略之也。故邵子云"刪後無詩"。而"唐後無詩"之說又出於後賢,然執三字而考其嚮倍,則瑜瑕自難掩矣。至王介甫之評次,以杜甫爲第一,李白居第四。元稹亦謂李不能窺杜藩籬。惟韓子則不然,卓然以李杜爲首。今讀其詩而究其趣,則非直宏其辭葩其句馳騁乎藝圃也,惟以損益文質,折衷刪述,羽翼乎斯道爾。以此而求諸唐宋之名家者,所造雖不同,各以其才之相近者而自成一家。譬諸樝梨橘柚甜酸雖殊,而皆可於口也。余持此論久矣。往在都下,聞某工唐體,某善選體,就扣其有則魯莽矣。其質而不俚,華而不浮者,百無一焉。況論其性情之正哉?姑聽其所談,則横駕李杜之上,而蘇黄以下輒羞稱之,可謂高矣。然世以爲知言,余不能無惑焉。退而取古人之作而讀之,以質諸《三百篇》之歸,則班班有不可誣者,余默而識之矣。去年冬適忝玉堂,始與先輩同直嘗夜談詩,其見與吾合,余躍然不覺膝之屢前也。仍誦其所作,清新圓熟,正所謂不俚不浮者也,駸駸乎古人之步驟者也。況其進而求己者耶?余於是益信吾見之不謬,而恨其相偶之晚也。自是往來綢繆,唱酬之篇盈什,而止韻以磋字者,取《衛風》切磋之義也。夫既切而復磋之,益致其精,則學問之能事,而希聖希賢之功亶在於是。詩不足言矣,吾子宜息乎其已能而益求其未至也。歲二月初吉,將往西都,省大夫人起居于令伯任所,請贐于余。余謂詩之本義在於厚人倫,今子之行也,詠《南陔》之蘭,賦北堂之設,棠陰棣鄂,輝映春城;君寵母恩,并深江海。戲以綵雛,其樂愉愉;吹以壎篪,其樂怡怡。和平之發於聲音者,尤得其性情之正。歸必傾囊見屬焉,余之躍然者將屢再而不一也。抑念觀察公深於《雅》者,而採謠其職也。幸以鄙言,質而辱教之。

【按:金蓍國(1577—1655)字景徵,號東村。清風人。嘗任佐郎、承旨,官至禮曹參判。其詩清新圓熟。《箕雅》收其七絶一首。】

崔鳴吉　**字子謙,號遲川。完山人。光海時登第,仁祖朝參勳。典文衡。官至領相,完平府院君。謚文忠。**

《朝鮮仁祖實錄》卷四八:二十五年五月丁巳。完城府院君崔鳴吉卒。鳴吉爲人機警多權數。自負其才,有擔當世務之志,而光海時擯不用。及反正,協贊大計,鳴吉之功多,遂錄靖社元勳,不數年超至卿相。而力主追崇乞和之論,爲清議所棄。山城之變,質送斥和之臣,以逞私憾。還都之後,引用匪人,傾軋士類,人皆以小人目之。然凡有緩急,直前不避,臨事剖析,人無能及,亦可謂救時之相也。既卒,上臨朝歎曰:"崔相多才而盡心國事,不幸至斯,誠可惜也。"

《西河集·領議政完城府院君崔公謚狀》:公諱鳴吉,字子謙,始號滄浪,後改遲川。崔氏之先系出全州。……以萬曆十四年丙戌八月丁亥生公,公於倫次爲第二。幼而簡重如成人。八歲始受書,一日自言:"今日爲曾子,明日爲顔子,又明日爲孔子。"晩翁公奇之,遂授以《論語》。未幾文義日進。十餘歲已能屬辭,尤長於詞賦。其後年益壯,講讀不輟,詞學驟長,沛然如川之方至。時遊館學,聲譽藉甚,流輩莫敢望。乙巳中司馬生員第一人,仍擢文科。玄軒申公聞公登第,謂人曰:"崔某雖羸疾,精神粹鍊如金玉。他日必爲世大用。"選入承文院。己酉被翰林薦,病不就講。序陞成均館典籍。庚戌除司憲府監察禮曹佐郎。辛亥轉爲工曹佐郎,改兵曹。壬子陞正郎。癸丑又入兵曹。時廢母議方興,會華使在館。爾瞻等恐國言流泄於館中,以禁軍環守館垣,内外不得通。公以騎省郎在館,有士人醉過館下,偶與館中人相識者立語,守卒執以告,公釋之。光海聞而大怒,逮繫公,事且不測。其士人恐禍及公,遂自見,公乃免,猶削黜。丙辰丁大夫人憂,制盡之明年又遭外艱。公六年持服,疾毁屢危。服闋,不樂近跡城市,棲遑郊甸。時昏亂益甚,倫紀泯絶。既夷延興、殺永昌、廢母后,禍猶未已,必欲加西宫以不測。賊臣筠等承其旨,欲因儺夕作亂。民間洶洶,或傳大妃已遇害,聞者莫不扼腕流涕。公見時事至此,憂憤慷慨。時申平城景禛已與昇平諸公密有匡亂之志,適拜安州牧使,來見公。語間謂公曰:"我意在扶護西宫,不欲遠赴邊塞。"公知其意。既已訪李延平貴,遂定大策。謀計區畫,多出公斷。時諸公多先詣仁祖私邸上謁,人有勸公往者,公曰:"他日策名臣事之地,義不可私謁。"遂不往。久之時事益急,而諸公引日持久,散在中外,計不時定。公以爲大計不可遷就,即入城促定師期。癸亥三月,與中興諸公奉仁祖大王舉義兵,黜廢君,迎大妃於西宫,進復位號。一時諸公莫不服公善謀能斷。仁祖初政,拜吏曹佐郎。又與浦渚趙公翼、張公維同管境外文書,俄陞正郎。夏特陞通政拜吏曹參議。冬錄勳一等,進嘉義階,賜奮忠贊謨立紀明倫靖社功臣號,封完城君,仍陞吏曹參判兼提調備局。公鼎革之初首入銓曹,博采衆論,務張公道,其所進退陞黜時皆厭服。甲子春西帥适稱兵犯京,仁祖幸湖西,命公爲總督副使,赴都元帥玉城張公軍督戰。公間道馳往,宣諭聖旨,激勸將士。及鞍之戰,公仍在元帥軍中,實多密贊。始公知适跋扈難制,欲先事防亂,屢陳賊情,而執政不用公策,人以爲恨。還都後仍在亞銓。乙丑春公上箚請變通官制曰:"……"因極論政化習俗之弊。時官制乖舛,事權無寄。公欲稍復古制,以爲出治之本。而朝廷不果用公言。已而辭遞,拜副提學,移大司憲,旋還副學。其秋上因災異責己求言,公上箚條陳十二事曰:"明心學,謹辭令,嚴宮掖,定大昏,親勳舊,重相臣,器使人,通庶孽,除免稅,戒數遷,植公論,崇儒學。"皆切中時病,上嘉納焉。上初卽位,追尊元宗爲定遠大院君,稱仁獻王妃爲啓運宮。丙寅春有啓運宮之喪,上欲定行三年喪,大臣三司合辭爭之。上遂下杖期之命。諸臣復請降服不杖期,以綾原大君爲喪主。公時在玉堂,上箚萬餘言,論降服之失禮,追崇之决不可。末又請建別廟,略曰:"……"蓋公前引父爲士,子爲天子諸侯,葬以士,祭以天子諸侯陳箚,至是推源極論,重忤朝議。臺諫劾公請罷職,上不許。公遂辭遞。丁卯虜兵渡江長驅,列鎭奔潰,朝野洶懼。及到平壤,以書求和。公言於賓廳諸宰曰:"國小力弱,虜勢張甚。不如巽辭以緩其鋒。"李延平及諸大臣皆以爲然,於是令大司成張公維爲書報之。上之幸江都,虜使以和事至。朝廷從公計,遂接虜使於鎭海樓。其後虜使劉海請見,而朝廷以虜方遣使講和,而深入不止,已薄畿甸,慮其不信,不欲見虜使。公白上曰:"觀虜求和,似出實情。請屈意一見。"上召見劉海,於是和議始定。時賊屯平山,而行朝兵衛單弱,上下危懼。朝廷大計在和,而時議以斥和爲士論,人莫敢言和。公獨冒謗請和,以緩賊鋒。賊退之後,臺諫交章以請和罪公,請竄公。久之,上只命推考。公因此不安於朝,屏伏江上。未幾除刑兵二曹參判。召命屢下。秋改葬章陵,靈轝自楊州將過都城。廷臣以爲私親之喪,不可穿都城取路,議欲發民治道於東城外峻坂。公謂"大院君雖未踐位,乃君之父也,不可避都城從間道。且役民開路,民力必困"。上箚爭之。戊辰啓運宮既禫之後,將合祔於私廟。公上箚以伸別建禰廟之論。請於合祔之日,削去綾原傍題,別建一廟以奉禰祭,別制樂章例命廷臣薦享,而四時之祭勿與宗廟同日,以示差別之意。箚入玉堂斥之,公亦上箚論辨。公屢被時議之斥,求外補觀察京畿。革弊政,振頹廢,絶餽遺,除民瘼,尤力於賑政,畿民大賴,立石追思之。己巳公在野。時前後輩論議或乖,流言指目有老西少西之說,左議政金瑬擧年少名流五六人爲朋黨以白上。上震怒,遂竄朴炡、俞伯曾、羅萬甲等。並怒吏曹判書張維救解萬甲等,特除羅州牧使。公以朝著不靜爲憂,上箚極陳前後輩疑阻相責望,非爲朋黨。指陳實狀,語意至懇。上遂感悟,未幾放三學士,張公亦以刑曹判書徵還。先是朝家將申明軍籍,欲括丁以充闕額。公曰:"籍軍雖古制,當今不可遽議。不如先行號牌,擇丁壯中有產業者充軍額,無產業者稱餘丁,歲出綿布一匹以補軍用。兩班中健者充武學,弱者稱保率,參酌處置,務得其宜。不待籍軍而軍額自足矣。"與延平李公貴同議,於是定行號牌,命公管其事。丁卯因虜警而罷,仍行籍軍之法,又命公主之。事訖陞資憲階。庚午拜右參贊。椵島主將陳繼成爲其下劉興治所殺,朝廷欲興師問罪。公箚陳不可曰:"島中雖曰飢疲,人衆亦且數萬,文龍所蓄火攻之具積如丘山。困獸猶能傷人,况以數萬之衆,懷必死之心,而挾持火器,憑依險阻,我兵之不可輕進明矣。勞師動兵,環守孤島,曠日持久,糧餉不繼。欲戰則難攻,欲罷則損威。今之欲擊者,必曰及其聲勢未張,先期撲滅,可以永絶禍根。此言固然矣。然如使我邊原有屯兵可以卽發,則神行電邁,出其不意,擒之必矣,伐之宜矣。今旣不然,徵兵諸道,遠涉滄海。我之師期在於數月之後,而賊之通虜不過一水之間。其何以及機圖之乎?今宜遣兵若干待變境上,令諸道整備舟楫以待後期,漢人之往來者待之如平日,使彼坦然無疑。然後臨時觀勢,以計取之,亦未爲晚。何必動一國之衆,不計農時,踰越海路,與死寇角逐,自致噬臍之悔乎?"其後兵果不發。辛未正月,上召見靖社元勳諸宰於春暉堂,東宮及兩大君亦侍左右。上舉觴勸諸臣飲,聞公新得男子,上喜甚,爲致意。上下同歡竟夕,一時以爲榮。夏上欲追崇定遠君而廷議不可,上因欲奏聞中朝而請謚,群臣又力爭之。上輒下嚴教。五月特除拜公爲副提學,累辭不許。公又上箚極陳朝廷議禮之失,且申别廟之説曰:"……"壬申拜禮曹判書兼藝文提學。仁祖下教曰:"聖人之孝以尊親爲大,人君之治以孝敬爲先。考廟不可久在陋巷,禰位不可長空。事關天理綱常,令禮官從速議定。"公詣闕啓曰:"今日之禮,經傳無可證,史籍無可據。請倣光武故事建别廟,以從祭以諸侯之禮。"上下嚴教責之,公終始皆爭以爲非禮。上依公爲重以拒朝議,至是追崇之意已堅,故公亦以别廟見斥。於是遂定追崇之議,設追崇都監,公以宗伯兼提調,例加正憲。冬拜吏曹判書。癸酉以内局提調進崇政。大提學缺,僉舉無先公者,乃授公兩館大提學,又兼體察副使。公秉銓三年,以破朋黨恢公道進賢才退罷軟爲己任,塞紛競杜僥倖,尤慎簡初仕。至於守宰有缺,預籍其有治理效者,先後選用。以此世稱得人。西北人入仕者久不通清顯,公以爲人才不可以地拘,始通臺憲之選。乙亥春辭遞。夏拜户曹判書。其冬仁烈王后薨。丙子春,公以國葬都監提調,相葬地在外。病甚辭遞度支。未久移長兵部病辭,俄拜漢城判尹。先是虜僭大號,遣使至我,辭意悖慢。時山陵未畢,虜情叵測,衆莫不危懼。朝議欲據義斥絶,且不答其書,報以口語。公上箚曰:"當初約和時,彼既不敢強我以非義。且彼跨據大漠,無所受制。肆然稱帝,誰復禁止。而必欲藉口於我國者,其心或難知。我若只以口語答之則事迹暗昧,無可據證。如使驕虜反其辭説而誣我於天下,其將何以自解乎?今宜例答之外,别爲一書。備陳僞號之不可僭,臣節之不可易,以明大義而存國體。仍將虜書及我國所答,移咨督府,轉奏皇朝。又下諭八方訓飭兵馬,以待其變。且虜使以春信弔祭爲名,而汚書亦無別情。所謂悖書者,乃八高山及蒙古王子書也。答其例書而拒其悖書,君臣之義,隣國之道得以兩全。於計爲宜。今日虜情特有早晚,而等是被兵,但不可朦朧處置,以致見賣。過於落莫,以促其兵也。”虜使果以不受書發怒徑歸。公知有急兵,遂見上曰:“虜使徑歸,渝盟必矣。兵革之端的然可見。請先定大計,預講戰守之策。”時虜有必動之形,而國計未定。朝議紛然斥和,而未講備禦之策。公獨深憂之。又上箚曰:“近日臺閣之上,人人皆言斥和。而廟堂之上元無定算,特爲遷就之計。既不用言者之論以决戰守,又不能用臣之言以爲緩禍。一朝虜騎長驅,不過體臣入守江都,帥臣退處正方。清北列邑固將棄而與賊,安州一城不能獨全。生靈魚肉,宗社播越,到此地頭,咎將誰任?臣之愚意,大駕進駐雖不可輕議,體臣帥臣皆當開府於關西。使兵使入處義州約束諸將,有進無退。移書瀋陽,備陳君臣大義,仍言秋信不送之意。一以探虜情形,一以觀彼所答。彼若別無他意,仍用兄弟之禮,則姑守前約,內修政事,以爲後圖,務反石晉之前轍。如其不然,則固守龍灣,背城一戰,决安危於邊上。雖或計非萬全,猶愈於束手待亡。舍此不圖,一向媕婀,欲言進戰,不無疑懼。欲言羈縻,又恐謗議。彼此不及,進退無據。江冰將合,禍迫目前。所謂待汝議論定時,我已渡江者,不幸近之矣。”公知國力不能支虜之大勢來者,倉卒挑釁,憂在必亡。每欲先爲巽辭而緩禍,得以其間保民練兵爲戰守策,冒衆議屢陳大計。言者每以主和罪公,群起攻之。公又上箚曰:“主和二字爲臣一生身累。然於臣心,尚未覺今日和事之爲非也。蓋石晉高祖之起兵也,桑維翰勸令稱子稱臣於契丹,借兵以取中國。出帝卽位,景延廣建議去臣稱孫,言於契丹曰‘翁怒則來,孫有十萬橫磨劍以待之’。桑維翰屢請遜辭以謝,出帝不聽。其後契丹之怒嚚然未已。中國疲弊,不能自存,始乃遣使請復稱臣,契丹不許。及二年契丹入寇而晉遂亡,先儒胡氏之論曰:‘卽事而言,延廣亡晉之罪無可贖者。卽情而論,以晉父事契丹,中外人心皆不能平,故慨然欲一灑之。而不思輕背信好,自生釁端,一朝之忿亡其身以及其君。如使延廣姑守前約,內修政事,則不出數年可以得志。’夫以胡氏學術之正,尊中國攘夷狄乃其一生事業。而乃以‘姑守前約’等語反覆抑揚,恕其心而罪其迹若是者何哉?人臣謀國,不存遠慮,以致亡人之國,則其事雖正而罪不可逃也。曾在宣祖朝,天朝諸將倦於用兵,始有講和之計,令我國奏請天朝。故臣成渾首陳可許之意。及全羅監司李廷馣繼發講和之言,將被重罪,渾與時相柳成龍獨憐其忠,約於上前同辭救解。渾曰:‘廷馣之言,乃以伏節死義爲心者也。’宣祖大怒,自是攻渾之論益急。渾之言曰:‘韓侂胄之伐金,可謂伸大義於天下,而先儒以幾危宗社罪之。張南軒以復讎爲事業，而亦言金不可伐。凡以此者，宗社爲重，而相時度力，時中之義耳。'今日之事，以時勢言之則既無石晉兵力之強盛，又無壬辰天兵之可恃，又非祖宗難忘之讎。其是非得失所在不難定矣。議者皆曰丁卯之和，固不害於義理。至於今日賊已僭號，不可更與之通使。彼之僭號與否，非我所當問。何可以禮義責夷狄乎？臣之爲此羈縻之計者，非敢不顧是非，徒爲利害之說，以誤君父也。嘗竊以爲國力方竭，虜兵尚強。姑守丁卯之約，以緩數年之禍。得以其間發政施仁，收拾民心，築城儲糧，益固邊備，斂兵不動，以觀彼釁。既已素定於心，又以屢言於人。入陳於榻前，出爭於大臣。焦唇乾舌，不自知止。凡若是者，豈有他哉？悶宗國之將危，不暇計一身之利害耳。"紒入，群議又譁然攻之。十一月復拜吏判。十二月虜大舉入寇，而先以輕兵直走京都，日行數三百里，數日兵至西郊。十四日上將幸江都，令大臣陪廟社主及嬪宮先行。大駕繼發，纔到崇禮門，虜騎已迫弘濟院。傳言江都之路被遮，上御南門樓，事急不知所出，大臣諸宰皆失色罔措。公進曰："宗社存亡，在於呼吸，事無可爲者。臣請以單騎馳往虜陣，見賊將責以無端動兵。虜若不聽而殺臣則已，幸而接話則相與酬酢之際，可以小紓其急。願上由水溝門疾馳入南漢城，以觀其變。"上曰："若然則幸矣。卿能冒萬死投虎口，以緩君父之急，此古人所難也。"嘉歎而遣之。公請李公景稷偕行，上輟禁軍二十騎使從之，出門皆鳥散，公獨與李公及裨將一人馳到沙峴。遇虜將，遂駐馬詰其渝盟動兵之端，故拖引言語，以至日昃。於是上得因以馳入南漢。是日與李公還都城，以與虜問答狀聞于行朝。翌日至暮不得報，虜將大怒欲害公。其中一人曰："和事未成，不可遽殺此人。"遂進兵南漢城下。公與李公入城，上召見勞之。執手慰公曰："卿之精忠，人所罕匹。一心奉公，終始不懈。使在朝者皆如卿，今日國事豈至於此乎？"因出涕嗚咽，公亦感泣不能仰視。時虜兵大至，圍城數匝。城中備禦甚踈，莫保朝夕。而虜猶索和，大臣持兩端不决，言者攻和猶不已。公曰："今日之策，唯有和與戰兩事。而欲戰則無兵可恃，言和則咸懷畏忌。奉君父一片孤城，將置宗社於何地？"諸公多是公言，而畏謗莫敢言和。既而諸路勤王兵皆望風奔潰，天寒大雪，士卒凍死者相繼，糧食內竭。而虜晝夜急攻，炮火震天，城無完堞。北門之戰，鋭兵多死。被圍四十餘日，城幾陷者數矣。群心沮喪，始議和事。一日三營卒一時露刃齊呼："詣行殿請出送斥和臣。"公引大義，責諸城大將。虜又使執送斥和臣，體府欲邀公同鈔，公不往。時和議已定，而群議皆恐有青城之辱。公曰："虜之侵我，非貪我土地，其意只在於和。斷無意外之變。今不思緩禍，徒事泄泄。則一朝城陷，上下魚肉。孰如不失此機，圖存宗社乎？"蓋公之智，灼見虜情，有以信其必不然也。既而江都敗報至,虜人以俘獲來示城中。城中失色,遂有城下之盟。丁丑二月,虜兵乃退,上始還都。四月進拜右議政。時煨燼之餘,庶事草創。公掇拾保持,周旋應變,時事稍集。上自下城之後,志氣沮喪,臨朝不怡。公以爲:“志者萬事之本,而氣又輔志而行者也。古之人所以大過人者,惟能善養其志氣,不爲物撓,不爲事挫,亨而不怯,困而不沮,勿使少有餒乏。然後道義以行,事功可成。如或因一事之不如意薾爾沮喪,失其剛大之體,則天下無可爲之事矣。聖明未能達觀古今事變,恒有悒悒不樂者,若志氣因是而沮挫,則興衰傾否之業更何所望乎?”又曰:“夏有一成,少康以興。越棲會稽,句踐以霸。況今國家境土無所缺矣,祖宗德澤猶未斬艾。變亂雖慘,而號令無壅於四方;財用雖竭,而餘力尚存於三南。今日之事,惟在殿下立志之如何。苟欲有爲,何患不濟?”公之苦心調護,欲爲刷恥撥亂之圖者,其言如此。公又以爲署事罷而大臣失其職,郎薦作而兩銓失其職,避嫌起而臺諫失其職。每欲改官制罷郎薦省避嫌,縷縷陳數百言。上令大臣六曹三司長官會議,而議多異同未果施。識者惜之。公又請令諸道錄陣亡將士及忠臣烈女以聞,次第旌褒。戰場觜骼,亦募人掩瘞,官爲設祭。清人許贖被俘人,貴族富民不計直爭贖,以致贖價增倍,貧者不得贖。公設爲禁制,等其老少貴賤。多無過百金,而過此者罪之。以此贖還者甚衆。而既渡江,往往乏食斃於中路。公請于上,令沿路給食。自此無道死者。秋陞左相。時牛疫熾甚,公勑法部及諸道申嚴屠禁。又以兵餘蕩殘,民無以應徵求,請改貢案之謬,蠲潰軍之布,民得小蘇。九月清人徵兵於我。初丁丑定盟約時,公已言徵兵之不可從,至是將遣使拒之。時議以爲非公莫可,公遂奉使至瀋。以爲本國三百年臣事明朝,今不可興兵助攻。清人亦不能奪。其還,俘人贖還者數千人。無親戚不能贖者,公至捐橐而贖之。還到灣上有疾,戊寅春始還朝。前日斥和諸臣多未調敍,公請宥之。朝士在鄉者不得除三司,請暇下鄉者不得帶職往來。公箚論其不可。秋陞領相。時清人將犯天朝復徵兵,公曰:“往時出城,勢窮力竭,圖存宗社,計不得已。今此助兵,國可亡義不可從。”遂不許。虜人大怒,舉朝洶懼。公陳於上前曰:“我國大臣爲助兵事,有一二人死者方可。臣實主此事,臣請自當。”遂自赴瀋。將行,上親見慰諭賜貂裘。至瀋,虜人詰公曰:“何人敢拒徵兵而不爲發乎?”公曰:“我身爲首相,主管國事。此事亦出於我,惟願一死。”清主義而釋之。始公之赴北也,人皆謂必死,公亦自知不免,以喪具自隨。親戚子弟皆哭送,公殊無怖色。己卯夏勸上數開經筵,且令諸臣不時請對,以復祖宗之舊制。其後公因進見啓曰:“頃日臣請頻接臣僚,聖意快許。而廷臣無一人請見者。臣今日請對,蓋欲以身先之也。”且曰:“世稱宰相之職,不過曰調陰陽順四時而已。故身居廊廟者,率以含默爲高致。臣則以爲不然。上輔君德,下收人心,匹夫匹婦皆得其所,然後陰陽可調,四時可順。若一切含默,務持大體,則非大臣輔弼之道。”上悦。上寢疾經年,而宫中適有巫蠱之變。事連貞明公主家,密旨欲令公窮竟其獄。公執不可。事下又爭之。遂與諸臣請移御别宫,因請嚴宫禁。上嚴批不許,屢爭不已。上怒特差公節使。時宫人有容接女巫者,兩司合啓論罪。公既行,上怒臺閣之不劾公,因玉堂處置之批下教曰:“有一相臣,外爲大言,内懷不直。草草治獄,終不參鞫。其意難測,而前後臺官不以爲非。獨於迷劣女人,兩司齊憤,至於合啓。割鷄焉用牛刀?”公到龍灣,陳章乞罷曰:“今此宫中詛呪之變,乃舉國臣民之所共憤。而愚臣過慮,終有忌器之嫌。今若以暗昧難明之事,展轉連累,使公主驚憂傷心,不得盡其天年而死。則今日大臣安得辭其責?亦將何以見先王於地下?故凡臣之疑難於此事,非爲公主之婢子,所以不忍於公主也。其所以不忍於公主者,非爲公主,所以不敢負先王也,亦所以不敢負聖恩也。向使愚臣徒懷一切之念,輕起大獄,甘心於宣祖之骨肉而曾不以爲難,則是誠難信之臣,其他日負殿下亦猶是也。殿下亦安所用之哉?”又引江充李泌事反復論之。公疾甚因留灣上,朝廷聞之,使副使致命公留治疾。庚辰春辭遞。二月來住西江,再因事坐罷。壬午秋復入相,累辭不許。戊寅秋平安道江邊邏卒得一僧自虜中走回者,其名獨步。本以我人,丙子往椵島,因亂不得還,轉入中國,留洪軍門承疇幕府。至是爲詗東事出來,爲邏卒所得。兵使林慶業即報知于公,公使送至京,招見與語,爲人慷慨善辭令。始下城之後,公將本國爲宗社屈意狀,移咨陳都督洪範冀,得轉聞使天朝得悉本國情事。而海路敻阻,未知其咨之必達於軍門。欲更得一信使往而能返者,未得也。見獨步知其可使,與機密諸宰議,具奏付獨步,由水路入送,而又以咨抵洪軍門。辛巳秋,中國載還我人被俘者,獨步從軍門齎文書以來。時相申景禛使林慶業帶僧訪公于家,公遂撰回咨更送獨步。蓋獨步往來海路,必過遼東界,故清人覘知之。疑我與天朝相遇,遣使于義州詰其事。朝廷捐萬金行計,得不究。至是承疇降于清,備言獨步時事,而我未之知也。宣川府使李烓因漢船潛商事覺,清人縛致烓鳳凰城究問。烓欲諉本國陰事以祈生,乃盡告送獨步移咨事,及廣引宰臣名流十餘人曰:“意在明朝。”清人遂促遣諸臣來置對。事將不測,上下莫不危懼。或以爲彼雖有嘖言,無可證之端,不如諱之。公以爲彼既偵知漢船往來,今若諱之,是益其疑也。且天下事未可知,畢竟事發至於難諱,則轉加一層,禍將歸於君父,誠有不可言者。不如以實言之,禍止吾與林二人之死而已。上亦以公之獨當危禍爲難,猶豫不忍决。將行,上親見慰諭,賜白金貂裘。到龍灣,查問使鄭致和、參判朴潢、尹順之諸人皆來會,朴公謂公曰:“林慶業在西邊裝船送僧,前後皆出其手,萬無全活理。今若委於林,則林固等死也而當之,相公可脫於禍,亦非有負於林也。”公曰:“不可。今欲立名義於天下,既與人同事,臨死生委人而自免,非義也。”諸公歎服。朴公出戶泣謂公子曰:“相公以死自期。忠臣烈士,固不當如是耶?”明日公遂渡鴨江到鳳城。清將列坐,盛兵威引公于庭。詰之曰:“送僧明朝,何人主張?”公曰:“我獨主張。而林慶業爲平安兵使,故使之裝船以送。既非主上所知,諸臣亦無與知者。”使漢人解文字者書公對,送于瀋陽。以兵圍守公,操之日急。清將謂我人曰:“崔閣老事事自當,可謂鐵石肝腸。”未幾清主悉遣還同時被拘諸宰,獨拘公鎖紐入瀋,幽諸北館。癸未四月移南館。時清使至我,都民萬餘人要歸路齊呼曰:“願爲東國生靈活一賢相。”清使爲之感動。公拘囚異域者四歲,危機百端,而公處之晏然。取《中庸》、《周易》等書,日夜講讀探賾,樂而忘憂,不知其身在異域。曰:“庶幾識得聖人微旨,不虛此生矣。”時不佞先君子與金清陰尚憲亦同拘一館,與之相會,講論道義,或以詩篇相酬唱,窮日夜不厭。清陰隔壁聞公讀書聲,每歎其老而篤學。其後中朝人有謂我人曰:“爾國二閣老一尚書,爲天朝被執在此。東方節義,令人起敬。”乙酉春,清人既定燕京,略有天下,遂送還世子大君及諸宰質子,於是公與清陰諸人俱還。秋就浴清州椒泉,因住鎮川田舍,欲爲終老計。俄拜御營都提調,辭不獲免,遂入京。丙戌春廢姜賜死,臺閣論執,久未得請。公上箚請從臺臣之請以全恩,上嚴批責之。公自去年冬得疾沈綿,是秋疾益危。上遣御醫視疾,問所欲飲食,分御膳以賜。一日公病猝劇,上聞之,命入直御醫急往救之。公家在城東,時夜已深,城門閉持。遣宣傳官持標信開門出醫,掖庭人問病者相屬,藥餌及他賜與前後相望。教視疾醫曰:“崔相病雖力,平日精神逾人。若得良藥可治,汝其盡心。”竟以丁亥五月十七日卒于正寢,春秋六十有二。……公資稟既異,而有明識宏量。言若不出口,體若不勝衣,而神采動人,語音如從金石中出。……公之文章才分甚高,而必以理趣爲主,精核詳贍,自成一家。至於奏議文字,人謂之筆端有舌。蓋世之爲文者,例多空言無實,而公則以敏妙之文,形眞實之見。故英華條暢,人莫能及。……有文集若干卷刊行於世。

《荷潭破寂錄》:光海時,沈相悅爲咸鏡監司,作銀器皆刻已名,納于宫中,蓋欲光海常目在之而不忘也。光海見廢,賄賂銀兩之在宫中者,上命籍下于戶曹以補國用,沈之銀器亦在其中,大爲士論唾鄙。而以其本時人,故猶不見棄。丁丑變後,崔鳴吉當國,喜其附會己意。排群議卜相,遂躋右揆。當此國家危急,雖得伊吕之佐猶懼不濟,用人如此,安敢有中興之望?余爲崔相恨之。其時余適承召上京,謂崔曰:“聞公有爰立沈公之意,然否?”崔曰:“領相有此意,未知如何?”領相則李弘胄也。余曰:“公不聞銀器之刻名事否? 古今寧有如此人作相,而可濟時艱乎?”崔曰:“然。”未幾領相病卒。余下鄉聞之,則沈竟作相爾。

《菊堂排語》:我國與虜構釁始於戊午之役。丁卯入寇,輕我國無人,而降將姜弘立亦導之也。講和之後,弘立竟保首領,死于牖下,可勝痛哉! 丙子夏,虜又僭號,仍送使脅之,其書有“皇覺寺僧帝天下”等語。我國義當斥絕,而自強之策羈縻之計不能深思熟講,悠泛度日。十二月虜兵渡江,大駕不及幸江都,而賊騎已到弘濟院。上御南門樓,諸臣恇怯失措,獨崔公鳴吉匹馬出城,迎見賊酋。以故賊不即進副逼。大駕由水口門去,幸南漢城,受圍月餘。虜求斥和臣,不得已縛送尹集、吴達濟等,終致大駕出城,春宮北轅。江都重任又付豎子之手,未免失守。當時之事,言之氣塞。平安監司洪命耈、慶尚左右兵使許完、閔栐等皆敗死。忠清監司鄭世規兵敗,潛伏積屍中,乘夜走還。唯平安兵使柳琳金化之戰、全羅兵使金俊龍光教之戰,賊兵死者頗多。其餘將兵之臣皆逗留不進,罪當伏法。而大駕還都之後,只征布於潰軍。古今天下安有如此軍律也! 虜人輕我固矣! 戊寅冬余以書狀官赴瀋,留十餘日。我國人丁卯被虜者以買賣事到館來見,即大王貴英介家丁也。其人言汗若從大王之言,則朝鮮不被兵矣。余問其故,曰“丙子斥和之後,汗會諸王議東搶,大王獨以爲不可曰:‘朝鮮區區守禮義而衰弱之國也,今固置之,專意西事。得以成功,則不勞發一矢而彼自然臣服。且我雖悉國而西,彼無氣力,必不敢躡我後也。顧我兵力蹂躪不難,而但本國山多野少,道路甚險,且有炮技,恐或損我兵馬,不如不伐。’汗然其計,而九王及龍馬兩將力勸動兵”云。余于其時見所謂大王者身長九尺余,狀貌雄偉,其深沉有大略者也。

《詩評補遺》:崔遲川鳴吉以爲,我國雖以權宜之計出此講和之策,不可不將此陳奏大朝。顧有屬垣之戎,不克備行人出疆,具諮密付妙香僧獨步以送。臨別作一絕曰:“秋入園林萬葉鳴,鬢華如雪鏡中明。向來無限關心事,都付山人一錫輕。”

《詩話匯成》:丁丑講和後,清人索斥和臣,朝廷以洪翼漢、尹集、吴達濟三學士送虜營,用公言也。三人竟被殺于燕市。後公亦不免北行,中路有詩曰:“我雖不殺三學士,中夜思之心自驚。天道由來好回轉,白頭今日又西行。”

公在燕獄也,白江李敬輿有詩曰:“二老經權各爲公,擎天大節濟時功。如今爛漫同歸地,俱是南冠白首翁。”蓋指公及清陰也。

戊寅秋,清人將犯天朝,復來徵兵。公拒而不許,其奏文首言:“本國臣事皇明,世世不替。萬曆再造之恩尤不敢忘。”末引樂毅辭伐燕事,反復論之。清主初欲加戮,旋釋之。罷官在衿川田舍,聞終不免送兵助攻,有詩曰:“鼓角喧空海接天,五千兵甲在樓船。山城不死皆臣罪,泣向春風拜杜鵑。”

丁丑講和後,以計窮力盡屈意圖存之意,別具一諮,送僧獨步于洪都贊承疇,冀一徹於皇聽。時鄭公太和按關西,實主裝送。事涉機秘,爲時大諱,故依比興托言之體,以《懷仙詞》爲題,詩曰:“雲海微茫落照間,眼穿何處覓蓬山。張騫槎路仍多阻,徐市樓船久未還。易被秋風欺白髮,難從仙灶借紅顏。年來無限傷心事,窮巷蒼苔獨掩關。”所謂雲海落照,我心西悲之意也。所謂眼穿蓬山,即顧瞻周道之意也。所謂槎路樓船,皆指送船佇待之意也。

【按:崔鳴吉(1586—1647)字子謙,號遲川、滄浪,謚文忠。籍貫全州,李恒福門人。學問出衆,書法擅長董其昌體。著有《經書記疑》、《丙子封事》。今傳《遲川集》。其詩多切當時事。《箕雅》收其五律一首、七律四首。】

張　維　　**字持國,號谿谷。德水人。光海時登第。仁祖朝參勳,選湖堂,典文衡。官至右相,新豐府院君。謚文忠。文章名世。**

《朝鮮仁祖實錄》卷五六:十六年三月庚辰。新豐府院君張維卒。維,字持國,號谿谷,判書雲翼之子也。爲人純厚明粹,爲文章氣完而理到,世無有及之者。參靖社勳,封新豐君,再典文衡。公私製作多出其手。久處天官,門庭冷落,如寒士家。衆望洽然,無疵議者。及在山城,力主和議,且服中撰《三田渡碑文》,士論頗短之。其後起,復拜相,累疏至十八度,終不出,遂得遞。未幾而病,卒。所著文集行於世。

《江漢集·奮忠贊謨立紀靖社功臣大匡輔國崇祿大夫議政府右議政兼領經筵事監春秋館事新豐府院君贈大匡輔國崇祿大夫議政府領議政兼領經筵弘文館藝文館春秋館觀象監事世子師文忠張公墓誌銘并序》:公諱維,字持國,世稱谿谷先生。張氏出於回回國,有舜龍者,事蒙古爲宣武將軍,從齊國公主而來。仕高麗,官至門下贊成事,賜食邑于德水縣。子孫遂爲德水人。公曾大父任重,入國朝爲掌隸院司議。大父逸,監木川縣。父曰雲翼,判刑曹。母貞敬夫人密陽朴氏,漢城府判尹崇元之女也。夢旭日入于懷中,遂生公。公幼溫厚。從文元先生金公學儒術。昭敬王三十九年成進士。光海元年舉乙科,權知承文副正字兼世子侍講院說書。入藝文館爲檢閱,遷承政院注書。姦人申慄起誣獄,公妹恭人與其王舅承政院右承旨諱赫俱被逮,光海特命罷公職。公乃屏居安山田里,閉戶讀書,爲文辭。是時,光海叛天子,密敎元帥姜弘立、金景瑞降于奴兒。錮宮門,幽王大妃,奪神宗皇帝所賜誥命，別置禁兵以守之。放元子瓘於江華，納諸炭室而烘殺之。淫虐無道，荒亂已極。公遂與金文忠公瑬、洪文靖公瑞鳳、李忠貞公厚源等受大妃命廢光海。及仁廟既踐大位，公復爲藝文檢閲，陞典籍。由禮曹郎改吏曹。賜暇讀書。入弘文館，以御史廉察湖南。陞吏曹正郎，加通政參知兵曹，差備邊司副提調。李适叛，以司諫院大司諫從乘輿，遂陞嘉善，賜奮忠贊謨立紀靖社功臣號，封新豐君。入司憲府，爲大司憲。由成均館大司成，進吏曹參判。改弘文館副提學。天啓七年，奴兒兵入平山府，仁廟出守江華城。奴兒遣使劉海等請和親。仁廟坐榻上不動，海勃然却立，不肯前。左右惶駭，公進曰："奴兒無禮。"請麾海出去輟座。海請絶大明天子，公憤曰："皇朝之恩猶父母，其可絶邪?"海以孔子稱管仲不死子糾，誘脅百端。公乃舉孔子所謂"人無信不立"者以折之。海復歸。正約既定，請王涖盟。議者引唐宗渭橋事謂當許之，公請王無聽，且就海爭之甚力。王竟使大臣主焉。後海每見中國人，必稱王朝甚得體。廵撫御史袁崇煥亦諜知之，每問王朝使者曰"張侍郎今爲何官無否"。奴兒既退，使王朝不書大統年號。公慨然曰："和議之始，凡奴兒欲使王朝絶大明，臣等雖死不可從。一國臣民皆已知聖心堅定，又何可先自沮畏，以喪所守乎? 夫天子表正萬國，必以年號爲之重。今若差謬，後雖悔必無及矣。"仁廟曰："卿言是也。"遂特書大明年號，卒不改。崇禎元年，公陞拜吏曹判書兼弘文館大提學、藝文館大提學、知成均館事。邊塞人有爲奴兒所俘者亡歸本朝，崔鳴吉内忌奴兒，欲還之。公上箚爭曰："昔平原君一公子也，身執於秦，猶不肯出魏齊也。况本朝以千乘之國，爲奴兒棄我赤子，而委之虎狼之口。是可忍也，孰不可忍也? 異日奴兒入邊境，殿下何面目發號施令，使人民提戈執矛以抗奴兒乎?"鳴吉不聽。先是，王朝請徙遼民，兵部疑之。仁廟命公具奏言："子之有身，無一髮非父母之遺也。既因父母而有此身，雖因父母而捐其身，有不敢辭。臣之於君何以異於此哉? 自古中國御外藩，羈縻而已，皇朝之於臣國則不然。自太祖皇帝以來，覆露之恩同於侯服。及倭奴之難，社稷爲墟，神宗皇帝發天下之兵，傾府庫之財，拯救而全安之。五廟血食得不墜者，皆神宗皇帝之力也。夫皇朝既爲臣國續垂亡之命，而臣國不爲皇朝盡其職，則狗彘不食其餘矣。臣雖無狀，亦嘗聞先臣之遺訓矣。嗣位以來，至誠享上，不敢以形虞勢危，自變其忠貞之節也。伏惟陛下曲垂鑑諒，使日月昭明之光畢燭無外。"毅宗見其奏，乃下詔曰："君臣大義，皎若日星。王忠藎，朕所監臨。"明年，諫臣羅萬甲言事忤旨，流遠方。公論救之，仁廟怒貶羅州牧。居一年，召判刑曹，改禮曹兼大提學。都督黄龍鎮東江，爲其麾下所縛辱，東江大亂。公承命乃爲檄書諭東江曰："總鎮黄公受明命，掛印建牙，來鎮東江。此實皇朝之總帥，全鎮之司命也。雖戎政失其宜,士心不附,自皇朝議其得失可也。其在部下,惟當守將卒分義而已矣。今者偏裨倡寇亂,敢行無道,執縛拘囚,奪其印綬,掠其財賄。雖大盜何以加此?頃者總鎮以東江將士乏食,請易糧。本國許發一萬七千石,已令餉臣日夜督運。不謂總鎮遭肘腋不測之變。當此之際,如輸粟以餉亂衆,是助逆而養姦也。若皇朝責以正義,則本國何辭而對乎?今部下數萬人衆,必有忼慨而搤腕,思爲總鎮報仇者。苟能昭明大義,縛元惡傳示本國,使逆順暴著遠邇,則本國敢不敦好如舊乎?不然,則本國唯知遵皇命而致天討,不忍與犯上之賊私相比周,以亂皇朝之綱紀也。"檄至,將士皆震懼,復龍之位,還其印綬。龍以聞,天子下詔奬其義。九年,奴兒圍南漢,公從幸。聞母夫人卒于江華,乃歸葬安山。明年,仁廟命起復,拜議政府右議政。公血泣上十八疏,始許收還。又明年戊寅三月十七日以疾卒于家,享年五十有二。方其卒時,有晴虹横亘屋上,其光赤。仁廟震悼,賜吊祭,輟朝三日,贈大匡輔國崇祿大夫議政府領議政兼領經筵弘文館藝文館春秋館觀象監事世子師。公爲人英粹和平,早從文元金先生,博學明辨。金先生嘗曰:"持國見解,雖古儒賢不能及也。"内行純茂,事母夫人盡其孝。與弟紳友愛甚篤,紳坐法死,公終身自傷不能保其弟也。妹恭人嘗被縲絏,公見之慘怛欲死然。光海放于江華,諸功臣無不欣喜,獨公自以舊史臣,送光海涕泣不已。世稱公能不失赤子之心也。公有文集三十卷。其文章典雅通暢,嘗自謂神情雖近,步驟多違。然本朝自韓山伯李文靖公始入中國學文章,至崔立之所著書奇崛峻偉,可傳於後世。而終不如公之文平緩渾成也。故金文簡公昌協嘗稱:"公叙事簡繁得當,無斧鑿瑕纇之累,誠可爲東方大家也。"

《谿谷集·谿谷先生集序(朴瀰)》:蓋公未冠,已盡讀《四書》二經騷選莊韓等書,是惟無讀,讀必窮極其究,挑抉其微,涵演咀嚼,體之身心詞賦之外,文已爾雅腴暢。闖入昌黎之室,已喟然於文道之辨。輒屈首而沿閩關洛濂,上沂乎泗洙,縷析理氣性情之分,雅不欲以講學見跡。不拘拘矜持,諧謔不廢,弛張互用,道釋二端亦在傍通。凡天地萬象鉅細幽顯,舉了然心目。既載筆西廂,旋遘黨禍。居閑處困,益盡讀先秦兩漢皇明諸大家言。發爲文章,惟所謂澤之仁義道德而炳然者可以當之。其於有韻之文少不屑爲,第於五言間出一二,往往超晉乘而上之,要爲染指。暨坐廢以還,始耽李唐家言,毋論舂容大篇,即寂寥數語亦必伏讀繹誦如博士弟子。公嘗曰:"吾不敏,故欲絶則必讀絶,欲律則必讀律。"斯其立誠之篤,寧詎非耳目所創聆創覿者哉?又嘗許謂不佞:"吾詩不能韻而有致。韻出天得,致可力致。"不佞未嘗不心折誠服,奉若功令。嗟呼!譬之器則清廟明堂四瑚八璉,譬之馬則聲中鑾和,步中繩引。雖有喙三尺,其口自拄。必有能辨之者。相君主盟葵丘,手執牛耳,鉛槧之士,率在下風。而不佞不免時有軒輊者,亦有説焉。不佞早廢,毋與於喜起綸綍之道。自惟百世之業,逝將爲匠心意古,取材取法者左袒。而公風其不然。文者言也,言從心出爲文,文而不從心出爲不文。不佞竊有味乎其言之也,亦不能離而去之者,實懼爲壽陵人之學步也。嗟呼!根於實心,典於實學,文與道交相爲用,而人巧天造賅收而騈得。不啻因文而悟,則韓歐蘇曾殆瞠乎後矣。孟子有言:"五百歲必有名世者。"吾不敢知從茲以往五百歲,有能兩持國者哉。昔王元馭敍元美曰:"吾知吾元美而已。"不佞亦曰:"吾知吾持國而已。"時癸未首夏既望,友人羅州朴瀰敍。

《白洲集·谿谷集序》:公之文本於《六經》,始潛心濂洛關閩遺書,晚乃大肆力於先秦兩漢韓柳歐蘇諸子百家之説,浸淫咀嚼。道釋醫卜堪輿星曆稗乘剩史亦皆旁通。多積而薄發之,醇深典厚,蔚而有煒,信乎經世之言。至其有韻之文,初不屑爲,獨喜爲騷、選二體。俄而爲大曆、長慶,爲正爲變爲雅爲諧。可大則大,可小則小,沛然無不從心。譬如禹鑿龍門,百川歸海,洋洋乎其大矣哉。先府君嘗論近代人物,必以第一歸於公曰:"通者,無所不能之謂。此一箇通字,唯持國當之。"持國,公字也。噫!此豈但爲文章言也。

《清陰集·谿谷集序》:東海之風表,爲大國所從來遠矣。殷太師始闡文教,歷世千有餘祀。然而儒林文苑不少概見,何哉?羅氏以來,北學之士漸興,惟孤雲名世。勝國之際,益以弘博,惟牧隱晚出,世莫有張抗之者。繇此觀之,文之爲技,亦難矣哉。逮我盛朝,文運之隆,視古爲烈。文章之士,指不勝屈,而其間蔚爲大家追軌古昔者亦頗鮮覯。宣陵之世畢齋獨步,穆廟之時簡易高蹈,若玄軒之負望儒林,月沙之擅聲文苑,從容館閣,制作俱美。于時谿谷張公又晚出而造焉,亦莫有能抗之者。余嘗以谿谷論於牧隱,其大不如而其精過之,文采少遜而理則加密,獨與世升降之氣不得不異爾。自茲以下,它可類知。公之文章可謂盛矣。大而非誇,達者信之。余言之徵,後必有人也。嗚呼!公少余十八年,至於譚藝,輒虛師席而處焉。復著《橘翁説》以詒之,蓋取諸年歲雖少可師長也。每成一篇,不就正于公不敢以視人。《三都》之作,擬待玄晏而有傳也,孰謂今日公先而我後也。公之著述脱於兵火靡有散軼,姑知希世之寶鬼神營護,渾金美璞,鬱攸所不能災也。豈不異哉!公之胤子善瀓以書來請曰:"先人之集今方鋟梓,翁不可無一語以相斯役。"余雖昏耄,亦何忍拒之也。遂書平日衡於心者以爲敍。昔梁昭明有言:"陶徵士白玉微瑕,只是《閑情》一賦。"味斯言,今之誚公者,抑何甚歟!余於是乎未嘗不爲之慨然。歲在壬午端陽下浣,西磵老人金尚憲敍。

《谿谷漫筆》:萬曆庚申,余方廢錮,薄遊嶺西,客裏有一絶云:"滿地殘花半作泥，夜來風雨暗前溪。望鄉臺上空怊悵，雲樹千里夢也迷。”見者謂此詩結句語意悽愴，恐涉不祥。頗爲余憂之。或曰：“雲樹千重，足見前途迴遠，有不盡之意，非不祥語也。”其後數歲，余幸遭遇，宦業通顯，去今已十有五年矣。或者之言殆驗歟？

昔歲余在隱約，守申夜有詩，結句曰：“任爾三彭繞赤舌，此心元自有天知。”今日偶觀唐《萬首絕句》，程紫霄詩曰：“玉京已自知行止，任汝三彭說是非。”詩人暗合往往如是者，恐觀者謂余詩似此語，謾爲志之。

《小華詩評》：古人曰：“爲人而欲一世之皆好之，非正人也。爲文而欲一生之皆好之，非至文也。”信哉言乎！其不知者則毀不足怒，譽不足喜，不如其知之者之好之也。客有自金剛來，謁于張。曰：“君今行，豈無一詩耶？”客以崔東皐杆城所製《觀日出》詩爲己作以瞞之。擊節吟詠良久曰：“此非君詩，是作必在八月十六、七日也。”客大愕曰：“此詩本非警作，而又何知其八月十六、七日所吟也？”曰：“古人于正秋多用‘玉宇’文字。又日欲出而月在西，乃十六、七日也。第一句‘玉宇迢迢落月東’起得崔崒，‘蒼波萬頃忽翻紅’狀得恍惚，‘蜿蜿百怪皆含火’極幽遐詭怪之觀，‘捧出金輪黃道中’有高明廣大之狀，一語一字皆有萬斤之力。古今詠日出詩者皆莫能及。君從何得來乎？”客大驚服，遂吐實。曰：“非此老不能道此語。”噫！向使東皐爲詩而必欲一世皆好之，則其能使敬服如此乎？若不知者之毀譽，何足爲喜怒哉？

張谿谷爲文章圓暢馴熟，爲大一家。金清陰序其集曰：“宣陵之世佔畢獨步，穆廟之時簡易高蹈。”蓋言谿谷文章可並二公而爲三傑也。其《贈疇庵》詩曰：“叢篁抽筍當階直，乳燕將雛掠戶斜。自笑蓬蒿張仲蔚，平生不識五侯家。”此可以見其一斑而知虎豹之文。

《詩評補遺》：張維《送人還鄉》詩曰：“窮途莫問是和非，好脫青衫得得歸。蘿徑少人添鳥跡，草堂經雨長蛙衣。山童掃榻迎門巷，野老攜書候石磯。却想還家饒喜色，夫人忙下織殘機。”精緻清麗，甚得作者體。《苦雨》詩曰：“南山北山雲漠漠，出門入門雨浪浪。蛙鳴閣閣苦相聒，屋漏床床難自防。麥熟登場漂欲盡，菊生滿砌爛堪傷。閭閻十日炊煙冷，裹飯無人訪子桑。”體變而亦自好。澤堂云：“持國之文似優於東皐詩。”又曰：“東皐詩乃苦境，不必學。”

楚之時有大言、小言；晉之時有危語、了語；唐之時有饞語、醉語、滑語、暗語。近世張因以廣之，作大小、安危、了未了、饞恨、醉醒、滑澀、遠近、明暗、苦樂、難易、冷熱、清濁等二十四言，曲盡其妙。語雖滑稽而深有意味。其中《危言》詩曰：“鐵船欲涉弱水波，百尺竿頭舞婆娑。天臺石橋半夜過，孤臣特立無依阿。"

《續雜錄》:(仁祖六年七月)張維劄曰:"刷還之不可,有六矣。赤子而委虎狼,任其吞噬,其不可一也。我人之陷虜者,各有鄉土之思。若聞此舉,不惟斷其歸心,必皆堅於從賊,是爲賊潤樹其黨也,其不可二也。回走人父母妻子,皆懷疑懼。異日賊至,何面目發號令,使之執干戈以抗賊乎?其不可三也。業已縛送其人,而區區問其生殺,是兒童之見婦人之仁,見侮于強虜莫甚,其不可四也。虜見我不敢違其意,則難從之請將無所不至。從之則無以立國,不從則前功盡廢,其不可五也。上年江都之事,危亡在於呼吸,親涖盟約。斷絶天朝,需索馬牛等事,皆以死力拒之。今乃爲仲男一言,先自劻勷。若虜更以兵威脅之,則雖有完顔之責宋者,皆將一一曲從乎?其不可六也。議者謂:'不刷送則虜必至。小不忍則促大禍。'此亦不無所見,臣得以辨之。虜之渝盟與否,乃其大計必有素定之晝,似不因一事而遽動。彼若意在再逞,則我雖事事聽從,何患動兵之無辭也。設或狼心難測,再有南牧之警,不過如上年而止耳。江都之所不從者,其可從於今日乎?此是國家大計,存亡所系,不可因老臣一言而斷然行之也。"傳曰:"此劄正合予意。今因此事,雖被兵禍,決不可忍副虜言也。"

《再造藩邦志》:是役也,憲子完基,狀貌魁偉,性度絶倫。及敗,故華其服,鄭代其父之死,賊認爲主將而矴其屍。僧將靈圭有勇力善戰,遇賊先登,賊皆披靡。憲之將死,突圍而入。憲尋不得,遂力戰而死。李光輪字仲任,孝友天植,慷慨有志,率數百實贊憲舉義,竟與之同死,吾朝廷贈司憲府執義。奉事任廷式者,賦性樸直,且有弓馬之才,以斥堠在外,望見事急,策馬突進,格殺數倭而死。士人金節首從憲,戰功居多。李勵者,故領議政鐸之孫,明學篤行。聞憲起兵,仗義赴難。又有萬戶邊繼、溫陽縣監楊應春、奉事郭自河、武人金獻、姜仁恕、朴鳳瑞、金希哲、鄭元福、李仁賢、李養元、金仁男、黃三讓、朴春年、韓琦、朴贇,皆以偏裨,或先登摧堅,或鼓勇奮義。又有士人朴世珍、金善後、朴應吉、申慶一、徐應時、尹汝翼、朴渾、趙慶男、金忠男、高明遠、姜夢祖等,或以文或以行,皆在幕下同事,至是俱死。後門人朴廷亮、金承節收聚義骨,聚作一塚,號曰"義塚"。張題《殉義碑》詩曰:"恨入秋陰鬱不開,蟲沙無跡但黃埃。吁危始覺忠言驗,兵敗猶令虜勢摧。一片青山留琬琰,千年烈氣挾風雷。何論墮淚羊公石,長有英雄不盡哀。"

《詩話匯成》:丁丑南漢圍中,謂澤堂曰:"城若不幸,何以則善死?"答曰:"拔劍自刎,固是丈夫事。非儒生所能也。吾輩重臣,惟當衛立君父之側,以待賊兵之加刃。善死之道不過如斯。"及聞江都之敗,涕泣謂澤堂曰:"平日自謂學力有得,今日少無所賴,一生工夫總是虛事。"有詩曰:"安危敢輕說，忠孝恐全虧。年年春夜月，血泣杜鵑枝。”又：“力盡風塵裹，魂銷月暈中。浮生已自了，一笑萬緣空。”

【按：張維（1587—1638）字持國，號谿谷、默所，諡文忠。籍貫德水。孝宗仁宣王妃之父。金長生門人。文章出衆，與李廷龜、申欽、李植等並稱朝鮮文章“月象谿澤”四大家。深于天文、地理、醫術、兵書、繪畫、書法。著有《谿谷集》今傳。其詩圓暢馴熟。《箕雅》收其七絕三首、五律二首、七律六首、五排一首、五古九首、七古五首。】

李　植　**字汝固，號澤堂。德水人。荇之玄孫。光海時登第。仁祖初選湖堂。四典文衡，官至吏曹判書。**

《朝鮮仁祖實錄》卷四八：二十五年六月壬午。前吏曹判書李植卒。植，字汝固，號澤堂。疏秀通明，雅尚儉素。自少博覽強記，文章妙絕一世。昏朝時屏居驪江，與任叔英、呂爾徵、鄭百昌、曹文秀爲文酒之會，徜徉於江湖間，衆皆豔慕。及反正，歷敭清顯，三典文衡。丙戌，以試題事得罪，咸以爲冤。宣廟朝《實錄》出於賊臣自獻、爾瞻等之手，是非舛謬，無可考信。植白上設廳，裒取野史及諸士夫家藏雜記而修正之，將別爲一帙。未就而卒，人皆惜之。

《畏齋集·先考資憲大夫吏曹判書兼弘文館大提學藝文館大提學知經筵春秋館成均館事世子右賓客五衛都總府都總管贈大匡輔國崇祿大夫議政府領議政兼領經筵弘文館藝文館春秋館觀象監事府君行狀》：府君姓李氏，諱植，字汝固。德水之李爲世名族。……府君以萬曆十二年甲申十月十一日亥時生于漢京南小門洞第。府君外祖尹參判諱玉，居于乾川洞，贊成公從家焉。先產子女多不育，聞南洞宅兆宜子，遂買居之。及生府君，保養過慎。常居奧宇中，亦不教文字。壬辰，遭倭亂奔竄，仍失童學。然府君性幼安靜，不喜狎弄，心無妄思。舅氏石嶺公百順曉《易》占法，每令府君擲錢占避地，吉凶無不中，一家賴以得全。贊成公有使喚兒奴名汝海，年加府君十歲，精神異凡奚。一日告贊成公曰：“夜夢天地晝晦爲黑夜，咫尺不辨，人皆遑遑。我小郎自袖中出日，昇諸天上，夜復爲晝云。”無識兒奴所夢如此，贊成公甚異之。乙未，在古阜雨日莊，始受學于進士文偃。往來過人家栗林，落顆滿地，同學諸兒爭拾喫。府君時或拾取把玩，還置樹下，未嘗啖嚼袖去。其自幼謹潔如此。文公授以《史略》，日讀二十遍，通貫文義，終身背誦不錯一字。兼讀古詩學句語，所占文字或被同輩取用，嫌於相似，輒改撰，雖取屈不恤也。文公初以鸎命題，府君口占曰：“鸎含夏意啼山間。”聞者嘆其有深遠氣象。文公性嚴寡許可，同輩日被檟楚，府君未嘗受一言之責。文公謂人曰:"此兒他日當爲大人云。"又學作古詩律絶,從祖巡察公亟稱之。嘗贈紙束,題其面曰:"吾門之衰,興起者汝也。"丙申九月,患瘧疾,沈苦四年始差,因此廢學。丁酉,北歸驪江外家莊,石嶺公同里居。府君病中時從問文藝,泛觀《詩經》杜詩,習作近體,爲人所稱。庚子,贊成公以都監郎廳監造南關王廟,府君從往在側,與漢人相接,詢問中華風俗事情甚悉。又就陞補試入格。未幾遘疾還鄉。辛丑正月始赴監試,不中。所製詩人多傳誦,不以屈爲病。又作《惜花說》、《陶將軍傳》、《鷄檄貓文》傳于人。監試落券歸具贊成文懿公家,文懿公深加稱賞,以爲試官失人才。問知府君未娶,爲外孫女求婚。是冬,聘夫人沈氏。外舅玉果公與語大悅。府君少病羸,夫人兄弟親黨族大氣盛,不知府君之爲賢,而玉果公特奇之。每見府君周旋行止,竊歎曰:"生子當如彼矣。"是時通習《四書》。壬寅,有題座壁一絶云:"物緣情境感能通,神妙心源應不窮。欲識靜中含動意,閉門終日聽松風。"此雖偶然吟詠,然其學力所到亦可見也。癸卯赴監試,又不中。出興仁門有二律詩,其一曰:"丈夫心地要寬平,肯把文詞較重輕。千佛浮名知幻妄,一年佳節屬清明。人情閱盡雲飜雨,世事遷移絮化萍。驪水白雲春入望,獨驅羸馬出東城。"其文章之老成,意象之閒泰如此。歸驪江,刻意讀書,演習詩書雜詩文。自上年已有勞悴之疾,至是秋又患項核,羸瘠日甚。自此專務修養,合眼調息,不復讀書。觀《參同契》,深得奥旨。有夜詠二絶云:"久抛方寸任營營,彈雀捐珠昧重輕。未試丹家眞運用,願從林下得專精。""世間無事可經營,聲利關頭眼已輕。九死一生心尚在,欲收神氣護元精。"就名醫蔡有終治病,有終每診脈謂府君曰:"公心中無物。"蓋府君心體虛明,本無物欲。醫者驗之于脈,其言如此,亦可謂神妙也。甲辰,從贊成公安奇驛任所。府君自癸卯不復作世念,全不省科文。得《性理大全》,病間覽閱,沈潛研索,至是手抄其要語數卷,有題跋。又觀《退溪集》有喜心,旁求濂洛諸書、《綱目》等書,益究義趣。是年有病中觀書一律云:"夕死知無奈,潛心只在書。冥搜千古祕,默會寸田虛。豈爲求芻豢,多慙類蠹魚。時時獲新尚,往哲不欺余。"時洪慕堂履祥、金柏巖玏相繼爲安東府使,西厓柳相國又在其鄉,府君詩大被諸公激賞。乙巳,作《接物》、《惡盈》二箴以自警,又有題壁一絶云:"禍福窮通滚一團,糾纏倚伏極無端。莫將憂喜爲心累,任作暑寒風雨看。"還驪江。七月,遭先祖妣喪。丙午,作《續敬身箴》,有《寺夜燒香》一律云:"誰命心官宰此身,寂然靈境大無垠。中間些子幾微動,南北雙岐善利分。暗谷有時生鬼物,太陽還復破陰氛。却將先哲惺惺旨,靜對晴窗一炷薰。"時府君侍贊成公齋居,雖不廢看書作詩,只自遣懷而已,未嘗與人談話酬唱。鄉人宗黨視爲廢疾人。丁未春,婦兄沈休翁光世出宰扶安,索別章。

府君以十絶應副，見者以爲諸餞什之冠。具草塘宬，夫人舅氏也。府君嘗受《孟子》，每見府君科詩，稱爲“圓熟成章，非流輩所及”。府君是時往來京鄉所講劘，惟石嶺、草塘二公而已。戊申，從贊成公如古阜，遊扶安等地。己酉冬，復赴監試，中生員初試。自癸卯以後七年間，國家連設大科：式年一，增廣三，別試再，庭試一。而府君皆不赴，父母亦不強也。親黨皆云：“君病不至苦劇，何爲一向自廢？”府君答曰：“吾前日非不試，已不利。此命也。又廢舉業，不欲苟且汨沒也。”嘗以事入京，適臨試期，玉果公親裁試紙書糊封強勸，而終不肯。玉果公以試紙投諸閣而有愠辭，府君少時不汲汲於進取，堅定不撓如此。蓋此七年間，專工爲己之學，收心養性，學力日充，見識大通，病亦快愈。始以贊成公命復求舉，東堂則不赴，只就監試初場，又見屈。所製“東閤無因得再窺”詩，傳播膾炙，至今科儒誦習以爲模範。庚戌春，中生員試三等。府君謂沈休翁曰：“吾雖登第，無可容足，只成狼狽。欲復止科舉，從常調入仕數年，得一銅印以養老親。仍謀長往，便無跡可見。如何？”蓋沈公方與府君謀共屏居湖海僻處，爲讀書求志計，故以此相參。沈公曰：“君門族衰薄，若不登第，從常調得縣亦難。莫如且就正科爲禄隱，亦有何狼狽耶？”府君謂沈公曰：“當限壬子式年赴舉，不得則便止。就湖海躬耕釣，亦不失親養矣。”是冬赴別試初試，中第二名，表文爲時所稱賞。殿試中第七名。鰲城主試，月沙副之，以策文有作者氣，稱賞取之。時許筠讀卷，而其兄筬子及女壻朴弘道、其門徒卞獻得中，同考官朴承宗子自興、曹倬弟佶亦中。故榜出而多人言，稱爲子壻弟姪榜。臺論繼起請罷榜，姦黨誣府君亦爲考官所私。正言金光煜卞其誣，執義柳潚論筠所私，不過卞二人，朴弘道等並無相私之跡，其他皆浮論，不足爲據。光海是其言。只削卞，兩司並停論。詳在府君《自誌後錄》。權知成均館學諭，不就。時承文院以新榜被論，皆不欲取。惟府君及一二人在議中，姦黨在槐院者又惎之，以降三點見黜，移送成均。同選八九人皆就職，府君獨不就。或問其故，答曰：“非以成均爲薄。病間殘命，本不欲赴舉。仕進之初，被人指斥，吾道已隘矣。但當不仕，以明初志而已。”辛亥春，從贊成公于古阜莊，仍遊潭陽等地，爲拜東岳族父也。先是東岳仕于外，府君雖得再三謁拜，未暇請業。自己酉冬，始得從遊問詩法。又遇權石洲、洪鶴谷、車五山兄弟、任踈菴輩，頗通評論。然東岳律法字覈句鍛，府君不能盡從其誨。又泛覽經傳史志，兼學散文。東岳殊不滿意，嘗戒曰：“君平生不讀書而見稱爲文章。若遇具眼，當破囊橐。”石洲諸人則亟加推奬。嘗代人作月課，月沙、西坰諸公考次常居上，文名日盛。或謂府君詩法出於東岳，非也。還驪江，有自敍五言古詩。冬，遊砥平釜淵石谷等地，有卜居意。壬子，次老杜《寄贊上人》韻，跋《釜淵圖敍》。癸丑,次老杜《述懷》詩。四月,拜世子侍講院說書。府君自辛亥春歸耕江上,家食甚窘。親黨咸責之曰:"同時被謗者無不揚揚清顯之列,君何自苦如此?"府君終不動。間以親幹入京,亦不見親友。時谿谷張公、白江李公在翰苑,每擬史官薦,輒使人探府君意,府君不應。沈休翁謂張李曰:"君輩以公道用人,則某也其人也。若以吾黨用之,則未必從也。"二公皆疑而不果薦。壬子冬,李爾瞻黨少衰,柳希奮欲合和諸黨以抗爾瞻。謂任章曰:"今當於西南小三類中各出銓郎一人,必得公明中立者主張其間。安得此人?"章以府君對,柳然之。章卽玉果公表弟也。因休翁探府君意,休翁謂府君曰:"此公道也。若少屈意,騰踏在旬月間。如何?"府君峻辭却之。蓋休翁初約府君偕隱,因姻家金延興逼於禍,不免浮沈,亦有銓望,所以來任章之誘也。時府君絶意仕宦,不惟不爲姦黨所涅,雖如張李名人欲以榮名相加,則穆然自守,不少和應。嘗入京,朴修撰在隣坊,以驪州鄉分爲辭來見。其後朴薦於銓中,府君同年朴自興、柳忠立及府君素相知人趙公希逸並爲銓郎,而朴之大人彝敍爲參判,以爲胄筵久不得好講官,如李某當以公道用之。遂擬說書末望。凡八擬,皆塡副末,至是始以副擬受點。有旨促召,府君白于贊成公曰:"不就成均而受此清職,旣非辭尊居卑,又若以退媒進,不得不辭。"方呈狀本州。是日驪江南岸居徐羊甲、沈友英等逆獄大起,散官在外者,皆上京爲奔問狀。牧使沈彦光有戚分,謂贊成公曰:"此時坐此地,何可辭召命乎?"府君不得已赴召入京。婦兄沈公挺世以延興壻連累拷死,府君上疏引嫌乞罷。答以勿辭。時獄禍蔓延,光海日親鞫問,百僚不得呈辭。府君謝病不仕進,被推考,遇赦令免。至六月,肄習官褒貶不參,貶中得遞,付西班司正。時朴與儒生等主張攻廢母之論,時來見府君,相議疏事。府君以所論事關重不避,或草創與之。自此情分頗親善矣。八月,丁贊成公憂。府君在京聞贊成公病疸,不受暇東歸。及奉諱,卜葬砥平東境白鴉谷,仍廬墓下。府君遭喪後,光海搜閱逆家文書,得府君與友英書三紙,有書冊交借文字評考之語。友英本以石洲甥從學善詩,又於府君爲夫人姓族,時出入府君家,通書札。以此光海下其書于鞫廳。適朴彝敍同知義禁,先見之,私就判府事朴承宗房內,指書示之曰:"彼同鄉居,見以文字往復,不足怪。今喪父未葬,若回啓拿問,雖不至死,或不免徒流。待其葬後回啓未晚。或上不問,則仍不回啓亦可。"承宗素重彝敍,俛從所謂。時逆獄連起,文書浩汗,光海終不問其書。府君於朴公交際素淺,而其父子雅重府君,至脫於大難。及反正後,朴又困厄,府君終始扶捄。及其歿,爲文以祭之。有"朱家不言陰脫季布,叔向不謝詎忘祈奚"之語。府君素不入黨目中,特以與朴公善故,不知者或有指目。府君每笑而不下。甲寅十月,爲遷葬先祖考,往古阜。十一月,奉柩北歸。乙卯正月,遷驪州先祖妣墓。二月,合葬于贊成公墓之左谷,遵贊成公遺命也。是時府君家無甔石,又在禍網危疑中。毫髮無所藉於人,而創就荒山,行三喪營兩葬。千里運柩,亦不借人力,盡賣夫人私橐,又賣聘家所傳故奴所獻瓦家以充用,卒襄大事而無憾。贊成公時受人債穀累數十石,不能償。府君不待穀主責還,悉以備償曰:“豈可使彼復舉先親爲辭也。”始至鵶谷,因樹爲廬,躬樵採手餐膳以供祭奠。大夫人尚住驪江,往來省覲,或無馬步行。方遷葬未完,大夫人染瘟疫。府君晝夜扶侍,一家皆染,而府君獨無恙。人皆異之。著《啓山志》,備載卜山遷葬事,且附遺令,要使後昆知創始之艱而謹於奉守也。丙辰四月,除北道評事。遠戍也,不敢辭,黽勉赴任。六月末到鏡城。八月北巡諸鎮堡。深山窮塞無處不到,每引老校退卒詢問故事。十一月,兵使知府君有老親欲歸,以公事稽誤啓罷。歲末還京,所著有《北塞録》。又依方伯指,博採南北道事實,述《北關志》,後佚於監營,家藏亦及於火。初草《雜記》數條偶見遺,卽記故評事鄭文孚當壬辰之亂誅叛黨討倭寇,關北卒就平定,事蹟甚詳。而當時爲方伯者,忌其功誣啓,從難之士,不得一告身。至今人心憤惋,以爲王事不可成云。後四十九年,不肖端夏繼爲評事,立鄭公祠宇於鏡城,配以同事義士,方伯閔公鼎重因此悉訪當時義士功蹟啓聞,旌賞遍一道。又立祠宇於咸興,以祠南道義士,實府君記事有以啓之也。府君在鏡城又嘗教訓士子數人。反正後,又薦義士池達源除職,北道人士至今稱頌不衰。丁巳除兼宣傳官。朴承宗因人索其新搆退憂亭記文及詩,蓋以嘗拯府君於大禍中,謂必順應也。府君辭記文,只因其亭韻與東岳同賦以送。朴大恨,且以二律無褒語而有諷刺,只取一律刊于末篇。九月,差點馬官往海西,十一月復命。時承宗爲司僕提調,其婢夫以養馬當往。府君以爲員役太多,退黜之。遂訴于承宗,承宗大怒,命追府君行,捉杖書吏,則已不及。乃啓請重推,會赦令得免。先是點官憚入海島,付書吏及差員代行其事。吏輩作弊,放軍分利。只因舊簿,改書新簿,捉出可合貢馬而止,故弊雖巨而事易了。府君躬親出入六七島,盡搜馬疋,一一看點,則已往多虛簿,點牧卒眼前入役,吏輩不得尺寸情債。及復命,承宗又大怒曰:“何來之遲而馬數之減也?”是行所著有《海西録》,又有《西行日記》。時廢母大論已發,卽呈暇兵曹,還驪江,不赴收議。將被罪。冬,考肄習官,居下罷職,遂得免。作《歲暮》詩十首以見志。先是壬子,府君首生男子,名以老農。屬時屯難,欲其卑而全也。丁巳,有醫藥事。挈家就京,受軍職祿,至是棄歸。農兒在京,戊午正月,得病不救,三月歸葬。府君自傷妄出,致有神罰。遂舉家入谷,爲文祭土神,痛自懺悔。時逐臣多居上游,鄭玄谷百昌自楊根首來訪府君,踈菴亦寓龍津,經過會合。未幾,完平亦寓驪州。白江及趙公誠立、韓公瑄、呂公爾徵皆在水上相來往。時人欲加之罪,號爲"水上七人",又有"三學士"之目。府君《自敍後錄》曰:"余本不欲出入,緣德餘好客喜遊,不免牽連飲讌。非惟損志妨學,近禍亦大云。"德餘,玄谷字也。己未四月除兵曹佐郎。時家食屢空,適東岳尹江華,府君詣謁乞糶。留館三日,兵曹除命忽至。東岳謂方爲官府遊客,不可稱病。欲歸砥平,亦無便隙。不得已從吏輩還京肅謝。方欲呈病,適寧邊判官缺。時西師新沒,荷擔待變。命極擇曾經侍從人。府君以副擬受點,不敢辭免,即肅謝呈署狀。大司諫李偉卿、司諫林健等倡言李某連姻金悌男,交結羊甲、友英等,不可差遣。軍府初度越署,府君即東歸。再度署出,府人來候,即皆退遣,呈狀吏曹得遞。吏曹適有相右者,得免罷謫。時有與林叔平、沈僉知惀等書。沈即玉果公伯氏也,勸公赴任。其答曰:"今之並進者,一曰爲親,二曰避禍。要皆有托焉而逃者也。自前名官見越署,則例不赴任。近雖往往冒嫌而出,若求勝者有之。察其本要,皆托公逞私,不正之甚者也。平生雖無益於人,欲無害於人。今番一出事輒違心,又令邊遠吏民加滯一朔。跋履重險,私心愧恐,若負重譴。老母憐憫不肖,甘與凍餒。但思讀書晦養,毋蹈前非云云。"健本驪產也,附黨得志,一鄉受毒。沂川院儒削鄭造名于院籍,上疏請罪,聞京儒李安眞等罪黜而止。健每疑府君領袖其間,內極恚嫌。嘗於推鞫廳坐唱言癸丑之獄,網漏者某也。時府君禍網四匝,朝夕汲汲。或謂府君曰:"宜少詘意於當路,以紓危禍。"府君曰:"癸丑成獄,連累者多。吾實瞿然而幸脫危機,此已過分。目今士類無不貶辱流播,吾安得獨保家居。健不過以流竄待余,此則甘心。設令刑死,死於健輩亦榮矣。安能枉尺寸以循渠意也。"韓纘男與贊成公少同學,以府君爲故人子,常欲以一縣處之,府君不應。纘男怒,遂相絶。初直兵曹,爾瞻直藥房,洪鹿門慶臣、趙玄洲纘韓爲承旨。瞻因二公求見府君甚懇曰:"李某乃吾故人子。何嫌相見?"府君辭曰:"若以職事召我,當往。今因傳語,遽爾謁拜,非士見大夫之禮。"爾瞻聞之,默然良久曰:"政自不欲相見耶?"是歲,作澤風堂于鴉谷。戊辰,追述澤風志,其略曰:"丙辰正月,余在驪北康丘村舍。于時時事大變,驪鄉方有黨人之禍,余亦懼。及將去之,筮居京,遇《萃》之《訟》不吉,筮湖南不吉,筮嶺南不吉。歎曰:'靡所聘矣。'乃筮砥平白鴉谷先隴之下,遇《大過》之《咸》,其爻曰:'枯楊生梯。老夫得其女妻。無不利。'解之曰:'庶幾哉。其顚而復蘖乎?抑萌善之兆也。'其《大象》曰:'獨立不懼,遯世無悶。'又歎曰:斯聖人之事也。余何敢當!余何敢當!或者神告之時象然乎?世其宜遯而立其宜獨乎?即不懼無悶,非聖賢孰能之?子曰:'畏天命,畏大人,畏聖人之言。'余小子又安敢迷斯象而褻斯義乎?初砥平地瘠,又驪境也,故不以占。既得卦，始就居之。越己未，小堂成，仍以爲扁。堂之形似樓，高十六尺。中一間爲房，依楹築土及半而安堗。有窗壁，外拓四楹爲周阿，排板爲軒。視堗之高，廣半而袤倍，無障蔽，可環而延望。軒下東偏地沮洿，引泉爲方池，池中留小堆。樹以柳，堂內實外虛，池中有木。皆澤風象也。房內壁端列畫六十四卦並其象辭。南窗兩傍大書《大過》象辭八字。堂制朴略，上覆以木皮，斤斲而已。東南兩阜，先隴在焉，以朝夕瞻慕。堂中雖遇歌酒，不敢宴樂。置書若干帙，聚旁谷村學童數人諷誦章句。倦則出谷沿澗，游泳而歸。蓋自始筮居，迄今一紀。其間雖或出而仕，然常往來止留，未始終歲違也。而于其不懼無悶之義，殆未有得焉。嗚呼！其衆人之歸，而神明之棄乎。述此志，以識吾過，且以示後之人。"其《雜錄》曰："崔斯文大容以河洛理數推賤命，以爲當《遯》之四爻。就據其說，參以平生行止，有相彷彿者。豈偶然耶？此與澤風象辭相符。吁可異也。"又曰："余年十五戊戌元正，先考命余名某字某，皆自樹立不撓之旨。蓋因姓字屬木，而推義亦澤風象也。嗚呼！皇考之錫，其肇之矣。余小子敢不夙夜深思，期不底於頻復之吝也哉。蓋聞府君定名時，贊成公書數字，封置于祠堂香案前，令府君拈出云。"時府君文名甚盛，又無黨色。李爾瞻每欲以文翰之任籠絡之，選別知製敎、承文院製述官、付軍職，不就。庚申春，有《夢退溪先生》詩曰："鴉谷新房就，鷄晨短夢成。偶然參大老，仍許敍平生。切切詩書說，依依出處情。高山餘宿願，從此倘專精。"是秋，李爾瞻爲遠接使，吏文學官李再榮等皆以爲從事官。非得李某難以成樣，乃辟之。光海批曰："李某不知何許人。有才望人，極擇帶去。"爾瞻欲脅府君就附，因人喻府君曰："自上見李某名，密敎曰：'李某乃金悌男連姻人。自前金家親黨，不許赴京員役。況從詔使往來乎？'責旨甚峻。卽從事官不必做，此係禍端不少。我當爲內達，以釋上疑。又更請帶行，則上必許之，自此當入坦途。但我亦未嘗識，安能保不相面之人乎？李某須速來見。"府君不應，爾瞻久不回啓。辛酉春臨辭朝，始以他人代之。光海仍傳曰："李某以製述官帶去。"以此知所謂密旨者虛說也。府君呈狀本縣，稱病不赴。爾瞻在關西，再申促送。光海下敎曰："李某拋棄君命，不爲下去，所當拿鞫。而今姑從重推考，多囚家僮，趁速促送于中路。"府君不得已上京，迎見爾瞻於弘濟院。又與李再榮偕往見于其家，辭以親病。爾瞻曰："以親病爲辭，吾何敢帶往？當周旋使無事。可卽退去。"翌日東還時付司正。以夏考肄習官不參，居下罷職。《自誌後錄》曰："三昌一代大權貴，吾皆未識其面目。文字作祟，未免踵爾瞻之門。爲可愧也云。"去臘，如嶺南至下道，爲赴外姑喪也。賦《江西行》，斥異學之害。六月流頭日，遊驪江，與踈菴、玄谷、閔牧伯聖徽陪韓柳川會集，凡六日而罷，有唱酬詩及序文。梁監軍接伴使朴鼎吉辟從事,卽呈狀辭行。柳川以都元帥起廢,請入幕甚勤,府君辭以親病。玄谷卽柳川壻也,謂曰:“李某出處與舅氏不同。不當奪此江湖全節。”柳川不果辟。壬戌,體察副使南以恭辟從事官,辭不就。以恭,柳、朴黨魁也,以妨於大論,被罪久謫,士論多與之。府君曾於海西謫處相見,及放歸,爲作其亭記。至是起廢開體幕,辟府君以從事,府君不就。後入京相遇,南有慍語。府君曰:“令公自謫所歸,宜有一番謝恩。看今日世道,此豈着紗帽乘軺軒之時乎?吾意非惟吾不當出,令公亦不當出。而尚此棲屑,心所未曉。”南慙謝。七月既望,與踈菴、玄谷、呂東江、曹雪汀諸人倣赤壁故事泛楊江,連三夜而止,有唱酬集字等詩,又有《詩錄後序》。癸亥,東岳以田監軍接伴使西下,臨行辟府君爲從事官。且啓曰:“李某在鄉,須别加促送。”光海下旨召之,且新有臺格,西路職官厭避者,本道充軍。府君不得已入京謝恩,爲面訴東岳辭歸之計。三月,到定州參使幕,與同僚李景義相約不近妓樂,同房讀書。留三日,反正之報忽至。訛言多異,又監軍消息尚阻。使相謂“内變如此,須暫向内地”。翌日進到肅川,詳得京信。府君見擬銓郎望,一行卽往成川,轉至平壤,進次黄州。府君初欲呈狀,趁夏前歸覲。及見擬清望,嫌於還京。四月,以司憲府持平承召。到松京,聞改除吏曹佐郎。少留還京,上疏略曰:“曾於昏朝一味退伏,未有可觀節槩,不合首被擢用。又國家新經戚里之禍,上以是失國,下以是亡家,龜鑑昭于此時。臣連仍戚里之分,人所共知。安敢冒當銓敍,甄别流品,抑塞奔競乎?臣有老母食貧,臣拙於營幹,不得伸一日之養。乞以臣守畿内一殘縣,則臣當撫安凋瘵,兼學吏事,且得甘毳,以養老病。公私幸甚。”答曰:“省疏具悉爾懇。爾其勿辭察職。乞縣疏章,例下吏曹。而批答特下。”人以爲異數。故黽勉就職,三度參政席,旋乞暇歸省。六月,奉親入京。爲文告别澤風堂,以祝辭壁之而行。其文曰:“德水李某敢告于澤風堂之靈。某棲山築室,顧名思義。爰多年所,靡敢棄墜。今際昌辰,首膺顯仕。辭不獲已,禮當暫就。遯世之標,雖違初志。特立之操,庶可自致。玆因告别,用以自矢。”入京之夕,闕直本曹。故例吏曹主省記而不直曹,被内摘則例對以郎官巡檢。府君意以爲非,而倉卒下吏對如故例。府君不自安,不赴都堂。考得貶中遞職,降授成均館典籍,選知製敎,俄錄弘文,除副修撰。蓋以前例銓郎貶中,猶得從左品爲是職云。上疏辭,不許。同僚多厭番宿,府君獨不避。常在直廬,與副提學愚伏鄭公講議相熟。知經筵事守夢鄭公、楸灘吴公亦屬意往復,侍講《論語》。每因講論文義,旁及國事。又嘗論譏察極有弊,自上多所開納。有《經筵日記》。是時府君以規外之除爲未安,前後呈辭,皆三度加由,故不得已復出。選賜暇湖堂。十一月,上疏乞守邊郡。不報。

時以東堂試官鎖院，同考官崔晛新自西還，聞西路武備狀甚悉。且念立朝五六朔，無所補拾。但見朝政一循故常，只事譏察内變。西土兵士，咸懷怨咨。守臣不修守備，甚於前時。明知亂生不久。上疏極論請自守一障，與老母俱莅必死之地，以爲武夫之倡。末言自上憚於變更忽於遠大之失，蓋試爲之兆，而亦欲因此求外補自效。疏出，人多稱快。上優答之，下備局議處。完平曰："此吾志也。宜以海西一郡試之。"諸卿皆以爲李某迂闊空言，不合邊寄，遂不回啓。上亦不問。延平李公曰："此疏忠誠志氣皆可尚。"仍啓差備局郎官，逾年始遞，府君尤以爲困。十二月，陞拜校理，兼校書館校理，書堂宣醞，御題《殷復前王道》七言律十韻，二首居魁，賜虎皮，移拜吏曹佐郎。甲子正月，差問事郎廳。時逆獄大起，達夜捧招，不得還。仍直吏曹，鷄曉復入。適白洲李公爲正郎同宿，李公亦待政事，仍遞一馬入闕，故差後於諸僚。諫官劾以怠慢罷之，李公上疏卞其故。不報。逆獄出於李祐等譏察，雖桁楊滿獄，而端緒中絶。府君悶默隨行，心甚不平。及聞罷命，喜形於顔。同僚咸指目焉。府君就散四日，适賊叛書聞。卽被招詣闕，草書檄。明日復修撰。御營使延平李公辟爲從事官，與同辟李公敬輿開幕鐘街，募兵操伍，數日而畢。凡二千餘人，以爲守禦京都之計。旣而聞賊深入，延平遂以軍務付敬輿等，自請出戰。乃與府君及副將韓嶠、勤王別將朴惟明等同行，手下軍官二百人、瑞山軍四百人從之。二月六日夕，府君先至坡州。時坡州牧使朴孝立守臨津下灘，水原防禦使李興立守上灘。府君卽牒孝立云："德津山城在江北，棄而不守。其城所有軍器軍糧，卽皆輸來陣中。又坡州山城火器，盡爲輸下陣所。嚴設戰備，爲拒扼計。"孝立報使相曰："從事官所令如此。德津則本無糧械。坡州山城，乃牧使所守，火器不可分出。"使相然之。蓋孝立已密通于賊，欲迎附而不之覺也。昏時使相追到，使相出師，以諸將不力戰，自請宣撫檢督也。及到坡州，統禦使崔公鳴吉回自江北，聞岐灘諸將敗死，京畿監司李曙遇賊退次。賊兵已入開城，京外大震。使相以爲朝廷必爭出幸之議，非我莫能决，卽欲還朝。崔公亦勸令還朝議事。使相欲臨江巡視而還。及到臨津，將往視下灘朴孝立陣。緣崖西下，崖窄徑狹，步騎蛇行五里許，俄見賊兵已到下灘西路。府君在陣後，謂士卒曰："賊到彼邊，汝等可速進灘口，正好奮力也。"有軍官最後緩行，卽拔劍欲斬之。軍官言："我是使相軍官，從事非干我也。"正詰責間，使相忽回旗上山走。府君急使軍官請使相毋動，且聽吾言行止，府君亦趕去。軍人塞路，馬不得行。緣崖步趨，皆未及達，使相已遠去。府君落後，遇朴惟明駐馬岐路。府君謂曰："君亦走乎？"惟明垂涕曰："使相忽如彼，吾獨奈何？"府君曰："君領兵勤王，屬於此行，不當並走。使朴孝立軍心撓敗。"惟明曰："然則從事且上峰頭用旗,則吾卽入朴孝立陣中以當敵也。"府君如其言,惟明馳下,則朴軍已逸其半矣。俄見孝立陣盡散,賊兵已入灘矣。府君無奈何,卽取高陽路急還。使相去已遠,而韓嶠則從交河逃去云。此時事,衿川縣監李坦以夫馬差員在行間目見,爲他人明言。府君追及大駕於果川,陳朴孝立、韓嶠罪狀,請遣官拿究。不允。蓋孝立與賊潛通,初謂崔公曰:"吾兵足防此灘,不必添守。"及賊到西厓,急馳告使相曰:"吾軍少勢急,决不能扼灘。當退守山城,使相須還京扈從。"使相聞此急還,勸上出幸,初無走意云。到水原,聞賊兵已入都,府君與谿谷張公請先送三殿行,徑渡大津住洪州。大駕與諸將士入守禿山城,賊兵雖至,必自却。上不從。還由龍仁路,次振威縣,去京又近,上下洶洶思散。諸將猶欲夜行前往,府君請於體察使完平公曰:"夜行,賊兵追及則尤殆。請且駐此爲迎賊計。"從之。其他處置數事皆言之,卽從。仍辟府君爲從事官,從駕至天安,聞賊敗報。時拜持平。自啓:"失律諸將,當次第論責,而臣從李貴,同爲潰卒,今拜法官,何顔論列乎?請先正臣罪。"既出仕,再辭得遞。由是兩司劾使相及韓嶠等罪,士論雖以爲允,而功臣輩大怒,以府君爲構陷主將,主將亦訴於上云:"李某不從臣而歸者,意欲附賊也。"罵叱數月,人多笑之。拜修撰,上疏辭。答曰:"臨津潰師非爾罪。勿辭。"賊平,從駕還都,拜吏曹佐郎,乞暇歸省老親于砥谷。三月還朝,陞吏曹正郎。時朴炡等别立黨友,大臣勳貴皆主張其論。當初務欲激揚仕路,以立事功,故府君亦喜聞之。既而見炡頗專恣,門庭如市,而劾正多不公。知其非君子所爲,不相往來。炡等畏府君敗其勢,百端侵撓。及東岳竄北塞,尤無意清班,力求解銓。每政,移病不仕。銓曹知不可強,越次敍右,陞弘文館應教,遷司諫院司諫。正言洪鎬言事忤元勳意,將陷重罪。府君初薦洪清望,又發論救解,將並被劾。府君不避,徑赴齊坐,力論深罪洪之非,只論以罷職。俄遷應教,仍入晝講,面陳洪無他意。上意悟,洪論遂停,止斥爲寧邊判官。陞拜典翰。府君之求免銓,非但避要地,欲乞郡出外。適玉堂員少,鎖直百餘日,殊不自聊。上疏力陳出身行世,本爲家貧親老,非有才德可堪内職,願守殘郡養老自效。答曰:"省爾疏辭,嘉爾至孝。但國事艱虞,日以益甚,此非退在之時。爾其在朝事親,兩全忠孝可矣。"時《弘文錄》當行,炡等專擅自用,以金尚爲首,府君沮撓之。又宋象賢年老無文學,内多汚行而趨附,炡等欲直拜吏曹正郎,府君又沮其錄。炡又庇一勳臣殺人獄事不發,府君直其事。臺論旁出,炡嫌不能救解。上又疑炡等有私,由是嫉府君如仇,將構捏發劾。論議已定,適完城聞之救解,且洩於府君,卽乞暇東歸。九月,除議政府舍人,不赴。會有逆獄,復以司憲府執義承召,遂入都就職。十月,爲尚衣院正。十一月,拜副應教。十二月,移拜執義。時臺諫以仁城君珙得罪大論之時，又不自悔，頗有通外人之迹。累出逆口，請出放于外以保全之。合司論之不已。府君以上意持難，爲至親不忍，亦是美意。欲停論不得，遂呈病以遞。乙丑正月，拜侍講院輔德。時鄭百昌爲弼善，韓興一爲說書，筵臣權濤、羅萬甲等以爲“某等皆戚里，不當爲宫官”。蓋烒等每以此語傾府君，及是因事發之。府君再上疏辭免，命下該曹回啓：“此人等俱以名流歷敭華顯，實出一時之公論。筵臣亦非以此人等爲不合輔導之職也。冠禮已迫，演習儀注，不宜更易他員。”力防而止。禮成，府君以都監都廳，又爲贊冠準例行賞，進階通政，付西班護軍。昇平秉銓，方與烒相左，喜府君不入其黨，卽擬副提學望。府君又不悅，力求外補，得擬全州，不得受點。蓋上雅重府君文行，而亦聞居家貧困，疑乏幹才故也。謂昇平曰：“年少才踈人，何以擬大處耶？”自此銓中峻拒外補。烒等欲中傷者，以此揣上意，大起迂闊之謗矣。乞暇省墓，三月還朝，拜禮曹參議。四月移拜承政院同副承旨，陞至左副。在銀臺六朔，時得入侍，數言備局論議庸常，不足以振發。又言屯田不實，與古屯田不同。又論大軍籍不可循例遽行，撓民無所得。重爲廟堂忌忤。後府君所言皆中，屯田軍籍卒不行。上謂侍臣曰：“李某久在民間，乃猶知民間事也。”其他隨事建請，多所開納。時因災異求言，上怪上疏者少。府君請依周世宗故事，促令百官各陳所見。上曰：“承旨當奉行。但承旨何不自爲耶？”府君退草封事七千餘言，以《大振作大變通》爲題目，上優答之。備局以多切害大臣之言，泛然回啓，實無採用。上下教曰：“求言而不爲採用，非所以求言也。更爲議啓。”完城以爲此上意欲變更宿弊也，欲自上章並論之，以助府君疏。姑停議啓之際，會因朝廷風波，大臣仍寢之。上不問。上又命大臣薦人材，玄軒申相公榻前啓曰：“用人當各因其材，不可違其器量。如李某、張維、趙希逸可用爲文翰之任。”完城亦於榻前啓曰：“如崔晛、李某，可採議論，不足任以事。”時有《有感》二律，其一曰：“虞庭敷奏愧辭支，蒙薦能言荷夙知。自是愚衷輕感發，詎容迂論見施爲。人非戰國談從世，道屬昌朝尚德時。欲效鳩摩留寸舌，素懷將付簡編垂。”十月遞付副護軍。十一月拜吏曹參議。時因睦性善上疏力攻時人，滿朝紛紜引避，論劾繼起。上疑朝廷朋黨爲非，而性善獨立論劾爲孤直可賞。既優答之，凡論劾性善者皆忤旨去位。府君因辭職，上疏言：“天下有道，庶人不議。今朝廷舉措漸乖，局外之論日以益險。朝廷但當自修飭，不當動色相較。又一種士論，視朝廷如小人窠窟，互相煽動，使不得安於位。向者李爾瞻之世，士或苟容。豈以今日朝廷，甚於其時耶？宜得公明正直之人久任銓柄，以鎭異論。如臣庸鄙，尤不合佐貳，請賜遞改。以知製教三字食西班祿，製撰小小詞命，以安臣分云云。”上答曰：“省疏具悉。多爾所見。予自在閭閻，聞朋黨之禍足以亡國。自今觀之，前見不忒也。噫！浮薄喜事之輩固不足道，皓首經幄之臣亦未免偏係。予切痛歎。雖然，同寅協恭之責皆在銓曹。爾其念之，無負予意。今授本職，意非偶然。其勿辭。”時清陰上箚攻睦輩，注書黄㦿上疏右睦。上兩非之，故有此教。於是彼此朋類，皆不悦府君。唯完城以爲不如是，無以解釋上意，爲適中之歸云。丙寅正月，以選注失當，有嚴旨，與判書參判並辭遞，兼承文院副提調。反正初，選府君及任踈菴、李白洲、鄭畸菴、鄭玄谷以備事大別製，至是又兼副提調。是時昇平主文，而機務煩劇，大小文書一委府君。皇朝表箋奏咨，及山海登州椵島諸衙門咨揭相續，而府君所製十居八九。本帶知製教分排，凡題目特異者皆歸之。方伯大將諸勳臣教書多請屬。府君自念危時素禄，無所裨益。此則朝廷所專委，不當以勞而辭，故未嘗厭避焉。二月拜刑曹參議，特兼春秋館修撰官，參修光海朝《日記》。三月拜禮曹參議，以都司延慰使兼製述官，迎姜王兩詔使于龍灣。都司延慰，例與遠接使同行助唱酬，故特選焉。時昇平爲儐相，又私懇府君同事，凡有所製，必先示府君取正而乃出，府君代述亦多。幕中諸公不無爭心，昇平每笑曰：“諸公以令公爲儕輩文人，欲相較，殊不量也。”是行有《隨槎録》。《次定州衙軒韻》有“浿西桃李渾無色，虚忝春官右侍郎”之句。時西邊憂在朝夕，而主客專以聲色相歡，題詠皆賦閒情，故府君詩反其意。先祖容齋先生平生不近不正之色，時人爲之語曰：“李某入中書堂，滿城桃李皆無色。”是時用此語。府君庶舅尹百祥謫死龜城，仍葬其地。端午日，府君就祭其墓，賦二律示尹君舊學徒，又作《尹君傳》以贈之。自龜城到義州，見延慰使鶴谷洪相公曰：“行路絶不聞鸎聲。杜詩‘林鸎遂不歌’，此兵象也。”及經丁卯之亂，洪公每以此語人曰：“某是虚靈人云。”六月復命，拜大司諫辭遞，復拜禮曹參議。七月還拜大司諫。時玄軒掌殿試，榜多材俊稱得人。而命官子與孫、試官趙璞子、睦長欽壻並參，故人言藉藉。府君一日詣史廳，同官有言榜則得人，謗亦浮論。但過時追納券，至三啓得允。翌日方安寶編券，此大違科式。又有人言璞子在追納券中，而璞以分考官，取以上之。其他場屋煩雜之事，皆璞爲之，以此多言云。適會引對，府君入侍啓曰：“場屋不嚴，人言甚煩。臣非欲動搖前榜，欲整後弊矣。自今必限時刻納券，勿令夜深，勿爲追捧試券。”啓辭未畢，上遽答曰：“其事甚苟且。必須改之。”於是外論譁然。執義尹持敬發論請罷榜，諫院難於庇護，並舉而論之。於是謗言大行，以爲府君微發其端，以探上意，潛囑持敬發論，隨而助之。衆口合攻，不遺餘力。府君辭遞，拜兵曹參知、成均館大司成。並卽辭遞，欲奉老下鄉。而適拜左副承旨，以歲時及自上練祭故，旬日行公而胡變作矣。丁卯正月陞左承旨。上聞奴賊犯境，將幸江都，分布處置多齟齬。府君夜草密劄言六條,有言金尚容雅素冲澹,乏應變之才,不合留都之任。李曙以築城結怨畿民,必不保南漢之守。上卽答曰:"此言不無所見。已爲排置,今難輕改。"後都中大亂而金不能定,曙亦不能守城而出。時大臣臺諫請世子分朝,上堅不從。府君白上曰:"朝廷百官一入江都,而賊兵塞江口,則諸道無所稟令,必大紊亂。且以區區一島,三宮百官盡入,則何以繼食?必內潰不能防守。又逆賊或乘時而起,則尤可慮。自上旣不欲出離世子,宜依魏晉行臺之制,令大臣分率不緊百官,分朝南漢。凡扈從散官,亦從於行臺。仍成一大軍,東西責應。則江都省力而爲掎角,四方有所繫心矣。"上瞿然良久答曰:"此言却有所見。"出言于大臣。府君退語于完平諸公,諸公喜曰:"此分朝得請之兆也。"府君曰:"愚意亦欲分朝而爲此啓也。"於是請對曰:"自上有大臣分朝南漢之教,此意甚善。臣等願得世子陪衛以行。"上猶不許。元翼曰:"行臺之制不行於我國。臣等安敢當乎?"上始許分朝。完平退謂府君曰:"今日得請,令公力也。"仍請以府君爲贊畫使帶行。二月,分朝次公州。府君製進《宣諭士民書》,仍口釋諭衆,士民莫不感動。每列邑軍兵來迎,府君輒承令宣諭,凡五次。分朝向全州,府君請于完平曰:"世子南下更遠,則湖西必大撓。請身留公州,撫定安集,以勸春農,且與檢察使斷後防變大計也。"仍落留。凡江都入援之軍,悉抄精銳以送。餘使歸農運糧,民情大喜。蓋以江都宿衛之軍,不患不多而患不精故也。府君追往全州,世子卽引見問公州留屯軍情,對曰:"錦江不過一衣帶水,車嶺雖有險阻可依處,我國不教之卒,安能必其埋伏勦賊乎?山城素無糧械,以之禦敵,恐不能濟事。然且把守者,自公州至全州皆平原易地,無他形便可據,故不得已以錦江爲殿後形勢。抑有大可憂者。江都守禦,不計要害緩急,唯務環海防守。雜以白徒之軍,此兵法最忌。若賊專其精銳,衝其一面,則事必殆矣。邸下日欲送援于江都,其軍徒手不精,不滿一笑,濟餉亦難矣。"仍發募勇之議,世子許之。遂爲條目,廣募武勇,府君專管其事。三月,分朝撤還。初春坊翊衛司官及散班從官皆從分朝,完平欲除供給之弊,專使府君檢飭一行。自罷榜後,謗議滿世,而至是誣謗尤不測。非但軍國事機間論議白黑變亂,至以爲靈武之議出於府君。湖南士人受從官嗾,以引世子南下,欲入海島,沮恢復遠圖,將上疏劾府君。沙溪金先生曰:"吾見李某以斷後江嶺,落留公州。今以引駕南向請罪,似失實。"疏遂沮。又自宮家流入靈武之說,會中殿不豫,急撤分朝者以此也。府君於是行周旋謀畫甚多,詳在《分朝日記》。遇安公邦俊論事相得,自後書尺相往來。在道除大司諫,入江都卽上疏自劾。蓋自罷榜後,久不擬清望,至是始擬受點。以昇平猶右府君,而上亦不以初頭人言致疑也。一行旣入江都,謗言始大行。具公鳳瑞守喪村中,邀府君言之曰:"須早自處。"府君仍念國家禍亂再起,君父恥辱又深,前後出入侍從臣罪大矣,今不可復忝諫長,卽上疏引罪。大旨"國家以文名取人,列于清顯。文人多浮薄,臣其尤也。宜先黜臣,別用一番人,以新庶政"。疏上。三日留中,答以勿辭。自此上始疑府君有不滿意於當世,欲退去也。於是造言者謂府君疏意,國有喪亂,欲別用人物云云。意欲上內禪,如宋欽宗時,以實靈武之謗。此時若非聖明在上,完平岳鎭,府君難免於重禍矣。府君別啓請句處募勇,仍乞解贊畫之任。啓辭略曰:"我國官兵到處潰散者,實由兵不素鍊,而爲將帥者又不能身冒鋒鏑爲士卒倡故也。欲以厚賞募得壯士數百,可合將領隊長之類者,親與結盟鍊才。危急之時以此人等號集潰散,各自將自戰。散戰則勦零賊,合戰則當大賊。不獨爲倉卒之用,亦可爲久遠之圖。仍稟大臣面達東宮允下,以撫軍司募粟賞格職帖及免役帖爲賞格,知委各道牙門。全州近邑,臣親激勸。稍稍有來赴者,連續試才。或擧重挽強,或超距騎射,其絶倫者爲上格,先給賞帖。其次依訓鍊都監例,姑以軍需木匹充賞。合得一百三十人,造甲兵逐日教鍊。山尺砲手落漏者,亦多般求訪,使轉相引,亦依次格例行賞。若遍行此法於二道,則可得數千精勇。而未久臣陪行上來,罷使歸農。其遠邑續來之人,委令監司句處,又以體府別將留住同管。臣念此軍雖甚零瑣,其規模造端,初非偶然。且旣作還撤,恐杜後日招募之路。不敢不啓達,以待朝廷句處云云。"四月,從駕還都,乞暇歸省老親于砥谷。除禮曹參議,上疏辭遞。五月除左承旨。時謗議已成,不擬三司之望。及以承旨被召,時在山中,不聞朝家事久矣。問于院吏,則言近以崔鳴吉主和擅論,推考答緘,出於朝報。上命也。又命論薦守令,別造軍器云。府君因辭職上疏,仍論所聞新令三事,槩言"和議非出於力敵勢均,而被其脅迫。信不近義,將來必致其違背之責,被兵之端可知。且反正以來,于今幾年,而朝臣玩愒,有此顚覆之患。崔鳴吉對緘,但稱死罪二字足矣。費辭浪說,若爲義理之當然者,已是不韙。而自上又從而張之,徒以已往沒奈何,蒙恥不得已之下策。苟爲萬一釋慙之端,使忠義之士扼腕而不平,封疆之臣解體而思便,非計之得也"。又言"守令論薦,不立坐法。軍器造作,不本方略。循習故常,徒爲文具"。又言"近來聖上勵精振作,設施用人。動違傒志,治效邈然。禍變再起,其無乃便生懈意,以爲何自苦如此乎。此是治亂安危之機也。願堅持聖志,益加勉強,求其所未至,強其所不逮。一向進步,則必有天人響合之應。又聞經筵講說,專務經書,空言義理。須兼覽史記,以窮格爲功。如《綱目》一書,續《春秋》而作,以史爲經,又作於南渡之後,故其於內夏外夷之辨,征戰事機之變,尤致謹而備載。願留意焉"。疏凡五千餘言,上命遞職,疏則留中。此疏私草亦失,故不傳於世。八月,爲章陵遷葬,入京肅謝軍職。時府君被謗漸劇,清望已塞。鶴谷洪相謂曰:“公又以退在得謗。大臣屢言賊兵在境,如彼自適可乎。若得州以出則便好也。”府君曰:“此固爲養至願。但此亦自便,恐人言轉滋也。”洪公曰:“此則過慮也。朝廷雖不悅,豈不容一州養親耶?”府君唯唯而退,卽下鄉。九月除忠州牧使,還京肅謝。十月初赴任。崇禎戊辰正月,罷官歸砥谷。時柳孝立逆黨多自境內捕誅,賴府君處變得宜,無辜株連者咸得全活。忠州人至今稱之。及州降號,例當罷職。而體府從事金堉又啓在官不治,再罷職。蓋朝廷謗議始中也。府君莅官未滿百日,而州人爲立去思碑。逮府君下世已二十年,而州人爲聚賻物而來弔,及聞夫人喪亦致賻。其遺愛之不衰如此。金公後來見府君,謝以誤聞。丁酉,朝家續修府君未盡修之史。金公辭監修之命,箚辭有“李某聰明過人,才識俱長”之語。又見府君史草皆用戶曹休紙曰:“此爺爲國惜費如此云。”二月遊嶺南,相避世遯居處。過禮安,謁陶山書院。三月還砥谷。七月敍復副護軍。八月躬行釋菜于沂川書院。府君時爲院長,通文諸生,諭以讀書工程。先是又撰春秋釋菜祝辭,賜額後告祠祝文及請額疏,亦府君所撰而佚其本。追述院志,備載立祠建院事始末。九月除兵曹參議。會上候未寧,爲起居入京謝恩。己巳正月解職還鄉。除左承旨,二月赴召。三月上疏乞歸養,不許,只受由還鄉。四月奉親還京。七月辭遞。府君自乙丑至是歲,三入政院,皆有日記。修撰時政甚悉,間附論議。於此亦可見府君勤於職事也。時朝議稍變,九月拜大司諫辭遞,未久復拜。十月與同僚上箚論張維等數人補外之失當,仍論朋黨調劑消滌之道。被責辭遞,授僉知中樞府事。歲末下鄉,庚午正月還京。五月除大司諫卽辭遞,拜兵曹參知。六月陞參議。七月宣醞湖堂。府君在直所,特命往參。應製居第二,賜豹皮。是月作《路傍宅》五言古詩。是時宮禁中讒謗大行,以爲故住路傍,謗國造言,故作是詩求外補。連擬州牧不利,擬諫官亦不受點。抄《儷文程選》四冊,註解《哀江南賦》、《益州夫子廟碑》,有題跋印本行于世。八月遞職下鄉。九月遊堤川,爲老親措置避地計。十月還京參壽親禊。時宰及朝士若干人爲偏親作禊設宴,府君陪大夫人進參。上賜樂宣醞,別賜雪綿於諸老親。翌日,同諸公上箋謝恩。辛未四月拜大司諫。時合司請寢追崇奏請,府君所製啓辭凡八度。其第四啓有曰:“殿下不問義理之如何,不待論議之歸一。直欲稟奏天朝,爲一着句斷之計。此何等大禮,而處之若是其苟簡乎?况中朝自陸學之行,道術分岐。程朱之論或見剽剝,張桂之徒蹈此瑕隙,售其橫議,強定一代之變禮,初非百世之通制。彼宋獻之所學,雖未知其淺深,觀其議禮之說,似以嘉靖變禮爲正。此不過張桂之支流也。設使天朝視以外服,許以變禮,海內知道正學之士,必以爲我國禮義之實猶有未盡,聖上仁孝之德猶有所歉。豈不可懼哉?”又因嚴旨引避啓辭,論一廟二高祖之説曰:“昭穆是廟位之號,非祖考之稱。先儒定論,不專以四親爲序者,非一二矣。若只以高曾祖禰順序,爲昭穆之次。則古今帝王兄繼弟叔繼姪之類,將何以序昭穆耶。異議之臣,每以此説爲追崇之一證案,故聖上亦不能無疑。臣等不得不辨也。”出仕後,又因嚴批再避啓辭,有曰:“昭穆只是二名而分爲四位,非如四親之有定稱。故朱子深非陸佃之説曰:‘昭穆本以廟之居東居西主之,向南向北而得名。初不爲父子之號也。’又曰:‘非是謂之昭卽爲王考,謂之穆卽爲考也。’此則昭穆名義之證也。若祧遷之禮,則先儒之説甲乙互爭,適從爲難。惟程叔子之言曰:‘如吳太伯兄弟四人相繼,若上有二廟不祧,則遂不祭祖矣。故廟雖多亦不妨。’此則昭穆不以四親爲拘之一證也。朱子雖有‘昭常爲昭穆常爲穆’之説,及作周廟制度,至懿王以叔繼姪,朱子亦不得守其正禮,不得已而以繼立先後爲序。或當昭而穆,或當穆而昭。此亦不專以四親序昭穆之一證也。以此推之,魯僖之繼閔公,漢宣之祖昭帝,唐宣之嗣武宗也,其廟次或當居考廟而居祖廟,或當居曾祖廟而居祖廟,或當居考廟而居曾祖廟。蓋自有兄弟爲一世之制。代數雖無增減,而昭穆或有多少遷易之不等,勢所然也。且以近事明之。則我明宗之世,仁宗居禰位,故中宗以禰稱而居祖廟。至明廟上祔,然後昭穆復正。由此言之,則父昭子穆,禮之正也。繼世或變,禮之權也云云。”出仕不進。辭遞。八月出杆城縣監。府君自論大禮忤旨,不安於朝,仍求外補。韓公興一爲銓郎,府君以壽親同褉相善,下鄉時有所托。及杆城有窠,韓臨政欲擬之。杆城本以郡守降號,銓席諸議以事體不當難之。韓力爭竟擬,府君每以爲感。是行途中,寄詩相送諸公,有“板輿銅印滄洲路,最是平生得意行”之句。十月赴任。府君治邑,不以荒僻鄙夷之。撫民御吏,一以慈惠誠敬。數月之内,政化大行。首謁聖廟,增修祭器庫。召諸生及童蒙,勸課學業。命郡中老儒爲之師,教以《小學》、《四書》。三冬又給燈油以勸夜讀。每朔望詣廟焚香,退坐講堂,試其所學而賞罰之。又曰:“汝等以遐方蒙學,猝難變其氣質。先須務知近小,以及其遠大。讀書勿以口耳夸博爲事,必要理會義趣。持身常以九容九思之目講習服行。”又印《心經》于東京,間附旨訣訓解,題敍于卷首,付齋生藏之校中,以爲啓牖心學之方。由是學徒無不觀感興起。有秀士八人負笈請業,府君曰:“爾等今欲讀書爲文,志則可尚。但爲士者專務詞章,則實德病矣。必尋得經傳路脈然後,方可兼治詞學。”於是館置城西,始授《大學》、《中庸》。而於“誠意天命”章尤加反覆講解,以爲體認歸宿之地。次及科文,朝夕講授,間日科製,多有成材者。士人李之屏以郡吏子通經登第。仕不遂,府君薦于朝,爲同道縣令。人以大夫僎與公叔文子同陞朝比之。郡北大代坊有舊堤堰,雨甚輒圮。府君親率吏民盡力修築,居民大蒙水利。郡北竹島坊大水川決,沙覆數千頃水田。府君督率民丁廣設堤障百有餘步,水田盡復其舊,而無復水災。郡北陳富嶺久塞不通,府君募僧幹化開鑿,又作院宇於嶺底,自是行旅如歸。竹島坊大路邊有磻湖渡口通海,古有板橋,海運則輒漂折,行人病涉。府君募僧幹化,厚給功費,使成石橋,長可數十步。郡中只有西倉,且無門墻。東畔空缺,府君爲建十楹於其東,門其南而墻其四隅,伐材燔瓦,役以遊手,不煩民力。此府君爲政之大略也。壬申二月設壽宴。時李公景容爲襄陽府使,亦有老親。至是李公奉板輿而至,連三日設宴。府君爲作詩揭板,兩邑人至今稱爲盛事。遊竹島,取細竹代蓍,有立筮祝文。又有《伐竹代蓍》五言古詩。四月以玉冊文製述官,被都監關促赴京,則太學士已行製。五月還縣遊金剛山,至榆岾阻潦漲,未入內山,歷覽三日浦鑑湖而歸。七月賦《蓮亭》十絶,其第九絶曰:“辭山偏覺憶山深,古柳衰荷思不禁。莫怪澤風迷舊象,官堂新構亦池心。”池在縣城內,府君爲開鑿,擬於其中作亭,先構草堂以處。瓦屋三間材料功費盡具,適遞歸。代府君者遷基于西岸而作云。府君於澤風之義未嘗一日忘,於此亦可見其志也。癸酉正月除副提學,二月承召。嶺雪阻塞,未卽就途。上疏辭職,答曰:“擢爾論思之長,意非偶然。嶺路阻絶,將毋暫稽。勢之所致。爾其從容上來。”在杆所著有《水城錄》,又撰《水城志》,悉記境內事蹟故實。及去官,邑人追思立碑頌德,逮府君下世,聚物來賻,夫人之喪亦如之。三月入都謝恩。上疏論關東弊瘼,疏凡四條。……八月史局復設,除修撰官。承召還朝,拜副提學,與同僚上箚論君德及時政之失。無所諱避。其結語曰:“……”玉堂箚子未嘗留中,而留中自此箚始時。……九月,作有感七言絶句。時有謗言,諫院連劾史局會客之失,故有此詠。仍辭遞副學。十月除工曹參議,移吏曹。上疏辭,不允。甲戌正月受由歸覲。未幾,以史事促召。上疏辭,不許。二月奉親入京。五月,《日記》畢修,遞修撰官。昏朝記注經适賊兵燹蕩湮無存,收取諫院朝報一通、禁府刑志若干冊,又從民間訪得所佚記注私錄章箚,綴以耳目所逮,隨事纂記,合爲三十九冊。前後程課三十餘朔,而府君勤勞視他僚爲最。有《纂修廳題名錄序》。七月辭遞吏議,移拜副提學,卽上疏辭遞。其略曰:“……”二月復拜副提學。俄因處置臺諫,言陵上災異,被責遞職,仍被推勘,出江上待罪。六月除大司成辭,不允,兼備邊司副提調。累上疏力辭,不許。蓋備局請依李好閔、李廷龜前例,以承文院堂上例兼備局,使預知機密,撰述文書。故有是命。爲親養求守富平,未蒙恩點。冬,因被劾呈辭,不得遞,又上疏辭,不許。疏略曰:“……”五月,上疏辭大司成,兼陳弊端。略曰“……”六月移拜大司諫，七月辭遞，八月乞暇奉親下鄉，始遞備局。再以大司諫、大司成被召，皆不赴。上疏陳時務，其略曰："……"疏下備局，重忤大臣意，不報。九月除大司成，不赴。十月還朝。時和議已絶，府君所陳計策亦不見用。虜冰合兵至，不及赴難，遂單騎入京。十月拜吏曹參議。十一月。被文衡首薦，特陞嘉善大夫，以副護軍兼守弘文館大提學、藝文館大提學，知成均館事。府君以文衡之任，至於加階超授，此國朝所未有之舉。連疏懇辭，請並加階改正。不許。十二月初二日，以殿試試官命招，始拜新命。出榜未幾，虜騎猝入，扈駕于南漢山城。承命再撰抵虜營書，數彼所失，語類檄體。皆以不中不用。惟曉諭城内軍民及下諭諸道書，用府君所製。大提學例兼備局，數與大臣爭論書式。其他論議，動輒乖忤，至被嗔責。由是退處寓店，多不參坐。丁丑正月初一日，焚香于先聖位版。時成均館聖廟位版奉入山城，寓安于西門軍官廳。故府君同館僚焚香，仍題贊于直房右柱云："東國迂士，號澤風子。家襲衣冠，職司文字。政雖異謀，義當同死。斯心斯理，先聖是視。"又題一絶云："太學依兵館，元朝謁聖神。綱常懸白日，天地轉青春。"又與東岳同房而處，次其口號一絶云："平生汩沒簡編中，爲子爲臣負孝忠。誓作睢陽兵死鬼，神鋒終掃虜營空。"初六日，因義僧出去，寄書子弟。……在城中有日記，錄當時事實甚備。二月奉老移寓堤川。三月聞大臣以逃去上奏，兩司將論以竄黜，遂還京待罪。會有救解者，彈論竟寢。除同知春秋館事。四月除同知中樞府事。以扈從賞例，加資嘉義。上疏自劾請改正。不許。閏四月製進《扈從將卒宣諭》教書，又製進島鎮咨揭呈文等凡十一度，備陳國家禍敗情節。拜司憲府大司憲，卽避嫌得遞。除同知經筵事、同知敦寧府事，上疏辭免本兼職秩。……五月復拜大司憲。……六月避嫌遞職，俄聞大夫人疾作，馳歸堤川。七月遭大夫人憂。時衰病已甚，執禮甚固，葬前啜粥寢地，重得寒熱頭痛之證。十月返葬于砥平，墓下作土室過冬。人不堪其苦，而府君處之甚便。十二月撰《澤癯居士自敍》，其末有云："自在圍城，憂懣成疾，至是益甚。自知大限不久，乃卜葬穴於先塋左麓二十步之近。遺戒子弟，喪制一從儉約，勿築灰樹石。非直欲稱貧力。《禮》謂大夫廢其事，死葬以士禮。斯亦自貶之意也。居士氣質昏懦，既長大猶不省人事。中因廢疾無聊，省閱書史，頗識理趣。輒妄談是非得失，益駭于俗。光海朝幾陷刑辟，惟以深藏獲全。遭值新政，見謂當時保節可賞，驟躐清班，居士大懼不稱。又見隣寇方張，國政不修，欲有所更變。凡有論議，輒乖忤上下。每辭尊居卑，數求外補。絶交遊避黨目，孤立自信。由是大爲士論所疑外，目以迂愚浮誕，甚者斥以陂險反側，以至分朝之際而極矣。聖度含容，朝議或有不欲全棄者。凡有彈劾，必先揚文藝之美而繼以貶抑，故雖過日益有聞，而文日益有名。以至承乏文柄,叨列卿秩,皆推移之勢使然。其實文亦非其所長,又非其所自喜。嗟乎!豈非命哉。宗社覆矣,君父辱矣,旣不能先事極言,又不能決幾早退。規規於語默取舍之間,卒無以自表見於亂世。此居士之所自以爲罪者也。居士京外無莊宅,嘗筮居得澤風之象,作書閣于先隴之傍,扁以澤風。自是人稱爲澤堂,初非自稱。晚更自號澤癯居士云云。”又撰《敍後雜錄》,備敍平生行跡,至丙寅年而止。是時府君又患膂腫危劇,政院啓達,命遣醫官來救。醫復命,又命送藥物。府君陞從二品後,未及追贈祖考。至是聞敎旨將書崇德年號,急遣人受贈承旨官敎以來。後府君陞正二品,不爲加贈曰:“祖考平生性潔,不當復以清國年號浼之云。”戊寅春,家婦在堤川夭歿,府君親監造獨輪車運其喪,蓋不欲借擔軍於州縣。其守法如此。夏,又遭仲女喪。哀毁慘慼中,腫患終年沈痼,然猶執制無變。收聚性理書。病間編輯《初學字訓》凡三篇,追著跋。又作《三子改名說》曰:“兒輩初名以煌字者,從族稱也。而以冕紳端字加以別之。今改煌以夏者,有所避也,有所感也。夫冕也紳也端也,雖禮服也,承以煌字,則初非尚絅意也。夏,大也。字訓云‘中國人自稱中國謂之大’,古也。我人之居于東裔而服以中國,亦古也。奚取而特名焉?以時不能夏也。噫!夏之義旣然矣。然而必也誦中國書,行中國行,志中國志,乃稱中國之服。兒輩尚勉之哉!”己卯九月服闋,時府君宿病少瘳,而猶未平復。又世子拘瀋,國難未已,士大夫不肯仕于朝。府君自以舊宰臣,義不容退避,卽挈家入都。惟閒秩治病計也。除同知經筵,又除大司諫。以禫月未盡,再上疏辭遞。十月除兵曹参判,兼備局堂上。上疏乞免。仍論備局不合置剩員,不允。再辭備局,不許。代大臣撰賓廳啓辭,論宫禁咀呪之變,請可疑者出付外廷鞫問。昏朝宫人還入者,皆卽屏黜。不許。時永安尉宫人多被拷死,禍將不測。府君入朝,力持救解之議,發言不避忌諱。府君同甲下禊有盧慶國者,自一勳戚家來謁府君。仍言“永安宫人潛置兇穢之物於竹筒入闕内”云云,蓋傳所聞於其家者,而以其事爲丁寧。府君大怒曰:“我在時不可殺永安尉。汝與某謀共殺我可也。”仍黜退慶國,其人後不敢復來謁。永安之禍由此漸紓。永安嘗屏徒從,乘昏來拜於府君曰:“侍生之至今保全,無非公賜也。”十二月辭遞本職。著《澤堂叢玩序跋》。府君嘗取宋儒精理名言數十篇,博求當世士大夫名筆,楷寫作卷。又取古來忠臣賢士性情所發名篇偉作,令槐院寫字官能書者寫之。至是著序跋,常置案上覽閱焉。庚辰正月拜同知成均館事。閏正月拜吏曹參判。乞暇還鄉。時我軍被驅西犯,府君議于廟堂,密通天朝。下鄉時出城小憩,洪鶴谷方爲首相,答府君書追至,有“綾老亦許”之語。綾老指綾城也。子弟窺見,認爲此事。而周旋甚祕,未詳曲折。二月密箚所謂極祕之機，蓋指此事也。後見李相浣家狀，李公以舟師副將渡海，密遣人通于天朝，受皇帝奬諭書而還。兩軍相遇，虛發砲矢，不相害一人云。除大提學。再上疏辭，不許。二月還朝拜命，兼同知春秋館事。上密箚言事，略曰："……"答曰："省箚具悉。條陳之事，當留念而採施焉。密匣封下承旨，傳書後還入。"三月除同知義禁府事，卽辭遞。上箚論便宜數事。時世子歸覲，清將護行，欲與偕還。府君請以上候未寧爲辭，落後行。又曰："……"以字訓書贈講院諸公。與書略曰："……"六月，因天旱應旨上箚曰："……"箚上，留中不下，朝論亦紛然。卽辭遞本職及備局。除禮曹參判。上疏辭，不許。乞暇下鄉。以文書事有召命，辭不赴。再承召，又辭不赴。九月以大司憲承召還朝，又以前事引避，略曰："……"處置請出。批曰："此人好勝之病，疲軟之心，猶夫前日。可謂固滯者也云云。"卽上疏辭遞。十一月除同知中樞府事，移拜禮曹參判，復兼備局。上疏辭，不許。冬清陰諸公被拘入瀋，府君晝夜悲惋，忘寢與食。力請于廟堂，委遣使臣捄解。時子端夏適下鄉，經冬始還。先妣謂端夏曰："汝爺去冬憂傷，家人所見。有若失性云。"跋《杜詩批解》。府君於杜詩着功最深，就舊本纂註，分類杜詩，削去贋註，發明奧義。首卷書晦庵先生章國華《杜詩集註》跋，跋下題辭。至是又題小跋于末卷。以爲評釋止於律詩，不及於古詩排律云。而然其後遍加批解，有本冊及謄本藏于家。辛巳正月拜大司憲，二月辭遞。同僚欲劾吏判南以雄，府君不從。其避嫌啓辭曰："……"於是兩黨交責之，卽連章辭遞。三月，上箚請依癸亥受教旨，修補宣祖朝《實錄》，以正姦臣誣筆。其略曰："……編緝凡例，則首先訪求士夫家所藏記錄，而外方則都事守令兼春秋博訪民間，集聚上送。然後稟裁于大臣，取其不謬于是非名實者以爲一類。又取名臣賢士碑誌狀傳，略倣司馬光《百家表》、《朱子名臣言行錄》以爲一類。又取先朝名臣大儒文集有關於典章者，依祖宗朝當時著述並藏史庫之例，一體付傳，則庶幾一代典刑，尚有徵於來許矣。"箚上，命收議于大臣。完城請專付府君，在家編撰。府君再上箚辭焉，其略曰："此史誣枉根柢不遠，今若刊證，則當採國人公共之論，光明正大以處之，然後方爲永世不刊之典。若如今大臣之議，則臣以眇然一庸人，專任去就筆削，而朝臣舉無所預矣。以我國澆俗多言，挾以朋黨之疑，其孰以爲公論而可保其傳後乎云云。"更令大臣議，完城猶執前見。府君三箚力陳其不然，於是始依府君初箚判下施行。四月拜吏曹參判。七月乞暇下鄉。……壬午元日，書示兒孫等讀書次第及科文工夫，末端並著訓戒之辭。是月還朝，除大司諫、同知成均館事，卽辭遞本職。時又有瀋中言，朝廷使來京以俟。自春宿疾重作，沈綿經夏。上疏請解兼秩，不許。又論史事成就無期，請以野言家錄表表見行者付史官校正，藏之史庫别櫃。既允下,事竟不行。六月拜同知中樞府事。七月拜禮曹參判。九月兼備局堂上。卽上疏並本職乞免,不許。十月作《鳳柵行》。時胡將挾春宫出來鳳凰城,查問本朝諸臣之罪,府君事最重。蓋以丁丑不下城及清陰入往時防塞,追請送懷恩圖解其罪等事也。人皆慮其不測,府君略不動念,嚴飭子弟切勿爲行賂之計。十一日夕聞報,過一日卽發。時李統制舜臣外孫爲求諡狀,自鄉來待。甫起草,聞是報,家人達宵治行,而府君猶對燈草狀。至開城府,脱稿以送。成參判夏宗嘗求其日遊亭十景詩,至是亦製送,有後序。沿路賦詠不輟。及至鳳城柵中,賴世子及藩臣救解,竟無所問。與諸宰還拘灣上,狀啓辭職,不許。在鳳城,聞世子因一飛語,疚懷廢膳。府君與講院諸公書,略曰:"云云之事,不近事情,全無倫理。爲此説者固爲亂人,傳之者亦妄也。東宫正不當關聽掛念,左右諸公亦必進説寬慰。而何至煩惱忉怛尚未釋然耶?今番鳳柵之舉,本爲查問朝臣。世子之臨,亦不過如彼間前日會同參證也。有何可嫌之事?而怪説云云,殊可駭也。今世之事。皆出於義變理極。而就於權宜。何獨於鳳柵之行,有異言耶?望諸公以此意善達。勿令妖言少惑聰聽,不勝幸甚。"時賊烓以逆律被誅,其父晉英亦將坐死。府君上疏略曰:"……"時賊烓處律事,朝議極峻。許積畏之,寢其疏不達,書亦不傳。然府君於凡朝家事如有處置失宜者,輒論列于上下多此類。朝中聞其事非議紛然,子弟在京以書報之。答書曰:"乃翁自前獨立不懼,不可依着一邊。"又曰:"朝廷之謗一生飽喫。但自前雖如此,不加罪罰,斷爲棄物。此誠可痛。暮年衰厄,理當閒廢,情外加誣之説,則聖賢所不免。呼牛呼馬,不足損我性靈。我道蓋如此,非兒輩所當預也。"十二月脱歸。初府君建遣懷恩,鄭命壽聞之大驚曰:"誰畫此計者?"蓋懷恩之女,以處子被擄,爲汗姬。出賜其寵臣,因此可以圖事故也。命壽本我國人被擄者,於我國凡事居間操縱。及懷恩入來,深惡蹊逕别開。探知爲府君所請遣,至是混同諸宰拘致,初非汗命。故諸宰皆被胡將庭詰,而獨不及於府君。癸未正月拜大提學。……四月拜大司憲。……十二月復拜大司憲辭遞。陞授刑曹判書。……甲申……七月除禮曹判書。……乙酉四月辭遞本職。……十二月因院啓罷職。……丙戌正月還砥谷,著《岫雲庵記》。府君嘗募僧營庵舍于墳山之内,摘《歸去來辭》中字名以岫雲庵。每乞暇下鄉,自澤風堂往來止留,至是著記。……冬作《十孤》詩,取孤竹孤松孤蘭孤雁孤鶴孤劍孤舟孤雲孤月孤嶼爲題,題其末曰:"少時術士推余星命云'再犯孤辰,主一生孤隻艱危'。追算平生事,無非孤字爲祟,聊賦十絶以自嘲。"又賦《遣遇》十首。摘杜句分韻,取"結舌防讒柄,探腸有禍胎"之語。府君自下鄉後,處啓山齋,題其壁曰:"澤風大象今猶昔,滿谷煙嵐自在春。"是時衰病雖劇,起居甚適。嘗謂子弟曰:"吾於近日胸次澄靜,人間萬事無一嬰心。但國家之憂一念未忘云。"十二月上岫雲庵,與門生講啓蒙賦詩。夜深罷歸來,得寒疾。宿病添重,沈綿終歲。兒輩欲知文字工程,草《作詩準的》、《作文模範》以授之。又命以《澤風》、《啓山》兩志合書于一冊,使藏于豐基白雲洞書院曰:"文字不必多傳。後人只見此,亦可知吾心迹云。"……丁亥三月,痢疾重發。府君自知不起,遂草《自誌》、《續誌》。末云……五月,自啓山齋移處澤風堂。時疾已殆,不能起居。端午日,命煖蒲水洗浴,扶起望拜先塋。十九日,口占七言律詩,詩曰:"行年六十四春秋,孤矢生涯苦未休。文字虛名終速禍,清班素廩每包羞。眼看天地無窮事,心抱君民不盡憂。便入九原無一念,碧山長在水東流。"自是病尤革,一日所進不過一二勺飲。如此者二十餘日,而精神不少錯。一日自診其脈曰:"此脈已絶矣。"六月初九日,命東首。十一日鷄鳴,永終屬纊。時子弟環侍捫手足,夫人乘間入捫,卽揮手却之,夫人竦身而退。已而永終,享年六十四。……其爲文章,則詩以《三百篇》及《禮記》"溫柔敦厚詩之教"、朱子所取韓子"詩正而葩"等說爲宗主,反是而志尚頗僻流蕩,詞意粗濁險怪者,皆以爲詩之外道而斥絶之。由《騷》、《選》以來,古今百家之作,莫不沿泝,而歸宿於杜陵。故雖衆體咸備,各臻其妙,而一出於性情之正。昏朝及丁丑後所作,尤多傷時閔俗,《變雅》詩人之旨。足以風勵一世,感發人之善心。非無益之贅言也。文以經書及朱文爲本,而諸子百氏無不採穫。以唐宋大家爲模範,而發明理趣,經緯治道。尤齋宋先生見公文集,以爲"文章似韓歐,而義理則無韓歐疵纇"。又序文集曰:"我東文獻之盛莫如本朝,宏儒碩士步武相接,其篇章詞命皆登梓行布。而求其義理之精,論議之正,可以羽翼斯文裨補世道者,則未有若澤堂公文稿者也。"斯言庶可爲府君文章之定論矣。

《澤堂集·學詩准的》:《書》曰:"詩言志,歌永言。"《記》曰:"溫柔敦厚,詩之教也。"此周《詩三百篇》宗旨也。韓子曰:"詩正而葩。"朱子取之,此詩之體格也。反是而志尚頗僻流蕩,詞意粗濁險怪,皆詩之外道也。今當以《三百篇》爲宗主,熟讀而諷詠之,此詩學之本也。

《楚辭》,詩之變也。先儒取其忠義懇惻,怨悱而不亂。然屈賈之外流而爲楊馬,宏侈靡麗,去性情遠矣。今當讀誦朱子所選數十篇爲之羽翼也。

五言古詩,無出漢魏名家,然其近於性情者,《古詩十九首》外,曹三曹、阮籍、郭璞、左太冲、二陸機、雲、三謝靈運、惠連、朓,詞理圓暢者五六十首可以抄讀。淵明詩性情最正,朱子以爲可學,但文字質樸,不可專學,最好者四十餘首抄讀。唐人古詩不必學,陳子昂及王維、孟浩然之作最好者若干篇,韋應物、柳宗元數十篇並熟看。

李白古詩，飄逸難學。杜詩變體，性情詞意，古今爲最。記行及《吏》、《别》等作分明可愛者，不可不熟讀摹襲以爲准的，其大篇如《八哀》等作，非學富才博不可學，亦非詩之正宗，姑舍之。

律詩，非古也，而後世詩人專用是鳴世，而古詩晦矣。今當于平居述懷敘事等作以五言小篇發之，此則不待習作可效也。日用酬應則專用律詩，不可已也。然唐以下律詩百家浩汗，必須精選熟讀，又必多所習作可以諧適音韻，名世擅場可期也。初唐則沈宋之流若干篇可以抄覽，盛唐則王孟。青蓮近於古詩，不可學也。高適、岑參、李頎、崔顥若干篇可觀。所當專精師法者，無過於杜爲先，熟讀吟諷，然其橫逸艱晦之作不可學，專取其精細高邁者以爲准的。然不參以唐律，則自不免墮于宋格，須以韓、柳、韋、錢起、皇甫非一人、竇五竇之類、兩劉數百首參之長卿詩多抄，摹襲其聲色，方爲專美。

絕句則律詩類也，五言絕則無出右丞王維。同時名作，近於右丞者略取之。七言絕則初唐不可學，太白以下皆可取。晚唐絕句亦佳，並抄誦數百首，以爲准的。七言歌行最難學，才高學淺者，韋柳張籍王建，如權石洲所學庶可企及，然未易學也。李杜歌行，雄放馳騁，必須健筆博才可以追躡。然初學之士學之，易於韋柳諸作，以其詞語平近故也。必不得已，姑學李杜，參以蘇黄諸作，以爲准的。

排律雖當以杜詩爲主，然甚無次第，不可學。學短篇絕妙者且不易學，須參以韓柳律，以爲准的。七言排律，古無可法，須從俗酬酢，無過二十韻。

宋詩雖多大家，非學富不易學，非詩正宗不必學。惟兩陳後山、簡齋律詩近于杜律者，時或參看。大明詩惟李崆峒夢陽善學杜，時與杜詩參看。

近代學詩者，或以韓詩爲基，杜詩爲範。此五山東岳所教也。石洲雖終學唐律，初亦讀韓。崔孤竹末年才涸氣萎，亦讀韓詩。吾雖學淺，殊不欲讀韓。既被諸公勸誘，熟觀一遍其律絕，固唐格也，不妨與杜詩並看。大篇傑作，則乃楊馬詞賦之换面也歟？讀其詩，寧讀楊馬之爲高也。惟晚學筆退者，抄讀百餘遍，則如敬字之補小學功，容可救急得力。若才學俱贍者，不必匍匐於下乘也。

余兒時無師友，先讀杜詩，次及黄陳，《瀛奎律髓》諸作，習作數千首，路脈已差，然後欲學《選》詩、《唐音》，而菁華已耗，不能學。又不敢捨杜陵而學唐，故持疑未決。四十以後，得胡元瑞《詩藪》，然後方知學詩不必專門先學古詩，唐詩歸宿于杜，乃是《三百篇》、《楚辭》正脈，故始爲定論。而老不及學，惟以此訓語後進，大抵欲學詩者不可不看《詩藪》也。

《壺谷詩話》：澤堂于行文儷文無不兼該，詩則格不甚高，而各體俱妙。常自評曰："吾文如刺客奸人，寸鐵殺人。"蓋謂切中其要妙處，詞簡而意精也。其警聯曰:“青山暫住非忘世,白髮新添不爲家。”極其精到,令人諷誦不厭。

《小華詩評》:李澤堂植十歲時詠柳絮曰“隨風輕似雪,著地軟於綿”,見者奇之。壬辰後,倭奴來請信使,人皆憤惋,而朝廷恐其生釁,遣釋惟政試賊情。惟政遍求别章於縉紳間,澤堂未釋褐時亦贈詩曰:“制敵無長算,雲林起老師。行裝衝海遠,肝膽許天知。試掉三禪舌,何煩六出奇。歸來報明主,依舊一筇枝”。惟政亦能詩,喜曰:“得此而吾行不孤矣。”

權韠九歲作《松都懷古》,膾炙當時。後澤堂詩以挽之曰:“雪月寒鍾故國詩,九齡佳句世皆知。風塵歷抵空時輩,江海歸來有酒巵。囊裏虎韜身擁褐,案頭丹訣鬢成絲。猶應五寶聯珠集,不廢高名死後垂。”立意措語精到工致,可謂名作。然格自隋、宋。

《詩評補遺》:澤堂李植有《宣廟朝六絕》詩,亦點鬼簿體也。詩曰:“理學陶山正,文章簡易奇。飛騰景洪筆,敏捷汝章詩。忠武樓船將,鼇城廊廟姿。先朝培養效,才俊盛於斯。”陶山即李公滉,景洪即韓公濩,汝章即權公韠,忠武即李公舜臣,鼇城即李公恒福。

李澤堂植《忠州東樓》詩宕逸可詠,其詩曰:“巖嶤飛閣郡城隈,俯視中州氣壯哉。山鎮東南尊月岳,水移西北抱琴臺。乾坤縱目青春動,今古傷心白髮催。已覺元龍豪氣盡,明朝投劾可歸來。”有人嘗問澤堂曰:“願聞公之平生佳作。”澤堂曰:“曾無佳作,只《忠州東樓作》一篇稍可於意。”

太醫朴泰元喪少女,求挽於澤堂,堂即題贈五律,其頷聯曰:“短命天應定,良方父亦迷。”造次立語,精工無比。玄谷嘗與谿谷、畸翁、澤堂、白洲諸公遊其漢江亭,飲酒賦詩。澤堂一聯曰:“開樽山色動,繫馬樹陰清。”諸君皆擊節歎賞。

《水村漫錄》:或問澤堂曰:“公詩七律中,何篇爲第一?”公答曰:“忠州東樓之作似是最優。”其詩曰:“……”以余觀乎公集,此篇雖佳,猶不若解職歸峽之什。其詩曰:“東門朝旭照歸鞍,草露微收路正乾。三角雲煙迷曉望,五陵松柏動秋寒。江湖憂樂行藏數,宇宙君臣契會難。遙想釣臺沙水淨,不妨相照舊心肝。”典重雅健,恐當壓倦,未知公何以捨此而取彼也。

《玄湖瑣談》:李澤堂植弱冠時未有名,其妻兄沈長世宰扶安,澤堂爲覲妻母來。許筠適配其邑,筠題贈一律,其頸聯曰:“皓首身千里,黄花酒一杯。”澤堂次之曰:“旅跡無常策,躬愁共此杯。”筠大加稱賞,以爲必主文。澤堂由是知名。

《東詩叢話》:《赴嶺南》詩:“卒卒拘形役,終年道路間。蕭條暮光景,潦倒病容顔。松菊康邱舍,煙沙渭水灣。空懷棲遁志,疋馬又南還。”凡詩貴無疵，雖一二句能得“楓落吴江”之句餘，外中疵則無足可論。澤堂詩不務架空逞能，故宋尤庵嘗序其詩集，推爲當世第一，實是洞鑑。

【按：李植（1584—1647）字汝固，號澤堂，謚文靖。籍貫德水。李荇玄孫。漢文四大家“月象谿澤”之一。著有《澤堂集》今傳。其詩典重雅健。《箕雅》收其七絶三首、五律七首、七律七首、五排一首、五古四首、七古二首。】

李敏求　　字子時，號東州山人。聖求之弟。光海時登魁科。仁祖初選湖堂。官至吏曹參判。

《朝鮮顯宗改修實録》卷二二：十一年二月丁丑。禮曹以前宰臣李敏求身死，例請弔祭、致賻。都承旨張善瀓等啓曰：“敏求罪關宗社，當死而不死，國家之失刑，莫過於此，公議之憤鬱，尚今未洩。得全首領，老死牖下，於渠已幸，豈可隨例爲此賵弔之舉乎？雖已啓下，揆諸事理，不可仍施。”上答曰：“罪雖然矣。既授職牒，亦不宜全沒，只行致賻可也。”敏求，故宰相睟光之子也。家世以文章爲國人所稱。敏求與其兄聖求皆擢巍科，登顯仕，名譽甚盛。至丙子之變，敏求以檢察使守江都，縱酒忘備，大敵猝至，恇㥘失措，終至一島魚肉，廟社淪沒，嬪宫及大君見俘。事定，朝議皆憤，請行軍律，倖免不死，投竄絶塞。而初，敏求嘗娶鄭虜命壽之妻弟爲妾，藉其勢脅持朝廷，得以内移，仁祖痛其不殺。歷時既久，朝廷或惜其文才而欲收之，輒爲公議所沮，廢棄數十年，至是死。其爲人固無足論，而詩文皆拔出儕流，亦近世之表著者也。

《東州集·自序》：東州翁亦自號觀海道人。萬曆己丑正月十四日生，生六歲，誦旁人所讀書數千字不錯。七歲解綴文作詩賦。十五而發解。二十一己酉魁進士試。越四年壬子由三魁擢第，始爲郎禮兵二曹，遷修撰，既而偃蹇十年。壬戌宣慰日本使。至癸亥改玉，拜校理、持平、應教，首膺賜暇讀書。薦儒將，旋赴都元帥幕辟。甲子超序按嶺南。丙寅在銀臺，越職言事，左授林川守。以時寇逼，兼拜倡義使，入爲副提學者五，大司成者四，吏曹參議者三，大司諫、承旨者七。而三爲都承旨，參判禮兵者各一。而吏曹參判、大司憲各三拜。兼同知經筵、成均館事、世子右副賓客、備邊司提調。此其踐履也。最後丙子納關東節，西儐黄監軍。其冬，虜騎内突，三日薄都城。上卒起幸江都，翁被朝命，先檢察道梁舟舡，卽日兵鋒塞路，大駕卷入南漢城，則與江都隔絶。翁既未蒙守禦責，又承命水陸防備專委守臣，無使掣肘。唯日夜東望哽涕，而江都遽至淪沒。翁在舟次，幸而得脱不死，亦不幸而不得死。歸朝責配寧邊府。自得罪以來，徽纆矣，鐫削矣，流迸矣，安置矣，桁楊矣，一絓罔而五律加，而極矣無餘刑矣。唯旁觀者雖非號惻隱仁人，與黨親平日素相愛眷眷者，卽無不蹙頞閔然哀之也。顧翁遭離變會，骨肉俱燔鋒鏑，身且寄寓窮塞。忽忽視陰，决知其無復之耳。世方禍烈焚如，八表横潰，豺虎沸矣，生類殲矣，奈何以莫保之命，爲無益之悲哉？用是寬中自遣，處順委分，朝晡粥飯以聽主宰而已。翁少好著述，白首不改業。所撰錄總四千餘篇，盡於兵燼。今老善忘，慮又不及敝帚，謾不省記。姑掇拾人間所傳及草木流落者存錄其槩，焦尾爨材，誠無足道也。自壬戌以後爲《前稿》，其目有宣慰、從軍、嶺南、嘉林、卯酉、東遊、關東、關西等錄。辛酉以前，年遠益罕紀，略收爲《別稿》。其丁丑以後爲《詩稿》，有別序雜著。合前後爲《文稿》。嗟乎！人生不自後先，丁此艱難世故，危慮未卜朝暮之期。故粗敍生宦歷任，識諸卷端，以畀幼孫。時崇禎九年之後三年己卯夏盡之月晦，東州山人書。

《東州集·東州山人説》：古有字無號，至唐猶然。太白之青蓮，取禪談而資詩興也；子美之草堂，指其屋而思其人也：初非其號也。其後或有有號者而亦少，如昌黎、柳州幷無號。逮宋中葉，文章鉅擘歐、蘇氏數公始自爲號。其末也，名人學士皆有其號。而間有無號者，如中葉之有有號者。降及明世，下至屠沽販夫，莫不有號以自署，亦以識其貨物。其流之弊也。余生東國，長于漢都，未嘗出近郊。入仕後以朝命遍歷國之四封，環左海東西南北，幽遐逴絶之區靡不周覽焉。則始號爲觀海。辛未歲，官暇東遊，得勝境于鐵圓之山，卽古東州也。遂改號曰東州。後乙亥按關東，卜塋域于横城五瑟山麓，亦東州也。始因杖屨所及一時偶稱，終以爲存沒不易之號。其幾兆先發，亦可異矣。夫我國與中原猶東西州，則據所處之地稱東州固宜。及既死而葬爲東州土，則其稱東州亦宜。族姓既繁，久而有根派混淆之弊。則吾後世庶自知其分始自東州，亦無不可。將以銘吾丘曰“東州山人之藏”云。

《終南叢志》：李芝峰睟光、東州敏求父子，俱以詞翰名家稱。芝峰長於詩，東州長於賦。東州曰：“先人詩尚摩詰，余詩尚杜陵。”其意蓋亦自多。而評者以爲“造詣則子必不及于父”云。東州“帆檣影動潮聲後，島嶼形分水落初”雖爲人傳頌，而一句中以潮水升落爲對，未免疵病，不若乃翁“風卷潮聲宜島嶼，日斜帆影上樓臺”之爲穩藉無瑕。

李瑞雨潤甫、李沃文若俱工文詞，各有所長。而文若少也學于東州門下，東州稱“此子才調不凡，而以登第太早，不能肆于文章，可惜也”云。晚而喜詩，往往不用古語，有蝻蚓之雜，故詩不如文。博士洪睹亦東州門人，聰明絶人，一覽輒記，字意音韻無不通曉。爲文操筆立就，略無停滯，而於詩一句道不得，東州笑曰：“以君之長爲文而短于詩，古人所謂‘詩有別才’者，信矣。”

《菊堂排語》:崇禎丙子夏,監軍黄孫茂出來,觀海李敏求爲接伴使。監軍到平壤,作七言詩:“約法八章闢箕封,井田善政至今存。萬國衣冠俱殊俗,獨羡商裔華風同。文學風流追鄴下,山峰秀競並淄青。詰爾戎兵固疆圉,世守東藩稱上公。”又《望箕塋有感》絕句:“當年佯狂恥臣周,洪範九疇闢天經。八章約法流澤遠,萬年弓劍氣象新。”不押韻,又無律,安有如此詩也!可笑!接伴使次之曰:“東隅壤界近堯封,政賴箕疇九法存。城郭居民今日變,井田疆場舊時同。衣冠尚效殷人白,草木遙連海岱青。聖世威靈方遠暢,欣依赤舄睹明公。”“三仁心跡在殷周,萬古嘉言散六經。爲是衣冠封葬地,墓門松柏至今新。”

《壺谷詩話》:李觀海遊金剛得一句曰:“千崖駐馬身全倦,老樹題詩字未成。”清陰改“未”爲“半”,頓生精彩。

李東州敏求,自少業文章,而最長詞賦也。其詩初以佶屈爲主,晚廢江州,益肆力焉,漸至明暢。其《題全昌都尉酒席》詩曰:“秦樓煙霧細香濃,牽率華筵起病慵。十月風威欺瘦骨,三杯酒力借衰容。栖鴉上苑天寒樹,歸騎東城日暮鍾。自笑泥途餘骯髒,幾年流落又登龍。”濃麗宛曲。且如《江亭》詩一聯“風塵扶白髮,江漢對清樽”,亦豪爽可稱。

余昔遊嶺南,登寧海觀魚臺。臺臨海巖下,游魚可數。板上有李東州敏求詩,曰:“觀魚臺下海茫茫,羊角秋風鶴背長。倚蓋天隨鼇極庳,旋磨人比蟻行忙。陶將萬壑蛟龍水,洗出中宵日月光。欲掛雲帆乘沆瀣,扶桑東畔試方羊。”余次之曰:“高樓閣上意微茫,鼇背冷風萬里長。臺壓千尋蛟龍嶺,山留太古劫灰忙。天暗遠嶼收雲氣,海赤層濤蕩日光。便欲登仙從此去,世間榮辱等亡羊。”其後往拜東州,東州出示其私稿,至《觀魚臺》詩,余曰:“此詩曾見於觀魚臺。”東州曰:“何如?”余曰:“語意矯健,然格墮西江。且‘旋磨’之‘磨’字,山谷以去聲用之,亦似欠矣。”東州頷之。余亦誦前日所步詩,考其如何,東州極過獎。後更往座談,間閱其私稿,其《觀魚臺》詩已刪去矣。文人例多自是,而此老能如此,所謂過而能改是也。

余嘗與東州語及國朝故事,東州一一歷言,且曰“癸亥年間,余與踈菴等九人賜暇湖堂。一日,自上出御題,令諸公製進。余適居魁,上賜貂皮一領;谿谷第二,賜虎皮一領;其餘各賞賜有差。仍遣中使宣醞,諸公相與歡飲。酒酣,座中合辭謂余曰:‘今日應制,子爲壯元。吾等之文,子可第其高下。’余笑而頷之。因謂曰:‘子之文如長江一瀉,千里無聲;汝固如山徑幽峭,花草生馨;天章如羅公遠所嗅,黄柏色燁,然而内缺一瓣;肅羽如鸚鵡天性慧到,時有一二句能言。’諸公相顧大笑,皆稱的論。其時座中不止此四人,各有所評論,而余老矣,忘不能記”云。

《詩評補遺》:李東州敏求《琴娘》詩曰:“香羅簇蝶繡紅裙,豆蔻春心已七分。却把瑤琴彈一曲,意中流水夢中雲。”詞采婉麗,何減義山?其《江亭》詩一聯曰:“帆檣影動潮生後,島嶼形分水落初。”爲人傳誦,而第“潮生”、“水落”兩語似涉板對,具眼者當辨之。

東州與澤堂、白洲相善,一時稱“三李”云。

《續雜録》:(仁祖二年正月二十四日)帥府從事官李敏求自江邊巡向寧邊,到嘉山聞變。馳入安州,作檄通諭,鎮定人心。送軍官鄭之罕等數人,曉喻金孝信軍中。清川以北之背逆歸順,皆其力也。

《東國詩話彙成》:公以己酉司馬壯元與同年數人作回榜宴,公年八十一也。賦詩云:“少住人間八十年,虞淵西畔是重泉。懸車息馬從今日,猶把高文倚醉眠。”乃其絕筆也。

【按:李敏求(1589—1670)字子時,號東州、觀海。籍貫全州。李睟光之子。詞賦出衆。著有《東州集》今傳。其詩濃麗宛曲。《箕雅》收其五絕一首、七絕二首、五律二首、七律七首、五排一首、五古三首、七古一首。】

鄭百昌　字德餘,號玄谷。光海時登第。仁祖初選湖堂,參重試。官至京畿監司。

《朝鮮仁祖實録》卷三一:十三年八月己亥。京畿監司鄭百昌卒。百昌以輕浮之質,藉椒房之勢,性且嗜酒,無所忌憚,慢罵士夫。然自少能文,尤長於詩,久居清要,而無貪鄙之稱,人亦以此多之。

《東州集·京畿觀察使玄谷鄭公墓碣銘并序》:玄谷鄭公諱百昌,字德餘。……萬曆戊子生公。幼端莊整飭,詞藝夙就。未弱冠掉鞅場屋,一歲中舉五科,陞上舍。至文科會試,公卷在高等。考官鄭公協不欲公早擅華問,故黜之。辛亥,釋褐登第,初隸承文院,薦拜注書、翰林,秉筆在史館,書法不隱,奸黨已側目。癸丑,禍締宮禁,光海令史官檢考神德王后故事以動慈殿。爾瞻尸史局,欲悉録芳碩處置顛末,將以熏永昌。公曰:“上命不至是也。”閣不肯書,爾瞻色沮。公卽移病出。後廢后論益急,西宮錮,衆邪張。公悲憤激烈,發於色辭。遂指以爲妖惡言,坐削職,退居楊根大灘上,闔户自靖。時清名之士咸中蜮射,或不諧於俗,多寓處上游。疎菴任君、澤堂李公相與壺榼過從,跌宕文籍。窺公者又標榜以“三士”,構蘗不已。先是,西平韓公以先王嘗欲令保護永昌,與諸公目爲“七臣”,名在謫籍。洪君茂績抗疏斥廢,論配絶島。公既韓壻洪甥,而至舉朝請決廢母后,同樞公又閉死不參,方議竄流。毛摯者益以是磨礪待公。公方哦詩命酌,泊如也。及癸亥天地重開,敘禮部郎,移騎省、知製教,拜獻納。公以西平公國舅居位,不欲處顯列。朝議滋欲進用,屢拜三司,賜湖堂讀書暇。公既出,則又欲激揚流品,令朝序澄清。前後舉劾官耶,不懾剛禦。乙丑春,世子加元服,公由校理遷弼善。禮成,例當得賞資,以嫌故只陞太僕正,兼輔德,轉應教爲執義。有李佑者上變得勳封,操形勢凌藉平人,道路重足。公論竄遠地,朝野稱慶。薦經應教、執義及司諫、舍人、司成。丙寅,姜宫諭奉帝命至國,遠接使金公瑬辟公從事。華人亟稱公儀度眞翰林模樣。其秋,策重試文科,加通政階,兼承文院副提調,仍賜暇。預纂《光海日記》,且以爲儲養地也。歷刑曹參議,以承旨陪慈殿避兵江都。事定,同列多以勞增秩,公唯遷吏曹參議,論者猶言其近嫌。公辭不就。庭試文臣,公居第二,受廄馬之錫,爲參議禮兵二曹,由大司諫復入銓席。棘棘爭注選匪人,忤長官罷。尋拜副提學,又面斥臺官世累,爲所螯免。乙亥,授都承旨,用追崇祔廟恩進嘉善,刑兵二曹參判,出觀察邦畿。八月,行園寢謁光陵,遇暴病卒。……爲文章典重溫雅,無秕語無累句,一不詭繩尺。今其集行於世,諒必有知言者矣。

《東州集·鄭玄谷詩集序》:玄谷鄭公德餘沒踰歲,國被兵,所著詩文無慮千餘篇,蕩佚於鋒焰。其孤善興摭拾散亡,經十數年,得詩四百餘首雜著若干首,將以入梓,屬序于余。觀其意若有不豫者,蓋爲其少也。嗟乎! 凡物之貴珍,以其美不以多寡。海外殊邦珠玉之玩,大不過盈握,而天下之人犇走而求之,以得一寓目爲幸。至於被服食物無不皆然,况于詩文之精者乎? 韓子稱樊宗師著述至多,古未嘗有也,而其後乃湮滅不傳。孟襄陽絶調逸響,以獨得爲宗,只"微雲淡河漢,踈雨滴梧桐"一聯當與天壤俱敝。果安在多寡哉? 玄谷鄭公少積學爲文,自結髮操毫遣辭,便已精緻謹嚴,不作流宕語。弱齡登第,蜚聲翰苑,睥睨上下,一往無前。遂掇禍於群壬,屏居楊江上游,自放於耕釣。時則踈菴任茂叔、澤堂李汝固俱以詞壇逸彦見忤于時議,投閑斂跡,卜築於一舍之内,落落如晨星之並曜。每遇良辰令節,拏舟策衛,相聚倡詶,一時文酒之勝,足以蔭映千古,則三上之日起矣。聖人既作,龍攄豹變,湖堂之選,儐幕之需,輿望所屬,莫與之京。以至玉署、銀臺,飛勝遷擢,綰金章而殿邦畿。公之以文學致用既如是,而遺文之在世者必傳於後無疑,則公之終始榮名不可謂不遇者矣。公長余一歲,通家幼相善。方年少氣邁,兩不相讓。到今觀之,其爲文祭韓久庵及序樂民樓,警拔帖妥,絶去塵腐態色。假令作者白首佔畢,烏能易以至是哉? 於是益歎公藝業夙就,有不可及矣。公有文且有子,能斤斤述事不怠,圖垂不朽,以無負執手之托。傳所謂既歿而其言立,庶其在此乎?

《詩評補遺》:鄭玄谷百昌《采菱曲》云:"淡淡芳湖静不流,綠楊枝繫木蘭舟。美人爭唱採蓮曲，郎在荷花清淺洲。”頗似唐家。谿谷嘗稱“德餘之才不下天章”云。

【按：鄭百昌(1588—1635)字德餘，號玄谷、谷口、大灘子、天容。籍貫晉州。著有《玄谷集》今傳。其詩豪爽清麗。《箕雅》收其七律一首。】

吴　翻　**字肅羽，號天坡。海州人。光海時登第。仁祖初選湖堂，官至監司。**

《朝鮮仁祖實錄》卷三十：十二年十一月甲寅。接伴使吴翻道病卒。上令開城府給棺材，京畿護喪。翻弱冠登第，爲人明敏，且有文才，而在昏朝時未免染迹柳、朴之門，與崔有海、朴箎輩有八學士之誚。以是清議短之。上下教曰：“此人穎悟。以國事死於道路，予甚矜惜。特令贈職，以表予意。”

《明谷集·觀察使贈左贊成天坡吴公神道碑銘》：公諱翻，字肅羽。系出海州。……以萬曆壬辰七月三日生公。當娩之前夕，大夫人有異夢。生而神骨瑩澈，穎秀異甚。五歲學史書未半卷，文理已進。甫十餘歲，文藝日富，詞藻溢發，藉藉稱神童。五峰李延陵嘗過陽城村莊，公以所爲程式詩賦請雌黄。李公見之曰：“非吾所可評。”因命韻爲詩，遂屬和而去。自是場屋選試輒入高第。年十九中進士。越三年壬子登增廣文科。公弱冠取科名，如承蜩拾芥而無自滿色，前輩長者咸稱之。唱第日，往拜韓久庵百謙。久庵書厚字贈公曰：“以此一字行世足矣。”權知承文院正字，時有奏聞天朝事。白沙、漢陰、月沙諸公列坐朝堂，將草奏，公以槐院郎執筆。諸公連聲口占，公略無疑滯，筆翰如流。漢陰顧謂吏判曰：“如此人才，何不置之清路？”翌日拜侍講院說書，旋移禮曹佐郎。時朝廷日昏，倫常將斁。公不樂求宦達，日與谿谷、白洲諸公唱酬自娱。往往讀書於三角山中，夜以繼日，勤劬如學究生。己未拜兵曹佐郎。時弘立有深河之敗，以陳奏使書狀官赴京。庚申出爲槐山郡守。歲大飢，公悉心賙振，峽民無捐瘠。未滿百日，政聲已著。孽臣李挺元家在邑治，怙勢張甚，以吏曹參議請由歸家，徵責多端。公非徒不應，又不肯出見。挺元怒發悖語，笞郡吏以辱公。公乃杖其族黨及家僮，投紱而歸。遂以此坐罷。秋爲巡檢使從事官，往巡三南。辛酉以從事官從韓元帥浚謙于關西。軍務之暇，日講詩禮。韓公亟稱之曰：“廊廟器也。”有大事必咨焉。癸亥春，仁祖反正。即日拜司諫院正言，旋移司憲府持平。時承昏朝斁亂之餘，中外抱冤者衆，群起來訴，日以百數。公據法决事，執論峻正，尤以振飭風紀爲先。時有外戚新參勳者數人，恃恩縱恣。公彈治抵罪，風裁凜然，朝紀日嚴。遞拜成均館直講，累拜弘文館修撰、校理，常帶知製教。韓西平既識公才，時爲都體察使，筵白“吴某可大用”。忠清缺方伯，遂以公擬望五品官,舉擬按察,特以材望之揭出也。移拜司諫院獻納,與被湖堂之選,蓋藝苑極榮也。仁城君珙累爲逆囚所援告,廷議將置之死。公奏曰:"骨肉雖有罪,理當保護,不宜盡律。"忤時議遞,付成均館司藝,尋遷司憲府掌令。甲子春,逆适舉兵反,上幸湖西,公以校理從。時車駕甚急,未及奉廟社主。公中途馳還,趣廟社乃行。領相李完平聞而賢之,登對稱奬。上亦加寵褒。駕次果川,夜已三鼓。公曾以幕僚出入邊障,熟知西南事。時入侍燭前,條陳賊路形勢及設機制勝之策,指劃明切。上動容稱善。時元帥張公躡賊兵師左次,李延平貴禦臨津亦潰。公上箚請以法繩之,俾嚴軍律。且劾兩司不論之失。旋移司諫院司諫。駕還,以扈從勞陞通政階。銓部以未經準職,引例持之,上特命進秩。拜兵曹參知。先是大妃遣陳奏使李慶全等陳廢立狀,因請冊封誥命。天朝入流言,使登萊撫院遣差官椵島,招我國廷臣核問事實而去。及陳奏使回,天子只降勑冊封,而不許誥命冕服。朝廷甚憂之,將遣使奏請,兼謝勑命,簡公爲副使。當是時,清人已據遼廣,燕路阻梗,使价皆航海以達。先公銜命者數輩相繼沒溺,朝臣視爲死地,皆避莫肯行。三改命而及公。公受命,不少見幾微色。及泛海遇颶風,舟幾覆者數。舟中人呼泣無人色,公怡然危坐,賦詩不輟,舟中恃而爲安。行過齊趙之墟,歷數百千里。公容止閑雅,又善華語,華士見者無不敬而慕之,爭投詩以求和。及至皇都,用文字抵諸部,詞意痛剴。就閣部諸公口對面陳,亦皆明核。天朝諸公莫不首肯讚歎,事竟準請。旣還,仁祖嘉之,賜土田臧獲以疇其功。時乙丑四月也。行中象胥有干禁者,臺官劾使臣不能檢飭,啓請罷職。未幾牽復。丙寅拜清州牧使。其夏詔使王夢尹、姜曰廣來,公以製述官承召至都。兩使素伉高少可,得公詩輒賞美,待之有加。尋遞歸陽城。丁卯,虜警猝至,公疾馳赴朝,道拜同副承旨,扈入江都。賊退,隨駕還。秋,關東賊李仁居反,命逮方伯,難其代。朝議非公莫可,遂授關東節,率輦下親兵往討之。柳琳爲中軍,申景禋爲別將,元振河爲從事官,卽日啓行。行未至,賊魁就擒。公至則按治餘黨,寬其脅從,軍民大安。戊辰夏,以親病遞歸。旋拜右承旨,兼司饔尚衣院提調。秋,遭典簿公憂。服闋,拜刑曹參議,移承旨。辛未,陳疏乞便地以養老母,拜驪州牧使。旋遞拜禮曹參議,移承旨未幾,拜慶尚監司。嶺南統七十州,俗斷斷健訟,素稱難治。公廉以持己,簡以制煩,威惠並施,裁斷如流。案上無留牘,黜陟公而嚴。州縣振肅,聲績大著。簿書之暇讀古書,日有課程。壬申秩滿,遞付僉樞,旋移左承旨,兼承文副提調,亦文階極選也。癸酉秋,海西伯缺,朝議以西事方殷,乃授公黄海監司,是日又擬關西伯。廟堂之器重如此。是時邊警日急,元帥留鎭黄州,毛文龍據椵島,需索無已。公左右策應,不以煩民,海人皆按堵。其冬,天將程龍奉勑來，公出候境上。程公得公詩文歎曰："吳觀察文章如江海也。"其留京館，取公詩揭諸壁上讀，輒拱手稱讚。後遇我人，必詢公起居。使命之來，必致書問。明年秋，以病遞還。時天朝御史黃孫武來椵島，朝廷以公爲接伴使。公已視憊，而疆事也不敢辭，強起馳赴。及還到松都，猝病風不能言。守臣以聞，上遣內醫診視賜藥物。竟以十月二十九日卒于松都，享年四十有三。訃聞，仁祖驚悼，命沿路護喪，弔祭賻賵如儀。且下教曰："吳翻穎悟多才，以國事死於道。予甚閔惻。其特爲追贈，該曹奉旨贈吏曹參判，兼兩館提學。"其十二月，永窆于陽城天德山枕亥之原，從先兆也。……公爲人美須髯，目光炯炯，容采丰潤，映帶數人。溫雅而簡潔，明敏而峻整。中心樂易，與物無競。平居寡默，若不以事物經心。而至臨事是非辨得失，一裁以衷，英氣奮發，通練時務，動合機宜，規劃有條理，凡所設施，後來者不能輒更。斤斤奉三尺不撓，當官坐衙，不嚴而威，豪猾吏抑首不敢仰視。所至恒有去後思。內行篤備，事親奉祭極其誠。居親喪廬墓三年，處諸弟愛而能誨，御家恩而有制。平生不問家人產業，立朝二十年，累建藩節，田僮無所長益。顧嘗好讀書，沈浸諸家，醫藥卜筮，天文算數，異端老佛之書靡不旁通，尤深於《易》。每公退，終夕伊吾，戶外之迹可數也。爲詩操筆立就，渙若不思，而篇出藻采煒燁，聲韻鏘洋。早以詞賦鳴場屋，人謂得楚騷之遺。文亦遒麗，有古作者風。使之天假其年，則其才猷文采宜不止是，而竟夭閼於中道。惜哉！有文集四卷行於世。

《白軒集·天坡集序》：天坡吳肅羽歿而十三年，其文集始將行於世。其弟翻氏宰晉州，千里飛書，屬余引之。余喟而曰：肅羽詩文自足以不朽，余惡敢重輕哉？其於知肅羽之深，則莫我若也，亦惡敢辭？余聞詩而無韻致，文而無氣格，則猶水母之無蝦，固無以傳諸後。就使傳之，其傳也不遠。世之所謂操觚之家，靡不獵聲耦飾采澤，鬥巧誇靡，以鼓其價。而求諸韻致與氣格，則得之者蓋鮮矣。如吾肅羽自總丱時杜門伊唔，探經傳之奧，田百氏之藪而嚌其胾，且相與浸灌切瑳于一代之文苑，如竹之括，如玉之礲，如川河之有源委。弸中彪外，發而爲辭，名章迥句，迭作間起。曄然其彩，鏗然其音，大抵皆可諷也。文亦紆餘遒麗，彬彬然有古作者之風。其於不朽之業一何盛也！雖然，此特肅羽之殘膏耳。肅羽平生內行篤至，性復通敏，於世務無巨細悉能曉暢。又老於吏，入則論思獻納，視草演綸，閱木天之籍，讀將臺之奏；出則剖竹鳴琴，橫槊草檄，按澄清之轡，擁油幢之節。或周旋乎華使之賓筵，或奔走乎中國之水陸。左右俱宜，赴機中窾，恢恢乎地有餘矣。不幸天衢萬里，中途而仆。此所以同朝結埋玉之慟，聖主興亡鑑之歎。吁可惜也。如使天與之年，究其遠業，則執牛耳主齊盟，宜無讓於前人。而其所以掄揚鴻藻，黼黻潤色，大鳴於世者，直與往昔名雋並鶩齊駕，豈特使煙霞奪色，草木增光而已哉。噫！余嘗與肅羽往賞中興水石，政値九月，楓菊交映，相與吟嘯倘佯，竟日忘歸，悠然有羊何之興，思之如昨日事，而已二十有五年所。今余尚寄世間爲肅羽作此文，適當暮秋，又何悲也。抑回望碧霞白雲之界，三峰秀出，來入軒窗，逸氣高標髣髴在目。一讀遺稿，清風滿襟，肅羽眞不朽矣。肅羽名翻，天坡其號也。

《天坡集·序(鄭斗卿)》：肅羽在世時謂余曰："余甚有悔。余弱冠登第，以爲丈夫事業不但文，於天下事當無不通。天文地理醫藥卜筮音律漢語無不用功，數十年來頗窮諸術之奧妙。更思之，皆不若文章之不朽，枉分精力於無益。不然吾詩文奚止此哉？余甚有悔。"余觀其詩，詩之難者莫若七言律，其律嚴緊遒勁，格力俱至，精華外發，法度內整，至其得意處不愧古名家。假令世人寢忘寢，食忘食，廢百務，窮日夜，惟文翰是事者，其所造豈能過此？然後知君之才出衆人遠矣。嗟呼！肅羽經濟才，奚但以文論哉。主上將欲大用，會奉命西路，復於公館。主上震悼，特贈嘉善，愛惜之旨溢於綸綍。古人有其才而無其時者多矣。今天有其才有其時，又不得其年，豈非命哉？豈非命哉？其可惜也已。余與肅羽及張丞相谿谷先生三人爲莫逆交，每鼎坐論文，不知朝暮。二子返眞，惟我人猗。追念往事，未嘗不慘然。今者肅羽弟賓羽出牧晉州，將刻其伯氏詩稿，征序于余。余不敢以不文辭略陳鄙見，且有感焉。曩時賦詩雖一句一字，必經肅羽法眼。今雖有所作，誰可與共論者？昔莊叟過惠子之墓有郢匠之歎，吾於此亦云。悲夫！丙戌夏，鄭斗卿君平序。

《竹窓閑話》：天啓甲子，余以奏請使越海赴京，副使吳公翻，書狀官洪公翼漢也。吳公多才頗解卜說，皇都名卜及善相人無不招來。一日吳公與白髮老人偕來余處，是相者也。見余相良久曰："失志人也。"余怪問曰："何以知之？"相者曰："眉間有滯氣，以是知之。"時乃反正初也。余卽拜忠清監司，入爲漢城判尹，實無失志之意，而相者乃言未可知也。因謂余曰："歸國必有構害，當有落職之事，然非久還職矣。"余又問曰："余獨其然乎？且越海無事耶？"相者曰："三位皆然。而水路萬萬無虞。"且吳公帶去軍官者，狀貌豐偉，長身美須髯。吳公使更著華衣以視之，相者便曰："商也。"吳公紿曰："此乃武進士，官至三品。屢經舟師將領之任，熟諳候風行舟之事，故帶來矣。"相者曰："謊也。面背俱有勞心射利之相，遠行圖利者矣。"吳公驚歎。其人居於市井，一生防納，其遠行射利之說不虛矣。凡相法有面背俱看之規，昔蒯徹之說是也。吾等還朝，果以員役落後。有一臺官素與吳公不相能，乘時論劾，拿囚一日，並坐削職。一如相者之言。後又聞之，相者謂吳公:“官才侍郎,壽亦不長云。”吳公官至通政,年四十四而沒。嗚呼惜哉!相者可謂神妙矣。

【按:吳翻(1592—1634)字肅羽,號天坡。海州人。著有《天坡集》今傳。其詩藻采煒燁,聲韻鏘洋。《箕雅》收其五律一首。】

全　湜　　**字淨元。沃川人。宣祖朝登第。官至知中樞。**

《朝鮮仁祖實録》卷四三:二十年十二月丁卯。前知中樞府事仝湜卒。湜爲人謙謹,在昏朝不曾染迹,及反正,歷敭清顯,以年老歸鄉,至是卒。

《漫浪集·知事全公行狀》:沃川之全,遠有代序。……以嘉靖癸亥正月二十一日舉公。公諱湜,字淨遠,號沙西。少穎秀異凡兒,厚重如成人者。稍有知,得異味於外必奉諸父母。父母貧,蔬糲不繼,悶其飢而問之,輒曰:“飽矣。”鄉里稱“全孝兒”云。八歲通文義志學,學大進。金沙潭弘敏大加歎賞,名藉甚士友間。己丑中增廣司馬試。壬辰難作,公與進士姜霔倡義募士伏于險阻,邀殺賊數十餘騎。或懼賊肆其毒,出首鼠語。公責以大義,終不爲動。丙申,用左相金公應南薦,調連原察訪。是時湖民新刳於兵,陲卒散亡殆盡。公招徠撫摩,克舉其職,遂令公管收税米。方在可興倉,訛言賊鋒且至,公私震聳,倅宰跑勦。公獨勑下吏守庾庫,數日果定。丁酉,又令句湖西穀於忠州以備軍餉。賊兵再動,體臣使焚其儲庤,毋爲寇資。公執不可,竟全萬斛,爲我軍需。其臨急不撓能處肯綮類如此。己亥轉禮賓寺直長,不就。癸卯始釋褐。時論方擯異己,以公補成均館。乙巳選入堂後。權相主尊號議,言官從臾。有嶺人不傳會者,迺疑公指教,將齕公。公遂遯于鄉。丁未例陞典籍。戊申薦騎省郎,未拜。旋出爲忠清道都事。都事管刷邊民,法久弊生,侵及無告。公據實上聞,多所剗革。按使有滯訟請公理,公輒斷得其情,人到于今稱誦。鄭仁弘自京還,遇公于道曰:“近來國事不可言,大臣亦爲邪論。”公曰:“相公之箚,萬世正論,而謂之邪耶?”仁弘怒不復與言。己酉拜禮曹佐郎,轉正郎。一時公議欲薦公東銓,將先擬臺府。銓郎有戚畹子,以公不肯俯仰,故尼之。銓長使其子弟往探公意,且勸訪其人,公笑而不答。由是不果引用。辛亥除蔚山府判官,大有惠政于民。甲寅除金郊察訪,以病不赴。又出爲全羅道都事,尋棄官還。時世事大變,倫紀幾亡,公奉親家食,絶仕宦意。與愚伏鄭公、蒼石李公杖屨相從於山水間而已。鄭仁弘過尚州,公避而不見,仁弘心銜之。其徒吳汝檼輩相與訕笑曰:“家貧親老而不爲官,全某其愚人哉。”己未冬丁内艱。庚申春又遭判書公喪。既葬,廬于墓側,哀毁過制。壬戌除慶尚道都事,不赴。癸亥撥反之初,收敍耆碩,拜公禮曹正郎兼記注官選知製教。自是遷除常帶三字銜。秋薦玉堂,由修撰、校理，每當進講。必竭誠獻納，明析義理。上亦虛心嘉納。任學士叔英常稱“經筵官，通古今鄭經世，達事理全某其人”云。冬移典籍，尋拜司憲府掌令。論郎署無行者，宰臣伸救，上命罷公職。大臣白言“積年林下，素有力學名。合在言地，不宜斥罷”。上從之，除直講。甲子遷司僕寺正。賊适稱兵，公扈駕行次天安。拜執義，論李貴棄師之罪，又論張晚逗遛之律。晚幕下武弁輩譁然訟曰：“主將有功無罪，吾屬其去矣。”公厲聲叱曰：“社稷蒙塵，大駕未返。汝亦人臣耳，乃敢爾耶？”遂帖息以退。遞付禮賓寺正。三月，用羈紲勞陞通政階，拜兵曹參議。冬拜同副承旨。上命賜金公諒通政資，繳還爭執，人以爲難。乙丑轉左承旨。辭遞護軍。拜刑曹參議。爲朝京使。時遼路塞，涉海萬里，莫不爲規避計。公無幾微見色。遂行至皇城島之大洋，風作舟危，人皆喪精失措，公獨不爲變。乃賦詩曰：“木道二千里，風餐三八蓂。曾聞達去舍，今覺沒吾寧。肯以顛危動，須從造化聽。開蓬發一笑，萬事寄冥冥。”俄有兩大鰌挾舟而行，近陸乃逝。咸以爲神助云。中朝人見者皆稱“有德宰相”，而登州軍門武之望尤加敬禮焉。丙寅復命歸鄉。丁卯還朝。二月虜兵闌入塞，將薄京城，大駕巡于江都，公扈從。廟堂方議和好，公上疏其略曰：“胡差又來，虜書又至。要與聖明立誓，屈千乘之尊，下與夷狄之賤夫抗禮成誓。設令因此而國家安全，生民免禍，尚有牛耳之愧。況此狡虜情態萬狀，愈久而愈見其叵測，未知前頭更有幾層話頭耶？伏乞聖明斷然奮厲，斥還來使。急檄守禦諸將，備守臨津一帶。仍令平安將士，遮截浿江西邊。或可使隻輪不返也。噫！到此危急之秋，人主一舉措，便爲興衰之機。頃日嚴斥抗言之諫官，左遷陳箚之學士，似此施爲，不但失一島人心，四方聞之必不以前日期待仰殿下也。臣甚憂之。”由禮曹參議拜大司諫，進六條箚，其目曰納諫諍，去偏私，修軍政，減軍官，勿恃和議，勿爲譏察。時諸勳宰各占褊裨，又橫議失時之人，日夜覘其動靜，人人惴惴莫保。而公箚論其狀甚白，士論韙之。自是年至庚午，爲禮曹參議者四，爲吏兵曹參議者再，爲大司諫者四。或以病辭，或出謝而還。蓋自以老病宜退求外補，尹鷄林府。府故嶺之巖邑也，不大聲色而民自化。瓜滿而歸，民立石頌曰“爲政以德，視民如傷。三年惠澤，汶水流長”云。甲戌還拜大司諫論。麟坪大君婚事有不中禮者，且言婚時衣服器用宜從儉約，以戒奢汰。上皆溫批以答。又論紀綱漸弛，宮禁不嚴，內言之出，外言之入，未必不由於此。又上疏論時政，其略曰：“……”辭遞護軍，拜兵曹參議、大司諫，辭拜禮曹參議，乞暇歸鄉。丙子正月，聞仁烈王后喪，還朝謝命卽歸。拜大司諫、副提學，皆以病辭。十二月，虜兵猝犯京都，大駕入南漢城。公首倡義旅，募兵千餘人穀百斛進屯于忠州櫓洞。丁丑正月，嶺之官軍衄於雙嶺，義兵望見敗卒以爲賊至,皆請移陣避鋒。公曰:"毋驚怖,且毋慌言。軍中一撓,能復合乎?"俄而遂定。公知懸軍深入無益於事,乃還陣聞慶,分守要隘,圖保一面。會賊撤城圍,上出城還都,公即奔問。業有副提學之命,肅謝請對。上面教若曰:"聞卿倡義,予甚嘉尚。"所以慰諭公者良至。且曰:"國家所恃惟三南,湖西則已被搶矣。湖南之民,即嶺民之罪人。嶺軍再舉再集,誠由士大夫有識故耳。"公涕泣前對曰:"臣犬馬齒至,病不任事。主辱臣死,蔑效絲毫。主臣主臣!"仍進言曰:"國事至此,須有别樣舉措。臣入京有日,未聞一開殿坐。柰何自置於無可柰何之地也? 比者十臣被罪,此輩無遠慮,徒爲大言。竟致國事顛沛,然罪之則過。豈可使天下聞此罪名也?"尋拜吏曹參議。四月特陞參判,加嘉善階,兼同知經筵春秋館事。辭不獲命,乞暇還先墓還。戊寅三除諫長,一拜憲長,移禮曹參判、大司成,兼帶如故。上以湖南軍犯律,命赴南漢城三月之役。公以爲正當耕種之時,特減其朔。上命巡檢使整飭三道舟師,公以爲防備不可廢,而民隱方殷,此非急先務也。又上八條箚,其目曰調養聖躬,懋修實德,痛革侈風,廣開言路,振肅紀綱,崇奬節義,勤恤民隱,革罷内需。皆言人所難言者。己卯庚辰,又三拜諫長,三除憲長,辭不赴。時相啓言:"全某德望素高而年齡已暮,宜先大用。"上曰:"予亦奇其爲人。"公聞之尤慊然自遜,絶意造朝矣。壬午二月,大臣李聖求啓言:"全某經幄重臣,年今八十。宜有優老之典。"上特加資憲階,除知中樞府事,兼同知經筵春秋館事,尋拜大司憲。辭不赴。以是年十一月初七日考終于尚州城外居第。以其明年癸未二月二日葬于尚之治西柏田山先兆下巽坐之原,從治命也。……嘗記不佞床奉使嶺南,謁公于尚之里第。家四壁立,蕭然如布素。仍誦任踈菴詩"誰似全都事,居窮志不窮。遙知讀書罷,高臥北牕風",有味乎其言也。公餘事爲文,本諸經書,尤精於《胡氏春秋》。有遺稿若干卷藏于家。

《沙西集·序(李彙寧)》:蓋先生之學以《四子》、《六經》爲本,而尤深於《胡氏春秋》。發爲詩文,典雅淳古,眞有德者之言。况前後疏箚累十百言,而愛君憂國之誠,陳善納誨之意,勤勤懇懇,義理俱足,文章有餘。

【按:全湜(1563—1642)字淨遠,號沙西,謚忠簡。籍貫沃川。柳成龍、張顯光門人。追贈爲左議政。奉享白玉洞書院。著有《沙西集》今傳。其詩典雅淳古。《箕雅》收其五律一首。】

鄭弘溟　**字子容,號畸菴。澈之子。光海時登第。仁祖初選湖堂。典文衡。官至大司憲。**

《朝鮮孝宗實錄》卷五:元年十月辛巳。前大提學鄭弘溟卒。弘溟,故相澈之子也。早服家訓，砥礪自立，所與遊皆一時名人。光海時爲群小所齮齕，擯不用。逮仁祖中興，歷踐華顯，及典文衡，皆辭不拜。性簡亢少許可，喜劇飲。爲文宏贍，尤長於詞賦。晚年自放於鄉里以終焉。號畸菴。有文集行于世。

《南溪集·司憲府大司憲贈左議政鄭公墓誌銘》：崇禎庚寅十月某甲，司憲府大司憲兼守弘文館大提學藝文館大提學畸菴鄭公卒于昌平縣舊第。……公以萬曆十年三月七日生。幼性警悟，出句語驚人，松江公大奇之。十二歲，丁松江公憂，未卒喪而母夫人繼歿。初松江公手書戒子帖以貽諸子，公尤致志。少從宋龜峰學。弱冠，因束修于沙溪先生受《易》、《近思》等書，見解精透，冰釋的破，先生亟加獎歎。自是沈潛經訓，業日進。間又出入文敬公之門，文敬公愛重之，待以國士，名聲遂大彰徹。公既擯于時，羈旅兩湖間。光海丙辰始中文科，分隸承文院。奸黨啓削之，乃南歸。杜門讀書，汜濫涵蓄，遠近士子多從問學者。癸亥薦拜藝文館撿閱，俄遷弘文館正字，以御史廉察京畿道，序陞修撰。明年，西帥適叛，扈駕於公州。還都，與仲兄江陵公上疏，伸松江公誣。拜司諫院正言，歷獻納、校理，轉吏曹佐郎，兼侍講院司書、知製教。恢張公道，士論倚以爲重，尋陞正郎兼文學。詔使姜曰廣、王夢尹至，差佐儐幕，隨遠接使金公瑬迓於境。覆命，拜應教，掌試湖南，以公明得士名。自後每當試席，輒推公爲最。會時議咎考官子弟多登科，意在右相申文貞公，公疏辨其非實。拜議政府舍人，賜暇湖堂。丁卯虜寇，深陪世子南下，拜司憲府執義。歷輔德、典翰、掌樂院正。廷試文臣，中選賜廏馬。是時，日本使玄方至，命公爲宣慰使偕至京，周旋得宜。玄方服公詞翰，益加敬禮，一路賴之。會因人言，命逮公坐罷。壬申復拜執義。上怒臺諫力爭追崇，屢降嚴旨。公遂上疏極論之，辭意切直。以連魁月課，命賜緋。未幾拜兵曹參知。疏辭，乞外補，不許。歷副提學、大司成，竟出爲金堤郡守。比至，輕徭省弊，勸課邑士尤勤，一境稱治。瓜滿，老少遮道，又立石以頌。仍大歸昌平。仁烈王后薨，赴臨，拜禮曹參議、大司諫，懇辭南歸。虜再猘，上幸南漢城。公聞變馳到礪山，有旨拜公召募使，募兵得數千人，會諸路進兵者皆敗，人心大擾，監司兵先潰。公不得已謀扼車嶺。分朝又差號召使，監司遂請公先巡海邑，給江都漕運，公乃解兵以付焉。巡未至，聞上出城，號泣奔問。疾猝劇，特命遣醫齎藥，拜吏曹參議。値命查問斥和諸臣，公疏論其失，且言恢弘德量開誠體物之道。旋南歸。自是益篤屏居之計，除官必辭。癸未連拜參知、大司成，黽勉赴召，復出爲咸陽郡守。首相沈公悅請勉留，爲士林矜式。上溫諭曰："某之文學廉介，予已深知。奈不肯久留何？"至郡，尤務恤煢寡，設老人宴，俗以大和。時文衡缺，朝議咸歸於公，拜兩館大提學。會疾作辭歸鄉。仁祖賓天,力疾入臨。及歸,復拜大司憲、大提學,皆不就。公天資高邁,輔以學力,操履端確,氣象莊重,望之者輒知其爲可敬。然而趣造韻度,亦未嘗不超然塵垢之外也。聰明絶人,於諸子百家無不淹貫,要以經訓爲宗,曰:"吾少時讀書粗放。及到沙溪門下,與胤子士剛講誦《中庸》。然後雖他書皆可以類推矣。"嘗書"躬自厚而薄責於人"及謝顯道"去個矜字"語以自警。雅深於禮,考據精博,人多就質。比易簀,遺命用深衣幅巾。孝友出天,少失怙恃,事江陵公甚謹,侍坐終日不敢翣,諸子視爲法。咸陽時宗子歿,孤幼,遂權奉先祠位牌,克盡追養之誠。每當國家大事,是非互敓,必更辨別斟酌,一決於義。及經丙子之變,聞北使消息,憂憤慷慨,涙隨言激,不以進退爲間焉。所與游皆一時名勝,唯于愼齋金文敬公情義尤篤,每稱以畏友。月塘之喪,並爲加麻。且善訓迪後進,多至成名。蓋公少嬰家禍,習知末俗情僞。後雖遭遇,益見世道積衰,難以有爲,遂自韜晦屏退,往往淪跡于曲蘖。繇此知公者亦多目以詩酒人豪,而實不覺其有蘊也。

《畸菴集·畸菴集序》:子容發其籍示余。余乃卒業而歎曰:"子容可謂老于文學者。豈可以易言乎哉?"子容夙遘家難,退然自廢,專心墳素,積有年紀。質疑師門,識解精博。於古今書無所不涉,酷嗜騷選韓杜,沈潛飫沃,翕取敷施。其爲賦誄,感慨悱惻,有騷人之致。書疏宏贍典密,詩尤蒼深豪健。其不合于古人機杼者鮮,而絶無今人剽竊蹈襲之疵。要之多積薄發,兼能專美焉。則所謂老于文學,未可以易言之者,非故誇也。世之人見子容之文,目之以文章之士。文章卽其煨粕耳,子容豈唯文章士哉?當其盛年被敲撼而畸於世,斂其磊磈俊爽之氣,魁偉拔俗之才,一托於觴詠,鳴其不平而已。晚而始起,猶不能展厥所蘊,駸駸乎暮境矣。子容之不遇於世耶,世之不遇也。噫!甲申上元,雲吉山人申翊聖序。

《樂全堂集·畸菴病稿跋》:今者子容薄遊京中,故求見余,忻然委析,若平生之歡。遂定交誼,出示其所爲《畸菴病稿》者。余讀之,心懾而目眩不能竟也。噫!此所謂大家數者耶?其賦誄之爲《騷》、《選》者如《騷》、《選》,詩道之出入唐宋者如唐宋。數子之論文章,必稱"子容子容"者,誠知言哉。雖然語子容之文章,可謂成矣。語子容之年,則猶爲方進之地。假子數年,攻其富有日新之學,極其所造,如《騷》、《選》者不但如《騷》、《選》而止,出入唐宋者不但如唐宋而止爾。余將拱而竢之。

《畸翁漫筆》:《中庸》首章"修道之謂教",訓詁"教,若禮樂刑政教化之屬是也"。以爲未安,至於著說。吾言:"凡聖賢言語文字,當先尊信以爲依據。如有不安於吾心者,亦當十分研究,期於得其旨意而後已。何可草草以己意斷定！況朱子《四書集注》極其精密，非後學所可輕議。”谿谷終不肯。

古人論文，今亦不可盡信。韓文公以子雲《太玄》足與《老子》爭強、侯芭所謂勝於《周易》爲知言，此似過當。子厚之於退之亦然。

蘇長公《司馬溫公神道碑》可謂千古傑作，但用李世勣、慕容紹宗事爲比，何可？

朱子與象山各率學徒，會白鹿書院講議，跋文極加推重。及其爭辨太極，鑿枘不入，交契遂至乖角。至其旅櫬過時，大拍頭，胡叫喚云云。如使象山有知，寧不銜憾於泉下乎！

朱子於東坡，排斥不遺餘力。而觀其跋坡公所畫石竹曰：“此翁磊落不羈之資，清秀後凋之操，竹君石友庶幾似之。”其見許亦似不凡。

王陽明初染禪學，中間服膺朱子，後又棄而從禪。其集中“講學每疑朱仲晦，支離著作鄭康成。鏗然舍瑟春風裏，點也雖狂得我情”一律，志尚可知。

陽明遊山時，有一丈室扃鐍甚牢，塵埃沒膝。問其故，居僧云：“先師臨化，丁寧付囑徒弟：‘一閉窗闥，勿妄開視。’”陽明怪之，直前手拓其戶，見一老僧坐化，容色不變，與陽明面目無別，背上有文曰：“三十年前王守仁，開門還是閉門人。”陽明錯愕云。未知其真妄如何也。

聖人不語怪，怪亦未必不有。浮屠善幻，雖不可信，如針羹洗臟，萬一或然，豈非惑衆？

余嘗以王彦方詩中“榮寵無心易，臨危抗節難”二句漫題壁上，各有來見者，多言上下句“難”“易”二字宜相易，可見榮名中人深矣。

【按：鄭弘溟（1592—1650）字子容，號畸菴、三癡，謚文貞。籍貫延日。鄭澈子。宋翼弼、金長生門人。追贈爲左議政。著有《畸菴集》、《畸翁漫筆》今傳。其詩蒼深豪健。《箕雅》收其七絕一首、五律二首、七律二首、五古二首。】

愼天翊　**字伯舉，號素隱。居昌人。光海時登第。仁祖朝副提學。升右尹。**

《朝鮮顯宗實錄》卷四：二年六月乙巳。前漢城府右尹愼天翊卒。史臣曰：“天翊登第未久，屏居靈巖。反正之後，以三司徵召絡繹，皆不就，世以此高之。沈深有氣概，好詼諧頡頏傲世。宋時烈名重一時，天翊每嘲弄非笑之，由是頗與時輩忤。孝宗時，嘗以大司諫赴召入京。朝士往見者或問以時事，則輒以漫言戲之而不答，其處事亦不自異於流輩。是後銓曹注擬頗間闊，雖上亦未之奇也。時或循例諭旨，而無必致之意。然其居家無養靜之工,惟飲酒諧謔不已,人或疑其無聊。及超拜右尹,執義金始振騣之曰‘諧詭持身,退不可爲訓於鄉里;浮游處世,進未有所益於朝廷。如此之人,未見其有可擢之實’云。”

《朝鮮顯宗改修實錄》卷五:二年六月癸卯。漢城府右尹愼天翊卒。天翊字伯舉,善詞賦,弱冠登第,有氣概,頡頏傲世。值昏朝,十年不仕。仁祖反正,群彦彙進,而天翊見朝廷氣色,有不滿於心者,便思引退。時或造朝,而未嘗久淹。丙子後,每以二司徵召,皆不就。孝宗朝,嘗以副提學承召入京,朝士往見者或問以時事,則輒以戲言答之。適當金弘郁之死,亦無一言而歸,人皆笑詈。若言其恬退之節,則誠有過人者。

《性潭集·參判愼公神道碑銘并序》:公諱天翊,字伯舉,素隱其號也。居昌人。……公以萬曆壬辰十二月十九日生。李夫人嘗夢雙鶴集臂而有娠,及娩而孿,公其長也。幼穎悟,孝友出天。甫踰十歲,遭參判公喪,哀毁如成人。奉李夫人盡其誠,一以承順爲務。李夫人教之以義方,使就趙玄洲纘韓學曰:“汝事師如父母。”公乃從學勤篤,大被玄洲公奇愛。文藝夙就,十八以後連三歲登解額,華聞益著。壬子并中進士及第,隸槐院爲正字。既而見光海政亂,屏居湖南,屢除職不就。丙辰哭弟湖山公海翊,益無意世路。當癸亥改玉,始授正言兼三字銜。首論趙挺、權縉等之倖逭罪籍者,人皆想望其風采。時有廢朝科未唱榜者,臺啓請罷。而乃以元勳之子參在其中,竟不罷。更試又有勳臣濫廁臺閣者,公歎曰:“聖上新立而朝廷之務私至此,國事可知矣。”卽棄歸鄉廬。是秋爲養出宰興陽,踰年辭歸,行橐如洗,有去思碑。乙丑丁李夫人憂,丙寅持祖母承重之制,戚易克備。服闋卽除禮曹正郎,尋與瀛選拜副修撰。自是迭除三司郎署,癸酉陞副應教太僕正司諫兼弼善輔德。前後除命,黽勉暫膺,丐免者多。丙子連除執義典翰皆辭遞。是冬在鄉聞虜變,蒼黄西赴,至湖西路梗不得達。及聞媾成,痛哭如不欲生。丁丑春入都進慰而歸,除司諫不赴召。蓋值天地飜覆之時,謝官之志益堅。自此十餘年之間,召命頻繁,而一切無所承膺。己丑承聞仁祖昇遐,入郡庭舉哀。乃曰:“久逋恩命,實分義。今當大喪,卽宜奔哭。”遂以副應教趁承,在途移拜典翰,詣闕肅謝,尋以病遞。連授舍人司諫執義,陳疏辭免。一日特被宣召與愼齋金先生集、松崖金公慶餘同入對,上深加眷注。公以中承將爲玄宫封閉官,例當陞秩,臨期托以眼眚而免,復除應教。因辭疏陳勉以正心懋治善始圖終之道,反覆致意,優批嘉納。未幾請暇下鄉。庚寅五月,以執義赴參練事。辛卯大祥又以執義入臨哭班,擢拜同副承旨,入直數日以病遞。久之上詢公去留于筵臣,仍命諭以欲見,則公先已歸矣。是後屢除大司諫副提學,皆不膺命。甲午以大諫赴召,移拜吏曹參議。洪宇遠以正言言事，忤旨引避，法當處置，而兩司俱空。公適除副提學，以宇遠訐而不正，失諍臣體，遂啓置落科。物論譁然，公曰："我所處置實有商量。而事未究竟，謗言先起，顧何足自辨？"乃引病解職而歸。連有大諫吏議副學之除，戊戌冬特旨擢漢城右尹，己亥春拜禮曹參判，實尤庵文正公秉銓時政望也。自丙申以來沈疴轉劇，不出戶庭。辛丑年七十，而以六月十五日卒。訃聞賜賻致祭如例。葬于靈巖之槎谷負坎原，從先兆也。公志氣卓犖，襟韻清曠。餘事詞章，爲一代鴻筆所歎服。少時折朴承宗于稠坐，碎爾瞻子之酒盃，已可想其亢直氣矣。完南李公厚源嘗訪之，庭除蕪沒，蒲薦穿弊。問其不仕意，則拍掌笑曰："我寧有意！直是病而已。"又拍掌笑，傍若無人。平居不以事物嬰其懷。甚嗜酒，逢意中人輒對飲盡歡。如見人之論時政得失，則舉白以止之，而頹然若無聞也。釋褐五十年，立朝僅數百日。而介石之操，晚歲彌確。暇日徜徉乎湖海之上，乘潮扣枻以自樂，超然有出塵之標焉。

《豐墅集·素隱愼公墓碣銘》：閑居會親戚家園，命酒彈琴。築小亭浦上，乘潮鼓枻，打魚而還。人望之以爲神仙。工於詞賦，東岳、谿谷諸公嘗稱以"絶調"。遺集一卷行于世。

《本庵集·禮曹參判愼公墓表》：有文集一卷行于世。其詩賦載《箕雅》及《海東詞賦》云。

《藥泉集·素隱湖山合集跋》：愼監役元萬甫自莽蒼命駕顧余者再，以其伯祖父素隱公、先王考湖山公遺文二冊託余曰："吾王考兄弟以文章著名，實有機雲軾轍之美。而子姓零替，文稿散佚，無以表見于後世。子之先王大夫與吾祖考兄弟有中表之戚，幸念先誼，有以發之也。"余謹受而對曰：余不文，誠不足爲二公重。然猥忝通家，自幼聞二公事甚熟，敢不以所聞者記之於後，俾後人考焉。二公孿生也，早失怙，大夫人實有嚴君之誨。年未成童，送山寺授一冊曰："讀訖而歸。"未幾適當元日，還家及門。大夫人知其所讀未訖，不面而還送于寺。一日湖山公陪大夫人於行路，從人竊主人家一瓢，越一程始知之。湖山公泣而告大夫人曰："必令奴返此瓢於主人家。不然吾不可行矣。"大夫人爲之返瓢，留一宿路中，待報後行。自其幼稚時，教勑之嚴，資性之美已如此云。素隱公年二十一中增廣會試第二，湖山公年二十二登謁聖科第一名，聲振一時。適當光海昏亂，附離之徒充塞清要，故以二公聲望，棲遲郎署而已。湖山公不幸二十五歲而歿，或者乃有僊府神游之說，此與樂天之爲海山主、長吉之赴玉樓召無異，事雖荒誕，亦可見一時人心慕望之深，及於身後猶且想像於埃壒之表也。素隱公當仁祖改玉，選入玉堂。時廢朝科有未唱名數三榜，公議咸以爲可罷。有元勳子參其中者，終不罷而更試。公歎咤曰："聖主新立，而朝臣行私猶夫前日，可以去矣。"即日棄官歸。自是恩召絡繹,數十除或一趨謝。末年朝廷奬其恬退,陞秩拜禮曹參判,亦不就。湖山公當其無恙時,年妙而志遠,自以其所著爲不滿意,一無所收錄。既歿,素隱公傷其泯沒,搜得數篇,又作行錄若干語,又記師友間凡爲湖山公作者詩文十餘篇,手寫成一編。此雖少,亦可得其概矣。素隱公中晚以後,亦自放於酒,不甚喜述作,雖有作亦不收。今錄在家者僅一冊。然大鼎之味,染指可知矣。余於詞翰聾盲也,固不敢自爲軒輊之論,亦嘗聞先輩緒言矣。杞平俞公嘗謂吾先子曰:"余與愼素隱同直玉堂,見其所著詞賦則騷選,詩章則溫李。且其不樂名利出於天性,無一點塵累,無一毫外飾,眞所謂軒冕浮雲者,令人敬服。"湖山公擢第時,月沙李公以考官出謂人曰:"刻燭之試,作者難於展才,考者易於失選。自昔而然。獨愼某之文在衆作中,譬諸五穀若豆與粟同盤,大小自別。苟非無目者,豈難辨乎!"噫! 今茲二公之文,流落之餘,所傳者只是毫芒。既不可使之無傳,又不可分而爲二。如欲纂次編定,以圖不朽,先以素隱,次以湖山,合成一卷。書雖素隱所著,其爲湖山作者則依素隱手錄之意,並置湖山稿下。使雙珠聯璧,寶彩相映,似得之矣。監役君其念之哉。余於此且有所喟然而永歎者,素隱公早謝榮祿,沒齒丘樊,高標爽概,可以激昂後人。而乃以玉堂一著,晚爲人所呰訾,至有枳論於陞秩者,不止責賢備而已。此乃以一廢百之說。甚矣! 人之於人,樂聞過至此哉。記昔孝廟己亥歲,余以御史南行,謁公于鄉廬。時公既衰且病,臥牀呻吟。而湖海之氣,尚且魁岸。笑謂余曰:"聞論我者以爲不可行於鄉里,我今病不得出門戶,雖欲行里中,何可得也?"其襟懷夷曠,於世之齪齪者既擠而與之不存矣,後死者亦何足介介於斯也。素隱公名天翊,字伯舉。湖山公名海翊,字仲舉。其生也,母夫人夢雙鶴來坐于臂,一則飛上於天,一則飛入於海,故以命名云。

《玄洲集·贈愼童子序》:愼氏子兄弟十一歲而失所怙,以母命走余爲學。余既哀其孤且蒙,而又感其母訓之丁寧。始以口讀,用其誠而誨之。生又用其誠而受之。故往來矻矻三四年間,蒙啓而學稍進。余又嘉其啓且進也,由口讀勵以文章者又數年。而其文若幾浩焉,其學若幾邃焉。苟如是不已焉,則幾乎向文章之方而不遠矣。愼生勉乎哉。

【按:愼天翊(1592—1661)字伯舉,號素隱。籍貫居昌。能文章詩賦。奉享靈巖永保祠。著有《素隱先生遺稿》今傳。其詩高古清曠。《箕雅》收其五古一首。】

李明漢　　字天章,號白洲。廷龜之子。光海時登第。仁祖初選湖堂。典文衡。官至吏曹判書。謚文靖。

《朝鮮仁祖實錄》卷四六:二十三年四月戊辰。禮曹判書李明漢卒。明漢,廷龜之子也。爲人爽朗有風致。以文詞擅名,遂世典文衡,歷拜吏判,至是卒。其弟昭漢亦有才華,遍敭華顯,位至亞卿。以癘疫,兄弟相繼而沒,人皆嗟惜。

《白軒集·吏曹判書白洲李公謚狀》:公諱明漢,字天章,别號白洲。唐中郎將李茂從蘇定邦平百濟,留仕新羅,賜籍延安。延之李肇於此云。……五代祖諱石亨,號樗軒,延城府院君,謚文康公。文章冠一時,三試連魁,聲名赫赫。……考諱廷龜,左議政,謚文忠公,號月沙。文章德業之盛近代所罕,名動中華,國人無少長皆稱月沙。……萬曆乙未三月十六日生公。權夫人夢月入懷而有孕,幼而異凡兒,學語時已知之無。月沙相公奇愛之,撫公而謂曰:"先君日望余生子而不及焉,茹痛曷涯!"小字曰"君望"以此也。丁酉亂後,大夫人自海州歸京,船覆于碧瀾渡,一船人皆渰沒,風掣大夫人衣裙浮著浪頭,公尚在大夫人携抱中。適他船趁救保全,皆歸善云。甫踰十歲佳句已播,石洲權公韠諸名人大歎賞。白沙李相到月沙第,以"宫聲弄秋思"爲題使公賦之,卽製呈而有曰:"月皎皎兮山窗,動石樓之秋思。植藜杖而長嘯,人有影於柴扉。"白沙相公甚贊之,名益彰,籍甚諸公間。公將命造五峰李公門,五峰欣然曰:"君賦'月皎皎'者耶?"因授其私稿曰:"授此非偶也。"十二歲受經書於守夢鄭公曄。游泮宫屢試屢魁,車五山天輅以太學官見公作,輒曰:"奇哉!他日柄文手也。"十五歲魁陞補初試。十六歲中庚戌進士。辛亥人日課製,賦題卽"厲階董狐筆",人皆難之,公乃魁。一松沈相公爲主司,亟稱之,命直赴會試,而以年少不應講。自是連中别試、增廣、初試。癸丑中漢城試第二名。乙卯魁漢城試。丙辰中增廣會試第二名。殿試登乙科,選入槐院,尋錄玉堂。冬作點馬行。丁巳用大相公奏請功,陞六品,拜典籍,改工曹佐郎。戊午知製教,坐不參庭請罷。體察使張公晚辟從事,不赴。己未秋以賑恤使從事官除軍職。患暑幾危,醫藥無效。公自念井華水似好,連飲大椀,卽汗瀉得瘳。冬拜副修撰。庚申,贊畫使李公時發辟從事,不赴。見選别知製教。冬大相公如京師,公以修撰從到義州。歸時,因命察海西賑事。拜兵曹佐郎。辛酉五月拜校理,與諸僚上箚,痛陳爾瞻奸狀,請絶島圍籬安置。累日連箚,箚皆出公手。雖不得請,士論快之。壬戌以體府從事官遍歷兩湖及畿甸。癸亥反正之日,特拜校理,命與張公維同撰八道教諭文。翌日,首擬銓望,尋拜吏曹佐郎。奉御史命宣諭關東。還時兼察暗行之任。還朝,移修撰,復爲吏曹佐郎。時李公植亦爲僚員,以問事郎廳赴鞫廳晚,有特罷之命。蓋李公無馬,同公宿於直所。翌曉借騎之際,以致差後。公冤之,疏陳實狀,命勿罷李植。選讀書堂,又爲槐院文書製述官,兼漢學教授校書校理。體察使西平府院君韓公浚謙辟從事,又兼纂修都廳郎廳。書堂宣醞,應製高等,賜虎皮。轉吏曹正郎。甲子适變起,昇平府院君金公瑬以總督軍門辟公從事,體府啓請勿許,命使兼察。上幸公州,公扈駕次水原,將教諭八道,命公與李公植於御前卽撰文以進。還都後,坐政官晚會罷,敍復正郎。秋轉應教,移司諫。時昏朝宫人尚有留在禁中者,公與諸僚箚陳斥出之意,且請嚴宫禁。上嘉納。已而遞拜應教,公季爲修撰。公引蘇軾故事,陳疏請免。上以有前例不許。歷檢詳舍人,尋移執義應教,又移司諫,遞爲宗簿寺正。無何特拜吏曹參議,拜疏懇辭,優批不許。卽兼槐院副提調,且命仍堂上書堂。乙丑春辭遞吏曹,尋還拜,以安胎使往湖南。既還,上疏條列沿路民瘼,鹽盆漁箭之弊,設屯設鎭之害,與夫各官逋欠之穀,各司未納之貢,雖宣諭未蒙實惠;軍籍之紊亂,宜行號牌;民役之不均,先量田結等事,縷縷陳達。上優答,下備局議。魁文臣廷試,命面給熟馬。秋三告加由。冬十月,柳碩、睦性善等聯名上疏謂:“逆珙罪名不明,告變不實,是非不公,三司誤論。”時金相公尚憲爲副提學,陳疏痛斥柳、睦情狀。有嚴旨。公曾以司諫參請罪逆珙之論,上疏乞免。仍理金公事,略曰:“伏覩近日答三司之批,辭意嚴峻。上下之情意未孚,不勝憂悶之至。打破朋黨,爲今日莫急之務。然臣所憂,惟恐未得打破之要也。無論彼此,不拘色目,是者是之,非者非之,賢者用之,不賢者退之,如是而已。則人各修其身,賢者能者皆萃於朝,而所謂朋黨不期破而自破矣。不然而先加區别,預疑朋比,甲者以甲疑之,乙者以乙疑之,不察心跡之如何,徒以色目疑之。則人皆窺聖上之好惡,乘機干進之輩傾軋不已,朋黨之禍何時可止也。向見金尚憲論性善等疏,有自附王子之語,其言誠過矣,然其本心則不過憂憤所激耳。臣與尚憲年輩懸絶,而亦嘗往來親厚。憂時岌岌,憂國惓惓,苟有所懷,必吐乃已,不少包容,不少依違,此尚憲之病,而亦尚憲之長處也。國家不幸,逆獄屢起,誣枉被逮之冤,誠如性善等所言。而适、璉、弘耈之變,亦出於聖明之世,則意外之患,亦不可不慮也。嗚呼!向日之事,豈得已也。大亂甫定,逋播不服,訛言煽動,凶檄屢飛。其時大臣三司與舉朝臣僚豈不欲仰體聖上之至情,而累日連章,終至於得請乃已。誠以爲宗社深憂遠慮,有不得不爾。終始保全之道只在於此耳。爲先王至親之心,豈獨性善等然也。爲宗社深憂遠慮,豈獨臣等然也。性善等非不知其時事勢之出於不得已,而曾未幾月,執以爲言,有若翻案者然。此固己丑以後本來手段,其言誠不足與較。而其曰陷君不測,其曰甚於廢朝,其曰甚於逆适,其曰見事者見忤者,皆謂之謀逆等語,皆將舉一世搆成罔極之罪案也。尚憲之言亦必有激於此耳。性善等掊摭搆捏,舉一世欲成罪案,而反加崇奬。尚憲一言過激,則斥之以搆人罪目。是何天地之量,能容於性善等而不能容於尚憲也?聽言之道,必觀其言之出於心如何耳。伏願明察人臣用心之如何,而公好惡焉。噫! 直言美名也,陷君大罪也。人非至愚,孰肯舍美名而甘於大罪也。性善等以臣等爲陷君,而殿下以性善等爲直言。臣等之罪至此而無所逃矣。伏願亟遞臣職,以答人言。"疏上不報。丙寅夏,拜兵曹參知,已而移同副承旨,入銀臺則遞槐院之任,例也。而大臣啓請仍察,又兼纂修廳堂上郎廳,稱以修撰官。時詔使姜曰廣、王夢尹留館有日,上將往見。詔使送帖辭宴,欲自來辭行。命回帖請留二嚴,啓下之後,特命公製,立卽寫進。秋放關西武科榜,公承命往龍灣,還遷右承旨。冬三告加由疏遞,拜刑曹參議。丁卯西警,扈駕入江都。教諭本府父老,應命製文。未幾拜左承旨。大臣復請仍兼槐院,後亦勿遞。旣還都,將行仁獻王后魂宮望祭。時已過禫,而上欲哭臨。公分房察禮,以禫後哀臨非禮之意,屢啓爭執。上教以與三年禫後有異,遂促儀註。公又啓曰:"旣已過禫,則與三年禫後無異。此是莫重之禮,當初禮官旣已據禮酌定,臣終不敢承受。"有嚴教。公再疏得遞,求外補,出爲南陽府使。己巳春賦歸,府民及軍人等各樹石頌德。夏敍拜兵曹參議,遷大司諫。上箚專以立心典學澄清本源爲主,以及奢侈漸盛,宮闈不嚴,讜言未聞,紀綱解弛之弊。上優答。冬復拜吏曹參議。庚午春遞爲承旨,俄遞授兵曹參議,又移大司諫,改吏曹參議。四入選部,尤存戒懼,疏辭切至。優批不許。秋書堂宣醞,魁應製賜虎皮。穆陵遷葬時,政府進香,公撰進祭文,有特教賜熟馬。大妃祭山陵文,特命公製進。辛未春遞吏曹拜副提學,以大相公監春秋,陳疏辭遞。由禮曹移諫院,遞爲兵曹。冬又拜大司諫,遞爲戶曹,改左承旨,壬申春遞。秋拜大司諫,辭遞還拜。時上方宅仁獻王后憂,百官庭請從權,兩司齊合以啓,啓辭多公所製,辭理懇切可誦。頃之移承旨。癸酉,謁聖試場,棘圍不密,公坐該房失察罷。居無何,敍復承旨。以左承旨辭遞,爲工曹參議。甲戌秋拜大司成,疏陳不可堪之意。優答不許。副提學缺,銓曹以公首擬。下教曰:"大司成勿爲遷動,以重師儒之任。"乙亥四月,月沙相公卒,公居憂。丙子十二月,邊遽猝急。公嘗謂子弟曰:"若有事變,吾家世受國恩,雖在草土,當歸行在所矣。"及聞大駕轉向南漢,卽奉几筵及大夫人顚倒出城,夜深後始抵山城下村舍。翼曉將入山城,而但念旣是軍中,則不聞朝命。而以凶服入,非所敢爲。適逢公同壻柳誠吾,以完豐府院君李公之姪方向山城。公附書探問服喪諸人之進退及朝家命令之如何。待報之際,清兵已充斥,路不得通。轉向水原雙阜,欲從水路通問江都。會有族黨在瑞山,送船邀請,往復再三。而公猶以旣阻山城,又遠江都,義所不忍。終不許往,仍淹雙阜,亦甚不安。盡留一家老幼,公與李賃船入江都,詣分司見諸宰。旋聞雙阜被掠,上念大夫人,兄弟蒼黃號泣。李公行進以巡檢使從事官乘船巡海，寄著回泊，則全家無恙，前說虛矣。公奉大夫人還入江都。纔數日，清兵已迫，相携步避，見途傍有一土室，急奉大夫人於其内，公當戶而臥，以身蔽之。清兵彎弓貫矢，熟視良久，不發而去。公親負大夫人，力盡則間以女奴代之。左右扶將，達夜跋涉，天明始到黔島，手足爪亦脫。見一船過去，哀號訴情，船人感而許之。大夫人以下纔上船，突騎忽至，飛箭如雨。船不得住，催棹而去。公自分不免，背負大相公木主，整束衰服，抱杖投水。望見遠過船，急呼不應。回風驟作，引船漸近，有人葛索瞥然掩過。公盡氣急把，乃其船碇索也。季家婢從他所犇避，載在其船。見公在水中，疾呼船人曰：“此是吾家伯令監。汝輩不救，則他日當盡死矣。”船人始皆驚動，齊引其索，公得以攀上，神主亦免水濕。公請船人移泊近島，探問大夫人處。夕得同會一船，入喬桐寓民家。大夫人苦痢委篤，竟不起。避亂中諸親舊相與匍匐，雖在板蕩之中，棺斂凡具，備禮無憾，即奉櫬歸雙阜權厝。從京江船人買得紬錦，用克襄奉。朝夕朔望之供，俱得豐潔，殷奠輒具蜜果。人之致助者亦必如期，無有匱乏。時人以爲誠孝所感。南陽酷剗於兵，民皆赤立。而優致賻米，其見思如此。己卯五月喪畢，拜兵曹參議，復兼槐院副提調，又兼備局副提調，仍察有司之任。蓋備局副提調始設於宣廟朝壬辰亂後，月沙相公首爲之，至是公又兼焉。乃拜疏乞免，溫諭不許。秋拜左承旨，病遞拜西樞，尋拜都承旨。病辭，命調理。再辭得遞，除軍職。力求外任，冬拜江原道觀察使。巡閱郡邑，軍器皆不中用，營儲不敷。而捐俸辦造，役用遊手，不勞一民。既完，半留營中，分送列邑，邑邑有賴焉。庚辰秋，筵臣以槐院文書看檢及修史事，啓請徑遞。十月以吏曹參議還朝。關東人懷惠，建碑于原州。兼槐院及備局有司之任如前。十一月，清將龍骨大等爲詰前後橫議人，出住灣上。急招大臣及諸宰，又督金公尚憲之入。驛書旁午，事將不測，中外洶洶。公與時相相議，必欲中止金公之行，一以啓稟，一以馳書灣上，冀或救解。而催迫日甚，又急招備局有司堂上一人。公以爲在此既無以排患，寧犇赴共難。以職次則公不必行，而自請而行。從備局直詣闕下拜辭，仍即馳往。留一日，龍將許歸。備局三臣坐西事遲滯，皆下理，公亦在逮中。供對得釋，罷職。憲府上箚請敍三臣，皆即別敍。公授兵曹參議。時公爲省松楸，將往加平。到楊州病劇，陳疏辭遞。辛巳正月，特除右尹，復兼備局槐院與司譯院提調。又疏請還收，諭以才學實合擢用，使之速出行公。尋移大司諫，又移大司憲，未幾呈遞。俄而又拜大諫。時閔雨，公與同僚進箚，略曰：“……”前後之答皆甚褒嘉，稱之以至言格論。兼藝文提學同知春秋館事，疏請遞免，優諭不許。拜大司憲，遞爲大司成，移大司諫，又拜副提學。……十月爲都承旨。無何，兼兩館大提學知成均館事校書提調。公以如襲世爵，當國朝所無之盛事爲尤懼,拜疏懇辭。答以“有才有學,允合斯任”。使之從速出仕。再辭,又優答不許。又以都承旨曾無兼帶文衡之時,而旣膺新命,未蒙遞免,則本職似當改差陳啓。吏曹以爲都承旨兼大提學,考諸前例,無所可據。李景奭曾帶藝文提學,故都承旨下批時,改直提學爲提學。今此大提學則事係新規,請上裁。命使兼帶大提學。公出仕,尋辭遞都承旨。拜大司憲,兼知經筵事。壬午春超拜吏曹判書,兼典牲提調。公疏辭,答曰:“卿才高望重,實合擢用,不須辭之。惟賢是用。”再疏,又不許。公以成均參下積滯甚多,啓於榻前曰:“……”十二月,清使以詰問五臣事來入京。翌日,會大臣及諸宰於南別宮西廳。東陽尉申公翊聖、前四宰李公敬輿及公等五人坐於前楹。致詰之際,咆哮益甚。而公從容洞辨,清人頗有敬歎色。行到瀋中,對之亦然。竝置五臣及金公尚憲於別館,拘守三閱月,五臣等始許贖,各徵銀一千兩,削職出送。旣還陳疏,有“無事生還,予甚喜幸”之教。公與諸公等肅拜於闕外而退。命該曹被罪於瀋中諸臣等竝賜米。甲申二月,昭顯世子還瀋時,公以右賓客,陞拜守貳師,陪往到平壤。手寫赫蹏,達于世子,深陳西路難支之狀,請減前後射隊之數。世子甚善之,竝罷射隊軍人,一道蒙惠焉。到鳳凰城,聞右相李公敬輿以使臣被拘於瀋。蓋五臣被責之後,不待其分付,徑用以送也。世子令公毋入,公以爲時無朝命,義不可還去,再三陳達。而世子以貽患爲慮,使之退歸灣上,啓聞後還京。公不得已到灣馳啓,見備局回移,始入京。冬命授知中樞。上以朝著乏才,令昭顯善圖。乙酉二月,清使來,許用諸臣。三月拜禮曹判書,復兼備局提調。公服闋之後,未嘗休閒,備經險艱,積成羸瘁。四月初早朝歸時,馬蹶墜傷,強疾而作,哭送錦陽君喪行於郭外,添感漸劇。以十六日卒于正寢,春秋五十一。公稟性樂易,才品絶異,風流氣槩,豪逸俊爽如白沙李相公。……平生喜觀書,遇意會處則雖方飯目屬於卷,雖病未嘗釋手。尤好《禮記》、《漢書》,或點朱或抄寫。以至子史地師曆翁醫卜諸書無不涉獵,通其大義而止,不至耽嗜。少時學畫蘭竹於石陽君,而解其運筆之要乃已。其爲詩文,早承家庭之訓,且聞先輩之論。以《六經》爲本,而翼之以漢唐宋之諸家,源流裔浩,泉涌雲行。其爲詩藻思贍美,風調俱勝,洗盡陳語,橫發逸氣,往往自得處迥出意表。或擬之空中樓閣。先相公謂公曰:“於詩汝過我。”谿谷公亟稱之曰:“此友之才近世所罕。”前後應製,造次立就,敏給稱旨。甲子适變,駕次水原,命公與李公植於御前製《八道教書》,觀者稱其速。丁卯《諭江都父老》文,深得絲綸之體,而足以感動人心。閑居諷詠送別題贈之作,爭相傳誦,持箋軸卷帖而乞詩者相踵于門。凡揮灑酬應,若不深思,而非得新意不寫,且必以實際語爲主,不專於色澤之末。蓋公之素意然也。又工於駢儷,場屋高等之製,皆爲學究之所傳玩。筆跡拔俗，早倣古人八法，而晚好東坡、懷素，學其豪爽。亂前所著詩文見逸於江都之亂，有一湖西卒得諸水濱。十年後幾盡搜還，若有物陰相之。文集刊行于世，凡九卷。

《清陰集·白洲集敍》：李學士一相求敍其先大夫白洲公遺集於余，余以老病久謝筆研辭。李君請益固，繼之以涕曰："亡以籍手見先人於他日也。"余感其言，遂以疇昔所覩記者復之。公後余二十五年生，余蚤登先相公之門。見公之少也，如神駒出水，舉足千里。其稱進也，如越鍔受砥，金石無堅。其益進而不已也，七襄之期於成章也，洪源之達于江海也。奕奕乎其神采也，瀏瀏乎其音調也。或曰："公之詩天得爲多，不但出於過庭之聞。"觸類而長之，引而伸之，舒而爲元和長慶，激而爲大曆開元，溯而爲江左鄴中，靡不逮也。文不主一家而規韓藻蘇，溢而爲駢語而方軌四傑。一時文苑諸君無不斂手避讓。蓋踵先相公主盟詞席，中間指不多屈。掌故氏謂國朝無三，何其盛哉。天與高齡而盡其才，其所至到，卓絶曠世，不翅如今之所覯者也。噫！高凌太虛，秀奪萬色。造物所深忌，古人以爲恨。於白洲何哉。雖然，以公之業亦足千古，是可以少慰也。噫噫！舊交已盡，公今又逝。玄晏不在，《三都》誰託。白首餘生，撫卷長歎而已。崇禎丁亥孟春日，石室山人金尚憲七十八敍。

《白江集·白洲李公墓誌銘并序》：爲文章亦超然自得，不襲古人塗轍而風韻清爽，品格超越，如雲行水逝，初無定質而姿態橫生，情境自然。才且敏捷，染筆即就，騷壇老將無不曳甲。衮褒荐降，睿眷彌隆。張新豐於文少許可，嘗謂余曰："吾儕操觚爭霸，不相讓者多矣。若占地甚高，往往逼唐人風骨者，唯白洲一人。"當時高文大冊多出公手，造次酬唱亦膾炙人口。且善駢儷，少時科製治公車業者，皆誦習而取式焉。然此皆一時耳目之所聞見，輿人之所游談，至若人所不知而不佞所獨知者，亦何可泯泯而無傳也。包括經史，出入古今，敷奏啓沃，丕贊新命，吾得之於講筵同升。秉心公平，舉直錯枉，吾得之於銓席後塵。南宮半夜，事機危迫，西河館裏，虜俎我肉，而抗辨不屈，談笑道之，往還數千里，憂喜不形於色辭，此則吾得之於同舟共患之際也。非有所養，而能若是乎？

《終南叢志》：白洲李明漢嘗于友人家逢澤堂，飲酒談詩，誦其所作"滿載人間酒，懸帆大海中。長風九萬里，直到廣寒宮"之詩，以爲壯語。澤堂曰："此乃兒曹語，老儒所不道。"白洲憮然。時主家盆菊盛開，白洲即吟曰："風雨到君家，雨晴山日斜。今年秋色早，八月已黄花。"澤堂吟詠數三曰："天章果起余矣。"天章即白洲字也。

《菊堂排語》：白洲李公明漢《題東淮白雲樓》詩曰："光陵秋夕進香回，

轉向清平水路開。君與白雲留別墅,我攜明月上高臺。百年勝會仍佳節,四海何人又此杯。灘急夜深寧變色,滿江風浪放船來。”其詩豪放如此。

乙酉二月,昭顯世子東還,頒教中外。大學士澤堂李公植製教文,其中一句“以一日三秋之思,爲九年千里之别”,白洲李公明漢以爲“一日三秋”欠穩,“以一日十二時之思,又爲九年千萬里之别”,似爲襯著。澤堂曰:“我國之距燕京不過數千里,謂之萬里則非實際語也。”以余所見,白洲之删改果好,而澤堂不以爲然。其人好勝如此。

《小華詩評》:凡有眼鑑者,見人之詩,雖或未開,更加詳審,不可泛忽。至於童稚之所作,亦須留念,觀其步趨。今人不知後生之可畏,見其卑下,則未及論詩,先輕易之,可歎。白洲幼時遲鈍,月沙慧而棄之,不復教誨。至於長成,終不問其所工。一日,有人請挽于月沙,月沙許之。方欲賦成,恐其失名,無數敲推。白洲自外而入,問曰:“有何緊事,勞苦若是?”月沙曰:“欲製某人之挽。”白洲曰:“兒子俄從其家,而見多少挽幅列於門外。”月沙曰:“或得可觀者乎?”蓋白洲但見詩幅,而一無留眼者矣,乃自作一聯,以告之曰:“紛總之中不得看閲,而觸目之際,只見一聯。以小子所見,似或仿佛也。”曰:“記誦否?”對曰:“平生駿馬嘶芳草,未死佳人怨落花。”月沙聞之,不覺沮喪,遂閣筆,稱病不作。噫!以月沙之高名,一家之内有此所失,况遠于月沙者之於衆人乎?

《詩評補遺》:李白州明漢天才超逸,其詩如空中樓閣。《題平海士人家》詩:“雲海微茫澹月華,小村籬落近明沙。春風一樹梅如雪,莫是孤山處士家?”亦甚清切。谿谷嘗稱白州詩爲鬼神。人問其故,笑曰:“此令公於書不看不讀而能之,非鬼神乎?”

《星湖僿説》:李爾瞻之擋路也,奉命西關。其子大燁從行。李白洲明漢贈詩曰:“文星還與德星聚,千里湖山興不孤。想得關西新樂府,一時爭唱《鳳將雛》。”及爾瞻敗,物論少之。余謂不然。爾瞻之惡未著,其物望不在白洲下,同爲王臣,一時推奬,豈有異事?世道朝暮反復,黑白交爭,或人有始善,不可以終惡而掩之。况詩人贈酬者耶?詩語甚美,亦不可没。

【按:李明漢(1595—1645)字天章,號白洲,謚文靖。籍貫延安。李廷龜子。詩及書法出衆。著有《白洲集》今傳。其詩風韻清爽,品格超越。《箕雅》收其五絶二首、七絶一二首、五律三首、七律九首、五排一首、七排二首、五古一首、七古二首。】

曹文秀　　**字子實,號雪汀。昌寧人。仁祖朝登第。官至監司,夏寧君。**

《朝鮮仁祖實録》卷四八:二十五年十二月丙申。江原道觀察使曹文秀卒。文秀爲人謙和恬静。善楷書,頗工於詩,李植亟稱之。反正後登第,歷敭清顯,至是出按江原道,卒于原州。

《踈菴集·曹子實詩序》:江水出五臺諸山,合流漸大,奔馳千百里以入于西海。夾岸上下,居者相望,靡不資之以自利焉。好事者得之以張皇其屋,農者得之以浸灌其田,商賈者得之以運行其舟楫而流通其貨財。蓋不過如是而已。余嘗謂水之用當不止此三者。而士大夫處乎其陬者又不可一二數,奈何無一人鑑於是水以脩其文章。不能鑑於是水以脩其文章,矧能鑑於是水以發其性情! 及讀曹子實詩,然後始知鑑於是水而脩其文章者不乏其人也。夫子實居江湖上,朝夕之所目,晝夜之所耳,無非水也。故其爲詩亦無非得於水者也。豐而不竭,得其體也;盈虚而不一變,得其用也;潔清而不滓,得其性也。嗚呼! 豈惟詩哉? 其爲德亦法象乎水者也。獨不見之淵乎其量而浩乎其氣乎,斯焉取斯,其有所做之地可知矣。故雖同得乎水焉,而此爲本,彼爲末。若曰:"是止於文章,則殆非所以盡子實之美,而又非所以窮是水之靈者也。"雖然,讀其詩,往往寓意頗深,非含蓄乎觀水之妙者,夫孰能如此。

【按:曹文秀(1590—1647)字子實,號雪汀。籍貫昌寧。曹漢英父。仁祖二十年(1642)文科及第。任左承旨、戶曹參判,封夏寧君。二十五年出任江原道觀察使,卒。擅長詩與楷書。著有《雪汀詩集》。其詩清婉感慨。《箕雅》收其七律一首。】

鄭忠信 **字可行。本光州知印。宣祖行朝,登武科。白沙李相薦拔,仁祖初討平适賊,封錦南君。官至副元帥。謚忠武。**

《朝鮮仁祖實録》卷三二:十四年五月丁未。錦南君鄭忠信卒。忠信,光州吏也。少敏悟機警。壬辰,宣祖播越龍灣,本道兵使欲募人奏事于行在,人無應者。忠信挺身赴之,宣祖召見之。故相李恒福引置麾下,甚見親愛。甲子以别將,從元帥張晚,與南以興討逆适誅之,策勳一等,累經閫職,後爲副元帥。至是病卒。

《瑞石集·竭誠奮威出氣效力振武功臣正憲大夫錦南君兼五衛都總府都總管八道副元帥贈崇政大夫判敦寧府事兼判義禁府事鄭公謚狀》:公諱忠信,字可行,姓鄭氏,系出錦城,後徙光州。高麗名將景烈公地之九代孫也。……以萬曆丙子生公。自公祖父至公皆爲士伍隸兵營,而公又以小胥給事本州。其踐更兵營也,嘗寓老妓家,饋公以兵使餕餘,却不食曰:"大丈夫當爲兵使,享方丈饌,何可食其餘?"公時童稚,志氣已如此。壬辰,公年十七,時倭寇大入,權元帥栗以光牧起兵討賊,公嘗在權公左右。一日,請偵賊,權公呵止之。固請,遂與數人馳往,射殺一賊,斬其首以歸。權公大奇之。募人奔聞行朝,莫有應者。公慷慨請行,杖劍穿賊壘,達龍灣。白沙李相國時長本兵,一見知公英才,留置幕下,授以《左》、《馬》諸書。聰悟絶人,過目輒成誦,未幾貫穿靡遺。是歲命設科灣上,公登武科。宣廟召見奬論,且曰:"年尚少,稍長可大用。"丁酉連遭内外艱,以禮終喪。從張公晚奏請使之行入燕。張公按北關,又從往董築城之役。戊申始除造山萬戶。己酉陞甫乙下僉使。及瓜遞,乙卯又除包伊萬戶。其明年,吳公允謙使日本,啓請與俱。當光海錮西宫,筠、閈、大珩等謀因儺行大事,公聞而痛惋奮身,與具公仁厚、李公重老乘夜往,欲縱殺三賊。適筠不在,計不售。白沙李公之竄北青也,公隨行,間關扶護。及其卒,手自襲斂,盡誠信奉櫬歸葬,持心制。庚申從張公於體府,朝廷欲遣公探建州情形,而恐毛鎭知我人入彼,則事有得失,使公潛行。公上疏言:"今臣之行非刺客奸人,理難匿跡。全遼地方豈無一二思漢者之走漏消息? 毛將以不稱其欲,望我方深,若變幻辭說,以誤中朝聽聞,則參母之杼不待三至而投矣。請亟將遣臣事狀敷奏天朝,且移揭毛鎭。事須明白正大,可免他日頰舌也。必欲臣潛形而往,臣雖被誅戮,不敢奉命。"朝廷不能奪,乃移諮揭于經略及毛鎭,識者韙之。公入建州,與諸大酋言,諸大酋皆服公。問公曰:"爾國每謂我爲賊,何也?"公曰:"爾曹以盗竊天下爲心,非賊而何?"諸酋笑而不能難,乃盡得其要領以歸告。且曰:"是將爲天下患,豈獨我國之憂也?"後果驗。張公爲本兵,遂擢除滿浦僉使,戍卒頌其德。壬戌遞授平安道兵馬虞候。癸亥,仁祖命公莅斬義州府尹鄭遵,仍權領本府事,俄拜安州牧使兼防禦使。以治行賜表裏,其後邑民勒石追思焉。甲子正月,副帥适舉兵反。公聞變卽馳赴元帥軍于平壤,元帥張公將罪公不爲城守計。公曰:"賊意在疾趨京城,必不由安州。且膠守孤城,不若來聽調用。故來爾。"張公曰:"然賊情不可遙度,本鎭不可擅離。其急還。"因問曰:"今賊有三策:厚結毛將,據有清川以北,上策也;陰連建酋,倚其聲勢,中策也;間道疾趨,直向京城,下策也。以君料之,當出何策?"公曰:"必出下策。"還到順安,聞賊已向价川路,報元帥曰:"安州已在賊後,不可退守以賊遺君父。願還部下以擊賊。"元帥可其報,備局褒啓。公曁南公以興決死討賊,請施賞命,及成功論賞。元帥出兵,是日直星犯七殺,或以兵家所忌難之。公曰:"豈有赴救父母之病而擇方而行者? 況師直爲壯,奚拘于孤虚王相之說?"元帥然之,以公爲前部大將,南公爲繼援大將,領兵以進。适聞公赴元帥軍,恤然有懼色。且與其徒數征西諸將,輕侮之。而獨于公,若金亮之憚劉信叔云。我軍追賊至黃州之薪橋,排陣未畢,望見降卒之來投者,謂賊鋒遽逼,陣勢驚動遂潰。公卽收兵,得不大敗。元帥使公領職如舊,立功自效。又追賊到坡州,時賊已據京城,元帥會諸將議進兵當否。公首建策曰:“諸將不能戮力討賊,賊犯京輦,君父播越,諸將之罪合萬殞。今事已棘矣,不可玩寇,成敗非所論,一戰烏可已也。況兵法,先據北山者勝。我軍若據鞍嶺而陣,俯壓都城,則都民望見,必思歸正。且其勢賊不得不出戰,而我乘高得形便,破賊必矣。”南公曰:“今日之事,鄭某策之善。願速决。”元帥遂從之。公卽上馬先發,南公與諸將繼之。軍在道,元帥令公欲持重,公乃反其令,呼於衆曰:“元帥令我促進兵矣。”揚鞭疾馳以進,其機警勇决如此。公預遣輕騎革山上鞍嶺,獲烽卒,使擧平安火以誑賊。公先到嶺上,行戰地,諸將鱗次至,遂佈陣,公所領爲頭局。時諸將夜到,人馬喧嘶,而適東風大起,賊在城漠然不知。翌日朝,賊始見我軍鎭嶺上,卽開門出兵,漫山蟻附以上。賊將明璉爲前鋒,適自督戰直攻我頭局,矢丸乘風如雨。我軍處絶頂,皆殊死戰。俄而風忽反,賊在下風,我軍氣益奮,自卯至巳戰益力。賊將李壤中丸死,明璉中箭而却,賊兵之死陣前墜澗谷者不可數。我軍踴躍追擊,勢若建瓴,無不一當十者。适走入城。是日,甲子二月十一日也。公算适將出城走,可伏兵東郊以邀,追及于慶安驛橋,賊衆望見遂潰散。翌曉,适、明璉爲其下所斬。自公從元帥起兵討賊,至是凡十七日而賊平。上回鑾,諸將皆駐京城以迎駕,公先獨歸鎭。人有問者,公曰:“吾以邊上將兵之臣,不能亟翦狂賊,使君父蒙塵,臣罪大矣。何敢以有功自居?惟當退守本鎭,以竢朝命。”上特命馹召,公始入朝。引見奬諭,賜金饋酒,遂策勳一等,賜竭誠奮威出氣效力振武功臣之號,封錦南君。是年秋,進秩正憲。在任所有疾,遣內醫劑藥以視。俄而拜平安節度使兼寧邊大都護府使,公上疏固辭。上褒以有才有智,優批敦勉。乙丑以風疾遞迴,醫問賜賚終續,養病盟府久之。丁卯之亂,張公以體使調將士,公爲别將,力疾從征。備局言諸將之才略過人,已試有效,無如鄭某,宜爲副元帥,付以西北兵,添與三南勤王兵使,專制閫外。於是卽軍中拜命,移住海西峽邑,分兵守臨津等江灘。諸道兵未畢集,而敵人請成退歸,乃尾其後進住安州。我人被虜逃歸者顚連道路,公盡心賙給之,活嬰兒遺棄者累百。掩埋平壤、安州兵民之死於兵者,爲壇哭祭之。戊辰夏,又以風疾,乞上京調治。許之。造朝引見勞問,且詢毛鎭動靜,敵情虛實及將吏能否,邊防如何。除備局堂上。己巳兼都總管,自此累拜焉。丁卯變初,公言此必欲得和以去。己巳邊臣報毛鎭有動兵構亂形,公策其必不然。至庚午敵兵大隊來屯灣上,龍胡率數百騎到安州,西關振動。公奏彼必大擧入關中,恐我與毛鎭擣巢穴,爲此牽掣之計,必無他憂。皆如公言。劉興治之作亂島中也,將命將問罪。昇平金相國請遣公,公進曰:“如以臣爲可使,臣請爲王前驅。”上大悅,嘉奬以遣之。公遂將水軍萬餘人及兩局精鋭戰艦二百艘,耀兵順、肅之間。興治之党李英俊者,見我舟帥甚盛,驚怖仆地,幾死島中,荷擔以立。已而興治送款稱受勅,領島孫閣部亦諮許寬宥。上遂命班師。公之是行,義聲聞于中華。及興治死,兵部移諮褒之曰:“興治叛據椴島,向非貴國當事之臣忠勇以圖滋蔓,則齊魯之境幾不乾淨云。”辛未,敵兵二萬騎入清北,聲言將借船攻椵島,其情叵測。急命公禦之,召公問計,對曰:“彼若出兵西犯,而又侵於東,則意在掣後,不是深慮。若不西犯而專意於東,則西門可守之地,只有安州一城。臣當入守以决死戰。若借船攻島,存亡雖判,不可許也。”遂馳赴安州,聚五營兵激勵以死戰。且見彼使而責之曰:“無端領兵入我地,大違誓盟。況黄都督奉天朝命鎮椵島,我豈背天朝借船助攻乎?”彼亦無以應,俄而撤兵而退。是冬,椵島揚言出陸易粟以過冬,公進駐鐵山之蛇浦以備之。乃馳檄責島,且書諭黄沈兩將,島衆以故不出陸。公前後三上箚論西邊事宜。請築列邑山城,勅海防,設屯田,有變則入保清野,且言龍灣之不可守。識者以謂深得守邊之策。章下廟堂,如築城屯田略見采試,而椒島設鎮,旣始而旋罷。及漢人入處兩島而莫能制也,廟堂亦悔之。壬申拜平安兵使,解元帥。林慶業覬代公,嗾人疏斥公。公遂陳情免,俄而復膺元帥之命。癸酉春,朝廷遣使入瀋將申言歲之不可許,以示絶和意。時金公時讓以體使駐安州,公與金公議共陳疏言:“我之於彼強弱不同。歲幣,唐宗所不免。宜略改國書,無致邊釁。仍請擅留使臣之罪。”上教甚嚴,廟堂請逮治,允之。仍命改撰國書。公既就理,初配唐津。憲府請充軍,教曰:“鄭忠信身有大功,故參酌施罰,更勿煩論。”遣掖庭人慰諭公,且賜藥物。諫院又爭之,上命移海西,改配長淵。到配未一月,放歸田里。公離鄉十四年,始歸光州舊莊。哭掃先壟,修治始祖墓。時以匹馬輕舠,遍訪佳山水,人不知其舊時元戎也。讀莊、老,哦詩以寓懷。詩有“有味檢書孤燈夜,無心射虎灞陵原。只憐老驥逢秋動,櫪下悲鳴向塞門”之句。甲戌特敘,上京謝命,宣醞,仍賜酒肉米豆。授捕盜大將兼内贍寺提調。是冬拜慶尚右兵使。到營祭癸巳戰亡將士。明年夏疾作遞歸。上遣人問疾,賜饌物,月以爲例。丙子疾益加,内醫診視言:“當服蔘,而難於繼用。”上曰:“如可療此卿,固無所惜,況數斤蔘乎?”時都下洶洶言倭寇將至。公曰:“南寇必不來。所大憂者其在北虜乎?”及廷議絶和,公方困篤,聞而太息曰:“國家存亡決於今年矣。”病遂添。以五月初四日卒於第。壽六十一。……公短少精悍,目若曙星,容儀端雅,才識敏達。談論纚纚,聽者忘倦。内行甚修,篤於奉先。……性好讀書。其入建州,奴酋欲試公,幽之一室以餓之。公猶達夜讀書琅然,乃《左氏傳》也。平居左右圖書,恂恂若書生。爲章奏簡當的確。詩文不作膚俗語,而不存稿。行事輒劄記成卷帙,亦多散帙。《金版》、《六弢》凡諸兵家者流固所專門,而推以至於甘石堪輿卜筮星命藝術之書莫不旁通焉。白沙嘗曰:"此人若投劍挾冊,優於一世高士。"完城誄公之文曰:"清明之氣合於太虛,端妙之姿留在畫圖,冰檗之操衣不掩身,左馬之文獨追古人。"其爲名公之所賞譽推重如此。公童丱遇亂,投袂鋒穎卽見。既出而從王事,西關北塞山川險阻,舉皆歷略其形勢。以至南入日域,北走沙漠,異國情態探刺揣摩,燭照數計。而暨乎臨機運籌,膽略縱横。金公時讓比之三國策士,張谿谷服其善於料敵焉。遭値甲子之變,奮發忠義,决策先登。以之殲巨寇,恢國步,遂授齊鉞。綢繆邊圉,出入七年,勞悴備至。其沒也,綸音惻怛,聖主知臣哉。概公平生而論之,其奮身行間似狄武襄,迅掃寇亂同李西平,謙退不伐類馮將軍,學文開益如呂子明。有陳湯習虜事之智,有曹彬載圖書之廉。至其守邊規模措畫,亦猶孟珙之鎮江漢,余玠之捍西蜀。而惜乎其志業之未能究焉。嗚呼!天歟人歟?自甲子戡亂至今歲,干支周而復回矣。於是我聖上追念公功,爰命有司收錄其後,且舉易名之典,肆惟公之旂常偉績,益將炳耀於無窮矣。猗歟盛哉!留守李公選所錄公遺事甚詳密,玆摭其較著者論纂如右,以備太常之議云爾。崇禎紀元後甲子十二月日,奮忠效義炳幾協謀保社功臣輔國崇祿大夫領敦寧府事光城府院君金萬基謹撰。

《晚雲集·附錄·年譜》:(略)

《晚雲集·序(奇宇萬)》:嗚呼!公何時讀書,明睿所照,眼耳所過,炯與心通。詩文疏劄,往復書牘,雖專門大家莫之先也。始知應時而生者,齒角固兼與也。此集之行,讀者宜自知之。而見機應變,奇謀長策,亦可托此而傳矣。

《晚雲集·跋(鄭鳳鉉)》:公自幼至老,置身於戎馬之際,閫鉞之間。讀書綴文,認無其暇。而詩若文又何其駕軼專門而浸淫古先也。嗚呼!天既爲弭亂而生公,則何才不稟,而何能不與也。非惟文章之爲然。忠義之膽,機務之密,應口輒露焉。《統軍亭》一詩,一何似岳武穆紫巖之贈,李忠武閑山之作。論軍務兩劄,一何似李忠定募兵之議,种宣撫守禦之疏也。凡今東土之人,不惟慕著外之大功,而有以窺內積之忠智。則是集之行,實爲斯世之幸也。

【按:鄭忠信(1576—1636)字可行,號晚雲,諡忠武。籍貫光州。奉享光州忠烈祠。著有《晚雲集》今傳。其詩豪放雄奇,不作膚俗語。《箕雅》收其七絕一首。】

金地粹　　**字去非，號天台山人。光海時登第。官至府使。**

《朝鮮仁祖實錄》卷七：二年十一月乙亥。以吳竣爲掌令，金地粹爲兵曹佐郎。地粹爲人剛果，且有文才，廢母收議時，以微官立異，遠謫炎荒。反正初宜入清路，而當路適有沮之者，不卽引用云。

《明齋遺稿·鍾城府使苔川金公墓碣銘》：湖南古稱人才府庫，文章風節之士往往有名當世，如苔川金公亦近世之傑然者也。公諱地粹，字去非。苔川，其號也。……屢魁鄉解。及擢第，當光海昏朝，爲孽臣所忤擯，隸校書館。未幾廢母之論起，公獻議立異，竄配富寧。仁祖癸亥，校理沈光世白于上，請陞六品以褒之。歷禮兵二曹郎。丙寅以書狀赴京。時清陰金文正公爲上使過西京，見公題浮碧樓有"天孫麟馬"之句，亟許以騷壇宗匠。沿路酬唱，彙爲巨編，扁曰《朝天錄》。中朝學士李康先、閣老張延登各爲之敍引，大爲華人所敬慕焉。時建虜東搶本國，公與清陰公上書兵部，請出奇兵直擣虜穴，以紓國難。及歸至車牛島，遇颶風，公操文誓海神，有"船中如有華物，天必鑑臨"之語。俄而風止，得無事，其清慎律己可見也。入憲府爲持平、掌令，有風稜。春坊爲文學、弼善、輔德，善於講說。戊辰爲鍾城府使，陞通政階。無何遞歸田里。公時已有退休意，不復求進。小築天台山下，日以琴書自娛。丙丁以後，尤絶意世路。語及國事，爲之憤慨涕沱。竟以是成疾而卒，己卯五月十八日也。壽僅五十有五。葬于古阜治東優德里先兆下庚向之原。公爲人外文雅而内有淳行，事偏親孝。家廟在别所，朔望參謁，不廢寒暑。兄弟異居，遞日來往。得一美味，必走僮分嘗。隣族之貧者，常斥己有以賑之。御家以禮，不營産業。平生未嘗有鄙俗言，終日端坐讀書，人不見惰容。鄉里有請業者，教誨不倦。待人接物一以溫柔，然見人不善若將浼焉。每以判别義利爲第一義。爲詩文標致清灑，才思逸發，論者以爲有盛唐風。有若干卷藏于家。

《農巖集·苔川集序》：昔天啓丙寅，我曾祖文正公奉使朝京師，苔川金公實以書狀同行。於是遼路梗矣，木道數千里，絶渤澥略齊趙，以達于燕。蓋期歲而始復命焉。沿途賦詠各爲一集，名曰《朝天錄》。中朝學士李康先、閣老張延登俱爲序，稱引甚盛。不佞自少讀家集，見公詩若干篇在其中，皆類學唐人而爲者，竊喜誦焉。乃今公之孫繼孫，以公全稿屬不佞删定，因得以卒業焉。則其喜尤可知也。公於爲詩初不冥搜旁索，以深刻富麗爲能。而卽事寫境，眞率清澹，自不失古人格韻。尤長於絶句，其宮詞塞曲往往有王仲初、李君虞之遺。公湖南人也，湖南之詩自李青蓮始學唐，因以崔、白代興，益有聲詞苑。以公而繼其後，殆可以無愧焉矣。

《終南叢志》：苔川金地粹，一號天台山人，嘗與詩僧太能相善。一日太能至，金贈詩曰：“黄葉水西村，蒼苔秋掩門。山僧冒雨至，夜坐講玄言。”太能吟詠曰：“首句近唐，三四涉宋。”金使太能誦其所作，太能誦一絕曰：“夜深霜氣重，天遠雁聲高。寄宿西亭月，還山秋夢勞。”金曰：“爾詩四句果皆唐。”稱賞不已。

【按：金地粹（1585—1639）字去非，號苔川、天台山人，謚貞敏。古阜人。善畫，奉享古阜道溪書院。著有《苔川集》。其詩眞率清澹，尤長於絶句。《箕雅》收其七絕一首。】

李敬輿　**字直夫，號白江。全州人。光海時登第，仁祖朝選湖堂。官至領相。謚文貞。**

《朝鮮孝宗實錄》卷一九：八年八月戊寅。大臣輔國崇祿大夫領中樞府事李敬輿卒。遺箚曰：“臣受國厚恩，無補涓埃，今者賤疾已革，微喘將絶，更不得瞻望玉色，永訣明時，此爲區區入地之恨耳。唯願聖明戒喜怒、絶偏係，親善人、養民力，以鞏遠大之業，以副臨簀之願。臣神精已散，未能搆草，口授臣子，以爲死後之獻。”上下教于政院曰：“新喪元老，予用痛悼，繼有遺疏，而誠誨切至，語意深遠，懇懇之忠，戀戀之誠，溢於辭表，益用悲愴，無以爲懷。可不書紳而服膺焉。”敬輿爲人端雅，律己清簡，優於文學，且有政事才，爲士林所推重。自少進退不苟，在昏朝守正不撓。癸亥反正，首入玉堂，雍容納約，眷遇特隆。故相張維嘗論一時人物曰：“在經幄盡啓沃之責，按藩服盡承宣之任，當爲今世全才云。”丙子以後，不樂仕宦，而仁祖倚重之，擢授右相。李烓以敬輿志在南朝，不書清國年號告于清人，拘入瀋陽者再，而操履愈堅。乙酉建儲之際，不變己見，坐是竄逐南北。上卽位，遂放還，拜首相。時士論峻激，而敬輿持論和平，專務調劑，或以此短之。未幾清國聞敬輿作相詰之，自是免相屏居，而國有事，輒進言多所建白。至是卒，年七十三。

《息菴遺稿・領議政白江李公謚狀》：公諱敬輿，字直夫，號白江，又號鳳巖。世宗大王七代孫也。世宗大王第十三子曰密城君琛，聰明特達，有東平清河之譽。……以萬曆乙酉正月生公。……十七中辛丑司馬。文詞日就，德器益成，先輩有名德者皆折輩行爲交。己酉擢增廣乙科，選入槐院。庚戌冬薦授藝文館檢閱。辛亥陞待教兼侍講院說書。壬子陞奉教。公妙齡秀發，符采輝映，每珥筆出入，進止都雅。光海常目屬之。時賊臣爾瞻方竊柄用事，而於公爲從姑夫。爾瞻欲公薦其子入翰苑，微示意不得。一日要公入密室脅之曰：“近日誰當爲史薦者？”公曰：“史薦當從公議。當路子弟固不敢薦。我與公爲至親，亦不可薦也。”爾瞻發怒罵曰：“君謂當路子盡屠家子耶?”遂與公絶。公遂薦張文忠公維。爾瞻嗾其徒論逐張公,而並罷公。其秋敍復奉教,陞典籍。冬移工曹佐郎,帶知製教。俄拜司諫院正言,辭不就。乙卯拜京畿都事。丁巳外補利川縣監,尋換忠原。時主昏政亂,徵斂無藝,民不聊生。而公至誠撫摩,施設有方,疲瘵盡蘇,一邑賴安。一日方夏,命州民採葛,民莫測其所需。至春而營建作,都監果徵葛數千同,價與麻枲相若。州人獨以豫故晏然,以其餘羨資旁郡之急,略收其直,以給他賦。都監又徵長木數萬株,而公曾見縣北有山素饒材木,特封禁之。至是遂馳至江上,召諸商而語之曰:“汝能斫彼輸納於都監者,當以一半與之。”諸商皆踊躍聽命。旁峽之民採督紛然,而州人獨不知有邪許之役矣。治盜不徑事訊鞫,必具閭里左驗,得其情實,然後始付之討捕使。又嘗悉括尹燮人庄戶數百,以充兵額之缺。有骨肉之訟者,反覆曉之,令自悔。士子有才業者,以禮接之,課學而成就之。有孝友之行者,加待而獎勉之。由是民皆競勸。至豪右侵漁,猾吏欺詐,卽痛繩以法不少貸。己未棄官歸,寓居興原江上,自放山水間,益無意世事。爾瞻素慕公才學,必欲致公出門下。其黨纘男、鼎吉亦與公有舊,皆要公不已,終不可得。則反怒公不置,必欲中螫。而公務斂遠修潔,見幾而作,卒無以害公也。庚申八月,遭議政公喪,哀毁過制。鄭公廣成嘗弔公,退而謂人曰:“誰非盡人之子者,吾未見執喪如某者也。”壬戌服闋,乃居驪江。癸亥春拜修撰不赴。三月,仁祖大王正位誅亂,登選賢俊,首以弘文副修撰召公。公感激卽入謝,俄陞副校理。時承弊政之後,庶事多故,西虞日殷。朝廷方調兵食議邊備,公卿持柄者皆務一時操切,以害治傷民。公以爲正論與俗議常相奪,而人君每伸彼而屈此。必闢之,而後端本愛民之説可得以入也。每當奏事於上前,必先分别義利,剖析本末。而敷説雍容,氣平心和。上亦爲之傾聽。一日,戶曹判書李曙言征貨事甚久,公斥之曰:“國之存亡,非無貨財之謂也。民生久困,倒懸纔解。而有司之臣不能宣上德布大惠,反以殖財爲先。將何以慰民望也?日者盡停光海時逋欠,令下未幾,又再徵之。臣聞武王造周,發鉅橋之粟,未聞徵商之舊簿也。”李公慙謝。臺諫嘗論金公瑬,李培元言金公功大,不宜輕論。公曰:“此言非也。金公雖有不世之勳,苟有罪過,則言官任糾責之地,又安可不論也?”李廷平貴與公爭論於上前,忿不能得遂,罵公語絶悖。公進曰:“李貴恃功驕恣,詬辱近臣。此甚不敬。且欲使己之所言者,人莫敢矯其非。此習不可長。”李公既退,謂公曰:“我與先大夫善,何獨折毁我上前?”公曰:“朝廷之事不敢顧私義。”九月,由獻納復還玉堂,陳疏乞郡求便養。上不欲公遠出,不許,特優賜米豆。冬拜吏曹佐郞。時吳相國允謙長銓席,雅信公,喜與公同事,務以恢公道進士類爲主。甲子,逆适以寧邊節度舉兵叛。上幸公州,公扈駕往。體察使完平李公元翼又辟公爲從事。駕還，三月陞正郎。漢學、惠民教授、校書校理，皆其所兼也。又兼侍講院文學，以暗行廉察嶺南守令臧否暨民疾苦。夏陞議政府舍人，又移應教，俄陞典翰，又遷司諫。時公仍帶體察從事，復承朝命往視秋防。考戎器，犒將士，察守備，至義州而還。爲言府尹李莞老誖必敗狀，廟堂不以爲意，後果覆沒如公言。時黃床、睦性善等投疏，有嘗試朝廷之計。公論斥之，因而忤旨免。當啓運宮之喪，上亟欲致隆於斂殯之節。而公在都監，累持不可。又因而見罷。尋敍拜軍器寺正。姜、王詔使來，選爲迎接。都廳修廢君《日錄》，又爲纂修。都廳抄文士賜暇，又爲讀書堂。將行號牌，御史分視湖南。時有欲以號牌籍隨充軍額者，公曰："號牌之法，本爲知民數而已。民數既得，簽兵補闕次第也。今若事緒未就，先補軍額，則民情必大駭竦。朝廷大體豈如是耶？"議者無以難。丁卯，金兵猝至薄海西，上出幸江都。公時行到羅州，聞之馳還詣行在，拜執義。駕還，五月陞同副承旨，九月拜忠清監司。會李仁居變書至，朝廷促公行。有議欲給京兵以衛者，公辭不可。單車至界，清州牧使沈器成以器遠弟驕恣不法，公即啓黜之，一道肅然。戊辰，以大司成還。己巳秋，始定居扶餘白馬江上，累辭召命。如吏議、副學，皆未嘗久居。庚午春以副提學，乞養得清州牧使，其約己裕民一如在忠時。州素多大豪，逋國租，多不時償。前任號能吏者，皆厲威嚴僅辦。而公至則先令邑大夫長者曉諭其豪族曰："頑不率者，亦自有法耳。"凡有徵令，必期以三限，寬其月日。未至民不見一吏，至期民無後者。辛未復以副提學召還。冬與同僚上箚陳八條。一曰敬天，二曰恤民，三曰聽言，四曰用人，五曰崇儉，六曰敦宗，七曰進學，八曰刑內。而其請嫁娶仁城子女使有配耦，請廣光海所居，且送舊時宮人以娱餘年，皆一時所諱言者。其曰"方今先朝王子亦有無家者，殿下不先於此，先爲大君營宅，制度踰舊。此不幾於不以封君之弟而封君之子"者，語益鯁切。末復以"喜怒之過公私之下"惓惓爲戒。上嘉納，各賜廏馬一匹曰："玉堂恥君不賢，憂國將亡。寡人闕失，民生利病，畢陳無隱。予用嘉歎。"公上疏辭，不許。十月，以親病將歸扶餘，上特諭以率母來京邸，以兩全忠孝。壬申秋，以承旨召至京。谿谷張公在東銓，請移公玉堂曰："經幄之長須用讀書人。"遂改副提學。時仁穆太妃在殯，寢門已停朝謁。公上箚正之，遂仍爲著令。冬，宮中有咀呪獄，上命中官雜治。公又上箚請出付王獄。既鞫，辭語多蔓及太妃宮人者。公又上箚曰："不幸凶邪之孽出於宮掖，而又多連殯殿之人。此輩或意欲不滿，請謁不行，積怨稔惡，以至於此。而其於兩宮慈孝固自若也。標名按獄，天心可知。只命賜死，德意逾彰。而今者愚民或生疑惑，訛言傳播，此不可家道戶喻。惟有事亡如存，事死如生，愛其所愛，敬其所敬。至於愛惡恩澤,莫不皆然。則群疑自可冰釋,聖孝亦通於神明矣。”時廷臣多進言論獄事,且陳處變之道,而公所論列者尤懇篤切至。上遂不窮竟其獄,只誅首惡,諸所引多不問。冬,省覲扶餘。癸酉春,時全羅監司缺,朝廷以湖南近公親居,遂歸之於公,以澄清一路,且以遂便養之願。公既至,務以宣上達下興利除害爲已任。先按守宰之無善狀者,若有負恃不奉法者,黜去之。內司差人諸宮奴衙門隸屬,持公牒駕州邑,横奪民利者,並令諸邑執选抵罪。按治豪惡,疏剔弊蠹,綜理微密,細大不遺。法律之外,又以豈弟達之,一道大治。秋,應旨條疏本道利害數十事,語皆鑿鑿中窾要。終則又曰:“欲抒民力,請行大同。欲定民志,請復號牌。”甲戌,又以副提學還朝。時雷震明政殿,公上箚陳誡曰:“……”尋還扶餘,未赴召命者殆歲餘。乙亥,仁烈王后薨,公奔赴國哀,與承旨閔應亨上疏。論“上不服朞,世子主喪,在上前爲半吉服,三者俱失禮意”。丙子,西釁日甚,上嘗召公卿議事。公亦陳今歲虜有必動之形,仍請上先立大志,盡革舊習,修政事用賢才,練卒乘備器械。十二月,敵兵大至,公扈上入南漢。丁丑四月陞嘉善,拜慶尚監司。時國家新遭變亂,人心洶撓,嶺南爲尤甚。故廟堂特遣之如湖南。時公以國難不敢辭,遂損廚傳屏聲妓,不轎不蓋,專以弔死問孤拊循勞來爲急。時有人士被兵者,多饑餓顛連。公飭諸邑務先存接,繼出營穀數千斛以餬之。其死而不能還葬者,令縣次給夫,或牛車傳送。尤貧乏不能斂者,至具給棺衾。仍大蠲當路州郡他調,以償其挽綍之役。由是生者賴以活,死者賴以歸葬者不可勝計矣。公以海防戰亡流徒之餘,徒擁虛簿,悉取舟師舊籍,搜亡補闕,改其部署。請除老疾侍丁出身之仍舊收布者,以存大信。又以左道量田偏重,請減萬結,以均諸邑。公之前後按湖嶺,適間數歲,而或值饑荒之日,或當兵燹之餘,賙賑多方,撫摩有道。而至其明於聽斷,剸繁通滯,自洪益城聖民之後,無可與公比者。公以國家顛越,羞恥未雪,日夜淬礪,嚴軍律鍊戎器,以備征繕。嘗見御留山城形勢壯固,可設守禦。上疏請築曰:“方今權時之計雖不可不行,而經遠之道亦不可少忽也。”其《賀正箋》則曰:“無忘在莒之心,益篤尊周之義。”又曰:“懸膽事業,尚祝聖志之彌堅。”其每對人則曰:“亡國大夫,視息亦苟耳。”戊寅春,以母病免歸。四月在玉堂,又上箚極陳中興自強之要道,且曰:“山城抗義之臣扶植倫紀,尤足以激礪頹世。不宜厭薄排擯,以滋中外之惑。頃者束縛論事之臣,實出於爲彼所脅,萬不獲已。而殿下反以此爲能事,禍難已過之後,又欲追罪斥和之臣,深治當時之論。是並其前日之義聲而自喪,可謂智乎?”公前後勸上以礪志刷恥,如燕昭越踐,內政寓兵;如管仲不外其形,而先自治。其爲說則又未嘗不本於人主之心術,言上過失及國家得失,忼慨發憤,觸冒忌諱,多有人所不敢言者。而上雅知公至誠,每優容而受之。移大司憲,又兼藝文館提學。時相方欲以銓衡待公,故先推公入館閣。而公素無意進取,且見時事益非,乞暇徑歸,識者韙之。秋拜吏曹參判,辭不赴。又陳金尚憲、鄭蘊之不可罪曰:“以數千里禮義之邦,爲天朝守義,惟此二臣而已。今之攻尚憲者,如攻索性小人。救尚憲者相繼獲罪。則其何以有辭於天下後世也?”其後累拜副提學、吏曹參判,又兼大司成。公黽勉造朝,旋以親老乞歸。上復理前教曰:“卿若將母至京,則忠孝兩全。國事方急,卿不可去。”公又陳情固請,上乃曰:“卿其去視病。如不可將來,卿可先來。以副予望。”公感激恩眷,纔數月卽還。己卯冬擢拜刑曹判書。庚辰二月丁大夫人憂,時乞養得驪州,未及赴。公年且六十矣,執禮益固,得疾幾危者數。壬午夏,服既闋卽拜禮曹判書,移大司憲,皆以疾辭不就。有李烓者得罪於清,清人執欲殺之。遂謁國陰,且告朝臣某某等志在南朝。壬午十二月,清國遣使召公及我外王考東陽申公、判書李公明漢等至館,仍加銀鐺鎖去。時敵情叵測,人皆危懼。公曰:“死生命也。”上内賜白金,又給寒具。留瀋陽數月,朝廷爲入鍰乃歸,仍下扶餘。秋,聞上候未豫,至京。復拜大司憲。請申禁三年内嫁娶婦及處子之有喪者,上從之。未幾進拜右議政。時仁祖寢疾日久,用狂醫李馨益言,連受燔鍼。公力陳“正心克已,爲理國之本;清心寡慾,爲治病之要。謬妄粗淺之術不可施之玉體”。上嘉納之。甲申二月,奉使至瀋。清國以公前有罪,雖已赦遣,不可復用爲相,遂拘公東館。絶水火者十餘日,始稍寬挺,移于質子館。乙酉,清人略定中國,大遷于燕。遂赦遣世子以下諸以質留者,及一三宰臣歸國。三月,公隨世子至京。上引見,勞慰甚至,拜領中樞府事。公再拘異域,危辱無狀,而不撓不變,動止如平日。人愈益以爲難也。是歲七月,上猝召諸大臣六卿于養和之内寢,時昭顯世子已卒,元孫未長,而姜庶人以辠過聞,上又未豫,久不視朝。一日召見宰相,公亦承命,與公卿偕入。上教曰:“元孫幼少,國危如此。予欲擇長而立之。諸卿之意如何?”大臣以次對,次至公,公對曰:“世適承統,古今之常經。能守經,則雖在艱危,猶可恃也。苟或輕於用權,事失其序,則禍亂之萌自此作矣。元孫係望於人已久,一朝易之,則反經失序,惟此爲大。臣恐人心波蕩。聖上雖以國事艱危欲擇長嗣,自古以冲齡嗣服,而能成德保邦者,亦非一二。易儲之事不可輕議。況今元孫已過就傅之年,若果不堪付托,則聖上固宜諭其不可之狀,使中外臣庶咸知聖上爲宗社大計,然後擇長且賢者,以爲嗣乃可也。今聖教不及其賢否,但曰幼少。幼少者豈盡不可也?”議垂定,公又進曰:“殿下此舉若以私寵,或以讒間而發。則臣雖疲劣,忝在大臣之後,寧不以死爭之。今殿下乃欲爲宗社擇嗣,此臣所以不敢苦爭者也。”至丙戌春,上復召諸大臣六卿于賓廳,暴揚姜罪,命諸臣亟議其律以入。公與諸大臣啓以全恩之說,引唐太宗處承乾事。三啓,上繼下嚴旨。領議政金公瑬引罪先出,公與他大臣胥命闕門外。上怒益震,謂大臣等不待批徑退,是懟我也。問其時班首,遂命削公官爵,門外黜送。居十餘日,復摘公前擇儲時奏對語,爲案加罪,絶島遠竄,遂配珍島。既到配,又加罪栫棘。時上怒不測,群臣莫敢言者,公獨怡然不以患亂爲憂戚。每言曰:"事君無愧於心則可矣。"閲覽群籍,課子弟學業以爲娱。戊子三月,又命移北地。初定鏡城,特命以三水。既脱瘴海,而又復間關於風霜朔漠之墟,其在謫籍則已三閲歲矣。己丑五月,仁祖大王昇遐,公晚得本道所傳禮部服制關,驚慟幾絶,詣郡門朝夕臨。仍得疾,久而始蘇。每誦眞西山謝表中語"常冀宣室之席前,忽痛鼎湖之弓墜",輒嗚咽流涕。孝宗初卽位,始解圍籬,蓋有先王末命云。七月,金文正尚憲爲言公無罪久竄,宜急召還,收人心慰士望,且以解天怒。上遂命量移牙山。庚寅正月,上又用諸大臣言,放公還京。金文正起拜上前賀曰:"主上將起扶持社稷人來矣。臣敢不賀?"時清人以我嗣君新立,事異前日。因我有修繕南方城機之請,將大致威喝於我。遣使數輩,踵指相醫。朝廷震懼以爲大兵將至。上遣領議政李公景奭迎于灣上以謝之。領相既出,都人益洶。右相趙公翼啓曰:"時事方急,請起李某。"上許之,卽日拜領中樞。公方還扶餘舊居,行到楊根,承召入謝。卽引見勞勉曰:"今日起卿,先王之志也。國事至此,卿可日來朝堂,共濟時艱。"公涕泣辭謝。三月,遂代李公爲領議政。始止勵志初政,首黜舊相之用事者。而收召耆碩,搜訪隱遁,咸待以殊禮。士類爲之彈冠相賀,而議者尤以起公爲急。及公自徒中特敍不一月,復都上相,而時事又一變矣。清人日在館詰問城池事方急,且索王女若姊妹爲婚。使者前後十餘輩。又有飛語構扇,舉國騷動。而公毅然處其間,左右酬接,從容自暇。外以弭日肆之敵怒,内以鎮方生之國言。其進對于上也,又輒勸上以講學明理,親賢納諫,崇儉節杜私逕,公好惡明是非,以興治道。出而與群僚言,則尤勉焉以和衷寅協,爲事君第一義。又嘗以官司相侵,體統大壞,請上以大公至正之道照臨於上,使大小臣工各盡其所事,無相侵奪,則治化可興。又嘗以朝論不靖,陳誠於上曰:"今之朋黨,與古之君子爲朋小人爲黨者有異。士夫之交相猜怨者,正如妬婦之事。爲家長者,苟能盡修齊之本,則家道自正,而不至於交爭。能盡表率之方,則師師敬讓之風可以致矣。"又曰:"爲朋爲黨,莫如兩忘,兩忘則心無所累。其喜其怒,莫如付物,付物則我無所與。天道至誠,品物咸亨。人主至公,群方取則。書曰'民無淫朋,人無有比德,惟皇作極',豈不然哉?"公每以爲輔相之職當以獻替爲先,事雖少,關時政君德者必竭意盡誠,幾諫顯議,得請乃已。而上亦雅重公。凡公所陳,必屈意從之曰:"誠心忠愛之言,不可不念也。"俞棨等以議謚事獲罪,公上章救解。大司憲趙錫胤以忤旨當罷,公以錫胤忠直剛方,憂國有誠,啓還其職。洪公茂績素與公爲親友,及在憲府因事侵公,公上章弘咎,且曰:"風霜摧折之餘,不變所操。遇事風生,豈非可尚者耶?"公又以李應蓍、張應一嘗有直言於先朝,遂處以極選。至人之有一才一善者,亦必汲引不置,前後稱公所舉而知名當世者幾累十人。公深慮畿輔爲國家根本,而大創於北使供頓之役。遂建議請歲取諸道耗穀三之一輸于京倉,名曰常平。又聚他財穀以益之,以供四站支待之費。自一鷄一魚皆自官辦,不以煩民,民大以爲便。又罷湖南戰船添防於統營者,以省南民鎮浦之役。此皆公建置之大者。而又嘗論兵政曰:"……"時清人又欲加罪於李公景奭、趙公絅。公曰:"大臣謀國事,使敵人得以生殺之,而我不敢難焉,則何國之能爲?"遂遣使陳辨,攝政者果怒曰:"誰主爲此奏者?"至辛卯春,清國復提公拘瀋時事,謂公不宜在相職,遣使錮公。上召見公,爲之流涕,左右莫不感動。其後上謂趙錫胤等曰:"時事至此,領相又去,所謂如失左右手者也。"朝廷處公西樞,公上箚求解,仍並請免總裁諸提調。末復進誠於上曰:"……"上報曰:"覽卿疏辭,不覺涕零。疏中勸戒之語,無非至誠血忱。予豈忍負卿言哉。"上既有所牽掣,不能盡公之用,而顧時時召公咨問得失。嘗稱公以"大人先生",禮遇之隆,群臣無敢及者。……甲午冬,清人復有煩言。公往避於忠州田舍,至乙未春事端稍解。上宣旨促召,公辭曰:"臣年七十,義當休退。寧可既出而復入乎?"遂力請致仕。上累旨不許,黽勉入城。丁酉夏大旱,上求言於中外,而公適寢疾,彌留數月,至是少間。遂力疾進箚,又累數千言。時上患國勢不振,意在尚嚴。任事者又兢爲紛更興作,行推刷之法,設團營之制,而諸路騷然,怨咨日興。公每謂王者之政須先得民,富強之業亦在務本。舉世之所馳騖者,適所以病國也。因災異極言之。……七月,復患氣瘧,仍添泄痢。積旬餘,以八月八日終于正寢,享年七十有三。……雖貴至公相,弊衣糲飯,妻子內窘,而處之晏如也。雅好佳山水。少時常往來驪江,有欲居之志。晚既卜築於白馬江上,尤愛其湖山之勝。別搆一書室於山巔,巉巖巀嶭,跨絶壑而臨大江。賓客從遊之士或不能至焉。而公則每當春宵秋夜,月色瑩朗,嚴冬積雪,四望皓然,輒嘗登覽而樂之。時或兀坐閉門,凝神靜觀,如是者亦有年。故能泊然於榮祿之塗,超然於勢利之累,惟以名節自砥礪。雖以之顛頓危禍而未嘗少變。雖遼朔豺虎之窟,炎荒瘴癘之鄉,皆人之所代怖而相弔者,而公獨逌然,絶無幾微見於辭色。……公爲文章,未嘗爲艱深摸擬之言。而本源經術,窮極事理,善發難見之情,明白條暢,自成典則。詩亦以神韻爲主,高潔雅健而用以寓意,非有故不作,故不能多也。所著詩文並若干卷藏于家。

《宋子大全·白江集序》:公未嘗以文藝自局,人亦不以此推轂。然其明白亭當,灼然可傳者,則又非當世高文偉筆之可倫也。

《詩話匯成》:《東館次清陰韻》曰:"高名大節日爭暉,白首燕山鎖北扉。不識瓦全還可愧,慢將衰淚濕征衣。"清陰原韻:"寂寥孤館日斜暉,病容無聊獨掩扉。千里同來不同去,天涯芳草益沾衣。"又《呈清陰》曰:"皇明一統萬邦賓,此日孤忠海外臣。直與首陽爭義烈,夷齊猶是城中人。"清陰和曰:"奉節相周昔作賓,皇恩如海到陪臣。天翻地覆逢今日,未死終爲負義人。"《次清陰嘲鳳巖、遲川吸煙韻》曰:"蘇卿餐雪今三歲,鄒子回春立一時。水大天來成既濟,淺深功用有誰知。"清陰原韻:"冰盌蜜香餐雪地,金爐獸炭吸煙時。兩家風味誰能辨?却問靈臺笑不知。"《酬清陰謝油席韻》曰:"何幸親承君子光,玉壺冰碗映秋霜。還慚微物非宜夏,自立清風起首陽。"原韻:"油席煌煌亂日光,滑于湘竹冷於霜。倏然滿榻清風起,一任西囱送夕陽。"

《贈默師》詩曰:"山人來自達磨山,滄海浮杯乞句還。楓落湘潭秋欲盡,送師歸臥白雲間。"《贈李白言壽仁》曰:"仙家寄在白雲限,琪樹瓊潭洞府開。存沒十年多少恨,一溪流水泛花來。"

【按:李敬輿(1585—1657)字直夫,號白江、鳳巖,全州人。官至領議政,謚文貞。詩文書法出衆。著有《白江集》今傳。其詩以神韻爲主,高潔雅健。《箕雅》收其七絶一首、七律一首。】

李景奭　字尚輔,號白軒。全州人。仁祖初登第。選湖堂,典文衡。官至領相。

《朝鮮顯宗實錄》卷一九:十二年九月辛未。領中樞府事李景奭卒。史臣曰:"景奭居家孝友,立朝清素。早負文望,遂陞台司。憂國之心,至老不懈,然過於所厚,爲親黨干恩,不避苟且,人以此譏之。"

《朝鮮顯宗改修實錄》卷一九:十二年九月辛未。領中樞府事李景奭卒。景奭字尚輔,居家孝友,立朝清素,謙恭下士,篤於故舊。秉文衡,登台司,憂國奉公之心,至老不懈。當庚寅西隣嘖言之日,爲首相,挺身擔當,柟棘荒裔,士論多之。以三朝大臣,恩禮終始不替,至被几杖優老之典。而過於遜順,有欠風節,或以此少之。至是卒,年七十七。

《明谷集·白軒先生李公謚狀》:公諱景奭,字尚輔,號雙溪,晚號白軒。系出璿源。定宗恭靖大王第十子德泉君諱厚生之六代孫。……萬曆乙未十一月十八日生公于議政公任所堤川縣衙。……癸丑中進士。藝業夙茂,華問日播。月沙李相公見公文,謂白洲:"汝雖已决科,不及遠矣。"前輩所期許如此。戊午中增廣初試。時廢論大起,名在試榜者皆驅使呈疏。公不參,遂被儒罰。癸亥仁祖反正,首謁文廟取士。公登丙科,選補槐院,旋入史局爲檢閲,遷奉教。甲子移注書。二月,賊适叛,大駕出城向公州。百官奔竄失次,陪從者只公與承旨韓孝仲及内官二人而已。到漢江,江上無船,夜黑如漆。石門公以全羅兵使屯兵岸上,覓一船以迎駕。回望京城,火焰已漲天矣。上終夜坐繩床,天明始進發。公兄弟不知父母所往,而不敢爲尋省計。到果川幸得相逢,仍抵水原。議政公老病轉甚,不能扈駕。公輟乘,護送他所。公既舍所騎,或步或騎,從駕達于公州。未幾賊兵敗授首。駕還,陞典籍,歷監察、正言、禮曹佐郎,兼春秋館記事官。除弘文館修撰,奉命試士于平壤。乙丑以正言啓請"臺諫之陳啓者若值開筵,宜入面啓",從之。兩司之入侍筵中始此。夏,以京試官赴嶺南,以正言還朝,累拜兵曹佐郎、獻納、直講、副校理。丙寅春在玉堂與同僚陳啓論"日食,親祭魂宫之非禮"。又上劄爭啓運宫稱園之不可。秋遷吏曹佐郎,兼知製教。賜暇讀書,擢重試壯元。故事當陞品,而銓曹重公不許遷。丁卯春,湖堂宣醞,應製居首,賜虎皮。金兵之入也,體察使張公晚辟公爲從事。西出未幾,督餉關東。移檄一道,激以忠義,應募者相續。三月,體相疾甚,公詣行在,陳其病狀。得遞,公亦遞從事。公在體幕,料事懸斷動中機宜。張公嘗稱曰:"德量寬厚,必爲遠大器。"夏,臺議持張公甚,公疏乞同罪,仍遞見職。歷修撰、直講,復拜銓郎。冬,有李仁居獄,公爲問事郎。獄竟,錄昭武從勳一等。戊辰陞正郎,兼漢學教授、校書校理。公累處郎席,如遇注擬不愜者輒停筆爭之,長官多從其言。柳孝立獄起,公爲問事郎。獄畢,陞通政階,錄從勳。公前後參鞫,達夜案治,文書旁午,而左酬右應,毫無錯漏。見者嘖歎。秋拜承旨轉左副。己巳春,朴仲男以金差來。仲男卽鍾城土民之投虜者。朝廷將賜坐於殿上,公再啓爭之。其賜茶亦後於正差,仲男頗心折焉。三月中文臣庭試,賜廄馬。未幾遞。時改選書堂,特命公以堂上仍帶。九月復入銀臺,拜疏乞養,出爲楊州牧使。明年秋,以親病辭罷。辛未,江陵影幀火,上率百官舉哀,責己求言。公應旨陳疏,批旨褒以至論,皆許施行。兼内局提調西壁之兼藥院,異數也。上令司謁傳黄柑十枚曰:"聞有老親,玆以賜給。"翌日,公上箋稱謝,議政公亦陳疏以謝。上答曰:"卿年老,二子亦皆可用。故如是念及。"公感激恩私,爲之歌詠,薦紳傳和,一時稱爲盛事。夏轉右承旨。嘗於筵中請令知館事以下,每於朔望與多士講論《四書》、《心經》、《近思錄》,取其學識優異者用之。又請令童蒙教官選蒙士,十五歲以下則講《小學》,使先明本源之地,命着實舉行。公久在喉司,内旨有不可者輒封還,多所匡益。

五月,以章陵追崇時禮房承旨,陞嘉善階,拜左承旨。時議政公暨石門公皆已躋二品,而公又超秩。一家三父子並居宰列,人皆榮之。六月,以大諫遭內艱。甲戌秋服闋,除副提學。又遭外艱,丙子冬外除,還拜副學,移都憲。是年春,清差以稱號事來。時議欲斬使絶和,清差聞而跳去。朝野汹汹,有朝夕召戎之憂。而朝論紛拏,久未底定。公心切憂憤,筵中啓曰:"斥和一事,豈不正大且明快。而國事民心,無一可恃。不顧時勢,橫挑強寇,非計也。賊兵之來必以冬,渡鴨江不數日,直薄京城。則所恃惟有江都,而一日之間,三軍百僚豈能畢渡乎?冰江在前,而勢如風雨。則將置君父於何地乎?三韓之一草一木,皆皇朝之賜也。大義所在,人孰不知?事有緩急,不可不深思善處。但清者帝之號也,我若清之,是與其帝也。稱清决不可也。"谿谷張公聞之歎曰:"此所謂披雲霧覩青天。"時兵端已形,國力方弱,而三司斥和之論甚峻,長老咸憂之而不敢發,獨公言之,故張公之言如此云。十二月,清兵大入,大駕將向江都。纔出城門,賊鋒已迫。公趨詣駕前,請達所懷。上駐駕崇禮門樓,進而問之。公陳事勢已急,江都斷不可往,宜向南漢。上顧問體察使金瑬,金公請仍往江都。不佞先祖遲川公以吏判進曰:"虜騎已迫,臣請馳往賊陣,詰其動兵之由。願上以間改路入南漢。"公亦復陳前說,上意乃决。公仍請分與都監軍,令體察使遣將逆擊前鋒。從之。時變出倉皇,公所乘不備,杖劍徒步追入南漢。拜副學。城既受圍,上進群下問策。公請以三司名官,多定督戰御史,以寓編行伍之意,亦以警宵晝。上稱善。天大雨雪,士卒暴露。公請令大小官各解上服,分給而張覆之,則士心必多感動,望之亦助軍容。他日還都,漢官威儀自可復也。上嘉奬之。於是城上列幕,周匝師人,如挾纊焉。丁丑正月晦,定城下之盟。扈還,拜都承旨兼藝文提學。俄而病甚,特命內局給藥物。移副學、大憲。以扈從勞加嘉義階兼同知經筵,自此屢帶焉。遞憲職,復拜都承旨。江都之變,廟主不幸多傷汚,將新造改題,而題主處所未定。公上箚請倣先正臣李滉之言,就廟中行之。公又承命題主。夏,因朝講,引越王抱火握冰之義。言伏熱雖迫,不可停筵,視事亦宜頻數。上嘉納。又請依大典,各司逐日開坐。又歷副學、都憲、工曹參判,還副學兼備局提調。與玉堂諸僚上箚請儆動災異,大加修省,優納言者,勿尚淵默,謹用刑賞,以順天時,申明薦法,以廣賢路,引接外官,諮詢民瘼,重廟禮以崇聖孝,寬民役以蘇邦本。嘗因晝講言大司諫尹煌以斥和事久在編管,宜加原釋。又請減王妃嘉禮時銀器,以昭儉德。上皆嘉納。冬,承命撰《三田渡碑》。時清使來,使我竪碑勒戰功,徵文甚急。上命張公維、趙公希逸及公。張公文用鄭伯牽羊語,清人既發怒,而又謂公文全不鋪張,咆喝益甚。公時帶藝苑,上面諭公曰:"彼以此文欲驗向背。此政存亡所判,句踐臣妾會稽,終致沼吴之績。他日自強,惟在於予。今日之計,但當於文字務中其心,毋致事機轉激。”公念主辱之日,義有不暇他顧,承命改撰,而貽書石門公有“悔學文字”之語。戊寅元日,直玉堂,述箴陳戒,辭甚切至。在備局上箚,極陳紓民之道。以爲南憂雖深,其形未著,不可以防禦之具先擾民。且言江都修理,勿發南民。南漢增築,勿務闊大。潰卒收布之怨,山城運米之勞,皆可矜察。上皆優納。三月進拜守大提學,歷禮參、大諫。秋拜吏曹參判。因書講極論敬天怒消民怨蠲征役之方。是日上講詩,至“樂只君子,殿天子之邦”,太息泣下,公與延陽君李時白流涕以對,左右莫不感動。時臺官柳碩等齮齕清陰金公甚,上已不抉於金公及鄭公蘊,至是頗入其説。公於筵中請以明好惡正是非擇人才,爲中興先務。仍言尚憲等所執乃堂堂正論,不可不扶植。上稱柳碩之言,至比鳳鳴朝陽。公又明其不然,乞平心公聽,勿使偏蔽。俄拜禮參移大諫。己卯正月陞吏曹判書兼知經筵春秋館事。庚辰正月進祕疏,稿削不傳。蓋是時朝廷募僧獨步爲名者扮作船商,由海路入皇京。公實與先祖遲川公密議而爲此疏云。是年四月十七日,公杜門謝客,終日悲咤。家人莫知所以,卽西船發去之日也。三月辭遞文衡。未幾清人詰諸宰代質,臺章繼發。公亦以此被譴,屏居畿莊。冬爲撰國書,特敍拜棟院提調,入京卽引見,令與大提學李公植相議撰進。仍拜都憲。辛巳正月拜右參贊。三月還大憲。……八月以守貳師入瀋。辭陛之日,上引見,諭以簡拔之意,仍勖善導之道。公到瀋,首請亟開書筵。毋廢晨夕,兼講《近思錄》,仍乞勿拘例,與賓客迭進侍講,世子皆從之。隨事切諫,多所匡正,世子亦敬禮之。清人憚於饟牽,使在質諸人自耕而食,日督農丁之調遣。公力言國事之凋弊,事理之不可。彼亦不敢脅。如物產之徵求,俘虜之刷還,詰責多端。公一面馳聞,一面曉諭,得以彌縫者甚多。時清陰與朴公潢、曹公漢英久被幽辱,禍殆不測。公入瀋三日,密陳春宫,請百計善圖,必令生還。世子許以盡力,仍令密密相議。一日虜主招世子問:“金某病甚,當何處之?”世子善辭應之,卽許放還,而令貳師領出。諸公之卒得無他,皆公之力。而他日未嘗自言,故人無知者。壬午三月還入瀋,夏還朝,七月復入。先是有漢船來泊宣川,方伯鄭公太和便宜解送。至是清人覺之,使本國查問。八月,公承世子令東出,而廟堂令勿入京留。以同查事未完,備局促令公還報。公不得已九月還入。清人怒,復欲廣致邊將邊倅於瀋。公極力辨明,事得已。而謂公欲自擔當。中途徑返,鎖之東館,薪水不通累日。出送鳳凰城,與諸人一處拘幽。危辱訹喝,無所不至。公處之晏如。或勸公捐金以圖緩禍,公曰:“雖被訹喝,必不至死。況宫師用金,自我開路,決不忍爲。冷山北海,固所甘心。”聞者歎服。後仍出灣上,諸公盡還,而公獨被拘最久。十二月,蒙放東歸,而彼令永勿敍用。癸未拜參贊兼知經筵春秋總管等任,辭,不許。甲申秋拜知春秋,同大提學李明漢改修宣廟《實錄》。公引被錮事辭之,不許。乙酉春,清使來,始許甄敍。三月拜大憲。時沈熙世、金益熙等以事被流竄,公率同僚陳劄,諫其摧折太過。公累處臺閣,未嘗輕劾一人。微官庶品,尤必致詳。同僚嘗欲有所論,公曰:"吾輩一筆句斷雖易,當之者得無冤乎?"後同僚求得其實,乃服。四月拜吏曹判書。公前後處銓,務盡公正,痛戒僥濫。尤以引進善類,甄拔淹滯爲急。與佐貳郎僚會坐,文蔭武之才績已著者,各舉所知,錄爲公簿。每於諸曹庶司州邑字牧之缺,取以注擬。由是内外崇庳,各稱其職。又每逢中外人士輒訪問人才,隨聞劄錄文學行誼武才吏能,以類調用。尤加意於巖穴幽隱,如宋公時烈、宋公浚吉、權公諰、李公惟泰諸人,始通顯路,皆出公手。公常謂:"今日痼弊最在黨論。"立朝論事,與人交遊,每以此自戒,東西南北之稱未嘗發口。及當銓地,尤痛去偏係,絶無左右之意。故國人同辭推服。……丙戌春,姜獄起。公與諸大臣連章爭論,引唐承乾事請加善處。天威震疊,嚴批屢降。至舉李公敬輿及公而言曰:"二人吾嘗待之甚厚,豈意負我至此。"及李公被竄,公疏請同罰。既而姜文星等就獄,公又上疏極陳冤枉之狀。三月以謝恩使赴燕,在途辭遞相職,拜領中樞。六月復命。丁亥二月拜左議政。八月病甚辭遞,拜領中樞。戊子五月復拜左相。時上春秋已高,違豫時多,講筵久輟。公憂之,乃取漢文帝唐太宗《紀》,採其要語,又鈔取《虞書》之切要者數章及《周書·無逸》纂成一冊,名曰《燕閑要覽》,具劄投進。仍請玉候少間時數召儒臣,論難經史,商確政事,以爲振委靡消災沴之道。……己丑五月,仁祖大王大漸,公與公卿近臣入侍。白世子"禁斷宮人之雜亂啼號者,以嚴正終之禮"。令注書書"扈衛"二字。臨復出授訓鍊大將,初終易服及復襲等節,一依《五禮儀》行之。倉卒之際從容審愼,一無違失。……庚寅二月。清使六人並出,以查事爲名。上聞之大驚憂,達夜不寐,引諸臣議之。公首對:"今其所幹雖未知某事。臣受國厚恩,敢不以身當之。"上曰:"卿若自當,得以無事則幸矣。如或轉輾,有所難言,則奈何?"公曰:"事機固不可預料,第欲自當以觀之。國家因得無事,則微臣一身何足惜乎?"時上初卽位,慨然厲志,頗有密勿之猷。而或慮事泄致疑怒,國人固已憂之。及六使並來,又不知按查之爲何事,人情震懼。或云:"大兵將至,不免被髮之辱。"或云:"清陰諸公將有不測之禍。"朝野汹汹。翌日公入對,請自往灣上以察事機。仍請用左相趙翼言,起李敬輿與議國事,鄭太和雖在草土,使備局往詢。上稱善。公卽西出。自清人到鳳城,大肆咆喝,火色日急。及聞公來,喜形于色,凡百亦多從便。三月,清使入城,傳敕二道。一則九王私書求昏者也,一則乃所謂皇敕,而嘖我以挾倭恐喝者也。先是仁廟末年,自點爲首相,鄭公太和爲左相,趙公翼、元公斗杓、李公時白爲備局諸宰,因東萊府使盧協、慶尚監司李曼狀聞有“倭情可疑”之語,因赴燕使臣請修繕城池甲兵。蓋講和時約條所禁也。至是彼積疑於我,欲執此生釁甘心主事之臣。公在灣時,譯官李馨長密傳此事於公,且曰:“當之者禍必不測。宜引釜山小譯爲證。”公曰:“彼雖末流,渠實不與。則何忍擠人於死,以規自免? 生死命也。”自復命之夕留宿朝堂,日與諸宰出入前席,密講辨對之道。過數日,清使會公卿兩司于南別宫,令列立庭中。初言皇帝及攝王致祭而不謝,攝王處無文書,不稱號之事。次言弔祭時不哭事。而語輒歸責于上躬,咆哮轉甚。公對曰:“皆吾之失。吾王不知也。”又問作表者誰,趙公絅以其時禮判太學士被詰而入。後乃言倭情事,招李曼、盧協問之。協言倭情無可疑,吾無狀聞。傍人舉當時事狀以證之,始曰“似有可疑之端”。曼曰:“吾爲道臣,以邊將所申轉聞而已。”清使大怒曰:“然則爾國與倭皆反矣。何敢欺謾大國?”公徐曰:“倭情誠叵測。而此輩恇怯失對耳。”清使厲聲曰:“奏文措語誰爲之? 必國王之爲也。”公曰:“吾實爲之。豈有國王自製之理?”鄭命壽曰:“此中同參者幾人? 領相果獨爲耶?”諸宰皆默然,獨李公基祚在末席應之曰:“此豈首相獨爲? 吾亦與焉。”清人叱退趙公及曼協,獨留公責之曰:“爾今欺罔大國,其罪如何?”良久令出。是日舉朝遑遑,以爲罔測之禍在於呼吸,滿庭諸臣咸惴惴無人色。家人治凶具,待於館門外。公神思整暇,無一毫危懼色,應對從容不少錯。左右觀者莫不灑然。清人亦相語曰:“東國獨有李相一人耳。”上引見曰:“領相爲國自當,人所難及。李基祚初不與焉,而獨能開口,可謂賢矣。”諸公有媿色。公即胥命于金吾,仍上箚請亟下司敗,毋令國事轉輾難處。且言“惟聖明追記前日之言,用人聽言益盡誠意,期臻治泰。則死日生年受賜多矣”。上答曰:“卿不避患難以身自當,忠正之心可質神明。孰不感動? 卿其安心勿慮。”命以千金與鄭譯,俾致意於北使。翌日,駕幸館所。彼言李相欺罔大國,趙絅撰表文,皆當極刑。上爲之救解,反復懇至,至於數四。始許“歸稟皇上,當更有敕令。姑令栫棘於白馬山城,當其往來之衝也”。上別遣掖庭人賜以手札,有曰:“寡昧不能爲國,致有今日。予極痛歎。關河杳杳,戀思雖切。天道昭昭,相見有日。卿須自愛。箚中之辭,予當體念。”仍賜豹皮臘藥,東宫亦遣人賜以藥餌。既而朝廷以宗室女義順公主資送于九王,元斗杓、申翊全爲護行使,令圖緩禍機。既到,九王頗有喜色。他日罷臘而歸,詰責使臣曰:“歸告國王,將二臣置極刑。不然爾任其責。”使臣大懼而歸。上大驚憂,必欲曲爲之地。以右議政李公時白爲陳奏使,將發。或言“不從彼言,必有干戈之禍”,或云

"曼、協可誅",亦或有救曼、協者,時議紛紛久未定。時麟坪大君使北還言,臣以"新服之初,不忍殘先朝大臣"爲言,而幸無咆哮。上喜甚。秋,清使又至。上爲公丐命,靡所不至。麟坪東還未數月,而卽又起復,以代延陽,以李基祚爲副而遣之。勖以必圖曲全,又命撤圍籬,別遣掖庭人賜問。冬,教曰:"白馬兩臣久處羈縶。當此嚴冬,寒苦必倍。其令本道優給食物。"陳奏使既入,清人欲致二臣及曼、協,更查於衙門。使臣力爲陳乞,始許並釋二臣,而永勿敍用,歸之田里。又謂"李敬輿曾無敍用之令,而方爲首相,擔當伸冤之事,亦永勿敍用"。時李公代公當軸,辨公事甚力,故有此云。上卽遣人下教曰:"白馬兩臣好在耶?北京之報,幸莫大焉。喜不可言。"仍賜黄柑。辛卯二月東還。白馬城在義州南,卽我國之絕塞也。地危峻荒寒,非人所居。北耗益急,危禍日迫,而公處之晏然。惟日讀經史,晨夜孜孜,絕無憂悒之色。自是國人益敬之。及歸,沿路士民塡咽車下,爭願一瞻儀容。還到城外,陳疏告還,上遣近侍傳教曰:"曩者邦運艱危,事屬不測。日夜焦慮,默禱于天。幸賴先王垂佑之靈,以有今日。寡昧之喜幸固已難量,而其爲國家之福可勝言哉。卿其善攝調養,以慰予懷。"明日引見,上命近前,勞問甚至。公感激嗚咽,仍陳西土及沿路民事。並卽嘉納,仍賜黄柑,又賜月俸。顧自以危蹤,不可常處輦轂,多以江郊爲歸,婆娑觴詠於湖山林壑之間,蕭然有出塵之想。十月,臺官趙公錫胤、俞公櫶、李公慶億等言事獲譴,上疏切諫,以爲肅朝綱理國事,惟在人主舉措之得宜。嚴急督責,决非治世之象。壬辰秋,大臣言公久無職名不可,遂拜領敦寧府事,公再疏辭遞。癸巳春,因災求言。公上箚極論君道時政五千餘言。批曰:"箚進已多日矣。每覽亹亹,不知其厭。是知忠赤之言出於肺腑,敢不服膺。"仍許所陳之事。皆令議行。是月拜領敦寧,辭不許。時因災異,有親耕之議。公對以"此非第一件事",仍陳應天以實之道。甲午歲首,上箚敷陳日新之義,仍獻克己致知,推孝施仁,尚儉去侈之說。……秋,清人謂公住近京輦,將有嘖言。公乞解職名,上許之,仍給月俸。時上方厲精爲治,議者頗垂意武備。既不能泯迹,又多妨民。十一月。公應旨陳箚,以爲民怨則天怒,怨消則災息。宜長慮却顧,無使防患者反爲招患之歸。仍極論宮闈戚畹奢侈之害。十二月,清使且至,譙讓益急。上命公及李相敬輿先避于朝,以示絕迹朝端。上又念公素乏田園,無以爲歸。使承旨諭意,令往安峽胤子任所。公感激承命。乙未二月,移棲鐵原村舍。已而上下諭促還,四月入京,翌日上謁。賜酒從容,勞苦甚至。所陳民瘼,皆許採施。……丁未正月,聞趙聖輔、李垕等竄逐,承旨拿鞫。箚請還收。……夏,公病甚,三上疏乞免。不許。六月出寓東湖。上聞之,屢遣承旨史官諭命入城。公入來,上諭以"聞卿入來,予甚喜悅"。仍令候病間入見。……庚戌正月，即公合卺回日也。公與夫人俱大耋而無恙，諸孫爲設重牢之禮，而公不許，只令進壽。梧觴迭獻，觀者艷歎。……辛亥九月，患泄轉劇，以二十四日易簀于聚賢洞第正寢。享年七十七。……於文章天才甚高，聰記過人。而既博綜經傳，誦讀或至千遍，如《胡氏春秋》用工亦深。旁探史書及古今文章諸大家，最好昌黎氏，亦喜長蘇之豪逸。而惟不喜異端書。當世詞垣皆重漆園，而公獨不肯讀曰："聖賢書中自有型範。何必乃爾。"早從玄洲趙公纘韓受古文，多蓄厚積，詞源滂沛，左酬右應，未嘗少滯。操筆立就，若不經意。而爲文氣力雄渾，藻采絢爛，其歸又未嘗不以道義名理爲準。詩亦圓活條鬯，自成一家。崔公有海嘗朝天，與長洲文學士評品文章。長洲問"方今東國文章士何人爲最"，崔公舉公名爲對，仍誦公長律一篇錄示之。長洲大加歎賞，手自批曰"妙絶"。又謂曰："可謂文章士矣。"賞鑑之明高出常見，每當考試又必用盡心力，無一篇泛過。前後主司十七榜，所取士卒爲賢宰名流者甚多，故得人之盛，世稱無比。筆法穠艷道逸，尤善行草，翩翩有飛動意。人得片楮，莫不藏去爲寶。所著詩文甚富而散軼居多，蓋公不欲以撰述自居也。公孫正郎公衮聚數十年始成一帙，詩凡五六千餘，文凡八百餘。正郎之胤眞養兄弟屬錫鼎略加鈔定印出，詩一千八百有奇，文五百有奇。

《白軒集·附錄·白軒先生年譜》：（略）

《明谷集·白軒集序》：文章之運以國家而隆替，若有天命者存。我朝文運之盛，莫尚於穆陵之世，中衰於廢朝，而復盛於仁廟昌期。嗚呼！此豈人力也。中興之始，時則有谿谷、澤堂諸公及不佞先祖文忠公，世稱一代宗匠。迭秉文衡，後人無能及之者。而惟白軒李相公起而繼之，朝無異議焉。此可以知公之文矣。噫！文豈可易言乎哉。修辭則病於理拙，主乎理則病於辭冗，新奇者或失於尖巧，平順者或失於流易。此古今之同患也。國朝以來，鉅公大家指不勝屈，而能免於數者之患者蓋尠。文豈可易言乎哉？然與其理拙，毋寧辭冗；與其近於尖巧，毋寧近於流易。何者？理拙則無所本，尖巧則累元氣也。不曰"辭達而已"乎？若公之身都公相，佐經濟贊辨章，謀謨顯於當世，名節著於危難，壽祿並隆，蔚然爲三朝元老，文章特其餘事。然竊觀公之爲文，贍鬯典麗，其取於心而注於手也，不規規於繩尺，而紆餘委折，詞意該洽，絶無艱難辛苦之態。其視無所本而累元氣者相去遠矣。且其詩文雜體制作具備，無偏曲短長之可論。正所謂威儀棣棣，而信乎經世華國之大手也。抑論之，先祖文忠公嘗進箚論薦人材，歷數搢紳中學術之士，以公爲稱首。家大人少也嘗從公受《近思錄》，每稱公深於性理，善於訓誨，不佞得以習聞於家庭。然則公之文章自有原委，不徒得之於鉛槧佔呫之末者又可見矣。公藻鑑絶人,前後主科選小大十數,而所取士爲名臣良大夫甚多,不徒其文詞爲也,以此士大夫誦公不已。語云"善文非難,知文尤難"。然則公之於文,又長於人所尤難。此蓋得之於天,夫豈區區修勉所可能者哉?公沒後數十年,公之孫羽成儀卿收輯公遺稿,屬錫鼎編鈔。未及刊行,而儀卿遽沒。其孤眞養、眞望賣田僮爲資,印以鑄字。問序於不佞。念公於先祖友也,於家大人師表也,不佞旣又與聞編訂之事,義不敢以淺拙辭。眞養之能成父志,又可書也已。是爲序。

【按:李景奭(1595—1671)字尚輔,號白軒、雙溪,謚文忠。籍貫全州。金長生門人。文章、書法出衆。著有《白軒集》今傳。其詩贍쯍典麗。《箕雅》收其七絶一首、七律二首。】

吴　竣　　**字汝完,號竹南。同福人。光海時登第。官至兼禮曹判書、兩館提學。**

《朝鮮顯宗改修實錄》卷一六:七年九月甲午。判中樞府事吴竣卒。竣善書,多寫朝家吉凶冊文,以是致位峻班。性柔,每惡其姪挺一輩所爲,而惑於悍妻,兄弟不協,居官且有受賄之誚,人皆鄙之。

《藥山漫稿·高祖輔國崇祿大夫行判中樞府事兼禮曹判書判義禁府事知經筵春秋館事弘文館提學藝文館提學五衛都總府都總管世子左賓客府君墓誌銘》:公姓吳氏,諱竣,字汝完,號竹南。其先同福人。……高夫人以萬曆十三年丁亥十一月二十三日生公。十餘歲藻思逸發,長者呼韻,應聲以對。默齋、晚翠二公賞鑑之,輒稱"太平冠冕氣象"。十一歲丁內艱,哀毁如成人。公學文於崔簡易,學書於韓石峰。簡易贈公詩曰"一洗詞林百鳥啾",又曰"最愛人才似金玉"。簡易平生少可人,而獨推許公如此。公幼時書春帖於門扇,石峰適到門,彷徨不能入,曰"名世之筆也",仍求見公,語以筆訣。二十六中司馬。三十二登增廣及第,付槐院拜注書。時昏朝政亂,公不樂仕進。然默齋公爲凶黨搆煽,方胥命,公又不仕,恐重其禍。黽勉謝,非志也。陞典籍卽遞,四年不調,盖凶黨厄之,而適所以成公志也。仁祖改玉,拜禮曹佐郎,俄遷正言,選知製教,入瀛館,爲兵曹郎、持平、修撰、校理、文學。丙寅,以仁憲王后題主官,陞通政。臺論以自校理陞緋玉太驟,請改,不允。丁卯,以元廟遷陵時寫誌石陞嘉善。己巳以穆陵改奉寫誌石陞嘉義。丙子寫仁烈王后誌石,賜馬。乙酉寫昭顯世子銘旌陞資憲。戊子以藝文提學製進顯廟東宮時吉禮教文,賜馬貂帽。己丑寫長陵誌石陞正憲。己亥,孝廟昇遐,題虞主陞崇政。庚子以練祭題主官陞崇祿。辛丑寫玉冊陞輔國。丙午寫肅廟冊封東宮時竹冊文。三朝琬琰之刻皆公書,書必陞資,故資級常驟,華躔之未及歷遍以此。通政半年,兵曹參知。嘉善以後,刑曹參判、漢城左尹、兵曹參判、世子賓客、弘文提學。資憲以後,刑曹判書、知義禁都總管、藝文提學。前後爲弘文提學者三,爲藝文提學者二,四拜參贊,五拜大宗伯,四拜大司憲。知經筵春秋館、判尹、工曹判書。崇政以後,拜判義禁、判中樞府事。三擬大提學而不果拜,人皆稱屈焉。外任則以嘉善求便養,拜富平。治最一道,賜表裏。以方伯親嫌當遞,民人遮道願借。上命他道守令相換。換延安,延之民歌頌如富平。又拜羅州牧使、京畿監司。其奉使則以賓客往瀋陽,十朔而還。越明年,又以使赴瀋陽。爲冬至使者一,爲遠接使者四。丙申入耆社,丙午九月十七日卒,國家哀榮之典備焉。公頎身偉貌,器度凝遠,望之知其爲碩德鉅人,而平居未嘗有疾言遽色。公之稟賦既絶異於人,而又服習賢父兄之訓。以清慎立家,以重厚立德,以文章立名。而至於墨池游藝亦冠絶一世。鄭東溟斗卿挽公曰:"文章四海雙工部,筆法千秋一右軍。"姜雪峰栢年曰:"文章韓柳之間得,筆法鍾王以後無。"世以爲名評。麟平大君,公姪女婿也。每來候公,公輒盛其衣服,隆其禮節,沒階以送迎。大君知公微意,不復來。公之諸從子又皆貴顯,公以門戶盛滿爲憂。每舉翠、默遺範,詔誡之甚摯,人服馬伏波之遠識焉。其冲挹避權如此。故立朝五十年,歷事三聖,夷險一節,表裏洞徹,粹然如良玉,人無有摘其瑕者。自夫黨論之裂,各親其所親,各尊其所尊。雖一邊仰之若泰山喬岳者,異己則去其姓斥其名,慢侮以呼之。獨於公,無論彼此同異,皆稱之曰竹南。非盛德完名而能如是乎?

《竹南堂稿·跋(李鳳朝)》:外王考性不喜交游,論議與世不諧,晚益求退不已。壬辰一awaited,亦可以見公之平生矣。竊跡前輩所論,東臯詩"每聞佳句如看翠,一灑詞林百鳥啾",東溟詩"詞伯吳侯在,其餘不足論。平生嗜美酒,每讀廢芳樽。定有江山助,元無斧鑿痕。鍾期去已久,難與俗人言"。夫以二公之宗匠,悅而誠服如此,概公之文章雖未究其用,公議則未嘗泯也。不肖孫受甯氏之養,晚承龍門之托。嘗收拾本家草稿及家藏粧帖元本,參以前後聞見,踰嶺之後始得卒業。雜詩文凡七百十二首,附錄并十三篇,一百七十五張也。外此者亦謀鑄板,以竢後之添刊。夫然後罔極之恩,其庶幾少答云爾。己巳四月日,外孫杆城郡守李鳳朝泣書。

【按:吳竣(1587—1666)字汝完,號竹南。籍貫同福。書法造詣極高,書寫《三田渡碑》。著有《竹南堂稿》今傳。其詩雄健壯闊。《箕雅》收其七絶一首。】

金光煜　**字晦而,號竹所。安東人。光海時登第。官至刑曹判書、提學。**

《朝鮮孝宗實錄》卷一六:七年正月癸卯。左參贊金光煜卒。

《退憂堂集·左參贊金公墓誌銘》:安東之金,自我太師傳世至信川郡守贈左贊成諱生海,有三子,仲卽軍器寺正贈吏曹判書諱元孝,是生刑曹參判贈左贊成諱尚寯,聘太宗後裔縣監天佑女,生議政府左參贊諱光煜,字晦而,自號竹所。自在齠齔,符彩英發,聰悟絶人,動止自矩,見者異之。及長力學,詞藝驟進,聲譽蔚然。丙午中進士一等,仍擢大科,選隷槐院。未幾薦拜藝文館檢閱,例陞待教、奉教陞兵曹佐郎,帶三字銜。歷司書、正言,入玉堂爲副修撰。偕館僚上箚,極陳嚴宮禁辨邪正鎮人心之說,實光海初年也。是後累入玉堂。辛亥拜正言,適仁弘誣毁晦、退兩先生,公獨啓以斥之,至有"老而不死"之語,是以重忤奸黨。癸丑爲兵曹正郎。朴應犀獄起,先朝名公卿大夫無不被逮,公及參判公亦不免焉,置對卽釋。丁内艱。乙卯服闋。當是時孼臣搆禍,謀廢母后,脅百僚庭請。公終始不赴,遂削職。卜居于高陽幸州江上,若將終身者十年。癸亥反正,始得收敍。參判公遭無妄之禍,遠配北關。求爲高山察訪,移守高原。參判公内移,投紱隨歸。己巳敍拜直講,歷諸寺正承文判校。庚午穆陵遷奉,以都廳勞陞堂上。出牧洪州,蓋爲便養也。爲政以簡,最一道。繡衣褒聞,拜表裏之賜。癸酉兩西管餉使缺,特命極擇差遣,廟堂咸舉公授之。時毛將留鎮椵島,需索無厭。國家財力大屈,莫可支吾。公措置得宜,常有餘裕。事有不可從者則堅拒不撓,彼亦不至横恣。數年之間,庫儲充羡。乙亥以親病辭遞,入拜戶曹參議。未久遭憂,公年近耆艾,執喪如禮。丙子之亂,入江都分司。大臣起公爲分戶曹參議,俾掌島中所在地部錢穀,辭以禮防,終不起。丁丑外除,拜同副承旨,序陞右副,除羅州牧使。爲治專以興學校尚教化爲先,取《小學》及栗谷先生《擊蒙要訣》刊布士林,無何罷歸。辛巳敍拜判决事,出爲黄海監司。本道經亂以來,公私赤立,冠蓋相望,策應寔繁。公躬先節省,威惠並施,西民稱頌至今。秩滿拜兵曹參議兼槐院副提調。甲申左承旨。用鞫逆勞陞嘉善。以世子賓客赴北。明年陪世子東還。卽拜都承旨。遞爲兵曹參判,兼義禁、春秋,備局有司堂上。北渚金公瑬、澤堂李公植謂公"詞翰合置文苑之選",薦授藝文提學,是後屢擬文衡。孝廟陞儲,仍帶賓客。丙戌以金吾堂上參鞫湖西逆獄,陞嘉義,又拜都承旨。前後居是職者九。歷漢城左右尹、兵刑工參判。己丑戶曹參判,仁祖禮陟,篆銘旌陞資憲。入耆老社。拜刑曹判書、漢城判尹。庚寅出爲京畿監司。逆臣邊士紀爲水原府使,潛有不軌謀,人或疑之,而特未敢斥言。公據他事啓黜之,廟堂罰公而仍其職,未久又置之下考,廟堂又論以輕朝廷而罷公。大司憲洪茂績抗言請還收,不許。公卽退歸幸州江舍。及士紀伏法,人始服公先見。敍復知敦寧,再判刑曹,立斷大訟,人多快之。又經京尹總管,適以特進官入侍,乞解提學。仍陳李敏求罪犯雖重，既下職牒，請詢大臣滌瑕收用。語傳於外，多失其眞。臺諫論之，加以情外之言。上不從。後公疏陳事實，疑者釋然。壬辰留守松都，公條奏民瘼，多所罷置。常俸之外，一無所私，又捐月廩以補民徭。已以病辭歸，松都民立石頌之。還知樞兼義禁，俄拜議政府右參贊，旋陞左。累上章乞致仕不許。丙申正月卒于正寢，春秋七十七。疾革，與家人訣，無一語及家事。但曰："受國厚恩，未報萬一，是爲遺恨。"仍命子弟執筆，口授一絶以見志。……平生簡重，口不言人過。性惡芬華，雅尚儉素，章服之外，衣無采飾。居官任職，恪勤不懈，一以清愼自勵，未嘗以才能衒耀。當昏朝，退處江舍，杜門斂迹，罕與人接，唯以典籍吟詠爲事。時與村翁野老，量陰晴課農桑而已。爾瞻父子亭舍與公居甚邇，一日亟來見公，托以他適而不見，爾瞻大以爲憾。公少與朴鼎吉相識，及公屛廢，鼎吉以詩探公意，公有所酬答，辭意婉而嚴。鼎吉見公詩，知公不變素操，自是遂絶。槩公既不爲獨行異言以峙聲名，中罹家難，進塗多窒。而晚年常有退休意，修葺西湖舊舍，扁其亭曰"歸來"，而竟未及遂焉。嘗自述墓銘，序其世德官次曰："此足以示子孫，切勿立碑鋪張。"公之所著詩文皆逸於兵火，只有亂後唱酬諸作若干藏于家。

《壺谷詩話》：金竹所光煜《仁祖挽章》曰："歷數中興主，功高漢以還。志存虞夏上，時值宋元間。屈策終全社，微權豈濟艱。朝宗一心在，青史載斑斑。"一篇皆妥適。

《晚窩雜記》：竹所金光煜居高陽湖上，爾瞻亟來見公，公終不見之。朴鼎吉以詩探公意，公和其詩曰："殘花失色雖沾雨，枯木無心豈復春。"朴知公所操不變，因不相問。臨終吟一絶曰："無才無德位因尊，一髪無非聖主恩。國恩未報身將死，永作重泉不瞑魂。"

【按：金光煜（1580—1656）字晦而，號竹所，安東人。官至參贊，謚文貞。著有《竹所集》今傳。其詩典雅莊重。《箕雅》收其五律一首、七律一首。】

金世濂　**字道源，號東溟。光海時登第。仁祖朝選湖堂。官至戶曹判書。謚文康。**

《朝鮮仁祖實錄》卷四七：二十四年正月乙丑。戶曹判書金世濂卒。世濂爲人端雅恭愼，有文華，人皆重之。至是爲戶曹判書，接待清人，清人曰："此人端重，言皆可信。"於館中諸事頗從省約，未幾以病卒，人多惜之。

《記言·戶曹判書金公墓表陰記》：判戶曹金公世濂，字道源。本善山人。高麗侍中宣弓之後，曾祖贈左贊成弘遇，祖贈吏曹參判孝元，父贈吏曹判書克鍵，母陽川許氏，弘文館典翰篈之女。公才藝早成，致名譽。二十三選國子兩試。二十四擢甲科第一人，當光海八年。其明年在諫院，方廢母后議起，公首論其主張者，得罪竄西塞之郭山。一年，移江陵。又一年，得釋，許任便居住五年。仁祖克大難，以修撰召之，常侍經幄，或在兩司。卒貴用，致位列卿。以御史廉問郡縣二，湖西、湖南。嘗忤直諫，貶官一，以執義斥玄風縣監。使絶國一，日本通信副使。親老乞養一，以承旨出安邊。任方面三，黄海、咸鏡、平安等道觀察使。自公使日本還，上多之，特加通政，爲兵曹參知參議、吏刑曹參議、副提學，再爲密直。由關西省入爲大司憲。其年改都承旨，擢拜户曹判書。明年卒，年五十四。公温厚有雅量，知遇仁祖，甚倚任之。每言治道，以君德爲先。其在方伯郡縣，以寬民正俗爲重。玄風鄉約條制，上令頒行四方。論事詳密，如《慰諭清北疏》、《執義辭職啓事》，俱爲救時之嘉猷。爲文章尤長於詩，婉麗有法，有《東溟集》。公之墓在楊州治北姑母峴西南之皇。

《東溟集·附録·資憲大夫户曹判書兼弘文館提學世子左副賓客贈謚文康公金公行狀(許穆)》：公諱世濂，字道源，姓金氏。其先本嵩善人。……大父孝元，當宣祖朝有重望於士林。時士論始貳，故不安於朝，卒官永興府使，世謂省庵公者是也。考諱克鍵，通川郡守。妣陽川許氏，弘文館典翰篈之女，觀察使曄之孫也。……公生於萬曆二十一年癸巳十二月一日，是我宣祖二十五年也。……公稟質既美，涵養有素，端莊凝重，畏慎謙恭，動静語嘿，一遵成法。和而不流，厲而不猛，對之者如春和襲人。自無暴慢之思，待親戚一以恩義。居室之間，雍雍如也。事之或近於矯激者，絶意不爲。平生無疾言遽色，一不以惡言加人。聲色之娱，飲博之戲，絶於家中。夙興盥洗，冠服必整。朝晝之間，未嘗見其惰容。常以《四子》、《近思録》等書潛心玩讀，率至夜分乃寢。其在先公側，凡所以悦親心者靡所不爲。事繼母金夫人二十年，榮養備至。當竄謫西塞，僑居江上之日，或至屢空，而公處之怡然，惟静觀書史而已。當官處事，明核其實，使之必得其當。一令之出，必反覆思之，知其末流之無弊，然後斷而行之。故令簡而民自信，事成而害不生。臨下嚴而不傷，簿書期會，必謹察之，吏卒肅然不敢仰視，而猾胥無所售其奸。蓋其守之以敬，而發之以明，故所存者約而所及者遠也。其在經筵，每進講之際，開陳義理，委曲懇惻，使人主樂聞而易曉。一時推以爲講官第一。及名位漸重，深自憂懼曰："公器不可虚受。且人涯分有限，過分不祥。"公嘗有言曰：學者工夫專在居敬上着力，使此心肅然，如有所畏。常在腔子裏見得義理精明，做事有力，精神亦自有湊泊處。"此可以見公爲學之大方也。公嘗斥居江陵，後又往來留住，故自號東溟。公之文章源於《六經》而參以名家，簡當平實，絶不爲支誕無用之辭。於詩婉蓄雄遠，深得盛唐體格。篆楷草書俱逼古法。以至醫藥卜筮亦皆旁通。所著詩文碑誌雜稿略干卷、《海槎錄》二卷藏于家。

《記言·東溟金學士遺卷序》：不佞年老，索居漣上。柳君馨遠寄示東溟金學士遺文六卷，仍屬之曰："今有胤子弼相以其先大夫之美，思不沒於後代，願得吾子一言識之。吾子毋讓。"不佞殆老死，無人事久矣，況文字之業乎？又安敢當此事？固辭不得。今其遺卷詩三冊，書上疏啓事論事雜著一冊，使日本記事二冊。讀之，其詩贍麗雅正，不雜時俗浮靡媚艷氣，深得古人聲韻。又其論事正直，如爭論棄清北之疏最爲保民固國之大計。而日本日記又見使絶國之義益明，日本之人聞詩書禮義之説，頓首曰："海外之人乃今得聞君子之言。"其禮接愈恭下。於是其國中之難解，而不復伺釁於我也。古人所謂能折衝樽俎之間者此也。至於教民正俗之方，入於律令，行之四方。善乎！於此數者，公之平生大略可見，況其外之文章乎？時之天官卿鄭公經世白上曰："世濂文章節操於今世無此人比云。"蓋其經學踐履晚而益篤，至如語默動作之節，皆可爲法式者也。惜乎天不假之以年，其利澤止此也。上之八年收雷節，孔巖許穆序。

《東溟集·附錄·東溟先生集跋(金一基)》：昔我先祖東溟先生之讀書東湖也，同選凡十學士，而九公文集行于世，獨吾先祖遺稿尚在巾衍。豈不慨然哉！王考兄弟嘗裒集編次欲付剞劂，而未克成。先人懼先美之不揚，思遺志之克繼，經營累年，將賣宅鳩工，事幾就而遽爾違世。使平日爲先之至誠，終未得伸。嗚呼痛哉！惟我慈母恒慟泣而詔不肖曰："金氏三世，在子孫唯汝一人。此責在汝，汝敢忘先意哉？立身揚名，以顯前休，固是美事。此有命焉，不可必也。歲月荏苒，事故棼錯，豈可計家力之貧薄，而但事遷就乎？賣宅刊集，卽汝先君之志也。田宅臧穫有何惜乎？"不肖泣受命，斥賣湖莊，乃得始役。而親戚既乏強近，門戶又極零替。內蔑同事，外絶相助，單孑窮罷，力顧不贍，未得多印而廣傳。傷哉。噫！此集之刊，卽惟我慈母不忍墜棄我先君之遺意，克成數代未遑之舉者也。若乃校讎之未盡，刊印之欠精，此則不肖之愚陋也。觀者宜悲其志而恕其罪也。丁巳五月初吉以土字開印，同年七月晦日畢役。不肖曾孫一基謹書印役顛末。

【按：金世濂(1593—1646)字道源，號東溟，謚文康。籍貫善山。任咸境道觀察使時，刊行《近思錄》、《小學》、《性理字義》、《讀書錄》等，盡力教化。著有《東溟集》今傳。其詩婉蓄雄遠。《箕雅》收其七律一首。】

具鳳瑞　字景輝，號洛洲。綾城人。仁祖朝登第。選湖堂。官至平安監司。

《朝鮮仁祖實錄》卷四五：二十二年二月辛酉。平安監司具鳳瑞卒，上命沿路給喪。鳳瑞，明敏有文才，歷敭華貫，按節兩南，皆有聲績，及按關西，剖決如流，人服其能。然浮誇少實，急於進取，人以是病之。

《宋子大全·平安監司具公神道碑銘并序》：仁祖大王朝有洛洲公者，監司諱鳳瑞，字景輝具公之自號也。公生於長湍之洛河，長於京城，學詩於權石洲韠。時至報恩先壟下，讀書于俗離山中。詩語驚人，間以嘲諧，則人必傳誦，以故益爲風流所宗。人有相語，有不知公者，則必顔低而聲溢焉。年二十三以《四書疑義》占生員第二名，人嗟愕曰："其不以所能詩魁進士也。"時蓋昏亂之極，而公道不行故然也。時有權臣門客爲本道都事，慕公名盛，騶從訪公於山寺。公聞卽輟榻歸，遇於道，一揖而過。其人慙忿而亦不能加害焉。又嘗爲重峰趙先生力觝時輩之侮弄者，士林傳誦其文，以爲雋永。仁祖反正，士類彙進，館學尤盛，庠舍不能容，而公獨秀出爲之冠焉。上問士於大司成鄭公曄，鄭公以公對。李适叛，上幸公州，設科取士，公不就曰："吾以布衣跋涉從難，今因以獲第，是爲利也，非義也。"上聞之益嘉之。時吳楸灘允謙掌銓，公在其甥館，有所薦進。吳公賴其補益，然忌之者已多矣。登甲子文科，由槐院卽被史薦爲翰林，或移注書。嘗入侍言事，上不悅。教曰："翰林但主載筆記事而已。"公不爲慴。丙寅丁内憂，致客罄朝紳。喪復常，復舊踐。陞爲弘文館修撰，遷司諫院正言，論削癸亥勳籍之濫。丁外艱，喪具甚恔，戚稱其物。辛未由修撰爲吏曹郎，兼三字銜。朴公知誠主追奉私親議，上心傾嚮，銓長欲擬之。持平公爭執不得，則投筆而出，因此遞職。復入吏曹陞正郎，間爲體府元帥兩從事。賜暇湖堂，遷弘文館應教，陞通政，爲工曹參議，改承政院承旨、兵曹參議。有臺劾，出爲舒川郡守。公律己如冰檗，愛民如嬰孩，又敏於事爲，廢墜悉舉。人謂文藝固其所長，不料吏事之至此也。遂移羅州，俾試盤錯。公益展其才。雖物衆地大，坐嘯軒閣，儆然整暇。而政清刑省，一境晏然。朝廷益欲試之，戊寅陞爲本道觀察使。湖南幅員既大，事端萬變。而公談笑指揮，無有底滯。歲值凶歉，賑活有方，一路之民俱免捐瘠。勸課農業，修舉學政。黜陟之際，不憚大吏。瓜滿，南民請留而不得。既入再爲承旨，一爲兵曹參議，公皆不就，低徊鄉里以自適。適嶺南大饑，公以承旨出按，嶺民相慶。公爲政一如湖南，而惠愛又加。秩滿當去，輒以民願而留，以故三載不離嶺南。時清人以兵壓境，喝以三事，小大震慄。公夷然抗言曰："丙子之亂，嶺南初不被兵，元無被擄逃還之人。戊午遼東之敗，遼民之潰散者，只居兩西，此二者無關本道。惟若干向化，本是彼種，今當撥還。然其子孫係是我民，理不當與。"時少拂虜意者皆將立死，人甚爲公危之，事竟得已。時清陰金先生聞而歎美，後見公而亟稱之。遞還，以戶曹參議特差籌司提調，與聞軍國重事。蓋異數也。自丙丁兵禍，上與一二臣密通皇朝，以伸私義，皇朝亦令軍門有所往復。虜人覺之，使一將擁大兵，挾我王世子來住境上。脅致宰樞，究問其事。事機叵測，朝廷以爲此時西任非公不可。於是故遞方伯而特陞公以代之。公單車疾馳，直到虜營。隨事彌綸，咸得其宜。其得免者，李白江敬輿、李白軒景奭、李澤堂植、李判書顯英、東陽尉申翊聖也。上每見公馳啓，輒加嘉奬曰："今日諸臣，唯此一人而已。"時賊臣李烓持國陰事告虜以十二條，至有"願爲大國臣，歌舞太平"等言，以是禍機尤急。虜主謂烓言雖直，有忘君負國之罪，其令本國處斷。公即執烓而馳啓以聞。上以爲勝國時姦人，入元行讒，以快恩讎，末乃君不得保其位。今治烓不嚴，則禍將不測，其用逆律族誅之。時烓黨協同行賂於虜，圖以脫烓，莅刑官亦故爲遲徊。公亟引烓斬之曰："此賊人得而誅之。何必待刑官來也？"居數日，虜果赦烓，而烓則死矣。國人稱快。清陰先生亦爲烓所訴，後語公曰："烓若得志於虜，則國無稅駕之地矣。公可謂功在社稷也。"我人命壽用事於虜，折辱上下，其從弟在道內，恃其威勢而横甚。公又梟示。命壽謂人曰："吾往來本國，惟具公令人自讐。"舊有管餉貨物，久爲西民之病。公處之得宜，民蒙其惠。且創通船路，以便貿遷，遂爲永久之利。蓋自公在西，國無虜釁，而民樂其業。然公勞瘁成疾，竟以甲申正月三十日終焉，得年四十九。西民男女老少無不奔走悲號，如喪考妣焉。上嗟悼不已，隱卒之典迥出尋常。其後臨朝歎曰："國家不幸，具某亡矣。"賊臣自點疾公久矣，進曰："某實無可稱之績。殿下何追思之深也？"上曰："予實知某。卿其休矣。"公天資穎悟，器度清遠，與物平坦，不設畦畛。於書常不再讀，爲文長於四六。人之期之者，只是蜚英摛藻，黼黻王猷而已。及其爲州縣方面，則劃劇剸煩，刃投餘地，常以庇民尊主爲心。所至吏民畏之如神明而不敢欺，愛之如父母而不忍去。昔歐陽公不談文章而喜論政事，公豈慕歐陽者耶？嶺南時，姦人有金天龍者，誣訟不售而去。數月後，有全大音投呈之狀。公曰："此必金天龍也。"詰之果然。蓋天龍姑以是瞞公，而將復加點畫，還以爲金天龍也。公痛繩以法，人服其發奸之如神也。在官一毫不以私用，答人書疏必剸其紙尾而劣容其辭，凡百類是。故官物充牣，全不可較數。又以偏愛同仁爲務，故吏民儒武咸服其恩，去後各立石以頌之。至論其家行，則與二妹析著，必倍優其數曰："吾則幸竊祿位。雖無此亦可以爲生矣。"待庶母及其子女殫其恩義。觀此數者，其他可知也。

《菊堂排語》：承政院六承旨所服藥，自典醫監每朝進材料，招劑藥官精劑，使本院廚子煎進。具監司鳳瑞曾在本院謂同僚曰："令公不知廚子所爲乎？令公輩所服藥，同煎一器煎畢，分盛各碗曰：‘此某令公藥，此某令公藥。’不足則添以冷水。而令公輩乃曰：‘近日頗以有效。’豈非大可笑乎？”院中以爲奇談。

《小華詩評》：具鳳瑞號洛洲，兒時月夜與群兒入白沙相公宅，白沙問曰：“汝不讀書，反偷蓮爲？”具對曰：“書既盡讀，故只事浪遊耳。”白沙曰：“吾將呼韻，不能，撻之。”遂呼“遊”字，具即應曰：“童子招朋月下游。”遂呼“秋”字，即曰：“相公池館冷如秋。”白沙知其能詩，欲窘以強韻，呼“牛”字，即應曰：“升平事業知何事，但問蓮花不問牛。”時稱奇童。

《西京詩話》：具相國鳳瑞行部列邑，所至簿牒雲委，且一過目則盡銷之。令訟者來，待營門，聽其發落。敕吏三人，隨呼隨書，了無遺失，一一裁決而退。

具相國方聽事，有一少年翩然而來，通其姓氏，具爲設勺。少年辭曰：“吾不復有，爲相公觴之乎？”袖出一壺，自酌，以進視，則血色，具當頗惡之。少年索其酒，一吸而盡，便作揖，失之其所。具不覺自失曰：“嗐！”或謂少年刀回道士云。

【按：具鳳瑞（1596—1644）字景輝，號洛洲。綾城人。其詩氣勢豪雄。《箕雅》收其五律一首。】

李昭漢　　**字道章，號玄洲。明漢之弟。光海時登第。選湖堂，參重試。官至刑曹參判。**

《朝鮮仁祖實錄》卷四六：二十三年四月戊辰。禮曹判書李明漢卒。明漢，廷龜之子也。爲人爽朗有風致，以文詞擅名，遂世典文衡，歷拜吏判，至是卒。其弟昭漢亦有才華，遍敭華顯，位至亞卿。以癘疫，兄弟相繼而沒，人皆嗟惜。

《東里集·先府君行狀》：先府君諱昭漢，字道章，自號玄洲。延安人也。世傳唐中郎將李茂從蘇定邦平百濟，留仕新羅，賜籍延安。後分爲三宗，茲其一云。至麗朝有諱賢呂，判少府監，是其遠祖。生諱映君，文林郎。生諱寅富，直長同正。諱原珪，軍器主簿，生諱孝臣，版圖判書。諱匡，司僕寺正。諱宗茂，戶曹典書，生諱懷林，大護軍，贈左議政，生諱石亨，號樗軒，延城府院君，謚文康公，三魁盛名，至今婦人孺子皆能傳誦。……考諱廷龜，號月沙，以文章經術佐宣廟，典文衡，至仁祖朝遂大拜，官至左議政，謚文忠公。月沙之號天下人舉知之。娶禮曹判書權公克智之女，生二男二女。男長諱明漢，號白洲，文章雅望冠一世，位冢宰，繼主文盟。其季卽先府君也。先府君生於萬曆戊戌九月十五日。生而英秀，神悟異常，纔學語已知文字。

甫八歲，文忠公置膝上，讀《漢書·吳王濞傳》，先府君耳聞而請其義，仍讀數遍便誦之。文忠公大奇之，人皆稱爲神童。十五中進士，時未冠，考官呼使前書草榜，須臾而畢，筆法可觀，推爲奇才。還家，文忠公問榜中人次第，先府君誦對一榜二百人姓名居住無差失，在座之人莫不驚服。自是文思日進，遊泮中，諸名流皆莫敢望焉。時楊詔使道寅謁太學，賜在泮儒生紙筆，諸生當上啓以謝，咸推先府君。先府君倉卒製呈，文辭絶佳，一時皆傳誦之。辛酉擢庭試第三，選補槐院。當昏朝政亂之時，二年不調。癸亥三月，仁祖大王反正，卽日拜假注書，記注贍敏，入侍諸公嘖嘖稱歎。五月拜承政院注書。六月薦入史局爲檢閲。十月選爲弘文館正字。甲子正月，賊适謀叛，扈駕南下公州。二月陞博士。時尹左相昉兼總督軍門，辟爲從事。還都後，與同僚上箚"請卽下罪己之教，諭以禍福之意。至誠求言，使中外民庶各陳致亂之由，挽衰之術。如秦穆公之作誓，孝公之下令。改弦易轍，更始興治，損上益下，安集已散之民，迓續垂絶之命"。上優答。又于筵中陳廢祗身雖被罪，罰不及嗣。興滅繼絶乃聖王之大德，宜有軫念之舉。上不答。又啓曰："臣言出於無隱，而自上淵默，誠爲未安。宜有可否，使通上下之情。若不酬酢，情義難孚。後雖有欲達之懷，人必難之。"辭氣切直。罷出之時，上使内官召承旨教曰："廢祗及光海宫人所生女子，限其長成，令該曹優給衣食。"四月入侍經筵。進戒曰："自上無顯著過失，而頗有拒諫之漸。雖微細事，聽納如流，豈不美也?"上改容曰："人君當以納諫爲務，臣下以勿欺爲心宜矣。"未幾，陞拜司諫院正言、知製教，自是常帶三字銜。與同僚上箚陳時弊，仍陳"修德之實在於進學，節用愛民"等説。上嘉納。五月，移拜修撰。因旱災上箚，略曰："天人交感之理捷于影響，至誠而不動者，未之有也。目今時澤久屯，穡事卒痒。西成無望，大命近止。聖上所以憂勤軫念，靡神不舉。而天休未至，靈應不需，有愧于桑林之滂沱，太乙之沾駕。天人感應之理，豈有古今之殊哉? 或者殿下勤民之念，事天之誠，有所不及于成湯、仁宗而然耶? 伏願殿下于幽獨壇淵之中，起居燕安之間，一切以怠惰放肆爲戒。恒存對越之誠，期致昭假之效。"上答曰："省覽疏辭，有靦面目。天之降災，實由寡昧。只責躬而已。"八月入侍筵席，因慈殿別監作弊之事，兩司論之，屢下嚴旨。先府君乃進言曰："果是慈殿所命，則是不免累德。人子不忍使其親有此累德，殿下所當極諫於慈殿，不使有此弊可也。不可徒事將順而已。"上動容稱善，命治別監之罪。又於入侍之日啓曰："人君不可以好惡示於政事間，駕馭士大夫不可以威也。近日言事之臣擬於他職而不得受點，深爲未安。既往之失，無可奈何。若於卽今改圖，則孰不欽仰日月之更乎?"上不答。退與同僚上箚陳戒，以病遞付軍職。九月復拜修撰。十一月移拜正言。乙丑二月移拜兵曹佐郎。其日政,陞拜副校理,病遞付軍職。三月拜修撰兼漢學教授,入侍講席。啓曰:“聖學高明,雖無可問之事。筵臣在前,莫若反復下問也。宣祖大王曾在平時最好下問,筵臣或未能盡對,至今傳以爲美事。伏願聖明體念焉。”上曰:“爾言是矣。”八月拜校理,遞付司僕寺判官。十月拜校理,以病遞,爲禮曹正郎。十一月復拜校理。丙寅正月,有啓運宫之喪,自上欲行三年之制。與同僚上箚曰:“禮有當變,情有屈伸。殿下上承祖宗之重,宜有厭屈之道。殿下雖欲自盡於親喪,其于宗統何?其于公議何?”上不答。又上箚論五日成殯六日成服之踰禮,略曰:“宗統之重,天下之常經。隆殺之分,大義截然。苟踰其分而爲所不當爲,則是謂非禮之禮,而得罪於宗廟,取譏於後世,非細戚也。殿下以支孫入承大統,其所以事本生父母之禮,自有已定之制,不可有所加減。今則不然,唯知儉其親之未安於心,而不自覺其陷於非禮,成殯成服日期及金篆銘旌一用王后之禮。殿下以宗廟主鬯之身,欲主私親之喪,其治喪之禮一蔽於私,故其發而爲喪制者無非踰分之事也。如一依國葬之教,尤駭視聽。殿下之所以厚于送終者,未免爲非禮事親之歸也。臣等忝在論思之列,見君父之過舉,不忍不言,昨日屢爭之。而已經一日,批答未下。所當待罪不暇,而猶且強聒不止者,事係急迫,區區小嫌有不可顧。伏願亟回天聽,快從公議。”上又不答。又上箚略曰:“子能以父母之心爲心,可謂孝矣。平日啓運宫之愛殿下,亦必以德而不欲以非禮導之也。以此推之,殿下如事存之義,惟當以德。不當以非禮之禮,爲自盡之地。殿下何不卽此而求其所以致孝之道?喪主之名不可以苟假,繼統之身不可以自私。安有承祖宗之統,奉宗廟之祀,而爲私親主其喪者哉?此實天地之大經,不易之定論。人得而知之者,豈殿下之明聖,而有所不察於此耶?苟非其禮,則事之者不得爲孝,享之者不得爲榮。臣恐今日之舉,不但爲公議之所非,後世之所譏而已。伏願殿下因其既悟之端而釋然改圖,求至於發乎情止乎禮之美。”上又不允。時猝當變禮,禮官爭之不得。先府君方在直所,一夜三上箚爭執。其遇事盡言如此。天威震迭,嚴旨屢下。先府君不敢自安,闕直見罷。二月,詔使編修姜曰廣、給事中王夢尹將出來,遠接使金公瑬辟爲從事官,啓請付軍職。上特命敘用,蓋非常例也。三月拜修撰,仍與湖堂之選。此是文苑極望,而先府君繼塚宰公次第被揀,人皆以爲榮。隨遠接使西下。六月隨詔使還朝。七月拜正言。又隨詔使到鐵山,詔使見先府君贈别詩極稱之,乃曰:“有是父,有是子。”臨别有戀戀之色。蓋文忠公名滿中華,兩使甚敬之,稱爲老先生,故有是語。移拜修撰,遞爲直講。八月拜修撰。中重試第三名,拜獻納。十月拜校理。入侍時,請罷內需司,以補國用,以示王者無私財。上不答。先府君進前曰:“臣忝叨論思之列，請罷別貯，此乃有懷必達之意。而自上淵默，非所以好察邇言，待近臣之誠也。"上曰："前已言予意。不必重言復言也。"十一月遞付典籍。十二月拜修撰。丁卯正月陞校理。時奴賊長驅迫京都，大駕去邠。體察使金公瑬又辟爲從事官，每事諮議而行，陪大朝入江都。時和議已定，與同僚上箚曰："天經地緯，不可移易。大分正名，亦甚森嚴。我國之事中朝如子事父，迄今二百餘年，誠意無間。此華夷之所共見，神明之所鑑臨。今者虜差再來脅和，至欲不書年號，恐喝萬端。爲臣子者所不忍聞也。誠宜據義直斥，有以國斃，使無愧於後世，有辭於天下。而強弱不暇論也，衆寡非所虞也。伏願殿下勿搖于胥動之言，無惑於利害之私，辭嚴義正，小無撓屈，死生以之，自反而縮。則綱常可以撑柱乎宇宙，精忠可以彪炳乎日月。義聲所曁，士氣百倍。而夷虜不足平也。"且請斬尹暄、丁好恕等以肅軍律。言雖不能盡用，而士論韙之。又伏閤爭之曰："和事之不可成，雖愚夫愚婦亦能知之，而廟堂諸臣猶不覺悟，甘心苟安，以爲不許則朝夕將亡，許之則可保目前之無事。既使醜虜再辱殿陛，又送王弟質在賊中。此誠忠臣義士叩心而痛哭者也。虜欲無厭，又送差豎。脅去正朔，恐嚇萬端。大義所在，無容更議。而廟算一向退伏，曲從其言。乃仿揭帖之式，將不書紀元之號。曾謂二百年禮義之邦，乃忍夷狄於今日乎？雖使此賊可退，宗社可保，此非人臣所可聞者。況變詐百出，難從之請，愈往愈甚。安知其不加我無禮，如金虜之于趙宋哉？固無益於國家存亡，而只得罪於天下後世。分義難犯，利害易見。伏願聖明勿爲依違苟且之計。"上令廟堂更議之。四月扈駕還朝，拜獻納。五月移拜副修撰。七月拜獻納。九月遞付司直，又拜副修撰。未幾，移拜吏曹佐郎，兼校書館校理。注擬之際尤以激揚爲務，公議許之。戊辰遞拜校理。進言于經席曰："臣頃忝銓曹，伏見銓長專體聖上無私之意而用人矣。近來用人之弊，未能一出於大公至正。無識下情，豈能盡知上意乎？外人皆以爲某人當爲首望，而近有忤旨之事，必未得受點，某人則當爲受點云。而除目之下，果如其言。人君好惡不當如是淺露。凡罪人之道，當其罪而已，豈可以落點之爲不爲，以視其好惡乎？臣恐下賤皆有以窺聖上之深淺也。"上默然。以忠清道京試官往來，兼世子侍講院文學。還朝，上疏歷陳沿路民瘼，逋欠侵征鄰族之弊，逃軍收布之非，徭役偏重民不堪命之狀，且請量宜減賦蠲役。上下廟堂議，罷行之。九月兼醫學校教授。十月遞爲直講，又拜獻納。十一月拜校理。先是天朝因皇子誕生，將遣詔使頒赦，先聲到國中。塚宰張公維爲遠接使，又辟爲從事官。既已皇子卒，詔使不果來。遠接使從事，必極選一時之望，而先府君再膺是任於數年之內，世尤益豔歎之。十二月移拜獻納。論吏曹堂上用人之失，下嚴批特遞付司直。己巳四月拜校理。閏六月遞拜直講,又拜校理。七月陞副應教。自筵中忤旨之後,屢擬於天曹而不點,至是始陞東壁,兼帶文學、校書校理、漢學醫學等教授如故。九月入侍經筵。進前曰:"臣忝在講院,伏見王世子於書筵進講之時明透宗旨,日就高明。在下者無所更陳,而第書筵異於經筵,只宜著力於講學而已。雖非進講之時,所當與宮僚常常引接,討論講磨,則必有所益矣。"上曰:"此言誠是。書筵之時亦明陳旨義,使無所蔽宜矣。"時大提學張公維上疏伸救羅萬甲竄罰之太過,上震怒,特除羅州牧使。先府君上劄爭之,上不從。十月遞付軍職。十二月拜副應教。庚午二月,以本職兼穆陵遷葬時山陵都監郎廳。四月遞爲掌樂正。五月拜副應教,遞爲掌樂正。俄而復拜應教,與副提學鄭經世論遞兩司疲軟之失。有嚴旨特遞拜司成。先府君在經幄首尾八年,知無不言。雖屢被嚴譴,而隨事進規,未嘗含默。格君之誠終不少懈,朝論多之。五月拜應教。十月遞爲司導正。十二月以穆陵畢役,命加資。辛未四月拜同副承旨。時上決意將追崇元宗大王,大臣三司苦爭,而特下《備忘》,命差出追崇奏請使。先府君啓曰:"昨日筵中,大臣力陳其不可。則其斷然不可行之意,自上亦已洞燭矣。如此莫重之事,必待大臣熟講而處之恰當,臣等徒知將順,而遽爾分付于該曹,則亦非所以納吾君於無過也。敢遵古人覆逆之義,封還聖旨。"上答曰:"大臣中與李貴不協者,獨當排抑,其心不難知也。今此追崇之事,天朝若不許,則予亦無憾。爾等勿爲瀆撓。"時玉堂亦上劄爭執,又論兩司不能爭執之失。上震怒,命拿鞫玉堂諸臣。先府君與同僚啓曰:"臣等伏見下本院之教,相顧錯愕。三司相糾,自是流來美事。玉堂之劄不過措語間循例之辭。遽下嚴旨,至有拿鞫之命,不料聖明有此過舉。臣等忝居近密,敢此封還聖旨。"上不允。又啓曰:"自我祖宗朝優待儒臣,雖有罪責,未聞有直爲罷黜之舉,況至拿問乎?又雖有身犯過惡,唯當寬宥之,況爲聖明明陳,欲納吾君於無過之地乎?雖有大舉措,唯宜從容講究,豈可震之以雷霆之威施之以無前之舉,有若忿激者然哉?此命若下,則非但舉國惶駭,實爲後世之譏議。臣等決不敢捧傳旨,又此封還。"上又不允。三度封還,言甚切至。傳曰:"大官無恥,小官縱恣,則國不爲國。玉堂並削職遠竄。"先府君又三次覆逆論執,而上竟不從。晝講入侍,李延平貴曰:"君上所爲,臣下何敢違之乎?在廷之臣皆不忠也。"先府君前曰:"李貴此言,不幾於一言喪邦乎?君上所爲是,則群下將順之不暇。若或有違禮之舉,則古人有碎首引裾而爭之者,何可以君上之教而曲意逢迎乎?"貴曰:"李某是臣之族也,常不爲偏黨。今則以臣言爲非,殿下若不罪如此之人。則大事何時定乎?"先府君曰:"國事非一家事,何可脅迫至此哉?李貴所爲,極爲非矣。必須廣詢庭議而定之。雖君上之言若有所失,則臣下亦不敢從之矣。昨日本院之批,臣不能終始覆逆。使君上未免有過舉,此實臣之罪也。仍待罪於前。"辭氣忼慨,終不少屈,入侍諸公皆縮頸。五月,……傳曰:"年少無識之輩染于李某'君言不可從'之說,如是蔑視,極爲痛駭。並拿鞫定罪。"先府君尤不安在朝,以試官不進見罷。十二月敘用付軍職,經年不遷。癸酉三月,爲養出爲忠原縣監,治以省弊愛民爲務。時臺官以家眷移居近境之地論啓請推,遂稱病棄官歸。耋艾攀轅遮道,請留于方伯。方伯尹公毅立馳啓:"有李某以病棄官,邑人奔走號訴,出於至誠等語。在官纔五十餘日,父老愛之如父母,苟非仁風惠政感動人者,安能及此哉?"十二月敘拜五衛將。乙亥正月拜兵曹參知。四月丁外艱。喪制一遵《家禮》,哀毁幾滅性,杖而後起。丙子冬,奴賊渝盟犯京,先府君兄弟方居憂,奉大夫人避兵于江華。丁丑正月二十二日,防守失策,賊兵渡海,凶鋒將及于大夫人所在處。先府君與塚宰公挺身冒刃翼蔽大夫人,賊哀而少却。先府君紿引賊前行,一家人皆隨之,賊遂不更向大夫人所在處,迫先府君以行,大夫人因此得免於禍。塚宰公被箭仆道左,賊亦不顧而去。塚宰公乃與數三婢僕扶護大夫人達于喬桐。此豈非先府君兄弟誠孝之所感,亦豈非神明之所相也哉?先府君以草土之身,旣無官守,其自處之道固與朝士不同,且在賊中者纔一日,亦無侵辱之事,猶必欲引决者數矣。而旣以身代大夫人被拘,義不可徑死,故欲知大夫人存沒以自裁。隱忍至城下翌日,孝宗大王以大君方在圍中,於城陷之際,送言於賊將,請釋士大夫被拘者。賊許之。先府君以此得釋。且賊將金汗令保護文忠公一家,毋得侵犯。蓋文忠公盛名聞于華夷,而丁卯講和時以兵曹判書接待虜使,虜人服其名德,亦且知敬故也。先府君得脱虎口,來省大夫人于喬桐。二月,遭大夫人之喪,哀毁盡禮,前後如一。己卯服闋。五月拜禮曹參議。力求外補,出爲晉州牧使。政尚廉靜,恩威並著,一境晏然。壬午秩滿,入爲承旨。先府君自丙丁以後,無意于仕宦,常有終老田園之計。晉陽之出,亦爲是也。朝廷皆知其身當變亂之際,自處得宜,故待之無替終始。而猶且逡巡謙抑,僶勉就列。君子以此益敬歎。十一月陞秩爲世子右副賓客同知中樞府事。時昭顯世子質在沈中,朝廷以保護爲重,別揀從宰,先府君擢膺是命。及入瀋陽,昭顯若有過舉,則必上書陳戒,或請對切諫。昭顯甚敬憚之,仁祖大王亦聞而嘉之。甲申還朝,拜刑曹參判,兼備邊司有司堂上。以還京時下吏濫騎之故,聽勘照配于平丘驛。本道案驗,實無是事,而混入于馬官查啓中故也。乙酉二月,命放還。四月,感寒疾彌留,遭季女夭沒之慘,病轉劇。塚宰公亦於是月捐館,聞訃慟絶,竟用哀傷。以二十三日,易簀於城東寓第,享年四十八。……谿谷張公、浦渚趙公、東淮申公、畸菴鄭公、白江李公以先進,年且長十數歲,皆折輩行爲莫逆交,忘年與位。文章典雅精鍊,筆法亦遒緊,見許於先輩。咀嚼百家子史,事規規於句讀,而一經眼輒記誦不忘。尤長於詩,天才絶高,氣格豪緊超逸。丙寅東槎之役,先府君年未滿三十,幕中諸公皆文苑宿望,而見先府君所製,輒皆瞠然讓一頭地。其見推於儕友如此。文忠公以宿德宗匠立幟騷壇,再秉文衡,負重望於儒林。冢宰公趾美闡業,繼執牛耳。而先府君接武詞苑,迭唱並驅,聲譽藹鬱。世比之三蘇。癸亥之初,首膺文翰之選,長在論思之列。草創潤色,多出急遽間,而操紙筆立成,絶無窘澁之態。其得之天賦者,敏達若是。所著詩文甚多,而散失於江都兵燹中。慟矣哉!收合槐苑藝苑應製文字、東槎湖堂唱酬篇什及士友間所傳誦者而錄爲一秩,藏于家。

《宋子大全·玄洲李公神道碑銘并序》:公文章典雅精鍊,筆法遒緊。其爲詩思致俊逸,骨骼強硬。丙寅佐儐之役,幕中諸公皆文苑宿望,而見公所作,瞠然皆讓一頭地。公時年尚未三十矣。……公在晉州時,見舟師西向,有詩曰:"棹曲驚心不忍聞,回頭脈脈向彤雲。歸來掩淚看遺集,半是先朝事大文。"當時之事有不忍言者,而公之志意此亦可見矣。記昔公嘗坐漢城府廳上,臨策舉子。余自庭中望見,公容貌玉雪,聲若笙簧,眞是神仙中人。

《玄洲集·先府君文集跋(李殷相)》:先府君早承家庭之訓,少負士林之望。仁祖反正初選入玉堂爲正字,在經幄首尾八年,久掌絲綸,應製文字多出於急遽間,而辭理俱美,輒膾炙人口。姜、王兩詔使之來,遠接使北渚金公辟於罷散中,時年尚未三十。幕中諸公皆詞苑哲匠,而見公所製,皆瞠然讓一頭地,兩使亦亟稱之。其見推者如許。王考月沙文忠公以經術佐宣廟,黼黻王猷,立幟騷壇,天下皆知盛名。先府君與先伯父白洲公接武湖堂,迭唱塤篪,大鳴國家之盛。世比之三蘇。而仁不得壽,位不滿德,無年之憾,朝野之所同歎惜。則豈但不肖等含哀茹痛而已也。平日所著述不爲不多,而散失於江都兵燹。嗚呼痛哉!亂離稍定之後,裒集於槐院謄本中各樣教文及傳播於儕友間挽人贈行之什,竝晚年所吟詠,而十不能一二。錄爲若干編,藏于家以待者,蓋亦有意存焉。光陰荏苒,三十年于今,而不肖孤亦老衰且病矣。顧念旣逸之遺篇收合無期,而其所耳聞目見而記誦者尚恐久益泯沒,貽子孫無窮之恨。今始謀入梓壽其傳。世之覽此者,亦足以嘗臠而知鼎。若其文章氣象之迢逸,非不肖孤所敢私自讚揚。謹略記其顛末如右云。甲寅冬,不肖男資憲大夫刑曹判書兼弘文館提學殷相泣血謹識。

《壺谷詩話》:李玄洲昭漢與諸學士賦省中夜景一句曰:"觚棱隱隱參差見,更鼓依依次第傳。"蔡湖洲每稱之。又游楓嶽,贈僧一絶曰:"爾在此山中,飽看霜後楓。吾行及秋晚,何似去年紅。"亦佳。

【按:李昭漢(1598—1645)字道章,號玄洲。籍貫延安。李廷龜子。李明漢弟。文章書法出衆,世以昭漢與父廷龜、兄明漢三人比作三蘇。著有《玄洲集》今傳。其詩豪緊超逸。《箕雅》收其五絶一首、七絶二首、五律一首、七律一首。】

尹順之　**字樂天,號涬溟。暄之子。光海時登第。孝宗朝典文衡,官至工曹判書。**

《朝鮮顯宗改修實録》卷一六:七年九月丙午。前判書尹順之卒。順之,監司暄之子也。有詩才,典文衡。位六卿,而性弱無志概,人以是短之。

《白下集·曾伯祖左參贊涬溟公墓表》:曾伯祖涬溟公當仁祖初年,以文學博雅出入經幄。諸父昆弟並列公卿法從殆十人,門戶之盛世無二焉。不幸皇考白沙公蹈丁卯大禍,上尋悔之。命有司庀喪,加恤公兄弟甚渥。公猶挈諸弟退野十年,屢被諭召,不起。丙子虜難,大駕受圍南漢。公泣曰:"吾雖僇人,卽舊從臣。臨亂不可後君。"辭大夫人,從間途奔扈。上聞,卽賜對慰藉,嘉歎不已。還都,擢拜刑曹參議。公感激上眷特隆,痛時事艱危,不敢終辭。自是出入内外三十一年,以議政府左參贊終焉。然非其志也。公諱順之,字樂天,海平人。高麗司空君正之後。曾祖諱忭,軍資監正。祖諱斗壽,領議政梧陰文靖公。考諱暄,體察副使兼平安道觀察使。妣貞夫人青松沈氏,大司憲諱義謙之女。公少服家訓,受學于從大父月汀先生。爲文章尤長於詩,深於史氏學,在諸公間以香山詩荊州史稱焉。中萬曆壬子司馬。天啓庚申擢庭試。歷翰林、諫院、玉堂、承旨、諸曹參議、大司諫、大司成、都承旨、六曹參判、大司憲、藝文提學、大提學、漢城判尹、工曹判書,間出爲開城留守,再任京畿監司,亦嘗以正使通信日本,以副使赴燕。卒於丙午九月三十日,壽七十六。所著述皆棄稿不收,存者詩塵若干卷。蓋公謙謹端醇,素不喜頡頏推輓。重以中罹愍凶,益無意於世。逡巡斂晦,處朝廷如客。平居杜門謝客,凝塵滿几,蕭然以書史詩律自適。而遇有大是非大刑政及君德闕失,亦未嘗不盡言。顧不肯立標幟,風發言論,爲當世重。以故蹭蹬留落,處亞卿二十年始進正卿。而間爲蜚語所中,名位亦在通塞間。公則恬然而已。然仁孝兩朝知公深,前後屢躓屢起,多出特命。其遭横逆,輒爲恩言辨理,至或罪言者。丁酉赴燕時,公年已迫七十。陛謝,上目公曰:"副使鬚髮盡衰,何能往來?"仍援賜貂掩,其眷禮不替如此。議者謂丁卯之禍,實由於盈盛。則公之銜恤無窮,挹損自持,爲兩朝所深諒云。夫人潘南朴氏,觀察使諱東說之女,寬達喜施,梱範甚備。先公八年卒,壽七十。墓在長湍盤龍山先兆下丑坐原。……公嘗有顧言曰:"吾抱痛窮天,而不能伏死丘壑,竊位至此，死不足不朽。我死勿請諡立碑，以官死我。”以故凡終事遵治命毋改。然墓終無樹，懼至於無徵。後六十年，沆始治短石表阡，屬淳識其陰。淳又何敢敷其辭以傷公志也。謹撮書系汯，大畧如此。清道公諱誼之，於淳曾祖也。

《南溪集·題涬溟齋詩卷後》：故判書海平尹公，即梧陰文靖公之孫，月汀文敬公從孫也。擩染家庭，詞藝夙成。顧輒内自蘊蓄，不事交游往還，世鮮有知之者。少時象村申文貞公遇於黄州甥館，爲之酬唱，賞譽甚至，自此名聲大振。釋褐未幾，值仁祖反正，朝廷清明，髦俊咸集。公亦出入玉堂諫垣，隨事裨益弘多。不幸虜難作，公酷罹家禍，與諸弟守制坡山别墅。仍卜築棲遲於其間，嘯詠自適，足跡不窺城市者十年。丙子虜再創，公自惟分義當執靮，乃扈駕于南漢。仁祖賜對嘉奬，公遂感激。目見艱虞顛沛，不敢辭退。間奉使日本、燕山，克有專對稱。俄由銀臺天曹進位列卿，兼兩館大提學，持衡藝苑。然非其素好也。公爲人温雅耿介，所守甚確。公退必閉門哦詩不輟，有若服功令者。才思道逸精緻，殆與一時諸公狎盟齊驅。而又乃斂然若愚，未嘗以詞翰自居。人益賢之。公歿且三紀，家集未成，嗣子知郡塼氏請余删定而行之世。余固非究心於詩者，第以弱冠踵公門墻，甚習聞其平生緒論深矣。謹爲略加整頓，十堇取一二，亦遵公志也。公諱順之，字樂天，號涬溟齋。是爲跋。

《小華詩評》：余近得涬溟子尹順之詩稿而觀之。其詩非唐非宋，而自成一家，格清語妙，句圓意活，深造古人閫域。第世罕知之，略揀七言近體數首。其《覓句戲占》詩曰：“結習多生未忘癡，尚從文字鬥新奇。但令美玉連城在，不厭良金鼓橐遲。闊意有時騰驥足，苦心終夜引蛛絲。尋花問柳閑閑處，奬爾沉吟復索詩。”其《望海亭》詩曰：“鴻荒開闢坎離門，碣石崑崙左右蹲。垂手恰堪扶日轂，側身今已躡天根。挾山超海非難事，暴虎馮河不足論。落帆長風吹萬里，眼邊吴楚浪中翻。”又曰：“劈海危亭峻欲飛，任公曾作釣鼇磯。風雷驚動喧蛟窟，金碧參差漾日暉。尚父提封看隱約，薊門煙樹望依微。吾生豪壯誠堪詫，貝闕珠宫踏得歸。”矯矯騰踔，可與芝川、山海詩爭衡。

《詩評補遺》：尹涬溟順之《漁陽橋》詩曰：“瞥瞥滄桑易變移，薊門煙樹使人悲。青騾西去傷前事，白馬東來恨作時。隨處繁華都已矣，莫強兵甲更何之。塵沙漠漠孤城裏，羌笛紛紛弄晚飈。”《曉發河津》詩曰：“客程清夜一帆催，千里三山取次回。天外莫愁浮海去，月中還得御風來。狂呼玉兔求仙藥，醉跨金鼇作渡杯。隨地壯遊男子事，幾人今古到蓬萊。”詞極豪宕。

【按：尹順之(1591—1666)字樂天，號涬溟。籍貫海平。尹暄子。尹斗

壽孫。參與編撰《宣祖修正實錄》。詩、書法出衆。著有《滓溟齋詩集》今傳。其詩格清語妙,句圓意活。《箕雅》收其七律二首。】

趙　絅　　**字日章,號龍洲。漢陽人。仁祖朝登魁科,選湖堂,典文衡,官至吏曹判書。謚文簡。**

《朝鮮顯宗實錄》卷一六:十年二月戊辰。行副護軍趙絅卒。絅字日章,清文苦節,見重一時,位冢宰、秉文衡,庚寅被罪清國,配西邊。及放還,又令勿收敍,故爲親乞爲淮陽府使,仍歸老抱川。事繼母至孝,年八十遭喪,執禮有人所不及。以年至陞品,賜食物,至是年八十有四卒。絅爲文章雅健近古,其清名直節爲世所仰。而及疏救尹善道,大爲時議所忤,至目之以凶邪,豈非所謂邪人指正爲邪者耶?今上丙辰,配享顯宗廟庭。

《朝鮮顯宗改修實錄》卷二〇:二月己巳。前判中樞府事趙絅卒。絅字日章,仁廟初登魁第,歷敭華顯,位冢宰秉文衡。晚年以西隣嘖言,配荒塞,及放還,令勿收敍,故不得立朝。爲養乞郡,爲淮陽府使,遞任後,退歸抱川。事繼母以孝聞,年八十遭喪,秉禮猶勤。以耆老朝廷優待之,特加一品階,賜月廩,至是年八十四而卒。絅文華操行爲世所稱,而剛偏自用,論議頗僻。當丙戌姜氏之獄,絅以大司憲在鄉陳疏,引《春秋》無將之義,顯有逢迎之態,屢被寵擢,士論固已鄙之。逮于庚子,尹善道疏誣禮論,得罪竄逐,絅上章伸救,至有爲孝廟左袒之語,一世始信其奸狀。甲寅以後,奸兇盜柄,謂絅有功於禮論,配享廟庭,輿情拂鬱而不敢言者積有年所。庚申更化之後,公議復伸,黜去廟庭。

《記言·輔國崇祿大夫行判中樞府事趙龍洲謚狀》:原行判中樞趙公諱絅,字日章,姓趙氏。本漢陽人。……明顯皇帝萬曆十四年十月六日公生。……弱冠,文詞已蔚然有聲,公亦以文學能自任爲重。白沙李相國恒福、車太常天輅皆許以爲奇才。二十七選成均進士。……丙寅,上親試士,公擢壯元,連在兩司。丁卯,建奴東搶。前年,國家始行號牌法。寇至,平壤民解號牌掛之城堞,卽皆散去。時公爲司書,與文學金堉上疏,言罷號牌以收人心。於是罷號牌法。上出幸江都,令世子撫軍湖南,公從之。……戊辰,以修撰論崔鳴吉別廟之非。己巳,以獻納改副校理,尋賜暇書堂。其六月,政院以暑月請停視事。公與諸學士上箚曰:"政院以暑月請停視事,此雖古事,臣等以爲過矣。……"冬拜持平。先是,有大獄,事連仁城君珙。睦性善、柳碩上疏言全恩事。大司憲金尚憲論以護逆,僚議多不從,乃引避。公啓曰:"昔在昏朝,陷人必以護逆。尚憲於其時仰屋竊歎者久矣,不意今者身自蹈之也。"請遞尚憲玉堂,請竝遞兩司。上特命"絅勿遞也"。公乃再引避而遞。庚午以修撰爲吏曹佐郎。辛未以獻納復爲吏曹陞正郎。……明年,統制使瀗因括丁督責多無狀,公棄歸。因瀗啓,卒就理坐罷。癸酉復爲吏曹正郎。甲戌爲司諫。……乙亥爲執義。……出爲文川郡守。副提學鄭蘊上箚曰:“殿下以絅爲何人也。其人篤行孝友,清苦自守,又其文學博覽,可以置左右而備顧問者也。其可以一言過戇,而遽示好惡之私耶?”上從之,拜軍器正,命廉問湖南郡縣。既復命,上稱之曰:“絅出入民間,細知守令治否,民生疾苦。諸御史不如。”丙子以司諫應旨,上封事。言大君田宅踰制,章陵殯殿事賞格無法,仍及左相洪瑞鳳受賂賣官之誚。歷舉李大廈納馬事。……上不納。……其十二月,奴大舉入寇急,上將幸江都。奴先鋒已迫王城,上馳入南漢。丁丑二月,南漢既解圍,廟堂以斥和者十臣議罪。以公妄言詆廟堂,亦在議中。都承旨李景奭白上曰:“絅善類也,亦以此罪之,人心不服。後世亦必有議之者。”上曰:“予亦以爲不可。其勿罪也。”戊寅以司諫入謝,上引見文政殿。公問上曰:“今日之事,欲石晉之於耶律德光耶?抑欲句踐之於吳耶?”上曰:“爲宗社生民,忘予之恥辱也。”公仍陳句踐報吳之事,又曰:“人心或以爲朝廷與中國絶矣。通信中國,以示不忘之義善也。”上曰:“事祕,外方莫知也,已先之矣。”仍言分兵農,廣屯田,去浮華,開言路爲今日之急務云。功臣埈竊畜宫人,無敢言者。而公劾其罪狀。乞養爲興海,臺臣啓上曰:“絅鯁直,在朝廷則繩愆糾邪,補益甚多。不可出外。”上曰:“其情切矣。可遣之。”時臺諫劾金尚憲詐死沽名,不從上出城請罪。客有問之者,公曰:“當車駕出城,立節者,鄭蘊、金尚憲兩人而已。可褒不可罪也。”己卯謝歸居昌。庚辰以司諫上疏,進時務十策。其六月,弟緃死,時寓居新坪,後月返葬抱川。緃秀而早夭,有稚弱子威明,甚憐之,懷哺教育。登第,方爲湖西觀察使者也。壬午以典翰入謝,以母病歸。癸未差日本通信副使。日本關白源家光生子,號爲若君,而請使於我矣。公入謝,復爲典翰。二月受命,三月至釜山候風,四月始行舟,七月至其國。自釜山水陸四千里,既傳命,大設宴享使。其俗呈變幻淫巧奇怪百戲,以爲盛觀,公不爲一顧也。倭人甚嚴憚之,不復敢呈其淫技。沿道留館,餽遺皆不受。十一月還釜山。對馬島主宗義成者,傾巧憸回,多不信。公不色假,待之甚嚴。義成恚不假借,因書契頗致毁言,朝廷却之。有《日本記行》、《關白說》。既復命,謝歸。明年賞遠使勞,陞通政,拜刑曹參議,辭不就。冬爲金堤郡守。入謝。大臣白上,令憚壓道内,移全州府尹。公簡嚴,判官奇震興者素心憚之。陰愬於方伯,責以銜眷濫率,公卽去歸,上任才十八日。公有亡弟寡妻稚子,以大夫人不忍離故,公請於朝以從。此所謂濫率者也。乙酉奔哭昭顯世子,拜大司諫。……遞拜大司成,以母病歸。移拜刑曹參判,尋改大司憲。

上賜姜氏死，公在牙山上二封事。其一，辭無勞進階事也。其二，姜氏不可賜死事也。疏入，遞大司憲。尼山有上變事，上遣將出兵。即入京，仍拜吏曹參判，又以母病歸。拜大提學，辭不許。又拜大司諫，上疏辭之。……疏入，命遞職。丁亥拜大司諫。未謝，陞刑曹判書。上疏辭謝，仍陳賑飢民，蠲民役，擇邊將，警天怒。又言李景輿、洪茂績、沈𢢜、李應蓍事。尋移拜禮曹判書，兼裁省事。……改吏曹判書，連辭不許。恢公道，抑奔競，申明守令薦舉法。因入侍，言昭顯三兒放還事。上引見大臣，大臣多言馨長爲國盡忠狀。公曰："馨長謂之彌縫國事則猶可言，以爲盡忠則不可。"上頷之曰："此言是也。"馨長驕横無所忌，巨室多以貨利交驩傾事之。馨長初以商賈，事命壽。命壽者，本西邑官屬賤人，以俘虜事九王，甚信愛之。而我且厚賂，以恣其所爲者久矣。國之大事小事，命壽皆知之，實馨長輸款云。冬，北使來，館伴李行遠稱疾不出。大臣白上，以公代之。命壽見公，以私問曰："昭顯三兒安在？九王欲取育之。"公正色曰："下國事，上國何可與知有此云云也。"累問累不答，命壽愠色而止，不復言三兒事矣。戊子拜左參贊。命壽恒言恚怒公不已，公聞之，以爲貽國之患，上疏請免文衡備局之任。命壽三兒之問，蓋已有竊知者矣。嘗引對，言鄭蘊恥不遂決死，屏居深山，自同頭陀，甘自苦以終其身，當褒賞其忠。又上疏言之，移大司憲。時南方大水，進修省疏累千言。金自點以功臣恃恩用事，積威福二十年，公卿以下多畏事之莫敢抗。當試士，公以大提學掌試士，諸參考官有媚自點者，欲以其孫置之壯元。公曰："壯元非人望不可。"言者不敢復言，然皆失色。公前爲吏曹，自點子鉽藉其父勢求爲郎。郎僚多推薦之者，而公竟不許。至是自點既積怒於公，人多爲公懼之，公終不少假。己丑以刑曹判書遷右參贊。五月上有疾，公掌太醫院事。及大漸，公入侍而上薨。自點引古事，欲撰遺教。公曰："無遺命而撰遺教不可。"及孝宗嗣位，撰踐祚頒教文。有内旨爲大喪，聚女巫陳巫事，謂之宫中古事云。公上疏曰："先王之法，假鬼神以疑衆者誅。大行大王臨御二十有餘年，一心履正，一不作受禧祈祝之事，四方兆庶之所共聞者也。今若使巫覡執桃茢肆其誕妄，以爲爲先王除不祥，且以爲宫中古事不可廢云爾，則不幾於誣先王之大者乎？亟下明教，斥絶此巫事。"自點以罪免相，公卜相，仍爲吏曹判書。李惟泰者上疏，搆誣二三士類，詆毁公尤甚。公三上疏遞吏曹，爲禮曹判書。上對群臣言："惟泰以此人爲小人，非吉人也。"公嘗在憲府論元斗杓樹黨要權，惟泰執此攻擊云。九月莅葬禮贊禮虞卒哭，辭遞大提學，爲右參贊。以撰長陵誌石文進正憲。庚寅，北使來，以查問爲言。宦者羅業還自燕，與使者俱來，密啓查問奏文、表文云。公曰："奏文、表文，主文者任其責。請免官。"使者至，會三公六卿政院兩司，既坐列，饋以駱漿，公獨不受也。使者有慍色，責問曰："前年弔祭大行王，無哭何也？"公曰："此在《五禮儀》。"使者既無辭，又曰："謝表不及皇父王致弔。何也？製表者爲誰？"問承文院，俞棨而無職在外。曰："製表先見表者爲誰？"公徐言曰："大提學先見之。以此爲咎，我且任之。"命壽以使者意言，令本國議罪，首相李景奭以奏文事亦坐責，議罪謂之兩臣云。命壽私令兩臣安置白馬，上特慰諭之，各賜物以資行李，令沿路厚送之。四月至白馬，在義州南山極高，常多霧，無霧常風，孟夏寒氣如冬。公常讀書，使者與義順公主偕行過州，遣兩胡猝至。傍侍人驚怖無人色，公夷然不以爲意。秋，義順護行使臣元斗杓狀啓，言攝王於兩臣語意凶悍，專以"修城池、鍊甲卒、懷二心叛我"爲言云。及使還，且啓曰："兩臣事，彼不但已也。欲全之，事危矣。"上爲之泣下。議遣使卞明，及引見大臣議事。上曰："卞明兩臣事，無偏輕偏重。"適有使者來而卞明事已。使者至，勑書但言"修城集兵原與倭無涉，耑與朕爲難"而已，無決語。命壽曰："大君使來則事釋矣。"前月大君還自燕矣，上必欲遣之，而大君亦請行。上問邊地苦寒，厚賜之。閏十一月，貞敬夫人歿，右相李時白白上，令有司賜賻物。又令本道成發引葬埋之禮。後月大君使還，許兩臣放還，而永不敍用。上復使人厚賜之曰："聞北京先報，喜不可言。"公既還，上疏言誤事貽國之辱，又言西土人心風俗。薦士二人鄭麟壽、韓翼文，皆以才行聞者也。上即引見，令以軍職在都下，而公乞歸田里。以修史事召之，公辭以清人責言未已。應旨上封事，言時弊，仍及朴彭年等旌表事，鄭蘊贈諡事。癸巳乞養爲淮陽。明年三月遊楓岳。後月謝歸。冬，畿甸之內腥霧四塞。上疏曰："自金弘郁下獄死，君道日亢，國事日非，災異日見，人心日離。忠言讜論絶影於殿下之庭。是將歸之於天歟？歸之於人歟？"上曰："愛君憂國，老而彌篤。"乙未春，公七十，以耆老，上令本道賜米肉。至明年春又賜之。及秋又賜月俸曰："絅以先朝老臣，逢時艱迍，坎壈在外。家貧親老，庚癸之急可知。而何無一人言之也？"公上疏辭不受，疏十上，而上終不許。八月有大風，領敦寧金堉上災異疏。上怒，惶懼不知所出。公上疏曰："金堉言天警之可畏，人心之離合，眞宰相之言。殿下何故拒之至此也？其退黜摧沮死生固不足言，殿下有何大不平柴于中而有此心病也。古之聖帝明王遭險阻艱難者何限？然未聞以勞苦倦勤而致心病者也。"又曰："從命而利於君者，順也。從命而不利於君者，諂也。逆於命而利於君者，忠也。從唯唯而退，自以爲售才見能者，今日之激天召災，未必不由於此也。"上以爲處畎畝不忘諫，忠臣義也。丁酉，沈大孚、俞棨以議諡事得罪，公上疏曰："前時上宣祖諡號，尹根壽卞祖宗之義，鄭經世請改宣祖諡號，大孚祖述二臣之言。二臣無罪，而大孚廢錮，臣恐日月之明或未遍也。

俞棨徒知遇事盡言，不自覺其陷於妄言之罪，亦非負國者也。”戊戌，耆老所作五老會，領議政金堉七十九，判中樞尹坰九十二，海恩君尹履之八十，公七十三，判書吳竣七十二。上體不安，既月始瘳。上疏進清心寡欲之戒曰：“節飲食，少思慮，戒耳目之欲，爲調攝少愈之戒云。”己亥五月，上登遐，公入哭，既成服而歸。承命製諡册文，進崇政。冬，乞致仕。下吏曹，判書宋浚吉沮之。庚子上疏言賑飢事，進屠隆《荒政考》，請免月俸。不許。辛丑拜判中樞，辭不許。春夏大旱，上避正殿理冤獄，下教求言。時以製太王太后玉册文召之，連上疏辭之。仍言尹善道事曰：“善道之罪何罪也？善道之罪，惟以宗統嫡統爲孝廟左袒也。當善道投疏之日，誰爲殿下進焚疏之策也。高麗恭愍王焚李存吾之疏，光海焚鄭蘊之疏。恭愍、光海，非亂亡之主乎？今日廷臣自許非沒沒，而不以堯舜之道導殿下，而反以亂亡之轍引殿下。何也？如異日國史書之，野史記之，以爲某朝某時，焚尹善道論禮之疏，其爲聖德之累何如哉？臣恐後之視今，猶今之視昔也。殿下如大覺悟而明辨，宗統嫡統昭載先王《實録》，使後之論禮者不敢爲異辭，則求之神道，豈遠人情哉？我祖宗陟降之靈，和豫於冥冥之中，收譴爲祥，變旱爲霖，使殿下長保我子孫黎民，其德不既大於走群望而望報乎？”承旨南龍翼先啓以爲“絅扶護善道，譸張陰慘，激上意”，令上不納。而三司攻擊大起，請削職黜外，上命罷職而已。領相鄭太和曰：“絅身處畎畝，斥黜無損於其身，有損於國也。”左相沈之源曰：“絅以三朝元老應旨進言，卒以此得罪。此亡國之事也。”尹飛卿、郭之欽等媚事用事者，爭以攻擊爲功，論以遠竄。自四月至六月，上終不聽。方群小用事，讒害日至，戒家人子弟口不言時事，亦無一幾微見於色詞。八月遊白雲山。甲辰四月觀三釜瀑、禾積淵水石。是夏始有敍用之命。明年夏上幸溫泉還，進箴以陳戒于上，時公八十。執義吳始壽白上曰：“絅三朝老臣，先王特賜月俸。今論事一不當而輒廢棄之，月俸亦收。且絅今年八十，上命中外八十以上者無論有官無官，皆有賞資，而獨不及於絅。”上命加資，仍賜月俸，於是進崇祿。三司攻擊復起，以爲月俸不可許。上不聽。公力辭月俸，三上疏，乃許。十二月大夫人卒，公八十居憂，送終之節皆可爲百代之行也。戊申夏有曾爲侍從者，其父母年七十以上者皆賞賜，或加資之命。男威鳳嘗爲諫院，以故進輔國。八月遊白雲山，將仍遊紫雲泉石。至文巖，入山中數日，聞上有溫泉之幸，乃還。明年二月五日卒。公春秋八十四，襲用深衣幅巾，既殮殯於外寢之中堂。訃聞，上爲之罷朝巷市二日。四月己卯，葬于鹿門東麓南向之原，在先塋北十里。今上二年丙辰春，同副承旨金德遠請贈爵事，左相權大運亦力陳之，上命追贈議政府領議政。……宅前有溪潭曰臥龍潭，自號曰龍洲。又常對錦柱山，亦曰柱峰老人。今其遺文在子孫,皆可傳於後世。一代宗儒碩士名卿鉅公,其立言行事刻之墓道者尤多。略撮其家狀,以請易名之典。大匡輔國崇祿大夫議政府右議政兼領經筵事監春秋館事許穆謹狀。

《記言·龍洲神道碑》:公簡静,燕居若齋,一不以事物經心,不喜聲色玩好。沈潛經術,於勢利泊然無所動。不言不笑,端坐終日,不見惰容。雅言孝悌節行,詩書禮義。讀天下書,學博而見益高。其出言行事,非古人不爲。論文學以爲,秦漢以來,太史公、昌黎、鳳洲最大家。其文章深奥勁切,卒澤於道德仁義,蒼然有古作者遺風。筆法尚右軍、魯公,亦勁古有法。蓋皆出於心成於藝者然也。……自灣上歸,屏居田里,名其廬曰寬居。樂山澤之遊,白鷺洲、三釜落、禾積淵、白雲洞,皆其遊賞處云。……谷口有溪潭曰臥龍潭,自號曰龍洲。寬居静對錦柱山,亦曰柱峰老人。有遺文十卷。

《荷潭破寂錄》:夢弼欲奪趙絅奴婢,劫縛絅囚於其家,且不測。尹知敬時爲舍人,直往夢弼家請與相見,言曰:"趙絅是有名士子。汝敢作如此事?日後於汝必有不好事。吾愛汝故言之。"夢弼色變而謝,絅得免。人皆稱知敬義氣。

《小華詩評》:永平白鷺洲形勝最於圻内,李白洲明漢嘗有一絕,趙龍洲絅、楊鑑湖萬古皆次之。白洲詩爲第一,詩曰:"身如白鷺洲邊鷺,心似白雲山上雲。孤吟盡日不知返,雲去鷺飛誰與群?"龍洲詩曰:"潭虚先受欲生月,松老尚浮不盡雲。應有此間閑似者,君今獨往非人群。"鑑湖詩曰:"東風花落水中石,西日客眠松下雲。醉把一杯酬白鷺,世間惟有爾爲群。"

《詩評補遺》:趙龍洲絅嘗於道中爲驟雨所逐,入一村家土宇留宿。翌朝戲賦一詩曰:"構木爲家簷著地,其間如斗僅容身。平生不學長腰折,此日難圖一脚伸。鼠穴煙通昏似漆,蓬窗茅塞暗無晨。雖然得免衣沾濕,臨别殷勤謝主人。"句語亦好。

《詩話匯成》:崇禎癸未奉使日本,過鳴護島口右岸,地名博多。鄭圃隱奉使時遊賞處,集中霸家臺即此地也。又云新羅朴堤上死節於其下七里灘,而申汎翁亦奉使到此云。公有詩曰:"朴堤上死千年事,蠻貊猶傳不朽名。東海波銜精衛石,西川血帶杜鵑聲。新羅功業人雖衆,汗竹清名爾獨鳴。聞道汎翁曾到此,維舟前浦面無赬。"

仁廟丙子,日本使臣任參制絖、金東溟、黄漫浪諸公回到今絕河,盡投彼國所遺器皿實貨於淺流中。蓋却之不得,投之淺者,不欲使有用之物歸之無用也。後七年,龍洲趙公以信使入日本,至今絕河,舟人指示其地,嗟慕不已。公留詩曰:"絕岸長河深復深,中流如見故人心。千金若浼齊高士,玉貌何由傳至今?"

【按:趙絅(1586—1669)字日章,號龍洲、柱峰老人,謚文簡。籍貫漢陽。尹根壽門人。奉享抱川龍淵書院、春川文巖書院、興海曲江書院等。著有《龍洲集》今傳。其詩勁切蒼古。《箕雅》收其七律一首。】

鄭太和　　字囿春,號陽坡。惟吉之曾孫。仁祖朝登第。六拜領相。謚翼憲,配享顯宗廟庭。

《朝鮮顯宗改修實錄》卷二七:十四年十月甲辰。原任領議政領中樞府事鄭太和卒。史臣曰:“太和字囿春,才智有餘,聰敏過人,先事而慮,未嘗僨敗。居家有法度,勅子弟無尚紛華,不得交結朋黨。出入黄扉二十五年,而無勢焰之熏灼,然與世浮沈,未嘗擔當國事。且有頗通饋遺之誚,人以此短之。年七十二,有子五人,一尚公主,一爲名官,餘皆蔭仕,袍笏滿堂。與弟致和迭居台鼎,人謂福祿舉世無比。”臣按,國家自孝廟以來,朝廷之上清議大行,而識者頗以士禍爲憂。太和以首相周旋其間,既不肯苟同,又不爲崖異,使朝論不至於橫潰決裂,蓋不無其力。己亥國恤,宋時烈引禮疏四種說,以擬王大妃服制,太和亟搖手止之,遂定之以國制。人謂當是時若無太和,則士禍之烈當不止於乙卯也。許穆疏請早建春宫,以定國本,欲以探試上心,上下其議于廟堂,人皆以答是爲難。太和之議有曰:“元子誕生之日,卽國本已定之時。”聞者莫不歎服,以爲雖使古人當之,無以過也。太和有智術,最爲許積所憚,及太和卒,而積益横,舉朝無與抗之者。今上初贈謚翼憲,追享顯宗廟庭。

《息菴遺稿·大臣輔國崇祿大夫議政府領議政陽城鄭公謚狀》:曾祖惟吉,左議政,號林塘,有文章德業。……公諱太和,字囿春,自號陽坡。系出東萊。東萊之鄭,……參贊蘭宗,是事我成宗,有文武才幹,樹績内外,策佐理勳,判吏曹事,卒謚翼惠。翼惠生領議政光弼,是相我中廟,嘗力救己卯士林北門之禍,語在《八賢傳》,卒謚文翼。自文翼至公爲六世,出四議政一尚書,愈顯愈大。……曾祖林唐公相我宣廟。祖議政公又繼相我仁祖。……公生于萬曆壬寅。……爲文詞敏暢,嘗赴癸亥解圍。谿谷張相國主試事,得公表策大異之,並置高等。甲子中司馬。戊辰擢别試文科,與仲議政公致和同一榜,一世榮之。未分館卽爲假注書。時有宋匡裕者,以諺書上急變。大臣諸宰咸會賓廳,以其書授公謄譯。公秉燭索紙,於其語意之難形,俗諺之易訛者,悉翻以文字無漏失。頃刻寫十數紙,纚纚不休,諸公咸嘖舌奇之曰:“鄭門又出宰相矣。”冬,隸槐院權知正字。己巳入藝苑,自檢閲陞奉教,兼世子侍講院說書。又自奉教陞典籍,移禮曹佐郎,入諫院爲正言。庚午錄玉堂。九月出監通津縣。翌年夏以漕船敗於縣境,以例罷。冬敍拜正言。壬申由修撰拜吏曹佐郎。時有識者皆以爲器識如鄭某,不黨如鄭某,而不以畀銓筆,則是無公道也。遂先推公入銓,復兼醫學教授、校書校理、侍講院司書。皆極選也。時鞫獄頻起,情疑百出,大臣又輒辟公爲問事郎。蓋重公才也。癸酉由校理移獻納,尋還吏曹,陞正郎兼知製教。甲戌華使之來,儐使辟公爲從事。蓋重公文學也。又自吏曹陞議政府舍人,歷副應教、司諫。乙亥爲輔德移司憲府執義。而如春坊則俱兼弼善、輔德,如成均則俱歷直講、司藝、司成,如禮賓、掌樂、濟用、司僕諸寺則俱爲正。時西憂日深,朝廷置元帥以備邊,公又見辟爲從事。丙子春,敵人持國書脅我,我據義斥之。釁怒益甚,朝暮且被兵,而臺諫日以分黨搏擊爲事。公方爲執義,引避不與曰:“無挾自大,以空言擾事。臣不爲也。”論者躄之。至十二月,敵兵果猝至。公聞報即詣闕辭,赴元帥軍中,上特賜櫜鞬。公獨與數三褊裨西馳,敵鋒已前逼碧蹄。公從間路遶出,得抵元帥所在。仍從元師引兵東上,進次兔山,即丁丑正月初四日也。翌朝,元帥會諸將議兵所向。公曰:“今計惟急提兵赴京城,分步騎或據于南山,或藏于宮城。取江倉之積粟,發閭閻之儲穀以續軍食。則餫餉自足,兵勢自張。敵之圍南漢者亦必驚疑却顧,庶有圖功之便矣。”中軍李公浣在坐,躍然喜曰:“從事所言與吾見合矣。”然諸將皆欲避遠敵陣曰:“此非萬全計也。”方爭論未畢,哨騎急報曰:“敵兵大至犯前軍矣。”俄頃之間,賊已直擣元帥所駐館舍。旗甲閃鑠,鐵馬騰突,如潮擁山至。一軍大亂,元帥蒼黃跳去,其餘人多門窄,擠塞不能出。賊見我軍崩潰,遂進薄墻外,飛矢如雨,亂著於窗壁之間。公倚柱蔽身以避其鏑,且諭衆曰:“此館之外皆是賊騎。汝等雖出門外,萬無一生理。寧與我保此墻垣,以砲以射,則賊不能易入。賊不能易入,則生亦可冀也。”皆曰諾。於是乃臨墻列砲射,申約束决死爲戰。賊將從西隅短墻而入,公命斬退立者,督火手益放丸。賊多中丸死,至夕乃捲退。公出訪元帥於山谷之間,收餘兵以歸之。元帥大慙服公。尋以元帥令南巡列邑,以益召聚御營軍之散亡者。逋卒聞有收集之行,皆懼抵罪,往往群聚爲梗,開弓操刃,若將相害者。公從容諭之曰:“汝等若從吾言,或隨吾行,或往赴于元帥軍中,則自可轉罪而爲功。今若奔避叫呶,欲肆違逆。禍難既定之後,汝與父母妻子皆將不免爲碪斧之鬼。汝等其反以思之。”逋卒始皆感悟,多願從公者。行到淳昌郡,夜半邑里驚擾,有郡吏奔告曰:“主倅恐被土賊之害,願與從事同避。”公曰:“此不過散卒懼其徵發,爲作變狀,非眞欲害朝廷命官也。我當待天明作行耳。”仍就睡。及曉則亂兵已散矣。二月初,道聞大駕出城講和,即馳還。拜執義移司諫,又移輔德。將趣裝入侍世子於瀋中,上特諭政曹曰:“鄭某聞有才局,其留改本職。”六月,特旨除忠清道觀察使,仍命即其日開政下批。辭陛，上召見謂之曰：“聞卿兎山之事，心甚嘉之。今授卿方面之寄，卿其盡心。”公感激殊遇，殫其誠赤，唯先意寬民，以收其覆敗餘燼，一路賴以復蘇。戊寅夏，以親病陳疏。上詢于大臣，始許遞，拜同副承旨。未還，移吏曹參議。八月兼備局槐院副提調。清人有松錦之役，徵我兵未集，遂大暴怒。遣其用事者，將責我以失期。上憂其僨，遂命公毋拘資級，爲接伴西下而待之。賴大臣自詣瀋中，事得已。公還呈告，乞遞三度。猶不許。十二月請暇歸覲。時右僚皆有故，不得開政。政院請先召還。上猶軫公求覲未久，命且止勿召。皆異數也。己卯始遞吏曹移禮曹，又除同副承旨，移兵曹參知。又移戶曹，又嘗除水原府使，以病不得赴。庚辰，持旨除漢城府右尹。四月拜大司諫。尋以備局薦，除平安道觀察使。時清人既逞志於我，猶疑我怵我，哄喝萬端。而世子及二大君俱羈留瀋館，受氈酪之恥。其月朔齎送佐饔膳服御者，責在道臣。公卿宰執及兩司諸臣迭詣龍灣，俱俛首受查。其館饗賓价公私支費，又責在道臣。而其間又有機事急而關繫重者，亦惟道臣相幾周旋。公自受任，竭智殫慮，隨事制變。既不生釁強隣貽辱本朝，而事係征調，又皆從府庫辦理而已。廬井之役，未嘗一煩於兵燹之餘民。當是時，論前後任西事者，皆推公爲第一焉。一日龍將至灣上，又急召大臣諸宰，大肆咆嚇，仍坐索三千金於公。公堅拒不許。又求於大臣，大臣取諸度支而予之。上聞之，使内使諭諸臣曰：“彼所發言，監司獨不驚懼。予以得此人爲喜耳。”灣弁崔孝一者，州之大豪也。嘗受罪於主將林慶業，遂全家浮海歸明朝。時以書相通問本州諸豪，將以某日送船以迎諸豪。諸豪則又將以某日盡發一州士民，縛取府尹李敏樹，從海路内附。約誓已定矣。先二日，今領相許公積時以管餉從事留灣，覺之，急蜚書告公。公發書西馳，一日夜行五百里，召許公爲備禦計。翌朝，龍將與鄭譯命守突來見公，大詑曰：“方伯之先到，是何神耶？”且出一赫蹄，列書與孝一同約者姓名三十餘人，謂公曰：“急捕此亂民，以靖一州。”蓋州豪之定期通書以報孝一者，先爲清人所得。公念不除此屬，則無以逆折奸萌。若盡除此屬，則亦無以慰安邊疆。遂密簡有州望者，諭令先避而後發卒捕之。是時微公能炳幾先以赴事會，以弭禍亂，則事幾殆。壬午春以病辭遞，拜同知中樞。四月移戶曹參判。未幾拜慶尚道觀察使。於其陛辭也，上復引見慰諭曰：“即今南事且艱，不得不煩卿重勞。”十月，清將偕我世子出來鳳城，將問我通信大明事。並召諸公卿以下任事者，急來赴查，公亦在應查之中。上馳遣宣傳官以密符召公。公竭蹶入京，上憫公以國事就危地，特賜白金五百兩，他物稱是。公離京又六日而到鳳城。先是公在關西也，上密與一二大臣議，悉陳我國爲中朝本情及亂後事勢，纂書辭具舟楫，從海路遣之。内則崔完城主其事，外則獨公掌之，廷臣莫有知者。公初選海民慣於繚舵之役者,厚廪妻孥,多造符驗,爲約而遣之曰:“若爲清人所譏獲者,必應之曰‘發某邑指某邑,遇風某地,幾日至某地,所載者其色某品也’。”又作狀達于瀋館曰:“我人載某邑米上京,不幸遇風,失其所向。若漂到於上國地方者,請搜而還之。”世子仍言于清將。未幾一船果見獲,船人辨對鑿鑿,一與公所達無差,遂免。我書既入中朝,明天子大加褒賚,登萊軍門亦遣差報謝。船泊於宣川,公馳送一裨持書,令府使李烓厚給資糧而遣之。至是清人又執烓行威暴,索得公抵烓書。公既至,清將出公書詰公曰:“誰所書?”公答曰:“吾書也。”“給漢船糧者誰也?”曰:“吾也。”“不捕送大朝,潛相賚與者何也?”公正色而言曰:“吾國於漢人,豈忍捕而殺之?只逐其船,使勿近岸而已。第此船無糧,不得糧則將不退,不退則將爲大國所覺,故予之糧而急遣之。此吾罪也。”方公之抗辨也,辭采侃然,音聲如撞鍾,在外者莫不聞,聞者莫不灑然。清將亦義其言,且以公書及所對終無受朝廷指揮之語,遂援其事,事竟得釋。十二月還拜刑曹參判,移都承旨。癸未春,清使至,公爲遠接使。還復拜刑曹,移兵曹。甲申三月,沈器遠謀逆伏誅,辭連懷恩君德仁賜死。德仁女在瀋中,爲其國大官妻。清人聞我國有變,遣急使問之。公復以遠接使西下,大臣亦將往中路迎之。上謂之曰:“彼雖有問,儐使善於應答。卿但依儐使言可也。”還拜同知中樞,移大司諫。未久,爲吏曹參判兼同知成均館。十月,由禮曹參判擢拜戶曹判書,移都憲,又移禮曹判書。丙戌秋,上將親行會盟祭。喪亂之餘,文簿散佚,舊儀無徵。公手自考據,酌古今禮爲儀註。及其日,導上行事,進退興俯咸中度,在廷百僚莫不聳觀。是後自禮曹移判刑工,又移都憲。而春秋、經筵、賓客、內局、尚方,俱前後所兼帶也。丁亥二月初,與枚卜。冬,清使至,公四爲遠接使。戊子五月拜吏曹判書。有“才器實合此任,惟賢是用”之教。己丑正月大拜議政府右議政。累疏請改新命,有“有才有德,允合輔弼”之褒。蓋公自丁丑以後尤受上眷任。宣力四方,以勤王事。遭離艱虞,績庸愈著,遂進膺臺鼎之命,而年猶未艾。知敦寧公暨黃夫人又俱無恙,優遊田園,以享晚節,榮慶爲一世之所艷稱。公既出仕,仍請暇歸覲。上令本道優予食物以侈之。三月,差謝恩使赴燕。西行之日,上遣中使宣醞於慕華館,令子弟並參。異數也。五月,仁祖大王昇遐。公還到鳳城,始承凶聞。既反命於殯殿,孝廟仍命公爲總護使。時黃夫人自鄉返京第,有寢席憂。公陳情乞免。八月陞左議政。其月遭黃夫人喪。庚寅春,北使四起狎至,大肆嘖言,繼求婚媾。朝廷震駭。上欲起復公任之,大臣亦有援金革無避以爲證者。上遂命公釋衰,拜左議政。遣承旨敦勸,公備陳喪禮之不可壞,國體之不可損。疏五上,上爲寢成命。至辛卯十月,上問:“承旨鄭相家終制當在幾日耶?”

仍諭都承旨尹絳曰:"國家多事,此時大臣安可一日閒住。卿須言於鄭相家,俾速行禫事可矣。"服闋,卽拜判中樞府事。十二月,宗室海原令暎、進士申壕等上變告金自點謀逆,鞫獄日急。上卽拜公爲領議政,仍趣公視事。上每親問罪囚,必詢公而後乃決。公亦慮濫及無辜,累陳罪疑惟輕之語。上輒嘉納之。罪人有將施烙刑者,公進曰:"炮烙者紂之淫刑,後世人君無以此施人者,惟我國於治逆時用之。然終非人君所宜臨視者也。"上爲之動容,入內次避之。一日,將鉤問罪囚之已款服者,摘其黨與。有 掌鞫事者,使問事郎諭罪囚曰:"汝所言者,只是武弁。何不並告文臣耶?"公進曰:"此問非矣。毋論文武,只問同黨可也。豈可令罪囚舍武而告文乎?"上曰:"卿言是。"又一日,憲長論啓統制使柳廷益有孽妹爲自點妾,最爲親密,不可置重任。上顧公問曰:"卿意何如?"公進曰:"廷益名不出賊供,若以疑遞廷益,將人人自疑矣。"上曰:"卿言是。古人豈不曰'推赤心置人腹中'乎?"先是邊士紀爲水原防禦也,臺諫劾士紀本自點所卵翼,不宜使掌重兵。諸大臣憂其激,上箚請稍務鎭靖。及自點獄起,士紀亦誅。有以此侵凌大臣,語至不遜者。上震怒曰:"予觀近日事,必將有藉手此獄,以逞其伐異之計者也。"公仍進曰:"自點久居相職,一時文武孰不出入於其門乎?若以平素相識,並勒加罪案,則臣恐朝廷無一完人矣。"上曰:"鎭靖之策專在大臣,予與卿旣有所堅定,則雖有喜事之人,安敢肆其志也?"於是乘時求逞者始大沮,而人情遂安矣。壬辰正月,請歸覲。上特遣史官諭令早還。三月,上以旱爲憂。公曰:"人命多死則其後必有旱暵之災。今新經大獄,其間豈無寃死者乎?卽今囚繫亦多,宜令該府趁速稟決。"上卽命金吾慮囚。夏,兼內局御營司譯院都提調。十月,公弟萬和登第,公陳疏乞暇榮親。上特諭曰:"念卿悅親之心。予有感于中。"仍命本道給晏需。時仲議政公爲畿伯,遂陪公偕往,人尤以爲榮。癸巳三月,公猝有左癱之疾。上聞之驚憂,趣御醫診視,且繼藥物,問遺交道。公上箚求免,上諭以"臥閤論道",仍命籌司堂上持公事就議。公又辭,不許。上將親祀太廟,公以病未隨駕,乞遞本職及內局提調。上又不許。復諭曰:"卿之病根不輕,決不可任情出入。今此擧動,其勿參。"四月,上候未寧,公始遞內局之仕。仍力疾強起,扶掖詣闕。上下教政院曰:"明朝問安,領相若來,則必致添傷。須諭予意,俾勿入。"公承命隕越。自以病不甚,不敢廢起居之儀。上又申前教,懇諭至再。聞者莫不感歎。六月,清人有論幣,朝廷將別遣大臣而謝之,公以次當行。上特命以儀賓充上价。蓋上方倚重公,不欲公遠出,且知公有老親在堂故也。公遂上疏陳情求免,上慰諭備至。十月,聞知敦寧公微示憊,請歸見。卽給馬,下教于政院曰:"領相有親病,其所須藥物令內局問給。"十二月請告,上優批不許。

仍下教曰:"近緣國家多事,使卿不得定省以時,常有望雲之懷。予心惻然。竊欲勸卿將父上來,以盡人子之情而專心國事也。"一日,上問近臣:"知敦寧其年幾何?"仍卽下教曰:"鄭其年迫八十,固當有優老之典。況以大臣之父,其可無推恩之舉乎?宜今該曹加資變品。"又下教曰:"鄭某久在鄉曲,道里隔遠。領相不得以時定省,每切思親之念,其可專心於國事乎?"仍諭知敦寧公趁春和至京曰:"俾安父子之情,以副予望。"三月,知敦寧公來住邬舍。上聞之喜,卽徹御饍送于公以供之。四月,知敦寧公捐館。上震悼,急走人問何遽至此,爲致賻特優,又遣中使致弔。王世子亦遣內官來弔。公自遭鉅戚,連有疾病。上輒使人問輕重,且續賜珍劑。至八月,上使內使齎魚腊諭之曰:"年衰草土,非藥餌所可扶。病不從權非孝也。卿雖自輕,奈國事何?"仍飭內使必進公薑桂之滋,而後乃復命。公號泣承命。其夕,又命飭家人必繼常饌藥物,御饍之賜無虛月,或月二三至。一日,上招柳後聖下教曰:"如可療鄭某之病,予不惜千金之藥。須盡心深思,必得當劑以啓。"有軍國大事,則上輒令籌司堂上就議於公。公皆辭謝不敢對。丙申六月服闋。翌日拜領議政。卽遣近侍,諭以亟出。旣謝恩命宣醞,又命醉酒入侍曰:"國亂思良相。卿今出仕,可以共議國事矣。"時上爲奉慈懿大妃,將構一殿於昌德之西,設修理都監,公爲都提調。一日,上令都監諸臣入審殿基,戶者以近大內,悉呵止傔從。於是內侍引公及諸宰由後苑以入,上先御別堂以待之。公踧踖將退,上令內侍趣之曰:"旣與諸卿偕入,雖無承旨史官,又何嫌耶?"仍屛左右,從容論國家大計。設饌置酒,上親舉杯以侑之,各賜佩刀條帶以出。戊戌四月爲司僕提調。公上箚力辭,以大乖政例爲請。上猶不許。六月始遞政府,移拜判中樞,尋陞領中樞。十二月兼扈衛大將。己亥三月還拜領議政。公當孝廟在宥之日十年之間,再以憂去,而制畢則輒還政府。三爲上相,任專禮隆,他相莫敢望。公之爲相也,常以遵守祖宗法制爲務,尤不喜建利興事。惟事至而後應,機發而後動,而亦未嘗後事而失機。蓋其明智敏識,實有能灼見於機事之先者,故其卒以潛周默運,劑量恒變,以之鎭朝著而利元元者爲尤多。常以君臣上下,內則一心共力,外則泯其形迹爲自強之本。以上之待下也,勿先億逆其偏黨,惟先察其事之是非,爲去黨論之要道。尤眷眷於刑獄之或濫,大理當死之罪,必請取服而後斷。諸道抱枉之獄,亦令遇災而再讞。而其他造膝之語,削稿之辭,多不能盡載云。五月,孝宗大王昇遐。三司諸臣請行群臣絰杖之制,王世子有議大臣之命。公以爲曾於己丑已有此議,而臣於其時敢陳愚意者,只爲國朝久遠遵行之制不可輕改也。今亦與前何以異乎?時慈懿王大妃當爲大行制服,而國制曰子朞,該曹將據此定以爲朞矣。或有言朞非禮,當爲三年者。宋時烈以贊善在廷，又引《儀禮・賈公彦疏》中四種不得爲三年之説以擬之。公聞之，揮手止時烈曰："古禮吾所不知。今用之者國制也。吾則唯當以祖宗朝所已行者爲對耳。"該曹以服制事來問，公遂與領敦寧李景奭、左議政沈之源、延陽府院君李時白、完南府院君李厚源、源平府院君元斗杓同獻議曰："臣等雖不曉古禮，考之時王之制，似當爲朞年之服。"王世子遂命從大臣之議。顯廟既嗣位，公以院相仍留政院，至公除乃出。庚子，掌令許穆始疏論大妃朞服非古禮，請行三年之制。上復問于大臣，公以爲貞熹王后之於睿宗大王，文定王后之於仁宗大王必有已行之禮，請皆考出。上依公議考之《實錄》，則貞熹實行朞年之制，文定事無徵。禮曹請議大臣，公引咎不敢復獻議，而只請廣詢于入侍諸臣。諸臣又皆以爲宜從先王已行之制。五月，右議政元斗杓上疏請行二年之制，仍復問于李惟泰、沈光洙、許厚、尹宣舉、尹鑴等諸臣，則諸臣所對多游辭不明。上遂置之。秋復兼御營都提調。辛丑夏爲司饔院都提調。大臣之兼廚院，特教也。前判書趙絅上疏論禮，且言尹善道無罪。憲府方請罪絅，公與僚相入對，陳絅不可罪。掌令尹飛卿引避斥公，至謂之"導君父容覆讒邪"，公遂上劄乞免，復呈告累月。至閏月，始許遞付西樞。時宋時烈因赴哭孝廟再祭，至京謁上，引罪自陳"大喪之初，臣始發四種之説。鄭某聞，卽大驚以爲不可用。到今思之，其人之先見不可及也"。十二月復拜領議政。壬寅七月以進賀使赴燕。臨行，上解所御貂裘予之，又命中使宣醞於慕華館，使子弟入參。如己丑舊事。十一月，竣事還朝。癸卯秋，前掌令許穆請冊封元子，以定國本。上命議于大臣，公獻議曰："……"至丁未春，兩司金澄、金益廉等倡論並劾三大臣。初以爲法受罪爲辭，後有得日錄中謬記之語者，誣及公最酷，公駭悚走至城外。上痛其虛妄，並命竄斥兩司諸人。仍遣承旨諭公曰："人心莫測，論議潰裂。不料今日世道之至此。"累促公還入。公累疏血懇以爲"安有罪名如臣而尚保官爵之理乎"。上知公終必不出，乃許遞。……庚戌，公自春數告疾未瘳。至八月遂患風痺，仍累疏力辭。冬遞爲判中樞，陞領中樞。辛亥入耆老所。自林塘公至公四世，俱入耆社，亦國朝以來未之有也。一日，上下教："鄭領府事所患脚疾如何？久未相見，深用缺然。今日欲爲相接，須肩輿以入。"命除肅拜。公承召至闕，辭肩輿入朝之命。每出入，上使內侍扶掖。壬子五月復拜領議政，公備陳廢病不可供職狀。上答曰："今日國事到此地頭。予意以爲非卿莫可收拾，非以奔走職役之事責之於卿也。卿何不諒予意耶？"秋，又以病辭。上答曰："予所以懃懇敦勉者，只在於臥閤論道。俟病少間，稟决緊務而已。卿其諒予此意。"癸丑正月，公疾愈痼，上命遣御醫，不離看病。四月，遞本職。至秋，連在枕席。十月初七日，聞寧陵緬禮克完，至夕猝劇，翌日屬纊。春秋七十有二。……公雅志謙抑,尤不喜時俗誇耀。嘗語諸子曰:"吾觀近來士大夫爲父兄借人狀誌,多有浮靡而過其實者,吾常恥之。吾歿後,毋請謚毋立碑。"諸子奉承遺訓不敢違。一日,上召禮部,命取公行能閥閱以入。蓋蒸享有日,而節惠之典不可闕也。公之諸子以錫胄方職在太史,俾錫胄論著公遺事爲狀。謹取公家所記整次如右,以備太常諸君子之採擇焉。謹狀。

《壺谷集·領議政陽坡鄭公墓誌銘并序》:聰明絶人,凡國朝典幸及人家故實靡不貫穿,有問輒對。公牒爰書,一經眼已得其肯綮。酬答剖决,語不煩而意自盡。至於群疑衆難之説亦提其要,徐一言以定,人皆悦服。及至上前則奏對明所,上雖因事甚怒,和顔曲譬,婉以解之,則上未嘗不霽威以從之。當國數十年,一遵祖宗法度,無所紛更,利澤自然及民。深惡黨論,必欲調劑而兩全之。或以"韜才不用"諷公,則公笑而不應。屢按大獄,罪之疑者,必傅於生議。雖家中畜物,見生而不忍食其肉,其仁愛之心類如此。不樂子弟居顯要,婚媾必避權貴,此亦加人一等處也。爲文明暢剴切,詩亦情境妥帖,多有可誦者。而旣不屑爲,且爲事業所揜。妄嘗論公,公一生謙慎似石内史,内行淳備似鄧高密,風流鎭物似謝安石,裁决庶務似姚元崇,遵守成憲似李文靖,不立偏黨似吕微仲。此所以受天之祐盈而不溢,柱石三朝而眷注彌隆,儀表百僚而輿望愈洽,能享載籍所未有之福履,無非文翼以來積慶之攸鍾,而其劬躬守訓終始完名者,亦公之所自致。若公者,可謂間世名臣、長德君子矣。

《菊堂排語》:己亥五月,孝宗大王昇遐,初喪主事者未知何人。而尤庵宋公時烈、同春宋公浚吉即在朝。其於愼終之道宜無所憾,而小斂時縱横布陳而不結喪禮,雖有"未結以絞,未掩其面"之文。當時熱極,合有變通,而不能深思善處,以至於大王玉體浮大於長生殿梓宫,狹窄而不能用。使漢城府官員搜覓于三江板商之家,豈復有廣能過於長生殿梓宫乎?雖求之於所產之山,决不可得矣。領相鄭太和乃出補板之議。此誠臨急而不得已計,而兩宋稱:"鄭以能臣爲首相,而誤大事,能者果如此乎?"事已至於如此,則雖使無能者當之,亦知補板之外無他策矣。國初以來,梓宫未聞補板用之,此亦變也。

《壺谷詩話》:鄭領相太和雖不以文詞自任,時有好句。嘗有所眄於箕城。後爲方伯,却之,書一句於扇以贈曰:"緣隨春夜短,情與酒杯深。"又《贈關東伯》曰:"爲謝新東伯,來尋病判樞。多情求別語,得意向名區。海闊經層浪,山高歷畏途。城西門獨掩,安静不如吾。"殊有大臣風度。

《水村漫録》:陽坡鄭相公太和嘗按關西,其《春貼》末句曰:"關西老伯閑無事,醉倚春風點粉紅。"世傳"此詩有無限好氣象,相公四十年鼎軸富貴都在這一聯中"云。

【按:鄭太和(1602—1673)字囿春,號陽坡,謚翼憲,改謚忠翼。籍貫東萊。鄭光弼六世孫。鄭惟吉曾孫。配享顯宗廟庭。著有《陽坡遺稿》今傳。其詩情境妥帖。《箕雅》收其五律一首。】

洪柱元　**字建中,號無何堂。豐山人。履祥之孫。宣祖朝駙馬,永安尉。謚文懿。**

《朝鮮顯宗改修實錄》卷二六:十三年九月丙戌。永安尉洪柱元卒。上命禮葬,且給棺材。柱元,參判霙之子,文忠公李廷龜之外孫也。在貴戚中,能善事其親,且有文華,喜賓客,遍交一時名流。子萬容、萬衡皆再登科第,歷敭華貫,而且與公主備享富貴,壽近七十,其福祿之盛,國朝駙馬所未有也。後賜謚文懿。

《西河集·永安尉洪公謚狀》:公諱柱元,字建中,號無何堂。洪氏自麗朝爲大家,籍安東之豐山縣。國學直學之慶、都僉議舍人侃父子相承爲名臣,僉議公卽世所稱洪厓先生者也。密直使侑、寶文閣大提學演、中郎將龜、右軍司正俶、司圃別提贈左通禮繼宗,繼世趾美。至贈左承旨諱禹甸,卽公高祖也。曾祖諱脩贈議政府左贊成,祖諱履祥司憲府大司憲贈領議政,有重望於世,號慕堂。考諱霙,禮曹參判贈領議政。自承旨公以下,皆公所推恩。妣貞敬夫人延安李氏,文忠公月沙李相國廷龜之女也。以萬曆丙午八月生公。始生三日不啼哭,家人以爲憂。大憲公異之曰:"貴徵也。"稍長器度如成人,就養于月沙公,仍請業於金相國瑬,學業日進,同學者莫敢望。月沙公前後秉文衡最久,公私文字委積。而公時尚幼,在傍收斂無遺失,他兒不能然也。月沙公愛而賞之,指文衡傳授硯曰:"他日汝必有此硯矣。"未冠,發解進士試。癸亥仁祖大王平內亂,仁穆王大妃復正位號。時大妃只有一公主未嫁,西宮廢錮時與同危辱,鍾情異甚,必欲擇佳配釐降。上亦承慈意妙選,一時應選者皆公卿子多俊彥,而公獨秀出,被揀配貞明公主,封永安尉,秩明德。一朝暴貴,據大第侈奉養。公痛自抑損謙避,恒存布素心,雅意蕭然。喜文酒好交遊,一時名勝,美譽蔚然。甲子西帥适起兵犯京,大駕出避,而倉卒計未定。初欲入江都,俄而移蹕南下。大妃已先取江都路,上出次漢江。兩宮異路,慈殿始不肯廻駕。上下憂懼,上特命往請,慈意乃解。公遂迎駕來會,上大悅勞賜。及還都,加光德階。丁卯,有虜警扈入江都。辛未仁穆王后違豫,上加公一階成祿,以慰慈意。丙子扈駕入南漢,還京例進階綏祿。時公內弟李公端相年甫九歲陷虜中,公請于上往虜陣,出入搜訪,果尋得之,以銀椀貝纓贖之以歸。聞者莫不感歎公義。己卯有內獄,公家婢使亦連逮。公伏闕下請罪,久之上知其誣,事遂釋。若非公小心畏慎,素見信於上下,禍機殆不可測矣。公自是杜門謝賓客,每省父母亦從後扃出入。乙酉丁外艱,服闋復原封。其冬代大臣使燕京,己丑充仁廟告訃使。時大夫人年高有疾,上憐而欲勿遣。以使事重,終不得免。辛卯提調祔廟都監,務節浮費,已畢賜鞍馬。儀賓之兼管都監非例也,時相臣有惜公才者破舊例除之。頃之爲顯廟嘉禮時正使,禮成又賜鞍馬。公前後爲諸司提調者如饔院、冰庫、典設、紙署皆久,而爲都總管者亦再焉。癸巳又使燕京。將行也,上召見問母年幾歲,憫勞有加。諭以國事艱虞,煩卿再往。賜貂帽藥物。其夏復命,時趙公錫胤、朴公長遠坐言事得罪竄遠方,上方盛怒,三司爭之不能得。公適使還上疏曰:"錫胤,先大王禮遇臣也,前後在經幄三十年矣。錫胤在北邊作詩,有'終不負吾君'之語,其愛君無已之意發於吟詠。昔宋神宗以言貶蘇軾,而聞有《水調》之句,旋卽賜環。未知錫胤所犯與蘇軾輕重如何,而殿下恢弘大度,豈讓於宋帝哉?至於長遠,旣使之言,又加其罪。使白首老母以念子之故,轉成痼疾。昔唐憲宗竄劉禹錫,而禹錫有老母,因裴度進言卽令改刺。臣雖不敢竊比於古人,而殿下孝理之盛心,又豈下於唐主也?"疏入,上下教切責,命罷公職。公出城外俟罪。其後上謂領相鄭太和、承旨金益熙曰:"洪某以儀賓,不當與朝臣交結。"兩公對曰:"洪某履祥之孫,李廷龜之外孫,內外皆名家。其人乃士類,臣等亦與之相親。雖在儀賓,陳其所懷,亦世臣事君之道。"上意稍解。乙未遭大夫人憂,公貴人也,居養素厚,而哭泣飲啜無變節,得疾幾危,終拒子弟薑桂之請,人以爲難。辛丑又奉使赴燕京。公前後四出疆,受贈賄皆散之傔從,不以一毫自累。戊申上行幸溫泉,時宰臣老病者皆留,而公乃從行。己酉冬上有不安節候,公日造起居班,未嘗以風雨廢。一日自闕下還,猝患風疾,自是淹延枕席者數歲。然聞上動駕,則扶下跪伏而俟。聞有邊警,則曉家人以必從幸。壬子疾復劇,上遣醫賜問道相屬。竟以九月十四日告終於居第之正寢,春秋六十七。訃聞,上震悼輟朝,賜黃腸副材。上及王大妃以下各遣中使莅喪,官庀葬事。以十月十九日永窆于坡州梧里洞坐壬之原。公生而穎異,少而儁偉,德器夙成,資稟粹美。且以慕堂之儒雅、月沙之德望爲之祖,養育而成就之。濡染資益,有不可誣者。是以其慈良篤厚坦易寬廣雖得之天賦,而其處己以謙,接物以和,徇徇於規度之內,而風流醞藉,文來表於一世,是豈無所自而然也?公篤於孝友,參判公末年得風病,沈綿日久。公晝夜扶掖,衣不解帶,藥必先嘗,至九年不少懈。仲氏沔川公嘗得疾甚危,公手自救藥,適得經驗異方已其疾。人以爲友愛所感。大夫人高年在堂,公奉養備至,與弟姪環侍,終日怡愉而不去側。尤謹享祀之禮,雖隆寒必澡浴而莅事,以至滌溉敷設莫不親省。公之遷參判公之墓也,不幸壙有滲水,其後或見風雨暴至水注地,則公怵惕色動,泫然出涕。家人請其故,然後乃知公至性也。諸弟之異居者,匱乏必濟。其衣食婚喪,皆自經紀之。親族之貧者,雖踈戚必盡力周急。故鄉族之過京,皆以公爲歸。平居淡然如寒士,不以富貴容自居。至於田宅財賄他貴戚所以厚自封殖者,公視之若浼,亦未嘗問家人以有無。樂善好義,出於至誠。接遇賓客,終日無倦色。士無貴賤皆得其歡心。謙德雅度,大爲一時人士所推服。日與子弟群從咸聚一堂,討論之餘,間以觴詠,英華溢發,和氣襲人。不佞亦嘗從賓客之後,屢拜公於閑宴,未嘗不灑然而心服,充然而有得也。是豈翩翩自好而稱於濁世者比哉!公爲文章未嘗刻意湛思,而天分甚高,婉麗敏妙,自成典則。雖嬉笑應酬之言,率皆傳誦於人,一時文苑諸公鮮不推避。嗚呼!以公之才之德出爲世用,與朝之賢公卿當路進取,則時亦豈有先公者。而局於國制,不能小施於當世,知公者孰不爲公深惜也。雖然才屈於用而世莫不知,德充於內而善無不報。子孫之賢,福祿之盛,自公在時已爲世所艷稱,至于今逾久逾盛而未艾也。此惜公者之所以終亦無憾於公也歟?

《文谷集·永安尉洪公墓誌銘幷序》:公之文章得月沙公家法,猶子幼之於馬遷也。爲詩曲寫事情,風調兼美。每一篇出,人多膾炙。有遺稿若干卷藏于家,墨跡亦翩翩道逸。可見其才之備也。

《詩評補遺》:永昌尉洪柱元號無何堂,《挽永昌大君遷葬》詩曰:“遺教終無賴,深冤孰不哀?人生八歲盡,天道十年回。白日重泉照,青山永宅開。千秋長樂殿,應作望思臺。”蓋光海廢仁穆王后,殺永昌大君,時年八歲。仁祖反正,備禮改窆,其間十年也。讀之令人淚下。

《左海哀談》:洪柱元,宣廟朝名臣履祥之孫,文翰有餘,而二十歲不得成長。及至癸亥,有駙馬揀擇之令,公入於選中,豈非天耶?永昌大君改葬也,公挽之曰:“……”公之遷葬也,息菴金錫胄挽之曰:“昨夜東風微雨,沁園芳草菲菲。可憐與歲俱逝,何事春歸不歸?”兩挽俱得哀憐之體。

【按:洪柱元(1606—1672)字建中,號無何堂,謚文懿。籍貫豐山。洪履祥孫。李廷龜外孫。仁祖元年(1623)揀配宣祖女貞明公主,爲永安尉。其詩婉麗敏妙。《箕雅》收其五律一首、七律一首。】

蓬萊君炯胤　　字汝承,號滄洲。中宗大王四代孫。

《朝鮮仁祖實錄》卷一五:五年正月丁亥。上下教曰:“宗室、朝臣中守喪人,使之起復,而仁城君珙、仁興君瑛,何至今不爲分付乎?龜川君睟、豐海君浩、懷恩君德仁、蓬萊君炯胤、平林君祉胤、珍城君海齡，摠管、五衛將中隨闕除授。”

《白江集·蓬萊君墓碣銘并序》：光海時孽臣盜柄，至於誣及東朝，禍迫金墉。一二臣外，舉朝莫不茅靡。有若龜川君諱晬，痛宗國將亡，抗章極論，投身遠裔。而兇焰少息，士論稍振。及我仁祖改紀，寵嘉增秩，眷遇日隆，爲國維城。寔公之皇考也。公王考豐山君諱宗麟，恭僖大王之孫，而王子德陽君諱岐之子也。龜川娶東萊鄭氏，司導僉正麟壽之女。以萬曆癸巳正月八日生公。公諱炯胤，字汝承。生而穎悟，遊戲異凡兒。稍長痛刮綺紈豪習，委身詩書業，博覽經史，過目不忘，浸灌理源，用以飭躬。發爲詞華，清麗逼古。風姿俊雅，映帶數人。壬子癸丑，公再魁宗試，自初授蓬萊守，一再陞爲明善、爲正義、封君。横金舞彩，時人榮之。公年纔弱冠，鼇城李公恒福、一松沈公喜壽前後受命掌試，見公歎曰：“宗室中英才出矣。”一松邀致公，勸以爲己之學。公自此益致力黄卷中，蚤夜不怠，已知爲善之樂。公雅好山水，與同志者東遊海上，遍歷金剛，無深不到，是乙卯也。晚年卧遊遐想，常若致身雲水間。及龜川公受玦南行順天，千里以遠，漲海之所撞舂，瘴癘之所侵毒。非長于兹土，鮮有不病者。公晨夕承奉，安其寢處，適其飲啖，慰其志意，且以藥餌未病而先治之。同竄者多不還，而龜川公獨無恙，竟遭昌辰，偏蒙殊渥，爵視二公，榮溢諸宗。豈非公之孝也！方公之遇難奔遑，兇徒忌公，累欲陷之死地。謹慎自晦，在南在北，不與外人交。非處親庭，卽屏郊園。雖有讒嫉者亦無以抵隙也。癸亥天日重明，父子再會京第。承顔膝下，其樂融融如也。甲子西帥之叛，公隨豹尾後到公山，回鑾加階賜馬，以償羈靮勞。丁卯扈駕江都，既還兼帶副總管，其後復再入。乙亥，丁大夫人憂，哀毁過禮，幾至滅性。食無菜果，枕有涕淚。追慕悲哀，三年如一日，仍成脚羸之病。乙酉三月五日，疾不起，春秋五十三。先數日，公謂子弟曰：“吾不慎疾，遺親慼，是不孝也。世子東還，不得望塵迎拜，是不忠也。”因口號待罪疏，語無錯。訃聞，上遣禮官致祭，命有司贈賻。五月四日葬于廣州樂生先兆側乙向之原。……公以王孫之貴，處遊閑之地，鼎鍾累代，富厚冠時。後堂無鍾鼓曲旃，絶姬妾粉黛之娛。恭儉自度，蕭然若寒士家，是賦於性也。居戚盡禮，遑遑如不及，始末不怠，是孝於親也。國有難，輒挺身從屬車，不避險難，是忠於君也。且睦姻之仁周洽遠近，慈惠之心下逮臧僕，庶兄弟甚衆，賙窮賑急皆盡其誠，至有感泣沒身者。教子弟以事經學慎言行，爲義方第一義。不喜交遊，門巷無熱官車轍。不治生產作業，日以詩酒自遣。酒不及亂，詩必驚人，有遺稿二卷。旁通諸技，而尤善圍棋。十二三與德原爭霸，豈非象山之頓悟天機，一日而爲國手也？别業在東西郊，佳辰令節，陪龜川公置酒承歡。子姪咸集,歲以爲常。父子雅量風流,薦紳欽之。公以高世之才,出塵之標,又有懿德至行,而爲國制扞格,鬱而不伸,至於斯而已也。不然而若與當世所謂賢公卿者竝駕齊驅,何遽不若?然不盡其餘,以貽於後。一爲諫大夫,有直臣風。一秉太史筆,聯翩法從。雲路方亨,况鸞鵠停峙,玉樹交榮。食報之慶,其未艾也。不佞先大夫嘗與龜川公從遊,每稱曰:"循循退讓長者也。"不佞亦嘗拜龜川公於錦山第,以故人子視我,說故事甚詳。德器充然,如襲和風。繼遇公大廟齋所,清標雅度,一見令人鄙吝不萌。司諫公兄弟不鄙我,持家狀謂不佞曰:"願惠徼我先君。賜一言以賁泉途。"不佞曰:"我非翰墨人,不敢當不朽事。"司諫公請益堅,余旣有兩世之先分,又嘗慕大人君子之德誼,豈忍終辭?謹次世系官封卒葬日月及終始大槩如右,系之以銘,銘曰:"兩朝維城,孰居第一。顯允龜川,昭揭大節。生子不忝,克紹前烈。好禮河間,爲善東平。翩翩公子,一代宗英。再魁宗試,班視貳卿。金犀交映,父子恩榮。如蘭如玉,慶集家庭。青蒲紫橐,羽儀朝廷。惟天福善,此理不爽。清谿北峙,鶴峰西障。鬱彼佳城,於焉永宅。有文匪諛,有鐫斯石。謂我不信,徵諸竹帛。"

《宋子大全·蓬萊君文集序》:公承藉富貴之業,不以事物經心,惟經書文史是耽是好。夸靡之習不近於身,鸁豪之談不出於口。孝友行於家庭,行義冠於璿譜。見之者皆惜其出於宗班,不得置於經綸之地論思之職。然其承先啓後之實,實有以補世道而扶國脈,則其與龍池鳳閣之士詡詡然夸毗而終不足爲有無者,不可同日而語矣。公所著詩文甚多,論者以爲有作者標格。旣歿,而諸子裒爲二冊。而鄭東溟斗卿以詩壇之上將,略加選擇,總若干卷。今子重弟壑子三問序於余。余惟詩韻之高下清濁,旣有東溟之訂評,余何敢贅焉。惟其忠孝行誼,萃於一家,爲國之耿光,豈祖宗仁聖之德積於躬而流於後者,愈久不沫而然歟?

【按:蓬萊君炯胤(1593—1645)姓李,名炯胤,字汝承,號滄洲。朝鮮中宗四世孫。其詩清雅閑淡。《箕雅》收其五律一首。】

李元鎭　　字鼎卿,號太湖。驪州人。仁祖朝登第。官至承旨。

《朝鮮孝宗實錄》卷一二:五年二月癸未。上御晝講,講《詩傳·草蟲》、《采蘋》章。講訖,上謂參贊官李元鎭曰:"爾三年海外,髮盡白矣。"元鎭曰:"臣辭朝之日,親承宣明敎化之敎,而緣臣才劣,不能奉行,是臣之罪也。濟州之人素昧讀書,自朝廷差遣敎授,敎以《小學》、《大學》、《家禮》等書,臣有時試講,能通者甚多,亦有能製詩、賦者矣。"上曰:"自古本州人有登第者乎?"元鎭曰:"高麗有高姓人,以文科爲達官云矣。"

《星湖全集·從祖叔父太湖公行録》：參贊公長子江原道觀察使諱元鎭，字鼎卿，世所稱太湖先生也。生於萬曆甲午。幼而屬望，長益魁岸。白沙李相見之曰“後生有人”。年十九選補國子進士。時國有大獄，辭連永昌大君，議者莫不以爲髇矢，至於士林羣起封章。柄臣主張，威劫旁震。公白于參贊公，參贊公曰：“君子貴全恩，毋爾爲也。”公曰：“諾。”及臺官鄭造、尹訒發廢母后之論，傅會經旨，倡作大義。廷臣無不愕眙，莫適向背。參贊公時居諫職，不議於同僚，獨先發啓，辭嚴義正，炳若日星。而公又從諸生叩閽陳疏，請正賊臣之罪，於是直聲遍國中。戊辰筮仕爲瓦署别提，越三年庚午擢庭試壯元，直赴殿試。明年春，由典籍、刑禮二曹郎爲諫院正言，春坊司書，出爲平安道都事。癸酉遷司憲持平弘文修撰，自是凡七遷論思官。乙亥出補順天府使。五年而還朝，重入玉署。庚辰移東宫弼善。時昭顯世子質留瀋館，公承命往從。明年丁内艱奔還。服闋多所踐歷。乙酉陞通政階爲東萊府使，三年而還。入承政院至右承旨。戊子坐微事謫咸從，明年宥還。庚寅出拜江原道監司。辛卯遞歸。孝廟特賜進對，問關東事甚悉。傾心勞慰曰：“爲國賢勞，鬚髮盡白矣。”當局者聞而忌嫉，必欲沮排，斥補濟州牧使。濟古耽羅國，在南海中七百里。風俗殊别，民卒悍獠，號稱難治。公不以左屈爲嫌，撫御有法。又察其地理，採其風謠，纂成《耽羅志》，爲出治之資，至今刊行于世。甲午爲刑曹參議。公位不滿德，累遭擯逐。自知枘鑿不合，乃曰：“七十致仕，古之典也。以其精力之難堪也。吾年今六十有一，多病早衰，已不可以服官政。知足而退，其義允愜。何必待年？”遂斂迹退居于東湖上，與世邈然相忘。凡前後十餘召，皆辭不起。惟強赴三陟府，俄又棄之。月艇雨蓑，混迹於漁釣間，一似不曾有官。嘗得章本清《圖書編》，謂本諸經措諸事業，斯足以有裕，翫習得其要。每燕居超然，命酒一觴，彈琴一曲，諷誦不休。韶顔華髮，望之若神仙中人。至乙巳始還京第，語子弟曰：“吾於古聖賢無敢比擬，但得年少夫子而多紫陽，亦異矣。”時年已七十有二。是年秋八月有微恙，卻藥麾婦人，卒於正寢，禮也。公身長八尺，髯垂三道，器宇宏偉，神彩動人。行義敦修，才學博達，經傳子史無不旁通午貫。凡聲律陰陽兵陣卜筮星經地理書射計數之類，各極臻妙。嘗曰：“六藝，惟御非世習也，其餘吾皆能之。”至於鳥獸草木之名，緒餘多識。顯廟患目疾，使貿空青於燕市，不辨眞贋。上曰：“試訪諸李某可得也。”公曰：“眞矣。但色不潤，恐津液内竭。”驗之果然。金參判始振號博物，遇諸道，取草中罕見者叩之。公曰：“於意云何？”金曰：“此某名也。”公曰：“此物本草名某，而鄉藥名某，各方不同。子所聞卽嶺南諺稱也。”將軍林慶業學龍尾水車於公，公曰：“是子也，權謀勝而韜略則未也。”公平生居家也理，故宗黨仰若泰山；立朝也公,故時論畏憚;臨民也惠,故既去而愈見思,銘石不朽。但不能施諸廊廟,鎮物而變俗。人之所覩,只存乎晚節之卓爾,稱爲急流中錢若水。嗚呼!豈斯而已乎哉?夫人宜寧南氏吏曹判書以恭之女,與公合葬之墓在朔寧郡凫鴨山。

《壺谷詩話》:金搢《詠秦皇》曰:“不知天下銷兵地,猶著江東學劍人。”李元鎮《題漢祖》曰:“莫道入關無所取,祖龍天下勝秋毫。”語意俱奇。

《小華詩評》:李元鎮,仁廟朝人,《詠漢祖》詩:“山東隆准氣雄豪,一約三章帝業高。莫道入關無所取,祖龍天下勝秋毫。”豪健脱纏,道人所未道。詩可以名取之乎!

【按:李元鎮(1594—1665)字鼎卿,號太湖。籍貫驪州。仁祖庚午別試文科,官至兵曹參議。其詩豪健恢奇。《箕雅》收其七絕一首。】

蔡裕後　**字伯昌,號湖洲。平康人。仁祖朝登第。選湖堂,典文衡,官至吏曹判書。**

《朝鮮顯宗實錄》卷三:元年十二月丁未。前大司憲蔡裕後卒。裕後性清踈簡易,有文才,少工於駢儷。當仁祖議廢姜庶人也,詞臣之當製教文者,率皆避免,最後屬裕後,裕後不得已而製焉,歸家卽焚其所藏四六全書,蓋志其悔也。然酷嗜酒,無威儀,且自以才弱不肯任事。孝廟朝再典文衡,與修仁、孝兩朝《實錄》,又與改撰《宣祖朝實錄》,官至吏判而卒。

《朝鮮顯宗改修實錄》卷五:二年五月癸亥。賞《實錄》纂修之勞。總裁官領中樞府事李景奭賜鞍具馬一匹,都廳堂上兵曹判書洪命夏、故知中樞府事蔡裕後、兵曹參判李一相、都廳郎廳應教金壽興、副應教沈世鼎、修撰睦兼善、楊州牧使趙龜錫竝加資,其餘各賜馬匹、馬裝、弓子等物。己巳命故判書蔡裕後超資贈職。裕後以《實錄》纂修之勞當進正憲階,而作故之人曾無加資之例,領議政鄭太和白上,變品追贈,故進階贈崇政左贊成。

《歸鹿集·蔡湖洲謚狀》:我國家仁、孝、顯三朝爲最盛。當是時也,蓋亦有所謂黨目者。然其用人也,則惟賢與才是取,不以好惡同異局之,故士皆知所勸,而蔚爲明良之會焉。嗚呼!今之時無此道久矣。余讀湖洲蔡公狀,仰懷祖宗盛際,爲之三復太息也。公少年以文章進,其在當路諸公間不苟同也,亦不苟異也,泊然若無意於進取者。顧名日益盛,位日益隆,遂以大冢宰大學士終。此在公固有以致之,亦可以觀世道矣。公諱裕後,字伯昌。湖洲,其號也。蔡氏出平康。……以己亥四月生公。……十七中生員。十九丁判書公憂。二十三擢辛酉別試文科。時光海政亂,應榜者皆納賄,公恥之不應。及癸亥仁廟改玉始赴殿試,擢第一人,例授成均舘典籍,遷刑曹禮曹佐郎兼知製教。自是雖他遷,常兼三字銜。以繡衣廉察嶺南還,拜禮曹正郎兼春秋館記注官,出通津縣監。丁母夫人憂,服除選玉堂爲修撰、賜暇湖堂。湖堂者,所以儲養文望者也。移司諫院正言、司憲府持平,轉獻納、直講,出爲北評事。又以献納召還爲校理,拜吏曹佐郎、正郎、兼校書館校理、侍講院司書、文學,宰星山,陞禮賓寺正,移司諫、應教、輔德,間爲義州,搜括御史,遷議政府舍人、兼春秋館編修官。丙子亂,上御崇禮門,公以執義獨啓請斬元帥逗留者。兼體府從事官,扈駕南漢。斥和議,且言臺官從事體府,爲體貌所拘,不能駁正廟議之非,請遞。不許。世子北行,以宮官從。又以司成充書狀官赴瀋。夜從諸宮官飲,醉誦《哀江南》,相與握手泣,既又放聲哭,遭虜嘖。謫江西。孝廟卽位之三年壬辰,世子將齒學。宮官李尚眞疏論大提學尹順之不可爲博士狀。公以右副承旨超嘉善階,遂進秉文衡。時才彥林立,文苑多宿望,而莫或先之,盖公議所推者然也。自此主一世文盟者殆十年。癸巳撰仁廟《實錄》。庚子撰孝廟《實錄》。始仁祖以《宣祖實錄》多賊臣誣筆,命公撰別史以正其謬,於是三朝金櫃之文皆出公手矣。孝廟戊戌進資憲。顯廟初元庚子卒,得年六十六。公志操貞固,韻致蕭散。平居杜門罕出,日以詩酒花竹爲娱。雖處舉世標榜之中,而人不能窺其通介,獨以文學結主知。立朝四十年,致位崇顯而危辱不加,至今士大夫皆稱湖洲而不名焉。何其盛也!自通政階以後踐歷益多,吏曹禮曹十一字缺判、工曹参判、判書、大司諫、大司成、副提學、大司憲、都承旨、漢城府左右尹、議政府右参贊,兼帶則世子副賓客、春秋成均館、中樞敦寧都總府、內醫院奉常寺提舉。凡一官而屢經者或至數十餘,不可盡書。外職則南原、全州,皆有去思碑。公嘗以大司諫諫孝廟撤民居營建萬壽殿,上怒甚。就官案中籤黃公名以下。自是偃蹇數年,然前後奬擢,皆在孝廟朝。其爲大司成也,特下二銀盤以寵之曰:"非以侈矣,欲其久也。非以酒矣,欲其和也。惟爾師生,用彰厥義,式敬勿替。"仍命宣醞,其恩遇類此。公病革,顯廟聞之,命內局繼珍劑,醫問交道。既沒賻贈如禮,葬于楊州龜峴庚坐原。……公廉潔,自貴顯來不增一椽畝,所居不蔽風雨,里巷中躡屐往來,遇之者不省其爲貴人也。所著詩文多散失,若干卷印行於世。其爲詩逼唐人,駢儷尤絶藝。先進鉅公如洪鶴谷瑞鳳、李澤堂植、李白洲明漢諸公無不嘖嘖稱賞。趙滄江涑,公得意友也。嘗曰:"湖洲醉後吟詩,望之若神仙人。"肅廟覽公集題詩曰:"歷事三朝禮遇殊,平生詩酒自爲娱。觀文益覺文章信,於此其人可想夫。"嗚呼!士終身掐擢爲文章,不見知於世,則庶幾有遇於後世之子雲,而不能得者多矣。若公則生際休明,既有以大鳴國家之盛。沒又蒙被衮奬,雲翰炳然,可以不朽公於千載之下,又何其盛也!謹依家傳序次如右。奉以獻于太常氏。

《希菴集·從祖祖父湖洲先生集後遺事》:丁丑秋,昭顯世子在瀋舘,公以書狀赴瀋。月夜從諸宮官飲,李公時楷、李公禬在座。酒酣誦《哀江南》至末句"思歸公子",公進握二李手,涕泣汍瀾,已而失聲大哭。瀋人聞之怒,朝廷遂責公配江西。公有詩曰:"燕市失聲非薄過,聖朝行譴豈深文。"嘗差航海書狀,發半途疾甚遞,金公德承代之。使還而公疾猶未已。以詩贈金曰:"司馬病中無日起,張騫槎上有時回。"春曹郎時以詩稿投李東岳安訥,岳用"到處逢人說項斯"韻題卷末曰:"白髮湘潭變黑絲,壯元員外寄新詩。詩工到此終誰解,未恠焚書出李斯。"

公在東湖有詩曰:"白沙如雪水如天,永夜寒窗獨不眠。柳外人聲時入耳,月明知有上灘船。"李韓平慶全書諸壁曰"詞苑宗匠"。

韓平書一聯於壁曰:"孤雲衆壑暮,小雨一秋寒。"此蔡學士詩也,吾嘗誦之。

李澤堂植謂公曰:"公'踈林秋盡雨,荒店夜深燈'之句,亹亹逼唐。"公笑曰:"曲塘方響,乃唐人語也。某詩適近之耳。"

公嘗候趙滄江涑,時菊方華,乃題詩曰:"不識世間好,猶耽盞底深。寒霜見餘菊,惟爾識吾心。"滄江仍畫菊其下。

李東州敏求在南郭,公携酒往訪,酒酣公口占曰"郭外青山已夕陽",醉不成章。東州足之曰"小軒風露坐凄凉。那無上客能傾盖,更有高文獨擅塲。晉代淵明堪嘯傲,漢廷方朔任清狂。尊前自恨才情少,多病新秋廢酒觴。"李侍郎沃每謂彭胤曰:"當二老郭外青山之會,相觚尖者我也。是時二老各數大觥,氣岸軒輊,旁若無人者。而讓不爲卑,亢不爲驕,前後輩相須之殷盖如是。"

公好讀《論語》,手書老杜長篇五七言律詩,喜觀蘇黄兩陳詩,左右置紫陽《綱目》。

公於案上常置《心經》,朝夕披省,而以墨抹其目。尹相國趾完請曰:"抹之何意也?"公笑曰:"避其名爾。"

公於四六,以四傑爲主,梅亭、後村爲羽翼。尤攻程式之文,往往論思之暇,不廢點竄。時或截斷古詩而取義,出入聲律而用字,盖不屑也。

當世評公之文曰:"千仞岡頭生一玉,萬頃波心生一月。"

公踐歷華要,門庭如水,一椽一畒,無所增益。所居茅屋二間,軒房相半,不蔽風雨。直銀臺時家人易以瓦,公實不知也。趙滄江適從南郡還,以竹皮爲薦,名曰籜團,携以過公曰:"吾以令君之屋猶茅也,欲以籜團佐蕭爽。今瓦矣,無用也。"公謝之,終身以爲恨。

李東州卽我曾王父同年進士也,長於公十歲,公以父執事之,不敢顔行進。嘗造東州。酒半公戲曰:"公前亞天官,某今忝長矣;公前爲副學,某今忝文衡矣。於年又十歲而差,第欲云云。"東州笑曰:"己酉榜在。"公蹶然跪曰:"大鑑壯士。"

姜復泉始拜掌令,公曰:"吾先生一屐一筐,着之春山烟雨中,采掇薇蕨可觀也。安用是職爲哉?"聞者歎曰:"居然尊其師矣。"

有長老嘗曰:"當在南漢圍城之中,人無不楚囚對泣。惟湖翁言議不少衰,無異平日。風流至今在眼。"

庚子冬,公訪嚴少尹鼎耉,醉題壁上曰:"歲暮終南雨雪多,清杯銀燭夜如何。向來懷抱愁中盡,老去光陰醉裏過。照影殘花猶自在,帶霜衰鬢未全皤。蒼茫半夜西窗夢,明月江湖萬頃波。"醉墨淋漓,詞語凄惋,"皤"字誤書,爲摧圈而填其下。抹"湖而"改填"清"於江之上。在座者相顧曰:"湖翁平昔題詩,雖甚醉未嘗錯。今若此何哉?"既數日公易簀,蓋絶筆云。

《希菴集·從祖祖父湖洲先生集序》:自西河序詩以來,凡文之布於天下者,必求諸能言者爲之先。古人謂玄晏之言遂重《三都》,乃今觀之,《三都》自千古,序實附驥爾。雖然世日以運,其人與跡逾遠而莫之徵,則又惡可無假途乎哉。詩家之類而目之,斯凡例之遺意也。於少陵先紀行,供奉首樂府,非擇而取之,各從其有也。卽無論目之有異同,序之有先後,皆所以羅絡包并而無乎去取之也。惟我從伯祖湖洲先生再握文柄,當是時,舒翹蜚英,接踵而登藝林者無不靡然推先,至今無異辭。其言之藏于家者,舉得之於四方之傳誦,如崑崙之丘,球琳琅玕爛然觸手,無所料揀,不待西賈之第其價而後知其爲萬乘器者也。伯父爲長城時,先鋟公手筆詩稿一冊,且爲後圖。未幾伯父下世,伯兄結城公追伯父之志,捜糾增補,出入自隨,與今領敦寧事尹相公往復商證。已念後生小子不獲及事,及事而得朝夕于側,呼公之夫人爲叔姑也者惟尹公在耳。徵公之緒言風裁,及夫一時談藝家揚扢之論,莫尹公詳也。遂屬之序。授小弟彭胤,指使編次焉。於是詩用李杜集目增減而盡之,猶慮夫未盡,置拾遺。文亦亡敢擇焉。惟疏箚取五之二三,則裨君德切時病,後可以爲國家文獻者也。館閣祈雨文,取三之一則刪其復也。駢偶之語,最公之絶藝也,自詞命雜體外,其中於功令者可一大卷。而特取其泮宮爲魁一首,則將以別行也。頃年前左侍郎洪公觀察湖南,彭胤以公集謁,洪公義然曰諾:"謀於伯兄以合。"役且舉,洪公罷。越四年甲申,洪公有北臬之命,亟取以行曰:"吾不可以不卒吾事。"蓋後公卒四十餘年而斯文始顯。嗚呼!豈故有待耶。其自時好古慕義者勸,而吾諸孫之責亦可以少塞矣。夫彭胤淺劣,亡能爲役,竊有所受之也。曰公嘗醉矣曰:"我國有三文章:其一四佳;其一澤堂;其一我是也。"夫人得一言之幾乎作者,輒沾沾然曰漢曰唐,宋以下不道也,况於近世之人哉。今公集衆長而有之,各臻其極,方且方羊縱觀於數千百載之間,與若班若柳若王盧岑劉者左提而右挈之也。而必曰居一於是者,誠見其大而非夸也。公之集行矣,世必有崔州平矣。小子何敢贊焉!小子何敢贊焉!公字伯昌,以萬曆己亥降。十七登司馬,二十五擢魁科,三都冢宰,春秋六十二。嘗遊於復泉姜先生之門,講《易》於德愼宗正云。始公之甫離乎髫也,以曾王父命從鄭公澤雷舉幡,爲李完平抗疏詣公車讀之,辭氣忼慨,中外聞者人人吐舌。

《湖洲集·序(尹趾完)》:嗚呼!《湖洲集》不行於世者,豈非詞苑之一大欠事耶。公昔當仁祖改紀之初,首擢魁科,蜚英雲路,歷事寧陵顯廟,受知非常,典文衡位冢宰,而一爲國老,三成信史。此國朝諸賢之所未曾有者,其亦榮矣。立朝四十年,寒素苦節終始如一,清名雅望爲同朝之所推服,德容和氣爲國人之所尊敬。而至於輿儓下賤亦呼"湖洲"如兒童之誦君實。環堵蕭然,門無雜賓,公退之暇,唯以詩酒自娛。滄江趙公涑語人曰:"湖洲醉後吟詩,望之若神仙。"其愛慕之誠切可知已。公於趾完爲姑夫,自幼蒙公之以養以教,賴以成立。視公猶父,公視猶子。定省之餘,則未嘗不在公之左右。平日言行之可法可傳者,何所不知。而獨愧才分魯鈍,不能學習詞翰,今何敢妄以己意評公之文章高下哉。蓋聞前輩譚藝之論,詩則有唐之音響而體宋之典雅,文則本諸《六經》而取則於兩漢,駢偶之文則鶴谷洪公瑞鳳謂之"曠世絶藝",實知言也。若論公之氣象,則溫如良玉燦如瑞星。其見於事爲,則當有皆有當無皆無。使後之人觀其文而想其人,則可知其光明正大之風。此豈一家子弟贊揚之私言歟。所著詩文散逸不收,公之從孫蔡學士明胤辛勤鳩集,彙爲三編。湖南伯洪公萬朝甫將謀鋟梓以壽其傳。蔡君之誠,洪公之義,人莫不多之。况如趾完之居常茹歎而興慨者乎?嗚呼!《湖洲集》得行於世者,皆二公之力,玆用竝識于卷端之爾。歲在辛巳季夏下浣,内姪大匡輔國崇祿大夫領敦寧府事尹趾完謹序。

《湖洲集·跋(洪萬朝)》:孝廟在宥之世,詞臣之肆力於文章者殆不可一二數,而獨湖洲先生北面騷壇,建旗鼓執牛耳。薦紳諸名公評騭一代主文手,輒推公爲首。不佞於當時甫髫齔也,固無所知識,而亦嘗耳剽於長老之緖論矣。旣長,得見公所爲詩文若駢儷雋永者,雖不敢以窺斑妄有所稱說,而每誦之鏗然有擲地聲,於是乎益信公文章宜乎掉鞅詞林,主盟文鼎,于以鳴國家之盛,而見推於一代諸名公無疑也。歲辛巳,余將赴湖藩。蔡學士仲耆來訪余,仍語及先生不朽事作而曰:"吾從祖坳已四十餘年矣。其文辭之貴重不翅拱璧,而日就散失。故余家伯掇拾裒集,僅得若而編,藏之巾箱者久矣。但世無好古愛文之人,使殘膏剩馥零落於塵埋蠹食之中。此不但吾門戶之私,實爲藝苑一欠事。公其圖之。”余卽應之曰:“嗟夫!近世之災其木貴其紙者何限。而皆先生之下風也。余嘗以世無《湖洲集》爲恨。今子既追湖洲之步武,又闡湖洲之遺跡,蔡氏復有人矣。余實嘉子之志,而願相斯役。”既而學士以元本見投,而適余以事罷歸,遂不果。其後四載,而忝按關北,則余謂仲耆曰:“《湖洲集》今可刊行矣。”學士就前稿中更加証定以屬之。余於駐節以來,不暇他事,而唯《湖洲集》不刊是懼。得工筆者淨寫其本,付剞劂氏,促斷其手。今將廣布於世矣。吁!始余不忍奇寶之横棄道側也,謀所以壽其傳,而中爲造化兒所簸弄,不得成吾志。終焉遷就數年,不歸於他人,而卒償其宿債,獲睹先輩遺編垂耀於後世,庸詎非後生之幸歟。茲書入梓顛末以識卷端。若公文章之藴奥,節操之清素,尹相公、蔡學士之文盡之矣。余何敢贅焉。旃蒙作噩端陽,咸鏡道觀察使洪萬朝謹跋。

《終南叢志》:湖洲蔡裕後嘗往東湖禿音地名,與李承旨元鎮同舟而遊。湖洲醉甚,誤墮江水。李公急拯救之,湖洲即吟一絕曰:“但覺酒杯淺,不知江水深。舟中李膺在,肯使屈原沈?”一座稱佳。或傳湖洲先得此句,陽自墮水云。可添詩人笑資。

【按:蔡裕後(1599—1660)字伯昌,號湖洲,平康人。仁祖癸亥文科壯元,官至吏曹判書,謚文惠。參與編撰《仁祖實錄》、《宣祖修正實錄》。著有《湖洲集》今傳。其詩典雅渾成。《箕雅》收其五律二首、七律一首。】

洪翼漢　字澤遠,號花浦。南陽人。仁祖朝登第。官止掌令。丁丑以斥和送虜庭,被害。贈吏判,謚忠正。

《朝鮮仁祖實錄》卷三四:十五年三月甲辰。清人殺洪翼漢。翼漢曾爲掌令,上疏請斬虜使以明大義。至是,清兵入寇,去邠之日,廟堂建議以翼漢差平壤庶尹,促行赴任。及吳達濟、尹集被執而去也,朝廷令平安都事械繫翼漢,竝送于虜陣,入瀋陽,遂被害。臨死索筆爲文言其志,以責虜人。其文曰:“大明朝鮮國纍臣洪翼漢,斥和事意,歷歷可陳,但語音不相慣曉,敢以文字控白。夫四海之內皆可爲兄弟,而天下無兩父之子矣。朝鮮本以禮義相尚,諫臣唯以直截爲風。故上年春適授言責之任,聞金國將渝盟稱帝,以爲:‘若果渝盟,則是悖兄弟也;若果稱帝,則是二天子也。門庭之內,寧有悖兄弟哉;覆載之間,寧有二天子哉?況金國之於朝鮮新有交隣之約,而先背之;大明之於朝鮮舊有字小之恩,而深結之。則忘深結之大恩,守先背之空約,於理甚不近,於義甚不當。’故首建此議,欲守禮義者,是臣職耳,豈有他哉?但臣子分義,當盡忠孝而已。上有君親,俱不得扶護而安全之,王世子、大君皆爲俘,老母存殁亦不知。良由一疏之浪陳,以致家國之禍敗,揆諸忠孝之道,掃地蔑蔑矣。自究乃罪,可殺罔赦,雖萬被誅戮,實爲甘心。此外更無所言,惟願速死惟願速死云。”

《宋子大全·三學士傳·掌令洪翼漢》:洪翼漢,南陽人,字伯升。自少聰明秀發,孝友忠信。每讀史見死節義者,則必色動而心慕焉。光海辛酉中謁聖科。時非權勢家子弟,則不得與選,主試者竟拔去。公亦夷然也。仁廟甲子,上幸公州設庭試,公爲壯元,例受典籍。以監察充奏請使書狀,請當宁誥命冕服。主事者沮遏,事幾不諧,竟得準請而歸。實公周旋之力也。臺諫以微事論削一行人官職,上以其涉海竣事,悉命還敍。公由是由侍從出爲高靈縣監。丁卯,姜弘立導虜犯境,公領縣兵晨夜赴亂。則朝廷已與虜講和,虜撤歸。因留弘立于我矣。公爲正言,請治弘立降虜反噬之罪。丙子春拜掌令。時虜遣使來議僭號事,公上疏,其略曰:“臣日接義州府尹李浚狀啓,即金汗稱帝事也。浚能以‘天無二日’等語攘却之,臣不覺曲踊距踊者三百,而益知我朝禮義名分炳炳不昧,猶使操弓武夫能知自守而抗勵不撓,若是凜凜。况於聖上廟堂諸臣,豈下於一武弁哉。臣自墮地之初,只聞有大明天子耳。今此虜言,奚爲而至哉?向者賊臣引寇猝至,乘輿播越。乞和爲好,雖出於不得已,而苟於其時先梟弘立之首,使我堂堂大義昭揭如日星,則戎狄雖豺狼,豈無感聳欽艷我禮義之爲美乎?計不出此,惟以得弘立爲幸,而倚以爲安危之機,彼其欲左衽我臣妾我者實由是耳。臣自聞僭帝之說,膽欲裂而氣欲短,寧爲魯連之死而不忍使其言汚耳也。我國雖僻在海隅,素以禮義聞於天下,天下稱之以小中華。而列聖相承,世修藩職,事大一心,恪且勤矣。今以奉虜偷安,縱得晷刻之淹,其於祖宗何?天下後世何?且聞胡差所帶者半是新附之西㺚,夫西㺚之於我既無交聘之禮,則奚有儐接之道?拒而不受可也。而入境有日,訖無廟堂之一言。臣未知其處廟堂者何人也?既已恬嬉於平昔,而今此朝夕禍迫之日猶且晏然不動,其視君父之受侮,不翅吳越人之尋常。然則虜人之侮我,實是廟堂之所召也。嗚呼!事已急矣,凡有血氣者莫不扼腕顫膽,而元戎閒坐於山陵,聖明淵默而深居,寂無一事之規畫。臣不識其所以然也。臣竊觀虜人之意,不過矜張誇耀,迫脅強驅耳。渠苟欲稱天子莅大位,惟當自帝其國,號令其俗,何必稟問於我哉!所以渝盟開釁,嚇藉我口者,將以稱於天下曰:‘朝鮮尊我爲天子矣。’殿下何面目立於天下乎?臣請亟執其使,責其背約僭號而戮之,以明示禮義之大,隣國之道。然後函其首竝其書奏聞于皇朝,則義益伸而氣益張矣。如其不然,以臣言爲妄,則請先斬臣頭,以謝虜人焉。臣忍使君父受辱而苟生哉。噫!臣雖孱弱,猶思乘一障而隕身於虜鋒矣。環東土數千里,寧無一人義士哉?即今兩西人民懲創往日而切齒腐心,矢不與此賊俱生,是誠激義鼓勇因風吹火之秋也。可強可弱者在於斯，其存其亡者在於斯，惟殿下速下哀痛之教，檄召八方之士，躬御六轡，面諭大義，其爲殿下之臣子者，孰不踴躍後先爭效死綏之忠哉?”上批曰:“深嘉爾爲國之誠。斬使事似爲太早，徐觀所爲而處之未晚也。”時大學生亦上疏請斬虜使，虜使懼而遁去，中外洶洶。崔完城鳴吉力主和議，議遣小譯以探虜情，其實欲更通和也。公又以大義面斥鳴吉，鳴吉深銜之。一本無“鳴吉深銜之”五字。十二月十三日，虜警猝至。時平壤缺庶尹，鳴吉謂體察使金瑬曰:“斥和以致虜者洪翼漢也。今西路之任，捨此其誰。”遂除授促行。人多來弔，而公略無幾微色曰:“殉國死敵，素心也。”聞者嗟嘆。十四日肅謝促發，則虜騎已迫西郊矣。遂奉母夫人安泊于江華之摩尼山，由喬桐西走任所。穿過賊屯，二十餘日始達平壤之寶山城。則城中聞元帥金自點敗，人心洶洶，一時潰散。公遂發文招集曰:“日於寇深之初，本府以空官，衆無所統，偏被兵火。至於將官衙兵同時離散，實非背公，形勢固然矣。孑遺殘氓，顛沛何處。撫念至此，愍惻何極。今則當職來莅本府，其各率父母妻子劃卽來赴，務相完聚。且聞帥府軍兵逃散還家云，身既犯律，决難容貸。惟改心易慮，以圖自新，或覘賊形勢，或躡後追擊，或乘夜斫營，或折馘執俘。期樹將來之績，永贖已往之罪。我言不誣，其各勉旃。”於是人心稍振，士氣思奮，爭相還集。公悉心籌策，夜以繼日，守備之具略備，卒得保其城。賊初，上將幸江都，自南門回駕入南漢。山城圍急，賊要斥和臣以甘心。鳴吉遂與一本無“鳴吉遂與”四字廟堂議，以公及尹公集、吳公達濟應副。語在尹、吳二公傳。丁丑二月十二日夜，平安都事田闢以有旨指揮，令甑山縣令邊大中執公于平壤豆里島，縛送賊酋營。時公未及食，乞解縛食食，而大中不許。殷山縣監李舜民來見慰之，公謂曰:“國事至此，螻蟻孱命不足論也。但我豈是畏死者，況君命其敢逃乎?而束縛至此乎?”舜民勉諭大中暫緩其縛而進食。夜二更，渡江而西。晨夜疾行，五日到義州。府尹林慶業迎公入坐或云“出逆公於一舍外”曰:“明公此行，眞男子事也。生既能扶大義，死可以光竹帛。復何所恨?”公曰:“由我一疏，禍敗此極。死不足贖，尚論其餘。但願亟往，無使君命稽滯也。”慶業問公行資有無，辦治甚具。或云“且解其裘以衣之”遂使彌串僉使張超押送之。至通遠堡，有胡四人來問縶來之由，具道其故。胡曰:“我是汗之家人也。”仍解槖出食物以饋之曰:“遠來想必飢乏。公有何罪!到瀋陽，汗必放還矣。”二十五日始到瀋陽。公於道上目擊我人俘虜繹屬，不勝悲憤。及見槖駝背上載我國御寶，不覺痛泣焉。既至，華人之胡服者爭來堵立，莫不嗟歎曰:“眞忠臣也。若使大明皇帝知之，寧不聳動。男兒至此，死亦有光。”迭相來慰。二十八日，汗使囚公于別館。令其博士官來設宴，廚人亦盛設朝夕之具以進曰:“皇帝所賜，不可不食。”

公曰："吾只有一死而已。此豈可食乎？"皆終始不受。胡將龍骨打至所館，使舌人傳言曰："汝何故入來？"公曰："吾以斥和首倡，被執而來。"龍胡曰："汝國朝官甚多，斥和者豈獨汝一人乎？"公笑曰："吾豈畏死而諉他人者哉。"龍胡再三詰之曰："汝外必有他人，勿諱直告也。"公曰："去年春汝之使我國也，請斬汝頭者獨百一人。"龍胡亦笑而去。三月初五日，公聞汗盛陳兵威，將引以入。公方食，顏色自若，盡食如常。顧謂從行蒼頭曰："汗必將屈辱我，我則不屈。今日我必死矣。"俄而列卒傳呼甚急焉。至門外，則縶公兩手而督迫之。公步履愈益安舒，蒼頭恐其激怒，亦從傍促之。公笑曰："男兒到此當從容就死。豈可蒼黃失措乎？"及至庭下，屹然特立。群胡皆起立聳觀。汗使解其縛，謂曰："汝何不跪而倨傲若是？"公曰："此膝豈可屈於汝乎？"汗曰："汝何先背盟約而斥和，使兩國成釁乎？"公曰："汝與我國既約爲兄弟，而反欲稱帝臣我。背約之失，其在汝乎？其在我乎？"汗辭塞良久曰："汝既首斥和約，則其志必欲殲滅我類矣。大軍之出，何不迎擊。反爲我所擒乎？"公曰："我之所執者只大義而已，成敗存亡不須論也。若使我國臣民一如我志，則爾國之亡已無日矣。"卽解衣投地，裸裎而言曰："聞爾國刑殺必以臠咼云。何不速行臠咼乎？"仍索筆書紙曰："大明朝鮮國縲臣洪翼漢斥和事意歷歷可陳。而語音不相慣曉，當以文墨控白焉。夫四海之內皆可爲兄弟，而天下無兩父之子矣。朝鮮本以禮義相尚，諫臣惟以直截爲風。故上年春適受言責之任，聞爾國將渝盟稱帝。心以爲若果渝盟，則是悖兄弟也。若果稱帝，則是二天子也。門庭之內寧有悖兄弟哉，覆載之間寧有二天子哉。況爾國之於朝鮮新有交隣之約而先背之，大明之於朝鮮舊有字小之恩而深結之。則忘深結之大恩，守先背之空約。於理甚不近，於事甚不當。故首建此議。欲守禮義者，是臣職耳，豈有他哉。但臣子分義，當盡忠孝而已。上有君親，俱不得扶護而安全之。今王世子大君皆爲俘，老母存沒亦不知，良由一疏之浪陳，以致家國之禍敗。揆諸忠孝之道，掃地蔑蔑矣。自究乃罪，可殺罔赦。雖萬被誅戮，實所甘心。血一釁鼓，魂去飛天，歸遊故國。快哉快哉！此外更無所言，惟願速死速死。"汗使漢人譯而聽之，顧謂左右曰："難矣哉此人也。"仍出公斥和疏以示曰："吾豈不可爲皇帝耶？"公曰："汝乃天朝叛賊，寧可爲皇帝也？"汗大怒，遂令二胡挾執兩腋而去。二胡乃其國刑殺人者，執公蒼頭，拘之別所。其後只以鞍馬衣衾之物付譯人金汝亮，竝其蒼頭還之。蓋公抗虜之書，卽張超所傳而來者。公之蒼頭被拘以前終始隨公，目擊而歸言之，亦以公日記而來。華人之慕公義者，多爲我人說其事如此云。初江都之敗，公長子晬元奉公大夫人及公繼室許氏自摩尼山轉向喬桐，纔到浦口，虜騎猝迫。許氏被執，拒賊不辱，鋒刃亂下，晬元輒以身翼蔽之，晬元既死而許氏自投水，晬元妻李氏亦自刎於晬元傍。實丁丑正月二十五日也。前一日，公次子晬寅已遇賊死於摩尼山矣。惟大夫人與公二女，以老稚得免焉。然公皆不及知。行到宣川，寄二子書，眷眷於家屬之存沒。又戒之曰：“汝等勿以我爲念。惟侍老親與汝母，終自保護，無絶先祀。”朝廷月給大夫人廩料終其身，竝及其二女。孝考初特命錄用其子孫，復贈公承旨。始公之死，昭顯世子命以尺帛招魂而送之。公竟無子，繼後子應元以公衣履葬于平澤縣西鯨井里先兆，許氏祔焉。傍近章甫，建祠墓下而俎豆之。公性至孝，喪考血泣三年，事母務悅其心。飲酒能多，而以母之不悅也，在親側未嘗酡顔焉。公爲文清健警敏，氣格奇逸。其一言一句罔非忠義之所發也。平生著述甚多而盡失於江都之變。繫瀋陽，適值三月三日。有詩曰：“陽坡細草拆新胎，孤鳥樊籠意轉哀。荊俗踏青心外事，錦城浮白夢中來。風飜夜石陰山動，雪入春澌月窟開。飢渴僅能聊縷命，百年今日淚盈顋。”士林皆傳誦流涕。公生于萬曆丙戌十一月二十二日，死時年五十二。

《陶谷集·花浦先生墓表》：嗚呼！此惟有明朝鮮國花浦洪先生之墓。先生諱翼漢，字伯升，南陽人。初諱霫，字澤遠。以初諱擢仁祖甲子魁科，後有所避，改以今諱。……始朝廷贈先生都承旨，後加贈吏曹判書。用臨患不忘國、以正服之二法，謚以忠正。立祠南漢，錫號顯節。平澤亦立祠，號褒義。又以儒疏，超贈領議政。先生遺宅在漢師崇禮門外，爲立四牓於其門，朱而書之。先生以忠，晬元以孝，許夫人晬元妻以烈。一門之内，三綱並列。道路爲之瞻聳。肅廟幸溫泉，特遣官祭先生墓，又製《三學士詩》以示崇節奬忠之意。三學士者，指先生與尹學士集、吴學士達濟而言，二學士亦同先生死義故也。先生有文集五卷行于世。尤庵宋文正公爲先生立傳，又撰集序與墓碣。碣久未竪，士林惋歎。先生孫僉正禹錫慨然鳩財，刻而竪之。前有先生外孫沈廷耆所記小表，今已漫滅不可見。僉正又謀改竪，使宜顯略識事行以眎後。宜顯卽先生女壻郡守鄭公之外孫，追念自出，不敢辭。亦以托名是石爲榮，謹記之如右。若其族出子姓已具於碣，此不復著云。

《續雜錄》：（仁祖十五年正月）二十九日夜二更，西南天有動搖之狀。崔鳴吉、李英達等執斥和人洪翼漢、吴達濟、尹集出去。上閉門痛哭，移時而止。三人入前，汗問：“汝等何以斥兩國之和乎？既斥其和，何不攻我？”三人曰：“不斥其和，只沮送使。”汗大笑解其縛給其冠，招鳴吉坐，大供具以進，珍羞異味，皆非我國所產也。又給豹裘各一襲。鳴吉等服之行九拜禮。龍等曰：“明日國王出城時，從者五百人外，勿爲加數。”答曰：“諾。”以李弘胄爲老，李聖求代爲右相送瀋陽。鳴吉曰：“聖求爲相，可謂得人。擔國事無如此人,不可離左右。瀋陽則假銜以送可也。"大臣假銜南以雄,宰相朴潢、朴篔,宮僚林㙻、蔡裕後、李命雄、李時楷、鄭雷卿,掌令黄皓。㙻以病免,翊衛司咸以武人代定。武人怨罵曰:"常時好爵渠等爲之,臨亂事急以我代之。不亦忿乎?"

(仁祖十五年)閏四月,斥和洪翼漢等三人終始不屈,皆死於瀋陽。

《東國詩話彙成》:天啓甲子,公奉使水路朝天,到黄鹿島嶼寄寓于士人李峀家。禮甚厚,讀書聲達宵不輟。即中朝避地人,以販酒爲生。公歎曰:"醜虜亂華,遂令儒生逋播,窮厄於島嶼瘴海中,不知蒼蒼天意竟如何?"遂題詩以贈曰:"孤島小如萍,問君來幾齡。生涯新酒肆,世業舊專經。滌器朝浮蟻,安床夜照螢。抬眸枌社泣,何日掃塵腥?"

【按:洪翼漢(1586—1637)初名霅,字澤遠。後避諱改今名,字伯升,號花浦、雲翁,謚忠正。籍貫南陽。李廷龜門人。朝鮮仁祖時代殉難三學士之一,追贈領議政。著有《花浦集》、《北行錄》、《西征錄》。其詩悲凉慷慨。《箕雅》收其七律一首。】

吴達濟 **字季輝。海洲人。仁祖朝登魁科。官止修撰。丁丑以斥和送虜,被害。贈吏判,謚忠烈。**

《宋子大全·三學士傳·修撰吴達濟》:吴達濟字季輝,海州人。年十九中丁卯司馬。二十六文科壯元。由成均典籍歷兵曹佐郎、侍講院司書、司諫院正言、司憲府持平、弘文館修撰、校理。丙子五月爲副校理。時金虜僭號,朝廷斥責,而復欲通使。語在《洪學士傳》。公上疏曰:"臺閣者,公論之所在也。公論一發,則雖以人主之尊不能脅持,大臣之重不能沮遏。况以執拗逢君之一憸臣,而敢與公論相爭乎?頃者崔鳴吉以送使通虜之意,發於朝廷絶和之後。其議論之邪遁固已可惡,而第以財擇取舍之柄在於君上,故朝廷置而不論矣。厥後臺諫以廟謨爲非,爭相引避,議論甚峻,玉堂亦據義論辨,是三司之公論既已發矣。而鳴吉恃上意之所在,不念國家之事勢,乃於登對之日敢陳誑嚇之說。上以惑亂天聽,下以威制公議。至以臺論雖發,一邊送使爲言。自古安有以不恤臺論、率意直行之術導其君上者乎?及至玉堂面斥,群議爭辨,則所當縮伏愧懼,以俟物議之所定。而猶且偃然陳箚,惟恐和事之不成,其縱恣無忌之罪不可不正。"時虜釁已啓,而朝廷舉措無可以慰人心者。公復上疏論時務八條,其要則以勉進聖學爲本矣。是冬,公罷官家居。及聞虜變,徒步扈駕入南漢山城。事急,主議一本議作事者以公及尹集縛詣虜營,洪翼漢則自西路任所直送虜穴。蓋自行朝受圍以後,外則諸路勤王之師所在奔潰,内則糧儲器械皆已匱竭。朝廷只以江都是廟社元孫所在,而爲國家本根之地,一日忽報陷沒,朝議更無所恃。而虜請上出城甚急,衆議且將從之。尹公將入上前碎首爭之,公曰:“吾等不能批患折難,今到萬分地頭,而主事者以爲如此然後上躬可全。雖明知其不然,更何忍沮止哉?吾儕要當自靖,無愧于心而已。”尹公歎息而止。朝廷既與虜定約,虜曰:“今日兩國之釁,皆由於春初斥和之臣。須先執送軍前。”時崔鳴吉主其事一本無“崔鳴吉主其事”六字,用諸議以爲若只送一二人,則恐不能免死。須併取數十人一時出往,名曰謝過,則彼必解怒。於是不復白上,而直令兩銓分付各司籍名以告,且令自首。蓋於初受圍時,虜人責送王世子爲媾。任事諸臣請於上,將許之。持議之人爭相憤罵,乞斬任事者。由是其議遂止。而任事者懼事定後罪及其身,故欲乘此時悉去所忌之人。而惟慮上心之終不忍也,遂出入內外鼓動衆心。且令大將申景禛等慫慂士卒嚾呶闕門,露刃以脅之,朝紳爲之喪氣流涕而已。二公遂踵清陰金公尚憲、桐溪鄭公蘊自首於籌司。大司諫朴潢言曰:“斥和諸人不須多送。尹、吳二人今既自首,曷若止此二人而已乎?”於是議遂決。二公之將自首也,吳公兄承旨達升執手流涕曰:“虜之所索者,春初首議之人也。汝非其人,奈何如是?”公曰:“雖非首議,既攻主和之人。且主辱臣死,分所甘心。今日忍圖苟免乎?”達升不能止。丁丑正月二十八日拜辭於行宮,上引見曰:“古今天下,安有此事?當初爾等欲使予守正而已。今日之事,予安得自由耶?爾等以予爲君,事至於此,予何以爲懷?”因泣下嗚咽。二公對曰:“主辱至此,臣等常以不死爲恨,今得死所矣。有何憾焉!”上問:“爾等有老親乎?嗣續幾何?”達濟對曰:“臣有七十歲偏母,嗣續則臣妻纔有孕矣。”集對曰:“臣只有祖母,與三子俱就臣兄棨任所。今聞陷敗,不知其生死也。”上曰:“慘矣。”集曰:“殿下出城之日,城中軍民不無乘時叛亂之患。願留王世子鎮撫焉。”上曰:“爾方就死地,而猶念及國事。爾之忠誠極可嘉也。”上命賜酒曰:“國家倘或復延,爾等之家予當顧恤,爾等勿以爲念也。”二公亦涕泣拜謝而出。達升泣言於籌司曰:“吾弟從駕之日徒步而來,願得一馬,免踏昔跡也。”聞者酸鼻。會日暮,未及出城。吳公夜就館,具豆屑湯水沐浴。達升終夜相持以泣曰:“兄弟永訣,只隔今宵。明日何以相別?又何以歸見老親與新嫂乎?汝須趁此未明處置後事。”公曰:“男兒一死,貴得其所。若後事則處置在兄,願兄勿以爲悲。”因削木爲小牌以佩曰:“我到虜陣,卽必見殺。收屍之際,以此爲驗也。”因就寢而睡。二十九日,鳴吉一本“鳴吉”作“李英達”押出西門,諸親友皆往送于門,痛哭而別。滿城觀者莫不流涕。而二公神色自若,少無悲慼之容。人皆嗟歎焉。初本此下有“行至一陽坡少憩,鳴吉謂曰:‘公等自有可免之道。到彼彼若詰問,公等宜對以“此非獨吾等爲之”,因悉舉其時臺閣之人,則勢不可盡殺。此豈非良謀乎?’二公不答。卽起去相謂曰:‘彼欲借我盡殺一時名流，大奸之計，尤甚巧慘矣"八十七字既至，賊將龍骨打出迎之。鳴吉以二公去其巾帶而反接之，然後龍胡還入。已而復出，以汗言詰問曰："汝等若以我爲不足畏，則大軍之來，何不出戰，而反窮蹙若是乎？"二公曰："我國服事大明，今已三百年矣。一國臣民知有大明而已。爾國既僭大號，則義所當絶。故我國於春初既已據義斥絶，而曾未幾時復通信使，甚不可也。是以我等果爭之。我等所爭者，惟大義而已。勝敗存亡，不須論也。"龍胡默然，使解其縛，拘置陣中。謂鳴吉曰："此輩乃我之讎。而今茲縛來，無非公盡心明覈之致。"因饋酒食，賞以貂裘。鳴吉歸言曰："吳、尹若如我指導則可保無事。而及至陣前，所答相左。必是畏怯而然。"聞者唾噦焉。一本無自"鳴吉歸言"至"聞者唾噦焉"三十七字復來詰問曰："汝等之名，非吾前日所聞者，似非首倡人矣。且首倡者非但洪翼漢一人而已。今若悉以實告，則汝等可免矣。"答曰："我國既查送我等，更有何人。我等只知有一死而已。豈可畏死而誣引他人乎？"龍胡復再三誘脅曰："今不熟計，後雖欲悔之其可得乎？"二公曰："死非吾所畏也。吾戴吾頭來，當斷卽斷，更勿復言。"虜撤歸時，使其二將主二公在陣後北去，主者服公等節義，常加尊敬，其寢食之具必自看檢，終始不解。因慰解曰："到瀋陽，必得生還矣。"初至楊花渡，尹公寄其弟柔剛伯書曰："二月初三日，始聞伯氏舍生之報，痛哭呼天，氣絶僅甦。寧欲卽死，而爲國家強食而生耳。此行寧有歸期？上奉老親，下率諸子，俾免飢死，皆在於君。余何憂焉。葬兄時切勿妄生厚庀之計，稍存餘力，以救百口之命可也。一家得保，則後豈無改葬之路耶？若力盡於葬埋，而老親及百口凍餒而死，則亡兄之靈亦必痛恨於冥冥矣。吾行蓋緣清國固求去春首謀斥和之人，廟堂以洪翼漢爲對。而又求在城之人，城中適無其人。吾與吳達濟陳疏自當，此乃身自爲之，少無尤人之事矣。男兒墮地，捐身救國家之急，斯亦幸矣。更何言哉！只以老親臨年，竟不得更拜，仰天泣血而已。"尹公謂吳公曰："我備嘗窘辱而死於虜地，曷若死於我境耶？"吳公曰："不可。人生斯世固有一死，死得其所，明我節義，豈非樂事？何必效匹夫之諒乎？"到信川，虜留十餘日。吳公裁家書藏諸懷袖。行至大同江邊，宿一村家，遂潛以付家主老翁，又書絶句於壁上。虜人邀漢人來見，謂無他語遂去。其老翁待虜去，以其書封呈于平安監司。監司送于政院，以傳于家。有一簡二首詩，乃上母夫人者也。又有簡與詩各二，寄兄及妻者也。其壁上詩則竟不傳，其上母夫人詩曰："風塵南北各浮萍，誰謂相分有此行。別日兩兒同拜母，來時一子獨趨庭。絶裾已負三遷教，泣線空悲寸草情。關塞道脩西景暮，此生何路更歸寧？孤臣義正心無怍，聖主恩深死亦輕。最是此生無限痛，北堂虛負倚門情。"其寄兄與妻曰："南漢當年就死身，楚囚猶作未歸臣。西來幾灑思兄淚,東望遙憐憶弟人。魂逐塞鴻悲隻影,夢驚池草惜殘春。想當綵服趨庭日,忍作何辭慰老親。"“琴瑟恩情重,相逢未二朞。今成萬里別,虛負百年期。地闊書難寄,山長夢亦遲。吾生未可卜,須護腹中兒。"聞者莫不流涕。四月十五日到瀋陽,虜置二公於其所謂禮部衙門一小屋,鎖直甚嚴。十九日早朝,龍胡坐于其所謂戶部,招二公去。龍胡傳汗語曰:“汝等雖曰斥和,似非首倡,不須殺汝等。汝等率妻子來居此地。"答曰:“此決不可從。須速殺我。"龍胡反覆開說,且劫勒之,終不屈。龍胡起入,二公出語所帶奴曰:“今日虜必殺我矣。"奴驚泣曰:“何不姑從其言,遽挑其怒,自速大禍乎?"二公笑曰:“屈身之辱反甚於死。此非汝等所知也。"尹公且謂其奴曰:“虜問及吾家屬者,無乃欲禍及百口耶?吾已答以亂後不知死生。虜若更以問汝等,汝等亦若吾所對也。"二公遂相與言笑自若,其食時進食如常。且相謂:“吾等若從彼言,則終爲左衽之人。是可忍乎?"有頃,龍胡復出,引入二公,而又執從行奴三人拘置墻頭。時我國宰臣及侍講院官被龍胡招與參坐,龍胡復厲聲迫脅,二公亦抗言拒斥者五六次。宰臣等亦再三勸諭,而終不聽。龍胡知其終不降,遂使從胡縋縛甚急而引出。二公猶回顧奮罵,遂驅去城西門外,卽虜人刑殺處也。宰臣等旣出,相顧言曰:“眞萬牛難回之人也。"五月二十四日,質館宰臣南以雄、朴簹、朴潢等成貼書狀曰:“去四月十九日,龍將等招臣等三人及兼輔德臣李命雄坐定。引出尹集、吳達濟於前,傳言曰:‘此人等罪宜死。而特以人命之重,欲爲全活。許令率妻孥入來,仍居此處。'則尹集以爲妻子亂後不知存沒,吳達濟則以爲至今忍死到此者,萬一生還復見吾君與老母。若果如此,則生不如死。渠等不念全活之恩,抗言如是。今不可復貸矣。臣等答以此人等俱以年少,只切君親之念,妄發如此。若終始曲全,則豈非千載美事。再三懇諭而終不得免。"六月六日,其書狀至。上教于政院曰:“二臣事極爲慘惻。宜月廩其家。"二公死時,鄭弼善雷卿在質館,使舌人懇乞收屍,虜竟不許。吳公寬厚忠信,端方正直,平居恂恂似不能言。及論國家利病,政令得失,辭氣激昂,無所回避,聞者縮頸。性至孝,友愛彌篤。平生言行,無一不本於此。故對之者不覺其孝悌之心油然而生也。嘗贅在南氏家,日往省大夫人。南氏家或闕騎率,則徒步穿過市里,雖風雨不廢。常謂其婦兄南一星曰:“凡人死生之際多喪其所守者,利害劫之也。然以余觀於古今,擇利者不必生,處害者不必死。昔唐武曌之立也,褚遂良直言曌經事先帝,其勢難免於簾下之撲殺。而猶以愛州刺史終。長孫無忌頗有依違之意,且有元舅之親,定策之勳,而終不免赤族之禍。以此言之,人當爲其所當爲而已。又可較其利害,而有所前却哉?此聖人所以有從吾所好之訓也。"其伯父楸灘相公允謙受業於栗谷、牛溪兩先生之門,公又學於楸灘，其淵源之深遠有如此者，故其所樹立如此。雖其氣質之異，而學問之力亦不可誣也。始娶某氏無子，再娶縣令南烒女，僅踰一年而遭亂北去。人猶幸其有遺腹矣，及期生女而又夭，人皆以爲天道無知也。孝考朝，筵臣金始振啓曰："洪翼漢、尹集、吳達濟三人節義，宜有褒贈，以樹風聲。而當初則迫於疑懼矣。今歲月浸久，保無他虞矣。"上卽命施行。於是贈洪翼漢都承旨，尹集副提學，吳達濟左承旨。上又嘗曰："尹集與其祖及兄兩世三人俱死於節，豈不貴乎？"集弟進士柔亦以孝行著於世，丁丑後遂廢舉業，飭身力學，不幸早死，士友咸惜之。或言庚辰朝家以計密通皇朝，虜人覺之，執崔鳴吉以去。鳴吉有詩曰："我雖不殺三學士，中夜思之心自驚。天道由來好回換，白頭今日又西行。"崔若於此時見殺，則庶可少贖其罪。而竟至無恙，豈天意於彼此之間，要有所抑揚者耶？

《西坡集・忠烈公遺稿跋》：右余堂叔贈吏曹判書忠烈吳公遺稿也。詩賦表策若章奏簡牘誄文，并僅三十餘首。公早歿，著述不富，且散逸於兵燹者居多，其存而傳於世者宜少也。然世之操觚家有言，隋珠崑玉，愈寡而愈珍。彼徒規規於葩藻繪飾之末者尚然，况有大於此者乎？當丙丁天地閉塞之日，公能抗節殺身，成就一箇"仁"字。使吾東數千里之邦免夫俗左衽而入禽獸者，繄公之死是賴。平日隻字片句皆出忠肝義膽，令人讀之不覺竪髮而斂衽。則斯集之行實關興教人紀，而雖謂之與日月爭光天壤相敝可也。又奚特隋珠崑玉爲珍而止哉！若其文章小技，固不足爲公輕重。蓋公才甚高，夙悟神透，自然天成。其文源遠瀾盛，浩乎若决江河而注之海。詩亦風調爽亮，天璞自韻，絶無世間羶葷習氣，信乎有德者必有言也。公之嗣孫遂一刊公之稿，及諸君子爲公敍述者爲二編，走書京師，徵余尾卷語甚懇。義不可以文俚辭，遂秉筆抆淚，書其所感於中者如此。而若公事蹟顛末，則附錄中記若傳載之詳，不贅陳焉。是爲跋。崇禎紀元後七十年歲丁丑孟夏，堂姪嘉義大夫吏曹參判兼守弘文館大提學藝文館大提學知成均館事同知經筵春秋館事吳道一謹跋。

《忠烈公遺稿附錄・名季子說》：余既名二子，且有說矣，於汝季獨無言乎？爾尚稚年，未卜趨向，而氣質則可知也。爾之禀性重厚，知思亦明。若加之學，成就可期。余之望於爾，何可勝言？在《易・既濟》之《彖》曰："其道窮也。"《未濟・序卦》曰："物不可窮也，故受之以未濟。"夫未濟之時，有亨之理，其卦纔復有致亨之道。處濟之時者，可不愼歟？吾吳門入我朝以來，雖纓緌不絶於朝，而衰替不振，可謂窮矣。物不可常窮，則剛柔相應得中而亨。二五貞吉，君子輝光者，其不在今日乎？既用《易》卦名爾兄。故又取濟之剛柔得中，錫汝名曰達濟。雖然，濟之爲義所包甚大，烏可一以言之哉？治身有康濟自家之義，立朝有濟川舟楫之責，於物有博施濟衆之道。誠使愼辨物愼居方，居家則正心修身，儘自家康濟之道；事君則得輿行道，爲一代濟川之楫；愛物之仁期於博濟，而有孚之光達於遠近。又能知節勇退於急流之中，則可以免上九之濡首，何莫非剛柔得中之驗也。以二之剛才，行五之柔道，深有期於爾濟也。

【按：吳達濟(1609—1637)字季輝，號秋潭，謚忠烈。籍貫海州，朝鮮仁祖時代斥和殉難三學士之一。追贈領議政，奉享壯巖書院。著有《忠烈公遺稿》今傳。其詩風調爽亮。《箕雅》收其五律一首。】

尹　集　　**字成伯，號林溪。南原人。仁祖朝登第。官止吏曹正郎。丁丑以斥和送虜，被害。贈吏判，謚忠貞。**

《宋子大全·三學士傳·校理尹集》：尹集，南原人，字成伯。生於萬曆丙午。生十三歲，其考衡甲沒。伯兄棨教以文行，篤至不懈。天啓丁卯中生員。辛未擢文科，隸槐院，移侍講院爲說書。又有史局薦，未入而陞司書。憂吉，拜司諫院正言。棨時爲天曹郎，兄弟相戒曰："吾等無以逾人而俱玷清班，此甚可懼者也。"尋爲弘文館修撰、校理，歷獻納、吏曹郎，以成均直講試士于嶺南。時丙子九月也。未及復命，路拜獻納，冬復爲校理。時和議復行，崔鳴吉實主其事，惡正人齟齬其間，不欲其謀議宣洩，奏事時請去承旨、史官。公聞之，憤惋上疏，其略曰："近有一種邪佞怪慝之言，上蔽天聰，下絶人望。將使天地晦塞，義理斁絶。國不得爲國，人不得爲人。夫和議之亡人國家，覆人宗祊，匪今斯今，而未有如今日之甚者也。天朝之於我國乃父母也，奴賊之於我國卽父母之仇讎也。爲人臣子者其可與父母之仇讎約爲兄弟，而置父母於相忘之域，恬然不以爲恥乎？而況壬辰之事，秋毫皆帝力，其在我國食息難忘。而頃者虜逼京師，震汚皇陵，驚心痛骨，慘不忍聞。寧以國斃，義不可苟全。而顧兵弱力微，雖未能悉賦從征，亦何忍更以和議倡之於此時乎？往日聖明赫然奮發，據義斥絶，布告中外，轉奏天朝，環東土數千里庶免其被髮左衽矣。不圖茲者獎劝纔降，邪議旋發。人心之憤，當復如何。又況承旨侍臣，亦可屏去云者，嘻噫亦太甚矣。謀國非附耳之言，君臣無密語之義。所言所答，如其義也，雖使千萬人參聽亦何傷乎。如非義也，屋漏猶愧，天可欺乎？今內而朝廷，外而民庶，皆欲食其肉。殿下深居九重，獨未之知耳。吳達濟之疏實出於公論，而旋被嚴譴。雷霆之下，莫不摧折。至如李敏求以秩高諫長，不恤公論，朦朧引避，遽停前啓。其他新進後輩依阿澳涊，無足怪也。鳴吉翕子許多張皇，熒惑天聽，遂舉朱、胡兩賢及我國多少名賢，指爲主和，以資口實。且以頃日之斥絶，指爲聖上之過，至以勿憚改爲言。繼之曰生靈塗炭，宗社不血食。言辭變幻，震搖聖心。夫外挾强寇之勢，以内劫其主，是可忍耶？且臺論雖發，一邊送書，未爲不可云者。何其不有朝廷，不有臺閣，至於此極也。是言亦足以亡殿下之國，而殿下非惟不能正其罪，乃反用其言。合啓方張，而國書已渡江。嗚呼！國家之置臺諫亦奚用哉？"槃見謂曰："此言實太過，可行删削。"公不肯曰："國將亡矣。何可言遜？職分所在，身謀可捐。"疏上，上竟留中不下。十二月扈駕入南漢城，上亟定城守計。公在行闕下，慷慨倡言曰："天意奮發，國事庶有望乎？"遂退與同志條上急務，首言自古戰守之計所以掣肘而沮敗者，和議爲之祟也。今幸聖志堅定，或有更起和議者，請梟示軍中，以一衆志。其餘皆申嚴師律，激勸軍情，收拾糧餉，整頓器械等事也。二十日，公面對曰："臣督戰北城，北城士卒皆願出戰。而論議矛盾，臣言於體府而亦不見聽。此只在聖斷而已。再昨之戰，臣詳知士氣百倍，萬無不勝之理。賊騎雖突出如飛，而一聞砲聲則回走不暇矣。"公聞群議欲以儲君送虜陣，自城上趨詣闕下，要鄭公蘊欲同入對極言之。辭氣慷慨，涕泗交下。時輿情齊憤，其議挫縮，故遂不求對。然公意猶憤憤不已。以爲凡事不絶根柢，則必至滋蔓而不可爲也。今鳴吉尚在廊廟，終必復起邪議，至於亡國而後已。遂邀三司多官齊會闕下，公曰："今日之義，必先斥去主和之人。"諸人皆相顧默然。大司諫朴潢曰："彼正如孤雛腐鼠，彈論不難。然此非今日之急務，追後論之未晚也。"於是諸人靡然從之。公力爭不能得，乃指斥三司頗深切，流輩亦多不悦者。公又上疏曰："當此孤城危迫之日，非以講和退敵爲不可。蓋自我乞哀，則虜益輕我，和終不可成也。惟一意戰守，示我可以有爲，然後和可議也。"丁丑元日，又議送牛酒于虜。公又上疏曰："廟議欲送一使，名之以歲饋，假之以偵探。上欺聖聰，下瞞群情。城下之盟，北轅之羞，僅一間爾。言之至此，痛哭痛哭。今聞勤王之師齊到近地，中外合勢決一死戰，則三軍氣必倍矣。願一意戰守焉。"廟堂竟送牛酒。虜不受，且言汗率大軍出來。廟議因欲遣使問其行到何處，仍以起居安否。公又上疏極言其不可，不報。時城圍已急，國書將用某字，公遂獨對，力攻主和之臣，請加重律，且言三司忘君負國循默依違之罪。自是人皆側目，指爲浮薄好名之人，必欲危中之。及虜書來，辭極悖慢。公又入對曰："今致凶書，皆鳴吉之罪也。而昨見其答書，則非和也，乃降也。爲臣子而忍製此書乎？"因悉暴其奸狀。初七日，聞南陽府陷敗之報，其府使即公兄槃也。公乞遞職，上許之。已而遂與吳公達濟被執，同死於瀋陽。公稟質清介，性氣直截，聰明絶人，過眼輒記。自少居家，必以孝友爲先。親有疾病，色憂以處。居憂三年，誠禮備盡。兄弟三人同居一室，勉以學業。不事生産，雖衣弊食麤而不以爲恥。三登臺閣，言責自任。四入經幄,至誠匡順。其所養甚正而所守甚確,卒能成就大節,可謂不世出之君子矣。其臨死與虜辨析者最明白抗厲,而質館宰臣,素與公平日不相能,故其所傳説多不以實。其後宰臣歸語所親曰:"吾與虜交歡,豈本心哉?欲爲公家彌縫凡百,而尹某不識吾心,見而責之曰:'今日事雖出於不得已,已甚羞恥矣,又何忍深結至此哉?'仍加我以不忍聞之説。此因宿嫌而然爾,然彼人稠廣中,恥我以無益之説,自觸其怒。可謂不思之甚者。"公有遺書及記行一冊在衣帶間,臨死被虜人搜去,故不得傳。公配金氏,清陰先生從女也。生子以宣、以徵,朝廷錄用而月廩焉。後金氏喪,特命庀葬,異數也。

《魯西遺稿·通訓大夫弘文館校理知製教贈通政大夫弘文館副提學尹公行狀》:公諱集。字成伯。南原尹氏系出天水。……公平生所爲文皆失於兵火,圍城中所賦有絶句數首,俞公棨追記其一絶。首句云"雪滿孤城壯士悲",又有"夜來風雪壓旌旗。都將不平心中事,説與吾儕武仲知"之句。武仲,俞公字也。俞公追和之曰:"君今死義不須悲,我見吳城豎白旗。臨别丁寧贈劍意,百年慙負故人知。"公之往虜營也,解所佩劍與俞公,有所説話云。公之忠憤激烈之志於此亦可見矣。公配安東金氏,清陰公弟府尹尚宓之女,後公二十九年而卒。筵臣建請忠義之家,法當優恤。上命特賜葬需。……嗚呼!斥和吾家事也。而竟使公替受其禍,宣舉未嘗不爲公私慟,武仲亦爲宣舉道公之事詳,而不覺感傷揮涕。今以宣紀公之遺行,併與武仲所錄南漢時事一通來示宣舉,請敍公之狀。自念宣舉於公有連,少時嘗一覿公,而有蒹葭玉樹之歎。

《宋子大全·三節遺稿序》:邵子曰:"成天下事難,死天下事易。"然自古及今,其難者何多,而其易者反少何也?蓋死,惡物也。苟非辨於義者甚晳,養於中者有素,則於是乎威武怵於外,利害誘於内,而忽不知其所惡有甚於死者矣。若是則無惑乎易者之反少也。世降俗末,其少者蓋益少,而惟本朝果齋尹公祖孫則可異焉。蓋我宣廟壬辰,倭奴入寇,公從巡邊使李鎰進禦于尚州。鎰見賊盛,跳去曰:"願君從我。"公與朴公篪堅坐幕次曰:"將無以見主上。男兒到此,爲國一死足矣。"遂死之。崇禎丙子之變,其孫薪谷公出守南陽,募義士將討賊。賊猝至,公抗賊奮罵而死。先是朝廷旣以天無二日之義謝却傲使,而復議通好,公弟林溪公極言不可。未幾行在勢窮,廟議以公及一二守義臣謝敵人,公遂與數公不屈而死曰:"吾只知有皇上而已。"我孝宗大王元年,上曰:"尹暹兩世三人俱死於節。豈不貴乎?"其子孫收拾兩世三稿詩若文,取宸奬名之曰《三節》。要之此三稿旣俱是少作,而果齋則又兵燹之餘,只搜其赴京酬唱於他人集中,故尤不免其寂寥。惜哉!余因竊惟,惟帝降衷,立人之道,曰仁與義而已。然仁莫大於父子,義莫重於君臣。而所在致死者，以其分定故也。噫！孰無是心？而倉卒之際，喪其心而滅其天者滔滔矣。宜乎其少之又少，而至於間數世而一有焉。而果齋祖孫世濟其美，以全其性，而至於林溪所就則有大焉。夫以東偏之一秀才，乃能扶天下之大義，樹天下之風聲，不獨于光於乃祖乃兄，而使人人者皆知世間有聖人筆削之大法，則夫其所成者，豈彼建功立事者之髣髴於萬一哉？而其必萃於一家，爲祖爲孫爲兄爲弟，則其世類之所係，亦不可誣矣。況聖考綸音炳若日星，則此稿雖與敍秩典禮同於無斃可也。果齋諱暹字汝進，薪谷諱棨字信伯，而諱集字成伯者，林溪公也。果齋有學問文章，爲栗谷諸賢所推重。二孫之淵源因亦可見矣。時橫艾困敦仲春日，恩津宋時烈序。

【按：尹集(1606—1637)字成伯，號林溪、高山，謚忠貞。籍貫南原。朝鮮仁祖時期斥和殉難三學士之一。追贈領議政。奉享廣州顯節祠、江華忠烈祠等地。其詩忠憤激烈。《箕雅》收其七絕一首。】

黄　床　　字子由，號漫浪。昌原人。仁祖朝登第，官至大司成。

《朝鮮顯宗實錄》卷三：元年六月己亥。自點逆獄之後，時輩嗾李惟泰上疏，以李時萬、李之恒、李以存、嚴鼎耉、黄床諸人爲自點之黨，之源爲憲長，從而論劾，之恒等皆罪廢。蓋時萬、以存素附自點，而之恒見忤於金益熙，床以文望見猜於時輩，鼎耉以非時人，故竝被構誣。人皆冤之。

《星湖全集·漫浪黄公墓碣銘幷序》：孔子曰："誦詩三百，授之以政，不達。使於四方，不能專對。雖多，亦奚以爲？"此聖門之經訓。内而尊主庇民，政之大也；外而觀風賦詩，專對之才也。君子尚論，二者可得也。瀷自幼少習聞漫浪黄公文章志業不負所學，然道直則不行，節苦則難貞。此仁人之所以長噫永歎也。公諱床，字子由。漫浪，其自號也。昌原之黄，卽高麗門下平章石奇之後。……以萬曆三十二年甲辰七月四日生公。公才性幼成，文藝夙達。年二十一旣陞進士，又登文科。明年乙丑拜政院注書。時獄大起，王子有辭連者。全恩之論倡於鄭桐溪先生，檢閲睦性善、正字柳碩等繼之，大拂一世之議。公從直廬中上章爭之急，亦忤于時，遂至罷免。後來燒空射影之謗實兆眹于此云。是歲又登文臣庭試科，陞六品階。丁卯使椵島。時都督毛文龍按重兵，行多不法。聞公至，張兵威劫令庭拜。公不爲屈，文龍語塞。自是由騎曹郎出莅外郡，興陽也，白川也，平山也，六年間治理多可觀。丙子差日本通信從事官至倭京。倭有爭端，公則不許。有二倭夜入寢房，劒光閃壁。公默不動，久乃定。其還，關白以黄金百兩爲贐，公命投金絶河中，倭失色驚嘆。丁丑還朝拜司憲掌令。國家新經大創，其間失律負國之徒多未刷正。公獨發簡諸僚曰："明將詣臺，罪有可竄有可斬當竝請勘律。"

爲官長沮敗事不行。既又疏論一二戚畹相繼秉銓,非國家美事,且言其俱有偸生之失。爲僚員起鬧見罷。出爲延安府使,差遠接使從事,再往灣上。有鄭姓譯舌乃東民之投北者,怙勢虐害尤甚,國人切齒而無可如何。至爭房妓事,剚刃脅辱。公不少動,遂除一路永弊也。庚辰入爲弘文館副修撰,明年陞校理,因天灾上劄論君德數千言,其略曰:“殿下有三病。藐視一世,惟自用之爲快也;以偏係之心,失於愛惡也;忿懥之氣發于聲色,拒人千里之外也。乞以公州之播越,江都之窘步及丙子之難爲戒,無忘奮發之志,可回上天之怒矣。”又歷玉署多官,出莅東萊府二年而罷。丁亥拜兵曹參知,明年移大司諫,又歷禮曹參議,還大司諫。力陳都下第宅違制事,指金自點也。時自點秉政多僭踰,舉世莫敢誰何。公言及之,於是黜補廣州。孝廟初年,厚招山野之士,時有激濁之稱。乃以附麗自點爲目權貴者某素娼嫉公,乘機陰中,以公名誤之。向日第宅之禁,耳目不可掩,則轉爲陽排陰合之論,公未免徒配。臺臣露章訟冤者三人,如鄭學士斗卿面奏親聞之言爲證。然而不白則時也,然點染不待滌盪,故未幾賜環。特拜同副承旨,移大司成,同修《實錄》。辛卯陞嘉善階,差冬至副使。時文衡有闕,龍洲趙公首薦公以自代,以使事任重而不果。其不拜猶拜也。及自點之誅,向之齮齕猶有餘喙,侜張而汙衊之,又配横城,亦未幾而赦。拜漢城左右尹,又出爲洪州牧使。踰年考終于公館,卽丙申春三月二十七日。享年五十有三。葬于楊州洪福山某坐之原,從先兆也。……公言議風采,孰不飫在口耳?其所存者明,故遇事必斷,不疑於所從。所養者直,故夷險不擇,動値艱戹,君子何憾。不幸早世,遺文易泯。龍洲公耆德不衰,爲之收拾編次,發揮幽光,則一幸也。瀷又八十殘齡,與公嫡玄孫晙遊。猥蒙阡銘之託。雖欲抖擻遊魂,竭誠而摸寫,何可得?只懼爲地上負心子爾。

《龍洲遺稿·黄諫議漫浪集序》:不佞於諫議之嚴大夫先一飯,游太學時舊要也。于時朋輩間頗言“行源有子,卓然早成,文學詞章,古人與徒。跨竈之稱,夫夫殆不免哉”。行源卽驪州公字也。其後不數年,諫議聲名噪一國,取科第若摘頷髭。顧其酸鹹與俗異,其在堂后也,天象差忒,上下罪己教求言。公進言不諱,論者比之賈山,然坐是晉塗十四五跱。而大肆力於文章,則亦由是也。公歿十餘載,嗣子應老以公遺稿六卷授不佞絅曰:“有文如吾父,庶幾行世傳後矣。而有子不肖如應老,忝厥而已,其何能述世德如陸士衡者。叩心疾首,而無如何。今嶺伯沈侯好古愛文,性也。不待不肖之謁,而儼然許梓吾父文集。不知世更有斯人哉。不肖之遇是賢,天也,非人力也。天殆不朽吾父哉。且也不肖竊自念,古今作者何限,文集之行于世者亦何限。類不免後人之嗤玷者,奚其由?俗偸而下,不樂成人之美歟?將瑾瑜之瑕，率不能自掩耶？柳河東托後事於昌黎氏，故後雖有駟舌莫敢疵。吾父生也讓不居傳後之業，歿也托後事不得如河東之於昌黎，其終文采不表於後世，名湮滅而不稱耶？《禮》曰‘先祖有孅而不傳，不仁也’。不肖之罪於是大矣，寤寐何安？先生於吾父年輩雖懸，樂道吾父之文異夫人，世頌共知也。當今之時，知定吾父之文，舍先生而誰適？”不佞曰：“唯唯，否否。交遊諫議父子間，至髮種種如一日，又於諫議文章非皮相已。須忝太史推轂諫議，危執牛耳，平生爲李將軍地，何所有顧藉心？顧不佞耄期甚矣，神精消亡，天竇閉矣，曷以稱秀才之過孝一言？”應老氏執而不變，至涕泣簌簌下。不佞於是如狂惑者累日，乃歎曰：“吾寧憊吾精力於垂死之日，不忍負一瞑萬歲不視之文人也。”閱其集，益知前日所未闖者。公天才固優，發而爲文，若有鬼神陰來相之。隨所遇而賦其形，幾乎春蠶之作繭，樊紹述之於斯術可謂至矣。蓋其庇才者莊、馬，而本之《六經》者亦厚，喜看王鳳洲《四部稿》云。碑誌疏劄雍容而得體，騷賦別立門戶，香山之流也。詩祖韓蘇而亦自斐然，酬應不竭，較之數十年前主盟騷壇者不啻避三舍已。竹陰趙希逸談藝最亢少許可，至於公，折輩行爲忘年友曰：“吾儕中無與敵此子者。”趙之儕輩三四公，非當世之以文鳴者乎？聞者以爲公案。噫！公之所操持，獨文乎哉。一使扶桑，破狡夷之鬼膽；再使燕京，歎中原之陸沈。《燕京十絶》婉而有味。三臨瀚海，著叱馭爲忠之志。以是觀之，文固不足爲公道也。奚養之違，年堇半百，未究所藴之一。志士仁人，疇不長吁而咄咄嗟惜。惟幸後子應老氏守遺稿不缺，又幸嶺伯有古人風，不忍奇寶横棄道側，而付諸剞劂氏。使千秋之士知黃子由之文章不可泯於宇宙間。奇哉奇哉！龍集著雍涒灘夷則上浣，柱峰居士八十三歲翁撰。

《記言·漫浪集序》：我朝治道休明，培養才德。自世宗、文宗逮我明、宣之際而蓋極矣。次其人物古今，前古已遠。如近世文學士，公最後而猶及昭敬之末。而今斯人亦已亡，感懷良爲嘆息。公少聰明絶人，大肆力於術藝。弱冠登大科，名譽蔚然。其始仕在仁祖世，方國家中興，當時耆考諸學士多在推許，新進才學公爲第一云。其文章本之《六經》，參之莊馬氏，詩祖韓蘇。爲文章肆而不淫，麗而不媚，尤長於章奏。讀其文，其人可知。善乎！使日本詩什，《燕京十絶》，亦其所操可知。惜乎！天固賦其才而獨嗇其壽，何也？公諱㦿，字子由，姓黃氏。漫浪，別號也。嘗以直言忤時議，累官累斥，官止諫議，後出洪州一年歿，年五十。殆所謂厚賦而薄發者也。今其遺文刊行，文采不沒於後代，則天也。

《壺谷詩話》：黃侍郎㦿遣使日本時有句曰：“童男女昔求仙地，大丈夫今杖節行。”人多稱之，而近俳不足法。

《小華詩評》:黄漫浪床能詩而欠生梗,如《奉使日本》詩云:“童男女昔求仙地,大丈夫今杖節行。”爲人傳誦。鄭圃隱《奉使日本》詩云:“張騫槎上天連海,徐福祠前草自春。”觀此兩詩,不翅天壤。

《詩評補遺》:.黄漫浪床《鏡城呈巡相》詩曰:“西塞南邊幾往還,東行桑域北榆關。小臣微分當如此,天下奇逢豈等閒。城外拍天滄海水,檻前飛雪白頭山。軒名亦樂君知否,莫使窮愁上客顔。”詞頗豪暢。

《詩話匯成》:金東溟爲咸鏡監司,秋巡鏡城。鏡城通判即漫浪。丙子,與東溟往日本。上使任絖、副使東溟、從事漫浪也。談話間,通判曰:“自京歷路到洪原,見客舍屏風之書入眼,依然如拜使道。”東溟曰:“余過洪縣,見白滑素屏,臨行揮筆矣。”通判曰“聞使道持去巡營,習字後書送”云。東溟曰:“俺雖拙筆,豈畏主人也?”通判曰:“往彼日域時,琉璃盞葡萄酒使道能飲乎?”東溟曰:“吾果大敗矣。”笑而張本曰:“往日域時,吾與主人間用遣懷,形諸文字。一日執政者送障子二件求詩,請于余者江上畫梅及雲間月也,請于主人者則畫梅於積雪中下有一雉也。主人以爲形容詩意尤難,請余相换。余曰:‘彼亦能知詩,故其命題不無其意,何必相换?’余即援筆書畫曰:‘皎皎雲端月,妍妍江上枝。其間九萬里,清白故相隨。’題罷出給,則執政贈以金屏寶玩等物,而玉杯酌鵝黄酒進余。召譯問之,其價二十金也。主人則用意頗苦,良久題曰:‘積雪埋深壑,清香發一枝。無人訪斜徑,獨有野雉知。’覽之不覺奇絶。出給,則俄致潤筆之資,寶玩三倍于余,而琉璃杯葡萄酒進之主人。試嘗曰:‘其味太好矣。公能飲否?’余答曰:‘各以其才,不可見分。’問譯官,則乃六十金也。”

《東詩叢話》:黄床《贈鏡城伯》詩:“西塞南邊幾往還,東行桑域北榆關。”一聯缺。“城外拍天滄海水,檻前飛雪白頭山。”兩聯最爲勍壯,姑録之。

【按:黄床(1604—1656)字子由,號漫浪。昌原人。著有《漫浪集》今傳。其詩豪暢勍壯。《箕雅》收其七律一首。】

柳　碩　　字德甫,晋州人。仁祖朝登第,官至監司。

《朝鮮孝宗實録》卷一:即位年八月壬子。諫院啓曰:“江原監司柳碩,頃年乘幾挾憾,誣陷大老,指意陰險,遣辭憸毒,至今公論莫不扼腕。聖明初服,優禮元老,倚之如柱石,重之如蓍龜,是非邪正,豈容竝立?且碩國哀之日,公除之前,無病食肉,衆人所覩,略不愧懼。敗俗亂禮,莫此爲甚,請削去仕版。”……答曰:“依啓。柳碩罷職。”

《龍洲遺稿·江原監司皆山柳公神道碑銘并序》:柳公諱碩,字德甫,號皆山。生於萬曆乙未，卒於乙未。其先系出晉陽。……公爲人剛方，天得也。有特立獨行之操，爲文章亦肖爲人。先輩如南郭朴東說稱公"駢儷可入蘇長公堂"。又有政事才，事仁祖大王幾三十年，事孝宗大王七年，於兩朝受知受恩蓋亦不淺。乙丑，王子珙扞文網，公曰："布粟之謠，漢文病之。况進於此者乎?"遂抗疏極言，群議鵲起。上批猶曰："言論正直。"人皆謂知臣莫如君。至丁丑，主辱至矣。金尚書尚憲素以名節自與，終未免後君。公及爲掌令，又論之不顧。蓋公一生出入羿彀中，由此二事云。

《訥隱集·易眠金公行記》：公金氏，諱柱宇，字萬古，號易眠。安東人。……公既登五峰之門，日與洛下諸名勝遊，刮磨爲文章，詩酒還往。如柳皆山碩、黃漫浪㦿、蔡湖洲裕後等七人及公爲"飲仙八人"，皆世所指賢。

《壺谷詩話》：柳觀察碩有詩才，嘗賦《燕行》詩曰：'日落荊卿水，天寒郭隗臺。"又《送人北關》詩曰："暫留關帝廟，仍聽渭城歌。日落揚州道，君行可奈何。"亦好風致，其一時儕輩中唯烓詩小可當。

【按：柳碩（1595—1655）字德甫，號皆山。晉陽人。其詩簡潔有味。《箕雅》收其五絕一首。】

任有後　　字孝伯，號萬木[休]。豐川人。仁祖朝登第，官至參判。

《朝鮮顯宗改修實錄》卷二六：十三年閏七月丙申。以……任有後爲慶州府使。有後乃判書國老之孫，校理守正之子也。國老以黨於山海，爲士論所賤惡。叔父就正假寵昏朝權勢，與爾瞻相埒，諸子皆借述登科。而有後獨從其族兄故持平叔英學，爲古文文名藉甚。同門生李海昌、姜與載等皆推許。仁祖初釋褐，選隸槐院。戊辰，弟之後從逆徒同謀，爲有後暨其兄德後所迫上變，而有後亦被賊臣朴東起所引被逮，竟得釋。自是踰嶺東，居蔚珍山中，教誨鄉人。久之，朝議稍收之，間除察訪、都事，故相李敬興聞其有家行，力薦於朝。宰臣金益熙亦甚吹噓，得踐臺省。後以邊守陞資，累典州府，以至宰列。敬興之子敏迪等居要路，益加顯用。然物情終未快，臺官或有彈劾者。及拜都承旨，同列至有引入不仕者。有後蹤迹狼狽，不敢在朝，至是力求外而去，居一年，卒於官。

《恬軒集·嘉善人夫行承政院都承旨任公行狀》：公諱有後，字孝伯，號萬休。其先出於豐川。……公生于萬曆辛丑十一月初三日。幼而夙慧，在大夫人抱，試授以絶句，聞則輒誦。六歲，校理公捐館。七歲始就鄉塾，受小詩，便能屬辭，觀者莫不奇之。八歲受《史略》，居一歲，能通一秩。從掌令李惟達學，李公歎賞曰："爾之才調絶倫，吾不足爲師也。盍求名師而講劘乎?"乃摳衣於踈菴先生之門。踈菴與公爲三從兄弟，時姜掌令汝載亦學於踈菴。贊以詞賦,踈菴亟譽之。公色頗歉然,踈菴曰:“汝亦能有所作乎?”公曰:“鄉曲孤陋,不敢望姜生也。”公試令爲科詩,既成而進之,踈菴大驚。始教以《唐音》作詩之法,復取莊、韓、《漢史》諸大家質之。入法輪寺課讀歲餘,文義驟進,若决江河而下也。許筠素與校理公善,見公之才,甚奇之曰:“欲作文當學司馬遷《史記》也。”一日公詣其家,筠與一客狎而辭極悖褻。客者,卽李再榮也。公年十三,心竊鄙之,遂絶跡不復往,而乃師踈菴也。十八歲入庭試,文當高選,而考官以落一句,訾而黜之。甲子登司馬兩試,初擬公所作爲魁。而及拆號,考官升其所親,屈公爲第二。時皆惜之。丙寅擢庭試及第,選入槐院。丁卯以假注書扈駕江都。朝廷議與清和,公再上疏引義斥之。戊辰以假官久居政院。是時諸勳臣蓄疑光海舊臣,廣開告密之門。公弟之後素失學無賴,與鄉人陰圖作亂,其意實欲告變而取富貴也。遂以其謀洩諸勳臣。鄉人怨其爲所欺,引其叔父判書就正。判書方被竄逮來,並其兩子杖死。公亦坐繫而得釋。自傷其一家之親相禍,作《絶義文》告於先墓,終身不見之後之面焉。仍絶世遁跡,自屏於東海之濱。其地卽蔚珍,而有溪山之勝。築精舍研墳籍,郡人請學者甚衆。公奬進而成就之,嗣是有取進士者凡數人焉。癸酉拜居昌縣監,辭不就。甲戌拜居山察訪,未一歲棄歸。在官郵中,積弊盡剔之,郵人至今稱之。丙子拜高山察訪,自免歸。清人襲我,上駕幸山城,疾馳奔問不及。從倡義使李顯英於關東,未幾而罷。戊寅拜江原都事。庚辰拜禮曹佐郎,皆不應命。乙酉拜慶尚都事,其年病免。己丑在蔚珍。遭大夫人憂,歸葬廣州。其未殯,不進勺水。既葬,唯啖松葉及橡實,或啜淖糜以延朝夕,蔬菽鹽醬之屬並不進焉。廬于墓側,晨晡必拜墓。蓋校理公之沒也,幼不能持服,至是欲追服之,嫌其異俗也。內憂既終,食素心喪,復三年,前後凡六年。毁瘠之容,哀慕之形,親戚隣里莫不感動,而亦怪其能支也。癸巳拜永川、仁同,皆辭以疾。李公敬輿疏薦其純孝至行過人而避名,文辭恬退,卓居朝紳之右,宜有以奬拔也。及入對,復力薦之。孝廟命銓曹甄用之。後拜司藝掌樂正、司憲府掌令左通禮,皆不出。拜寧海府使,至官,停疑訟,抑強宗,捐質布之羨代償民徭。府民感悅。以不候使臣見忤,得罷。乙未拜江陵府使。戊戌陞秩,拜鍾城府使。府與胡地接壤,公至則沿江置戍,禁闌出者,嚴其約束。民有欲亡入胡地者,卽捕斬之。建受降樓,作逍遙堂,館宇頹圮無不一新。府常貢鹿皮狼尾麝香之屬,民力有不給者,官自贍之,以寬徵斂。修黌舍課儒藝,大變羯羠士風。及聞孝宗昇遐,茹素累月。迄于因山之成,隣邑敬服,皆以爲難也。庚子自禮曹參議拜潭陽府使。不挈孥,獨身之官。是歲適大侵,預儲穀米,飢民之仰哺者,率以一旬與糧。科條甚備,務爲便民。遠近流徙者數逾萬餘而賴以全活。御史奏其績,命陞嘉善。臺諫以爲守令以賑蒙賞者太多,爭而寢焉。以小事失方伯意,罷歸,府民立碑思之。其妹氏避疾,寓于公家而沒。其家素貧,凡殮斂棺槨無不自辦,茹素者亦五月。後除承旨者再矣而皆辭。清譯李一善肆爲貪暴,跨馬入闕,莫敢誰何,國人憤惋。公慷慨抗疏,以爲一善特我民之被俘者,倨傲若此,請奏治其罪。時皆韙之。丁未拜清風府使。是歲亦飢,其艱政槩如潭陽時,而民無殍者。監司嘉之,問所賑穀幾何,公終不自言。監司益嘉其不伐。上聞之,特陞嘉善。庚戌拜工曹參判。辛亥拜都承旨,病免。是時朝廷以宿望連擬大司諫、大司成,有怨公者構諸臺諫,掎摭家難時事劾之。副提學李敏迪上箚辨之,罷其臺諫。壬子拜京畿監司。時守令有罪當杖者,屬有赦而免之。相臣以公爲姑幾之而待赦,請下獄。玉堂亦上箚明其冤。公既被年少者侵軼,不樂在朝,求爲慶州府尹。公不以年老自怠,束下以嚴,撫民以恩,剖斷若神,案無滯牘,府中大治。六月,以家忌哭泣過哀,因而氣之,宿疾大發。以某月某日捐館,歸葬廣州故山。……公天資明闓,充以學問,論議醖藉,接人以款,不見有崖岸也。闊略吏事者,文人之恒也。而其臨民莅事,克勤克密,細務畢舉,所至有去後思。若其律身之嚴,事先之誠,雖古之獨行者未易及也。家無擔石,而臨祀則雖耕牛畜馬亦必斥賣,極其豐潔。忌日則不啜粒米,以終其日。居處必洒掃靜整,儼然清坐,手未嘗釋卷。其文章典勁秀傑,有西漢之風。晚年尤喜《周易》。平生製作不肯裒集,故其家所藏僅四卷也。公吾先大父之三從弟也。少嘗問字,過蒙奬借。聽其議論,沾其膏馥者多矣。稔知公之謙德不夸,故狀公遺事,而無一毫浮辭,以備太史公之擇。謹狀。

《壺谷詩話》:任侍郎有後《題北塞》一聯曰:"人逢塞外皆青眼,山到天涯亦白頭。""青眼"、"白頭"自是尋常之對,而入此爐錘則甚妙。

《小華詩評》:任參判有後號休窩,中年閑廢,專事文翰。少時遊山寺,題僧軸曰:"山擁招提石徑斜,洞天幽杳閉雲霞。居僧說我春多事,門巷朝朝掃落花。"見者誤以爲踈菴詩。後踈菴見其軸曰"若非盛唐語不出口。此詩雖逼唐韻,頗雜中唐聲,乃後生小子之作"云。至若"鑱石題名姓,山僧笑不休。乾坤一泡幻,能得幾時留?"讀之身世兩忘,色相俱空,不謂聲律中有此妙詮。其可以中晚而小之歟?

鄭之羽《穩城》詩:"人逢絕塞俱青眼,山到窮邊亦白頭。"

《詩評補遺》:不易其心而造其語,謂之换骨法;規模其意而形容之,謂之脱胎法。朴思菴淳《題錦水亭》詩:"谷鳥時時聞一個,匡床寂寞散群書。每憐白鶴臺前水,才出山門便滯淤。"任休窩有後《詠澗水》詩:"古澗泠泠境復幽,傷心終日坐巖頭。無由禁爾奔湍住,才出山門合野流。"任詩蓋源于朴詩結語,句格尤佳,可謂善得脫胎之法矣。

休窩嘗攜余遊僧伽寺,轉向中興寺。半日游憩,道場清淨,便有參禪之意。余賦一律曰:"僧伽遊了復中興,劍戟群峰勢欲騰。麗祖幾年恢淨域,梵王千劫護居僧。昏魔自伏輪燈照,迷惱渾除智水澄。人世是非吾已謝,法門從此講三乘。"休窩過加稱賞,即次之曰:"蕭寺來尋伽與興,陟降雙屐共雲騰。夕陽横點兩三雁,秋葉歸笻四五僧。千丈古杉庭畔老,一溪流水檻前澄。君詩突兀驚人眼,若譬禪家是上乘。"清婉老健,頷聯尤警,一唱三歎。切愧糠秕之居前也。

余嘗賦七言近體,其一聯云:"流涕自知同賈誼,草玄無賴有桓譚。"諸公和者皆以"譚"字爲難。金柏谷得臣次之曰:"多君詩律如摩詰,愧我歌聲學薛譚。"任休窩有後又次之曰:"傑句崢嶸吟白學,清歌寥亮送青譚。"金壯元震標最後至,即題曰:"敢將滕國能爭楚,還恐齊人遂滅譚。"諸公稱其敏妙。震標,北渚之孫,能詩,號東厓。

《水村漫錄》:任萬休有後,即余宗叔也。余少愛唐詩及《馬史》若干篇,恨未卒學也。其《遊僧伽寺》詩曰:"石棧崎嶇信馬蹄,忽逢蘭若暫時稽。天邊遠水準如練,霧後遙岑列似笄。倦客無心觀柏樹,居僧持法說泥犁。回看城市紛紛者,何限趨營病夏畦。"自僧伽寺轉至中興寺,次人詩曰:"蕭寺來尋伽與興,陟降雙屐共雲騰。夕陽横點兩三雁,秋葉歸笻四五僧。千丈古杉庭畔老,一溪流水檻前澄。君詩突兀驚人眼,若比禪家是上乘。"兩作格律雅健,俱大家語,可以傳誦。

蔚珍佛影寺有蓮花巖,巖似蓮交立於瀑流之中,故名曰"蓮花"。任萬休有詩云:"龍攜明月喜閑眠,帝罰青溪石作蓮。強待神工千古就,不叫鬼斧一朝鐫。磨來洗去瓊瑤蕩,斗出盤回霹靂纏。更得幾年枝葉大,大時休比藕如船。"萬休卜居蔚珍時作,豈自况耶?且少時遊山寺題僧軸曰:"川爲海海爲川,石爲玉玉爲石。一溪明月滿山雲,僧乎僧乎早掛錫。吾亦從此謝形役。"此蓋光海時也。

【按:任有後(1601—1673)字孝伯,號萬休、休窩。豐川人。其詩清婉老健。《箕雅》收其七絕一首。】

崔有淵　　字止叔,號玄巖。海州人。仁祖朝登第,官至承旨。

《朝鮮仁祖實錄》卷四五:二十二年二月癸未。憲府啓曰:"我國自祖宗朝以來,道術大明,士論最正。今雖衰弱顛覆,然無敢以反經悖義之說形諸文字,至於上達者。今見前承旨崔有淵疏有曰:'復設昭格署,以享上帝。'此前朝異教沿襲之事,而中廟朝既已革罷,且其法乃星辰醮祭,道流不經之術也。又曰:‘宜移御仁慶宫。’此是性智僞託曆書,而熒惑昏朝者也。又曰:‘請遣便嬖内宦、别監等暗行諸道。’此則在前古大亂之世,亦未聞以便嬖而爲御史之任者也。有淵乃敢爲此誕妄無倫之説,肆然無忌,自上反下容奬採施之旨,臣等竊惑焉。此而不治,妖誕邪佞之徒將接跡而起,請命削去仕版。旨之不却其疏,亦其無據,請推考。”答曰:“言雖不中,意非偶然。其勿煩論,以廣言路。且承旨别無所失,勿推。”諫院繼請削黜,兩司爭執累日,只命罷職。

《詩話匯成》:廢朝辛酉,公作《遠别離》曰:“遠别離,古有虞皇之二妃。追龍馭于三江之渺渺,九疑之嵬嵬。金旂翠華無尋處,蒼梧暮雨寒霏霏。雨霖霖,風颼颼,二十五絃彈一曲,湘江倒流湘雲愁。君不見四海塵昏白日暮,回首中原一片土。康衢擊壤淳風死,唐虞萬事東流水。珠宫綺閣倚天開,酒池鼉鼓鳴如雷。清洛之波漲赤血,炮烙腥煙迷九垓。忠臣被僇直臣瘖,慈烏慈烏鳴最哀。君不見黄陵廟前草芊芊,廟門一閉今千年。二妃精魂大饑渴,何時一見清明天。空有千行珠淚灑琅玕,琅玕上有千點斑。年年秋月當午明,饑猿孤鴻露下泣。豈憶南熏殿上同樂五絃音,噫吁戲!湘水無情天黄碧。”

公嘗遊天磨、聖居,歸路偶逢崔東皐岦於松都逆旅,相與談文章。東皐曰:“近見文衡老先生自説得意作一絕曰:‘綠暗王孫草,紅殘望帝花。青春愁裏過,白髮鏡中多。’殊非業古詩者口中語也。駱賓王《帝京篇》云:‘秦塞重關一百二,漢家離宫三十六。’時譏以‘數博士’。是故日月星辰多則有同司天之作,青黄黑白多則有同畫員之作,飛禽走獸多則有同掌囿之作,此不可不虞也。”臨分從容言曰:“孺子雖志文章,難乎有成。吾亦伐閲子弟,則仕宦無暇,安得專力于文章耶?曾經甕、長二倅瓜滿,故濱海十二年,恣意攻業,升堂睹奥。今孺子雖有靈脱之才,那得十二年邑宰耶?”

【按:崔有淵(1587—?)字聖止、聖之、止叔,號玄巖、玄石。籍貫海州。仁祖元年(1623)文科及第。任副承旨、承旨。文名頗高。著書《玄巖集》。其詩慷慨蒼涼。《箕雅》收其五律一首。】

李元胄　　全州人,蔭參奉。

《宋子大全·問月集序》:蓋我宣廟朝有獨行不屑之士曰李君元胄,字大胤。君以天潢餘派,遺外聲利,惟大玩於詩,而託於沈冥。其自號問月者,蓋亦取謫仙之詩語也。仁廟初,月沙李公爲大宗伯,以爲人勝於詩,不可使終老蓬蓽,薦授童蒙教官。教官,古之廣文也。職卑而散,君猶不肯屈,竟杜門以歿。夫光海朝彝倫斁塞,士之不欲濡跡則固也。若乃宣廟之世則宏儒碩弼輔佐中興,人有一藝者皆思自效。至於仁祖御極,則綱常復正,天日重明,雖巖穴之士莫不于于洋洋而來矣。然君終始介石,清標愈勵,此豈今世之士所及哉?而世無知君者,故其偉言高誼舉皆堙沒而無聞,可勝歎哉!君從兄梨川相公諱弘胄,常服君行而慕君義。君歿後裒稡詩篇,手寫爲兩冊。是時相公年已六十四而位至八座,猶且勤勤於此如是其至也。先輩風誼篤厚亦可見矣。今君之胤子藎邦,將謀刊行於世。其聲韻骨格之清濁廉肉,將必有知者知之矣。獨其相公手寫之本,巾衍十襲,蕲爲寶藏。余未知相公之筆由詩而傳乎?君之詩由筆而傳乎?抑將相得而傳之愈久也。惜乎!君之墓木已拱,而無銘誌以記其一二。借曰君之志然矣,而今與後之君子,必有爲之嗟惜者矣。今以刊役自任者,君宅相李統制道彬,興渭陽之感而亟捐其私俸云爾。崇禎紀元己酉仲夏日,恩津宋時烈序。

【按:李元胄(朝鮮仁祖時人)字大胤,號問月。全州人。朝鮮宗室。著有《問月集》。其詩清逸高舉。《箕雅》收其七絕一首。】

林　坦　　**字□□,號閑亭。悌之子。不仕。**

《記言・林正郎墓碣文》:公……男地、埈、坦、垍。皆豪舉稱名族。……坦生綱,少有才名,陞上舍。不幸早折。綱生楨、權。

《壺谷詩話》:湖南多文士,有人題《閒居》曰:"黃牛飽齕無餘念,白鷺閑眠有底愁。"語清淡,而失其名,可惜。又有林坦,白湖之孫,挽友人曰:"風流處士別孤山,雪滿溪橋鶴影寒。一片詩魂招不得,先春應共早梅還。"詠《除夜》一聯曰:"燈亦妒人挑歲盡,雞誰教汝唱春先。"窮甚巧亦甚。

《孤山遺稿・挽閑閑亭林坦丈》:閑閑亭子主人翁,我不見公而識公。畏避者名場利府,主張是皓月清風。看梅只在孤山上,吟雪何曾紫陌中。千載有聲朱雀影,客來莫道北牕空。

【按:林坦(朝鮮仁祖時人)號閑亭、閑閑亭。林悌之子。其詩窮巧。《箕雅》收其七絕一首。】

宋希甲　　**恩津人。庶孽,早夭。**

《宋子大全・答南雲卿》:私家不幸,女子夭折,老舐悲傷,有不可堪。此時忽拜墜翰,仍有二幅韻語。璆璋琅鳴,黼黻耀彩。弊宗光輝,固不可言。而至於竹林勝槩,一倍光鮮。公私之幸,孰大於是?又竊聞執事方輯《箕雅》,此前輩大雅諸君子所未遑者,此豈有待於今日耶?又聞下徵於弊宗微者云,此見用意之公,甚善甚善。原詩别紙錄呈。而仍有數行文字,可知其世也。餘不宣。别紙:竊聞編次《箕雅》,而首以文昌詩。東國文章見於中國者，自文昌始。則今以此爲首，固善矣。然既曰《箕雅》，則當以箕子爲首矣。先師文元公當仁祖初服，上疏請尊崇《洪範》，其意深矣。我東寔殷師所治，風化所在，其觀法莫先焉爾。今妄以意序次如右，幸與朝中諸大雅財處之。巴谷老人謹上。

《箕雅》卷之一：《箕子操》，有聲無詞。《箕子操》者，殷太師箕子所作也。箕子痛殷之將亡，直言諫紂。紂不聽而囚之，箕子佯狂爲奴，隱而鼓琴，傳之曰《箕子操》。

《麥秀歌》："麥秀漸漸兮，禾黍油油。彼狡童兮，不與我好兮。"《麥秀歌》者，箕子所作也。殷室既亡，箕子過故殷墟，傷宮室毁壞生禾黍，乃作此歌。殷民聞之，皆流涕云。

《皇極章》："無偏無陂，遵王之義。無有作好，遵王之道。無有作惡，遵王之路。無偏無黨，王道蕩蕩。無黨無偏，王道平平。無反無側，王道正直。會其有極，歸其有極。"《皇極章》者，箕子所作也。武王克殷，訪問箕子以天道，箕子以《洪範》陳之。其第五曰"建用皇極"。此章，其皇極中韻語也。《蔡傳》曰："此蓋詩之體。所以使人吟詠而得其性情者也。其功用深切，與《周禮》'太師教以六詩'者同一機而尤要者也。"

錄呈所徵宋希甲詩："岸有垂楊山有花，離懷無處不堪嗟。強扶衰病出門望，之子莫來春日斜。"宋希甲，亦雙清後裔而側出者，幼稱神童，亦以仙風道骨見稱，又勇力絶倫。年七歲時，雙清主翁松潭公指堂後雪竹曰："汝能賦乎？"即應聲曰："竹也今朝喪父母，子孫千百素衣同。晚來鳥雀來相弔，清淚闌干日下風。"俄而，權石洲來雙清見之，大加稱賞曰："足以傳我衣鉢也。"遂取而教育之。希甲常在江都運水搬柴，服勤如奴僕。一日，石洲謂曰："人不博觀天下，詩亦爲所局矣。恨我已不能也。汝之筋骨足以辦此矣。第鴨江以北關防甚嚴，必須以暗路隱伏，遇有水處浮而潛渡，然後可以得達。汝須學漢語，且習水技。"希甲聞之，躍然而喜。日投前洋，或浮或泅，如鳧鴨然。夫江河之水亦能傷人，況海洋鹹鹵，氣血侵鑠，皖白成疾，遂至夭折。相識莫不痛惜。希甲喜遊山，聞有佳處則必徒步而往，必窮探極歷。嘗遊俗離，有小庵臨絶壑。希甲踊身緣甍，一手接椽，一手執筆，題名而下。其上下之際，如飛仙。至今老僧能言之。希甲未娶無子，弊宗方謀小刻於其墓耳。

《宋子大全·隨箚》：弊宗微者，即下板宋希甲。其墓在懷德虚受庵。立小表，文即先生次孫翰林公所撰，而春翁孫炳文書之。

【按：宋希甲（朝鮮宣祖時人），宋愉後裔之庶子，恩津人。其詩悲切衰颯。《箕雅》收其七絶一首。】

宋民古　　字□□[順之],號蘭谷。進士。

《光海君日記》卷六二:五年正月乙丑。司憲府啓曰:“延陵府院君李好閔婢妾仁玉與好閔女壻宋民古潛奸,所聞騰播。仁玉捉致推問,則潛奸之狀,從實納招,請民古拿鞫定罪。”從之。

《晦隱瑣錄》:趙秐之言其先公滄江宰臨陂縣也,宋進士民古自韓山寓所來訪於縣倉。開坐時喜甚,多酬酢以酒,宋醉倒殆不省事。即以官馬馱送縣齋,滄江隨後到。宋下馬,頽臥縣齋,瞋目視曰:“吾詩成矣。”仍朗吟曰:“昏昏溽暑醉如泥,送客風驃散碧蹄。官路驛程和夢過,不知身已小橋西。”滄江甚諷詠嗟賞云。

《豐墅集·題七狂圖後》:中行之士尚矣。如不得則聖人猶思其狂者,狂亦豈易言乎哉。夫曾點、牧皮、琴張之流卽聖人所稱狂者。世或有浴沂之圖,而所寫惟春服冠童而已,不識夫數子爲何狀也。自古草澤隱淪,高尚其蹈者亦何限?而鮮有丹青所傳。豈其平生恢詭,晦迹韜光,欲并其形骸而泯昧故歟?若湖南七君子卽世家華胄,而天默李公以玉署名流,標望尤別,與五人者皆嘗仕於朝,獨李松隱止於老布衣。出處顯晦之迹未必相同,然其歸則一也。觀其臭味相合,道義砥礪,未嘗或畔於吾儒繩墨,要皆法門之遺,莊士之倫,而乃自號爲七狂者何哉?誦其書論其世,不知其人可乎?前有昏朝倫常之變,後値普天腥羶之運,携手同隱,甘自放於漁樵幽閴之鄉。長歌慟哭,以寓不平之氣。終身窮阨,無所怨悔。盖其托意愈高,而貶身愈辱,矢以是存天下之大防,扶天下之大義,其狂眞不可及也。彼接輿之徒,不過避世獨行,惡足與擬也哉。天默後孫錫疇甫,示余《詩山畫》障子,畫出於宋蘭谷。蘭谷在當時七狂中以三絶稱者也。此一幅今近二百年失而復得,墨妙不渝,眞蹟如新,若鬼護而神相者,不亦奇乎?溪山亭臺之勝,杖屨琴樽之樂,恍若可接於摩娑之際。嗚呼悠矣!謹盥手而題之。

【按:宋民古(1592—?)字順之,號蘭谷。籍貫礪山。進士。李好閔之婿。朝鮮中期書畫家。光海君二年(1610)進士及第。書法、繪畫、文章出衆,號稱三絶。畫作有《山水圖》,著有《蘭谷集》。其詩俊爽流麗。《箕雅》收其七律一首。】

李　穆　　字仲深,號北溪。德水人。仁祖朝登丙寅科。罷榜更不赴舉。官至縣令。

《詩評補遺》:李昌平穆《叩盆後遇春》詩云:“去春人傍養蠶床,人去春回只舊堂。桑葉萋萋牆外綠,任他鄰婦采盈筐。”李大諫柛《喪室後仍新生兒》詩云："爾生還禍爾之孃，爾亦無生豈有亡。今哭爾孃兼哭爾，是誰之罪爾爺殃。"李承旨穡《掃亡室墓》詩云："彭兒已長論昏娶，吾亦揚名免學生。子壯夫榮渾不識，十年青草掩孤塋。"三作語皆悲婉，大諫尤辭工意切。

【按：李穆（1599—1624）字仲深，號北溪。德水人，居京師。其詩灍達高朗。《箕雅》收其七絕一首、七律一首。】

朴　漪　　**字仲漣。瀰之弟。仁祖朝登第，選湖堂，官止校理。**

《朝鮮仁祖實錄》卷四五：二十二年五月己酉。以李植爲大司憲，鄭太和爲吏曹參判，金堥兼纂修摠裁官，洪鎬爲大司諫，申濡爲同副承旨，閔光勳爲校理，朴漪爲副校理，張應一爲持平。

《南溪集·先考司憲府掌令府君行狀》：本貫全羅道羅州牧潘南縣。……考諱東亮，議政府右參贊錦溪君。妣閔氏封貞敬夫人。公諱漪，字仲漣，一字仲文，後以仲文行。卽外舅玄軒公所命云。家在漢城南山下，見其巍然負特立之勢，若有異於他山者，自號中峰。少時取易卦意又號損益堂。朴氏始出新羅。世傳國祖赫居世生于蘿井之大卵，羅人謂瓠爲朴，故以其卵形類瓠，遂姓朴氏。洎羅亡而麗祖議遷其宗，得羅之潘南縣者，實公先也。有諱尚衷，判典校寺事，事恭愍王，與鄭圃隱諸公名相埒。及後乙卯之變，累上書言大明天下之共主，而先王之所事不可背，遂以此被罪而歿。……參贊公英才偉器，際遇宣廟，臨難盡忠，蔚然爲中興名臣。公以萬曆二十八年十一月癸亥生于漢城之居第。少從參贊公謫寓兩湖。天啓乙丑丁內艱，數歲而爲崇禎建元，中登極別試及第第二名，分隸成均館權知學諭。明年己巳陞典籍，尋命賜暇湖堂。庚午遷兵曹佐郎，旋薦入弘文館，仁祖有嚴旨不得拜。辛未爲養拜興陽縣監。癸酉兼知製教，未幾罷還都，時參贊公亦蒙恩便住西湖。甲戌拜成均館直講，復遷兵曹正郎。乙亥丁外艱，服闋復除直講，尋出爲杆城縣監。己卯罷寓高城。庚辰因事至都，拜直講，復捲家歸洪川。辛巳始拜弘文館校理。居有間，承名入都。一歲中校理者二修撰者二副修撰者四。自是所除，或拜或不拜。壬午修撰校理者各一。癸未陞爲司憲府掌令，復拜副校理。甲申副校理者至再，以九月二十六日辛亥疾終于城南之寓舍，壽四十有五。遂用越四朔某甲，權厝于參贊公墓下。公之行止履歷具在年譜中，此不復細著，而惟次其實跡。嗚呼！公天資愷悌，表裏如一。其秉心恬靜，而遇事俊爽過於衆。且容貌端潔，言笑不妄，人望之可莊不可易，以此或疑其自矜持，而知者不以爲恨焉。……惟不善生產，解符之日家無餘贏。故宅在城南，已壞而不能葺。居恒食資屢絶，歿而喪無以舉，只仰諸公賻襚。李公明漢哭公詩曰"賣靴向市酬者誰"，眞實錄也。公藝業夙成，然而當光海時，以爲自廢母之論起，冠章甫者義不可以冒行。且家禍漫漫，參贊公尚罹流放之典，遂及觀海。公以奉親讀書爲事，足不闖場屋者幾十年。東俗素重科名，尤爲其父母所願幸，故閔夫人亦不能無望於此，而知其志竟許之。公旣落拓江海間，憂時發憤，不屑榮祿。仁祖卽位，始爲親求仕，猶然以古所謂吏隱者自期。嘗曰："吾官至刺史足矣。"居無何，國家有南漢之厄，尤不欲汲汲於當世。及自水城歸，卜居江原道之洪川縣，有終身之計。而與一二峽士相約，謀一巖壑，往來其間。後以錦陽公故，鬱結思慮，將復到漢中。而會朝議，議公文學不可久屈下僚，申授玉堂。公以前事不敢直辭，黽勉趨召。至則非其所好，遂上章自免。自是數歲，以且疾病留滯。或值召牌，其復出而拜命者亦屢矣。然要以伸君臣之大義，已皆引疾力辭。蓋無一日而安於位，至其勢有拘攣，不得已而更爲乞外。遲回之意，主爵者誤以陞拜憲官，公益恥之不出。然其進退之際，所以秉志者凜乎可識也。是則事君之不苟于義者。而至如亂後所著古今詩，觸境感物，已多可爲歔欷慷慨。其屏居東嶺，意氣愈厲，間有所詠，往往於《春秋》尊王定霸之義，於《易》窮變消長之道惓惓不忘。其欲望其君行昭宣之事而匡輔之者，溢於言意之表。初非有爲而然也，其忠憤積於內，故時復發見于文辭如是云已。作《詠史》詩二篇，乃取魯連之不帝秦，郭泰之明哲以自廣。蓋公當明夷之世，義不能與俗沈浮，則亟欲乞身解官，以自遠於殄瘁之邦，而終遂海上之願。其志益可見矣。然公平生未嘗以此明言於人，而世亦謂公於是時多病，自斂退而已。是豈所以知公者哉？澤堂李公植雅以文章識操服公，爲太學士，方有事瀋陽。深厭新進依樣之習，必欲文出公手，請之強。遂喟然而歎曰："是公非知我者耶？我不能爲此役決矣。"終不應。嘗與日者韓世良語，問遼路何時可通。對曰："不過數歲。"逮後甲申，遼路雖通，而天下遂不幸，公常以爲痛。每歲元朝必命蓍，先卜國家安危農事豐歉，而後始及其身動靜。見人卽詢民間利病水旱盜賊，或從容言古今天下國家所以治亂存亡，而語罷亦何嘗不歎息於當時也。及歿後，數公者以詩哭之，有"元祐完人"之句，蓋以亂後不樂仕宦者，若譬諸宋朝黨人，則公可與元城諸公侔，故其所稱述如是云。公甫弱冠，有志於爲己之學，偏覽先儒成籍。其爲學於節文講說未甚數數，而唯務使身心之內有操而少放。二十六歲著《責躬文》，繫其後曰："自念大朴一散，日就汚卑。冥行妄走，動輒得咎。自家難已來，唯以酒謔爲娛，無復知禮法爲何事。口過心曾，不足以毛舉。人非鬼責，寧得以倖免！時一念之，只益摧心。猶不知廓然改圖，尚何人哉？"公之自警云爾。及居閔夫人憂，以讀禮之暇，揭朱子《敬齋箴》于座。治心誦書，交致其功。參贊公深嘉之。每曰："某之所行，得於學力者居多。"晚雖被疾，不能售其素志,復取《程氏遺書》、《朱子語類》等書稍加溫繹,間授不肖世采石潭李先生所著《擊蒙要訣》而曰:“吾教此不敢視他書。惟汝讀此,亦不可以視他書。其信受而深體之。”世采敬受教。他日開卷獨坐,竊有味乎其書。公適見之,執世采手仍曰:“汝自今以往,若能不失吾教如此,至于有成,則稱吾兒矣。”其好學之心到此益著。老釋二氏亦在旁通。爲文章以《尚書》、《論語》爲根本,浸淫於先秦兩漢太史昌黎諸家所作,贍邕俊發,如有源之水一瀉千里。詩少學盛唐頗清新,晚規少陵,下逮皇明北地、信陽諸公,而要以天得爲宗。韻格和婉,境致冲澹。其視曩時,如出兩手。非特文辭然也,選儷衆體無所不究。玄軒公見其作,稱“有作者氣”,谿谷張公亦推爲巨擘。公素不習博士家業,而間未數月,再冠諸生,復登上第,此在近世所罕聞。且廷對之降置第二甲者,自有其跡,今可略也。故事,道山之選官,非甚清顯不敢預,上命大學士更加極擇焉。張公謂公文才足任,力破其議,公竟以典籍得之。旣而張公於廷試文臣,仍擢公製爲首以報。戊辰之詘,會其日公河魚疾作,不能執筆,日昃始爲洪觀察命耇手寫其文而修潤之者,一時傳爲藝苑盛事。或問李東岳“後輩孰爲能詩者”,答曰:“以余所聞,卽仲文其人。”不肖世采嘗上書謁清陰金文正公,公以世采是參贊公之孫,乃進而教之。復語人曰:“蓋其先校理君以文章大有名於當世,恨余未及見其所著也。”遺集五卷藏於家,是則文學之聞於時者。而其他如書法範圍晉人行草,翩翩各自當家。逮命諸臣製日本日光山詩,崔完城鳴吉、李尚書明漢幷藉公筆以進。鶴谷洪相病革,欲得當世善草書者書呂洞賓一絶以看,及屬公,爲之粘壁稱快。深曉醫藥祿命諸術,間試之絶相符合。將卒之數月,自知其疾必不能久。且謂卜者:“今年吾其不利乎?”已而果然。公精於吏職,在兵部,李公弘胄、金公時讓相屬爲大司馬,甚才公。又見所白事多可施行,凡部中有緩急必畀之區畫,同僚莫敢望焉。時仁祖欲有所詢,命賜輪對,蓋公始獲上殿見于君父。而對揚之際,進止有度,陳論所掌疵弊甚悉。遂稱旨,仍厚賚以奬,一時莫不榮之。人有失其名,陰事齮齕公而語頗泄。後本部郎缺,其人在選中,公以爲亡害力薦之。其人知公無意於怨恩,深自悔歎。出守高興,湖俗素齷齪多逋負,而興尤邊海,易爲奸利,治郡者病之。比公至,精心爲政,凡係猾吏所舞文,無不繩以法。下戶羸弱所控,爲之撫摩甚備。踰年政成,其民遂以樂生興業。每縣有大繇役,爭趨其事,不敢有少撓。縣境四面,廣狹不侔,民困於輸稅。舊有海松林兩倉,以便糴糶,而傾圮不可藏。公卽易而新之,一邑有所賴。復留意軍政,明束伍繕器械。及罷,民卽立石頌德。譚治行者亦以爲近日最。

《宋子大全·校理朴公墓碣銘并序》:余弱冠邂逅中峰公,暫接其玉貌,其後耳愈熟焉。今考和叔狀,宋人所謂"紈扇上寒林雪竹",殆亦見公之大略矣。……公大家子,能早謝綺紈,從事詩書,斯已難矣。薦以家禍國難,則又低徊前却,常有獨居思仁之志。嘗託跡山水間,衡泌忘飢,感事觸境,屢發於吟詠。雖膺命入朝,常如病鶴思山,未嘗久淹。其游宦於外,亦嘗追逐雲月於泉聲山色中。此豈非清霜木脫勁枝凌冬之氣象耶?紈扇之上所宜韶華紅綠,則此雖爲不宜。然所謂"在廟堂之上尤可觀"者,自好語也。昔陳同甫雖慕抱膝躬耕,而意未忘於樓臺簾幕楊花燕子之間。則與公一何相反歟?抑惟氣趣清高者,易入於放曠脫略,流而爲異端者多矣。而惟公少讀經傳,濂洛諸書未嘗不在其側。故居家莅官,見於行事者,皆自所學中出來。嘗於課製用老杜體以寓諷諫,辭氣跌宕,意思悲惋,直欲俯仰千古,而於施仁用賢之道三致意焉。豈所謂廢中權而亦中倫慮者耶?

《詩評補遺》:朴校理漪號中峰,能文有名,眼高少許可,不幸而夭。其《江村》詩一聯曰:"銜泥飛去誰家燕,橫笛歸來是處兒。"恨不見其全集。

【按:朴漪(1600—1645)字仲漣,號中峰、仲文、損益堂。籍貫潘南。朴東亮子。朴瀰弟。著有《中峰集》。其詩韻格和婉,境致冲澹。《箕雅》收其七律一首。】

沈東龜　　字文徵,號晴峰。青松人。仁祖朝登第,官止司諫。

《朝鮮肅宗實錄》卷一一:七年二月乙未。時烈曰:"昔有沈東龜者,其父諿,仁廟朝丙子後爲判書矣。逮至孝廟朝,相臣誤達,至被削奪之罪。東龜以不得伸冤爲至痛,嘗語家人曰:'吾死目必不瞑。'及其死也,目果不瞑。其子手自撫摩,而終不瞑。以臣所聞,孝行表著者,東龜一人而已。其抱冤曲折,未知如何,而今若審其是非,有所處分則好矣。"上曰:"當詢大臣而處之。"

《宋子大全·晴峰沈公墓碣銘并序》:晴峰沈公生於萬曆甲午,沒于崇禎庚子。未沒時自言曰:"我父冤未伸,死而不瞑矣。"既而果然。嗚呼!人可以容僞,而惟天不可以僞爲。或曰:"何以謂天也?"曰:"孝者天理也。況人生而有欲,故以人欲滅天理者滔滔也。自其將死而已,窮而反本。故曾子有言善之訓。況其已死而可以容僞乎?此非天而何。"公諱東龜,字文徵。青松人。……公生而秀異,髫齔能屬文。弱冠,華聞藹蔚。五峰李公好閔、晚翠吳公億齡品題甚高。乙卯進士。己未謁聖取第,而爲昏黨用私者黜去。仁祖改玉,以館儒名著,薦授泰陵參奉。甲子闡大科隸槐院,歷注書爲翰林,由說書序陞典籍。自是歷四十餘官,多在三司講院,兼帶則春秋館知製教也。在諫院時,李公埈進言觸時諱,李公命俊亦論宮奚,重激天怒,臺閣一空。公極力救解，一時爭尚其風采。在玉堂與同僚論追崇非禮，天怒甚震，有拿推命，既而命竄遠方。亦以三司爭執獲免。時判書公乞養得安邊，仲氏都正公亦除淮陽，疆土相望。而公以修撰乞暇趨庭，往來有煒，北人榮之。壬申爲京畿都事。天朝近侍程副總龍時住南漢，相與唱和。見公敏妙，擊節歎賞，稱以"眞學士"。甲戌歷二官爲獻納，忤旨貶監清河縣。清靜爲治，亦課生徒。公係戀君親，一於詩發之，而絶無不遇底意。時量田使任怨苛暴，公面折其殃民。量使雖恚恨無奈何，而民得賴焉。居二載，以事罷，民樹穹石頌之。丙子，上幸南漢城。事出倉卒，未及扈駕。公以江都宗社所在，遂艱關轉入。則翌日江都陷焉。難已，以筵臣言蒙敍，自後不離三司。嘗廉察湖南，奏袪宿弊。又於筵席，誦諸葛亮宮府一體、張九成處危思安等說以爲勸戒。上爲之動容傾聽焉。戊寅秋，南以恭秉銓，引進競進之輩，合爲一套，首發醜正之論，先使人啗公。公語客曰："當今爲皇朝立節之人，獨有金清陰、鄭桐溪一二人而已。今罪此人，則青史可畏。亦何以有辭於天下？"遂以執義引避曰："國事到此地頭，而公議愈不行，朋比猶益甚。其急於進取者傾惑詭隨，適足以貽譏而取笑。"玉堂是公言，而主論者竟罷公。時金公世濂、李公景義、李公命雄、丁公彥璜皆爲時輩所推，而亦以公爲正。時輩既布置同類，朝廷一變。然後請罪清陰、桐溪，而公常在羿彀中，廢處至於四年，公絶無怨意。屏居江郊，晨昏之餘，嘯詠湖山以自適，士論翕然歸重焉。辛巳，始敍復入三司，又被選別知製教，將以備湖堂選也，以史薦忤時相意見罷。金自點入相，公以玉堂將駁正，適遞職而未果焉。薦爲檢詳、舍人。嘗從大行人奉使至瀋。甲申三月，沈器遠逆獄起。其黨權斗昌亂言李時英實與其謀，而不欲其出外，嗾臺臣論遞兵使。當時先發其論者實有其人，而其人懼禍，乞以同發爲引避之辭。公正色曰："告君之辭必以直。吾若先發則當告以實，君若先發則亦告以實。何可推諉乃爾？"起草之際，以實書之曰："同僚先發，臣亦隨參云。"則其人以袖掩硯，以手奪筆，相持良久。着與爭詰，乃以同發爲辭曰："臺閣之風，到君埽地矣。"大憲李公植欲毋遞公，而議不一。公既被遞，而自上忽下內司推案，蓋自內鞫問器遠愛妾，則歷言宗黨之時或往來者，公名亦在其中。上特命勿問而定配。……公至長興五月，考判書公疾革不能言，而執長孫手書一"思"字而泫然流涕，蓋爲公也。其翌日捐館。公千里承凶，如不欲生。母夫人以遺衣所親身者送于謫所，公抱持哭擗，淚入衣盡濕。一月之內鬚髮皓白。諸孫遂奉几筵及母夫人會于謫所，以慰公孝思。己丑，仁廟上賓，公以未得入臨爲痛，號隕之切若考妣焉。孝廟初服，蒙宥。公馳馬徑行，蓋急於省考墓哭殯宮也。長子敞將迎公而忽病沒，又數日，母夫人以訃至。公哭泣，淚爲成血。公時已向衰而禮不少殺。

壬辰四月，筵臣林公墰請敍用公，卽還給職牒。秋，李公厚源以前任江都留守，登對時陳江都事。因及公祖爲牧使時功績最著。上問其子孫爲誰，對以公及判書公。洪公茂績因訟公如舊疏。李公曰："茂績言是也。"因以身所目覩者證之。有一相臣言某之父某，丙子有使虜誤對之事。上曰："然則沈某不必收用矣。"乙未五月晝講，鄭公維城、金公益熙亦爲公陳白。過二日，父子俱蒙恩典。六月，忽下嚴旨，有追奪削版之命。朝廷莫知所以也。公痛哭於祠堂，聲淚俱發，聞者愴涕。其後李公景奭、鄭公維城皆更申前言，沈公之源亦言之。上不納。顯廟卽位，公仲子攸拜憲職，陳疏請免。略擧兩世冤屈顚末，又未蒙舒究。至是則公已無復所望矣。又痛泣燋煎，連年疽發，竟至滅性。其將絶，執仲子手嗚咽而言曰："汝旣通籍于朝，必須事君盡忠誠以上格，則庶可感回天意矣。"外人無不欷歔流涕也。公承家之美，華國之才，卓然早成。其在親側，未嘗有惰容與戲談。牀第滫瀡，必致其美。客至，親意所好，則必營酒食，務悅親意。仁祖初元，群賢勵翼，鳳儀鵬騫。而公身任風裁，歷颺華顯，蔚爲清論所重。好惡不徇偏私，是非不隨交親。秉公守正，確然不撓。觀人必取質直，擇友不喜矯飾。士友多尚其志操，而不悅者亦滋多焉。金公槃有庶弟妄言時事，朝廷治以逆律，事機叵測。一邊論議因欲以媒孽其父兄，公面斥其主張者曰："爲此言者决非正人。"其人雖甚怒而事遂已。李烓爲其儕友所推，公每言其心術奸回，必凶于國。聞者竦然。烓後果以附虜賣國被誅，人始服其明見。公平日好觀《綱目》書，國家興廢，賢邪進退之際，尚論商確，未嘗不三致意焉。公多在龍山江上，或在黔陽別業，引泉爲沼，種樹成林。優游閒曠，樂而忘世。其中必有與古人之趣犁然默會者存焉，而人不能知也。公詩最好《唐音》老杜，先輩宗匠稱之以天才甚高，聲律自諧。雖專門藻繪執耳詞盟者不能過也。有文集若干卷行于世。

《宋子大全·晴峰集序》：若近世晴峰沈公，其所謂有德而有言者乎？其可謂當序其人，而不須序其文者乎？……公之性情如此其正大純篤，不蔽於人欲之私，則其所發一於正而無邪，可保無疑矣。況公自六七歲時出語已驚人，弱冠詞賦出群。先輩長者評其詩者，有曰"豪健闊大"，或曰"群龍躍海，萬馬騰空"，蓋其天才如此，而又本之則性情之正也。此豈可直以詞壇之流視之，而可使堙沒如風聲鳥音之過耳也？

《詩評補遺》：沈大諫東龜《贈金子珍赴燕》詩曰："行人萬里幾西轅，玉帛傷心舊路存。易水悲風來擊節，新亭感淚落離樽。十年關笛干戈動，四海兵塵日月昏。君去試看燕地壯，山河猶帶太平痕。"感慨激昂。

【按：沈東龜（1594—1660）字文徵，號晴峰。籍貫青松。著有《晴峰集》。其詩豪健闊大。《箕雅》收其七律一首。】

楊萬古　　字道一。士彥之子。仁祖朝登第，官至府使。

《朝鮮仁祖實錄》卷三九：十七年十月己酉。軍資監正楊萬古上疏，條陳雪恥四策，上留中不下。

《魯西遺稿·巴東紀行》：甲辰三月廿二日。冒雨秣明波驛，歷鑑湖飛來亭。飛來亭寄在岸上，蓬萊之子楊萬古嘗來居之。今已廢矣。懸鍾巖狀如蟲蝕，蓋近處海濱諸石多此狀，不但懸鍾一巖而已。

《小華詩評》：永平白鷺洲形勝最於圻內，李白洲明漢嘗有一絕，趙龍洲絅、楊鑑湖萬古皆次之。白洲詩爲第一，詩曰："身如白鷺洲邊鷺，心似白雲山上雲。孤吟盡日不知返，雲去鷺飛誰與群。"龍洲詩曰："潭虛先受欲生月，松老尚浮不盡雲。應有此間閑似者，君今獨往非人群。"鑑湖詩曰："東風花落水中石，西日客眠松下雲。醉把一杯酬白鷺，世間惟有爾爲群"。

【按：楊萬古（1574—?）字道一，號鑑湖、遯湖、毗盧道人。籍貫清州。楊士彥子。光海君二年（1610）文科及第。任通津府使。書法出衆，有《掌令鄭希登墓表》。其詩清逸出塵。《箕雅》收其五絕一首。】

趙相禹　　字□□［夏卿］，楊州人。

《朝鮮仁祖實錄》卷一○：三年十二月丁丑。幼學趙相禹上疏，不報。其疏曰："殿下其自今益篤尊祖敬宗之義，而定其君臣父子之位，其於宣廟位版書曰皇考，告祝亦書曰孝子，明其特以義起之禮；於大院，殿下稱之曰王伯叔父定遠大君，復存先朝之舊號，而去其大院之二字，以遵程頤所論之本意；其旁題以綾原君書之而主之，以示國不二統之大義。則君臣父子之位，於是焉各得其正，而天理人心誠爲允合，義斷恩掩之微意，庶不愧於古之帝王矣。《記》所謂：'亡於禮者之禮也，其動也中。'此也。"相禹，溫陽人。多讀古人書，頗有操守。廢朝時有老母而不赴舉。但爲人狷狹，講理不精，人或譏其迂僻。史臣曰："趙相禹之論，蓋欲杜漸於未然，然其稱考於宣廟之說，未免爲不經之歸。以孫繼祖固有父子之義，而天倫屬稱有不可變者。稱宣祖以禰廟則可，稱之以考則不可也。帝王傳統之法，主其祀者當爲其嗣。殿下以宣廟之孫，嗣宣廟之位，豈必稱考而後方可以繼其統乎？或者又曰：'宣廟爲祖，大院爲考，而殿下直承宣廟，則是無考也，豈可以有祖而無考乎？'是欲爲追尊者之說也。至於朴知誠，號爲林下讀書之人，改紀之初，擢置憲臺，而首發其論，迎合上意，不知知誠平生所讀者何書也？相禹之言雖曰謬戾，若視知誠之徒，則大綱正矣，豈可同日而語哉？"

《宋子大全·時庵趙公行狀》：公姓趙氏，諱相禹，字夏卿。其先楊州人也。……公以萬曆壬午十月八日生于溫陽之北梅谷。是日其考有異夢。自幼時氣度不俗,誠孝出人,大爲父母所愛。年過十歲猶未就學。一日往其姻家,有洪正字信民,文士也,見而異之。問曰:"汝學書乎?"對曰:"未也。""何以不學?"曰:"未得其師也。"洪曰:"汝誠有意,明日可就我。"翌日,公鷄鳴而起,往詣其門。洪猶未起,聞其至,出而引接,如尊客然。洪有授學者三四輩,使與公同業則皆不肯。洪曰:"此兒雖初學,數月之後則汝輩不敢望矣。"公初受《孟子》書,日夜孜孜,雖食時亦不掩卷。每日未明,先至業所。洪每歎其篤志。自是日開月益,才訖七篇,文理大通,能作詩文。其同輩瞠然推先,不敢有企及之心焉,未幾遭倭變,隨長者避亂,抱其書以行,行住不輟誦讀焉。後公中表兄呂公裕吉爲公州牧使,使從池教官達海、趙掌令翊學。池以能詩鳴,趙公文行又爲世所重。呂公蓋欲成就公,故指引如此云。玄直講德升以文章自名,公就學《南山》詩,讀過五六遍卽成誦。玄大伏曰:"吾所不及也。"公性好禮學,其爲詩則以李杜韓孟爲法。嘗爲《獻壽歌》、《甘露泉詞》,柳公根時按湖西,見而歎賞,至揭壁上而吟玩之。柳公於詩眼無一世,而伏公如此。至餘文人詞客,亦莫不傳誦焉。乙巳赴鄉試魁發解,由是詩名益盛。未及覆試,以親癠廢舉業,專意醫藥。其考曰:"汝如是則吾疾益深矣。"公列書所看諸書以慰之曰:"吾雖侍病,心目未嘗不在於是也。"翌年竟遭憂制,三日水不入口,廬于墓側,每日晨起哭墓。又歸省母夫人,其間隔以川野,仍不脫衰麻,徒步往來,暮亦如之,雖風雨未嘗廢。時當光海朝,彝倫斁塞。服闋,因不赴場屋。內外諸親爲設壽宴于母夫人,因勸母夫人使諭以赴舉之意。母夫人曰:"吾但願吾子之賢而已,不願其餘也。"公之意自此尤堅決矣。洪公可臣聞而歎賞曰:"有是母,宜有是子也。"公有詩云:"母聖從兒願,兒何報母恩。家貧無所養,定省自晨昏。"又云:"地僻三韓國,人觀五帝書。知非蘧伯玉,多病馬相如。未必吾登第,無令母倚閭。平生爲此計,取適不求餘。"祖母韓氏沒,公伯氏承重服喪。公朞年與伯氏同寢食,未嘗處內。壬戌,母夫人疾劇,公至誠侍藥,至於嘗泄。及喪,其居制之禮一如前喪。時公年已五十矣。時伯氏已卒,獨與仲氏居,事之竭其誠意。生員李屹、閔毅俊等服其行誼,具其事以聞于方伯。時朝廷有崇奉元宗大王之議,公援據經傳,抗疏以論其非。不報。疏意大槩與文元公金先生之論不相遠,時議偉之。吳相允謙爲銓相,以公擬童蒙教官。上大怒,至罷銓郎。丁卯,虜人寇,世子分朝南下。公又上書,明大義斥和議,益與世人抹摋。孝宗大王朝,始以薦拜齊陵參奉,不就。丁酉二月二十五日以疾卒。春秋七十有六矣。以某月日葬于溫陽郡治西五里許板橋洞癸向之原。公氣質清踈,才調高古,常喜淡薄。發言制行,動乖時俗,人或笑之而公不顧也。其誠孝之篤得於天分。外艱時祖母嘗病革,思食牛肉。時適宣祖大王禮陟初也。公欲殺家内所畜以供之,親戚咸曰:“以私則父服未盡,以公則君喪未葬。而殺牛於家内可乎?”公不聽曰:“老人垂死思食之物,以君喪而禁切,則可謂忠於君而不孝於祖母也。其爲忠也是眞忠乎?亡父有知,冥冥之中謂將如何?”家甚貧窶,常不厭糟糠,而親戚有昏喪之禮,則必極力相助。聞有飢餓者,亦救恤如不及焉。族人有貧無以祭先者,則必自代以行之。仲氏居相去二十里,年七十之後,候問往來,不避寒暑。得一美味,不以進於其宅則不先入口。自省事以後,凡四值國恤,復土之前皆不肉。而冠服甚麤粗,不嫌其駭俗也。足迹未嘗入城府,官人雖來見,亦不往謝焉。嘗構精舍於先壟之下,讀書其中。其制四面相對,而面各三間,名曰時庵。取“天有四時,時有三月”之義,其安時順命之意可見矣。三代經傳及《心經》、《近思錄》及程朱《全書》、《大全》等書未嘗不置案上。人以疑禮來問,則酬應如響,學徒從之者甚衆。早遊文元公先生門下,先生與之講論不倦。嶺外諸賢亦許其知禮,相與往復焉。李太常時稷、黄别坐宗海,最以臭味相契,終始爲莫逆友。此可以見公之大略也。

《宋子大全·丹城縣監趙公墓表》:時庵趙公有能詩聲,然詩不能掩其孝。

《時庵集·時庵集序(宋來熙)》:孟子曰:“君子所性,雖大行不加焉,雖窮居不損焉。”蓋以用舍從他所遇之地,而進退元無加損於我性分故也。此足以知其重輕。而世俗皆以名位功業仰其震耀,不然則或少之。是騖於外而遺其内者也。苟能於窮達行藏,脱然無所累而常有自得於所性,秉義而立,直道而行,無往而不光明俊偉。則其爲後學之所矜式,寧有極哉?時庵趙先生早被薰陶於沙溪老先生之門,其所造詣未易窺涯。而素以近道之資,益致爲學之方。讀書而極其研究,反躬而務其踐履。嘗曰:“仁不如堯,孝不如舜,學不如孔子,是皆自棄也。”又以爲吾人率性之道,修道之教,皆在於節文儀則。最於禮書,講論不倦,專意實工。餘事文藝,而其發於英華寓之肆筆者,浩渺灝噩,爲當世詞宗之所推轂,名聲籍甚。而値昏朝斁倫之時,杜門却掃,孝奉二親,無復場屋進取之念。逮仁祖朝,抗疏陳追崇非禮。疏意人槩,與師門之論不相遠。時議偉之。丁卯虜寇,上書分朝。明大義,斥和議。前後章奏雖皆不報,而其精忠勁氣,無一非理義中流出來。則親近眞儒,益驗其磨礱講習之有素矣。孝廟初服,薦授寢郎,不就。完保貞操,卷懷以終。夫其學行之篤言議之正,眞是鄒所稱自得於所性。而位不究德,竟未大展者,又因其安時處順,樂而无悶之意。則玆豈世儒俗士之可知者耶?然遺芬剩馥,歷久未沫。其後聖朝旌表之典,多士寓慕之享,所以聳視聽而起欽歎者，豈曰世教之小補也哉？今其後孫橡圭，蒐輯遺文於兵燹之餘，釐爲編帙，附以諸作，將謀活字印取。俾余一言以弁卷。余雖不敢當，而以平日景仰之誠，實不後人，故亦不敢終辭。而是集也，何待於余言爲哉？如《羲經釋疑》、《性理論辨》等書散逸不傳，雖甚可惜。而求其深造之趣於若干詩若文，一臠可知其全鼎矣。諸名賢之叙述稱詡，亦可見木而知山矣。實德懿行，又盡其褒崇，則儘是愈久而愈顯矣。尙論者可以觀於此，更何以余言爲哉？遂次是語，拱手而復之云爾。旹崇禎甲申後四乙巳維夏，恩津宋來熙敬序。

【按：趙相禹（1582—1657）字夏卿，號時庵。楊州人。著有《時庵集》今傳。其詩忠孝之思藹然。《箕雅》收其五律一首。】

鄭斗卿　**字君平，號東溟。之升曾孫。仁祖朝登魁科，官至禮曹參判、提學。文章奇拔。**

《朝鮮顯宗實錄》卷二一：十四年六月癸卯。弘文提學鄭斗卿卒。斗卿，字君平，號東溟。性豪嗜酒，不自檢束，且善詼諧。爲文法馬遷，爲詩逼杜工部，其文與詩多膾炙人口者。立朝四十餘年，竟不得主文衡，人以是惜之。至是卒，得年七十七。

《朝鮮顯宗改修實錄》卷二七：十四年六月癸卯。弘文提學鄭斗卿卒。斗卿自少有文名，爲申欽、李廷龜、張維諸人所推重。尤工于詩，近世作者罕有其比。性嗜酒，不拘檢。嘗爲京畿都事，郡邑有告以聖廟雨漏當葺者，斗卿曰："一片朽木，何用庇爲？"其放誕類如此，用是不得爲文翰職。宋浚吉惜其文才，達於筵席，且言於銓官，始處以提學。而斗卿已衰老矣，年七十七而卒。

《東溟集·序（尹新之）》：東溟鄭君平者，獨非今世人乎？何其文之似古人耶？詩文兼備，古人其猶病諸。遷、固無詩，甫、白之文尚有六朝餘習，韓愈起八代衰，爲百世師，至於詩律猶是元和，初唐語一句道不得也。君平以眇然之身晚生東國，究天人之際，通百家之說，力挽頹波，能復古道，記事似司馬子長，論事似《戰國策》，樂府似漢魏，歌行似李杜，五七言絶句近體都不出初盛唐範圍，其以下不爲也。嗚呼盛哉！孰謂風以世變文以世降耶？唯在其人物之高下耳。顧余半生鉛槧，心存力疲，卒無所得，不免於畫。晚得東溟稿讀之，芒乎自失，忽若汾水之陽窅然喪堯之天下。亟欲盡棄其學而學焉，却恐衰朽甚矣。來日無多，何嗟及矣。不覺三嘆而題之。時丙戌冬臘，海平後人尹新之書。

《明谷集·東溟集序》：文章與時代漸降，而談藝家以復古爲難。夫文之於西漢,詩之於盛唐,至矣盡矣,蔑以復加矣。後世操觚之士爲西漢爲盛唐者亦多有之,窮年沒世竭力模擬而卒未有幾及者。有能得其聲音色澤,肖其形似髣髴,斯亦謂之難矣。况生乎百歲之下,處於偏荒之俗,而能不局於時代,不累於耳目,奮然自拔,獨追古人而爲之,不其尤難乎?國朝文章大略三變。國初諸家平實渾厚,理順辭達而止。及至穆陵之世,文苑諸公擬議修辭學嘉隆諸子,一反正始,而篤論者猶未翕然。仁廟中興,谿、澤諸公折衷前古,步驟韓蘇,質有其文,殆所謂彬彬君子矣乎。然引繩於西漢盛唐,則或有所未遑焉。東溟鄭公晚起而振之。公有高才逸氣,早負盛名,既取魁科登顯仕,而不汲汲於世路名利,獨喜爲文章。遍讀先秦兩漢之文,而尤酷嗜馬遷。終身肆力,誦數至累百千,從横貫穿,取之如探囊。然於詩則獨取李杜及盛唐諸名家爲之標準,死不道黄陳以下語。故其爲文洪鬯雄偉,如長河巨浸浩蕩彌漫,讀者茫然有望洋之歎。雖有千里一曲,不害其爲大也。其爲詩儁拔揚厲,如天驥名駒奔軼絶塵,往往有踶齧不馴,而毋失其爲上乘也。我東文體大約有三病:其氣衰薾而不振也;其辭卑陋而不雅也;其爲理纖瑣而不渾全也。公則不然,既以儁拔雄偉爲主,力反古作者之風。故文若寡要而毋或拙,詩若少味而毋或凡,求一言之涉於衰陋纖瑣而無得焉。要之非叔世偏邦之語,若公眞可謂傑然命世而間出者矣。談者或以精詣深造責備於公,謂非經世適用之文,騷壇主盟,公望久鬱而卒不見處。此則公固已捐而與之矣,類非知言者也。後公而爲文詞者,設有雄視高步,掩跡前人,若夫前茅先驅,則當屬之公。然則其倡導正宗之功,於是乎益大矣。至於詩諷數卷,卽公所矢謨陳忠於上者,而孝廟亟嘉奬之,至被皐比之錫。毋論其辭意古雅,明於治亂成敗之理,辨於需世應物之方,讀之令人感發而興起,可與韓嬰、劉向之倫頡頏於異代。嗚呼盛哉!公沒未幾,藥泉南先生在北藩刊行詩集。而文稿久藏家篋,公之孫壽崙請于藥泉,取全稿通修而鈔訂。及其伯壽崑宰宜寧乃付剞劂。公之仲季玉壺、南岳二公詩篇存者不多,仍附刻於公集,可比王竇之疊珠聯芳,其亦奇矣。既又屬序於錫鼎。公嘗受知於先祖文忠,先親靜修公少時問業於公,不佞自在髫丱望顔色而承謦咳者屢矣。見公胸懷曠朗,神骨清邵,超然有馭風凌雲之想,視世之矜飾齷齪者若將浼焉。得喪毁譽,嗜欲忻戚一無入於其心。噫!公之文章,夫豈無所本原哉?顧不佞場屋少作,猥蒙一言之奬,至今銘在心[illegible],而遺集鈔訂之事亦得以與聞。遂敢以平昔衡度於中者書諸卷端,以質於世之具眼者。歲壬辰之夏六月上浣,完山崔錫鼎汝和父謹序。

《宋子大全·隨箚》:鄭君平,名斗卿,號東溟。溫陽人。順朋後。仁祖朝魁科,歷三司,至參判弘提。文章奇拔。嘗以白衣爲儐使從事,作詩必苦思竟日,作必逼古。顯廟嘗欲除大提學而未果。先生稱其文章曰“今日文人才士未有其比”云。

《終南叢志》:我東文人每與華使唱酬皆用律詩,故如湖陰大手至於古詩長篇不能工。唯權石洲深曉古詩體,其《忠州石》、《送胡秀才》等篇絕佳,殊非東人只事排比之流。近世東溟鄭君平傑出一代,掃盡浮靡之習,其所著歌行雄健俊逸,可方于盛唐諸子。如《俠客篇》曰:“幽州胡馬客,匕首碧于水。荊卿西入咸陽日,待者何人此子是。惜哉不與俱,藏名屠狗家。空對燕山秋月色,時時吹笛落梅花。”此等作求諸唐詩亦罕。評者謂“我國之文超越前代可與中國並驅者有二,踈菴之駢儷,東溟之歌行”云。

東溟鄭君平《登凌漢山城》詩曰:“山勢崚嶒地勢孤,眼前空闊九州無。樓看赤日東臨海,城到青天北備胡。共賀使君兼大將,何勞一卒敵千夫。鯨鯢寂寞風濤穩,朱雀門開醉酒徒。”筆力壯健,人不可及。余嘗問於東溟君平曰:“子之詩于古可方何人?”君平笑曰:“李杜則不敢當矣,至於高岑輩或可比肩。”其《清心樓》詩一絕:“送客高樓秋夜闌,一雙白鷺在前灘。酒酣起望蒼蒼色,月落江清霜露寒。”韻格高絕清爽,若喚起太白。以余觀之,可出高岑之上。

《壺谷詩話》:丙寅東槎之役,鄭東溟以白衣從而不善於酬唱,故一行皆輕之。然“統軍亭前江作池”一律可壓諸公累篇,第未知與東岳“六月龍灣積雨晴”優劣何如也。“白馬千夫擁,黃雲六鎮陰”一句,可壓北行諸人。

鄭東溟晚出,莫有能抗之者。張谿谷每云:“聞鄭詩來,則有如雷霆霹靂,令人自怕。”自寫東溟警句於壁上而觀之。孝廟潛邸時,亦以“天山月初海雲深”之絕句付壁省覽。五律、七絕皆其所長,而至若七言歌行,則仿佛李杜,我國前古所未有也。余嘗挽東溟詩一絕曰:“工部之詩太史文,一人兼二古無聞。雷霆霹靂來驚耳,谿谷先生昔所云。”蓋記實也。其行文儷文亦奇健可畏。

蔡湖洲裕後與東溟同入試院,東溟方爲正言,不干考校,而時見落幅則必稱奇,蓋譏蔡誤考也。蔡頗苦之曰:“吾雖不文,忝主文柄;君雖文章,職是臺諫。不宜越俎。”東溟既大怒,自捋其髯而大聲曰:“伯昌乎蔡字!汝偶讀《東策》,登第主文,幸耳。吾視汝之文衡,有同腐鼠,汝何敢嚇我耶?”蔡既笑而解之,仍呼酒而勸,請賦詩。時當十月,雷雨大作,而科乃式年會試也。即援筆書之,蔡閣筆不能和。其詩曰:“白岳玄雲一萬重,夜來寒雨滿池中。傍人莫怪冬雷動,三十三魚變作龍。”孝廟聞而嘉歎曰:“此詩足禳此災。”

《小華詩評》:鄭東溟斗卿,氣吞四海,目無千古,文章山斗,一代其手。劈秦漢盛唐之派,可謂達摩西來,獨闡禪教。其《詠白鷗》詩曰:“白鷗泛泛在江河，冬夏羽族非不多。吾憐是鳥也，年年不與雁南北，日日常隨波上下。寄語白鷗莫相疑，余亦海上忘機者。"試看吾東古今詩人，怎敢道的如此語麽？谿谷嘗語人曰："余之文譬如良馬，欲步能步，欲走能走，猶不免爲馬。至如君平則寧蜥蜴，不失爲龍之類也。"因詠《箕子廟》詩："海外無周粟，天中有洛書。"不覺擊節曰："此句出人意表，不可及，不可及。"其見許如此。君平即東溟字也，谿谷於東溟長十年也。

姜、王二詔使之來北渚，金相公爲遠接使，鄭東溟以白衣從事，至義州與府尹李莞會飲統軍亭，適見毛都督軍兵過。公賦詩一律曰："統軍亭前江作池，統軍亭上角聲悲。使君五馬青絲絡，都督千夫赤羽旗。塞原兒童盡華語，遼東山川非昔時。自是單于事游獵，城頭夜火不須疑。"氣格遒健，仿佛老杜。真所謂不二門中正法眼藏，非野狐小品可等論也。

近世谿谷、澤堂、東溟三人，並稱當世哲匠，論者各以所尚優劣而輕重之，甚無謂也。凡文章之美各有定價，豈以好惡爲抑揚乎？余觀谿谷文章渾厚流鬯，如太湖漫漫，微風不動；澤堂精妙透徹，如秦臺明鏡，物莫逃形；東溟發越俊壯，如晴天白日，霹靂轟轟。三家氣像自是各別。至若東溟之"海上白雲間，蒼蒼皆骨山。山僧飛錫去，笑問幾時還"，逡逸中極閒雅，風神骨格似太白。二子所未道也。

《旬五志》：我東僻壤也，古有九種夷，棲身巖穴，草衣木食。其有君長，自檀君始。按《魏書》"乃往二千載，有檀君王儉，立都阿斯達，開國號朝鮮。與唐堯同時"云。按《東史》："有天神降於太白山頂神檀樹下，時有一熊，祝於天神，願作人身。天神遂遺靈藥使食，熊食之，化爲女。天神交之而生子，始爲檀君，名王儉。以唐堯二十五年戊辰都平壤，始稱朝鮮。娶非西岬河伯之女，生子曰扶婁。至大禹會諸侯于塗山，檀君遣子扶婁朝焉。後徙白岳。周武王元年己卯，封箕子於朝鮮。檀君乃移于唐藏京後八阿斯達山，爲山神，壽千八百歲。墓在江東縣西三里，週四百七尺。"按，太白山即今寧邊妙香山，平壤即今西京，白岳即文化九月山，或云在白川，或在開城東。唐藏京即九月山，阿斯達山亦九月山，非西岬今不知其處也。本朝鄭東溟斗卿有《檀君廟》詩曰："有聖生東海，于時並放勳。扶桑賓白日，檀木上青雲。天地候初建，山河氣不分。戊辰千載壽，吾欲獻吾君。"余先人亦有詩曰："聞說鴻荒日，神人降樹邊。民推作君長，國號是朝鮮。平壤千餘載，唐藏百有年。一歸阿達隱，非佛亦非仙。"凡帝王之將興也，必有大異於人者。試以見於往牒者論之，履跡雷澤而包羲生，夢感流虹而虞舜出，昆石裂而啓夏，玄鳥降而啓商，黃帝之誕也雷光繞樞，顓帝之育也瑞光貫月，漢高之生也龍交于澤，宋祖之產也香滿於室。此其歷歷數也。是時東方混沌始剖，元氣未濟,新羅赫居世、高句麗東明王,其生也亦皆有異。而至於檀君,乃東方生民之鼻祖。故考諸傳記,參以已聞,著其顛末如右焉。

《詩評補遺》:鄭東溟斗卿曾以北評事到城津,有詩八首。今錄其二首:“吉城歸路雪漫漫,二月邊庭春正寒。渤海無風波百丈,扶桑半夜日三竿。壯遊不覺關山遠,縱飲何妨蠟炬殘。只爲思親兼戀闕,時時回首望長安。”又曰:“海上危城北斗齊,女牆橫壓白雲低。春天蜃氣成樓閣,落日鯨濤入鼓鼙。沙漠未清氛祲惡,蓬萊欲到古今迷。愁來賴有胡姬酒,一任樽前醉似泥。”氣格清健。且如《磨天嶺》詩:“驅馬磨天嶺,層峰上如雲。前臨有大澤,蓋乃北海云。”筆力雄壯,可撑柱宇宙。

自古歌行長篇,必有氣力,然後能之。如孟襄陽輩自是唐家高手,而至於歌行長篇無復佳者。近世東溟鄭老得杜之骨格,挾李之風神,詞氣跌宕,筆力逸橫,傑然爲東方大家,百代以下當無繼者。其《梁孝王歌》曰:“君不見梁王父兄皆帝所見大,雄豪富貴古莫比。不受漢廷二千石,大起梁園三百里。修竹遙連雁鶩池,君王出遊常驅馳。平臺雲集山東客,射獵風翻天子旗。天子旌旗畫日月,復道日日歌鍾發。罍尊美酒上宴客,雪下梁園賦白雪。君王驕逸意無窮,常恨不得都關中。安陵礪劍刺將軍,漢使十輩來紛紛。臨江自殺中尉府,安知親父不爲虎。不是當年韓內史,誰遣君王淚如雨。”其名篇傑作不可勝記,玆錄其一,可以當臠知鼎矣。清陰金相公嘗見東溟歌作長篇曰:“其中圖畫劍戟,可畏不可狎。”又曰:“曠數百年無此氣格。”

《水村漫錄》:鄭東溟斗卿嘗爲北評事,登磨天嶺有一絕曰:“驅馬磨天嶺,層峰上入雲。前臨有大澤,蓋乃北海云。”大加稱賞,以爲“可撑柱宇宙”云。蔡湖洲常謂東溟曰:“子之《磨天嶺》一絕固奇,以余管見,何敢議子文章?第‘有大澤’三字,若改以‘一泓水’則何如?”東溟笑曰:“君不讀《馬史》耶?此語在《馬史·大宛傳》,我豈無所據而杜撰耶?”蔡還家考據《大宛傳》有曰:“臨大澤無涯,蓋乃北海云。”蔡始乃嘆服,每語人曰“苟不遍觀古書,信不可輕議人製作”云。

《玄湖瑣談》:鄭東溟斗卿一生多讀《馬史》,發爲詩文者混浩沈雄。《磨天嶺》詩曰:“驅馬磨天嶺,層峰上入雲。前臨有大澤,蓋乃北海云。”下句全用《馬史·匈奴傳》本語,而氣象雄渾。其餘古、律諸篇傑然特出,泱泱乎如擊洪鍾然,我東作者鮮有其筆,柏谷嘗以己作示東溟,東溟曰:“君常謂學唐,何作宋語也?”柏谷曰:“何謂我宋語也?”東溟曰:“余平生所讀誦唐以上詩也。君詩中文字有曾所未見者,必是宋也。”柏谷歎而服之。

《農巖雜識》:鄭東溟出於晚季,能知有漢魏古詩樂府爲可法。歌行長篇步驟李杜,律絕近體摸擬盛唐,不肯以晚唐蘇黄作家,計亦偉矣。然其才具氣力實不及挹翠諸公,又不細心讀書,深究詩道,沈潛自得,充拓變化,徒以一時意氣追逐前人影響。故其詩雖清新豪俊,無世俗齷齪庸腐之氣,然其精言妙思不足以窺古人之奥;横騖旁驅,又未能極詩家之變;要其所就,未能超石洲、東岳而上之也。

東溟詩所以易高於流俗者,以平生好讀《馬史》,又留意古樂府詩,爲詩歌喜用其語,此皆世人所不習。故驟見之足以驚動耳目,而其實殆古人所謂鈍賊,非竊狐白裘手也。

《屯庵詩話》:詩不貴有出處。朱子曰:"關關雎鳩,有何出處?惟當求其聲調趣造之如何,爲之鑑别。豈以其有出處而不敢論哉?"東溟《磨天嶺》一絕,蓋自許得意者,或者疑之,則東溟舉《馬史》本文以折之,遂無異辭。其説見於東人詩話。而余則以爲惟其有出處,故尤不佳。《馬史》曰"前有一大澤,乃北溟云。"而後人作詩却全用其語,曰"前臨一泓水,蓋乃北溟云",有甚意味可以稱好乎?適見其鈍耳。

東溟詩善作虚景,而不能寫實景。集中古樂府及從軍出塞之作居多,閒適幽淡寫景狀物之致蓋小矣。夫所貴乎詩者,爲陶寫性情寄託興會即事即物以自舒娱也。古人之爲樂府,真有其事,有爲而發。後之作者皆擬之也。略有所述,以備其體,存古意可矣。而胡兒、白馬,非常有之事,"日出東南隅","青青河畔草",字數有限,是豈可以作家計終身者?古有真古,在内不在外,在意境不在題目。須能用今人家常語,而使不落卑近,方見其古。不然重瞳闊步豈皆舜禹?功甫八珍,揖遜盛而適口少,亦文人之病也。

挽詞用事最難。蓋援引不襯,則反成贅瘤。援引襯矣,而爐錘不妙則沒精神。如東溟《具綾城挽》"門前舊揖客,來哭大將軍",有歷落之氣。

《梅翁聞録》:鄭東溟斗卿少時以白衣從事接待天使,臨發,往見元相斗杓不遇,藏中有藍大緞一匹持歸,作袍著以馳出都門,給從者典以沽酒,題曰:"長安俠少出關西,楊柳青青黄鳥啼。笑脱錦袍留酒肆,能令公等醉如泥。"昭代風流文物,可以想見。

《東國詩話彙成》:東溟與任休窩有後、金柏谷得臣不期而會於一處,設小酌作女樂以娱之。酒半,東溟乘興舉酌曰:"丈夫生世,韶華如電。今朝一歡,可抵萬鍾。"休窩即吟一絕曰:"春動寒梅臘酒濃,柏翁溟老兩難逢。樽前錦瑟兼清唱,醉對終南雪後峰。"題畢,屬東溟曰:"弱者先手,願君以扛鼎力試於奉匜沃盥也。"東溟曰:"蘭亭之會,賦者賦,飲者飲。今日之樂,亦可以歌者歌,舞者舞。吾請歌之。"仍作短歌,揮手大唱,以詩解之曰:"滿滿酌金樽,緑酒三百杯。浩浩發長歌,意氣横八垓。不愁夕陽盡,天風吹月來。"餘興未了,拍案而唱曰:"君平既棄世,世亦棄君平。醉狂上之上,時事更之更。清風與明月,無情還有情。"仍破顔微笑,素髮朱顔,真酒中仙也。東溟顧謂人曰:"人生百年,此樂如何?不恨我不見古人,恨古人之不我見也。"

《東詩叢話》:顯廟覽鄭斗卿詩"域中王亦大,天下佛爲尊"之句,大加稱賞,又下教曰:"金宗直之不得爲文衡,鄭斗卿之不得爲大提學,爲國家欠典。"仍贈以大提學。恐乙覽稱賞非止這二句。

【按:鄭斗卿(1597—1673)字君平,號東溟。籍貫溫陽。鄭之升孫。李恒福門人。仁祖七年(1629)文科及第,任正言、直講等。孝宗元年(1650)任校理。顯宗十年(1669)經弘文館提學陞禮曹參判、工曹參判,不赴。善詩文、書法。追贈大提學。著有《東溟集》今傳。其詩雄健俊逸,高絕清爽。《箕雅》收其五絶一首、七絶一二首、五律一八首、七律八首、五古二首、七古八首。】

權克中　　號青霞。古阜人。進士。

《浦渚集·贈左參贊洗馬權公墓碣銘并序》:自程朱倡明絶學之後,此學大明於世,後之學者皆可以得其用力之方,而皆可以爲賢人君子矣。然世猶同然以力文詞趨祿利爲俗,而爲此學者絶少,至我東益甚。蓋或有爲之者,察其所爲,大抵多慕名耳,其實爲者至少也。夫以學自名,而其所爲猶在於利,則是豈眞爲學者哉?惟能舍置世俗所奔趨,耳目所熟習,常情所重者,而獨爲千百世以前聖賢所爲之事,槁枯窮困是甘,乃見其實爲也。宜其至少也。若故翊衛司洗馬權公其實爲者歟?公少聰悟,自年十六七文詞已大進。十九讀《論語》,見爲己之語卽興感焉。聞坡山牛溪先生爲爲己之學,往從之學。先生與之處,甚悅之,所聞皆切要之語。將還,語之曰:"年少之士雖云有志於學,鮮有端的用功之人。君宜以眞實心地,刻苦工夫勉焉。"公自是委己從事,專於其所受,而於科舉之業不屑爲也。雖時爲親勉入科場,而非其本心也。先觀察公,宋圭菴之妻弟也,實親炙而有聞焉。蓋其家訓之正異於凡人,故牛溪之教易入也。國法,館學儒生必圓點數足乃許試。圓點者,每會食而點之,其制欲其多居學,而實利誘也。儒生爲此者,非爲講學也,爲科也。公恥爲之,以是常不得試。適戊子之科罷圓點,公於是年中司馬,此後因不復試矣。除官前後凡五,禮賓、禁火兩別提。在觀察公無恙時皆不仕,觀察公亦不強之也。其後除司圃別坐,又不仕。嘗一日補王子師傅、内侍教官兩闕。宣廟命極擇有學行者,銓曹皆以公擬,而爲内侍教官。又不欲仕,諸公以不仕無義,交口勸之。乃勉出焉。未幾,嶺南人文景虎受鄭仁弘風旨，上疏陷牛溪先生，臺諫相應繼之，極其詆誣。公卽日解官歸鄉。當時牛溪門人在朝者亦多矣，掛冠而去，惟公一人而已。自是益無意人世，絶跡城市矣。光海初，又除翊衛司洗馬，又勉出旬日而去之。由是觀之，則公於名利如何也。非其學誠於爲己者，安能視外物如是輕乎？性孤潔恬静，不衣華服，不與宴樂。静居一室，沈潛經籍，終日無惰容無惡言。與人交，久而能敬，平生無爾汝之友。其事牛溪，一心信服。而以親老多病，終至大故，繼以兵禍，阻離函丈。謂異日當移居近地，更親依門下，終聞微言，而先生遽亡。每稱先生德誼，必以此爲恨。常謂："吾所以守拙田園，安於貧窮，實先生之賜。而吾亦不敢不勉於先生所望爾。"其於家極其孝，生事病憂喪哀祭敬，皆有可觀者。倭變，一家伏匿於楊根山谷草莽。賊至，有一賊將及先夫人所伏。公挺身出，經賊前而走，令賊見之。賊果拔劍追之，擊公仆地。先夫人用是得免，而公所傷亦幸不至太甚，得不死。……公諱克中，字擇甫。以甲寅四月十七日卒，享年五十五。其年六月，葬于楊根禾大谷觀察公墓下丑坐未向之原。

《鶴巖集·青霞子權公墓碣銘》：青霞子，大儒也。而人或有疑之以丹學，淺之知公也哉。公諱克中，字正之，姓權，青霞其号也。公之將降，有夢以珠玉綴文字於兒衣，俄而公生。生而氣清秀異凡兒。纔學語便學書，絶不戲嬉，手書冊不舍，六七歲已以神童稱。壬辰丁母夫人憂，雖在倉卒奔迸，秉喪禮儼若成人，人皆異之。年十三隱然名動湖南，權石洲韠見其詩曰："非吾可及也。"又嘗詣趙玄洲纘韓略論文章得失，玄洲歎曰："東方文宗在此矣。"先是受性理諸書於崔石溪命龍，仍石溪謁沙溪先生於溪上。先生大奇之，勸留數月，有經旨疑難處，必招公論卞。至孟子"犬之性猶牛之性"，先生曰："犬牛之性固有異同乎？"公卽對曰："天命之性，凡有血氣者莫不同然。亞聖此言，盖以氣質之性而發也。"又至《中庸》"戒愼乎其所不覩，恐懼乎其所不見"，先生曰："爾知此章文義，兼包未發、已發二義乎？"公曰："不覩不聞，此是未發前事。而戒愼恐懼，實兼未發已發也。"又論《近思錄》"反鑑索照"之義，公曰："當以'磨鏡却不照'五字替'反鑑索照'四字，則其義似瑩。"先生曰："横渠復起，不易爾言矣。"光海壬子中進士。及廢母后，卽北望痛哭，已而曰："無母之國，立身何爲？"遂不赴舉。語及時事，輒慷慨垂涕不能已。自此杜門静室，專心窮格之學，左右圖史，有以自樂其樂，若將終其身，故雖癸亥諸公屢致辟書，而終不能起公。於是湖之人士爭願摳衣，愛敬公不啻若洛人之於康節也。及病革，家人問家事，則曰："非吾所知也。"有侍疾而涕泣者，開眼視之曰："吾年七十有五。死生理也，吾達已久矣。"略無怛化意，精神不少錯。命盥水洗手足，卽正衣冠就新簀，晏然而逝，實已亥四月初一日也。公之學始問於石溪,終就正於沙溪、愼齋兩先生父子間,得盡聞性理之說。磨礱於金鳳谷東準、柳白石楫。其師友淵源之正旣如是,氣性冲泰,平居端默,未嘗有疾遽聲色。而至見人不是處,絶之甚嚴。平生重氣節,信義著於人。事二兄如事嚴父,侍坐終日,至鷄鳴不言退不敢退。奉祭祀一遵《家礼》,每晨謁廟,不以風雨寒暑而廢一日。及老,道益高而理益明,一日語家人曰:"明年某月日,必有來訪我者。而其人似是位高而能禍國禍人,甚陰凶者也。吾不欲見。家人毋指余所往。"及其日金自點果以按事南來,要與公一面,公避之終不見。其前知高識有未易窺測者。詩甚沉深雅健,絶不作輕浮語。時逢韻士騷人,酒微醺輒高吟朗詠,飄然有出塵意,一時詞翰諸公如李澤堂植、鄭東溟斗卿多寄詩以致意焉。鄭畸翁弘溟,湖人也,與之往還唱酬篇什尤多。其見重於名輩巨公如此。嘗集宋明我朝儒賢事行以便後學,著《讀書錄》、《史要》、《理氣辨》、《中興十條》、《萬世事業說》、《經筵擬對八條》等書,并藏于家。詩文若干首刊行于世。晚年嘗註《參同契》,此實取朱夫子遺意,而人或因此而疑其爲丹學,則過矣。

《詩評補遺》: 權克中,古阜士人。全州客館題詠甚多,而克中詩爲第一。詩曰:"名都三月盛繁華,燕子飛飛白日斜。叱撥馬嘶垂柳宅,琵琶聲出捲簾家。溪流潤作千村井,園木交開百果花。薄暮更登高處望,炊煙蒸結半空霞。"一府形勝盡於四句,曰不可以名取之也。

《東詩叢話》: 權克中,號青霞,湖南人。其《登樓》詩頸聯曰:"孤雲獨岫當斜日,小雨殘虹作晚秋。"寫景如此,方可與論於藻衡。恨未獲見全鼎。

【按:權克中(1585—1659)字擇甫,號楓潭、花山、青霞子。籍貫安東。著有《青霞集》今傳。其詩沉深雅健。《箕雅》收其七律一首。】

李回寶

《朝鮮孝宗實錄》卷八: 三年三月丁酉。初,李回寶數上疏,言自點不軌之漸;任義伯爲臺官,論士紀謀叛之狀。至是回寶以前佐郎,超遷司僕正。

《性潭集·石屏李公墓碣銘并序》: 粵在孝廟朝,石屏李公以郎署微官,嘗屢上章陳大義,仍斥賊臣自點執柄肆凶之罪。其後上特敎曰:"前佐郎李回寶以踈遠之臣,累陳忠悃,懇懇不已。其爲國之誠,先見之明,極爲可尚。"嗚呼盛矣哉!斯可以垂耀百世也歟。公字文祥,石屏其號也。生於萬曆甲午七月二十日。禀質卓異,文藝夙就,幼時已有能詩聲,見者甚奇之。己巳三捷大小初試,皆居壯元,華聞益著。月沙李公廷龜主試庭科,策問《體天》,擢公與鄭東溟斗卿較其等第,而公居第二。辛未除成均舘典籍。壬申遷工曹佐郎。癸酉又遷戶曹郎。以事忤當路意,遞職還鄉。丙子扈駕入南漢，篤守殉社之義，力主背城而戰。及和事成，痛憤不欲生，乃與清陰金文正公尚憲卽歸嶺中。當清陰之入瀋陽，有贐章寄意深遠。己丑除分兵曹佐郎，未幾薦入舍人。時自點秉國，勢焰薰天，莫之敢指。公痛其包藏禍心，沮敗大義。每於陳疏，輒皆及焉。其畧曰："竊惟國事自壬辰迄于茲，可愕可憤可耻者非一。而當今五官皆醉，二司俱病，包忍何其已極，名義何其久屈，此正式怒蛙時也。抑亦大布衣大帛冠，上下憂勤時也。及是時，明其政刑，生聚教訓，義當汲汲。"又曰："殿下卽位之初，天鉞晝見。天鉞乃太白也。臣嘗見箕疇書，參以漢晉誌諸書，坤宮未位，古人謂之屬中黄。太白以金星武宿，旺蕩乎東井中黄者，厥象豈尋常也。况見以巳時，巳者又五諸侯少微垣下所繞纏木氣也，是爲五諸侯太阿柄。而天以此象示之，我國能盡在我之道，執此武星天鉞之權，以爲我用，則安知此象不爲我吉祥也。其極效可以大有爲。大有爲者，其道不過曰自强而已。殿下之學，不明於《春秋》，則臣恐見得義理或有所未盡也。"又極論時政，殆至萬餘言。以革痼弊明義理爲主，而終始指意，多在自點。其再疏直斥之曰："自點本以猜暴之性，久持國柄。肆凶濁亂，罔有紀極。李彦彪、鄭繼立爲其腹心，而家國大小聲息，動輒龖幻飛傳於北京。自點之凶猾，實萬倍於挾令之奸雄矣。"又曰："行間禍國之賊，若不早聲罪，則白馬老相恐無生還之日。而一國之元老大臣，山野之碩輔宗儒，終無入朝之路。羈縻之策，可施於夷狄，而用之君臣之間，只恐養虎遺患。殿下何不以梧桐葉落之喻，反觀於今日之李懷光也。"其三疏有曰："山人兩宋以'梁賈孽臣'等語嚴斥自點，而北京驚憤。至舉金集姓名或愼獨齋三字詰之曰：'山人有異心。'盖梁賈之比初發於山人，而山人進退，亦視金集一人以爲去就。故舉此爲首，播其别號，遂譏之以山人有異心。當日啓辭中所謂'可驚可愕之言，至及於師友者'此也。古之人臣，大義所在，舍恩滅親則親外可知；禍機所係，面斥婦翁則翁外可想。殿下臺閣則不敢請繼立之鞫，不敢發譯輩之問。不亦痛乎?"前後疏皆不報。於是繼起論斥者益峻，自點終至竄謫。而其黨與猶多在朝，言者頗遭中傷，人皆爲公危之。未幾自點伏誅，迂齋李公厚源入對，盛稱公炳幾逆折之功，以爲不可無褒尚。上卽允之。除司僕寺正。辛卯應旨陳章，極其勤懇，而請亟下罪己書，深悔拒諫之失，益致招賢之誠，上答天心，下慰人情。壬辰又上一疏，縷縷之辭，比前加切。悉敷憂愛之忱，冀盡修省之道。是年除定平府使。適値求言，疏陳邑瘼，有曰"國之緩急所恃者，倉穀、戎器、戰卒三者。殿下有爲之志果確然不撓，則八路監兵守令及邊將之辭朝，何不一一引見，以此三者之務，使之加意料理也。嗚呼！丙子尚忍言哉。薪膽之苦，聚訓之專，此正其義。而悠悠積歲，汎汎度日。殿下有爲之志果在何事？因循苟且，事不着實,則人道絶矣,天理滅矣。臣恐天之積怒,默在於此耶?”上乃嘉納。公居官爲政,一心澤民,而尤致意戎務,改造軍器。每朔望聚士試藝,實所以仰體聖志而爲陰雨之備也。兵使姜諭以體國善治啓聞,乃有陞秩之命。因兩司之言而還寢,只施表裏之賞。乙未辭官歸,應聖旨上封事,極陳天灾時變人事感應之理,首言得人才致人和之爲急務,而以金益熙之請設延英爲不宜抑却。次言獨斷濫刑之失,而以金弘郁之寃死,爲召灾之一端。末復言自治之道,而以撥亂有爲,仰勉深切。丙申丁酉連除禮賓寺正不就,又遷宗簿正,以屢除不謝爲未安,一肅而還。是後除職皆不膺命。己酉年七十六,而以四月初四日卒,墓在宅後酉坐之原。公風儀儁偉,器度宏濶。接物而不設表襮,臨事而不拘細節。立朝一切以清直自持,敢言不諱,尤致意於淑慝之辨復雪之義,每疏必亹亹開陳焉。居在嶠南,而極尊慕栗牛兩賢,大爲同道人所慍。自新進妙年已不肯隨俗俯仰,終爲當路者所忤。乃不免蹭蹬榮塗,而亦無所怨悔。斷斷志操,老而彌確。徜徉嘯咏於寂寞之濱,悠然有自適之趣。至於文章,在公實維餘事,而經籍外博通百家書。發爲詩文,雄深俊逸,一代鴻筆亦或讓頭。晚歲閒居,所著述甚多。而風泉之思屢發於詩篇中,亦可想其平素志節也。清陰嘗謂曰:“子之文章,覽者當盥手,擲地有金石聲。”公之見重於當世大君子者,雖在詞章,有如是焉。豈不偉哉!李氏系出眞城。

《詩評補遺》:安東文官李回寶,能文之士也。嘗挽友遷葬詩曰:“憶曾風雨鎖孤城,天柱摧頹地軸傾。我忍獨留看丙子,公能先逝守崇禎。人情自古皆哀死,世事如今孰樂生。歸去雲間朝列聖,善爲辭說莫分明。”長歌之哀甚於痛哭。

【按:李回寶(1594—1669)字文祥,號石屏。籍貫真寶。著有《石屏集》。其詩雄深俊逸。《箕雅》收其七律一首。】

蔡聖龜　　字用九,號知非子。平康人。仁祖朝登第,官止持平。

《朝鮮英祖實錄》卷八六:三十一年十二月己未。上御崇文堂,講經。入侍領事李天輔奏曰:“故持平蔡聖龜累疏斥和,丙子以後,仍不仕自廢,所製詩律至今誦傳。尊周節義,實合表章,宜贈通政職,以樹風聲。”上允之。

《壺谷集·司憲府持平蔡公墓碣銘并序》:公諱聖龜,字用九,號知非齋。平康之蔡,爲麗朝大姓。……萬曆乙巳十月十八日生公。公幼受嚴慈之訓,文行夙成,長益飭勵自發。庚午登式年文科,初拜成均館學諭,歷學錄、學正、博士。丁丑陞典籍,移監察。戊寅轉刑、禮、兵三曹佐郎。庚辰拜司諫院正言,旋拜慶尚都事。辛巳拜司憲府持平,復拜正言,又移持平。壬午除咸鏡都事。癸未拜禮曹正郎。爲養求外,得寧越郡。丁酉春丁内艱,過戚而毁。十二月初八日易簀于鎮川之埅室,得年四十一。公之三弟俱才而繼殞,獨尊塘公在堂,聞者無不氣短。戊子三月,返葬于果川廣明洞先山坤向之原。公天資仁厚,常以愛人活物爲心,儀容明粹,且有器量。孝友出於天植,在膝下必有愉色,昆弟間無間言。與朋友交坦蕩無畛域,人皆稱以長者。鄭愚伏經世嘗謂人曰:"蔡某安詳恭敬人也。"金尚書南重與同臺席,亦以遠大期之。早以詞賦鳴場屋,而詩調清逸,情境俱到。筆法亦遒勁可愛。公有如許之行之才,而旣不善於趨走,世無甄拔之人,仕路多軔而少亨,天又不假以年。大爲親知所歎惜。公性忼慨,每憤朝廷屈事金繒。曾於辛未年間以小官抗疏,請絀和。言甚切直。雖不見用,聞者韙之。逮丁丑春,公奔問於朝,行過南漢城下,不勝黍離匪風之感。口占一律曰:"參綱已倒國垂傾,公議千秋媿汗青。忍背神宗皇帝德,何顔宣祖大王靈? 寧爲北地王諶死,不作東窗賊檜生。江上呑聲行且哭,穆陵殘日照微誠。"一時傳誦,比之岳王詞,而忠憤激切過之云。有私稿一卷藏于家。

《金陵集·贈弘文館副提學兼經筵參贊官春秋館修撰官行司憲府持平蔡公墓誌銘》:公諱聖龜,字用九,姓蔡氏。平康人也。……公少慷慨好高節,遊庠學,以詞賦名諸生間。仁祖三年登文科。初付成均館學諭,歷學錄、學正、博士,陞典籍,移司憲府監察。是時清人改正朔,崔鳴吉議遣使者結和親。公喟然嘆曰:"此秦檜、韓侂胄所以亡宋者也。"遂上疏曰:"臣自結髮讀書,只知有明天子耳。今建州稱帝,臣不忍聞也。我國自康獻王以來凡十四世,歲修貢獻爲藩臣。今殿下以皮幣金繒事夷狄,而絶之於明。其何以自立於天下乎?"仍論執政大臣之倡爲和議者,言甚切直。不報。久之,轉刑曹、禮曹、兵曹佐郎,拜司諫院正言。出爲慶尚道都事,除司憲府持平,又出爲咸鏡道都事。未幾,清圍南漢,公奔問至行在。過城下作詩,倣《黍離》、《匪風》之章,仍東望穆陵而歌之。遂悲憤,泣數行下。國人至今傳誦焉。自是公不樂榮進,求外得寧越郡,竟悒悒以卒。實丁酉十二月初八日也,春秋僅四十一。以翌年三月,葬于果川廣明洞坤向之原。……公天資仁厚,篤於人倫,處兄弟朋友,一於誠愛,坦蕩無畦畛。至義有當爲,確然有操,不可奪也。……文章辭理俱到,詩尤清逸,有唐人之旨。酒酣,拔紙作草書,亦遒勁可喜。英宗二十三年,筵臣以公南漢詩白之,命贈弘文館副提學,兼經筵參贊官、春秋館修撰官。今上初饗皇壇,訪公遺孫,令以儒服入庭行禮。士大夫莫不感動焉。始公在寧越,與文憲公舟遊江上,聞天子殉社,悲慟幾仆舟中。仍握手登錦仙亭,益飮酒爲歌詩,痛哭而還。聞者爲之太息。嗚呼! 公之爲明守義斥和議,而自潔其身者,雖與權金三學士同傳而垂之百世可也。

《菊堂排語》:蔡寧越聖龜,乃余妹兄也,丙子亂後有詩云:"綱常墮地國隨傾,公議千秋愧汗青。忍背神宗皇帝德,何顔宣祖大王靈?寧爲北地王諶死,不作東窗賊檜生。江上吞聲行且哭,穆陵殘日照微誠。"一時詠歎。余次其韻:"只手難扶大廈傾,匣中空有劍花青。忍看國底三綱斁,未信人爲萬物靈。薪膽休忘復讎志,男兒恥作負恩生。腥塵眯目神州隔,誰識微臣拱北誠?"蔡兄器局不凡,文行俱備,謂可遠到。而官至四品,年四十一而終。曷勝痛惜!

【按:蔡聖龜(1605—1647)字用九,號知非子。平康人。庚午文科,持平,丙子後不仕。其詩格調清逸。《箕雅》收其七律一首。】

李行進　　字士謙,號止庵。全義人。仁祖朝登第,參重試,官至吏曹參判。

《朝鮮顯宗實錄》卷一一:六年九月辛丑。同知李行進卒。行進粗有文名,而爲人輕妄,持論浮薄,處身又不謹愼。曾附元斗杓,爲清議所棄,至是卒。

《老村集·嘉善大夫吏曹參判止庵李公墓表陰記》:公姓李,諱行進,字士謙,止庵其號。全義人。……曾祖諱濟臣,文科,北兵使,贈領議政,號清江。……公以萬曆丁酉生。當光海世,廢舉自放。癸亥改玉,魁進士,罷榜。明年中生員,補東宫洗馬,轉副率。以語失惡宰相,特罷。乙亥擢文科,聲望伏一時。詔使黄監軍之來,爲接伴從事,極選也。然上記前事抑不用。由工曹郎佐畿幕,宰務安、金浦。中丙戌重試,陞軍資正。及孝廟入東宫,妙選文學備宫僚,公首膺焉。由是常兼弼善、輔德,累歷修撰、校理、應教、檢詳舍人、司諫執義,陞通政,拜承旨,歷戶、禮、兵、刑參議。孝廟初元丁外艱。服闋,中文臣庭試,拜大司諫。未幾特陞嘉善,拜右尹,歷刑戶兵吏禮參判、都承旨、大司憲,若將以眷用。已而又不果。己亥孝廟昇遐,顯廟卽位。公亦益老矣,爲松都留守、京畿監司。乙巳九月卒,壽六十九。……葢公以瓌材卓識,夙負士望。自出入胄筵,結寧陵深知。而白首崟崎,位施竟不究。其行尼,孰使然歟?墓無顯刻,亦治命也。……若其峻潔之韻,直大之氣,有以離俗獨立,而見惎於一時者。後之尚論之士,必有能言之者矣。

【按:李行進(1597—1665)字士謙,號止庵。籍貫全義。李濟臣曾孫。其詩氣勢濶大。《箕雅》收其五絕一首、七律一首。】

李時楷　　字子範,號南谷。春英之子。仁祖朝登第,官至吏曹參判。

《朝鮮孝宗實錄》卷一三:五年七月辛卯。大司憲李時楷上疏曰:"……"史臣曰:"甚矣,李時楷之攻人也!宇遠疏辭,若稱趙賊之冤,伸救澂、潚,則是亦逆徒也。凡有血氣者,固宜沐浴請討,直加以護逆之刑可也。

其罪奚至於譏貶之律，屏黜之罰而已乎？宇遠之意以爲，逆趙兇逆，雖天地之所不容，王法之所不貸，至於瀓、潚，則當宁之同氣也。幼穉之兒，若一朝溘然於海島之中，則恐有歉於大舜封象之至德，故欲使吾君處變之道，止於至善之地，而特其措語之妄耳。今者時楷不原本意，只鉤文字，援古比喻，逐節註解，卒以寵姬等語，成宇遠不敬之罪，吁其甚矣。"

《朝鮮孝宗實錄》卷一九：八年八月癸巳。以尹文舉爲吏曹參議，蔡裕後爲左參贊，李時楷爲大司諫。

《宋子大全·隨箚》：李時楷、李行進。時楷，全州人，體素春英子，仁祖朝科，官至參判，號南谷。行進，全義人，清江濟臣曾孫，仁祖朝科，官至參判，號止庵。皆以出入元原平之門見劾。

《東詩叢話》：丙子之役，和議已成。李時楷聞而有詩曰："喪亂還如此，吾生歎不辰。傳聞西塞信，俱作北朝臣。頗牧今千載，桓文古一人。腐儒空攬涕，踏海永亡身。"有"一箹未亡人"者，抑取此義歟？北朝，指言清朝也。

【按：李時楷（1600—1657）字子範，號南谷、松崖。籍貫全州。李春英子。李時楳兄。仁祖八年（1630）別試文科及第。十三年先後任持平、校理，扈從昭顯世子質于瀋陽。十七年爲暗行御史巡視全國。孝宗元年（1650）任左承旨兼春秋館修撰官，參與編撰《仁祖實錄》，後任吏曹參判。其詩感時悲慨。《箕雅》收其五律一首。】

李時楳　　字子和，號藏六堂。時楷之弟。仁祖朝登第，官至戶曹參判。

《朝鮮顯宗改修實錄》卷一六：八年正月壬辰。工曹參判李時楳卒。時楳，僉正春英之子，亦有詩才。

《訥隱集·通訓大夫承文院判校兼春秋館編修官孤松申公行狀》：壬辰服闋，秋拜司憲府持平，孝廟卽位之四年也。李時楳者，素居官不廉，居喪不謹。國言不已。李淵爲持平，發論完席。將啓，爲同僚所沮，竄抹緊語，繼被院駁以去。及時楳拜都承旨，累疏自明，有誣引先賢語。士論齊憤。公時在告，將舉劾，同列畏時楳，固止之。且曰："君已錄弘文，朝議方擬君校理。此啓一出，進塗塞矣。"公笑曰："窮通命也。吾不能效轅下駒。"遂獨啓曰："臣伏見前都承旨李時楳辭疏中有曰'居官不廉，居喪不謹，昔賢先正亦多被誣'云者，其言不但專指一賢。所謂以不廉被誣者何賢？以不謹被誣者何賢？而所謂誣賢者何人？士林間曾所未聞者，時楳獨聞於何處乎？青天白日，奴隸亦知其清明。尊賢尚德之心，人孰無之？而時楳至以不忍加之說，忍加於先賢者，是何心也？雖曰被誣云，而誣賢者實時楳也。時楳重被臺彈，回視平生，宜有忸怩於顏者。而不知杜門省愆，迺敢侮辱先賢，妄自引喻,以爲辨明之證。言行不謹,得罪名教,請命削去仕版。”上不允。

【按:李時楳(1603—1667)字子和,號藏六堂。李春英子。李時楷弟。其詩練達平熟。《箕雅》收其七律一首。】

李海昌　　字季夏。韓山人。仁祖朝登第。官止司諫。

《朝鮮孝宗實錄》卷八:三年正月壬午。憲府(大司憲沈之源、掌令李迥、持平韓縝)啓曰:“逆魁自點久執朝權,勢焰薰天,禍福榮辱在其掌握。一時武蔭之奴顔婢膝於其門者固不足道,如李之恒、李時萬、黄㦿輩俱以名流諂附自點,朝暮聚會,隨其頤指,不以爲愧。自點爲惡固已知之,而有何可取,親密若是哉?又與申冕合爲一身,潛圖傾軋,幾至於嫁禍士流。請李之恒、李時萬、黄𥖝竝中道付處。白川縣監李海昌、左承旨嚴鼎耉俱以自點門客,曾在銓部,薦進逆鉽爲銓郎,海昌實爲主張,本曹堂上(即趙絅也)有沮之者,鼎耉爲之緩頰。兩人之諂媚自點,誤薦逆鉽之罪,不可不治。李海昌、嚴鼎耉竝削奪官爵,門外黜送。判決事李㦛爲人無識,濟以陰險,出入自點之門,無異子弟。又與申冕相爲表裏,欺其父兄,恣行不義,請中道付處。”上不從。李之恒等三啓,從之。李㦛累啓,只許罷職。

《歸鹿集·說書李公墓碣銘》:仁後,司僕寺僉正贈吏曹判書。生諱海昌,號松坡。在童時斥言鄭仁弘奸邪,被儒罰削籍。仁祖改玉,以明經進,官止議政府舍人。

《詩評補遺》:李司諫海昌《詠落葉》詩曰:“萬林紅葉錦斑斕,一夜霜威太劇殘。慘似商君臨渭水,散如秦甲解邯鄲。風來大野漫天起,月入空庭得地寬。志士騷人休怨惜,獨憐蒼翠澗松寒。”用意甚新。

【按:李海昌(1599—1651)字季夏,號松坡。籍貫韓山。任叔英門人。文科及第。仁祖八年(1630)任檢閲,十六年作爲持平因袒護金尚憲被流配。其後任修撰等職,官至正郎。孝宗時作爲春秋館編修官參與編撰《仁祖實録》,後爲司諫。能詩文。著有《松坡集》。其詩用意新穎。《箕雅》收其七律一首。】

趙重呂　　字重卿,號休川。漢陽人。仁祖朝登第。官止掌令。

《南溪集·弘文館校理贈吏曹參判趙公墓碣銘》:休川趙公,當仁祖朝,以文學節行有名薦紳間。顧公屏居郊外,論議仕進,未嘗有所苟合,遂不究其用以歿。聞者愈惜之。後四十餘年,公孫儀徵累然在縗服中,以先人命將竪石于墓,來請余文。不敢辭。公諱重呂,字重卿,休川其號也。趙氏爲漢陽大族。……公以萬曆癸卯正月十三日生。少已嶷嶷不群,出句語驚人。

稍長從故同樞宋公英耉及任踈菴叔英學，二公重其文，仍勉以節行。崇禎庚午中進士試，連除宣陵參奉、造紙署別提，皆不屑就也。癸酉中文科，由承文院正字拜侍講院說書，陞刑曹佐郎，移兵曹兼知製教。自是出入三司。其在諫院爲正言、獻納，在憲府爲持平、掌令，在玉堂由修撰至校理，最久而屢至焉。在春坊復爲弼善，在國子爲司藝，在尚衣、司導諸寺爲正。丁亥丁內艱，服未闋而疾作。以庚寅十一月五日不起，享年四十有八。葬于楊州治北伊淡里負辛之原。公氣度俊整，見識超邁。存心制事，介而能寬。性尤孝純，十二歲喪所恃，持制如成人。後値追享，治饌滌器，親自莅視。祭之日必致愛慤，如聞乎容聲。雖有疾病，亦不使人代也。事都事公竭誠滫瀡，務在養志。比奉諱，哀毁過禮，啜粟米粥以終三年，菜醬不入口。朝夕哭奠必盡哀，移晷乃已。時或脚弱仆地，而猶不廢。親舊交諫，公曰："死生有命。吾死猶不稱夭，歸見父母。又何戚焉？"趙文孝公翼適寓隣舍，每敬歎曰："三年哭泣如一日，吾於趙君見之。"遇庶母克盡恩義，以及諸弟妹，友愛備至。有姨母早寡，事之如母，分俸供味唯謹。嘗以言路摘人微細爲戒，乃於朝廷大體，君德闕失，必挺身力爭。間請申得淵與賊烇通謀辱國之罪，又極言宮人詛呪獄宜付有司，不宜使中官雜治。辭義正大，且劾喉司瘝曠之失。物論多之。其在經筵，反復開陳，引喻明當，時稱"眞講官"云。嘗以行臺赴瀋，冰蘗自持，象胥不敢有干。清陰金文正公時拘北窖，聞而嘉之，以詩相贈。金賊自點方爲上使，親嘗所進春宮菜醬。公鄙之，譏以有固寵意。自點心怒，必欲中傷，求公疵無所得，只削儒將薦。內舅有以高勳致相位者，威權甚盛。公素知其非，罕與往來，規責不少貸。一家始頗致訝，未幾以謀叛誅，所親橫罹其禍，而公獨超然無累。人益奇之。姻黨亦有勳戚大臣，屢致慇懃意，公終不一見。偶値貴人非義而得貂帽者，公卽其座褫而斥之，左右亡不色動。其平生行己又如此。爲文章雄渾有氣，必以先秦西京爲法。古今詩體格清健，幾逼盛唐，或爲一時膾炙。弱冠，谿谷張公維邂逅酬唱，亟加稱奬。有"他日相期我輩人"之句。澤堂李公植益服公文學，嘗欲同脩昏朝謬史，有"趙某才超一代，眼崐千古"等語。其爲文苑鉅公所賞者多此類。平居家素貧，不問生産有無。杜門閑靜，襟懷洒然，常有物外之趣。然而好善嫉惡出於天性，持論峻潔，操履端確，其於榮祿勢利尤泊如也。公雖不喜交游，能以信義終，死生厄困，曲有眷恤，人以爲難。有遺稿若干卷藏于家。

《詩評補遺》：林閑好埬宰龍城，將行，一時文士皆以詩送之。趙校理重呂、蔡判書裕後爲之冠。趙詩云："昔聞騎鶴上揚州，閑好此行可比侔。天下皆知帶方國，人間亦有廣寒樓。小蘇早結仙山約，諸謝春從錦里遊。遙想橋頭溪月白，公餘笑傲領風流。"蓋林錦城人，其弟墰，方爲嶺伯，與在錦群從同遊方丈之約,故五六聯及之。蔡詩云:"君向龍城索我詩,欲聞曾佩此符時。樓妨聽訟難頻上,酒怕臨民未屢持。譬牒到來空發嘯,村饑報處每颦眉。只除梅竹無他好,南客南歸也自宜。"蔡曾守龍城,故云。蔡詩雖巧致,然氣格不及趙詩。

【按:趙重呂(1603—1650)字重卿,號休川。籍貫漢陽。任叔英門人。著有《休川集》。其詩體格清健。《箕雅》收其七律一首。】

李志賤　　**字彈琴,號沙浦。驪州人。仁祖朝登第。官至右尹。**

《朝鮮顯宗改修實錄》卷四:元年十一月丙辰。咸鏡監司趙啓遠啓陳:"前端川郡守李志賤致力於水利,鑿山通渠,灌溉墾田,民賴其利。"命加嘉善階。

《朝鮮顯宗改修實錄》卷一一:五年六月丙辰。獻納金禹錫等啓曰:"右尹李志賤爲人詭異,且有疵累,及授本職,物議譁然。請改正。"上不從,翌日從之。

《五洲衍文長箋散稿·諫臣去國圖詩辨證説》:按此圖詩爲維鳩驛故事。故辨證如是云。《輿地勝覽》:高麗毅王近聲色,好游豫。文克謙爲正言,上疏切諫不從。克謙遂還家作詩云:"朱雲仍折非干譽,袁盎當車豈爲身。一片丹誠天未照,强鞭羸馬退逡巡。"及庚寅武臣搆禍,乘輿南遷。癸巳冬,新修維鳩驛,請工施壁彩。工當時妙手朴姓亡名,寢宇西壁間畫一白衣著笠乘馬者,緣山路信轡徐驅,物色悽然。行人見之,皆不知爲何圖。後松廣社無右子惠湛領道侶千餘人赴西原,抵宿此驛。見之咨嗟良久曰:"此是《諫臣去國圖》。"乃題詩曰:"壁上何人畫此圖,諫臣去國事幾乎。山臣一見尚怊悵,何況當道士大夫。"又二過客闕名氏題曰:"曲堗前言不早圖,焦頭後悔可追乎。何人畫此諫臣去,滿壁清風激懦夫。""白衣黄帶諫臣圖,是屈原乎微子乎?未正君非空去國,不須毫底費功夫。"下一詩卽李沙浦志賤作也。驪興人,官止嶺伯。光海朝不參廢母議,避大北李爾瞻,卜居公州新豐萬年洞以終。維鳩驛在其旁,故有此詩以見志。

《小華詩評》:沙浦李志賤爲詩僻於詭,而其《詠青山》詩最佳。詩曰:"假令持此青山賣,誰肯欣然出一錢?莫歎終爲浮世棄,尚堪留置老人前。才含落月窺虚幌,旋浮輕雲入晚筵。造物只應嫌獨取,踈簾不敢向西搴。"

《詩評補遺》:沙浦李志賤少時有所眄妓,一日往訪,其人不在,獨其琴在耳。欲歸,而街鍾已動,悄然空房。思甚無聊,邃於壁上題一絕而歸。其詩曰:"碧窗殘月曉仍留,曲渚輕欄已覺秋。斜抱玉琴彈不得,只今離恨在心頭。"雖稱佳作,君子處己當嚴,古人有不入酒肆茶屋者,况甚於此乎?

《水村漫錄》:沙浦李志賤,少而放佚,有所眄娼。一日往訪,娼不在,獨其琴在耳。欲還而街鍾已動,獨坐悄然,遂以一絕題壁而歸。後十年,李客遊湖南,逆旅遇一女,色已衰,猶有餘妍,問李曰:"公非姓某諱某耶?"曰:"然。"女曰:"公能記某年間所眄某娼否? 吾乃娼之伴某也。每憶公題壁詩,不忘於懷。吾友今也則亡,妾亦老大,作巫漂落南土,追思舊遊,真一夢也。"仍泣下。李問曰,"汝能誦吾詩否?"女朗誦曰:"碧穹殘月曉仍留,曲渚輕蘭已覺秋。斜抱玉琴彈不得,只今離恨在心頭。"女仍請曰:"素知公詩名於世,願得一篇。"即脫衫而進之,李題贈一絕曰:"越羅衫袂動生香,嫋娜纖腰一搦強。晚入巫山作神女,時隨行雨下高唐。"

【按:李志賤(1589—?)字彈琴,號沙浦。驪州人。其詩詭譎新奇。《箕雅》收其七絕一首、五律二首、七律一首。】

鄭麟卿　　字聖瑞,號蒼谷。斗卿之弟。仁祖朝登第。官至承旨。

《朝鮮仁祖實錄》卷四七:二十四年二月乙未。以……鄭斗卿爲修撰,鄭麟卿爲持平。

《朝鮮顯宗改修實錄》卷六:二年八月丁巳。以……鄭麟卿爲承旨。

《耳溪集·禮曹判書鄭公墓碣銘并序》:公諱光漢,字良甫,初字秀夫。溫陽之鄭,以高麗戶部尚書貞僖公諱普天爲初祖。入本朝,世有簪纓。有曰順朋右議政,生諱𥖝,有生知之姿,博通三教,世稱北牕先生。生諱之復,無嗣,取從弟叢桂堂諱之升子時爲後,官察訪,寔公之高祖也。曾祖諱麟卿,官承旨,號蒼谷。

【按:鄭麟卿(1607—?)字聖瑞,號蒼谷。溫陽人。鄭之升孫。鄭斗卿弟。嘗任正言、獻納、成川府使。其詩豪爽清朗。《箕雅》收其七絕一首。】

柳道三　　字汝一,號散庵。晉州人。仁祖朝登第。官至承旨。

《朝鮮孝宗實錄》卷一六:七年五月庚寅。天安郡守徐忭上書,誣告吳挺一、許積、李浣、元斗杓等謀逆。挺一卽麟坪大君夫人之兄也。一日,大君夜往挺一家飲酒,許積亦在坐,承旨柳道三乘醉從外來,不省大君,傲慢無禮,挺一肘之,道三始覺,惶忙起謝,誤稱小臣。蓋習於筵中奏對時言語,不覺其妄發也。其後士夫間頗有傳說者。忭拜天安郡守,未及赴任,聞此言,有希功之心,遂上書密告。

《昆崙集·遲川公遺事》:柳道三以文藝自負,嘗云:"槐院参下時凡干文字,每就完城相公出草。起頭數行極平平,心甚易之。轉至中間,覺詞理漸條暢。及至篇末,意致明備,文氣飈發,眞是接天風波,令人歎服。"

《終南叢志》：柳道三號紫霞翁，嘗奉使北關，遍遊花酒場。還到安邊釋王寺，賦一律曰："三千官路往來忙，到底繁華閱幾場。即此機心還寂寞，從前豪興太癲狂。晨鍾洗盡笙歌耳，晚茗清開酒肉腸。暫借蒲團成一睡，滿山松籟夢中凉。"脫灑繁華之境界，剩得清閒之意趣，詩與神會，發語蕭爽，才格之不凡可想矣。

《壺谷詩話》：月課有《桃源》之題，余有一聯曰："深深洞府依然是，處處桃花記取難。"柳公道三亦偶同此韻曰："非關洞壑經心少，自是神仙入手難。"兩句皆批點入優等。余愛柳句以爲勝余，李相錫爾以余句氣象勝於柳云。然柳之工妙終勝余。

《詩評補遺》：柳承旨道三有文才，嘗爲北評事。遞來時，到釋王寺賦詩曰："……"又曰："人情母亦曾投杼，世態妻猶不下機。"亦爲人傳誦。

【按：柳道三(1609—?)字汝一，號散庵、紫霞翁。籍貫晉州。仁祖十一年(1634)文科及第。翌年爲知製教，任端川郡守時施善政，得下賜表裏。孝宗時經任正言、獻納等職，至右承旨。擅長作詩。其詩蕭爽清閒。《箕雅》收其五律一首。】

姜柏年　**字叔久，號雪峰。晉州人。仁祖朝登第。魁重試，官至行禮曹判書、提學。**

《朝鮮肅宗實錄》卷一一：七年正月辛未。前判中樞府事姜栢年卒。年七十九，謚文貞。栢年之父籒於宣祖朝爲臺諫，以受賂銀事被鞫，幾死僅免。以此栢年釋褐之後，畏慎特甚，未嘗論人過失，律己清約，寒苦如窮儒。早以詞翰著名，晚年大被顯用，屢擬文衡，官至宗伯。甲寅議禮時，以都憲同參，而恐及於士禍，使其子銑參宋時烈按律之疏，人以此短之。

《恬軒集·判中樞府事贈議政府領議政謚文貞姜公神道碑銘》：雪峰姜公諱柏年，字叔久。其先晉陽人也。……公生于萬曆癸卯。三歲而金夫人捐背，竹窓公自抱育之。既授書，文藝日進，未成童而已有名。十五中發解，其程文人皆誦之。嘗肄業西郊，有二生來求同鋪，公察其貌，知其非善人而絶之。已而，二生竟罪死。人服其知人之明。其入泮也，齋任有畜嫌者，令滌器而辱之。公從容就列，不示慍色。及公議齊憤而改之，亦無喜焉。觀者服其度。二十五擢庭試乙科，選入槐院。三年而升典籍，屢魁館課，文譽寖章。而常謝病不仕，沈潛經籍，於《四書》尤加玩索。未幾除書狀官，以病疏辭。不悅者以憚遠役劾罷。除江原、咸鏡都事、大同察訪，皆不赴。丙子冬，南漢被圍。公在清州，奔問而未及達，攝青山縣冒兵之官。亂定，拜禮曹佐郎，兼春秋。崔相鳴吉於公會，見公之周旋有度，應對敏詳，亟譽之。欲辟銓郎,有忌者沮之。夏拜工曹正郎,不就。拜忠清都事,以相避遞。拜金郊察訪,爲當路所媢也。未幾病歸。又郎禮曹,拜江原都事,以禮曹時事被逮而罷。同僚當任其罪,而公不與辨,自當之。遷兵曹正郎,又爲江原都事。前後方伯見公之自律綦嚴,敬禮之殊甚。秩滿入禮曹,轉爲司諫院正言,升司憲府掌令,選入玉堂,由修撰升副校理。疏論存心養性之方,而請講《大學》、《心經》。且進《養生養心同一法箴》,上嘉奬,賜馬鞍。常帶知製教。自是連在二司。乞養爲江陵府使,理民化俗,清靜自飭。及歸,民請借留,特令仍任。未幾棄歸,民立碑思之。入爲副校理、掌令、司諫、修撰、校理,參寧國原從功,遷侍講院輔德,移執義。擢重試壯元,升通政階,爲承政院同副承旨,轉左副,遷爲刑曹參議,移大司諫。時憲府劾吏判閔公馨男,語多不中。公與同僚論褫憲府,玉堂右憲府而中擊之。上兩抑之。特除公清風郡守。御史以公清白愛民褒聞,寧陵賞以表裏一襲。瓜歸,丁外艱,三年居堊,哀毁篤至。哭泣之餘,惟讀《禮》而已。服除,拜刑議,移左承旨,兼尚衣提調,遞拜忠清監司。時始行大同法,而公設施中窾,務爲便民,湖西至今頌之。朝廷欲公終始其政,及瓜仍之。拜刑議,出爲鍾城府使。不以荒遠自放,益殫勤潔。公暇清坐讀《易》,擇州民之秀者勸課文字。兵使行部,必抑詘文官以示自尊,以此常不相得。公獨折節禮之,兵使亦加敬憚焉。明年有病,時公伯子銑以駙馬揀擇入見。上問:“欲見汝父乎?”銑言:“臣父遠宦病深。”涕隨言下,上爲之惻然。鄭相太和亦白其病,卽許解歸。入爲承旨、刑兵議,又出爲江原監司。秩滿,歷承旨、禮議。以冬至副使之燕,雖一卷書亦無所購,廻而入幣灣府,以補官費,行橐蕭然。還入禮曹、政院,出拜黄海監司,明年病免。由禮曹出牧驪州,居一年辭歸。歷兵曹、政院、禮曹,以大臣薦,升嘉善階,拜漢城府右尹,兼都總府、歸厚提調、刑曹參判,移長諫院。公之不入清選者凡二十年,至是宿望彌高,復爲諫長,應旨進言。歷左尹、大司諫、兵刑曹,兼金吾,拜京畿監司,旋入爲藝文館提學,提調槐院、宗簿,同知春秋。歷刑曹、工曹。是時當出太學士,士望皆歸公。旣圈點,點且準,而請以已遞者復授之。論者以爲非故事也。屢爲都承旨及大司諫、禮兵戸參判,拜大司成。誘掖多士,大有作成之效。製仁敬王后冊嬪文,賞以廐馬。拜司憲府大司憲,自是亦屢除焉。迭長兩司,數上箚疏,辭多藥石。兼平市提調,俄拜吏曹參判。以年七十,命賜米。時參贊久曠,上令大臣議薦,擢拜資憲右參贊。卽入耆老所,兼同知成均、内醫提調,拜禮曹判書,兼司譯提調。仁宣王后薨,虞祭也。上以失儀事,責公而逮之,非其任也。玉堂爭而釋之。清告皇后哀,而令我穿孝舉哀,朝廷將從之。公議曰:“非古也”。遂止。製仁宣王后謚冊文,升正憲階。時將欲徵諸生布,公力言不可而已焉。以伴送使之龍灣。歸拜憲長,俄拜右參贊、禮判。上令諸臣追議仁宣王后大喪時服制,公與焉。至是,臺諫以其議爲非劾之。上不從。公詣闕陳疏,賜批勉諭之。製顯宗大王諡冊文,升崇政階,兼實錄春秋,辭拜判中樞。以伯子銑爲侍從,推恩加崇祿階。自是以後,數年連在西樞。至庚申拜左參贊,又爲判中樞,兼活人提調。辛酉正月十七日捐館,春秋七十九。訃聞,罷朝市,遣官致祭,且褒其清白,特賜米布。四月葬于公州義朗里道理山負壬之原。今上十六年,以公清白褒贈領議政,其後錄選清白吏。公氣質清明,操履端潔。孝友婣睦之行得諸天賦。而於性理之源,不因師資而自透。容貌瘦稜,舉止愼詳,眼有神采,行若不勝衣者,飲啖甚寡。樞機必愼,持身謹嚴,而對人則和氣藹然;律己簡苦,而接物則誠意備至。其文章固爲一世所服,而顧公天資謙挹,不以講學自名。故其實踐而有得者,世無能言也。晨興,必誦《大學》一遍,而濂洛諸書動輒隨身。晚自號曰閑溪,裒輯心學要語及古今嘉言善行,倣《大學》八條目爲一書,名曰《閑溪謾錄》,而藏諸巾衍未嘗眎人,惟庸爲自警之資。而常曰:"吾平生無大過者,皆此書之功耳。"晚好《參同契》,又自號聽月軒。常曰:"吾受國厚恩,愧無所裨,故不躁於進也。筋骸清脆,惟疾是畏,故自遠於色也。家本清寠,食淡安分,故不膩於貨也。"

《終南叢志》:姜叔久柏年《金剛山道中》詩曰:"百里無人響,山深但鳥啼。逢僧問前路,僧去路還迷。"世或傳叔久嘗以此作誦告于東溟鄭君平,君平稱善,仍曰:"'但'字改以'山'字則尤佳。"叔久嘆服云。余意此詩佳處只在於"但"之一字,若改以"山"字,則一篇精神都沒了。且"但鳥啼"三字出自唐詩,君平豈點金成鐵耶?决知傳者妄耳。知此者可與言詩,不知者擯于談詩之席矣。

《壺谷詩話》:姜雪峰柏年佐幕關東時,白洲爲方伯,同遊四仙亭,押絕句"翁"字曰:"兩人相對照,疑是四仙翁。"白洲大加稱賞,還朝延譽,力主弘錄,詩名始播云。

《詩評補遺》:姜判書柏年《金剛山途中》詩曰:"百里無人響,山深但鳥啼。逢僧問前路,僧去路還迷。"詞人佳品。且如姜雪峰《除夜次高蜀州》詩曰:"酒盡燈殘也不眠,曉鍾鳴後轉依然。非關歲歲無今夜,自是人情惜去年。"詞極婉曲,何害晚唐?

【按:姜柏年(1603—1681)字叔久,號雪峰、閑溪、聽月軒,晉州人。官至判中樞府事,諡文貞。文科壯元及第。著有《閑溪漫錄》。其詩婉曲自然。《箕雅》收其五絕一首、七絕一首、七律一首。】

宋浚吉　　字明甫，號同春堂。恩津人。以隱逸，官至吏曹判書。謚文正。

《朝鮮顯宗改修實錄》卷二六：十三年十二月丙午。前議政府左參贊兼成均館祭酒世子贊善宋浚吉卒於家。上卽教于政院曰："參贊宋浚吉卒逝，聞來驚慘，悲悼無以爲懷。其令本道監司，棺槨造墓軍及凡喪需未盡者竝趁卽題給。"後又下教（癸丑二月初八日）以示追思感傷之意，特贈領議政。浚吉字明甫，恩津人，父郡守爾昌。少遊文成公李珥之門，而母金氏乃文元公金長生之從妹也。以故早聞李珥之風，有志於學，弱冠從長生講學，長生甚重之。曰："此哥將作禮家宗匠也。"又質疑於婦翁鄭經世，經世亦期許甚重。及中司馬兩試，斷置舉業，益專心講學，休聞大暢。仁祖朝初除洗馬，丙子特除禮山縣監，癸未又擢拜持平，皆不就。昭顯薨，上疏請亟冊元孫以繫人望，疏入不報。孝廟初，首被召旨，始赴朝，亟被禮待，累薦至執義。仍劾金賊自點及其倘類，深被嫉怨，陰嗾北虜，禍將不測，賴孝廟睿斷，事得已。及自點以逆誅，其倘亦或死或竄，上眷顧復隆，恩召絡繹，至命乘轎以赴。丁酉始以吏議兼贊善入京，侍講兩筵，特除戶曹參判。明年又入朝，以都憲兼祭酒。己亥又擢拜兵曹判書。時宋時烈亦赴召，方任冢宰，士林聳動，中外想望。俄而孝廟昇遐，與時烈同受顧命。又代時烈移判天曹，未久而遞。庚子退歸，其後或因上教懃懇，或國有大事黽勉入朝，而皆未久旋歸。乙巳自溫陽隨駕，仍拜元子輔養官，留數月以歸。自庚子禮訟，變爲禍穽，群小必欲乘機擠陷。如尹善道輩前後相望，而上之恩禮終未替。至論斥許積，而始不終。至是卒，年六十七，有遺疏勸誡。太學生相率舉哀，官居野處莫不相弔，四方會葬者幾千人。浚吉天資溫粹，儀度瑩澈，望之如冰玉。其學得力最在《心經》、《近思》諸書，而沿泝濂洛之淵源。於本朝先賢，以李文純公滉爲終身師法。孝親刑家，各得其道，皆可爲法。被兩朝禮遇，夐出千古，竭誠殫智，入論道德，出贊謀猷，未嘗不以古先哲王責於君。而其所進退，則又必量時勢、揆義理然後動，故雖累入朝端，終不久淹。其言論雍容端的，未見圭角。而遇事正誼，不顧利害，尤嚴於邪正之辨，卒致身後追奪之禍。與宋時烈既同宗，且爲中表兄弟，而同師金長生、金集父子，德望相埒，故世稱"兩宋"，而學者尊之曰"同春堂先生"。今上庚申，用張曲江故事，命遣官祭其墓，贈謚文正。（浚吉於己丑初，侍上講學，開陳文義，閑習禮儀，同入諸臣無不嘖嘖稱嘆。趙絅亦出而語人曰："愚伏公嘗言：'吾有壻宋某，其人賢甚，必將大成。'就今乃得見，愚伏公可謂知人云。"愚伏卽鄭經世之號也。未久，浚吉之友惟泰疏斥絅殊切，有"附會經訓，文幵姦言"之語，指丙戌姜獄時，投疏迎合也。絅遂疑浚吉等之意，亦與惟泰同，而浚吉於丁酉赴朝也，僦屋於絅之隔墻，而終不相問。鄭斗卿與絅以文字素相善。一日訪浚吉，極言其賢,欲其相問,浚吉笑而終不答。惟泰自疏斥絅,上嫌其扶護姜獄,久不收用。宋時烈力薦其賢曰:"惟泰疏中八字,非爲姜氏,亦非其所獨見,卽臣等之意皆然。"上始乃招筵。絅由是益含怨浚吉等,後卒繼善道,投章以攻之。)

《宋子大全·同春堂宋公墓誌》:以萬曆丙午十二月廿八日,生公于漢師寓舍。鄰舍有一官人來賀曰:"公所得兒必貴人也。夜夢有一人持産時具曰:'我天人也,將以此遺宋氏家云。'"時桊川公年已四十六而無嗣,及是,宗党相慶曰:"公晩暮得男,而又絶異如此,豈非積善之報也。"洎有知,敬信長者言,見長者必歛容危坐。桊川公嘗灑掃室堂,坐公於客位而對之,公輒縮瑟不安而避之。稍長喜讀書,長者或以事闕課,則公必請之,雖夜,不得則不寢。又好習字,未十歲,李竹窓時稷素善書,見之曰:"汝已勝我矣。"與鄰兒交,必以書劄往復,辭筆俱中度,人多取去而觀玩焉。辛酉,金夫人沒。桊川公愍其清弱,凡飮食居處看護倍於平日,而其情文亦自有可見者矣。沒喪,就學于文元公金先生長生,受《小學》、《家禮》等書。天啓甲子中司馬兩試。丁卯丁外憂,執喪一如儀文。少有疑晦,必稟于師門。文元公喜而酬答曰:"此哥將作禮家宗匠也。"先是癸亥,公委禽于鄭愚伏文肅公經世之門,文肅公亦期以遠到而常敬待焉。及是來吊,相與論難喪禮,殊亹亹焉。崇禎庚午除翊衛司洗馬,不就。文元公嘉其志趣,聞文肅公勸之就,以書責之曰:"宋某有志於學而不肯仕,其意甚善。而公欲降其志,無乃近于賊夫人之子乎?"文肅公有媿謝語。公自是益委己於學,往來於二氏之門,日以進益。辛未,文元公沒,公仍師金文敬公集。公嘗曰:"吾游金先生父子門久矣。妄謂規模宏大,無如老先生;條理精密,無如小先生。"論者以爲知言云。壬申差童蒙教官,公以爲輒辭除命,不無求退獲進之嫌,遂黽勉就職。癸酉,聞文肅公捐館,卽謝歸會葬,喪之以師弟之服。丙子,上延訪人才,大臣以下薦公者多,又有重臣陳箚,論列其學行之實,上特除禮山縣監。公不赴曰:"非所敢當也。"是冬,避兵至安陰,愛其山高水清,居一年始還鄉里,學徒日衆。時新經大亂,戎虜僭號,賢士大夫多處江湖間,日造公廬,質疑講道焉。癸未,有司憲府持平之命,辭遞。自是召旨頻仍。乙酉,昭顯世子薨,公適被召命,上疏辭。因請亟冊元孫,以係人望,兼陳召致金文正公尚憲,委以教養輔導之責。上時已屬意于孝宗大王,不報,顯示未安之意。白江李相公敬輿,其議與公同而遠謫,人益爲公懼,而公固悠然也。自是終仁祖朝,一切廢置。樂靜趙公錫胤嘗爲公訟,辨其忠讜,而亦不入。己丑,孝宗大王卽位,人謂禍將不測。上首先別諭召公,京外莫不驚賀曰:"此卓冠百王之盛事也。國其庶幾乎?"公遂拜命,連除進善、掌令,特賜月廩,陞拜執義。公感戴恩眷,自念新宁有大有爲之志而收召士流,若不以此時殫竭心力以輔聖德，則因循遷就之間，日失歲亡，負此好幾會，豈不爲千載之大恨乎？然四維不張，則不可以爲國。而曩者權臣執命，濁亂朝政，而搢紳之趨附者頗多焉。若無激揚之舉，則終未有清明之日矣。遂與同僚相議，請竄金自點及論其附麗之徒。遞復拜，承命封陵，例陞通政。臺諫以資格改正，玉堂請使兼經筵官，出入講論。允之。又賜衣資及帽掩廄馬，應旨上疏。又請虜變時失行婦女，許其夫離異改娶。時上方講《中庸》，公開析深奥，仍進規諷。上一皆傾聽。同入諸公退必嘖嘖歎曰："文義固其本業，何其於朝儀閑習如此也？"庚寅正月，乞暇南歸。蓋自應召至是除拜繹續，錫賚便蕃，公皆固辭不得，然後始受。時自點等怨公，讒構虜人，遣兵壓境。七使連續來嚇，事將不測。賴上以身自當，竟以解釋。然自是事機又大變矣。公既歸，上思公啓沃之益，召旨連降，間有別諭，辭旨懇惻。又有米豆之賜。乙未陞通政，拜承政院承旨、吏曹參議。上必欲公上來，歷四月然後始遞參議。先是仁祖大王爲文敬公特置侍講院贊善，至是除公吏議，俾兼是職。而別諭召之，特命乘轎。公知上意繾綣，丁酉七月遂入京。上聞公至喜甚，卽引見宣醖，世子亦以酒饌勞之。世子自是課學甚勤。上面諭曰："世子進學，贊善之功也。宫掖人皆言之矣。"又因冬至，極陳陽長復善之道。上批有曰："日新之目有八。誠所謂責難陳善之義。"十二月上密疏，請以計潛通中朝，以伸拱北之義。其事秘，人不得而知也。戊戌二月，乞暇南歸，上賜以所御貂衣，仍命諭意于賤臣時烈。已而特升戶曹參判，再辭不許。七月聞上違豫。赴闕起居，除司憲府大司憲，仍帶贊善兼成均館祭酒。己亥三月特拜兵曹判書，屢辭，又上箚論時務，然後出謝，復辭得遞。由大司憲遞拜議政府參贊。五月孝宗大王昇遐，顯宗卽位，以大司憲論山陵等事，拜吏曹判書。時梓宮在殯，上下哀遑，而猶力辭不已，上倚公亦甚重，不敢終辭，遂拜命。箚論五禮儀節目，自孝廟朝，撫養楨、柟等如己出，至是氣勢益張，出入無復防限。公亟以疏請加抑損，疏留中不下。山陵復土，又辭遞爲參贊。庚子論大王大妃服制，其略曰："……"又論練祭變禮，被尹善道構誣，上疏待罪，遂南歸。上遣史官勉留，又特令都承旨疾速追往挽止。館學章甫亦上疏請留，則御批益降重，而公終不敢留，連有司憲府吏曹之命。辛丑又以參贊召，遂入京。三月疏論時事。四月趙絅疏斥甚深，公以疏自劾。五月初四日卽孝宗大王大祥也。初五日乞退，上留之甚懇，遂上箚陳時事。七月始許歸。癸卯正月與時烈聯名疏進規諫，又以疏辭大憲之命，因請以延平李先生從祀文廟，並及本朝文成李公、文簡成公。洪宇遠紹述善道，上疏詆毁，公遂自劾。甲辰夏上疏陳戒。冬又論君德。乙巳夏上幸溫泉，以大司憲入對行宫，隨駕還都，遞拜參贊。箚論輔養元子之道，遂置輔養官，以公處之，辭不許。又引文正公趙光祖、文元公李彦迪所論輔養之要爲箚以進,及論廟樂之差。校進《心經句讀》。元子受學不懈,公亦盡心開導。十月退歸。丙午春柳世哲等推演善道意上疏,持之益急,公入溫泉行朝自劾。扈駕行,中路以疾落後。八月辭召旨,仍論奮發之要,其略曰:"……"丁未正月乞致仕。校進《小學諺解》。以疏論事,又因黄㰒捏誣,陳情自劾。戊申九月入謝溫宮,因扈駕行。中路移疾,聞世子疾劇,遂入。世子疾瘳,公頻入兩筵,兩宮皆虚己以聽焉。己酉進《太極圖說》,以明造化之本源圖。差祭官謁寧陵,以伸追慕之情。大駕南幸溫泉,命公後。進講書筵暇日,與諸生行鄉飲禮于泮宮。幸還,乞暇歸。歸時,上引見,恩禮款洽。庚戌世子行冠禮,遂膺召命。時適有湖南伯金澄是非之爭,公爲訟其寃狀,以致詆訶多端。冠禮畢卽歸。已渡江,大朝及東宮皆下諭,館學諸生又上章請上勉留,公遂還入少留,然已有左腹之入矣。遂申前懇,竟蒙許歸。俄遭凶人誣告之變,至於時烈,則又加以馮異咸陽之說,上遣承旨慰諭勤至。然公猶不敢自安,詣近圻請罪,承批卽還。壬子四月感疾,自知難醫,遂上一疏,極言小人熒惑之害曰:"殿下以尹敬教之事,怒太暴聲太厲,命令失當,舉措顛錯。殿下何用如此聲氣于臺閣直言之臣乎?形勢所在,舉朝風靡,阿諛競進,慫慂迭作。終使殿下施之以千古所無之恩例,俾彼委蛇盤礴,還坐於百僚之首,其爲幸相地則至矣,其于聖明重貽千萬古千萬人譏且笑何哉?往在己酉,臺臣權格,大觸天怒,其譴責八字,臣鄰無不失色。臣與相臣鄭太和力言其非,遂命政院付標改之。今於敬教之事,聖教之發於忿懥者,非止一二。如所謂凶狡禽獸鬼心引類等語,中外共駭。誠願亟下明旨,依權格例,快示悔悟之意,召還敬教,復置臺職,以旌直氣。國家其庶幾乎?臣嘗讀《唐史》,至德宗謂李泌曰:'人言盧杞奸邪,朕則不知。'泌對曰:'此所以爲奸邪也。'臣未嘗不掩卷而歎。德宗邪媚之惑,誠可爲後王之鑑戒。而泌之所對,何其切中而有味也。噫!今殿下不但不知而已也。臣每以三代聖王精一之傳望于殿下,而今反駸駸于叔世事。此豈臣平昔所期者也?可爲痛哭之不足也。"上不悦。十一月疾尤革,又草遺疏,勸勉聖學,因極言親君子遠小人之道。時戶曹判書金壽興上言宜有恩命,上乃遣大醫,而公已不能知矣。訃聞,上驚悼,特贈領議政,優給葬需。於是館學儒生相率舉哀,官居野處無不相吊。子光栻先逝,炳文等及閙人知舊以禮襲斂。癸丑二月,葬于燕岐竹岸里巽向之原。

《玄湖瑣談》:同春堂在旅邸有還山之意,壺谷南龍翼往拜同春,同春要其賦詩,壺谷卽席書呈曰:"今年春事剩三旬,及到春歸更惜春。若遣先生留不去,春風常襲座中人。"蓋時庚戌歲閏三月也,故有"春事剩三旬"之語。同春稱善。

《詩話匯成》:壬子元月,夜夢侍退溪先生,覺來猶覺餘芬繞體,感而有詩曰:"平生欽佩退陶翁,没世精神尚感通。此夜夢中承誨語,覺來山月滿窗櫳。"是歲公卒。

鄭東溟贈公詩序曰:"向者自上有貂裘之贈,士林莫不榮之。曾見自菴金先生絿詩集,中廟於自菴亦賜此物。聖祖神孫待賢士有不期而同者如此,此亦吾東方一美事也。張平子詩曰:'美人贈我貂襜褕,何以報之明月珠。'贈必有報,美人既有贈,今何以報之,用平子詩賦絶句以贈:'美人何所贈?贈我貂襜褕。主恩如可報,明月變成珠。'"

【按:宋浚吉(1606—1672)字明甫,號同春堂,謚文正。籍貫恩津。性理學家,精通禮學,文章出衆。書法有忠烈祠碑文、尹棨殉節碑文等。追贈領議政,從祀文廟,奉享懷德崇顯書院等。著有《同春堂集》今傳。其詩平和淡定。《箕雅》收其七絶一首。】

尹元舉　　字伯奮,號龍西。坡平人。不赴舉。官至進善。

《龍西集·附録·龍西先生行狀(尹拯)》:先生諱元舉,字伯奮。我坡平之尹,以高麗太師諱莘達爲始祖,而本朝佐命功臣諱坤之九世孫也。高祖諱先智,兵馬節度使。曾祖諱暾,贈左承旨。祖諱昌世,贈吏曹參判。考諱烇,侍講院弼善。丙子之亂,扈嬪殿于江都,城陷死之,孝宗朝贈都承旨。妣海平尹氏,僉知晥之女,月汀文貞公根壽之孫也。先生以萬曆辛丑四月十日生于江原道伊川縣衙。時先生之外祖僉知公爲縣宰也。前夕梧陰相公之訃適至,梧陰卽月汀之兄文忠公斗壽也。僉知公夢有一人來告曰:"爾家勿以爲慽,今復有一大人降生矣。"僉知公驚起問之,則先生生矣。生有異質,容貌爽朗,祖妣慶夫人奇愛之。嘗見其至曰:"間者一隅光明,吾以爲月也。乃汝也。"十歲時受學於家庭,聰悟絶人,文思驟達。稍長志氣慷慨,奮發逴厲,有千萬人吾往之意。年十四赴廷試。問旱,對曰:"斬弘羊,天乃雨。"弘羊,指言光海寵臣爾瞻也。聞者莫不失色。正字權公儆路遇先生而賞之,歸之以女。芝峰李公睟光,其外祖也。聞先生才名,欲試之。呼韻,以《天》爲題。先生卽應曰:"造化盛衰看草木,陰陽開閉識昆蟲。人生人死隨朝夕,聖道長存與始終。"芝峰稱曰:"達理之語也。"時昏朝政亂,弼善公廢處鄉莊。先生亦不肯爲舉業,與芝峰諸子詩酒自娱。仁祖改玉,始復赴試,得發解兩場。遭慶夫人喪,不赴覆試。歲乙丑,與從兄童土公往遊沙溪金先生之門,金先生虚己以待。丁卯虜變,大駕幸江都,世子分朝南下。先生時在尼山,與童土公率同縣儒生迎於道傍。分朝大臣李元翼以世子命引見諸生,訪以時務。先生獨抗言曰:"公州有長江之險,今宜固守山城,招集軍旅,以爲進援江都之計。不可退一步地以求自安也。”又言軍務便宜數事。李公顧左右問姓名曰:“前固聞之,果奇士也。”後見仲父八松公,亟稱“有賢侄”云。崇禎己巳丁內憂。癸酉中生、進兩試。乙亥遊太學。時諸生議栗谷、牛溪兩先生從祀文廟,將陳疏以請。而齋任曹漢英等惑於異議,遲疑不決。先生面斥於食堂曰:“兩先生道學之純正不啻若日月之光明,一國人士莫不尊親。而肆其醜詆者唯鄭仁弘、李弘老輩若干人而已。今仁弘、弘老皆以奸凶伏法,豈復有祖述其餘論者?而齋任何其猶豫至此乎?”有權貴中者立異曰:“唯聖人能知聖人。牛、栗固賢矣。今之議者有如牛、栗者乎?”先生折之曰:“孔孟之後未有孔孟,程朱之後亦未有程朱。而後世皆知爲孔孟程朱。”貴中等無以應,士論快之。丙子冬,虜兵猝至,上將去邠,與諸大臣坐南城門樓議所向。城中鼎沸,先生時與友人讀書,奮然曰:“虜之先鋒不過百餘騎,而凍餒疲乏,可迎擊而擒也。此又虜之精鋭也,擒此則虜必氣奪矣。此正兵法所謂以逸待勞,先人有奪人之心者也。奈何見百餘凍餒之虜而亟欲走避乎?”遂徒步赴南門,將叩馬而諫。路遇弼善公,公曰:“大駕已向南漢。吾奉嬪殿將入江都。汝雖往,已無及矣。”因命歸率家屬南下避兵。先生至尼鄉,聞愼獨齋金先生欲舉義兵,往從之。未幾,聞弼善公訃,奔喪至江都。扶柩返葬于尼山先塋。遂居墓下,每日朝暮哭畢,又上墓哀哭,以終三年。先生憤痛家國非常之變,廢棄舉業,絶意人世外除。卜居於魯城之東鷄龍之西,爲終焉計。與童土公志同氣合,以討論經義訓迪後生爲事。不以家事經心,至於簞食瓢飲有時不繼,而清坐竟日,泊然無爲。童土公倣范氏義莊、韋家花樹之規,講立宗約。先生與吾先子常會棲于墓下之丙舍,聚一家子姓而教之,爲之樂而忘憂。丙戌,移寓於連山,與愼獨齋先生所居相近,從遊益親。又與吾先子訪市南俞公,講《易》旬日而還。人以擬湖湘故事焉。孝宗即祚之四年癸巳,除齊陵參奉。丙申除禁府都事。戊戌,趙公復陽以“志氣超邁見識通明”薦先生。超拜工曹佐郎。明年,陞拜正郎,皆不赴。孝宗昇遐,奔哭於闕門之外。出東郊路次,哭送廞衛。連除宗簿寺主簿、成均館司業,不拜而歸。庚子拜司憲府持平。有旨召,呈狀遞。九月又以持平召,先生以“禍故餘生不願仕進”之意上疏陳情,不許。再疏,略曰:“國之爲民者四,曰士農工賈。而士之品有三,志於道德、功名、富貴是已。非獨士有是三者,人君亦然。人君志乎道德,則道德之士進。志乎功名,則功名之士進。志乎富貴,則富貴之士進。臣不敢知殿下之志何居耶?殿下不以道德爲志,群臣徒以富貴爲心,而苟循虛名,專事文具。則雖日勤旁招之舉,無足以淑人心礪世道。而僥倖之門,奔競之路,亦將由此而大啓矣。目今天災時變,莫之勝説。水旱相仍,飢饉荐臻,此誠危急存亡之秋也。苟未能發一非常之政,以示大警動大變革之意,則區區裁省蠲減之政,不足爲誠小民祈天命之術也。在上者必須卑服如周文,菲食如夏后,以爲示朴之本。而必須賜租如漢文,息民如晉悼,以爲賑飢之本。猶可以少革怢侈之風,而得濟溝壑之瘠矣。"優批申召,呈狀而遞。先是,孝宗之喪,議大王大妃服制。兩宋諸公以爲孝宗次適承統,當用賈疏四種之説爲期服。尹鑴、許穆則以爲當爲長子三年之服。尹善道者投疏,主尹鑴所論宗統嫡統之説,語極陰凶。臺諫啓請善道按律定罪。而炭村權公諰疏論善道雖有媢嫉之罪,不可以言罪人。言路并劾之,竟至罷逐。先生以爲權是善士,豈可以一言指以爲邪黨乎?常歎時議之偏。是疏也,欲仍用士一款,而特及之。旋以出位論事爲嫌而止。於是諸論喧然。銓郎金萬基至塞先生臺擬,先生超然不以爲意。辛丑十月還拜掌令,呈狀遞。尼鄉舊有輔仁堂,爲士子藏修之所,卽栗谷所爲作記者也,蕪廢已久。先生與童土公及吾先子共議修復,刱立東西兩齋。至是齋成,先生與村秀諸生留棲之,立規課讀。每歲春秋,恒處齋中以爲常。癸卯秋再拜掌令。冬除司業。甲辰四除掌令,皆呈狀遞。乙巳移寓嘉林之笠浦,乃用拙閔公晉亮之别業也。先生與用拙交好甚篤,爲取江湖之勝,借居四載而還。丙午又再除掌令。丁未大駕幸溫泉,陞拜司導寺正。己酉再下别諭召之,又除掌令,皆以病辭。庚戌以侍講院進善召。先生自以年老將死,不可無一言。而世子方向學最爲急務,故疏陳輔養之道,以及上躬。略曰:"臣竊聞王世子天資英睿,至性仁孝,此誠無彊之休。而既有三公爲之師傅,又有卿士爲之賓客,講讀則有侍講之院,陪御則有翊衛之司。所以輔翼之具可謂備矣。然書曰'官不必備,惟其人。'則官雖備,不可恃也。亦人而已矣。近者宫僚之官,轉動無常,各懷一切,莫慮長久。此豈所以難其人重其任之道乎?"又曰:"我朝世子入學之法,雖倣古制,而一番以後遂廢不講。則是亦空文而已矣。宜選公卿子弟及凡民之年少俊秀者,以爲侍講院學生,如唐朝弘文館學生之制。使與世子同處習業,則其與阿保褻御遊燕深宫者,其損益相懸矣。"又曰:"孔子曰'以身教者從,以言教者訟'。殿下亦宜自謀,以身先之,立志以爲做事之根柢,正心以爲出治之本源。勉學問而師聖賢,畏天戒而恤民隱。近忠正之士,遠巧佞之人。省侈靡之飾,崇節儉之風。克祛己私,以恢公道。從諫不拂,以來直言。上以繼述先王之志事,下以刱建子孫之統業。"聖批優納。辛亥又除掌令,不赴。壬子正月有疾,彌留累月。從弟石湖公來省病,留止浹旬。與之談説《詩》、《書》,怡愉道義,若不知隱疾之在躬焉。涉夏轉劇,謂諸子曰:"吾年今七十有二,死復何恨?"又曰:"近世浮虚成習,無行可記,而必爲碑碣。少有文名,則必爲刊刻。我死汝等愼勿爲是。"堂侄拯對曰:"彼褒崇虚美者固不可,亦不容因此而盡廢。今雖自謙,有此教戒,恐不得遵行也。”先生搖首不肯。至七月十二日終于正寢。石湖公題銘旌曰“徵士尹公之柩”。歷閏月八甲月寅葬于公州板峙甲向之原。先生天分甚高,淡然寡慾,於名利芬華一切世味視之泊如,以至榮辱毁譽禍福憂樂一無所動其中。……先生不喜著述爲文章。而少好爲詩,格調高潔,意致清遠。末年以爲枉費心力,尠復爲之。先生沒後,諸子裒得詩文爲二卷藏于家。

《龍西集·附錄·年譜》:(略)

《龍西集·龍西先生文集序(尹光紹)》:嗚呼!此我龍西先生文集也。余距先生之沒百有餘年,而是書始出。蓋先生嘗命勿刊遺文,胤子鳳溪公謹聞教,托明齋先生修删爲二編藏于家。子孫懼夫愈久而永泯也,始謀付剞劂,似有違於先生之旨矣。然當時明翁已以“今雖自謙恐難遵行”申覆於先生,以開後人刊行之端。况朱夫子嘗言生日晏飲之非,而乃有壽親生朝之詞。先輩亦嘗引此,以明自爲與爲親不同。推此義也,後人之刊行,庶乎無悖於自謙之遺意也。第念先生以妙道逸韻,發爲文詞,宜有聯編巨緗嘉惠後學。而今乃簡帙寥落,言論風旨殆無以考徵,所論後天諸說亦無傳焉,爲若可恨。而竊見明翁所爲狀文,先生少好爲詩,高潔清遠。晚以枉費心力,尠爲之,又不喜著述爲文章,此述作之所以尠少。而又聞家庭所傳,中年後雖或有吟詠記述,卽棄去之不留草。今所錄多少時作,拾遺若干,亦皆得於初年亂稿云。尤見先生高邁冲曠澹於名利者,推之於文字,竝與後世之名而忘之也。覽者尤不可以不知也。役既完,又以鳳溪文稿附于下,兩世之文并行一時,亦美矣。光紹與聞次輯,敢記刊事顛末,仍附所感於後云。歲乙未五月下浣,族玄孫光紹謹識。

【按:尹元舉(1601—1672)字伯奮,號龍西。籍貫坡平。金長生門人。因詩揚名。追贈吏曹判書,奉享連山龜山書院。著有《龍西集》今傳。其詩格調高潔,意致清遠。《箕雅》收其七絶一首。】

趙錫胤　**字胤之,號樂靜堂。白川人。仁祖朝登魁科。選湖堂,典文衡,官至吏曹參判。**

《朝鮮孝宗實錄》卷一五:六年八月辛巳。嘉義大夫吏曹參判兼弘文館藝文館大提學趙錫胤卒。錫胤字胤之,爲人恬静介潔,持身端重,内行尤篤,早典文衡,常兼國子之任,而每有謙退之志。且留心世務,章奏剴切,爲士林所推重,先輩論一時人物,必以錫胤爲第一,前後在臺閣,遇事盡言,不避忌諱,動忤上旨,以此流竄南北,不能安於朝。自鍾城召還,未幾卒,年纔五十。朝野莫不嗟惜。

《清溪集·樂靜先生趙公家狀》:以皇明萬曆丙午正月初七日戊戌,生公于黔陽村舍。幼有異質,自學步學語,嶷然若成人,未嘗作群兒嬉戲。甫六七歲已知爲學,判書公嘗置臥衾內,以手畫肚作字,明日輒識之。判書公大奇愛之。或值賓客,不得受一日所課,則抱卷終日在左右,憮然如有所失。蓋好學天性幼少時已如此,不煩訓誨而業日進。嘗賦冬嶺秀孤松詩曰:"雪嶺青松色,天寒獨不死。"判書公多名勝友,見者皆稱曰:"此子不但有文藻,他日必能樹大名節。"稍長,益肆力于經史,觸處通解,無少滯礙,有若河決龍門,沛然而行。溢而爲詞華,開口輒驚人。時谿谷張相國辟昏朝政亂,屏居蓮城海曲。公以判書公命,往受古文詞。兀然一室,咿唔不輟,未嘗與同隊作諧笑。或以王椽嘲之,張相國戒之曰:"此措大當大成。慎勿輕之。"癸亥中興,始出遊場屋,譬如祥麟威鳳一出而人爭先覩,相指點而語曰:"此趙某也。"雖老於科場文字者皆求見公草稿,公無少秘,輒示之。或至遞傳遠播,殆爲人模寫所盡。猶凝坐無一語,終不以介意,人益敬服,咸以爲不可及。遂中其年司馬,朝廷罷其榜。又中翌年甲子司馬,初登丙寅文科,其榜又罷。乃魁越二年戊辰文科。六年之間再中司馬,再捷文科,有科目以來所未曾有也。其年四月,例拜成均館典籍,未幾入春坊爲司書,入諫院爲正言。己巳,再爲正言,再爲司書。其在諫院持論侃侃,不阿不激,前後輩咸推重之。其在春坊講論諄切,裨益弘多。書筵朝講說話,退而記注,古例也。公之所記條暢詳悉,不遺片語。賓客鄭愚伏見之,歎而語人曰:"趙某真奇才也。"……丙子春,虜使挾嫚書來,朝野洶洶,猶以羈縻爲苟且計。公即抗疏請責却之。又以慰悅民心,振作士氣,收拾人才爲修攘之本。其疏有曰:"不以嚴辭痛斥,一意和好,則終必至忘祖宗忠貞之節,負天朝再造之恩,舉禮義之邦而陷於禽獸之域。"其辭嚴其意正,凜然有澹庵之遺風焉。……己卯六月,入爲舍人,即差赴瀋書狀官。朝廷之必舉公有以也。或者惜之曰:"白玉何可涴諸坑泥。"其言竟不行,公亦不敢辭,遂以八月入瀋,十月覆命。亂後士大夫多棄名檢,往來瀋者,頗有黷貨誚。公則其去也,不以一物隨,其歸也亦然。留瀋之人皆曰:"前後使价瑩然無一點塵者,惟趙某一人而已。"時有一胡譯乘時橫甚,轢蹴我朝士惟意,人皆畏慴,無不曲事之。公至則其人甚尊敬之,上下馬時,自執廝從之役惟謹,猾虜猶知所敬。……公以獨立直行不安於朝,身且病,並舉文衡而力辭。前後凡九疏,上不許,特賜藥物。……竟于秋八月初吉,得微恙卒劇,以翌日易簀,享年僅五十。家無一襲餘衣,賴諸公相助得以斂殯。筵臣聞其狀,特賜棺材,賻吊並如儀。中外聞公之卒,無論知不知,莫不齎諮隱惜。至於吏胥輿儓市井之民,奔走而相告曰:"賢大夫亡矣。"太學生亦來哭之。公天資近道,輔以學問,端重凝遠,表裏瑩然，清而不隘，和而不流，如精金美玉，無一點瑕纇。聖人曰文質彬彬然後君子，《記》曰和順積中，英華發外，公其庶幾焉。平居恂恂然寡言笑，望之渾是一團和氣，未嘗見嚴厲之色，斬截之行。至其當事，毅然壁立千仞，有賁育不能奪者。事父母誠孝出天，承順無違，養志體甚至。終日侍坐，未嘗須臾離乎側。左右使令皆親執，不肯任以人。親痔，衣不解帶，藥必先嘗，扶持抑按，無不盡其誠。親慮公之憊，夜命之退。雖不敢違，亦不敢退，必露坐戶外，不令親知，俟睡熟然後歸私室，歸亦不就枕，又往候於戶外者必再三焉。或系官於朝，久未歸省，則戀慕如孺子，數日不聞起居，則輒憂形於色。及遭終天之慟，遑遑恤恤，不解不怠，哭泣之哀，顔色之戚，三年如一日。祭祀必謹必潔，親自看檢。晨興，必具冠帶拜祠堂。得時物不薦，不先嘗。外王父母墓在畿甸，主祀者家貧且居遠，四時闕香火，公必備酒羞祭之爲常焉。兩叔父兩娣同居一里，身口所需，雖少必分之。遇群從如同氣，撫諸甥如己出，皆教誨不倦。宗黨鄰里之貧者，周之如不及，婚葬之不成禮者，尤竭心以濟。閨門之內，融融如也。雖僕隸未嘗作聲色訶之。雅性澹泊，不喜紛華，以至書籍器用，無一長物焉。早登華顯，祿食幾三十年，未嘗添一臧獲，置一田園。平生無一言及於有無，惡衣食，人所不堪而晏如也。平生不以一毫干於人，人亦不敢干於公。待朋友信而敬，接物和而嚴，故賢者愛之，不肖者畏之，知者信之，不知者慕之。雖媢善之徒，毋敢以一疵加於公。立朝事君，以"勿欺"二字爲第一義，知無不言，言無不盡。論治則以格君爲先，論政則以恤民爲務。前後數十疏，勤勤懇懇，一出於至誠。每於筵席論事，色溫而言切，上亦聳聽之。至其言闕失、爭是非，直犯雷霆，奮然不顧，未嘗以禍福榮辱動其中，見者爲之瑟縮，而公自坦然不少撓。世之咸服公者以此，兩聖之敬重公者亦以此，而公之屢遭顛躓者亦未嘗不以此。柳惠曰："直道而事君，焉往而不三黜？"公其所謂直道三黜者耶？孟氏曰："富貴不能淫，貧賤不能移，威武不能屈，此之謂大丈夫。"公又所謂大丈夫者耶？惟其憂愛之誠，不以進退有間，雖在田間澤畔，每聞朝廷有好消息，則必喜見乎色，如私慶焉。如有失舉，則輒終日歎吒不已。其所吟詠者，無非傷時戀闕之意，讀之令人興感。清班峻列，皆自至者，而公則不居焉。辭受進退，必以禮義。至於得喪，視之如浮雲過目。官愈榮而身猶素，位益高而心益下，雅有急流勇退之志。常恨古今異制，不得惟意去就。晚卜築于金川松楸下，每省掃而歸，輒詫於葳曰："屋兩三間，庭前有寒泉，味甚甘洌，可飲可濯。吾將竊取諸考亭，名吾廬曰寒泉精舍。依山而園，園植梨栗，迭石而階，階種松菊。足爲終老之所，早晚吾當去矣。爾亦於休沐之暇，匹馬來訪也。"公之志可想。公之言尚在，而公遽已九泉矣。嗚呼！慟矣哉。使公進而在朝，則朝有善政;退而在野,則野有善俗。不得于朝,必得於野。不施於大,猶可施於小。無論進退大小,尚亦有益於一世。天乃速奪公以早歸者,果何意也?嗚呼!痛矣哉。公之學得之經傳,雖無師受,門路甚正。嘗曰:"爲學之道,知與行而已,二者不可偏廢。知之固難,行之爲尤難。如事親當孝,事君當忠,人皆知之,顧行之者鮮。知而不行,與不知同。"又曰:"道未嘗遠乎人,只是日用事物恰當處乃是道也。"常於實地上加工焉。平生未嘗與人論學,亦未嘗以學者自居,而惟其真知力踐,鮮有及者。是以入而居家,出而立朝,行誼之醇美,言論之正直,皆從學問中出來。世之或以公爲文人者,皆不知公者也。只以公爲名宰者,亦不知公者也。惰慢之容不設於身,鄙倍之言不出於口,雖有大喜怒未嘗形於辭色,言動威儀皆可法焉。尤謹於義利之分,內而居家,外而當官,惟義是視,不復占自家便安地。平生有過人之才,過人之行,而未嘗有一毫勉強底意思,亦未嘗有一毫矜伐底氣色。噫!公之才人或有之,公之行人或有之,公之清操直節人亦或能之,至其不勉而行,不矜其有,公之外未嘗見一人。蓋有之矣,我未之見耶?今世或無斯人,則當求諸古人耶?古今述作不切于學者,間或涉獵,而未嘗誦讀。其所著力者,經傳之外,惟程朱文字。性本好靜,非公事未嘗出入,端坐一室,終日讀書,雖卯酉之暇不輟。自號以樂靜者,蓋有意焉。其文章本諸經史,平鋪條暢,雲行水逝,了無奇澀態,有如布帛之文,不效綺麗,而要之日用最切而不可闕者。雖大文字,操筆立成,未曾淹思沈吟,從容倉卒皆一致。其詩亦如其文,遇興則輒哦,有感則輒發,不肯刻意雕琢,效文人態度。至如章疏,明暢懇切,横說竪說,無不中理。故當人所難處,言人所難言,而能開悟人主意者居多。所著若干秩藏於家。

《宋子大全·樂靜集序》:清陰金先生嘗序思菴朴相公遺集曰"金玉其相,追琢其章",後思菴而可以當此者,其惟樂靜趙公乎?公以絶異之資,早有志乎實學。沈酣乎載籍之文,而敦篤乎德行之懿。修於家則慈祥孝悌,無間乎父母昆弟之言;仕於朝則謨猷風采,深諭乎卿士大夫之心。至於清儉端潔齊信謹慎之操,則雖婦孺奴隷莫不心悦而口誦也。蓋公賦性沈靜,無他嗜欲,故無甚修爲而自然近道。雖使生乎齊晉之世,洛閩之間,不必見逸於左語之載、門墻之列矣。所不可曉者,同聲同氣相應相求者,此理致之不爽者也。奈何以公之賢,遇寧考之聖,而鹽梅未契,孚尹見瑕,小試而大厄,暫容而久躓,瘴炎冰雪之餘,松摧玉鑠,以增識者之歎乎?子思子有言曰:"天地之大也,人猶有所憾。"今於公益信之矣。公不幸無嗣,既没,而門人弟子裒粹其詩若文,編爲若干卷。其詩皆遇境率意,不甚繩削而自合乎規度,蓋皆性情之發也。而其忠言嘉謨所以上裨君德,下固邦本者,皆在其疏章啓箚。

其片言隻字,無不出於肝肺之間,而憂深慮遠,懇叩反覆。至於丙丁以後,則愈切愈至,而絶無衒直沽名之意。其言時蓋見用,而其未用者十居七八矣。使其皆用,則雖改度易紀,尊主庇民可也。必不止於今日而已。然其不能皆用者,時也,而不害其爲皆可用也。噫!察其言以求其心,考其迹以觀其用,則公之爲人斯可以得之矣。按公狀曰,公平生用功最在經學,雖無端的師承,而門路甚正。嘗曰:“學問之道只在知行,二者不可偏廢,其造詣淺深因亦可知。”而信乎有本者之如是也。然則清陰追琢金玉之稱,雖爲思菴着題之好語,而似亦爲公準備於今日也。記昔聖考初服,清陰先生與愼齋先生論後輩人物,必以公爲第一。且當時文人不爲不多,而文衡衣鉢必傳於公,使先生復起而序公之文,則想不用他言,而儗人必於其倫。故雖愚之服公之甚,慕公之深,而不敢贅以蠡管之說,以俟夫後世尚論之君子。公諱錫胤,字胤之,其先白川人,樂靜其自號云爾。崇禎上章閹茂重乾之上澣,友人恩津宋時烈序。

《詩評補遺》:李白洲明漢嘗于永平白鷺洲作一絕,趙龍洲絅、楊鑑湖萬古、趙樂靜錫胤皆次之。李令知白嘗宰平時,使工鐫白洲、龍洲、鑑湖三詩於巖石上,遂爲勝跡。而樂靜詩棄而不刻。其詩曰:“戀闕心如赴海水,出關身似浮空雲。殷勤寄語洲邊鷺,何日休官隨爾群。”李令亦能文者,必有不取之意。

【按:趙錫胤(1605—1654)字胤之,號樂靜齋,諡文孝。籍貫白川。金尚憲門人。著有《樂靜集》今傳。其詩不事雕琢。《箕雅》收其五古一首。】

李一相 **字咸卿,號青湖。明漢之子。仁祖朝十七登第。官至禮曹判書,典文衡。**

《朝鮮顯宗改修實録》卷一四:七年正月壬午。禮曹判書李一相卒。一相十七登第,歷踐清要。宋時烈之爲吏判也,欲與之共事,自藩臬內遷亞銓,其爲士論推重蓋如此。末年爲李之翼所彈劾,廷臣皆言其不實,遂得伸雪。而一相居常鬱鬱不樂曰:“以吾不文爲大提學,宜其速災也。”一相與其父明漢、祖廷龜,三世主文,國朝數百年所未有也。

《南溪集·禮曹判書贈右議政李公神道碑銘》:故大宗伯延安李公諱一相,字咸卿,號青湖。當皇朝毅宗初元,年甫十七歲,中謁聖文科第四名,實我仁祖大王六年也。時大父文忠公方位端揆,父文靖公由學士出守南陽府,殆國朝以來所未有,一世艷稱之。乃公以少年高科爲不幸,遂不仕一切,閉戶讀經史,二公勖而成之。雖間有槐院、翰苑、玉堂之選,皆不顧也。居五歲始拜說書,移檢閱,至奉教,陞典籍,轉兵曹佐郎、副修撰。丙子拜正言,糾論不憚貴近，又言："國事至此，宜特甄拔人才以備緩急，其在罪者亦可調敘。"上有嚴旨，公引避。仍請大奮發大振作，又批以"留念量處"。乃申白："殿下量處之際，虜當渡河。願卽日出御正殿，策勵群臣，熟講戰守之策，毋貽後悔。"上亦不納。蓋時已斥絶虜使，而尚事泄沓，公言如此。移修撰，同諸僚上箚，極陳破私意務誠實之說。轉獻納，與諫長尹公煌請節損諸司及外方宂費，以補軍需。會朝廷託以偵探，欲復通虜。公慷慨倡議爭執，司諫鄭太和不從。公又啓言："頃者賊虜僭號馳書，乃幸殿下赫然奮發，嚴辭明斥，告諭八方，咨奏天朝。此誠轉危爲安之大機也。曾未數月，横議蜂起，至於差人送書，舉措疑惑。是不幾下欺吾民，上負皇朝乎？"辭意正大，聞者歎服。其冬虜果大至。上議幸南漢，公當從駕，會聞將移江都，乃討暫省母夫人朴氏危疾，旋到行在。則上已回蹕入南漢，城門閉矣。與沈公之源等彷徨涕泣，不得已由間路往依江都分司。明年上出城，俄遭母夫人喪，既而臺諫論未執靮者削黜。時方治斥和諸臣罪，公名亦在焉。上特命遠竄靈巖，移配渭原。公銜恤流徙西南幾千里，能猶以理自勝。朝夕哭泣之暇，乃得肆力於聖賢經傳，尤喜晦庵遺書，孜孜誦習。又痛念時事憤鬱無聊，間或著文以見志。服闋蒙宥，文靖公時爲天官，公遂入質于瀋陽。比歸，復直講、校理，俄出守金堤郡。遭文靖公憂，服闋薦拜檢詳、舍人。移司諫兼弼善，以與修闕勞，陞通政階，尋出監錦城縣，未幾棄歸。而仁祖禮陟矣。由工曹參議移同副承旨，陞右副，尋除禮曹參議，還政院，請留清陰金文正公以輔新化，仍上疏言俞棨等事。既未虛納，又答宋時烈進言多失和平，恐欠包容之量，且請少抑孝思，保養聖躬，以副群下心。旨意懇篤，優批後申教曰："頃疏，予甚嘉爾有情。"蓋上自在潛邸素知公賢，故開納如此。公拜謝進曰："目今天變孔棘，事機難測。所恃者聖明耳。"因垂涕而出，時自點將因北使逞怨於清陰諸賢然也。移兵曹參議、大司諫，疏論鎮定民心之道，繼請嚴明贓法以振頹綱。還右承旨，疏陳洪公茂績不宜以論事被譴，上卽賜對慰諭。由刑曹參議復長諫院，與治自點逆獄，務持正議。陞嘉善階，拜副提學，兼備邊司堂上，偕諸僚陳弭災召和之策。移都承旨，請申明舉主延坐法。歷大司成兼同知義禁府事，拜大司憲，禁吏有受賂者，按治不服。掌令徐元履冤之，將重究其賂者。公謂是當使禁吏益驕，欲並放焉。元履疑公有私啓斥之，上累入其說，命削職。未幾敍復兵曹參判，充副价赴燕山，歸橐蕭然。復命，道拜左尹兼同知經筵。啓言："臣於今行竊觀彼中形勢，大異前日。乞命譯舌密探敵情。"從之。由吏曹參判復長憲府，嘗侍經筵，上欲以王安石誤國歸之天數。公曰："此恐不可。然如宋孝宗可以有爲，適値金國無釁，遂不能恢復中原，誠可恨也。"時講《詩・薄伐》事，上曰："內修然後可以外攘。方今急務在於得人心。”公對曰:“其要亦在於得人才。文武吉甫豈獨生於周時?只是宣王能用之耳。然若推其本,又在於孝友張仲,願加聖念。”上稱善。蓋上方有志於規恢,公之前後進言乃如此。兼藝文館提學,復長玉堂兼實錄廳堂上,與修《仁祖實錄》。出爲京畿道觀察使,還拜亞銓。時上益圖治理,復召山林儒賢,擢尤齋宋公時烈天官。宋公啓請公自助,公亦協心相濟,朝野稱之。先是尹鑴以布衣負盛名,公心不喜。引文忠公見欺於其先人事曰:“此殆成父子歟?”至是宋公欲循外議超七階進用,公又力言不可,宋公不聽。及後鑴敗,人多服公先見。未幾進兼兩館大提學,聞命愀然。疏辭言:“臣祖在宣廟朝幸以文墨知遇,至於繼世主盟,臣父亦嘗憂縮。况臣安敢當?”五上章不已,優批不許。後雖出謝,其心未嘗一日安也。趙判書絅歎曰:“辭文衡至此,古所未聞。李公其賢矣。”孝廟昇遐,公哀痛待甚,差殯殿都監堂上。事竣陞嘉義階,復拜亞銓,累辭移禮曹,復辭文衡益懇。蓋公自念家世踵貴,諸從兄弟皆通榮籍,由是一皆力辭清要焉。會西江人有流言:“全南左水使李東顯載米于船並送亞銓所。”正言李之翼請拿問,允之。先是東顯有書言:“退船已賣,不克副。”公異之,使傳時任李公應蓍亦不知,遂同發書問其故。答謂:“有邊應立者傳書,初不料其僞。今謹封内果用公名焉。”應立俄就捕,根究跡到梁穎南,乃刑訊徒配。時公掌修《孝廟實録》,久在引罪。總裁官李公景奭以爲憂,請詢廟堂處之。上先令户工二曹郎覈米船虚實,歸對今年無湖營船到江者。又命議大臣,領議政鄭太和啓言:“若問東顯,李某必不敢出。且今臺論歸虚,請勿問。”從之。公陳疏待罪,仍乞削職。批曰:“予已洞燭。卿其安心勿辭。”旋命政院牌招,公黽勉承命。事竣陞資憲階拜禮曹判書,辭並及文衡。不許。移工曹,以撰王大妃玉册陞正憲階,奉安《實録》於太白山。歸到城外,聞前論事者拜持平,引避。公陳疏待罪。批曰:“已下之事,不必深嫌。宜勿辭,安心入來。”蓋其人間出佐湖幕,未幾有湖士卞克體者疏攻公甚力,衆已疑之。至是避辭專致,不問東顯罪,目以公權貴,而並斥諸公朋比壅蔽,爲眩惑中外之計。諫院啓請出,俞公棨在玉堂上疏言:“憲臣於朝論既定之後,猶且迷謬。苟非有挾,必是執拗。况諫院處置乖當如是,恐非朝家舉措。”遂乃再避。始舉所送實數米幾包布幾匹,又言船中實載其一家歸櫬,人多目見者。至是諸大臣亦曰可覈,遂並拿穎南及吏卒等。公疏請一體就理,不許。東顯對獄言流言在季春,載櫬船在仲夏。本用艀艋,解櫬高陽而歸。吏卒等考掠無異指,竟與避辭相左。遂命逮問,供辭又盛攻洪公命夏,以洪公素冤公,又方判金吾也。久之未決,上謂首相鄭公曰:“穎南累自引服,其移配北道。他皆放釋。”時公已遞冬官矣。初穎南被鞫,國舅金佑明密使人覘察動静,洪公因人問之,國舅乃上章自辨，仍深斥洪公。蓋國舅爲論事者近戚，而深思公一隊士類故耳。由是上意稍變。而主言路者亦咎其逮問憲臣，餘論紛然。識者益以戚畹漸横憂之。最後尤齋宋公論此，謂："文潞公雖亦有燈籠錦之謗，然潞公依舊爲盛宋名臣。况其初無燈籠者耶？"聞者是之。公遂轉往楊州之豐壤，上章陳情，優批不許。久而後始許。自是累歷右參贊、漢城判尹、兼同知經筵、知義禁府春秋館事、户曹判書。還禮曹。乃以丙午正月朔疾卒城東舊第，壽五十五。會當以侍藥勞陞資，大臣請推隱卒典，特贈議政府右議政。從葬加平朝宗縣先塋。後二十二年丁卯改葬于文忠公墓後。系本出唐中郎將茂，入我朝有諱石亨，三場壯元，策佐理功爲延城府院君，於公爲五世祖。曾祖諱榮縣監，贈領議政，是生文忠公諱廷龜，後進位左議政，文章德業，爲一時名相。文靖公諱明漢，官終冢宰，風流篤厚，克繼先美。朴夫人潘南大族，右參贊諱東亮之女，尤以至性高識稱。公娶完山李氏，領議政諱聖求之女，志操貞固。虜陷江都，夫人引佩刀自决，事聞旌閭。……公爲人嚴重宏偉，氣韻雋爽，見者輒知其大人也。幼性敏悟，閔公應騫，沙溪金先生門弟也，嚴毅有法度。文靖公令就受《小學》。公服膺不怠，已知事親敬長之禮。既長，質業于畸翁鄭公，文學日進焉。内行篤至，事文忠公及文靖公孝謹。母夫人疾革，思嘗生梨不得，公遂不忍食。及喪兩親，服素終其身。文靖公晚遭喪亂，恨不克樹碑先墓，公繼志以成之。有季姑窮老在堂，必日致饋養。痛仲叔早世，一與小子爲後，一分文忠公舊宅，業其孤寡以及諸兄弟。湛樂無間，至或有失，規戒加切。素不問家人生產，唯搆一竹亭，賓至必命酒哦詩以自適。詞氣横逸，所與遊盡一時名流，人服其清致。事君主於不欺，尤以風裁自厲。丙丁之訌，極論和議之非，以至淪謫而無所悔。自經喪亂還朝，會值孝廟厲精，善類彙征。公又特被眷遇，乃克與樂静趙公、市南俞公後先協力，唯國計士議是扶。及于儒賢登庸，亦多與之志義相符。公雖時已老成謙慎，未見運用之跡。其上輔下逮，爲一世所倚重者可見也。己庚以來，漸有消長之釁，亦必隱憂深歎，思所以彌綸調護。自遭横逆，愈欲引退丘樊而不及遂。壬寅年間，北使告以永曆帝被害，公不勝悲憤，寄詩尤齋曰："白日西郊彩仗還，中原消息泣龍顔。忠臣烈士崩心痛，應在窮山絶海間。"辭意激切。後尤齋和之，世皆傳誦。

《菊堂排語》：全羅小吏李東顯者，船賂米于李判書一相家，人言藉藉，持平李之翼論之，有一大臣白上曰："索其船與江上，臺啓虚實可驗。"其欺罔私護甚矣！船雖留泊，其誰摘發也？况米已納而無留泊之事乎？户曹郎官承命往江上，還白："無船。"鄭承旨斗卿有詩云："天崩亦有牛歸地，海闊難尋舟去處。"一時傳誦。

【按:李一相(1612—1666)字咸卿,號青湖,謚文肅。籍貫延安。李明漢子。李廷龜孫。其詩詞氣橫逸。《箕雅》收其七絶一首、七律一首。】

朴長遠　　**字仲久,號隰川。高靈人。仁祖朝登第。官至吏曹判書、提學。**

《朝鮮顯宗實錄》卷一九:十二年十月丙申。開城留守朴長遠卒。長遠事母孝,曾因月課作《反哺烏》有曰:"士有親在堂,貧無甘旨具。微禽亦動人,淚落林烏哺。"仁祖大王大加嗟賞曰:"觀此絶句,誠孝出凡,令人感歎。風樹之比,古人所傷。其令優給米布。"一世莫不榮之。再秉銓衡,而政無嫌私。位至正卿,而家如寒士。然過於謹愼,全沒圭角,且無材能可以做事,人以此短之。

《明齋遺稿·吏曹判書久堂朴公神道碑銘》:公以萬曆四十年壬子三月戊午生。學語便解文字,坐未嘗箕踞。六歲始讀書,母夫人自進麥飯而餉公以稻,不令公知之,公覺之輒不食。八歲作詩句輒驚人。十一歲文藝大進,人目以李泌、晏殊。嘗遊三角山有作,鄭尚書經世見公撫頂曰:"是作'溪路藥名'之詩者耶?"歎其有老成之風。以忠烈公命,學《小學》于晚退申公應榘,又從金觀察致學杜詩。

《明谷集·吏曹判書久堂朴公謚狀》:公少鞠於外氏,忠烈公甚愛之,與之教督無倦。忠烈公歸自豐德,船中命公賦詩,應聲對曰:"回船失豐德,飛帆面洛城。"時年八歲,忠烈公大奇之。十一歲詞藝驟成,聲名藉甚,每一篇出人皆口相傳。遊三角山有詩曰:"溪路却憑樵客問,藥名時與寺僧評。三更睡起禪窗下,松桂花陰遶鶴聲。"愚伏鄭尚書經世適見公於鄰舍,撫頂而賞之曰:"是作'溪路藥名'之句者耶?"以忠烈公命,受《小學》于晚退申公應榘。申公早游牛栗兩先生之門,號稱高弟。見公甚喜,有得英才之樂。觀察金公致素以鑑識推步名,甚重公,教其子定交。於是公聲名大振,前輩名公皆願識面。

《久堂集·附錄·行狀總論(李世龜)》:公爲冢宰司寇者五,宗伯者七,司空者二,四宰者十一,大司憲者二十八,大司諫者三,大司成者四,知經筵者五,知義禁者七,京兆尹、知春秋者三,同知成均、左右賓客、備邊司堂上、開城留守、遠接使、司饔院、奉常寺、宗廟寺提調者二,承文院、掌樂院提調者四,內醫院提調者五,世子輔養官、弘文館提學、藝文館提學、都總管、觀象監、校書館、司宰監、活人署等提調者一。七入台鉉之望,再擬大提學而未受恩點。立朝三十五年,家無儋石,門如寒士,矮簷糲飯,凝塵滿座。求之近世名卿蓋尠其匹,而比諸古人亦庶幾無愧焉。公天資溫粹靜重,爲人恬淡寡欲,而其中確然。容儀軒秀,美髭髯,山根連額,雙眸炯然,襟度凝遠,德氣冲和，一見可知其爲吉祥君子也。幼有異才，聰睿絶倫，出語輒驚人。稍長自知有爲己之學，恥以文藝爲名。世方傳誦其句語，目以泌、殊，而公已沉默自晦，探索經傳。中年以後潛心求道，益自致力。其于《大學》、《論語》、《中庸》、《心經》、《近思錄》暨二程朱子書、《性理大全》、《退溪集》等書周而復始，未嘗去手。每日默誦夙興夜寐《敬齋箴》。……公文章超詣夙成。詩律清健精深，多自得之趣。未嘗諷詠，起草若不究思然，聊以寄趣，略不以此自多。詩稿中如送别酬和之作皆漫成而已。出而示人者絶罕，詞華所就人亦不知，故在朝亦不以文學進。晚年兩館提學之除，文衡之擬，出於輿誦之稱屈。有詩文若干卷藏於家。

《終南叢志》：朴仲久長遠文才早成，十二歲時，有父執壬子生者被謫，于别席，群丈命仲久作詩，仲久既題曰："前後生同壬子年，去留心事此離筵。天無竟日雷霆怒，莫恨潮州路八千。"仲久亦壬子生，人稱奇童。仲久嘗以正言製進月課，《反哺烏》一絕曰：'士有親在堂，貧無甘旨具。微禽亦動人，淚落林烏哺。"仁廟覽之傳曰："此人父母生存乎？"承旨回啓曰："此人只有偏母。"傳曰："觀其絕句，誠孝非凡。一家忠孝，令人感歎。風樹之比，古之所傷。令該曹優給米布，俾免不待之痛。"此誠異數也。蓋仲久外祖沈公以前都正，年七十遇丁丑亂，隨廟社入江華，聞賊兵已渡甲串，索筆書遺疏，夫妻俱自縊而死。仲久上其疏，仁廟覽而嘉之，爲旌其閭。故上教以"一家忠孝"稱之。仲久號久堂，與余善焉。

《晦隱瑣錄》：朴久堂長遠嘗遊三角山，有詩曰："溪路却憑樵客問，藥名時與寺僧評。三更睡起禪窗下，松桂花陰繞鶴聲。"時年十一。曾見《趙滄江日記》，爲平康宰時，久堂外祖沈都正詵爲鐵原，久堂幼少時從焉。滄江往鐵府見之，喜其夙成，歸後送書相訊云。

【按：朴長遠（1612—1671）字仲久，號久堂、隰川，謚文孝。籍貫高靈。著有《久堂集》今傳。其詩清健精深。《箕雅》收其五絕一首。】

曹漢英　　字守而，號晦谷。文秀之子。仁祖朝登第。官至參判，襲封君。

《朝鮮顯宗改修實錄》卷二三：十一年八月庚戌。夏興君曹漢英卒。漢英少有文譽，既登第，歷踐華綑，以至卿列，於其時儕流中最爲久次。但性不雅馴，喜與一時士論乖張，終以是見阨，累遭彈劾。而在銓曹塞尹鑴進善之望，公議是之。

《藥泉集·夏興君曹公神道碑銘》：蓋言公平日持論處己之方，其可紀之大者有三。當仁廟戊寅，我有助清人西犯之兵，而王世子自瀋中歸覲，清人以元孫替去。公時任持平，奮曰："我雖爲臣虜於彼，臣之於君亦有可從不可從。豈至於無所不從乎？且歸將復去，去將不歸，是將舉族北轅也。”草疏萬餘言，請亟斷大計。不報。會清人召致我宰執及都承旨申得淵，脅問曰：“聞爾國猶有爲明朝守節者，其人爲誰？”得淵以金公尚憲及公名對，清人索之急。公且北行，上遣中使勞諭，賜白金貂帽。及至，清人設兵威脅問，答曰：“我論我國事，何以問爲？”怵以死，無撓辭。群胡相顧曰：“此人爽爾。”“爽爾”卽胡語“好好”之云也。遂囚公等瀋中，朝夕不可測。而獄中四壁霜厚尺餘，公處之委順。日與金公唱酬詩章，積成巨帙。金公題之曰《雪窖集》。居三載，清人緩之，移拘我境龍灣上，又歲餘始得釋。孝廟時尹鑴盜名自重，屢招不起，上將許以布衣入見。公時任承旨，白上曰：“鑴之實地，上未必自知其如何。今乃以一人之譽，輕加曠世之異數。後若不副其名則奈何？”乃止。尤庵宋公判銓時，又欲超八資擬進善望，公時同政席曰：“此不但有違政規，吾且知其人，决不可用。”爭之甚力，宋公不能奪。一時右鑴者譁然攻之，至有勸宋公斥去。公卽辭遞銓職。己亥春，公方任諫長，獻納閔維重入侍。論故相金堉葬用隧道，請改葬，以極罪罪其子。他啓復至十事，皆未嘗簡問於公者也。公啓曰：“事發於入侍之際，不容往復。同僚則獨啓，例也。不然何得不問而專論？”臺議皆知公所執是，且以折言者爲難，兩可之。公曰：“臺閣本無兩可相容之規。且初不與聞，後乃參啓，决無是理。”引疾不出。正言李翊劾公避事請遞，上顧謂侍臣曰：“大諫無失。茲事可駭。”旋移公承旨，所以爲公道地，不欲其重觸言鋒也。未幾上棄群臣，公遂與世相左。蓋觀公終始雪窖不屈之節，人固不敢容議。至若銓席之議，諫院之論，或先則毁而後則服，或與者少而不與者多。雖然以余言之，抗義而不顧身，斥邪而不恤謗，自守而不苟徇，立志皎然，初無異致。昔人論徐邈之通介曰：“是世人之無常，而徐公之有常也。”余於公亦云。公諱漢英，字守而。系昌寧，遠有代序。在勝國八世相繼爲平章事，入本朝名德蟬聯。曾祖僉知中樞府事諱大乾，祖司䆃寺主簿贈吏曹參判諱景仁，考工曹參判夏寧君贈吏曹判書諱文秀。妣全州李氏，右贊成貞簡公直彦之女。公生于萬曆戊申，五歲通《詩經》，十二歲能述作，二十歲中生員一等，三十歲擢庭試狀元。歷成均館典籍、直講、江原道都事，徧遷柏府、薇垣、春坊、玉堂、天曹、中書郎、司僕寺正、知製教兼校書館校理、漢學教授。以《仁祖實錄》都郎勞陞通政，歷承旨、大司諫、大司成、吏禮兵刑工參議兼承文院副提調。己亥後除職輒辭，不安在朝，求外出春川府使。丁未以大臣論薦，陞嘉善，拜漢城府右尹，襲封夏興君。歷刑禮參判兼五衛都總府副總管、京畿觀察使。庚戌八月，以左尹卒于第。弔祭賵贈如禮。十月葬于驪州五龍谷負艮之原。

《滄溪集·故嘉善大夫禮曹參判夏興君曹公墓誌銘并序》：所交皆一時

名流，而其所深許則獨趙公錫胤一人而已。於書無所不貫穿，記誦之博，世未有能先之者。爲文章渾厚俊逸如其人。顧罕述作，獨好爲詩，其高處尤逼古。有《晦谷集》若干卷藏于家。

《小華詩評》：曹聘君諱漢英，號晦谷，嘗在呂莊重陽日作五言近體曰："故里重陽會，相攜醉幾遭。老翁難杖策，佳節負登高。沙白仍清渚，花黃復濁醪。狂歌落帽興，無復少年豪。"格律清絕。公少從澤堂學，有自來矣。

《詩評補遺》：晦谷曹聘君漢英文才早成，六歲時，公祖夏山公抱置膝上，適有客來，時日暮，方舉終南烽火。客呼"烽、鍾"二字，使公作聯句。公即對曰："烽傳千里信，鍾報萬家昏。"一時傳誦。後宰春川，題昭陽臺詩一聯曰："平郊煙樹依依畫，落日漁歌點點舟。"其說景如畫。

《水村漫錄》：晦谷曹參判漢英，與先人自少同榻，仍成陳荀之親，而學於澤堂，文翰甚高，可壓一世，竟未秉文衡，人多恨惜。嘗出宰春川，重建鳳儀樓，題詩曰："鳳儀山下鳳儀樓，樓廢何年鳳不留。暫撤玉皇香案吏，却來仙府好樓修。朱甍曜日扶桑近，碧檻憑風大地浮。"末句忘未記，此亦可見其調韻之出俗矣。

【按：曹漢英（1608—1670）字守而，號晦谷。謚文忠。籍貫昌寧。曹文秀子。金長生門人。著有《晦谷集》。其詩高古，格律淸絕。《箕雅》收其五律一首。】

洪處亮　　字子晦，號北汀。南陽人。仁祖朝登第。參重試。官至行吏曹判書、提學。

《朝鮮肅宗實錄》卷一四：九年三月癸丑。前判中樞府事洪處亮卒。處亮，故相瑞鳳之姪孫也。少有文名，中歲休官歸田，屢召不起，時議重其恬靜。亞卿擢授銓長，處亮遂不復辭，人頗譏其去就。及時事大變，亦不發一言，只與世浮沈而已。至是卒，年七十七，謚貞靖。

《晚靜堂集·吏曹判書洪公謚狀》：公諱處亮，字子晦，號北汀。系出南陽。南陽之洪自麗稱大姓。……觀察使諱春卿以文顯，號石壁，寔於公爲高祖。……以萬曆丁未生公。幼而聰悟雋拔，文藝夙成，從從祖鶴谷相國學，鶴谷公器愛之，常期以遠業。隣居月沙李相國亟加稱賞曰："爾家三世湖堂，爾將紹其聲矣。"庚午中司馬選。壬申拜泰陵參奉，不就。已又除齋郎。丁丑擢文科，補承文院副正字。己卯春拜承政院注書。冬薦入翰苑爲檢閱，例遷至奉教。辛巳序陞典籍，改禮曹佐郎，拜司諫院正言，論禮曹參議金榮祖不合清望，坐是見遞，授文兼。上疑新進矯激，果於攻異。自是屢擬臺司，而除命不及者六七年。壬午以書狀赴瀋還，則以瀋中例賫盡歸之灣府，不以一物自隨，澹如也。拜兵曹正郎，移直講兼知製教，還騎曹。受御史之命，按事洪、清二州。癸未除禮曹正郎，俄移直講、騎曹。甲申出爲海運判官。時贊成公宰湖南，爲便省覲求外也。拜侍講院司書，當赴燕京陪扈。會昭顯世子東還，遂不果行。時朝黨分裂，公簡靖自守，不逐時趣，當路者嗛其不附己。濡行甫二年，而又有是遣，公處之夷然，不以獨賢見幾微焉。乙酉復兵曹。丙戌拜京畿都事，擢重試。丁亥除司書，入玉堂爲副修撰。公蚤以詞學有盛名，而登第十年始被論思之選，論者以爲遲。遷獻納、校理。自兵曹還校理。戊子兼世孫講書院贊讀。屢移修撰、司書、獻納，拜吏曹佐郎兼司書、校書館校理。己丑陞正郎。庚寅差都廳。參修《仁祖實錄》。受命以繡衣廉問海西。明年復正郎吏曹、兼文學，因微事罷。旋敍拜司諫，遞授宗簿寺正，還拜司諫。遭贊成公憂，廬于墓下，毁戚盡禮。制除，拜司僕寺正、司憲府執義。以在禫月，不拜。甲午又拜太僕、兼輔德。遷司諫，兼帶如前。尋擢拜承政院同副承旨，遞爲禮曹參議，還右副承旨。爲養出牧光州，以清靜爲治，聚邑諸生，廩養而教課之，敦獎儒學，湖士大勸。民樹石以思。丙申以承旨召還，屢移大司諫。歷禮、工曹參議，拜左副承旨。丁酉陞右承旨，遞爲戶、工曹。復長諫院。冬丁太夫人憂，守墓秉禮視前喪。庚子服闋，拜承旨者再。辛丑被大諫、兵曹參議之命，皆力辭不就。蓋公自外除，仍屏居積城墓下，優游養靜，其跡罕及都門。已而拜成均館大司成，僶勉一謝恩命，求罷輒歸。壬寅拜吏曹參議、大司諫，皆不赴召。授江原道觀察使，公以屢違朝命爲不安，且外莅，異於清要，强起赴之。癸卯秩滿，謝兵曹除命。遷大諫，即辭遞歸里。甲辰連拜大諫，皆屢辭遞。除清風府使，峽郡歲入素鮮薄，公爲之减俸節費，別儲羨穀數千斛以備荒政。其後值大歉，民賴以濟。丁未任滿，拜大諫，遞又拜。移弘文館副提學，皆辭不赴。戊申以廟薦特陞嘉善，禮曹參判兼宗簿寺提調，公累疏辭。上諭以“卿才允合擢用，何用辭爲”。公蹔入都謝恩而歸，又辭。遞大諫。冬拜開城府留守。府人曹錫挾士名，武斷横甚，害及市民。公囚治之，繩以徙邊之律，一府肅然。其俗於常稅外，較民戶貧富定爲九等。上戶月斂米六斗，以是爲差，雖獨戶不免焉，名曰大同廳。官府支費皆於是乎取辦。丘井煩擾，民不能堪。公至則悉心經紀，務節縮廣儲聚，又預收民戶一月之俸，得五千餘金。擇定掌者，俾管其事，每月取贏爲三百金。而計一府常需，月不過百金。措畫有方，著爲永制。月捧之規遂革，民大悦，頌德惠，碑于逵。庚戌拜大司憲，病辭。明年授吏曹參判、典醫監提調、同知經筵、春秋館、成均館、世子左副賓客，其所兼帶也。又兼內贍寺、承文院提調。癸丑陞拜本曹判書兼知經筵、春秋館事。公以耆宿厚望，班序猶淹，進秩而位冢宰，人無異辭。公累辭而受命。在銓既久，有不悦者持注擬間事,發於臺参以撼公。公九疏力乞解職,遞爲都憲,移議政府右參贊。甲寅二月,仁宣王后昇遐,以禮曹判書差殯殿都監提調。陵功完,加階正憲。歷大司憲,又判吏曹。自己亥服制禮論起,黨人藉以甚間,至是禮曹議慈懿大妃服制,定以大功。顯宗大王命大臣六卿會賓廳議之,公與諸宰議無異同,而首相獨被重譴。公出城外,屢請同被罪,且乞免。上以朝家處分已定爲教,不許。八月,顯廟賓天,差殯殿都監提調。以山陵未畢,不敢遽退。乙卯春進秩崇政,屢辭始解銓長,授知中樞。時黨人寖用事,攻賓廳議禮諸人益急,必欲致之罪。上終不聽。繼而告廟之論又起,耆舊退斥幾盡。公杜門謝事,以俟朝命。常自眷顧憂咤,而寵辱之際未嘗有隕穫之色。丙辰入耆老所。戊午判中樞府。明年,有凶賊有湞獄。有湞江都投書中,有"驅脅舊宰臣某某"等語,歷舉宰臣七人,而公名在焉。公與鄭相知和諸公詣闕下待命至月餘。上使勿待罪。尹鑴等請拿七臣,以待獄竟,禍機難測。賴聖明臨上,已而事遂已,奸人網打之計不得售焉。至庚申,朝象清明,在野舊臣悉被收召。公拜工曹判書。未幾,復判西樞,移禮曹左参贊兼弘文館提學、掌樂院提調。公年既耄老而養閒久,雖當新化,而無意就列,俱不拜。連辭以免。辛酉,累乞致仕。癸亥春,舊疾益示憊,親知諸公來問疾,慰解之曰:"公疾當非久良已。"公逌然笑謝,殊無怛化之意。三月九日,口號辭疏,未果上。翌日,命侍者扶起而坐,言不及家事,倚枕而逝。享年七十有七。……不以文華自任,而嗜書史,坐臥必携,至老不倦。議論出入古今,貫穿恢博。時與篤交數四諸卿文酒歡會,風度照映於几席觴詠之間。爲文未嘗爲艱深之辭,明白敷暢。詩亦不事彫繪,而音調高雅,情境宛然。所著遺集有若干卷。

《壺谷詩話》:洪北汀處亮自有門闌詩格,如《哭子》詩"靈帷晝掩暗生塵,寂寞虛堂酒果陳。床有借來詩卷在,婦人收取哭還人"之作,逼古。

【按:洪處亮(1607—1683)字子晦,號北汀,謚貞靖。籍貫南陽,著有《北汀集》。其詩音調高雅,情境宛然。《箕雅》收其七絶一首、五律一首、七律二首。】

俞 棨　　字武仲,號市南。杞溪人。仁祖朝登第。官至吏曹參判,提學。

《朝鮮顯宗實録》卷八:五年二月己未。前吏曹參判俞棨卒。棨博覽强記,有文名。丙子之亂,扈入南漢,抗疏斥和議,以是見斥於時。孝廟初,爭仁祖廟謚,謫于鍾城。宋時烈力薦于朝,遂被遷擢,受委甚重,無所施爲。而與時烈等結爲黨援,庚子之歲,力斥尹善道,首倡焚疏之說,遂大獲罪於公議焉。

《明齋遺稿·市南先生墓誌銘》:崇禎紀元之後三十七年甲辰二月廿五日市南先生卒,五月戊辰葬于湖西嘉林七山壬坐之原。……先生諱棨,字武仲,姓俞氏。其先杞溪人。……先生以萬曆丁未二月廿五日生。癸亥丙寅連丁內外憂。服闋中庚午進士,癸酉文科,選隷承文院,除重林察訪。丙子薦拜承政院注書,遷侍講院說書。是冬扈駕入南漢,抗疏請正誤國諸臣之罪。明年丁丑坐謫。越三年蒙宥。甲申敍復注書。被史局薦,不應。陞成均館典籍,移兵曹佐郎。乙酉春拜全羅都事。夏拜禮曹正郎兼知製教。秋奉命試士于湖西。丙戌夏除務安縣監。戊子解歸。己丑春始拜弘文館修撰。夏,孝宗卽位,移司諫院正言。秋由兵曹正郎還校理。冬遞職歸鄉。初,先生疏論謚議忤旨,屢擬銓郎三司,不用。庚寅夏,嚴旨竄穩城,賴諸臣論辨得已。至冬,竟申前命,明年量移寧越。又明年放歸田里。戊戌起廢,以侍講院文學召還,陞弼善,尋自成均館司成,薦拜議政府檢詳,仍陞舍人兼弼善。己亥正月擢拜兵曹參知、差備局副提調。卽孝宗末年也。將倚以大用而未及焉。歷拜大司諫、工曹參議、承政院同副承旨兼承文院副提調。五月顯宗卽位,移拜成均館大司成,又移拜弘文館副提學。庚子七月移右副承旨,轉左副,歷工曹、禮曹參議,還副提學兼句管賑廳。壬寅正月拜吏曹參議,病遞。又歷禮曹及承旨。還天曹。冬陞秩,拜藝文館提學。仍拜大司成兼同知春秋館,義禁府事。尋遷大司憲,又遷吏曹參判。七月病遞。又歷漢城府右尹、副提學、都承旨。冬還拜天曹。時先生疾已篤,移右尹。甲辰正月又還天曹,而皆辭遞。及卒,壽僅五十有八矣。……著書不爲無益之空言。貫穿百家,游刃群書而不以爲博;旁通衆務,用無不周而不以爲能。北竄東遷,備嘗險塗而不以爲慼;光膺隆眷,晚躋亨衢而不以爲榮。一心而參三才之道,一身而任四海之憂。退而居於野則子弟服其教,而鄉黨薰其化;進而位於朝則人主信其忠,而生民蒙其福。跡此而言之,殆古人所謂名世者非耶?

《魯西遺稿·嘉善大夫吏曹參判兼同知義禁府春秋館事藝文館提學成均館大司成市南俞公行狀》:過十日後,乃降傳旨竄公,終配穩城。兩司爭執踰月,金文敬公亦上疏自劾,請同公罪。而上皆不省。趙公錫胤六疏伸公而不得,爲脫裘以送公。公聞命卽發,衝冒冰雪,踰越險阻,不翅若元城西山之行。過咸關嶺有詩曰“男兒豈肯愁寒死,獨跨征鞍上雪關”。又與諸士友詩以道意,宋公時烈和之曰:“古轍崎嶇獨自隨,暫時離索莫相悲。心期已向參同見,學力從看氣貌知。懲熱幾多齏吹虀,惡方那忍更成規。天心玉汝眞堪喜,休費幽吟攪我思。”……公於文章不專用力,而四部百家靡不貫穿,蓋其看書不比他尋行數墨而已,必先總括一篇大意,考其脈絡而探其歸宿,故凡一過眼能終身記得。嘗謂“余於記性無大過人，而久而不忘則差長”云。爲文主於通暢，稿不再易，尤長於論議上，不以文辭勝義理。於詩對景寫懷，不甚着實。常言“詩不貴巧麗。有意爲此，非性情之流出矣”。平居未嘗輒爲無益之文，其出入禁掖講議敷奏等辭固已書之太史，而至於放逐閑退之時遇境應酬之作亦皆記實道意，自倣於立言詩史之法，廑若干卷藏于家。

《宋子大全·市南集序》：市南公文集幾卷，其長胤正郎命胤甫所裒集者也。胤甫嘗託余以要删，余非惟不能，亦未暇也。未幾胤甫亦下世，而世變又如許，尤不敢出以示人矣。胤甫之孤相基將巾衍而深藏，以待後世之子雲、堯夫，終必有所遇矣。第惟公少喜詩酒，遇境輒發於吟詠者不少。此則雖可見其情性之一端，而非大體所關，宜有所簡選也。當南漢危急之日，慷慨論事，義理昭炳，可與日月爭光。旋在謫籍，尋卽任便。優游江湖，日以經籍培養本源，知之日益明，存之日益固，擴而充之日益遠，而望實日益隆，則朝廷不許其閒適矣。孝廟初服，忤旨流竄，仍復退處。八九年之間，所以危深增益，理明而義精者，又非前日之比也。及其末年，際遇昭融，取以自近，而處之以機要。公亦以世道自任，知無不言，必竭底蘊。世方期其有爲，而孝廟上賓矣。公送往事居，方物謀慮，罄其忠益，以死爲期，而公則病矣。蓋其五六七歲間見於章疏謨猷之中者，綱條甚正，義理甚明，既非迂闊之陳談，而又非功利之卑論也。雖其人心不如我心，做時不似說時，不能皆底於績，而不害其爲皆可績矣。最是庚子歲宗統一劄，明白痛快，憂深慮遠，以爲必爲小人日後媒禍之大端矣。十七年之後其言大驗，不啻抇蓍爇龜之灼然。噫！公能知來物於十六年之前，則其於目前是非利害之實，其有不知而言者歟？然則公之章疏謨猷皆可底於績者，可信無疑矣。嗚呼！龍亡而虎逝，鰌鱔舞而狐貍號，撫誰昔而興懷，念音響而隕涕。略綴梗槩，使竝藏之。萬一後世果遇子雲、堯夫，則必以愚言爲不誣也。崇禎紀元之後丙辰月日，恩津宋時烈序。

【按：俞棨（1607—1664）字武仲，號市南，謚文忠。籍貫杞溪。金尚憲、金長生門人。其詩對景寫懷，不貴巧麗。《箕雅》收其七律一首。】

趙復陽　　字仲初，號松谷。豐壤人。仁祖朝登第。官至吏曹判書。典文衡。謚文簡。

《朝鮮顯宗實錄》卷一九：十二年正月壬戌。禮曹判書趙復陽卒。復陽，左議政翼之子也。感疾未數日卒。上命給喪需，世子亦賜棺材。復陽少有文才，歷敭華顯。而立朝無可稱之節，只喜黨論。及掌銓柄，多有鬻官之誚,識者鄙之。

《歸鹿集·松谷趙公神道碑銘》:顯廟十二年辛亥,大宗伯太學士松谷趙文簡公捐館舍。……公諱復陽,字仲初。松谷,自號也。趙氏出豐壤。……考諱翼,左議政,謚文孝。公好學篤行,爲世大儒,學者稱浦渚先生。夫人玄氏,郡守德良女也。公以萬曆己酉十一月壬辰生,聰悟絶人。十餘歲文理已大進。既長博通經史,究極古今治亂之故,慨然以世道生民爲心,一切榮辱得喪利害無足以嬰其懷,顧獨怵然有一物不得所之憂,其在韋布自任之重蓋如此也。丙子亂,入江都。賊渡甲津,公請見檢察使金慶徵、留守張紳而説之曰:"賊半渡,我以戰艦横截之,乘其亂而擊之,蔑不勝矣。"慶徵等涕泣不能用。明年戊寅擢第,隸承文院。由堂后入翰院。時朝廷被虜脅,有錦州之役。公上疏極言"不可助仇讎以攻父母"。不報。序遷待教奉教,陞典籍,改兵曹佐郎,拜持平,爲養出補結城,以事罷。叙復兵郎。甲申拜正言。論内獄治囚,關後弊,鞫廳默默承奉,失按獄體。由是忤大臣,在散歲餘。復由正言遷獻納。劾銓官以私囑,除大君婿爲守宰。上震怒,招問公安所受。公慨然啓曰:"近來宫家請托,多行兩銓。豈不傷國體乎?臣以諫官不言,則臣負殿下也。殿下畀臣言責,而從以罪之,則殿下負臣也。何忍引言根以辱朝廷也。"上無以罪之,特遞其職。丁内艱。制闋,拜弘文館校理,拜持平,復移校理。庚寅兼《仁廟實録》都廳郎。時孝廟新即位,有躑躅者欲伺間傾朝廷。又有醜正之輩疏詆牛、栗兩先正從祀文廟之論,而清陰、慎齋兩先生始皆徵詣京,未幾皆有歸之。公上箚言之。入對,又極陳先正道德,又因旱上應旨疏,歷言士類進退,言路開塞,治政得失,生民利病。首尾萬餘言,而其歸則推本於人主一心。上嘉納。先是,俞公棨坐議大行謚遠竄,赦還屬耳。一日上從容問得失,公曰:"自有俞棨事,朝臣以言爲諱,非社稷之福也。"又言"憲長朴遾順上旨,停合啓,擢工判,以是或疑殿下之好承順也"。明日遾上疏激上怒,上遽罷公職,復竄俞公于北邊。辛卯,坐微事與館僚同被逮。及奏當,獨命公杖配。而赦還復拜兵郎,移獻納、修撰、副校理。自是五六年間或罷或削,間丁文孝公憂。既吉,歷吏曹佐郎、正郎兼知製教、校書、校理、文學、兼文學、兼弼善、輔德、兼輔德、南學校授、司成、檢詳舍人、執義、司諫,或再或三,而在玉堂最多。……己亥移吏曹參議。公在三司言議侃侃,動多觸忤,以故連蹇不前。至是上意傾向,滋欲用公,而未及用。五月孝廟昇遐,拜撰集廳堂上、承文提調。山陵畢,公三上疏勸上立志務學,以聖人之學、先王之政反復爲言。庚子由禮曹參議再爲大司成、吏議。是年大無,公上疏請擇有心計誠實者立名號,專畀賑政。上詢廟堂,遂設裁省賑恤廳。以公及吏判洪公命夏、副學俞公棨管之。公語同列曰:"吾輩有一毫私意，何能濟溝壑也？”先請大行蠲惠，發京外宿儲銀米布以充國用，減御供，廣募粟，移運蠲貸。遠近緩急，鑿鑿中窾。又爲賑恤事目數十條頒之，纖悉備具，皆可爲後世法。自是仍三歲飢疫，公夙夜忘寢食，飢者哺，病者藥，死者得以斂埋。每於上前議蠲免，或爲有司沮格，則至誠爭論，不得請則不已。以故民雖死，皆知朝廷德意者，公之力也。以副提學特陞禮曹參判，兼備局有司堂上、同義禁。屢遷大司憲、漢城右尹、兵曹參判，出爲開城留守。未幾，上特召爲備堂，俾主賑事。拜吏曹參判，遷右尹。冬拜江都留守，俄還亞銓。大臣言江都重地，宜久任責成，命仍之府。有大青、升天、鎭江三大浦，公築長堤二十里，得水陸田沃壤數千頃。增損鄉約節目以教民，大修戎政，蔚有成績。乙巳召還副學。是年秋，同春宋公建言元子幼冲，請置輔養官。上命依中廟故事，使銓長詢廟堂，廟堂皆以公應命。……公自乙巳以後不樂在朝。及入銓，不悦者多齮齕，時相許積從以屢憾公不已，公遂稱疾篤。遞吏曹，拜禮判。公歸意已決，而以受命賑饑，黽俛復出。時則庚戌冬也。是歲百穀不成，冬又大寒，民飢凍死者相枕。辛亥元朝公自賀班歸，始感疾。越七日，朝見陰霧四塞，仰天歎曰：“人日不清，人將盡劉矣。”口號草疏，請減兩湖稅大同。上卽命大臣賑堂，待朝來會。公曰：“兹事係民命，吾不進，事不成。”遂力疾造朝。會有命來日更會，公至備局而還。病猝劇，使子具疏陳病狀，起署名唯謹。十日日向申，扶坐翛然而逝。亨年六十三。

《明齋遺稿·吏曹判書松谷趙公行狀》：公看書一下數行，一過眼終身不忘。在史閣閲祕藏數百卷，了然皆記。爲文肆筆卽成，略無凝滯，華贍典重，用無不宜。少好讀《綱目》、馬班史。人謂其文章本之《六經》，而得於史傳者爲多云。有文集若干卷藏于家。

《明谷集·松谷集序》：其文渾浩醇深，必以理勝辭達爲主，蔚有先先生氣脈。疏章又典雅條鬯，有以根極乎魯論朱箚之遺。至於駢儷，國朝之所最崇用，而場屋少作，邁迹楊劉，斐然自成一家。兩制詞命，深得眞蘇之體，程儒學士皆宗之爲法。蓋公早探經學，尤邃於史傳，貫穿諸家，咀擷英華，故其發於文者如此。韓子云“仁義之人其言藹如也”，公其殆庶乎。

《詩評補遺》：趙判書復陽十餘歲時，往龍山族人家。盆有黄菊，時當十月。主人呼韻，趙卽應口而對：“問君何術禦風霜，能使黄花十月香。家近龍山樽有酒，可呼今日作重陽。”自此始有文名。

《星湖僿説》：松谷之詩長於詠物，其《攪車》曰：“雙横雙立行如舞，執厥兩端用厥中。揮手攪來聲軋軋，白雲晴雹各西東。”攪車者，今俗木綿除核之器也。雖巧而近俳。又如《白燕》詩一聯云：“真珠箔上聞聲別，白藕池邊過影迷。”此不出於前人套習也。唐詩《詠鷺》則曰：“立當青草人先見，行傍白蓮魚未知。”此尤鄙俚。其《詠白胡桃》曰:“紅羅袖裏分明見,白玉盤中看却無。”其詞稍雅,然下“紅白看見”字,覺其淺露也。松谷此句則“聞聲別”三字煞有精彩,非他比,但恨一“白”字猶有痕跡,可厭。大抵此類幾于胡釘鉸、張打油,亦不足尚也。嘗見此老題人江亭一聯云:“危欄落照懸春釣,高棟浮光接曙河。”殆於神助爾。

【按:趙復陽(1609—1671)字仲初,號松谷,謚文簡。籍貫豐壤。趙翼子。金尚憲門人。著作有《松谷集》今傳。其詩長於詠物。《箕雅》收其七律一首。】

申　濡　　字君澤,號竹堂。高靈人。仁祖朝登魁科。官至禮曹參判。

《朝鮮顯宗改修實錄》卷一四:六年十一月壬辰。前參判申濡卒。

《旅庵遺稿·從曾祖禮曹參判竹堂公神道碑銘》:漢詔天下舉孝廉及可爲良二千石可使絶國者。漢近乎古,能知取人之道也。然而漢之諸臣能兼備此者盖尠矣。求諸我東近世,泥翁申公有之。公本高靈縣人。諱濡,字君澤,泥翁自號也。堂于竹裏,扁以竹,世稱以竹堂。萬曆崇禎際,南北受兵,國家多難。憲文王丁丑,銅闈入瀋館。叛臣鄭明壽締異類,謀抏今國。宮官金宗一、鄭雷卿忤明壽,駴機大發,朝廷改遣宮官而難其人,咸曰“申某可”。己卯春,公拜侍講院文學,赴瀋。雷卿竟殺死。秋,以問安官還朝。冬復之瀋,庚辰四月還。公往來周旋,衛護銅闈,履虎尾終能亨。癸未,日本關伯源家光生子號若君,請賀使。日本大創我八年,我之許成裁數十年,尚有戒心。且彼慕我文華,匪才智異等者不可使。上命公爲書狀官。四月發船,月闕圓三乃至。公交際一以誠信,求詞翰來者紛駢,公左右應之,市然燁然,觀者驚嘆。以贊以贐辭,而多獻奇珍之物,公並卻之一不受,蠻人尤服其廉。林道春,蠻士之俊也,公要聞其國事蹟人物山川物産儀節謠俗,道春與其二子恕守勝撰三卷書以進。此國之大禁,而深得其心故然。十一月復命。壬辰八月以副使往燕京,十二月竣事而還。癸巳冬出守松都,地通西大路,貨物都會。勑使至,貿賣求請無節,恐喝箠扑交加。而講和屬耳,順其意莫敢誰何。公使衆胥,往復誘抑,多省略。而一歲中迎送八勑,市民失縮銀且累巨千。公多設方略畢償之。故宮省墟賦布,中江開市,馬數布商之徵並減之。歲供方物馬鞍飾、公田耕耘傭米、獨女之稅並除之。置醫局,得京署藥料以濟瘥札。先朝以舊都多士,倣國學設陞補試,倣諸道設都會試。中歲罷陞補試,減都會試額數之二。公皆復如初。此皆公露章以請。有請,上輒可之。校宮亂後無書籍,鳩財購千有累百卷,以課生徒。於是府之士農工賈窮寡殘疾咸被惠化。公歸,民伐大石以紀之。公居官廉。淮陽之遞也,庫財之羨餘者多,掌吏以告。公曰:“此出於淮陽者,我何與焉?”盡棄而歸。公家嘗遇災,書架盡煬。公作宰時,冊商適至,子弟請買一袠。公曰:“吾不欲以官錢辦一物也。”終不許。嗚乎!公之施於外者,入於太史之紀,載於郡邑之志,異國之人皆知之。而公之行於家者,有知之者,知之而有不能深者。……公之文章,文未就梓,詩集十卷行于世。詩家月朝,以任恬軒之言爲得之,曰:“公之詩,格足以攝其才,辭足以實其境。古詩型範漢魏,不區區於肖擬。律體兼取宋材以爲佐,而終不能奪吾步驟,要以唐聲而終始。書法世與白玉峰並之,而才致以公勝云。”公之職官,二十一進士,二十七擢文科第一,例授成均館典籍。在六部,佐郎則吏禮兵,正郎惟吏,參議則吏兵刑,參判則禮戶兵刑工。在臺閣,司諫院正言、獻納、大司諫,司憲府持平、執義。在兩館,弘文館副校理、校理、副修撰、修撰、應教、副提學、提學,藝文館直提學。議政府檢詳、舍人,侍講院文學,承政院承旨六,京兆左右尹,憲文王《實錄》纂修官。樞府、總府、籌司、金吾皆歷踐。累典貢舉,知製教常兼帶之。外庸公山、松都、淮陽也。

《詩評補遺》:申參判濡號竹堂,嘗以知申事于代言司壁上題詩曰:“壁坐仍宣飯,輪番伴宿臺。十三完做度,單五畢重來。置位惟循次,分房豈量才。封章從副議,請告稟都裁。曉入班常倒,昏歸首自回。拜前恭已甚,拳膝事堪咍。斗苦終申晚,東愁滿目催。私緘來勿坼,啓事告宜抬。未許齊搖扇,何妨共引杯。勖哉同省友,畏此古風頹。”言簡而事賅,許多古例備盡於十韻之中,可謂銀臺詩史。

【按:申濡(1610—1665)字君澤,號竹堂、泥翁。籍貫高靈。著有《竹堂集》。其詩言簡事賅。《箕雅》收其七絶一首。】

洪錫箕　　字元九,號晚洲。南陽人。仁祖朝登魁科。官至堂上府使。

《朝鮮仁祖實錄》卷四六:二十三年四月癸丑。諫院請李郊削去仕版,金三樂罷職,上不從。正言洪錫箕素與郊相密,後因酒場醉詬,錫箕含憾,論郊太甚,又論金三樂薦擬注書之失。郊與錫箕固是一班人市井之交,人皆笑之。

《寒水齋集·參議洪公錫箕墓碣銘并序》:世稱近代文章上,必曰晚淵洪公。以余觀於晚淵,文章特其餘事也。嗚呼!粤自甲申以後,九有腥膻,天下不復知有皇明。而公獨奮筆爲文,擬檄中州。其慷慨激切之氣直衝乎幽薊燕雲之間。雖天不我與,卒歸於空言,使後世知我東偏有此議論精神者,未必非此文也。何其烈也!華陽先生高其義尚其志,至期以什襲珍藏,誇示中朝將相於天日重明之後。觀乎此,亦足以知公之所存矣。公諱錫箕,字元九。晚洲其號也。以萬曆丙午十二月二十日生。幼有異質，穎秀邁倫。四歲能屬文，見者奇之。稍長從具洛洲鳳瑞學，出語輒驚人，才聲藹蔚。丁卯中進士，補章陵參奉，辛巳拜戶曹佐郎，是歲擢庭試第一，遂拜兵曹佐郎，仍入諫院爲正言者凡七八，而常帶三字御。乙酉上萬言疏忤當路意，出爲海運判官。有一名官宰屬邑，公繩以法不少饒，因此謗言朋興，坐罷落拓者幾十年。甲午拜禮曹正郎，又擢文臣庭試，卽授仁同府使。臺諫以驟陞劾免。丙申除成川府使，卽遞爲良才察訪。戊戌拜刑曹正郎不就。己亥守丹陽郡。郡地僻氓蠢，公力行文教，士風丕變，民追思豎碑。辛丑爲養爲結城縣監。秋丁憂，服闋拜禮賓寺正。乙巳除海州牧使。公素與本道方伯徐必遠有隙，會有強盜捕戮，必遠啓聞。公陞通政，陽若褒顯而陰實困殢之也。公揣知其意，遂移疾歸。丁未爲舒川郡守。顯廟幸溫泉，以差員勞特除濟州牧使。筵臣銜其右遷，啓請不遣。己酉爲靈光郡守，以監司金澄壽宴事株連劾罷。踰年復除成川府使，公已不樂於仕，辭不赴。未幾除南原府使，黽勉赴任。秩滿解歸于上黨之板橋，尋入檢丹山，得崔孤雲舊遊處，築小亭扁之曰“後雲”，取後世孤雲之意也。角巾道服，日相羊其中，悠然不知老之將至，於世間一切名利得喪榮辱泊如也。後雲之距華陽門下一舍而近，公暇日肩輿，數相往來。留連探討，劇談古今。又其傷時悶亂之語屢發於文酒之餘，慨然有朱夫子樓下永歎之意。先生益感公所存，託爲歲寒之交。凡於感慨不平之際輒發於吟詠，前後唱酬殆至數十百篇。頃之時事大變，公居常悒悒，益無當世意。許積與公有素，移書啗以美遷，公峻却之，作詩以見志。人或危之而終不懾焉。公於病中慨念時事，草疏屢千言，罪狀時輩，將上，而親舊交謁更諫。公歎曰：“古人遇《遯》之焚，豈無以也？”病益谻，事遂寢。臨終使子弟告于家廟曰：“爲子不孝，爲臣不忠。死無可惜。”告訖翛然而逝，時庚申二月二十六日也。……自少聰明絶人，詩史百家一覽輒成誦。故文詞敏給，水涌山出。同時如東溟鄭公、松谷趙公或讓其一頭。素性亢厲，不事權要。逮至甲寅以後，永矢卷懷，閉門却掃。時於風花雪月之交，宣其壹鬱侘傺之思。音調清越，辭旨悲惻，若將爭高於秋色。士林莫不傳誦。公所著詩若干首選入《箕雅》。《晚洲集》數十卷、《尊周錄》一冊藏于家。

《終南叢志》：文章罕出於世者也，故不可易得。至於近世才士之佼佼者亦且寥寥，良可歎也。洪元九錫箕天才絕人，佳作不可勝記，又善押強韻，人有呼韻，則應聲而對。與友人同行，適見松樹上有一鴉飛噪，友人以《鴉》爲題，呼“針、衾、心”三字爲韻，欲以窘元九。元九即隨呼韻輒對曰：“姑也休嗔慵不針，春愁多夢擁羅衾。爾能解說吾姑惡，正得深閨少婦心。”友人吐舌欣賞。元九嘗受業于張谿谷，谿谷曰“洪某之才，謂之文章則體制未備，只謂之才子則渠必冤之，蓋才士之雄者”云。澤堂嘗云:“天章大才，人所難及，而鄭公德餘、柳公汝一，亦其匹也。”德餘即鄭玄谷百昌之字，汝一即柳承旨道三之字也。

東崖金建中嘗攜余遊于其漢江亭榭，時晚洲洪元九與久堂朴仲久並轡而來，至酒酣泛舟，仍與賦詩。仲久謂余曰:“昔謝逸《蝴蝶詩》曰‘狂隨柳絮有時見，舞入梨花何處尋’，人呼爲‘謝蝴蝶’。趙嘏《秋夕》詩曰‘殘星數點雁橫塞，長笛一聲人倚樓’，時稱‘趙倚樓’。鄭谷《鷓鴣》詩曰‘雨昏青草湖旁過，花落黃陵廟裏啼’，人謂‘鄭鷓鴣’。子之‘吟病老僧秋閉殿，覓詩孤客夜登樓’之句，可號‘金老僧’。”又謂元九曰:“子之‘似惜落花春鳥語，解分長日午雞鳴’之句，亦可稱‘洪午雞’。”建中顧左右曰:“仲久可謂知詩善評，子公貌類老僧，宜得其號。元九晝亦執雞，實符此名。”子公即余之字，而余頭童髯脫，故以僧戲之。且俗語以狎婢爲“種雞執”，元九素有此癖，故云。遂相與鼓掌而笑。

《壺谷詩話》:洪晚洲錫箕嘗受學於具洛洲鳳瑞，後魁庭試。具方爲嶺南伯，洪以新恩往拜，呈一律，其聯曰“千里嶺南觀察使，十年門下壯元郎”，爲人傳誦。而猶不若“似惜落花春鳥語，解分長日午雞鳴”之意新語巧。

《小華詩評》:洪晚洲錫基天才敏捷，操筆提詩，泉湧河懸，略無停滯，人不可及，嘗遊松岳雲居寺，與諸友夜坐。一友謂洪曰:“君能擊磬一聲，聲未了，賦一詩乎?”仍以“月夜聞琵琶”爲題，“聞、雲、君”爲韻，擊磬而出示之。洪即應口而對曰:“千秋哀怨不堪聞，落月蒼蒼萬壑雲。莫向樽前彈一曲，東方亦有漢昭君。”是時義順公主新嫁燕京，故云。一座吐舌歎賞。

余嘗病眩杜門，東溟鄭丈攜任休窩來問，柏谷、晚洲亦至。余命進酒，仍致數三女樂謳彈。酒酣，諸公或賦或歌，竟夕而罷。六七年來，東溟、休窩相繼淪沒，柏谷、晚洲皆流落鄉土。一日晚洲來訪，贈余一律曰:“吾儕行樂向來多，玄鬢蒼顏間綺羅。柏谷風標元不俗，豐山才格亦同科。波瀾浩蕩任公筆，天地低昂鄭老歌。聚散存亡還七載，逢君今日意如何?”感古傷今，情溢於辭，讀之令人隕涕。豐山，即余姓貫也。

柏谷、晚洲皆方曉行詩，柏谷詩云:“雞聲來野店，鬼火渡溪橋。”晚洲詩云:“雞鳴飯後店，馬過睡時橋。”俱寫情景，而晚洲尤逼真，當與賈島“雞聲茅店”詩相伯仲。

《詩評補遺》:洪晚洲錫箕嘗受學於洛洲具鳳瑞，及魁庭試，具方按節嶺南，其從兄錫武爲高靈倅。洪赴高靈，主、倅設宴請，方伯居首座。方伯呼新魁，命負手俯首而立。遂呼韻而退之，使其應構而進之，如是者數四。洪遂成一律，其詩曰:“幨帷三日駐高陽，畫戟紅旗一宴張。千里嶺南觀察使，十年門下壯元郎。雪消官閣梅花早,春動華筵桂蕚香。爭道世間無此會,已教人士誦詩章。”一時膾炙。晚洲《幽居晚興》詩曰:“客去僧還至,清談坐不疲。蜂忙花發後,蠶老麥胎時。細雨池心見,微雲石面知。耕奴休報事,幽意欲成詩。”情調俱到,無點綴痕。嘗寓洛中,時仲冬,見暮禽徘徊枝上,感而賦之曰:“爾巢在何處,日暮猶不歸。長安多雨雪,吾亦憶山扉。”言盡而意不盡。

余嘗選古今詩律,時晚洲在上黨溪亭,賦《關東山水圖》一律,其詩曰:“東海移來水墨濃,吾亭還有四仙蹤。丹山鳥欲棲叢石,玉峽雲思繞月松。疑入鏡湖溪下水,爭似楓嶽檻前峰。名區彼此嫌相類,未必關東待老儂。”丹山、玉峽,皆溪亭地名。晚洲袖此詩以示余曰:“此可入於君所選中否?”余辭曰:“尊丈之詩工則工矣,但疊寫東、水二字,不可選也。”晚洲曰:“關東之東字乃地名,未必爲疊。水墨二字當改以墨蹟。”余曰:“東海下若無水字,則脈絡不續,精彩頓減,大不如初矣。”晚洲愕然曰:“世皆肉眼,何必強下也?”

《水村漫錄》:洪晚洲錫箕詩才敏捷,有倚馬擊缽之稱。洪嘗造昇平相公第,命一丫兒捧杯而進。洪執杯頗注目,昇平曰:“何爲熟視?”洪曰:“兒指染紅極豔故耳。”昇平曰:“吾以《染指》爲題,君需應韻。”仍呼“丹”字,洪即對曰“鳳穴仙花血色丹”,昇平又連呼四字,洪隨呼輒對曰:“佳人染得指尖端。擎杯却訝緋桃撲,撚笛還疑淚竹斑。拂鏡火星流夜月,畫眉紅雨過春山。懶憑欄曲支香頰,錯認胭脂點玉顔。”昇平大加稱賞,遂命兒往侍焉。或云第二聯似見於明人集,豈或暗合而然耶?

《宋子大全·隨劄》:洪元九,南陽人,號晚洲。仁祖朝魁科,官至參議贈吏判,謚孝定。詩才敏給,又尚氣節,慨然有尊周之義。嘗作《華陽行》及擬檄文,正廟取覽其集,特命贈爵。

【按:洪錫箕(1606—1680)字元九,號晚洲,謚孝定。籍貫南陽。具鳳瑞門人。著有《晚洲遺集》。其詩音調清越,辭旨悲惻。《箕雅》收其七律一首。】

金得臣　　字子公,號柏谷。安東人。顯宗朝登第。官至嘉善。襲封君。

《朝鮮肅宗實錄》卷一五:十年九月己巳。盜殺安豐君金得臣。得臣自少讀書,老而益勤,爲人迂闊,無用於時。寓居于忠清道槐山地,爲明火賊所殺。道臣啓聞。上下教曰:“明火賊突入士夫家,殺越人命,二品宰臣傷刃而死,不勝驚慘。其令各鎮討捕使,刻日跟捕。”仍命該曹,題給喪需。

《柏谷集·墓碣銘并序(李玄錫)》:公姓金,諱得臣,字子公,號柏谷。

安東人。安興君諱繳之子也。以萬曆甲辰十月十八日生。其生也,安興君夢見老子,故幼名夢聃。幼而魯,十歲始就學。《十九史略》首章僅二十六字,而三日不能口讀。安興公猶且勤誨之曰:"是兒命直文曜,長必大以文鳴於世也。"公亦諄謹不好弄,讀書不怠,九年學略解其蒙,時作聯語輒警拔。翌歲,安興公宰東萊,行戒之曰:"若勉讀書,毋妄交遊。"公遂閉戶日孜孜講誦。期而覲,進所製詩,安興公喜曰:"文已發軔矣。力攻之,遠就也。"公始聞奬賞語,喜甚而舞。乙丑丁安興君憂。服闋,而其文益肆,先輩屈膝,華聞丕振。詩甚高潔清踈,調新而格奇。澤堂李公植、北渚金公瑬競許騷壇第一。當華使時見推,以白衣製述官,官卽權石洲舊也。龍湖、漢江等作至荷宸褒,世以爲榮。平生讀古書極勤苦,負笈山寺二十年。有不讀,讀必數萬遍。於《伯夷傳》則至數十萬,仍名小齋曰"億萬"。獨其科舉文與俗尚詭,屢進屢以屈。安興君命限六十應舉。壬午中司馬。壬寅登文科。由成均學諭陞典籍。既直公館,出語人曰:"昨吾冒風,寒冷透骨。既直廬煖,如火欲汗。此造化也。人而久擅造化權不祥,我將歸矣。"識者謂足以警世云。遂歸槐壤,築舍于開香山先塋側,扁曰"醉默",詩酒自娛。除拜不就,或強起一謝。成均之直講、司藝、憲府掌令、兵工禮曹員外、濟用、司僕、掌樂、軍資、宗簿、司導寺正、槐院判校、江原都事、豐基、洪川、旌善等宰,是公履歷,而又預知製教選。其得邑也,朝議以公騷人闊於事沮之。公少嘗蔭補參奉,以大夫人在,故勉赴官,俄棄之。辛酉,用世勳陞通政。癸亥以優老典,階嘉善,襲封安豐君。甲子秋患泄痢,且病疽。八月廿九捐館。壽八十一。始公善相人,多奇驗。自謂相有兵死法,惟修飭儻可免。病且革,昏迷忽曰:"吾頰有刃痕否?"適會家人先備殮襚衣衾,有惡少輩夜持兵入劫取之。公已冥然,刃過頰而不省,仍遂屬纊。其前知多類此。訃聞,賜祭賻如儀。葬在清安縣左龜山壬坐之原,從先兆也。公相貌奇古,天稟清高,如方外士,於世味泊如也。家居屢空,晏如也,無一點塵俗態。嘗言:"吾不欺心不欺人,言必副約必踐,不作皺眉事,不走權貴門。是一生心跡也。"又勉學者"無以才不猶人自畫也。莫魯於我,終亦有成。在勉強而已。若才具不廣,當致精於一。一而成,勝於傳而無成者"。此皆公所自得也。公質行尤篤。有庶母性悖,公待以至誠,竟底感化。鄉先生杇淺黃公宗海甚重公而賢之,久堂朴尚書長遠少學於安興公,與交至讙。一日值公初度,却酒食涕泣曰:"吾思久堂,心忽然若失。意者其殆乎?"及訃至,果以其日逝。公之著述甚富,多散佚於丙子亂,見存僅千篇。酷好山水,遊如金剛山、白馬江及湖西四郡等地,杖屨迨遍。詩具在可以觀焉。且嗜草聖,酣醉無聊,必揮灑而遣興焉。未嘗示人,故世無知者。公係出新羅。

《西溪集·柏谷集序》:人生而有情,情有爲喜爲慍爲哀爲樂。此數者蓄乎心,不能不洩之言。言之有長短節湊,是爲詩。詩本所以寫意道情,則期乎情協意當而止,固無所事工。三代至漢皆是。始自魏晉爲詩而求工,弊極於唐,賈島、劉得仁輩勞精疲神,求工益力,不以死生窮達大壽貴賤易其慮而移其好,用此以終其世,可謂志勤而業專矣。故其言曰:"吟成五字句,用破一生心。"若是而卒未有以卓厲高蹈、追跡風騷者,由不能反乎本故也。然其醒吟醉哦,刻意敲推,以模寫象態,窮極境會,必求稱叶於皺眉撚髭之間者,往往髣髴肖似,而得其情之眞,蓋亦有未可少者。五季以來,逮乎元明,詩道益壞。下者拘㢢尖薄,高者浮華險僻。馳騖愈遠,求其或近於性情,罕見其一二。東方之詩,各隨時代,效學中國,其陋彌甚。就其能者,亦僅僅拾前人唾餘,粗成語理,便已傳誦四遠,聞者爲驚。其人亦自足於此,不復力求其工,故遂亦終於此而已。文章之得其則也,若是難哉!今論柏谷翁之爲詩其有合於風人之旨,則吾不能以知之矣。抑心慕唐之人,而聞乎劉賈之風,所謂不以死生窮達易慮移好,用以終其世者。方其役精神苦心脾,一字千錬,舉臂指擬,蹇驢款段,躑躅街途,雖騶導嗔喝,傍人辟易,而將亦不能自覺。是以於境會象態,窮極摸寫者,怳然髣髴乎其眞。山川道路,羈旅困窮之狀,花月朋酒,愉悅歡適之趣,披卷而莫不如在目中,使讀之者感慨吁嗟而不能自已。柏谷之詩,其亦非他人之所能及乎?

《終南叢志》:文章用意處自有奇妙造化,誠未易論也。至其狀物寫景之語,則如風雲變態,朝暮無常,苟非自到其境,不能明悟,是猶聖人能知聖也。李芝峰所著《類說》,評鄭湖陰《後臺夜坐》詩一聯"山木俱鳴風乍起,江聲忽厲月孤懸",以"月孤懸"三字與"江聲忽厲"不相屬云。許筠以藻鑑名世,則宜有所深解。芝峰之有此貶論者,豈未嘗細究而然耶?余曾過清風,抵宿黄江驛,夜半聞灘聲甚駛,開戶視之,落月孤懸矣。因憶湖陰"江聲忽厲月孤懸"之句,一詠三歎,始覺古人寫景逼真,其詩價對景益高。

頃有諸儒生會語朴淵下,共賦詩。有一客不知何許人,負笻而至。衣冠襤褸。諸儒侮其人,謂曰:"汝能作詩乎?"曰:"諾。"遂先書"飛流直下三千尺,疑是銀河落九天"之句,諸儒相與冷笑曰:"君詩何太功省?"蓋嘲其全用古句也。客曰:"諸君勿笑,第觀結句。"即尾之曰:"謫仙此句今方驗,未必廬山勝朴淵。"一座大驚曰:"朴淵形勢盡於此詩。吾輩無可更賦。"遂擱筆。或云其客乃士人鄭民秀云。松都朴淵瀑布之奇壯名于國中,余嘗親見朴淵,始識李白"疑是銀河落九天"之句善行容矣。鄭順朋詩云:"長恨當年李謫仙,一生廬嶽眼終偏。瓊詞錯比銀河落,更把何言賦朴淵。"五山車天輅詩云:"削立層巒列似屏,半空驚沫吼雷霆。晴虹倒掛潭心黑,白練斜飛石骨清。”雖不用銀河二字，而“晴虹”、“白練”亦古語也。蓋上詩有意味而句拙，下詩句豪而少意味。

余先人號南峰，自少爲文詞便自成家，而罕有知之者，今錄其數首。其《送巡檢使三入海防》詩曰：“南徼春來軫聖憂，忽看鄉月照遐陬。一身許國三持節，千里籌邊幾上樓？蔽野旌旗明組練，滿船笳鼓擁貔貅。兹行可施男兒志，何用臨岐浪自愁？”又丙子亂後再過新安有一絕曰：“胡騎長驅夜到遼，百年城郭此蕭條。可憐蘇小門前柳，猶帶春風學舞腰。”澤堂嘗稱“凄婉可誦”。

余先人嘗於乙巳年間夢作近體一首，覺後只記“天襯古城銜落日，霞兼孤鶩帶長風”之句。後謫濟洲，登曲城而望之，則滿眼風景宛如昔夢所睹，豈非數耶？遂因其一聯而追成全篇，其詩曰：“他鄉邂逅一樽同，却喜衰顔發醉紅。天襯古城銜落日，霞兼孤鶩帶長風。仙槎渺渺身何往，故國迢迢信不通。萬事乘除元有數，向來三敗敢云窮。”又一聯曰：“萬死一身衰鬢改，十年三黜壯心堅。”澤堂見之極稱賞。

余內舅睦參判諱長欽，號茶山，文才早成，且工書法，以詩冠司馬試，考官稱歎曰：“工部之詩，右軍之筆。”其《道峰書院》詩曰：“春來病脚力猶微，步入千林到石扉。欹枕高樓鳴瀨轉，捲簾深院落花飛。天機滚滚催時序，世事茫茫足是非。聊與二三談往跡，清風起我詠而歸。”《仙夢臺》詩曰：“松檜陰陰水殿虛，一區籬落畫圖如。悠然覺罷仙臺夢，步出林亭月影踈。”《贈謝恩使先還》詩曰：“日落盧龍塞，天寒古北平。鄉心千萬疊，封寄漢陽城。”諸詩皆清麗有唐韻。

凡詩得於天機、自運造化之功者爲上，此則事不多有。其次學唐學宋者，各得其體，則俱有可取。至於近世，不無數三以詩稱者，而無論體格之高下，能得詩家之意趣者絕少，奚暇更論唐與宋之近不近乎？世傳一詩曰：“我生後彭祖，彭祖不如余。蜉蝣出我後，我生猶不如。往古不必羡，來短方有餘。”此未知誰氏之作，而辭理俱倒，有無限趣味。雖在唐宋之間，而若非自運造者安能此？

近者無詩。非無詩，詩之可者無有也。大抵人不致力於古作者，徒事舉業，或工於詩賦，而全昧於古詩律，雖粗解綴句者，亦未脫科體。故如村鼓島笛，雜亂不堪聞，其可詩云乎哉！人傳一鄉士詩曰：“唐虞勳業日蕭條，風雨乾坤久寂寥。春到碧山花鳥語，太平遺跡未全消。”雖非唐格，擺脫科臼，章法渾成，惜乎失其名而不傳於世也。

唐岑參每作一篇，人人傳寫，雖戎狄蠻貊無不吟誦。李益每一篇成，天下皆被之絃歌，施之圖畫。二子之詩何令人景慕至此哉？今之世雖有出類之作,人無篤好者。豈今與古異而不遇賞音者耶?余嘗于龍湖亭榭有一絕云:"古木寒雲裏,秋山白雨邊。暮江風浪起,漁子急回船。"人皆傳誦。余之平日所做,勝於此者多矣,而此詩最得膾炙,豈詩亦有遇不遇者耶!孝廟嘗使畫工繪禁屏也,書下此詩,命模進此詩之景。噫!拙句非有聲之畫,而猥蒙睿覽,至被繪畫,實臣世之盛事也。

知詩者,以詩取人;不知詩者,以名取詩。余少也名稱未著,雖有佳作人不爲貴。及得詩聲,雖非警語輒皆稱頌,良可笑也。余於丙子亂中,有"晝常聞野哭,夢亦避胡兵"之句,澤堂詠歎,謂余曰:"君詩極有杜格,讀杜幾許耶?有文章局量,須勉之。"時余方讀杜詩,若澤堂可謂有明鑑也。彼不知詩者,譽之不足喜也,毁之不足怒也。

詩人意思,或有暗合,余嘗得一聯:"花色豔于宮姬豔,溪光清似使君清。"後閱唐人詩集,有"秋水淨於僧眼碧,晚山濃似佛頭青"之句,其韻格雖有工拙,而句法則同。

李唐諸子作詩,用盡一生心力,故能名世傳後。如"吟安數個字,撚斷幾莖髭"、"吟成五字句,用破一生心"、"兩句三年得,一吟雙淚流"、"欲識吟詩苦,秋霜若在心"。又"夜吟曉不休,苦吟鬼神愁。如何不自閑,心與身爲仇"之類是也。余亦有此癖,欲舍未能,戲吟一絕曰:"爲人性癖最耽詩,詩到吟時下字疑。終至不疑方快意,一生辛苦有誰知?"噫!唯知者可與話此境,今人以淺學率爾成章,便欲作驚人語,不亦踈哉?

《壺谷詩話》:金柏谷得臣《龍湖吟》詩"古木寒雲裏"五絕,膾炙一世,故已載於余所選《箕雅》中,而唯"湖西踏盡向秦關,長路行行不暫閑。驢背睡餘開先見,暮雲殘雪是何山"之句,語韻益佳,而不入於裒錄中,恨我見聞曾所未及此,所謂倒海漉珠、竟遺明月者也。

《小華詩評》:金柏谷得臣才稟甚魯,多讀築址,由鈍而銳。其《龍山》詩曰:"古木寒雲裏,秋山白雨邊。暮江風浪起,漁子急回船。"一時膾炙。然不若《木川道中》詩"短橋平楚夕陽低,正是前林宿鳥棲。隔水何人三弄笛,梅花落盡古城西"之句,極逼唐家。

《詩評補遺》:金柏谷得臣形貌古樸,平生讀書千萬遍,至頭白兀兀不輟。其詩往往逼古。其《題平陵驛樓》詩曰:"漢陽歸客秣征騶,獨倚平陵古驛樓。漁子拿舟衝雨去,白鷗驚起海棠洲。"《出城》詩:"出城三日滯江樓,汀樹蕭蕭早得秋。入夜暗聞賈客語,明朝掛席向忠州。"皆逼唐家。又柏谷自以"吟病老僧秋閉殿,覓詩孤客夜登樓"一聯爲警句,而不若《途中》詩一絕"驢背睡餘開眼見,暮雲殘雪是何山"之狀景清絕。

柏谷《向頭陀寺》詩一絕曰:"行行路不盡,萬水又千峰。忽覺招提近,林端有暮鍾。”公嘗自誦此詩，謂余曰：“吾欲載此詩於私稿，而三選而三刪之。蓋‘萬’字數多而在上，‘千’字數少而在下，多少易次，故咨且未定耳。”余曰：“古詩有‘萬壑千峰獨閉門’之句，不必以此爲拘。”柏谷笑曰：“微君，幾漏我好詩。”遂載之。

《水村漫錄》：金柏谷得臣平生工詩，雕琢肝腎，一字千煉，必欲工絕，其賈島之流乎！如“落日下平沙，宿禽投遠樹。歸人欲騎驢，更怯前山雨”，“夕照轉江沙，秋聲生野樹。牧童叱犢歸，衣濕前山雨”等作，何讓唐人？初，公名未著，澤堂李公見公詩，大稱賞，延譽朝紳間，詩名遂振。

《二旬錄》：金柏谷少時憑北使送銀十兩于曲前子推命以來，編年下或書詩句，或書行文。末書曰：“華山騎牛客，頭戴一枝花。”見者未解。及當年奉命往安東，得毒痁，邑人告曰：“此地有妙方，若騎牛行紅門街上，能得離却矣。”事雖駭瞻，不勝病苦，且被人強勸，始騎牛行。痛勢終不愈，即復還歸。委臥昏昏，一妓侍坐枕邊，以手按頂。問其名，則曰：“一枝花。”心忽驚悟。更問安東別號，亦華山。始知將死，命治喪具。

《東詩話》：金得臣，號柏谷。素魯鈍，所讀倍他人，韓柳之文讀至萬餘遍，而尤好《伯夷傳》，讀至一億一萬三千周，雖名其小窩曰“億萬齋”。……與孫必大俱有《詠田家》詩。孫詩曰：“日暮罷鋤歸，稚子迎門語。鄰家不愼牛，齕盡溪邊黍。”金詩曰：“籬壞翁嗔犢，呼兒早閉門。分明雪中跡，昨夜虎過村。”兩詩絕佳，人謂莫可以上下。

金柏谷苦吟爲癖，撚髭忘形。其妻欲試之，嘗設午飯，供以萵苣，不施醬醋。妻問曰：“得無味淡否？”公曰：“偶忘之矣。”又於雨夜覓句，適出廊放溺。時簷鈴落溺盆，認以溺鈴，通晨立於廊下。嘗慕鄭東溟《過慕華館詩》：“落日慕華館，秋風鄭斗卿。”後過慕華館，得意朗吟曰：“落日慕華館，秋風金得臣。”又翻然不樂曰：“人之名字，亦關音律。”

【按：金得臣（1604—1684）字子公，號柏谷、龜石山人，安東人。著有《終南叢志》，今傳《柏谷集》。其詩雕琢肝腎，一字千煉，必欲工絕。《箕雅》收其五絕一首、七絕一首。】

孫必大　　**字而遠。仁祖朝登第。官至正。**

《朝鮮仁祖實錄》卷二三：八年十月乙亥。憲府啓曰：“公清都事孫必大，家在本道，貽弊列邑，請罷職。……”上不從。

《朝鮮顯宗實錄》卷三：元年七月庚辰。下詔訖試官孫必大等于禁府，以其不能禁戢下吏，盜賣詔訖罪也。

《水村漫錄》：孫必大《田家》詩云：“日暮罷鋤歸，稚子迎門語。東家不犢牛，齕盡溪頭黍。”金柏谷得臣亦有《田家》詩云：“籬弊翁嗔犢，呼童早閉門。分明雪中跡，昨夜虎過村。”兩作俱絕佳，莫上莫下。睡村李子三謂余曰：“柏谷絕句，世以‘古木寒煙裏’爲絕唱，而余則以‘籬弊翁嗔犢’爲勝，以其模寫情境逼真故也。”子三之言信然。

《西京詩話》：孫斯文必大作西河守，值丁卯之元朝朝縣人也，忽飄風從西北起，塵沙漲天。孫嚬蹙曰：“腥肱之氣至矣。”即投紱而去。無何，虜警作。

【按：孫必大（1599—？）字而遠，號歲寒齋，平海人。仁祖甲子式年試文科，嘗任甑山縣令、公清都事、寺正等職。其詩自然逼真。《箕雅》收其五絕一首、七絕一首。】

李㫤夏　　字伯周，號白谷。植之子。仁祖朝登第。官止修撰。

《朝鮮仁祖實錄》卷四七：二十四年八月辛丑。以金光煜爲都承旨，李㫤夏爲副修撰。

《宋子大全·李修撰㫤夏傳》：李君㫤夏，字伯周，一字從周。德水人。其考澤堂公諱植也。君以名父子，年二十四魁司馬，此國學俊選之望也。是年復捷大科，聲名益蔚然。名公巨卿爭相推挽，儕流以下莫敢望焉。君方退然自晦，視之若病。蓋將益闡家學，以爲世道之重也。年三十沒于崇禎戊子正月廿三日。其所歷，自承文院權知遷侍講院說書，陞司書、司諫院正言、弘文館副修撰。始隷承文院也，以人地才望亟被翰林薦。時澤堂公方掌史局，以嫌阻格，則君自幸名途之枳焉。既而澤堂公釋位，勢將入處翰苑，而朝議又將以南床位見處。南床位者，文士參下極選也。君求所以自免者，徑出爲參上職，司書之除是爾。而其所暫就者亦只此而已，而於參下則說書也。君自幼讀書，每見聖賢豪傑之事輒激昂奮發，思效其人。及讀《論語》，因有向學之志，蓋於功名泊如也。至於文藝，不學而能，而亦以無益於心身而不屑爲也。常以公平處心，而其行己接人則出於誠信惻怛。嘗曰：“吾四體亦不得自主張，而吾志則雖天下欲兼濟之矣。”又嘗曰：“吾於小學少不用功，既晚則舊習纏繞，猝難變化。”嘗題新曆曰：“二十九年非，從兹願一復。”又曰：“洗濯心身，日新又新。成一箇仁，同萬物春。”此其用力存心之大略也。澤堂公有寡妹窮居，至於臨終，念之不已。故君雖在初喪皇瞿之中，必致滋味，又將買田營室以奉養之，於是悉傾其內子箱篋而無所惜。澤堂公遺命薄葬，君不敢違，而其別求深長之意，靡所不用其極。又以當夏日永，象平生特設晝奠，雖非禮制所許，而其誠孝可見也。始澤堂公大肆力於儒家事業，無不融會貫通，而不以儒自名。嘗筮得《大過》，其《大象》曰：“獨立不懼，遯世無悶。”公曰：“神明告我，必踐之可也。”遂以是名其堂，而世亦以是稱之。……君嘗自號白谷，亦曰深游子。蓋其所居是白鴉谷，故因取杜詩“白谷會深遊”之意云。

【按：李冕夏（1619—1648）字伯周、從周，號白谷、深游子。德水人，居京師。李植子。其詩平正典實。《箕雅》收其七絕一首。】

金始振　　字伯玉。命元之曾孫。仁祖朝登第，官至禮曹參判。

《朝鮮顯宗改修實錄》卷一七：八年四月甲戌。前參判金始振卒。爲人精敏有才，言論頗僻，輒與士論岐異。

《藥泉集·禮曹參判金公墓誌銘》：盤皐金公諱始振，字伯玉。新羅敬順王之後。……公以萬曆戊午歲生。二十七登文科，選槐院，薦翰苑兼說書，陞典籍，拜持平、正言、兵曹佐郎。爲王母養，出稷山縣監，遞復舊踐。以御史廉察慶尚左道，出京畿都事。入玉堂，參修仁廟《實録》。辟守禦從事，出南陽縣監，入拜校理、獻納、兼實錄都廳、選知製教，因論事或遞或罷。久之除直講、司藝，以推刷御史主嶺南左道。以右御史兼管，移司䆃正。丁王母憂，制畢，歷三司亞長、政府郎、尚衣正，以微嫌罷。擢拜全南觀察使，特簡也。秩滿拜承旨，自同副至左，兵曹參知參議、京畿右道均田使、戶曹參議、大司諫、判决事、廣州府尹、忠清觀察使。當駕幸溫泉，事出倉卒，百爲整辦，褒進階。還拜刑曹參判兼副總管，移禮曹。使燕復命，兼備局有司提調。玉堂箚劾，不許。辭遞。頃之以左尹入侍，特命復任備局管疏决，兼同知義禁府事，出水原府使。未久病歸。丁未四月十六日卒于京第。六月葬木川縣杏巖里之原。夫人坡平尹氏。進士增女。後公十一年卒。葬祔公左。有女無男。以弟正字公益振少子亮臣爲後。女閔黯妻。亮臣有文行，居公喪毁夭。男宗衍，鎭川縣監。男得大、錫大。……公蚤孤，自能刻意於學，無書不讀，目見解絶人。雖諸家小數靡不窮極其源委，透徹乃已。所著詩文警絶有意致，尤長於箚啓判牒等公家文字。平居不營產業，所守先廬內僅容膝，外無門屏。廳事前數椽雨朽，子弟請改葺。公曰：“物未有先人弊者。汝輩居此室，見此椽落地亦幸矣。”世或謂公於世運休咎多所前知，有奇中於身後者。然余於公周旋久矣，今日雨明日風，亦未嘗得一言。

《西溪集·禮曹參判金公墓碣銘》：爲詩文有雅則，疏箚尤長，辭直理當，指明事核。嘗詠階上矮松曰：“石罅孤松老更盤，何時長得拂雲端。生材未必皆樑棟，只貴貞心保歲寒。”其所託者深。公聰明強記，百家之學無不穿貫。其讀一書必覃思力探，未嘗不深得其意。尤精於推步，有奇驗。

《壺谷詩話》：金伯玉始振，余之族叔也，全不事詩，而妙解做法，故絶句或有佳處。《遊山》詩曰:"閑花自落好禽啼,一道清陰轉碧溪。坐睡行吟皆得句,山中無筆不須題。"又作《香奩》五絕,末句曰:"曾愁百年短,却恨五更長。"甚妙。

【按:金始振(1618—1667)字伯玉,號盤皐。籍貫慶州。其詩警絶有致。《箕雅》收其七絕一首。】

權　㦝　　**石洲之庶侄。仁祖朝登第,官至堂上府使。**

《朝鮮仁祖實錄》卷二三:八年八月辛亥。諫院啓曰:"……西部參奉權㦝,本以庶孽,性且愚妄。請竝汰去。"上從之。

《朝鮮仁祖實錄》卷三六:十六年四月壬子。義州府尹林慶業馳啓曰:"臣使權㦝及譯官往見都司,則曰:'陳都督方在石城島。此書之受不受,而貴國之向背决矣。'答曰:'非有朝廷命令,決難受去。'都司曰:'皇上別遣勑使道爺邵起,已到石城島,先使俺來通矣。'㦝曰:'我王至誠事大之心炳如日星,而世子被拘於虜,虜之恐嚇滋甚,大人亦可諒此情勢也。'都司曰:'天朝之於貴國有父子之義。安有子而背父之理哉?貴國君臣由海路入來,則船隻、糧資可以接濟。'㦝答曰:'與天朝相通,則虜必更來衝突,而父母之國遠隔滄溟,孰能制其憑陵哉?'都司曰:'天朝已請倭兵,不久當來。蕩平此虜之後,使貴國君臣復還故國。'且曰:'文書之受不受,而勑使之來不來係焉。必得的報然後當入去。姑爲退舡於虜人不見處,留待爲計。'仍出潞州紬二端曰:'此則都督謝副總效忠之書。'親自跪置岸上而去。漢人之言自來虛誕,不可取信。而目今清人在於越邊,候望漢舡來往。以此以彼,事勢難便,請令廟堂,指授其答通措語。"備局回啓曰:"今見權㦝等問答狀啓,所言與前無異,而但林慶業既受其書,不可全無所答。若令慶業密往相見,仍給禮單,以致謝意,因陳悶迫之情,且言其初不許助兵之由,以明本國事情,則或可以小慰都督之心。"答曰:"清人今方西犯,故都督爲此拙謀,以爲掣後之計。以予揆之,此別無他情也。然林慶業往見,或似無妨。依啓辭施行。"

《朝鮮仁祖實錄》卷四七:二十四年七月乙丑。賜前縣令權㦝虎皮。㦝以庶孽登第,曾爲永平縣令。至是製《八箴》以進,一曰敬天,二曰恤民,三曰修身,四曰正心,五曰納諫,六曰用人,七曰誠意,八曰慎終。

《詩評補遺》:權㦝十二歲時謁于白沙李相公,相公指三色桃花爲題,使賦詩。即應聲曰:"桃花灼灼映踈籬,三色如何共一枝?恰似美人梳洗後,半妝紅紛未均時。"相公稱賞之。子諧亦工文,有才而早死,惜也。嘗有《雪後》詩一句云:"饑鳥覓食晨窺井,棲鳥無依夜宿簷。"其窮愁可見於詩矣。

【按:權佖(1599—?),字子敬,號菊軒。安東人,居京師。嘗任學官、吏文學官、護軍、縣令。其詩工巧善譬喻。《箕雅》收其七絶一首。】

李知白　　領相弘冑之庶孫。孝宗朝登第,官至堂上、縣令。

《朝鲜孝宗實錄》卷二〇:九年四月甲申。上御春塘臺觀武才。仍令文臣堂上以下賦詩,李知白居首,卽除僉知,其下賜賞有差。

《朝鲜顯宗改修實錄》卷一九:九年六月辛未。大司憲閔鼎重等啓曰:"抱川縣監李知白累以民飢甚急,賑穀不足爲言,前後劃給米租多至七百餘石。今聞飢民之受糶者不過數斗,而縣居楊姓士人素稱饒富者,獨得五十石,反爲營利之資云。誠極駭愕。請李知白拿問定罪。所謂楊姓人亦令本道按覈重治。"上從之。

《研經齋全集·金華公遺事》:公姓李氏,諱知白,字契玄。恭靖大王第四子曰宣城君諱茂生,子孫皆有麟趾之德。四傳而諱克仁,始仕于王朝,官郡守。生忠貞公諱弘冑,天啓之末,滿洲據瀋陽,將朝暮渡鴨綠水。毛文龍在椵島,又旁伺我。是時公爲都元帥,觀兵於西塞。入而佐仁祖爲領議政,事在國史。長子諱憲邦,恬潔善詞翰。丁卯虜入寇,從君親於江都,以疾卒,官殷山縣監。配淑人平昌李氏,別坐廷直之女,無子。公其副室子也。生於萬曆乙巳,李夫人收而鞠之。及長自擇對,求於從祖兄弟之女爲配,果慈仁無違德。公素謹愼溫恭,爲父母所鍾愛。及丁父憂,李夫人請于忠貞公而爲嗣。癸酉中進士。丙子虜薄王京,忠貞公扈駕入南漢城,公奉母夫人避兵湖南。丁丑轉之堤川。公有至行,雖流離於東南,備極困苦,而甘臙常不闕。及亂定,虜責大臣公卿子爲質。忠貞公庶子曰安邦,舉進士,賢而有文辭,實從瀋陽之舘。公得不行。是時喪亂雖平,冠屨倒置。士大夫多退處田野,而堤川多佳山水,公好遊其中。而忠貞公爲王國大臣在京師,公往來定省,然常欲隱居堤川。戊寅忠貞公卒,服既闋,遂挈室而大歸。公精敏好學,不待師誨而通《詩》、《書》、百家。當門戶鼎盛,多晨昏之助。又間遭寇亂,不能肆力於文章。然浩汗淹博,不見其涯涘。母夫人爲家貧,令公以科宦進,無廢宗祀。甲申遂還京師,壬辰擢文科,陞折衝。甲午廷試文臣,公居第二,賜豹皮。戊戌應製春塘臺居魁,卽日拜僉知中樞府事。以文自試者止於是。典五縣皆有惠政。爲江東也,以節用恤民爲本,既政成,重建閱波亭甚壯麗,稱其江山之勝。白軒李公賦其事而美之。爲永平也,加任一年。爲康翎也,有載寧之獄。郡守之兄顯者也,偕弟郡遊山寺,怒旁邑校生騎而過,打之至斃。郡守與觀察使欲其不成獄,爲之地萬方。公爲推官,執法甚確,獄具其人,卒竄配以死。縣濱海,民苦其斥鹵,公爲之移縣治而治舘舍廨宇,皆自辦,不費於有司。適忤都事趙嗣基,嗣基陰中之以法。觀察使知其由私嫌,亦罷嗣基。爲抱川也,坐公事罷。爲果川也,不赴。爲陽智也,有宦官私過縣中,縣中設帳具如外廷臣奉命者。公禁之不得,卽具牒于觀察營,凡宦官私行也,無得供饋。著之爲式。縣祀厲以紙牓,公卽報于方伯,方伯報禮曹。卽造位牌,盛彩輿而傳送之,邑人始知厲祀之重。秩滿而歸。太學士金公錫胄啓差製述官,掌槐院文事,撰《攷事撮要續錄》,自崇禎以後國朝事蹟及醫藥雜方凡可以爲日用者無不具載,刊行于世。丙辰四月十九日卒于京第,壽七十二。始郡守公好彈琴,不治生產。忠貞公以廉潔自律,朝夕常不給。公又益清寒,每解官蕭然不以物自累,及歿無以殯斂,故舊多以衣服襚之。嘗泣謂諸子曰:"余王室之裔也。宗國蒙恥辱而不能報,潦倒至此。誠國家有急,余當荷戈而爲前驅,雖死無所恨。若輩無以家事累我。"公好爲禮,每晨謁家廟,退而危坐,雖對家人子弟未嘗有惰容。凡親戚故人有婚喪,必爲之營辦,不以貧窶爲解。或勸爲子孫立産業,則愀然曰:"家世以清白相傳,不幸及余身而中衰。余雖欲爲汚,獨不念先祖節乎?子孫若各自勉勵,得以自立,則何產業之爲憂乎?"晚號曰金華。金華,永平之名山也,佳麗韞藉。公爲永平時,愛林壑幽邃,徘徊不能去,爲置屋數間。及卒亦葬永平之北。公好著述,家貧不能悉刊,有集一卷。進士公旣入瀋陽,從昭顯世子孝宗大王駈馳南北,爲之効力。聞忠貞公喪,悲寃慟哀。旣奔哭,不勝喪而卒。無子。

《壺谷詩話》:李知白,梨川之庶孫也,詩才敏給。余少時同棲山榻,李自稱善押強韻,余以《網巾》爲題,呼"蛩"、"鋆"、"庸"三字,則應聲曰:"巧似蜘蛛織似蛩,細針嫌孔闊嫌鋆。朝來斂盡千莖發,烏帽紗巾作附庸。"座中皆歎其工。世人多以爲余作,非也。

【按:李知白(1605—1676)字契玄,號金華。全州人,居京師。其詩工巧,善押強韻。《箕雅》收其七絕一首。】

李殷相　**字長卿,號東里。昭漢之子。孝宗朝登第,選湖堂,參重試。官至刑曹判書、兩館提學。**

《朝鮮顯宗實錄》卷四:二年六月辛巳。大司諫李殷相陳疏辭職,不許。史臣曰:"殷相,故參判昭漢之子也。文才有餘,而性輕佻不自檢,爲人所輕賤。及登第,席其門戶,歷踐華顯。而每與宗室靈豐君漋等挾娼歌舞以爲樂。漋素以悖戾名者也。及陞資之後,久未通清望,殷相鬱鬱不自得,亟造銓官之家,以示其願欲之意。至是竟拜是職,循例請免焉。"

《朝鮮肅宗實錄》卷七:四年七月庚子。前判書李殷相卒。殷相,文忠公廷龜之孫,家世以文詞顯,殷相亦少有文名。然爲人輕淺,居官鄙瑣,雖位至八座，名論不重，數被彈劾。至是卒，年六十二，後謚文良。

《陶谷集·刑曹判書李公謚狀》：公諱殷相，字長卿，號東里。其先出自中朝。唐中郎將李茂破百濟，留仕新羅，賜籍鹽城。鹽城今爲延安府，子孫仍以爲貫。延安氏在本朝，最以文詞致盛名，有諱石亨以三塲壯元爲判中樞脩文殿提學，謚文康。四傳而諱廷龜，文章爲中華人所傳誦，官左議政，典文衡，謚文忠，卽公祖考也。考諱昭漢，與兄文靖公明漢又甚文，俱賜暇湖堂。文靖陟冢宰，繼典文衡。而公官不遂，止刑曹參判。歸成於後，公少襲家世餘業，詞章夙就，先輩巨公交口推譽之。屢試輒屈，而文名逾益彰徹。至年三十五始闡乙科。隸槐院，轉說書。庭試文臣，居魁賜馬，仍陞司書，帶三字銜。歷兵工禮刑四曹郎，兼春秋館。屢拜正言、持平。樂靜趙公錫胤忤旨補外，政院玉堂爭不得，獲罪去。公並請還收，不納。又拜文學、直講。朝廷選文士兼四學教授以課試儒生，公首兼東學。復以持平上疏歷陳宮家築堰第宅踰制之弊，仍歸重本原之地。以辭氣太露喜怒失中，懇懇陳戒，且請加禮判府事金集，遣人咨訪，如董仲舒故事。宋時烈、宋浚吉等推誠相信，必令上來。又言俞棨不可終棄。乙未，與從弟靜觀公端相俱賜暇湖堂，一時榮之。丙申中文科重試，陞拜司僕正。湖堂別製居前列，宣醞賜豹皮。丁酉拜輔德，兼《宣廟實錄》纂修都廳，選入玉堂拜修撰、校理。天旱禱雨，公進曰："日者上教惻怛，甘澍卽降。而旱又如此，恐聖心或懈。"上曰："予果少怠，爾言良是。"已爲獻納，言諸宮家攘奪魚物宜禁。允之。因冬雷求言，公偕同僚箚論修德愛民用賢聽諫之道，仍請退行進宴以謝天怒。陞司諫，論事忤旨，遞復還前職。上將再臨大君喪，公一日再啓力爭。由執義還玉堂，又箚論修身安民之道。時以世子講學無所，自內有營繕。公曰："此重事也，何費之恤？令該曹營造，事尤明正。"尤庵宋公曰："李某言是。"上嘉納。以三魁課製，超資拜同副承旨，陞右副。孝宗昇遐，小斂時不許大臣禮官入侍。兩司伏閤以請，不允，行事如前。公達曰："臺論未停，小事猶不得行。況此何等大禮乎?"力爭不得。顯廟卽位，因雹災陳戒甚至，特賜貂帽。庚子，上有疾，久停經筵。公請令宋浚吉於承旨奏事時一體入侍，論說啓沃。許之。兇人尹善道假托論禮疏，攻尤庵、同春二賢，語極兇悖，特命遠竄。右尹權諰疏救善道，至稱"直言"。公與李公惟泰入對進曰："自古時君惑於姦兇亡國喪家者，蓋非不知其可惡也。惟其辨不早斥不嚴，終至君子退小人進，而國不得爲國矣。善道自先朝屢進醜正之言，先王亦已知其心術之不正。至於權諰以儒爲名，而今乃如此，自上必明辨痛斥，然後後患可防矣。"上喜而答曰："兩臣教訓東宮數三年，名爲君臣，予心無異於書筵時。予固以善道爲當殺，特以先王最初師傅，有所不忍耳。"是日，公與李公更進迭言，反復懇叩。上亦虚襟開納,教諭丁寧。觀者感歎。諗疏之上,以傳諭稽時,命拿承旨朴公世城。公陳其無他,請之甚力,上始霽威。已兼實録廳堂上。拜兵曹參知,左承旨,工曹參議,大司諫,兼承文院副提調。……又請嚴肅宫禁,收還諸駙馬加資。後因入侍申白,上教未安,遂引避遞。壬寅拜大司成,又移左承旨。大諫閔公鼎重、司諫李公敏廸俱被嚴旨,公輒皆封還。一夜凡三啓,上始特推勘公,俄還寢。……遞拜禮兵曹參議、大司諫、承旨。修撰洪宇遠請釋善道,公陳啓斥之。進士南重維等誣毁栗、牛兩先生,公又辨之,遞拜戶曹參議,出爲安邊府使,坐事罷。已叙復拜大司諫。有金壽弘者,祖述善道禮論,作一文字以惑人心,公劾之。特陞刑曹參判。自後歷戶工兵禮曹參判、左右尹、同知中樞,前後兼同知經筵義禁府春秋館事、弘文藝文提學、承文司譯、平市、校書、活人提調、副總管,屢拜大司諫、都承旨。進曰:“殿下初政清明,中外拭目。旋因玉候有愆,漸至因循怠懈。乞加惕念。”仍言咸鏡原襄兩道凶荒,除内司諸宫奴婢貢布,以寬饑民之力。被論出郊,力辭得遞。承命禱雨卽應,上喜賜馬。文衡缺,公副擬。大司諫張善瀓等謂公有簠簋不飾之誚,請罷職。十啓乃允。翌年,拜驪州牧使,以前幟未白不赴。大臣言公文詞才局不可棄,請令該曹明查。既查,臺啓歸虚,朝廷待之如初。然公引疾不拜,徊徨田里,久而後始入朝。復踏宿趼。獻納尹敬教斥領相許積,上特補外,又以封還罪承旨。答積疏斥臺諫爲禽獸,公在政院並論其非,言甚切直。上不納,且命公諭積。公曰:“若聖批復如前日,臣決不敢承命也。”同春上章攻積,比之盧杞。上斥以伐異。執義李公翔、大司憲張公善瀓俱言事觸威怒,或削或罷。尹敬教加罪安置。公皆一一覆逆,雖重忤上意而亦不顧。大司成李公敏廸疏論近事,特除仁同府使,命卽日發送。臺諫一日再啓請寢,上以汲汲營救罪之。公連啓爭之,後又入對言曰:“殿下固以臺諫爲汲汲,臣以爲聖明於此,亦不免汲汲。敏廸之去,有何所關,而必令當日發送耶?”上笑而答之。公復以政院覆逆一不聽納之未安,縷縷陳達。癸丑,北路諸陵有事。公以禮官承命往來。判尹缺,上命從二品備望,廟堂以公首擬受點。正言韓泰東論請改正,右相金公壽興筵白“某不但有文望,其才實合訟官。泰東言非”。公屢辭得遞。翌年爲知義禁、刑曹判書。……顯廟上賓。公入臨爲殯殿堂上,知中樞府事。……山陵訖,用勞進階正憲。兩司論賓廳諸臣,請罷職。上以已經先朝酌處,不許。只命竄尤庵。公自此杜門屏居,不與朝議。丙辰,湖南設武科殿試,以命官黽勉往還。又差關西武科殿試命官,閲四月始還。戊午大旱,承命祈雨於松都,歸而寢疾卒。七月初二日也。公以萬曆丁巳七月八日生,至是年六十二。……公踈雋儻邁,不屑於小廉曲謹,人顧不深知而至或横加口語,惟尤庵嘗稱公有氣義無表襮,其不喜拘束,特文人常態,非可以深咎也。……公爲文不事雕削,一以抒寫爲主。尤長於詩律,曲盡事情,紆餘有致。晚益鍊熟,開口成章,愈出愈奇。至如儷語詞曲俱臻其妙,人皆稱服謂將進執牛耳,以繼先武。而卒之時命相乖,未副輿望之所期,可勝惜哉。……女適判書金萬重。

《農巖集·東里集序》:公之家世文章盛矣。其始自樗軒文康公,以三魁擅名英顯之際。歷四世而至月沙文忠公,則其文辭不獨行于國中,而天下之人皆誦焉,是於公爲皇祖。而公考玄洲公與伯氏白洲公既皆克闡先業,又各有四子頡頏競爽,大爲一時之壯。其間雖有一二夭閼者,而亦既見其秀穎矣。嗚呼!豈不盛哉。然當世論李氏者咸推公爲甲乙,而雖公諸兄弟亦皆自以爲不及,則又可以見公之難也。公之文長於爲詩,詩尤長於近體。然未嘗刻意搯擢,一以抒寫爲主。卽事遇境,動輒揮灑,便給捷疾,如丸之脱於手,而紆餘贍暢,時見工麗。東淮申公翊聖見公少時作亟賞之,至以擬于皇朝名家。申公素稱有文鑑,豈苟譽者哉?公於騈儷亦敏而工,類其爲詩。以故自其未脱褐衣,而館閣皆遲其至。及登第卽選入湖堂,進爲兩館提學,討論潤色,狎主文事。然公坦易簡率,不修飾邊幅以自矜重,故仕宦常在通塞間。其自提學薦擬大提學者數矣,而竟不得拜以卒,世頗惜之。然公所以爲藝苑重者,亦豈在此也哉。

《詩評補遺》:李判書殷相《送襄陽尹使君》詩曰:"雪嶽山光雪後宜,一麾行色一琴隨。神仙官府連蓬島,太守風流更習池。青瑣夢牽留客館,白銅歌作送君詞。春來理屐尋真地,花下相迎倒接䍦。"手熟而格卑。

【按:李殷相(1617—1678)原名元相,字説卿,初字長卿,號東里,謚文良。籍貫延安。李昭漢子。李廷龜孫。著有《東里集》今傳。其詩紆餘贍暢,時見工麗。《箕雅》收其七律一首。】

洪柱世　　字叔鎮,號靜虚堂。豐山人。孝宗朝登第,官止郡守。

《朝鮮顯宗改修實録》卷三:元年六月癸巳。藥房入診。上問承旨曰:"吏曹三堂上,相繼引入何也?"金壽恒對曰:"以洪柱世擬清望之故,物議非之,以此引入矣。"李景奭曰:"古稱王符無外家,而猶爲名人,至於改嫁子孫,爲公卿者甚多。而近日則以門地相高,故時論如此。"上曰:"拔於行伍,猶爲卿相,今何不然也?"謹按洪柱世,豐寧君霙之子也。有文才,多交一時知名之士。然柱世性癡而術雜,其寡妹又有淫行,以此見斥於物論。孝廟初,宋時烈、浚吉等被召造朝,論議務激揚,申冕之黨爲士論所斥。柱世時爲齋郎,與冕善,而於時烈等亦嘗從遊。欲上疏言士流論議之過激,疏未上,語洩,其意蓋欲調停,而實爲冕地。故物議譁然,以臺啓削去仕版。後登第,久處冗散。至是洪命夏惜其文才，屢擬清選，衆議喧騰。佐貳俱不安引入，上怪而問之。然景奭所達王符事，亦可謂失其倫擬也。

《藥泉集·靜虛堂集序》：余弱冠到京師，仄聞人士之論儒冠中文藝問學，以洪公叔鎮爲首。一日邂逅客座，其所以自持者，未嘗以身有盛名有異於人。及公决科，與世抹摋，棲遲宂散，又嘗一再承範。其所以自安者，未嘗以身在窮途有歉乎人。余固深識之矣。及公晚年，當路有知公者屢擬臺端，而公遽棄世。嗚呼惜哉！今公之胤子萬宗以公遺文一冊示余，其文藝問學俱載於此，覽者當自知之，何容余一二談也。雖然，余於此別有所感者。東淮申公文章言議重當世，於公許與最深。每稱舉公於公卿賓友間曰："叔鎮眞儒眞儒。"其胤春沼季良亦以詞翰自命，與公交契甚密，不曾變於窮達死生之際，亦人人所共聞。今公之文則一遵韓歐之軌，洛閩之轍，絶無申公父子馳騁嘉隆間習氣，其有內守而不外隨可知也。且詩文之在集中者，多出於抑塞之後。而儻來得失，絶無幾微之見於辭氣。其擠而與之而不足存又可知也。余遇公晚，凡公緒論雖不得極意面討，今幸於遺文寓目而卒業。烏可無一言？公豐山世家，諱柱世，叔鎮其字，號靜虛堂云。

《終南叢志》：洪叔鎮柱世、申季良最俱以文鳴，建幟詞壇。洪詩曰："庭草階花照眼明，閑中心與境俱清。門前盡日無車馬，獨有幽禽時一鳴。"申詩曰："滿地梨花白雪香，東風無賴損柔芳。春愁漠漠深如海，棲燕雙飛繞畫樑。"洪、申相友善，才名亦相埒。余嘗問於澤堂曰："洪、申兩人之文孰優？"曰："叔鎮之文若天然梅菊，季良之文如彩畫牡丹。"蓋天然梅菊真性自持者也，彩畫牡丹雕飾而成者也。惜乎！以二公之才，賈忌于時，終不能大展布，此非所謂"文章憎命達"者歟？

《小華詩評》：先人號靜虛堂，爲文根於性理，卓然天成，不暇雕飾。澤堂嘗稱"法遜于持國而理勝之，若菽粟布帛"。有《閑中詩》一絕曰："追惟既往真爲惑，逆料將來亦是愚。萬事當頭須放下，亻忍教心地淨無虞。"申東淮翊聖謂此詩"見得透脫，真儒者語"。世之雕琢章句、誇奇鬥新者，安能道得如此語？

《詩評補遺》：先人號靜虛堂，於物泊然無所好，惟喜讀書至忘寢食。閑中有一絕曰："庭草階花照眼明，閑中心與境俱清。門前盡日無車馬，獨有微禽時一鳴。"申春沼最嘗聞此詩，手寫藏之。其胤儀華問其故，答曰："不但詩可愛，其人深可敬也。"

丁卯年間，彼人問："爾國有金斜陽者乎？"有一宰答曰："無金斜陽。而有金時讓。"彼人曰："此斥和主論者乎？"答曰："此非斥和者。而有金尚憲者，乃其人也。"蓋字音仿佛訛傳之也。余先人有詩云："澤畔有孤竹，霜稍秀衆林。斜陽雖萬變,終不改清陰。"清陰,即金尚憲別號也。

《玄湖瑣談》:洪斯文柱世號靜虚堂,爲文專尚儒家,不務詞華,而詩亦閑遠,有陶、韋遺韻。嘗製月課,其《詠瀟湘斑竹》曰:"蒼梧愁色白雲間,帝子南奔幾日還?遺恨不隨湘水去,淚痕猶著竹枝斑。千秋勁節凌霜雪,半夜寒聲響玦環。啼罷鷓鴣人不見,數峰江上露煙鬟。"詞極清高。時湖州蔡裕後擢致上考,稱賞不已。

《晦隱瑣錄》:家君於庚寅年間與崔正碩英、閔參判蓍重往淨土寺,時李翔亦在寺中。閔公誦傳洪公柱世詩曰:"風塵觸處多顛躓,始識山林屬望高。"翔以爲攀附山人之意而喜之,其愚昧如此云。

《東詩叢話》:蔡湖洲掌月課,試官題以"瀟湘斑竹",洪柱世擢爲壯元。其詩曰:"……"一時馳譽,足比錢起之"湘靈鼓瑟"詩。

【按:洪柱世(1612—1661)字叔鎮,號靜虚堂、守菴。籍貫豐山。孝宗元年(1650)增廣文科及第,管至榮川郡守。詩與申最齊名。著有《靜虚堂集》。其詩閑遠,有陶、韋遺韻。《箕雅》收其五絕一首。】

李弘相　　字濟卿,號東郭。殷相之弟。孝宗朝登第,官止承文權知。

《朝鮮孝宗實錄》卷一一:四年九月己酉。上御春塘臺觀武才,兼設文臣庭試。武臣則堂上以下,先參初試者及嘉善以上,命竝試射;文臣則左承旨以下近侍、侍衛,皆令退而製進,只留都承旨及翰林下番注書一人。閔點、南龍翼、柳道三、李行進、金壽恒、金益廉、李弘相、趙相漢、權尚矩等入格,竝賜馬。

《朝鮮孝宗實錄》卷一二:五年三月丁酉。上御春塘臺試射武士及兩營軍,試製文臣通政以下,承文正字李弘相居首,賜廐馬。

《朝鮮肅宗實錄》卷二三:十七年八月丙申。行判中樞府事呂聖齊卒,年六十七,聖齊與正字李弘相俱以故相姜碩期之孫女夫。及姜家禍作,弘相則不忍心知其冤而離其妻,自廢以終身。聖齊則怯於被禍,呈狀離黜,改娶他妻,而猶牽於舊情,潛蓄前妻,至有所生,自不免爲欺君犯禁之歸。夫婦,人之大倫,而其處義之苟簡如此,人以是多弘相而短聖齊。特以廣交遊善浮沈,節次推遷,竟至大拜,後謚靖惠。

《朝鮮英祖實錄》卷五八:十九年九月甲申。前郡守金時敏等四十八人聯名疏曰:"……當初昭漢及其兄故判書臣明漢,俱以喪人,將其老母文忠公廷龜夫人及子、姪、婦女,同入江都。及其城陷之初,廷龜夫人、明漢夫妻、明漢次子嘉相之妻及殷相之妻、臣之祖母,皆赴江登船入于喬桐,而殷相之一妹,其前已隨其內舅往住南邑,殷相弟弘相之妻亦在他處。昭漢則欲使禍患不及其老母,遂乃紿賊引去,而昭漢之妻及殷相四兄弟兩幼女皆隨其後,及至城下,昭漢之妻慮昭漢之終不獲全,而潛先自决。蓋昭漢則自分必死,昭漢妻與殷相兄弟則又欲隨夫與父而同死,其餘幼穉則固不能離父母之側。而此外婦女扶護廷龜之夫人,不宜竝入於死地,故有此兩岐之分離。所謂'先府君前行,一家人皆隨'之語及'先妣引帶手縊,不使子女婢僕有覺'云者,蓋謂此也。"

《壺谷詩話》:余近愛李青湖群從昆季私稿,抄其警秀者,合成《延城聯璧集》一卷。觀其詩賦,各有淺深生熟之不同,撮以約之,則亦無非丹鳳一毛,盛矣。如青湖一相之"宇宙名山看太白,兄弟仙閣宿凝清",凝清即閣名,在清風郡。長卿殷相之"青瑣夢牽留客館,白銅歌作送君詞",濟卿弘相之"病似左丘無《國語》,身同釋氏有家憂",幼能端相之"依檻海雲生野外,題詩山雨落樽前"等句皆妙。概格調則幼能最高,淵源則濟卿最深,成就則長卿最多。長卿長於挽制,《孝廟挽章》十律皆佳,其中"憑几日回周甲子,冊名尊並宋淳熙"之句甚叶。而蔡湖洲以"尊"字爲疵,言是。

《知守齋集·金城縣令李公墓碣銘並序》:李氏延安人,遠有代序。至我朝,樗軒文康公石亨,月沙文忠公廷龜,益大以顯。文忠次子諱昭漢,刑曹參判,於君爲高祖。曾祖諱弘相,承文院副正字。

【按:李弘相(1619—?)字濟卿,號東郭。延安人。李殷相弟。其詩淵源甚深。《箕雅》收其七律一首。】

申　最　　字季良,號春沼。翊聖之子。仁祖朝登第,歷翰林。官止都事。

《東州集·咸鏡道都事申君最墓碣銘並序》:考諱翊聖,尚穆陵女貞淑翁主,爵東陽尉,號樂全。連世用文章致盛名。君儲休趾美,生有異質,幼秀茂若成人。于爲文天得獨至,締構組織取裁于秦漢,時出入盛明諸家,必有法度可觀。而尤善爲楚人語,幾從神化中出來。聲由是藉藉起。年十七乙亥舉進士第三名。戊子庭試文科,初隸承文院,俄薦史局,錄玉堂,歷說書,疏論新政先務,上命節要以進。由博士拜檢閱。上嘗夜對,從容論程氏《心學圖》,左右卒莫能對。君前指陳剖析無滯義,上稱善錫爵。居史職三年,屢罷屢復,遷注書,升奉教。而其冬家難作,君遂無意於世。盡室就先壟,治墓田資活,兼爲經紀寡嫂。久乃敘典籍。癸巳監狼川務。邑前廢十年,百弊蝟滋,君力欲張設鼎革,而事有不能得如意,解印而歸。丙申又出爲咸鏡都事。君與世抹摋,斤斤不可。窮峽關山,再罹斥逐。水土撼頓,暗鑠眞元。及還感疾,踰冬轉劇。以戊戌正月殁,葬廣州莎阜村。文貞墓直其右。君有絕人之資超世之見,流離棄擲,百不一試。嗚呼惜哉!君自以家代業儒素,積行種善以貽來葉，而非意受禍。叔氏進士公亦漂寓嶺海，抱恨泉壤。居恒忽忽感憤，往往被酒絮泣，雅薄生趣，終以不淑。天所篤材，若是戾矣。君夙承家學，湛潛於理窟。十九作《童觀》內外篇以明數，繼而作《十一原》以辨志，作《禮家附》以考證稽疑。其說累數萬，淹通融會，無所遺恨。其他九流七略以及律曆卜筮岐黃家言靡不貫穿。此見其全也。既屏居閑處，別自號爲春沼，刻意攻詩。以冲和贍舉之才，發其沈鬱幽寂之思。嘗曰："吾棄于時，無以自見當世，使吾益肆力於詩，以自適其適。陶冶造境，何預人事。沈埋石齡，俟知數千年後致亦足樂也。"今其詩文若干卷將傳示永久。則君所自言，殆其庶乎？

《息菴遺稿·春沼先生文集序》：以余觀之，古今文人志士之懷抱才美，擯斥早歿，不見用於世者，又不特一子美而已。惟我舅氏春沼申先生，以相國玄軒公之孫，駙馬樂全公之季子，連世用文章光顯。而至我先生，以宏才邃學，日潛心用力於《詩》、《書》、《六藝》之遺旨。其所折衷鼓鑄，發以爲文辭者，類皆奧衍敏妙，自中乎軌度。而尤工於楚人語，幾乎化之者。本朝蓋自明宣以來，學士大夫始相學習爲秦漢古文，而簡易崔公實倡之於前，谿谷張公復繼以張大其業。若先生者又出於二公之後，眞可以接其統緒而得其眼藏。雖其體態所擅，纖腴淡濃各自不同，而譬如方者輝山，圓者媚淵，大者爲圭爲璧，小者爲珩爲璜，而其所以爲希世之寶則一也。先生既早負重望，旋擢高第，簪筆橫經，侍人主出入。其於彌綸黼黻之業，亦莫有舍先生而先之者。而世故嬗變，家難遽作。始則自屏於田間，終又徊徨於嶺峽，偃蹇擯落，遽齎志而歿焉。噫嘻悲夫！方先生始卒，先生之胤正字君收集先生所爲詩文及它所著爲幾卷。及其病將死，舉而付余曰："使我先人遺文終不至於泯然無傳者，子之責也。"余謹垂涕而受之，藏之又二十餘歲矣。今於印行《樂全公遺集》之餘，繼以先生所著號《春沼集》者附之。噫！先生之文其將遂行於世，不至於棄擲埋沒。而假令如歐陽公者更生於今，覩先生之所著，以識先生志業之所存，則其所哀憐戚嗟反復而流涕者，又豈但爲一子美而已耶？先生初不甚留意於詩律，及退居廣陵時，於牢騷侘傺之境吟詠自遣，而猶不能多。其得之於狌山北幕者，亦不滿秩。故今集中所錄，較之他文不能三之一。而第其氣格雄渾，頓挫沈鬱，而自然有長公海外之遺韻。噫！捲握之物猶富數世者，此卽古人之語也。苟其至寶，又何必多也。茲敢以宿昔之所感于心者謹書之卷首，且以質之世之具眼者。

《壺谷詩話》：申季良最詩學明而早成，與余同遊槐院，宴於三清洞，醉歸。翌日寄詩曰："抱病尋常不啓扉，忽驚春事雨中非。寧嫌沾濕花間過，却喜聯翩醉裏歸。詞客彩毫干氣象，佳人寶瑟怨芳菲。君看天地風塵色，趁日芳遊且莫違。"老成可喜。不幸早世,惜哉!

《小華詩評》:申春沼最《歧灘》詩曰:"歧灘石如戟,舟子呼相謂。出石猶可避,暗石真堪畏。"以比口蜜腹劍、潛發巧中者。

申都事最號春沼,自其祖玄翁文章相繼,長於詞賦,而詩亦清雅。其《還棲詩》:"偶入城中數月淹,忽驚秋色著山尖。行裝理去孤舟在,急景侵來素髮添。早謝朝班誰道勇,晚饞丘壑不稱廉。且愁未免天公怪,欲向城都問姓嚴。"當使蘇長公却步。

《詩評補遺》:申春沼最上元前數日風雪大作,有感賦詩曰:"畏寒每數春回期,春至還愁暖較遲。風似怒濤豗巨壑,雪如狂絮撲重帷。尊中無酒慚文舉,案上開圖見伏羲。却問兒童笑何事,阿翁鬢髮欲成絲。"公長於詞賦,而詩亦有格。

《東詩話》:或有問於澤堂曰:"洪柱世詩'庭草階花照眼明,閑中心與境俱清。門前盡日無車馬,獨有幽禽時一鳴',申最詩'滿地梨花白雪香,東風無賴損幽芳。春愁漠漠心如海,棲燕雙飛繞畫梁',二詩孰優?"澤堂答曰:"洪若天然梅菊,申如彩畫牡丹。"澤堂之意,必以爲彩畫終不如天然之爲得真。然余謂"心與境俱清"者,泯然不知其爲清。苟自知其心之清乎,則非其真也。不可以"天然"稱焉。申詩如古之宮愁閨怨,非有富貴華豔之意,奈何取牡丹爲比?恐皆未得爲着題也。大抵詩雖小技,而亦覺難工。

【按:申最(1619—1658)字季良,號春沼。籍貫平山。申翊聖子。善文章詞賦。著有《禮家附說》、《春沼子集》。其詩冲和贍舉,沈鬱幽寂。《箕雅》收其七律一首。】

申　混　**字元澤。濡之弟。仁祖朝登第,官止校理。**

《朝鮮孝宗實錄》卷一六:七年四月丁卯。以金佐明爲承旨,許積爲刑曹判書,趙珩爲大司諫,睦行善爲吏曹參議,曹漢英爲大司成,李晢爲輔德,朴世堅爲弼善,洪葳爲吏曹佐郎,申混爲修撰。

《俛仰集·俛仰亭題詠海東名賢錄》:申混,字元澤。玉果縣監。高靈人。

《終南叢志》:申元澤混少以奇童名世,後爲安州教授,將赴關西,其母有戒色之訓,其妻亦有警言。申戲賦一絕曰:"謂我西行錦繡叢,慈親戒色婦言同。母憂疾病誠爲是,妻妒風流未必公。"此詩世多傳誦稱善,而第四句"妻妒風流"四字殊非委婉之語,若改以"妻意安知盡出公",則似乎有味,以俟具眼評論。

《壺谷詩話》:申元澤混少稱奇童,俱長詩文。《送濟州御史》詩曰:"一點孤青漢岫浮，中流渺渺見瀛洲。河邊獨訪乘槎路，天畔聊登望海樓。千樹瘴煙垂橘柚，萬山朝日放驊騮。霜威到處清殘暑，水國蕭蕭已覺秋。”語句遒麗，而但自許太過，常以牧隱之文爲狹小。其兄君澤濡亦能詩，故自評曰：“兄如半空鸞，我如千里長江。”終未大鳴而夭，可惜。

《詩評補遺》：申混，濡之弟也，號初庵。十二歲時，與其兄濡登蘭皐寺，各賦詩。混詩一聯曰：“一點燈殘漁妨雨，數聲鍾動海門潮。”人稱奇童。

《詩話匯成》：公幼嗜文章，自髫齔著成詩文，名曰“弱冠體”。八歲作《秋月》詩曰：“夜坐見秋月，月明照我衣。愛此不能寐，劇于十五姬。”

六歲時見家有屏，畫嚴子陵披蓑釣魚之狀，即書一絕於屏間曰：“此即相江水，人非嚴子誰。羊裘嫌物色，換著綠蓑衣。”公之大人見而大奇之。

伯氏竹堂公在松都，寄詩有序曰：“七月二十五日，余在壽陵椒川，夜懷元澤，唫囈之間得一句云‘秋燈遙結弟兄情’。時元澤近侍召京，道途僅百里，歸寧有期，即此語言不妥，改作他句成詩。無何，元澤獲譴，出爲安州教授，塗次作別。後得驛報，聞以八月十五到任所。是夕余再抵韶陵，遂以前句足成一絕，豈所謂詩讖耶？仍錄以寄。詩曰：‘離君日日計行程，正到安陵宿塞城。寂寞江天聞雁夜，秋燈遙結弟兄情。’是夜余始到謫所，而此詩末句偶成當日之讖。殆非異耶？吁嗟久之，追賦以和：‘秋燈不寐數歸程，更漏沉沉月滿城。還怪詩翁耽覓句，早時料理此番情。’”

【按：申混（1624—1656）字元澤，號初庵、草庵。籍貫高靈。仁祖二十二年（1644）文科及第。孝宗元年（1650）繼奉教任正言、修撰等。五年經安州教授爲副校理、校理、修撰、直講、瓮津縣令、瓮津縣監。有文名，善畫。著有《初庵集》。其詩語句遒麗。《箕雅》收其七律一首。】

李端相　**字幼能，號靜觀齋。一相之弟。仁祖朝登第，選湖堂。官至副提學。**

《朝鮮顯宗實錄》卷一七：十年九月己酉。前副提學李端相卒。端相，判書明漢之子也。少登科，歷敭華貫，有清名，爲儕輩所推。謝病退居楊州，屢辭召旨不赴，人以爲恬於名利。而蓋談命者謂端相若陞堂上，則年必不永，故其不樂仕進者，以此也。宋浚吉白于筵中，陞拜副提學，端相來謝恩命，因養痾城中，未幾卒。端相素附宋時烈、宋浚吉。浚吉嘗於上前請毁撤湖南儒者鄭介清書院，端相亦上疏誣詆介清。尹善道陳章，伸介清斥端相，舉其父明漢諂媚李爾瞻父子“文星今與德星俱”之詩，以貽笑一世。端相又嘗上疏言“時烈議禮之論堂堂正正，雖百世以俟聖人而不惑”。其欺君罔上之罪，於是乎極矣。此豈非所謂小人而無忌憚者哉。

《宋子大全·靜觀齋李公神道碑銘》:有以卿相爲平步可至而不屑乎此,謂此學爲自己分事而不沮乎晚悟者,曰故副提學李公端相,字幼能,自號靜觀者也。公聰明強記,文藝夙成,一時詞林群彥無不瞠然退舍。戊子魁進士試。翌年庭試闡丙科,諸在翰苑玉堂相與遲其至。先是丙子,公年九歲。公爲虜人所得,車駕至陣前。公因人自言,上爲之愍然,虜帥竟不以北去。蓋於時已爲上所知矣。翰林時講武有日,或言慈聖將由便地臨眺,公疏論之。孝考有嚴批。未幾竟入玉堂,自修撰至典翰,兼出入書筵,亦屢爲兩司、吏兵曹郎、政府舍人,帶知製教,賜暇湖堂,一時極選也。玉堂時箚論聖上多無誠實,又言大臣不可不敬,因訟金弘郁無罪而死,及蔡裕後、洪宇遠皆以言斥責,俞櫶驟被嚴刑。乃言曰:"鳥鳶卵破而鳳凰不至。"上爲慈殿有營繕,又拜陵還,中路觀兵。公皆進諫。爲臺諫,益隨事論劾不避禁臠。有鄭介清者心行邪詖,嘗著排節義論以斥東漢士。宣廟嘗命榜示。至是參議尹善道因事伸救,語甚譸張至以爲正學。公力辨其非。上爲親弟三臨其喪又不用君臣禮。公據禮力爭遂譴罷。既敍復,廉察湖南。饑邑便宜發粟,詣獄門出其輕囚,又請截留船粟之西輸者以賑之。及復命,歷陳飢民之狀而請加蠲放,因嗚咽于前席。上亦爲之泣下,皆從其請。南民爲立石以頌之。孝考上賓,時事漸變,公自度不能俯仰,遂杜門却掃,慨然有志於古人爲己之學。日取經籍探討蒐輯,窮晝夜不厭,有泯然會於其心者,則世俗所謂榮達者不復入於意間矣。後暫爲清風府使。未幾,以應教召入,論永寧祧廟。時公自罣公格,以阻銓用,故閑居恬養者久。大臣白上除豁,遂右敍。復丐外得仁川,旋以親嫌遞。以執義上疏,勉以五事,而其要在於立志勤學。上褒賜馬裝。公復自以事免去。洪公命夏、宋公浚吉、趙公復陽合辭進曰:"某守靜讀書,學識罕比。如使出入經筵,裨益必多。"上遂下特命。公卽出舍,郊外固辭,因卜居于楊州之東岡。蓋公歸自清風,已有退藏之志,至是其謀益决。喜其密邇先壟,且饒林壑之趣,遂有終焉之計。左右圖書,俯讀仰思,殆忘寢食。家甚貧窶,采橡脫粟,處之晏如。然上下必欲起公,公復辭曰:"臣本非山林遐遯之士也。涓埃未報而疾病遽嬰,躬逢昭代,自爲棄物。豈臣所欲哉?比聞聖學日進,苟能終始不怠,允德成就。則臣雖枯死丘壑,與有榮矣。"優批不許。時衆議以爲師儒及論思之長,非公不可。上特陞通政,連拜承旨、參知,皆不就。上南幸溫泉,公詣郊班祗送,竟拜副提學,仍命侍講書筵。時己酉三月也。駕還許遞,仍加優禮。而公已病不能東歸矣,上賜藥物。九月十六日,公草疏曰:"臣命迫運窮,不得更瞻天顔,將不瞑目矣。今茲神后祔廟,實千古盛舉,可見聖學迥出百王也。願益任賢德,益光前烈。宋儒張栻曰'信任防一己之偏,好惡公天下之理',斯言盡矣。懋哉懋哉。"蓋太祖繼妃神德王后，太宗朝諸臣妄行貶降。至是上用廷臣請，追稽皇朝冊命，修復舊儀。故疏辭及之。疾益病，公自寓舍欲還舊第，以盡正終之義。家人更諫，公不聽。竟以其十九日卒于正寢。其十一月葬于加平郡朝宗縣先兆。上用筵臣言，特命優助終事。今上庚申，右議政閔鼎重筵白，以爲李某恬退力學，合有追褒之典。上命贈吏曹參判兼經筵兩館提學，朝議嘗欲公由此而平進者也。公凡歷三十餘職，其清要則未嘗久處，冗散則若就酣枕焉。公延安人。唐中郎將李茂從蘇定邦平百濟，留仕新羅，因籍于延。本朝諱石亨，策佐理功，謚文康。四世至文忠公諱廷龜，以文章德業大鳴於世，名聞中華。子判書公諱明漢繼典文衡，爲時名臣。娶錦溪君朴公東亮女，生公。朴夫人有至性高識。公配全義李氏，其考右議政行遠。二男喜朝、賀朝。四女，適李滓、金昌協、閔鎮厚、宋徵五。季未行。……嘗有華人漂到，衣冠不改，爲言正統一脈尚未全絶。朝議將交解其人于虜中，公極言其不可。既不能得，則作詩以傷之。其《匪風》、《下泉》之思，感憤激烈，所以眷眷於宗周者終始不替焉。少喜詩酒，壯涉榮塗，惟其氣質明透，乃能灑然脫略。……所著有《大學集覽》、《四禮備要》、《聖賢通紀》，皆未及更定焉。有文稿若干卷。

《南溪集·弘文館副提學靜齋李公行狀》：及過金文正公故居，有"千秋大義無人識，石室山前痛哭廻"之句，尤齋聞而和之。蓋纔經漂人事故也。辭義悲惋激烈，人多傳誦。與學者語必從頭理會，或設譬喻竭其兩端，使聽者曉然。以此雖扞格難入者，能有所啓發。其在疾病，如值發難講問輒加酬答，灑然稱快。爲文章操筆立書，絶無點竄脩古之意。人或規之，終不改度。雖如詩律，非出於自然會心者亦不肯爲曰："吾不欲作閒言語也。"雅饒清致，及於東岡數里許得小洞曰靈芝，愛其林壑幽邃，引水爲池，搆一書齋於池上，扁以"靜觀"。暇日杖屨逍遙於其間，蓋將以爲藏書講學之所，潛修篤行以終其身。而公遽中道沒矣。

《靜觀齋集·附錄·年譜》：（略）

《靜觀齋集·敍（朴世采）》：公於爲文，多識博發，質清而用周，殆非一時諸公所及。獨性不喜規規作者矩度，比反儒學，尤主於演義理、達事情。操筆立書，終不點檢修潤，譬如川源之水無一停滯，而池沼溝澮亦各賴其用。於詩章必且屏去藻繪，表著名理，可見晩境所得者深也。

《詩評補遺》：李副學端相號靜觀齋，丁未年間，福建唐人漂到耽羅。持示永歷曆書，其人必自帝駕播越處來也。畢竟理送于彼國。李有詩一絶曰："南極浮槎海上來，紅雲一朵日邊開。千秋大義無人識，石室山前痛哭回。"詩意頗憤，可激志士肝膽也。

《己丑錄續》：應教李端相上疏大概："尹善道前後疏辭，威脅政院，眩惑聖聽之狀，誠不滿一哂。而其中鄭介清之事，不可不明白爾。敢陳所懷事。”答曰：“鄭介清之事，伊日之聞甚詳。豈有他意哉？彼自不知耳。不知之言何足較乎？”

【按：李端相（1628—1669）字幼能，號靜觀齋、西湖，諡文貞。籍貫延安。李明漢子。追贈吏曹判書。奉享楊州石室書院。著有《靜觀齋集》今傳。其詩屏去藻繪，表著名理。《箕雅》收其七絕一首、五律一首、七律一首。】

洪　葳　　**字君實，號清溪。南陽人。孝宗朝登第，選湖堂。官至監司。**

《朝鮮顯宗實錄》卷三：元年十月己亥。前監司洪葳卒。葳稍有文名，實無吏幹，驟除東萊，旋授嶺節，困於文簿，精神耗盡，遞還京師，未幾而逝。

《清溪集·附錄·墓誌銘（宋時烈）》：我孝宗大王朝有臣曰洪公葳，字君實。自登第以來，以文字言事殆無虛日。爲正言，請勿削黜諫臣。又應旨上言，請卞賢否以破朋黨，明體統以立紀綱。又言內司宮家之弊，又言鄰族病民之政，終以歸之於人主之一心。又嘗言推疏決庶獄之心，以恤窮困之民。又請昭儉禮下，治怒窒欲，仍又悉數病之尤者。而又言大臣不能任責。其所條奏蓋萬餘言，上甚嘉賞，悉令廟堂變通弊政。而又教公卿曰：“宜體予意，悅而容之。以盡交修之道。”自是上眷彌隆焉。公亦隨事盡言，在筵席進講規諷尤多焉。以吏曹郎兼世子侍講院司書，極論輔翼之道。俄移修撰，又疏陳時事，而于蘇殘恤軍緩刑求賢之道尤致意焉。又極論諸宮家作弊之狀。上又嘉奬曰：“不覺嗟歎。使人人皆如爾之誠心，國事豈至於此？”痛歎而已。以御史廉察湖西，還言報恩縣吏侵征軍卒，遂梟示以懲其餘。出爲楊州牧使，極陳兵民之困弊。又以爲欲除弊政以撫軍民，則其本在正君心清朝廷，故又以此爲窮源之論。上又優答焉。俄陞通政，爲東萊府使，蓋籌司僉同薦也。未幾仍陞爲本道監司，入京謝恩。到營未幾，按牘如洗。遂條具道內弊瘼，纖悉無遺。其大者如罷萊釜分防而以土兵募立，移兩兵營以當要衝。孝廟皆嘉納。己亥五月，孝廟上賓，公遞還爲承旨，而卒於翌年庚子十月十五日。賻祭如儀，以子天敘從勳，追贈吏曹判書。始葬廣州府西，後移楊州某山先兆庚向之原，夫人李氏祔焉。公天資精敏，器局峻整，居家事親承順無違。與伯氏同居湛樂，未嘗相離，其孝友之修于家者如此。及其出身事主，久在論思之職，竭其忠誠，老成切實。不爲空言，前後章疏殆累萬言，而必根極於人主之一心。蓋其淵源出於其舅氏趙樂靜錫胤，故論議正而知要，雖置之古名臣奏議可相上下也。其在藩府夙夜勤勞，經事綜物細大不遺，而又未嘗不以朝廷爲本，民事爲急。故凡所奏請，宰執雖堅持不許，而上必允從,蓋知其忠懇在於尊主庇民也。主知方深,輿望日隆,方將引置輔弼之地俾展其才識矣。不幸聖主厭世,公又病矣。幽問所至,有識之士無不嘆惜。公南陽人,始祖殷悅,麗祖功臣。本朝有龍官贊成。曾祖翼俊郡守,祖琡、考遠湖皆不仕,以公貴追榮顯職。公以泰昌庚申生於衿川外王考趙公諱廷虎第,趙公仁祖朝名臣,而樂靜其胤也。公自幼及長常依外氏,既資性明敏,濡染甚熟。論人而必本其父兄師友者,蓋觀於公而益驗之矣。配德水李氏,牧使栫之女,柔順慈惠,在家父母愛之,及歸事姑無違。家雖貧甚,而不敢以一毫累夫子。後公二十七年而卒于丙寅,壽六十六。生二男三女。……記昔戊己年中,余忝在籌司,每見公狀申文字明白條暢,詞理俱到,竊歎其才之可添一開封矣。及其還朝則已見其精華消落,又歎其賢勞王事也。今郡守爲謁幽志,義不可辭,遂略敘如右云。

《農巖集·清溪集序》:不佞少侍家庭,每聞先君子語及平生執友,必亟稱君實。及長奉教於靜觀李先生,亦聞其亟稱君實。君實即故監司清溪洪公諱葳字也。方公在世時,不佞尚幼,不及供灑掃其門以奉音旨。然以先君子與靜觀公交遊傾一世,而於公獨亹亹焉,則公之爲公可知矣。蓋當孝廟之世,聖人在上,髦俊應運,雲烝鱗集,蔚然相章。而公首以其卽位之元年對策,魁多士登第,其明年先君子又擢魁科,而靜觀公亦先公一年登第,相繼立於朝,俱以文學行義爲後來領袖。既更造侍講玉堂,又同賜暇讀書,其相得如律呂之和鳴,芝蘭之同臭,而雖他人論者亦無敢輕爲軒輊。於是進而論思啓沃,退而切劘砥礪,要以激揚清議,左右儒賢,以仰贊聖主有爲之志。而公遽沒矣。始朝廷以公兼有政事才,間試州郡,最後舉以畀嶺南節。公益感激自勵,殫竭心力,遂致勞瘵成疾。時尤齋宋先生在朝,數從公前後奏狀見其致意精勤,無一備數文字,心識之。及聞公卒,謂人曰:“向吾見其用精神弘多,固已知其不能久矣。”噫!若公者,殆所謂鞠躬盡瘁,以死勤事者歟?然公沒時年財四十,當世之人無不惜其蚤世,而先君子與靜觀公傷悼尤深,既久而猶追思不已者,以其相期之遠也。公沒前一年,孝廟上賓,時事因亦漸變。靜觀公退遯於野,後公十年卒,而其壽僅贏公一歲。獨先君子立朝最久,名位最隆,而又卒罹罔極之禍。後之論世者觀於其盛衰存亡禍福之際,而世道之消長,時勢之升降,邦運之否泰,皆可以見焉。其有不喟然太息於斯者乎?嗚呼欷矣。公之胤子郡守天敘嘗以公遺稿就先君子刪定,未卒而禍作。郡守君又以是托不佞,且責一言。不佞誼不忍辭,爲之執簡流涕而書其所感者如此。公少學于舅氏樂靜趙公,詩文清雅典裁,不務叫呶激詭,而以理致勝。章箚尤明白剴切,足以感悟人主意,大抵本之經訓而得於樂靜公者爲多云。乙亥仲春上旬,安東後人金昌協謹書。

【按:洪葳(1620—1660)字君實,號清溪。南陽人。其詩清雅典裁,以理致勝。著有《清溪集》今傳。《箕雅》收其七律一首。】

金萬英　　居羅州。進士。除洗馬,不拜。

《朝鮮景宗實錄》卷一四:四年四月戊申。……重觀又論:"……金萬英,以鑄錢賊安龜瑞之甥姪,既因臺啓,使左右捕廳究問,而一任遷就,到今徑年,乃以一紙草記請放,誠甚駭然。龜瑞居在萬英家,銅鐵等物全付萬英,日與宇寬、松等謀議。今龜瑞死後,當問者萬英也。諫院發啓後,萬英欲先事自殺,可知有同謀之實。請令左右捕廳,逐日開坐,究問萬英。"從之。

《白軒集·白軒先生年譜》:又曰:"幼學雖有材能,仕路甚狹。卽今湖南之金萬英,嶺南之鄭道應,皆以志學篤行,爲一道之最,宜收用奬勵。"

《藥泉集·因星變陳所懷疏》:臣於前歲奉使南方,訪問人物。有二士焉,其一羅州人前洗馬金萬英也。其人少有美名,聞于當世矣。不幸中年以來,謗議山積,不得自保於鄉曲,雖未知萬英果本無一毫之疵點,而靈、羅之間習俗澆訛,噂沓之說不勝其呰呰。亦何足取信哉!而況毁之者雖多,譽之者亦衆。不當只以其毁,盡廢其譽也。若以其一毁一譽,均之爲難明云爾,則今姑置其虛實於左右之間,而槩論其人。生于草莽,不資訓誨,而幼年夙成,下筆成章。言語動止皆有法度。此其過衆人亦遠矣,豈可終身廢棄而一不試用也。

《明齋遺稿·南遊記聞》:外舅曰:"……賓師自處者亦有之,韋布自處者亦有之。鄭道應、金萬英年少輩,尤可使置太學,成就其才可也。"

【按:金萬英(1633—?)字君望。慶州人,居京師。顯宗庚子增廣試文科。其詩巧于詠物。《箕雅》收其七絶一首。】

洪柱國　　字國卿,號竹里。柱元之弟。孝宗朝登第,官至禮曹參議。

《朝鮮肅宗實錄》卷一:卽位年九月庚辰。先朝時,以禮曹判書趙珩、參判金益炅、參議洪柱國,當仁宣王妃初喪時,以朞服定入,而內懷衆庶大功之意,朦朧磨鍊,竝下理。至是,上命皆徒配。

《藥泉集·禮曹參議洪公墓誌銘》:公諱柱國,字國卿。籍豐山。鼻祖高麗直學諱之慶。其後蟬聯,爲世甲族。祖諱履祥,司憲府大司憲,贈領議政,號慕堂。以經術德行,爲宣廟朝名臣,章甫有俎豆享于故居。考諱霙,禮曹參判贈領議政。妣延安李氏,左議政文忠公月沙諱廷龜之女。公以天啓癸亥歲生。戊子成進士。庚子除冰庫別檢,供職旬餘自免。壬寅擢文科,補承文院副正字,自連源察訪薦拜承政院注書。乙巳以三魁月課陞授成均館典籍。自是在騎省爲佐郎、正郎,在諫院爲正言、司諫,在憲府爲持平、掌令、執義,在國子爲直講、司成,在春坊爲司書、文學兼弼善輔德,在玉堂爲副修撰、修撰、校理、副應教。選爲知製教,出爲咸鏡北道評事,間爲宗簿寺掌樂院司僕、寺正。而其於春坊三司,一職或再三或六七拜。癸丑遷寧陵,以都廳勞加階拜禮曹參議。當仁宣后喪,本曹定慈懿殿服期年,既而改奏大功。顯廟可其奏。而以稽遲,並長貳下理置對釋。由工曹參議出安邊府使。適嶺南無賴子投疏言功制非宜,公復坐就理。而顯廟賓天,今上嗣服,始奏當配高陽。居數月特宥,繼下敍命,而禮網遂爲世禍,朝廷不復收公。戊午始除富平府使,引病不赴。己未除安岳縣監,三以狀求罷不得,黽勉赴任。迎使臣自燕歸者于黄岡,猝得疾,不起于旅館。實庚申三月六日也。事聞上驚悼,所以哀卹之者出例。初葬于豐德地,以丙子十月改葬于楊州豐壤之縣倉里卯向原。……公容止凝重,襟懷曠遠,與群居寡言笑。早喪怙恃,終身哀慕。事伯氏文懿公及長姊,視父母焉。一室如斗,環以圖史,静坐終日,吟誦不輟,而不問家有無。見人游談徵逐者則未嘗不爲之嚬蹙。於文辭最長於詩,有瀏瀏風調。至於步韻酬唱,濡毫立就,雖累十疊不窮。駢儷之語亦清麗,有徐庾法。在儒冠前輩皆以主盟文苑許之。及釋褐應製,凡居魁十六,一時操觚者皆自以爲不及。職在侍從十餘年,不備補拾則持風憲,不入經席則侍胄筵。其隨事獻替,因文規諷,切時政而裨聖德固多矣。若以其關於大體者言之,顯廟待近宗甚厚,出入無嚴,有恃恩驕恣之漸。公上疏以壞堂陛啓私逕爲言,見者稱其憂微,以爲封事第一。顯廟將浴溫泉,慈殿、中殿並行,而慈懿殿獨留京闕。公又上疏引馬周諫九成之行者爲言。見者稱其愛君,以爲無愧古人。且自持甚嚴,雖平日交親素相許與者,職居要津則未嘗一還往。在北幕經歲,粉黛滿前,未嘗一顧眄。人皆以爲難。公雅有丘壑之志,而貧不辦買山之資。及畸於時,寓居西湖之竹里者數年,頗以償宿願爲幸。嘯詠江山,悠然有自得之趣。及告廟論發,當事者指甲寅之奏功制爲極罪,大禍將及。而公亦坦然無撓,雖家人未嘗見言色有異於常者。公自遷謫以後,易居者數三,親友亦隨所住爲號。公笑曰:“我棲息未定如汎宅焉。”因自號以汎翁云。余於公,年則後而仕則先,幼不得隨肩於筆研之間,長不得接武於班聯之次。然艷聞其文行,慕仰者深。及余叨北臬,教文實出公手。而今公二胤又以公誌幽之文託余。慨念今昔,爲之一涕。不敢固辭,敍而系之銘。

《宋子大全·泛翁集序》:物之理,未有無對而獨立者,而以相反爲對者居多矣。故此多者彼必寡,此短者彼必長,亦陰陽消長不易之理也。莊周曰“嗜欲深者天機淺”矣。夫其荒唐之說類爲莊士之所羞稱,而此獨爲晦翁先生之所取者，有以也哉。吾黨有洪泛翁，諱柱國，字國卿者，故名臣慕堂公諸孫，而月沙李公之宅相也。自爲秀才時穎出倫類，逮登大科，蜚英藝苑。投之所向，何所不宜哉。顧乃無心於進取，蕭然斗屋，不改寒士之雅操。凡天定得喪欣戚，漠然不入於其胸懷。而顧喜爲詩。其所自號，蓋亦泛舟江湖，中流自在之興致也。故凡其燕逸之際，天機自鳴，其脱口而肆筆，辭調清踈，格力閒暇，駸駸乎古人之門庭矣。此豈非寡於彼而多於此，短於彼而長於此之效耶？惜乎，使之天畀遐齡，得盡其限量，則上而沈宋，下而陸黄，豈不並駕而齊馳哉？蓋既沒，而其胤萬選士中裒稡其遺稿，釐爲編帙以示余，而仍求弁卷之文。余於聲病之功素昧源委，而獨聞晦翁先生論詩之説矣。其意蓋曰"先須識得古今體制，雅俗向背，能洗滌腸胃間葷血脂膏，方可以漱六藝之芳潤，以求眞澹之趣"。嗚呼！公其庶幾於此者歟？必有能知之者矣。是爲序。柔兆攝提格孟秋日，德殷宋時烈序。

《西溪集·禮曹參議洪公墓表》：亢高自持，遠聲色，簡交遊。絶意世好，觴詠以爲適。嘗欲買田江湖自放耕釣，而貧未能就。及解謫籍，僑寄江上，蕭散自得。雖疏糲不給，而處之晏然。爲詩濡毫立就，凡有步韻酬知至累十不窮，而警拔不俗。駢語亦清麗。少時前輩諸公多所期許，及游館閣，同列操觚者皆自視以爲不及也。晚以棲息未定，自號泛翁。有遺集十二卷藏于家。

《詩評補遺》：洪侍郎柱國號以竹里，其《秋懷》詩曰："綠籬瓜蔓欲披離，高樹西風索索吹。九月秋聲人易感，一年霜信雁先知。醅初發甕還嫌病，菊未開花已到詩。絡緯近床啼作意，夜闌吾睡爲誰遲。"情調俱到。且如《途中》詩一聯曰："一點漏雲山日吐，半邊驅雨野風顛。"意景亦佳。玄堂、醉仙、竹里三人皆余堂叔也，俱有詩才，而玄堂坐不肆力，醉仙廢於早病，竹里終始著工，造詣不淺，柏谷嘗稱不易得。

【按：洪柱國(1623—1680)字國卿，號泛翁、竹里。籍貫豐山。洪霙子。洪履祥孫。李廷龜外孫，鄭弘溟門人。著有《泛翁集》。其詩警拔不俗，情調俱到。《箕雅》收其五律一首。】

洪錫龜　　字國寶。南陽人。孝宗朝登第，官止牧使。

《朝鮮顯宗實錄》卷一六：十年五月乙巳。洪錫龜冒訴其父浚之冤。上令更考禁府文書，覈出浚之參凶疏與否，而以久遠文書太半散失，未得考出。浚大北韓玉之外孫也，少與姜與載、李海昌遊於任叔英之門。及叔英被罪，海昌等疑浚以玉孫，讒叔英於爾瞻，且參廢母之疏，遂擯斥不與焉。及浚之子錫龜登第分館，海昌以世累劾去，而錫龜等不敢爭辨。及是又以世累被劾,始乃訟冤,而禁府久遠文書太半散失,終未考得實狀。浚生時言於與載曰:"年少不省事,以致累參凶疏,雖爲棄人,更誰怨尤?但錫龜等有文才,此可惜也。"至是錫龜等欲掩父累,而欺天誣人,聞者寒心。

《朝鮮顯宗改修實錄》卷二五:洪錫龜爲平山府使。……錫龜之父浚,初名熚,乃爾瞻之黨奉先之子,而又爲韓玉贅壻。少從故持平任叔英受學時,(乙卯冬)叔英屏居廣州,適會仁弘赴朝,與門生李海昌、趙壽恒等共相非斥。俄而叔英以謗訕被削黜,而海昌等亦皆停舉,蓋爾瞻嗾其黨論之也。於是海昌等大疑熚之所泄,自此熚不敢更迹叔英之門。丁巳以新榜進士又參李榮久廢母凶疏。癸亥後雖改名,益不齒於人,終落拓而死。錫龜有文才,與弟聖龜同榜登科,初隸成均館。海昌在臺職,以世累論削,改送校局。錫龜等不敢自辨,即俛首就仕後,遍交一時名流。及李端夏入銓,極力吹嘘,擬通清望。大諫李泰淵更舉熚事,劾錫龜之弟聖龜,錫龜始乃生意,伸雪投疏,訟辨以爲:"其父終始親信於叔英,故丁巳放榜後,即往在叔英家,而凶徒勒書其名。海昌之劾,亦出於挾憾誣陷,任有後以同門生尚今在世,詳知其事。"乃抵書有後,懇冀其救解,欲得其答,以爲伸冤之左契,有後乃嚴辭以拒,仍斥言其父絶迹師門之狀。(其書略曰:"先大人不幸連姻於黨人,而師生削黜、停舉,適出於隱憂,其時涕泣隨師,不離門下,則其謗可以立下。而年少不知,出此趑趄乖阻,爲世所指目。云云。")錫龜患之,遂匿其書不出,又懇乞於時宰趙復陽、金佐明等,諉以累參凶疏非實狀,許其伸理。公議深非復陽等之循私,而領相鄭太和亦於筵中曰"熚之親密大北,有不可掩"云矣。至是乃除是職,而然端夏終不能引置清班,錫龜僅至州牧而歿。

《畏齋集·洪國寶墓誌》:余友洪斯文國寶年十九來學于吾先君,文詞筆法已有盛名。然君德器夙成,絶無年少才子浮靡習氣,先君甚愛重之。未幾占解額一等。驪鄉人有仕胄監者謂君有先累,阻赴省闈。先君以書詰之,對以楊驪間公論如此。先君再書曰:"楊驪公論,生無不知。仍問其誰受?"其人大窘,遂解之。後君登第,其先考敵怨造謗者方在權要,既絀君隸于成均,又以兄弟不可分隸,駁改而歸之芸館。時先君已下世,無能爲君申辨者。余後忝銓郎,擬以君處臺閣。曹中議既定,而外人又有枳者。余既人輕,生又晚,不能爲君證明,如先君之爲。及其歷試外任,聲績茂著。大臣宰臣交相尉薦,而竟無有力振之者。遂使君落拓以歿,才德抱負不能大展於世。余念之未嘗不痛惜。然君平素處得失榮辱之際未嘗有動於中。晚年,君弟府使君被言官論劾,蓋以向時誣謗爲頭辭。君方在北府,以爲事達天聽,冤及泉壤,此而不暴,無以爲人。遂棄官歸,上章白其狀。事下有司,反覆考覈,終得快雪。君於此亦可以無憾矣。君諱錫龜,國寶字也。自號東湖居士,亦號九曲山人。洪氏系出上國。唐季遣八學士教國人,洪其一也。賜貫南陽,遂爲名閥。……以天啓辛酉閏二月辛巳生君。資稟既異,承旨公訓誨亦篤,十餘歲已通經傳大義,運筆奇健,遍題人家扁額。孝廟在潛邸召試,脫靴以賜之。治文詞,十六發解,十八賦《從軍感遇》二十八首,白洲李公見而奇之。批曰:"古之王、盧,亦不多讓。近世惟車五山可以當之。"其見激賞如此。然君讀書以窮格爲務,如朞三百、璿璣等說,不待師承,潛心默究,盡通其義。又斲木爲渾天儀,後星官取以爲法。既從我先君學,益務遠大,理趣愈博,文氣大肆。乙酉魁生員初試,遂陞上舍。人以爲晚。戊子丁承旨公憂。庚寅冬制除,與府使君同登文科。既釋褐遭困厄,公議惜之。除假注書,不仕。差都監郎,又選兼春秋,參修《仁祖實錄》,以勞陞典籍。自是外職則歷茂長縣監、良才道察訪、端川郡守、定平平山長城府使、海州牧使,間爲開城府經歷,内職則戶曹佐郎、正郎、禮賓寺正而已,兼職則宣惠精抄校正等廳郎、文兼宣傳官、守御使從事官、承文院參校也。攝左史,累入侍。嘗爲增廣會試試官,散班特選也。此君履歷。而外任未赴者,定州羅州二牧,又以備局薦擬灣尹,亦漸於擢用,而世道遽變。戊午歸自海西。絕意仕宦,養痾東湖,不入城市。以己未十二月十四日卒,享年五十九。庚申三月葬于利川府北末谷里坐亥原。一代士友爲挽詩若祭文,咸悼其屈。君平居恬靜,若不以事物經心。然當官處事,裁決如流。始仕惠局,屏關節防姦蠹,已爲長官所稱。爲戶郎,長官遇有難處事,必委君句管,至囑銓部勿遷。治邑,以正紀綱厚風俗爲本,均賦而恤孤弱,守法而繩豪右,文簿會計井井有方。吏治最以田政爲難,而君精於算法,遍教吏胥以田算,隨而躬自踏驗,姦欺無所容。自端移定,俱當量田之舉,其效尤著。所至節用取贏,以代征徭。繕館宇飭器用,百度一新。明於聽訟,是非一定,雖嚴上官不能奪其理。端郡有銀礦,歲貢千兩,積成痼弊。君請于朝,蠲其四百。以北俗貿貿,尤留意學政,分建書齋于各社,置訓長課學。拔其尤者,親自教誨。舉其有才學者,薦于朝而除職。於定邑,有圃隱先生舊蹟。率邑子創祠俎豆,揀秀士入書院。定學規,備置書籍。暇日以深衣謁廟,與諸生講論,俾曉正學趨向。於松都,適值辛亥大饑,竭力賑政,所全活甚多。定州不赴,以長官啓留也。逮移平山,老羸皆攔道叩謝其恩,無不咨嗟而惜其去。平當兩西孔道,酬應甚煩。而然君勸課儒生不懈,文風丕變,多有成進士者。人稱爲古所未有。於長城,兼莅井邑廢縣,增築笠巖甕城,城内築堤儲水爲緩急備。君在平,已病水土。及拜海州,累辭不獲。朝論蓋以本州凋弊特甚故,須君才諝也。既至,整頓紊亂,修舉廢墜,汔成完邑。謠頌方興,御史入其境。見方伯,稱其善治。而還朝,竟以微事搆罷,蓋受柄人指也。未及還,太學士金公錫胄請依故事，以能文善書者差槐院兼官，專管文書。參校之除以此，而君竟辭不拜。在長城，爲貢試主掌官。蔭吏怙勢者方爲羅牧，欲率左道儒生，同入借述，且令倡論場屋爲凶疏。君據法不許錄名。其人後被囚，君爲其代。其人從獄中囑所親劾罷之。在茂長，以境內老職一人有冒年者，坐謫洪川。未幾放還。在北兵使，啓以軍政修舉，蒙表裏之賜。又當世子冊封，承召書印篆，有廄馬之錫。此又君所閱榮悴境也。洪沂川命夏爲銓長，聞君名欲引進，使人累致意要見。君曰："吾曾不相識，又方處散，而干謁冢宰之門爲可恥。"終不見。趙松谷復陽嘗入對，薦君吏能文藝俱可用。顯廟曰："此人乃善書篆文者也。"公聞之笑曰："主上以末技知名，士大夫不當留心於雜藝也。"其正大自重如此。府君爲此誌未卒篇，其後李忠文公頤命續成之爲碣銘。

《丈巖集·牧使洪公墓碣銘》：公自幼有至性。每恨早失所怙，事大夫人殫盡誠孝。爲縣自奉甚薄，而致養之物則不計豐約。朝夕必侍食於前，官事雖煩，不廢定省之禮。一日，大夫人製給冬衣，取服於前，或立或步，俯仰顧瞻，喜不自勝。大夫人笑曰："汝官至太守，得一新衣何至甚喜。"公跪曰："古人有七十而舞彩者，今兒齒已老大，而獲奉手中之線，豈非樂事。"自謫所歸養鄉家，當夏，壁蠍甚熾。嘗爲大夫人手自塗壁，貼紙下垂以帶壁，日捕而易其紙。大夫人曰："汝身肥大，日亦甚熱。有他兒在，何乃自苦如此？"對曰："諸弟之多才不若某也。"……旁通百家九流之書，尤深於算數星曆之術。文辭書法，篆籀諸體，各臻其妙。雖謂之博學通才未爲過也。

《詩評補遺》：金相公恒壽號文谷，嘗奉使北悶，題雄州客館詩云："天氣常寒地不毛，海洋曾被羯奴騷。戎裝妓隊能馳馬，皮服人家盡養獒。官酒苦酸芻麥汁，旅燈愁碧爇鯨膏。陰山丈雪埋行路，時聽城頭虎夜嗥。"洪定平錫龜次其韻曰："邊軸旅食換顛毛，水味常腥粟味騷。淫祀古風多用特，訟庭奇貨半爭獒。燒來藻葉當鹽鹵，摘取麻蕡作膳膏。最是客程愁絕處，驛夫呼馬類猿嗥。"兩作皆寫得北路風土，人莫能優劣。

【按：洪錫龜（1621—1679）字國寶，號東湖、九曲山人、支離齋。籍貫南陽。李植門人。精通天文學，製渾天儀。尤其善寫篆書，作品有《翠微大師守初碑》等。其詩善於摹寫風土。《箕雅》收其七律一首。】

金錫胄　**字斯百，號息菴。清風人。顯宗朝登第，典文衡。今上朝冊保社勳。官至右相，清成府院君。諡文忠。**

《朝鮮肅宗實錄》卷一五：十年九月癸未。清城府院君金錫胄卒，年五十一。上舉哀於熙政堂，承旨、史官入侍助哀。上哭之甚慟，爲之進素饌二日。錫胄，字斯百。少以文翰名，及登第，持清議者以椒親之故，或未之許也。錫冑祖堉,嘗力主大同法,與金集議不合。集以此去朝,堉亦不肯相下,人以此謂堉與士類不相善。及堉之葬也,佐明等僭用隧道,臺臣閔維重等據法請罪。時宋時烈爲吏判,頗右其論,仍以黜陟臺論之異同者,以此錫冑家深怨士類。甲寅以後,時事大變,時烈得罪最重,而一番士類斥逐殆盡。人謂"霍氏之禍萌於驂乘"。錫冑始與一邊人不甚相忤,又以肺腑之親,被上眷遇。數歲中,由郎署位卿宰,自以休戚之臣,目見時輩所爲凶譎縱恣,將必害家凶國,始有深憂。外雖唯諾,而內實相圖。及至楨、柟等潛謀不軌,而鑴、積輩締結盤據,聲勢相倚。錫冑夙宵憂慮,費盡心機,多方詗察,密贊睿斷,卒能掃除凶孽,再安宗社,其功可謂大矣。庚申更化之後,一種時議自托於士論,以爲當初換局之舉,事或非正,頗有攻斥之意。宋時烈以爲,昔趙汝愚之立寧宗,實人倫莫大之變。事且由於侂冑及宦官關禮,而以其有全安宗社之功,朱夫子不以爲非而與之同事。且本朝青陽君沈義謙亦嘗有內通之譏,而文成公李珥許其有扶護士林之功。今錫冑之功,又不但義謙之比,則其事雖不能一出於正,而亦不可以此爲罪。金壽恒之意亦同。時議遂並時烈、壽恒而攻之,終以此兆己巳之禍。惟申范華有黨惡之跡,而錫冑以至親之故,欲脫其死,至於追錄其勳,使人不得下手。人心頗爲之拂鬱。蓋追錄一事,專出於錫冑。而大開倖門,重損國體,公議深非之。跡其平生始終而論之,雖其所爲,不純于正道。而然其當危疑之際,乃心王室,周旋得宜,卓然爲柱石之臣,一時倚以爲重。而遽爾不淑,使凶徒雀躍,國勢孤危。雖平日不喜者,亦無不爲國嗟惜焉。文章亦峭悍有法,蔚爲近來名家,所著文集行於世。惟其習於豪奢,不能以禮自律,廣起第宅,久總權勢。清議亦頗短之。

《朝鮮肅宗實錄補闕正誤》卷一五:十年九月癸未。清城府院君金錫冑卒。錫冑,即明聖王后從父弟也。沉毅果敢,有器度,尚權數。上冲年嗣服,仰成慈聖,而擢寵近親居清顯者,獨錫冑一人,遂不次超躐,與聞朝政。錫冑家素與士流不協。甲寅翻覆,或疑其陰有斡旋。及凶党勢成,錫冑逼仄其間,已不無相軋之嫌。柟、堅等逆謀之始萌也,錫冑又偵得其狀,默運心機,陰事詗察,卒能贊睿斷而掃凶孽。保社之功,士流莫不許之。然討逆論功之際,錫冑多有任情低仰者,清議固已病之。而且錫冑始雖急於除凶,不得一出於正道,及其功成之後,惟當一變舊轍,退守本分,而顧乃誇大己功,把握朝權,幽陰之徑,告密之門,作弄既熟,手段愈滑,隱然有草薙一邊之意。而宿德舊臣如宋時烈、金壽恒諸人,方且利其引進,受其籠絡,動稱其社稷之功,惟喉氣是仰,而莫敢以一言相違。移山轉海之力,世無有折之者,則此一隊清議之所以不計禍福、許其功而攻其罪。錫冑又不自反,而力戰公議,遂致黨論之分張，其爲世道之不幸固大矣。而一種衣鉢互相傳授，曲徑大開，倖門莫杜，至於師命、春澤而極焉。既不能自保其家，而終爲國家無窮之禍，則世之持公議者追論禍本，以功魁禍首處錫冑。而服飾之侈、第宅之宏、費用之濫、制置之謬，有不足責矣。至是卒。修初史者，祖述宋時烈、金壽恒之餘論，以趙汝愚、沈義謙許錫冑，而自托于朱子、李珥之扶護。夫逆賊非若魚鼈之生産，誠有如李恒福之言，則庚申討逆之後，尚安有更可憂者？而因緣張大，陰濟其私，朝廷又以其曾有大功，而一切慫恿之，則此于沈趙之事，豈無義利公私之別？而所引諸賢，不過借重文過之一端，識者笑之。

《終南叢志》：近來年少中，金錫冑斯百早負文名，而文病於澀，雖作數句語，必刻意覃思，草稿不三四易不出也。其詩大率多雕繪，而次洪於海詩八首俱嘉，其一篇曰："春日娟娟春氣和，故人棲息近如何？十年京洛才名早，三月林園逸興多。隨柳訪花真得我，馳軒躍馬且縱他。新詩却寄勞相望，語鳥嚶嚶在別柯。"極平淡近古。余嘗遇斯百論文，斯百云："吾少不多讀，故未能驅駕文力。雖欲勉讀而藥其病，多務未暇，可恨。"蓋斯百凡製述，以模倣古作爲能，非有巨源流出，故其言如此。然妙解作法，各體俱備，誠未易得。

注書申儀華工于詞賦，且能詩，登第未幾而夭。少時與其表兄金錫冑做業於東湖亭榭。一日，夜聞秋聲淅瀝，或疑過雨，又疑落葉，申、金各於枕上口占一絕。申詩曰："客枕夢初回，西風打亭樹。蕭蕭落葉聲，疑是秋江雨。"金詩曰："簌簌復蕭蕭，聲聲在秋樹。不是風前葉，應是葉上雨。"申詩清韻可愛，金詩古氣難及，但用意似雕。

《小華詩評》：金斯伯錫冑，號息菴，博洽群書，識優才贍，爲文自成一家。嘗與余唱酬，稱余詩謂"本色"。蓋斯伯工于詞賦，晚業於詩，故有此過許。其詩往往有古法，曾以接慰官在東萊寄余一詩曰："相離千里外，相憶幾時休？以我虚漂梗，憐君誤決疣。青春愁已過，碧海暮長流。夢裏還攜手，同登明月樓。"時余誤針左手痰核，伏枕呻吟，故頷聯云。余次韻以寄曰："世故殊難了，離愁苦未休。緣詩君太瘦，隨事我生疣。夜月誰仝酌，春天獨泛流。還朝知不遠，匹馬候江樓。"余適泛舟西湖，故頸聯及之。可謂投之瓊琚，報之木瓜矣。

《旬五志》：余嘗從金斯百錫冑于牛川郊榭，韓肯世構亦同會。一日甘飲斯百，出一對曰："鹿非無角還爲馬。"息菴應曰："雞不成章誤認鳳。"斯百又出一對曰："雪作瑤臺湯不伐。"余指肯世曰："君可續對。"肯世應曰："水成銀屋禹難平。"斯百以爲禹平水土不可謂之難平，"難"字宜改以"能"字，肯世然之，即改下之。

《詩評補遺》:息菴金斯百錫胄博學能文,長於詞賦,而亦工於詩,蔚爲一代宗將。其次余詩曰:“憶昨幽憂掩篳門,石田茅屋舊居存。村沽不害澆胸快,簷暴唯憐炙背溫。倦去林禽差適意,寵來軒鶴却叨恩。清詩到眼堪醫俗,襟抱憑君一細論。”蓋癸丑年間,金斯百攜家眷往在楊根牛川,故首句用“石田茅屋”等語,亦雅古有味。斯百弱冠時問字于余先人,先人嘗謂余曰:“彼生後必爲文章。”今有《息菴集》十餘卷,自是家數,不但行於一世,其傳後不泯無疑也。息菴金斯百嘗寄余五言近體一首曰:“寂寂南山下,閑閑靜者居。青春回洞壑,白日照圖書。谷鳥聽愈緩,山花看漸舒。忘機吾已熟,何必戀軒車。”後斯百自選其稿而刪此詩,余問其故,斯百曰:“見容齋《南嶽唱酬錄》其中兩聯與鄙作偶然相同,觀者必不知暗合而疑其剽竊,故刪之耳。”余取容齋《南嶽唱酬錄》,其中有《懷止亭》詩曰:“止老今如許,何人載酒來?青春回洞壑,白首滿泉臺。幽鳥自相喚,閑花空復開。分明板上字,三復有餘哀。”其兩聯果如金詩略相仿佛。世之蹈襲古作恐爲人知者亦獨何心哉?

《水村漫錄》:息菴金錫胄斯百與瑞石金萬基永叔同在試院。斯百《次高叔嗣試院韻》詩曰:“拜命校東堂,與子辭王宮。鑑識豈云明,揀選惟在公。良驥待伯樂,美材須梓工。尚恐珠璧珍,或穢泥沙中。居然涉一旬,辛勤相與同。未覺過重陽,葉落庭樹空。月冷砌邊蛩,霜驚雲外鴻。微風時觸檻,清漏猶丁東。秉燭俏無寐,永言心何窮。”永叔和之曰:“校藝承綸命,粉袍簉澤宮。點勘朱墨休,唱酬追歐公。騁辭若振綺,學步焉能工。興闌燭見跋,坐久月並中。乖闊巷南北,且復今夕同。凄凄節物肅,窅窅天宇空。銀漢掛屋角,清霜飄塞鴻。想見菊新華,粲粲踈籬東。期君重連袂,幽趣未渠窮。”兩作俱有古意,比諸顔謝亦無愧色。

《東詩話》:昔申儀華、金錫胄兩人同業於湖亭。夜中聞秋聲,疑其爲雨,各於枕上口占一絕。申曰:“客枕夢初回,西風打庭樹。蕭蕭落葉聲,疑是秋江雨。”金曰:“窣窣復蕭蕭,聲聲在庭樹。不是風前葉,應知葉上雨。”人或以金之用意過雕,爲不及于申遠甚。然余一不知申之所以疑雨者何也?詩中斷之以蕭蕭葉聲,則明知其非雨也,是謂之失其本題,詩家最忌此。

【按:金錫胄(1634—1684)字斯百,號息菴,謚文忠。籍貫清風。配享肅宗廟庭,著有《息菴遺稿》今傳。其詩頗有古意,然雕繪太過。《箕雅》收其七律一首。】

申　晸　**字寅伯,號汾厓。欽之孫。顯宗朝登第。官至行吏曹判書、兩館提學。**

《朝鮮肅宗實錄》卷一五:十年三月乙未。以申晸爲禮曹判書。

《朝鮮肅宗實録》卷一八：十三年十二月丁卯。江華留守申晸卒，年六十。晸，故相欽之孫也。爲人恢詭倜儻，絶無流俗齷齪之態，與東平君杭及趙師錫爲親黨，而能潔己遠嫌，不被訾謗，知杭輩陰邪之跡，居常憂憤，飲酒沈湎而卒。臨死，神氣不亂，遺命子孫，勿與杭家相通云。

《陶谷集·禮曹判書汾厓申公神道碑銘幷序》：肅宗大王十二年，汾厓申公以原任禮曹判書分司江都。明年十二月二十二日疾卒于官舍，享年六十。……公諱晸，字寅伯。汾厓，號也。系出平山。……諱欽，領議政文貞公，號象村，文章德業爲宣仁朝名臣，卽公祖考也。考諱翊全，禮曹參判。娶楊州趙氏，領敦寧昌遠女。生公於崇禎戊辰。在娠，母夫人有夢龍之異。及娩，果魁碩不凡。伯父東淮公翊聖每稱"吾家有人"。參判公爲賊烇所陷，將詣瀋瀋。虜譯鄭命壽見公，不覺屈膝。戊子中司馬兩試。時賊臣自點陰結後宫趙氏，趙女爲自點孫婦，勢益張。而公妹爲趙子婦，公左右參判公深自畏約。及自點與趙俱以逆誅，公從兄冕以與自點親密杖死，而公家獨免，以此公議多參判公，而亦歎公識慮深遠，不可以年少易之云。顯宗甲辰，以冰庫别檢擢文科。鄭相國太和爲上賀得人，上亦喜。分隷槐院，選入史局，兼説書轉注書，又以説書陞禮曹佐郎，爲持平、正言，遞爲京畿都事、兵曹正郎。入玉堂爲修撰、校理，選三字銜。公在臺閣，力持風裁。按治横閭里者，都人慹伏。徐判書必遠素不悦尤庵宋文正公，因事詆斥，使之不安去。公劾之。時諸駙馬第宅多踰僭，宋公言人臣不當處。宋公去朝明日，上命仍處其第，公啓爭之。貞陵既復，將祔太廟，上以事關先朝難之。公疏論甚晳，復合啓申請，竟得允。倭酋尚成來請移舘，朝議不許。成怒，至於拔劍傷人。朝廷患之，屢易儐接。及於公，公以一言折服，遂不敢言移舘事。辛亥大饑，公在玉堂，上箚條陳四事。又言春宫嘉禮多侈費，非遇灾貶損之道。上嘉納之。拜吏曹佐郎。先時參判公戒子孫避遠銓柄，公引此辭不就。陞應教，移司諫、執義、兼輔德。承命廉察嶺南郡邑，還上便宜十餘策，多見施行。獻納尹敬教疏斥首相許積，上震怒遞其職。公力救，上愈怒，特遞公，竄敬教。公於是大忤上意，不復入三司。久之拜司成，還玉堂。湖南灾，擢公爲方伯以治之。入貳兵戸二曹，轉承旨。尹鑴輩欲嫁禍廷臣，與逆宗柟通謀，嗾宗人翼秀言孝廟陵石有罅，又嗾嶺南人張應一投章危動。公以大司諫，極言兇悖狀。上卽命竄應一。羣小流言不止，上頗入其説。連斥黜金公萬重、李公選、李公翻、閔公鼎重，公又疏救之。公於是時三長諫院，再長國子，間爲禮吏二曹參議，吏則力辭不拜。會有西顧憂，擢拜平安監司。公前在南臬，聲績大著。及是益自奮勵，修樓櫓盛鶴列。凡所施設，皆可爲挈令。有妖言惑衆與挾虜售奸者，並斬以徇，人皆股弁。公爲治惠而有威，清嚴簡重，人至比張詠之鎮蜀。肅宗新即位,邪黨用事,素忌公,首彈而去之。自後低徊冗散,或退處湖上。公爲人骯髒有氣義,視世之齷齪嵬瑣者殆不欲交語。喜飲酒,酒酣談論,意無傍人。見邪黨乘時跳梁,面斥不饒,時加嘲侮。雖内恨恥之,亦無如公何也。時有妖僧詣闕,自稱昭顯子,上命公卿集議。相積懷邪持兩端,羣奸環坐,目攝耳語。公直入坐,顧謂積黨曰:"君輩何其壹似傳法羅漢也?"即引雋不疑事正色折之。索紙書奏議,擲筆而出。積等大惡之。尹鑴伐禁松作舍,公暴其狀,爲鑴黨所劾罷。己未鑴等欲鏠士類,募人投兇書,錄舊宰六七人指爲同謀,公亦與焉。時公在江舍與弟皐對酌賦詩,子啓華疾馳至,涕泣不能言。公笑曰:"死,命也。毋怯。"仍足成一篇,即待命闕下。鄭公知和亦以名入兇書待命,公就見曰:"適得佳句,請爲公誦之。"鄭公搖手曰:"非所也。"公擊節高吟,意氣自如。後得投書者,事遂已。公自乙卯後,連拜工戶兵禮四曹參判、漢城右尹、都承旨、同知中樞,兼副總管、同知義禁,多移病不仕。間以敦匠勞陞嘉義,至是出知安邊府。庚申,權奸进黜,召公拜大司憲,兼承文提調,俄差副价使燕。往在顯廟庚戌,逆柟使燕歸言,虜主謂我國臣强。語無證,人頗疑之。至甲寅顯廟上賓,吳始壽以柟内兄,儐虜价左虜譯,以實柟說。上下驚痛,將發使辨誣,許積寢其事。及是柟誅,上命公以始壽言質譯。譯鄂至指天證無是言,盖羣小欲藉此禍士林,而事敗露,始壽遂以誣先王伏法。還長兩司,以星變疏陳消弭策。上深加嘉奬。仁敬王妃喪,差都監堂上,以左尹兼備局有司、成均同知。用都監勞陞資憲。自後五六年間,拜大司憲者五,左右參贊、禮曹判書者四,判尹知樞者二,工曹判書者一。癸亥拜吏曹判書,四疏固辭,得遞乃已。士論美之。公工書,文甚典則,詩爲鄭東溟斗卿所賞。以題主寫冊監修國史,屢進階正憲崇政,至崇祿。亦嘗撰進碑冊,再膺廐馬之錫。歷拜兩館提學,屢薦擬文衡。前後兼知經筵、義禁府、春秋館事、都總管。及躋崇品,拜判義禁。間出爲開城留守,又出江都。方築城濠敹戈甲,爲陰雨備,而遽以柩歸。公篤於行。母夫人嘗闕食,泣請自鬻供具,時纔五歲。人奇之。事參判公忠養備至,疾革刲股。友愛諸弟妹,不欲暫離。好施予,家不餘財。屢典膏沃,一無所潤。仇者亦稱之。識鑑通明,洞見幾先。當朝議分貳,不示雌黃,渾渾若弛置。及少輩排尤庵,即戒子弟"勿隨衆攻斥"。以逆宗杭爲甥,而不受點累。介特又如此。見時事日非,輒命酌引滿,詠鄭圃隱"此身死復死"之歌,歌竟,泣數行下。嘗被人訐奏彝酒,罷其職,夷然不以爲意。公既力避要膴,甘就閒屏,官位雖高,實未能究其用。晚入枚卜,而公已病矣。嗚呼!其可惜也。

《汾厓遺稿·附錄·贈大匡輔國崇祿大夫議政府領議政兼領經筵弘文

館藝文館春秋館觀象監事，崇禄大夫行禮曹判書兼判義禁府事知經筵春秋館事同知成均館事弘文館提學藝文館提學五衛都總府都總管申公行狀（金壽寧）》：公諱晸，字寅伯，少號艮齋，或稱夢齋，晚號汾厓。申氏系出谷城，至始祖壯節公諱崇謙，翊麗朝統合三韓，竟以身殉節，賜籍平山。其後遂爲平山人。……公自少喜施予，所有物，見人有欲色，則必與之。遇寒者，輒脱衣而衣之。至於舉奴僕與人，若輟杯水。於朋友，必擇文行廉潔之士，一定交終身不貳。見或營心俗務，骫骳苟容者，則恥與之交。常以爲士大夫若失名節，餘無足觀。每公退，蕭然閉户手一編，門無雜賓，非公事不出。遇會心人，則輒欣然傾倒，引酌開懷，胸次洞豁無礙。或於稠人廣座，談論峻發，雜以嘲諷，渾渾弛張，人莫得以窺其際。酒户甚寬，遇興則醉。而當官視事，絶不近口。有鑑識，洞見幾先，言事後當，成敗利鈍，舉皆懸合。一見人知其邪正賢否，莫有逃其品題者。好推奬後進，勉使成名。雖下輩微賤，有一線之長，則必寵拔任使，各當其用焉。夫以公傑氣宏度曠識周才，於天下事若無所難者。而自數十年來，朝論日乖，事且有不可言者，則輒自斂跡避勢，黽勉行世。故位雖通顯，而實未嘗當柄用展藴抱。晚托詩酒以自遣，視世之爭斂得失若蠻觸然，不以掛諸懷抱。超然於寵辱毁譽之外。而唯其憂國之悃發於天眞，語及時事，則必爲之咨嗟慨惋。而或時酒酣，輒誦鄭圃隱"此身死復死"之歌，歌竟泣數行下。此可以見其平日深衷也歟？文章本於家學，雅麗有則。館閣典册及國家金石之刻，多所撰述。尤長於詩，以格調清絶見稱於東溟鄭公。堂兄春沼公亦嘗以爲"得唐人蹊逕"。所著詩文凡幾卷藏于家。小楷草行，筆力遒勁。人得其字輒皆藏去。然在公特其餘事。

《晦隱瑣録》：申判書晸豪氣見於詩，玉堂滯直，請替于洪公柱國而不來，有詩曰："豐山學士厭承明，掌吏徒勞請直行。請喝不來門已閉，别單今日又填名。"闕内入直官皆爲長省記合書，而唯承旨、兵曹、堂上總管、玉堂、春坊别書小單入啓故也。

【按：申晸（1628—1687）字伯東，號汾厓，謚文肅。籍貫平山。善詩文，書法，著有《汾厓遺稿》今傳。其詩格調清絶。《箕雅》收其五絶一首。】

羽士三人

李逗春　　字榮仲。文科。

《終南叢志》：羽士李逗春，無名之士，而其《丹陽峽中》詩曰："山欲蹲蹲石欲飛，洞天深處客忘歸。澄潭日落白雲起，一縷仙風吹羽衣。"非煙火食語。

【按:李逗春(朝鮮明宗時人)字榮仲,原州人。中宗壬午生員,明宗癸丑文科,嘗官郡守。其詩非煙火食語。《箕雅》收其七絕一首。】

李顯郁

《鶴山樵談》:近世有李顯郁者,祟詩魔。鵝溪相公不知其然,大加稱道。李益之一日謁相公,相公出顯郁之詩令品高下。益之舉"步履無徐亦不忘,東西南北遍春光"之句,曰:"此乃文章家語,國朝徐、李亦不曾道是語。此生少年必得詩魔。"相公不以爲然,而已果然。其《次許郢州》詩曰:"春山路僻問歸樵,爲指前峰石徑遙。僧與白雲還暝壑,月隨滄海上寒潮。世情老去渾無賴,遊興年來獨未銷。回首孤航又陳跡,踈鍾隔渚夜迢迢。"其《次李益之》詩曰:"風驅驚雁落平沙,水態山光薄暮多。欲使龍眠移畫裏,其如漁艇笛聲何。"語皆脫俗格,且老蒼。自詩魔之去,不識一字,爲椎埋之技。

《小華詩評》:麗朝時有一士人,訪友飲酒,日暮還家,於道中醉臥。忽聞吟詩一聲曰:"澗水潺湲山寂歷,客愁迢遞月黄昏。"驚起視之,身臥山路,有一古塚,叢棘環匝而已。始知唐李賀詩所謂"秋墳鬼唱鮑家詩,恨血千年土中碧"者非虚語也。且如鬼李顯郁詩曰:"風鷗驚雁落平沙,水態山光薄暮多。欲使龍眠移畫裏,其於漁艇笛聲何。"又鬼朴㻑詩曰:"海棠秋墜花如雪,城外人家門盡關。茫然丘壟獨歸去,日暮路遠山復山。"又權韐所遇鬼詩云:"樓臺花雨十三天,磬歇香殘夜闃然。窗外杜鵑啼有血,曉山如夢月如煙。"音韻皆高絕瀏幽,自非人間語。豈鬼神亦自愛其詩,往往有警作,則必借人傳世以彰其才歟?

【按:李顯郁(1790—?)字文彦,慶州人,居春川。純祖戊子生員。傳說被詩魔附身,詩魔去後,不識一字。其詩老蒼脫俗。《箕雅》收其七絕一首、七律一首。】

田禹治　　**能幻術。**

《東史抄》:明宗時,田禹治嘗往申企齋光漢家,宋麒壽亦至。企齋曰:"子何不作一戲而已。"主家進水澆午飯,禹治方食,向庭噀之,皆化作白蛾片片而飛。座中曰:"君能得天桃否?"治取細繩數百把向空擲之,高入雲霄,裊裊而垂。令童子緣繩而上曰:"繩盡處有碧桃,可摘下座中。"但見童子漸漸沒入空中,移時,碧桃和葉和實亂落庭中,競取啖之,甘液淋漓。俄而赤血點點而下,治驚曰:"此必是守桃者告上帝,殛此兒。"俄臂脚身頭相繼墮地,座客無不愕然失色。治徐步下去,收拾四體,若有連續之狀。有頃,童子焂然而起,踉蹡而走。座客又相顧大笑。後以左術惑衆,逮繫信川,死於獄中。太守使埋之,及親戚移葬啓棺視之,只空棺矣。申相公用漑言,一日治來借杜工部詩一秩,申公不知其死而借之。後聞之死而久矣。

《惺叟詩話》:羽士田禹治,人言仙去,其詩甚清越。嘗遊三日浦作詩曰:"秋晚瑤潭霜氣清,天風吹下紫簫聲。青鸞不至海天闊,三十六峰秋月明。"讀之爽然。

《五山說林》:先君言,一日禹治來借杜詩,先君不知其死而借之,後聞之死已久矣。

《芝峰類說》:田禹治詩:"紫蛙周禮正王法,南相文章真伊周。璞亦璞,鼠亦鼠。隋珠珠,魚目珠。蝘蜓嘲龍真龍羞。山人掉頭歸去早,桂樹丹崖風月好。"所謂南相,指南袞也。詩語甚奇。

《松窩雜說》:田禹治,海西人也,不學而能文,詩語灑落。人皆以有道術役鬼神稱之。縣監李佶與禹治相知,佶之田莊在富平。嘉靖年間癘氣熾發,佶之奴與隣居十餘人臥痛方劇,佶令禹治禳之。禹治許諾,仍問曰:"其地有高邱可坐處乎?"曰:"有林亭可坐矣。"禹治曰:"某日當往姑置坐席於亭上而候之。"至其日禹治坐林下,發數聲若招號者然。四隣病者皆倏然起坐,一時俱應曰愈。自此疾平,無復傳染之患。

《青莊館全書·寒竹堂涉筆》:田禹治,潭陽人。兒時讀書佛庵,僧釀酒一甕,使之看守下山。僧歸見酒渴,而只有糟粕,責禹治偸飲。禹治無以自白,更托"又釀一甕,吾當捉盜"。僧如其言。酒將熟,禹治見有白氣如虹從囪間入,接于甕口,濛濛有酒香。遂尋白氣所起處,接于前山巖穴,穴口有大白狐醉眠。禹治以繩縛其喙足,負而歸,懸于庵樑,讀書自若。少選狐酒醒,作人語哀訴曰:"若脫我,則當厚報子。"禹治曰:"報我何物? 若又逃去,奈何? 不如殺之之爲快。"狐曰:"我有幻訣藏于穴中,持此報子。試以繩係我縱入穴中,如不出,引繩出之殺我,未爲晚也。"禹治如其言。狐取一素書獻之,遂放狐。披視,皆靈詮秘呪,遂研硃點其易悟者數十段。俄見其家老婢被髮痛哭,來傳其父之訃。禹治棄其書,蒼黃出門,則老婢不知去處。禹治始覺爲妖狐所賣弄,仍還收狐訣。狐只留硃點者,餘皆割去。禹治後以幻術鳴於世,皆從硃點數十段中受用云。

《青莊館全書·盎葉記》:洪長洲萬宗輯東方靈異之蹟,名曰《海東異蹟》。凡三十八人:檀君,赫居世,東明王,四仙,玉寶高,金蘇二仙,大世,仇漆,旵始,金可記,崔致遠,姜邯鄭,權眞人,金時習,洪裕孫,鄭鵬,丁壽崑,鄭希良,南趎,智異山人,徐敬德,鄭礦,田禹治,尹君平,漢拏仙翁,南師古,朴枝華,李之菡,寒溪老僧,柳亨進,張漢雄,南海仙人,蔣生,郭再祐。鄭東溟撰序。

《長吟亭遺稿·戲贈田禹治》:"吾君信是不聰明,半夜佳賓不識迎。嘯傲歸來秋月白,美人相憶華山青。"田公來客李同知希輔家,先生乘月訪之,已寢熟矣。還途所詠也。希夷先生常入寢,而一日忽起謂侍人曰:"好客來。"灑掃焚香以待之,种放果來。田公見此詩甚愧曰"人之精神通塞有時,豈能盡如希夷"云云。

《小華詩評》:國初田禹治,羽士也,猶唐之有曹唐。其次《滿月臺》詩曰:"青松黄葉古臺路,惟有人心長未閑。寶曆尚餘天上月,宫眉留作海中巒。落花流水斜陽外,斷雨殘雲城郭間。遼鶴不來人事盡,百年消息鬢毛斑。"湖陰稱歎不已。

《東國詩話彙成》:嘗有詩云:"鶴軒昂燕飛差池,三山歸路五雲隨。頭巾好掛三花樹,手弄清溪倚紫芝。"極似仙人語。

嘗有警句曰:"晴窗有月梅三昧,碧落無雲雁六通。"其言似有道者。

林白湖每言,嘗遇一僧,其詩軸有"口十子"者所題詩,而問之,其僧云:"頃於山寺,逢一士人,自號'口十子',題此詩。不知其姓名也。"蓋口十乃"田"字之破,疑以爲田禹治。世傳田君至今不死,人或有遇之者云。

《東詩叢話》:禹治幻術,竟伏刑。

【按:田禹治(朝鮮明宗時人),幻術奇人。籍貫潭陽,或云海西。隱居松都。其詩清越,詩語洒落。《箕雅》收其七絕一首、七古一首。】

衲子十九人

惠　文　　姓南。

《東國李相國集·文禪師哀詞》:吾道友大禪師惠文,字彬彬,俗姓南氏。固城郡人也。某年至京師,落髮禪宗迦智山門,爲名長老。年餘三十,始中空門選,累緇秩至大禪師。越壬辰歲,遙住華岳寺。嘗寄居京師普濟寺傳法。是年國朝因避虜遷都,師以本寺亦在寇兵屯會之藪,遑遑無所歸,遂至門弟禪師某所住雲門寺。居三年,至閼逢敦牂之歲,感疾而化。師爲人抗直,一時名士大夫多從之遊。喜作詩,得山人體。嘗題普賢寺,其略云:"路長門外人南北,松老巖頭月古今。"人多詠之,因號"月松和尚",由是著名。予自弱冠忝交分,聞訃悽悵。爲詞以哀之:"有髡其首,而僧其衣。服則是矣,心或有非。惟我禪師,是眞大士。既僧其服,又僧其志。戒行無虧,清淨心地。餘事爲詩，下筆不怠。至其得意，清警可愛。門徒索寞，數三沙彌。孰表其隧，孰編其詩。嗟哉我公，已而已而。"

《白雲小説》：嘗題普賢寺云："爐火煙中演梵音，寂寥生白室沈沈。路長門外人南北，松老崖邊月古今。空院曉風饒鐸舌，小庭秋露敗蕉心。我來寄傲高僧榻，一夜清談直萬金。"幽致自在，頷聯爲人傳誦，因號松月和尚。

《補閑集》：惠文禪師《天壽寺》詩云："路長門外人南北，松老巖邊月古今。"《天龍寺》云："地泮花新意，冰消水舊聲。"《繩鞋》云："中青藍畝錯，邊白雪城環。""松巖月"句盜鄭舍人"石頭松老一片月"，此宿盜也，人莫能擒。

【按：惠文（？—1234）俗姓南氏，字彬彬，號月松和尚。籍貫固城。高麗高宗時代僧人。在迦智山寺爲僧。僧科及第，至大禪師。能詩文，與李奎報、李仁老等名流交友。《東文選》卷一三載其七律一首。其詩清警，幽致自在。《箕雅》收其七律一首。】

坦　然　　李資玄之弟子。

《研經齋全集·題大鑑國師碑》：此碑在知異山斷俗寺，金大定十二年建，其文卽李之茂所製。不知何人所書，然意機俊僧筆也。筆甚工巧有法，但少疎放，漸啓麗後一種跳盪之趣。

《補閑集》：大鑑國師坦然筆跡精妙，詩格高淡，所過多題詠。三角山《文殊寺》詩曰："一室何寥廓，萬緣俱寂寞。路穿石罅通，泉透雲根落。皓月掛簷楹，凉風動林壑。誰從彼上人，清坐學真樂。"作《四威儀頌》寄宋朝介諶禪師，師見而奇之，即以衣缽遙傳之。安信居士住毗琴山白雲庵.師嘗訪之，題詩於板。後有人竊此詩板欲去，已到山下，玄風官吏逆知之，收在官府。不知其真跡今在否。

【按：坦然（1070—1159）號默庵，俗姓孫氏，諡號大鑑。高麗毅宗時代僧人、書法家。明經科及第，後通過僧科大師、禪科位，仁宗二十四年作爲王師，接受國王諮文，於禪教中興貢獻極大。書法倣王羲之體，善於寫詩。《東文選》卷四載其五古　首。其詩詩格高淡。《箕雅》收其五古一首。】

達全

《東人詩話》：李平章奎報詩"碧水接天天接水，薄雲如霧霧如雲"，邢典書君紹詩"遠岫似云云似岫，碧天如水水如天"，僧達全詩"野抱山還山抱野，天呑水亦水呑天"，前輩好用是語，全詩並用回文體，語少牽強。

【按：達全（高麗後期人），著名詩僧。《東文選》卷五載其七古四首，卷一四載其七律二首。其詩豪放雄奇。《箕雅》收其七古一首。】

卍雨 號千峰。

《陶隱集·送雨千峰上人遊方序》：雨千峰在釋苑爲高弟，游儒門爲上賓。蓋幻庵龜谷，曹溪之儀錶。韓山子，吾徒之領袖。實皆愛重而禮貌之。上人何修而得此哉？其爲人年芳而學碩，形臞而神腴，出辭氣穆然如清風。予亦願與之遊者也。相別久矣，今兹見訪，握手從容，且曰："吾欲遠遊諸方，先生幸有以贈言。"吾嘗奉使中原者再，過遼霫截萊洋，徑齊魯之墟，涉大河江淮之奔放，直造乎天子之都，見宫闕城郭之壯麗，河山土宇之綿亙，禮樂典章之明備，縉紳公卿之嚴重，心目劃然，似非海隅之產。可謂壯遊矣。及退而歸也，猶以王事有程，未能極遊觀之遠爲恨。上人既爲浮屠，不翅孤雲野鶴，其行矣乎。自三代漢唐以後，天下混一之時少。苟非混一之，壤地斷裂，雖有志乎尋師訪道，顧安適哉？宗少文所以發臥遊之歎也。方今聖明御極，日月所照，霜露所墜，皆入職方。幅員之廣，振古無儷。其行矣乎。雖然，瞑目端坐，一彈指頃，自天地未有之初，以至千萬世之無窮，瞭然在前。矧章亥之所步，周滿車轍之所及，鄒衍所謂九洲九瀛，凡囿於形氣之内者乎？上人之行，必遇具眼者，幸爲余咨焉。幅巾男子京山陶隱李序。

《陶隱集·題千峰詩稿後》：自余遭放逐爲東西南北之人，人率掉臂去，戒勿相親。而浮屠往往有相見訪者，有相書問者。於星山得敬蘭，於長興得學南、省敏，于西原得尚衡，于中原得卍雨、斯近，蓋皆遺外聲利而逃空虛者也。雨從余旅寓月餘，一日出其所作詩一秩見示。清而不至於苦，拙而不至於野，腴而不至於膩。讀之愈久，而愈不知倦焉。世傳唐《九僧集》，予嘗竊窺其梗概。雨之所得，豈肯多讓乎彼哉？雖然，詩之工拙不足以論吾雨也。雨之於予，非有族黨之好也，鄉里之舊也，濡沫相資之恩也，而相從於患難之中略無畏忌，是其所得又當在於詩之外。而後之觀雨之詩者，苟徒曰："雨，詩僧而已。"則爲未知雨者也。余故並著其爲人者云。雨，號千峰，幻庵之高弟也。洪武龍集庚午仲冬下澣辛亥，初科解原題。

《東人詩話》：禪林詩其氣象不同，然談論禪旨隱然於言意之表者蓋寡。宋僧洪覺範有一聯云："夜久雪猿啼嶽頂，夢回清月上梅花。"蓋言聲色俱空之妙。千峰雨上人有一聯云："檜老千年色，鍾寒半夜聲。"時輩不甚重之。陶隱李先生獨愛之，曰："此謂釋氏法案，聲色俱空語也。"

《慵齋叢話》：釋卍雨者，幻庵之高弟。自幼力學，内外經典無不探討，精究其意。又能於詩，詩思清絶，與牧隱、陶隱諸先生相酬唱。我朝不崇釋教，名家子弟不得祝髮，以故緇徒無知書者。而師名益著，四方來學者如雲。集賢之士皆就問榻下，蔚爲儒釋士林之表，人皆敬之。我伯仲氏嘗讀書於檜巖寺,見師,年九十餘,容貌清癯,氣體尚強。或並日不食,不甚饑餒。人若饋之飯,則或吃盡數鉢,亦無飽意。雖至數日,未嘗如廁。恒兀坐虛室,懸玉燈,張淨几,徹夜看書,絲毫細字,一一研究,未嘗交睫偃臥。辟人不許在旁,若有所召,則手擊小錚,門下隨而應之,未得高聲大喚也。日本國使僧文溪求詩搢紳,作者數十人,師亦承命賦詩,詩曰:"水國古精社,洒然無位人。火馳應自息,柴立更誰親。楓嶽雲生屐,盆城月滿堙。風帆海天闊,梅柳古園春。"峕春亭主文,改"洒然無位"之句爲"蕭然絕世人"。師曰:"卞公真不知詩者,'蕭然'豈如'洒然','絕世'豈如'無位'?是斫喪自然無爲之趣耳。"每見文士,悵悵不已。今有《千峰集》行於世。

《石林詩話》:高麗上人千峰卍雨,爲李牧隱之空門友者,而及見朝鮮世宗時和匪懈堂《瀟湘八景圖》詩。年至八十六,清恬絕俗,有宋初九僧之風,恨不見其全集也。

【按:卍雨(1357—1442)一作萬雨,號千峯。高麗著名詩僧。著有《千峰詩稿》。《東文選》卷一〇載其五律二首。其詩清而不苦,拙而不野。《箕雅》收其五律一首。】

真靜

《與猶堂全書·題天頙國師詩卷》:此高麗名僧天頙,賜號眞靜國師者詩文遺集也。本四卷二帙,其半爲隣寺首座僧所竊。蓮潭有一嘗欲鉤取之竟不得。余觀天頙之詩,濃麗蒼勁,無蔬筍淡泊之病。其學博洽該貫,而其才敏於用事。上之可以駢駕憨山,下之可以拍肩蒙叟。惜乎!名已泯矣。若使操衡藝苑者,揀三人於羅麗之世,則崔致遠、天頙、李奎報其額也。余觀《東文選》,錄天因詩文數篇。天因者,天頙之再傳也。天頙本萬德山人,移棲龍穴。余自棲茶山以來,歲一遊龍穴。憶念天頙,未嘗不嗟傷悼惜。以若賢豪,胡乃陷溺於佛敎也。

《小華詩評》:李白雲《宿峰城縣》詩一聯曰:"階竹團陰孫未長,庭梅飽雨子初肥。"僧真靜次李居上詩曰:"葉壑風生松落了,春庭雨過竹生孫。"蓋效李詩而猶類鶩者也。

【按:真靜(高麗後期人)字蒙且,即高麗名僧天頙。早年登第,棄世入山。賜號眞靜國師。其詩濃麗蒼勁。《箕雅》收其五律一首、七律一首。】

圓鑑

《東文選·圓鑑國師語錄序(釋明友)》:圓鑑國師得無导辨才於晦堂和尚,自甘露至曹溪,三坐道場,隨機說法,接物利生。或上堂,或示衆,或歌或訟。禪也敎也，儒焉釋焉，横拈倒用，暗去明來，千差萬别，莫窮其涯涘矣，其義則一也。譬如春行萬彙，一花一草皆春也。海遍千江，一涓一滴皆海也。然不向一花一草上知春，不向一涓一滴上知海者，觀之有暇矣。

《東人詩話》：鄭谷登第後宿平康里有詩云："春來無處不閑行，此地相看别有情。好是五更殘酒醒，耳邊聞唤壯元聲。"有自誇壯元氣象。牧隱云："賴有虚名足驚座，益齋門下壯元郎。"權止齋詩："誰知今日觀風使，曾是龍門第一人。"圓鑑國師俗姓魏，名元凱，登甲科，官至樞密。出家嘗有詩云："誰知雞足山中老，曾是龍頭會上賓。"老髡亦有自負之語。

《艮翁疣墨》：長興府城内，客館之北有壯元峰。世傳高麗時，魏氏元凱、文凱兄弟奉母居於峰底。兄弟連擢魁科，故家後之峰以"壯元"稱之。其故壘殘礎宛然，而子孫至今嗣居。元凱初爲僧，其母曰："汝若非投緇，立揚不難矣。"元凱曰："天只以科名爲榮，則當爲母赴舉。"遂上寺，盡聚所藏僧家之物而焚之。因出洞門，有詩云："流水喧如怒，高山默似嗔。兩君今日意，嫌我向紅塵。"其後數年，擢魁科，官至翰林。又數年，文凱亦擢魁科。元凱有詩云："黄金榜首吾曾占，丹桂巍科子亦收。千萬古來稀有事，一家生得二龍頭。"及母卒，元凱復爲出家，名冲止。有《圓鑑集》板在本府。

《芝峰類說》：高麗時魏元凱，長興人也。兄弟俱壯元及第，其弟文凱，所謂一家生得兩龍頭也。元凱後爲僧，號圓鑑，居昇平定惠寺，有詩云："誰知雞足山中老，曾是龍頭座上賓?"又云："落石奔川清碎玉，入雲層翠冷磨秋。"

《東詩叢話》：沙門圓鑑《題嶺南樓》詩："湖上青山山上樓，美名長與水東流。傍舟沙店排蝸殼，逐浪風船舞鷁頭。桑柘煙深千里暮，芰荷花老一江秋。落霞孤鶩猶陳語，故作新詩寄遠遊。"凡爲詩者，不但見景生情。看詩者亦當凝景觀情。此篇三四五六寫得嶺南樓實景致，而但起聯無靈，且結聯未脱腐陳語。

【按：圓鑑(1226—1292)號法桓、冲止、密庵，謚號圓鑑，塔號寶明。俗姓魏氏，名元凱。籍貫安定。高麗元宗時代僧人。高宗時代文科及第。經圓悟國師爲僧，繼承圓悟國師，成爲曹溪六世。後赴元，世祖賜予金襴袈裟。善寫詩文，追贈國師。著有《圓鑑國師歌頌》。《東文選》卷六載其七古二首，卷九載其五古一首，卷一一載其五排四首，卷一四載其七律五首，卷一九載其五絕三首，卷二〇載其七絕八首。其詩善於狀景。《箕雅》收其五絕一首、七絕一首、七律一首。】

了圓

《柳巷詩集》:書懷寄呈天臺都大禪師了圓:“窮途自古少爲恩,去歲江陽絶問存。賴我天臺讀書客,白雲香飲屢過門。”

《東文選》:安震《贈送天臺了圓長老》:“老屋開溪上,經霖路出沙。相邀禪者杖,似遇貴人車。下榻談初穩,還山意已賒。他年作龍象,法雨潤農家。”

【按:了圓(高麗後期人),天臺詩僧。《東文選》卷二二載其七絶一首。其詩多用釋道家語。《箕雅》收其七絶一首。】

禪坦

《東文選・海東釋禪坦師詩集序(姜碩德)》:予嘗聞高麗僧禪坦能詩若琴,又見其《早春》詩云:“管絃聲碎竹外澗,水墨畫點煙中山。立馬停鞭望復望,鶬鶊上下春風端。”以謂格未甚高,思致未甚遠,語又未甚工,何見稱於後世又如是耶?近從家兄弼善子脩氏得雜詩一巨帙,謾不知何人作,間有所謂早春詩,竊意偶以此一篇附之耳,初非盡錄坦詩。讀至卷中,有益齋《送完山通判》詩云:“春風無限相思意,說與江南坦上人。”《寄尹生》詩云:“坦也平生藜藿腸。”《撫琴》詩云:“飄零琴格淡無味。”則東僧之以琴詩名世者,除上人餘無聞。此編迺其全集,固已明顯,而向之疑釋矣。余於是反諷詠。迨乎麗情横發,不能自持,如貴遊年少青樓縱酒,玩弄妖姬,已自不端。其朴野處如田夫農談,殊乏雅致。其豪縱逸邁如王謝子弟倜儻不羈,風流可愛。又有四五篇清新冲澹,天趣自高。其奬與於文章巨公如益齋先生,固宜也。向之《早春》詩特率爾爲之耳。嗟乎!予性踈放,頗好林下人。幸生數百載下,獲其編什於殘編斷簡中,未必不爲神交氣合然也,卽所謂朝暮遇之者歟?苟不表章而發揮,則恩其詩將磨滅無傳,名亦未甚顯。遂錄爲一卷,目之曰《海東釋禪坦師集》。託吾友太史南景素氏,以備他日採詩之資,以償吾平生揚善之志。噫!高人才士處巖穴草澤中,名湮沒而不揚者不知其幾人?寧不爲之慨耶!

《艮翁疣墨》:麗末詩僧禪坦曉過松京東城門外,聞雞聲有詩,其末聯云:“千村萬落同昏夢,斷尾雄雞不失時。”斷尾雞坦自比,歎其國家之將止,而衆人不能知也。

《芝峰類說》:前朝僧禪坦,谷城人。其《早春》詩曰:“管絃聲碎竹外磵,水墨畫點煙中山。立馬停鞭望復望,倉庚上下春風端。”又《遊嶺東》詩曰:“明沙十里海棠紅,白鷗兩兩飛踈雨。”有人將遊關東,聞坦此句曰:“已得之矣。”遂輟行。

《詩評補遺》:僧禪坦能文辭,善滑稽,然放浪不遵戒律。其《楞伽山中》

詩云:“鞍馬紅塵半白頭,楞伽有病早歸休。一江煙雨西山暮,長卷踈簾不下樓。”氣豪,脫筍蔬習。

【按:禪坦(高麗後期人),詩僧。姜碩德編有《海東釋禪坦師詩集》。《東文選》卷四載其五古一首,卷七載其七古二首,卷一五載其七律二首,卷二一載其七絕二首。其詩豪逸清新。《箕雅》收其七絕一首、七律一首。】

以上高麗。

益莊

《東國李相國全集·益莊元伊、淡靈大歇各爲禪師官誥》:云云。至道居標的之外,眞人非寵辱所驚。譬若純白守眞,不期黼黻之賁其色;大音本寂,匆貴笙簧之鼓其聲。然已自貶者,人必褒焉。況實固充,則名之召也。不有冲虛之奥,曷當懿顯之稱?某職某,崖岸峻高,機關沈邃。早脫名韁之拘束,遂投巖竇之韜藏。廣心地莫若汎觀,故凡諸聖諦無不探源;見自性必由懸解,故獨於禪法尤若合契。廻靈光於本分,得覺照之常存。如玆僧寶之奇,當與天下而共。鴻冥萬里,雖苦避於網羅;龍襲九淵,無奈吝其雲雨。顧自爲計則尚可,其將澤物也如何。肆予嘗敦諭而徵來,此亦徇衆情之痛仰。果符物望,克荷宗乘。佛日爲之重暉,祖燈於焉更耀。是所謂肉身菩薩者歟?宜峻空門之品級,用增梵德之尊嚴。可特授禪師。嗚戲!國君之迎禮高人也,蓋期霑丐餘膏;法王之出現當世也,固必紹明正眼。勉膺訓命,永福邦家。云云。

《東人詩話》:崔文昌詩:“含情朝雨細復細,弄豔閑花開未開?”高麗人好用是語。如吳學士學麟詩“院院古非古,僧僧知不知”,朱文節《寒碧樓》詩“水光澄澄鏡非鏡,山氣靄靄煙非煙”,李文順《春日》詩“幽花浥露落未落,輕燕受風斜復斜”,僧益莊《洛山寺》詩“大聖住無住,普門封不封”。畢竟定非佳語。

【按:益莊(高麗後期人),詩僧。《東文選》卷九及《箕雅》收其五律《洛山寺》一首。其詩《東國輿地勝覽》題高麗庾資諒作。】

參寥

《惺叟詩話》:本朝僧人能詩者甚稀,唯參寥爲最。其《贈人》詩曰:“水雲蹤跡已多年,針芥相投喜有緣。盡日客軒春寂寞,落花如雪雨餘天。”俊潔有味。

【按:參寥(朝鮮明宗時人),詩僧,與楊士彥、李珥、金麟厚等有唱酬。其詩俊潔有味。《箕雅》收其七絕一首。】

休　靜　　**號清虚堂。壬辰爲僧將,八道都總攝。**

《朝鲜宣祖修正實錄》卷二四:二十三年四月壬申。古阜郡守丁焰以告捕逆黨,賞堂上階。時有寶城人金用男、金山重等與古阜郡守丁焰同議,告羅州人林地及僧性熙,與逆賊吉三峰留松廣寺三日庵,同謀作亂。……熙授引僧徒,多用嫌隙,香山僧統休靜亦被逮就鞫。靜有自著書,雅辭多祝釐君上,上卽命放釋,賜御書唐詩絶句及墨竹一紙,慰諭以還之。

《朝鲜宣祖修正實錄》卷二六:二十五年七月戊午。置僧統,募僧軍。行朝招香山舊僧官休靜,使募僧爲兵。靜招聚諸寺,得數千餘人,以弟子義嚴爲摠攝,領屬元帥爲聲援。又檄弟子關東惟政、湖南處英爲將,各從本道起,亦得數千人。惟政有膽智,數使倭陣,倭人信服。僧軍不能接戰,而善警備勤力役,不先潰散,諸道賴之。

《谿谷集·有明朝鮮國賜國一都大禪師禪教都總攝扶宗樹教普濟登階尊者清虚堂大師碑銘》:師少從靈觀得法,而宗風之振近代無比,弟子千餘人,知名者七十餘。其能領袖後學,爲一方宗主者不下四五人。可謂盛矣。晚節通脱自在,皮相之流,式疑其越戒,識者不以爲病焉。所著《禪家高抬貴手》、《禪教釋》、《雲水壇》、《三家一指》各一卷,《清虚堂集》八卷行于叢林。詩偈爽朗多警語,筆跡竦勁有致云。

《樂全堂集·清虚堂集序》:余早叨貴近,跡不出闤闠,而山人衲子往往逐臭而至,未嘗不引與之談。問其所宗師,輒曰西山。西山亡數十載,不接其影響者咸誦其有道。難之不能名其道,而亦輒曰:"西山,吾東方之大宗師也。"余心異之。一日其徒葆真、彦機謁余以西山遺稿,乞一言弁其簡端。夫釋氏之道以寂滅爲宗,簡易爲律。集其遺文,序而傳之,其跡太著,無乃爲西山之累乎?有其質斯有其文,有其實斯有其名,質文名實存,而跡不得不著,所謂積于中發於外也。集而序而傳之者,何累於西山也?稿中有《三夢錄》,蓋以生滅爲夢也。其所著卽夢中之語,集而序而傳之者,亦終歸於夢幻爾。余從夢中論其跡者,庸非夢中夢耶?若西山者不待生而存,不隨死而亡。西山有知余之斯言,無亦當其意否?是爲序。

《菊堂排語》:近世有休靜者,自號清虚堂,亦明僧也。宣祖大王賜御詩褒之。壬辰之亂,率僧兵千餘西赴行在,宣祖益嘉之。賜判禪教都總攝之號。車駕還都,歸妙香將入寂,題其書象曰:"八十年前渠是我,八十年後我是渠。"有《清虚堂集》行於世。

《詩評補遺》:清虚休靜一絶云:"山僧雲水偈,學士性情詩。同吟題落葉,風散沒人知。"空門本色。

《再造藩邦志》:當是時也,舉國逃難,如魚在鼎。禪門緇流亦皆奔走,於是有清虚禪師休静者,起於妙香山中,僧尼所尊稱西山大師者也。俗姓崔氏,其先完山。行高律嚴,淹貫釋典,又能詞翰,遍交朝中士大夫,其高弟上足遍滿一國。至是糾率門徒一千五百人,仗劍上謁於行在。上謂之曰:"國難如此,爾未可弘濟耶?"師且泣且拜曰:"國内緇徒之老病不任行者,臣已令所在之地焚修以祈神助。其餘臣皆召募以來,欲赴軍前。臣等雖非人類,生於國内,荷聖上恩育,何惜一死? 願效忠赤。"上大嘉,命賜一國都大禪師,八道禪教都總攝,扶宗樹教普濟登階尊者之號。乃率其衆屯于順安之伏興寺,傳檄八路寺刹,健禿勇衲莫不來赴。

《石林詩話》:至宣祖中葉,清虚老師有詩云"萬國都城如蟻垤,千家豪傑若醯雞。一窗明月清虚枕,無限松風韻不齊"者,播于人世。以是幾爲見罪於至尊,轉爲招待于宣室,有翰墨之緣。故扶老而進謁龍灣之蒙塵行在所,後起惟政、處英等勤王之役者也。《清虚全集》無如上詩之魄力雄大,口氣清逸焉。

《西京詩話》:吾西釋子亡出清虚堂休静者,乃安陵士族也。爲詩超逸不俗,極有穎悟。于萬曆己丑逆獄起,以名僧被逮,穆廟特爲命放釋。迨日寇之變,募義僧將之。天將李如松以詩贈之,足當蘇長公玉帶。嘗登香爐峰一絶云:"萬國都城爲蟻垤,千家豪傑若醯雞。一窗明月清虚枕,無限松風韻不齊。"每一讀之,便欲曹溪汗下矣。

李月沙廷龜曰:休静詩文,言言皆話,句句飛動,有如古劍出匣,霜氣飄然,往往酷似開元、大曆,渠家惠休、道林不論也。

李澤堂植曰:清虚之詩宜着玄契,不拘聲律,不雜排比,而意趍超邁,機鋒迅利,要於豎佛拈搥上得之,非若貫休、廣宣輩朝吟暮唶,以與騷人墨客較敲推而已也。

西山静大師即東土之六祖,己丑逆獄起,以名僧被逮,穆廟特命放釋乃出。御筆墨竹使賦之,即應制曰:"瀟湘一枝竹,聖主筆頭生。山僧香焚處,葉葉帶秋聲。"玉音云:"下句亦有何意?"對以"數年後,當在秋月中爾"。及壬辰之亂,駐蹕灣上,屬八月十五日,夜登統軍亭,聞有磬聲從林中來,怪之,黄門進曰:"山僧禮佛矣。"睿思惶然,方悟《墨竹詩》之意。

西山静公在妙香之内院禪定,久之忽作一呻。其徒問所以,則曰:"有二虞人方在洞口食獐而美,謂欲奉西山丈老。"其徒領訖,即趨下山,則虞人欲行,相顧錯愕,詰之果然。乃求其餘肉以進,静公啖之即吐庭除,皆成活獐,群躍躍而去。繼以泗溟師有東槎之役,静公爲解火厄。

熙川郡民嘗憫赤旱,謁静公禱雨。静公手寫符一道,俾授大音聲人登某山絕頂,呼"東海龍王"者三,當有應者,以此付之。熙川人異而從之。俄而,大雨立至。

《東詩話》:僧休靜,號清虛子,以多在香山,又號西山。年三十七中禪科,至禪教兩宗判事。一日歎曰:"吾出家意豈在此乎!"即解綬歸金剛山,登香爐峰作詩曰:"萬國都城如蛭蟻,千家豪傑若醯雞。一窗明月清虛枕,無限松風韻不齊。"其《哭康陵》詩曰:"愛國憂宗社,山僧亦一臣。長安何處是,回望淚沾巾。"《過檀君臺》曰:"披雲登老石,遙想古皇王。山形一翠色,人事幾興亡。"《過扶餘》曰:"衣冠晨月上,花草野禽啼。"人謂金剛之詩,是僧家之本色,而英氣不可掩,《哭康陵》以下三詩,則可知其忠義之結於心,有異於人也。

【按:休靜(1520—1604)字玄應,號西山、清虛子、國一大師。俗姓崔氏,名汝信、雲鶴。完山人。以成均館儒生赴進士科落榜,於是入山,僧科及第。壬辰倭亂的時候任八道十六宗都總攝,糾合僧兵,收復漢陽(今首爾)有功。著有《清虛堂集》。其詩意趍超邁,機鋒迅利。《箕雅》收其五絕一首、七絕一首、五律一首。】

行　思

《容齋集》:題釋行思詩軸:"斯人嗟已遠,遺迹見向曾。今日非前日,千燈亦一燈。端能蒙妙賞,足以驗高僧。欲試登山屐,禪居問幾層。"

《鶴山樵談》:行思稍有佳句。

【按:行思(朝鮮宣祖時人),三角山僧人。與李達、崔慶昌、白光勳等唱酬。其詩稍雅而萎。《箕雅》收其七絕一首。】

惟　正　　號松雲。使日本。

《光海君日記》卷二一:元年十月丁丑。備邊司啓曰:"惟政之病,非風寒末疾,乃是中風。上年柳珩將赴平安兵使時,臣恒福與之相議,以爲:'卽今西路民力已竭,其於守禦大事着手無術。惟政恩信著於緇髡之中,如率手下義僧數百千名,自當一面築城若干鎮堡,則不煩民力而邊圉賴以爲固。赴任卽時委差軍官,帶領人馬,齎臣公文,往問惟政所在。'則惟政已病不能往,深以不得赴命爲未安,委送手下一僧,具陳其由,則證勢果爲深重。自後年且已老,病益深重,漸不能言,漸不能動,到今只得未死而已,决難出山。伏覩上教,不勝感激,令醫司覓送相當藥物一款,實大聖人蓋帷之特恩。卽以是意移問于同居之僧,詳問病恙,劑藥以送爲當,敢啓。"傳曰:"允。問其病勢,相當藥劑送,使之調理,畢力於國事。"

《光海君日記》卷三三：二年九月庚午。傳曰："山人惟政，先朝忘身赴難，眞可謂之義僧也，今其死矣，甚可憐悼。葬需木布等物量宜題給。"

《慈通弘濟尊者泗溟松雲大師石葬碑銘幷序(許筠)》：庚戌秋……八月二十六日……趺坐悠然而逝。……以嘉靖甲辰十月十七日生，享世壽六十七。

《龍潭集·松雲大師詩集序》：叢林風流盛於廬山結社。唐宋以來，號爲空門友方外交者可僂指焉，要之皆以高情勝韻之有所黯契於麈尾筆頭者。孰有如我松雲大師以深於慈悲教者，且能清語韻句，居然支遁、皎然之流。而惟其不勝十四施中兵戈險盜之願力，投講幡，脫法衣，執聖人不得已之器，懋著功績，爲中興諸君子之所重。發之爲詩若書，爛焉楮墨間也若是懿哉，蓋出其方便之一緒也。夫以賊勢之至强盛，其酋之狡猾百端而威悲併用，靡不觸碎而慴服之。是知誅魔濟難是渠家功德，而波旬、阿育歸誠悔殺之化，復見於今日矣。於是焉聖上嘉其忠勤壯烈，欲用劉秉忠、姚廣孝故事，勸令長髮。則師乃謝不敢當，卽乞四大以歸，不負烏雲家風。迹其終始，抑何奇而又奇也！彼鳩摩羅什、佛圖澄之見奉於姚、石二主也，直以文佛再出。而徒區區於飯針洗腸之一伎倆，終不能救其敗亡。其視師果又如何也？宜乎一時縉紳先生深加奬詡，歌詠問訊之辭溢於巾衍。而今見山門所裒輯者，出於散逸斷爛之餘，十不一二。然如漢陰、白沙、月沙、鹿門、笑庵、筧谷諸公俱以碩輔，兼擅藝苑聲，其詞態筆勢翩翩若遊龍驚鸞，直可爲瓌异之觀，而其餘衣冠珠玉之盛又盡在於是。吁其盛矣！就其同聲中最所推挹者，如"天下英雄爭識面，海中盜賊亦知名"與"舉世無如和尚業"之句，書如"師之用日本也，當了一大機"與"可以慴彼變詐之情"之語見之，可知其倚仗於一世也大矣。下有天朝人譚、姚二君詩，亦楚楚可愛。又以師之門人惠球所得篇什簡牘竝錄于左，傳之永永，爲桑門盛事。乃余爲弁首之文，其幸有勝緣哉。噫！東方禪學，清虛爲近代臨濟曹洞，論其嗣法，輒曰松雲。而松雲應世之跡，又如是其奇偉。如斯釋也，更於何處得來？時余爲湘纍，政有韓蘇氏海外之趣，思得如太顛之聰明識道理、參寥子之禪而詩者，與之遊戲三昧，以消遣牢騷而未得焉。故臨文重有餘慨焉。

《鶴山樵談》：近日，釋子工詩者無多，惟政山人學唐九僧之流，詩甚清苦。

《芝峰類說》：僧惟政，號四溟山人。倭奴自壬辰後不敢通和，至癸卯來請信使，人皆憤惋。而朝廷恐其生釁，遣山人往試賊情。山人遍求別章於縉紳間，余贈之曰："盛世多名將，奇功獨老師。舟行魯連海，舌騁陸生辭。變詐夷無厭，羈縻事恐危。腰間一長劍，今日愧男兒。"五山見之閣筆。

《**菊堂排語**》:惟政者,休靜之弟子也,自號白雲。萬曆壬辰居金崗山榆岾寺,避倭深谷間。倭入榆岾,縛居僧數十人,索金銀諸寶。不出,將殺之。政聞之,欲往救,弟子挽之曰:“吾師欲爲同舍僧救其死,其慈悲至矣。然虎口無益,只取禍耳。”政不從,入亂兵中,曳笻揮袖,傍若無人。倭熟識而怪之。政直上法堂,諸倭將皆列椅而坐,政不爲禮,仿徨縱觀之。有一將以文字問之曰:“汝解字否?”政以示之曰:“粗解文字。”又問曰:“爾國尊七祖乎?”政書之曰:“有六祖。焉有七祖?”曰:“願聞之。”即列書六祖示之。倭將大異之曰:“此寺必有金銀寶貨,爾可盡出之。不然當殺。”政曰:“我國只用米布,金銀寶貨舉一國所罕有。況有山僧只是供佛,菜食草衣,豈有蓄金銀寶貨之理乎?且觀將軍能知佛家六祖,佛法全以慈悲不殺爲上。今觀無罪愚僧縛在廡下,貴以寶貨。彼乞事爲生者,雖刲身粉骨,豈有財寶?願將軍活之。”諸僧將傳示書,其動色顧下卒云云。下卒趨下堂,盡解廡下二十餘僧。政又揮袖曳笻,不顧而去。倭將以大字書板掛沙門曰:“此寺有知道高僧。諸兵勿更入。”自此倭不復入榆岾。朝庭除政爲僧將,通八道僧軍出入倭陣。嘗見倭將清正,正曰:“爾國何寶最貴?”政曰:“我國無所寶,寶乃將軍之首也。”清正強笑而中實憚之。亂既定,入日本。家康贈以雪綿子二萬斤,辭不得,盡與對馬島主而歸。剃髮存髯,長至帶。入寂于雉嶽山寺。年七十。有《四溟集》刊行。

《**旬五志**》:昔大邱八公山道僧買大絹八匹于燕市,欲畫丈六金軀爲幀。周行八道,廣募能畫者,數年不得。適值楓岳僧大張水陸,僧俗咸聚,無慮累千人。化主僧通告大衆,願得畫佛手,莫有應者。座末疲癃一僧應募自出,與之偕歸。齋沐而請之,僧曰:“此畫滿三十日乃成。吾處於佛殿内,應身而外之,慎勿覘視。塗其四壁,使無孔隙,只存納飯一穴,而三日一納,納時亦勿邪睇。”化主僧依其言,未敢窺。始畫後二十九日,自料日子雖未滿一日,畫必已就,暫流眄而視之。畫師大驚,擲筆起立曰:“畫不就矣。”即有黄雀出自飯孔而飛去,影響寂然。畫主僧怪而入視之,畫佛而已,一足未就,仍畫著鳥跡而去。即以其幀掛于桐華寺梵宇。凡有水旱疾疫必禱此佛,神驗如響。至壬辰歲,倭奴焚蕩之時竊此佛幀而去。僧惟政,號松雲師,壬辰之亂,倡義擊倭,獲甚多。上特拜僧大將,名滿兩國。亂定後,倭奴請信使于我國。人皆憤惋,而朝廷恐生邊釁,送惟政於日本,以試賊情。倭奴素重其名,欲試其節,脅之使降。政曰:“吾奉命于吾王,通使於鄰國。爾等不宜侵凌。吾膝不可爲汝屈!”倭奴大熾炭火,烈若紅爐,使政入火中。政不動顔色,直向火邊,將若躍入,天忽下雨如注,火即自滅。倭奴以爲神,遂羅拜曰:“天佑如此,大師真生佛也!”即以金轎舁之。自是,雖如廁時輒舁奉之。關白清正問政曰:"朝鮮有何寶?"政曰:"無有。"又問:"朝鮮所求何物?"政曰:"朝鮮所求乃關白頭也。"關白勃然按刃而進。政顔色不變,坐不移席。關白退謝。政將返,關白問曰:"大師所欲,吾必敬承。試言之。"政曰:"山人本無所欲,唯願還我國畫佛一幀。"關白曰:"敝國雖小,尚多重寶。何舍此而取彼?"政曰:"此佛甚靈,可以祈風禱雨,可以禳災致祥。故願還也。"關白以下齊聲言曰:"大師亦能呼風喚雨,何必求還佛幀!"政不復強迫而歸。自是倭奴不敢復喝。至今購得松雲筆跡,必以重價貿之,惟恐失之云。

《詩評補遺》:李判書時發《送惟政師赴日本》詩曰:"青丘踏盡萬山秋,海外還聞有九州。此去獨當天下事,世間人自覓封侯。"可使食肉者羞。

《再造藩邦志》:惟政起于金剛山。惟政號松雲,又號四溟山人。容貌魁傑,留髯不去。性度恢曠,且通内典。是時在表訓寺講徒,賊兵入山中,寺僧皆走,惟政獨趺坐不動。賊見之不敢逼,或合掌致敬而去。及勤王教書休靜檄文至山中,惟政乃展之佛卓上,呼諸僧讀之,流涕淋漓,曉喻之。悉起山中之僧七百餘人西赴勤王,比至平壤衆千餘人,屯城東,與順安之軍作爲聲援。

《大東地志》:釋惟政,字離幻,號泗溟,又號松雲。俗姓任氏,豐川人。官知中樞。私謚慈通弘濟尊者。壬辰代休靜爲都總攝,後奉使日本。

【按:惟政(1544—1610)字離幻,號泗溟山人,自號松雲。休靜弟子。著有《松雲詩集》。其詩清苦。《箕雅》未見其詩。】

太　能　　**號逍遙堂。**

《東州集·逍遥堂太能法師碑銘並序》:逍遥堂太能法師,南禪也。產秋城。其母夢一婆賀胚胎大乘人,由是幼名大乘。十三入白羊山,受戒於性眞和尚,始行脚域内。既乃結緣南嶽,立道場建法幢,大營梵宇其陽,爲神興寺,其陰則燕谷禪院。居燕谷凡三十四年,竟以己丑冬示滅,得壽少九十者二歲。是豈拘于習與愛,以爲情徇物而黏著爾也。法師少博通經論,既而曰:"欲求法外宗旨,當不止此。"往參西山大師。適有闍利問:"初祖東來意若何?"西山舉拂子一揮。爾時法師大歡喜,獻偈曰:"蘧廬天地假形來,慚愧多生托累胎。玉麈一聲開活眼,清宵風冷古靈臺。"西山曰:"此暫時岐路耳。祖師云:'悟了同未悟,無心亦無法。'它人不可主張,汝自護持。"於是遍參諸德,仍謁浮休大師,休公器異之。仍再扣西山曰:"和尚前言'斫來無影樹,焦盡水中漚'。愚所未會,願端的指迷。"西山曰:"會取不會取。"法師言下卽悟,九拜而退。法師年耆德就,爲叢林依仰,遠近歸慕者日益衆,緇流走集,常有累數千指,山門爲闐咽成市。法師以正法眼運慈智幾,用舌頭筆下，直指不二路脈，實衆生津筏，法門樑棟。一日，示大衆曰："盡乾坤是一隻沙門眼，盡乾坤是自己光明裏。光明未發時尚無虚空，况有山河國土來。"因卓錫良久曰："孤輪獨照江山静，自笑一聲天地驚。"其徒海眼妙湛以下闢堂壇傳奉法旨者六十餘人，咸曰"法師卽臨濟二十六世嫡孫其人"云。法師臨化唱偈曰："解脱非解脱，涅盤豈故鄉。吹毛光爍爍，口舌犯鋒鋩。"趺坐寂然而逝。用其法茶毗訖，明照敬屹等奉頂骨安于寶蓋山。

《東國詩話彙成》：苔川金地粹贈太能詩曰："黄葉水西村，蒼苔秋掩門。山僧冒雨至，夜坐講玄言。"太能吟詠曰："首句近唐，三四涉宋金。"使太能誦其所作，太能誦一絕曰："夜深霜氣重，天遠雁聲高。客宿西亭月，還山秋夢勞。"金曰："爾詩四句果皆唐也。"稱讚不已。

【按：太能（1562—1649）號逍遥。俗姓吳氏，籍貫潭陽。朝鮮仁祖時代佛僧，逍遥門派開山之祖。他于休静門下了悟禪旨，壬辰倭亂時加入僧軍。丙子胡亂時修築南漢山城西城。著有《逍遥集》。其詩氣象高遠。《箕雅》收其七絕一首。】

慶　雲

《東州集·奇巖堂法堅禪師詩文集序》：自江左以來，桑門之用詩道自名者代不乏人，是何彬彬也。彼其法以寂滅爲宗，絶智去務，專内守解外膠，耆欲樂好無所攖於中，烏肯以評雲批月，拘拘於聲律爲事哉？然其人也受於天者全，應乎用者周，精進超悟之暇，推餘力游戲斯文，時或露其機焉。土苴耶？罏捶耶？其亦有所感觸而不能自已者耶？嗟乎！世教之衰久矣。聖人不作，異端興行，雖有長材弘畯閎傑之民，耽溺於勝大之説，不能自拔於衆趨，而乃其性情之正實有不可掩者。如使其人沐浴先王之道，與聞乎《三百篇》之娭，其所立豈無卓然殊尤者哉？余於是竊悲其人之不幸也。不唯悲其人之不幸，抑且悼斯世之不幸也。今者山人慶雲携其亡師法堅禪師所爲詩文若干篇請余證定。其詩冲雅圓好，少疏筍氣味。設偈答問，率不越乎義理。文又淳厖長厚，旁該子史家言。益見其所涉者博也。雖其體裁出入不專名家，假採其翹秀，置諸己公、貫休之列，詎至多讓焉？蓋堅師爲西山嫡統，而西山實東方叢林大覺士。嘗語其徒曰："是家當爲吾門游、夏。"其宗風家法紹承如此。而韻語三昧，亦必有所本而然也。雖然，名者實之棄也。詩文之傳不傳，在堅師奚損益焉。唯雲也感其師平昔提拔之勤，不忍於遺墨之泯沒，奔走經營，將以壽其傳。其亦異於師死而遂背之者矣。吁！可尚已。

《東州集·奇巖堂法堅法師碑銘并序》：……年八十三，非短非長。自涅槃後,荼毗淨身。乞收舍利,貯以石鍾。建于榆岾,西麓之上。一切法事,皆其上足。道一慈仲,慈逸所營。又推慶雲,具草行蹟。穿街歷市,款余郊扉。索文鑱石,圖壽厥傳。余昧爾道,將以何言。姑依爾說,作爲偈語。兼勒銘辭,以報爾勤。

《鶴山樵談》:慶雲爛熟,非筍蔬之語。

【按:慶雲(朝鮮光海君時人),奇巖堂法堅禪師弟子。編有《奇巖堂詩文集》。其詩渺冥脱凡。《箕雅》收其七絕一首。】

冲　徽　號雲谷。

《谿谷集·雲谷詩稿序》:自余在朝時,聞南方有詩僧徽公往往傳筒寄聲,恨無因博采其什。今年秋,貶官錦城,至州之月餘,完山韻釋懷玉自大芚來訪,袖出《雲谷詩》一編。雲谷乃徽公號也。閱之多與諸巨公酬唱。詩調清刻,頗有唐人風致。余觀釋門能詩者,以湯休、寶月爲稱首。其後自唐至五季,有皎然、靈澈、九僧之流,宋有道潛、聰殊輩與坡公遊,遂以名世。然其能盡脱蔬筍氣者蓋鮮矣。我東前代多詩僧,近頗寥落。西山、松雲時有遊戲,不盡合作。若雲谷者殆不易得,良可賞也。竺典以綺語爲口業,然世之縛戒律耽空見者,未必皆真得也。謝康樂有言曰:"得道須慧業文人。"況詩可以觀,有陶冶性靈之妙。明心之士又惡可薄詩爲哉?余欲删次是卷,爲可傳於後者,病未暇也。姑敘而付諸懷玉歸之。崇禎己巳孟冬。谿谷張持國書於錦城郡齋。

《樂全堂集·雲谷集序》:"行到水窮處,坐看雲起時",詩而禪乎?"猿抱子歸青嶂裏,鳥含花落碧巖前",禪而詩乎?蓋悟者禪,而詩亦由悟而入,其道雖殊,造微臻妙一也。開士大德不以是爲障,必與詞人墨客往來酬唱,流傳於世間多矣。近世雲谷徽公頗有詩名,見其集中所載芝峰、東岳諸公忘其名位,樂與之酬唱。則徽公之詩必傳於世無疑,而第未知其禪而詩者乎?詩而禪者乎?必有能辨之者。山人希安匯而錄之,智文刻而傳之,皆其弟子也。

《詩評補遺》:雲谷冲徽與谿谷、東岳最親,其《南溪漁笛》詩曰:"南溪秋水碧如羅,楊柳風絲拂岸斜。漁父一聲煙裏笛,渚禽驚起夕陽沙。"語頗清麗。

【按:冲徽(?—1613)號雲谷。僧希安之師。著有《雲谷集》。其詩清新流麗。《箕雅》收其五絕一首、七絕一首、五律一首、七律一首。】

希　安

《樂全堂集·贈希安序》:今之以詩執牛耳者,無過於東岳先生。先生雅喜韻釋,釋子之遊其門者甚多。而工詩若筆,亦無過於安公。其詩道吾不知所師法,法東岳者也。其筆意吾不知所師法,法雪庵者也。天資清踈,穎拔無俗態,蓋亦叢林之秀云。袖中東岳詩以懷素、惠休擬之,非過奬也。久住南漢山,往往訪余,終日相對,無躁容無擇言。無論其詩若筆,其人固可愛而亦可教也。詩若筆雖工,技也非道。道非爾所欲耶?余未聞爾所謂道,亦知吾所謂道也。吾之所謂道,非若爾之以虛寂爲宗,即事即物,皆有此道理。詩若筆號小技者,亦道理中一事也。聞道成則通於技,未聞技成而入於道也。以爾之清踈穎拔之資,求諸道而實用力焉,則其成就豈止於技而已哉?廢渠之吟哢,焚渠之筆研,垂簾塞兑,内視反聽,止水湛湛,纖芥不滓。則爾有成師,而無所事於技,爾將弁髦東岳、雪庵之業而棄之。爾試以此説質諸東岳老先生,先生必有以教之。

《東詩叢話》:僧希安次李東岳詩:"栗里田園僻,歸來五柳青。尋雲行小洞,邀月宿虛亭。壁上王維畫,床前老氏經。懸知送客後,寂寞掩柴扃。"僧處能呈某詩官:"樂毅雖奔趙,相如豈畏秦?寧爲東走客,恥作北歸人。白水無文叔,青山有富春。前期必難售,老大自傷神。"俱是緇林文雅。

【按:希安(朝鮮仁祖時人),漢陽南漢山僧人。雲谷之弟子。其詩清踈穎拔。《箕雅》收其五律一首。】

守　初　　號翠微。

《壺谷集·翠微稿序》:余嘗愛東岳詩中"希安曾説守初名,方丈今從覺性行。如爾詩僧那易得,使余秋日不勝情"之句,輒口誦而心評曰:"此老老於詩,於詩少許可。而獨以詩僧目此師,則此師可與言詩已矣。"願得一見其人,又願一見其詩,而兩不可得。今年余適薄游西州,有釋圓印者從余遊,印即師之徒也。一日袖三編草稿,屬余删定甚勤,仍請余一語弁諸首。問之則師之作,而師之請也。余既以始償宿願爲喜,受而不辭。閲之未終編,又喜岳老之知詩也。蓋其爲詩音清而不俚,律協而不佻,絶去蔬苟之氣,駸駸乎付潛之流。至若駢儷書疏,率皆捷提妙旨,明透善根,自是空門上乘語。譬諸玄圃積玉,無非可愛。而既取又舍,僅錄十之二三者。必欲務歸至精之域,而且省它日剞劂之工,不知果當師意否。遂題此以歸之。時丁未季炎,壺谷病夫書于新城之納凉軒。

《東岳集·集字體》:詩僧守初、希安皆能歌。守初字太一。

《青莊館全書·清脾錄》:僧詩,東方絶無佳者。惟高麗僧禪坦詩"明沙十里海棠紅,白鷗兩兩飛踈雨"頗清警。近世僧守初字翠微《睡起》詩"日斜簷影落溪濱，簾捲微風自掃塵。窗外落花人寂寂，夢回林鳥一聲春”，惟此可選。

《小華詩評》：歷朝詩僧多矣。宏演，號竹澗，《題墨龍券》詩云：“閶闔迢迢白氣通，滿綃雲起黑潭風。夜來仙杖無尋處，應向人間作歲豐。”天因《冷泉亭》詩云：“鑿破雲根構小亭，蒼崖一線灑泠泠。何人解到清涼界，坐遣人間熱惱惺。”圓鑑《雨中睡起》詩云：“禪房闃寂似無僧，雨浥低簷薜荔層。午睡驚來日已夕，山童吹火上龕燈。”懶翁《警世》詩云：“終朝役役走紅塵，頭白焉知老此身。名利禍門爲猛火，古今燒殺幾千人。”我朝能詩者甚稀，惟參寥爲最。《贈成川倅》詩云：“水雲蹤跡已多年，針芥相投喜有緣。盡日客軒春寂寞，落花如雪雨餘天。”休靜，號清虛堂，《賞秋》詩云：“遠近秋光一樣奇，閑行長嘯夕陽時。滿山紅綠皆精彩，流水啼禽亦悅詩。”太能《呈西山大師》詩云：“蘧廬天地假形來，慚愧多生托累胎。玉塵一聲開活眼，清宵風冷古靈臺。”守初《睡起》詩云：“日斜簷影落溪濱，簾卷微風自掃塵。窗外落花人寂寂，夢回林鳥一聲春。”諸詩情景俱妙，各臻閑趣。所謂浮屠多技者，不其信乎？

《旬五志》：余少時遊俗離寺，見寺僧數百人，八行列坐，頂禮而飯。此程明道所謂三代威儀盡在此者也。寺有翠微師守初，頗聰明，可與語者。因留榻說釋。師曰：“人間即堪忍，世界故多憂。故西方則雖鳥獸喘耎之物皆樂其性。世之尊居萬乘、富有四海者不過保此見識而已。若修道行善，上可以生而成佛，歷萬劫獨存；下可往生西方，超升三界。不順則一墜異途，曠劫受苦，可不悲哉！”余曰：“師言虛也。今之學佛者不行佛之心而行佛之跡，口談慈悲而行若賈豎。若此而能超苦海升極樂耶？”師曰：“子之嘲貧道則善矣。以貧道觀之，今世之世，心楊墨而口孔周，自欺欺人者滔滔皆是。若此而能仰不愧俯不怍乎？”余曰：“世之懷道遁世不無其人，欲觀正士，當於實地求之”。師笑曰：“非獨儒也，釋者亦然。”因作一詩以示余曰：“儒言吾道貴修心，謾把陳編若意尋。何似法門滅萬念，超然坐閱去來今。”即去世來世今世三世也。

【按：守初（1590—1668）字太一，號翠微，俗姓成氏。籍貫昌寧。朝鮮孝宗時期僧人。在敬軒爲僧，接受覺性之法。參加開堂訓誡，努力教導後學。通曉經典。著有《翠微詩集》。其詩清而不俚，頗臻閑趣。《箕雅》收其七絶一首、五律一首、七律一首。】

處　能　號白谷。

《汾厓遺稿·白谷處能師碑銘并序》：往在庚辰春，余以童子拜伯父樂全公於白雲莊。師方受書於伯父，時年纔弱冠，疏眉目，善談論，襟韻不凡。與堂兄春沼公揚扢古今事，娓娓可聽。余雖幼，心固已奇之。後五年，伯父捐館舍，師亦雲遊四方，不相見殆三十年。庚戌夏，余銜命南下，遇師於廣陵天柱寺。越二年，余按湖南臬，師自頭流來見，留宿一宵。庬眉雪髭，儼然作老宿。而余亦兩鬢蒼然，已非少年人。握手歔欷，相與含涕。未幾余解歸，與師別。又十年辛酉秋，其徒懷善來告"師示寂"，且記師平生始卒，仍致清城金相國之言曰："師既受知於外王父樂全公，公亦契許不淺。銘其藏不可屬他人。"余心諾而未及文焉。今年秋，懷善復以狀來謁曰："吾師固公家門下僧，知吾師宜莫如公。況清城公已作千古，其所托，公忍負之耶？"余聞而悲之。按其狀：師俗姓全，法名處能，字愼守。白谷，其號也。母金夢梵僧遺二顆珠令吞之，覺而有娠。以萬曆丁巳五月初三日生。法骨奇秀，在提孩喜作佛事。或遇僧尼，輒軒渠欲從之。十二投義賢師祝髮。十六謁樂全公於雲莊，朝夕左右，閱四寒暑不怠。公憐其誠，授以經史《語》、《孟》及韓蘇李杜等書。師遂日夜誦讀，咀嚼英華。爲詩清新古健，文亦疏宕可觀，自是大有聲於薦紳間。東溟鄭公斗卿尤歎異之，以爲奇才。一日忽喟然歎曰："手自翦髮而徒遊藝於翰墨間，豈不負初心乎？"往參碧岩覺性師於頭流之雙溪，得聞眞乘法旨，言下大悟。性師期以傳法上足，遂與周遊，棲息於伽倻、寶蓋、雪峰諸山幾二十餘歲。孝宗在潛邸時答性師書曰："見高弟書，文甚奇字且疏勁可愛。"其蒙被睿獎又如此。己丑，仁廟賓天，性師爲設道場薦福，命師製疏。壬辰，入俗離大法住寺，重修丈六金身。丁酉住錫於大芚山之安心寺，開堂講法，學徒坌集。丙午授南漢僧統，不赴。庚戌再授，亦未久辭去，往來於峨嵋、聖住之間。庚申春移住金山寺，作大法會五晝夜。六月二十日示微恙，秋七月初一日遂就化。世壽六十有四，禪臘四十有九。其夕白氣十二道橫亘半空，衆皆嗟異之。闍維得靈骨三片，分藏於母岳之金山、大芚之安心、鷄龍之神定。師以聰穎夙悟之資，早受名師之戒，居然作法門世適。雖通脫自在不以繩墨爲拘，時或酣暢高詠，遺棄四大，而靈慧洞透之性自有操持，至歿而有超骨之異。其得於三藏祕奧，有非皮相者所可測。文集二卷刊行於世。清城、東溟作序弁其卷，此亦足以不朽師既化之身耶？噫！自余識師以來，幼而壯，壯而衰。俯仰朝暮之間，人事嬗變。感念疇昔，依然若一夢，而白雲之莊亦成丘墟。吾於銘師之葬，顧安得不悲哉？遂爲之銘曰："遺外迹，托詩鳴，悅靈皎休默之名者耶？慕賢德，始有終，追惠勤祕演之風者耶？生稟奇，死著異，庶可鑱石而無媿。"

《息菴遺稿·白谷集序》：始師年十七八自離岳走至京師，踏諸名卿學士之門，出詩文以爲贄。而一時先輩鉅公多愛師之聰穎夙悟，奬而進之，以爲“靈皎、默休之徒不是過也”。時我外王考樂全申公不樂在朝，嘗屏處於淮上。師輒持經卷攝緇而從之，與公之季子春沼公朝夕左右，供筆硯之役，閱四寒暑猶不怠。公仍教以經史語孟諸吾儒家言，旁及韓蘇等書。師遂日夜誦讀，久而後乃發之其文，頗滂沛浩漾若峽之決而河之潰也。東溟鄭公斗卿尤歎賞之以爲奇才。顧師以已事未明，遠訪碧巖性師於頭流之雙溪。參依老宿，提唱眞乘，居然一曹洞之世適。而中年嘗棲止近畿，鄭東溟以詩贈之曰：“往哭東陽尉，今逢白谷師。鳳凰終不返，龍象亦含悲。”其爲世所引重又如此。其後春沼公遽下世，外氏群從又相繼凋落，余每與師相遇，師輒爲之敍說往故，繼之以慨然悱惻。歐翁捐館，而惠勤流涕；曼卿已死，而祕演亦老。蓋亦有漠然不知所向之歎焉。盛衰相嬗，自古已然。則浮世存沒之感，又烏可既耶？師嘗爲南漢僧統之任，未久辭去，時獨往來於峨眉、聖住之間。至庚申初秋，竟以微疾示寂。噫嘻悲矣！其徒懷善收拾後事，殆無遺憾。而復裒其平生所爲詩文數百首，千里訪余，請余序之。余乃發其篋而讀之。則其詩格古氣健，類非沾丐於靈皎、默休之餘賸。而少時之作，又皆就質於諸先輩鉅公，得其印可者。晚益宏肆，能爲古今雜體。其爲書序碑記之文者亦多疏宕可觀。有不待余文而自可以傳於世者。然余於此尤有所憯然感於中者，不特廬陵之於祕演，眉山之於惠勤而已，又安可終然泯默，以重孤懷善爲師勤勤之志耶？余故將師生平終始及兩世相識之誼並書諸卷首，以志余感，以爲白谷集序。師名處能，白谷其號也。壬戌重陽，息菴居士書。

《詩評補遺》：僧處能《白馬江懷古》詩曰：“白馬波聲萬古愁，男兒到此涕堪流。始誇魏國山河寶，終作吳江子弟羞。廢堞有鴉啼落日，荒臺衰妓舞殘秋。三分割據英雄盡，但看西風送客舟。”亦脫渠家習。

《石林詩話》：孝顯之際，白谷處能上人，以《白馬江懷古》詩入于《東文選》，《擬廢釋疏》傳於世間，至稱“僧文章”。然其實詩文不及作家耳。

《青丘韻鉢》：《題磐石》連呼韻：“鼇負三山變海中，雲根一片落吾東。龍盤不受始皇策，虎踞曾彎漢將弓。煉柱可支北天極，磨刀宜斬漠南戎。吾將坐此鯨鯢釣，不待任公五百犗。”

白谷，山師也，白衲鳩筇，周覽八域，無遠不到。采采葩芬，將求勝己者友也，豈可以緇流待之哉？其可以文雅師之也。六鼇負三山，古有其言。石爲雲根，猶言“觸石膚寸崇朝雨，雨曾不如泰山雲”云乎。吾東，箕邦也。龍盤虎踞，諸葛亮之望乎鍾山石頭也。射殺陰山虎，李廣之認虎認石也。始皇之鞭石、媧皇之煉石，宜乎不及也。項羽之磨刀，在乎陰陵；任公之犗牛，蹲於會稽。

【按：處能（1617—1680）字愼守，號白谷。俗姓全。著有《白谷集》。其

詩清新古健。《箕雅》收其五絕一首、七絕一首、五律一首、七律一首。】

以上本朝。

杂流六人

金孝一　　號菊潭。禁漏官。

《青莊館全書·清脾錄》:……金孝一,禁漏官,號菊潭。《鷓鴣》詩云:"青草湖波接建溪,刺桐深處可雙棲。湘江二女怨魂在,莫向黄陵廟裏啼。"皆在仁廟世,閭巷間能詩者也。

《小華詩評》:有劉希慶、金孝一、崔太立者,出於卑流而皆能詩。

【按:金孝一(朝鮮仁祖時人)字行源,號菊潭。禁漏官。詩名甚高。著有《菊潭集》。其詩悲切傷感。《箕雅》收其七絕一首。】

崔大立　　號蒼厓。譯官。

《小華詩評》:崔大立,譯官,號蒼厓,《喪室後夜吟》詩云:"睡鴨熏宵夜已闌,夢回虚閣枕屏寒。梅梢殘月涓涓在,猶作當年破鏡看。"

【按:崔大立(1598—?)號蒼厓,耽津人,居漢陽。譯官。其悼亡詩深情綿邈。《箕雅》收其七絕一首。】

劉希慶　　號村隱。治禮學。

《紀年便攷》:劉希慶,江陵人,字希吉,一應吉,號村隱,又市隱。南彦經門人。出身閭巷,事母孝,治禮學,又能於詩。一時名流晝與之遊。宣祖壬辰起義兵,上下諭褒賞。爾瞻謀廢母后,脅坊民投疏,以利啗之。希慶曰:"小人有母。"直聲動一時,遁去不參。《枕流臺》詩曰:"竹葉朝傾露,松梢夜掛星。石戴苔紋老,山含雨氣青。"仁祖丙子卒,年九十二。以孝旌閭。以子逸民原從勳,贈判尹。

《於于集·劉希慶傳》:劉生名希慶,號村隱。長安寒微人也。無手業,所事惟詩禮,抵老不易他技,雖窮餓猶恬如也。知生者,憐其老不易名,勸托名都監,蒙例賞加折衝階。年七十常閑居。余觀吾東方自箕子以來,分别貴賤殊甚,至季葉尤重科舉。雖有宏才邃學奇儁之士,不幸出於賤孽則不令齒仕路。如地位不當繇文武科進者,于譯于醫于陰陽算數監天相地皆有科,以應時用。下此則爲胥徒農工賈僕隸,各遂其生謀。設從事文字,亦皆自書其書。其書非詩書,有業之儕類目笑之以爲迂。中世有魚無跡、朴繼姜、鄭玉瑞以詞章名,徐起、朴仁壽、權千同、許億健以學行稱,當時大夫士多假之顔色,不以賤隸視,毋論名實端窾,概是百年間寡聞者也。若劉生所處卑,不得應科第,則入他技以圖生,乃其職也。早學詩,不事生産,與别監白大鵬酬唱若壎篪,一時搢紳諸彦多奬譽之。始遊東湖讀書堂,見名官佳什和其韻,相國思菴公朴淳大嘉賞之,仍教以唐詩,俾成其才。時朝士尚理學,必繩以《家禮》、《小學》。洪可臣、徐仁元、許鏛、安敏學之輩許生以可教,教之《家禮》。於居家孝友及冠婚喪祭節目度數,無不盡其詳。參以《儀禮》經傳、杜氏《通典》、丘氏《儀節》,悉用時人所不用之文,按圖籍先儒遺論,畢究其終始。故士有喪,咸請生執《禮經》論五服之制,仰生口以成禮。又嘗事親,單其誠孝,居喪也哀禮俱至,衆以此益敬之。名儒許筬愛之特甚,當其使日本也,欲與白大鵬洎生偕。生以養老辭,獨以大鵬行。逮壬辰之亂,巡邊使李鎰以大鵬諳倭中事,强之同行,大鵬死軍中。生益孤,猶不廢舊業,棲遑食貧,遇物輒哦咏以自遣。長安之北村有淨業院,地僻近山,有清泉一條出巖洞間。買其地居之,手種桃杏四五樹,累石爲小臺,日坐臥其上,名之曰枕流臺,仍有詩若干首。今之文士若車五山天輅、李芝峰晬光、申玄翁欽、金南窗玄成、洪鹿門慶臣、許蛟山筠、任踈菴叔英、曹峴南友仁、成雙泉汝學,或登其臺而賦之,或見其詩而和之,或聞其風而贈之。總諸篇成一帙,悉以文鳴世者也。若余則與生識面已四十年,始遊壯義洞之清風溪。時李瀣家住溪上,愛生清踈,引于其家。余與洪生永弼遇生于永慶殿前,洪曰:"子不識劉生乎?此詩人也,吾伯叔父莫逆交也。子何見之晚?"洪伯叔即騷家哲匠天民、聖民也。余奇生爲人,雅朗恭謹,通曉古禮,且能詩。指雨後青山呼韻使賦之,生應口對曰:"石帶苔痕老,山含雨氣青。"余愛其清麗,常往來心曲,自此頗相款。今者裒其卷,要余文,不遇虚返者數矣。及得觀之,生之好文學七十猶篤,於是乎君子人矣。余雖不佞,竊不自遜,妄期以不朽。其贈生不以詩序紀而以傳者,欲使劉生志業永有以傳之也。萬曆乙卯,某書。

《澤堂集·劉生枕流臺詩卷後序》:吾拙業晚進,不獲早交當世名能文詞者。近乃自覺單陋,來京師數月,求有以就正焉。則向者所歆艶諸薦紳佔畢先生淪喪太半,其存者或以貴顯隆盛,門陛深峻,非有職事不可得而暱也。方竊自悔惜斯路之狹而淺鮮之靡托也。一日,劉叟希慶以東岳叔父書抵余,余得接識之。劉固善爲聲詩,得王孟體格,餘力學《士喪禮》。爲人敦厚柔直,絶去詩人儇厲習氣。在滓賤中致大名不虚也,又其所與交皆累朝以來風雅之秀也。爲余道其平昔從遊之樂諷議之美,使人亹亹忘倦,怳如親見其人上下其間也。嗚呼!是亦足矣。抑吾東方文學之士,至我先朝號爲最盛。

蓋由風氣晚開,法度始備。考其高下,其類於唐天寶之際耶?楊子雲有言"士有不談王道者,樵父笑之",此漢代之盛也。今叟特委巷之細微爾,乃能用藝文自奮,卓越其等伍百千輩,與名公巨人較長短得失於毫釐間而或過之。則先時化道之所漸染可默識已。惜吾不及其盛而薰炙之,幸叟不貴顯不淪喪,白首茅屋下,袖詩卷出無所之,乃得相遇而喜相契焉。夫可謂良自苦人哉!叟又出其所築《枕流臺詩文》一軸以示余。凡劉所蒙識皆有贊述,劉作亦什伍其中。以其收拾之晚也,如蘇老、鵝翁、崔、白諸詩不預焉,然已多且旨矣。其於劉才淑之蘊,水樹之適,縱橫敷列,燦若寶肆。斯文與叟名當不朽,余何用贅一辭?特敍余求益之緩,而以猶及見叟爲幸。後有幽介之士,盍相爲嘆之。時萬曆丁巳孟夏下浣,德水李植書于市北寓舍。

《澤堂集·村隱劉希慶詩集小引》:劉村隱老於詩,今年八十四,騷雅之氣猶見眉宇間。韓平公胠其篋,得數百篇,刪而序之,傳諸同好,皆清楚可詠。余嘗謂詩本諸性,學不必書,要在蓄其精按其妙而已。如翁閭井寒窶人,曷嘗侈誦習、勤琱繪,如今經生學子爲也?而所得有過之。無他焉,直以其清虛寡欲,滓礦不留胸中,加以一生往來名山水,動有草石魚鳥之玩,間接宗工才士逸民釋士磨礱浸涵,自幼至耋如一日,故其精英之蓄自有不可掩者。況當翁盛壯時,國朝詩教洋洽,軼軌三唐,無論館閣鉅公方鶩燕許,乃若下僚外朝雄鳴高翥,無非員外協律隨蘇溧陽之倫,下至齊民小胥野鶻之吟、沙鶴之句,舉皆鏗鏘不失聲韻。卽如劉翁、如白大鵬輩是已,當時號爲"風月香徒"。香徒者,庶流修禊之名也。學士先生降禮接之,往往酬詠其間,藹乎三代風謠之遺意,何其盛歟!數十年間,干戈刀鉅,衣冠剝喪憔悴,翁之徒亦皆夭隕湮埋,非復曩世氣象。而翁獨享壽擅名,爲諸公所稱賞,此豈無所自而致耶。嗚呼!觀斯集者,可以論世,可以知人,毋曰"自檜以下無譏焉"可也。戊辰臘月,澤堂李植題。

《惺叟詩話》:劉希慶者,賤隸也。爲人清愼,事主忠,事親孝,大夫士多愛。能詩甚純熟。少日從林葛川薰在光州,登石川墅,押其樓題"星"字曰:"竹葉朝傾露,松梢曉掛星。"梁松川見而極稱之。

《於于野談》:劉希慶,常隸也。素性澹雅,自少學詩禮。亂後不自聊,爲衛將所書員。扈衛中殿次遂安,時雪霽,溪山之勝倍之。扈衛諸臣使希慶賦之,其詩曰:"扈衛遼陽古郡城,風飄瓊屑灑林坰。村童莫厭埋樵逕,天爲行宮作玉京。"又嘗遊龍門山,同遊儒士馬上使希慶賦之,其詩曰:"山含雨氣水含煙,青草湖邊白鳥眠。路入海棠花下轉,滿地香雪落揮鞭。"希慶善裁喪服,故勿論知與不知,有喪輒使之裁。希慶處賤不得辭,年七十爲喪家役夫,饑走哭泣中,識者哀之。

《晦隱瑣錄》:劉村隱希慶有《憶陝川猿溪舊主》詩曰:“宅在猿溪畔,依稀夢裏尋。事業傳儒術,家風繼孝心。老奴無氣力,長程不得臨。餘生今不死,更感主恩深。”蓋村隱之主本陝川人。《村隱集》刊行時,其子孫嫌爲私賤,改此題曰《猿溪舊事》,“老奴”改作“老夫”。

《二旬録》:劉村隱希慶,閭巷人也。操行有識,且喜詩酒。禮學尤傳名,名公巨卿日造其門。然若逢士夫,拜謁馬前;若往士夫家,下馬於洞口外,必徒步而進。昔時上下名分之嚴可知。今昌德宫枕流臺即其舊基。其手種蟠松,尚今有之。當時《枕流臺詩帖》今亦流傳,多先輩題名矣。

【按:劉希慶(1545—1636)字應吉,號村隱,江華人。始賤隸,後賞加折衝階。著有《村隱集》今傳。其詩清麗純熟。《箕雅》收其五絶一首。】

白大鵬　　典艦奴。

《木齋集·白大鵬傳》:白大鵬,字萬里。父名蓮根,余外曾祖鐵城李公之奴子。母典艦寺婢也。故從母爲典艦寺奴。大鵬少能詩,句出驚人,一時名士大夫如徐公翊、韓公某、洪公迪皆與之定交。大鵬嘗字呼韓益之、洪太古諸公,託以心期,不以名分見責也。諸公嘗使爲吏曹政吏以謀食。大鵬曰:“吾讀聖賢書,豈能作刀筆吏乎?”終不肯。諸公益重之。癸未中,徐公爲北道巡按使,大鵬從之行。徐公還到嶺上,檢一行裝束,大鵬行橐蕭然,唯公所賜黄毛二箇而已。其操履耿介又如此。蓮根嘗有罪,李公囚之安東私第。徐公適倅安東,日遣人以候安否。大鵬晝夜侍父旁,不頃刻離。見李公輒伏地叩頭,每見益加謹。有李忠順者,李公之庶姪也。李公卒,大鵬祭之以文,忠順讀其文。癸未秋,余來春陽,忠順爲余道如右。因言讀祭文時,年尚少,不能句。今已過五十年,都忘卻一字,唯記得“某年月日奴之子白大鵬敬祭於故上典”云云。大鵬有斑竹詩筒,漆銘其外“萬里行裝”四字。弟雲鵬亦解文。忠順云。

《碩齋稿·海東外史》:白大鵬者,典艦司之奴也。能詩善飲酒,俊逸横健,有烈俠之風。嘗與劉希慶遊,二人者俱以詩聞於世。大鵬嘗有詩曰:“醉挿茱萸獨自娱,滿舡明月枕空壺。傍人莫問何爲者,白首風塵典艦奴。”其豪宕不肯屈如此。萬曆初,隨通信使許筬赴日本。壬辰之役,隨巡邊使李鎰戰于尚州以死之。時鎰遁去,其從事皆殉節,贈卹甚優,獨大鵬不與焉。人皆嗟惜之。

《鶴山樵談》:白大鵬者,賤隸也。補黑衣之列,工詩。仲兄與沈承旨喜壽皆與之平交。“秋天生薄陰,華嶽影沉沉”之詩,仲兄嘗稱讚不置。從伯兄往返日本,甚多佳什。

《惺叟詩話》:有白大鵬者亦能詩,嘗爲司鑰,一時渠之儕類皆效之。其學詩郊、島苦淡而萎,故汝章每見人學晚唐者,必曰:"司鑰體也。"蓋嘲其弱焉。

【按:白大鵬(?—1592)字萬里,林川人。典艦司僕隸。壬辰倭亂戰死。其詩苦淡,時有豪宕之作。《箕雅》收其七絕一首。】

崔奇男　　號龜谷。

《樂全堂集·遊金剛小記》:行中所帶鄭禮男頗識老佛家言,崔奇男能詩能筆,僧戒淨不識一丁而馴狎可弄。三者足資遂游使令。每到妓場,輒令淨也伴妓歌舞,遂爲方外之戲。

《樂全堂集·龜谷詩集序》:詩猶禪。禪由悟入,詩貴神解。頓漸皆教,門徑自殊。唐宋皆詩,調格自別。當吾世而祝髮者何限?操觚者亦何限?未聞有能悟入能神解,豈有之而吾未之聞耶?吾得一人於賤者之中。爲學而近於禪,爲詩而近于唐,必因悟入而能神解也。噫!之人之詩可以力取,則已爲貴勢有力者所奪久矣。造物者哀其窮且賤而以是鳴之耶?余嘗評其詩曰:"古體酷肖六朝,歌行出入唐諸家,律法長慶以前語也。"世人必疑於詩,後之具眼者能辨之。詩卷冠以龜谷,崔姓名奇男云。

《白軒集·題崔老人奇男詩稿後》:余嘗讀《伯夷傳》,至"閭巷之人欲砥行立名者,非附青雲之士,烏能施於後世哉",掩卷而歎曰:"此蓋史遷忼慨之辭也。"今崔老人奇男,即閭巷之人也。衣褐,而其胸中之有則綺綉也珠璣也。曷可以褐而賤之哉?老人少而出於東陽申都尉之門下,因以謁于玄軒相國,得蒙其印可,由是聲播搢紳間,聞人碩士多與之。蓋其學博綜經籍,尤有得於《易》,手寫而玩之。於詞林窮源而探奥,古詩追《選》,律主乎杜,正聲清韻,鏗然可誦。噫!老人懷奇固窮,湛浮委巷,無所榮無所辱,不區區於立名,豈復勞心而有所附者哉?然後豈無楊子雲哉!余忝修先朝《實錄》,老人久於讎校之列,故益相親。今年八十,時款吾扉,精爽不衰。借觀其詩稿,遂書此以歸之。老人自號龜谷云。

《青莊館全書·清脾錄》:東陽尉宮婢亦工詩:"落葉風前語,寒花雨後啼。相思今夜夢,月白小樓西。"崔奇男號龜谷,東陽尉宮奴也,亦有詩集。其《寒食途中》詩曰:"東風小雨過長堤,草色和烟望欲迷。寒食北邙山下路,野烏飛上白楊啼。"東陽之父子兄弟祖孫文藻風采磊落相望,無愧其蒼頭赤脚亦能咀吟花鳥也。

《小華詩評》:崔奇男,東陽尉官奴也,號龜谷,其《寒食途中》詩云:"東風小雨過長堤,草色和煙望欲迷。寒食北邙山下路,野禽飛上白楊啼。"詩皆清絕。噫！才之不限於貴賤如是夫！

【按:崔奇男(1586—?)字英叔,號龜谷、默軒。籍貫川寧。東陽尉申翊聖家官奴。與庶孽詩人劉希慶、白大鵬、朴枝華、姜玉瑞、朴仁壽、權千同、孔億健同訂詩禊,時稱風月香徒。其詩清絕。《箕雅》收其五律一首。】

鄭愛男

《朝鮮仁祖實錄》卷三:元年九月辛丑。史臣曰:宮妾之害,何代無之!未有甚於廢朝者也。金氏,卽所謂金尚宮者也。曾在宣廟後宮,後爲廢主所寵,戊申宣廟昇遐之日,有藥飯置毒之說。賊臣李爾瞻附托於金,兇謀秘計,無不與同。内外大小除拜,皆圖於金然後受點。權傾一國,士大夫之無恥者無不攀附。……金尚宮之姪女夫,卽吏曹書吏鄭正男之子夢弼也。夢弼喪其妻,與金通,金恒留於夢弼家,有時引入宮中,而廢主不悟也。夢弼權勢自此隆赫。相臣朴弘耇附於夢弼,待之如尊客。如李挺元、朴弘道之類時往其家,不得通刺。挺元爲吏曹參議,欲擬夢弼仁同府使,夢弼季父愛男,時以吏曹政色吏,抵死爭之,竟不擬。夢弼奪人臧獲,生人殺人,惟意所欲,人莫敢抗。

《凝川日錄》:仁祖癸亥八月二十七日。府啓大概:"闕内雜人出入時,不禁守門將,内人徐氏推考事。仁城君罷職不敍事。"答曰:"王子體面尊重,雖有一言之過,臺諫之啓亦不當如是。勿爲煩論。守門將推考。内官宮人當自内推治。宮門如市之說太過矣。庭鞫罪人鄭愛男、李允吉,刑問各三次。"二十八日。庭鞫罪人鄭愛男等七人,並放送罷出。

《荷潭破寂錄》:金尚宮之母後夫劉夢玉、其侄婿鄭夢弼尤貪縱用事,朝臣之嗜利無恥者多夤緣取高官。吏議李挺元欲以夢弼擬襄陽府使,政吏愛男進曰:"夢弼是我弟正男之子也。渠是白身,安可擬此以傷國體?"挺元大慚沮,士論快之。

《東詩叢話》:鄭愛男《題奉恩寺》:"青莎白石濟川湄,解纜東風溯上遲。孤島落花春去後,二陵芳草日斜時。仙槎勝跡經年夢,蕭寺香燈此夜期。最是別懷難盡處,曉天明月子規枝。"通篇略涉詩門口氣,而至第七氣盡矢末,帶些俗臭。海翁語

【按:鄭愛男(1607—?),延日人,居京師。一說草溪人,居陽城。仁祖丁丑別試文科,官至守門將、吏曹政色吏。其詩軟俗。《箕雅》收其七律一首。】

闺秀七人

許　氏　　號蘭雪軒。篈之妹。

《蘭雪軒詩集·蘭雪齋詩集小引(朱之蕃)》:閨房之秀擷英吐華,亦天地山川之所鍾靈,不容施亦不容遏也。漢曹大家成敦史以紹家聲,唐徐賢妃諫征伐以動英主,皆丈夫所難能而一女子辦之,良足千古矣。即《彤管遺編》所載,不可縷數,乃慧性靈襟不可泯滅則均焉,即嘲風咏月何可盡廢?以今觀於許氏《蘭雪齋集》,又飄飄乎塵埃之外,秀而不靡,冲而有骨,《遊仙》諸作更屬當家,想其本質乃雙成、飛瓊之流亞偶謫海邦,去蓬壺瑤島不過隔衣帶水,玉樓一成,鸞書旋召,斷行殘墨皆成珠玉,落在人間永光玄賞,又豈叔眞、易安輩悲吟苦思以寫其不平之衷,而總爲兒女子之嘻笑顰蹙者哉?許門多才,昆弟皆以文學重於東國。以手足之誼,輯其稿之僅存者以傳。予得寓目,輒題數語而歸之。觀斯集,當知予言之匪謬也。萬曆丙午孟夏廿日,朱之蕃書於碧蹄館中。

《蘭雪軒詩集·蘭雪齋集題辭(梁有年)》:余使朝鮮,禮賓寺許副正出其《世稿》索余言,而稿目中有《蘭雪集》,則其故姊氏所著云。會趨程,未及錄示。余既歸朝,端甫寄余一帙。展誦廻環,其渢渢乎古先,飄飄乎物外,誠匪人間世所恒有者。余於是益信東國山川之靈孕毓有餘,許氏家門之瑞長發不匱,弗獨偉丈夫輩出之爲烈者。唐永徽初,新羅王眞德織錦作《太平詩》以獻,載入唐音,至今膾炙相傳,謂爲其先王眞平之女。然則女中聲韻在東方從來既遠,而《蘭雪集》尤其趾美獨盛者哉。采以附諸皇明大雅,流傳萬葉,厥有史氏在矣。萬曆丙午嘉平既望,賜進士出身文林郎刑科都給事中前翰林院庶吉士欽差朝鮮副使賜一品服南海梁有年書稿。

《蘭雪軒詩集·跋(許筠)》:夫人姓許氏自號蘭雪軒,於筠爲第三姊。嫁著作郎金君誠立,早卒無嗣。平生著述甚富,遺命荼毗之。所傳至尠,俱出於筠臆記。恐其久而愈忘失,爰災於木,以廣傳云。時萬曆紀元之三十六載孟夏上浣。弟許筠端甫書于披香堂。

《西厓集·跋蘭雪軒集》:余友許美叔有曠世奇才,不幸早亡。余睹其遺文,未嘗不擊節嘆賞。一日,美叔弟端甫携其亡姊所著《蘭雪軒稿》者見示。余駭而曰:"異哉!非婦人語。何許氏之門多奇才也。"余於詩學,懵也。姑即其所見而評之。立言造意如空花水月,瑩澈玲瓏不可把玩。鏗鏘則珩璜相觸也,挺峭則嵩華競秀也。秋蕖擢水也,春雲靄空也。高處出漢魏，其餘步驟乎盛唐。至其感物興懷，憂時悶俗，往往有烈士風，無一點世間葷血。《柏舟》、《東征》不得專美於前矣。余謂端甫，歸且收拾而寶藏之，備一家言，勿使無傳焉可也。萬曆庚寅仲冬，西厓書于漢陽之寓舍。

《鶴山樵談》：姊氏詩文俱出天成，喜作遊仙詩，詩語皆清冷，非煙火食之人可到也。文出崛奇，四六最佳，《白玉樓上樑文》傳於世。仲氏嘗曰："景樊之才，不可學而能也。大都太白、長吉之遺音也。"嗚呼！生而不和於琴瑟，死則不免於絶祀，毁璧之慟曷有極！

姊氏嘗自稱"作詞則合律"，喜爲小令。余意其誑人，及見《詩餘圖譜》，則句句之傍盡圈點。以某字則全清全濁，某字則半清半濁，逐字注音。試取所作符之，則或有五字之誤，或有三字之誤，其大相舛謬者，則無一焉。乃知天才俊邁，俯而就之，故其用功約而成就如此。其《漁家傲》一篇總合音律，而一字不和，詞曰："庭院東風□惻惻，牆頭一樹梨花白。斜倚玉欄思故國。歸不得，連天芳草萋萋色。羅幕綺窗扃寂寞，雙行粉淚沾朱臆。江北江南煙樹隔。情何極？山長水遠無消息。"朱字當用半濁字，而朱字則全濁。才如蘇長公者，亦强不中律，况其下者乎？

姊氏《步虚詞》曰："乘鸞夜下蓬萊島，閑碾麟車踏瑶草。海風吹折碧桃花，玉盤滿摘如瓜棗。"又曰："九華群幅六銖衣，鶴背冷風紫府歸。瑶海月沉星漢落，玉簫聲裏霱雲飛。"效劉夢得，而清絶過之。《遊仙詞》百篇，皆郭景純遺意，而曹堯賓輩莫及焉。仲氏及李益之皆擬作，而率不出其藩籬，姊氏可謂天仙之才。

《遣閒雜録》：婦人能文者，古有曹大家、班姬、薛濤輩，不可殫記。在中朝非奇異之事，而我國則罕見，可謂奇異矣。有文士金誠立妻許氏，即許曄之女，文士許篈、筠之妹也。篈、筠以能詩名，而妹頗勝云。號景樊堂，有文集，時未行於世。如《白玉樓上樑文》人多傳誦，而詩亦絶妙。早死可惜。文士趙瑗妾李氏、宰相鄭澈妾柳氏，亦有名。議者或以爲婦人當酒食是議，而休其蠶織，唯事吟哦，非義行也。吾意則服其奇異焉。

《涪溪記聞》：金著作誠立之妻，許篈之姊也，能文章，早死。筠裒集遺稿，目爲《蘭雪軒集》，至受跋語于華，使以侈其傳。或言其多剽竊他作，而余固不信也。及余謫鍾城，求得《明詩鼓吹》於人，則《許集》中"彈琴振雪春雲暖，環佩鳴風夜月寒"一律八句載在《鼓吹》中，乃永樂詩人吴世忠之作也。余於是始信或者之言。嗚呼！取華人之作，而欲瞞華人之目，是何異盗人之物而還賣於其人乎！

《芝峰類説》：蘭雪軒許氏，正字金誠立之妻，爲近代閨秀第一，早夭，有詩集行世。平生琴瑟不和，故多怨思之作，其《採蓮曲》曰："秋淨長湖碧玉流，荷花深處繫蘭舟。逢郎隔水投蓮子，畏被人知半日羞。”中朝人購其詩集，至入于耳談。金誠立少時讀書江舍，其妻許氏寄詩云：“燕掠斜簷兩兩飛，落花撩亂撲羅衣。洞房極目傷春意，草綠江南人未歸。”此兩作近於流蕩，故不載集中云。其他《樂府》、《宫詞》等作多竊取古詩。故洪參議慶臣、許正郎詰乃其一家人，嘗言“雪軒詩二三篇外，皆是僞作，而其《白玉樓上樑文》亦許筠與李再榮所撰”云。

《晴窗軟談》：許草堂之女，金正字誠立之妻，自號景樊堂，詩集刊行於世，篇篇警絶。所傳《廣寒殿上樑文》瑰麗清健，有似四傑之作，而但集中所載，如《遊仙詩》，太半古人全篇。嘗見其近體二句“新妝滿面猶看鏡，殘夢關心懶下樓”，此乃古人詩。或言“其男弟筠剽竊世間未見詩篇，竄入以揚其名”云，近之矣。

《菊堂排語》：金誠立妻許氏，即許草堂曄之女也，能詩，自號蘭雪齋，有詩集行於世。“燕掠斜簷兩兩飛，落花撩亂撲羅衣。洞房無限傷春意，草綠江南人不歸。”此一絶膾炙人口，而不錄于集中。玄軒申公欽嘗言：“余少時與金誠立及他友僦屋同做舉業。友人造飛語，以爲金好遊倡樓，婢輩聞之密告于許氏。一日，許氏備妙饌，盛酒於大白瓶，書一句於瓶腹以送曰：“郎君自是無心者，同接何人縱反間？”余于其時始知許氏能詩氣豪也。

《壺谷詩話》：蘭雪軒之詩，或云筠自作，假稱以欺世。而調格又高於荷谷，筠所不及。余于玉堂觀一唐冊，名曰《亘史》，而末端盡載《蘭雪集》，至比諸謫仙。又作序曰：“若使此人如曹大家秉史筆，則朝鮮搢紳將文過不暇。”可笑。

《小華詩評》：中國以我東爲偏邦，諸子詩無一見選者。近世薊門賈司馬、新都汪伯英選東方詩，獨蘭雪軒詩最多。如《湘絃謠》等作，皆稱最工云。其詞曰：“蕉花浥露湘江曲，九點秋煙天外綠。水府深波龍夜吟，蠻娘輕戛玲瓏玉……離鸞别鳳隔蒼梧，雨氣浸江迷曉珠。閑撥神絃石壁上，花鬟月鬢啼江姝……瑤空星漢高超忽，羽蓋金支五雲沒。門外漁郎唱竹枝，銀潭半掛相思月。”王軏同行甫所著《耳談》中亦載此詩。其地河嶽之靈，偏發于陰于柔，如其方偏，故獨盛乎？不知姬公、召公遺音，許氏得聞否云。

《屯庵詩話》：婦人能詩，固其才藝天成，不期然而然者。第多爲累於其身。中州《林下詞選》可按睹也。我國蘭雪許氏亦以詩負謗於當時，固不少矣。而近見清人尤侗文集中所謂《長洲樂府》者，卷末詠外國事，以蘭雪爲女道士，又直稱“許景樊蓋女道士”之云，必因其所作《玉樓上樑文》、《上清步虛》等謠，認定爲女冠。而景樊之號，乃時人浮薄者僇辱之語，而遂爲口實，至流入中國，誠一奇冤也。

《二旬錄》:蘭雪軒嘗夢上界至月宫,月皇呼韻賦,應制曰:"芙蓉一朵花,三九霜墮紅。"覺來歷歷可想,仍作《夢遊記》。及年二十七,無所病。忽一日,沐浴更衣,謂家人曰:"今年乃三九之數,今日霜墮紅。"倏然而逝。此詩全篇在於本集云。

《東詩叢話》:《樗湖筆談》云:蘭雪軒許氏爲近代閨秀之第一,早夭,平生琴瑟不諧,故作詩多有怨思。其《採蓮曲》:"……"又寄其夫金城立詩云:"……"此近流蕩,故不載集中。其它樂府宫詞皆竊取古詩。又云:蘭雪軒《白玉樓上樑文》似是其弟許筠之借製云。余謂《樗湖》此説不覺自致矛盾也。《樗湖》常論許筠詩才不及其兄篈、其姊云爾,則豈借才於不我及處乎?且以上兩絶論之,音調近似蘭雪軒初年所作,然不可目之以蕩詞也。集中宫詞與樂府或有一二句引用古詩,然其句未必勝許工,則不可指謂竊取也,或有偶吟而雷同者也。《蘭雪集》在朝鮮已經重刊,在支那則已八九版矣。而鮮版自多訛錯,故余於壬子秋購得華版,華版亦多訛誤,就其兩版而斟梭更録之,略有商量焉。《採蓮曲》等詩俱不載華、東版本,而元來《蘭雪軒集》流入中國者,自明使朱之藩爲始。東人之不賞其詩者自有由焉:自宣廟以後,朋黨始起,異黨之人嫉如仇讎。蘭雪是許草堂曄之女也,岳麓筬、荷谷篈、蛟庵筠之姊妹也,其弟筠以附奸被死,禍及草堂,而岳麓及荷谷皆謫死,蘭雪亦早夭,所著詩文殆至充樑,而金誠立皆焚之。以此流傳於世者,只是朱之藩購去本而已。異党之人憎惡許門,譏以蘭雪有蕩調、有借才者是也。現在支那大家吳自蕙所謂"曹大家豈可以長於史藐視千載之下者",誠是偉論也。

許蘭雪軒《送宫人入道》詩:"拜辭清禁出金鑾,換卻鴉鬟著道冠。滄海有緣應駕鳳,碧城無夢更驂鸞。瑤裙振雪春雲暖,瓊佩鳴空夜月寒。幾度步虚銀漢上,御衣猶似奉宸歡。"大明時女史許景蘭,景慕蘭雪而自名者也。有續唱云:"一生端合在金鑾,忽換霞衣戴羽冠。曾有夢魂隨白鹿,自將心事割紅鸞。恩衰不復留長信,功滿猶能到廣寒。且向玄都觀裏住,桃花應説舊悲歡。"華人評曰:五六勝景,原唱一層。

【按:許氏(1563—1589)名楚姬,自號蘭雪軒,世稱景樊堂。許曄女。許筬、許篈妹,許筠姊。著有《蘭雪軒詩集》今傳。其詩秀而不靡,冲而有骨。《箕雅》收其五絶二首、七絶一五首、五律三首、七律四首、五古一首、七古二首。】

曹　氏

《芝峰類説》:近世婦人不知誰氏,有《夜行》詩曰:"幽澗泠泠月未生,暗藤垂地少人行。村家知在前峰外,淡霧疎星一杵鳴。"又《剪刀》詩曰:"有意雙胸合，多情兩股開。動搖於我在，深淺任君裁。”語巧而太褻。

【按：曹氏（朝鮮宣祖時人）。其詩清冷幽瀏。《箕雅》收其七絶一首。】

李　媛　　**號玉峰。趙瑗之妾。**

《松溪漫錄》：女子之能詩者自古罕有，況此才難之時乎？有稱玉峰女道士者，其郎君方受百里之命，因公事抵京師，時北戎充斥，女作詩寄郎云曰：“干戈横異書生事，憂國唯應鬢髮蒼。制敵此時思去病，運籌今日憶張良。源城流血山河赤，阿堡迷氛日月黄。京洛音徽常不達，滄湖春色亦凄凉。”滄湖，所居水名也。見即到其家，又書一絶云：“柳外江頭五馬嘶，半醒愁醉下樓時。春紅欲瘦臨妝鏡，試畫梅窓却月眉。”二詩清圓壯麗，似非出於婦人之手，甚可嘉也。或云：“此則趙斯文瑗之幸姬。”

《鶴山樵談》：李玉峰，趙斯文瑗之妾也。詩甚清健，殆非婦人脂粉語也。從良人到真珠府，道經魯山墓，作詩曰：“五日長干三日越，哀歌唱斷魯陵雲。妾身亦是王孫女，此地鵑聲不忍聞。”《謝徐君受之妾寄額書》短律曰：“瘦勁寫成天外態，元和脚跡見遺蹤。真書翥鳳飄揚裏，大字崩雲結密中。試掛山軒疑躍虎，乍臨江閣訝騰龍。衛夫人筆方知健，蘇若蘭才豈擅工。體若蕙枝思則壯，手纖葱玉掃能雄。神交萬里通文墨，爲報螭珠白玉童。”厥弟亦能詩，嘗賦一絶，下句曰“開窗步曉月，露濕梅花枝”，恨不睹其全集也。

《惺叟詩話》：家姊蘭雪一時，有李玉峰者，即趙伯玉之妾也。詩亦清壯無脂粉態。《寧越途中作》詩曰：“五日長關三日越，哀歌唱斷魯陵雲。妾身亦是王孫女，此地鵑聲不忍聞。”含思凄怨，與李益之“東風蜀魄苦，西日魯陵寒”之句，同一苦調也。

《聞韶漫錄》：近世閨秀，許氏爲最，而忠義李逢之妾女亦有能詩聲，友人趙伯玉畜之。己丑，余新赴尚州，伯玉遞星牧上京，歷宿於州館。余與伯玉設酌於其妾所寓處，伯玉勸作一句詩以贈我。李即席口占，倩筆伯玉曰：“洛陽才子何遲召，作賦湘潭吊屈原。手批逆鱗危此道，淮陽高臥亦君恩。”吟詠構思之際，手麾白摺扇，時或掩脣，其聲清婉凄絶，似非人世間人。

《芝峰類説》：趙僉知瑗妾李氏，號玉峰，《送人往驪江》詩曰：“神勒煙波寺，清心雪月樓。”《謝人來訪》曰：“飲水文君宅，青山謝朓廬。庭痕雨裏屐，門到雪中驢。”飲水即其所居也。其《魯山墓》詩曰：“……”又《閨情》詩曰：“有約郎何晚，庭梅落已多。忽聞枝上鵲，虚畫鏡中蛾。”佳矣。

趙瑗妾李氏能屬文。有一村婦，其夫以盜牛被囚。李氏書其狀尾曰，“妾身非織女，郎豈是牽牛？”太守見而奇之，竟解放。按《堯山堂記》，李白微時,驅牛過縣令堂下,令妻怒責,白以詩謝曰:"若非是織女,何得問牽牛?"令驚異之。又此句出《詩學大成》,而用之于盜牛,爲可喜。

《晴窗軟談》:近來閨秀之作,如趙承旨瑗之妾李氏爲第一。其《即景》詩一句曰,"江涵鷗夢闊,天入雁愁長。"古今詩人未有及此者。

《詩評補遺》:李槐山逢,宗室子也,善屬文,號清溪。與高霽峰相友善,壬辰亂爲義兵將者也。其《宿雙溪寺》詩曰:"信宿雙溪寺,雲閑僧亦閑。如何百戰將,頭白不歸山?"清溪之女爲趙承旨瑗之妾,以詩名於世,世所稱李玉峰者是也。

玉峰李氏《春日即事》詩曰:"數村桑梓暮煙籠,林外清湍石竇舂。半世人窮詩句裏,一年春盡鳥聲中。顛狂柳絮飄香雪,輕薄桃花逐亂風。草綠王孫歸不得,子規啼血恨無窮。"極有晚唐調格。

《晦隱瑣錄》:趙承旨瑗之妾李玉峰以才勝德,見黜後作詩送呈承旨曰:"近來安否問如何,月到紗窗妾恨多。若使夢魂行有跡,門前石路已成沙。"終不更畜。承旨即趙竹陰希逸之父。

《東詩叢話》:女史李媛,全州人也,過寧越有詩曰:"千里長關三日越,哀詞短唱魯陵雲。妾身自是王孫女,此地鵑聲不忍聞。"海翁曰:"此詩悲婉處可見工琢,恐非巾幗中造詣也。騷人往往以魯陵懷古見謫者,抑亦倩人而托懷者與?"

【按:李媛(朝鮮宣祖時人)號玉峰。趙瑗妾。其詩清健婉麗。《箕雅》收其五絕一首、七絕二首、七律一首。】

楊士彥[奇]妾

《芝峰類説》:楊斯文士奇妾,能屬詞。士奇以豐川府吏,往安岳未還,其妻寄詩曰:"悵惘長途不掩扉,夜深風露濕羅衣。楊山館裏花千樹,日日看花歸未歸。"楊山即安岳別名。

《小華詩評》:又有趙承旨瑗之妻、楊斯文士奇之妾,皆善於文詞。……士奇之妾《閨怨》詩曰:"西風戚戚動梧枝,碧落冥冥雁去遲。斜倚綠窗人不寐,一眉新月下西池。"諸篇各臻其妙,自是閨房之秀。

【按:楊士奇妾(朝鮮明宗時人),其詩寫閨思凄切。《箕雅》收其七絕二首。】

黃　真　　松都人。

《松都記異》:真伊者,松都名娼也。母玄琴頗有姿色,年十八浣布於兵部橋下。橋上有一人,形容端妙,衣冠華美,注目玄琴,或笑或指。玄琴亦心動。其人仍忽不見。日已向夕,漂女盡散。其人倏來橋上,倚柱長歌。歌竟求飲,玄琴以瓢盛水而進。其人半飲,笑而還與曰:“汝且試飲之。”乃酒也,玄琴驚異之,因與講歡,遂生真娘。色貌才藝妙絕一時,歌亦絕唱,人號爲仙女。留守宋公或云宋礦,或云宋純。未知孰是初涖政府,適値節日,郎僚爲設小酌於府衙。真娘來現,態度綽約,舉止閒雅。宋公風流人也,老於花場,一見知其爲非常之女。顧謂左右曰:“名不虛得。”欣然款接。宋公之妾亦關西名物也,從門隙窺見曰:“果然絕色。吾事去矣。”遂挑門大呼,被發跣足突出者累矣,羣婢扶擁勢不能止。則宋公驚起,坐客咸退。宋公爲大夫人設壽席,京城妙妓歌姬無不招集。鄰邑守宰簪纓聯席,紅粉滿座,綺羅成叢。真娘不施丹粉,淡妝來預,天然國色,光彩動人。終夕宴席,衆賓莫不稱譽。而宋公少不借顏,蓋慮簾內之窺,恐有前日之變也。酒闌,始使侍婢滿酌叵羅勸飲真娘,使之促席獨唱。真娘斂容而歌,歌聲寥亮嫋嫋不絕,上徹雲衢。高低清婉,迥異凡調。宋公擊節亟稱曰“天才”。以樂工嚴守年七十,伽倻琴爲通國妙手,又善解音律,始見真娘,歎曰:“仙女也。”及聞歌聲,不覺驚起曰:“此洞府餘韻。世間寧有此調?”時詔使入本府,遠近士女觀光者坌集,林立路左。有一頭目望見真娘,催鞭而來,注眼良久而去。到館謂通事曰:“汝國有天下絕色。”真娘雖在娼流,性高潔不事芬華,雖官府酒席但加梳洗,而衣裳不爲改易。又不喜蕩佚,若市井賤隸,雖贈千金而不顧。好與儒士交遊,頗解文字,喜觀唐詩。嘗慕花潭先生,每造謁門下,先生亦不爲拒,與之談笑。豈非絕代名妓也。余於甲辰年爲御史於本府,纔經兵火,公廨蕩然,館余于南門內書吏陳福家。福之父亦老吏也,與真娘爲近族,時年八十餘,精神強健,每說真娘之事歷歷如昨。余問曰:“真娘挾異術然耶?”翁曰:“異術則未知也。房內時聞異香數日不歇云。”余以官事未完留連累日,因翁熟聞顛末,故錄之如右,以廣奇談。

《青莊館全書·清脾錄》:高麗有龍城娼于咄、彭原娼動人紅,能賦詩而不傳。本朝松都妓黃眞,艷色工詩。自言:“花潭先生及朴淵瀑布與我爲松都三絶”。嘗避雨,黃昏入士人家。士人於燈影旖旎之中見其妖冶,心知爲鬼魅狐精,端坐誦《玉樞經》不絶口。眞眄睞匿笑。鷄鳴雨止,眞嘲士人曰:“君亦有耳。天壤間聞有名妓黃眞者乎?即我是也。”因拂衣而起,士人悔恨不可及。眞於松都有詩曰:“雪月前朝色,寒鍾故國聲。南樓愁獨立,城郭暮烟生。”或曰:“此權艸樓韐詩也。”

《小華詩評》:古之才妓能詩者,如薛濤、翠翹之輩頗多。我東女子雖不學書,妓流中英姿秀出之徒不無其人,而傳於世者絕無,何哉?按魚叔權《稗官雜記》:“東方女子之詩,三國時則無聞焉。高麗五百年只有龍城娼于咄、彭原娼動人紅解賦詩"云,而亦無傳焉。頃歲松都真娘、扶安桂生,其詞藻與文士相頡頏,誠可奇也。真娘《詠半月》詩:"誰斲昆山玉,裁成織女梳。牽牛離別後,愁擲碧雲虚。"

《詩評補遺》:松都黄真娘《詠朴淵》詩云:"一派長川噴壑礲,龍湫百仞水濛濛。飛泉倒瀉疑銀漢,怒瀑横垂宛白虹。雹亂霆馳彌洞府,珠舂玉碎澈晴空。遊人莫道廬山勝,須識天磨冠海東。"詞極清壯,非脂粉家可及。

《水村漫録》:蘇陽谷世讓少時以剛腸自許,每曰:"爲色所惑者,非男子也。"聞松都倡真才色絶世,與儕友約曰:"吾與此姬同宿三十日即當離絶,不復一毫繫念。過此限若更留一日,則汝輩以吾爲非人也。"行到松都見真,果名姝也。仍與交歡,限一月留駐,明將離去,與真登南樓飲宴。真少無悵别之色,只請曰:"與相公别,何可無一語。願呈拙句,可乎?"蘇公許之。即書進一律曰:"月下庭梧盡,霜中野菊黄。樓高天一尺,人醉酒千觴。流水和琴冷,梅花入笛香。明朝相别後,情意碧波長。"蘇吟詠歎曰:"吾其非人哉!"爲之更留。

《二旬録》:宗室碧溪守自謂有操行,常曰:"人一見真伊皆沈惑,我若當之,非徒不惑耳,必逐之。"真伊聞之,得好辯者,教以如此如此,其人到碧溪守乞糧。守獨坐無人,見乞客招問曰:"汝居在何處?"對以松嶽山下。時當九秋,守因問松岳諸勝秋景,乞客以懸河之辯盛稱之。守自生秋興,謂乞客曰:"吾欲往見,汝當偕乎?"對曰:"何憚之有?"遂守與同行,及到松都界,乞客迂路引行,故使犯昏時,已月升東嶺,青山緑水盡帶故國之思。守馱載驢背,左右酬應,不覺幽興滔滔。此際真伊隱于路傍,以澹妝出於月下,執驢興呼之曰:"青山裏,碧溪水,莫誇易去。一到滄海,後難復回。明月滿空山,暫休去,且如何?"明月是渠之字。守見月中一朶解語花,鳳唱九霄,自不覺心醉,遂墮驢。真伊始謂曰:"何不逐我耶!"守大慚之。其事大播,至以"聞歌墮驢"出科題。其《松都懷古》詩曰:"雪月前朝色,風鍾古國聲。南樓愁獨立,殘郭暮煙生。"此詩入於《箕雅》。

【按:黄真(朝鮮中宗時人)又稱黄真娘、黄真伊,藝名明月。松都(今開城市)歌伎。絶色而善詩。其詩清壯。《箕雅》收其七律一首。】

翠　仙

《芝峰類説》:賤娼翠仙號雪竹,有詩曰:"春妝催罷依焦桐,竹箔輕明日上紅。香霧夜多朝露重,海棠花泣小牆東。"又:"洞天如水月蒼蒼,樹頁蕭蕭夜有霜。十二湘簾人獨宿,玉屏還羨畫鴛鴦。"

《青莊館全書・清脾録》:又有秋香、翠仙亦皆工詩。翠仙號雪竹,《白馬江懷古》詩云:“晚泊臯蘭寺,西風獨倚樓。龍亡江萬古,花落月千秋。”《春粧》詩:“春粧催罷倚焦桐,珠箔輕盈日上紅。香露夜多朝露重,海棠花泣小墻東。”

《水村漫錄》:孽玄,即安東權氏之婢也,有才色能詩,自號翠竹。其《秋思》詩曰:“洞天如水夜蒼蒼,樹葉蕭蕭夜有霜。十二湘簾人獨宿,玉屏還羡畫鴛鴦。”《訪石田故居》詩曰:“十年曾伴石田遊,揚子江頭醉幾留。今日獨尋人去後,白蘋紅蓼滿汀秋。”此兩作俱在《箕雅》,而《秋思》誤屬妓翠仙,《故居》誤屬無名氏。世不傳翠竹名,可惜!

《東詩叢話》:私婢翠竹,權家婢也,《送人歸石田》詩曰:“十年曾伴石田遊,揚子江頭醉幾留。今日獨尋人去後,白蘋紅蓼滿汀秋。”此詩載《詩話》,屬之無名氏,而《樗湖東話》證以翠竹,故姑錄之。

【按:翠仙(朝鮮光海君時人)號雪竹。其詩清麗溫婉。《箕雅》收其七絶二首。】

桂　生　　號梅窓。扶安娼。

《惺叟詩話》:扶安倡桂生工詩善謳彈者,有一太守狎之。去後邑人思之立碑,桂生於月夜彈瑟於碑上,遡而長歌。李元亨者過而見之,作詩曰:“一曲瑶琴怨鷓鴣,荒碑無語月輪孤。峴山當日征南石,亦有佳人隨淚無?”時人謂之絕唱。李,余館客也。自少與余及李汝仁同處,故能爲詩,他作亦有好者,石洲喜其人而稱之。

《芝峰類說》:桂娘者,扶安賤娼,自號梅窓。曾有過客聞其名,以詩挑之,娘即次韻曰:“平生不學食東家,只愛梅窓月影斜。詞人未識幽閒意,指點行雲妄自多。”其人悵然而去。娘平日喜琴與詩,死以琴殉葬云。

《小華詩評》:桂生號梅窓,其詩云:“醉客執羅衫,羅衫隨手裂。不惜一羅衫,但恐恩情絕。”

《水村漫錄》:扶安妓桂生號梅窓,其詩曰:“水村來訪小柴門,花落寒塘菊老盆。鴉帶夕陽啼古木,雁含秋意渡江雲。休言洛下時多變,我願人間事不聞。莫向樽前辭一醉,信陵豪氣草中墳。”其才情可見。桂生有姿色能詩,一代名公莫不贈詩題卷,則其人可知。南中有《梅窓集》刊行於世。

《東國詩話彙成》:尹斯文作宰扶安,惓愛桂娘。去後,桂娘作詩思之曰:“竹院春深鳥語多,殘妝含淚捲窗紗。瑤琴彈罷相思曲,花落東風燕子斜。”邑人立去思碑,桂娘每月夕彈琴碑下,上遡而長歌。李元亨者過而見之,作詩曰:“……”時人謂之絕唱。元亨,許筠客也。娘以書云云。筠答曰:“娘望月撫琴而謳山鷓鴣,胡不於閑處密地?乃于尹碑前,被習鑿齒所瞯,汙詩於三尺去思石,此娘之過也。詈歸於僕,冤哉。近亦參禪否?相思耿切。"

惺所子聞其死,以詩悼之曰:"妙句堪摛錦,清歌解駐雲。偷桃來下界,竊藥去人群。燈暗芙蓉帳,香殘翡翠裙。明年小桃發,誰過薛濤墳?"又:"凄絕班姬扇,悲涼卓女琴。飄淪空積恨,衰蕙只傷心。蓬島雲無跡,滄溟月已沉。他年蘇小宅,殘柳不成蔭。"娘平日喜琴與詩,死以琴殉葬云。

筠又與書曰:"蓬山秋色方濃,歸興翩翩,娘必笑惺惺翁負丘壑盟也。當時若差一念,則吾與娘交安得十年膠漆乎?到今秦淮海非夫,而禪觀之持有益心身矣。何時吐盡?臨楮慨然。"

【按:桂生(1513—1550)原名香今,號梅窓、癸生、桂娘(一作癸娘)。姓李氏。朝鮮明宗時期扶安歌伎。擅歌詞漢詩歌舞玄琴等。作有《梅窓集》。其詩清爽婉麗。《箕雅》收其五絕一首、七絕一首。】

附录不姓氏三人

筠　　**姓許。光海朝謀逆伏誅。**

《光海君日記》卷二六:二年三月庚寅。史臣曰:"筬,曄之子也。曄以儒名世,雖識迂見滯,晚節可儀,而終身學問道德行誼爲士林所稱。筬以名父之子,貪鄙殖財,早承庭訓,庶幾或有家風,而不以清慎自勵,頗有簠簋不飾之誚。曾奉使日本,爲金誠一所鄙,一生好植黨與,妬賢嫉能,論議極偏,爲其類領袖。有弟曰篈、曰筠。皆有文章,而輕薄無行。篈以私怨首攻李珥,爲娼嫉之嚆矢。筠則妖邪淫穢,行若禽獸。人以爲'曄有三子,而其實無子'云。然筬能不忘進言之義,論追崇之非禮,不避忌諱,頗有隨事進諫之風,誠可嘉也。疏入,王雖優容,而自是見忤,好事者以爲:'十貂誤之。'蓋前日金致遠言事被譴,筬上疏論之,王優奬,賜以貂皮十張,筬立亭於漢水之上,揭額曰'十貂'云故也。筬一生立朝,未嘗危言觸忤君上,至是風病退廢,始慷慨言國事。金致遠之獲譴也,亦上疏論救,被旨優奬,賜以十貂皮,筬作江亭,名以十貂以夸詡。及此疏上,王深惡扁石之說累形於言,時人頗以直名歸之。"

《光海君日記》卷一三一:十年八月庚辰。逆賊許筠、何仁浚、玄應旻、禹慶邦、金胤黃,正刑於西市,命百官序立。許筠初不刑訊,不捧結案,只舉俊格前後疏中凶謀曲折及教誘金胤黃以凶檄約矢,投于慶運宮中。南大門凶榜,仁浚謂筠爲之,潛聚僧徒,謀爲作亂,登山夜呼,脅出都民。琉球復仇之兵來藏海島之説,皆筠爲之。前後凶謀胤黄、仁浚,個個承服罪。筠以未承服,不可爲結案。擲筆不押,左右迫令著之。賊仁浚同參凶榜罪。賊應旻爲賊筠耳目腹心,晝夜同處,凡其行事,無不參知。南大門凶榜,應旻書之。登山夜呼,應旻爲之之説,出於筠妾秋蟾之招罪。賊慶邦,軍目刊書同黨姓名,又爲結死盟文,與韓輔吉等結爲死交。陰謀凶計,莫非賊筠指揮。甲子刻木尤甚凶慘,同參逆謀罪。賊胤黄聽筠指嗾,圖逞兇計,以凶檄裹矢投于慶運宫中罪。緣坐籍沒,破家瀦澤,罷其守令,降其邑號。奇自獻聞筠死曰“自古無不刑訊不結案,直捧招就刑之罪人。他日必有異論”云。

《鶴山樵談》:余嘗夢至一處,荒煙野草極目無際,有火木白而書之曰:“冤氣茫茫,山河一色。萬國無人,中天月黑。”既覺,甚惡之。及壬辰亂,京邑流血,屋廬煨燼,此詩至是方驗。

僕少失先子之教,諸兄愛恤,不加督責,以故筋懶肉緩,不務讀書。稍長,見人占科舉者,喜而效之,雕蟲篆刻,非丈夫之所爲。今遭亂世,世念已灰,欲十年讀書,而嗟亦晚矣。作《鶴山樵談》一部。今天子即位之二十一載,歲在黑蛇陽月,燃燈後三日,蛟山子書。

《惺叟詩話》:我朝詩至宣廟朝大備。盧蘇齋得杜法,而黄芝川代興;崔、白法唐,而李益之闡其流;吾亡兄歌行似太白,姊氏詩恰入盛唐;其後權汝章晚出,力追前賢,可與容齋相肩隨之。猗歟美哉!

盧蘇齋、黄芝川,近代大家,俱工近體。盧之五律,黄之七律,俱千年以來絶調。然大篇不及此,未知其故也。梁慶遇嘗問與余曰:“我國七言古詩孰優?”曰:“未知何如。”歷問:“朴、李《蠶頭》何如?”曰:“出韓而獲悍或穠,非其至也。”問:“訥齋《晉陽兄弟圖》,冲菴《牛島歌》何如?”曰:“晉陽傑而至,牛島奇而晦。”“然則屬誰?”曰:“漁潛夫《流民歎》、李益之《漫浪舞歌》也。”因曰:“以是觀之,則奇才多出於君輩也。”渠亦大笑。

余嘗聚孤竹五言古詩律詩、亡兄古歌行、蘇相五言律、芝川七言、蓀谷、玉峰及亡姊七言絶句爲一帙看之。其音節格律悉逼古人,而所恨氣不及焉。嗚呼！孰返其元聲耶?

《荷潭破寂錄》:許筠,草堂曄之子也。文章獨步一時,而輕薄無行,見棄於士論,沈滯下僚。光海政亂時,附會爾瞻,蠛虱宫禁,驟躋參贊,遂生不饜之心。戊午年間虜警初作,天下兵動,我國逼近建州,人心洶懼。筠詐作告急邊書,又作匿名書,言某地有逆賊某日當發,恐動城中。每夜使人登山呼曰:“城中人能出避,則可免池魚之殃。”人心驚懼莫保朝夕,都下人戶十空八九。使其黨河仁俊曉見持平韓明勖曰:“匿名書粘崇禮門,必有凶賊俟隙者。”天尚未明難見文字之時,明勖心甚疑之。俟天明詣闕,到崇禮門見壁書，則果是仁俊所言者。乃請鞫仁俊，仁俊與其党玄應旻一一引服，筠及黨與皆就獄。李爾瞻恐鞫筠則辭連于渠，以爲仁俊等皆就服，筠更無可問之情，直請斬於市。金闓杖死，元悰、李茳等遠竄。癸亥反正，悰、茳等皆斬於市。

《青白日記》：自丙辰造、訒名位日盛，徒黨實繁。許筠又與爾瞻合謀，唬嘯無賴之人、鄉曲丐兒日聚其門，筠資衣食俱儒巾服，日進不道之疏。筠使其徒金彦滉投矢書于慶運宫，使人發告，其中斥上之語有不忍道者也。又爲飛語曰："此矢書，意者某某人會於三清洞而爲之。先論趙希逸安置理山，將起大獄。"上爲之驚愕，召大臣三司大將議之。首相奇自獻曰："此奸人嫁禍之計，必無他。"爭之不得，明曉遂以匹馬出城，直抵江陵山寺臥不起。上不能獨運，遣承旨李弘胄召之。自獻在江陵上劄，極陳"矢書之變自有爲之者"，意實指許筠也。上心亦稍解，事遂寢。筠既與自獻爲敵，謀益急，凡聲罪大妃罔有紀極。至謂璣本非宣廟子，取家人兒養之宫中。又謂朴應犀出入宫中，潛通外議，誅應犀。丁巳秋，李乾元、韓輔吉等相繼投疏直斥大妃，號爲討逆。自是許筠開門設廳，手自具疏增損爲文，日六七上。又令館學儒伏闕請。筠徒金闓、元悰入幕謀事。……是時布衣之悖亂者層見迭出，或請直廢，或請數罪於宗廟而殺之，或請出置外處，任其出入。或請肆諸市朝，或請直奏天朝。皆筠賊承爾瞻之指，横説竪説眩亂朝議也。曰直奏天朝者，爾瞻主之。曰直加廢黜者，筠主之。初皆出於爾瞻，而終以奏與不奏之説，遂成兩頭論議。蓋爾瞻稍黠善機詐，陰以廢黜之説諂上，而外持奏廢之論，把持形勢。奏廢則事未易完，事未易完，則大論無結局之時，内而固寵，外而立威。筠、闓急於圖利，主直廢之論，賭勝爾瞻。爾瞻又以計擠之。此筠與瞻同其道而異其説者也。

《竹泉集·代湖南儒生論辨<國朝詩删>僞詩疏》：盖朴泰淳之作尹廣州也，刊行許筠所裒《國朝詩删》。筠，卽昏朝賊臣而搆毁李珥者篈之弟也。筠以邪滛奸孽之性，粗有文墨雕篆之技。嘗稡選東方人詩什，而乃於卷中贋作長律一篇，以爲李珥之詩題之。以《初出山贈沈景混》，而其上聯有曰"前身定是金時習，今世仍爲賈浪仙"。又批之曰："此詩不載本集，似爲三四諱之。"其所謂三四卽指前身今世等語也。筠之爲此，盖欲逞其兄之餘憾。潛用機巧，暗作詩句，誣引金、賈之故事，以實入山之浮謗。而又恐人之以本集所無，覷破其奸狀，至以諱之之語爲批。憸人伎倆可謂陰且慝矣。然此自有可辨者。所謂時習，卽莊陵禪讓時佯狂爲僧，而晚又長髮者。浪仙亦唐詩僧無本，而後去浮屠名島者，浪仙卽其字也。夫李珥之初年求道，暫遊山林，元非有捨身變形之事。故其與老宿問答序旣曰"措大"，林億齡詩集亦曰"與李生遊山”。設令珥果如金、賈之嘗爲緇流，則何以有“措大”若“生”之稱耶？初學之過於高明，泛濫釋教，程張朱之所不免。珥之少時耽禪，一朝覺悟，實如昔賢。則何可謬擬於彼兩人者哉？玆事自乙亥以後，朝紳章甫論辨甚晰。而向者文正公宋時烈於投進其師文元公金長生文集之疏，仍辨李珥之未嘗變形，以打破洪受疇之戇言者，尤爲痛快。則此詩之非珥所作，不啻灼然矣。且人之所自況，例取其心事氣味之相類相感。而時習乃佯狂之逸民，島則不過傲僻之詩人。以珥之生際盛世，自少志學，其肯自況於如彼者流耶？雖以詩之體格論之，此詩全篇流宕浮輕，大異於珥詩之溫雅平正。雖暗中摸索，不難辨其眞與僞矣。況筠妄誕之狀，又自有破綻於其書，可以爲証於此事者。其所謂鬼李顯郁之作，乃明儒王守仁集中之詩也。筠於守仁無所愛憎，猶且剽竊其詩，詐稱鬼作，以自夸耀裒錄之博極。則以其家世之妬賢害正，圖所以造謗而惑世者，亦何所不有也。

《小華詩評》：許氏自麗朝野堂以後，文章益盛，奉事浣生曄，是爲草堂。草堂生三子，其二篈、筠，季女號蘭雪軒。浣之從叔知中樞，再從兄忠貞公琮、文貞公琛，皆以文章鳴。或傳許氏祖山有玉柱長丈餘，及筠椎碎之後，文章遂絕云。今摘各人一篇以見豹斑。浫之《實性寺》詩曰：“梵宮金碧照山椒，萬壑雲深一磬飄。僧在竹房初入定，佛燈明滅篆煙消。”琮之《夜坐即事》詩曰：“滿庭花月宿窗紗，花易隨風月已斜。明月固應明夜又，十分愁思屬殘花。”琛之《春寒次太虛韻》詩曰：“銅壺滴瀝佛燈殘，萬壑松濤夜色寒。喚起十年塵土夢，擁爐新試小龍團。”浣之《村莊即事》詩曰：“春霖初歇野鳩啼，遠近平原草色齊。步啓柴門閑一望，落花無數漲南溪。”曄之《箕城戲題》詩曰：“許掾東來下累塵，大同江上喚真真。相將去作吹簫伴，浮碧樓高月色新。”篈之《謫夷山》詩曰：“經春鄉夢滯天涯，四月湖山發杏花。江路草生看欲遍，放臣憔悴泣懷沙。”筠之《義昌邸晚詠》詩曰：“重簾隱映日西斜，小苑回廊曲曲遮。疑是趙昌新畫就，竹間雙雀坐秋花。”蘭雪之《夜坐》詩曰：“金刀剪出篋中羅，裁取寒衣手屢呵。斜拔玉釵燈影畔，剔開紅焰救飛蛾。”

朱太史之藩常稱端甫雖在中朝，亦居八九人中。端甫，許筠字也。第以刑死，文集不行，人罕知之。特揀數首，其《有懷》詩：“倦鳥何時集？孤雲且未還。浮名生白髮，歸計負青山。日月消穿榻，乾坤入抱關。新詩不縛律，且以解愁顏。”《初夏省中》詩曰：“田園蕪沒幾時皈？頭白人間宦念微。寂寞上林春事盡，更看踈雨濕薔薇。”

“懨懨晝睡雨來初，一枕熏風殿角餘。小吏莫催嘗午飯，夢中方食武昌魚。”評者謂“東岳詩如幽燕少年，已負沉鬱之氣；石洲詩如洛神凌波微步，轉眄流光吐氣;許筠詩如波斯胡陳寶列肆,下者乃木難火齊。”

許筠《除簾春秋有感》詩曰:“投閑方欲乞江湖,金櫃抽書亦濫竽。丘壑風流吾豈敢?丹鉛讐勘歲將徂。壯游未許追司馬,良史誰能繼董狐?碧海煙波三萬頃,釣竿何日拂珊瑚?”辭意極其婉轉。第附麗凶徒,煽倆邪論,語與行違,一至於此,何哉?

《詩評補遺》:許筠以從事官從遠接使李少陵尚毅至義州,行郊外,迎敕禮回,入城,士女觀者溢郭。見道上府娼悉在,羅跪以見,而曾來筠房者凡十二人,筠作詩自嘲曰:“星冠霞佩玉花驄,爭道人間許待中。十二金釵南陌上,一時回首笑春風。”婉麗有齊梁韻。

許筠《宮詞》百首,悉宮中故實,如指次第,足備一代詩史。其一絕曰:“餘寒料峭透重茵,豹帳貂裘不覺春。長信夜來眠未穩,官家親問女醫人。”

許筠《永平府》詩曰:“盧龍城裏日初曛,古北山頭結陣雲。共説單于來牧馬,漢家誰是李將軍?”梁霽湖云:“筠詩雖贍裕不竭,而格律稍卑。”今以此詩觀之,何讓唐人?

許筠所選《國朝詩刪》中載栗谷一律,以《初出山時贈沈長源》爲題。又注曰:“此詩本集雖不載,亦自絕佳”云。其詩曰:“分袂東西問幾年,欲陳心事意茫然。前身定是金時習,今世仍爲賈浪仙。山鳥一聲春雨後,水村千里夕陽邊。相逢相別渾無賴,回首浮雲點碧天。”筠乃篈之弟也,爲人且輕佻,無乃託名僞作以爲侮弄歟?

《屯庵詩話》:我東諸公,于文則覰大道者蓋亦無多,詩則抱隋珠握靈蛇自不少人。只緣地限内外,莫自見於中州,爲可恨也。錢牧齋《皇明列朝詩集》錄東方詩頗多,而本朝大家大半見漏,如挹翠、蘇齋皆不得入錄。錄許氏詩最多,此則朱蘭嵎頒詔時,許筠錄付而得與者也。筠于其時最見知蘭嵎,蘭嵎亦曾求東詩於筠,則此實一機會。而筠之所誦傳,率以與己相合者綺羅油膩之作,而使諸公清俊雄放之辭不達于中華,其責有不可逃者。

《東國詩話彙成》:筠在昏朝以妖言不道被誅,因禍及先大夫草堂公,至於發塚斲棺。厥後,沈司諫大孚適過其山下,夜聞哭聲。問於村人,則答以許公墓自遭泉壤之禍,每夜輒有哭聲云。沈公題詩置諸床石而後去,自是不復有哭聲。其詩曰:“不肖寧無子,空山白骨寒。精靈休夜哭,金碗亦人間。”

【按:筠(1569—1618)姓許,字端甫,號蛟山、鶴山、惺所、白月居士。籍貫陽川。許曄子。許篈弟。徐敬德門人。朝鮮光海君時代文臣、小説家。宣祖二十七年(1594)文科及第。三十九年明朝使臣來時,爲遠接使從事官,迎接使臣朱之蕃,以文章揚名。後爲公州牧使,崇佛而罷職。光海君六年(1614)爲千秋使赴明,得到天主教祈禱文。任戶曹參議、左參贊。因計劃叛亂,家產籍沒,陵遲處斬。小說有《洪吉童傳》,編有《國朝詩刪》,著有《惺叟詩話》、《惺所覆瓿稿》、《鶴山樵談》今傳。其詩辭意婉轉。《箕雅》收其七絕七首、七律一首。】

鼎　吉　　姓朴。仁祖初以倡廢母論首誅。

《壺谷詩話》:昏朝時號爲能詩者不過柳夢寅、許筠、朴鼎吉數人而已。柳文固奇,而詩不如文。筠才固不可及,而詩格亦不至甚高,下於兄姊,《宮詞》百首可謂奇妙,而韻響則未盡合於本體。鼎吉則《哀金應河》一絕壓卷,而此外別無可稱者。至若朴燁則不是作者,而如"歌低琴苦別離難"等句近於絕調,或云"得詩魔"云。然百體俱備,妙解旁通,雖盛代無出筠右者。

《小華詩評》:挽金將軍應河詞甚多,而朴鼎吉詩爲最:"百尺深河萬仞山,至今沙磧血痕斑。英魂且莫招江上,不滅匈奴定不還。"其人不作惡,一才子也。

《續雜錄》:當日戰所胡人來言:"左營中有一將終始力戰。依於一樹下,手劍打殺不可勝數。身被重鎧,矢集如雨,終不能傷。有一賊以槍刺之,手把大刀而仆,終不捨棄云云。"其時同見軍士所傳,左營將宣川郡守金應河之狀也。胡中亦皆稱說矣。事聞,贈資憲大夫戶曹判書,記其一生所行及舉朝挽辭,名曰《忠烈錄》印行於世。朴鼎吉詞曰:"百丈深河萬仞山,至今沙磧血痕斑。英魂且莫招江上,不滅凶奴定不還。"

【按:鼎吉(1583—1623)姓朴,字養而。籍貫密陽。文科及第。朝鮮光海君時期文臣。光海君九年(1617)任右副承旨,翌年任冬至副使赴明。十一年任接伴使迎接明都督毛文龍,後任禮曹參判。仁祖反正,以倡廢母論首誅。其詩悲憤激烈。《箕雅》收其七絕一首、七律一首。】

烓　　姓李。仁祖朝以賣國圖生誅。

《白湖集·大匡輔國崇祿大夫議政府領議政兼領經筵弘文館藝文館春秋館觀象監世子師李公諡狀》:是冬,李烓獄發。李烓者,前宣川府使也。清人以我通款南朝,拘繫烓灣上。至是,清人奉東朝至鳳凰城,首綁烓去。仍逮任事朝紳,舉國震駭。平安監司具鳳瑞馳啓曰:"烓於供辭時納小紙,多有援引。國家事情,箇箇言說。"及事聞,上下憤惋。既誅烓,將以族論收議於大臣。公議以烓既吐漢船接待之實,且呈納往來文書,罪固當萬死。至於國家箇箇言說之云,只出於鳳瑞所聞。莫重族誅之獄,烏可以一人傳聞斷定也。賓客李景曾、韓亨吉聯名狀啓云:"不考覈而便行族誅,恐非事宜。"

時議大駭,以爲護逆。危機蜚語,禍且不測。惟上諒其無佗,只允罷黜。

《小華詩評》:李烓能文章,罕世之才也。其《百祥樓》詩曰:"睥睨平臨薩水湄,高風獵獵動旌旗。路通遼海三千里,城敵隋唐百萬師。天地未曾忍戰伐,山河何必係安危。悽然欲下新亭淚,樓上胡笳莫謾吹。"詞意逡邁。且如"蛩吟野徑秋聲急,雀噪柴門暮景踈"亦清警。澤堂嘗在龍灣,聞烓被死,方對案,却肉不食,嗟悼良久。旁人怪問之,曰:"吾非爲其人,惜其絕藝也。"

《詩評補遺》:東州嘗按關東,遊春川清平寺。有一老釋,時年八十九,東州賦一詩以贈。其末句曰:"明年再扣維摩室,政值禪門九十春。"時李烓以亞使在座,笑曰:"鯫生詩力淺短,未能延及於來歲,當以今年言之。"即次曰:"旁人若問師年幾,九十前頭少一春。"東州奇之,遂結忘形之交。

李烓詩才絕人,嘗爲關東亞使。時方伯東州與烓遊楓嶽,有一峰聳出,中穿一穴,洞觀東海,即穴望峰也。東州先以"蕩胸"爲押,烓即次之月:"半露疑椎髻,中穿類穴胸。"東州驚歎不已。且如《挽柳監司女子》詩曰:"嫁日衣裳半是新,開箱點檢却傷神。平生玩好俱資送,一任空山化作塵。"世稱絕唱。

《晦隱瑣錄》:"浮雲自作他山雨,反照俄成隔水虹。"此乃李烓詩,極佳。金泰判始振每誦傳。"懸崖赤葉秋尋寺,竹屋清燈夜撿書。"此亦李烓詩,極佳。

癸亥反正後,李聖求、敏求附托西人,黄床以西人附托南論。蓋其時"仁城珙當殺"云者,諸功臣西人之意;"不當殺"云者,南人主之。而愚伏一隊草野公論,深懲於光海戕殺同氣之事,以活仁城爲清論,黄床亦附愚伏夥之意。李烓有詩曰:"鯤鵬南去滄溟闊,宛馬西來月窟空。"雖甚浮薄,句法極佳。

【按:烓(1603—1642)姓李,字熙遠,號鳴皐。籍貫全州。朝鮮仁祖時期文臣。文科及第。仁祖十五年(1637)先後任持平、司諫,二十年任宣川府使,與明朝商船往來,被清人發現,囚禁于義州,朝廷派鄭錫文將其斬首。其詩逡邁清警。《箕雅》收其七絕三首、七律二首。】

《箕雅目録》失收詩人十人

崔　滋

《高麗史》卷一〇二:崔滋,字樹德,初名宗裕,又名安。文憲公冲之後。

天資淳訥,不以表表為能。少力學,能屬文。康宗朝登第,補尚州司錄,以政最聞,入補國學學諭。崔怡品題朝士,以文吏俱優者為第一;文而不能吏次之;吏而不能文又次之;文吏俱不能為下。皆手疏屏風,每當銓注,輒考閲之。滋名在下,故十年不調。滋嘗作《虞美人》、《草歌》、《水精盃》詩,李奎報見而奇之。後怡謂奎報曰:"誰可繼公典文翰者?"曰:"有學諭崔安者。及第金坵其次也。"時李需、李百順、河千旦、李咸、任景肅皆有文名,怡欲試其才,令製書表,使奎報第之。凡十選,滋五魁五副。怡又欲試吏才,授給田都監錄事,亦敏而勤。高宗時累遷正言,出牧尚州,剖決如神,吏民愛畏。按察使薦之,秩未滿,召拜殿中少監,寶文閣待制。連按忠清、全羅,有聲績。官累國子大司成,知御史臺事,轉尚書右僕射,翰林學士承旨。進樞密副使,拜中書平章事,加守太師門下侍郎,同中書門下平章事,判吏部事。蒙古兵大至,令三品以上各陳降守之策。衆論紛紜,滋與樞密使金寶鼎曰:"江都地廣人稀,難以固守。出降便。"一日,滋邀金俊諸子宴其第,時人譏之。上章乞退,自號東山叟。元宗元年卒,年七十三。謚文清。家集十卷,《續破閑集》三卷行於世。

《止浦集·除宰臣崔滋教書》:夫王者之設官爵也。若施層梯焉。其引而高之,以置于巍級者,必取其德識之宏遠,功勤之確茂,有以副具瞻之望者,然後命之矣。卿以命世之才,摠文武之任,轉籌制敵,安杜庇民,使天下受其賜。則朕獨不循僉議,而有所蓄於慶賞耶?噫!金鼎太平之味,朕將染指嘗之。卿其努力而調沃焉。高宗四十三年丙辰十月乙酉以崔滋爲中書平章事,四十五年戊午十二月壬寅以崔滋同中書門下平章事。

《補閑集·續破閑集序》:文者,蹈道之門,不涉不經之語。然欲鼓氣肆言,竦動時聽,或涉於險怪。况詩之作本乎比興諷喻,故必寓託奇詭,然後其氣壯,其意深,其辭顯。足以感悟人心,發揚微旨,終歸於正。若剽竊刻畫,誇耀青紅,儒者固不爲也。雖詩家有琢鍊四格,所取者琢句鍊意而已。今之後進尚聲律章句,琢字必欲新,故其語生;鍊對必以類,故其意拙。雄傑老成之風由是喪矣。我本朝以人文化成,賢儁間出,贊揚風化。光宗顯德五年,始闢春闈,舉賢良文學之士,玄鶴來儀。時則王融、趙翼、徐熙、金策,才之雄者也;越景、顯數代間,李夢游、柳邦憲以文顯,鄭倍傑、高凝以詞賦進;崔文憲公冲命世興儒,吾道大興。至於文廟時,聲明文物粲然大備。當時冢宰崔惟善以王佐之才,著述精妙;平章事李靖恭、崔奭,参政文正李靈幹、鄭惟産,學士金行瓊、盧坦濟濟比肩,文王以寧。厥後朴寅亮、崔思齊、思諒、李顗、金良鑑、魏繼廷、林元通、黄瑩、鄭文、金緣、金商祐、金富軾、權迪、高唐愈、金富佾、富轍、洪瓘、印份、崔允儀、劉羲、鄭知常、蔡寶文、朴皓、朴椿齡、林宗庇、芮樂全、崔誠、金精、文淑公父子、吳先生兄弟;今時李學士仁老、俞文安公升旦、金貞肅公仁鏡、李文順公奎報、李承制公老、金内翰克己、金諫議君綏、李史館允甫、陳補闕澕、劉李兩司成、咸淳、林椿、尹于一、孫得之、安淳之,皆金石間作,星月交輝。漢文唐詩,於斯爲盛。然而古今諸名賢編成文集者唯止七八家,自餘名章秀句皆堙沒無聞。李學士仁老略集成編,名曰《破閑》。今晉陽公以其書未廣,命予續補。強拾廢忘之餘,得近體詩若干聯。或至於浮屠兒女輩,有一二事可以資於談笑者,雖詩不佳幷錄之。共成一部,分爲三卷,而未暇雕板。今侍中上柱國崔公追述先志,訪採其書,謹繕寫而進。時甲寅四月日,守太尉崔滋序。

《東國詩話彙成》:公《夜直聞采真峰鶴唳》詩云:"雲掃長空月正明,松巢宿鶴不勝清。滿山猿鳥知音少,獨刷踈翎半夜鳴。"乃是不遇感傷之作也。

公嘗出宰上洛,後復為遨頭。剖決如流,吏民畏愛,無有干紀者,囹圄空虛。辟所居廳事後欄,臨小池,名曰"不勞亭",種花竹於其前。後四年,出鎮東南,路歷上洛,有八十四老人,自號"尚原四老",呈絕句曰:"不勞亭畔百花開,曾是為州手自栽。去後春光猶寂寞,多情亦喜相公來。"又云:"前為藍袖後朱幡,政最如公古未聞。草綠圜門虎生子,至今傳作美談云。""虎生子",言空獄也。

嘗製《教坊獻仙桃》詩云:"五色雲間燕鹿鳴,蟠桃初摘露香清。舊經仙劫渾肌碧,新醉皇恩半頰赬。風雨那催金結實,乾坤不管玉攢英。偷嘗一顆猶千載,況薦盤中個個盈。"

【按:崔滋(1188—1260)字樹德,初名宗裕,又名安,號東山叟。海州人。文憲公崔冲之後。詩文著名,著有《崔文清公家集》,今傳《補閑集》。《東文選》卷六載其七古一首,卷九載其五律二首,卷一四載其七律五首,卷一八載其七排二首,卷二〇載其七絕一首。其詩華麗富贍。《箕雅》收其七絕一首。】

李　瑱

《高麗史》卷一〇九:李瑱,字温古,初名方衍。慶州人,三韓功臣金書之後。少好學,博通百家,有能詩聲。人或試以强韻,援筆輒賦,若宿構然。尚書李松縉一見奇之曰:"大器也。"登第,調廣州司錄,被選直翰林院。忠烈以詩賦親試文臣,得九人,瑱居第二。歷起居中書舍人,出為安東府使,以袪民弊興學校為務。累轉軍簿摠郎,陞右司議大夫、詞林院學士,俄遷大司成、密直承旨,改典法判書。忠宣奉仁宗靖内難,革本國積弊,瑱上書略曰:

"殿下樹勳帝室,睠遇日隆。誠宜有功不伐,居寵若驚,又與朝臣和如水乳。且名器至重,無功之人不可妄授,况及族黨乎?其詐稱父王之賜,竊府庫錢穀者,人皆疾之。不可不察。其賜給土田,除有功外,一切收之官。冗員多糜費廩祿,除六部尚書外,餘悉并省。比年旱荒,民皆艱食,宜罷不急之役。"王嘉納。超拜政堂文學、商議都僉議司事,進贊成事。忠肅即位,拜檢校政丞,臨海君。七年,子齊賢掌試,領門生稱壽。忠宣賜銀瓶二百、米五百石,以供其費。瑱及妻皆康强無恙,當世榮之。瑱嘗倚齊賢勢,多奪人臧獲,哀訴者日踵門。校勘崔沔緼於瑱門,辨違都監决還沔家。八年卒,年七十八,謚文定。為人體貌魁梧,局量寬洪。然在廟堂無所建白,及解官居閑,日與儒釋道遙詩酒間。子綰、齊賢、之正,齊賢自有傳。

《高麗史節要》卷二二:忠烈王二十四年二月。王以燃燈如奉恩寺,賜文翰學士崔旵、朴全之、吳漢卿、李瑱尚乘鞍馬,群臣上壽,次至四學士,王使之前,賜巵酒,謂曰:"惟爾諸學士,直言無隱。"……五月。賜詞林學士朴全之、吳漢卿、侍讀學士李瑱、侍講學士權永紅鞓。王常屏左右,幸詞林院,與四學士商確政理,手賜酒食,從容盡日,或至夜分賜宮燭,送至其家,寵幸無比。

《高麗史節要》卷二四:忠肅王元年六月。贊成事權溥、商議會議都監事李瑱、三司使權漢功等會成均館,考閲新購書籍,且試經學。初,成均提舉司遣博士柳衍、學諭俞迪于江南購書簿,未達而船敗。衍等赤身登岸,判典校寺事洪瀹以太子府參軍,在南京遺衍寶鈔一百五十錠,使購得經籍一萬八百卷而還。……忠肅王八年二月。命贊成事吳潛,代言金千寶,鞫權漢功于理問所,漢功自厠竇逃,捕而囚之,籍漢功蔡洪哲家,釋金廷美。……四月丁卯,命三司使金恂、密直使白元恒、密直副使尹碩、全英甫及監察讞部官,杖權漢功、蔡洪哲,流于遠島。漢功,上王之所重也,時臨海君李瑱餞于郊,漢功曰:"天地雖廣大,一身藏處難。"瑱曰:"厠竇好。"漢功大慚。漢功、洪哲及光逢、廷芝等不入海島,皆聚洪州界,擾民不可勝紀。

《小華詩評》:李東庵瑱詩曰:"滿空山翠滴人衣,草綠池塘白鳥飛。宿霧夜棲深樹在,午風吹作雨霏霏。"梁霽湖慶遇詩曰:"枳殼花邊掩短扉,餉田邨婦到來遲。蒲茵曬谷茅簷靜,兩兩雞孫出壞籬。"李模出山家景致而格高,梁寫出田家即事而語妙。

【按:李瑱(1244—1321)初名方衍,字溫古,號東庵。慶州人。李齊賢父。官至檢校僉議政丞,封臨海君。《東文選》卷一八載其七排一首,卷二〇載其七絕一首。其詩語巧格高。《箕雅》收其七絕一首。】

朴致安

《東人詩話》:朴生致安早有詩聲,屢舉不中,居常怏怏。薄遊寧海郡,聞老妓月下彈琴,聲甚淒咽,有詩云:"七寶房中謌舞時,那知白髮老荒陲。無金可買長門賦,有夢空傳錦字詩。珠淚幾霑吳練袖,熏香獨濕越羅衣。夜深窓月弦聲苦,只恨平生無子期。"語義雄深,真傑作也。鄭圓齋《老妓》詩:"寒燈孤枕淚無窮,錦帳銀屏昨夢中。以色事人終見棄,莫將紈扇怨西風。"前輩稱為精麗,然當避生一頭地。

《東詩奇談》:朴致安國初人與鄭郊隱以吾會城南聯句,一時名士多在座,鄭先唱云:"眠牛壟上草初綠。"朴屬對云:"啼鳥枝頭花政紅。"滿座稱賞。

【按:朴致安(麗末鮮初人)。《東文選》收其七律一首。其詩精工雅麗。《箕雅》收其七律一首。】

孫舜孝

《燕山君日記》卷二二:三年三月癸亥。判中樞府事孫舜孝卒。舜孝字敬甫,號七休居士,平海人。中景泰癸酉第,授慶昌府丞。歷兵曹佐郎、刑曹正郎、司憲府掌令、藝文館典翰、司憲府執義。辛卯陞拜刑曹參議。丙申拜承政院同副承旨,轉陞都承旨。歷江原道觀察使、戶曹參判、刑曹判書、司憲府大司憲、工曹兵曹判書、拜議政府左參贊、慶尚道觀察使,還拜右贊成,尋遷判中樞,卒年七十一。謚文貞,勤學好問文,清白守節貞。襟懷沖澹,秉心仁恕。常以《庸》、《學》勸後進,忠恕導君上。過忠臣孝子節義之門,必下馬拜之。嘗取《大學》中義,作歌四章,名曰:"勿齊歌。"使童子歌以自樂。時於中夜,稽顙北辰曰:"誓不欺君。"喜飲酒,醉裏言必稱戀主,或至泣下。出使在道,常望京而拜,人或疑其不經。爲人忠慤有餘,而短於設施,所至無績,不能爲輕重焉。

《龍泉談寂記》:圃隱鄭文忠祠堂舊在永川。孫文貞舜孝七休公嘗按是路,巡過郡境,馬上醉睡,瞢騰昏昏。過圃隱村,夢間依俙見一老翁,鬚髮皤如,衣冠偉然,遮馬首立。自言圃隱,且云:"所處頹廢,風雨無庇。"如有意相屬之色。七休驚異之,詢故老得其古址,勖郡人營之。堂成物備,躬奠以落之。自傾大巵,醉書堂壁曰:"文丞相、忠義伯,兩先生肝膽相照;忘一身,立人紀,千萬世景仰無已。惟利所在,古今奔走。清霜白雪,松柏蒼蒼。構屋一間,將以蔽風。公靈安兮,我心安兮。"竊疑忠魂毅魄在天地間,蕩然與造化元氣同其流,豈肯區區以祠宇成毀有所丐貸於人耶?意亦此老胸中休休,平生以忠恕爲心,其精神氣脉或能感通於惚怳間耶?僕尹東都,傍治是永地。訪舊事知祠宇尚存,而七休之題剝落無痕,石刻則初闕焉。噫!悠悠百數十年間,祠宇之修待一七休,而記識之鐫尚無人耶?慨然與其守張君謀,圖石之力出乎郡,入鏤之述徵于余。余以憂悤去,事不克就。至今歎恨而不能忘,然有望於後來之君子云。

《松窩雜說》:成廟朝孫舜孝恩寵最隆,出為關東方伯。一日入京肅拜,成廟御便殿引見,賜酒接語,從容良久罷。舜孝即日下直還去,兩司論其以藩臣,未有召命擅自上京,請罷其職,以懲無禮之罪。成廟引兩司於便殿而賜酒問曰:"久離榻前,思戀其土,來見而去,人臣至情。而如是論之罪之輕重,予未及知,須詳之。"兩司踧踖而退。舜孝,字敬甫,號勿齋,一號七休,平海人,官贊成,謚文貞。

《東國名賢抄》:孫舜孝,字敬甫,號七休居士。成宗朝人,官文衡。十歲,母趙病,欲嘗杏。仰杏樹而拜,杏無風而自落。

《海東詩話》:勿齋孫舜孝位至贊成兼大提學,成宗愛其才,常戒其好飲曰:"無過三盃。"一日,承文院上事大文字,上見表文不善,亟命召使者十輩,四求不得。上累起龍床,待之甚勤。日晚,公始來,露髮不斂,酒氣滿面。上怒曰:"予曾面戒無過三盃,何不踐言!"公言:"女子出嫁,不見久矣。今日往過留飲,但倒三盃而止。"上曰:"酌何器?"對曰:"飲以食鍮鉢。"上曰:"卿既大醉,不可作文。當招副提學與之撰定可也。"對曰:"不須提學,臣請作之。"俄而奏曰:"臣已作,願書之。"上:"卿雖妙書,副本不可醉揮。"公強請之,上命給筆硯,公一揮之,上觀之大喜,司饔院供宴具命公極飲,問曰:"卿能作詩否?"對曰:"唯命。"上以《張良》為題連呼韻字,公應聲曰:"良謀不售浪沙中,杖劍歸來相沛公。借筯已能成漢業,分茅却自讓齊封。平生智略傳黃石,末路功名付赤松。堪恨韓彭竟葅醢,功成身退信英雄。"上大悅曰:"卿可謂老當益壯者也。"命老宮人彈琵琶以歌之,令公起舞。公醉倒不能起,上解藍錦袍裹覆之而入。

【按:孫舜孝(1427—1497)字敬甫,號七休居士,平海人。端宗癸酉增廣試乙科,官至判中樞。著有《勿齋集》。其詩豪放闊大。《箕雅》收其七律一首。】

申 潛

《青莊館全書·申尚州》:申潛,字元亮。高靈人。曾祖文忠公叔舟,父禮曹參判從濩,娶世宗大王第十一子義昌君玒女。弘治辛亥生潛,七歲而孤。伯兄高原尉沆,成宗朝駙馬也,文雅重一時。潛從學焉,詞藻日進。癸酉中進士,剔浮華礪名檢,徧交當世之士,論辨卓犖。己卯中賢良科,補藝文檢閱。故事,賜對羣臣史官,輒後人先出。潛進言曰:"人主言動之微,史官無不謹書之。後入先出,恐有傷於紀宲之義也。臣聞成宗朝有一憸人,乘此得售其說,卒爲禍階。請自今史官先入後出以爲常。"中宗大王可之。未幾士禍作,罷賢良科,後入先出之規亦廢不行。潛罷官閒居。辛巳,與安珽等橫被罪,庭訊竟無所得。謫長興府十七年,志氣曠夷,哦詩自遣。丁酉量移楊州,戊戌命任便居住。卜居峨嵯山下,彈琴讀書,翛然自適。癸卯,大臣薦材堪華國,超授六品,爲司饔主簿。上下教曰:"潛今爲主簿,無以試其材。改除守宰,欲觀治績。"補泰仁縣監。以興禮善俗,育才敎學爲急務。時値大歉,所全活數千人。觀察使金光轍上其事,上嘉之,加一階,拜宗廟署令。明宗己酉,除杆城郡守。辛亥,上命揀中外莅官廉謹者。觀察使柳智善上其清謹。時潛病篤,觀察使循舊事請罷。上下敎曰:"潛清德已著,所至盡心,不可病罷。"只遞其職,仍陞秩以獎之。壬子超拜尚州牧使。潛疾愈感,上眷稠重,遂赴任。觀察使丁應斗上荒政之最,上加一秩,階通政。甲寅卒于尚州。潛風姿凝俊,識量高雅,樂善好義,無有倫比。世俗凡卑之論未嘗出口。遇事優遊,不動聲色。憂時悶俗,發乎至誠。賙濟窮乏,無所顧惜。奬進後生,隨才引誘。晚工草隸,寫蘭竹,極其精妙。時與親知文酒衎衎,夷愉和暢,風流動人。初娶宗室唐海副守某女,有二女。後娶參奉盧友明女,無子。友朋子禛撰行狀。

《己卯錄補遺·申潛傳》:進士申潛,辛亥生,字元亮。癸酉進士壯元,爲翰林。連延安處謙獄被謫。高靈人。居于京。三魁從濩之子。補:《薦目》:"識度明敏,有學行才藝,有志操。及罷科家居,素有名望,爲宰所忌。辛巳推官領相金詮、左相南袞啓曰:'前因承旨崔世節聞崔壽城、申潛將欲謀大臣,而未能的知。今祀連所納書記,潛名亦與焉。請並推。'累加訊杖,流長興,量移楊州。蒙赦。己亥補官超遷,授泰仁縣監,累轉爲尚州牧使。以治民第一,褒陞通政而卒。號靈泉子。善詩律,善行書,善寫竹,世以'三絶'稱之。尹斯文剛元嘗問辛巳事,公答:'慷慨之事,憤發之語,爲反側子媒孽成獄。陰崖嘗稱安處謙義俠之徒,舉此可知云。'"

《丙辰丁巳錄》:靈川子申潛元亮能文章善書畫,人謂之三絶。風度雅量,聞望藉藉。捷癸亥進士壯元,登己卯賢良科,選入翰院尋罷。還收紅牌,適與白牌而竝失之。仍吟一絶句曰:"紅牌已收白牌失,翰林進士摠虛名。從此嵯峨山下住,山翁二字孰能爭。"後被召用,歷典三邑,皆有聲譽。

《清江詩話》:尚相有靈川子申潛《畫竹》、《晴雨》二障,分請企齋湖陰之詠,各以八韵排律歸之。

【按:申潛(1491—1554)字元亮,號靈川子,一作靈泉子。高靈人。申從濩子。詩畫兼擅。其詩抒情傷感。《箕雅》收其七絶一首。】

趙　璞

《朝鮮仁祖實録》卷一四：四年八月丁卯。諫院啓曰："今此别試，殿試收券官既出之後，追捧五十餘丈。累次啓請，過日之後，踏印竝考，則已失流來規例，而至於試官之中，有自搆啓草，勸承旨入啓者。其不謹、不嚴既如此，而追納之中，亦有因此而得參者，則人言之來，固其宜也。街巷間傳播之言雖難據依，而以此數件事，亦足以罷此榜也。請趙希逸以下，竝罷職，殿試罷榜。"答曰："試官不可混同罷職，其中分明循私者，摘發論啓。搆草勸承旨之人，削奪官爵。"自搆啓草者，奉常正趙璞也。璞之爲人，愚劣浮誕，爲一世笑侮，而政院誤擬試官之望，此則政院之過也。其時參榜者，皆是收券官未起前呈進，而獨璞子之文，入於追捧中，搆啓草、勸承旨，似有挾私而然也。因此苟且之擧，而益有人言。末俗流言，固不足信，而趙璞之外，且言有不公之事，則無乃趙希逸以多氣不静之人，亦有不謹之事乎？大概申欽以子弟多有赴擧者之故，嫌避不爲擔當，此則大臣之量狹處，或疑其私，則必無其理。欽自少砥礪名節，少無瑕點，豈到此白首，有此事乎？噫！一失處事，混被人言，抵死痛恨，可勝惜哉！

《疎菴先生集・送趙叔溫璞序》：叔溫之爲茂長宰，以書抵余曰："吾佩百里之綬，于今而三矣。吾以身則苦矣，以心則勞矣。猶不敢自已者，顧老母在堂，奉養必以甘旨。吾盡家之有，安能如州縣時耶？吾以故不暇自恤，今者又求而往矣。凡吾之與者，靡不以詩文爲贐。子亦有意於斯乎？"余得書，始知叔溫又爲吏而出也。嗚呼！叔溫急於致養，不憚夙夜之煩，未嘗不欣欣然就之。其事誠美矣善乎。楊子之言曰："事父母，自知不足者，惟舜也。"夫舜以天下養，養何加於是乎？而猶自以爲不足也。至哉聖人之心也，其斯以爲大孝也。故人子之事親，不以舜之心爲心者，非孝也。今叔溫之爲養，其亦有舜之心乎？何其自知不足如是也。吾聞叔溫之家甚富而實，帶郭之田數千畝，畝出一鍾。墻下之桑亦不下千株，後園樹棗栗櫻桃來禽雜菓，山林之物以千百數，僮手指千，青衣侍左右者無不彈琴鼓瑟，爲燕趙吴楚之聲者。故叔溫不出家而有封侯之樂。且處得江海之交，魚蟹蠃蛤之産至不可勝食也。用以供母大人之饌，又何不足於養？而猶且不滿其意，必求百物之多於家者，以稱其不匱之情。信乎其自知不足何如也。非然，則孰弊弊焉以吏事自累也。況叔溫之爲縣大夫，曾非利涉也。始授白川，適承百弊之餘，倉廪虚，閭閻窘，賦斂急，徭役煩，姦猾肆豪强横，獄訟繁盜賊熾。叔溫視事未久，虚者實，窘者蘇，急者舒，煩者省，肆者戢，横者抑，繁者簡，熾者息。於是人謂叔溫之治民，當不讓於漢之循吏也。白川之民視溫如父母曰："活我者使君也。微使君,吾等其殆矣。”既而叔溫易扶餘以去,白川之民又相語而悲曰:“奈何奪我使君,以惠他邑?”夫叔溫之於白川遺愛如此,則其治蹟不旣顯矣乎。以古之褒賞之法言之,可陞而不可降也。反以易扶餘之小者。及到扶餘,政聲又無異乎白川。而不得於上之人,竟中下下考而歸也。蓋叔溫之所至,輒不幸如是也。令長之職,顧何有於叔溫?徒勤勞而已。宜其懲創乎前日,掉頭而辭郡縣之事矣。今又求茂長而爲之者,卽爲親之心自勝於中,不以其不幸於外者,爲戒於身而有所不肯也。叔溫可謂知有親而不知有身者也。雖然,孝亦多方矣。抑叔溫之所務者,卽孝之文也,非其質矣。質者何也?檢身自守,無作親羞是也。叔溫其亦務於質哉。曾子曰:“不辱其身,可謂孝矣。”苟其身之辱焉,則所累於父母者多矣。如此則雖日用三牲之養,亦不得爲孝矣。其惟忠信之言、正直之行乎?二者不去一於身矣,又何辱其身之有?不辱其身,其節槩可稱也。天下之人必曰“某也之賢”,非獨其人賢也,乃其父母教之也。其父母亦賢矣云尒。則輝光乎父母者,孰大於是乎?如此則父母之心,固不待養而自足矣。況養之又能兼盡其力者乎?嗚呼!叔溫當爲此,必不爲彼。然於朋友之道,不可不告之如是也。

【按:趙璞(1577—?)字叔溫,號石谷,豊山人。宣祖丙午文科,官至通政大夫、牧使。其詩清踈淡遠。《箕雅》收其五律一首。】

石之珩

《朝鮮孝宗實錄》卷一〇:四年五月辛卯。江華教授石之珩上疏論時事,仍進《五行龜鑑》,蓋以《周易》推演之也。上優批答之,賜虎皮。

《壽峴集·壽峴集序(鄭斗卿)》:壽峴子與我生並一世,爲莫逆之交。第未嘗共筆硯角技藝,徒得其文名令聞於朋儕間矣。今故見其所著文字各體,乃知文章才藝高出流輩。上逼秦漢,下包唐宋。《誥盤》之詰屈,莊馬之雄奇,韓柳之易簡,隨所欲而爲之。眞所謂天下文章者非耶?余老且病,不事文墨久矣。及見壽峴文章,窅然喪我之有。壽峴之胤子奎瑞又求我一言,蓋許我以知音也。余竊喜載名金粟頂,遂書此以歸。庚戌孟春,東溟鄭斗卿序。

《壽峴集·壽峴集序(許穆)》:蒙示閑中諸作。老人孤陋,不圖垂死見此異等奇品。大篇傑作頗得古人氣,其遊戲寓言加詼奇。至若《五位龜鑑永字圖》,深究易理,間或有先儒之所未發者。口誦心玩,愈久而愈悅之。詩與文雜著詩作皆一致,其心古人之心,發於文者忠實篤厚,爲世勸戒亦多。蓋詩言其志也,歌咏其事也。槩論古《詩三百篇》之旨,同出於里巷之謠。《二雅》之變,賢人君子憂世慨時之作也。古人云詩與樂一也。文章之作亦由人心生,德爲之本,言爲之用。今其言思而不散,傲而不溫,其閑暇得意之感耶? 抑無聊不平之感耶? 昔周衰,師襄入海,其聲若高視遠擧者如此耶? 書之卷末,敬答不遺之意云。閼逢攝提格孟春既望,眉叟許穆書于萬古茅廬。

《順菴先生文集卷·橡軒隨筆》:石之珩,開城人也。號壽峴,以文章名。其文集所載《休世遊》一篇,字句棘辣,不能成讀,雖老於文者殆難下口,必是欺世之作也。雖《盤誥》之詰屈,豈有是耶? 其詩《具中郎內挽》曰:"婦德人難識,徵之別有方。客來看酒食,郎出見衣裳。未卜全身熱,先潛隙月光。魂隨丹旐去,却繞兩兒傍。"所謂未卜全身熱者,是古逆人妻夢事也,見于《綱目》。引用殊覺未安,而南龍翼《箕雅》選入焉。尤覺一笑。

【按:石之珩(1610—?)字叔珍,號壽峴。花園人,居京師。仁祖丁卯進士,甲戌登別試,官止校書校理。今傳《壽峴集》。其詩思而不散,傲而不溫。《箕雅》收其五律一首。】

鄭泰齊

《菊堂排語》:宣廟朝朴思庵淳為大提學,人望不洽。朴嘗有"石徑筇音宿鳥知"之句,時人謂之曰"宿鳥亦能欺世目",譏其不稱也。當時主文者皆老師宿儒,朴驟當其重任,取譏固然。而今之典文衡者較之于朴,又不翅天人。才之汙下至於此哉! 孝宗朝大提學圈點時,有武官語人曰"吾名恐亦在於薦草中"云。聞者大笑。

蔡寧越聖龜,乃余妹兄也,丙子亂後有詩云:"綱常墮地國隨傾,公議千秋愧汗青。忍背神宗皇帝德,何顏宣祖大王靈? 寧為北地王諶死,不作東窗賊檜生。江上吞聲行且哭,穆陵殘日照微誠。"一時詠歎。余次其韻:"只手難扶大廈傾,匣中空有劍花青。忍看國底三綱斁,未信人為萬物靈。薪膽休忘復讎志,男兒恥作負恩生。腥塵眯目神州隔,誰識微臣拱北誠?"蔡兄器局不凡,文行俱備,謂可遠到。而官至四品,年四十一而終。曷勝痛惜!

凡夢多隨思慮而成,未必一一有符驗。而余嘗夢有最驗者:癸酉春中,司馬陪先君子往湖莊,投宿竹山地村舍。夢得一絕:"大野無邊闊,長江不盡流。興亡古今恨,斜日獨登樓。"覺而記之。丁丑秋,又夢遼路復通,又到一處曠野無人之境。路旁有古壘荒堞,昭顯世子住駕其下,旗旄羅列,黑衣人屯聚,云是漢人也。余坐世子之後。覺來竊意大明復關外而通遼路也。戊寅年,余以書狀赴沈,歷覽平壤練光亭、安州百祥樓、義州統軍亭,皆是大野長江。以為絕句之驗在此矣。甲申年,流賊李自成起,崇禎皇帝自縊山海關,守將吴三桂引清人入關,破流賊於關內。清人進據北京。冬,余以正朝使赴燕,遼路通矣。時清人許世子東還。余行到距山海關十餘里之地祇迎鶴駕,仍納御書。世子住駕路旁。未引見之前,余與講院諸臣及回還冬至使崔惠吉坐於駕後不遠之處。關外曠野,處處皆古壘荒堞。駕前儀仗羅列,護行清人屯聚,一如疇昔之夢。及到通州上譙樓,即日斜時也。城外大野無邊,城下長江流去。大明亡矣!治亂興亡,天數已定,而先告于十餘年前夢寐之間。吁!其異哉!

遼東即高句麗舊地,至今有高麗莊,其地巫覡解道"我王萬壽",猶不忘麗音也。安市城即今鳳凰山城,城甚險絕,真一夫當關之地。白岩城在新遼東城東二十里許,望見城基猶存。余嘗往來遼路,故得以知之。

《東國詩話彙成》:菊堂登第,往遏於其叔父綾州任所,設慶席。有光山妓夜夢霹靂驚怖,覺來疑愕云。座中使菊堂贈解怪,即題歌扇云:"光山佳妓玉為名,南國爭稱四弟兄。人腸斷盡天應怒,故遣雷公夢裡驚。"

《東國詩話》:以新恩往謁於其叔父良弼綾州任所,慶席有光山妓兄弟四人皆名玉者,并擅名。請詩曰:"去夜夢被雷霆,願題以禳。"公即書扇以贈曰:"光山佳妓玉為名,南國爭稱四弟兄。人腸斷盡天應怒,故遣雷公夢裡驚。"壺谷云:此詩格卑,而以其應卒,故人多稱之。

【按:鄭泰齊(1612—1669)字東望,號菊堂,東萊人。仁祖乙亥文科,官承旨、弘文館吏。今傳筆記《菊堂排語》。其詩感慨悲涼。《箕雅》收其七律一首。】

正 思

《芝峰類說》:前朝時有高僧正思詩曰:"古佛巖前水,哀鳴復鳴咽。應恨到人間,永與雲山別。"……好矣。

【按:正思(高麗中期人),全羅北道南源松塔寺僧人。其詩有世外之戀。《箕雅》收其五絕一首。】

祖 異

《海東佛祖源流》:太古普愚嗣:國師智雄尊者混修、王師圓瓔尊者粲英、內願堂妙嚴尊者祖異、內願堂國一都大師之無珪、都大禪師廣化君玄厶,大禪師九十人,禪師其他三千人。太祖王、漆原府院君李琳、李仁任、崔瑩、禹仁烈等二十一人。

【按:祖異(麗末鮮初人),名僧普愚弟子。其詩引用中國燈錄,禪意頗深。《箕雅》收其五律一首。】

[附一]徵引書目

正史類

金富軾《三國史記》,乙酉文化社,1977。

鄭麟趾《高麗史》,로동신문출판인쇄소,1957。

《朝鮮太祖實錄》,學習院東洋文化研究所刊行影印本,1952。

《朝鮮太宗實錄》,學習院東洋文化研究所刊行影印本,1954。

《朝鮮世宗實錄》,學習院東洋文化研究所刊行影印本,1955。

《朝鮮世祖實錄》,學習院東洋文化研究所刊行影印本,1956。

《朝鮮睿宗實錄》,學習院東洋文化研究所刊行影印本,1956。

《朝鮮成宗實錄》,學習院東洋文化研究所刊行影印本,1957。

《燕山君日記》,學習院東洋文化研究所刊行影印本,1957。

《朝鮮中宗實錄》,學習院東洋文化研究所刊行影印本,1959。

《朝鮮明宗實錄》,學習院東洋文化研究所刊行影印本,1959。

《朝鮮宣祖實錄》,學習院東洋文化研究所刊行影印本,1960。

《朝鮮宣祖修正實錄》,學習院東洋文化研究所刊行影印本,1960。

《光海君日記》,學習院東洋文化研究所刊行影印本,1961。

《朝鮮仁祖實錄》,學習院東洋文化研究所刊行影印本,1961。

《朝鮮孝宗實錄》,學習院東洋文化研究所刊行影印本,1962。

《朝鮮顯宗實錄》,學習院東洋文化研究所刊行影印本,1962。

《朝鮮顯宗改修實錄》,學習院東洋文化研究所刊行影印本,1963。

《朝鮮肅宗實錄》,學習院東洋文化研究所刊行影印本,1964。

《朝鮮肅宗實錄補闕正誤》,學習院東洋文化研究所刊行影印本,1964。

《朝鮮景宗實錄》,學習院東洋文化研究所刊行影印本,1964。

《朝鮮英祖實錄》,學習院東洋文化研究所刊行影印本,1964。

《朝鮮正祖實錄》,學習院東洋文化研究所刊行影印本,1965。

詩文集類

徐居正等《東文選》,太學社,1975。

金宗直《青丘風雅》,收趙鍾業《修正增補韓國詩話叢編》,太學社,1996。

許筠《國朝詩刪》,收趙鍾業《修正增補韓國詩話叢編》,太學社,1996。

趙季《箕雅校注》,中華書局,2008。

崔致遠《桂苑筆耕集》,中華書局,2006。

(以下二九七種收景仁文化社《韓國文集叢刊》本)

崔致遠《孤雲集》,據 1926 年本。

林椿《西河集》,據 1713 年本。

崔錫鼎《明谷集》,據 1721 本。

李奎報《東國李相國集》,據 1251 年本。

陳澕《梅湖遺稿》,據 1784 年本。

周世鵬《武陵雜稿》,據 1564 年本。

吳載純《醇庵集》,據 1808 年本。

李衡祥《瓶窩集》,據 1774 年本。

洪侃《洪崖遺藁》,據 1688 年本。

金坵《止浦集》,據 1801 年本。

宋煥箕《性潭集》,據高宗年間本。

李齊賢《益齋亂稿》,據 1698 年本。

崔瀣《拙稿千百》,據 1354 年本。

李穀《稼亭集》,據 1662 年本。

安軸《謹齋集》,據 1910 年本。

閔思平《及庵詩集》,據 1370 年本。

白文寶《淡庵逸集》,據 1900 年本。

鄭誧《雪谷集》,據 1609 年本。

李達衷《霽亭集》,據 1836 年本。

韓脩《柳巷詩集》,據 1602 年本。

鄭樞《圓齋稾》,據 1418 年本。

金九容《惕若齋學吟集》,據 1400 年本。

李穡《牧隱稿》,據 1626 年本。

鄭夢周《圃隱集》,據 1607 年本。

李集《遁村雜詠》,據 1686 年本。

李崇仁《陶隱集》,據 1406 年本。

李存吾《石灘集》，據 1734 年本。
姜再恒《立齋遺稿》，據 1912 年本。
吉再《冶隱集》，據 1858 年本。
鄭道傳《三峰集》，據 1791 年本。
權近《陽村集》，據 1869 年本。
趙浚《松堂集》，據 1901 年本。
成石磷《獨谷集》，據 1460 年本。
田祿生《壄隱逸稿》，據 1738 年本。
南在《龜亭遺稿》，據 1869 年本。
南龍翼《壺谷集》，據 1695 年本。
鄭摠《復齋集》，據 1446 年本。
朴宜中《貞齋逸稿》，據 1924 年本。
李詹《雙梅堂篋藏集》，原刊本年代不詳。
李原《容軒集》，據 1657 年本。
柳方善《泰齋集》，據 1815 年本。
卞季良《春亭集》，據 1825 至 1937 傾本。
李稷《亨齋詩集》，據 1737 年本。
魚有鳳《杞園集》，據 1833 年本。
崔恒《太虛亭集》，據 1707 年本。
成三問《成謹甫集》，據英祖年間本。
朴彭年《朴先生遺稿》，據 1658 年本。
河緯地《丹溪遺稿》，據 1768 年本。
申叔舟《保閑齋集》，據 1645 年本。
金守溫《拭疣集》，原刊本年代不詳。
李石亨《樗軒集》，據 1587 年本。
徐居正《四佳集》，據 1705 年本。
李承召《三灘集》，據 1514 年本。
崔淑精《逍遙齋集》，據 1813 年本。
徐榮輔《竹石館遺集》，據 1816 年本。
姜希孟《私淑齋集》，據 1805 年本。
成侃《眞逸遺稿》，據 1467 年本。
金宗直《佔畢齋集》，據 1789 年本。
金時習《梅月堂集》，據 1583 年本。
洪貴達《虛白亭集》，據 1843 年本。

成俔《虛白堂集》,據 1841 年本。
洪彥弼《默齋集》,據 1561 年本。
蔡壽《懶齋集》,據 1568 年本。
金訢《顏樂堂集》,據 1516 年本。
南孝溫《秋江集》,據 1577 年本。
鄭汝昌《一蠹集》,據 1635 年本。
俞好仁《濡谿集》,據 1530 年本。
曹偉《梅溪集》,據 1883 年本。
金馹孫《濯纓集》,據 1512 年本。
權五福《睡軒集》,據 1509 年本。
崔溥《錦南集》,據 1571 年本。
李冑《忘軒遺稿》,據 1571 年本。
姜渾《木溪逸稿》,據 1910 年本。
鄭光弼《鄭文翼公遺稿》,據 1702 年本。
申用漑《二樂亭集》,據 1543 年本。
洪裕孫《篠叢遺稿》,據 1810 年本。
李黿《再思堂逸集》,據 1698 年本。
鄭希良《虛菴遺集》,據 1897 年本。
韓忠《松齋集》,據 1889 年本。
朴誾《挹翠軒遺稿》,據 1514 年本。
李荇《容齋集》,據 1586 年本。
成海應《研經齋全集》,原刊本年代不詳。
趙旅《漁溪集》,據 1901 年本。
朴祥《訥齋集》,據 1796 年本。
李希輔《安分堂詩集》,原刊本年代不詳。
金安國《慕齋集》,據 1574 年本。
柳希春《眉巖集》,據 1897 年本。
趙光祖《靜菴集》,據 1681 年本。
金淨《冲菴集》,據 1549 年本。
奇遵《德陽遺稿》,據 1606 年本。
金絿《自菴集》,據 1659 年本。
李種徽《修山集》,據 1799 年本。
朴英《松堂集》,據 1905 年本。
金應祖《鶴沙集》,據 1776 年本。

金安老《希樂堂稿》,原刊本年代不詳。
蘇世讓《陽谷集》,據 1571 年本。
鄭士龍《湖陰雜稿》,據 1577 年本。
李選《芝湖集》,據 1856 年本。
許穆《記言》,據 1772 年本。
申光漢《企齋集》,據 1573 年本。
宋徵殷《約軒集》,原刊本年代不詳。
沈彥光《漁村集》,據 1572 年本。
宋煥箕《性潭集》,據高宗年間本。
李敏敍《西河集》,據 1701 年本。
閔齊仁《立巖集》,據 1610 年本。
徐敬德《花潭集》,據 1605 年本。
李彥迪《晦齋集》,據 1565 年本。
許曄《草堂集》,原刊本年代不詳。
宋麟壽《圭菴集》,據 1907 年本。
羅湜《長吟亭遺稿》,據 1528 年本。
宋時烈《宋子大全》,據 1901 年本。
李廷馨《知退堂集》,原刊本年代不詳。
林億齡《石川詩集》,據 1572 年本。
朴世采《南溪集》,據 1732 年本。
嚴昕《十省堂集》,據 1585 年本。
羅世纘《松齋遺稿》,據 1777 年本。
趙昱《龍門集》,據 1779 年本。
曹植《南冥集》,據 1604 年本。
鄭仁弘《來庵集》,據 1911 年本。
成運《大谷集》,據 1603 年本。
成守琛《聽松集》,據 1806 年本。
李浚慶《東皐遺稿》,據 1586 年本。
洪暹《忍齋集》,據 1712 年本。
李滉《退溪集》,據 1573 年本。
林亨秀《錦湖遺稿》,據 1677 年本。
金麟厚《河西全集》,據 1802 年本。
李楨《龜巖集》,據 1902 年本。
鄭惟吉《林塘遺稿》,據 1638 年本。

吳健《德溪集》,據 1829 年本。
尹鉉《菊磵集》,據 1591 年本。
羅世纘《松齋遺稿》,據 1777 年本。
盧守愼《穌齋集》,據 1665 年本。
尹行恁《碩齋稿》,據憲宗年間本。
金澍《寓菴遺集》,據 1789 年本。
李福源《雙溪遺稿》,原刊本年代不詳。
權韠《習齋集》,據 1653 年本。
李尚質《家州集》,據 1718 年本。
趙纘韓《玄洲集》,據 1651 年本。
楊士彥《蓬萊詩集》,據 1626 年本。
沈守慶《聽天堂詩集》,寫本年代未詳。
梁應鼎《松川遺集》,據 1842 年本。
宋寅《頤菴遺稿》,據 1637 年本。
朴淳《思菴集》,據 1857 年本。
金貴榮《東園集》,據 1935 年本。
丁範祖《海左集》,據 1867 年本。
黄景源《江漢集》,據 1790 年本。
李後白《青蓮集》,原刊本年代未詳。
高敬命《霽峰集》,據 1617 年本。
奇大升《高峰集》,據 1629 年本。
張顯光《旅軒集》,原刊本年代未詳。
鄭澈《松江集》,據 1674 年本。
李珥《栗谷全書》,據 1814 年本。
成渾《牛溪集》,據 1682 年本。
宋翼弼《龜峰集》,據 1762 年本。
李瀷《星湖全集》,據 1922 年本。
李頤命《疎齋集》,據 1759 年本。
黄廷彧《芝川集》,據 1632 年本。
辛應時《白麓遺稿》,據 1660 年本。
林象德《老村集》,據 1735 年本。
朴枝華《守菴遺稿》,據 1684 年本。
南九萬《藥泉集》,據 1723 年本。
李海壽《藥圃遺稿》,據 1727 年本。

李綧《陶菴集》,據1803年本。
李山海《鵝溪遺稿》,據1595年本。
李純仁《孤潭逸稿》,據1891年本。
柳成龍《西厓集》,據1894年本。
李埈《蒼石集》,據1631年本。
金宇顒《東岡集》,據1723年本。
金誠一《鶴峰集》,據1649年本。
尹根壽《月汀集》,據1647年本。
徐益《萬竹軒集》,據1790年本。
許篈《荷谷集》,據1707年本。
韓百謙《久菴遺稿》,據1640年本。
李德馨《漢陰文稿》,據1634年本。
李恒福《白沙集》,據1629年本。
柳根《西坰集》,據1665年本。
沈喜壽《一松集》,據1649年本。
蔡濟恭《樊巖集》,據1824年本。
崔岦《簡易集》,據1631年本。
李瑀《玉山詩稿》,據1680年本。
梁大樸《青溪集》,原刊本年代未詳。
黃赫《獨石集》,據1727年本。
林悌《林白湖集》,據1617年本。
車天輅《五山集》,據1909年本。
崔慶昌《孤竹遺稿》,據1683年本。
白光勳《玉峰集》,據1608年本。
鄭澔《丈巖集》,據1756年本。
李達《蓀谷詩集》,據1618年本。
韓浚謙《柳川遺稿》,據1639年本。
趙觀彬《悔軒集》,據1762年本。
玄尚璧《冠峰遺稿》,據朝鮮後期本。
金止男《龍溪遺稿》,據1654年本。
宋枏壽《松潭集》,據1686年本。
宋英耉《瓢翁遺稿》,據1795年本。
申欽《象村稿》,據1629年本。
李廷龜《月沙集》,據1636年本。

李好閔《五峰集》,據 1636 年本。

吳億齡《晚翠集》,據 1662 年本。

李晬光《芝峰集》,據 1633 年本。

洪良浩《耳溪集》,據 1843 年本。

李慶全《石樓遺稿》,據 1659 年本。

柳夢寅《於于集》,據 1832 年本。

鄭經世《愚伏集》,據 1657 年本。

李春英《體素集》,原刊本年代未詳。

金堉《潛谷遺稿》,據 1670 年本。

權韠《石洲集》,據 1632 年本。

尹拯《明齋遺稿》,據 1732 年本。

具容《竹窓遺稿》,據 1704 年本。

姜沆《睡隱集》,據 1658 年本。

尹舜擧《童土集》,據 1712 年本。

梁慶遇《霽湖集》,據 1647 年本。

金載瓚《海石遺稿》,原刊本年代未詳。

李獻慶《艮翁集》,據 1795 年本。

尹安性《冥觀遺稿集》,據 1628 年本。

尹善道《孤山遺稿》,據 1796 年本。

趙緯韓《玄谷集》,據 1658 年本。

李安訥《東岳集》,據 1640 年本。

金墪《北渚集》,據 1658 年本。

洪瑞鳳《鶴谷集》,據 1706 年本。

金尚憲《清陰集》,據 1654 年本。

鄭蘊《桐溪集》,據 1852 年本。

李春元《九畹集》,據 1656 年本。

許禴《水色集》,據 1661 年本。

李德懋《青莊館全書》,據 1900 年本。

尹淳《白下集》,據 1927 年本。

洪命元《海峰集》,據 1656 年本。

趙希逸《竹陰集》,據 1681 年本。

任叔英《疎庵集》,據 1692 年本。

成汝學《鶴泉集》,據 1706 年本。

閔仁伯《苔泉集》,據 1874 年本。

李時發《碧梧遺稿》,原刊本年代未詳。
申翊聖《樂全堂集》,據 1682 年本。
李端夏《畏齋集》,原刊本年代未詳。
李民宬《敬亭集》,據 1664 年本。
崔鳴吉《遲川集》,據 1664 年本。
張維《谿谷集》,據 1643 年本。
李植《澤堂集》,據 1674 年本。
李敏求《東州集》,原刊本年代未詳。
鄭百昌《玄谷集》,據 1650 年本。
吳翽《天坡集》,據 1646 年本。
全湜《沙西集》,據 1605 年本。
鄭弘溟《畸菴集》,據 1653 年本。
李敏輔《豐墅集》,原刊本年代未詳。
金鍾厚《本庵集》,據 1798 年本。
李明漢《白洲集》,據 1646 年本。
鄭忠信《晚雲集》,據 1894 年本。
金萬基《瑞石集》,據 1701 年本。
李敬輿《白江集》,據 1684 年本。
李景奭《白軒集》,據 1700 年本。
吳竣《竹南堂稿》,據 1689 年本。
吳光運《藥山漫稿》,據 1924 年本。
金光煜《竹所集》,據 18 世紀前葉本。
金壽興《退憂堂集》,據 1710 年本。
李昭漢《玄洲集》,據 1675 年本。
尹順之《涬溟齋詩集》,據 1725 年本。
趙絅《龍洲遺稿》,據 1703 年本。
鄭太和《陽坡遺稿》,原刊本年代不詳。
蔡裕後《湖洲集》,據 1677 年本。
趙顯命《歸鹿集》,原刊本年代不詳。
蔡彭胤《希菴集》,據 1775 年本。
吳達濟《忠烈公遺稿》,據 1697 年本。
吳道一《西坡集》,據 1729 年本。
尹宣舉《魯西遺稿》,據 1712 年本。
黄床《漫浪集》,據 1668 年本。

李光庭《訥隱集》,據 1808 年本。

任相元《恬軒集》,據 1760 年本。

李穆《李評事集》,據 1631 年本。

鄭斗卿《東溟集》,據 1674 年本。

趙翼《浦渚集》,據 1688 年本。

趙文命《鶴巖集》,原刊本年代不詳。

南公轍《金陵集》,據 1815 年本。

崔昌大《昆崙集》,據 1725 年本。

姜柏年《雪峰遺稿》,原刊本年代不詳。

宋浚吉《同春堂集》,據 1687 年本。

尹元舉《龍西集》,據 1775 年本。

趙錫胤《樂靜集》,據 1670 年本。

朴長遠《久堂集》,據 1730 年本。

林泳《滄溪集》,據 1708 年本。

徐宗泰《晚靜堂集》,原刊本年代不詳。

俞棨《市南集》,據 1805 年本。

趙復陽《松谷集》,據 1705 年本。

權尚夏《寒水齋集》,據 1761 年本。

金得臣《柏谷集》,據 1687 年本。

朴世堂《西溪集》,原刊本年代不詳。

李殷相《東里集》,據 1702 年本。

俞拓基《知守齋集》,據 1878 年本。

宋純《俛仰集》,據 1829 年本。

李端相《靜觀齋集》,據 1682 年本。

洪葳《清溪集》,據 1695 年本。

金錫胄《息菴遺稿》,據 1680 年本。

申晸《汾厓遺稿》,據 1734 年本。

劉希慶《村隱集》,據 1707 年本。

洪汝河《木齋集》,據 1761 年本。

許楚姬《蘭雪軒詩集》,據 1606 年本。

許筠《惺所覆瓿稿》,原刊本年代不詳。

金鎭圭《竹泉集》,據 1773 年本。

石之珩《壽峴集》,原刊本年代不詳。

雜史筆記

韓致奫《海東繹史》,景仁文化社,1974。

朴趾源《热河日记》,上海书店出版社,1997。

金宗瑞《高麗史節要》,明文堂,1981 影印本。

申叔舟《國朝寶鑑》,民族文化推進會《古典翻譯書》據 1475 年本。

(以下三四種收民族文化推進會《國學元典》本)

趙慶男《歷代要覽》,原刊本年代不詳。

尹宣舉《混定編錄》,原刊本年代不詳。

李德泂《松都記異》,據 1631 年本。

佚名《癸亥靖社錄》,據 1623 年本。

尹國馨《甲辰漫錄》,原刊本年代不詳。

沈光世《海東樂府》,據 1617 年本。

李陸《青坡劇談》,據 1512 年本。

李圭景《五洲衍文長箋散稿》,原刊本年代不詳。

佚名《凝川日錄》,原刊本年代不詳。

佚名《逸史記聞》,原刊本年代不詳。

金時讓《紫海筆談》,原刊本年代不詳。

尹耆獻《長貧居士胡撰》,原刊本年代不詳。

申炅《再造藩邦志》,據 1693 年本。

黄有詹《丁戊錄》,原刊本年代不詳。

李德泂《竹窓閑話》,原刊本年代不詳。

申翊聖《青白日記》,原刊本年代不詳。

金時讓《荷潭破寂錄》,據 1631 年本。

沈光世《海東樂府》,據 1617 年本。

許篈《海東野言》,原刊本年代不詳。

權鼈《海東雜錄》,據 1670 年本。

李中悅《乙巳傳聞錄》,原刊本年代不詳。

柳成龍《雲巖雜錄》,原刊本年代不詳。

尹斗壽《梧陰雜說》,據 1635 年本。

趙慶男《續雜錄》,據 1964 年本。

南孝溫《師友名行錄》,原刊本年代不詳。

申欽《象村雜錄》,原刊本年代不詳。

李珥《石潭日記》,原刊本年代不詳。

朴東亮《寄齋史草》,原刊本年代不詳。

朴東亮《寄齋雜記》,原刊本年代不詳。
佚名《己丑錄續》,原刊本年代不詳。
李廷馨《東閣雜記》,原刊本年代不詳。
任輔臣《丙辰丁巳錄》,據1556年本。
安璐《己卯錄補遺》,據1638年本。
佚名《己卯錄續集》,原刊本年代不詳。

詩話類

李仁老《破閑集》,一志社,2001。
徐居正《東人詩話》,도서출판다운샘,2003。
李睟光《芝峰類說》,乙酉文化社,1998。
(以下二四種載趙季、趙成植《詩話叢林箋注》,南開大學出版社,2006)
李奎報《白雲小説》。
李齊賢《櫟翁稗說》。
成俔《慵齋叢話》。
南孝溫《秋江冷話》
曹申《謏聞瑣錄》。
金安老《龍泉談寂記》。
金正國《思齋摭言》。
魚叔權《稗官雜記》。
李濟臣《清江詩話》。
權應仁《松溪漫錄》。
李睟光《芝峰類說》。
車天輅《五山說林》。
許筠《惺叟詩話》。
尹根壽《月汀漫筆》。
沈守慶《遣閒雜錄》。
申欽《山中獨言》。
申欽《晴窗軟談》。
梁慶遇《霽湖詩話》。
柳夢寅《於于野談》。
張維《谿谷漫筆》。
金得臣《終南叢志》。
南龍翼《壺谷詩話》。

任堕《水村漫録》。

任璟《玄湖瑣談》。

(以下三五種載《韓國詩話全編校注》,人民文學出版社,2012)

崔滋《補閑集》。

徐居正《筆苑雜記》。

許筠《鶴山樵談》。

李塈《艮翁疣墨》。

李塈《松窩雜説》。

尹國馨《聞韶漫録》。

金時讓《涪溪記聞》。

姜沆《睡隱詩話》。

高尚顔《效顰雜記》。

李植《學詩准的》。

鄭弘溟《畸翁漫筆》。

鄭泰齊《菊堂排語》。

洪萬宗《小華詩評》。

洪萬宗《旬五志》。

洪萬宗《詩評補遺》。

金昌協《農岩雜識》。

鄭載崙《閒居謾録》。

南鶴鳴《晦隱瑣録》。

金春澤《囚海録》。

宋相琦《南遷日録》。

申昉《屯庵詩話》。

朴亮漢《梅翁聞録》。

洪重寅《東國詩話彙成》。

佚名《詩話匯成》。

具樹勳《二旬録》。

李瀷《星湖僿説》。

晚窩《晚窩雜記》。

柳光翼《楓巖輯話》。

李建昌《寧齋詩話》。

佚名《東詩叢話》。

金漸《西京詩話》。

李祘《日得錄》。
河謙鎮《東詩話》。
佚名《青丘韻鉢》。
佚名《古今詩話》。

其他

《韓國漢字語辭典》,檀國大學校出版部,2002 改訂初版。
盧思慎等《新增東國輿地勝覽》,明文堂,1994。
金正浩《大東地誌》,奎章閣藏 1932 年抄本。
申鉉圭《朝鮮文人卒記》,보고사,1999。
李能和《朝鮮佛教通史》,韓國研究所,1977。

[附二]詩人索引(以姓名漢語拼音爲序)

D

G

H

J